휠 오브 타임

위대한 뿔나팔 사냥대

THE
WHEEL
OF
TIME

위대한 뿔나팔 사냥대
THE GREAT HUNT

로버트 조던 장편소설

ROBERT JORDAN

강동혁 옮김

arte

이 책을 루신다 컬핀, 앨 뎀프시, 톰 도허티, 수전 잉글랜드, 딕 갤런, 캐시 그룸스, 마리사 그룸스, 윌슨과 재닛 그룸스, 존 재럴드, 존슨 시티 보이즈(마이크 레슬리, 케네스 러블리스, 제임스 D. 런드, 폴 R. 로빈슨), 칼 런드그렌, 윌리엄 맥두걸, 몬태나 갱(엘든 카터, 레이 그렌펠, 켄 밀러, 로드 무어, 딕 슈미트, 레이 세션스, 에드 와일디, 마이크 와일디, 셔먼 윌리엄스), 찰리 무어, 루이자 셰브스 포펌 라울, 테드와 시드니 리그니, 로버트 A.T. 스콧, 브라이언과 샤론 웹, 헤더 우드에게 헌정한다.

신이 물을 건너오고 세계의 진정한 눈이 내 집 위를 지날 때, 이들은 나를 도우러 왔다.

1990년 2월, 사우스캐롤라이나 찰스턴에서

로버트 조던

차례

인간이 만든 것이 산산이 부서지고 그림자가 세월의 패턴 전체에 드리워지며 어둠의 존재가 다시 한 번 인간의 세상에 손을 댈 날이 오리라. 이 땅의 민족들이 썩어 가는 천처럼 찢겨 나가리니 여자들은 울고 남자들은 움츠러들리라. 그 무엇도 서 있거나 버티지 못할 것이며…….

그러나 한 사람이 태어나 그림자를 마주 보게 되리니, 그는 이미 태어났던 과거와 앞으로 태어날 미래에 그렇듯 끝나지 않는 시간에도 다시 태어나리라. 드래건이 환생하리라. 그가 환생할 때 울부짖음과 이빨 가는 소리가 나리니 사람들은 그로 인해 삼베옷과 재를 걸치리요, 그는 세상을 다시 깨뜨리고 묶여 있는 모든 끈을 끊으리라. 고삐 풀린 새벽처럼 우리의 눈을 멀게 하고 우리를 태우리라. 다만 드래건의 환생은 최후의 전투에서 그림자와 맞서리니 그의 피가 우리에게 빛을 주리라. 아아, 세상의 인간들이여, 눈물을 흘리라. 구원을 위하여 흐느끼라.

—『카리아손 사이클: 드래건의 예언』에서 발췌.
아라펠 궁정 수석 사서 일레인 마리세이딘 알신 번역.
제3시대의 새로운 시대, 자비의 해 231년.

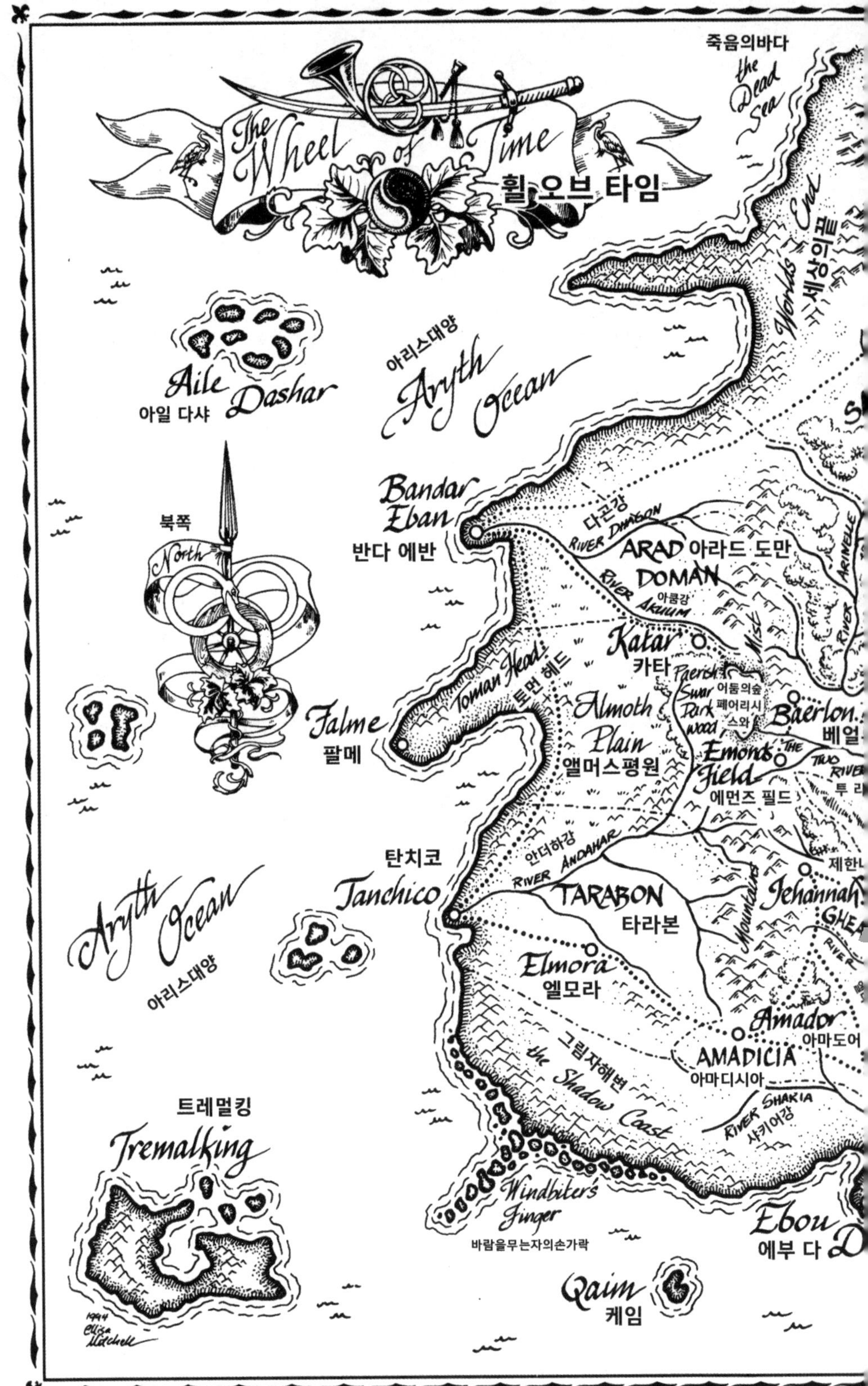

The Wheel of Time
휠 오브 타임
죽음의바다
the Dead Sea
월드스엔드
Aryth Ocean
아리스대양
Aile Dashar
아일 다샤
North
북쪽
Bandar Eban
반다 에반
RIVER DRAGON
다곤강
ARAD DOMAN
아라드 도만
RIVER AKUUM
아쿰강
Katar
카타
Paerish Swar
Dark wood
어둠의숲
페어리시 스와
Baerlon
베얼
Toman Head
토먼 헤드
Almoth Plain
앨머스평원
Emonds Field
에먼즈 필드
THE TWO RIVERS
투 리
Falme
팔메
Aryth Ocean
아리스대양
Tanchico
탄치코
RIVER ANDAHAR
안더하강
TARABON
타라본
제한
Jehannah
GHEA
Mountains
Elmora
엘모라
Amador
아마도어
AMADICIA
아마디시아
the Shadow Coast
그림자해변
RIVER SHAKIA
샤키어강
Tremalking
트레멀킹
Windbiters Finger
바람을무는자의손가락
Ebou
에부 다
Qaim
케임
1994
Eliza Mitchell

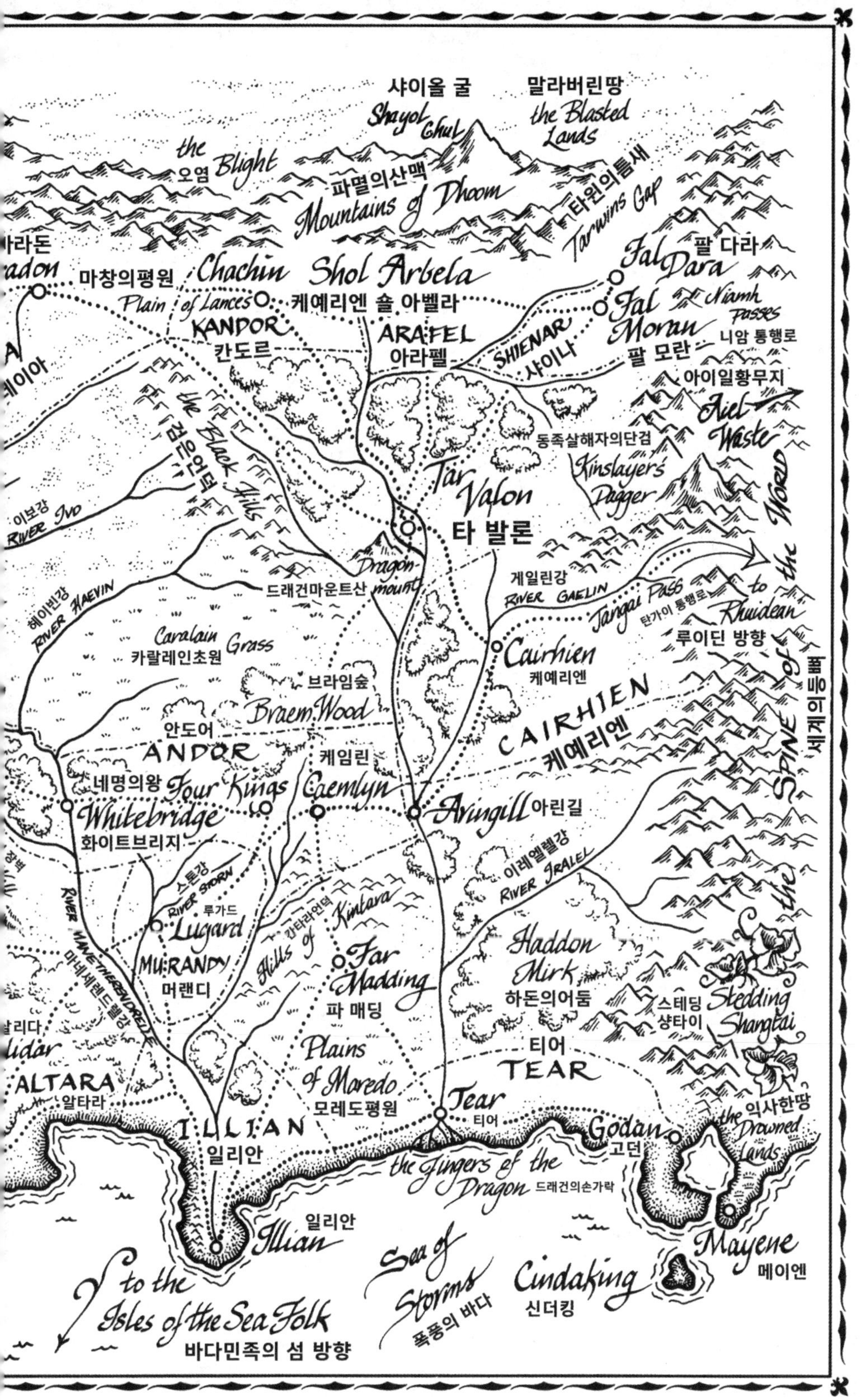

샤이올 굴
Shayol Ghul
말라버린땅
the Blasted Lands
the 오염 Blight
파멸의산맥
Mountains of Dhoom
타원의틈새
Tarwins Gap
라돈
adon
마창의평원
Plain of Lances
Chachin
Shol Arbela
케예리엔 숄 아벨라
Fal Dara
팔 다라
Fal Moran
팔 모란
Niamh Passes
니암 통행로
KANDOR
칸도르
ARAFEL
아라펠
SHIENAR
샤이나
에이아
the Black Hills
동족살해자의단검
Kinslayer's Dagger
아이일황무지
Aiel Waste
이보강
RIVER IVO
Tar Valon
타 발론
헤이빈강
RIVER HAEVIN
Dragonmount
드래건마운트산
게일린강
RIVER GAELIN
Tangai Pass
탄가이 통행로
to the
Rhuidean
루이딘 방향
Caralain Grass
카랄레인초원
브라임숲
Braem Wood
Cairhien
케예리엔
CAIRHIEN
케예리엔
the Spine of the World
꿀등이재척
안도어
ANDOR
케임린
네명의왕
Four Kings
Caemlyn
Whitebridge
화이트브리지
Avingill
아린길
이레엘렐강
RIVER IRALEL
스톤강
RIVER STORN
루가드
Lugard
MURANDY
머랜디
킨타라언덕
Hills of Kintara
Far Madding
파 매딩
Haddon Mirk
하돈의어둠
스테딩 샹타이
Stedding Shangtai
RIVER MANETHERENDRELLE
마네세렌드렐강
리다
lidar
Plains of Maredo
모레도평원
티어
TEAR
ALTARA
알타라
ILLIAN
일리안
Tear
티어
Godan
고던
익사한땅
the Drowned Lands
the Fingers of the Dragon
드래건의손가락
Illian
일리안
Sea of Storms
폭풍의 바다
Cindaking
신더킹
Mayene
메이엔
to the Isles of the Sea Folk
바다민족의 섬 방향

일러두기

1. 외국 인명·지명·독음 등은 외래어표기법을 따르되, '휠 오브 타임' 시리즈 세계관과 관련된 용어의 경우 고유명사임을 나타내기 위해 의도적으로 띄어쓰기 없이 표기하였다.
2. 거리 단위는 '휠 오브 타임' 시리즈 세계관의 공식 위키(wot.fandom.com/wiki/Measurement)를 기준으로 계산하였으며, 독자의 이해를 돕기 위해 국내에 통용되는 미터법으로 환산한 후 표기하였다.
3. 책 제목은 『 』로, 노래는 〈 〉로, 이야기, 신화, 전설은 ' '로 묶어 표기하였다.
4. '용어 해설'의 경우 번역 후 국내 독자의 편의를 위해 가나다 순으로 옮겼다.
5. 원서에서 이탤릭체로 표기된 부분은 볼드체로 구분하여 표기하였다.

그림자 속에서

나직하게 웅성거리는 소리가 거위 떼의 조용한 울음소리처럼 천장이 높은 방 전체에 굴러다녔다. 이곳에서만큼은 자신을 보어스라고 부르는 한 남자가 비웃음을 흘렸다. 남자의 찡그린 얼굴은 검은 비단 마스크로 가려져 있었다. 이 공간 안에 있는 다른 백 명의 얼굴들과 똑같이. 백 개의 검은 가면, 그리고 그 가면 너머에 무엇이 있는지 보려는 백 쌍의 눈.

아주 자세히 보지 않으면 그 방은 궁전과 같았다. 높다란 대리석 난로와 돔 천장에 걸린 황금 램프, 알록달록한 태피스트리와 정교한 무늬를 넣은 모자이크 바닥이 있었으니까. 그러나 자세히 보면 달랐다. 일단, 난로에는 온기가 없었다. 불길은 성인 남자의 다리만큼 굵었지만 전혀 열기가 느껴지지 않았다. 태피스트리 너머의 벽과 램프 위로 높이 솟은 천장은 손질되지 않은 돌로 이루어져 있었으며 대체로 검은색이었다. 창문은 없고 문은 방의 양쪽 끝에 있는 두 개가 전부였다. 누군가가 궁전의 알현실을 흉내 내려 했지만, 전체적인 얼개와 일부 세부 사항 말고는 크게 신경 쓰지 않은 것 같았다.

자신을 보어스라 부르는 남자는 이 방이 어디인지 몰랐다. 다른 사람들도 모를 터였다. 어디일지 생각하고 싶지도 않았다. 소환된 것만으로 충분했다.

생각도 하기 싫었지만, 소환이 있을 때는 아무리 보어스라도 따르지 않을 수 없었다.

불꽃에 열기가 없다는 걸 다행스럽게 여기며 그는 망토를 움직였다. 불이 뜨거웠다면 바닥까지 늘어진 검은 천이 견디기 힘들었을 것이다. 그의 옷은 전부 검은색이었다. 망토의 큼직한 주름 덕분에 키를 감추느라 구부정해진 자세가 가려졌고, 그가 마른 체격인지 건장한 체격인지도 알아보기 어려웠다. 이곳에 온 사람 중 헐렁한 옷을 입은 이는 보어스만이 아니었다.

그는 조용히 일행을 살펴보았다. 보어스의 인생 대부분은 인내심으로 설명됐다. 오랫동안 기다리며 지켜보다 보면 누군가 반드시 실수를 했다. 여기에 있는 대부분의 남녀도 같은 철학을 가지고 있을지 몰랐다. 그들은 지켜보며 말을 할 수밖에 없는 사람의 말을 조용히 경청했다. 어떤 사람들은 기다림도 침묵도 견디지 못했기에, 자기도 모르는 새에 많은 것을 드러냈다.

하인들이 손님 사이를 돌아다녔다. 그들은 날씬한 금발의 젊은이들로, 허리를 숙여 인사하고 말없이 미소 지으며 와인을 권했다. 젊은이들은 남녀 구분 없이 꽉 조이는 흰색 브리치스(옛 남성용 바지—옮긴이)와 하늘하늘한 흰 셔츠를 입고 있었다. 하나 같이 우아한 동작이었는데 그 모습이 왠지 거슬렸다. 모두가 서로를 비추는 거울상처럼 보였다. 소녀들은 아름답고 소년들은 준수했다. 남의 얼굴을 잘 알아보고 기억하는 편이었지만, 보어스는 그들을 서로 구분할 수 없었다.

흰 옷을 입은 소녀가 미소 지으며 보어스에게 크리스털 잔이 올라간 쟁반을 내밀었다. 보어스는 잔을 받아 들었지만 마실 생각은 없었다. 음료에 뭔가 섞여 있을 수 있었다. 그러나 아예 잔을 받지 않는다면 의심하는 것처럼 보일지 모르고, 여기에서 그렇게 보인다는 건 치명적일 수 있는 일이었다. 일행 중에는 권력을 놓고 경쟁하는 사람의 숫자가 줄어드는 걸 별로 싫어하지 않을 자들이 분명히 있었다. 그런 불운의 주인공이 누가 되건 말이다.

보어스는 무심결에 이번 모임 이후 하인들이 제거될지 생각했다. 하인들은 모든 것을 듣는다. 음료를 건넨 소녀가 허리를 숙였다가 펴는 순간 보어스는 그 달콤한 미소 위로 그녀의 눈을 마주 보았다. 공허한 눈. 텅 빈 눈. 인형의 눈. 죽음보다 더 죽어 있는 눈.

그녀가 우아하게 멀어져 가고, 보어스는 몸을 떨며 무심코 입에 잔을 가져가려다 자제했다. 한기를 느낀 건 소녀가 당한 일 때문이 아니었다. 그가 섬기는 자들의 약점을 찾아냈다고 생각할 때마다 그 약점이 이미 한발 앞서 제거되어 있다는 사실이 두려웠던 것이다. 있어야 할 약점이 너무도 가차 없이 정확하게 도려내지는 것이 놀라웠다. 걱정스럽기도 했다. 보어스의 첫 번째 원칙은 늘 상대의 약점을 찾으라는 것이었다. 모든 약점이란 찾아내고 들춰내어 영향을 미칠 수 있는 빈틈이었으니까. 만일 현재의 주인들, 지금 이 순간 그가 섬기는 주인들에게 아무 약점이 없다면…….

보어스는 가면을 쓴 채 인상을 쓰며 일행을 자세히 살펴보았다. 최소한 그들에게는 어떠한 것이건 약점이 존재했다. 그들은 초조함을 이기지 못하고 자기 정체를 드러냈다. 입조심을 할 만큼 분별력 있는 자들도 마찬가지였다. 이 사람의 태도에서 느껴지는 뻣뻣함, 저 여자가 치마를 다루는 데서 느껴지는 어색함.

보어스의 어림짐작에 따르면 그들 중 4분의 1은 검은 가면을 쓰는 것 외에 별다른 위장을 하지 않은 듯했다. 복장에서 너무 많은 것이 드러났다. 금색과 진홍색의 벽 걸개 앞에 서서 남자인지 여자인지 알 수 없는 어떤 사람에게 조용히 속삭이는 여자는 회색 망토와 두건을 걸치고 있다. 저 자리를 고른 건 분명 태피스트리 색깔에 옷이 두드러져 보이기 때문일 것이다. 저런 식으로 관심을 끄는 건 두 배로 멍청한 일이었다. 코르셋이 깊게 파여 살이 너무 많이 보이고, 황금 슬리퍼를 과시하려는 듯 밑단이 깡충한 진홍색 드레스를 보면 일리안 출신의 부유한 여성임을 알 수 있었다. 어쩌면 귀족일지도 몰랐다.

일리안 여자로부터 그리 멀지 않은 곳에 다른 여자가 혼자 서 있었다. 존경스러울 만큼 조용했다. 백조 같은 목덜미, 풍성하게 검은 머리카락이 구불구불 허리 아래까지 흘러내리는 그녀는 돌벽에 등을 대고 모든 것을 관찰하고 있었다. 평온한 침착함이 느껴졌다. 초조함은 없었다. 그것은 인정해

줄 만했다. 그러나 구릿빛 피부와 목이 긴 크림색 가운—손만 남기고 전신을 덮었지만 몸에 딱 달라붙는 데다 거의 투명한 그 가운은 모든 것을 암시하는 동시에 아무것도 드러내지 않았다—을 보면 그녀 역시 아라드 도만과 가까운 혈육이라는 게 분명해 보였다. 그녀의 왼쪽 손목에 채워진 널찍한 황금 팔찌에 새겨진 것은, 자칭 보어스의 생각이 완전히 틀린 게 아니라면 그녀의 가문을 나타내는 문장이었다. 도만의 피를 타고 태어난 사람 중 뻣뻣한 자존심을 굽혀 다른 가문의 문장을 착용할 사람은 없으니까. 그건 명청하기 그지없는 일이었다.

목깃이 높은 하늘색 샤이나식 외투를 입은 남자가 가면의 눈구멍으로 머리끝부터 발끝까지 경계하듯 보어스를 살펴보며 지나쳤다. 그 태도로 남자가 군인임을 알 수 있었다. 어깨의 자세, 절대 한 군데에 오래 머물지 않는 눈길, 존재하지도 않는 칼을 향해 언제든 뻗을 수 있을 것만 같은 손이 모두 그 증거였다. 샤이나 사람은 자칭 보어스에게 별로 많은 시간을 낭비하지 않았다. 구부정한 어깨와 휜 등은 조금도 위협적이지 않았으니까.

샤이나 사람이 오른손을 꽉 쥐고 눈으로 다른 위험을 찾으며 자리를 떠나자 자칭 보어스는 코웃음을 쳤다. 보어스는 그 모든 것을 읽을 수 있었다. 계급도, 출신 국가도. 상인, 전사, 평민, 귀족. 칸도르에서 케예리엔과 살데이아, 기알단까지 이르는 모든 나라와 거의 모든 민족. 그는 혐오감을 느끼며 코를 찡그렸다. 이곳에는 팅커스까지 와 있었다. 밝은 초록색 브리치스에 독이라도 바른 듯 노란 외투 차림이었다. **그날이 오면 저자들은 없애 버려도 괜찮겠지.**

망토로 몸을 꽁꽁 감싸고 변장을 한 사람들 중에도 앞선 이들보다 나을 게 없는 자들이 많았다. 보어스는 어느 짙은 색 망토 아래에서 티어의 고관이 신는 은세공 장화를 보았다. 또 다른 망토 아래로는 황금색의 사자 머리징이 보였다. 안도어의 여왕 호위대의 고위 장교들만 착용하는 물건이었다. 어느 늘씬한 사람도 눈에 띄었다. 바닥까지 끌리는 검은 망토에 더해, 아무 무늬 없는 은색 핀으로 고정한 특징 없는 회색 망토를 걸치고 있는데도 늘씬해 보이는 사람이었다. 그는 두건의 깊숙한 그림자 속에서 밖을 지켜보고 있었다. 정체를 알 수 없었다. 출신지도 감이 잡히지 않았다. 오른손 엄지와 검지 사이에 문신한, 뿔 여섯 개짜리 별이 유일한 단서였다. 그렇다면 바다 민족 중 하나였다. 그의 왼손에 그가 속한 종족과 혈통을 나타내는 표시가 있을 것이다. 자칭 보어스는 굳이 그 왼손을 보려 하지 않았다.

보어스가 눈을 가늘게 떴다. 오직 손가락만 보이도록 검은색 옷으로 온몸을 감싼 한 여자를 향해 그의 시선이 머물렀다. 그녀의 오른손에는 자기 꼬리를 먹는 뱀 모양의 황금 반지가 끼워져 있었다. 아이즈 세다이였다. 최소한 타 발론에서 아이즈 세다이 수련을 받은 여자일 것이다. 그 외에는 누구도 저 반지를 끼지 않을 테니까. 상관없었다. 여자가 자신의 시선을 눈치채기 전에 눈길을 돌리던 보어스는 거의 동시에 온 몸을 검은색 옷으로 감싸고 거대한 뱀 반지를 낀 다른 여자를 발견했다. 두 마녀는 서로 아는 티를 전혀 내지 않았다. 그들은 거미줄 한가운데 자리 잡은 거미처럼 화이트 타워에 앉아 꼭두각시를 조종하듯 실을 당기며 왕과 여왕을 춤추게 했다. **모든 아이즈 세다이에게 영원한 죽음이라는 저주가 내리길!** 보어스는 자기도 모르게 이를 갈았다. 인간의 숫자를 줄여야 한다면 팅커스보다 아깝지 않을 존재가 저들이었다. 그날이 오기 전에 반드시 숫자를 줄여야 했다.

종소리가 울렸다. 단 한 번의 떨리는 소리가 사방에서 동시에 들려오며 칼처럼 다른 모든 소리를 잘라 냈다. 방의 저쪽 끝, 높은 문이 휙 열리며 트롤록 두 마리가 방 안으로 들어왔다. 무릎까지 늘어지는 검은 갑옷이 가시로 장식되어 있었다. 모두가 물러났다. 자칭 보어스까지도.

그곳에서 가장 키가 큰 남자보다도 상반신 하나가 더 있는 트롤록들은 인간과 동물을 뒤섞어 놓은 역겨운 생김새였다. 인간의 얼굴이 뒤틀리고 변형되어 있었다. 한 트롤록은 입과 코가 있어야 하는 자리에 묵직하고 뾰족한 부리가 달려 있었으며 머리에 머리카락 대신 깃털이 뒤덮여 있었다. 다른 트롤록은 발굽으로 걸어 다녔다. 놈의 얼굴은 털이 북슬북슬한 주둥이가 앞으로 툭 튀어나온 모습이었다. 염소 뿔이 귀 위로 불거져 있었다.

트롤록들은 인간을 무시한 채 다시 문을 돌아보며 허리를 숙였다. 비굴하게 움츠러든 태도였다. 한 녀석의 깃털이 곤추서며 촘촘한 벼슬로 변했다.

머드랄이 트롤록들 사이로 걸어오자 트롤록들이 무릎을 꿇었다. 머드랄은 트롤록들의 갑옷과 인간들의 가면이 밝아 보일 만큼 검은 옷을 걸치고 있었다. 독사처럼 우아하게 움직이는 머드랄의 옷은 주름 하나 없이 가만히 늘어져 있었다.

자칭 보어스는 자기도 모르게 이를 악물었다. 반은 적대감 때문이었고, 반은 그 자신도 인정하기 부끄러웠지만 두려움 때문이었다. 머드랄은 얼굴을 드러내고 있었다. 석고처럼 창백한 그 얼굴은 인간의 얼굴이었으나 달걀처럼 눈이 없었다. 꼭 무덤 속 구더기 같았다.

그 매끄럽고 흰 얼굴이 휙 돌며 한 명 한 명 모두를 돌아보는 듯했다. 눈 없는 시선 아래에서 사람들이 눈에 띄게 몸을 떨었다. 가늘고 핏기 없는 입술이 움찔거리며 미소를 띠는 듯한 표정으로 변했다. 동시에 가면을 쓴 사람들이 한 명 한 명 군중 속으로 물러났다. 머드랄의 시선을 피하려고 자기들끼리 허둥지둥 모여들었다. 머드랄의 시선에 그들은 문을 마주 보는 반원을 이루었다.

자칭 보어스는 침을 삼켰다. **그날이 올 것이다, 반인들아. 어둠의 위대한 군주가 다시 오시는 날, 그분께서는 새로운 공포의 군주들을 선택할 것이고 너희들은 그들 앞에 웅크리게 될 것이다. 내 앞에서! 왜 아무 말도 하지 않는 거지? 그만 쳐다보고 말을 해!**

"너희 주인이 오신다." 머드랄의 목소리는 뱀 가죽이 바스러질 때처럼 버석거렸다. "엎드려라, 벌레들아! 기어라, 그분의 찬란함으로 눈이 멀고 불타지 않으려거든!"

자칭 보어스는 분노가 차올랐다. 머드랄의 말 때문이었고 말투 때문이었다. 그런데 그때, 반인 위쪽의 공기가 아른거렸다. 머드랄이 한 말이 실감 났다. **그럴 리가! 그럴 리 없잖아……!** 트롤록들은 이미 배를 깔고 엎드려, 땅속으로 기어들어 가고 싶은 듯 몸부림치고 있었다.

자칭 보어스는 다른 사람들도 움직이는지 살펴보며 기다리는 대신 털썩 엎드리다가 신음했다. 돌에 찍히며 멍이 들었다. 위험을 막는 주문이라도 되듯 어떤 말이 입술 새로 튀어나왔다. 그 단어들은 사실 마법의 주문이었는데, 그가 두려워하는 대상에 비하면 미약한 갈대나 마찬가지였다. 그는 백여 명의 다른 목소리들을 들었다. 두려움으로 숨이 찬 그 목소리들이 바닥에 퍼져 나가고 있었다.

"위대한 어둠의 군주께서는 나의 주인이시니 나는 누구보다 진심 어린 마음으로 내 영혼의 마지막 조각까지 그분을 섬기노라." 머릿속 한 구석에서 그 목소리가 두려움에 재잘거렸다. **어둠의 군주와 모든 버려진 자들은 묶여 있다**……. 그는 몸을 떨며 그 목소리를 억지로 침묵시켰다. 그는 오래전에 그 목소리를 저버렸다. "보라, 나의 죽음은 죽음의 주인일지니. 나는 그 무엇도 요구하지 않고 귀환의 날까지 봉사하며 영원히 지속될 삶에 대한 분명하고 확실한 희망으로 봉사하노라." ……**샤이올 굴에 매여 있다. 창조의 순간부터 창조주에 의해 매여 있다. 아니, 나는 이제 다른 주인을 섬겨.** "충성스러운 자들은 마땅히 땅에서 찬양받을 것이다. 불신자들보다 높이, 왕좌보다 높이 칭송받을 것이다. 나는 그분이 돌아오실 날까지 겸손하게 봉사하노라." **창조주의 손은 우리 모두를 보호하며, 빛은 우리를 그림자로부터 보호하노라. 아니, 아니야! 나는 다른 주인을 섬긴다고.** "그분이 돌아오실 날은 빠르게 다가온다. 위대한 어둠의 군주께서 우리를 이끌어 이 세상을 영영세세 다스리실 날이 빠르게 다가온다."

자칭 보어스는 수십 킬로미터를 쉬지 않고 달려온 것처럼 헐떡이며 끝까지 신앙 고백을 읊었다. 주변 모두의 헐떡이는 숨소리를 들으니 보어스만 그런 건 아니었다.

"일어나라. 너희 모두, 일어나라."

감미로운 목소리에 보어스는 깜짝 놀랐다. 일행 중 누군가의 음성일 리는 없었다. 그들은 가면 쓴 얼굴을 모자이크 타일에 바짝 댄 채 배를 깔고 엎드려 있었으니까. 저 목소리는 그가 예상했던 목소리가 아니었다. 저 목소리는……. 그는 한쪽 눈으로 살짝 볼 수 있을 정도로 조심스레 고개를 쳐들었다.

머드랄 위 공중에 남자의 형상이 떠 있었다. 피처럼 붉은 망토의 가장자리가 반인의 머리 위 2미터 지점에 늘어져 있었다. 그가 쓴 가면 또한 피처럼 붉은 색이었다. 위대한 어둠의 군주가 인간으로서 그들에게 나타날까? 가면까지 쓰고? 시선만으로도 두려움을 주는 머드랄이 그 형상의 그림자 안에 서서 몸을 떨며 움츠러들었다. 자칭 보어스는 머리가 쪼개지지 않고도 담아낼 수 있는 답을 찾아내려 했다. 아마 버려진 자들 중 하나일 것이다.

그 생각은 아주 조금 덜 고통스러울 뿐이었다. 그래도 버려진 자들 중 하나가 풀려났다면 어둠의 존재가 돌아올 날이 머지않았음은 분명했다. 버려진 자들은 일원력을 휘두르는 강력한 자들이 수도 없이 많던 시대에도 가장 강력했던 13명의 사람으로, 어둠의 존재와 함께 샤이올 굴에 봉인되었다. 그들은 드래건과 100인의 동행에 의해 인간의 세상으로부터 멀리 봉인되었다. 그 봉인의 반작용으로 '진정한 근원'의 남성적 절반이 오염되었다. 그 결과 일원력을 휘두르는 자들 중 저주받은 자, 즉 모든 남성 아이즈 세다이가 광기에 사로잡혀 세상을 파괴했다. 살아 있는 동안에도 썩어 가고 있었지만, 결국 세상을 바위에 부딪쳐 깨진 도자기처럼 박살 내고 전설의 시대를 끝낸 뒤에 죽었다. 보어스가 생각하기에 아이즈 세다이에게 어울리는 죽음이었다. 아니, 오히려 지나치게 좋은 죽음이었다. 보어스가 아쉽다고 느낀 건 여자들이 살아남았다는 점뿐이었다.

보어스는 천천히, 고통스럽게, 공포심을 머릿속 한 구석으로 억지로 밀어 넣어 차단했다. 두려움이 비명을 지르며 빠져나오려 했지만 단단히 붙잡아 놓았다. 그게 최선이었다. 배를 깔고 엎드린 자들 중 일어나는 자는 한 명도 없었다. 감히 고개를 든 자들도 소수였다.

"일어나라." 이번에는 붉은 가면을 쓴 형상의 목소리에 쏘아붙이는 기색이 어려 있었다. 그가 두 손으로 손짓했다. "일어나라!"

자칭 보어스는 어색하게 반쯤 일어선 채 망설였다. 손짓하는 붉은 형상의 두 손은 끔찍한 화상을 입고 있었다. 검은 균열이 그물처럼 나 있었고, 그 사이의 벗겨진 살갗은 형상의 망토처럼 붉었다. **어둠의 존재가 저런 모습으로 나타날까? 버려진 존재라도?** 피처럼 붉은 가면의 눈구멍이 천천히 그를 휩쓸고 지나갔다. 보어스는 얼른 허리를 폈다. 형상의 시선에서 열린 용광로의 열기가 느껴지는 것 같았다.

다른 사람들도 보어스보다 우아할 것 없는 태도로 명령에 복종했다. 일어서는 그들에게서 보어스보다 못할 것 없는 두려움이 느껴졌다. 모두가 일어서자 떠 있는 형상이 말했다.

"나는 여러 이름으로 알려져 왔으나 너희는 나를 바알자몬이라는 이름으로 알아야 할 것이다."

자칭 보어스는 어금니가 덜덜 떨리며 부딪치는 걸 막으려고 이를 악물었다. 바알자몬이라니. 트롤록의 언어로 어둠의 심장이라는 뜻이었다. 불신자조차 그 이름이 위대한 어둠의 군주라는 것을, 이름을 말해서는 안 되는 자를 부르는 트롤록의 이름이라는 것을 알았다. 진짜 이름인 샤이탄은 아니라지만 바알자몬 역시 금지된 이름이었다. 여기 모인 사람들이나 그들과 같은 종족에 속한 자들에게, 그 두 가지 이름 중 하나를 인간의 언어로 말하는 것은 신성 모독으로 여겨졌다. 보어스의 콧구멍에서 새어 나오는 숨소리가 휘파람 소리처럼 들렸다. 사방에서 가면을 쓴 채 헐떡이는 소리들이 들렸다. 하인들은 사라졌다. 트롤록들도 마찬가지였다. 비록 보어스는 그들이 떠나는 모습을 보지 못했지만 말이다.

"너희가 서 있는 곳은 샤이올 굴의 그림자 안이다." 그 말에 한 명 이상이 신음했다. 자칭 보어스는 자기도 그랬을지 모른다고 생각했다. 바알자몬이 팔을 활짝 펼쳤다. 그의 목소리가 듣는 이들을 조롱하는 것만 같았다. "두려워하지 마라, 너희 주인이 이 세상 위로 떠오를 날이 머지않았다. 귀환의 날이 가까워지고 있다. 내가 여기에 와 있다는 것이, 너희의 형제자매 중 특별히 총애하는 극소수의 사람들에게 모습을 드러냈다는 것이 그 점을 증언하지 않느냐? 머잖아 시간의 물레가 부서질 것이다. 머잖아 거대한 뱀이 죽을 것이다. 그 죽음의 힘으로, 시간 자체의 죽음으로, 너희 주인은 이 시대와 앞으로 다가올 모든 시대를 위해 직접 그린 세상을 다시 만들 것이다. 그리고 나를 섬기는 자들, 충실하고 끈질긴 자들은 하늘의 별보다도 높은 곳인 나의 발치에 앉아 인간의 세상을 영원히 다스릴 것이다. 내가 그렇게 약속했으니 끝없이 그렇게 될 것이다. 너희는 영원히 살며 다스릴 것이다."

기대감에 찬 웅성거림이 그 말을 듣는 자들 사이에 퍼졌다. 몇몇은 심지어 공중에 떠 있는 진홍색 형상을 향해 한 발짝 나가기도 했다. 우러러보는 그들의 얼굴에 황홀한 기색이 엿보였다. 자칭 보어스조차 그 약속에 이끌렸다. 그는 그 약속을 위해 영혼을 백 번이나 팔아넘겼다.

"귀환의 날이 다가온다." 바알자몬이 말했다. "하지만 아직 해야 할 일이 많다. 아주 많다."

바알자몬 왼쪽의 공기가 아른아른 탁해지더니 젊은 남자의 형상이 바알자몬보다 조금 낮은 곳에 떠올랐다. 자칭 보어스는 그 형상이 살아 있는 건지 아닌지 알 수 없었다. 옷을 보면 시골 청년이었다. 갈색 눈에는 장난기가 반짝였고 입술은 살짝 미소를 짓는 듯했다. 어떤 장난을 떠올리거나 기대하고 있는 것처럼. 몸에는 온기가 느껴졌지만 숨을 쉬느라 가슴이 오르내리는 모습은 보이지 않았다. 눈도 깜빡이지 않았다.

바알자몬 오른쪽의 공기가 열기에 이지러지듯 흔들리더니 시골뜨기처럼 옷을 입은 두 번째 형상이 그의 약간 아래에 떠올랐다. 대장장이처럼 근육이 다부진 곱슬머리 젊은이였다. 이상한 점은 옆구리에 전투용 도끼를 차고 있다는 것이다. 엄청나게 큰 반달 모양의 강철 도끼날이 굵직한 창과 균형을 이룬 형태였다. 자칭 보어스는 빠르게 몸을 숙였다. 점점 더 이상해지는 상황에 집중하기 위해서였다. 노란 눈의 젊은이라니.

세 번째로 공기가 흔들리며 젊은 남자의 형상이 떠올랐다. 이번 형상의 위치는 바알자몬의 눈 바로 아래, 거의 그의 발이 닿는 곳이었다. 평소에는 잿빛이다가 빛이 비추면 거의 파랗게 보이는 눈을 가진 남자였다. 키가 컸고 짙은 머리카락이 붉은색이었다. 그 역시 촌뜨기거나 농부였다. 자칭 보어스가 헛숨을 들이켰다. 남자 역시도 평범치 않은 점이 있었다. 하긴, 이 상황에서 평범한 모습을 기대할 이유는 전혀 없었지만. 남자의 허리띠에는 검이 매달려 있었다. 칼집에 청동 왜가리 문양이, 양손으로 휘두르는 긴 칼자루에도 같은 문양이 새겨진 칼이었다. **왜가리 표시가 있는 칼을 가진 시골 소년이라고? 말도 안 돼! 저게 대체 무슨 뜻이지? 게다가 노란색 눈빛을 가진 소년이라니.** 보어스는 머드랄이 그 형상들을 보며 몸을 떠는 것을 알아챘다. 보어스가 완전히 오해한 게 아니라면, 머드랄이 떠는 것은 더 이상 두려움 때문이 아니라 증오심 때문이었다.

죽음과 같은 침묵이 내려앉았다. 바알자몬은 그 침묵이 더욱 깊어지도록 기다렸다가 입을 열었다. "지금 세상을 걸어 다니는 자들 중에는 과거에도 드래건이었고 앞으로도 드래건이 될 것이나 아직은 드래건이 아닌 자가 있다."

그 말을 들은 사람들 사이에 놀란 웅성거림이 번져 나갔다.

"드래건의 환생이군요! 저희가 그를 죽여야 합니까, 위대한 군주시여?" 그 말을 한 이는 샤이나 사람이었다. 그의 손은 칼이 매달려 있어야 할 옆구리를 열정적으로 움켜쥐었다.

"그럴 수도 있다." 바알자몬이 간단히 말했다. "아닐 수도 있고. 어쩌면 내가 그를 바꾸어 이용할 수도 있을 것이다. 이번 시대든, 다른 시대든 머잖아 그렇게 될 것이다."

자칭 보어스는 눈을 깜빡였다. **이번 시대든, 다른 시대든? 귀환의 날이 가까워진 줄 알았는데? 이번 시대에서 기다리다가 늙어 죽는다면 다른 시대에 무슨 일이 일어나든 나랑 무슨 상관이지?** 바알자몬이 다시 입을 열었다.

"패턴에는 이미 휘어진 부분이 생겨나고 있다. 드래건이 될 자가 나를 섬기게 될 수많은 지점 중 하나다. 반드시 그자가 돌아서야 한다! 죽어서보다는 살아서 나를 섬기는 편이 낫겠지만, 살아서든 죽어서든 그자는 나를 섬겨야 하며 그렇게 될 것이다! 너희는 이 셋을 알아야 한다. 셋 모두 **내가** 짜려는 패턴의 실오라기이기 때문이다. 또한 이들이 내가 명령한 곳에 있도록 하는 일은 너희 몫이다. 보면 알 수 있도록 이들의 모습을 잘 살펴라."

갑자기 모든 소리가 사라졌다. 자칭 보어스가 불안하게 몸을 움직였다. 다른 사람들도 똑같이 하는 모습이 보였다. 이제 보니 일리안 여자만이 예외였다. 그녀는 드러나 있는 봉긋한 살을 감추려는 듯 두 손을 펴서 가슴을 가리고 있었다. 반쯤은 두려움에, 반쯤은 황홀함에 눈을 휘둥그렇게 뜬 채였다. 그녀는 누군가와 마주 보고 있는 것처럼 열정적으로 고개를 끄덕였다. 때로는 뭔가 대답을 하는 것처럼 보였다. 하지만 자칭 보어스는 한마디도 듣지 못했다. 갑자기 그 여자가 뒤쪽으로 몸을 젖히더니 몸을 떨며 까치발을 들었다. 보어스는 보이지 않는 어떤 존재가 그녀를 붙들고 있는 게 아니라면 어째서 그녀가 뒤로 넘어지지 않는 건지 알 수 없었다. 그 순간, 처음처럼 갑작스럽게 그녀는 다시 발을 딛고 서서 고개를 끄덕이고 허리를 숙이고 몸을 떨었다. 그녀가 허리를 펴는 순간, 거대한 뱀 반지를 낀 여자 중 한 명이 깜짝 놀라 고개를 끄덕이기 시작했다.

우리 모두가 바알자몬의 지시를 듣고 있는 거야. 아무도 다른 사람이 들은 지시를 들을 수 없고. 자칭 보어스는 답답함에 투덜거렸다. 단 한 사람이 받은 명령이라도 알 수 있다면 그 정보를 유리하게 써먹을 수 있겠지만, 이런 식이라면……. 그는 초조하게 자기 차례를 기다렸다. 너무 몰입한 나머지 똑바로 허리를 세우고 섰다.

모여 있던 사람들이 한 명씩 한 명씩 명령을 받았다. 모두가 침묵을 성벽처럼 두른 채 감질나도록 애매한 단서를 선보였다. 개중의 한 가지 단서라도 읽을 수 있다면. 아사안 미에레, 즉 바다 민족의 남자는 고개를 끄덕이면서도 꺼림칙한 듯 몸이 굳었다. 샤이나 사람의 태도에서는 혼란 속에서도 묵묵히 따르는 기색이 드러났다. 타 발론의 두 번째 여자는 충격이라도 받은 듯 움찔했고, 성별을 알 수 없는 회색 옷의 사람은 고개를 젓다가 무릎을 털썩 꿇고 세차게 고개를 끄덕였다. 어떤 사람은 일리안 여자와 똑같은 경련을 경험했다. 꼭 고통 자체가 그들을 들어 올려 까치발을 딛게 하는 것 같았다.

"보어스."

자칭 보어스는 붉은 가면이 시야를 가득 채우자 움찔했다. 지금도 바알자몬의 떠 있는 형상과 그 앞에 서 있는 세 사람이 보이긴 했다. 하지만 동시에 붉은 가면을 쓴 얼굴만이 보였다. 보어스는 현기증과 머리가 쪼개질 것 같은 통증을 동시에 느꼈다. 머리통에서 눈알이 튀어 나갈 것만 같았다. 그는 잠시 가면의 눈구멍 너머로 불길이 보인다고 생각했다.

"너는 충성스러운 사람이냐……. 보어스?"

이름을 부를 때 드러나는 그 조롱이 섞인 기색에 보어스는 척추를 따라 번지는 한기를 느꼈다. "저는 충성스러운 사람입니다, 위대한 군주시여. 저는 당신에게서 숨을 수 없습니다." **난 충성스러워! 맹세해!**

"그래, 숨을 수 없지."

바알자몬의 목소리에서 느껴지는 확신에 보어스는 입이 말랐다. 하지만 힘겹게 말을 이었다. "명령해 주십시오, 위대한 군주시여. 그러면 제가 따르겠습니다."

"일단, 너는 타라본으로 돌아가 잘해 오던 일을 계속해라. 아니, 그간 해 오던 노력을 두 배로 늘리기를 명한다."

보어스는 어리둥절한 마음에 바알자몬을 빤히 보았다. 하지만 그때 가면 너머에서 다시 불길이 치솟았다. 그는 절을 올리는 척 시선을 피했다. "분부대로 하겠습니다, 위대한 군주시여. 그대로 이루어질 것입니다."

"둘째, 세 젊은이를 지켜보고 네 추종자들에게도 그들을 감시하도록 해라. 경고하는데, 그들은 위험하다." 자칭 보어스는 바알자몬 앞에 떠다니는 형체들을 힐끗 보았다. **어떻게 이럴 수 있지? 저 녀석들이 보이는 동시에, 바알자몬의 얼굴 말고는 아무것도 보이지 않아.** 머리가 금방이라도 터질 것만 같았다. 얇은 장갑을 낀 두 손이 땀으로 미끌미끌했다. 셔츠가 등에 찰싹 달라붙었다. "위험하다고 하셨습니까, 위대한 군주시여? 어린 농부들인데요? 혹시 저 중에……."

"칼끝을 보는 자에게는 칼이 위험하지. 하지만 칼자루를 쥔 사람에게는 그렇지 않다. 칼을 쥔 자가 바보이거나 부주의하거나 기술이 떨어지는 게 아니라면 말이다. 그럴 때는 다른 모든 사람만큼 칼자루를 쥔 자도 두 배는 위험해지겠지. 내가 너에게 저들을 알아두라고 말했으니 그걸로 충분하다. 네가 내 말에 복종하는 것만으로 족하다."

"분부대로 하겠습니다, 위대한 군주시여. 그대로 이루어질 것입니다."

"셋째, 토먼 헤드에 상륙한 자들과 도만 사람들에 관해서다. 이에 관한 이야기는 누구에게도 하지 마라. 타라본에 돌아가면……."

자칭 보어스는 그 말을 들으며 자기도 모르게 입을 벌렸다. 그 지시는 전혀 말이 되지 않았다. **다른 사람들이 어떤 명령을 들었는지 알면 퍼즐을 맞춰 볼 수 있을 텐데.**

그는 갑자기 거인의 손이 그의 머리를 잡고 관자놀이를 부숴 버리는 것 같은 느낌을 받았다. 몸이 들어 올려지는 것 같았다. 천 개의 별이 폭발하듯 세상이 터져 나갔다. 모든 섬광이 그의 머릿속을 가르고 날아가거나 빙빙 돌거나 저 먼 곳으로 점점 작아져 가는 형상이 되었다. 그러다가 그는 간신히 그 모습을 알아보았다. 불가능한 하늘이 펼쳐져 있었다. 빨간색과 노란색과 검은색의 가는 줄무늬가 섞인 구름이 이 세상에 존재했던 가장 강력한 바람에 휩쓸려가듯 빠르게 흘러갔다. 하얀 드레스를 입은 한 여자가—소녀일까?—암흑 속으로 물러나며 나타났을 때처럼 빠르게 사라졌다. 갈까마귀가 보어스를 **알아보고** 그의 눈을 들여다보더니 사라졌다. 잔인한 형상의 투구를 쓰고 갑옷을 입은 남자가 있었는데, 그 투구는 독이 있는 기괴한 곤충과 형태도 모양도 비슷하며 도금이 되어 있었다. 그는 칼을 들고 보어스에게는 보이지 않는 한쪽으로 뛰어들었다. 휘어진 황금 뿔이 저 멀리에서 튀어나왔다. 그 뿔이 보어스를 향해 휙 날아오며 고막을 찢을 듯한 음을 내고 그의 영혼을 잡아당겼다. 마지막 순간, 그 뿔은 눈이 멀 듯한 황금빛 고리로 변해 그를 스치고 지나갔다. 죽음보다 심한 한기가 느껴졌다. 보이지 않는 곳의 그림자에서 늑대 한 마리가 뛰어올라 그의 목덜미를 물어뜯었다. 그는 비명을 지를 수 없었다. 소용돌이는 계속 이어지며 그를 물에 빠뜨리고 땅에 묻어 버렸다. 보어스는 자신이 누구인지 혹은 무엇인지 거의 기억할 수 없었다. 하늘에서 불 비가 내렸고 달과 별이 떨어졌다. 강물이 붉어졌고 죽은 자들이 돌아다녔다. 땅이 쪼개지며 열리고 용암을 뿜어냈다…….

자칭 보어스는 어느새 다른 사람들과 함께 그 방에 반쯤 웅크리고 있었다. 대부분의 사람이 그를 지켜보고 있었고, 모두가 조용했다. 보어스가 위든 아래든 어느 방향이든 돌아볼 때마다 바알자몬의 가면 쓴 얼굴이 그의 시야를 압도했다. 그의 머릿속으로 넘쳐 들어오던 형상들은 조금씩 희미해져 갔다. 그중 많은 형상이 이미 기억에서 사라진 게 분명했다. 보어스는 머뭇거리며 허리를 폈다. 언제나처럼 바알자몬이 그의 앞에 있었다.

"위대한 군주시여, 무슨……?"

"명령을 실행하는 자에게도 알릴 수 없을 만큼 중요한 명령 또한 있는 법이다." 자칭 보어스는 몸이 거의 반으로 접힐 정도로 깊숙이 절을 올렸다. "분부대로 따르겠습니다, 위대한 군주시여." 그가 쉰 목소리로 말했다. "그 대로 이루어질 것입니다."

허리를 펴 보니 그는 다시 한 번 혼자서만 침묵 속에 있었다. 다른 사람이, 티어의 고관이 고개를 끄덕이며 다른 사람은 볼 수 없는 누군가에게 절을 했다. 자칭 보어스는 떨리는 손을 이마에 댄 채 폭발하듯 머릿속을 가르고 지나간 무언가를 붙잡으려 했다. 그러나 그것을 정말로 기억하고 싶은 것인지 자신이 없었다. 마지막 잔재가 깜빡이다 사라졌고, 그는 문득 자신이 뭘 기억하려 한 것인지 궁금했다. **뭔가 있었던 건 알겠는데. 뭐였지? 뭔가 있었어! 아닌가?** 그는 두 손을 문지르며 장갑 아래 손의 감촉에 인상을 찌푸렸다. 그는 공중에 떠 있는 바알자몬의 형체 앞에 걸려 있는 세 사람에게로 관심을 돌렸다.

근육질의 곱슬머리 청년. 칼을 가진 농부. 얼굴에 장난기 가득한 녀석. 자칭 보어스는 머릿속으로 그들을 대장장이, 검사, 악동이라 이름 지었다. 퍼즐에서 저놈들의 자리는 뭘까? 그들은 중요한 인물임에 틀림없었다. 그게 아니라면 바알자몬이 그들을 이 모임의 핵심으로 삼지 않았을 것이다. 하지만 보어스가 받은 명령에 따르면 그들은 모두 언제든 죽을 수 있었다. 보어스는 다른 사람들 중 일부가 그 세 명을 죽이라는 명령을 받았다고 생각할 수밖에 없었다. **얼마나 중요한 놈들일까?** 파란 눈은 안도어의 귀족을 뜻할 수 있었다—녀석이 입은 복장과는 다르게 말이다. 아니면 비슷하게 밝은 눈빛을 가진 변방 사람들도 있었다. 티어 사람 일부가 그랬고, 기알다 출신 중에도 그런 사람이 몇 명 있는 게 확실했다. 그리고 당연히……. 아니, 이런 생각은 소용없었다. **하지만 노란 눈이라니? 누구지? 도대체 뭐야?**

그는 뭔가 팔에 닿는 감촉에 깜짝 놀라 주위를 둘러보았다. 흰 옷을 입은 하인 중 한 명, 젊은 남자가 옆에 서 있었다. 다른 이들도 돌아왔다. 전보다 수가 더 많아졌다. 가면 쓴 사람 한 명에 하인이 한 명씩 붙었다. 보어스는 눈을 깜빡였다. 바알자몬은 사라지고 없었다. 머드랄도 마찬가지였다. 문이 있던 자리에는 거친 돌 하나밖에 없었다. 그러나 세 형상은 아직 그 자리에 떠 있었다. 보어스는 그들이 자신을 빤히 바라보는 것 같다고 느꼈다.

"보어스 님, 괜찮으시다면 방까지 안내해 드리겠습니다."

보어스는 다시 한 번 세 사람을 힐끗 쳐다본 다음 하인을 따라갔다. 그는 불안한 마음으로 고민했다. 하인 청년이 어떤 이름으로 그를 불러야 할지 알아낸 방법이 무엇일까. 조각이 새겨진 이상한 문이 등 뒤로 닫히고 청년과 함께 십여 걸음을 걸어간 뒤에야, 보어스는 자신이 하인과 단둘이 복도에 있음을 깨달았다. 보어스의 눈썹이 가면 뒤에서 의심으로 치켜 올라갔다. 하지만 그가 입을 열 겨를도 없이 하인이 말했다.

"다른 분들도 방으로 안내해 드리고 있습니다. 괜찮으실까요, 보어스 님? 시간은 짧고, 우리의 주인께서는 참을성이 없으십니다."

자칭 보어스는 이를 악물었다. 정보가 부족했기 때문이기도 하고, 자신과 하인이 같은 처지라는 그 말의 숨은 뜻 때문이기도 했다. 하지만 그는 묵묵히 하인을 따라갔다. 하인에게 화를 내는 건 바보뿐이다. 게다가 이 녀석의 눈을 보면, 아무리 화를 낸다 한들 소용이 없을 것 같았다. **그런데 내가 뭘 물어보려는 것인지 어떻게 알았지?** 하인이 미소 지었다.

자칭 보어스는 전혀 편안하지 않았다. 돌아와 보니 이곳에 도착한 직후 들어가 기다렸던 방이었다. 그 뒤로도 별로 편안한 마음이 들지 않았다. 안장주머니의 봉인에 손댄 흔적이 없다는 것도 큰 위로는 되지 않았다.

하인은 복도에 서 있을 뿐 들어오지 않았다. "원한다면 입고 온 옷으로 갈아입으셔도 됩니다, 보어스 님. 보어스 님이 이곳을 나서는 모습이나 목적지에 도착하는 모습은 아무도 보지 못할 겁니다. 하지만 미리 적절한 복장을 갖추고 도착하는 게 가장 좋겠지요. 곧 사람이 와서 길을 안내해 드릴 겁니다."

눈에 보이는 손길은 전혀 없었건만 문이 휙 닫혔다.

자칭 보어스는 어쩔 수 없이 몸을 떨었다. 그는 서둘러 안장주머니의 봉인과 죔쇠를 풀고 평소 입는 망토를 꺼냈다. 머릿속 한 구석에서 작은 목소리가 약속 받은 힘을, 심지어 불멸을 얻게 된다 할지라도 이런 식의 모임에 한 번 더 참여할 가치가 있을지는 의문이라고 말했으나 보어스는 웃으며 그 목소리를 무시했다. **그렇게 많은 힘을 얻게 된다면, 나는 진실의 돔 아래서라도 위대한 어둠의 군주를 찬양할 거야.** 그는 바알자몬이 내린 명령을 떠올리며 흰 망토의 가슴팍에 아로새겨진 황금빛 이글거리는 태양과 태양 뒤에 있는, 양치기의 붉은 갈고리 모양 지팡이를 만지작거렸다. 그것은 인간의 세계에서 그가 맡은 관직을 상징하는 기호였다. 웃음이 터져 나올 것 같았다. 타라본에서 해야 할 일, 위대한 일이 있었다. 앨머스평원에서도.

1장 타 발론의 불꽃

시간의 물레는 돌아간다. 시대는 오고 또 가며 전설이 되었다가 나아가 신화가 된다. 그렇게 한 시대가 남긴 기억은 그 시대가 다시 올 때쯤 오래전에 잊힌 기억이 된다. 몇몇 사람들이 제3시대라 부르는 어느 시대, 그러니까 아직 오지 않은 시대이자 오래전에 흘러간 시대, 파멸의산맥에서 바람이 불어왔다. 그 바람이 유일한 시작점은 아니었다. 시간의 물레가 돌아가는 데에는 시작도 끝도 없었다. 하지만 그때가 여러 시작점 가운데 하나이긴 했다.

죽음이 높은 산의 길을 떠돌아다니기는 하되 그보다 더 위험한 것들로부터는 숨어 있는, 칼날처럼 검은 봉우리에서 태어난 그 바람은 거대한오염으로 뒤얽힌 숲, 그러니까 어둠의 존재에 의해 더럽혀지고 뒤틀린 그 숲을 가로질러 남쪽으로 불어갔다. 그 바람이 소위 샤이나의 국경이라는 보이지 않는 선을 가로지를 때쯤에는 부패한 것에서 풍기는 역겹고 들척지근한 냄새가 희미해졌다. 샤이나의 국경에는 봄꽃이 나무마다 묵직하게 매달려 있었다. 지금은 여름이어야 했다. 그러나 봄이 늦게 찾아왔고 땅은 그 진도를 따라잡느라 거칠게 내달렸다. 덤불마다 새로 돋은 연녹색 잎이 곤두서 있었고 모든 나뭇가지 끝에 붉은색의 새순이 달려 있었다. 바람은 푸릇푸릇한 연못

같은 농부들의 들판에 물결을 일으켰다. 눈에 보일 만큼 빠르게 자라는 곡식이 그 들판을 꽉 채우고 있었다.

죽음의 냄새는 바람이 언덕 위 돌 성벽으로 둘러싸인 마을 팔 다라에 도착하기 한참 전에 완전히 사라졌다. 바람은 마을 정중앙에 있는 요새의 탑을 채찍질하듯 휘감고 지나갔다. 그 탑 꼭대기에서 두 남자가 춤을 추고 있는 것 같았다. 단단한 성벽을 갖추고 높은 지대에 자리 잡은 팔 다라는 요새인 동시에 마을로서 단 한 번도 점령당하거나 배신당한 적 없는 곳이었다. 바람은 돌로 만든 높은 굴뚝과 그보다도 높은 탑들을 돌아 나무 널빤지로 만든 지붕을 가로지르며 신음했다. 꼭 장송곡 같았다.

웃옷을 벗은 랜드 알소르가 바람의 차가운 손길에 몸을 떨었다. 연습용 칼의 긴 칼자루를 쥐고 있던 그가 손가락을 폈다. 뜨거운 태양에 가슴이 미끈거렸다. 짙은 붉은색 머리카락이 땀에 젖은 채 머리에 엉겨 붙었다. 그는 휘감는 공기 속에서 희미한 악취를 느꼈지만 그 냄새를 머릿속에 스치고 지나가는 형상과 연결하지는 않았다. 그것은 새로 파낸, 오래된 무덤의 형상이었다. 랜드는 악취도, 그 형상도 거의 의식하지 못 했다. 그는 정신을 비우려고 애쓰고 있었다. 하지만 탑 꼭대기에 함께 있는 다른 남자가 계속해서 그 공백에 끼어들었다. 지름이 열 걸음밖에 되지 않는 탑의 꼭대기는 총안이 뚫린 가슴 높이의 벽으로 둘러싸여 있었다. 그 정도면 충분히 컸고, 비좁다는 생각이 들지도 않았다. 하지만 수호자와 함께 있을 때는 달랐다.

랜드는 어린 나이에도 대부분의 다른 성인 남자보다 키가 컸다. 란은 그민큼 기기 컸고 그만큼 어깨가 넓지는 않았으나 그보다 근육질이었다. 가늘게 꼰 가죽 끈이 수호자의 긴 머리칼을 얼굴로 흘러내리지 않게 붙잡아 놓고 있었다. 돌로 된 평면과 각으로 이루어진 것 같은 얼굴, 관자놀이에 살짝 보이는 흰머리가 무색하도록 주름 하나 없는 얼굴이었다. 열기와 격한 몸짓에도 그의 가슴과 팔에는 땀이 얇게 번들거렸다. 랜드는 그의 얼음처럼 푸른 눈을 탐색하며 상대의 의도를 짐작할 만한 힌트를 좇았다. 수호자는 눈을 거의 깜빡이지 않았다. 그의 두 손에 들린 연습용 칼이 이 자세에서 저 자세로 물과 같이 움직이는 그의 동작처럼 확실하고도 매끄럽게 움직였다.

칼날 대신 가느다란 막대 여러 개를 느슨하게 묶어 놓은 연습용 칼은 뭔가에 부딪힐 때마다 요란스레 짝 소리를 냈고 몸에 맞으면 파인 자국을 남겼다. 랜드는 이 점을 너무도 잘 알았다. 그의 옆구리에는 세 줄의 가느다란 붉은 선이 남아 있었고 어깨에도 그 비슷한 자국이 또 한 줄 타오르는 것처럼 느껴졌다. 그는 그 이상의 장식이 몸에 남지 않도록 온갖 노력을 기울여야 했다. 반면에 란의 몸에는 상처가 하나도 없었다.

랜드는 배운 대로 머릿속에 단 하나의 불꽃을 떠올렸다. 그 불꽃에 집중하며 모든 감정과 정념을 먹이로 던져 주려 애썼다. 생각조차 비워낸 채로 내면에 공백을 만들려 했다. 허무가 찾아왔다. 최근에 너무 자주 그랬듯 완벽한 허무는 아니었다. 불꽃, 아니면 빛이 고요함에 물결을 일으키는 듯한 느낌이 일부 남아 있었다. 아슬아슬하지만 그것만으로 충분했다. 공백의 차분한 평화가 찾아들었다. 랜드는 연습용 칼을 쥐고 있었고 장화 밑에는 매끄러운 돌이 있었다. 심지어 란도 함께였다. 모든 것이 하나였다. 랜드는 수호자의 걸음 하나하나, 동작 하나하나에 어우러지는 박자에 맞춰 아무 생각도 하지 않고 움직였다.

바람이 다시 솟아오르며 마을에서 울리는 종소리를 실어 날랐다. **오랜만에 찾아온 봄을 아직도 기념하는 사람이 있나 봐.** 이런 사소한 생각이 빛의 파도에 실려 있던 공백을 가로지르며 파닥파닥 날아와 허무를 흩뜨렸다. 수호자가 랜드의 생각을 읽은 듯했다. 연습용 칼이 란의 두 손에서 휙 돌았다.

묶어 놓은 나뭇가지가 서로 맞부딪치며 내는 빠른 소리가 **짝, 짝, 짝,** 하고 탑 위를 오랫동안 가득 채웠다. 랜드는 상대방을 공격하려고 노력하지 않았다. 수호자의 공격이 자신에게 닿지 않도록 하는 게 최선이었다. 마지막 순간, 그는 란의 공격을 피하느라 어쩔 수 없이 뒤로 물러났다. 란의 표정에는 아무 변화도 없었다. 란이 들고 있으면 연습용 칼은 살아 있는 것 같았다. 수호자의 그어 내리는 동작이 갑자기 찌르기 동작으로 바뀌었다. 랜드가 놀라서 물러섰다. 이번에는 막을 수 없을 게 분명한 공격에 몸이 움찔거렸다.

바람이 탑을 가로지르며 울부짖다가…… 랜드를 함정에 빠뜨렸다. 공기가 갑자기 굳어지면서 그를 고치 안에 가둔 것만 같았다. 랜드를 앞으로 밀어내는 듯했다. 시간도, 동작도 느려졌다. 랜드는 겁에 질린 채 자신의 가슴을 향해 날아오는 란의 연습용 칼을 지켜보았다. 그 타격에는 느린 부분도, 무른 부분도 없었다. 망치로 맞은 것처럼 갈빗대가 욱신거렸다. 랜드는 신음했지만 바람 때문에 비켜설 수 없었다. 오히려 바람은 계속해서 랜드를 앞으로 밀어냈다. 란의 연습용 칼에 달린 막대기들이 휘어지고 구부러졌다. 랜드가 보기에는 너무도 느리게 말이다. 이어 그것들이 산산이 조각났다. 날카로운 끄트머리가 랜드의 심장을 향해 슬금슬금 다가왔다. 삐죽빼죽한 가지들이 살갗을 꿰뚫었다. 고통이 몸을 관통했다. 온 피부가 베인 것 같았다. 프라이팬에 올려놓은 베이컨처럼 태양이 그를 바싹 구워 버리기라도 한 듯 몸이 후끈거렸다.

랜드는 고함을 지르며 휘청휘청 뒤로 몸을 날리다가 쓰러져 돌벽에 기댔다. 손을 떨며 가슴에 난 상처를 만져 보고, 피투성이 손가락을 잿빛 눈앞으로 들어 올렸다.

"그 바보 같은 움직임은 뭐냐, 양치기?" 란은 불쾌한 얼굴이었다. "이제 그렇게 멍청한 짓은 하지 말아야지. 내가 가르친 모든 걸 잊은 거냐? 대체 얼마나 형편없기에……." 랜드가 고개 들어 자신을 바라보자 수호자가 말을 끊었다.

"바람이요." 랜드는 입이 건조했다. "바람이…… 바람이 저를 떠밀었어요! 마치…… 마치 단단한 벽 같았다고요!"

수호자가 묵묵히 랜드를 내려다보다가 한 손을 내밀었다. 랜드는 그 손을 잡고 수호자가 자신을 일으켜 주도록 했다.

"거대한 오염과 이토록 가까운 곳에서는 이상한 일들이 일어날 수 있다." 란이 말했다. 밋밋한 단어를 썼지만 곤혹스러워 하는 목소리였다. 그 자체가 이상한 일이었다. 아이즈 세다이에게 봉사하는, 반쯤은 전설적인 전사인 수호자들은 자기 감정을 드러내는 경우가 거의 없었다. 게다가 란은 수호자 중에서도 감정을 드러내지 않는 편이었다. 그는 박살 난 나뭇가지 칼을 옆으로 던지고, 연습에 방해가 되지 않도록 진짜 칼을 놓아둔 벽에 기댔다.

"그런 게 아니에요." 랜드가 항의했다. 그는 란 옆으로 다가가 돌벽에 등을 기대며 쪼그려 앉았다. 그렇게 하면 성벽이 머리 위에서 바람을 조금 막아 주었다. 그게 바람이라면 말이지만. 어떤 바람도 그런 식으로…… 단단하게 느껴진 적은 없었다. "평화를 걸고! 거대한오염 **안에도** 이런 일은 없을지 몰라요."

"너 같은 녀석에게는……." 란은 그 표현이 모든 것을 설명한다는 듯 어깨를 으쓱했다. "떠날 때까지 얼마나 남았느냐, 양치기? 간다고 말한 뒤로 1달이 지났다. 2주 전쯤 떠날 줄 알았는데."

랜드는 놀라서 그를 쳐다보았다. 저렇게 아무 일도 없었다는 듯한 표정이라니! 랜드는 인상을 찌푸리며 연습용 칼을 내려놓고 진짜 칼을 무릎 위로 들어 올렸다. 청동 왜가리가 새겨진, 가죽으로 감싼 긴 칼자루를 손가락으로 훑었다. 칼집에도, 칼집으로 감싸인 칼날에도 같은 청동 왜가리 무늬가 하나씩 더 있었다. 지금도 랜드는 자신이 이 칼을 가지고 있다는 사실이 뭔가 이상하게 느껴졌다. 어떤 칼이라도 마찬가지였을 것이다. 검의 달인임을 나타내는 표식의 칼이라면 더더욱 그렇고. 랜드는 지금은 너무도 멀리 있는 곳, 투 리버스 출신의 농부였다. 어쩌면 이제 영영 그곳으로 돌아갈 수 없을지도 몰랐다. 그는 아버지와 같은 양치기였고—**전에는 양치기였지. 하지만 지금은?**—아버지에게서 왜가리 무늬가 새겨진 이 칼을 받았다. 누가 뭐래도 탬은 내 아버지야. 랜드는 자신이 이런 믿음으로 스스로를 설득하려는 것처럼 느껴지지 않았으면 좋겠다고 생각했다.

이번에도 란이 그의 생각을 읽은 듯했다. "양치기, 변방에서는 아이를 키운 남자가 그 아이의 아버지가 된다. 달리 말할 수 있는 사람은 아무도 없어."

랜드는 사나운 눈으로 수호자의 말을 무시했다. 이건 누구도 아닌 랜드만의 문제였다. "이걸 쓰는 방법을 배우고 싶어요. 배워야 한다고요." 랜드는 왜가리 표시가 새겨진 칼 때문에 몇 차례 곤경에 빠진 적이 있다. 사람들 모두 그 표시의 의미를 아는 것은 아니었다. 그런 표시가 있다는 것조차 못 알아보는 사람도 있었다. 어쨌거나 왜가리 표시가 있는 칼은, 남자라고 불러야 할까 말까 헷갈리는 젊은이의 손에 들려 있을 때 더더욱 엉뚱한 관심을 끌었다. "지금까지야 도망칠 수 없으면 허풍을 떨 수 있었죠. 운도 따라줬고요. 하지만 도망칠 수도 없고 허풍을 떨 수도 없는데, 운까지 나쁠 때는 어떻게 해요?"

"팔면 되지." 란이 조심스레 말했다. "그 칼은 왜가리 표시가 있는 칼 중에서도 드문 것이다. 값을 잘 받을 수 있을 거야."

"싫어요!" 랜드도 여러 번 그런 고민을 했다. 하지만 늘 그랬듯 지금과 같은 이유로 거부했다. 다른 사람이 한 말이기에 더욱 격렬하게. **이 칼을 가지고 다니는 한 탬을 아버지라 부를 권리가 있는 거야. 탬이 내게 이 칼을 줘서 나한테 그럴 권리가 생기는 거라고.** "왜가리 표시가 들어간 칼은 다 드문 줄 알았는데요."

란이 고개를 기울이며 그를 바라보았다. "탬이 말해 주지 않은 모양이구나. 탬은 분명 알고 있을 거다. 믿지는 않았을지 몰라도. 많은 사람이 믿지 못하니까." 란이 자기 칼을 휙 뽑아 들었다. 왜가리 표시가 없다는 걸 빼면 랜드의 칼과 거의 똑같았다. 칼집을 휙 벗겼다. 약간 휘어져 있고 한쪽에만 날이 달린 칼이 햇빛을 받아 은색으로 반짝였다.

말키어 왕의 검이었다. 알란 만드라고란 본인은 말하지 않았지만—다른 사람들이 그 이야기를 하는 것도 좋아하지 않았다—그는 일곱탑의 군주이자 호수의 군주, 말키어의 왕관 없는 왕이었다. 일곱탑은 현재 무너져 내렸고 천 개의 호수는 깨끗하지 못한 것들의 소굴이 되어 버렸다. 말키어는 거대한오염에 삼켜졌고 말키어의 모든 영주 중 살아남은 사람은 한 명밖에 없었다.

어떤 사람들은 말했다. 란이 수호자가 되어 아이즈 세다이에게 스스로 속박된 것은 거대한오염에서 죽음을 찾아 나머지 혈족과 함께하기 위해서라고. 실제로 랜드는 란이 자기 안전에는 크게 신경 쓰지 않는 듯 위험한 길을 걸어가는 것을 본 적이 있었다. 과연 란은 자기 목숨이나 안전보다 그와 연대한 아이즈 세다이인 모레인의 목숨과 안전을 훨씬 중요하게 여겼다. 모레인이 살아 있는 동안 란이 정말로 죽음을 찾으려 하지는 않을 거라고 랜드는 생각했다.

빛 속에서 칼을 살피며 란이 말했다. "그림자 전쟁 때는 일원력 자체가 무기로 사용되기도 했고 일원력으로 무기를 만들기도 했다. 일원력을 활용할 수 있는 무기도 있었지. 한 번만 휘둘러도 도시 하나를 통째로 파괴하고 몇 킬로미터에 달하는 땅을 황무지로 만들 수 있는 무기였어. 그것들도 세계의 파괴 때 모두 사라졌다. 그 무기를 만드는 방법을 기억하는 사람 역시 한 명도 남지 않았다. 하지만 더 단순한 무기가 있었어. 머드랄이나, 더 나쁜 경우에는 공포의 군주가 만들어 낸 존재들과 맞서 칼을 들고 싸울 사람들을 위한 무기 말이다.

아이즈 세다이는 일원력을 써서 땅에서 철을 비롯한 금속을 뽑아내 제련하고 형태를 잡고 주조했다. 그 모든 것에 힘이 담겨 있었어. 칼에도, 다른 무기에도 말이다. 세계의 파괴 때 살아남은 많은 무기는 아이즈 세다이의 작품을 두려워하고 증오하는 자들에 의해 파괴되었고 일부는 세월이 지나면서 사라졌다. 남은 건 별로 없어. 그 정체가 무엇인지 정말로 아는 사람도 별로 없고. 그 무기들에 관한 전설, 자신만의 힘을 가진 칼에 대한 과장된 이야기는 많단다. 너도 방랑 시인의 이야기를 들었을 거야. 하지만 실제 있었던 일만 전달해도 충분하다. 깨지거나 부러지지 않고 절대로 날이 무뎌지지 않는 칼이라든가. 나는 사람들이 그 칼을 가는 것을 본 적이 있다. 실제로는 칼 가는 시늉을 한 거지. 사용한 다음에 칼을 벼리지 않아도 된다는 걸 믿을 수 없어서 그러는 거였어. 결국 그 사람들이 한 일은 숫돌을 닳게 한 것뿐이었다.

그런 무기는 아이즈 세다이가 만든 거다. 다시는 세상에 나오지 않을 거야. 모든 일이 다 끝났을 때 전쟁도 끝났고 한 시대도 막을 내렸다. 세계가 산산이 부서졌고, 살아 있는 사람들보다 묻히지 못한 죽은 자들이 더 많았으며, 살아 남은 이들은 어디든 안전한 곳을 찾아 도망쳤다. 여자들의 둘 중 하나는 남편이나 아들을 다시 볼 수 없게 되어 울던 시절까지 살아남은 아이즈 세다이들은 한 사람이 다른 사람을 죽일 무기는 절대 만들지 않겠다고 맹세했다. 모든 아이즈 세다이가 맹세했어. 그중 여자들은 그 이후로 계속 그 맹세를 지켰지. 적색의 아자까지도. 그들은 남자에게 무슨 일이 일어나든 별로 신경을 쓰지 않는데 말이지.

그렇게 해서 그 이전에 만들어진 칼 중 하나가, 평범한 병사의 칼이 그 이상의 무언가가 됐다.”—란은 어딘지 슬프게 느껴질 만큼 희미하게 인상을 쓰며 칼을 다시 칼집에 집어넣었다—“반면, 지위 높은 장군들을 위해 만들어진 칼은 그 어떤 대장장이도 흔적을 남길 수 없을 만큼 칼날이 단단했지. 왜가리 표시가 새겨져 있는 그 칼들은 모두가 찾아 나서는 대상이 됐어.”

랜드는 무릎 위에 놓여 있던 칼에서 손을 뗐고, 그 바람에 칼이 굴러떨어지려 했다. 랜드는 칼이 바닥에 부딪히기 전에 본능적으로 잡았다. “아이즈 세다이가 이걸 만들었다는 말이에요? 당신의 칼 이야기를 하는 건 줄 알았는데요.”

“왜가리 표시가 있는 모든 칼이 아이즈 세다이의 작품은 아니야. 검의 달인이라 불릴 정도의 기술을 갖추고 왜가리 표시의 칼을 상으로 받을 만큼 칼을 잘 다루는 사람도 거의 없지만, 아이즈 세다이의 칼이 얼마 남지 않았기에 그중에서도 아이즈 세다이의 칼을 가질 수 있는 사람은 아주 소수에 불과하지. 왜가리 표시가 있는 대부분의 칼은 장인급의 대장장이들이 만든 거다. 인간이 만질 수 있는 가장 좋은 강철로 만든 것이지만, 어쨌거나 인간의 손으로 만든 것이지. 하지만 양치기, 그 칼은…… 그 칼에는 3000년도 더 된 이야기가 담겨 있다.”

“저는 아이즈 세다이에게서 벗어날 수 없군요.” 랜드가 말했다. “아닌가요?” 그는 몸 앞에 칼집 끝을 받쳐 칼을 세웠다. 칼은 그 비밀을 알기 전과 다름없이, 조금도 달라 보이지 않았다. “아이즈 세다이의 작품이라니.” **하지만 이 칼은 탬이 주었는걸. 내 아버지가 준 거야.** 랜드는 투 리버스의 양치기가 어쩌다 왜가리 표시가 있는 칼을 가지게 됐는지 생각하지 않으려고 했다. 그런 생각에는 위험한 흐름이, 랜드로서는 탐험하고 싶지 않은 심연이 깃들어 있었다.

“정말로 벗어나고 싶으냐, 양치기? 다시 묻겠다. 그럼 왜 떠나지 않은 거지? 칼 때문에? 5년만 있으면 나는 너를 그 칼에 어울리는 사람으로, 검의 달인으로 만들어줄 수 있다. 너는 손이 빠르고 균형 감각이 좋아. 같은 실수를 두 번 저지르지 않지. 하지만 내게는 널 가르치는 데 쓸 5년이라는 세월이 없다. 네게는 배우는 데 쓸 5년이 없고. 심지어 1년도 없어. 너도 그 점은 알고 있지. 솔직히 지금 이 상태로도 너는 자기 발을 찌르는 실수 따위는 저지르지 않을 거다, 양치기. 너는 그 칼이 네 허리춤에 있는 게 당연해 보이는 자세를 취하고 있어. 대부분의 동네 깡패들은 그걸 느낄 거다. 너는 칼을 처음 찬 날부터 그 정도 실력쯤은 갖추고 있었지. 그런데 왜 아직 여기 있는 거냐?"

"맷과 페린이 아직 여기 있으니까요." 랜드가 웅얼거렸다. "걔네가 떠나기 전에 떠나고 싶진 않아요. 어쩌면 걔네를 영원히…… 그러니까, 몇 년 안에는 못 볼지도 모르잖아요." 랜드가 머리를 벽에 기댔다. "피와 재를 걸고! 걔네는 자기들이랑 같이 고향으로 돌아가지 않는 저를 그냥 미쳤다고 생각해요. 그게 차라리 낫죠. 나이니브는 두 번에 한 번은 저를 무릎 까진 여섯 살짜리처럼 보면서 상처를 치료해 주려고 해요. 나머지 한 번은 전혀 모르는 사람을 보듯 하고요. 그것도 너무 자세히 쳐다보다가는 무례를 범하게 될 사람을 보듯. 나이니브는 현자예요. 제 생각에 나이니브는 그 무엇도 무서워해 본 적이 없을 거예요. 그런데도……." 랜드가 고개를 저었다. "에그웨인도 그렇고요. 태워 죽일! 에그웨인은 제가 왜 떠나야 하는지 알지만 그 얘기를 꺼낼 때마다 저를 물끄러미 바라봐요. 그러다 보면 저는 배 속에서 뭔가 뭉치는 기분이 들고……." 랜드가 칼자루로 이마를 꾹 눌렀다. 그렇게 하면 생각나는 것들을 더 이상 존재하지 않게 만들 수 있다는 듯이. "제가 바라는 건……. 저는……."

"모든 게 예전처럼 될 수 있으면 좋겠다는 거냐, 양치기? 아니면 그 여자애가 타 발론으로 가는 대신 너랑 함께 가기를 바라는 거냐? 그 애가 방랑의 삶을 살기 위해 아이즈 세다이가 되는 길을 포기할 거라고 생각해? 너랑 같이 방랑하려고? 네가 제대로 된 언어로 마음을 표현한다면 그럴지도 모르지. 사랑이란 이상한 존재니까." 란은 갑자기 지친 목소리가 되었다. "그야말로 이상한 존재니까."

"아뇨." 에그웨인이 자기와 함께 떠나 줬으면 하는 바람은 예전 마음이었다. 랜드가 눈을 뜨고 등을 곧게 펴며 단호하게 말했다. "아뇨, 에그웨인이 부탁한다고 해도 저는 저랑 같이 가게 놔두지 않을 거예요." 랜드는 에그웨인에게 그런 짓을 할 수 없었다. **하지만 빛이여, 에그웨인이 그러고 싶다고 말한다면, 딱 한 순간이라도 참으로 달콤하지 않겠습니까?** "제가 자기한테 이래라저래라 한다는 생각이 들면 에그웨인은 노새처럼 고집이 세져요. 그래봤자 제가 막을 수 있겠지만요." 랜드는 에그웨인이 에먼즈 필드의 집에 돌아갔으면 좋겠다고 생각했다. 그러나 그런 희망은 모레인이 투 리버스에 온 그날 모두 사라졌다. "에그웨인이 정말로 아이즈 세다이가 된다고 해도요!" 랜드는 곁눈으로 란이 눈을 치켜올리는 걸 보고 얼굴을 붉혔다.

"그게 이유냐? 고향 친구들이 떠나기 전에 최대한 많은 시간을 함께 보내겠다는 것? 그래서 발을 질질 끌고 있는 거야? 너도 네 발목을 잡는 게 뭔지는 알 텐데."

랜드가 화를 내며 벌떡 일어섰다. "네, 맞아요. 모레인 때문이에요! 모레인이 아니었으면 전 여기에 있지도 않았을 거예요. 그런데 모레인은 저랑 얘기조차 하지 않으려 한다고요."

"모레인이 아니었으면 넌 죽었을 거다, 양치기." 란이 딱 잘라 말했다. 그러자 랜드는 빠르게 말을 이었다.

"모레인은 저한테…… 저한테 끔찍한 얘기를 해요."—칼을 쥔 랜드의 손이 하얗게 질렸다. **내가 미쳐서 죽을 거라고 하지!**—"그런 다음에는 저한테 한마디도 건네지 않으려 하고요. 모레인이 저를 발견한 그날의 저와 지금의 제가 전혀 다르지 않은 것처럼 군다고요. 뭔가 수상한 냄새가 나요."

"모레인이 너를 진짜 네 정체에 맞게 대해 주었으면 하는 거냐?"

"아뇨! 그런 뜻이 아니에요. 태워 죽일! 두 번에 한 번은 제가 무슨 말을 하는 건지 모르겠어요. 모레인이 절 그렇게 대한다고 생각하면 두렵고, 그 반대의 경우를 생각하면 또한 무서워요. 그런데 이젠 모레인이 어딘가로 가버렸다고요. 모레인은 사라지면서……."

"말했지만, 모레인은 때로 혼자 있어야 한다. 모레인의 행동에 의문을 던지는 건 네가 할 일이 아니야. 다른 누구의 일도 아니고."

“……어디로 가는지, 언제 돌아올지, 돌아오기는 할지 아무한테도 말해 주지 않았어요. 모레인이라면 저한테 뭔가 도움이 될 만한 걸 말해 줄 수 있어야죠, 란. 뭐래도요. 꼭 그래야 한다고요. 돌아온다면 말이지만.”

“모레인은 돌아왔다, 양치기. 어젯밤에 말이야. 하지만 모레인이 너한테 해줄 수 있는 말은 모두 해준 것 같은데. 그걸로 만족해라. 모레인한테서 배울 수 있는 건 이미 배웠어.” 란이 고개를 한 차례 흔들었다. 그의 목소리가 활기차게 변했다. “확실한 건 거기 가만히 서서는 아무것도 배우지 못한다는 거야. 균형 연습을 해볼 시간이다. ‘돌풍을 가로지르는 왜가리’ 자세에서 시작해서 ‘비단 가르기’ 기술을 써 봐라. 왜가리 자세는 그저 균형 연습을 위해서라는 걸 기억해라. 그저 자세 연습을 할 때만 유용한 기술이야. 몸이 활짝 열리게 되니까. 상대방이 먼저 움직이기를 기다린다면 그 자세로 일격을 먹일 수는 있겠지만, 상대의 칼은 절대 피하지 못할 거다.”

“모레인은 **반드시** 뭔가 말해 줄 수 있어야 해요, 란. 아까 그 바람 있잖아요. 그 바람은 자연스럽지 않았어요. 여기가 거대한오염과 너무 가까운 곳이라서 그런 것 같지는 않아요.”

“‘돌풍을 가로지르는 왜가리’ 자세다, 양치기. 손목에 신경 써라.”

남쪽에서 희미한 나팔 소리가 들렸다. 우렁찬 팡파르가 천천히 소리를 높였다. 둥, 둥, 둥, 둥, 북소리가 함께 들려왔다. 랜드와 란은 잠시 서로를 바라보았다. 북소리에 이끌린 그들이 탑의 벽 쪽으로 가 남쪽을 보았다.

도시는 언덕 높은 곳에 서 있었다. 성곽 주변 땅은 사방 2킬로미터 전체가 발목 높이까지 오는 풀로 덮였을 뿐 완전히 비어 있었으며 요새는 가장 높은 언덕 꼭대기에 있었다. 탑의 가장 위에서 보면 굴뚝과 지붕 너머로 숲까지 시야를 가리는 게 아무것도 없었다. 북 치는 사람 십여 명이 가장 먼저 그 숲에서 나왔다. 그들은 자신들이 치는 박자에 맞춰 걸으며 북을 들어 올리고 북채를 휘둘렀다. 그다음은 나팔수였다. 그들은 길고 빛나는 뿔을 높이 들고 계속해서 팡파르를 울렸다. 거리가 멀었기에 랜드의 눈에는 나팔수 뒤쪽의, 바람에 휘날리는 커다랗고 네모난 깃발이 잘 보이지 않았다. 하지만 란은 끙 소리를 냈다. 수호자는 흰머리수리처럼 시력이 좋았다.

랜드가 힐끗 보았지만 수호자는 아무 말도 하지 않았다. 그의 시선은 숲에서 나오는 행렬에 머물러 있었다. 갑옷을 입고 말을 탄 남자들이 숲에서 나왔다. 말을 탄 여자들도 있었다. 그 뒤에는 말들이 앞뒤에서 끄는, 커튼이 내려진 가마가 있었다. 그 뒤로 말을 탄 남자들이 더 나왔고 더 많은 사람들이 대열을 이루어 걸어왔다. 그들은 긴 가시가 곤두선 것처럼 창을 머리 위로 들고 있었다. 궁수들은 가슴에 활을 비스듬하게 걸고 있었다. 그들 모두가 북소리에 맞춰 걸었다. 나팔이 다시 울렸다. 행렬은 노래하는 뱀이라도 된 것처럼 팔 다라 쪽으로 구불구불 다가왔다.

바람에 깃발이 펄럭였다. 깃발은 사람 키보다 컸고 한쪽으로 뻗어 있었다. 워낙 크기가 커서 이만큼 가까워진 지금은 랜드도 선명히 볼 수 있었다. 랜드에게는 아무 의미가 없는 색채의 소용돌이가 그려져 있었는데, 그 중심부에는 순백색 눈물방울처럼 생긴 형상이 있었다. 목구멍에서 숨이 얼어붙는 것만 같았다. 타 발론의 불꽃이었다.

"잉타가 저들과 함께 있다." 란은 생각이 딴 데 팔려 있는 사람처럼 말했다. "이제야 사냥에서 돌아온 거야. 오랫동안 떠나 있었는데. 운이 좀 따라 줬을지 모르겠군."

"아이즈 세다이." 마침내 입을 열 수 있게 된 랜드가 속삭였다. 저기 있는 모든 여자들……. 물론 모레인도 아이즈 세다이였다. 하지만 랜드는 모레인과 함께 여행한 적이 있었다. 그녀를 완전히 믿지는 못해도 알기는 알았다. 적어도 그는 안다고 생각했다. 하지만 모레인은 오직 한 명이었다. 저렇게 많은 아이즈 세다이가 한꺼번에, 이런 식으로 다가온다는 건 다른 문제였다. 랜드는 목을 가다듬었다. 말을 하려 하니 목소리가 갈라져 나왔다. "왜 저렇게 많은 거죠, 란? 아니, 한 명의 아이즈 세다이라 하더라도 대체 왜 찾아오는 거예요? 게다가 북과 나팔과 깃발로 자기들이 왔다는 걸 알리기까지 하면서요."

샤이나 사람들은 아이즈 세다이를 존경했다. 적어도 대부분은 그랬다. 그러지 않는 사람들도 그들을 경외했다. 하지만 랜드는 상황이 다른 곳에도 가 보았다. 그곳엔 오직 아이즈 세다이에 대한 두려움만 있었고, 종종 증오심도 함께였다. 랜드가 어린 시절을 보낸 곳에서도 몇몇 남자들은 '타 발론 마녀들'을 어둠의 존재에 대해 이야기하듯 말했다. 랜드는 여자들의 수를 헤아려 보려 했으나 그러기 힘들었다. 그들은 어떤 대열이나 순서도 없이 계속해서 나왔고, 말을 타고 움직이며 서로 혹은 가마에 있는 누군가와 계속 이야기를 나눴다. 랜드는 온몸에 소름이 돋았다. 그는 모레인과 여행한 적이 있었고 다른 아이즈 세다이를 한 명 만나본 적이 있었으며 자신이 어느 정도 세상 물정을 알게 되었다고 생각했다. 투 리버스를 떠난 사람은 아무도, 아니, 거의 없었지만 랜드는 떠나왔으니까. 투 리버스에서는 그 누구도 본 적 없는 것들을 랜드는 봤다. 그들이 꿈만 꿔 왔던 것들을. 투 리버스 사람들이 그렇게 원대한 꿈을 꿀 수 있다면 말이다. 랜드는 여왕을 봤고 안도어의 여왕 후계자를 만났으며 머드랄을 마주했고 웨이를 여행했다. 하지만 그 모든 일을 겪었음에도 이 순간에는 대비할 수 없었다.

"왜 저렇게 많은 거죠?" 랜드가 다시 속삭였다.

"아멀린 권좌께서 직접 오셨다." 란이 랜드를 보았다. 그의 표정은 바위처럼 단단하여 읽기 어려웠다. "수업은 끝이다, 양치기." 란은 잠시 말을 멈추었다. 랜드는 그의 얼굴에 연민이 가득하다는 생각마저 들었다. 물론 그럴 리 없겠지만. "넌 1주일 전에 떠나는 게 더 좋았을 거다." 수호자는 그렇게 말하며 셔츠를 집어 들더니 사다리를 타고 내려가 탑 속으로 사라졌다.

랜드가 마른 입술을 혀로 적혔다. 그는 마치 진짜 뱀, 아니 치명적인 독사라도 된 것처럼 팔 다라로 다가오는 행렬을 바라보았다. 북과 나팔이 귓속까지 크게 울렸다. 아이즈 세다이를 다스리는 아멀린 권좌라니. **나 때문에 온 거야.** 랜드는 다른 이유를 생각할 수 없었다.

아이즈 세다이는 많은 것을 알고 있었다. 랜드는 그것이 분명 자신에게 도움이 될 지식일 거라고 확신했다. 하지만 그는 그 누구에게도 감히 묻지 못했다. 그들이 자신을 순치시키러 오는 것일까봐 두려웠기 때문이다. 인정하기는 싫었지만, 그렇게 하러 온 것이 아닐까 봐 걱정스럽기도 했다. **빛이여, 어느 쪽이 더 두려운지 모르겠습니다.**

"저는 일원력을 채널링하려던 게 아니에요." 랜드가 속삭였다. "그건 사고였다고요! 빛이여, 저는 일원력과 아무 관계도 맺고 싶지 않아요. 다시는 일원력에 손대지 않겠다고 맹세할게요! 맹세해요!"

랜드는 아이즈 세다이 일행이 성문으로 들어오고 있음을 깨달았다. 바람이 거칠게 소용돌이치며 솟아올라 그의 땀을 얼음 조각처럼 식히고 나팔 소리를 음흉한 웃음소리처럼 만들었다. 랜드는 파헤친 무덤의 냄새가 공기 중에서 강하게 느껴진다고 생각했다. **계속 여기 서 있다간 여기가 내 무덤이 될 거야.**

랜드는 셔츠를 움켜쥐고 허둥지둥 사다리를 내려가 달리기 시작했다.

2장 환영

팔 다라 요새의 복도는 우아하면서도 소박한 태피스트리와 그림이 들어간 장막으로 드문드문 장식된 매끄러운 돌벽으로 이루어져 있었고, 아멀린 권좌가 곧 도착한다는 소식으로 부산스러웠다. 검은색과 황금색이 어우러진 옷을 입은 하인들은 정신없이 바빴다. 방을 단장하거나 주방에 주문을 넣으러 뛰어다니며, 미리 알려 주지 않은 상황에서 그렇게 중요한 사람을 맞이할 준비를 제대로 할 수는 없다고 투덜거렸다. 가죽끈으로 묶은 상투 부분만 빼고 머리를 빡빡 민 검은 눈의 전사들은 뛰어다니지 않았다. 하지만 그들의 발걸음에도 서두르는 기색이 가득했다. 전사들의 얼굴은 평소 전투를 위해 아껴 놓았던 긴장감이 역력했다. 랜드가 서둘러 지나가는데 몇몇 사람들이 말을 걸었다.

"아, 거기 있었군요, 랜드 알소르. 평화가 당신의 칼에 깃들기를. 씻으러 가는 겁니까? 아멀린 권좌를 뵐 때, 가장 멋진 모습을 보이는 게 좋을 겁니다. 그분은 여자 분들 말고도 당신과 당신의 두 친구를 보고 싶어 하실 거예요. 그건 분명합니다."

랜드는 넓은 계단 쪽으로 빠르게 걸었다. 남자 스무 명이 나란히 지나갈 만큼 넓은 계단이 남자 동으로 이어졌다.

"아멀린 권좌께서 떠돌이 장사꾼 무리처럼 예고도 없이 친히 나타나시다니. 모레인 세다이와 당신네 남부인들 때문이죠? 다른 이유가 없잖습니까?"

무쇠 띠를 두른 남자 동의 넓은 문이 열려 있었다. 아멀린 권좌가 도착했다며 웅성대는 상투 머리 남자들은 그 너머에 반쯤 차 있었다.

"어이, 남부인! 아멀린 권좌께서 오셨어. 너랑 네 친구들 때문에 오신 거겠지. 평화가 있길, 너한테는 아주 큰 영예잖아! 아멀린 권좌께서는 타 발론을 나서는 일이 거의 없으셔. 내가 기억하기로 변방에는 오신 적이 한 번도 없고."

랜드는 몇 마디 말로 그들 모두를 떨쳐냈다. 씻고 싶었다. 깨끗한 셔츠를 찾고 싶었다. 길게 이야기할 시간이 없었다. 랜드의 마음을 이해했는지 남자들이 그를 보내 주었다. 랜드와 친구들이 아이즈 세다이와 함께 여행했고 친구 두 명은 아이즈 세다이 수련을 받으러 타 발론에 갈 예정이라는 것 외에 뭔가를 아는 사람은 그들 중에 없었다. 그런데도 그들의 말은 모든 것을 안다는 듯 랜드를 자극했다. **나 때문에 온 거야.**

랜드는 남자 동을 가로질러 맷과 페린과 함께 쓰는 방으로 쏜살같이 들어갔다가…… 놀라 입을 떡 벌리며 얼어붙었다. 그의 방에 검은색과 황금색 옷을 입은 여자들이 가득했다. 그들 모두가 일사분란하게 움직이고 있었다. 큰 방은 아니었다. 창문도 궁전 안뜰 중 한 곳을 내려다보는 높고 좁은 총안이라 방을 커 보이게 하는 데는 아무 도움이 되지 않았다. 검은색과 흰색 타일로 이루어진 단상 위 세 개의 침대 발치에는 상자가 하나씩 놓여 있었고, 평범한 의자 세 개가 있었으며, 문 옆에는 세면대가 있었다. 높고 넓은 옷장으로 방 안이 북적거렸다. 그 좁은 방에 여자 여덟 명이 들어와 있으니 바구니에 가득 담아 놓은 생선 같았다.

그들은 랜드를 거들떠보지도 않은 채 그의—또한 맷과 페린의—옷들을 옷장에서 끄집어내고 거기에 새 옷을 계속 채웠다. 주머니에서 나오는 물건은 전부 상자 위에 올려 두고 오래된 옷은 부주의하게도 걸레처럼 둘둘 말았다.

"뭐 하는 거예요?" 랜드는 숨을 고르고 물었다. "내 옷이에요!" 여자 중 하나가 코웃음을 치더니 랜드의 유일한 코트 소매에 난 구멍으로 손가락을 집어넣어 보이고는 그걸 바닥에 쌓인 더미에 던졌다.

허리에 커다란 열쇠고리를 찬 다른 여자가 랜드를 바라보았다. 그녀는 이 요새의 **샤타얀**으로 이름은 엘란수였다. 랜드는 날카로운 얼굴의 그녀를 가정부라고 생각했다. 다만 그녀가 관리하는 집이 요새고 수십 명의 하인들이 그녀의 명령에 따를 뿐이었다. "모레인 세다이께서 여러분의 옷이 전부 낡아 빠졌다고 하시자 아말리사 아가씨께서 새 옷을 만들어 주라 하셨습니다. 그냥 비켜 계세요." 그녀는 단호하게 덧붙였다. "그러면 일을 더 빨리 끝낼 수 있습니다." **샤타얀**이 그렇게 경고하는데 그녀가 원하는 대로 하지 않을 수 있는 남자는 거의 존재하지 않았다. 어떤 사람들은 아겔마 공조차 예외는 아니라고 했다. 그런 만큼 **샤타얀**은 자기 아들뻘 되는 젊은이가 문제를 일으킬 거라고는 전혀 생각하지 않았다.

랜드는 하려던 말을 삼켰다. 말다툼할 시간이 없었다. 아멀린 권좌가 언제 그를 불러오라고 할지 몰랐다. "아말리사 아가씨께서 주신 선물에 영광을 바칩니다." 그는 샤이나식으로 간신히 그렇게 말했다. "엘란수 샤타얀, 당신께도 영광이 있기를 바랄게요. 부탁이니 제 말을 아말리사 아가씨께 전해 주세요. 마음과 영혼을 다 바쳐 그분을 섬기겠다고요." 이 정도면 의례를 사랑하는 두 샤이나 여자가 모두 만족할 터였다. "하지만 괜찮으시다면, 이제 옷을 갈아입고 싶은데요."

"그건 신경 쓰지 마세요." 엘란수가 편안하게 말했다. "모레인 세다이께서는 옛 옷을 모두 치우라고 하셨습니다. 바늘 한 땀 남기지 말고, 자질구레한 옷가지도 전부요." 여자 몇 명이 랜드를 곁눈질했다. 그들 중 문 쪽으로 움직인 사람은 한 명도 없었다.

랜드는 신경질적으로 터지는 웃음을 참으려고 뺨 안쪽 살을 씹었다. 샤이나의 관습은 랜드에게 낯설었다. 이곳에 영원히 산다 해도 절대 익숙해질 수 없는 관습마저 있었다. 예컨대 다른 모든 시간에 여자와 함께 욕탕에 들어갈 수 있다는 걸 알게 된 이후 랜드는 아침마다 짬을 내 목욕을 하는 데 익숙해졌다. 아침에는 타일을 붙인 욕탕에 사람이 없었기 때문이다. 랜드의 등을 밀어 주고 그 대가로 랜드도 똑같이 해 주기를 바라는 여자는 허드레 일꾼일 수도, 아겔마 공의 누이인 아말리사 아가씨일 수도 있었다. 샤이나에서 목욕탕은 신분이 통하지 않는 곳 중 하나였다. 그러면서 그들은 랜드에게 얼굴이 왜 그렇게 빨개졌느냐고, 햇볕을 너무 많이 쬐어서 그러느냐고 물었다. 그들은 랜드의 얼굴이 붉어진 이유를 이내 알아차렸는데, 요새의 여자 중 그런 점에 매력 말고 다른 걸 느끼는 사람은 한 명도 없는 듯했다.

난 한 시간만 있으면 죽거나 죽는 것보다도 못한 꼴이 될 것 같은데, 저 사람들은 내가 얼굴 붉히는 모습을 보려고 기다리다니! 랜드가 목청을 가다듬었다. "밖에서 기다려 주시면 나머지 옷은 제가 전달해 드리겠습니다. 명예를 걸고요."

여자 한 명이 조용히 킥킥 웃었다. 엘란수조차 입술을 움찔거렸다. 하지만 **샤타얀**은 고개를 끄덕이더니 다른 여자들에게 이미 싸 놓은 옷 꾸러미를 챙기라고 했다. 마지막으로 방을 나서던 그녀가 문 앞에 잠시 멈춰 서서 덧붙였다. "장화도 갈아 신으세요. 모레인 세다이께서 '전부'라고 말씀하셨습니다."

랜드는 입을 열었다가 다시 다물었다. 최소한 그의 장화는 아직 상태가 괜찮은 게 확실했다. 그 장화는 에먼즈 필드의 구두 수선공인 알윈 알반이 만든 것으로 길이 잘 들어 편했다. 하지만 장화를 포기하는 대가로 **샤타얀**이 그를 혼자 놔두고 떠나 준다면 그녀에게 장화를 내줄 생각이었다. 그녀가 원하는 다른 무엇이라도. 시간이 없었다. "네. 네, 그럼요. 제 명예를 걸고 그러겠습니다." 랜드는 문을 밀며 **샤타얀**을 억지로 내보냈다.

혼자 남은 랜드는 침대에 털썩 주저앉아 장화를 당겨 벗었다. 장화는 **정말로** 아직 괜찮았다. 약간 낡아서 여기저기 가죽이 갈라지긴 했지만 신을 만했고 발에 잘 맞게 길들어 있었다. 이어 그는 서둘러 옷을 벗고 모든 옷가지를 장화 위에 쌓아 놓은 다음 세면대에서 재빨리 몸을 씻었다. 물이 차가웠다. 남자 동의 물은 언제나 차가웠다.

옷장에는 소박한 샤이나 양식의 조각이 새겨진 널찍한 문이 세 개 달려 있었다. 폭포와 바위투성이 웅덩이 몇 개를 새긴 조각이었는데 그 이상을 암시하는 듯했다. 가운데 문을 연 랜드는 자기가 가져온 몇 벌 안 되는 옷 대신 그 자리에 들어가 있는 것들을 잠시 바라보았다. 최고급 울로 만들어진, 여느 상인이나 귀족의 것처럼 잘 마름질 된 목깃이 높은 코트가 십여 벌 들어 있었다. 마치 축제 때 입는 옷처럼 수놓여 있었다. 십여 벌이나! 게다가 넓은 소매에 소맷부리는 꽉 끼는 셔츠가 코트 한 벌당 린넨 재질과 비단 재질로 세 벌씩 마련되어 있었다. 망토도 두 벌 있었다. 두 벌이라니, 랜드는 평생 한 시기에 망토 한 벌밖에 걸치지 않아도 괜찮았는데 말이다. 망토 한 벌은 수수하고 두꺼운 모직 망토로 짙은 녹색이었고, 다른 망토는 황금색으로 왜가리가 수놓인 뻣뻣한 목깃의 남색이었으며…… 영주가 가문의 문장을 달았을 법한 왼쪽 가슴 높은 곳에는…….

랜드의 손이 저도 모르게 망토로 향했다. 그의 손가락은 감촉이 어떨지 모르겠다는 듯, 몸을 구부려 거의 원을 이루고 있는 뱀의 자수를 스쳤다. 다리 네 개와 사자의 황금색 갈기가 달린 뱀이었다. 비늘은 진홍색과 황금색이었고 발끝에는 황금색 발톱들이 달려 있었다. 랜드는 손을 덴 것처럼 움찔 뒤로 뺐다. **빛이여, 도와주소서! 이걸 만들라고 한 게 아말리사인가요, 모레인인가요? 이걸 본 사람은 몇 명이나 됩니까? 이 정체를, 그 의미를 아는 사람은 얼마나 될까요? 한 명만 안다 해도 너무 많습니다. 태워 죽일, 저를 죽이려고 하는 거예요. 빌어먹을 모레인! 저랑 말도 하지 않으려 들더니 이제는 입고 죽으라고 망할 고급 옷을 새로 줬군요!**

문 두드리는 소리에 랜드는 너무 놀라 간이 철렁했다.

"다 됐나요?" 엘란수의 목소리가 들렸다. "바늘 한 땀 남기지 말라고 했어요. 내가 들어가는 게 나을……." 엘란수가 문손잡이를 돌리려는 듯 끼익 하는 소리가 났다.

랜드는 깜짝 놀라며 자기가 아직 벌거벗고 있다는 걸 깨달았다. "다 됐어요." 그가 소리쳤다. "평화를 걸고! 들어오지 마세요!" 그는 서둘러 자기가 입고 있던 옷을 장화까지 싹 챙겼다. "제가 가져갈게요!" 그는 문 뒤에 몸을 숨긴 뒤 옷 꾸러미를 **샤타얀**의 품에 건넬 수 있을 만큼만 문을 열었다. "그게 다예요."

샤타얀이 문틈을 들여다보려 했다. "정말인가요? 모레인 세다이께서 모든 옷이라고 하셨습니다. 그냥 제가 들어가서 보는 게 나을……."

"그게 다예요." 랜드가 위협하듯 말했다. "제 명예를 걸고요!" 랜드는 **샤타얀**의 면전에서 어깨로 문을 밀어 닫았다. 문 건너에서 웃음소리가 들려왔다.

랜드는 나직하게 툴툴대며 서둘러 옷을 입었다. 저들 중 한 명이라도 돌진해 들어올 빌미를 주지 않을 생각이었다. 회색 브리치스는 품이 넓어 좀 낯설었지만 그래도 편안했다. 소매가 너울거리는 셔츠는 빨래하는 날 에먼즈 필드의 어느 주부도 만족할 만큼 새하얬다. 무릎까지 올라오는 장화는 1년쯤 신은 것처럼 잘 맞았다. 랜드는 그냥 솜씨 좋은 구두 수선공의 작품이어서 그런 것이기를 바랐다. 아이즈 세다이의 손길이 더 닿아서가 아니라.

이 모든 옷을 모으면 랜드의 덩치만큼 큰 꾸러미가 될 터였다. 하지만 그는 깨끗한 셔츠가 주는 편안함에 익숙해져 있었다. 땀과 때에 절어 장화만큼 뻣뻣해진 브리치스를 매일 입고 또 입지 않아도 되는 상황에. 랜드는 나무 상자에서 안장주머니를 꺼내 최대한 많은 옷을 집어넣은 뒤, 마지못해 화려한 망토를 침대 위에 펼쳐 놓고 셔츠와 브리치스 몇 벌을 그 위에 쌓았다. 위험한 문장이 안쪽으로 향하도록 옷을 개고 어깨에 멜 수 있도록 끈으로 고리를 만들고 나니, 길에서 본 다른 젊은이들이 가지고 다니는 꾸러미와 별로 달라 보이지 않았다.

총안 너머에서 나팔 소리가 들려왔다. 성벽 바깥에서 팡파르를 울리는 나팔 소리, 요새의 탑에서 응답하는 나팔 소리.

"기회가 생기면 수놓인 건 뜯어 버려야지." 랜드가 중얼거렸다. 여자들이 수를 놓다 실수하거나 생각하던 무늬를 바꾸어 실을 뜯어 버리는 모습을 본 적이 있었다. 별로 어려워 보이지 않았다.

나머지 옷은—사실, 그중 대부분은—다시 옷장에 집어넣었다. 랜드가 떠난 뒤 누군가 고개를 들이밀었을 때 곧바로 발견할 만한 도망의 증거를 남길 필요는 없었다.

그는 인상을 찡그리며 침대 옆에 무릎을 꿇었다. 침대가 놓여 있는 단상

안에는 난로가 설치되어 있었다. 샤이나의 겨울 중에서도 가장 가혹한 밤에 침대를 따뜻하게 해줄 수 있도록 그 안에 작은 불을 피워 놓는 곳이었다. 랜드는 난로 문을 연 다음, 놓고 갈 수 없는 꾸러미를 꺼냈다. 엘란수가 이 안에 누군가 옷을 보관하리라는 생각을 떠올리지 못했다니 다행이었다.

랜드는 꾸러미를 이불 위에 놓고 한쪽 매듭을 풀어서 일부를 펼쳤다. 상상할 수 있는 모든 크기와 색깔로 이루어진 수백 개의 조각보를 감추려고 뒤집어 놓은 방랑 시인의 망토가 있었다. 망토 자체도 꽤 쓸 만했다. 조각보는 방랑 시인의 훈장이었다. 지금은 아니지만.

방랑 시인의 망토 안에는 단단한 가죽 통 두 개가 있었다. 큰 통에는 하프가 들어 있었는데, 랜드는 하프에 손을 대본 적이 한 번도 없었다. **하프는 농부의 서툰 손가락이 닿을 만한 물건이 아니다, 이 녀석아.** 길고 가는 다른 통에는 랜드가 집을 떠나온 이후 밥값과 숙박료를 벌기 위해 한 번 이상 사용해 본, 황금과 은으로 세공된 플루트가 들어 있었다. 톰 머릴린이, 그 방랑 시인이 죽기 전에 랜드에게 플루트 연주하는 법을 가르쳐 주었다. 랜드는 톰을 떠올리지 않고는 플루트에 손을 댈 수 없었다. 그의 파란 눈과 길고 흰 콧수염, 그리고 망토 꾸러미를 랜드의 손에 밀어 넣으며 도망치라고 소리치던 그 모습을. 톰은 그렇게 소리치고 나서 달렸다. 공연이라도 하듯 그의 손에 마법처럼 칼 여러 자루가 나타났다. 그렇게 그는 그들을 죽이러 다가오던 머드랄과 맞섰다.

랜드는 몸을 떨며 다시 꾸러미를 쌌다. "다 끝난 일이야." 랜드는 탑 꼭대기에서 불던 바람을 떠올리며 덧붙였다. "거대한오염과 이렇게까지 가까운 곳에서는 이상한 일들이 일어나." 랜드는 딱히 그 말을 믿지 않았다. 어쨌든 란처럼 믿지는 않았다. 상관없었다. 아멀린 권좌가 아니더라도 랜드는 오래전에 팔 다라를 떠났어야 했다.

밖에 꺼내 놓은 코트를 걸치고—코트의 짙고 어두운 녹색이 고향의 숲을 떠올리게 했다. 랜드가 어린 시절을 보낸 탬의 웨스트우드 농장과 수영하는 법을 배웠던 워터우드를 말이다—왜가리 표시가 있는 칼을 허리에 차고 화살 깃이 뾰족뾰족 서 있는 화살통을 다른 쪽에 멨다. 시위를 걸지 않은 랜드의 활은 맷과 페린의 활과 함께 한쪽 구석에 기대어 있었다. 활대가 랜드의 키보다도 길었다. 랜드는 팔 다라에 와서 직접 그 활을 만들었는데, 랜드 자신을 제외하면 란과 페린만이 활시위를 당길 수 있었다. 랜드는 침낭과 새 망토를 꾸러미의 고리 사이에 끼워 넣고 왼쪽 어깨에 걸친 뒤 안장주머니를 꾸러미 위에 얹고 활을 잡았다. **칼을 잡는 손은 자유롭게 놔둬야지.** 그는 생각했다. **내가 위험한 인물이라고 생각하게 만들어야 해. 어쩌면 누군가는 그렇게 생각할지도 몰라.**

문을 살짝 열어 보니 복도는 비어 있었다. 의복을 갖춰 입은 하인 한 명이 빠르게 곁을 달려갔지만, 그는 랜드에게 눈길을 거의 주지 않았다. 남자의 빠른 발소리가 희미해지자 랜드는 슬그머니 복도로 나섰다.

자연스럽고 태평하게 걸으려 했지만 어깨에 안장주머니가 얹혀 있는 데다 등에는 꾸러미가 있으니 누가 봐도 다시는 돌아오지 않을 생각으로 여행을 떠나는 사람처럼 보일 게 뻔했다. 나팔이 다시 울렸다. 이곳 요새 안에서는 더 희미하게 들렸다.

랜드에게는 말이 한 필 있었다. 키가 큰 갈색 수말이었다. 그 말은 지금 "영주의 마구간"이라 불리는 북쪽 마구간에 있었다. 아겔마 공이 말을 타러 갈 때 쓰는 출격문 근처였다. 오늘은 팔 다라의 영주도 그의 가족도 말을 타지 않을 테니 마구간에는 마구간지기들 말고 아무도 없을 터였다. 랜드의 방에서 영주의 마구간까지 가는 길은 두 갈래였다. 한쪽은 요새 전체를 돌아 아겔마 공의 개인 정원 뒤쪽을 지난 뒤 요새 반대편을 따라 내려가다가 편자공의 작업실을 지나는 길이었다. 그 작업실도 지금은 비어 있을 게 확실했다. 하지만 그 길로 가는 데 걸리는 시간이라면, 랜드가 말 있는 곳에 도착하기 전에 누군가 수색 명령을 내리기에 충분했다. 다른 길은 훨씬 짧았지만, 먼저 바깥뜰을 가로질러야 했다. 그곳에는 지금 이 순간에도 아멀린 권좌가 십여 명의 다른 아이즈 세다이와 함께 다가오고 있었다.

소름이 돋았다. 이번 생에 아이즈 세다이는 겪을 만큼 겪었다. 살면서 만날 아이즈 세다이는 한 명으로 충분했다. 모든 이야기가 그렇게 전했고 랜드는 그 이야기가 사실이라는 걸 알고 있었다. 하지만 랜드는 자신의 발걸음이 바깥뜰로 향했을 때에도 놀라지 않았다. 그는 전설적인 타 발론을 결코 보지 못하겠지만—지금도, 앞으로도 그런 위험을 감수할 수는 없었다—떠나기 전에 아멀린 권좌의 모습은 잠시 훔쳐볼 수 있을 터였다. 그건 여왕을 보는 것과 비슷한 일이었다. **멀리서 볼 뿐이니 위험할 건 없어. 난 계속 움직일 거고, 내가 그 자리에 있었다는 걸 아멀린 권좌가 알아채기도 전에 사라질 거야.**

무쇠 띠를 두른 묵직한 문을 열고 정적에 잠긴 바깥뜰로 나갔다. 사람들이 성벽 위 보행로에 숲처럼 빽빽하게 서 있었다. 상투를 튼 병사들과 의복을 갖춰 입은 하인들, 아직 거름을 털어내지 못한 하인들이 모두 뺨과 뺨을 맞대고 있었다. 아이들은 어른들의 머리 너머로 구경하려고 목말을 타거나 어른들의 허리와 무릎 사이에 몸을 욱여넣었다. 궁수들이 배치되는 발코니는 사과 통처럼 빽빽하게 채워져 있었으며 벽에 난 좁다란 총안에도 사람들의 얼굴이 보였다. 모두가 조용히 기다리며 지켜보았다.

랜드는 안뜰에 쭉 늘어선 작업실과 화살 제조업자들의 공방 앞 성벽을 따라—팔 다라는 크고 엄숙하고 웅장했지만 궁전이 아닌 요새였고 이곳의 모든 것은 요새로서의 목적에 충실했다—사람들을 밀치고 조용히 사과하며 나아갔다. 어떤 사람은 인상을 쓰며 돌아보았고 개중 몇몇은 그의 안장주머니와 꾸러미를 눈여겨보았다. 하지만 별다른 말들은 하지 않았다. 대부분은 누가 자기를 밀치고 지나갔는지 굳이 보려고도 안 했다.

랜드는 대부분의 사람들의 머리 너머를 쉽게 볼 수 있었다. 뜰에서 벌어지는 일이 확실히 보일 정도였다. 주요 성문 바로 안쪽에 남자들이 각자의 말 옆에 일렬로 늘어서 있었다. 모두 열네 명이었다. 같은 종류의 갑옷을 입거나 같은 종류의 칼을 든 사람은 한 명도 없었고, 란처럼 생긴 사람 역시 없었다. 랜드는 그들이 수호자라고 확신했다. 둥근 얼굴, 각진 얼굴, 긴 얼굴, 좁다란 얼굴. 어떤 얼굴이든 그들은 다른 사람들이 보지 못하는 것을 보고 다른 사람들이 듣지 못하는 것을 듣는다는 듯한 표정을 짓고 있었다. 가만히 서 있는 모습조차도 늑대 무리처럼 위험하게 보였다. 그들에게는 닮은 점도 하나 있었다. 하나같이 랜드가 란에게서 처음 본, 색깔이 변하는 망토를 걸치고 있었던 것이다. 뒤에 뭐가 있든 그 색깔에 섞여 들어가는 것처럼 보이는 망토였다. 그런 망토를 걸친 사람이 너무 많아서 보고 있기가 힘들었다. 속이 울렁거렸다.

수호자들 앞으로 십여 걸음 떨어진 곳에 여자들이 한 줄로 각자의 말 옆에 서 있었다. 망토 두건을 뒤로 젖힌 채였다. 이제 랜드는 그들의 수를 헤아릴 수 있었다. 열넷. 아이즈 세다이 열넷이었다. 틀림없이 아이즈 세다이일 것이다. 키가 큰 사람과 작은 사람, 날씬한 사람과 통통한 사람, 피부가 검은 사람과 흰 사람, 머리칼을 짧게 자른 사람과 길게 기른 사람, 긴 머리칼을 허리까지 늘어뜨린 사람과 땋은 사람. 그들은 수호자들만큼 다양한 옷을 입고 있었다. 여자들의 수만큼 옷의 형태나 색깔도 종류가 많았다. 그러나 그들에게도 어떤 동질성이 있었다. 이런 식으로 함께 서 있을 때만 두드러지는 동질성이었다. 여자로서 그들은 나이를 가늠할 수 없어 보였다. 이 정도 거리에서 보면 그들 모두 어리다고 말할 수 있을 것이다. 하지만 가까이 가서 보면 그들이 모레인과 비슷해 보이리라는 것을 랜드는 알았다. 그들은 어려 보이지만 실제로는 그렇지 않았으며 피부가 매끄럽지만 어리다기에는 너무도 성숙한 얼굴을, 너무 많은 것을 아는 눈을 가지고 있었다.

가까이 간다고? 바보야! 이미 너무 가까워! 태워 죽일, 먼 길로 돌아갔어야 하는데. 랜드는 목적지를 향해, 뜰의 저쪽 끝에 있는 무쇠 띠를 두른 문을 밀고 나갔으나 구경하는 일을 멈출 수는 없었다.

아이즈 세다이들은 침착하게도 구경꾼을 무시하고 커튼이 내려진 가마에 계속 관심을 두었다. 이제 가마는 뜰 가운데에 와 있었다. 가마를 끄는 말들은 마부가 굴레를 잡고 있기라도 한 것처럼 얌전했지만 가마 옆에는 여자 한 명밖에 없었다. 그녀 역시 아이즈 세다이의 얼굴을 하고 있었으며 말들에게는 전혀 관심을 두지 않았다. 그녀가 두 손으로 잡아 몸 앞에 들고 있는 지팡이는 그녀의 키만 했다. 지팡이 끝에 달린 도금된 불꽃이 그녀의 눈 위로 솟아 있었다.

아겔마 공이 뜰 저쪽 끝에서 가마를 마주 보았다. 퉁명스럽고 각진 얼굴은 표정을 읽기 어려웠다. 목깃이 높은 그의 짙은 파란색 코트에는 자가드 가문의 상징인 세 마리의 달리는 붉은 여우와 샤이나의 상징인 구부정한 검은 매가 새겨져 있었다. 그 옆에는 세월에 시들었지만 여전히 키가 큰 로넌이 서 있었다. 붉은 아바타인으로 조각한 세 마리 여우가 **샴바얀**이 들고 있는 긴 지팡이 위에 얹혀 있었다. **샴바얀**과 **샤타얀**으로서, 로넌은 요새의 서열에서 엘란수와 같은 등급이었다. 하지만 엘란수는 그에게 의례에 참석하고 아겔마 공의 비서 역할을 하는 것 외의 별다른 일을 주지 않았다. 두 남자 모두 상투가 눈처럼 희었다.

수호자들, 아이즈 세다이, 팔 다라의 군주, 그의 샴바얀 등 모두가 돌처럼 가만히 서 있었다. 구경꾼들은 숨을 참는 듯했다. 랜드는 그러고 싶지 않았지만 걸음을 늦추었다.

로넌이 널찍한 포장석에 지팡이를 시끄럽게 세 차례 두드리며 침묵 속에 외쳤다. "누가 오셨습니까? 누가 오셨습니까? 누가 오셨습니까?"

가마 옆의 여자가 응답으로 지팡이를 세 차례 두드렸다. "봉인의 수호자. 타 발론의 불꽃. 아멀린 권좌다."

"우리가 왜 지켜봐야 합니까?" 로넌이 물었다.

"인류의 희망을 위해서다." 키 큰 여자가 대답했다. "우리는 무엇을 막는가?"

"정오의 그림자입니다."

"얼마나 지켜야 하는가?"

"뜨는 해로부터 뜨는 해까지, 물레가 도는 내내 지켜야 합니다."

아겔마가 허리를 숙였다. 그의 흰 상투가 산들바람에 흩날렸다.

"팔 다라는 빵과 소금과 환영 인사를 건넵니다. 아멀린 권좌께서는 팔 다라에 잘 오셨습니다. 이곳에서는 감시가 이어지고 있고 동맹이 유지되고 있나니 잘 오셨습니다."

키 큰 여자가 가마의 커튼을 걷자 아멀린 권좌가 나왔다. 모든 아이즈 세다이가 그렇듯 검은 피부에 나이를 가늠할 수 없는 얼굴을 가진 그녀는 허리를 펴며 모여 있는 구경꾼들을 눈으로 훑었다. 그녀의 시선이 자신을 스치고 지나갈 때 랜드는 몸을 움찔했다. 누가 만진 것 같은 기분이었다. 그녀의 시선이 계속 움직이다가 아겔마 공에게 머물렀다. 의복을 차려입은 하인 한 명이 접어 둔 수건을 은쟁반에 얹어 가지고 와 그녀의 옆에 무릎을 꿇었다. 수건에서 아직 김이 나고 있었다. 아멀린 권좌가 형식적으로 손을 닦고 젖은 천으로 얼굴을 톡톡 두드렸다. "환영해 주어서 고맙다, 나의 아들아. 빛께서 자가드 가문을 비추시길. 빛께서 팔 다라와 팔 다라의 모든 사람을 비추시길."

아겔마가 다시 허리를 숙였다. "당신께서는 저희를 영광스럽게 하십니다, 어머니." 아멀린 권좌가 아겔마 공을 아들이라 부르는 것도, 아겔마 공이 그녀를 어머니라 부르는 것도 이상하게 들리지 않았다. 그녀의 매끄러운 뺨과 그의 울퉁불퉁한 얼굴을 비교해 보면 아겔마 공이 아멀린 권좌의 아버지에, 심지어 할아버지에 더 가까워 보였지만 말이다. 아멀린 권좌에게는 아겔마 공 이상의 존재감이 있었다. "자가드 가문은 어머니의 것입니다. 팔 다라가 어머니의 것입니다."

사방에서 환성이 터져 나와 파도처럼 요새의 성벽에 부딪혔다. 랜드는 안전한 곳으로 통하는 문을 향해 서둘러 걸었다. 이제는 누구와 부딪치든 신경 쓰지 않았다. **그냥 빌어먹을 상상이야. 아멀린 권좌는 네가 누군지도 몰라. 아직은. 피와 재를 걸고, 만약에 안다면…….** 랜드는 아멀린 권좌가 자신이 누군지, 무엇인지 알면 무슨 일이 일어날지 생각하고 싶지 않았다. 마침내 그녀가 알아내면 무슨 일이 일어날지에 대해서도. 랜드는 탑 꼭대기에 불어온 바람이 아멀린 권좌와 조금이라도 관계가 있을지 궁금했다. 아이즈 세나이는 그런 일을 할 수 있었다. 랜드는 문을 밀치고 나가 쾅 닫았다. 그러자 아직도 뜰에 진동하는 환영의 함성소리가 작아졌다. 랜드는 안도의 한숨을 내쉬었다.

이곳의 복도는 다른 복도가 그랬듯 비어 있었다. 랜드는 무작정 달렸다. 밖으로 나가서 한가운데에 물을 뿜는 분수가 있는 작은 뜰을 가로질렀다. 그러고는 다른 복도를 지나 판석이 깔린 마구간 앞뜰을 지났다. 요새의 성벽에 붙박이로 지어진 영주의 마구간이 높고 길게 자리 잡고 있었다. 성벽 안쪽에 자리한 이 마구간에는 창문이 있었고 말들은 두 층에 나누어 보관되

없다. 안뜰 맞은편의 편자공 작업실은 조용했다. 편자공과 조수들은 환영식을 보러 가고 없었다.

얼굴이 가죽처럼 거친 마부 테마가 넓은 문 앞에서 깊이 허리를 숙이며 랜드를 맞이했다. 그는 자기 이마를, 그다음에는 가슴을 건드렸다. "영혼과 마음으로 모시겠습니다, 나리. 테마가 어떻게 도와드리면 되겠습니까?" 그에게는 전사의 상투가 보이지 않았다. 테마의 머리카락은 회색 접시를 뒤집어놓은 것처럼 그의 머리에 찰싹 붙어 있었다.

랜드가 한숨을 쉬었다. "백 번째 말하는 거지만, 테마. 저는 나리가 아니에요."

"나리의 뜻대로 하십시오." 마부가 더욱 깊이 허리를 숙였다.

문제는 랜드의 이름이 가진 유사성이었다. 랜드 알소르. 알란 만드라고란. 말키어의 관습에 따르면, 란의 이름에 붙은 "알"은 그가 왕이라는 뜻이었다. 란이 직접 그 이름을 사용한 적은 한 번도 없었지만 말이다. 랜드에게 "알"은 그냥 이름의 한 부분이었다. 오래전, 투 리버스가 투 리버스로 불리기도 전에 그 단어에 "누구누구의 아들"이라는 뜻이 있었다는 얘기를 듣기는 했지만. 그러나 팔 다라 요새의 하인 중 일부는 그 단어를 랜드 역시 왕이라는 뜻으로, 최소한 왕자라는 뜻으로 받아들였다. 랜드가 아무리 아니라고 주장해 봐야 겨우 영주로 강등될 뿐이다. 적어도 랜드가 생각하기에는 그랬다. 사람들이 아겔마 공에게조차 그렇게까지 많이 절하고 굽신거리는 모습은 본 적은 별로 없었으니까.

"레드한테 안장을 채워 주세요, 테마." 랜드는 그 일을 직접 하겠다고 말할 만큼 어리석지 않았다. 테마는 랜드가 손을 더럽히게 놔두지 않을 테니까. "마을 근처 지방을 며칠 구경할까 해요." 커다란 갈색 수말의 등에 오르기만 하면 며칠 안에 에리닌강에 이르거나 아라펠 국경을 가로지를 수 있을 터였다. **그러면 절대로 날 찾지 못할 거야.**

마부는 거의 몸이 반으로 접힐 만큼 허리를 숙인 채 일어나지 않았다. "용서해 주십시오, 나리." 그가 쉰 목소리로 속삭였다. "죄송하지만 테마는 그 말에 따를 수 없습니다."

랜드는 당황스러워 얼굴을 붉히며 불안하게 주위를 둘러보다가—다른 누구도 보이지 않았다—남자의 어깨를 꽉 잡고 일으켜 세웠다. 테마를 비롯한 몇몇 사람이 이런 식으로 구는 것을 막을 수는 없을지라도 누군가 그 모습을 보는 것은 막아볼 수 있었다. "왜요, 테마? 테마, 날 좀 봐요. 왜 안 된다는 거예요?"

"명령이 있었습니다, 나리." 테마가 다시 속삭였다. 그는 시선을 변함없이 내리깔고 있었다. 두려워서가 아니라 랜드의 부탁을 들어줄 수 없어서 부끄러워하는 것이었다. 샤이나 사람들은 이런 상황에서 다른 민족들이 도둑으로 낙인찍힐 때만큼이나 부끄러워했다. "다른 명령이 내려질 때까지는 그 어떤 말도 이 마구간에서 떠날 수 없습니다. 요새 안의 어떤 마구간에서도 말입니다, 나리."

랜드는 테마에게 괜찮다고 말하려고 입을 열었다가 대신 입술을 핥았다. "어느 마구간에서도 말이 못 나간다고요?"

"예, 나리. 방금 전에 내려진 명령입니다. 얼마 안 됐습니다." 테마의 목소리에 힘이 실렸다. "모든 성문이 닫혔습니다, 나리. 허가 없이는 누구도 들어오거나 나갈 수 없습니다. 도시 순찰대조차 마찬가지라고 들었습니다."

랜드는 꿀꺽 침을 삼켰지만 누군가 손가락으로 목을 조르는 것 같은 느낌은 줄어들지 않았다. "그 명령 말인데요, 테마. 아겔마 공이 내리신 건가요?"

"물론입니다, 나리. 달리 누가 내렸겠습니까? 물론 아겔마 공께서 테마에게 직접 명령하신 것은 아니고 테마에게 명령을 전한 사람에게 말씀하신 것도 아니시만요. 하지만 나리, 팔 디리에서 그런 명령을 내릴 수 있는 사람이 또 누가 있겠습니까?"

또 누가 있을까? 요새 종탑에서 가장 큰 종이 쩌렁쩌렁하게 울리자 랜드는 펄쩍 뛰었다. 다른 종도 함께 울리기 시작했고 마을의 종들도 끼어들었다.

"테마가 감히 말씀드리자면," 마부가 종소리로 시끄러운 와중에 소리쳤다. "나리께서는 무척 기쁘시겠습니다."

랜드는 테마가 들을 수 있도록 마주 소리쳐야 했다. "기쁘다고요? 왜요?"

"환영식이 끝났으니까요, 나리." 테마가 종탑을 가리켰다. "이제 아멀린 권좌께서 나리와 나리의 친구들을 부르실 겁니다."

랜드가 달리기 시작했다. 테마의 얼굴 표정을 잠깐 봤을 뿐, 랜드는 떠나고 있었다. 테마가 뭐라고 생각하든 상관없었다. **이제 아멀린 권좌가 나를 부를 거야.**

3장 친구들과 적들

랜드는 멀리 달려가지 못했다. 마구간에서 모퉁이를 돌면 나오는 출격문까지 겨우 갔을 뿐이다. 출격문에 도착하기 전에 속도를 늦춰서 걸었다. 서두르지 않는 것처럼 보이려 했다.

아치형 성문은 꽉 닫혀 있었다. 성인 남자 두 명이 겨우 말을 타고 나란히 지나갈 수 있을 정도의 넓이였지만, 외성의 모든 성문이 그렇듯 널찍하고 검은 무쇠 띠가 감겨 있었고, 두꺼운 빗장으로 잠겨 있었다. 경비병 두 사람이 무늬 없는 원뿔 투구와 판금 사슬 갑옷을 입고 등에 긴 칼 두 자루를 찬 채 성문 앞에 서 있었다. 그들의 황금색 겉옷 가슴에는 검은 매가 붙어 있었다. 랜드는 그중 한 명, 라간을 조금 알았다. 트롤록의 화살에 맞은 흉터가 면갑 철창 뒤 라간의 검은 뺨에 흰 삼각형을 남겨 놓았다. 랜드를 본 그가 미소를 짓느라 그 주름진 피부에 볼우물이 생겼다.

"평화가 그대에게 호의를 베풀길, 랜드 알소르." 라간이 거의 종소리를 누르고 들릴 만한 목소리로 소리쳤다. "토끼 머리를 쳐서 사냥할 셈이야? 아니면 지금도 그 곤봉을 활이라고 주장할 셈인가?" 다른 경비병이 성문 앞으로 다가왔다.

"평화가 당신에게 호의를 베풀길요, 라간." 랜드가 그들 앞에 멈춰 서며 말했다. 목소리를 침착하게 하는 데 노력이 필요했다. "활인 거 알잖아요. 내가 쏘는 것도 봤고."

"말을 타고 쏘기에는 별로야." 다른 경비병이 퉁명스럽게 말했다. 랜드는 그제야 그를 알아보았다. 검은 눈이 움푹 파여 있고 거의 깜빡이지 않는 사람이었다. 그 두 눈이 동굴 안에 있는 또 하나의 쌍둥이 동굴처럼 투구 속에서 랜드를 바라보았다. 마시마가 성문을 지키고 있다니. 랜드는 그보다 운이 나쁜 상황도 얼마든지 있을 거라고 생각했지만 어떤 상황이 그럴 것인지 지금으로서는 확실하지 않았다. 적색의 아이즈 세다이가 성문을 지키는 상황일까?

"너무 길어." 마시마가 덧붙였다. "나는 네가 그 괴물 같은 활로 느릿느릿한 발을 쏘는 동안 말을 타고 화살 세 발을 날릴 수 있어."

랜드는 그 말을 농담이라고 생각하는 양 억지로 씩 웃었다. 랜드와 대화할 때 마시마는 한 번도 농담을 하거나 농담을 듣고 웃은 적이 없었지만 말이다. 팔 다라의 남자 대부분은 랜드를 받아들였다. 랜드는 란과 훈련했고 아겔마 공과 함께 식사했으니까. 가장 중요한 건 랜드가 아이즈 세다이인 모레인의 일행으로서 팔 다라에 도착했다는 점이었다. 하지만 어떤 사람들은 그가 이방인이라는 점을 잊지 못하는 듯했다. 그래서 랜드에게 말을 걸 때는 간신히 두 마디를 건넸고 그조차 꼭 필요할 때만 그랬다. 마시마는 그중 최악이었다.

"전 괜찮던데요." 랜드가 말했다. "라간, 토끼 얘기가 나와서 말인데 나 좀 내보내 줄래요? 너무 시끄럽고 부산스러워서 견디기가 힘들어요. 나가서 토끼 사냥을 하는 게 낫겠어요. 토끼를 한 마리도 못 본다 해도요."

라간이 반쯤 고개를 돌려 일행을 보았다. 랜드는 희망이 샘솟기 시작했다. 라간은 태평한 사람이었다. 험상궂은 흉터와 어울리지 않는 태도를 갖고 있었다. 또 그는 랜드를 좋아하는 것 같았다. 하지만 마시마는 이미 고개를 젓고 있었다. 라간이 한숨을 쉬었다. "그럴 수 없어, 랜드 알소르." 그는 설명이라도 하려는 듯 마시마를 향해 작게 고갯짓했다. 라간 혼자서 결정할 수 있는 일이었다면…… "서면으로 작성된 통행증이 없으면 아무도 못 나

가. 몇 분 전에 물어봤으면 좋았을 텐데. 성문을 막으라는 명령이 방금 내려 왔거든."

"하지만 아겔마 공께서 왜 나를 안에 잡아 두려 하시겠어요?" 마시마는 랜드가 등에 지고 있는 꾸러미와 안장주머니를 눈여겨보았다. 랜드는 그 눈 빛을 모른 체했다. "저는 그분의 손님인걸요." 그가 라간을 보며 말을 이었 다. "명예를 걸고 하는 말인데, 지난 몇 주 동안 난 아무 때나 떠날 수 있었어 요. 아겔마 공께서 왜 나를 염두에 두고 그런 명령을 내리셨겠어요? 어차피 아겔마 공의 명령이잖아요?" 그러자 마시마는 눈을 깜빡였다. 언제까지나 인상을 쓰고 있을 것 같은 그 얼굴이 더욱 험악해졌다. 그는 거의 랜드의 짐 을 잊은 것처럼 보였다.

라간이 웃었다. "아니면 누가 그런 명령을 내렸겠어, 랜드 알소르? 물 론 나한테 그 명령을 전한 사람은 우노야. 하지만 대체 누구의 명령이겠느 냐고?"

랜드의 얼굴에 고정된 마시마의 눈은 여전히 깜빡이지 않았다. "그냥 혼 자 나가고 싶어요, 그게 다예요." 랜드가 말했다. "그럼 정원 쪽으로 가볼게 요. 토끼는 없지만 최소한 사람들이 모여 있지는 않을 테니까요. 빛께서 당 신을 비추시고, 평화가 당신에게 호의를 베풀길."

랜드는 대답으로 들려올 축복의 말을 기다리지 않고 멀어져 갔다. 그 어 떤 경우에도 정원 근처에는 가지 않겠다고 결심하면서. **태워 죽일, 환영식 이 끝나면 어느 정원에든 아이즈 세다이가 있을 수 있어.** 랜드는 등에 닿는 마시마의 시선을 의식하며 —마시마의 시선이 분명했다—속도의 걸음을 보 통으로 유지했다.

종 울리는 소리가 멈추자 랜드가 멈칫했다. 엄청나게 많은 시간이 지나고 있었다. 아멀린 권좌를 그녀의 방으로 안내할 시간, 그녀가 랜드를 부르러 사람을 보낼 시간, 랜드가 발견되지 않아 수색이 시작될 시간이. 랜드는 출 격문이 보이지 않는 곳으로 나오자마자 다시 달리기 시작했다.

병영의 주방 근처에 성문이 하나 있었다. 요새에서 쓰이는 모든 식재료를 가지고 들어오는 "수레꾼의 성문"이었다. 그 성문 역시 닫힌 채 빗장이 채워져 있었고 그 앞에는 병사 둘이 서 있었다. 랜드는 전혀 멈춰 설 생각이 없다는 듯 서둘러 주방 앞뜰을 가로질렀다.

요새 뒤쪽에 있는 "개의 성문"은 딱 한 사람이 걸어서 지나갈 만한 폭과 높이였는데, 거기에도 경비병들이 있었다. 랜드는 그들의 눈에 띄기 전에 돌아섰다. 요새가 커도 성문의 수가 많지는 않았다. 개의 성문에도 경비병이 있다면 모든 성문에 경비병이 있을 터였다.

어쩌면 긴 밧줄을 찾을 수 있을지도 모른다……. 랜드는 계단을 올라 외성 꼭대기로, 성벽에 화살 구멍이 있는 넓은 흉벽으로 갔다. 이토록 높은 곳에 노출되어 있을 때 그때의 바람이 다시 불어올 수 있을 것이라고 생각하니 편안하지 않았다. 그러나 여기서는 마을의 높은 굴뚝과 가파른 지붕들을 건너 저 멀리 도시의 성벽까지 모든 것이 보였다. 거의 한 달을 지냈지만, 투리버스에 익숙한 랜드가 보기에 이곳의 집들은 여전히 이상했다. 집 전체가 나무 널 지붕으로 이루어진 것처럼 처마가 거의 바닥에 닿았다. 굴뚝은 무거운 눈이 미끄러져 내리도록 가파르게 각이 잡혀 있었다. 판석이 깔린 넓은 광장이 요새를 둘러싸고 있었으나 성벽에서 겨우 91미터 떨어진 곳에는 일상적인 일을 하는 사람들로 가득한 거리가 펼쳐져 있었다. 가게 앞 차양 밑에 서 있는 앞치마 차림의 가게 주인들, 물건을 사고팔려고 시내에 온 거친 옷의 농부들, 행상인과 숙련공과 군데군데 모여 있는 마을 사람들. 그들은 틀림없이 아멀린 권좌가 방문했다는 놀라운 일에 대해 수군거리고 있을 것이다. 랜드는 마을 성벽의 성문 중 하나를 지나 흘러 들어오는 수레와 사람들을 볼 수 있었다. 분명 그곳의 경비병들은 누군가를 멈춰 세우라는 명령을 받지 않았을 것이다.

랜드는 가장 가까운 감시탑을 올려다보았다. 병사 한 명이 장갑 낀 손을 랜드에게 들어 보였다. 랜드는 씁쓸하게 웃으며 손을 마주 흔들었다. 벽은 30센티미터도 안 됐지만 경비병들이 지켜보고 있었다. 그는 총안 너머로 몸을 내밀고 게시판을 설치할 때 쓰는 구멍을 지나 훨씬 아래쪽, 물 없는 해자의 넓게 펼쳐진 돌을 내려다보았다. 폭 스무 걸음에 깊이 열 걸음. 미끄러울 정도로 매끈매끈하게 윤을 낸 돌 표면. 숨을 곳을 전혀 내 주지 않고 기울어진 낮은 성벽이 그곳을 둘러싸고 있어 누군가 실수로 빠지지 못하도록 막아 주고 있었다. 바닥은 면도칼처럼 날카로운 창의 숲이었다. 내려갈 때 쓸 밧 줄이 있고 지켜보는 경비병이 없더라도 그 해자를 건널 수는 없었다. 최후 의 극단적인 상황에서 트롤록을 막는 역할을 했던 장치가 랜드를 성 안에 붙들어놓는 데도 똑같은 역할을 했다.

갑자기 랜드는 뼛속까지 푹 젖은, 지친 느낌에 빠져들었다. 아멀린 권좌 가 와 있었고 빠져나갈 방법은 없었다. 빠져나갈 방법은 없었고 아멀린 권 좌가 와 있었다. 랜드가 이곳에 있다는 걸 아멀린 권좌가 안다면, 랜드를 사 로잡았던 그 바람을 보낸 사람이 아멀린 권좌였다면, 그녀는 이미 아이즈 세다이의 권능으로 그를 쫓고 있는 것이다. 그 권능에 쫓기는 랜드보다 랜 드의 활에 쫓기는 토끼들이 살 확률이 더 높았다. 그러나 랜드는 포기하지 않기로 했다. 투 리버스 사람들은 돌도 가르칠 수 있고 노새에게도 훈계할 수 있다는 말이 있다. 아무것도 남지 않은 순간에도 투 리버스 사람들은 자 신의 고집만큼은 놓지 않았다.

랜드는 성벽을 떠나 요새를 헤매고 다녔다. 어디로 갈지는 신경 쓰지 않 았다. 평소 갈 만한 곳만 아니면 됐다. 자기 방 근처는 물론, 마구간이나 성 문도 피해야 했다. 마시마가 우노를 통해 랜드가 떠나려 한다고 보고할지 몰랐다. 정원도 안 됐다. 랜드는 모든 아이즈 세다이와 거리를 두어야 한다 는 생각밖에 없었다. 모레인과도. 모레인은 랜드를 알았다. 그럼에도 랜드에 게 불리한 일은 하나도 하지 않았다. **지금까지 그런 거지. 지금까지 내가 알 기로는. 모레인이 생각을 바꿨으면 어쩌지? 어쩌면 모레인이 사람을 보내 아멀린 권좌를 불러온 걸지도 몰라.**

랜드는 길을 잃은 기분으로 복도 벽에 기대어 섰다. 어깨 아래에 돌이 단 단하게 느껴졌다. 그는 텅 빈 눈으로 먼 곳의 허공을 바라보며 보고 싶지 않 은 것들을 보았다. **순치당한다니. 그럼 슬플까? 모든 게 끝나면? 정말로 끝 나면?** 랜드는 눈을 감았지만 도망칠 곳이 하나도 남지 않아 토끼처럼 웅크 리고 있는 자신과 갈까마귀처럼 그의 주변으로 밀려드는 아이즈 세다이가 여전히 보였다. 그들은, **순치당한 남자들은 거의 항상 얼마 지나지 않아 죽**

는다. 더 이상 살고 싶어 하지 않거든. 랜드는 톰 머릴린의 말을 잘 기억하고 있었기에 그 사실을 직면할 수 없었다. 그는 세차게 고개를 저으며 서둘러 복도를 따라 걸었다. 발견될 때까지 한 곳에 머물 필요는 없었다. **사람들이 널 찾을 때까지 얼마나 남았을까? 넌 울타리에 갇힌 양이나 다름없어. 얼마나 남았을까?** 랜드는 옆구리의 칼자루를 건드렸다. **아니, 넌 양이 아니야. 아이즈 세다이에게도, 다른 누구에게도.** 랜드는 약간 바보가 된 것 같았지만 결심을 굳혔다.

사람들이 각자 할 일로 되돌아가고 있었다. 사람들 떠드는 소리와 냄비가 쨍그랑거리는 소리로 가득한 소음이 대연회장과 가장 가까운 주방을 가득 채웠다. 아멀린 권좌와 그녀의 일행이 그날 밤 그곳에서 연회를 할 터였다. 요리사들과 하인들, 급사들이 바쁘게 뛰어다녔다. 꼬치 꿰는 일꾼들은 꼬치에 꽂힌 고기를 돌리느라 버들가지 바퀴 안에서 종종걸음 쳤다. 랜드는 그 열기와 증기를, 향신료와 음식의 냄새를 재빨리 헤치고 지나갔다. 아무도 그를 눈여겨보지 않았다. 모두가 너무 바빴다.

하인들의 작은 숙소가 있는 뒤쪽 복도가 걷어차인 개미집처럼 들끓었다. 여러 남녀가 가장 좋은 옷을 차려입겠다고 수선을 떠는 중이었다. 아이들은 나름대로 길을 비켜 구석에서 놀았다. 남자 아이들은 나무칼을 휘둘렀고 여자 아이들은 나무 인형을 가지고 놀았다. 몇 명은 자기 인형이 아멀린 권좌라고 말했다. 대부분의 문이 열려 있었다. 문 앞을 막고 있는 건 구슬이 꿰어진 장막뿐이었다. 보통 그것은 손님을 환영한다는 뜻이었으나, 오늘은 단지 거기 사는 사람이 서두르고 있다는 의미일 뿐이었다. 랜드에게 허리 숙여 인사하는 사람조차도 거의 멈추지 않고 바쁘게 인사를 건넸다.

그중 누군가가 시중을 들러 갔다가 랜드가 수색당하는 중이라는 말을 듣고 그를 봤다고 이야기할까? 아이즈 세다이에게 랜드를 찾을 수 있는 곳을 알려줄까? 랜드가 지나친 시선들이 갑자기 그를 음흉하게 살펴보는 것처럼 느껴졌다. 그를 가늠해 보고 등 뒤에서 헤아려 보는 것처럼 느껴졌다. 아이들의 시선조차 예리하게 느껴졌다. 랜드는 그게 단지 자신의 상상이라는 걸 알았지만—분명했다. 그래야만 했다—하인들의 숙소를 지나치자 덫이 탁

입을 다물기 전에 탈출한 것 같은 기분이었다.

요새의 몇몇 공간에는 사람이 없었다. 평소 그곳에서 일하는 사람들이 갑작스러운 휴일을 맞아 자리를 비우고 없었다. 갑옷 장인의 용광로는 불이 꺼져 있었다. 모루는 조용했다. 조용하고 차갑고 생기가 없었다. 그러나 완벽하게 비어 있지는 않았다. 랜드는 소름이 돋아 휙 돌아섰다. 아무도 없었다. 정사각형의 커다란 공구함과 기름이 가득 찬 냉각용 통이 있었을 뿐이다. 랜드는 목뒤털이 삐죽 선 채 다시 휙 돌아섰다. 망치와 집게는 벽에 그대로 걸려 있었다. 그는 화가 나서 커다란 방을 둘러보았다. **아무도 없어. 그냥 내 상상이야. 성벽 위에서 마주친 바람과 아멀린 권좌까지. 그 둘이면 이것저것 상상하게 될 만하지.**

갑옷 장인의 바깥뜰에서 바람이 소용돌이치며 불어 올라와 잠시 그의 주변을 맴돌았다. 랜드는 그러기 싫었지만 펄쩍 뛰었다. 바람이 자신을 붙잡을 것만 같았다. 잠시 희미한 부패의 냄새를 다시 맡았고 등 뒤에서 누군가가 교활하게 웃는 소리를 들었다. 아주 잠깐이었지만. 그는 겁에 질려 천천히 원을 그리며 주위를 경계했다. 거친 돌로 포장한 안뜰에는 랜드 자신밖에 없었다. **그냥 빌어먹을 상상이라고!** 어쨌거나 랜드는 달렸다. 등 뒤에서 다시 웃음소리가 들리는 것 같았다. 이번에는 바람이 없었는데도.

목공장에서 그 존재가, 누군가 있다는 느낌이 다시 돌아왔다. 기다란 헛간 아래 패 놓은 장작이 높다랗게 쌓여 있는 곳을 지나자 그를 바라보는 시선이 바짝 다가왔다. 대패질한 널빤지와 목수의 작업장에서 쓰려고 뜰 저쪽에 둔 목재 더미 위로 빠르게 날아오는 눈길이. 랜드는 돌아보지 않으려 했다. 한 쌍의 눈이 어떻게 한 장소에서 다른 장소로 그렇게 빨리 움직일 수 있는지, 랜드의 눈에 보이는 잠깐의 움직임조차 없이 장작 창고에서 목재 저장소로 탁 트인 뜰을 가로지를 수 있는지 생각하지 않으려 했다. 랜드는 그게 한 쌍의 눈이라고 확신했다. **상상이야. 아니면 내가 벌써 미쳐 가는 것이든지.** 랜드는 몸을 떨었다. 아직은 아니야. **빛이여, 제발 아직은 아니게 해 주세요.** 랜드는 등이 뻣뻣하게 굳은 채 목공소 앞뜰을 성큼성큼 가로질렀다. 보이지 않는 감시자가 따라왔다.

횃불들이 타오르는 복도를 따라 깊이 나아갈 때도, 말린 완두콩이나 콩이 든 자루가, 주름진 순무나 비트가, 와인 통과 절인 쇠고기가, 에일 주전자가 쌓여 있는 박판 선반으로 북적거리는 창고에도 시선은 존재했다. 그 시선은 때로 랜드를 쫓았고 때로 들어오는 랜드를 기다렸다. 랜드는 자신의 발소리 밖에 듣지 못했다. 자기가 여닫을 때 말고는 문이 삐걱거리는 소리도 듣지 못했다. 하지만 시선은 그 자리에 있었다. **빛이여, 제가 미쳐 가나 봅니다.**

다른 창고의 문을 열었다. 인간의 목소리, 인간의 웃음소리가 흘러나와 그를 안도감으로 채웠다. 여기에는 보이지 않는 눈이 없을 것이다. 랜드가 그 안으로 들어갔다.

방의 절반은 곡물 자루가 천장까지 쌓여 있었다. 다른 절반에는 사람들이 맨 벽 앞에 무릎을 꿇고 두꺼운 반원을 그리며 앉아 있었다. 그들 모두가 가죽조끼를 입고 하인들 특유의 더벅머리를 한 것 같았다. 전사들의 상투도, 예복도 보이지 않았다. 실수로 랜드의 정체를 드러낼 만한 사람은 없었다. **일부러 그럴 사람은?** 그들의 나직한 속삭임을 뚫고 주사위 잘그락거리는 소리가 들렸다. 주사위가 던져지자 누군가가 시끌벅적하게 웃었다.

로이알이 생각에 잠긴 듯, 덩치 큰 남자의 엄지보다 굵은 손가락으로 턱을 문지르며 그들의 주사위 놀이를 지켜보고 있었다. 로이알의 머리는 거의 4미터 위에 있는 서까래에 닿았다. 주사위꾼 중에서 로이알을 보는 사람은 없었다. 변방에서 오기어를 보는 것은 딱히 쉽지 않았다. 사실 어디에서도 그랬다. 하지만 이곳에서는 오기어를 쉬 알아보고 받아들였다. 게다가 로이알은 사람들에게서 한두 마디 인사를 이끌어 낼 정도로 팔 다라에 오래 머물렀다. 오기어의 검고 목깃이 뻣뻣한 튜닉은 목 부분까지 단추가 채워져 있었고 허리 밑으로는 높은 장화 위까지 펼쳐져 있었다. 커다란 주머니 중 하나는 툭 튀어나와서 묵직하게 처져 있었다. 랜드가 아는 로이알이라면 아마 책을 넣어 두었을 것이다. 사람들이 도박하는 모습을 구경할 때조차 로이알은 책을 멀리하지 않았다.

그 와중에도 랜드는 자기도 모르게 씩 웃었다. 로이알은 랜드에게 자주 그런 영향을 미쳤다. 오기어는 몇 가지에 대해서는 너무 많이 알았고, 또 몇 가지에 대해서는 너무 적게 알았다. 그리고 모든 걸 알고 싶어 하는 것처럼 보였다. 랜드는 로이알을 처음 보았을 때가 기억났다. 털이 난 귀와 긴 콧수염처럼 달랑거리는 눈썹, 거의 얼굴 넓이만큼 넓은 코 때문에 랜드는 그가 마주 보는 존재가 트롤록이라고 생각했다. 그 생각을 하면 지금도 부끄러웠다. 오기어와 트롤록. 머드랄과 한밤중에 듣는 이야기 속 어두운 구석에 나오는 존재들. 이야기와 전설에서 나온 존재들. 랜드는 에먼즈 필드를 떠나기 전 그들에 대해 그런 식으로 생각했다. 하지만 집을 떠나온 이후로 그는 살아서 움직이는 이야기를 너무 많이 보았기에 다시는 전처럼 확신할 수 없었다. 아이즈 세다이와 보이지 않는 감시자, 사람을 붙잡아 두는 바람. 랜드의 미소가 희미해졌다.

"모든 이야기는 진짜야." 그가 조용히 말했다.

로이알의 귀가 움찔거렸다. 그가 랜드 쪽으로 고개를 돌렸다. 랜드를 알아본 오기어의 얼굴이 활짝 펴지며 미소를 지었다. 그가 다가왔다. "아, 왔네." 그의 목소리는 호박벌이 윙윙거리는 듯 깊이 울렸다. "환영식에서는 널 못 봤는데. 둘 다 한 번도 못 본 거였어. 그러니까, 샤니아의 환영식과 아멀린 권좌 말이야. 아멀린 권좌는 피곤해 보이던데, 안 그래? 쉬운 일일 리 없지, 아멀린 권좌로 산다는 게. 아마 원로로 사는 것보다 나쁠 거야." 그는 생각에 잠긴 표정으로 잠시 말을 멈추었지만 잠깐뿐이었다. "말해 봐, 랜드. 너도 주사위 놀이 해? 여기서는 주사위를 세 개만 써서 더 단순한 게임을 해. 스테딩에서는 네 개를 쓰거든. 너도 알겠지만, 나한테는 못 하게 해. 그냥 '건설자들에게 영광을'이라고만 말하면서, 나랑 반대되는 쪽에는 걸지 않는다니까. 공평하지 않은 것 같아. 안 그래? 저 사람들이 쓰는 주사위는 비교적 작아." 그는 인간의 머리를 뒤덮을 만큼 큰 자기 손을 바라보며 인상을 썼다. "그래도 내 생각엔……."

랜드는 그의 팔을 잡고 말을 잘랐다. **맞아, 로이알이 건설자였지!** "로이알, 오기어가 팔 다라를 지었지, 안 그래? 성문을 통하지 않고 나가는 길을 알아? 개구멍이라든가, 하수관이라든가. 뭐든 좋아. 한 사람이 기어나갈 수 있을 정도면 돼. 바람이 닿지 않는 곳이면 더 좋고."

로이알은 괴롭다는 듯 인상을 찌푸렸다. 그의 눈썹 끝이 거의 뺨에 닿았다. "랜드, 오기어가 마팔 다다라넬을 짓긴 했지만 그 도시는 트롤록 전쟁 때 파괴됐어. 여기는 인간이 지은 곳이야."—그는 넓은 손가락 끝으로 돌벽을 가볍게 건드렸다—"마팔 다다라넬의 설계도는 그려줄 수 있어. 스테딩 샹타이의 오래된 책에서 지도를 한 번 봤거든. 하지만 팔 다라에 대해서는 나도 너만큼밖에 몰라. 그래도 잘 지어지긴 했지? 황량하긴 해도."

랜드는 털썩 벽에 기대며 눈을 꽉 감았다. "나갈 길이 필요해." 그가 속삭였다. "성문이 막혔어. 아무도 지나가지 못하게 해. 하지만 나는 나갈 길이 필요해."

"그런데 왜, 랜드?" 로이알이 천천히 말했다. "여기 사람들은 아무도 널 해치지 않을 거야. 너 괜찮아? 랜드?" 그의 목소리가 높아졌다. "맷! 페린! 랜드가 아픈 것 같아."

랜드가 눈을 떠 보니 모여 있던 주사위꾼들 사이에서 친구들이 일어나고 있었다. 황새처럼 팔다리가 긴 맷 코손은 다른 누구도 보지 못한 우스꽝스러운 것을 본 듯 반쯤 미소 짓고 있었다. 덥수룩한 머리카락의 페린 아이바라는 대장장이의 도제였던지라 어깨가 묵직하고 두 팔이 굵었다. 둘 다 아직 투 리버스의 수수하고 튼튼하지만 여행으로 닳아빠진 옷을 입고 있었다.

맷이 주사위꾼 사이를 빠져나오며 반원 안에 다시 주사위를 던졌다. 남자들 중 한 명이 소리쳤다. "이봐, 남부인. 이기고 있는데 그만두면 안 되지."

"질 때 그만두는 것보다 낫지요." 맷이 웃으며 말했다. 그는 무의식적으로 코트 허리춤을 만지작거렸다. 랜드가 움찔했다. 맷은 칼자루에 루비가 박힌 단검을 그 코트 아래에 차고 다녔다. 단 한 번도 몸에서 떼어 놓지 않는 단검, 떼어 놓을 수 없는 단검이었다. 샤다 로고스라는 죽은 도시에서 가져온 오염된 칼로서, 거의 어둠의 존재만큼 사악한 존재에 의해 오염되고 비틀린 물건이었다. 그 악은 2천 년 전 샤다 로고스를 죽여 버리고서도 지금까지 버려진 폐허 사이에 살았다. 계속 단검을 가지고 다니면, 그 오염물이 언젠가 맷을 죽이고 말 터였다. 하지만 맷이 단검을 떼어 놓으면 더욱 빨리 그를 죽일 것이다. "다시 딸 기회가 있을 거야." 무릎 꿇은 남자들이 심술궂게 코웃음 쳤다. 그럴 가능성은 별로 없다고 생각하는 듯했다.

페린은 맷을 따라 랜드에게 다가오는 내내 눈을 내리깔고 있었다. 요즘 페린은 늘 눈을 내리깔고 다녔다. 게다가 엄청나게 무거운 뭔가를 지고 다니는 것처럼 그 넓은 어깨가 축 처져 있었다.

"뭐가 문제야, 랜드?" 맷이 물었다. "네 셔츠만큼 얼굴이 허연데. 야! 그 옷은 어디서 났어? 샤이나 사람이 되려는 거야? 나도 그런 코트를 사야겠다. 좋은 셔츠랑." 맷은 코트 주머니를 흔들어 동전 짤랑거리는 소리를 냈다. "난 주사위에 운이 따르나 봐. 주사위만 만졌다 하면 딴다니까."

"아무것도 살 필요 없어." 랜드가 지친 듯 말했다. "모레인이 우리 옷을 전부 교체하게 했거든. 내가 아는 대로라면 우리 옷은 이미 전부 불태워졌을 거야. 너희 둘이 입고 있는 것만 빼놓고 말이지. 엘란수가 그 옷도 가지러 올지 몰라. 내가 너희라면 빠르게 옷을 갈아입을 거야. 엘란수가 벗기기 전에." 페린은 여전히 고개를 들지 않았지만 두 뺨이 붉게 변했다. 맷은 미소가 더욱 짙어졌다. 억지로 지은 미소 같기는 했지만. 맷과 페린도 욕탕에서의 만남을 경험했다. 그리고 오직 맷만이 아무렇지 않다는 척을 하려 했고. "그리고 난 아픈 게 아니야. 그냥 여기에서 나가야 할 뿐이지. 아멀린 권좌가 왔어. 란 말로는…… 아멀린 권좌가 오기 1주일 전에는 내가 떠나는 게 좋았을 거래. 난 떠나야 해. 근데 성문이 전부 막혔어."

"란이 그래?" 맷이 인상을 썼다. "무슨 말인지 모르겠는데. 란은 아이즈 세다이에 대해서 **절대로** 나쁜 말을 하지 않잖아. 이제 와서 왜 그러는 거지? 봐, 랜드. 나도 너만큼 아이즈 세다이를 싫어해. 하지만 아이즈 세다이는 우리한테 아무 짓도 하지 않을 거야." 맷은 목소리를 낮추고 어깨 너머로 다른 도박꾼들이 듣고 있는지 살폈다. 아이즈 세다이는 두려움의 대상이었지만, 변방에서는 결코 증오의 대상이라고 할 수 없었다. 아이즈 세다이에 대한 불경스러운 말은 싸움이나 그보다도 못한 상황으로 이어질 수 있었다. "모레인을 봐. 모레인도 그렇게 나쁘지는 않잖아, 아이즈 세다이인데도. 너 생각하는 게 꼭 고향에서, 와인스프링 여관에서 터무니없는 얘기를 하던 센부이 할아범 같아. 그렇잖아? 모레인은 우리를 해치지 않았고 다른 아이즈 세다이도 해치지 않을 거야. 왜 그러겠어?"

페린이 눈을 들었다. 노란 눈이 빛을 발하는 황금처럼 어둠 속에서 반짝였다. **모레인이 우리를 해친 적이 없다고?** 랜드는 생각했다. 그들이 투 리버스를 떠나왔을 때 페린의 눈은 맷처럼 짙은 갈색이었다. 랜드는 어쩌다 이런 변화가 일어났는지 몰랐다. 페린은 눈이 변하게 된 것에 대해서도 눈이 변한 이후 벌어진 일에 대해서도 별로 이야기하고 싶어 하지 않았다. 어쨌든 그 일은 페린의 어깨가 처지고 친구들이 주변에 있어도 혼자가 된 듯 거리감을 느끼는 듯 태도가 변하던 때와 같은 시기에 일어났다. 페린의 눈과 맷의 단검. 에먼즈 필드를 떠나지 않았다면 둘 다 일어나지 않았을 일이었다. 그들을 에먼즈 필드에서 데리고 나온 사람이 모레인이었고. 랜드는 이런 식의 생각이 공평하지 않다는 걸 알고 있었다. 모레인이 그들의 마을에 찾아오지 않았다면 그들 모두 트롤록의 손에 죽었을 것이다. 에먼즈 필드 사람들 대부분과 함께. 하지만 그렇다고 해도 마찬가지였다. 페린은 예전처럼 웃지 못했고 맷은 허리띠에서 단검을 떼어낼 수 없었다. **그리고 나는? 내가 집에 있고 아직 살아 있었대도 지금과 같았을까? 최소한 난 아이즈 세다이가 나한테 무슨 짓을 할까 봐 걱정하지는 않았을 거야.**

맷은 여전히 아리송한 눈으로 그를 보고 있었고 페린은 눈썹 아래에서 랜드를 쳐다볼 수 있을 만큼 고개를 쳐들고 있었다. 로이알은 인내심 있게 기다렸다. 랜드는 왜 아멀린 권좌와 거리를 두어야 하는지 말할 수 없었다. 그들은 랜드의 정체를 몰랐다. 란은 알았고, 모레인도 알았다. 에그웨인과 나이니브도 알았다. 랜드는 아무도 모르기를 바랐고, 그 누구보다도 에그웨인이 몰랐으면 했다. 하지만 최소한 맷과 페린, 그리고 로이알까지는 랜드가 지금도 똑같다고 생각했다. 랜드는 그들에게 알리느니 차라리 죽고 싶었다. 에그웨인이나 나이니브가 최선을 다해 숨기려 해도 가끔 그들의 눈에 드러나는 망설임이나 걱정을 맷과 페린에게서도 보게 될 테니까.

"누가…… 나를 감시하고 있어." 결국 랜드가 말했다. "날 따라다녀. 다만…… 다만 아무도 없다는 게 문제야."

페린이 휙 고개를 들었고 맷은 입술을 핥으며 속삭였다. "희미한 자일까?"

"당연히 아니지." 로이알이 코웃음 쳤다. "어떻게 눈 없는 자가 팔 다라에 들어올 수 있어? 마을이든, 요새든 말이야. 법에 따라 마을의 성벽 안에서는 아무도 얼굴을 감출 수 없고, 가로등지기들은 머드랄이 숨어 들어갈 그림자가 생기지 않도록 밤에도 거리에 불을 밝혀 놓는 임무를 맡고 있어. 그런 일은 불가능해."

"성벽으로는 희미한 자를 막을 수 없어." 맷이 투덜댔다. "머드랄이 들어오고 싶어 한다면 말이야. 법과 가로등이라고 성벽보다 나을 건 없을 것 같은데." 반년도 채 되지 못한 과거에 맷은 희미한 자가 그저 방랑 시인의 이야기에 나오는 존재라고 반쯤 믿었지만, 지금의 목소리는 전혀 그렇게 들리지 않았다. 맷 역시 너무 많은 것을 보았으니까.

"바람도 그렇고." 랜드가 덧붙였다. 랜드는 탑 꼭대기에서 일어났던 일을 말했다. 목소리가 거의 떨리지 않았다. 페린은 손마디에서 뚝 소리가 날 때까지 주먹을 꽉 쥐었다. "난 그냥 여길 떠나고 싶어." 랜드가 말을 마쳤다. "남쪽으로 가고 싶어. 어디든 멀리. 그냥 먼 곳으로."

"하지만 성문이 막혀 있는데 우리가 어떻게 나가?" 맷이 말했다.

랜드가 그를 빤히 보았다. "우리라니?" 랜드는 혼자 가야 했다. 누구든 그의 곁에 있는 사람은 결국 위험해질 것이다. 랜드가 위험을 끼칠 것이다. 모레인조차 랜드에게 시간이 얼마나 남았는지 말해 주지 못했다. "맷, 너도 알겠지만 넌 모레인이랑 같이 타 발론에 가야 해. 모레인 말로는 타 발론만이 네가 그 빌어먹을 단검과 죽지 않고 분리될 수 있는 곳이라잖아. 너도 계속 그 단검을 가지고 다니면 무슨 일어나는지 알면서."

맷은 단검을 덮고 있는 코트를 만지작거렸다. 자기가 무슨 일을 하는지 모르는 듯했다. "'아이즈 세다이의 선물은 물고기에게 주는 미끼다.'" 맷이 들은 말을 인용했다. "뭐, 내가 낚싯바늘을 삼키고 싶지 않을 수도 있지. 어쩌면 모레인이 타 발론에서 하고 싶어 하는 일이 내가 타 발론에 아예 가지 않는 일보다 나쁠지도 몰라. 모레인이 거짓말을 하는 것일지도 모른다고. '아이즈 세다이가 말하는 진실은 절대 상대가 생각하는 진실이 아니다'라잖아."

“혹시 뱉어 놓고 싶은 속담이 더 있어?” 랜드가 물었다. “‘남풍은 따뜻한 손님을, 북풍은 빈 집을 가져온다’라든가, ‘금으로 칠해도 돼지는 돼지다’라든가. ‘가위 얘기만 꺼내도 양 떼는 사라진다’나 ‘바보가 하는 말은 먼지와 같다’는 어때?”

“흥분하지 마, 랜드.” 페린이 조용히 말했다. “그렇게 사납게 굴 필요는 없잖아.”

“그래? 어쩌면 난 너희 둘이 나랑 가는 게 싫은 걸지도 몰라. 너희는 늘 주변에서 어정거리면서 문제를 일으키고 내가 너희를 구해 주기를 바라지. 그 생각은 해 봤어? 태워 죽일, 어디를 돌아봐도 너희가 보이는 데 내가 질릴지도 모른다는 생각을 한 번이라도 해 봤느냐고? 너흰 늘 그 자리에 있잖아. 난 그게 질려.” 페린의 얼굴에 떠오른 상처 받은 표정이 칼처럼 랜드를 베었다. 하지만 랜드는 가차 없이 밀어붙였다. “여기에는 날 영주라고 생각하는 사람들이 있어. 영주라니. 난 그게 좋은 걸지도 몰라. 근데 너희를 좀 봐. 마구간지기들이랑 주사위 놀이를 하다니. 간다면 나 혼자 가는 거야. 너희 둘은 타 발론으로 가든 목을 매달든 알아서 해. 난 혼자 떠날 거야.”

맷의 얼굴이 굳었다. 그는 코트 아래의 손마디가 희게 질릴 때까지 단검을 꽉 움켜쥐었다. “네가 바라는 게 그거라면,” 그가 차갑게 말했다. “난 우리가……. 뭐든 너 원하는 대로 해, 알소르. 하지만 네가 떠날 때 떠나고 싶다면 나도 떠날 거야. 넌 상관하지 마.”

“너희 둘 다 아무 데도 못 가.” 페린이 말했다. “성문이 막혀 있으니까.” 그의 시선이 다시 바닥을 향하고 있었다. 누군가 졌는지 도박하는 사람들의 웃음소리가 벽에 울렸다.

“가든 남든,” 로이알이 말했다. “함께 가든 따로 가든, 그건 중요하지 않아. 너희 셋은 모두 **타비렌**이야. 나조차 알 수 있어. 나한테는 그런 재능이 없는데도 말이야. 그냥 너희 주변에 일어나는 일만 봐도 알 수 있어. 모레인 세다이도 그렇게 말하고.”

맷이 두 손을 번쩍 들었다. “그만해, 로이알. 그 얘기는 더 이상 듣고 싶지 않아.”

로이알이 고개를 저었다. "네가 듣든 말든 사실이야. 시간의 물레는 인간의 삶을 실로 삼아서 시대의 패턴을 직조하지. 그리고 너희 셋은 직조의 중심점이 되는 **타비렌**이야."

"그만하라고, 로이알."

"당분간은 너희가 뭘 하든 물레가 너희 셋을 중심으로 패턴을 휘어지게 할 거야. 그리고 너희가 하는 일은 뭐든 간에 너희 자신보다는 물레에 의해 선택될 가능성이 크고. **타비렌**은 역사를 끌고 다니고, 그냥 존재한다는 것만으로 패턴을 만들어. 물레는 다른 사람들보다 **타비렌**을 더 촘촘하게 직조하지. 너희가 어딜 가든, 뭘 하든 물레의 선택이 달라질 때까지 너희는……."

"그만하라고!" 맷이 소리쳤다. 주사위 놀이를 하던 남자들이 돌아보자 맷은 그들이 다시 허리를 숙이고 게임을 시작할 때까지 그들을 노려보았다.

"미안, 맷." 로이알이 우렁우렁한 목소리로 말했다. "나도 내가 말이 너무 많다는 건 알아. 하지만 내 뜻은……."

"난 여기 남지 않을 거야." 맷이 서까래를 쳐다보며 말했다. "수다쟁이 오기어에, 모자를 쓸 수 없을 정도로 머리에 헛바람이 든 멍청이라니. 넌 갈 거야, 페린?" 페린은 한숨을 쉬며 랜드를 힐끗 보더니 고개를 끄덕였다.

랜드는 목구멍에 막대기가 걸린 듯한 기분으로 그들이 떠나는 모습을 바라보았다. **나 혼자 가야 해. 빛이여, 도와주세요. 저 혼자 가야 합니다.**

로이알도 그들의 뒷모습을 보고 있었다. 걱정스러운 듯 눈썹이 처진 채였다. "랜드, 난 정말 그럴 뜻이……."

랜드는 일부러 가혹한 목소리를 냈다. "뭘 기다리는 거야? 저 녀석들이랑 같이 가! 네가 왜 아직 여기 있는지 모르겠어. 나가는 길을 모른다면 넌 나한테 아무 쓸모도 없어. 가! 가서 네 숲을, 그 소중한 덤불을 찾아. 아직 그 숲이 전부 베어진 게 아니라면 말이지만. 베어졌다면 아주 잘된 일이고."

컵처럼 커다란 로이알의 눈은 놀라고 상처 받은 듯했지만, 천천히 조여져 거의 분노와 비슷해졌다. 랜드는 그런 일이 불가능한 줄 알았다. 옛이야기 중 일부는 오기어가 사납다고 전했다. 정확히 어떻게 사나운지 말하지는 않았지만 말이다. 하지만 랜드는 로이알만큼 온순한 사람은 한 번도 만나 본 적이 없었다.

"네 생각이 정 그렇다면 그렇게, 랜드 알소르." 로이알이 딱딱하게 말했다. 뻣뻣하게 허리를 숙여 인사한 그가 맷과 페린을 따라 성큼성큼 멀어졌다.

랜드는 쌓여 있는 곡물 자루에 기대 주저앉았다. 머릿속 목소리가 그를 놀려 댔다. **뭐, 해냈네. 안 그래? 그럴 수밖에 없었어.** 랜드가 그 목소리를 향해 말했다. **곁에 있는 것만으로 난 위험해질 테니까. 피와 재를 걸고, 난 미쳐 버릴 테고……. 아냐! 아니, 안 미칠 거야! 난 절대로 일원력을 쓰지 않을 거야. 그럼 미치지 않겠지. 그리고……. 하지만 그런 위험을 무릅쓸 수는 없어. 못 한다고. 모르겠어?** 하지만 목소리는 그를 비웃을 뿐이었다.

랜드는 도박꾼들이 자기를 지켜보고 있다는 것을 알았다. 그들 모두가 무릎을 꿇고 벽에 기댄 채 고개를 돌려 그를 보고 있었다. 모든 계급의 샤이나 사람들은 거의 항상 예의 바르고 정중했다. 철천지원수에게까지 말이다. 그리고 오기어는 한 번도 샤이나의 적이었던 적이 없었다. 도박꾼들의 눈이 충격으로 가득했다. 그들의 얼굴은 무표정했지만, 그들의 눈은 랜드가 한 일이 잘못됐다고 말했다. 랜드도 마음 한편으로는 그들의 생각이 옳다는 걸 알았다. 그래서 그들의 조용한 비난이 가슴 깊이 파고들었다. 그들은 랜드를 바라보았을 뿐이지만, 랜드는 그들이 자기를 쫓아오기라도 하는 것처럼 창고에서 비틀거리며 나왔다.

멍하니 다른 창고들을 헤매며 성문 통행이 다시 허락될 때까지 숨어 있을 곳을 찾아다녔다. 그때가 되면 식료품 상인의 수레 밑바닥에 숨을 수 있을지도 몰랐다. 밖으로 나가는 수레까지 수색하는 게 아니라면, 사람들이 랜드를 찾아 창고나 요새 전체를 수색하지 않는다면. 랜드는 고집스럽게 그 생각을 거부했다. 고집스럽도록 안전한 곳을 찾는 데만 집중했다. 하지만 쌓여 있는 곡물 자루 사이 빈 공간, 와인 통과 벽 사이의 좁은 길, 빈 상자와 그림자로 반쯤 채워진 버려진 창고 등 어디를 보든 수색자들이 자신을 발견하는 모습이 그려졌다. 누군지 몰라도, 무엇인지 몰라도 보이지 않는 감시자가 그곳에서도 자기를 발견할 거라고 랜드는 상상할 수 있었다. 목이 마르고 먼지투성이가 된 채로, 머리카락에는 거미줄이 달라붙은 채로 랜드는 계속 찾아다녔다.

이윽고 횃불 빛이 어둑하게 밝혀진 복도로 나왔다. 에그웨인이 그 복도를 따라 살금살금 걷다가 잠깐씩 멈춰 창고들을 들여다보고 있었다. 허리까지 늘어진 검은 머리카락을 뒤로 넘겨 빨간색 리본으로 묶었고, 가장자리가 빨간색인 샤이나식 회색 원피스를 입고 있었다. 그녀를 보자 슬픔과 상실감이 밀려들었다. 맷과 페린과 로이알을 쫓아 버렸을 때보다 나빴다. 랜드는 언젠가 에그웨인과 결혼할 거라고 생각하며 어린 시절을 보냈다. 에그웨인도 그랬다. 하지만 지금은…….

랜드가 바로 눈앞에 튀어나오자 에그웨인은 펄쩍 뛰며 큰 소리로 숨을 들이쉬었다. 하지만 그녀가 한 말은 이것이었다. "거기 있었구나. 네가 무슨 일을 했는지 맷이랑 페린이 말해 줬어. 난 네가 뭘 하려는지 알아, 랜드. 그야말로 바보 같은 짓이야." 에그웨인은 가슴 아래로 팔짱을 꼈다. 그녀의 크고 검은 눈이 고집스럽게 랜드에게 붙박였다. 랜드는 에그웨인이 어떻게 항상 자신을 내려다보는 듯 보일 수 있는지 늘 궁금했다. 에그웨인은 원할 때마다 그렇게 할 수 있었다. 키가 랜드의 가슴까지밖에 오지 않았고 나이도 두 살 어렸는데.

"그래." 랜드가 말했다. 에그웨인의 머리카락을 보니 갑자기 화가 났다. 랜드는 투 리버스를 떠나기 전까지 성인 여자가 머리를 땋지 않은 모습을 한 번도 보지 못했다. 투 리버스에서는 모든 소녀가 자기 마을의 여성 서클에서 머리를 땋을 나이가 되었다고 말해 주기를 열렬히 기다렸다. 에그웨인도 분명 그랬다. 그런데 이곳에서 에그웨인은 리본 하나만 빼고 머리를 풀어헤치고 있었다. **난 집에 가고 싶어도 못 가는데, 에그웨인은 에먼즈 필드를 잊고 싶어서 안달 났어.** "너도 가버려. 날 혼자 내버려 둬. 더 이상 양치기랑 어울리고 싶지 않잖아. 이제 여기엔 네가 졸졸 따라다닐 아이즈 세다이가 충분히 있고. 그리고 아이즈 세다이한테 날 봤다는 얘기는 하지 마. 날 쫓고 있으니까. 네가 그 사람들을 돕지 않았으면 좋겠다."

에그웨인의 두 뺨이 새빨갛게 달아올랐다. "네 생각엔 내가……."

랜드는 돌아서서 걸음을 옮기려 했다. 에그웨인이 울음을 터뜨리며 랜드에게 몸을 던져 두 팔로 그의 다리를 붙잡았다. 둘 다 돌바닥에 굴렀다. 랜드의 안장주머니와 짐이 날아갔다. 랜드가 땅에 부딪치며 끙 소리를 냈다. 칼자루가 옆구리에 파고들었다. 에그웨인이 허둥지둥 일어나 랜드가 의자라도 된다는 듯 그의 등을 깔고 앉았을 때도 랜드는 다시 신음했다. "우리 엄마는," 에그웨인이 단호하게 말했다. "남자 다루는 방법을 배우려면 노새를 타는 방법을 배우는 게 가장 좋다고 늘 말씀하셨어. 남자랑 노새는 대부분의 경우 지능이 비슷하다고. 때로는 노새가 더 머리가 좋대."

랜드는 어깨 너머로 에그웨인을 보려고 고개를 들었다. "내려가, 에그웨인. 내려가라고! 에그웨인, 내려가지 않으면," 랜드는 불길하게 목소리를 내리깔았다. "내가 너한테 무슨 짓을 할 거야. 너도 무슨 말인지 알걸." 랜드는 상당히 사납게 노려보았다.

에그웨인은 코웃음 쳤다. "아니, 넌 날 해치지 않아. 그것도 해칠 능력이 있을 때 얘기지만. 넌 아무도 해치지 않을 거야. 해칠 수도 없고. 난 네가 원할 때마다 일원력을 채널링할 수는 없다는 걸 알아. 그건 그냥 벌어지는 일이고, 네가 통제할 수 없어. 그러니까 나든 다른 누구에게든 넌 아무 짓도 하지 못해. 반면에 나는 모레인한테 수업을 들어 왔어. 그러니까, 랜드 알소르, 이성의 소리에 귀 기울이지 않으면 내가 네 브리치스에 불을 붙일 거야. 그 정도는 할 수 있어. 계속 지금처럼 해봐, 내가 하나 못 하나." 아주 잠깐이지만, 벽에 걸려 있던 가장 가까운 횃불이 갑자기 확 타올랐다. 놀란 에그웨인이 꺅 소리를 지르며 그 횃불을 바라보았다.

랜드는 몸을 비틀어 에그웨인의 팔을 잡고 등에서 끌어내린 뒤 그녀를 벽에 기대앉혔다. 랜드 역시 일어나 앉았을 때 에그웨인은 그의 맞은편에 앉아 격하게 팔을 문지르고 있었다. "정말 해 버릴 생각이었구나?" 랜드가 화가 나서 말했다. "넌 알지도 못하는 일로 장난을 치고 있는 거야. 너 때문에 우리 둘 다 석탄이 될 뻔했어!"

"남자들이란! 말싸움으로 이기지 못하면 도망치거나 힘에 기대지."

"잠깐! 누가 누굴 넘어뜨렸더라? 누가 누굴 깔고 앉았더라? 거기다 넌 협박을…… 협박하려는 시도를 했잖아!" 랜드가 두 손을 들었다. "아니, 됐다. 넌 나를 늘 이런 식으로 대해. 네가 원하는 방향으로 말싸움이 흘러가지 않는다는 걸 알면 갑자기 완전히 다른 이야기로 다투게 되지. 이번엔 그렇게 안 돼."

"난 말다툼을 하는 게 아니야." 에그웨인이 침착하게 말했다. "말을 돌리려는 것도 아니고. 숨는다는 건 도망치겠다는 뜻 아니야? 숨어 있다가 정말로 도망칠 거잖아. 맷이랑 페린이랑 로이알한테 상처 준 건 어쩌고? 나한테 상처 준 건? 난 네가 이러는 이유를 알아. 넌 사람들이 네 곁에 있도록 놔뒀다가 그 사람들한테 더 심한 상처를 입힐까 봐 걱정하는 거야. 하지만 네가 하지 말아야 하는 일을 하지만 않으면 누군가를 해칠 걱정은 하지 않아도 돼. 이렇게 도망 다니고 성질을 부리면서도, 넌 그래야 할 이유가 정말 있는 건지 아닌지 모르잖아. 아멀린 권좌나 모레인이 아닌 다른 아이즈 세다이가 네가 존재한다는 걸 알아야 할 이유가 뭔데?"

랜드는 에그웨인을 빤히 보았다. 에그웨인은 모레인과 나이니브와 지내는 시간이 길어질수록 그들의 태도를 닮아갔다. 최소한 자기가 원할 때는 그랬다. 아이즈 세다이와 현자는 때로 매우 비슷한 모습이었다. 그들은 거리감을 느끼게 했고 뭔가 아는 것처럼 보였다. 에그웨인에게서 그런 분위기가 느껴지자 불안했다. 결국 랜드는 란이 한 말을 에그웨인에게 전했다. "란의 말이 그런 뜻이 아니라면 대체 무슨 뜻인데?"

에그웨인의 손이 그녀의 팔에서 딱 멈추었다. 그녀는 집중하느라 인상을 찌푸렸다. "모레인은 너에 대해 알지만 아무것도 하지 않았어. 이제 와서 왜 그러겠어? 그리고 만약에 란이……." 에그웨인은 인상을 펴지 않은 채 랜드와 눈을 마주쳤다. "사람들이 널 찾는다면 가장 먼저 뒤져볼 장소가 창고야. 널 찾으러 온다면 말이지만. 사람들이 널 찾는 건지 알아내기 전까지 넌 모두가 절대 찾아볼 생각을 못 할 곳에 있어야 해. 내가 그런 곳을 알아. 지하 감옥이야."

랜드가 허둥지둥 일어났다. "지하 감옥?"

"감방에 갇히라는 게 아니야, 바보야. 난 가끔 저녁에 파단 페인을 만나러 거기 가. 나이니브도 그렇고. 내가 오늘 좀 일찍 간다고 해서 이상하게 생각할 사람은 아무도 없어. 사실, 다들 아멀린 권좌에게 신경 쓰고 있으니 아무도 우리를 알아보지 못할 거야."

"하지만 모레인은……."

"모레인은 지하 감옥으로 내려가서 페인에게 질문을 하지 않아. 페인을 자기한테 데려오라고 하지. 몇 주 동안은 그렇게 한 적도 별로 없어. 정말이야, 거기라면 안전할 거야."

그래도 랜드는 망설였다. 파단 페인이라니. "그건 그렇고, 넌 왜 그 행상인을 찾아가는 거야? 파단 페인은 어둠의 친구야. 자기 입으로 인정했어. 그것도 질 나쁜 녀석이라고. 태워 죽일, 에그웨인. 그놈이 에먼즈 필드에 트롤록들을 데려왔어! 놈은 자신을 어둠의 존재의 사냥개라고 불렀고, 겨울의 밤 이후로 코를 킁킁대며 나를 따라다녔다고."

"뭐, 지금은 철창에 안전하게 갇혀 있잖아, 랜드." 이번에는 에그웨인이 망설일 차례였다. 그녀는 거의 애원하듯 그를 보았다. "랜드, 파단 페인은 내가 태어나기 전부터 매년 봄마다 투 리버스에 수레를 타고 왔어. 그 사람은 내가 아는 모든 사람을, 모든 장소를 알아. 이상한 일이지만, 파단 페인은 오래 갇혀 있을수록 편안해지는 것 같아. 파단 페인이 거의 어둠의 존재에게서 풀려나는 것처럼 보여. 다시 웃기도 하고, 에먼즈 필드 사람들에 대해 웃긴 얘기도 해. 때로는 내가 한 번도 들어보지 못한 곳에 대해 이야기하고. 때로는 옛날의 파단 페인이랑 거의 비슷해. 난 그냥 누군가와 고향 얘기를 하는 게 좋을 뿐이야."

내가 널 피하기 시작한 이후로 말이지. 랜드가 생각했다. 페린이 모두를 피하고, 맷이 도박과 흥청망청 떠들어 대는 일로 모든 시간을 보내기 시작한 이후로. "내가 너무 혼자 지내지 말았어야 하는데." 랜드는 그렇게 중얼거리고 한숨을 쉬었다. "뭐, 네가 그래도 안전하다고 모레인이 생각한다면 나도 안전하겠지. 하지만 네가 끼어들 필요는 없어."

자리에서 일어선 에그웨인은 랜드의 시선을 피하며 옷에서 먼지를 털어내는 데 집중했다.

"모레인이 안전하다고 말한 건 맞지, 에그웨인?"

"모레인 세다이는 내가 페인을 만나러 가도 된다는 말을 한 번도 한 적이 없어." 에그웨인이 조심스럽게 말했다.

랜드는 그녀를 보다가 폭발했다. "물어본 적이 없구나. 모레인은 모르고 있어. 에그웨인, 그건 바보 같은 짓이야. 파단 페인은 어둠의 친구야. 어둠의 친구치고도 나쁜 놈이라고."

"파단 페인은 철창에 갇혀 있어." 에그웨인이 딱딱하게 말했다. "내가 하는 모든 일에 모레인의 허락을 받아야 하는 것도 아니고. 너야말로 아이즈 세다이가 뭐라고 생각하는지 걱정하기에는 좀 늦은 거 아니야? 그래서, 갈 거니?"

"지하 감옥은 너 없이도 찾을 수 있어. 사람들은 날 찾는 거야. 지금은 아니라도 앞으로 날 찾겠지. 네가 나랑 같이 발견되어서 좋을 것은 없어."

"내가 없으면," 에그웨인이 건조하게 말했다. "넌 혼자 발을 헛디뎌 아멀린 권좌의 무릎으로 떨어지게 될 거야. 그다음에는 변명으로 빠져나가려 하다가 모든 걸 고백하고 말걸."

"피와 재를 걸고, 넌 고향에 돌아가서 여성 서클에 들어가야겠다. 네 생각처럼 남자들이 전부 실수투성이에 속수무책이라면 우린 절대……."

"여기 서서 얘기나 하다가 사람들한테 발견될 생각이야? 짐 챙기고 따라와, 랜드." 에그웨인은 대답을 기다리지 않고 휙 돌아 복도를 걸어가기 시작했다. 랜드는 조용히 투덜거리며 마지못해 그 말에 따랐다.

그들이 향한 뒷길에는 사람이 별로 없었고 그나마 있는 사람들도 대부분 하인이었다. 그러나 랜드는 그들 모두가 자신을 눈여겨본다는 느낌을 받았다. 여행 짐을 진 사람을 눈여겨보는 게 아니라 랜드 알소르라는 사람을 특히 눈여겨보는 듯했다. 랜드는 그게 기분 탓이라는 걸 알았다. 그러기를 바랐다. 그러나 요새 깊은 곳의 통로에서 멈춰 섰을 때도 안도감이 들지 않았다. 그들의 눈앞에는 작은 철창이 박힌 큰 문이 있었다. 바깥 성벽의 모든 문이 그렇듯 이 문에도 두꺼운 무쇠 띠가 감겨 있었다. 철창 아래에는 노커가 달려 있었다.

철창 너머로 상투를 튼 병사 두 명이 투구 없이 탁자 위에 등불을 올려놓고 앉아 있는 모습을 볼 수 있었다. 남자들 중 한 명은 길게, 천천히 숫돌을 치며 단검을 갈고 있었다. 에그웨인이 노커로 문을 두드려 쇠가 쇠에 닿는 날카로운 소리가 들렸을 때도 그 손길은 흔들리지 않았다. 얼굴이 평평하고 시무룩하게 생긴 다른 남자는 고민하는 듯 문을 돌아본 뒤에야 일어나서 다가왔다. 그는 땅딸하고 다부졌다. 십자로 교차된 철창을 간신히 내다볼 수 있는 키였다.

"뭐냐? 아, 또 너구나, 꼬마야. 네 어둠의 친구를 보러 온 거냐? 저건 누구야?" 그는 문을 열어주려는 움직임을 보이지 않았다.

"내 친구예요, 창구 씨. 얘도 페인을 보고 싶대요."

남자는 랜드를 살펴보았다. 그의 윗입술이 뒤로 젖혀지며 치아를 드러냈다. 랜드는 그게 미소를 지으려는 표정은 아니라고 생각했다. "뭐," 창구가 말했다. "글쎄. 키가 큰데? 키가 커. 너희 종족치고는 화려한 옷을 입었고. 누가 동부 행군 때 어린 너를 잡아다 길들였나 보지?" 그는 빗장을 쾅 치더니 문을 당겨 열었다. "뭐, 들어오겠다면 들어와." 그는 조롱하듯 말했다. "머리 부딪히지 않게 조심하시지요, 나리."

그럴 위험은 없었다. 문은 로이알이 지나가도 좋을 만큼 높았다. 에그웨인을 따라 들어가며 랜드는 이 창구라는 자가 어떤 문제를 일으킬지 고민하느라 인상을 썼다. 그는 랜드가 만나본 샤이나 사람 중 처음으로 보는 무례한 사람이었다. 마시마조차도 그냥 차가울 뿐이지 딱히 무례하지는 않았다. 그러나 창구는 그냥 문을 쾅 닫고 묵직한 빗장을 원래 자리로 쳐서 돌려놓은 뒤 탁자 끝에 있는 선반으로 가 거기에 있던 등불 하나를 집어 들었을 뿐이었다. 다른 남자는 칼 가는 행동을 한 번도 멈추지 않았고, 심지어 고개를 들지도 않았다. 그 공간은 탁자와 벤치와 선반을 제외하면 텅 비어 있었다. 바닥에는 지푸라기가 있었고 더 깊은 곳으로 들어가는 무쇠 띠를 두른 문이 하나 더 있었다.

"빛이 필요할 거다. 그렇지?" 창구가 말했다. "저 안에서, 어둠 속에서, 어둠의 친구랑 같이 있으려면 말이야." 그가 웃었다. 거칠고 전혀 유머가 느

꺼지지 않는 웃음이었다. 그는 등불을 켰다. "놈이 널 기다리고 있어." 그는 에그웨인에게 등불을 떠밀더니 거의 기대감에 차올라서 안쪽 문을 열었다. "널 기다리고 있지. 저 안에서, 어둠 속에서."

랜드는 문 너머의 암흑과 등 뒤에서 씩 웃는 창구 때문에 불안해져 잠시 멈추었다. 그러나 에그웨인이 그의 소매를 잡고 안으로 끌어당겼다. 문이 쾅 닫혔다. 랜드의 발꿈치가 낄 뻔했다. 빗장이 철컹 닫혔다. 그곳에는 등불 빛뿐이었다. 어둠 속에 선 그들 주위에 작은 빛 웅덩이가 생겼다.

"저 사람이 정말 우리를 내보내 줄까?" 랜드가 물었다. 생각해 보니 남자는 한 번도 랜드의 칼이나 활을 보지 않았다. 짐에 뭐가 들어 있는지 물어본 적도 없었다. "훌륭한 간수는 아닌데. 저 사람 입장에서는 우리가 페인을 풀어 주러 온 걸지도 모르잖아."

"그렇다기엔 저 사람들이 나를 잘 알아." 에그웨인이 말했다. 하지만 그녀도 걱정스러운 목소리였다. 그녀가 덧붙였다. "내가 올 때마다 상태가 나빠지는 것 같아. 모든 간수들이 그래. 더 못되게 변하고, 더 시무룩해져 있어. 내가 처음 왔을 때는 창구가 농담을 건넸어. 니다오는 더 이상 말을 안 하고. 하지만 이런 데서 일하면서 마음이 가벼울 수만은 없겠지. 그냥 내 문제일지도 모르고. 여긴 내 마음에도 별로 좋은 영향을 미치지 않거든." 에그웨인은 그렇게 말하면서도 자신 있게 랜드를 어둠 속으로 끌어당겼다. 랜드는 빈손을 칼에 얹어 놓고 있었다.

창백한 불빛이 양옆에 납작한 철창이 있는 넓은 복도를 드러냈다. 철창은 벽이 돌로 된 감방의 앞부분을 차지하고 있있다. 그들이 지니간 감방 중에 두 곳에만 죄수가 있었다. 빛이 닿으면 죄수들은 좁은 간이침대에 앉은 채 손으로 눈을 가리며 손가락 사이로 눈을 부라렸다. 얼굴을 가리고 있는데도 랜드는 그들이 자신을 노려본다고 확신했다. 그들의 눈이 불빛에 반짝였다.

"저 사람은 술 마시고 싸우는 걸 좋아해." 에그웨인은 손마디가 내려앉은 건장한 사람을 가리키며 속삭였다. "이번에는 마을에 있는 여관 휴게실을 맨손으로 때려 부쉈어. 몇 사람을 심하게 다치게 했고." 다른 죄수는 소매가 넓고 금실로 수놓인 코트를 입었으며 반짝이는 짧은 장화를 신고 있었다. "저 사람은 숙박비를 내지 않고 도시를 빠져나가려 했어." 이 말을 하며 에그웨인은 큰 소리로 코웃음 쳤다. 그녀의 아버지는 에먼즈 필드의 시장인 동시에 여관 주인이기도 했다. "십여 명의 가게 주인과 상인에게도 내야 할 돈을 절반도 내지 않았대."

남자가 그들을 보며 툴툴댔다. 랜드가 언젠가 상인의 호위병들에게서 들어본 것처럼 심한 욕설이 죄수의 뱃속에서부터 올라왔다.

"저 사람들도 상태가 매일 나빠져." 에그웨인이 긴장한 목소리로 말하더니 발걸음을 빨리했다.

복도 맨 끝에 있는 파단 페인의 감방에 도착했을 때는 에그웨인이 랜드를 한참 앞서 있었다. 그래서 랜드는 빛이 전혀 보이지 않았다. 랜드는 그 자리에, 에그웨인의 등불 뒤쪽 그림자 속에 멈춰 섰다.

페인은 간이침대 위에 앉아 뭔가 기다리는 것처럼 몸을 앞으로 숙이고 있었다. 창구가 말한 그대로였다. 그는 깡마르고 눈빛이 날카로운 남자로 팔이 길고 코가 컸다. 지금은 랜드의 기억보다도 말라 있었다. 지하 감옥에 있어서 마른 게 아니었다. 이곳에서는 하인들이 먹는 것과 똑같은 음식을 주었고, 최악의 죄수조차도 굶지 않았다. 페인이 그렇게 된 건 팔 다라에 오기 전에 한 짓 때문이었다.

그의 모습을 보니 랜드는 금방이라도 잊고 싶은 기억들이 떠올랐다. 커다란 수레 마부석에 앉아 수레 다리를 건너오던 페인. 겨울의 밤에 에먼즈 필드에 도착했던 페인. 바로 그 겨울의 밤에 트롤록들이 왔다. 사람들을 죽이고 불태우고 사냥했다. 모레인은 그들이 세 젊은 남자를 쫓는 거라고 했다. **날 쫓은 거야. 나인 줄 몰라서 셋을 쫓은 거지. 놈들은 페인을 사냥개로 이용했어.**

에그웨인이 다가가자 페인이 일어섰다. 그는 빛을 보고도 눈을 가리거나 깜빡거리지 않았다. 그는 에그웨인에게 미소 지었다. 오직 입술에만 미치는 미소였다. 이어 그의 눈이 에그웨인의 위쪽으로 향했다. 그는 빛이 닿지 않는 어둠 속에 숨어 있는 랜드를 똑바로 보며 기다란 손가락으로 그를 가리켰다. "네가 거기 숨어 있는 게 느껴진다, 랜드 알소르." 그가 거의 노래하는 듯한 목소리로 말했다. "넌 숨을 수 없어. 나한테서도, 그들에게서도. 다 끝난 줄 알았지? 하지만 전투는 절대로 끝나지 않아, 알소르. 놈들이 날 잡으러 오고 있다. 널 잡으러 오고 있어. 전쟁은 계속된다. 네가 살든 죽든, 네 전투는 절대 끝나지 않아. 절대로." 갑자기 그는 구호를 외치기 시작했다.

모두가 자유로워지는 날이 곧 오리라.
너도, 그리고 나도.
모두가 죽을 날이 곧 오리라.
너는 물론 죽겠지만, 나는 절대 아니지.

페인은 팔을 툭 떨어뜨리고는 시선을 들어 어둠 속 어딘가를 골똘히 올려다보았다. 비뚜름한 미소로 입을 비틀며, 자기 눈에만 보이는 뭔가가 재미있다는 듯 목구멍 깊은 곳에서 낄낄댔다. "무어데스가 너희 모두보다 많은 걸 알아. 무어데스는 알지."

에그웨인이 감방에서 뒷걸음질 치다가 랜드에게 부딪혔다. 빛의 가장자리만이 페인의 감방 철창에 닿았다. 어둠이 행상인의 모습을 가렸지만 그의 낄낄대는 소리는 계속 들렸다. 랜드는 그를 볼 수 없었지만 페인이 여전히 허공을 쳐다보고 있다고 확신했다.

랜드는 몸을 떨며 손가락을 칼자루에서 억지로 떼어냈다. "빛을 걸고!" 그가 쉰 목소리로 말했다. "에그웨인, 페인이 전과 비슷해졌다더니 이걸 말하는 거야?"

"상태가 더 좋을 때도 있고, 나쁠 때도 있어." 에그웨인의 목소리는 불안정했다. "지금은 나빠. 평소보다 훨씬 나빠."

"저 사람이 대체 뭘 보는 건지 모르겠어. 페인은 미쳤어, 어둠 속에서 돌 천장을 바라보고 있다니." **만일 돌이 그 자리에 없었다면 페인은 여자 동을 똑바로 보는 셈이었을 거야. 모레인이, 아멀린 권좌가 있는 곳을.** 랜드는 다시 몸을 떨었다. "저놈은 미쳤어."

"좋은 생각이 아니었나 봐, 랜드." 에그웨인은 어깨 너머로 감방을 보며 랜드를 끌어내고, 페인이 엿들을지 몰라 걱정하는 것처럼 목소리를 낮췄다. 페인의 낄낄대는 소리가 그들을 따라왔다. "사람들이 여기를 찾아보지 않는다 해도 난 이런 식으로 페인과 같이 있을 수 없어. 너도 마찬가지야. 오늘 페인은 어딘가……." 에그웨인이 떨면서 숨을 들이쉬었다. "여기보다 수색으로부터 더 안전한 곳이 있어. 전에 얘기하지 않은 이유는 널 여기 데려오는 게 더 쉬웠기 때문이야. 아무튼 여자 동은 절대로 찾아보지 않을 거야. 절대로."

"여자 동이라니……! 에그웨인, 페인도 미쳤을지 모르지만 넌 더 미쳤어. 말벌들을 피해서 말벌 둥지에 숨을 수는 없다고."

"그럼 더 나은 데가 있어? 요새에서 여성의 초대를 받지 않으면 남자들이, 심지어 아겔마 공조차 절대 들어가지 않을 만한 유일한 장소가 어디야? 남자가 있는지 찾아봐야겠다고는 아무도 생각하지 않을 만한 유일한 곳이 어디냐고?"

"그런 식이면 요새에서 아이즈 세다이가 가득할 게 분명한 유일한 곳은 어디냐? 말도 안 돼, 에그웨인."

에그웨인은 랜드의 짐을 찔러 보며 모두 결정됐다는 듯 말했다. "망토로 칼과 활을 감싸. 그러면 내 짐을 들어 주는 것처럼 보일 거야. 너한테 별로 예쁘지 않은 조끼랑 셔츠를 찾아 주는 건 별로 어렵지 않은 일이야. 하지만 허리는 좀 숙여야겠다."

"말했잖아, 안 할 거야."

"노새처럼 고집스럽게 구니까 내 짐말 역할을 하는 권리를 누려야겠네. 정말로 페인이랑 같이 여기 머물 생각이 아니라면 말이야."

페인의 웃음소리가 속삭임처럼 검은 그림자 사이로 들려왔다. "전투는 절대 끝나지 않아, 알소르. 무어데스는 알지."

"차라리 성벽에서 뛰어내리는 편이 가능성이 높았겠어." 랜드가 투덜댔다. 하지만 그는 에그웨인이 제안한 대로 짐을 벗고 칼과 활과 화살통을 싸기 시작했다.

어둠 속에서 페인이 웃었다. "절대 끝나지 않는다, 알소르. 절대로."

4장 소환되다

　여자 동의 자기 방에 혼자 있던 모레인은 어깨에 걸치고 있던, 구불구불한 담쟁이넝쿨과 포도 넝쿨이 수놓인 숄을 바로잡았다. 그녀는 구석에 서 있는 긴 틀의 거울에 그 모습을 비추어 보았다. 화가 날 때 그녀의 크고 검은 눈은 매의 눈처럼 날카롭게 보일 수 있었다. 그리고 지금 그 눈은 은을 씌운 유리도 꿰뚫을 것처럼 보였다. 그녀가 팔 다라에 왔을 때 안장주머니에 숄을 넣어둔 건 그저 우연이었다. 등 부분 가운데에 박힌 타 발론의 타오르는 흰 불꽃과 그녀가 소속된 아자를 보여 주도록 색깔을 넣은 긴 술—모레인의 술은 아침 하늘처럼 파란색이었다—을 갖춘 그 숄은 타 발론이 아닌 곳에서 걸칠 일이 거의 없었다. 타 발론에서도 보통은 하이트 타워 안에서만 입었다. 타 발론에서는 탑의 전당에서 열리는 모임을 제외하고 숄처럼 격식 있는 옷을 입도록 요구하는 경우가 거의 없었다. 빛나는 장벽을 넘어선 곳에서 타 발론의 불꽃을 보이면 너무 많은 사람이 숨거나 빛의 아이들을 데려오기 위해서 달려가기 마련이었고. 하얀 망토들의 화살은 다른 누구에게나 그렇듯 아이즈 세다이에게도 치명적이었다. 또 빛의 아이들은 너무 교활해서 화살에 맞기 전에는 궁수의 모습을 보이지 않았으므로 대처하기 어려웠다. 과연 모레인은 팔 다라에서 숄을 걸쳐야겠다는 생각은 해 보지 않았다.

하지만 아멀린 권좌를 알현할 때는 지켜야 할 격식이 있었다.

모레인은 날씬했고 키가 크지 않았다. 뺨에 주름이 없는, 아이즈 세다이 특유의 나이를 가늠할 수 없는 인상 때문에 실제보다 어려 보였다. 하지만 모레인에게는 어떤 모임에서도 주도권을 쥘 수 있을 만한 위엄 있는 우아함과 침착한 존재감이 있었다. 케예리엔 왕궁에서 어린 시절을 보내며 몸에 밴 태도는 그보다 긴 세월을 아이즈 세다이로서 살아가며 가라앉기보다는 고양되었다. 그녀는 오늘 그 모든 것이 필요할지 모른다는 걸 알았다. 오늘은 대단한 침착함을 보여야 했다. 무슨 문제가 있는 게 틀림없었다. 그게 아니라면 아멀린 권좌가 직접 오지 않았을 것이다. 모레인은 최소 열 번째 그렇게 생각했다. 하지만 그것 말고도 천 가지 질문이 더 떠올랐다. **무슨 문제일까? 아멀린 권좌는 여기까지 함께 올 사람으로 누구를 선택했을까? 왜 이곳일까? 왜 지금일까? 지금은 잘못되면 안 되는데.**

어깨까지 늘어뜨린 검은 머리카락에 묶어 놓은 섬세한 황금 체인을 건드리자 모레인의 오른손에 낀 거대한 뱀 반지가 희미하게 빛났다. 체인에 연결된 작고 투명한 파란색 보석이 그녀의 이마 한가운데에 걸려 있었다. 화이트 타워의 많은 사람들은 모레인이 그 보석을 집중의 도구로 활용해 수많은 기술을 쓸 수 있다는 걸 알고 있었다. 사실 그 보석은 그저 윤을 낸 푸른 수정 조각일 뿐이었다. 아무도 이끌어 주는 사람이 없던 시절에 어린 소녀가 첫 학습 도구로 사용한 물건에 불과했다. 그 소녀는 **앙그리알**과 그보다도 강력한 **사앙그리알**에 관한 이야기를 듣고—그것들은 아이즈 세다이가 아무 도움을 받지 않고 안전하게 다룰 수 있는 것보다 많은 일원력을 채널링하게 해 주는, 전설의 시대가 남긴 유명한 유물이었다—조금이라도 채널링을 하려면 그와 비슷한 집중의 대상이 필요할 것이라고 생각했다. 화이트 타워에 있는 모레인의 자매들은 그녀의 마법 몇 가지를 알고 있었고, 그녀가 다른 마법도 쓸 수 있을 거라고 의심했다. 그런 마법 중에는 존재하지 않는 마법도 있었고 모레인조차 실제로 존재한다는 걸 알고 놀란 마법도 있었다. 모레인이 파란 보석을 가지고 하는 일은 이따금 유용하긴 했지만 단순하고 사소한, 아이가 상상할 만한 것이었다. 하지만 엉뚱한 여자들이 아멀린 권좌와 함께 왔다면 이 보석으로 그들의 평정심을 흩뜨릴 수 있었다. 보석에 관해서는 이런저런 이야기들이 있었으니까.

빠르고 고집스러운 노크 소리가 들려왔다. 샤이나 사람은 그 누구의 문도 저런 식으로 두드리지 않았다. 모레인이 있는 방의 문이라면 더더욱. 그녀는 자신을 마주 보는 거울 속의 눈이 평온해질 때까지 거울을 계속 들여다보았다. 모든 생각이 검은 심연 속에 감춰졌다. 그녀는 허리띠에 매달려 있는 부드러운 가죽 주머니를 확인했다. **무슨 문제로 아멀린 권좌가 타 발론에서 나온 건지는 모르지만, 내가 이 문제를 눈앞에 꺼내 놓으면 그 문제는 잊게 될 거야.** 처음보다 더 힘찬 두 번째 문 두드리는 소리가 난 뒤에야 모레인은 방을 가로질렀고 그녀를 데리러 온 두 여자에게 침착한 미소를 지어 보이며 문을 열었다.

모레인은 두 여자를 모두 알아보았다. 검은 머리의 아나이야는 푸른 술이 달린 숄을 걸쳤으며 금발의 리안드린은 붉은 술이 달린 숄을 둘렀다. 리안드린은 젊어 보일 뿐 아니라 실제로 젊고 예뻤다. 인형 같은 얼굴에 작고 토라진 듯한 입을 가진 그녀가 다시 문을 두드리려 손을 들고 있었다. 그녀의 검은 눈썹과 그보다 더 검은 눈은 그녀의 어깨에 스치는 풍성하고 흰 금발의 땋은 머리와 날카로운 대조를 이루었다. 하지만 타라본에서는 그런 조합이 드물지 않았다. 두 여자 모두 모레인보다 키가 컸다. 리안드린은 모레인과 한 뼘 차이도 나지 않았지만.

아나이야의 무표정하던 얼굴은 모레인이 문을 열자마자 미소를 띠었다. 그 미소의 아름다움만이 그녀가 누릴 수 있는 유일한 아름다움이었지만, 그거면 충분했다. 아나이야가 자기를 보고 웃으면 거의 모든 사람이 위로를 받은 듯한 기분, 안전하고 특별해진 기분을 느꼈다. "빛이 너에게 비추길, 모레인. 다시 보니 좋네. 잘 지내? 너무 오랜만이야."

"네가 있으니 마음이 가벼워지는걸, 아나이야." 정말이었다. 팔 다라에 온 아이즈 세다이 중 최소 한 명의 친구가 있다는 걸 알아서 다행이었다. "빛께서 너를 비추시길."

리안드린이 입술을 꽉 물었다. 그녀는 자기 숄을 한 차례 홱 잡아당겼다.

"아멀린 권좌께서 오라십니다, 자매님." 그녀는 목소리조차 토라진 것처럼 들렸다. 차갑게 날이 서 있었다. 모레인 때문에 그런 것은 아니었다. 그러니까, 모레인이 유일한 이유인 건 아니었다. 리안드린은 늘 무언가에 불만이 있는 듯이 말했다. 그녀는 인상을 찡그리며 모레인의 어깨 너머로 방 안을 살펴보았다. "이 방에 보호 마법이 걸려 있더군요. 들어갈 수가 없었어요. 왜 자매들을 막는 거죠?"

"모두를 막는 거예요." 모레인이 매끄럽게 대답했다. "시중 두는 여자들 중 많은 수가 아이즈 세다이에게 호기심을 느끼는데, 내가 방을 비웠을 때 그 사람들이 내 방을 뒤지는 건 바라지 않거든요. 지금 이 순간까지는 아이즈 세다이와 아이즈 세다이가 아닌 사람을 구분할 필요가 없었고요." 모레인은 밖으로 나가서 문을 당겨 닫았다. 셋 모두가 복도에 서게 되었다. "갈까요? 아멀린 권좌를 기다리시게 해서는 안 되지요."

모레인은 옆에서 떠들어 대는 아나이야와 함께 복도를 나아갔다. 리안드린은 모레인이 뭘 숨기고 있는지 궁금하다는 듯 잠시 문을 바라보다가 서둘러 일행에 합류했다. 그녀는 모레인 옆에서 호위병처럼 딱딱하게 걸었다. 아나이야는 그냥 일행으로서 걷기만 했다. 슬리퍼를 신은 그들의 발바닥이 단순한 무늬의 두꺼운 카펫에 닿았다.

그들이 지나갈 때마다 예복을 차려입은 여자들이 무릎을 굽히며 인사했다. 팔 다라의 영주에게 인사할 때보다도 더 낮게. 아이즈 세다이 세 명이 함께 있고, 다름 아닌 아멀린 권좌도 요새에 와 있었으니 이 요새에 사는 어느 여자도 평생 기대 못 했을 영광이었다. 귀족 가문의 여자 몇 명도 복도에 나와 있었다. 그들 역시 무릎을 굽혀 인사했다. 분명 아겔마 공에게는 그렇게 하지 않았을 것이다. 모레인과 아나이야는 미소 지으며 고개를 숙여 하인이든 귀족이든 상대가 보낸 존경의 표시에 화답했다. 리안드린은 그들 모두를 무시했다.

물론 이곳에는 여자뿐이었다. 남자는 없었다. 열 살 이상의 샤이나 남성은 허락이나 초대를 받지 않은 한 여자 방에 들어가지 않았다. 몇몇 꼬마들은 이곳 복도를 달리며 놀았지만 말이다. 누나들이 무릎을 꿇으며 깊이 인사하자 꼬마들은 어색하게 한쪽 무릎을 꿇었다. 아나이야는 이따금 미소 지은 채 지나가며 그들의 작은 머리를 헝클어뜨렸다.

"이번에는, 모레인." 아나이야가 말했다. "네가 타 발론을 너무 오래 떠나 있었어. 너무 오래. 타 발론이 너를 그리워해. 자매들이 너를 그리워해. 화이트 타워에도 네가 필요하고."

"우리 중 누군가는 세상에서 일해야지." 모레인이 조용히 말했다. "탑의 전당은 너에게 맡길게, 아나이야. 그래도 타 발론에 있으면 나보다 세상 소식을 많이 듣게 될 거야. 나는 어제 있었던 곳에서 일어나는 일조차 놓치는 경우가 많거든. 뭔가 소식이 있어?"

"가짜 드래건 셋이 더 나타났어요." 리안드린은 씹어뱉듯 말했다. "살데이아와 머랜디, 티어에서 가짜 드래건들이 땅을 파괴했습니다. 그러는 동안 당신들 청색의 아자는 미소 지으며 아무 말도 하지 않고 과거에만 매달리려 했죠." 아나이야가 한쪽 눈썹을 치켜 올렸다. 리안드린은 날카롭게 코웃음 치며 입을 딱 다물었다.

"셋이라." 모레인이 조용히 생각에 잠겼다. 그녀의 눈이 잠시 반짝였다. 하지만 그녀는 그런 기색을 빠르게 감추었다. "지난 2년 동안 가짜 드래건 셋이 나타났는데, 이제는 셋이 동시에 나타났다는 거네."

"다른 자들이 그랬듯 이 자들도 처리될 겁니다. 남자 쥐새끼들과 놈들의 깃발을 따라다니는 모든 지저분한 오합지졸들까지."

모레인은 리안드린의 목소리에서 느껴지는 확신감이 재미있다고 생각했다. 하지만 새니만 느낄 수는 없다. 모레인은 여러 가지 현실에 대해, 여러 가능성에 대해 지나치게 의식하고 있었다. "몇 달이라는 시간 동안 과거를 잊어버릴 수 있었나 보죠, 자매님? 지난번의 가짜 드래건은 지저분한 오합지졸이든 뭐든 군대가 패배할 때까지 기알단을 그야말로 찢어발겼어요. 네, 로게인은 지금 타 발론에 있습니다. 순치된 상태이고 안전하겠지요. 하지만 우리 자매 중에도 그자를 제압하려다 죽은 사람들이 있어요. 자매 한 명만 죽어도 우리로서는 견딜 수 없는 손실입니다. 하지만 기알단의 손실은 그보다 훨씬 심각했죠. 로게인 이전의 둘은 채널링을 할 수 없었지만, 그런데도 칸도르와 아라드 도만의 사람들은 그들을 잘 기억하고 있어요. 여러 마을이 불탔고 사람들은 전투에서 죽어 갔습니다. 이 세상이 어떻게 세 드래건을 동시에 쉽게 처리할 수 있을까요? 얼마나 많은 사람들이 그들의 깃발 아래 모여들까요? 자신이 드래건의 환생이라고 주장하는 사람이 나타날 때마다 추종자가 부족한 적은 없었어요. 이번엔 또 얼마나 큰 전쟁이 벌어지겠어요?”

“상황이 그렇게까지 암울하지는 않아.” 아나이야가 말했다. “우리가 아는 한, 채널링을 할 수 있는 건 살데이아에 나타난 자뿐이야. 그자는 많은 추종자들을 끌어들일 시간이 없었고. 우리 자매들이 이미 그자를 처리하러 가 있을 거야. 티어 사람들은 가짜 드래건과 그 추종자들을 하돈의어둠 너머로 쫓아내는 중이고, 머랜디의 그 녀석은 이미 사슬에 매여 있어.” 그녀는 짧게 의아하다는 듯 웃었다. “다른 민족도 아니고 머랜디 사람들이 가짜 드래건을 그렇게 빨리 처리하다니. 그 사람들은 자기를 머랜디 사람이라고 부르지도 않아. 루가드 사람이나 이니슐린 사람, 혹은 이런저런 영주의 사람이라고 하지. 하지만 이웃 중 누군가에게 침공할 핑계가 생길까 무서워서, 가짜 드래건이 자기 정체를 선언하려고 입을 열기가 무섭게 그자에게 덤벼든 거야.”

“그래도,” 모레인이 말했다. “한 번에 셋은 무시할 수 없어. 어떤 자매도 이런 상황을 예언 못 한 거야?” 아나이야가 고개를 끄덕였을 때도 모레인은 놀라지 않았다. 예언이 있었을 가능성은 낮았다. 예언의 재능을 조금이라도 보인 아이즈 세다이는 수백 년 동안 거의 없었으니까. 모레인은 오히려 약간 안도했다.

그들이 아말리사 아가씨와 동시에 복도의 교차로에 이르렀다. 아말리사 아가씨가 완전히 무릎을 꿇고 인사했다. 깊이 허리를 숙이고 연녹색 치마를 넓게 펼쳤다. “타 발론에 영광을.” 그녀가 중얼거렸다. “아이즈 세다이에게 영광을.”

팔 다라 영주의 누이동생에게는 고개를 끄덕이는 것 이상의 예의를 차려야 했다. 모레인은 아말리사 아가씨의 두 손을 잡고 일으켰다. “우리를 영광스럽게 하는군요, 아말리사. 일어나세요, 자매님.”

아말리사 아가씨는 우아하게 허리를 펴며 얼굴을 붉혔다. 그녀는 타 발론에 가본 적도 없었다. 아이즈 세다이가 자매라고 불러준다는 건 그녀 같은 계급의 사람에게도 아찔한 일이었다. 키가 작은 중년의 그녀는 어둡고도 성숙한 아름다움의 소유자였다. 그녀의 뺨에 떠오른 홍조가 아름다움을 더했다. “과분한 영광입니다, 모레인 세다이.”

모레인이 미소 지었다. “우리가 서로를 알고 지낸 지 얼마나 됐지요, 아말리사? 이젠 서로 차 한 번 마셔본 적이 없는 것처럼 아말리사 님이라고 불러야 하나요?”

“당연히 아니죠.” 아말리사 아가씨가 마주 미소 지었다. 오빠의 얼굴에서 드러나는 힘은 그녀의 얼굴에도 깃들어 있었다. 뺨과 턱선이 부드럽다고 해서 그 힘이 줄어들지는 않았다. 어떤 사람들은 아겔마 공이 강하고 유명한 전사이기는 하지만, 여동생을 상대로는 간신히 호각을 이룰 뿐이라고도 말했다. “하지만 아멀린 권좌께서 오셨는걸요. 가끔은 이자 왕께서 팔 다라에 오십니다. 그분과 둘이 있을 때는 제가 그분을 작은 삼촌이라는 뜻의 마가미라고 부르죠. 어렸을 때, 그분이 저를 어깨에 태워 주셨을 때처럼 말이에요. 하지만 공적인 자리에서는 달라야죠.”

아나이야가 혀를 찼다. “격식이 필요할 때도 있지만, 남자들은 필요 이상으로 그렇게 하는 경우가 많아요. 부탁이니 나를 아나이야라고 불러주세요. 괜찮다면 나도 당신을 아말리사라고 부르겠어요.”

모레인은 에그웨인이 복도 저쪽에서 서둘러 모퉁이를 돌아 사라지는 모습을 곁눈으로 보았다. 가죽조끼를 입은 구부정한 형체가 고개를 숙이고 품에는 꾸러미를 잔뜩 안은 채 휘청거리며 그녀를 따라갔다. 모레인은 살짝 미소 지었다가 서둘러 표정을 감추었다. 그녀는 짓궂게도 이렇게 생각했다. **에그웨인이 타 발론에서도 저 정도의 의지를 보인다면 언젠가 아멀린 권좌에 앉게 될 거야. 그 의지를 통제하는 방법만 배운다면. 앉을 만한 아멀린 권좌가 남아 있다면.**

모레인이 다시 다른 사람들에게로 관심을 돌렸을 때는 리안드린이 말하는 중이었다.

"……당신의 영지에 대해 더 알 기회가 있다면 좋겠군요." 그녀는 미소 짓고 있었다. 솔직하고 거의 소녀처럼 보이는 미소였다. 목소리도 친근했다.

아말리사 아가씨가 모레인과 다른 아이즈 세다이들에게 자신의 개인 정원으로 가자고 청하자 모레인은 표정을 평온하게 다스렸다. 리안드린은 아말리사 아가씨의 제안을 따뜻하게 받아들였다. 리안드린은 친구를 거의 사귀지 않았고, 적색의 아자가 아닌 사람과는 아예 사귀지 않았다. 아이즈 세다이가 아닌 사람과도 절대로 사귀지 않았고. **저것보다는 남자나 트롤록과 친구가 되는 게 빠르겠어.** 모레인은 리안드린이 남자와 트롤록을 다르게 생각할지 확신이 서지 않았다. 적색의 아자 중에 둘을 구분하는 사람이 한 명이라도 있을까 싶었다.

아나이야는 당장 아멀린 권좌를 만나러 가야 한다고 설명했다. "그러셔야죠." 아말리사 아가씨가 말했다. "빛께서 아멀린 권좌를 비추시고 창조주께서 그분을 보호하시길. 그럼 나중에 뵙지요." 그녀는 똑바로 서서 떠나는 그들에게 고개를 숙였다.

모레인은 걸어가면서 리안드린을 살폈다. 절대 그녀를 똑바로 보지는 않았다. 꿀빛 머리카락의 아이즈 세다이는 똑바로 앞을 보고 있었다. 생각에 잠긴 듯 장미꽃 같은 입술은 꽉 다문 채였다. 모레인과 아나이야를 둘 다 잊은 듯했다. **무슨 꿍꿍이지?**

아나이야는 평소와 다른 걸 전혀 눈치채지 못한 듯했다. 하긴, 그녀는 늘 사람들의 현재 모습과 그들이 되고 싶어 하는 모습을 그대로 받아들였다. 모레인은 아나이야가 화이트 타워에서와 똑같이 잘 대처하는 모습을 볼 때마다 늘 놀라웠지만, 배배 꼬인 사람들은 언제나 그녀의 개방적인 태도와 솔직함, 모든 사람을 받아들이는 태도를 교활한 술책으로 보는 듯했다. 하지만 아나이야가 한 말이 진심이고, 그녀가 진심만을 말한다는 게 밝혀지면 그 사람들은 완전히 허를 찔린 듯 쩔쩔 매곤 했다. 또한 아나이야에게는 존재의 핵심을 꿰뚫어 보는 방법이 있었다. 자기가 본 것을 받아들이는 방법도. 이제 그녀는 즐겁게 소식을 전하기 시작했다.

"안도어에서 들려온 소식은 좋은 것도, 나쁜 것도 있어. 케임린의 거리 폭동은 봄이 오면서 잦아들었지만, 지금도 길었던 겨울에 대해 여왕과 타 발론을 비난하는 말이 나오나 봐. 그것도 지나치게 많이 말이야. 무어게이즈의 왕좌는 작년보다 약해졌어. 그래도 무어게이즈는 아직 왕좌를 지키고 있어. 가레스 브라인이 여왕 호위대의 총대장인 한은 계속 그렇겠지. 여왕 후계자 일레인 공주와 일레인 공주의 오빠 가윈은 수련을 받으러 타 발론에 안전하게 도착했어. 화이트 타워에서는 여왕 후계자가 타 발론에서 수련을 받는 관습이 깨질지 모른다고 걱정하는 사람들이 있었고."

"무어게이즈가 살아 숨 쉬는 동안에는 그런 일이 없을 거야." 모레인이 말했다.

리안드린은 방금 잠에서 깬 것처럼 살짝 움찔했다. "무어게이즈가 계속 살아 숨쉬기를 기도하는 게 좋을 거예요. 여왕 후계자 일행은 에리닌강까지 빛의 아이들에게 추격을 당했어요. 타 발론으로 향하는 바로 그 다리까지 말이죠. 더 많은 빛의 아이들이 지금도 장난질을 벌일 기회를 찾아 케임린 외곽에서 야영하고 있고요. 게다가 케임린에는 아직도 그들의 말에 귀 기울이는 사람들이 있습니다."

"어쩌면 이젠 무어게이즈도 조금쯤 신중함을 배워야 할 때인지 몰라." 아나이야가 한숨을 쉬었다. "세상은 매일 더 위험한 곳이 되어 가고 있어. 여왕한테도 말이야. 어쩌면 특히 여왕한테 그런지도 모르지. 여왕은 언제나 완고했어. 난 무어게이즈가 어려서 타 발론에 왔을 때가 기억 나. 무어게이스한테는 완전한 자매가 될 능력이 없었고, 그 점이 무어게이즈의 한이 됐지. 때로는 무어게이즈가 딸의 선택과 상관없이 그 애를 압박하는 이유가 그래서라는 생각이 들어."

모레인이 경멸하듯 코웃음 쳤다. "일레인은 불꽃을 품고 태어났어. 그건 선택의 문제가 아니야. 무어게이즈는 아마디시아의 모든 하얀 망토들이 케임린 외곽에서 야영한대도 자기 딸이 수련을 못 받아서 죽게 놔두는 위험을 무릅쓰진 않을 거야. 가레스 브라인과 여왕 호위대에게 하얀 망토들을 뚫고 타 발론으로 가는 길을 내라고 명령하겠지. 가레스 브라인은 혼자서 그 일을 해야 한대도 할 거고." **하지만 무어게이즈는 딸이 가진 잠재력이 어느 정도인지는 비밀로 해야 해. 안도어 사람들이 과연 그 비밀을 알고도 무어게이즈의 뒤를 이어 일레인이 사자의 왕좌에 오르게 놔둘까? 관습에 따라 타 발론에서 훈련받은 여왕이 아닌, 온전한 아이즈 세다이를?** 역사 전체를 통틀어 아이즈 세다이라 불릴 권리를 갖춘 여왕은 한 줌뿐이었고, 그 정체를 밝힌 몇 안 되는 여왕은 모두 살면서 그 일을 후회하게 되었다. 모레인은 약간의 슬픔을 느꼈다. 하지만 한 곳의 땅과 한 나라의 왕좌만을 돕거나 걱정하기에는 너무 많은 일이 일어나고 있었다. "또 무슨 일이 있었어, 아나이야?"

"너도 알겠지만, 일리안에서 위대한 뿔나팔 사냥대 모집이 시작됐어. 400년 만에 처음이야. 일리안 사람들은 최후의 전투가 다가온다고 해." 아나이야는 살짝 몸을 떨었다. 그럴 만한 일이었다. 그녀가 멈추지 않고 말을 이었다. "그림자에 대항한 최후의 전투가 벌어지기 전에 발리어의 뿔나팔을 찾아야 한다고도 하고. 모든 땅에서 이미 사람들이 모여들고 있어. 다들 전설의 일부가 되고 뿔나팔을 찾겠다는 열정에 불타고 있지. 머랜디와 알타라는 당연히 긴장을 늦추지 않고 있어. 이 모든 게 자신들 중 하나를 치려는 움직임을 위장한 거라고 생각하니까. 머랜디 사람들이 가짜 드래건을 그렇게 빨리 잡은 것도 아마 그래서일 거야. 아무튼, 음유시인과 방랑 시인 들이 레퍼토리에 더할 만한 이야기가 아주 많이 생길걸. 빛께서 보내시는 건 새로운 이야기뿐이지."

"아마 사람들이 기대하는 이야기는 아닐 거야." 모레인이 말했다. 리안드린이 날카로운 눈빛으로 그녀를 보았지만 모레인은 얼굴을 고요하게 유지했다.

"그렇겠지." 아나이야가 차분하게 말했다. "사람들이 절대로 기대하지 않는 이야기야말로 시인들이 레퍼토리에 더할 이야기가 될 거야. 그걸 빼면, 내가 해줄 이야기는 소문밖에 없어. 바다 민족들은 불안해하고 있어. 그 사람들의 배가 이 항구에서 저 항구로 거의 쉬지 않고 날아다니는 중이야. 섬의 자매들은 바다 민족의 선택받은 자인 코라무어가 오고 있다고 하지만,

더는 말하지 않으려 해. 아사안 미에레가 코라무어에 관해 외부인들에게 얼마나 말을 아끼는지는 너도 알잖아. 이 부분에서는 우리 자매들도 아이즈 세다이보다는 바다 민족처럼 생각하는 것 같아. 아이일 민족도 동요하는 것처럼 보이는데, 이유는 아무도 몰라. 최소한 아이일 사람들이 세계의 등뼈를 다시 건널 징조는 없어. 빛께 감사할 일이지.” 아나이야는 한숨을 쉬며 고개를 저었다. “아이일 민족 중에 자매가 한 사람이라도 있으면 뭐든 내줄 텐데. 단 한 명이라도 있다면 말이야. 우린 그 사람들에 대해 아는 게 너무 적어.”

모레인이 웃었다. “때로는 네가 갈색의 아자 소속이라는 생각이 들어, 아나이야.”

“앨머스평원 이야기가 있잖아요.” 리안드린은 그렇게 말하더니, 자기가 말했다는 사실에 놀란 것 같았다.

“그건 정말 소문이에요, 자매님.” 아나이야가 말했다. “타 발론을 떠날 때 들은 귀엣말 몇 마디죠. 물론, 앨머스평원에서 싸움이 벌어질 수도 있겠죠. 토면 헤드에서 벌어질지도 모르고요. 그럴지도 모른다는 거예요. 귀엣말조차 희미했어요. 소문에 대한 소문이었죠. 우린 뭔가 더 들을 겨를도 없이 떠나왔고.”

“타라본과 아라드 도만 얘기구나.” 모레인은 그렇게 말하며 고개를 저었다. “그 사람들은 거의 300년 동안 앨머스평원을 놓고 다퉈 왔으니까. 하지만 한 번도 공개적인 충돌이 벌어지진 않았지.” 그녀는 리안드린을 보았다. 아이즈 세다이는 모든 땅과 통치자에 대한 옛 충성심을 벗어던지게 되어 있었으나 완전히 그렇게 하는 사람은 적었다. 자기가 태어난 땅을 신경 쓰지 않기란 어려운 일이었다. “왜 지금 와서……?”

“한가한 얘기는 그만하면 됐어요.” 꿀빛 머리카락의 여자가 화를 내며 끼어들었다. “아멀린 권좌께서 당신을 기다리십니다, 모레인.” 그녀는 다른 사람들보다 세 걸음 빠르게 성큼성큼 앞서가더니 커다란 이중문의 한쪽을 확 열었다. “아멀린 권좌께서는 당신과 한가한 이야기를 나누지 않으실 겁니다.”

모레인은 무의식적으로 허리춤의 주머니를 만지작거렸다. 그녀는 리안드린을 지나 문을 가로지르며, 리안드린이 자기를 위해 문을 열어 주고 있었다는 듯 고개를 까닥였다. 리안드린의 얼굴에 하얀 분노가 번뜩여도 미소조차 짓지 않았다. **저 망할 계집애가 무슨 일을 꾸미는 거지?**

밝은 색깔이 들어간 카펫이 전실 바닥에 여러 겹 덮여 있었다. 방은 의자와 쿠션이 들어간 벤치와 작은 탁자들로 기분 좋게 꾸며져 있었고, 나무는 단순하게 손질되거나 그냥 윤만 낸 상태였다. 비단 커튼이 높다란 총안 양옆에 걸려 있어 총안이 좀 더 창문처럼 보였다. 난로에는 불이 없었다. 날이 따뜻했고 샤이나 특유의 추위는 밤이 올 때까지 찾아오지 않을 터였다.

아멀린 권좌와 함께 온, 여섯 명이 채 못 되는 아이즈 세다이가 그곳에 있었다. 갈색의 아자 소속인 베린 마스윈과 세라펠은 모레인이 들어와도 고개를 들지 않았다. 세라펠은 표지의 색이 바랜 오래된 책을 골똘히 읽으며 그 너덜너덜한 페이지를 조심스럽게 다루고 있었다. 한편 총안 아래에 책상다리를 하고 앉아 있는 통통한 베린은 빛을 향해 작은 꽃을 들어 올리고 무릎에 균형을 잡아 놓은 책에 정확한 손글씨로 메모와 스케치를 하고 있었다. 그녀의 옆 바닥에는 잉크병이 놓여 있었고 무릎에는 작은 꽃 무더기가 쌓여 있었다. 갈색의 자매들은 지식을 추구하는 것 외에는 별 관심이 없었다. 가끔 모레인은 그들이 세상에서, 심지어 바로 근처에서 벌어지는 일을 알고는 있는지 궁금했다.

이미 방에 들어와 있던 다른 세 여자가 모레인을 돌아보았다. 하지만 그들도 굳이 모레인에게 다가오지는 않고 그녀를 바라보기만 했다. 날씬한 여자는 황색의 아자 소속으로 모레인이 모르는 사람이었다. 요즘은 아이즈 세다이의 숫자가 그리 많지 않았으나 모레인은 타 발론에 머문 시간이 너무 짧아 모든 아이즈 세다이를 알지 못했다. 다만 다른 두 사람은 아는 사람이었다. 칼리냐는 솔의 흰 술과 마찬가지로 피부가 희고 태도가 차가웠다. 녹색의 아자 소속으로 피부가 검고 성정이 불같은 알란나 모스반니와는 모든 면에서 정반대였다. 두 사람은 모두 일어나서 아무 말도 하지 않고 무표정하게 모레인을 바라보았다. 알란나는 솔을 홱 당겨 몸을 감쌌지만 칼리냐는 전혀 움직이지 않았다. 날씬한 황색의 자매는 유감스럽다는 듯 돌아섰다.

"빛께서 여러분 모두를 비추시길 바랍니다, 자매님들." 모레인이 말했다. 아무도 대답하지 않았다. 세라펠이나 베린은 들은 건지도 알 수 없었다. **다른 사람들은 어디 있을까?** 모두가 여기 와 있을 필요는 없었지만—대부분은 여행에서 회복하느라 자기 방에서 쉬고 있을 터였다—모레인은 슬슬 초조해졌다. 던질 수 없는 모든 질문이 머릿속을 내달렸다. 그녀의 얼굴에는 전혀 티가 나지 않았지만.

안쪽 문이 열리며 리아네가 나타났다. 도금된 불꽃이 달린 지팡이는 보이지 않았다. 연대기 기록자인 그녀는 대부분의 남자만큼 키가 컸으며 몸매가 유연하고 우아했다. 구릿빛 피부와 짧고 검은 머리카락도 아름다웠다. 그녀는 숄 대신 한 뼘 넓이의 파란색 스톨(여성용 어깨걸이—옮긴이)을 걸치고 있었다. 소속 아자의 대표가 아니라 연대기 기록자로서 탑의 전당에 참여했기 때문이다.

"왔군요." 리아네는 쾌활하게 모레인에게 말하며 자기 뒤쪽의 문을 가리켰다. "들어오세요, 자매님. 아멀린 권좌께서 기다리십니다." 그녀는 화가 나든 기쁘든 흥분하든 절대 변하지 않는, 짧고 빠른 말투로 자연스럽게 말했다. 모레인은 리아네를 따라 들어가면서 기록자가 지금 어떤 감정을 느끼고 있을지 궁금했다. 리아네는 뒤쪽의 문을 당겨 닫았다. 문은 지하실 문처럼 쾅 소리를 내며 닫혔다.

아멀린 권좌 본인이 카펫 중앙의 널찍한 탁자 뒤에 앉아 있었다. 탁자에는 납작하게 눌린 형태의 네모난 순금 덩어리가 놓여 있었다. 순금 덩어리는 여행용 가방 크기였으며 정교한 은세공이 들어가 있었다. 탁자는 묵직했고 다리가 튼튼했으나 힘센 남자 두 명도 들기 어려운 무게에 눌려 땅딸막하게 보였다.

황금 정육면체를 본 모레인의 얼굴에서 동요의 기미를 감추기 어려웠다. 모레인이 마지막으로 보았을 때 이 정육면체는 아겔마의 귀중품 보관실에 안전하게 보관되어 있었고 보관실 문은 잠겨 있었다. 모레인은 아멀린 권좌가 도착했다는 걸 알고 직접 이 상자에 관한 이야기를 전하려 했다. 저 물건이 이미 아멀린 권좌의 손에 들어갔다는 건 사소하긴 해도 걱정스러운 문제였다. 모레인이 상황을 따라잡지 못하는 것일 수 있었다.

모레인은 깊이 무릎을 꿇고 절하며 형식을 갖추어 말했다. "어머니, 저를 부르시기에 왔나이다." 아멀린 권좌가 손을 내밀자 모레인은 그녀의 거대한 뱀 반지에 입을 맞췄다. 그 반지는 다른 아이즈 세다이의 것과 전혀 다르지 않았다. 모레인은 자리에서 일어나며 좀 더 자연스럽지만 선을 넘지는 않도록 말투를 바꾸었다. 그녀는 등 뒤, 문 옆에 서 있는 기록자를 의식했다. "오는 길이 즐거우셨다면 좋겠군요, 어머니."

아멀린 권좌는 귀족 가문이 아니라 티어의 평범한 어부 가족에서 태어났다. 그녀의 이름은 시우안 산체였다. 물론 그녀가 탑의 전당에서 추대된 이후로 10년 동안 그 이름을 사용하거나 떠올리는 사람은 극히 드물었다. 그녀는 아멀린 권좌였다. 그게 다였다. 그녀가 어깨에 걸친 넓은 스톨에는 일곱 아자를 나타내는 색깔의 줄무늬가 들어가 있었다. 아멀린 권좌는 모든 아자에 속해 있는 동시에 그 어떤 아자에도 속하지 않았다. 그녀의 키는 겨우 중간 정도였다. 아름답다기보다는 잘생긴 외모에 가까웠다. 하지만 그녀의 얼굴에는 추대되기 전부터 존재해 온 힘이 깃들어 있었다. 티어의 항구 지역인 마울레의 거리에서 살아남은 소녀의 힘. 그녀의 투명하고 푸른 눈은 왕과 여왕, 심지어 빛의 아이들의 총사령관까지도 시선을 내리깔게 했다. 지금은 그 눈이 긴장하고 있었다. 입도 새롭게 꽉 다물려 있었다.

"딸아, 우리는 우리의 배가 빠르게 에리닌강을 거슬러 올라갈 수 있도록 바람을 불러들였다. 심지어 물살조차 우리에게 도움이 되도록 바꾸었지." 아멀린 권좌의 목소리는 나지막하고도 슬펐다. "난 우리가 강가의 마을에 일으킨 홍수를 보았다. 우리가 날씨에 어떤 영향을 끼쳤는지는 오직 빛만이 아시겠지. 우리는 이미 손해를 끼쳤고 농사를 망쳤을지도 모르니 사람들의 사랑을 받지 못할 것이다. 그 모든 게 최대한 빨리 이곳에 도착하기 위해서였다." 그녀의 시선은 정교한 황금 정육면체로 향했다. 그것을 만져 보려는 듯 손을 들었지만 아멀린 권좌가 입을 열었을 때 한 말은 이런 것이었다. "엘라이다가 타 발론에 있다, 딸아. 일레인과 가윈과 함께 왔더구나."

모레인은 한쪽에 비켜 서 있는 리아네를 의식했다. 그녀는 아멀린 권좌가 있을 때면 늘 그러듯 조용했지만, 귀 기울이며 지켜보고 있었다. "놀라운 일이네요, 어머니." 모레인이 조심스럽게 말했다. "지금 무어게이즈는 아이즈 세다이의 자문 없이 지낼 때가 아닌데요." 무어게이즈는 아이즈 세다이 자문위원의 존재를 공개적으로 인정하는 몇 안 되는 통치자 중 한 명이었다. 거의 모든 통치자에게는 아이즈 세다이 조언자가 있었으나 그 점을 인정하는 사람은 드물었다.

"엘라이다가 고집을 부렸다더구나, 딸아. 아무리 여왕이라지만 의지력으로 대결해야 했다면 무어게이즈가 엘라이다의 상대가 되지는 못했을 거다. 아무튼, 이번에는 대결을 하고 싶지도 않았을지 모르고. 일레인에게는 잠재력이 있어. 내가 전에 보았던 어떤 잠재력보다 큰 잠재력이다. 벌써 진전을 보이더구나. 적색의 자매들은 그 잠재력을 보고 기대감이 복어처럼 부풀어 올랐어. 내 생각에는 그 아이가 적색의 자매들과 같은 방향으로 생각하는 것 같지 않지만, 나이가 어리니 알 수 없지. 적색의 자매들이 아이의 성향을 바꾸지 못한대도 별로 달라질 건 없을 거다. 일레인은 천 년 만에 처음 나타나는 가장 강력한 아이즈 세다이가 될 수 있어. 그 애를 발견한 것이 적색의 아자이고. 그 아이 덕분에 적색의 아자는 탑의 전당에서 상당한 지위를 얻었다."

"제게도 팔 다라에 두 젊은 여인이 있습니다, 어머니." 모레인이 말했다. "둘 다 투 리버스 출신입니다. 투 리버스는 마네세렌의 피가 지금까지도 강하게 흐르는 곳이지요. 그들 자신은 한때 마네세렌이라 불리는 땅이 있었다는 것조차 기억 못 하지만 말입니다. 오래된 혈통은 노래를 부릅니다, 어머니. 투 리버스에서는 특히 큰 소리로 노래하지요. 그 마을의 소녀인 에그웨인은 최소한 일레인만큼 강력합니다. 제가 여왕 후계자를 보았기에 압니다. 다른 한 명인 나이니브는 그 마을의 현자였는데, 마찬가지로 그냥 소녀가 아닙니다. 나이니브의 마을 여자들이 그 어린 나이니브를 현자로 선택했다는 것 자체가 의미 있는 일이지요. 지금은 알지도 못하는 채로 사이딘을 통제하는데, 그것을 의식적으로 통제할 방법만 배운다면 나이니브는 타 발론의 어느 누구보다 강해질 것입니다. 훈련을 받으면 일레인과 에그웨인이라는 촛불 옆에서 모닥불처럼 빛날 겁니다. 그리고 이 둘이 적색의 아자를 선택할 가능성은 없습니다. 그들은 남자에게서 즐거움을 느끼고 남자 때문에 좌절하기도 합니다. 어쨌든 남자들을 좋아하지요. 적색의 아자가 일레인을 찾아냄으로써 화이트 타워에서 아무리 큰 영향력을 얻었다 한들 두 사람이 쉽게 상쇄할 겁니다."

아멀린 권좌는 별로 중요하지 않은 문제라는 듯 고개를 끄덕였다. 놀라서 눈썹을 치커올렸던 모레인은 겨우 자제하며 표정을 부드럽게 했다. 훈련을 받아 일원력을 채널링할 수 있는 소녀들이 매년 점점 적어진다는, 또는 그렇게 보인다는 점과 그중에서도 진짜 힘을 가진 소녀들은 점점 덜 발견된다는 점은 탑의 전당에서 가장 중요한 두 가지 관심사였다. 세계의 파괴가 아이즈 세다이 탓이라고 하는 자들에 대한 두려움보다, 빛의 아이들의 증오보다, 심지어 어둠의 친구들이 하는 일보다도 더 나쁜 것은 단순한 숫자의 감소와 능력의 쇠퇴였다. 화이트 타워의 복도는 한때 붐볐지만 현재는 사람이 드물었고, 한때 일원력으로 쉽게 할 수 있었던 일도 지금은 전혀 할 수 없거나 해도 어렵게만 할 수 있었다.

"엘라이다가 타 발론에 찾아온 데는 다른 이유가 하나 더 있었다, 딸아. 엘라이다는 내가 놓치지 않고 메시지를 받을 수 있도록 서로 다른 비둘기 여섯 마리를 보내 같은 메시지를 보내더니—타 발론의 다른 누구에게 또 메시지를 보냈을지는 그저 짐작밖에 할 수 없구나—결국은 직접 찾아왔다. 엘라이다가 탑의 전당에 출석해서는 네가 타비렌인 동시에 위험한 젊은 남자에게 간섭하고 있다고 하더구나. 엘라이다는 그 젊은이가 케임린에 있었지만 그 젊은이가 머물던 여관에 가 보니 이미 네가 그를 몰래 데리고 사라졌다고 했다."

"그 여관 사람들은 우리에게 충실하게 잘 대해 주었습니다, 어머니. 엘라이다가 그중 한 명이라도 해쳤다면……." 모레인은 목소리에서 날을 숨길 수 없었다. 리아네가 움직이는 소리가 들렸다. 누구도 아멀린 권좌에게 그런 말투로 말해서는 안 됐다. 왕좌에 앉은 왕이라도.

"너도 이 점을 알아야 한다, 딸아." 아멀린 권좌가 건조하게 말했다. "엘라이다는 어둠의 친구들이나, 일원력을 채널링하려 드는 그 불쌍하고 바보 같은 남자들처럼 위험하게 여겨지는 사람이 아니면 아무도 해치지 않는다. 아니면 타 발론을 위협하는 자이거나. 아이즈 세다이가 아닌 다른 모두는, 엘라이다가 보는 한 그저 돌멩이 게임판의 기물에 지나지 않는다. 여관 주인에게는 다행스러운 일이지. 내가 기억하는 대로라면 길 씨라는 것 같던데. 그는 아이즈 세다이를 대단하게 생각하는 것 같더구나. 그래서 엘라이다가 한 질문에 만족스러울 만큼 대답해 주었다. 엘라이다는 사실 길 씨에 대해 좋게 말했고, 그보다는 네가 데려간 젊은이에 대해서 더 많이 말했다. 엘라이다 말로는 아터 호크윙 이후로 나타난 그 어떤 남자보다 위험하다더구나. 너도 알겠지만, 엘라이다는 때로 예언을 한다. 그런 만큼 엘라이다의 말은 탑의 전당에 무게감 있게 전달되었다."

리아네 때문에 모레인은 최대한 온순한 목소리로 말했다. 그래 봐야 별로 온순하지는 않았지만, 그게 최선이었다. "저는 세 명의 젊은이를 데리고 있지만 그중 왕은 한 사람도 없습니다, 어머니. 그중 누군가가 단 한 명의 통치자 아래에 세계를 통합하겠다는 꿈을 꿀 것 같지는 않습니다. 100년 전쟁 이후로는 그 누구도 아터 호크윙이 꾸었던 꿈을 꾼 적이 없습니다."

"맞는 말이다, 딸아. 아겔마 공도 그들이 촌 동네 청년이라고 하더구나. 하지만 그중 한 명은 타비렌이다." 아멀린 권좌의 시선이 다시 정육면체로 향했다. "탑의 전당에서는 너를 근신시켜야 한다는 의견이 나왔다. 녹색 아자의 배석자가 제안했지. 다른 둘은 그 자매가 말하는 동안 동의한다는 뜻으로 고개를 끄덕였고."

리아네가 역겹거나 답답한 듯한 소리를 냈다. 아멀린 권좌가 말할 때면 그녀는 늘 배경에만 머물렀다. 그러나 이번만큼은 리아네가 조금이나마 끼어든 게 모레인은 이해되었다. 녹색의 아자는 천 년간 청색의 아자와 동맹을 맺고 있었다. 아터 호크윙 시대 이후로 그들은 오직 한 목소리로만 말했다. 모레인이 말했다. "저는 외진 마을에서 호미질이나 할 생각이 전혀 없습니다, 어머니." **탑의 전당에서 뭐라 말하든 절대 그렇게 하지 않을 테고.**

"또 다른 제안도 있었다. 이 역시 녹색의 아자가 한 제안이다. 그들은 근신 중인 너의 관리를 적색의 아자에서 맡아야 한다고 했다. 적색 아자의 배석자들은 놀란 듯했지만, 먹이가 무방비 상태라는 것을 아는 물고기잡이 새 같더구나." 아멀린 권좌가 코웃음 쳤다. "적색의 아자는 자신들과 같은 아자 소속이 아닌 사람의 구금을 맡는 걸 꺼린다면서도 탑의 전당의 바람에 따르겠다고 했다."

그러고 싶지 않았지만 모레인은 몸을 떨었다. "그건…… 대단히 불쾌하겠군요, 어머니." 불쾌한 것보다 나쁠 것이다. 훨씬 나쁠 것이다. 적색의 아자는 절대 온화하지 않았다. 모레인은 그 생각은 나중에 하기로 하고 한쪽으로 밀어 놓았다. "어머니, 녹색의 아자와 적색의 아자가 맺고 있는 듯한 이 동맹이 이해되지 않습니다. 둘의 신념이나 남자를 향한 태도, 우리 아이즈 세다이의 목표 자체에 대한 그들의 관점은 완전히 반대인데요. 적색의 아자와 녹색의 아자는 서로 고함을 지르지 않고는 이야기도 하지 못합니다."

"상황은 바뀌기 마련이다, 딸아. 그간 아멀린 권좌로 추대된 다섯 명의 여인 중 네 명이 청색의 아자 출신이었다. 아마 그 수가 너무 많다고 느끼는 것이겠지. 아니면 청색의 아자의 사고방식만으로는 가짜 드래건으로 가득한 세상에서 더 이상 충분하지 않다고 생각하는 것이거나. 천 년이 지나면 많은 것이 바뀌기 마련이다." 아멀린 권좌는 혼잣말하듯 그렇게 말하며 인상을 찌푸렸다. "오래된 성벽은 약해지고 오래된 장벽은 무너지지." 그녀는 진저리를 쳤다. 그녀의 목소리가 단호해졌다. "한 가지 제안이 더 있었다. 역시 방파제에 걸린 지 1주일은 지난 시신처럼 수상한 냄새가 나는 제안이야. 리아네는 청색의 아자이고 나 역시 청색의 아자 출신이므로, 나와 함께 청색의 자매 둘을 보내면 청색의 아자만 대리인을 넷 보내는 셈이 된다는 이야기가 나왔다. 탑의 전당에서, 내 면전에 대고 그렇게 말하더구나. 꼭 하수도 수리하는 얘기를 하듯이 말이야. 백색의 자매 중 두 명이 내게 맞섰고 녹색의 자매 두 명도 마찬가지였다. 황색의 자매들은 자기들끼리 뭐라 중얼거리더니 찬성하는 말도, 반대하는 말도 하지 않았다. 한 명만 더 반대했어도 너의 자매인 아나이야와 메이간은 여기 없었을 거다. 내가 아예 화이트 타워를 떠나지 말아야 한다는 이야기도 노골적으로 나왔다."

모레인은 적색의 아자가 그녀를 손에 넣고 싶어 한다는 이야기를 들었을 때보다 더 큰 충격을 받았다. 어느 아자 출신이든 연대기 기록자는 오직 아멀린 권좌의 의견만을 말했고, 아멀린 권좌는 모든 아이즈 세다이와 모든 아자를 대신해서 말했다. 늘 그런 식이었고, 다른 방식을 제안한 사람은 아무도 없었다. 트롤록 전쟁이라는 대단히 어두운 시기에도, 아터 호크윙의 군대가 살아남은 아이즈 세다이 전부를 타 발론에 가뒀을 때조차도. 무엇보다 아멀린 권좌는 아멀린 권좌였다. 모든 아이즈 세다이는 그녀에게 복종하겠다는 서원을 했다. 아무도 아멀린 권좌가 하는 행동이나 그녀가 가기로 한 곳에 대해 의문을 품을 수 없었다. 방금 아멀린 권좌가 언급한 제안은 3천 년 동안 이어져 온 관습과 법에 반대되는 것이었다.

"감히 누가 그런 말을 한단 말입니까, 어머니?"

아멀린 권좌의 웃음소리가 씁쓸하게 들렸다. "거의 모두가 그런단다, 딸아. 케임린에서의 폭동. 우리 중 누구에게도 전혀 알리지 않고 소집 선언을 한 위대한 사냥대. 비 온 뒤의 레드벨처럼 불쑥불쑥 솟아나는 가짜 드래건들. 민족들의 경계는 흐려지고 있다. 아터 호크윙이 귀족들의 모든 영지를 빼앗은 이후 그 어느 때보다도 많은 귀족들이 가문의 게임을 벌이고 있지. 최악은 어둠의 존재가 다시 동요하고 있다는 걸 우리 모두가 안다는 점이다. 화이트 타워가 상황에 대한 장악력을 잃고 있다고 생각하지 않는 자매가 있다면 한 명만 보여다오. 그 자매는 아마 갈색의 아자일 것이다. 아니면 숨은 사람이거나. 우리 모두에게 시간이 부족해지고 있는 것일지 모른다, 딸아. 때로는 시간이 부족해지는 게 너무도 강렬히 느껴진다."

"말씀하신 것처럼 상황은 변합니다, 어머니. 하지만 빛나는 장벽 안보다는 밖에 여전히 더 심한 위험이 존재합니다."

아멀린 권좌는 오랫동안 모레인의 눈을 마주 보더니 천천히 고개를 끄덕였다. "자리를 비워다오, 리아네. 내 딸 모레인과 단 둘이 이야기를 나눠야겠다."

리아네는 잠깐 망설이다가 말했다. "뜻대로 하십시오, 어머니." 모레인은 리아네의 놀란 마음을 느낄 수 있었다. 아멀린 권좌가 기록자를 옆에 두지 않고 누군가를 알현하는 경우는 드물었다. 꾸짖을 만한 이유가 있는 자매에게 그러는 경우는 특히 없었다.

리아네가 나가면서 문이 열렸다가 닫혔다. 그녀는 전실에 가서도 안에서 일어난 일에 관해 입을 다물 것이다. 하지만 모레인이 아멀린 권좌와 단둘이 있었다는 소식은 건조한 숲에 번지는 들불처럼 팔 다라의 아이즈 세다이 사이에 번져 나갈 것이고 의심이 시작될 터였다.

문이 닫히자마자 아멀린 권좌가 자리에서 일어났다. 그녀가 일원력을 채널링하자 모레인은 피부가 잠깐 얼얼해지는 것을 느꼈다. 모레인이 보기에 아멀린 권좌가 잠시 밝은 빛의 후광으로 감싸이는 것 같았다.

"다른 사람들 중에 네 옛 재주를 부릴 줄 아는 사람이 있는지는 모르겠다." 아멀린 권좌가 모레인의 이마에 놓인 푸른 보석을 한 손가락으로 가볍게 건드리며 말했다. "우리 대부분은 어린 시절부터 기억하는 작은 재주 몇 가지를 간직하고 있지. 어쨌든, 이젠 우리가 하는 말을 아무도 듣지 못해."

그녀는 모레인을 끌어안았다. 오랜 친구 사이의 따뜻한 포옹이었다. 모레인도 따뜻하게 그녀를 끌어안았다. "너는 함께할 때 내가 나 자신의 옛 모습을 기억할 수 있게 해 주는 유일한 사람이야, 모레인. 리아네조차 늘 내가 스톨과 지팡이로 **변한** 것처럼 굴어. 나랑 단둘이 있을 때까지도. 함께 낄낄거리던 신입 시절이 아예 없었던 것처럼 말이야. 때로는 너랑 내가 지금도 신입이었으면 좋겠다는 생각이 들어. 이 모든 일을 방랑 시인의 이야기가 현실이 된 것처럼 볼 수 있을 만큼 순진했으면 좋겠어. 아이즈 세다이의 힘을 가진 여자들과 함께 사는 걸 견뎌낼 남자들을 찾아낼 수 있을 거라고 생각할 만큼 우리가 순진했으면 좋겠어. 우린 그 남자들이 왕자일 거라고 생각했는데. 기억나지? 잘생기고 강하고 착한 왕자들 말이야. 난 우리가 지금도 방랑 시인의 이야기 속 해피엔딩을 꿈꿀 수 있을 만큼 순진했으면 좋겠어. 다른 여자들과 같지만 그들보다 더 많은 사람과 같이 하는 삶을 살아갈 수 있을 거라고 생각할 수 있으면 좋겠어."

"우린 아이즈 세다이야, 시우안. 우리에겐 의무가 있어. 너랑 내가 채널링을 하도록 타고나지 않았대도 마찬가지야. 아무리 상대가 왕자라 한들 네가 과연 가정과 남편을 얻겠다는 이유만으로 그 힘을 포기할까? 난 아닐 거라고 생각해. 그건 촌구석 가정주부의 꿈이야. 녹색의 아자조차 그렇게 생각하진 않아.”

아멀린 권좌가 물러났다. “그래, 난 이 힘을 포기하지 않을 거야. 대부분의 경우에는 그렇지. 하지만 때로는 촌구석 가정주부가 부러워. 지금 이 순간에도 그런 마음이 들 지경이야. 모레인, 누군가가, 심지어 리아네라도 우리 계획을 알아낸다면 우린 순화될 거야. 나도 그게 잘못된 일이라고 할 수 없고.”

5장 샤이나의 그림자

　순화된다. 그 단어가 허공에서 거의 눈에 보일 듯 진동하는 것 같았다. 일원력을 채널링할 수 있는 남자, 광기로 인해 주변의 모든 것을 파괴하기 전에 저지되어야 하는 사람을 상대로 이루어질 때는 같은 행위를 순치라고 불렀다. 하지만 아이즈 세다이가 대상일 때는 순화라고 했다. 순화된다. 더 이상 일원력의 흐름을 채널링할 수 없다. 진정한 근원의 여성적 절반인 사이다를 감지할 수는 있지만, 더 이상 사이다와 접촉할 능력은 못 갖게 된다. 영원히 사라진 것을 기억하게 된다. 그런 일이 일어났던 경우는 너무 드물어서, 모든 신입은 세계의 파괴 이후로 순화된 모든 아이즈 세다이의 이름과 그들이 저지른 죄를 알아두어야 했다. 다들 그 사건들을 떠올릴 때마다 몸을 떨었다. 남자들이 순치당하는 것을 견디지 못하는 것처럼 여자들도 순화당하는 걸 견디지 못했다.

　모레인은 처음부터 이 일에 따르는 위험성을 알았고 이 일이 꼭 필요하다는 것도 알았다. 그렇다고 해서 이 생각을 곱씹는 게 즐거워지는 건 아니었다. 모레인의 눈이 가늘어졌다. 오직 그 눈빛만이 그녀의 분노와 걱정을 드러냈다. "리아네는 너를 따라 샤이올 굴의 비탈이라도 내려갈 거야, 시우안. 파멸의 구덩이까지도. 리아네가 널 배신할 거라는 생각은 할 수 없어."

"그렇겠지. 하지만 리아네가 그걸 배신이라고 생각할까? 배신자를 배신하는 게 배신이야? 그 생각은 안 해?"

"절대 안 해. 시우안, 우리가 하는 일은 반드시 해야 하는 일이야. 우리 둘 다 거의 20년 동안 알고 있었잖아. 물레는 물레의 뜻대로 실을 자아. 너랑 나는 패턴에 의해 이 일을 하도록 선택됐어. 우리는 예언의 일부고 예언은 실현되어야만 해. 반드시!"

"예언은 실현되어야지. 우리는 예언이 실현될 거라고, 실현되어야만 한다고 배웠어. 그렇지만 그 실현이 우리가 배운 다른 모든 것에 대한 배반이잖아. 어떤 사람들은 우리가 의미하는 모든 것에 대한 배반이라고 할 거야." 아멀린 권좌는 팔을 문지르며 좁은 총안으로 다가가 아래쪽 정원을 내려다보았다. 그녀가 커튼을 만지작거렸다. "사람들은 이곳 여성 동의 분위기를 누그러뜨리려고 커튼을 걸어. 아름다운 정원도 만들고. 하지만 이곳에는 전투와 죽음, 살해라는 목적을 가지고 만들어지지 않은 부분이 하나도 없어." 그녀는 생각에 잠겨 말을 이었다. "세계의 파괴 이후로, 아멀린 권좌가 스톨과 지팡이를 빼앗긴 건 단 두 번뿐이야."

"엘리산데의 힘을 질투해 마네세렌을 배신한 테트수안과 세상을 통제할 인형으로 아터 호크윙을 이용하려다가 타 발론을 파괴할 뻔했던 본윈."

아멀린 권좌는 계속해서 정원을 살펴보았다. "둘 다 적색의 아자였지. 둘 다 청색의 아자 출신의 아멀린 권좌로 교체되었고. 본윈 이후로 적색의 아자에서 선발된 아멀린 권좌가 한 명도 없었던 이유이자 적색의 아자가 청색의 아자 출신인 이멀린 권좌를 끌어내릴 명분이라면 뭐든 끌어다 붙일 이유이기도 해. 이 모든 게 깔끔하게 맞아떨어지지. 나는 스톨과 지팡이를 잃는 세 번째 아멀린 권좌가 되고 싶지 않아, 모레인. 너한테는 당연히 그게 순화당하고 빛나는 성벽 바깥으로 추방된다는 뜻이겠지."

"일단 엘라이다는 절대 나를 쉽게 보내 주지 않을 거야." 모레인은 친구의 등을 골똘히 바라보았다. **빛이여, 시우안에게 무슨 일이 닥친 겁니까? 전에는 한 번도 이런 적이 없었는데요. 시우안의 힘은, 불길은 다 어디 있지요?**

"하지만 그런 일까지 벌어지지는 않을 거야, 시우안."

시우안은 모레인이 아무 말도 하지 않은 것처럼 말을 이었다. "나한테는 다른 일이 벌어질 거야. 아무리 순화당했다고 해도 권좌에서 끌어내려진 아멀린을 멋대로 돌아다니게 놔둘 수는 없잖아. 그랬다가는 쫓겨난 아멀린 권좌가 순교자처럼 보이고, 반대파가 결집하는 구심점이 될 수 있을 테니까. 테트수안과 본원은 화이트 타워에 잡혀서 하인으로 생활했어. 가장 강력한 사람에게 어떤 일이 일어날 수 있는지 보라는 경고로서 손가락질을 할 수 있는 허드레 일꾼이 된 거지. 온종일 바닥과 냄비를 닦아야 하는 여자 주변에는 누구도 모여들 수 없으니까. 불쌍히 여기기는 하겠지만, 그 여자를 중심으로 모이지는 않아."

모레인은 눈을 이글거리며 두 주먹으로 탁자를 짚었다. "날 봐, 시우안. 날 봐! 이렇게 오랜 세월이 지났는데, 그렇게 많은 일을 했는데 포기하고 싶다는 말이야? 포기하고 세상이 그냥 사라지게 두자고? 냄비를 깨끗하게 닦지 못했다고 회초리를 맞을까 봐 두려워서?" 모레인은 끌어낼 수 있는 모든 경멸을 담아 말했다. 친구가 휙 돌아 그녀를 마주 보자 안도감이 들었다. 친구에게는 여전히 힘이 있었다. 긴장되기는 했지만 여전히 존재했다. 그 투명하고 푸른 눈은 모레인의 눈처럼 분노로 뜨거웠다.

"신입 때 회초리를 맞고 가장 시끄럽게 비명을 질렀던 사람은 너였을 텐데. 너는 케예리엔에서 온실의 화초처럼 살았어, 모레인. 낚싯배에서 일하는 것과는 전혀 다른 삶이었지." 시우안이 시끄럽게 쾅 소리를 내며 탁자를 쳤다. "아니, 포기하자는 말이 아니야. 하지만 내가 아무것도 못 하는 사이 모든 것이 우리 손에서 빠져나가는 꼴을 지켜보자는 말도 안 하겠어! 탑의 전당과 내가 겪는 문제 대부분은 너 때문에 생긴 거야. 녹색의 아자조차 내가 너를 탑으로 불러 조금쯤 훈육하지 않는 이유를 궁금해해. 나와 함께하는 자매 절반은 너를 적색의 아자에 넘겨야 한다고 생각하고. 그렇게 되면, 너는 다시 신입이 되고 싶어질 거야. 신입 때는 나쁜 일이 벌어진다고 해 봐야 회초리를 맞는 것뿐이었으니까. 빛이여! 그들 중 누군가가 신입 때 우리가 친구였다는 걸 기억하기라도 한다면 나도 네 옆에서 함께 그 꼴을 당하겠지.

우리에겐 계획이 있었어! 계획 말이야, 모레인! 그 소년들을 찾아서 타 발론으로 가겠다는, 우리가 그 애를 숨겨 두고 안전하게 지키고 이끌어 줄 수 있는 곳으로 데려가겠다는 계획. 네가 화이트 타워를 떠난 이후로 나는 너한테 단 두 통의 메시지밖에 받지 못했어. 두 통이라니! 꼭 어둠 속에서 용의 발가락 해류를 헤쳐 나가는 기분이야. 그중 하나는 네가 투 리버스로, 에먼즈 필드라는 그 마을로 가고 있다는 메시지였어. 난 멀지 않았다고 생각했지. 모레인이 그 애를 찾았으니 곧 손에 넣을 거라고 생각했어. 그런 뒤에는 케임린에서 네가 타 발론이 아닌 샤이나로, 팔 다라로 간다는 메시지가 왔어. 거대한 오염이 손에 닿을 듯 가까운 팔 다라로 말이야. 트롤록들이 약탈하고 머드랄이 말을 타는 날이 거의 매일 이어지듯 하는 팔 다라. 거의 20년 동안 계획을 짜고 찾아 헤맸는데, 넌 우리 계획을 사실상 어둠의 존재의 면전에 내던졌어. 미친 거야?"

상대에게서 다시 생기를 끌어올린 지금, 모레인 자신은 다시 표면적인 침착함으로 돌아왔다. 침착하지만 단호하고 고집스러웠다. "패턴은 인간의 계획에 귀 기울이지 않아, 시우안. 우리는 너무 많은 계획을 짜기에 우리가 뭘 상대하고 있는지 잊어버려. 그 애는 타비렌이야. 엘라이다가 틀렸어. 아터 페인드래그 탄리알도 이렇게까지 강력한 타비렌은 아니었어. 물레는 이 젊은이를 중심으로 자기 뜻에 따라 패턴을 짤 거야. 우리의 계획이 무엇이든."

아멀린 권좌의 얼굴에서 분노가 사라지며 백지장처럼 희게 질린 충격의 표정이 드러났다. "우리가 포기하는 것이나 마찬가지라는 말 같은데. 이젠 옆으로 비켜시시 세상이 불타는 걸 지켜보자는 거야?"

"아니, 시우안. 절대로 비켜서지는 않아. **하지만 세상은 불탈 거야, 시우안. 어떤 식으로든, 우리가 무슨 짓을 하든. 넌 절대 알 수 없어.** "하지만 이젠 우리 계획이 위태롭다는 걸 알아야 해. 우리는 우리가 생각했던 것보다도 통제력이 떨어져. 아마 손톱 끝으로 잡는 정도일걸. 운명의 바람이 불어오고 있어, 시우안. 그리고 우리는 그 바람이 데려가는 곳으로, 그 바람을 타고 가야 해."

아멀린 권좌는 그 바람이 목덜미에 닿는 얼음장처럼 느껴진다는 듯 몸을 떨었다. 그녀의 두 손이 납작한 황금 육면체로 향했다. 뭉툭하지만 유능한 손가락들이 그 복잡한 디자인에서 정확한 지점들을 찾아냈다. 교묘하게 중심이 잡힌 뚜껑이 위로 젖혀지며 뿔나팔을 넣어 두도록 고안된 자리에 자리 잡고 있는 그 구부러진 황금색 나팔이 모습을 드러냈다. 아멀린 권좌는 악기를 들어 올리고 고어로 되어 있는, 나팔의 펼쳐진 주둥이 주변에 새겨진 흐르는 듯한 은색 글자를 훑었다.

"무덤도 나의 부름을 막지 못한다." 아멀린 권좌가 그 말을 옮겼다. 너무 조용해서 혼잣말을 하는 것만 같았다. "죽은 영웅들을 무덤에서 불러오도록 만들어진 발리어의 뿔나팔이야. 예언에 따르면 이 뿔나팔은 최후의 전투 직전에야 발견될 거라고 했어." 그녀는 뿔나팔을 원래의 자리에 돌려놓고 더 이상 그 모습을 볼 수 없다는 듯 뚜껑을 닫았다. "환영식이 끝나자마자 아겔마가 이걸 내 손에 전해 줬어. 이게 안에 있으니 자기 귀중품 보관소에 들어가기가 겁난대. 유혹이 너무 강력하게 느껴진다고 했어. 직접 뿔나팔을 울려서 그 호출에 응답한 자들을 이끌고 북쪽으로 가고 싶은 유혹, 거대한 오염을 가로질러 샤이올 굴 자체를 평정하고 어둠의 존재를 끝장내러 가고 싶은 유혹 말이야. 아겔마는 영광이 주는 황홀감으로 불타올랐어. 그리고 아겔마는 바로 그 점 때문에 이 뿔나팔을 쓸 사람은 자기가 아님을, 자기가 이 뿔나팔을 써서는 안 된다는 것을 알았다고 했어. 그는 당장이라도 이 뿔나팔을 없애 버리고 싶어 하면서도 이 뿔나팔을 원했지."

모레인은 고개를 끄덕였다. 아겔마는 뿔나팔의 예언을 잘 알았다. 어둠의 존재와 싸우는 사람 대부분이 그랬다. "'누구든 나를 울리는 자는 영광이 아니라 구원만을 생각하게 하라.'"

"구원이라." 아멀린 권좌가 씁쓸하게 웃었다. "아겔마의 눈빛을 보면 구원의 기회를 내게 줘 버리는 건지, 자기 영혼에 걸린 저주를 거부하려는 건지조차 모르는 듯했어. 그냥 뿔나팔이 자신을 태워 버리기 전에 없애 버려야 한다는 것만 알았던 거야. 아겔마는 뿔나팔의 존재를 비밀로 하려 했지만, 요새에 벌써 소문이 돌고 있다고 했어. 나는 아겔마가 느끼는 것 같은 충동을 느끼지는 않지만, 그래도 이 뿔나팔을 보면 소름이 돋아. 내가 떠날 때까지는 아겔마가 이 뿔나팔을 다시 귀중품 보관소에 두어야 할 거야. 이게 옆방에만 있어도 잠을 잘 수 없거든." 아멀린 권좌는 인상을 쓰느라 이마에 생긴 주름을 문지르며 한숨을 쉬었다. "최후의 전투 직전까지는 이 뿔나팔 이 발견되지 않을 거라고 했는데, 최후의 전투가 그렇게 가까울 수 있을까? 나는 시간이 더 있을 줄 알았어. 그러길 바랐어."

"카라테온 주기인 거야."

"그래, 모레인. 굳이 다시 알려줄 필요 없어. 나도 너만큼 오랫동안 드래건 에 관한 예언과 함께 살아왔으니까." 아멀린 권좌는 고개를 저었다. "세계의 파괴 이후로 한 세대에 가짜 드래건이 한 명 이상 나타난 적은 한 번도 없었 어. 그런데 지금은 세 명이 동시에 세상을 돌아다니지. 지난 2년 동안에 세 명이 더 나타났고. 패턴은 드래건을 요구해. 패턴은 타몬 가이돈을 향해 직 조되어 가니까. 때로는 의구심이 마음에 가득 차, 모레인." 아멀린 권좌는 생 각에 잠긴 채 궁금해하듯 말했다. 그러더니 같은 말투로 이야기를 이었다. "그게 로게인이었다면? 적색의 아자가 로게인을 화이트 타워로 데려오고 우리가 그자를 순치시키기 전에 로게인은 채널링을 할 수 있었어. 살데이아 사람 마즈림 타임도 마찬가지였고. 그자라면? 살데이아에는 이미 자매들이 가 있어. 지금쯤 그자를 잡았을지도 몰라. 우리가 처음부터 틀렸던 거라면? 드래건의 환생이 최후의 전투가 시작되기도 전에 순치당하면 어떻게 되는 거지? 예언의 대상이 죽거나 순치당하면 예언마저 빗나갈 수 있어. 그렇게 되면, 우리는 벌거벗은 채 폭풍을 맞이하듯 어둠의 존재와 마주하게 돼."

"둘 디 드래건은 아니야, 시우안. 패턴은 아무 드래건이 아닌 진짜 드래건 을 요구해. 진짜 드래건이 자신의 존재를 선언하기 전까지 패턴은 계속해서 가짜 드래건들을 뱉어낼 거야. 하지만 그런 뒤에는 다른 드래건이 나타나지 않겠지. 로게인이나 다른 자가 진짜 드래건이었다면 다른 드래건은 나오지 않았을 거야."

"'그는 동틀 때의 새벽처럼 찾아와 그 왕림으로 세상을 다시 산산이 조각 내고 새롭게 만들지니.' 벌거벗은 채 폭풍 속으로 들어가거나 우릴 괴롭힐 보호책에 매달려야 하다니. 빛께서 우리 모두를 도우시길." 아멀린 권좌는 자기 말을 떨쳐내려는 듯 몸을 떨었다. 그녀는 맞을 각오를 하는 것처럼 표정을 굳혔다. "다른 모든 사람에게는 네 생각을 숨길 수 있을지 몰라도 나한테서는 그럴 수 없어, 모레인. 나한테 할 말이 더 있잖아. 좋은 얘기는 아니고."

모레인은 대답 대신 허리띠에서 가죽 주머니를 떼어내 연 뒤 내용물을 탁자에 쏟아 놓았다. 주머니 속 내용물은 그저 깨진 도자기 파편처럼 보였다. 반짝이는 검은색과 흰색이었다. 아멀린 권좌가 궁금하다는 듯 한 조각을 만져보더니 숨을 헉 들이쉬었다. "**퀘인데야르**로구나."

"그래, 하트스톤이야." 모레인이 고개를 끄덕였다. 퀘인데야르를 만드는 방법은 세계의 파괴 때 사라졌지만, 하트스톤으로 만들어진 물건들은 대재앙에도 불구하고 살아남았다. 땅에 삼켜지거나 바다에 가라앉은 물건까지도. 틀림없이 그랬을 것이다. 퀘인데야르로 만든 물건은 한번 완성되면 지금까지 알려진 어떤 힘으로도 파괴되지 않았다. 하트스톤을 파괴하려는 일원력조차 하트스톤을 더 강하게 만들 뿐이었다. 그런데 어떤 힘이 이 퀘인데야르를 **깨뜨렸다.**

아멀린 권좌는 서둘러 조각들을 짜 맞추었다. 조각들은 사람 머리통만 한 크기의 원반이 되었다. 절반은 칠흑보다 검고 절반은 눈보다 희었다. 두 색깔이 세월에도 흐려지지 않는 구불구불한 선을 따라 만났다. 세계가 파괴되기 전, 남자와 여자가 일원력을 함께 휘두르던 시절 아이즈 세다이의 아주 오래된 상징이었다. 지금은 그 절반이 타 발론의 불꽃이라 불렸다. 다른 절반은 안에 사는 사람이 사악한 자라는 비난을 하기 위해 문에 휘갈겨 놓는 드래건의 송곳니가 되었다. 이런 물건은 단 일곱 개밖에 만들어지지 않았다. 하트스톤으로 만들어진 모든 물건은 화이트 타워에 기록되었는데, 그중에서도 이와 같은 일곱 개의 물건이 다른 무엇보다도 잘 기억되고 있었다. 시우안 산체는 베개에 올라온 독사를 바라보듯 그 원반을 바라보았다.

"어둠의 존재의 감옥에 붙어 있던 봉인 중 하나야." 결국 그녀가 마지못해 말했다. 아멀린 권좌는 바로 그 일곱 개의 봉인을 감시하는 감시자여야 했다. 세상 사람들은 아예 생각조차 못 했겠지만, 세상이 모르는 비밀은 그 어떤 아멀린 권좌도 트롤록 전쟁 이후 이런 봉인이 어디에 있는지 몰랐다는 것이다.

"우린 어둠의 존재가 동요하고 있다는 걸 알아, 시우안. 그자의 감옥을 언제까지나 봉인해 둘 수 없다는 것도 알고. 인간의 작품은 절대 창조주의 작품을 상대할 수 없어. 우리는 어둠의 존재가 세상에 다시 손을 댔다는 걸 알고 있어. 빛께 감사하게도 간접적인 손길만을 미쳤지만. 어둠의 친구들이 빠르게 늘어나고 있고, 우리가 십 년 전만 해도 악이라고 불렀던 것은 오늘날 매일 일어나는 일과 비교하면 거의 변덕스러운 장난처럼 보여."

"봉인이 이미 깨지고 있다면…… 우리한테는 시간이 아예 없는 걸지도 몰라."

"확실히 시간이 부족하긴 하지. 하지만 그 부족한 시간만으로도 충분할지 몰라. 그래야만 해."

아멀린 권좌가 깨진 봉인을 만져 보았다. 그녀의 목소리에 힘이 들어갔다. 억지로 말하는 것 같았다. "있잖아, 환영식 때 안뜰에서 그 애를 봤어. 그게 내 이능 중 하나거든, 타비렌을 보는 게. 요즘은 드문 이능이지. 타비렌보다도 더 드물어. 확실히 별 쓸모는 없고. 키가 큰 소년이던데. 꽤 잘생긴 젊은이였어. 어느 마을에서나 볼 법한 여느 젊은이와 별로 다르지 않던걸." 그녀는 잠시 말을 멈추고 숨을 들이쉬었다. "모레인, 그 젊은이는 태양처럼 타올랐어. 살면서 몇 번 겁먹은 적이 없지만 그 애를 보자 발끝까지 겁이 났어. 웅크리고 싶었어. 울부짖고 싶었어. 거의 말을 할 수 없었어. 아겔마는 내가 지기한테 화가 난 줄 알더라. 내가 너무 말이 없어서. 그 젊은이는……. 그 젊은이는 우리가 20년 동안 찾아온 사람이야."

그녀의 목소리에는 질문하는 기색이 어려 있었다. 모레인이 그 말에 대답했다. "맞아."

"확실해? 그 애가 정말……? 그 애가 일원력을 채널링할 수 있어?"

그 말을 하는 그녀의 목소리에 힘이 들어갔다. 모레인도 긴장감에 배 속이 뒤틀리는 걸 느꼈다. 차가운 손길이 심장을 움켜쥐는 듯했다. 하지만 모레인은 얼굴을 구기지 않았다. "응." 일원력을 휘두르는 남자라니. 어떤 아이즈 세다이도 그런 생각을 하면서 두려워하지 않을 수는 없었다. 그는 온 세상이 두려워하는 존재였다. **그런데 내가 그 존재를 세상에 풀어놓으려고 하지.** "랜드 알소르는 드래건의 환생으로서 세상 앞에 설 거야."

아멀린 권좌가 몸을 떨었다. "랜드 알소르라. 두려움을 불러일으키고 세상을 불태울 이름 같지는 않은데." 그녀는 다시 몸을 떨더니 세게 팔을 문질렀다. 그녀의 눈이 느닷없이 목적의식으로 가득 차 반짝였다. "랜드 알소르가 그자라면 정말로 시간이 충분한 건지 모르겠어. 그런데 그 애가 여기 있어도 안전할까? 적색의 자매 두 사람이 나랑 같이 왔어. 더 이상은 녹색이나 황색의 자매들에게 대답할 말도 없고. 빛이 나를 태우시더라도, 그중 누구에게도 대답할 말이 없어. 이 문제에 대해서는 말이야. 베린과 세라펠도 아기의 방에 들어온 새빨간 살무사를 덮치듯 그 애에게 덤벼들 거야."

"랜드 알소르는 안전해. 지금은 말이야."

아멀린 권좌는 모레인이 더 말하기를 기다렸다. 침묵이 이어진 끝에 모레인이 아무 말도 하지 않으리라는 게 명백해졌다. 결국 아멀린 권좌가 말했다. "우리의 옛 계획은 쓸모없다고 했지? 이젠 무슨 제안을 할 거야?"

"랜드 알소르한테는 내가 더 이상 자기한테 관심이 없다고 생각하도록 했어. 나는 상관하지 않을 테니 어디든 가고 싶은 곳에 가도 된다고 말이야." 아멀린 권좌가 입을 열자 모레인이 두 손을 들었다. "꼭 필요한 일이었어, 시우안. 랜드 알소르는 투 리버스에서 자랐어. 마네세렌의 고집스러운 피가 모두의 혈관에 흐르는 곳에서 말이야. 게다가 그 아이의 혈통은 마네세렌의 혈통과 비교해도 진흙 옆의 바위나 마찬가지야. 그 애는 살살 다뤄야 해. 그렇지 않으면 우리가 원하는 방향만 빼고 사방으로 튀어 다닐 테니까."

"그럼 갓난아기처럼 다뤄야지. 강보에 싸고 발가락으로 장난을 쳐야겠네. 네 생각에 우리가 해야 할 일이 그거라면 말이야. 하지만 그렇게 해서 당장 이루려는 목적이 뭐야?"

"랜드 알소르의 친구인 매트림 코손과 페린 아이바라는 둘 다 충분히 성숙했어. 세상 구경을 할 만큼 한 뒤에 투 리버스라는 아무도 모르는 곳으로 다시 가라앉아도 될 만큼. 아마 다시 투 리버스로 가라앉을 수도 없겠지만. 랜드 알소르만큼은 아니라도 그들 역시 타비렌이야. 난 그 애들이 발리어의 뿔나팔을 일리안으로 가져가게 유도할 생각이야." 모레인은 인상을 쓰며 망설였다. "맷한테는…… 문제가 있어. 그 애는 샤다 로고스에서 가져온 단검을 가지고 다녀."

"샤다 로고스라고! 빛이여, 대체 왜 그 애들이 샤다 로고스 근처에 가게 놔둔 거야? 샤다 로고스의 모든 돌은 오염됐어. 자갈 하나조차도 안전하지 않아. 빛이여, 저희를 도우소서. 무어데스가 그 애에게 손을 댔다면……." 아멀린 권좌는 목이 졸리는 듯한 목소리였다. "그런 일이 일어났다면 세상은 파멸할 수밖에 없어."

"하지만 그런 일은 일어나지 않았어, 시우안. 우리는 필요에 따라서 해야 할 일을 해. 그때는 그게 필요한 일이었고. 맷이 다른 사람들에게 영향을 끼치지 않을 정도로는 내가 손을 써뒀어. 하지만 맷은 내가 알아차리기 전에 단검을 너무 오래 가지고 다녔어. 아직도 맷과 단검 사이에 연결이 존재해. 나는 타 발론으로 맷을 데려가서 치유해야 한다고도 생각했지만, 거기엔 너무 많은 자매들이 있으니 차라리 여기에서 하는 게 나을 것 같아. 여기에는 믿을 만한 자매들이 몇 명 있으니까. 존재하지도 않는 어둠의 친구를 볼 만큼 의심이 많지는 않은 사람들 말이야. 너랑 나랑, 다른 둘이면 충분할 거야. 내 앙그리알을 사용하면 되니까."

"리아네가 한 명을 맡으면 될 테고, 또 한 명은 내가 찾아볼게." 아멀린 권좌가 갑자기 짓궂은 미소를 지었다. "탑의 전당이 그 앙그리알을 되돌려 받고 싶어 해, 모레인. 남은 앙그리알이 별로 없는데, 너는 지금…… 믿을 수 없는 사람 취급을 당하고 있거든."

모레인이 미소 지었지만 그 미소는 그녀의 눈가에 이르지 못했다. "내가 일을 다 끝내기 전에 나를 더 나쁘게 생각하게 되겠지. 맷은 뿔나팔의 전설에 참여할 기회가 생긴다면 신나서 덤벼들 테고 페린도 설득하기 어렵지 않을 거야. 페린한테는 본인 문제를 생각하지 않게 해줄 뭔가가 필요하거든. 랜드는 자기 정체를 알고 있어. 최소한 일부는 말이야. 당연하게도 그 정체를 두려워하고. 랜드는 자기가 아무도 해칠 수 없는 어딘가로 혼자 떠나고 싶어 해. 다시는 일원력을 휘두르지 않겠다지만, 자기도 어쩔 수 없을까 봐 걱정하고 있어."

"그러는 게 좋지. 그보다는 물 마시는 것을 포기하는 게 더 쉬울 테니까."

"바로 그거야. 게다가 랜드는 아이즈 세다이에게서 자유로워지고 싶어 해." 모레인은 아무런 기쁨도 실리지 않은 작은 미소를 지었다. "아이즈 세다이를 떠나되 친구들과 좀 더 지낼 수 있는 기회를 제안 받으면 맷만큼 좋아할 거야."

"그런데 랜드가 아이즈 세다이를 어떻게 떠나? 당연히 네가 랜드랑 같이 여행해야지. 지금 와서 랜드를 잃을 수는 없어, 모레인."

"난 랜드와 함께 여행할 수 없어. **팔 다라에서 일리안까지 가는 길이 멀긴 하지만, 이미 랜드는 거의 그만한 거리를 여행해 왔어.** "잠깐은 목줄을 풀어 줘야 해. 다른 방법이 없어. 난 그 애들의 옛 옷가지를 전부 태워 버리게 했어. 그 애들이 입고 있던 옷의 일부가 엉뚱한 사람 손에 들어갈 기회가 너무 많았거든. 그 애들이 떠나기 전에 내가 정화를 할 거야. 그 애들은 그런 일이 벌어졌다는 것도 모를 테고. 그 애들이 그런 식으로 추적당할 가능성은 없어. 그와 비슷한 유일한 위험은 여기, 지하 감옥에 갇혀 있고." 아멀린 권좌는 알겠다는 뜻으로 고개를 끄덕이다가 의문스러운 표정을 지었지만, 고갯짓을 멈추지는 않았다. "그 애들은 내가 최대한 안전하게 여행하게 해줄 거야, 시우안. 일리안에서 랜드에게 내가 필요해지면 내가 거기에 있을 테고. 9인 위원회와 집회에 뿔나팔을 전달하는 사람이 꼭 랜드일 수 있도록 할게. 일리안에서는 내가 모든 걸 살펴볼 거야. 시우안, 일리안 사람들은 발리어의 뿔나팔을 가져온 존재라면 드래건이든 바알자몬이든 따를걸. 사냥대에 참여하려고 모여든 사람들 대다수도 마찬가지일 테고. 진정한 드래건의 환생이라면 여러 국가가 그에 대적해서 움직이기 전에 추종자를 모을 필요가 없을 거야. 한 나라와 등 뒤를 받쳐줄 군대를 처음부터 갖게 될 테니까."

아멀린은 다시 의자에 주저앉았지만 즉시 몸을 앞으로 숙였다. 그녀는 피로와 희망 사이에 끼어 있는 듯했다. "하지만 랜드가 자기 정체를 밝힐까? 겁먹고 있잖아……. 빛께서도 아시듯 랜드는 당연히 겁을 먹어야 해. 하지만 자신을 드래건이라 칭하는 남자들은 힘을 원해. 만약에 랜드가……."

"랜드가 원하건 원하지 않건 그 애를 드래건이라고 밝힐 방법이 나에게 있어. 혹시 내가 실패하더라도, 랜드가 원하건 원하지 않건 패턴 자체가 그 애를 드래건이라고 밝힐 거야. 기억해, 시우안. 그 애는 타비렌이야. 양초가 불꽃을 다스릴 수 없듯 랜드도 자기 운명을 통제할 수 없어."

아멀린은 한숨을 쉬었다. "위험한 일이야, 모레인. 위험해. 하지만 내 아버지는 이렇게 말하곤 하셨지. '애야, 아무런 우연도 감수하지 않는다면 동전 한 푼도 딸 수 없단다.' 계획을 세워야겠다. 앉아. 빨리 끝나진 않겠어. 와인과 치즈를 가져오라고 할게."

모레인이 고개를 저었다. "우리 단둘이 너무 오래 있었어. 누군가가 엿들으려다가 네 수호 마법을 발견했다면 이미 의아해하고 있을 거야. 그런 위험을 감수할 가치는 없어. 내일 다시 약속을 잡으면 돼." **그리고 사랑하는 친구야, 너한테도 모든 걸 말할 수는 없어. 내가 뭔가 숨기고 있다는 걸 네가 알게 되는 위험도 감수할 수 없고.**

"그렇겠네. 하지만 내일 아침이 되자마자 만나자. 내가 알아야 할 게 너무 많아."

"아침에 보자." 모레인이 동의했다. 아멀린이 자리에서 일어났고 둘은 다시 끌어안았다. "아침에 네가 알아야 할 모든 걸 알려줄게."

모레인이 전실로 나오자 리아네가 그녀를 날카롭게 바라보더니 쏜살같이 아멀린의 방으로 들어갔다. 모레인은 꾸중을 들은 표정, 아멀린의 악명 높은 질책을 견뎌야 했던 표정을 지으려 했다. 아멀린에게 야단을 맞은 대부분의 여자들은 아무리 의지가 강하더라도 눈을 휘둥그렇게 뜨고 무릎을 후들거리며 돌아오곤 했다. 하지만 그런 표정은 모레인에게 낯선 것이었다. 모레인은 다른 무엇보다도 화난 것처럼 보였다. 그것도 목표를 이루는 한 가지 방법이었다. 그녀는 바깥쪽 방에 있던 다른 여자들을 어렴풋하게만 의식했다. 모레인이 들어온 이후로 나간 사람과 들어온 사람이 몇 명 있는 듯했지만, 그들의 모습은 거의 눈에 들어오지 않았다. 시간이 늦었고 아침이 오기 전에 해야 할 일이 많았다. 아멀린 권좌와 다시 이야기를 나눌 때까지 해야 할 일들이.

모레인은 발걸음을 서두르며 요새 깊은 곳으로 움직였다.

한밤중 타라본에서 출발한 그들이 마구의 짤랑거리는 소리에 맞춰 움직이는 행렬은 차오르는 달 아래에서 무척 인상적으로 보였을 것이다. 누가 봤을지는 모르겠지만. 2천 명을 꽉 채운 빛의 아이들은 흰색 관복과 망토를 걸치고 좋은 말에 타고 있었다. 갑옷에서는 광이 났고 보급품 수레와 편자공, 교체용 말의 고삐를 잡은 마부들이 뒤를 따랐다. 숲이 듬성듬성 펼쳐진 이 지역에는 작은 마을이 여럿 있었으나 그들은 길에서 벗어나 이동했으며 농부들의 소작지조차 피했다. 그들은…… 누군가를…… 타라본 북쪽 국경 근처의 아주 작은 마을에서, 앨머스평원 가장자리에서 만날 예정이었다.

제프람 본할드는 부하들의 맨 앞에서 말을 타고 가며 이게 다 무슨 일인지 고민했다. 그는 아마도어에서 빛의 아이들의 총대장인 페이드론 네예올과 면담했던 일을 지나칠 만큼 잘 기억하고 있었다.

"우리 둘뿐이구나, 제프람." 흰 머리의 그 남자가 말했다. 세월 탓에 가늘어지고 새되게 변한 목소리였다. **"네게…… 얼마더라……. 36년 전에 맹세를 하도록 했던 게 기억나는구나. 36년 전이 틀림없어."**

본할드는 허리를 폈다. **"총대장님, 왜 저를 케임린에서 다시 불러들이신 건지 여쭤도 되겠습니까? 그것도 그렇게 급하게 말입니다. 조금만 압박했어도 무어게이즈는 쓰러졌을 겁니다. 안도어에는 타 발론과의 교류를 우리처럼 바라보는 가문들이 있습니다. 그들은 이미 왕좌에 대한 소유권을 주장할 준비가 되어 있고요. 저는 에아몬 발다에게 지휘권을 맡겨 두었습니다만, 그는 여왕 후계자인 딸을 따라서 타 발론으로 가는 데 골몰하는 듯 보였습니다. 그자가 후계자를 납치했다거나, 심지어 타 발론을 공격했다는 소식이 들려도 저는 놀라지 않을 겁니다."** 게다가 본할드가 다시 호출되기 직전에 본할드의 아들인 데인이 도착했다. 데인은 열정으로 가득했다. 때로는 열정이 과했다. 발다가 무슨 제안을 하든 맹목적으로 빠져들 만큼.

"발다는 빛 속을 걷는 사람이다, 제프람. 하지만 빛의 아이들 중에서는 네가 가장 뛰어난 전투 지휘관이지. 너는 네가 찾을 수 있는 최고의 부하들로 온전한 연대를 꾸린 뒤 그들을 데리고 타라본으로 가게 될 것이다. 말할 수 있는 혀와 연결된 눈은 모두 피하거라. 뭔가를 본 눈에 딸린 혀는 전부 침묵시켜야 한다."

본할드는 망설였다. 빛의 아이들은 50명, 심지어 100명이 같이 있어도 모든 땅에 아무런 의심을 받지 않고 들어갈 수 있었다. 최소한 공개적인 질문을 받지는 않았다. 그러나 연대 하나가 통째로 이동해야 한다니……. "전쟁입니까, 총대장님? 거리에 떠도는 말이 있더군요. 대체로는 아터 호크윙의 군대가 돌아온다는, 말도 안 되는 소문입니다." 노인은 말하지 않았다. "왕은……."

"왕은 빛의 아이들에게 명령을 내리지 않는다, 본할드 사령관." 처음으로 총대장의 목소리에 쏘아붙이는 기색이 어렸다. "명령을 내리는 건 나야. 왕은 자기 궁전에 앉도록 하고, 뭐든 그가 가장 잘하는 일을 하게 놔둬라. 아무것도 하지 않게 말이다. 사람들이 알크루나라는 마을로 너를 마중하러 갈 것이다. 너는 거기서 마지막 명령을 받게 된다. 아마 사흘이면 너의 연대가 그곳까지 이동하게 될 것이다. 이제 가라, 제프람. 네가 해야 할 일이 있다."

본할드는 인상을 썼다. "죄송합니다만, 총대장님. 누가 저를 마중한다는 겁니까? 제가 왜 타라본과 전쟁을 하는 위험을 무릅써야 합니까?"

"알크루나에 도착하면 네가 알아야 할 것을 듣게 될 것이다." 총대장은 갑자기 나이가 더 들어 보였다. 그는 멍하니 자신의 흰 튜닉을 잡아당겼다. 튜닉의 가슴에는 빛의 아이들을 나타내는 황금색의 불타는 태양이 새겨져 있었다. "네가 모르는 힘들이 작동하고 있다, 제프람. 네가 알 수조차 없는 힘들이다. 네 부하들을 빠르게 선발해라. 이제 가라. 더는 묻지 마라. 빛께서 너와 함께하시길."

지금 본할드는 안장에서 허리를 펴고 앉아 등의 뭉친 근육을 풀었다. **난 늙어가고 있어.** 그가 생각했다. 말에게 물을 주기 위해 두 차례 멈췄을 뿐 하루 낮, 말을 타고 하룻밤을 꼬박 이동하고 나니 머리에 난 흰머리가 한 가닥 한 가닥 느껴졌다. 몇 년 전이었다면 눈치조차 채지 못했을 텐데. **최소한 나는 무고한 사람을 한 명도 죽이지 않았어.** 그는 빛을 따르기로 맹세한 모든 남자가 그렇듯 어둠의 친구들에게 가혹할 수 있었다. 어둠의 친구들은 온 세상을 그림자로 끌어들이기 전에 파괴되어야만 했으니까. 하지만 그보다 먼저 그들이 어둠의 친구임에 확실한지 먼저 확인하고 싶었다. 부하들이 너무 많기에 구석진 시골에서조차 타라본 사람들의 눈을 피하는 건 어려운 일이었다. 하지만 본할드는 그 일을 해냈다. 누군가의 혀를 침묵시킬 필요는 없었다.

그가 떠나보냈던 정찰병들이 말을 타고 돌아왔다. 그들의 뒤에는 흰 망토를 걸친 더 많은 사람들이 있었다. 일부는 행렬 맨 앞에 있는 모든 사람의 야간 시야를 망가뜨리려는 듯 횃불을 들고 있었다. 본할드는 욕설을 중얼거리며 멈추라고 명령하는 한편 그를 마중하러 온 사람들을 자세히 살펴보았다.

그들의 망토 가슴 부분에는 본할드의 것과 똑같은 황금색 햇살이 새겨져 있었다. 빛의 아이들이 달고 다니는 것과 같았다. 그들의 대표자는 그 표시 아래에 심지어 본할드와 동급인 황금색 매듭 계급장까지 달고 있었다. 하지만 그들의 태양 뒤에는 빨간색 양치기 지팡이가 있었다. 질문자들이었다. 질문자들은 뜨겁게 달구어진 쇠와 집게와 뚝뚝 떨어지는 물로 어둠의 친구들에게서 고백과 회개를 이끌어 냈다. 하지만 어떤 사람들은 질문자들이 질문을 시작하기 전부터 유죄 판결을 내린다고 말했다. 제프람 본할드가 그렇게 말하는 사람이었다.

질문자들을 만나라고 나를 여기로 보낸 건가?

"기다리고 있었소, 본할드 사령관." 대표자가 거친 목소리로 말했다. 그는 키가 큰 매부리코의 남자로, 모든 질문자가 그렇듯 눈에 확신이 어려 있었다. "좀 더 빨리 올 수도 있었을 텐데. 나는 에이노어 사렌이오. 타라본에서 빛의 손을 지휘하시는 야이힘 카리딘 님 다음 서열이지." 빛의 손. 빛을 파내는 손. 그들은 그렇게 말했다. 질문자라는 이름을 좋아하지 않았다. "마을에 다리가 하나 있소. 부하들에게 그 다리를 건너라고 하시오. 우리는 여관에서 이야기를 나누게 될 거요. 놀랄 만큼 편안한 곳이지.”

“총대장님께 모든 시선을 피하라는 명령을 받았소만.”

“마을은…… 평정됐소. 이제 부하들을 움직이시오. **내가** 명령하오. 혹시 의심할지 모르겠지만, 내게는 총대장님의 인장이 찍힌 명령장이 있소.”

본할드는 목구멍에서 솟아오르는 불만 섞인 소리를 눌러 참았다. 평정되다니. 본할드는 시신이 마을 밖에 쌓여 있을지, 아니면 강에 던져졌을지 궁금했다. 질문자들이 할 만한 짓이었다. 비밀을 지키겠다고 마을 사람 전체를 죽일 만큼 냉담하고, 시신을 강에 던지고 하류에서 떠오르게 만들어 그들의 죽음을 알크루나에서 탄치코까지 널리 선포할 만큼 멍청하고. “내가 의심하는 건 왜 내가 2천 명의 부하들을 이끌고 타라본에 오게 되었느냐는 점이오, 질문자.”

사렌의 얼굴에 힘이 들어갔다. 하지만 그의 목소리는 여전히 거칠고 심문하는 듯했다. “간단하오, 사령관. 앨머스평원 너머에는 시장이나 마을 위원회 이상의 권위를 가진 자가 아무도 없는 크고 작은 마을들이 있소. 그들을 빛으로 인도할 때가 이미 지났소. 그런 곳에는 어둠의 친구들이 많이 있을 거요.”

본할드의 말이 발을 굴렀다. “사렌, 지저분한 마을 몇 군데에서 어둠의 친구 몇 명 뿌리 뽑자고 내가 연대 하나를 통째로 이끌고 타라본 대부분 지역을 비밀리에 가로질러 왔다는 말이오?”

“당신은 명령에 따르기 위해 여기에 온 거요, 본할드. 빛의 일을 하기 위해서! 혹시 빛에서 미끄러져 내리는 중이오?” 시렌의 미소는 인상을 쓰는 것처럼 보였다. “당신이 찾는 것이 싸움이라면 싸울 기회가 있을 거요. 이방인들이 토먼 헤드에 대단히 많은 군대를 두고 있소. 타라본과 아라드 도만이 힘을 합쳐도 유지할 수 없을 만큼 많은 군대지. 둘이서 다툼을 멈추고 협력할 수 있다고 해도 말이오. 이방인들이 침입해 오면, 당신은 감당할 수 있는 모든 싸움을 하게 될 거요. 타라본 사람들은 이방인들을 괴물이라고, 어둠의 존재의 피조물이라고 주장하오. 어떤 사람들은 이방인들이 자기들을 위해 싸워줄 아이즈 세다이를 두고 있다고 하지. 만일 그 이방인들이 어둠의 친구라면 그들도 손을 봐줘야 하오. 그들의 차례가 오면 말이지.”

본할드는 잠시 숨을 멈추었다. “그럼 소문이 사실이구려. 아터 호크윙의 군대가 돌아왔다던데.”

“이방인들이오.” 사렌이 딱 잘라 말했다. 그들을 언급한 것을 후회하는 목소리였다. “이방인이고, 아마 어둠의 친구일 거요. 어디서 왔건 간에. 우리가 아는 건 그게 전부요. 당신이 알아야 할 전부이기도 하고. 지금 그들은 당신과 상관없소. 시간 낭비로군. 당신 부하들에게 강을 건너도록 하시오, 본할드. 명령은 마을에서 내리겠소.” 그는 말을 탄 채 휙 돌아서 왔던 길로 질주해 갔다. 횃불을 든 시종들이 그를 따라 말을 달렸다.

본할드는 야간 시야가 빠르게 돌아오도록 눈을 감았다. **우린 돌멩이 게임판의 기물처럼 이용당하고 있어.** “바이알!” 부관이 옆에 나타나자 본할드는 눈을 떴다. 바이알은 사령관 앞에서 뻣뻣하게 말을 타고 있었다. 여윈 얼굴의 그 남자는 질문자와 거의 비슷한 눈빛을 갖고 있었으나 어쨌든 훌륭한 군인이었다. “앞에 다리가 있다. 연대를 이끌고 강을 건너 야영지를 세워라. 최대한 빨리 합류하겠다.”

본할드는 고삐를 쥐고 질문자가 떠난 방향으로 말을 달렸다. **돌멩이 게임판의 기물. 하지만 우리를 움직이는 건 누구지? 이유는 뭐고?**

오후의 그림자가 저녁에 길을 내주었다. 리안드린은 여성 동을 가로질러 갔다. 총안이 있을 뿐 어둠이 점점 짙어지며 복도 등불에서 나오는 빛을 밀어냈다. 황혼은 최근 리안드린에게 곤란한 시간이었다. 새벽 또한 마찬가지였다. 새벽에는 낮이 태어났다. 황혼이 밤을 낳는 것과 마찬가지였다. 하지만 새벽에는 밤이 죽었고 황혼에는 낮이 죽었다. 어둠의 존재의 힘은 죽음에 뿌리를 두고 있었다. 그는 죽음에서 힘을 얻었다. 새벽과 황혼에 리안드린은 그의 힘이 들끓는 것을 느낄 수 있었다. 최소한 반쯤 어둑한 곳에서는 무언가가 들끓었다. 빠르게 돌아보기만 하면 잡을 수 있을 거라는 생각이 드는 무언가, 열심히 바라보기만 하면 보일 거라는 확신이 드는 무언가가.

그녀가 지나가자 검은색과 황금색의 의복을 입은 시중 드는 여자들이 무를 굽혀 인사했다. 하지만 그녀는 시선을 똑바로 앞에 둔 채 그들을 쳐다보지도 않았다.

찾던 문에 이르자 그녀는 잠시 멈춰 서서 복도 이쪽저쪽을 빠르게 훑어보았다. 눈에 보이는 여자라고는 하인들뿐이었다. 당연히 남자는 없었다. 리안드린은 노크도 없이 문을 밀어 열고 들어갔다.

아말리사 아가씨의 방 바깥쪽 공간은 환하게 밝혀져 있었다. 난로에서 타오르는 불이 샤이나 특유의 밤 한기를 밀어냈다. 아말리사 아가씨와 귀부인들이 방 여기저기 의자와 여러 겹 깔린 카펫에 앉아 있었다. 그들은 개중의 한 명이 일어서서 큰 소리로 읽어 주는 글에 귀 기울이고 있었다. 그 책은 테벤 아에윈이라는 사람이 쓴 『매와 벌새의 춤』으로 남자가 여자를, 여자가 남자를 대하는 적절한 행실을 가르치는 책이었다. 리안드린의 입에 힘이 들어갔다. 그녀는 그 책을 읽은 적이 없었지만 그 책에 대한 정보는 필요한 만큼 들었다. 아말리사 아가씨와 귀부인들은 소녀라도 된 양 한 줄을 읽을 때마다 웃음을 터뜨리고 서로에게 쓰러지며 발꿈치로 카펫을 굴러 댔다.

리안드린이 온 것을 낭독자가 가장 먼저 알아차렸다. 낭독자는 놀란 듯 눈을 크게 뜨며 말을 멈췄다. 다른 사람들이 고개를 돌려 낭독자가 뭘 본 건지 보았다. 침묵이 웃음을 대신했다. 아말리사 아가씨를 제외한 모두가 허둥지둥 일어서더니 서둘러 머리카락과 치마를 매만졌다.

아말리사 아가씨가 우아하게 미소 지으며 일어났다. "이렇게 와 주셔서 영광입니다, 리안드린. 대단히 즐거운 깜짝 선물이군요. 내일까지는 못 뵐 줄 알았습니다. 오래 여행하셨으니 쉬고 싶어 하실 줄 알았……."

리안드린은 아말리사 아가씨의 말을 날카롭게 자르고 허공을 향해 말했다. "아말리사 아가씨와 단둘이 이야기하겠다. 다들 떠나라. 당장."

충격 속의 침묵이 잠시 흘렀다. 이내 여자들이 아말리사 아가씨에게 작별 인사를 했다. 그들은 하나둘 리안드린에게도 무릎을 굽혀 인사했는데, 리안드린은 역시 알은체를 하지 않았다. 그녀는 계속해서 눈앞의 허공을 바라보았다. 하지만 리안드린은 그들의 모습을 보았고 그들의 소리를 들었다. 아이즈 세다이의 기분을 살피며 예의를 차리는 말들이 숨 가쁘고 불편하게 이어졌다. 리안드린이 그 말을 무시하자 시선이 축 처졌다. 사람들은 몸을 구기며 그녀를 지나 문으로 갔다. 자기들의 치마가 리안드린의 치마를 흩뜨리지 않도록 어색하게 몸을 뒤로 붙였다.

마지막 사람이 나가고 문이 닫히자 아말리사 아가씨가 말했다. "리안드린, 이해가 안 가는데⋯⋯."

"나의 딸이여, 너는 빛 속을 걷느냐?" 여기서는 아말리사 아가씨를 자매라고 부르는 바보 같은 짓은 전혀 하지 않을 것이다. 아말리사 아가씨가 리안드린보다 몇 살 많았지만, 고대의 형식은 지켜질 것이다. 그런 형식이 아무리 오래 잊혔다 할지라도 지금은 그 형식을 기억할 때였다.

하지만 그 질문에 입에서 나오자마자 리안드린은 실수했다는 것을 깨달았다. 방금 한 말은 의심과 불안을 일으킬 게 분명한 질문이었다. 아이즈 세다이가 한 말이니까. 아말리사 아가씨의 등이 뻣뻣해지고 얼굴이 딱딱해졌다.

"그건 모욕입니다, 리안드린 세다이. 저는 귀족 가문의 사람이자 군인의 피를 타고난 샤이나 사람입니다. 저의 핏줄은 샤이나가 존재하기 전부터 그림자와 싸워 왔습니다. 3천 년 동안 단 하루도 실패하거나 약해지지 않고 말입니다."

리안드린은 공격의 초점을 바꾸었지만 물러나지 않았다. 성큼성큼 방을 가로질러 간 뒤 가죽으로 장정된, 읽어보지도 않은 책 『매와 벌새의 춤』을 난로 위에 들어 올렸다. "나의 딸이여, 다른 곳도 아닌 샤이나에서는 빛이 소중히 여겨지고 그림자는 두려움의 대상이 되어야 한다." 리안드린은 태평하게 책을 불 속에 던졌다. 책은 장작이라도 되는 것처럼 불꽃을 피워 올리더니 굴뚝을 핥고 올라가며 천둥 같은 소리를 냈다. 동시에 방의 모든 등불이 식식대며 확 타올랐다. 너무 격렬하게 타올라서 방에 빛이 흘러넘치도록 했다. "다른 어디보다도 여기에서 말이다. 저주받은 거대한오염과 너무도 가까운 곳, 부패가 기다리고 있는 곳인 이곳에서. 자신이 빛 속을 걷는다고 생각하는 자조차 그림자에 부패될 수 있는 곳인 이곳에서."

땀방울이 아말리사 아가씨의 이마에서 번들거렸다. 책 때문에 항의하려고 들었던 손이 천천히 그녀의 옆으로 떨어졌다. 그녀의 얼굴은 여전히 단호했지만 리안드린은 그녀가 침을 삼키며 발을 움찔거리는 모습을 보았다. "이해가 되지 않는군요, 리안드린 세다이. 책 때문입니까? 이건 그냥 바보 같은 책인데요."

그녀의 목소리가 희미하게 떨렸다. **좋아.** 불길이 더 높이, 더 뜨겁게 치솟자 유리로 된 등잔이 갈라지며 아무 가릴 것 없는 정오처럼 방 안을 밝게 비추었다. 아말리사 아가씨는 기둥처럼 뻣뻣하게 서 있었다. 눈을 가늘게 뜨지 않으려고 얼굴에 힘을 주었다.

"어리석은 건 너다, 내 딸아. 난 책에는 아무 관심이 없다. 여기서는 인간이 거대한 오염에 들어가 그 얼룩 속을 걷는다. 바로 그림자 안을 말이다. 그 얼룩이 그들에게 스며들지 모른다는 걸 왜 의아하게 여기느냐? 그들의 뜻과 관계없이 얼룩은 스며들 수 있다. 아멀린 권좌께서 왜 직접 오셨다고 생각하느냐?"

"설마요." 그녀는 숨을 들이켰다.

"나의 딸아, 적색의 아자로서," 리안드린이 가차 없이 말했다. "나는 부패한 모든 남자를 사냥한다."

"이해가 안 됩니다."

"일원력을 시험하는 더러운 자들만이 아니야. 부패한 모든 남자다. 나는 높은 자와 낮은 자를 사냥한다."

"그게 무슨……." 아말리사 아가씨는 불안한 듯 입술을 핥으며 자세를 가다듬으려고 눈에 띄게 애썼다. "이해가 되지 않습니다, 리안드린 세다이. 제발……."

"낮은 자보다도 먼저 높은 자를 사냥하지."

"안 됩니다!" 보이지 않는 지지대가 사라지기라도 한 듯 아말리사 아가씨는 털썩 무릎을 꿇으며 고개를 떨어뜨렸다. "부탁드립니다, 리안드린 세다이. 아겔마를 말하는 건 아니라고 해 주세요. 아겔마일 리는 없습니다."

의구심과 혼란으로 이루어진 그 순간에 리안드린은 일격을 날렸다. 그녀는 움직이지 않고 일원력을 쏘아냈다. 아말리사 아가씨는 헛숨을 들이켜며 바늘에 찔린 것처럼 움찔했다. 리안드린의 토라진 듯한 입술이 뒤틀리며 미소를 지었다.

이건 리안드린이 어린 시절부터 써온 특별한 마법으로, 그녀의 능력 중 가장 먼저 배운 것이었다. 신입 담당이 알아낸 이후로 금지된 능력이었는데, 그것은 리안드린에게 단지 자신을 질투하는 자들에게서 한 가지를 더 숨겨야 한다는 뜻일 뿐이었다.

그녀는 앞으로 성큼성큼 나아가 아말리사 아가씨의 턱을 잡아당겨 올렸다. 아말리사 아가씨를 뻣뻣하게 만든 금속은 아직 그 자리에 있었지만 지금은 적절한 힘을 받으면 구부러지는 저급한 금속이 되어 있었다. 아말리사 아가씨의 눈가에서 눈물이 뚝뚝 떨어져 그녀의 양 뺨에 번들거렸다. 리안드린은 불이 평범한 수준으로 잦아들게 놔두었다. 더는 그 불이 필요하지 않았다. 그녀는 말투를 부드럽게 했지만 목소리는 강철처럼 물러섬이 없었다.

"딸아, 아무도 너와 아겔마가 어둠의 친구로서 사람들에게 던져지는 꼴은 보고 싶어 하지 않는다. 내가 도우마. 하지만 너도 도와야 한다."

"도, 돕는다고요?" 아말리사 아가씨가 두 손으로 관자놀이를 짚었다. 혼란스러운 표정이었다. "부탁입니다, 리안드린 세다이. 저는…… 이해가 되지 않습니다. 이 모든 게 너무…… 너무나……."

완벽한 능력은 아니었다. 시도는 해 봤지만 리안드린은 아무에게나 그녀가 원하는 걸 하도록 강제할 수 없었다. 아, 어찌나 열심히 노력했는지. 하지만 자신의 주장에 그 사람들이 마음을 활짝 열도록 만들 수는 있었다. 그들이 그녀를 믿고 싶어 하도록, 그녀의 올바름을 믿는 것을 무엇보다 원하도록 만들 수 있었다.

"복종해라, 딸아. 내게 복종하고 내 질문에 진실하게 대답하면 아무도 너와 아겔마를 어둠의 친구로 지목하지 않으리라고 약속하마. 사람들은 너를 갈가리 찢어 버리고, 그러지 않는다 해도 그 이후에 너를 벌거벗긴 채 거리로 끌고 다니거나 도시에서 채찍질할 수 있다. 하지만 이런 일이 벌어지지 않도록 내가 약속하겠다. 알겠느냐?"

"예, 리안드린 세다이. 알겠습니다. 당신 말씀대로 하고, 당신께 진실하게 답하겠습니다."

리안드린은 허리를 펴고 상대방을 내려다보았다. 아말리사 아가씨는 처음 자세 그대로 무릎을 꿇고 있었다. 어린아이처럼 솔직한 얼굴, 보다 현명하고 강한 사람의 위로와 도움을 기다리고 있는 어린아이의 얼굴이었다. 리안드린이 보기에 그 모습에는 정당성이 있었다. 남자든 여자든 왕과 여왕에게는 무릎을 꿇는다. 그런데 어째서 아이즈 세다이는 간단한 절이나 무릎 꿇기로 만족하는지 이해할 수 없었다. **어느 여왕에게 나와 같은 힘이 있다고?** 리안드린의 입이 분노로 비틀리자 아말리사 아가씨가 몸을 떨었다.

"긴장을 풀어라, 내 딸아. 나는 너를 도우러 온 것이지 벌하러 온 게 아니다. 오직 벌을 받아 마땅한 자들만이 벌을 받을 것이다. 내게 오직 진실만을 말해라."

"그러겠습니다, 리안드린 세다이. 그러겠습니다. 저의 가문과 명예를 걸고 맹세합니다."

"모레인이 어둠의 친구와 함께 팔 다라에 왔다."

아말리사 아가씨는 너무 겁을 먹어 놀란 티도 내지 못했다. "아아, 아닙니다, 리안드린 세다이. 아닙니다. 그 남자는 나중에 왔습니다. 그는 지금 지하 감옥에 있습니다."

"나중에 왔다고? 하지만 모레인이 그자와 자주 이야기를 나누는 건 사실이지? 모레인이 그 어둠의 친구와 자주 함께하지 않느냐? 단둘이 말이다."

"가, 가끔은 그렇게 합니다, 리안드린 세다이. 가끔은. 모레인은 그자가 왜 이곳에 왔는지 알아내고 싶어 합니다. 모레인 세다이는……." 리안드린이 날카롭게 손을 들어 올렸다. 아말리사 아가씨는 하려던 말을 전부 삼켰다.

"모레인은 세 젊은이와 함께 왔다. 난 그 사실을 **안다.** 그들은 어디 있느냐? 그들의 방에 가봤는데 없더구나."

"전, 전 모르겠습니다, 리안드린 세다이. 괜찮은 아이들 같던데요. 그 애들이 어둠의 친구라고 생각하시는 건 당연히 아니겠지요?"

"그래, 어둠의 친구는 아니지. 그보다 더 나쁘다. 어둠의 친구에 비하면 훨씬 더 위험하다, 내 딸아. 온 세상이 그들 때문에 위험에 처해 있다. 그들을 찾아야 한다. 네 하인들에게 명해 요새를 수색하게 해라. 네 시녀들과 너 자신도 함께 수색해라. 모든 틈새와 구석까지 뒤져라. 이 일은 네가 직접 맡아야 한다. 직접! 그리고 내가 지명하는 사람 외에는 아무에게도 이 일에 대해 말하지 마라. 다른 사람은 아무도 몰라야 한다. 그 젊은이들은 팔 다라에서 비밀리에 제거되어 타 발론으로 이송되어야 한다. 절대적으로 비밀리에 말이다."

"명하신 대로 하겠습니다, 리안드린 세다이. 하지만 비밀스럽게 해야 할 이유가 이해되지 않습니다. 여기에서 아이즈 세다이를 방해할 사람은 아무도 없습니다."

"흑색의 아자에 대해 들어봤느냐?"

아말리사 아가씨의 눈이 툭 튀어나왔다. 그녀는 리안드린을 피해 몸을 뒤로 젖히며 공격을 막으려는 것처럼 두 손을 들었다. "더, 더러운 소문입니다, 리안드린 세다이. 더, 더러운 소문입니다. 어둠의 존재를 서, 섬기는 아이즈 세다이는 어, 없습니다. 전 믿지 않습니다. 제 말을 믿으셔야 합니다! 빛 아래서, 저는 그 소문을 믿지 않는다고 매, 맹세합니다. 제 명예와 가문을 걸고 맹세하건대……."

리안드린은 아말리사 아가씨가 계속 떠들게 놔두었다. 마지막 힘이 빠져나가면서 그녀가 침묵하는 모습을 지켜보았다. 아이즈 세다이는 흑색의 아자에 대해 요만큼이라도 언급하는 사람에게 매우 심하게 화를 낸다고 알려져 있었다. 흑색의 아자가 비밀리에 존재한다고 믿는 사람들에 대한 분노에는 비할 바가 못 되었지만. 이런 일을 겪은 데다 리안드린의 어린 시절 마법으로 이미 약해져 있었으니, 아말리사 아가씨는 리안드린이 마음대로 주무를 수 있는 찰흙이나 마찬가지였다. 한 가지 공격만 더 하면 됐다.

"흑색의 아자는 **실제로** 존재한다, 딸아. 실제로 존재하며, 이곳 팔 다라의 성벽 안에 있다." 아말리사 아가씨는 입을 쩍 벌린 채 무릎을 꿇고 있었다. 흑색의 아자라니. 어둠의 친구인 아이즈 세다이라니. 어둠의 존재 그 자신이 팔 다라 요새를 돌아다니는 것만큼 두려운 일이었다. 하지만 리안드린은 여기에서 그만두지 않을 생각이었다. "네가 지나다니는 복도의 모든 아이즈 세다이가 흑색의 자매일 수 있다. 맹세컨대 사실이다. 그중 누가 흑색의 아자인지는 말해줄 수 없으나 나는 너를 지킬 수 있다. 네가 빛 속을 걸으며 내게 복종한다면 말이다.”

“그러겠습니다.” 아말리사 아가씨가 쉰 목소리로 속삭였다. “그러겠습니다. 부탁드립니다, 리안드린 세다이. 제발 제 오라버니와 시녀들을 보호하겠다고 말해 주십시오…….”

“나는 보호 받아야 마땅한 자들을 보호할 것이다. 너는 네 걱정이나 하거라, 내 딸아. 그리고 내가 너에게 내리는 명령만을 생각해라. 오직 그것만 생각해야 한다. 세상의 운명이 달린 일이다, 내 딸아. 다른 모든 것은 잊어야 한다.”

“예, 리안드린 세다이. 알겠습니다. 알겠습니다.”

리안드린은 돌아서서 방을 가로질렀다. 문에 이를 때까지 뒤는 돌아보지 않았다. 아말리사 아가씨는 여전히 무릎을 꿇은 채 불안한 눈으로 그녀를 지켜보고 있었다. “일어나라, 아말리사.” 리안드린은 목소리를 상냥하게 했다. 조롱하는 느낌은 살짝만 남겨 놓았다. **대단한 자매 납셨네!** 아말리사 아가씨는 신입으로서 단 하루도 버티지 못할 것이다. 그리고 그녀에게는 명령할 권한이 있었다. “일어나라.” 아말리사 아가씨는 천천히, 뻣뻣하게 몸을 움찔거리며 허리를 폈다. 손과 발이 몇 시간씩 묶여 있었던 것만 같은 느낌이었다. 그녀가 마침내 똑바로 서자 리안드린은 다시 강철 같은 온전한 힘을 담아 말했다. “세상을 실망시키면, 나를 실망시키면, 지하 감옥에 있는 그 비참한 어둠의 친구를 부러워하는 치지가 될 거다.”

아말리사 아가씨의 표정을 본 리안드린은 생각했다. 설령 그녀가 실패한다 해도 노력이 부족해서 그런 것은 아니리라고.

문을 닫고 나서던 리안드린은 문득 소름이 끼치는 것을 느꼈다. 그녀는 숨을 헉 들이쉬며 휙 돌아서서 어둑하게 밝혀진 복도 양옆을 바라보았다. 비어 있었다. 총안이 있을 뿐 완전한 밤이나 마찬가지였다. 복도는 비어 있었지만, 리안드린은 누군가가 그녀를 지켜보고 있었다고 확신했다. 텅 빈 복도가, 벽에 걸린 등불 사이로 그림자가 진 복도가 그녀를 조롱했다. 리안드린은 불안한 듯 어깨를 으쓱하고는 단호하게 복도를 걷기 시작했다. **공상이 날 사로잡은 거야. 그뿐이야.**

이미 완전한 밤이 되었다. 새벽이 오기 전까지 해야 할 일이 많았다. 그녀의 명령은 명백했다.

어느 시간이건 지하 감옥은 칠흑 같은 어둠으로 뒤덮여 있었다. 누군가가 등불을 가져오지 않는다면 말이다. 그러나 파단 페인은 간이침대 가장자리에 앉아 미소를 지으며 어둠 속을 바라보고 있었다. 그는 다른 죄수 두 명이 잠든 채 꿍얼대는 소리를 들을 수 있었다. 그들은 악몽을 꾸며 중얼거렸다. 파단 페인은 무언가를, 오랫동안 기다려 온 무언가를 기다리고 있었다. 너무도 오래 기다려 왔다. 하지만 이제 그럴 시간이 별로 남지 않았다.

바깥쪽 간수 대기실로 통하는 문이 열리며 빛이 넘쳐 들었다. 문 앞에 서 있는 한 형체가 어둑한 실루엣을 드러냈다.

페인이 일어섰다. "너로군! 내가 예상했던 사람은 아닌데." 그는 전혀 그럴 기분이 아니었으나 태평하게 기지개를 켰다. 혈관으로 피가 마구 내달렸다. 시도만 한다면 요새를 뛰어넘을 수도 있을 것 같았다. "모두에게 놀랄 일이지, 안 그래? 뭐, 잘 왔어. 밤이 늙어가고 있군. 나도 때로는 자고 싶어."

등불이 감방으로 들어오자 페인은 고개를 들고 무언가를 보며 씩 웃었다. 그 존재는 눈에 보이지 않았으나 느껴졌다. 지하 감옥의 돌 천장 너머에 있었다. "아직 끝나지 않았어." 그가 속삭였다. "전투는 절대 끝나지 않아."

6장 어둠의 예언

바깥에서 격렬하게 두드리는 바람에 농장 문이 흔들렸다. 문에 채워 놓은 묵직한 빗장이 빗장걸이 안에서 덜컥거렸다. 문 옆의 창문 너머에서는 묵직한 주둥이가 달린 트롤록의 실루엣이 움직였다. 사방에 창문이 있었고 밖에는 어두운 형상이 더 많이 있었다. 하지만 충분히 어둡지는 않았다. 랜드는 지금도 그들을 알아볼 수 있었다.

창문. 랜드는 절박하게 생각했다. 그는 문에서 물러나며 두 손으로 칼을 꽉 쥐고 몸 앞으로 들어 올렸다. **문이 버텨준대도 놈들은 창문으로 침입할 수 있어. 왜 창문으로는 들어오려 하지 않는 거지?**

귀청이 찢이길 듯한 금속성 끼익 소리가 나면서 빗장걸이 하나가 문틀에서 일부 뜯겨 나가며 문에서 손가락 너비만큼 떨어져 나온 못에 느슨하게 매달렸다. 또 한 번의 타격에 빗장이 떨렸다. 못이 다시 비명을 질렀다.

"막아야 해!" 랜드가 소리쳤다. **막을 수 없어서 그렇지. 우린 놈들을 막을 수 없어.** 탈출할 길을 찾아 주위를 둘러보았지만 문은 하나뿐이었다. 방은 하나의 상자였다. 문은 한 군데밖에 없고 창문은 너무 많았다. "뭔가 해야 돼. 뭐라도!"

"너무 늦었어." 맷이 말했다. "모르겠어?" 핏기 없는 창백한 얼굴로 짓는 그의 미소가 이상하게 보였다. 그의 가슴에서 단검의 칼자루가 삐져나왔다. 칼자루 끝에 박혀 있는 루비는 불이 담겨 있기라도 한 듯 이글거렸다. 그 보석은 맷의 얼굴보다 생기 있었다. "우리가 뭐라도 바꾸기엔 너무 늦어 버렸어."

"난 이제야 놈들을 쫓아냈어." 페린이 웃으며 말했다. 그의 얼굴에서는 텅 빈 눈구멍에서 쏟아지는 눈물의 홍수라도 된 듯 피가 줄줄 흘러내리고 있었다. 그는 붉은 손을 내밀어 자기가 들고 있는 것을 랜드에게 보여 주려 했다. "이제 난 자유야. 다 끝났어."

"절대 끝나지 않아, 알소르." 파단 페인이 바닥 한가운데서 뛰어다니며 소리쳤다. "전투는 절대 끝나지 않아."

문이 터져 나가며 가는 조각들로 갈라졌다. 랜드는 날아오는 나무 파편을 피해 몸을 숙였다. 붉은 옷을 입은 아이즈 세다이 두 명이 문을 지나오며 주인에게 절했다. 말라붙은 피 색깔의 가면이 바알자몬의 얼굴을 뒤덮고 있었지만 랜드는 눈구멍 너머로 그의 눈길이 뿜어내는 불꽃을 볼 수 있었다. 바알자몬의 입에서 불이 활활 타오르는 소리가 들렸다.

"우리 둘 사이의 일은 아직 끝나지 않았다, 알소르." 바알자몬이 말했다. 그와 페인이 한 목소리로 동시에 말했다. "너의 전투는 절대 끝나지 않아."

랜드는 목이 졸린 듯 헛숨을 들이켜며 바닥에서 일어나 앉았다. 그는 마구 주위를 할퀴어 대며 잠에서 깼다. 아직도 페인의 목소리가 들리는 것만 같았다. 그 행상인이 바로 옆에 서 있는 것처럼 선명한 소리였다. **절대 끝나지 않아. 전투는 절대 끝나지 않아.**

랜드는 흐릿한 눈으로, 에그웨인이 남겨둔 자리에 여전히 자신이 숨어 있다는 걸 확신하기 위해 주위를 둘러보았다. 그는 에그웨인의 방 한쪽 구석에 깔린 요에 누워 있었다. 하나밖에 없는 등불에서 나온 어슴푸레한 빛이 방에 번졌다. 그는 나이니브가 하나밖에 없는 침대 맞은편의 흔들의자에 앉아 뜨개질하는 모습을 보고 놀랐다. 침대 시트는 전혀 흐트러지지 않았다. 바깥은 밤이었다.

검은 눈에 날씬한 체구의 나이니브는 머리를 통통하게 땋고 한쪽 어깨로 넘겨 거의 허리까지 늘어뜨리고 있었다. 그녀는 고향을 포기하지 않았다. 표정이 평온했다. 부드럽게 흔들거리며 뜨개질감 외에는 그 무엇도 의식하지 않는 듯했다. 뜨개바늘의 꾸준한 **잘그락잘그락** 소리만이 들려왔다. 깔개가 흔들의자의 소리를 죽였다.

최근 며칠 밤, 랜드는 자기 방의 차가운 돌바닥에 카펫이 깔려 있으면 좋겠다고 생각했다. 하지만 샤이나에서 남자들의 방은 늘 헐벗고 황량했다. 반면 이곳의 벽에는 태피스트리 두 개가 걸려 있었다. 폭포가 있는 산 풍경이었다. 또 총안 옆에는 꽃이 수놓인 커튼이 쳐져 있었다. 꺾어 놓은 흰 새벽별 꽃이 침대 옆 탁자의 둥글고 납작한 화병에 꽂혀 있었고, 성벽 위의 윤이 나는 흰 받침대에도 더 많은 꽃이 끄덕이고 있었다. 높은 거울이 한 구석에 서 있었고 또 다른 거울이 세면대 위에 걸려 있었다. 세면대에는 파란 줄무늬의 주전자와 대야가 갖춰져 있었다. 랜드는 에그웨인에게 왜 거울이 두 개나 필요한 건지 궁금했다. 랜드의 방에는 거울이 하나도 없었지만 랜드는 딱히 불편하지 않았다. 등불은 네 개가 방 군데군데에 서 있었다. 켜진 것은 그중 하나뿐이었지만. 랜드가 맷과 페린과 함께 쓰는 등불과 거의 크기가 비슷했다. 에그웨인은 그 모든 등불을 혼자 썼다.

나이니브가 고개를 들지 않고 말했다. "낮에 자면 밤에 못 자."

나이니브에게는 보이지 않겠지만 랜드는 인상을 찌푸렸다. 최소한 랜드는 나이니브가 볼 수 없을 거라고 생각했다. 나이니브는 랜드보다 겨우 몇 살밖에 많지 않았으나 현자였기에 50년의 권위를 더 가지고 있었다. "숨을 곳이 필요했어요. 피곤했고." 랜드는 그렇게 말하고 빠르게 덧붙였다. "그냥 여기 온 게 아니에요. 에그웨인이 저를 여성 동으로 초대했다고요."

나이니브는 뜨개질감을 내려놓고 재미있다는 듯 랜드를 향해 미소 지었다. 그녀는 예쁘장한 여자였다. 고향에서라면 랜드는 절대 그 점을 알아차리지 못했을 것이다. 현자에 대해서는 그런 식으로 생각하는 게 아니니까. "빛께서 도우시길, 랜드. 넌 매일 더 샤이나 사람처럼 변해 가는구나. 여성 동에 초대를 받았다니, 정말이지." 나이니브가 코웃음 쳤다. "어느 날엔 갑자기 명예에 대해 이야기하면서 평화가 너의 칼을 가호하기를 청하겠어."

랜드는 얼굴을 붉혔고 나이니브가 어슴푸레한 빛 속에서 그 표정을 알아보지 못했기를 바랐다. 나이니브는 랜드의 칼을 눈여겨보았다. 칼자루가 랜드 옆 바닥의 기다란 짐 밖으로 삐져나와 있었다. 랜드는 나이니브가 어떤 칼이든 칼을 별로 좋아하지 않는다는 걸 알고 있었다. 하지만 나이니브는 그 점에 대해 한 번도 뭐라 말한 적이 없었다. "너한테 왜 숨을 곳이 필요한지는 에그웨인이 말해 줬다. 걱정하지 마라. 우리가 너를 아멀린 권좌에게서든 다른 모든 아이즈 세다이에게서든 숨겨줄 테니. 그게 네가 바라는 거라면 말이지."

랜드는 나이니브와 눈을 마주치고는 움찔하며 시선을 피했다. 하지만 그 전에 나이니브의 불안함을 눈치 챘다. 그녀의 의구심을. **맞아요, 저는 일원력을 채널링할 수 있어요. 일원력을 휘두르는 남자라니! 당신은 아이즈 세다이가 나를 찾아와 순치시키도록 도와야 해요.**

랜드는 에그웨인이 찾아준 가죽조끼의 주름을 펴고 몸을 비틀어 벽에 기댔다. "최대한 빨리 수레에 숨든지 몰래 빠져나갈게요. 오래 숨겨 주실 필요는 없을 거예요." 나이니브는 아무 말도 하지 않았다. 뜨개질에만 집중하던 그녀는 한 땀을 건너뛰더니 화난 소리를 냈다. "에그웨인은 어디 있죠?"

나이니브는 뜨개질감이 무릎에 떨어지게 놔두었다. "오늘 밤에 왜 뜨개질을 하려 했는지도 모르겠구나. 왠지 모르겠지만 자꾸 바늘땀을 놓쳐. 에그웨인은 파단 페인을 만나러 내려갔다. 그 애는 아는 얼굴을 보는 게 파단 페인한테 도움이 될지도 모른다고 생각하거든."

"제 얼굴을 본 건 확실히 도움이 되지 않던데요. 에그웨인은 그놈과 거리를 둬야 해요. 페인은 위험하다고요."

"에그웨인은 그자를 돕고 싶어 해." 나이니브가 침착하게 말했다. "기억해라, 에그웨인은 내 조수가 되기 위해 수련을 받는 중이야. 그리고 현자가 된다는 건 날씨를 예보하는 것만이 아니지. 치유도 현자가 하는 역할 중 하나다. 에그웨인에게는 치유하고자 하는 욕망이, 그런 욕구가 있어. 파단 페인이 그렇게까지 위험했다면 모레인이 뭔가 말했을 테고."

랜드가 웃음을 터뜨렸다. "모레인한테 물어보지는 않으셨잖아요. 에그웨인도 인정했어요. 그리고 현자님이 뭐에 대해서든 허락을 구한다니, 퍽도 그러시겠네요." 나이니브가 눈썹을 치켜 올리는 바람에 랜드의 얼굴에서 웃음이 지워졌다. 하지만 사과할 생각은 없었다. 그들은 집에서 멀리 나와 있었다. 나이니브가 타 발론에 간다면서 계속 에먼즈 필드의 현자 노릇을 할 수 있을 것 같지도 않았고. "사람들이 저를 찾기 시작했나요? 에그웨인은 수색을 하려 들지도 잘 모르겠다고 했지만, 란은 아멀린 권좌가 여기 온 게 저 때문이라고 했어요. 제 생각에는 에그웨인의 의견보다는 란의 의견을 들어야 할 것 같아요."

나이니브는 잠시 대답하지 않았다. 대신 그녀는 실타래를 만지작거렸다. 마침내 그녀가 말했다. "난 잘 모르겠다. 시중드는 여자 한 명이 얼마 전에 찾아왔어. 침대를 정리하러 왔다더구나. 오늘 밤에 아멀린 권좌와 잔치를 하게 되어 있는데 에그웨인이 일찍 잠자리에 들기라도 할 것처럼 말이야. 내가 그 여자를 보내 버렸어. 그 여자는 널 못 봤다."

"남자 동에서는 아무도 침대를 대신 정리해 주지 않는데요." 나이니브는 그를 가만히 바라보았다. 1년 전이었다면 랜드는 그 눈빛을 보고 말을 더듬었을 것이다. 그가 고개를 저었다. "하녀를 보내서 절 찾지는 않겠죠, 나이니브."

"아까 우유를 가지러 식료품 저장실에 갔는데, 복도에 여자들이 너무 많더구나. 잔치 시중을 드는 여자들은 옷을 갖춰 입고 있었어야 했고, 다른 사람들은 그들을 돕거나 음식 나를 준비를 했어야 하는데……." 나이니브가 걱정스럽게 눈을 찌푸렸다. "아멀린 권좌가 와 있으니 모두에게 할 일이 지나치게 많아. 그런데 그 사람들은 여기, 여성 동에만 있는 게 아니야. 아말리사 아가씨가 식료품 저장고 근처의 창고에서 나오는 걸 봤다. 얼굴이 먼지투성이더구나."

"그건 말도 안 돼요. 아말리사 아가씨가 왜 수색에 참여하겠어요? 다른 여자들도 마찬가지고요. 아겔마 공의 병사들이나 수호자들을 활용하겠죠. 아이즈 세다이랑요. 그냥 잔치 준비를 위해 뭔가 하고 있었을 거예요. 태워 죽일, 샤이나의 잔치에 뭐가 필요한지 어떻게 알겠어요."

"넌 종종 양털 머리처럼 구는구나, 랜드. 내가 본 남자들도 여자들이 뭘 하고 있는지 몰랐어. 그중 몇 명은 자기들끼리 모든 일을 해야 한다고 불평 하더구나. 그 사람들이 널 찾아다닌다는 게 말이 되지 않는다는 건 나도 알 아. 아이즈 세다이는 아무도 관심을 보이지 않는 것 같다. 하지만 아말리사 아가씨가 창고에서 드레스를 더럽힌 것은 잔치 준비 때문이 아니야. 그 사 람들은 뭔가를, 중요한 뭔가를 찾고 있었어. 내가 본 직후에 준비를 시작했 더라도 아말리사 아가씨에게는 목욕하고 옷을 갈아입을 시간이 부족했을 거다. 말이 나와서 말인데, 곧 돌아오지 않는다면 에그웨인도 옷을 갈아입 거나 늦거나 둘 중 하나를 골라야 할 거야."

랜드는 나이니브가 익숙한 투 리버스의 모직 옷을 입고 있지 않다는 걸 비로소 깨달았다. 그녀의 드레스는 연청색 비단으로 만들어져 있었으며 목 부분과 소매에 눈방울 꽃이 수놓여 있었다. 모든 꽃의 가운데에 작은 진주 가 박혀 있었다. 허리띠에는 은빛 무늬가 들어가 있었고 진주가 박힌 은색 버클이 달려 있었다. 랜드는 나이니브가 그런 옷을 입은 모습을 한 번도 보 지 못했다. 고향에서 축제 때 입었던 옷도 상대가 되지 않았다.

"잔치에 가시게요?"

"당연하지. 모레인이 가야 한다고 말한 건 아니지만, 난 절대 그 여자가 나를……." 잠시 나이니브의 눈이 사납게 달아올랐다. 랜드는 나이니브의 말이 무슨 뜻인지 알았다. 나이니브는 그 누구에게도 자기가 겁먹었다고 생 각하게 놔두지 않을 터였다. 실제로 겁을 먹었다 해도 말이다. 상대가 모레 인이라면 절대 그렇게 두지 않을 것이고, 란이라면 특히 그럴 터였다. 랜드 는 수호자에 대한 나이니브의 감정을 알고 있었지만 자기가 안다는 사실을 그녀에게 들키고 싶지 않았다.

잠시 나이니브의 시선이 드레스 소매에 스치며 조용해졌다. "아말리사 아 가씨가 내게 이 옷을 주셨다." 너무도 조용한 목소리라 랜드는 그녀가 혼잣 말을 한 건 아닌가 싶었다. 나이니브는 손가락으로 비단을 쓰다듬고 수놓인 꽃의 윤곽선을 따라 그리며 생각에 잠겨 미소 지었다.

"정말 예쁘게 어울리네요, 나이니브. 오늘 밤 예쁘세요." 랜드는 그 말을 하자마자 움찔했다. 현자들은 모두 자신의 권위에 관해 예민하게 굴었지만, 나이니브는 대부분의 현자보다도 예민했다. 고향의 여성 서클은 언제나 나이니브가 어리다는 이유로, 그리고 어쩌면 예쁘다는 이유로 그녀를 얕잡아 봤고 나이니브가 시장이나 마을 위원회와 벌이는 싸움은 이야깃거리가 되었다.

나이니브는 자수에서 손을 홱 떼어 내며 눈을 내리뜨고 랜드를 노려보았다. 랜드는 그녀를 진정시키려고 빠르게 말했다.

"성문을 영원히 막아둘 수는 없을 거예요. 저는 성문이 열리자마자 떠날 테고요. 그러면 아이즈 세다이가 영원히 저를 찾을 수 없겠죠. 페린은 검은 언덕과 카랄레인초원에 가면 아무도 만나지 않고 며칠씩 지낼 수 있는 곳들이 있다고 했어요. 어쩌면, 어쩌면 방법을 알아낼 수 있을지도 몰라요. 저의……." 랜드는 불안해서 어깨를 으쓱했다. 굳이 말할 필요는 없었다, 나이니브에게는. "혹시 방법이 생각나지 않더라도 제가 해칠 사람은 없겠죠."

나이니브는 잠시 침묵을 지키다가 천천히 말했다. "난 잘 모르겠다, 랜드. 네가 다른 동네 사내아이들과 달라 보인다고는 못 하겠구나. 하지만 모레인은 네가 타비렌이라고 고집을 부리지. 내 생각에, 모레인은 물레가 너와의 일을 마무리했다고 생각하지 않는 것 같더구나. 어둠의 존재는 꼭……."

"샤이탄은 죽었어요." 랜드가 거칠게 말했다. 갑자기 방이 출렁이는 것처럼 보였다. 현기증의 파도가 온 몸을 휩쓸었다. 랜드는 머리를 움켜쥐었다.

"이 멍청이! 순전히 눈먼, 멍청한 바보 같으니! 어둠의 존재의 이름을 부르면 그자의 관심이 네게로 향하게 된다! 그만하면 고생은 충분히 하지 않았느냐?"

"놈은 죽었어요." 랜드는 머리를 문지르며 웅얼거렸다. 침을 삼켰다. 현기증은 이미 희미해져 가고 있었다. "알았어요, 알았다고요. 정 그러면 바알자몬이라고 할게요. 어쨌든 놈은 죽었어요. 놈이 죽는 걸 제가 봤어요. 놈이 불타는 걸 봤다고요."

"방금 어둠의 존재의 눈이 네게 향한 걸 내가 못 본 줄 알고? 아무것도 느껴지지 않았다는 얘기는 하지 마라. 그랬다간 귀때기를 쳐버릴 테니. 난 네 얼굴을 봤어.”

“놈은 죽었어요.” 랜드가 고집을 부렸다. 보이지 않는 감시자가 머릿속에 휙 떠올랐다. 탑 꼭대기에 불어오던 바람도. 랜드는 몸을 떨었다. “거대한 오염과 이렇게까지 가까운 곳에서는 이상한 일들이 일어나죠.”

“넌 **정말로** 바보로구나, 랜드 알소르.” 나이니브가 랜드에게 주먹을 휘둘러댔다. “때려서 생각이라는 걸 하게 만들 수만 있으면 네 귀때기를 후려 갈겼겠지만…….” 요새 전체에 종소리가 요란하게 울리는 바람에 나이니브는 나머지 말을 삼켰다.

랜드가 벌떡 일어섰다. “저건 경종이에요! 수색이…….” **어둠의 존재를 이름으로 부르면 그의 사악함이 닥친다.**

나이니브는 좀 더 천천히 일어나며 불안한 듯 고개를 저었다. “아니, 그건 아닌 것 같구나. 너를 찾고 있었다면 경종을 울려 봐야 네가 경계하게 될 뿐이지. 아니, 저게 경종이라 하더라도 너 때문에 울리는 건 아니야.”

“그럼 뭔데요?” 랜드는 서둘러 가장 가까운 총안으로 다가가 밖을 내다보았다.

불빛이 밤이라는 망토를 걸친 요새를 반딧불처럼 빠르게 오가고 있었다. 등불과 횃불이 여기저기서 빠르게 움직였다. 누군가는 바깥쪽 성벽과 탑으로 향했지만 랜드가 볼 수 있는 사람 대부분은 아래쪽 정원과 랜드에게는 일부만이 힐끗 보이는 안뜰을 우르르 지나갔다. 뭐든 경종이 울린 이유는 요새 안에 있었다. 종소리가 조용해지자 사람들의 고함이 들렸는데 랜드는 그들이 뭐라고 소리치는 건지 알아들을 수 없었다.

나 때문이 아니라면……. “에그웨인.” 랜드가 문득 말했다. **놈이 아직 살아 있다면, 사악한 존재가 하나라도 있다면, 그 존재는 내게 와야 해.**

나이니브가 다른 총안을 바라보다가 고개를 돌렸다. “뭐라고?”

“에그웨인이요.” 랜드는 빠르게 성큼성큼 방을 가로질러 칼을 칼집 채로 꺼냈다. **빛이여, 그 악한 존재는 에그웨인이 아니라 저를 해쳐야 합니다.** “에그웨인이 페인이랑 같이 지하 감옥에 있잖아요. 어떤 식으로든 페인이 풀려났다면요?”

나이니브가 문 앞에서 랜드의 팔을 붙잡았다. 그녀는 키는 랜드의 어깨에도 미치지 못했지만 손아귀가 꼭 무쇠 같았다. "지금까지보다 더 멍청한, 염소 대가리 같은 바보가 되지는 마라, 랜드 알소르. 이 일이 너랑 아무 관계가 없더라도 여자들이 뭔가 찾아다니고 있어! 빛을 걸고, 여긴 여성 동이란 말이다, 이 남자야. 복도에는 아이즈 세다이가 있을 거다. 그럴 가능성이 크지. 에그웨인은 괜찮을 거야. 에그웨인은 맷과 페린을 데려간다고 했어. 어떤 문제가 생겼더라도 둘이 에그웨인을 돌봐줄 거다."

"에그웨인이 둘을 찾지 못했으면요, 나이니브? 에그웨인은 둘을 찾지 못했대도 절대 멈추지 않았을 거예요. 당신이랑 똑같이 혼자서 갔을 거라고요. 당신도 알잖아요. 빛을 걸고, 난 에그웨인한테 페인이 위험하다고 말했어요! 태워 죽일, 말했다고요!" 랜드는 나이니브의 손을 떨쳐내고 문을 확 연 뒤 뛰쳐나갔다. **빛께서 태워 죽일 놈 같으니. 그 사악한 존재는 나를 해쳐야 했어!**

일꾼들이나 입는 조악한 셔츠와 조끼를 입고 손에는 칼을 든 랜드를 한 여자가 보고는 비명을 질렀다. 아무리 초대를 받았다 해도 남자들은 요새가 공격당하는 게 아닌 한 무장한 채 여성 동을 돌아다니면 안 됐다. 여자들이 복도를 가득 채웠다. 검은색과 황금색 옷을 입은 시중드는 여자들, 비단과 레이스로 만들어진 옷을 입은 요새의 귀부인들, 긴 술이 달린 수놓인 숄을 걸친 여자들이 모두 동시에 시끄럽게 떠들어 대며 무슨 일이 일어나는지 알아내려 했다. 아이들이 사방에서 울며 치맛자락에 매달렸다. 랜드는 그들을 뚫고 지나갔다. 피할 수 있으면 피하고, 어깨로 밀친 사람들에게는 웅얼거리며 사과했다. 그들의 놀란 시선은 무시하려 애썼다.

숄을 걸친 여자 중 한 명이 자기 방에 가려고 돌아섰다. 그녀의 숄 뒤쪽, 그녀의 등 한가운데에서 빛나는 흰 눈물방울이 보였다. 문득 랜드는 바깥뜰에서 보았던 얼굴들을 알아보았다. 아이즈 세다이가 지금, 경계하듯 그를 보고 있었다.

"넌 누구지? 여기서 뭘 하는 거냐?"

"요새가 공격당하고 있는 게냐? 대답해라, 남자여!"

"저 사람은 군인이 아니에요. 누구지? 무슨 일이에요?"

"남방에서 온 그 젊은 영주잖아!"

"누가 저 사람 막아!"

랜드는 두려움에 입술을 젖히며 치아를 드러냈지만 계속해서 움직이며 더 빨리 움직이려 애썼다.

그때 한 여자가 복도로 나와 랜드를 마주 보았다. 랜드는 그러고 싶지 않았지만 멈춰 섰다. 그는 다른 모든 얼굴보다도 그 얼굴을 알아보았다. 영원히 산다 해도 그 얼굴은 기억 날 것 같았다. 아멀린 권좌였다. 그녀의 눈은 랜드를 보자 휘둥그렇게 커졌다. 그녀가 물러나기 시작했다. 다른 아이즈 세다이, 그러니까 지팡이를 들고 있는 키 큰 여자가 랜드와 아멀린 권좌 사이에 끼어들어 랜드에게 뭐라고 소리쳤다. 랜드는 점점 시끄러워지는 떠드는 소리에 그 말을 알아들을 수 없었다.

저 여자는 알고 있어. 빛이여 도우소서, 저 여자가 알고 있습니다. 모레인이 말해 준 거야. 랜드는 이를 드러내며 계속 달렸다. **빛이여, 그저 에그웨인이 안전하게만 해 주십시오. 저들이 뭔가 저지르기 전에……**. 랜드는 등 뒤에서 외치는 소리를 들었지만 귀 기울이지 않았다.

요새의 실외로 나갔을 때도 랜드의 주변에서 상당한 소동이 벌어졌다. 남자들이 손에 칼을 들고 뜰로 달려갔다. 그들은 랜드를 쳐다보지도 않았다. 경종의 소란 너머로 이제 다른 소음이 들려왔다. 고함. 비명. 금속이 금속에 부딪혀 울리는 소리. 그 소리가 다름 아닌 전투의 소리—**싸움이라니? 팔 다라 안에서?**—라는 걸 알아듣기 무섭게 트롤록 세 마리가 눈앞의 모퉁이를 돌아 달려왔다.

털북숭이 주둥이가 다른 면에서는 인간적인 얼굴을 뒤틀어 놓았다. 트롤록 중 하나는 숫양의 뿔을 달고 있었다. 놈들은 이빨을 드러내며 낫처럼 생긴 칼을 들어 올리고 빠르게 랜드를 향해 달려왔다.

방금 전까지 달리는 남자들로 가득했던 복도에 이제 트롤록 세 마리와 랜드 자신밖에 없었다. 기습에 당한 랜드는 칼집에서 어색하게 칼을 빼서 '꿀 장미에 입 맞추는 벌새' 기술을 써 보았다. 팔 다라 요새 한복판에서 트롤록을 보고는 크게 놀랐기에, 랜드의 자세는 란이 역겨워하며 자리를 떠날 만큼 형편없었다. 곰 주둥이가 달린 트롤록이 쉽사리 그 기술을 피하다가 다른 둘과 부딪혀 아주 잠깐 휘청거렸다.

갑자기 십여 명의 샤이나 사람들이 랜드를 지나 트롤록에게 달려갔다. 연회에 참석하느라 좋은 옷을 반쯤 걸쳤으나 칼을 준비해 들고 있는 남자들이었다. 곰 주둥이가 달린 트롤록은 죽어 가며 으르렁거렸다. 놈의 동료들은 고함을 지르며 쇳덩이를 휘두르는 남자들에게 쫓겨 도망쳤다. 사방에서 고함과 비명이 허공을 가득 채웠다.

에그웨인!

랜드는 요새 더 깊은 곳으로 방향을 틀어 생명체라고는 없는 복도를 따라 달렸다. 간혹 죽은 트롤록이 바닥에 널브러져 있을 뿐이었다. 죽은 사람이나.

곧 랜드는 복도가 교차하는 지점에 이르렀다. 왼쪽은 어느 전투 현장의 끄트머리였다. 상투를 튼 남자 여섯 명이 피를 흘리며 가만히 누워 있었다. 일곱 번째 사람은 죽어 가고 있었다. 머드랄이 그 남자의 배에서 칼을 빼내며 칼을 더 심하게 비틀었다. 그 병사는 칼을 떨어뜨리고 쓰러지며 비명을 질렀다. 희미한 자는 독사처럼 우아하게 움직였다. 가슴을 덮은, 여러 겹으로 겹쳐 있는 검은 판금 갑옷 때문에 더욱 뱀 같은 인상이었다. 놈이 돌아섰다. 그 희미하고 눈 없는 얼굴이 랜드를 살펴보았다. 놈이 핏기 없는 미소를 지으며 서두르지 않고 랜드에게 다가오기 시작했다. 사람이 한 명밖에 없으니 머드랄로서는 서두를 필요가 없었다.

랜드는 선 자리에 발이 붙어 버린 것만 같았다. 혀가 입천장에 달라붙었다. 눈 없는 자의 시선은 공포 그 자체였다. 변방에서는 그렇게들 말했다. 칼을 들어 올리는 랜드의 두 손이 떨렸다. 공백을 떠올려야겠다는 생각은 아예 들지 않았다. **빛이여, 머드랄이 방금 무장한 병사 일곱 명을 다 죽였습니다. 빛이여, 저는 어떻게 해야 합니까. 빛이여!**

갑자기 머드랄이 멈춰 섰다. 놈의 미소가 사라졌다.

"이놈은 내 거다, 랜드." 랜드는 깜짝 놀랐다. 잉타가 그의 옆으로 다가왔다. 노란색 축제용 코트를 입은 그는 검은 피부에 옹골찬 체격을 갖추고 있었으며 두 손으로 칼을 들고 있었다. 잉타의 검은 눈은 한 번도 희미한 자의 얼굴에서 떠나지 않았다. 샤이나 사람인 그는 머드랄의 시선에서 두려움을 느꼈을지언정 전혀 티를 내지 않았다. "넌 트롤록이나 한두 마리 상대해봐." 그가 조용히 말했다. "그런 다음에 이런 놈을 상대하는 거야."

"전 에그웨인이 안전한지 보러 가고 있었어요. 에그웨인이 페인을 만나러 지하 감옥에 간다고 해서……."

"그럼 가서 에그웨인을 살펴라."

랜드가 침을 삼켰다. "우리 둘이 같이 처리해요, 잉타."

"넌 저놈과 싸울 준비가 되지 않았어. 가서 네 여자나 살펴라. 가! 트롤록들이 아무 보호도 받지 못하는 그 애를 찾기를 바라는 거냐?"

랜드는 그 자리에서 잠시 머뭇거렸다. 희미한 자가 잉타를 치려고 칼을 들었다. 조용하게 으르렁거리듯 잉타의 입이 뒤틀렸다. 하지만 랜드는 그게 두려움 때문이 아니라는 걸 알았다. 게다가 에그웨인이 페인과 지하 감옥에 단둘이 있을지 몰랐다. 그보다 나쁜 상황일 수도 있었다. 그러나 랜드는 지하로 이어지는 계단을 달려 내려가면서도 부끄러웠다. 그는 희미한 자의 시선이 모든 사람을 두려움에 빠뜨릴 수 있다는 걸 알았다. 하지만 잉타는 그 두려움을 정복했다. 랜드는 지금도 배 속이 뒤틀리는 것 같았다.

요새 아래의 복도는 조용했으며 벽에 넓은 간격을 두고 걸린 채 깜빡이는 등불로 흐릿하게 밝혀져 있었다. 랜드는 지하 감옥에 가까워지며 걸음을 늦추었다. 발꿈치를 들고 최대한 조용히 살금살금 움직였다. 장화가 맨 돌바닥에 스치는 소리가 귀를 가득 채우는 듯했다. 지하 감옥으로 들어가는 문은 한 뼘 정도 열려 있었다. 닫혀 있고 빗장이 채워져 있어야 하는데.

랜드는 그 문을 바라보며 침을 삼키려 했으나 그럴 수 없었다. 소리를 지르려고 입을 열었다가 빠르게 다시 다물었다. 에그웨인이 저 안에서 곤경에 처해 있다면 고함 소리는 그녀를 위험에 빠뜨린 자에게 경고가 될 뿐이었다. 사람인지 뭔지는 몰라도. 랜드는 숨을 들이쉬며 자세를 가다듬었다.

그는 단 한 번의 동작으로, 왼손에 쥔 칼집으로 문을 밀어 열며 지하 감옥에 뛰어들었다. 어깨를 아래로 하여 바닥을 덮고 있는 지푸라기 위를 구른 뒤 일어서서 이쪽저쪽을 휙휙 돌아보았다. 너무 빠르게 도는 바람에 그 공간을 확실히 살필 수 없었다. 누구든 자신을 공격할지 모르는 자를, 에그웨인을 간절하게 찾았다. 그곳에는 아무도 없었다.

랜드의 시선이 탁자에 닿았다. 그는 우뚝 멈춰 섰다. 호흡은 물론 생각까지 얼어붙었다. 탁자의 중앙 장식이라도 되는 것처럼 그때까지도 타고 있는 등불 양옆에는 두 개의 피 웅덩이 위에 간수들의 머리가 놓여 있었다. 그들의 눈이 두려움에 휘둥그레진 채 랜드를 바라보고 있었다. 그들의 입은 아무도 듣지 못하는 마지막 비명을 지르느라 벌어져 있었다. 랜드는 헛구역질을 하느라 허리를 굽혔다. 지푸라기에 토하는 동안 배가 들썩이고 또 들썩였다. 간신히 몸을 세우고 소매로 입을 문질러 닦았다. 목구멍이 다 벗겨진 것 같은 기분이었다.

그는 천천히 그 공간의 나머지 부분을 알아보았다. 지금까지는 서둘러 공격자를 찾느라 반밖에 보지 못하고 제대로 이해하지도 못했지만, 피투성이 살점이 지푸라기 여기저기에 흩어져 있었다. 머리 두 개를 제외하면 인간의 것임을 알아볼 수 있는 것은 전혀 없었다. 몇몇 조각은 씹어 놓은 것처럼 보였다. **그러니까 간수들의 나머지 몸에는 저런 일이 일어난 거구나.** 랜드는 자기가 한 생각이 너무 침착해서 놀랐다. 시도도 하지 않고 공백에 이른 것만 같았다. 랜드는 어렴풋하게 그게 충격 때문이라는 걸 알았다.

랜드는 머리의 주인을 둘 다 알아보지 못했다. 둘 다 앞서 왔을 때의 간수가 아니었다. 다행이었다. 아는 사람이었다면, 아무리 그 간수가 창구였다 해도 더 끔찍했을 것이다. 벽에도 피가 뒤덮여 있었다. 다만 벽의 피는 휘갈겨 쓴 글자였다. 사방으로 단어들과 문장들이 흥건하게 튀어 있었다. 어떤 글자는 거칠고 각진 형태였다. 랜드가 모르는 언어였다. 트롤록 문자라는 건 알아봤지만 말이다. 다른 글자는 읽을 수 있었지만, 차라리 그러지 못했다면 좋았을 거라는 생각이 들었다. 마구간지기나 상인의 호위병조차도 허옇게 질릴 법한 신성 모독과 욕설.

"에그웨인." 침착함은 사라졌다. 랜드는 허리띠에 칼집을 밀어 넣으며 탁자에서 등불을 집어 들었다. 머리들이 굴러떨어졌지만 신경 쓸 겨를이 없었다. "에그웨인! 어디 있어?"

랜드는 안쪽 문을 향해 들어가기 시작했다. 두 발을 움직였다가 멈춰 서서 바라보았다. 랜드의 등불 빛을 받아 어둡고 축축하게 번들거리는 문 위의 글자는 분명했다.

우리는 토먼 헤드에서 다시 만나게 될 거다.
절대 끝나지 않는다, 알소르.

손의 감각이 사라지며 그만 칼을 떨어뜨렸다. 랜드는 문에서 눈을 떼지 않은 채 허리를 숙여 칼을 집어 들었다. 그리고 지푸라기를 한 줌 집어 문에 적힌 글자를 격렬히 문지르기 시작했다. 헐떡이며 문을 문질러 댔다. 결국 글자들은 하나의 피투성이 문지른 자국이 되었지만, 랜드는 멈출 수 없었다.

"뭘 하는 거지?"

등 뒤에서 들리는 날카로운 목소리에 랜드는 휙 돌아서며 허리를 숙여 칼을 잡았다.

바깥쪽 문 앞에 한 여자가 서 있었다. 분노로 등이 뻣뻣해진 여자였다. 연한 금발 머리카락이 십여 가닥으로 땋아져 있었다. 하지만 그녀의 눈은 검은색이었다. 그 시선이 랜드의 얼굴에 날카롭게 박혔다. 그녀는 랜드보다 몇 살 많지 않아 보였고 시무룩하면서도 예뻐 보였다. 하지만 입을 꽉 다문 모습은 왠지 마음에 들지 않았다. 랜드는 그녀가 몸을 감고 있는 숄을 보았다. 숄에는 길고 붉은 술이 달려 있었다.

아이즈 세다이야. 빛이여 도우소서, 심지어 적색의 아자잖아. "저는……. 저는 그냥……. 더러운 것이어서요. 사악한 것이요."

"우리가 살펴볼 수 있도록 모든 것을 있는 그대로 정확히 놔둬야 한다. 아무것도 건드리지 마라." 그녀는 앞으로 한 걸음 다가와 랜드를 바라보았고 랜드는 한 걸음 물러섰다. "그래, 그럴 줄 알았다. 모레인의 일행 중 한 명이로군. 이 일과 무슨 상관이 있는 거지?" 그녀는 손짓으로 탁자에 놓인 두 개의 머리와 벽에 휘갈겨 쓰인 피투성이 글자를 가리켰다.

랜드는 잠시 그녀를 보며 눈을 휘둥그렇게 떴다. "저요? 아무 상관없어요! 제가 여기 내려온 건 찾을 사람이……. 에그웨인!"

랜드는 돌아서서 안쪽 문을 열려 했다. 아이즈 세다이가 소리쳤다. "아니! 내 말에 대답해라!"

갑자기 랜드는 등불과 칼을 계속 들고 있는 것 말고 아무것도 할 수 없었다. 얼음처럼 차가운 한기가 사방에서 그를 움켜쥐었다. 머리가 얼어붙은 죔쇠에 끼인 것 같은 기분이었다. 가슴 가득 느껴지는 압박감 때문에 숨을 쉬기가 힘들었다.

"대답해라, 소년. 네 이름을 말해라."

랜드는 끙 소리를 냈다. 얼굴을 두개골 속으로 밀어 넣으려는 것 같은, 얼어붙은 무쇠 띠처럼 가슴을 조여 오는 한기를 뚫고 대답하려 했다. 그는 소리를 내지 않으려고 이를 악다물었다. 고통스럽게 눈을 돌려 눈앞을 흐리게 하는 눈물 너머로 그녀를 노려보았다. **빛께서 너를 태우실 거다, 아이즈 세다이! 난 한마디도 하지 않을 거야. 그림자에게나 잡혀가라!**

"대답해라, 소년! 당장!"

얼어붙은 바늘이 랜드의 머리를 고통으로 찌르며 그의 뼈를 갈아 버리는 듯했다. 공백을 떠올렸다는 걸 깨닫지도 못하는 사이에 랜드의 내면에는 공백이 형성되었다. 하지만 그 공백도 고통을 몰아낼 수는 없었다. 랜드는 어렴풋이 서 밀리 어딘가에 있는 빛과 온기를 감지했다. 그 빛은 떨리듯 깜빡거렸다. 하지만 빛은 따뜻했고 그는 추웠다. 그 빛은 알 수 없을 만큼 멀면서도 어째서인지 손닿는 곳 안에 있었다. **빛이여, 너무 춥습니다. 저는 저기에 이르러야만……. 저게 무엇입니까? 저 여자가 저를 죽이려고 합니다. 제가 저기에 이르지 못하면 저 여자가 저를 죽일 겁니다.** 랜드는 간절하게 빛 쪽으로 손을 뻗었다.

"무슨 일이죠?"

한기와 압력과 바늘이 갑자기 사라졌다. 랜드는 무릎이 꺾였지만 억지로 버텼다. 무릎을 꿇지는 않을 것이다. 저 여자에게 그런 만족감을 주지는 않을 것이다. 공백도 사라졌다. 찾아왔을 때와 똑같이 갑작스러운 일이었다. **저 여자가 날 죽이려 했어.** 랜드는 숨을 헐떡이며 고개를 들었다. 모레인이 문 앞에 서 있었다.

"무슨 일이냐고 물었습니다, 리안드린." 모레인이 말했다.

"여기서 저 아이를 발견했어요." 적색의 아이즈 세다이가 침착하게 대답했다. "간수들이 살해당했는데 저 아이가 여기 있더군요. 당신의 일행 중 한 명입니다. 그런데 당신은 여기서 뭘 하는 거죠, 모레인? 전투는 여기가 아니라 위에서 벌어지고 있는데."

"나도 같은 질문을 하고 싶습니다만, 리안드린." 모레인은 방을 둘러보았다. 그 오싹한 광경을 보고도 입을 조금 세게 다물 뿐이었다. "**당신은** 왜 여기 있는 겁니까?"

랜드는 그들에게서 고개를 돌려 안쪽 문에 채워져 있던 빗장을 어색하게 밀어젖히고 문을 열었다. "에그웨인이 여기 내려왔어요." 누가 신경 쓰든 말든 그렇게 말하고 등불을 높이 든 채 안으로 들어갔다. 무릎이 계속 꺾이려 했다. 어떻게 서 있는 건지 알 수 없었다. 그저 에그웨인을 찾아야 할 뿐이었다. "에그웨인!"

텅 빈 꾸르륵 소리와 요동치는 소리가 오른쪽에서 들려왔다. 랜드는 그쪽으로 홱 등불을 내밀었다. 화려한 코트를 입은 죄수가 자기 감방의 철창에 기대 축 처져 있었다. 허리띠가 철창과 그의 목을 감고 있었다. 랜드가 지켜보는 가운데 그가 마지막으로 한번 발버둥 치며 지푸라기 덮인 바닥을 긁어 대더니 고요해졌다. 거의 검게 변한 얼굴에서 혀와 눈이 불거져 나왔다. 그의 무릎이 거의 바닥에 닿아 있었다. 그는 어느 때든 원하면 일어설 수 있었다.

랜드는 옆 감방을 들여다보았다. 손마디가 으스러진 덩치 큰 남자가 감방 뒤쪽에 웅크린 채 눈을 있는 대로 크게 뜨고 있었다. 그는 랜드를 보더니 비명을 지르며 몸을 비틀어 돌벽을 미친 듯이 긁어댔다.

"해치지 않아요." 랜드가 소리쳤다. 남자는 계속 비명을 지르며 벽을 파댔다. 그의 손은 피투성이였다. 그가 긁어대는 대로 문지르는 자국이 검게 엉겨 붙었다. 맨손으로 돌을 파내려는 시도가 지금이 처음이 아닌 듯했다.

랜드는 배 속이 이미 비어 있음을 다행으로 여기며 고개를 돌렸다. 하지만 랜드는 둘 중 누구에게도 해줄 수 있는 일이 없었다. "에그웨인!"

랜드의 등불이 결국 감방 맨 끝에 이르렀다. 페인의 감방 문이 열려 있었고 그 안은 비어 있었다. 랜드가 앞으로 펄쩍 뛴 것은 감방 앞 돌바닥의 두 형체 때문이었다. 랜드는 그 형체 사이에 무릎을 꿇었다.

에그웨인과 맷이 뼈가 없는 것처럼 쭉 뻗어 있었다. 의식이 없거나……죽은 것 같았다. 하지만 그들의 가슴이 오르내리는 모습을 본 순간, 랜드는 밀려드는 안도감을 느꼈다. 둘 중 누구에게도 상처는 없는 듯했다.

"에그웨인? 맷?" 랜드는 칼을 내려놓고 에그웨인을 가만히 흔들었다. "에그웨인?" 에그웨인은 눈을 뜨지 않았다. "모레인! 에그웨인이 다쳤어요! 맷도요!" 맷의 숨소리가 거칠었다. 얼굴도 죽은 사람처럼 창백했다. 랜드는 거의 울음이 터질 것만 같았다. **나를 해쳤어야 했어. 내가 어둠의 존재를 불렀는데. 나를 해쳤어야지!**

"그 애들에게 함부로 손대지 마." 모레인은 화가 난 것 같지 않았다. 심지어 놀란 것 같지도 않았다.

아이즈 세다이 둘이 들어오자 그 공간에 갑자기 빛이 흘러넘쳤다. 그들은 각기 서늘한 빛의 구슬을 손 위의 허공에 띄워 놓고 균형을 잡았다.

리안드린은 지푸라기가 묻지 않게 치맛자락을 들어 올린 채 곧장 넓은 통로의 기운데를 지나왔다. 그러나 모레인은 잠시 멈춰 서서 두 죄수를 살펴본 뒤에야 따라왔다. "한 명에게는 해줄 수 있는 일이 없어." 모레인이 말했다. "다른 한 명은 좀 기다려도 되고."

리안드린이 랜드에게 다가와 에그웨인에게 몸을 숙이려 했지만 모레인이 그녀보다 먼저 달려와 빈손으로 에그웨인의 머리를 짚었다. 리안드린은 인상을 찌푸리며 허리를 폈다.

"심하게 다치지는 않았어." 모레인이 말했다. "여기를 맞았구나." 모레인은 에그웨인의 머리 옆을 손으로 더듬었다. 그 부분은 에그웨인의 머리카락으로 가려져 있었다. 랜드로서는 차이점을 알 수 없었다. "에그웨인이 입은 상처는 이것뿐이야. 괜찮을 거다."

랜드는 두 아이즈 세다이를 번갈아 보았다. "맷은요?" 리안드린이 눈썹을 치켜 올리고 랜드를 보더니 고개를 돌려 심술궂은 표정으로 모레인을 지켜보았다.

"조용히." 모레인이 말했다. 모레인은 에그웨인이 맞았다는 부분에서 손가락을 떼지 않은 채 눈을 감았다. 에그웨인이 뭐라 중얼거리며 움찔하더니 고요해졌다.

"에그웨인은……?"

"자고 있어, 랜드. 괜찮아지겠지만 잠을 자야 해." 모레인은 맷에게로 옮겨갔다. 이번에는 그의 몸에 잠시 손을 대자마자 물러났다. "이쪽은 더 심각하구나." 그녀가 조용히 말했다. 그녀는 맷의 허리를 더듬어 코트를 젖히더니 화난 소리를 냈다. "단검이 사라졌어."

"무슨 단검이요?" 리안드린이 물었다.

바깥쪽 방에서 여러 사람의 목소리가 들려왔다. 남자들이 혐오감과 분노에 고함을 질러 댔다.

"이쪽입니다." 모레인이 소리쳤다. "들것을 두 개 가져오세요. 빨리." 바깥쪽 방의 누군가가 들것을 가져오라고 소리를 높였다.

"페인이 사라졌어요." 랜드가 말했다.

두 아이즈 세다이가 그를 보았다. 랜드는 그들의 표정에서 아무것도 읽을 수 없었다. 그들의 눈이 빛을 받아 빛났다.

"내가 보기에도 그렇구나." 모레인이 밋밋한 목소리로 말했다.

"에그웨인한테 가지 말라고 했어요. 페인이 위험하다고 말했다고요."

"내가 왔을 때는," 리안드린이 차가운 목소리로 말했다. "저 애가 바깥쪽 방에 쓰여 있던 글자를 망가뜨리고 있었습니다."

랜드는 무릎을 꿇은 채 불안하게 움직였다. 두 아이즈 세다이의 눈은 이제 똑같아 보였다. 차갑고도 무시무시하게 그를 헤아리고 가늠해 보고 있었다.

"그, 그건 오물이었어요." 랜드가 말했다. "그냥 오물이요." 둘은 여전히 아무 말도 하지 않고 랜드를 보았다. "설마 당신도 제가…… 모레인, 제가 저, 저 바깥에서 벌어진 일과 무슨 상관이 있을 거라고 생각하는 건 아니죠?" **빛이여, 상관이 있는 걸까요? 제가 어둠의 존재를 이름으로 불렀습니다.**

모레인은 대답하지 않았다. 랜드는 횃불과 등불을 들고 남자들이 밀려들어도 전혀 줄어들지 않는 한기를 느꼈다. 모레인과 리안드린은 빛의 구슬이 깜빡이다 꺼지게 두었다. 등불과 횃불은 그만한 빛을 내지 못했다. 감방 깊은 곳에서 그림자들이 솟아났다. 들것을 가져온 남자들이 서둘러 바닥에 누워 있는 사람들에게 다가갔다. 잉타가 앞장섰다. 그의 상투가 분노로 거의 떨리고 있었다. 그는 칼을 휘두를 대상을 찾고 싶어 안달 난 듯했다.

"그럼 어둠의 친구도 사라진 거군." 그가 으르렁거리듯 말했다. "뭐, 오늘 밤에 벌어진 일 중에서는 가장 사소한 일이지만."

"여기서 벌어진 일 중에서도 가장 사소한 일이네." 모레인이 날카롭게 말했다. 그녀가 에그웨인과 맷을 들것에 싣는 남자들에게 명령을 내렸다. "여자애는 자기 방으로 데려가게. 한밤중에 깰지 모르니 그 애를 지켜볼 여자가 한 명 필요해. 겁에 질려 있을지도 모르지만 무엇보다도 지금은 잠이 필요하고. 남자애는……." 두 남자가 맷을 들것으로 들어 올릴 때 맷을 만져 보았던 모레인은 빠르게 손을 거두었다. "아멀린 권좌의 방으로 데려가게. 어디에 계시든 아멀린 권좌를 찾아 이 아이가 그곳에 있다고 전해. 이 아이의 이름이 매트림 쿠손이라고 말하게. 나도 할 수 있는 한 빨리 아멀린 권좌께 가겠네."

"아멀린 권좌라니!" 리안드린이 소리쳤다. "아멀린 권좌를 당신…… 당신 애완동물의 치유자로 쓰겠다는 겁니까? 미쳤군요, 모레인."

"아멀린 권좌께는," 모레인이 침착하게 말했다. "당신과 달리 적색의 아자의 편견이 없습니다, 리안드린. 특별한 쓸모가 없더라도 사람을 치유하실 겁니다. 가세요." 그녀는 들것을 든 두 남자에게 말했다.

리안드린은 모레인, 그리고 맷과 에그웨인을 데려가는 남자들이 떠나는 모습을 지켜보았다. 그런 뒤 그녀는 고개를 돌려 랜드를 보았다. 랜드는 그녀를 무시하려 했다. 칼을 칼집에 넣고 셔츠와 브리치스에 달라붙는 지푸라기를 털어내는 데 집중했다. 하지만 랜드가 다시 고개를 들었을 때도 리안드린은 그를 살펴보고 있었다. 얼굴이 얼음처럼 무표정했다. 그녀는 아무 말도 하지 않고 돌아서서 생각에 잠긴 채 다른 남자들을 살펴보았다. 한 명은 목 졸린 남자의 시신을 세워 놓고 있었고 다른 한 명은 그의 허리띠를 풀려 애쓰고 있었다. 잉타 일행은 예의 바르게 기다렸다. 그녀는 랜드를 마지막으로 힐끗 보더니 여왕처럼 고개를 들고 떠났다.

"거친 여자로군." 잉타가 중얼거리더니 자기가 말을 했다는 것에 놀란 듯했다. "여기서 무슨 일이 있었던 거냐, 랜드 알소르?"

랜드가 고개를 저었다. "모르겠어요. 어째서인지 페인이 도망쳤다는 것 말고는요. 그 과정에서 에그웨인과 맷을 해치기도 했고요. 간수들의 방은 저도 봤지만, 여기서는……." 그는 몸을 떨었다. "잉타, 무슨 일인지는 몰라도 여기서 벌어진 일은 저 사람이 스스로 목을 매달 만큼 무시무시한 일이었어요. 다른 사람도 그 모습을 보고 미친 것 같아요."

"오늘 밤, 우리 모두가 미치게 될 거다."

"희미한 자는…… 죽이셨나요?"

"아니!" 잉타는 칼을 세차게 칼집에 집어넣었다. 칼자루가 그의 오른쪽 어깨 위로 삐져나왔다. 그는 분노한 동시에 부끄러워하는 듯했다. "놈은 지금 요새 밖에 있다. 우리가 죽일 수 없었던 다른 놈들과 함께 말이야."

"그래도 당신은 살았잖아요, 잉타. 그 희미한 자는 사람을 일곱 명이나 죽였어요!"

"살았다고? 그게 그렇게 중요하냐?" 잉타는 더 이상 분노한 게 아니라 지치고 고통 가득한 표정을 지었다. "우린 그걸 손에 넣었어. 우리 손에 넣었다고! 그런데 잃어버렸다, 랜드. 잃고 말았어!" 그는 자기가 하는 말을 도저히 믿을 수 없는 듯했다.

"뭘 잃어요?" 랜드가 물었다.

"뿔나팔 말이야! 발리어의 뿔나팔. 그게 사라졌다. 상자까지 통째로."

"하지만 뿔나팔은 귀중품 보관소에 있었잖아요."

"귀중품 보관소가 약탈당했어." 잉타가 지친 듯 말했다. "놈들은 뿔나팔을 가져갔을 뿐 다른 건 별로 건드리지 않았다. 주머니에 챙겨갈 수 있는 것만 가져갔지. 차라리 다른 모든 걸 가져가고 뿔나팔을 남겨 두었으면 좋았을 텐데. 로넌은 죽었고, 로넌의 명령을 받아 귀중품 보관소를 지키던 경비병들도 죽었다." 그의 목소리가 작아졌다. "내가 어렸을 때 로넌은 2천 마리의 트롤록을 상대하며 단 스무 명의 부하들을 거느리고 예한 탑을 지켜 냈다. 그렇다고 쉽게 쓰러진 건 아니야. 그 노인네는 단검에까지 피를 묻혀 놓았더구나. 아무도 그 이상을 요구할 수는 없지." 그는 잠시 침묵했다. "놈들은 개의 성문으로 들어와 같은 문으로 나갔다. 우리가 50여 마리를 끝장냈지만 너무 많은 놈들이 탈출했어. 트롤록이라니! 전에는 요새에 트롤록들이 들어온 적이 한 번도 없었어. 한 번도!"

"놈들이 어떻게 개의 성문으로 들어올 수 있었죠, 잉타? 거기서는 사람 한 명이 트롤록 백 마리를 막을 수 있잖아요. 모든 성문이 막혀 있었고요." 랜드는 그 이유를 떠올리고 불안하게 움찔거렸다. "경비병들이 문을 열고 누군가를 들이지는 않았을 텐데요."

"경비병들의 목이 베여 있었다." 잉타가 말했다. "둘 다 좋은 녀석들이었는데 돼지처럼 살육당했어. 내부자가 한 짓이다. 누군가가 그들을 죽이고 문을 열었어. 의심 받지 않고 그들에게 다가갈 수 있었던 사람이다. 그들이 알던 사람."

랜드는 콰단 페인이 있던 빈 감방을 보았다. "하지만 그 말은……."

"그래. 팔 다라 안에 어둠의 친구들이 있는 거야. 지금은 아닐지 몰라도. 만일 그런 거라면 곧 알게 될 거다. 사라진 사람이 누구인지 지금 카진이 확인하고 있어. 평화여! 팔 다라 요새에서 반역이 일어나다니!" 잉타는 부리부리한 눈으로 지하 감옥을, 그를 기다리는 남자들을 둘러보았다. 그들 모두 칼을 들고 있었으며 축제용 옷을 입고 있었다. 몇몇은 투구도 쓴 채였다. "여기 있어 봐야 소용없지. 나가라! 모두!" 랜드는 사람들과 함께 물러났다. 잉타가 랜드의 가죽조끼를 툭툭 두드렸다. "이건 뭐냐? 마구간지기가 되기로 한 거냐?"

"사연이 길어요." 랜드가 말했다. "여기서 말하기에는 너무 긴 이야기예요. 다음에 설명할게요." **운이 좋다면 영영 이야기하지 않을지도 모르고요. 이 모든 혼란 속에서 내가 탈출할 수 있을지도 모르니까요. 아니, 그렇게는 못해. 에그웨인이 괜찮은지 알 때까지는. 맷도 그렇고. 빛이여, 단검이 없으면 맷은 어떻게 되는 겁니까?** "아겔마 공이 모든 성문의 경비를 두 배로 늘렸겠네요."

"세 배로 늘렸지." 잉타가 만족스러운 목소리로 말했다. "안에서든 밖에서든 아무도 성문을 지나지 못할 거다. 아겔마 공께서는 무슨 일이 일어났는지 듣자마자 그분이 직접 허락해 준 사람이 아니면 아무도 요새를 떠날 수 없게 하라고 명령하셨다."

무슨 일이 일어났는지 들었다고……? "잉타, 그 전에는요? 아무도 나가지 못하게 하라던 그 전의 명령은요?"

"그 전의 명령이라니? 무슨 명령 말하는 거냐? 랜드, 아겔마 공께서 이 소식을 듣기 전에 요새는 폐쇄되어 있지 않았다. 누가 잘못 말해 준 모양이구나."

랜드는 천천히 고개를 저었다. 라간도, 테마도 그런 이야기를 지어낼 리는 없었다. 아멀린 권좌가 그 명령을 내렸다 하더라도 잉타가 알았을 테고. **그럼 누구지? 어떻게 한 거야?** 랜드는 곁눈으로 잉타를 보며, 이 샤이나인이 거짓말을 하는 것인지 고민했다. **잉타를 의심한다면 정말 미쳐 가는 거야.**

이제 그들은 지하 감옥의 간수실에 와 있었다. 잘린 머리와 간수들의 신체 부위는 치워졌다. 다만 탁자의 붉게 문댄 자국과 지푸라기의 축축한 부분들은 지금도 그것들이 있던 자리를 보여 주었다. 아이즈 세다이 두 명이 그곳에 있었다. 갈색 술이 달린 숄을 걸친 평온한 모습의 여자들이었다. 그들은 벽의 낙서를 자세히 살펴보았다. 치마가 지푸라기에 끌리는 건 상관하지 않는 듯했다. 둘 다 허리띠에 걸린 필통에 잉크병을 넣어 두고 있었으며 펜으로 작은 공책에 메모를 하는 중이었다. 그들은 우르르 몰려가는 남자들에게 눈길조차 주지 않았다.

"이쪽을 봐, 베린." 그중 한 명이 트롤록 문자의 선으로 뒤덮인 돌의 한 부분을 가리키며 말했다. "흥미로운데."

다른 여자가 서둘러 그리로 다가갔다. 그러느라 그녀의 치마에 붉은 얼룩이 졌다. "그러게, 나도 보여. 나머지 글자보다 훨씬 잘 썼는걸. 트롤록이 쓴 게 아니야. 아주 흥미로워." 그녀는 자기 공책에 뭔가 쓰기 시작하더니 이따금 고개를 들어 벽에 적힌 모난 글자들을 읽었다.

랜드는 서둘러 나갔다. 아이즈 세다이가 아니라도 인간의 피로 쓴 트롤록 글자를 읽는 걸 "흥미롭다"고 생각하는 사람과 같은 공간에 있고 싶지 않았다.

잉타와 그의 부하들이 성큼성큼 앞서 나갔다. 그들은 자신들의 임무에 골몰해 있었다. 랜드는 이제 어디로 갈 수 있을지 생각하며 꾸물거렸다. 도와줄 에그웨인이 없으니 여성 동으로 돌아가기는 어려울 터였다. **빛이여, 에그웨인이 무사하게 해 주세요. 모레인은 에그웨인이 괜찮을 거라고 말했습니다.**

위층으로 올라가는 첫 번째 계단에 이르기 전, 란이 랜드를 찾아냈다. "원한다면 네 방으로 돌아가도 좋다, 양치기. 모레인이 네 물건들을 에그웨인의 방에서 네 방으로 옮겨 놓도록 했다."

"모레인이 어떻게 알고……?"

"모레인은 아주 많은 걸 안다, 양치기. 지금쯤은 너도 그걸 알아야지. 조심하는 게 좋을 거다. 여자들 모두 네가 칼을 휘두르며 복도를 달려갔다는 얘기를 하고 있다. 아멀린 권좌를 깔보는 짓이라고들 하던데."

"빛이여! 그 사람들이 화가 났다니 저도 유감이에요, 란. 하지만 저는 초대를 받아서 들어온 거예요. 그러다가 경종을 들었는데……. 태워 죽일, 에그웨인이 여기 내려와 있었다고요!"

란은 생각에 잠겨 입을 꾹 다물었다. 그의 얼굴에 떠오른 표정은 그것뿐이었다. "아, 그 여자들은 딱히 화가 난 게 아니야. 다만 그들 대부분은 누군가가 강한 손길로 너를 좀 진정시켜야 한다고 생각한다. 매료됐다고 하는 편이 더 맞겠구나. 아말리사 아가씨조차 너에 관한 질문을 그치지 못한다. 어떤 여자들은 하인들의 이야기를 믿기 시작했어. 네가 변장한 왕자라고 생각한다, 양치기. 나쁜 건 아니지. 이곳 변방에는 오래된 속담이 있거든. '남자 열 명보다는 여자 한 명과 편이 되는 게 낫다'. 그 여자들이 자기들끼리 하는 말을 들으면 누구 딸이 널 다스릴 수 있을 만큼 강한지 결정하려는 것 같더구나. 양치기, 발걸음을 조심하지 않으면 너도 모르는 사이에 샤이나의 어느 가문과 결혼하게 될 거다." 란이 갑자기 웃음을 터뜨렸다. 꼭 바위가 웃는 것처럼 이상한 광경이었다. "한밤중에 여성 동의 복도를 뛰어다니다니. 그것도 허드레 일꾼의 가죽조끼를 입고 칼을 휘두르면서 말이야. 그 여자들은 널 매질하거나 최소한 몇 년 동안 네 얘기를 할 거다. 너처럼 특이한 남자를 본 적이 한 번도 없으니까. 네게 어떤 아내를 골라 줄지는 모르지만, 그 아내는 아마 너를 10년 동안 가문의 수장으로 지내게 해 놓고 네가 직접 그런 일을 해냈다고 생각하게 만들 거야. 네가 떠나야 한다니 참 안 된 일이다."

랜드는 입을 쩍 벌리고 수호자를 쳐다보다가 마침내 투덜거렸다. "저도 나가려고 했어요. 근데 성문이 막혀 있었고 아무도 떠날 수 없었다고요. 낮에 해봤는걸요. 심지어 마구간에서 레드를 꺼내지도 못했어요."

"이젠 의미 없지. 모레인이 나를 보내 전해 주라고 하더구나. 너는 언제든 원할 때 떠날 수 있다. 지금 당장이라도 말이야. 모레인이 아겔마에게 말해서, 너는 명령에 적용되지 않도록 했다."

"아까 하지 왜 지금 와서 그러는 거예요? 전엔 왜 떠나지 못하게 한 거죠? 그럼 성문을 막으라고 한 게 모레인인가요? 잉타 말로는, 오늘 밤 전에 사람들을 안에 잡아 두라는 명령이 내려졌다는 얘기는 전혀 못 들었다던데요."

랜드는 수호자가 곤란해 보인다고 생각했다. 하지만 란이 한 말은 이것뿐이었다. "양치기, 누군가 말을 내주거든 느려서 마음에 안 든다는 불평은 하지 마라."

"에그웨인은요? 맷은 어떻고요? 둘은 정말 괜찮은 거예요? 둘이 괜찮은지 확실히 알기 전에는 못 가요."

"여자애는 괜찮다. 아침이면 깨어날 거야. 아마 무슨 일이 있었는지도 기억하지 못할 거다. 머리를 맞으면 그렇게 되지."

"맷은요?"

"선택은 네가 하는 거다, 양치기. 넌 지금이나 내일, 혹은 다음 주에 떠날 수 있다. 네가 선택할 일이야." 란은 랜드를 팔 다라 요새 깊은 곳의 복도에서 있게 놔둔 채 떠났다.

7장 피는 피를 부른다

맷이 실려 있는 들것이 아멀린 권좌의 방을 떠나자마자 모레인은 앙그리알—하늘거리는 망토를 입은 여자가 조각된, 작고 세월에 검어진 상아 조각—을 다시 정사각형 비단보에 싸서 주머니에 넣었다. 다른 아이즈 세다이와 협력해 각자의 능력을 융합하고 일원력의 흐름을 단 하나의 과제로 채널링한다는 것은 최고의 조건에서도, 앙그리알의 도움을 받더라도 진이 빠지는 일이었다. 잠도 자지 않고 밤새 그런 일을 하는 건 최고의 조건이 아니었고. 그들이 맷에게 한 일은 그리 쉽지 않았다.

리아네는 날카롭게 손짓하고 간결하게 몇 마디를 던져 들것을 나르는 사람들을 내보냈다. 두 남자는 주변에 이렇게나 많은 아이즈 세다이들이 있는데다 그중 한 명이 다름 아닌 아멀린 권좌라는 걸 알고 긴장해서 계속 고개를 숙이고 있었다. 그들은 아이즈 세다이가 일원력을 사용하든 말든 관심을 보이지 않았고, 일이 이루어지는 동안 복도에 쪼그리고 앉아 얌전히 기다렸다. 또 그들은 여성 동을 떠나고 싶어 안달인 기색이었다. 맷은 창백한 얼굴로 눈을 감고 누워 있었는데 그의 가슴은 깊이 잠들었을 때의 고른 박자에 따라 오르내리는 중이었다.

이게 어떤 영향을 줄까? 모레인은 궁금했다. **뿔나팔이 사라졌으니 맷이**

꼭 필요한 건 아니지만…….

리아네와 들것을 든 사람들이 나가며 문이 닫혔다. 아멀린 권좌가 고르지 않은 숨을 들이쉬었다. "고약한 일이었다. 고약해." 그녀의 얼굴은 매끄러웠다. 하지만 그녀는 손을 씻고 싶은 듯 문질러 댔다.

"하지만 꽤 흥미롭지요." 베린이 말했다. 그녀는 아멀린 권좌가 이 일을 맡기기 위해 선택한 네 번째 아이즈 세다이였다. "치유를 완성할 단검이 없었다니 대단히 유감입니다. 오늘 밤 우리가 한 이 많은 일에도 불구하고 이 아이는 오래 살지 못할 겁니다. 최선의 경우 몇 달을 살겠지요." 아멀린 권좌의 방에는 세 아이즈 세다이뿐이었다. 총안 너머에서 새벽이 하늘을 부옇게 물들였다.

"하지만 이젠 그 몇 달을 갖게 됐지요." 모레인이 날카롭게 말했다. "단검을 되찾을 수 있다면 지금도 연결을 깨뜨릴 수 있고요." **되찾을 수 있다면 말이지만. 그래, 그렇고 말고.**

"지금도 연결을 깨뜨릴 수 있어요." 베린도 동의했다. 그녀는 통통하고 얼굴이 각진 여자로, 세월의 영향을 받지 않는 아이즈 세다이의 재능이 있는 데도 갈색 머리칼에 살짝 흰머리가 섞여 있었다. 그녀의 나이를 드러내는 건 그 흰머리뿐이었다. 아이즈 세다이에게 백발은 그녀가 정말이지 매우 나이가 많다는 뜻이었다. 하지만 그녀의 목소리는 매끄러운 두 뺨과 어울리게 흔들리지 않았다. "그러나 그 아이는 단검과 오랫동안 연결되어 있었어요. 그런 물건은 보통 그렇지요. 게다가 그 아이는 더욱 오랫동안 그 단검과 연결되게 되었습니다. 단검이 발견되든 아니든 말이죠. 어쩌면 이미 완전한 치유의 범위를 벗어날 만큼 변화했을지 모릅니다. 더는 다른 사람들을 오염시킬 수 없다고 해도요. 그 단검, 참으로 작은 물건이지요." 그녀는 생각에 잠겨 말했다. "하지만 그 단검은 그 단검을 오랫동안 들고 다니는 사람이라면 누구나 부패시킵니다. 그 단검을 들고 다니는 사람은 또한 자신과 접촉하는 사람들을 부패시키고요. 그 사람들은 또 다른 사람들을 부패시키죠. 샤다 로고스를 파멸시킨 증오와 의심이, 서로를 대적하던 모든 남녀의 손길이 다시 세상에 풀려나겠지요. 그 단검이, 예컨대 1년 안에 얼마나 많은 사람들을 오염시킬 수 있는지 궁금하군요. 합리적인 추산치를 계산해 낼 수 있을 텐데.”

모레인은 비꼬는 표정으로 갈색의 자매를 바라보았다. **위험이 또 하나 닥쳤는데 그 위험이 책에 나오는 퍼즐이라도 된 것처럼 말하네. 빛이여, 갈색의 아자들은 정말이지 세상을 전혀 모르나이다.** “그럼 그 단검을 찾아야지요, 자매님. 아겔마가 뿔나팔을 가져가고, 사람들을 보내 그에게 충성을 맹세한 자들을 베어 버린 자들을 쫓도록 했습니다. 그자들이 바로 단검을 가져간 자들이고요. 하나가 발견되면 다른 것도 발견되는 겁니다.”

베린은 고개를 끄덕이면서도 동시에 눈을 찌푸렸다. “하지만 단검이 발견된다 해도 누가 그걸 안전하게 가지고 돌아올 수 있을까요? 누구든 그 칼을 건드리는 사람은, 너무 오래 다루게 되면 오염될 위험을 무릅써야 합니다. 잘 포장하고 완충재까지 넣은 상자에 넣어 가져올 수는 있겠지요. 하지만 그래도 오랫동안 그 근처에 있는 사람에게는 위험할 겁니다. 연구할 단검 자체가 없으니 그 단검을 얼마나 철저히 보호해야 하는지 확신할 수가 없어요. 하지만 당신은 그 단검을 보았고 그 이상의 경험도 했습니다, 모레인. 그 단검을 다뤄 봤지요. 그 젊은이가 단검을 가지고 다니면서도 다른 이들을 감염시키지 않도록 할 만큼. 당신은 그 단검의 영향력이 얼마나 강한지 잘 알고 있을 텐데요.”

모레인이 말했다. “피해를 입지 않고 그 단검을 되찾아올 수 있는 사람이 한 명 있습니다. 다른 누구보다도 철저히 그 오염에 저항하도록 보호하고 우리가 지켜온 사람입니다. 맷 코손 말이죠.”

아멀린 권좌가 고개를 끄덕였다. “그래, 그렇겠지. 맷이라면 그 일을 할 수 있다. 그때까지 살아남는다면 말이야. 아겔마의 부하들이 발견하기 전까지 그 단검을 얼마나 멀리 운반할 수 있는지는 빛께서만 아신다. 그것도 아겔마의 부하들이 단검을 발견할 때의 얘기지만. 그 전에 맷 코손이 죽는다면…… 글쎄, 단검이 그렇게 오랫동안 풀려난다면 우리에겐 다른 걱정거리가 하나 더 생기는 셈이야.” 그녀는 피곤한 듯 눈을 문질렀다. “파단 페인이라는 자도 찾아야 할 것 같은데. 놈들이 이런 위험을 무릅쓰면서까지 파단 페인을 구하다니, 대체 그 어둠의 친구가 왜 그렇게까지 중요한 거지? 그보다는 뿔나팔만 훔치는 게 훨씬 더 쉬웠을 텐데. 그런 식으로 요새에 쳐들어오다니, 폭풍의바다에 부는 겨울 돌풍만큼이나 위험한 짓이야. 그런데도 놈들은 그 어둠의 친구를 풀어 주기 위해 위험을 더했다. 도사린 자가 놈을 그렇게까지 중요하게 여기는 것처럼." 아멀린 권좌는 잠시 말을 멈추었고, 모레인은 그녀가 명령을 내리는 게 지금도 정말 머드랄뿐인지 고민하고 있다는 걸 알았다. "그렇다면 우리도 파단 페인을 중요하게 여겨야겠지."

"파단 페인도 찾아야 합니다." 모레인은 동의하면서도 자신의 다급함이 드러나지 않았으면 좋겠다고 생각했다. "하지만 그자는 뿔나팔과 함께 발견될 가능성이 큽니다."

"네 말이 옳다, 딸아." 아멀린 권좌는 하품을 참으려고 손가락으로 입술을 눌렀다. "자, 베린. 괜찮다면 모레인과 몇 마디 나누고 좀 자야겠다. 어젯밤이 망가졌으니 아겔마는 오늘 밤에 연회를 하자고 고집을 부릴 거다. 네 도움은 대단히 소중했다, 딸아. 명심해 다오. 아이가 입은 상처의 성격은 누구에게도 말하면 안 된다. 너의 자매 중에는 그 상처를 인간이 만들어낸 것이 아니라 그의 안에 있는 그림자로 볼 이들도 있다."

적색의 아자라는 이름을 말할 필요는 없었다. 모레인은 생각했다. **어쩌면 이제는 경계할 필요가 있다고 생각하는 게 적색의 아자들만이 아닐지도 몰라.**

"물론 저는 아무 말도 하지 않겠습니다, 어머니." 베린은 허리를 숙였으나 문으로 가지는 않았다. "저는 당신께서 이걸 보고 싶어 하실 줄 알았습니다, 어머니." 그녀는 부드러운 갈색 가죽으로 장정된 작은 공책을 허리띠에서 떼어냈다. "지하 감옥 벽에 적혀 있던 내용입니다. 번역이 그리 어렵지는 않았습니다. 대부분은 평범한 신성 모독과 자기 자랑이었지만—트롤록들은 그것 말고는 아는 게 별로 없는 듯합니다—좀 더 잘 쓴 글씨로 적힌 부분이 하나 있었습니다. 교육 받은 어둠의 친구, 아니면 머드랄이었을지도 모릅니다. 그냥 조롱하기 위해 적은 것일지도 모르고요. 하지만 시나 노래의 형식을 갖추었고 예언처럼 들리더군요. 우리는 그림자의 예언에 대해 아는 것이 별로 없습니다, 어머니.”

아멀린 권좌는 잠시 망설이다가 고개를 끄덕였다. 그림자의 예언, 혹은 어둠의 예언은 빛의 예언처럼 불행히도 나름의 방식으로 실현되곤 했다.

“읽어다오.”

베린은 공책을 휘리릭 넘긴 뒤 목을 가다듬고 침착하고 고른 목소리로 읽기 시작했다.

밤의 딸이 다시 걷는다.

고대의 전쟁에서 다시 싸운다.

그녀를 섬기고, 그녀를 위해 죽고, 그러면서도 다시 그녀를 섬길 새 연인을 찾는다.

그녀의 왕림을 막을 자 누구랴?

빛나는 벽은 무릎을 꿇을 것이다.

피가 피를 먹인다.

피가 피를 부른다.

피는 존재하며, 존재했고, 영원히 존재할 것이다.

채널링을 하는 자는 홀로 서 있다.

친구들을 희생 제물로 내준다.

그의 앞에는 두 길이 있으니, 하나는 죽음 너머의 죽음으로 향하고 하나는 영원한 삶으로 향한다.

그는 어느 길을 선택할 것인가? 어느 길을 선택할 것인가?

어떤 손이 지켜 주는가? 어떤 손이 살해하는가?

피가 피를 먹인다.

피가 피를 부른다.

피는 존재하며, 존재했고, 영원히 존재할 것이다.

루크는 파멸의산맥에 왔다.

이삼은 높은 통로에서 기다렸다.

이제 사냥이 시작되었다. 그림자의 사냥개들이 빠르게 움직여 죽일 것이다.

하나는 살았고, 하나는 죽었다. 하지만 둘 다 존재한다.

변화의 시간이 왔다.

피가 피를 먹인다.

피가 피를 부른다.

피는 존재하며, 존재했고, 영원히 존재할 것이다.

파수꾼들이 토먼 헤드에서 기다린다.

망치의 씨앗이 고대의 나무를 태운다.

죽음이 씨를 뿌리고 여름이 불태우리라. 그 뒤에 위대한 군주가 오신다.

죽음이 수확하고 시신은 쓰러질 것이다. 그 뒤에 위대한 군주가 오신다.

이번에도 씨앗이 고대의 잘못을 벨 것이다. 그 뒤에 위대한 군주가 오신다.

이제 위대한 군주가 오신다.

이제 위대한 군주가 오신다.

피가 피를 먹인다.

피가 피를 부른다.

피는 존재하며, 존재했고, 영원히 존재할 것이다.

이제 위대한 군주가 오신다.

베린이 다 읽고 나자 오랜 침묵이 흘렀다.

마침내 아멀린 권좌가 말했다. "또 누가 이걸 보았느냐, 딸아? 누가 아느냐?"

"세라펠뿐입니다, 어머니. 이 내용을 베껴 적은 뒤 제가 사람들을 시켜 벽을 문질러 닦도록 했습니다. 그들은 질문을 던지지 않았습니다. 이걸 지워 버리고 싶어 안달이었습니다."

아멀린 권좌가 고개를 끄덕였다. "좋다. 변방에는 트롤록 문자를 읽을 수 있는 사람들이 너무 많다. 그들에게 걱정거리를 하나 더 줄 필요는 없지. 지금도 걱정할 건 충분하니까.”

“어떻게 생각하세요?” 모레인이 조심스러운 목소리로 베린에게 물었다. “이게 예언일까요?”

베린은 고개를 갸웃하며 생각에 잠겨 자기 메모를 바라보았다. “그럴 수도 있지요. 우리가 아는, 몇 안 되는 어둠의 예언과 형식이 같으니까요. 일부는 내용이 분명하고요. 하지만 그냥 조롱하는 내용일 수도 있습니다.” 베린이 어느 구절을 손가락으로 짚었다. “‘밤의 딸이 다시 걷는다.’ 이 말은 랜피어가 다시 풀려났다는 뜻일 수밖에 없습니다. 아니면 우리가 그렇게 생각하기를 누군가 바라는 것일지도 모르지요.”

“걱정할 만한 일이구나, 딸아.” 아멀린 권좌가 말했다. “그게 사실이라면 말이야. 하지만 버려진 자들은 지금도 매여 있다.” 그녀는 모레인을 힐끗 보며 심란한 표정을 지었지만 잠깐뿐이었다. 곧 그녀는 표정을 가다듬었다. “봉인이 **실제로** 약해지고 있더라도 버려진 자들은 아직 매여 있어.”

랜피어. 고어로 밤의 딸이라는 뜻이었다. 그녀의 진짜 이름은 어디에도 기록되지 않았지만 그녀는 직접 그 이름을 선택했다. 자신들이 배신한 사람들이 붙여준 이름으로 불리는 대부분의 버려진 자와는 달랐다. 어떤 사람들은 랜피어가 실제로 버려진 자들 가운데 가장 강력했다고 말했다. 희망의 배신자인 이샤마엘 다음이라고 말이다. 다만 그녀는 힘을 숨겼다고 했다. 그 시절의 자료가 거의 남아 있지 않아 어떤 학자도 확실히 말하지는 못했지만.

“그 모든 가짜 드래건들이 나타나고 있으니 누군가가 랜피어를 끌어들이려 하는 것도 놀랄 일은 아니죠.” 모레인의 목소리는 얼굴만큼 흔들림이 없었지만 마음속은 흙탕물이었다. 랜피어에 관해 이름 외에 확실히 알려진 것은 딱 한 가지뿐이었다. 랜피어는 그림자로 넘어가기 전에, 루스 세린 텔라몬이 일리에나를 만나기 전에, 그의 연인이었다. **우리한테는 쓸모없는 복잡한 문제야.**

아멀린 권좌도 같은 생각을 한 듯 인상을 썼지만, 베린은 이 모든 게 그저 말에 불과하다는 듯 고개를 끄덕였다. “다른 이름들도 분명합니다, 어머니.

물론 루크 공은 티그레인의 형제이자 안도어의 여왕 후계자의 형제이기도 했지요. 그는 거대한오염에서 사라졌습니다. 다만 이삼이 누구인지, 그가 루크와 무슨 관련이 있는지는 모르겠습니다.”

“시간이 지나면 알아야 할 것을 알게 되겠지요.” 모레인이 매끄럽게 말했다. “하지만 아직은 이게 예언이라는 증거가 없습니다.” 모레인은 그 이름을 알고 있었다. 이삼은 레인 만드라고란의 아내인 브레얀의 아들로, 브레얀은 남편을 위해 말키어의 왕좌를 찬탈하려다 트롤록 떼의 침략을 초래한 인물이었다. 그리고 이삼은 란의 혈족이기도 했다. **혹시 지금도 살아 있을까? 이 이야기는 란에게 비밀로 해야겠어. 란이 어떤 반응을 보일지 확실해지기 전까지는. 거대한오염을 떠나기 전까지는. 이삼이 살아 있다고 란이 생각한다면……**.

“‘파수꾼들이 토먼 헤드에서 기다린다.’” 베린이 말을 이었다. “아터 호크윙이 아리스대양 너머로 보낸 군대가 언젠가 돌아오리라는 오랜 믿음에 매달리는 사람이 지금도 소수 있습니다. 이렇게 오랜 세월이 지났는데도…….” 베린은 비웃듯 코웃음 쳤다. “도 미에레 아브론, 즉 파도의 파수꾼들은 지금도 토먼 헤드에, 팔메에…… 공동체를 이루고 있다고 해야 가장 좋은 표현이겠군요. 그리고 아터 호크윙의 오래된 이름 중 하나가 빛의 망치입니다.”

“딸아, 지금 네 말은,” 아멀린 권좌가 말했다. “아터 호크윙의 군대나 그들의 후손이 천 년이 지나서 정말로 돌아올지 모른다는 뜻이냐?”

“앨미스평원과 토먼 헤드에서 전쟁이 벌어졌다는 소문이 있습니다.” 모레인이 천천히 말했다. “호크윙은 군대만이 아니라 두 아들을 그리로 보냈다고 하지요. 그들이 어디든 육지를 발견해 살아남았다면 호크윙의 후손이 얼마든지 여럿 존재할 수 있습니다. 전혀 없을 수도 있고요.”

아멀린 권좌가 방어적인 표정으로 모레인을 보았다. 단둘이만 있어서 모레인이 무얼 꾸미는 건지 물어볼 수 있었으면 좋겠다는 속마음이 뻔히 드러나는 표정이었다. 모레인은 진정하라는 듯 손짓을 했다. 그녀의 오랜 친구가 모레인을 보며 얼굴을 찡그렸다.

그때까지도 공책에 코를 파묻고 있던 베린은 전혀 눈치채지 못했다. "모르겠습니다, 어머니. 그래도 그건 아닌 것 같습니다. 우리는 아터 호크윙이 정복하러 갔던 그 땅에 대해 아무것도 모릅니다. 바다 민족이 아리스대양을 건너지 않으려 한다니 매우 아쉬운 일이지요. 그들은 죽은 자들의 섬이 아리스대양 반대편에 있다고 합니다. 그게 무슨 뜻인지 알았으면 좋겠지만, 그 저주받을 바다 민족들이 어찌나 입을 꼭 다물고 있는지……." 그녀는 고개를 들지 않은 채 한숨을 쉬었다. "우리에게 있는 것은 '그림자 아래의 땅, 지는 태양 너머, 아리스대양 너머, 밤의 군대가 다스리는 땅'이라는 언급뿐입니다. 호크윙이 보낸 군대가 자신만의 힘으로 그 '밤의 군대'를 물리칠 수 있었는지, 혹은 호크윙이 죽은 시점까지라도 살아남았는지 알 만한 자료는 전혀 없습니다. 100년 전쟁이 시작되자마자 모두 호크윙의 제국에서 자기 몫을 떼어내는 데만 정신이 팔렸으니까요. 그러느라 그들은 바다를 건너간 그의 군대에 대해 생각 못 했습니다. 어머니, 제가 보기에 그들의 후손이 살아남았고 돌아올 생각이었다면 이렇게까지 오래 기다리지는 않았을 듯합니다."

"그럼 이게 예언이 아니라고 생각하는 것이냐, 딸아?"

"자, '고대의 나무'를 보세요." 베린은 자기 생각에 잠겨 말했다. "그저 소문일 뿐입니다만, 그 소문에서 늘 말하기로는 앨머스 민족이 아직 살아 있을 때에 그들에게 **아벤데소라**의 가지가 하나 있었다고 합니다. 심지어 살아 있는 묘목이었다고 하지요. 그리고 앨머스의 문장은 '머리 위의 하늘을 나타내는 푸른색과 발밑의 땅을 나타내는 검은색, 그 둘을 결합하며 뻗어 있는 생명의 나무'입니다. 물론 타라본 사람들은 자신을 인간의 나무라고 부르며 전설의 시대의 통치자들과 귀족들이 자신들의 조상이라고 주장하지요. 도면 사람들은 자신들이 전설의 시대에 생명의 나무를 만든 자들의 후손이라고 주장하고요. 그 외에도 여러 가능성이 있지만, 어머니께서도 아시듯 그중 최소 세 가지 가능성은 앨머스평원과 토먼 헤드를 중심으로 합니다."

아멀린 권좌가 반어적으로 부드럽게 말했다. "결정을 내려 주겠느냐, 딸아? 아터 호크윙의 씨앗이 돌아오지 않는다면 이건 예언이 아니고, 고대의 나무가 무슨 의미든 썩은 생선 대가리만큼도 중요하지 않은 일이다.”

“저는 그저 제가 아는 걸 말씀 드릴 수밖에 없습니다, 어머니.” 베린이 공책에서 시선을 들며 말했다. “결정은 어머니의 손에 맡겨야지요. 저는 아터 호크윙이 외국으로 보낸 군대가 오래전에 마지막 한 명까지 죽었다고 생각합니다만, 제가 그렇게 생각한다고 그게 사실이 되는 건 아닙니다. 물론 변화의 시간은 한 시대의 끝을 의미합니다. 그리고 위대한 군주는……”

아멀린 권좌가 천둥 같은 소리를 내며 탁자 상판을 쾅 쳤다. “위대한 군주가 누구인지는 아주 잘 안다, 딸아. 넌 이제 가 보는 게 좋겠구나.” 그녀는 심호흡을 하고 눈에 띄게 자제심을 발휘했다. “가라, 베린. 네게 화를 내고 싶지는 않다. 내가 신입이었을 때 한밤중에 요리사들을 시켜 달콤한 케이크를 내놓게 했던 사람이 누구인지 잊고 싶지 않아.”

“어머니.” 모레인이 말했다. “이게 예언이라고 생각할 만한 단서는 전혀 없습니다. 재치와 약간의 지식이 있는 사람이라면 누구나 이런 내용을 짜맞출 수 있습니다. 머드랄이 교활한 꾀를 쓸 줄 모른다고 말하는 사람은 아무도 없고요.”

“그리고 물론,” 베린이 침착하게 말했다. “채널링을 하는 남자란 당신과 함께 여행하는 세 젊은이 중 하나가 틀림없습니다, 모레인.”

모레인은 깜짝 놀라 그녀를 빤히 보았다. **세상을 모른다고? 내가 바보였네.** 모레인은 자기가 뭘 하는 건지 깨닫기도 전에 늘 그 자리에서 기다리고 있다고 느낀 맥동하는 빛을 향해, 진정한 근원을 향해 손을 뻗었다. 일원력이 그녀의 핏줄을 따라 솟구쳐 그녀를 힘으로 가득 채웠다. 그 바람에 같은 일을 하는 아멀린 권좌에게서 뿜어 나온 일원력의 광채가 조용해졌다. 모레인은 다른 아이즈 세다이를 상대로 일원력을 휘두른다는 생각을 해본 적이 없었다. **우린 위태로운 시기를 살고 있고, 세상의 균형은 무너지기 일보 직전이야. 해야 할 일은 해야 해. 아, 베린. 왜 간섭해서는 안 될 곳에서 간섭하는 건가요?**

베린은 공책을 덮어 다시 허리띠 뒤쪽에 꽂아 넣더니 두 여자를 번갈아

보았다. 그녀는 둘을 감싼 후광을, 진정한 근원에 접촉했을 때 나오는 빛을 의식한 게 틀림없었다. 채널링을 훈련받은 사람만이 그 빛을 볼 수 있었지만, 다른 여자에게서 나오는 그 빛을 아이즈 세다이가 놓칠 리는 없었다.

베린의 얼굴에 만족스러운 기색이 자리 잡았다. 하지만 그녀가 방금 번개를 맞았음을 눈치챘다는 흔적은 없었다. 베린은 단지 퍼즐에 맞는 조각을 하나 더 찾은 듯한 표정이었다. "네. 이럴 줄 알았습니다. 모레인 혼자 이런 일을 할 수는 없지요. 모레인과 함께 몰래 내려와 케이크를 훔치던 어린 시절의 친구만큼 모레인을 잘 도와줄 사람이 또 누가 있을까요." 그녀가 눈을 깜빡였다. "용서하십시오, 어머니. 이런 말은 하지 말았어야 하는 건데."

"베린, 베린." 아멀린 권좌가 놀라서 고개를 저었다. "지금 네 자매와……. 나까지 비난하는 거냐? 우리가……. 말조차 못 하겠구나. 그래 놓고 아멀린 권좌에게 너무 친근한 말을 걸었다고 걱정해? 배에 구멍을 뚫어 놓고 비가 온다고 걱정하는구나. 네가 한 말이 무슨 뜻인지 생각해 보거라, 딸아."

그러기에는 너무 늦었어, 시우안. 모레인은 생각했다. **우리가 당황하지 않고 진정한 근원에 닿았다면, 어쩌면……. 하지만 지금은 베린이 확신하고 있잖아.** "우리에게 왜 이런 말을 하는 건가요, 베린?" 모레인이 큰 소리로 말했다. "당신이 한 말을 믿는다면 다른 자매들에게, 특히 적색의 자매들에게 말해야지요."

베린의 눈이 놀라서 휘둥그레졌다. "그래요. 네, 그래야겠습니다. 그 생각은 못 했네요. 하지만 내가 그렇게 한다면 당신은 순화될 겁니다, 모레인. 어머니, 당신도요. 그 남자는 순치되겠지요. 일원력을 휘두른 남자에게 나타나는 변화를 기록한 사람은 아무도 없습니다. 정확히 언제 광기가 찾아오고, 어떻게 그를 잠식하는지? 그 광기가 얼마나 빨리 자라나는지? 몸이 썩어 갈 때도 그는 계속 움직일 수 있는지? 얼마나 오래 그럴 수 있는지? 순치당하지 않으면, 누가 됐든 그 젊은이에게 일어날 일은 제가 현장에서 해답을 기록하든 말든 벌어지게 될 겁니다. 그를 지켜보고 인도한다면 우리는 상당히 안전하게 기록을 남길 수 있지요. 최소한 당분간은 말입니다. 게다가 『카리아손 사이클』도 있습니다." 베린은 놀란 두 사람의 시선을 침착하게 마주 보았다. "제 생각입니다만, 어머니. 그 젊은이가 드래건의 환생이지요? 어머니가 이런 일을 하려 하신다니 믿을 수 없습니다. 채널링을 할 수 있는 남자가 자유롭게 돌아다니게 두신다니요. 하지만 그가 드래건이라면 이야기가 다르지요."

베린은 지식밖에 생각하지 않아. 모레인은 의아했다. 세상이 아는 가장 끔찍한 예언의 정점이, 어쩌면 세상의 종말이 다가왔는데 베린은 그저 지식에만 관심이 있었다. 하지만 바로 그 점 때문에 베린은 지금도 위험한 존재였다.

"누가 또 아느냐?" 아멀린 권좌의 목소리는 약했지만 여전히 날카로웠다. "아마 세라펠이 알겠지. 또 누가 있느냐, 베린?"

"아무도 없습니다, 어머니. 세라펠은 이미 누군가가 책에 적어 놓은 것 외에는 별 관심이 없습니다. 오래전에 기록된 것이면 더 좋고요. 세라펠은 우리가 타 발론에 모아 놓은 것의 열 배에 해당하는 오래된 책과 원고와 부분적인 기록들이 분실되거나 잊힌 채 흩어져 있다고 생각합니다. 지금도 발견해야 할 오래된 지식이 많이 있다고 확신하고……."

"그만하면 됐어요, 자매님." 모레인이 말했다. 그녀는 진정한 근원을 놓았다. 잠시 후에는 아멀린 권좌도 똑같이 했다. 일원력이 빠져나가는 걸 느끼면 언제나 상실감이 찾아왔다. 마치 피와 생기가 찢어진 상처로 쏟아져 나가는 것만 같았다. 모레인의 마음 한 부분은 일원력을 붙잡고 싶어 했다. 하지만 몇몇 자매와 달리 모레인은 그 느낌을 너무 좋아하지 않는 것을 수련의 일부로 여겼다. "잊으세요, 베린. 앉아서 뭘 아시는지, 어떻게 알아내셨는지 말해 주세요. 아무것도 빼놓지 말고요."

베린이 의자에 앉자—그녀는 아멀린 권좌가 있는데 앉아도 될지 허락을 구하느라 그녀를 바라보았다—모레인은 슬프게 그녀를 지켜보았다.

베린이 이야기를 시작했다. "옛 기록을 철저히 살펴보지 않은 사람이 뭔가를 눈치 챌 가능성은 낮지요. 단, 당신께서는 이상한 행동을 하셨습니다. 용서해 주세요, 어머니. 제가 첫 단서를 얻은 건 거의 20년 전, 타 발론이 포위당했을 때입니다. 그때는 그저……."

빛이여, 도우소서. 베린, 달콤한 케이크와 내가 기대어 흐느낄 수 있는 가 슴을 내주던 당신을 얼마나 사랑했는지요. 하지만 나는 해야만 하는 일을 할 겁니다. 할 거예요. 해야만 합니다.

페린은 모퉁이 너머로 물러나는 아이즈 세다이의 등을 보았다. 그녀에게서 라벤더 비누 향이 났다. 대부분의 사람들은 가까운 곳에서도 그 냄새를 맡지 못했겠지만 말이다. 그녀가 시야에서 벗어나자마자 페린은 서둘러 병실 문으로 향했다. 그는 이미 한 차례 맷을 만나려 시도했다. 그런데 저 아이즈 세다이가—누군가가 부르는 걸 듣고 페린은 그녀의 이름이 리아네라는 걸 알았다—페린이 누군지 확인하지도 않고 그의 머리를 잘라 버릴 뻔했다. 페린은 아이즈 세다이가 근처에 있을 때 불안감을 느꼈다. 그들이 그의 눈을 들여다보기 시작하면 특히 그랬다.

문가에 잠시 멈춰 서서 귀를 기울이던 페린은—복도 양쪽에서 발소리가 들렸지만, 문 너머에서는 아무 소리도 들리지 않았다—안으로 들어가 조용히 문을 닫았다.

병실은 벽이 희고 기다란 형태의 방으로 양쪽 끝에 궁수의 발코니로 통하는 출입구가 있어 빛이 잘 들었다. 맷은 벽을 따라 늘어선 좁은 침대 중 한 곳에 있었다. 지난밤 일로 인해 페린은 대부분의 침대에 사람이 있을 줄 알았다. 하지만 그는 곧 이 요새가 아이즈 세다이로 가득하다는 걸 깨달았다. 아이즈 세다이가 치유 마법으로 고칠 수 없는 것은 죽음뿐이었다. 어쨌든 페린이 느끼기에 그 방에서는 질병의 냄새가 났다.

그는 이 생각을 떠올리고 인상을 찡그렸다. 맷은 눈을 감고 가만히 누워 있었다. 담요 위에 올려놓은 두 손이 움직이지 않았다. 기진맥진한 듯 보였다. 진짜로 아픈 건 아니지만 사흘 동안 들판에서 일하고 이제 막 쉬려고 누운 것 같았다. 그에게서는…… 잘못된 냄새가 났다. 페린이 뭐라고 딱 짚을 수 있는 냄새는 아니었다. 그냥 잘못된 냄새였다.

페린은 조심스럽게 맷 옆의 침대에 앉았다. 그는 매사에 조심스러웠다. 그는 대부분의 사람보다 덩치가 컸다. 기억이 나는 한 다른 아이들보다 늘 컸다. 그래서 누군가를 실수로 해치거나 뭔가를 망가뜨리지 않기 위해 주의해야 했다. 지금은 그런 신중함이 페린의 두 번째 본능이나 마찬가지였다. 그는 상황을 철저히 생각해 보는 것도 좋아했다. 때로는 누군가와 이런 상황에 관해 이야기를 나눴다. **랜드는 자기가 영주라도 된 줄 아니까 그 녀석과는 이야기할 수 없어. 맷은 확실히 할 말이 별로 없을 테고.**

페린은 전날 밤을 이것저것 생각해 보려고 정원 중 한 곳에 들어갔다. 그 기억을 떠올리자 약간 부끄러워졌다. 자리를 비우지 않았다면 그는 에그웨인과 맷과 함께 방으로 갔을 것이다. 어쩌면 그들이 다치지 않도록 보호해 줄 수 있었을지도 모른다. 그보다 가능성이 높은 건 자기도 맷처럼 침대에 누워 있거나 죽는 경우라는 걸 페린도 알았지만 그렇다고 기분이 달라지는 않았다. 어쨌든 그는 정원에 갔었다. 지금 그가 걱정하는 것도 트롤록의 공격과는 아무 상관이 없는 일이었다.

시중드는 여자들이 어둠 속에 앉아 있는 그를 보았다. 아말리사 아가씨의 시녀 중 한 명인 티모라 아가씨도 함께였다. 다른 여자들과 함께 페린에게 다가온 티모라는 여자들 중 한 명에게 달려가 소식을 전하라고 했다. 페린은 그녀가 하는 말을 들었다. "리안드린 세다이를 찾아라! 빨리!"

그들은 페린이 방랑 시인처럼 펑 하고 연기를 일으키며 사라질 수 있다고 생각하는 듯 그 자리에 서서 페린을 가만히 지켜보았다. 그러다가 첫 번째 경종이 울리고 요새의 모두가 달리기 시작한 것이다.

"리안드린." 이제 페린이 중얼거렸다. "적색의 아자. 그들이 하는 일은 채널링을 하는 남자를 쫓는 것밖에 없어. 설마 내가 그런 사람이라고 생각하는 건 아니겠지?" 물론 맷은 대답하지 않았다. 페린은 아쉬운 듯 코를 문질렀다. "이젠 혼잣말을 하네. 지금 가장 쓸데없는 일인데."

맷의 눈꺼풀이 떨렸다. "누구……? 페린? 무슨 일이야?" 맷은 눈을 완전히 뜨지 못했다. 목소리는 아직도 거의 잠들어 있는 듯했다.

"기억 안 나, 맷?"

"기억이라니?" 맷은 졸음에 겨워 얼굴로 한 손을 들었다가 한숨을 쉬며 다시 툭 떨어뜨렸다. 그의 눈이 감기기 시작했다. "에그웨인이 기억나. 나한테…… 내려가자고…… 페인을 보자고 했는데.” 그는 웃다가 하품했다. “부탁한 것도 아니었어. 명령했지. ……그다음에는 무슨 일이 벌어졌는지 모르겠는데…….” 맷은 입술을 축이며 잠들었을 때의 깊고도 고른 호흡을 다시 시작했다.

페린은 벌떡 일어났다. 그의 귀가 다가오는 발소리를 포착했다. 하지만 갈 곳이 없었다. 문이 열리고 리아네가 들어왔을 때도 그는 맷의 침대 옆에 서 있었다. 멈춰 선 리아네는 양쪽 허리춤에 두 주먹을 대고는 페린을 위아래로 훑어보았다. 그녀는 거의 페린만큼 키가 컸다.

“지금의 너는,” 리아네는 말했다. 조용하지만 힘 있는 말투였다. “내가 거의 녹색의 아자였으면 좋겠다는 생각이 들 만큼 예쁘장한 소년이다. 거의 그렇다는 거야. 하지만 내 환자를 방해한다면……. 글쎄, 나는 탑에 들어가기 전에도 거의 너만 한 덩치의 오빠들을 처리해 왔으니 그 어깨가 조금이라도 도움이 될 거라 생각할 필요는 없다.”

페린은 목을 가다듬었다. 페린은 여자들이 무슨 말을 할 경우 절반은 알아듣지 못했다. **랜드와는 달라. 랜드는 언제나 여자들에게 무슨 말을 해야 하는지 알잖아.** 페린은 자기가 노려보는 표정을 짓고 있다는 걸 깨닫고 그 표정을 지웠다. 랜드를 생각하고 싶지는 않았다. 하지만 아이즈 세다이의 기분을 상하게 하고 싶지도 않았다. 특히 못 참겠다는 듯 발로 바닥을 탁탁 두드려대는 아이즈 세다이라면 말이다. “어…… 방해한 게 아닌데요. 아직 자고 있잖아요. 보이시죠?”

“그렇구나. 너한테는 잘된 일이지. 자, 여기서 뭘 하는 거냐? 너를 한 번 쫓아낸 기억이 나는데. 내가 기억 못 할 거라고 생각할 필요는 없다.”

“그냥 맷이 어떤지 알고 싶었어요.”

리아네는 망설였다. “자고 있지 뭘 어떻다는 거냐. 몇 시간 뒤면 그 침대에서도 일어날 거다. 넌 저 녀석이 잘못된 적은 한 번도 없다고 생각하게 될 테고.”

잠깐의 침묵에 페린의 목뒤털이 삐죽 섰다. 리아네는 거짓말을 하고 있었다. 어떤 거짓말인지는 몰라도. 아이즈 세다이는 결코 거짓말을 하지 않았지만, 늘 진실을 말하는 것도 아니었다. 페린은 무슨 일이 벌어지는 건지 확실히 알 수 없었지만—리안드린이 그를 찾아다니고 리아네는 그에게 거짓말을 하다니—이제는 아이즈 세다이와 거리를 둬야겠다는 생각이 들었다. 페린이 맷에게 해줄 수 있는 일은 없었다.

"감사합니다." 그가 말했다. "그럼 자게 놔둬야겠네요. 실례하겠습니다."

그는 리아네 옆을 돌아 문으로 가려 했다. 하지만 갑자기 리아네가 두 손을 뻗어 그의 얼굴을 꽉 잡더니 아래로 기울였다. 그의 눈을 들여다보기 위해서였다. 뭔가가 페린을 스치고 지나가는 듯했다. 정수리에서 시작해 발끝까지 내려갔다가 다시 올라오는 물결 같은 것이었다. 페린은 그녀의 손아귀에서 얼굴을 당겨 빼냈다.

"젊은 야생동물처럼 건강하구나." 리아네가 입을 꾹 다물며 말했다. "하지만 태어날 때부터 그 눈을 가지고 있었다고는 하지 마라. 차라리 내가 하얀 망토라는 말을 믿겠어."

"저는 이 눈밖에 없었어요." 페린이 으르렁거리듯 말했다. 아이즈 세다이에게 이런 말투로 말한 자신이 조금 당황스러웠다. 그는 리아네의 두 팔을 가만히 잡아서 들어 올린 다음 자기 앞길을 막지 못하도록 그녀의 한쪽 옆에 내려놓았다. 그도 리아네만큼 놀랐다. 둘이 서로를 바라보던 중 페린은 자신의 눈도 리아네의 눈처럼 충격에 휘둥그레졌을지 궁금해졌다. "실례합니다." 페린은 다시 말하고 그냥 달려갔다.

내 눈. 빛의 저주를 받을 내 눈! 아침 햇살이 그의 눈을 비추었고 그의 눈은 윤을 낸 횡금처럼 반짝였다.

랜드는 침대에 누운 채 몸을 꼬며 얇은 매트리스 위에서 편안하게 누울 자세를 찾으려고 애썼다. 총안 너머로 햇빛이 흘러들어 헐벗은 돌벽을 채색했다. 랜드는 밤새 자지 못했다. 피곤했지만 지금 잠들 수 없을 것도 분명했다. 가죽조끼가 그의 침대와 벽 사이 바닥에 놓여 있었다. 하지만 그걸 빼면 랜드는 옷을 완전히 갖춰 입고 있었다. 심지어 새 장화까지 신었다. 그의 칼은 침대 옆에 기대어 있었고 활과 화살통은 망토 꾸러미 맞은편 구석에 놓여 있었다.

랜드는 모레인이 준 기회를 잡아 즉시 떠나야 한다는 느낌을 떨칠 수 없었다. 그러고 싶은 충동에 밤새 시달렸다. 그는 세 차례 일어나서 떠나려 했다. 두 번은 문을 여는 데까지 나아갔다. 복도는 뒤늦은 잡일을 하는 하인 몇 명만 빼고 아무도 없었다. 길이 트여 있었다. 하지만 랜드는 알아야만 했다.

페린이 고개를 숙인 채 하품하며 들어왔다. 랜드가 일어나 앉았다. "에그웨인은 어때? 맷은?"

"에그웨인은 자고 있어. 나한텐 그렇게 말해 주더라. 에그웨인 상태를 보러 여성 동에 들어갈 수는 없대. 맷은……." 갑자기 페린은 바닥을 노려보았다. "그렇게 관심이 많으면 직접 보러 가지 그랬냐? 난 네가 우리한테 더 이상 관심이 없는 줄 알았는데. 네가 그렇다고 했잖아." 페린은 옷장 문을 열고 깨끗한 셔츠를 찾기 시작했다.

"나도 병실에 가 봤어, 페린. 거기에 아이즈 세다이가 있던데. 늘 아멀린 권좌랑 같이 다니는 그 키 큰 아이즈 세다이 말이야. 그 사람이 맷은 잠들어 있고 내가 방해가 되니 나중에 다시 오라고 했어. 방앗간에서 일꾼들한테 명령을 내리던 테인 씨처럼 말하더라. 너도 테인 씨가 어떤지 알잖아. 딱딱거리면서 첫 번에 실수 없이 해내라는 얘기만 하지. 그것도 당장."

페린은 대답하지 않았다. 그냥 코트를 벗더니 셔츠를 머리 위로 벗었다.

랜드는 친구의 등을 잠시 바라보다가 웃음을 퍼 올렸다. "얘기 하나 해 줄까? 그 여자가 나한테 뭐라는 줄 알아? 병실에 있는 그 아이즈 세다이 말이야. 너도 그 여자가 얼마나 큰지 봤지? 대부분의 남자만큼 커. 한 뼘은 더 크다고. 거의 내 눈을 똑바로 들여다볼 수 있더라. 뭐, 그 여자가 나를 위아래로 훑어보더니 '키가 큰데, 내가 열여섯 살 때 넌 어디 있었지? 아니면 내가 서른 살 때라도?'라고 중얼거리는 거야. 그러더니 그게 다 농담이라는 것처럼 웃었어. 어떻게 생각해?"

페린은 깨끗한 셔츠를 다 입고 곁눈으로 랜드를 보았다. 페린을 보면 건장한 어깨와 숱 많은 곱슬머리 때문에 상처 입은 곰이 생각났다. 자기가 왜 다쳤는지 모르는 곰.

"페린, 나는…….."

"아이즈 세다이랑 농담을 하고 싶으면," 페린이 말을 잘랐다. "네 마음대로 하세요, 영주님." 그는 셔츠 자락을 브리치스에 집어넣기 시작했다. "난 아이즈 세다이랑 재담을—재담이라고 하나?—하는 데 별로 시간을 보내지 않거든요. 하긴, 난 그냥 어수룩한 대장장이일 뿐이니까. 또 내가 누굴 방해하고 있는 걸지 모르겠네요, 영주님." 페린은 바닥에서 코트를 낚아채더니 문을 나서려 했다.

"태워 죽일, 페린. 미안해. 난 겁이 났어. 내가 곤란에 빠져 있다고 생각했고. 아마 그랬을 거야. 지금도 그런 건지 몰라. 모르겠어. 그래서 너랑 맷이 나랑 같이 난처해지지 않았으면 좋겠다고 생각했어. 빛을 걸고, 어젯밤에는 모든 여자들이 나를 찾고 있었다고. 그게 내가 처한 곤란한 상황의 일부인 것 같아. 내 생각이야. 그리고 리안드린은…… 그 여자는…….." 랜드가 두 손을 번쩍 들었다. "페린, 내 말 믿어. 넌 이 일에 전혀 끼고 싶지 않을 거야."

페린은 멈춰 섰지만 문을 마주 본 채 서서 고개만 돌렸다. 랜드에게는 황금색 눈 한 쪽만이 보였다. "널 찾았다고? 어쩌면 우리 모두를 찾은 걸지도 몰라."

"아니, 그 사람들은 나를 찾고 있었어. 나도 아니었으면 좋겠지만, 그 정도는 알아."

페린이 고개를 저었다. "어쨌든 리안드린은 나를 원했어. 내가 알아. 내가 들었어."

랜드가 인상을 찌푸렸다. "리안드린이 왜……? 그렇다고 바뀌는 건 없어. 저기, 내가 입을 벌려서 해서는 안 되는 말을 했어. 진심이 아니었어, 페린. 이젠 부탁이니까 맷 얘기 좀 해 줄래?"

"맷은 자고 있어. 리아네—그 아이즈 세다이 말이야—말로는 몇 시간 뒤면 일어날 거래." 페린은 불편한 듯 어깨를 으쓱했다. "내 생각에는 거짓말 같아. 아이즈 세다이가 절대 거짓말을 하지 않는다는 건 나도 알아. 걸릴 만한 거짓말은 안 하지. 하지만 그 여자는 거짓말을 하고 있었어. 아니면 뭔가 숨긴 것이든지." 페린은 잠시 말을 멈추고 곁눈으로 랜드를 보았다. "그게

다 진심이 아니었다고? 그러면 우리 같이 여기를 떠나는 거야? 너랑 나랑 맷이랑?"

"그렇게는 못 해, 페린. 이유는 말해 줄 수 없지만, 정말 혼자 가야……. 페린, 기다려!"

친구는 문을 쾅 닫고 나갔다.

랜드는 다시 침대에 주저앉았다. "말해 줄 수 없어." 랜드가 웅얼거렸다. 그는 주먹으로 침대 옆을 쳤다. "말 못 해." **하지만 이제는 떠날 수 있지. 머릿속 한구석에서 목소리가 들려왔다. 에그웨인은 괜찮을 테고, 맷도 한두 시간 뒤면 일어날 거야. 지금 가면 돼. 모레인이 생각을 바꾸기 전에.**

랜드는 일어나 앉으려 했다. 그때 문 두드리는 소리가 나는 바람에 펄쩍 뛰며 일어섰다. 페린이 돌아온 거라면 노크를 하지는 않았을 것이다. 문 두드리는 소리가 다시 났다.

"누구세요?"

란이 장화발로 문을 밀치며 성큼성큼 들어왔다. 그는 평소처럼 숲에서는 거의 보이지 않는 초록색 민무늬 코트를 입고 칼을 메고 있었다. 다만 이번에는 왼쪽 팔 윗부분에 널찍한 황금색 띠를 매고 있었다. 술이 달린 띠의 끝부분이 거의 그의 팔꿈치까지 늘어져 있었다. 매듭에는 날아가는 황금 두루미 핀이 꽂혀 있었다. 말키어의 상징이었다.

"아멀린 권좌께서 보자신다, 양치기. 그런 꼴로 갈 수는 없지. 그 셔츠는 벗고 머리를 빗어라. 짚 더미처럼 보이니까." 란은 옷장을 홱 열더니 랜드가 놔두고 가려 했던 옷들을 뒤지기 시작했다.

랜드는 제자리에 굳은 채 서 있었다. 머리를 망치로 맞은 것만 같았다. 물론 어떤 면에서는 이런 일이 일어나리라고 예상했다. 그러나 그는 호출이 있기 전에 떠날 거라고 확신했다. **아멀린 권좌가 아는 거야. 빛이여, 확실합니다.** "무슨 말이에요? 아멀린 권좌가 저를 불렀다니. 전 떠날 거예요, 란. 당신 말이 맞았어요. 지금 당장 마구간으로 가서 제 말을 챙겨 떠날 거예요."

"그건 어젯밤에 했어야지." 수호자는 흰 비단 셔츠를 침대에 던졌다. "아멀린 권좌와의 알현은 아무도 거절할 수 없다, 양치기. 하얀 망토들의 총사령관이라도 말이야. 페이드론 네예올은 오는 길 내내 아멀린 권좌를 살해할 계획을 세우고, 그런 짓을 저지르고도 빠져나갈 수 있을지 생각하겠지만 오긴 올 거야." 란은 양손에 목깃이 높이 솟은 코트 한 벌을 들고 돌아서더니 코트를 들어 올렸다. "이거면 되겠다." 긴 가시가 달리고 배배 꼬인 들장미가 두껍게 수놓인 황금색 선을 따라 붉은 소매를 타고 올라가서 소맷부리를 감고 있었다. 황금 왜가리가 목깃에 서 있었고 그 목깃의 가장자리는 황금색으로 되어 있었다. "색깔도 딱 어울리는구나." 란은 뭔가에 즐거워하거나 만족하는 듯했다. "서둘러라, 양치기. 셔츠 갈아입어. 움직여라." 랜드는 조악한 품질의 모직 작업자용 셔츠를 머리 위로 당겨 벗었다. "바보가 된 기분이네요." 그가 투덜댔다. "비단 셔츠라니! 살면서 비단 셔츠는 한 번도 입어본 적 없어요. 그렇게 화려한 코트도 입어본 적 없고요. 축제 날에도요." **빛이여, 이 옷을 입은 꼴을 페린이 보기라도 한다면……. 태워 죽일, 영주가 된 거나 마찬가지라는 그 바보 같은 얘기를 한참 떠들어댄 지금 페린이 이 옷을 입은 모습을 보면, 절대 제 논리에 귀 기울이지 않을 겁니다.**

"이제 막 마구간에서 나온 마부 같은 옷을 입고 아멀린 권좌에게 나아갈 수는 없다, 양치기. 네 장화 좀 보자. 그건 괜찮겠다. 자, 계속하자, 계속해. 아멀린 권좌를 기다리게 하면 안 된다. 칼을 차고."

"칼이라뇨!" 머리를 비단 셔츠에 집어넣고 있던 터라 랜드의 비명이 막혔다. 그는 셔츠를 마저 잡아당겨 입었다. "여성 동에서요? 란, 제가 칼을 차고 아밀린 권좌를—아멀린 권좌리니! 알현하러 간다면, 아멀린 권좌가……."

"아무것도 하지 마라." 란이 건조하게 말을 잘랐다. "아멀린 권좌가 너를 겁낸다고 해도—그럴 리는 없다고 생각하는 게 똑똑한 일이다. 내가 아는 한 그 여자를 겁먹게 할 수 있는 건 아무것도 없으니까—칼 때문은 아닐 테니까. 자, 기억해라. 아멀린 권좌 앞에 가면 무릎을 꿇는 거다. 한쪽 무릎만 꿇는 거야, 명심해라." 란이 날카롭게 덧붙였다. "너는 저울치기를 하다가 잡혀 온 장사꾼이 아니야. 연습을 하는 게 좋을지도 모르겠다."

"방법은 알아요. 아는 것 같아요. 여왕 호위대가 무어게이즈 여왕님 앞에 무릎 꿇는 걸 봤거든요.”

수호자의 입술에 미소의 낌새가 스쳤다. “그래, 그들이 한 것과 똑같이 해라. 그러면 다들 생각할 거리가 생기겠지.”

랜드는 인상을 찌푸렸다. “왜 이런 얘기를 해 주는 거예요, 란? 당신은 수호자잖아요. 꼭 내 편인 것처럼 말하네요.”

“난 네 편이다, 양치기. 약간은 말이지. 널 조금 도와줄 정도로는 말이야.” 수호자의 얼굴은 돌덩이였다. 그 거친 목소리를 들으니 공감하는 말이 이상하게 들렸다. “네가 받은 훈련은 내가 시켜준 거다. 난 네가 굽실거리고 코나 찔찔대게 놔두지 않아. 물레는 우리 모두를 그 뜻에 따라 패턴 안으로 짜 넣는다. 그런 면에서 넌 대부분의 사람보다 적은 자유를 가지고 있지만, 빛을 걸고 말하는데, 그래도 당당히 버티고 서서 그 운명을 마주할 수 있어. 아멀린 권좌가 누구인지 기억해라, 양치기. 그리고 제대로 된 예의를 보여 줘. 하지만 내가 시키는 대로 하고 아멀린 권좌의 눈을 피하지 마라. 자, 거기 입 벌리고 서 있지 마라. 셔츠 집어넣어.”

랜드는 입을 다물고 셔츠를 집어넣었다. **아멀린 권좌가 누군지 기억하라고? 태워 죽일, 아멀린 권좌가 누군지 잊을 수만 있으면 뭐든 내놓고 싶은데!**

랜드가 몸을 움츠려 붉은 코트를 입고 칼을 차는 동안 란은 끊임없이 지시했다. 무슨 말을 누구에게 해야 하는지, 무슨 말은 하면 안 되는지. 해야 하는 행동은 무엇이고 하면 안 되는 행동은 무엇인지. 심지어 어떻게 움직여야 하는지에 대해서도. 랜드는 그 모든 것을 기억할 것이라고 확신할 수 없었고—대부분의 지시는 이상하게 들렸고 기억하기 어려웠다—뭐든 자기가 잊어버린 바로 그것이 아이즈 세다이의 화를 돋울 거라고 생각했다. **이미 화가 나 있지 않다면 말이지만. 모레인이 아멀린 권좌에게 말했다면, 또 누구한테 말했을까?**

“란, 왜 그냥 계획대로 떠나면 안 되는 거예요? 제가 오지 않는다는 걸 아멀린 권좌가 알 때쯤 저는 성벽을 7킬로미터쯤 벗어난 곳에서 전력으로 말을 달리고 있을 텐데요.”

"하지만 15킬로미터도 가기 전에 아멀린 권좌가 너에게 추적자를 붙이겠지. 아멀린 권좌는 자기가 원하는 걸 손에 넣는다, 양치기." 란은 칼이 매달린 랜드의 허리띠를 바로잡아 묵직한 버클이 가운데로 오게 했다. "내가 지금 하는 일이 너한테 해줄 수 있는 가장 좋은 일이다. 믿어라."

"하지만 왜 이렇게까지 해요? 이게 무슨 의미인데요? 아멀린 권좌가 일어났을 때 가슴에 손을 대는 이유가 뭐죠? 왜 물이 아닌 건 다 거절하고—그렇다고 아멀린 권좌랑 같이 뭘 먹고 싶다는 건 아니지만—그 물을 바닥에 흘린 다음 '땅이 갈증을 느끼나니'라고 말하라는 거죠? 아멀린 권좌가 제 나이를 물으면, 왜 칼을 받고 나서 얼마나 지났는지 말하라는 거예요? 당신이 한 말의 절반은 이해 못 하겠어요."

"세 방울이다, 양치기. 부어 버리지 마라. 딱 세 방울을 뿌리는 거야. 지금은 기억만 해 둬라. 이해는 나중에 해도 된다. 관습을 지키는 거라고 생각해라. 아멀린 권좌는 마땅히 대해야 하는 방식으로 너를 대할 거다. 그걸 피할 수 있다고 생각한다면, 렌이 그랬듯 달까지 날아갈 수 있다고 믿는 셈이다. 넌 도망칠 수 없다. 어쩌면 잠깐은 버틸 수 있겠지. 최소한 자존심을 지킬 수 있을 테고. 빛께서 태워 버리시길, 내가 이렇게 하는 건 아마 시간 낭비겠지. 하지만 이것보다 나은 일은 해줄 수 없다. 가만히 있어라." 란은 자기 주머니에서 넓고 술이 달린 기다란 황금 띠를 꺼내 랜드의 왼쪽 팔에 복잡한 매듭을 지었다. 그는 매듭을 빨간색 에나멜이 칠해진 핀으로 고정했다. 날개를 활짝 편 독수리 모양의 핀이었다. "너한테 주려고 만들게 한 물건이다. 지금 줘도 무방할 것 같구나. 그걸 보면 다들 뭔가 생각히겠지." 수호자는 이제 의심의 여지없이 미소 짓고 있었다.

랜드는 걱정스럽게 그 핀을 내려다보았다. **칼다자**. 마네세렌의 붉은 독수리. "어둠의 존재의 발에 박힌 가시로군요." 랜드가 중얼거렸다. "그의 손을 찌르는 검은딸기 덩굴이고요." 랜드가 수호자를 보았다. "마네세렌은 오래전에 죽어서 잊혔어요, 란. 지금은 그냥 책에 나오는 이름이라고요. 지금은 투 리버스밖에 없어요. 제게 다른 정체가 있다고 해도 저는 양치기이자 농부예요. 그게 다라고요."

"글쎄, 부러뜨릴 수 없는 칼은 결국 산산이 조각났다, 양치기. 하지만 그 칼은 마지막 순간까지 그림자와 맞서 싸웠지. 남자가 되기 위해서는 다른 모든 규칙에 앞서는 한 가지 규칙을 지켜야 한다. 어떤 일이 닥치더라도 당당히 버티고 서서 마주하라는 것이다. 자, 준비됐나? 아멀린 권좌께서 기다리신다."

배 속 깊은 곳이 차갑게 뭉치는 것을 느끼며, 랜드는 수호자를 따라 복도로 향했다.

8장 드래건의 환생

랜드는 수호자 옆에서 뻣뻣한 다리로 초조하게 걸었다. **당당히 버티고 서서 마주하라.** 란에게는 쉬운 말이었다. 그는 아멀린 권좌에게 소환당하지 않았으니까. 란은 오늘이 가기 전에 순치당할지, 그보다 나쁜 운명을 겪게 될지 고민하고 있지도 않았다. 랜드는 목에 뭔가 걸린 듯한 기분이었다. 침을 삼킬 수 없었지만 너무도 심하게 그러고 싶었다.

복도는 사람들로 분주했다. 하인들이 아침 일을 하러 다니고 전사들은 편한 망토 위에 칼을 메고 있었다. 연습용 칼을 들고 다니는 어린 소년 몇 명이 어른들 옆에 머물면서 그들의 걸음걸이를 따라 했다. 전투의 흔적은 남아 있지 않았지만 경계하는 분위기는 아이들에게끼지 달라붙었다. 성인 남자들은 쥐 떼를 기다리는 고양이 같은 표정이었다.

잉타가 랜드와 란을 이상하다는 듯 바라보았다. 거의 난처해하는 듯했다. 그는 입을 벌렸지만 그들이 지나가자 아무 말도 하지 않았다. 키가 크고 깡말랐으며 안색이 누르께한 카진이 머리 위로 두 주먹을 쳐 올리며 외쳤다. **"타이샤 말키어! 타이샤 마네세렌!"** 말키어의 진정한 혈통. 마네세렌의 진정한 혈통.

랜드는 펄쩍 뛰었다. **빛이여, 카진이 왜 저런 말을 하는 겁니까?** 랜드는 자신을 타일렀다. **바보처럼 굴지 마. 여기서는 다들 마네세렌을 알아. 저 사람들은 옛이야기를 전부 안다고. 투지가 깃든 이야기라면 말이야. 태워 죽일, 자제해야 해.**

란이 응답으로 두 주먹을 들었다. **"타이샤 샤이나!"**

이대로 달려간다면 말이 있는 곳에 다다를 때까지 사람들 사이에 숨을 수 있을까? **아멀린 권좌가 나한테 추적자를 붙인다면……**. 한 발을 뗄 때마다 랜드는 점점 더 긴장했다.

여성 동에 거의 다 이르렀을 때 란이 갑자기 쏘아붙였다. **"'뜰을 가로지르는 고양이!'"**

랜드는 깜짝 놀라서, 배운 대로 걷는 자세를 취했다. 허리는 곧게 세우되 모든 근육에서는 힘을 뺐다. 머리에 달린 철사로 매달린 것처럼 말이다. 그건 긴장이 풀린, 거의 오만하게 걷는 자세였다. 겉으로 보기에는 긴장이 풀려 있는 것도 같았다. 그러나 마음속은 전혀 그렇지 않았다. 랜드에게는 자기가 무슨 일을 하는 건지 고민할 시간이 없었다. 그들은 서로 발걸음을 맞춰 마지막 복도를 돌아갔다.

그들이 다가오자 여성 동 입구에 있던 여자가 침착하게 고개를 들었다. 몇몇 여자들이 비스듬한 탁자 뒤에 앉아 커다란 장부를 확인하며 때로 뭔가를 적어 넣고 있었다. 다른 사람들은 뜨개질이나 바느질, 수놓기를 하고 있었다. 비단옷을 입은 귀족 여자들이 예복을 입은 하녀들과 똑같이 자리를 지키고 있었다. 아치형 문은 열려 있었다. 그 여자들 말고는 지키는 사람이 없었다. 그들 말고는 아무도 필요하지 않았으니까. 그 어떤 샤이나 남자도 초대 없이 그곳에 들어가지 않았지만, 모든 샤이나 남자가 필요시 그 문을 지킬 준비를 하고 서 있었다. 그럴 필요가 생긴다는 것 자체가 놀라운 일이 되겠지만.

랜드는 배 속이 뒤틀렸다. 쓰리고 아팠다. **우리 칼을 보면 바로 우리를 보내 버릴 거야. 뭐, 그게 내가 원하는 것 아닌가? 저 사람들이 우리를 돌려보낸다면 나한테 아직 빠져나갈 기회가 있는 건지도 몰라. 저 사람들이 경비병들을 불러 우리를 덮치지 않는다면 말이지.** 랜드는 홍수 때 떠다니는 나뭇가지에 매달리듯 란이 시킨 자세에 매달렸다. 그 자세를 유지하는 것만이 꽁무니를 빼고 달아나지 않는 방법이었다.

아밀리사 여공의 시녀 중 한 명인 니수라 부인은 얼굴이 둥근 여자로, 랜드와 란이 다가와 멈춰 서자 수놓던 것을 내려놓고 일어섰다. 그녀의 눈이 그들의 칼을 빠르게 훑어보았다. 그녀는 입을 꽉 다물었지만 칼에 대해 이야기하지는 않았다. 모든 여자가 하던 일을 멈추고 조용히, 골똘하게 그들을 바라보았다.

"두 분 모두에게 영광이 있기를 빕니다." 니수라 부인이 고개를 살짝 숙이며 말했다. 그녀는 랜드를 힐끗 보았다. 너무도 빠른 동작이라 랜드는 자기가 본 게 맞는지 확신이 서지 않았다. 그 모습을 보니 페린이 했던 말이 생각났다. "아멀린 권좌께서 기다리십니다." 니수라 부인이 손짓하자 다른 두 귀족 여자가—그들은 하인이 아니었다. 란과 랜드는 영예로운 대접을 받고 있었다—안내를 위해 앞으로 나섰다. 여자들이 고개를 숙였다. 니수라 부인보다 머리카락 한 올 정도 더 숙인 듯했다. 그러더니 그들은 아치 너머를 손짓했다. 그들은 둘 다 랜드를 곁눈으로 힐끗 보더니 이후로는 다시 그를 보지 않았다.

우리 모두를 찾고 있던 걸까, 아니면 나만 찾은 걸까? 왜 우리 모두를 찾지?

안에 들어가자 사람들이 랜드가 예상한 눈초리로 그들을 바라보았다—금남의 구역인 여성 동에 남자가 두 명이나 들어와 있었으니까. 그들의 칼을 보고 눈썹을 치켜올린 사람은 한두 명이 아니었다. 하지만 여자들은 아무 말도 하지 않았다. 두 남자가 지나간 길에는 띄엄띄엄 대화가 남았다. 랜드로서는 알아들을 수 없는 낮은 웅얼거림이었다. 란은 아예 눈치채지 못했다는 듯 성큼성큼 걸어갔다. 랜드는 안내자들 뒤에서 속도를 맞추며 그들이 하는 소리가 들렸으면 좋겠다고 생각했다.

이윽고 그들은 아멀린 권좌의 방에 도착했다. 아이즈 세다이 셋이 문밖 복도에 서 있었다. 키가 큰 아이즈 세다이 리아네는 황금색 불꽃이 달린 지팡이를 들고 있었다. 랜드는 다른 둘을 몰랐다. 숄의 술 색깔을 보면 한 명은 백색의 아자, 한 명은 황색의 아자였다. 다만 그들의 얼굴은 기억났다. 그들은 랜드가 바로 이 복도를 달려가던 당시에 그를 빤히 쳐다보던 사람들이었다. 모든 걸 다 안다는 듯한 눈빛의, 주름 하나 없는 아이즈 세다이의 얼굴. 그들은 휘어진 눈썹으로 입을 꽉 다문 채 그를 살펴보았다. 란과 랜드를 데려온 여자들은 무릎을 굽혀 인사하고 그들을 아이즈 세다이에게 인도했다.

리아네는 살짝 미소 지으며 랜드를 돌아보았다. 미소는 짓고 있었지만 목소리에는 쏘아붙이는 기색이 어려 있었다. "오늘은 아멀린 권좌께 무엇을 가져온 건가, 란 가이딘? 젊은 사자? 녹색의 아자들이 이 사람을 못 보게 하는 게 좋을 걸세. 아니면 그중 한 명이 숨 쉴 틈도 없이 이 청년을 묶어 버릴 테니. 녹색의 아자들은 어린 시절부터 묶어 키우는 걸 좋아하거든."

랜드는 피부 안쪽에서 땀이 나는 게 정말 가능한 일인지 궁금했다. 꼭 그런 기분이었으니까. 랜드는 란을 돌아보고 싶었지만, 이와 관련해 수호자가 했던 지시가 떠올랐다. "저는 한때 마네세렌이라 불렸던 투 리버스 지역에 사는 탬 알소르의 아들 랜드 알소르입니다. 리아네 세다이, 저는 아멀린 권좌께서 소환하셨으므로 이곳에 왔습니다. 저는 준비가 되었습니다." 랜드는 자기 목소리가 한 번도 떨리지 않은 것에 놀랐다.

리아네가 눈을 깜빡였다. 그녀의 미소가 희미해지며 생각에 잠긴 표정으로 바뀌었다. "이 자가 양치기라는 건가, 란 가이딘? 오늘 아침만 해도 별로 확신에 차지 않은 모습이었는데."

"랜드 알소르는 남자입니다, 리아네 세다이." 란이 단호하게 말했다. "그 이상도, 이하도 아닙니다. 우리는 있는 그대로 존재합니다." 아이즈 세다이가 고개를 저었다. "세상이 매일 이상해지는군. 대장장이도 왕관을 쓰고 고급어로 말하겠어. 여기서 기다리게." 그녀는 안으로 들어가 둘의 도착을 알렸다.

리아네는 잠시 자리를 비웠을 뿐이지만, 랜드는 불편하게도 남아 있는 아이즈 세다이들의 시선을 의식했다. 그는 란이 말한 대로 그 시선을 동등하게 마주 보려 했다. 그들은 머리를 한데 모으고 속삭였다. **무슨 말을 하는 거지? 뭘 아는 거야? 빛이여, 저 사람들이 저를 순치시킬까요? 뭐든 닥치는 일**

을 마주하라던 란의 말이 그런 뜻입니까?

리아네가 돌아와 랜드에게 들어가라고 손짓했다. 란이 따라가려 하자 그녀는 란의 가슴을 가로지르는 높이에 지팡이를 들어 올리며 그를 멈춰 세웠다. "자네는 아닐세, 란 가이딘. 모레인 세다이가 자네에게 시킬 일이 있다는군. 자네의 새끼 사자는 혼자서도 안전할 걸세."

랜드가 들어가자 문이 휙 닫혔다. 하지만 그 전에 랜드는 란의 목소리를 들었다. 사납고도 강한 목소리였으나 오직 랜드의 귀에만 들리는 나지막한 목소리였다. **"타이샤 마네세렌!"**

모레인은 알현실 한쪽에, 랜드가 지하 감옥에서 봤던 갈색의 아이즈 세다이 중 한 명이 다른 쪽에 앉아 있었다. 하지만 랜드의 시선을 사로잡은 사람은 널찍한 탁자 뒤 높은 의자에 앉아 있는 여자였다. 총안이 부분적으로 커튼에 가려져 있었지만 여자의 등 뒤로 빛이 흘러드는 바람에 그녀의 얼굴을 똑똑히 보기 힘들었다. 그래도 랜드는 그녀를 알아보았다. 아멀린 권좌였다.

랜드는 재빨리 한쪽 무릎을 꿇었다. 왼손은 칼자루에 대고 오른손은 주먹을 쥐어 무늬가 들어간 깔개에 대며 고개를 숙였다. "어머니, 저를 소환하셨기에 이렇게 왔나이다. 저는 준비가 되었습니다." 랜드는 늦지 않게 고개를 들어 아멀린 권좌가 눈썹을 치켜올리는 모습을 보았다.

"준비가 되었다고 했느냐, 소년?" 아멀린 권좌는 마치 재미있어하는 듯한 목소리였다. 다른 느낌도 있었지만 랜드는 그게 무슨 느낌인지 알 수 없었다. 확실히 재미있어하는 것 같지는 않았다. "일어나라, 소년. 어디 한번 보자."

랜드는 허리를 펴고 얼굴에서 긴장한 티를 내지 않으려 애썼다. 손을 꽉 쥐지 않는 데만도 노력이 필요했다. **아이즈 세다이가 셋이라니. 한 사람을 순치시키는 데 아이즈 세다이가 몇 명이나 필요할까? 로게인을 잡으러 갈 때는 열두 명도 넘는 아이즈 세다이를 보냈잖아. 모레인이 나한테 그런 짓을 할까?** 랜드는 아멀린 권좌의 눈을 똑바로 마주 보았다. 아멀린 권좌는 눈을 깜빡이지 않았다.

"앉아라, 소년." 아멀린 권좌가 사다리 모양 등받이가 달린 의자를 가리키며 말했다. 그 의자는 탁자 바로 앞에 똑바로 놓여 있었다. "유감이지만 이 야기가 짧지는 않을 거다."

"감사합니다, 어머니." 랜드는 란이 말해 준 대로 고개를 숙이며 의자를 힐끗 보고 칼에 손을 댔다. "허락해 주신다면 저는 서 있겠습니다, 어머니. 경계가 끝나지 않았습니다." 아멀린 권좌는 짜증난다는 듯한 소리를 내더니 모레인을 보았다. "란한테 시킨 거냐, 딸아? 저 아이가 수호자들의 태도를 배우지 않아도 이번 일은 어렵게 진행될 텐데."

"란은 모든 아이들을 가르쳐 왔습니다, 어머니." 모레인은 침착하게 대답했다. "이 아이는 칼을 들고 다니므로 다른 아이들보다 조금 더 오래 가르쳤지요."

갈색의 아이즈 세다이가 의자에 앉은 채로 움찔거렸다. "어머니, 가이딘은 목이 뻣뻣하고 자부심이 강하지만 쓸모가 있습니다. 어머니께서 알릭을 떠나보내지 않으실 것처럼 저 역시 토머스 없이 지내지는 않을 겁니다. 심지어 적색의 아자 중에도 때로는 수호자가 있으면 좋겠다고 말하는 자매가 있다고 들었습니다. 녹색의 아자들이야 당연하고요⋯⋯."

이제는 아이즈 세다이 세 명이 모두 랜드를 무시하고 있었다. "저 칼은," 아멀린 권좌가 말했다. "왜가리 표시가 있는 칼로 보이는데. 어쩌다 저 아이가 저런 칼을 손에 넣게 된 것이냐, 모레인?"

"탬 알소르는 어린 시절에 투 리버스를 떠난 적이 있습니다, 어머니. 그가 일리안의 군대에 동참해 하얀 망토 전쟁에서, 또한 티어와의 최근 두 차례 전쟁에서 싸웠습니다. 시간이 지나면서 탬 알소르는 점점 높은 지위에 올라 검장이자 동행의 부대장이 되었습니다. 아이일 전쟁이 끝난 이후, 탬 알소르는 케임린에서 얻은 아내와 남자 갓난아기를 데리고 투 리버스로 돌아갔습니다. 전에 알았다면 많은 수고를 아낄 수 있었겠지만 저도 이제야 안 사실입니다."

랜드는 모레인을 빤히 바라보았다. 그는 탬이 투 리버스를 떠났다가 이방인 아내와 칼과 함께 돌아왔다는 걸 알고 있었다. 하지만 나머지 이야기는⋯⋯. **그 얘기는 다 어디서 들은 거지? 에먼즈 필드에서는 아닐 텐데. 나**

이니브가 나한테 해준 것보다 더 많은 이야기를 해준 게 아니라면. 남자 갓 난아기라니. 아들이라는 말은 안 하네. 하지만 나는 탬의 아들이야.

"티어에 맞서 싸웠다라." 아멀린 권좌가 살짝 인상을 찌푸렸다. "글쎄, 그 시절의 전쟁에는 양쪽 다 잘못이 있었지. 이야기로 풀기보다는 싸움을 하려 던 멍청한 자들이었어. 저 칼이 진짜인지 알아볼 수 있겠느냐, 베린?"

"해볼 만한 검사는 있습니다, 어머니."

"그럼 가서 검사해 보거라, 딸아."

세 여자는 랜드를 보지도 않고 있었다. 랜드는 칼자루를 세게 잡으며 물 러섰다. "이 칼은 제 아버지가 주신 겁니다." 그리고 화를 내며 말했다. "이 칼은 아무도 빼앗을 수 없습니다." 그제야 랜드는 베린이 의자에서 한 발짝 도 움직이지 않았다는 걸 깨달았다. 랜드는 평정심을 되찾으려고 애쓰며 혼 란스러운 눈길로 그들을 보았다.

"그러니까," 아멀린 권좌가 말했다. "란이 불어넣은 것 말고도 네 안에 불 길이 있다는 얘기구나. 좋다. 그게 필요할 테니."

"저는 있는 그대로 존재합니다, 어머니." 랜드는 그럭저럭 자연스럽게 말 했다. "저는 당당히 버티고 서서 닥쳐오는 일을 맞이합니다." 아멀린 권좌가 인상을 썼다. "란이 너를 가르친 게 맞구나. 내 말을 들어라, 애야. 몇 시간 뒤면 잉타가 도둑맞은 뿔나팔을 찾아 떠날 것이다. 네 친구 맷도 함께 간다. 내 생각에는 너의 다른 친구—페린이던가?—도 같이 갈 것 같구나. 너도 그 들과 함께 가고 싶으냐?"

"맷과 페린이 간다고요? 어째서요?" 랜드는 뒤늦게나마 예의를 차리기 위해 한 마디를 덧붙였다. "어머니."

"네 친구가 가지고 다니는 단검에 대해서는 알고 있겠지?" 아멀린 권좌의 입이 뒤틀리는 걸 보면 그녀가 그 단검을 어떻게 생각하는지 알 수 있었다. "그 단검도 도둑맞았다. 그 단검이 발견되지 않는 한 맷과 단검 사이의 연결 을 완전히 끊을 수 없고 맷은 죽게 된다. 원한다면 너도 그들과 함께 가면 된 다. 아니면 여기 남든지. 아겔마 공은 분명 네가 원하는 만큼 손님으로 지낼 수 있게 해줄 것이다. 나 역시 오늘 떠난다. 모레인 세다이는 나와 함께 갈 것이고 에그웨인과 나이니브도 마찬가지다. 그러니 여기 남는다면 너 혼자 남는 것이다. 선택은 네 몫이다."

랜드는 그녀를 빤히 보았다. **내가 원하는 대로 가면 된다는 거잖아. 그래서 날 여기 데려온 거야? 맷이 죽어 가고 있다니!** 랜드는 모레인을 힐끗 보았다. 그녀는 두 손을 모아 무릎에 얹고 무표정하게 앉아 있었다. 이 세상에 랜드의 행선지보다 더 관심이 안 가는 주제는 없다는 표정이었다. **날 어느 쪽으로 밀어내려는 거예요, 아이즈 세다이? 태워 죽일, 난 당신이 원하지 않는 곳으로 갈 거예요. 하지만 맷이 죽어 가고 있다면……. 맷을 버릴 수는 없지. 빛이여, 그놈의 단검을 어떻게 찾는단 말입니까?**

"지금 선택할 필요는 없다." 아멀린 권좌가 말했다. 그녀도 큰 관심은 없어 보였다. "하지만 잉타가 떠나기 전에는 선택해야 할 것이다."

"저는 잉타와 같이 가겠습니다, 어머니." 아멀린 권좌가 무심하게 고개를 끄덕였다. "그 얘기는 했으니 이제 더 중요한 문제를 이야기할 수 있겠구나. 난 네가 채널링을 할 수 있다는 걸 안다, 소년. 너는 뭘 알고 있느냐?"

랜드의 입이 쩍 벌어졌다. 아멀린 권좌의 태평스러운 한 마디가, 맷을 걱정하는 데 정신이 팔려 있던 그를 후려쳐 헛간 문처럼 획 젖혔다. 란이 한 모든 조언과 지시가 빙빙 도는 듯했다. 랜드는 입술을 핥으며 아멀린 권좌를 바라보았다. 아멀린 권좌가 뭔가를 안다고 생각하는 것과, 그녀가 알고 있다는 사실을 정말로 확인하는 것은 완전히 다른 문제였다. 마침내 랜드의 이마에서 땀이 배어 나왔다.

아멀린 권좌는 의자에 앉은 채 몸을 앞으로 숙이며 랜드의 답을 기다렸다. 그런데 랜드는 그녀가 다시 의자 등받이에 기대고 싶어 한다는 느낌을 받았다. 랜드는 란이 했던 말을 기억했다. **아멀린 권좌가 너를 두려워한다면…….** 랜드는 웃고 싶었다. **아멀린 권좌가 랜드를 두려워하다니.**

"아뇨, 저는 못 합니다. 그러니까…… 일부러 그런 건 아니었습니다. 그냥 그렇게 됐습니다. 저는 일원력을, 그러니까, 채널링하고 싶지 않습니다. 다시는 안 그럴게요. 맹세합니다."

"채널링하고 싶지 않다, 라." 아멀린 권좌가 말했다. "뭐, 현명한 생각이구나. 어리석은 생각이기도 하고. 세상에는 배워서 채널링을 할 수 있는 사람도 있지만 대부분은 그렇게 하지 못한다. 그러나 소수의 사람들은 태어날 때부터 씨앗을 가지고 있지. 머잖아 그들은 원하든, 원하지 않든 일원력을 휘두르게 된다. 알이 부화해서 물고기가 되는 것처럼 당연한 일이야. 너는 계속해서 채널링을 하게 될 거다, 소년. 네가 어쩔 수 있는 일이 아니야. 그러니 채널링하는 법을 **배우는** 게, 그걸 통제하는 방법을 배우는 게 좋을 거다. 그러지 않으면 미칠 때까지 살지도 못할 테니까. 일원력은 그 흐름을 통제하지 못하는 자들을 죽인다.”

“어떻게 배우라는 말씀입니까?” 랜드가 물었다. 모레인과 베린은 동요하지 않은 채 앉아서 랜드를 지켜보았다. **거미 같아.** “어떻게요? 모레인은 저한테 아무것도 가르쳐줄 수 없다고 하던데요. 저는 배우는 방법도 뭣도 모릅니다. 배우고 싶지도 않고요. 그만두고 싶어요. 이해가 안 되시나요? 멈추고 싶다고요!”

“난 너에게 진실을 말했어, 랜드.” 모레인이 말했다. 꼭 유쾌한 대화라도 나누는 듯한 목소리였다. “너를 가르칠 수 있는 사람들, 그러니까 남자 아이즈 세다이들은 3천 년 전에 죽었어. 살아 있는 아이즈 세다이 중 네게 사이딘과 접촉하는 방법을 가르칠 수 있는 사람은 없어. 네가 사이다와 접촉하는 방법을 배울 수 없는 것과 마찬가지야. 새는 물고기에게 나는 방법을 가르칠 수 없고, 물고기도 새에게 헤엄치는 법을 가르칠 수 없단다.”

“난 예전부터 그게 형편없는 말이라고 생각해 왔어요.” 베린이 갑자기 껴들었다. “세상에는 물에 뛰어들어 헤엄칠 줄 아는 새들이 있으니까. 그리고 폭풍의바다에는 날아다니는 물고기가 있습니다. 사람의 팔만큼 넓게 펼쳐지는 긴 지느러미를 가진 녀석들이죠. 상대를 관통할 수 있는 칼 같은 부리도 달려 있고요⋯⋯.” 그녀는 횡설수설하다가 말을 흐렸다. 모레인과 아멀린 권좌는 아무 표정 없이 그녀를 보고 있었다.

랜드는 이런 식의 간섭을, 자제력을 조금이나마 되찾을 기회로 삼았다. 탬이 오래전에 가르쳐 주었듯 랜드는 머릿속에 단 하나의 불꽃을 떠올리고 자신의 두려움을 그 불꽃에 먹이로 주며 공백을, 공백의 고요함을 찾았다.

불꽃은 점점 자라 모든 것을 감쌌다. 더는 그 불꽃을 잡아 두거나 상상할 수 없을 때까지. 동시에 불꽃은 사라지면서 그 자리에 평화로운 느낌을 남겨 두었다. 그 가장자리에는 여전히 감정이, 두려움과 분노가 검게 그을린 자국처럼 타닥거렸으나 공백은 버텼다. 생각이 얼음을 가로지르는 자갈처럼 그 표면으로 미끄러졌다. 아이즈 세다이가 그에게 관심을 두지 않은 건 잠시뿐이었지만 그들이 다시 돌아보았을 때 랜드의 표정은 침착해져 있었다.

"왜 제게 이런 식으로 말씀하시는 겁니까, 어머니?" 랜드가 물었다. "저를 순치시키셔야지요."

아멀린 권좌는 인상을 쓰며 모레인을 돌아보았다. "이것도 란이 가르친 것이냐?"

"아닙니다, 어머니. 저건 탬 알소르에게서 배운 겁니다."

"이유가 뭔가요?" 랜드가 다시 물었다.

아멀린 권좌는 그의 눈을 똑바로 보며 말했다. "네가 드래건의 환생이기 때문이다."

공백이 흔들렸다. 세상이 흔들렸다. 모든 것이 그의 주위에서 빙글빙글 돌아가는 것 같았다. 랜드는 무엇에도 집중하지 않았다. 공백이 돌아왔다. 세상이 안정되었다. "아닙니다, 어머니. 제가 채널링을 할 수 있는 건 사실입니다. 빛께 도움을 청할 일이지요. 하지만 저는 라올린 다크스베인도, 궤어 아말라신도, 유리안 스톤보우도 아닙니다. 저를 순치시키거나 죽이셔도 되고, 제가 떠나게 두셔도 되지만 저는 타 발론의 목줄에 매여 길들여진 가짜 드래건이 되지는 않을 겁니다."

랜드는 베린이 헛숨 들이켜는 소리를 들었다. 아멀린 권좌의 눈이 휘둥그레졌다. 푸른 바위만큼이나 단단한 시선이었다. 랜드는 아무 영향도 받지 않았다. 그 시선은 랜드 내면의 공백으로 미끄러졌다.

"그 이름들은 어디서 들었지?" 아멀린 권좌가 물었다. "타 발론이 가짜 드래건을 조종한다고 누가 말하더냐?"

"어떤 친구입니다, 어머니." 랜드가 말했다. "방랑 시인이었습니다. 이름이 톰 머릴린이었습니다. 지금은 죽었습니다." 모레인이 무슨 소리를 내기에 랜드는 그녀를 힐끗 보았다. 모레인은 톰이 죽지 않았다고 주장했지만 어떤 증거도 내놓지 않았다. 그리고 랜드는 어떤 인간이든 희미한 자와의 일대일 맨손 격투에서 살아남을 방법을 떠올릴 수 없었다. 그런 생각은 터무니없는 것이었고 희미해져 사라졌다. 이제는 공백과의 완전한 일체밖에 없었다.

"너는 가짜 드래건이 아니다." 아멀린 권좌가 단호하게 말했다. "너는 진짜 드래건의 환생이야."

"저는 투 리버스 출신의 양치기입니다, 어머니."

"딸아, 네가 이야기해 주려무나. 진짜 이야기 말이다, 얘야. 잘 들어라."

모레인이 이야기하기 시작했다. 랜드는 아멀린 권좌의 얼굴에서 눈을 떼지 않고 그 말을 들었다.

"약 20년 전에, 아이일 민족은 세계의등뼈라고 불리는 드래건 장벽을 건넜어. 그런 적은 그때밖에 없었지. 그들은 케예리엔을 약탈했고 그들을 막기 위해 파견된 모든 군대를 파괴했으며 케예리엔 도시 전체를 불태웠어. 그렇게 저 멀리 타 발론까지 싸우며 이동했지. 겨울이었고 눈이 왔지만 추위와 더위는 아이일 사람들에게 별 의미가 없었어. 최후의 전투, 그러니까 중요한 영향이 있었던 마지막 전투는 빛나는 장벽 바깥의 드래건마운트산 그림자에서 벌어졌어. 사흘 낮 사흘 밤을 싸운 뒤 아이일 민족은 격퇴당했어. 아니면 그들이 알아서 돌아간 것일지도 몰라. 그곳까지 온 목적을 이뤘으니까. 그 목적이란 케예리엔의 왕 라만이 생명의 나무에 대해 저지른 죄를 갚아주기 위해 그를 죽이는 것이었지. 내 이야기가 시작되는 건 그때야. 네 이야기도 그렇고."

그들은 홍수처럼 드래건 장벽을 넘어왔다. 빛나는 장벽까지 그 먼 길을. 랜드는 기억이 희미해지기를 기다렸지만, 그의 귓가에 울리는 목소리는 탬의 목소리였다. 고통 속에서도 열변을 토하며 과거의 비밀을 끌어올리던 탬의 목소리. 그 목소리가 공백 바깥에 매달려, 안으로 기어 들어오려고 부르짖고 있었다.

"난 당시에 합격자 중 한 명이었어." 모레인이 말했다. "우리 어머니이신 아멀린 권좌도 마찬가지였지. 우리는 곧 아이즈 세다이가 될 예정이었단다. 그날 밤, 우리는 당시 아멀린 권좌의 시중을 들고 있었어. 그분의 연대기 기록자인 기타라 모로소도 그 자리에 있었고. 타 발론의 다른 모든 정식 아이즈 세다이는 부상자들이 발견되는 대로 치유하러 나가 있었단다. 적색의 아자들까지 말이야. 새벽이었어. 난로의 불은 추위를 막을 수 없었어. 눈이 마침내 멈췄고, 화이트 타워에 있는 아멀린 권좌의 방에서는 전투 중에 불탄 외곽 마을의 연기 냄새가 났어."

전투는 언제나 뜨겁다. 눈밭에서도 말이야. 죽음의 악취에서 도망쳐야 했어. 환영에 시달리는 탬의 목소리가 랜드의 마음속 텅 빈 침착함을 긁어댔다. 공백이 떨리며 줄어들었다가 안정되더니 다시 흔들렸다. 아멀린 권좌의 시선이 그를 파고들었다. 랜드는 다시 얼굴에 흐르는 땀을 느꼈다. "그건 전부 열이 나서 꾼 꿈이었어요." 그가 말했다. "탬은 아팠어요." 랜드가 목소리를 높였다. "제 이름은 랜드 알소르예요. 저는 양치기예요. 제 아버지는 탬 알소르고, 제 어머니는……."

모레인은 랜드를 위해 말을 멈춘 상태였으나 이제는 그녀의 변함없는 목소리가 랜드의 말을 잘랐다. 조용하지만 무자비하게. "『카리아손 사이클』, 그러니까 드래건의 예언에 따르면 드래건은 드래건마운트산의 비탈에서 다시 태어날 거야. 드래건이 세계의 파괴 당시에 죽은 곳이지. 기타라 세다이는 이따금 예언을 했어. 그분은 나이가 많아서 머리카락이 눈처럼 하 지만, 예언을 할 때면 강력한 예언을 하셨지. 내가 그분에게 찻잔을 건넸을 때는 창문으로 아침 햇살이 들어오고 있었어. 당시 아멀린 권좌께서는 내게 전쟁터에서 어떤 소식이 들어왔느냐고 물으셨고. 기타라 세다이는 팔과 다리가 뻣뻣해진 채 떨면서 자기 의자에서 일어나려 했어. 그분의 얼굴은 샤이올 굴에 있는 파멸의 구덩이를 바라보는 것만 같았어. 그분이 외쳤어. '그가 다시 태어났습니다! 느껴지는군요! 드래건이 드래건마운트산의 비탈에서 첫 숨을 들이쉽니다! 그가 오고 있습니다! 그가 오고 있어요! 빛이여, 저희를 도우소서! 빛이여, 세상을 도우소서! 그자가 눈밭에 누워 천둥처럼 울고 있습니다! 태양처럼 불타고 있습니다!' 그러더니 그분은 앞으로 넘어져 내 품에 안긴 채 돌아가셨어."

산비탈에서. 아기 울음소리를 들었다. 혼자서, 죽기 전에 아이를 낳은 거야. 추위에 파랗게 질린 아이를. 랜드는 탬의 목소리를 억지로 떨쳐 버리려고 애썼다. 공백이 점점 작아졌다. "열이 나서 꾼 꿈이에요." 그가 헐떡이며 말했다. **어린애를 내버려 둘 수는 없었어.** "저는 투 리버스에서 태어났어요." **당신이 아이를 원한다는 걸 예전부터 알고 있었소, 카리.** 랜드는 아멀린의 시선을 피했다. 억지로 공백을 유지하려 했다. 랜드는 그게 공백을 유지하는 방법이 아니라는 걸 알았지만, 공백이 마음속에서 무너져 내리고 있었다. **그래요. 랜드는 좋은 이름이오.** "저는—랜드—알소르예요!" 그의 다리가 후들거렸다.

"그렇게 우리는 드래건이 다시 태어났다는 걸 알았다." 모레인이 말을 이었다. "아멀린 권좌께서는 우리에게, 우리 둘에게 비밀을 지키겠다고 맹세하도록 하셨지. 모든 자매들이 드래건의 환생을 봐야 하는 방식대로 보지는 않으리라는 걸 아셨기 때문이야. 그분께서는 우리에게 탐색을 하라고 명하셨어. 그날의 전투 이후 아버지를 잃은 아이들이 많았단다. 너무 많았지. 하지만 우리는 어떤 소식을 들었어. 한 남자가 산에서 갓난아기를 발견했다는 이야기였지. 그게 다였어. 한 남자와 남자 갓난아기. 그래서 우리는 계속 찾았지. 몇 년이나 탐색하며 다른 단서들을 찾아내고 예언을 읽고 또 읽었어. '그는 고대의 혈통을 이을 것이며 오래된 피에 의해 양육될 것이다.' 그게 한 가지 단서였어. 그것 외에도 다른 단서들이 있었고. 하지만 전설의 시대부터 이어져 내려오는 오랜 혈통이 깅하게 남아 있는 곳은 많이 있었지. 그때 마네세렌의 오래된 혈통이 지금까지도 홍수 때의 강처럼 끓어오르는 투 리버스에서, 에먼즈 필드에서 드래건마운트 전투가 일어난 날로부터 몇 주 안에 생일이 있는 세 소년을 내가 발견한 거야. 그중 한 명이 채널링을 할 수 있었지. 트롤록들이 너를 따라온 게, 그저 네가 타비렌이기 때문이라고 생각하니? 넌 드래건의 환생이야."

랜드는 무릎이 풀렸다. 그는 털썩 쭈그려 앉았다. 얼굴이 바닥에 처박히는 것을 막기 위해 두 손으로 깔개를 짚었다. 공백은 사라졌고 고요함은 산산이 조각났다. 랜드가 고개를 들었다. 그들이, 세 명의 아이즈 세다이가 그를 보고 있었다. 그들의 얼굴은 평온했다. 아무 방해를 받지 않는 연못처럼 매끄러웠다. 하지만 그들은 눈을 깜빡이지 않았다. "내 아버지는 탬 알소르예요. 그리고 내가 태어난 곳은⋯⋯." 그들은 꼼짝도 하지 않고 랜드를 바라보았다. **거짓말이야. 나는⋯⋯ 저 사람들이 말하는 존재가 아니야! 어떤 식으로든, 어떻게든 저 사람들이 거짓말을 하는 거야. 나를 이용하려는 거야.** "난 당신들에게 이용당하지 않을 거예요."

"배를 매는 데 이용된다고 해서 닻의 품위가 떨어지는 것은 아니지." 아멀린 권좌가 말했다. "네가 만들어진 데는 목적이 있다, 랜드 알소르. '타몬 가이돈의 바람이 땅을 샅샅이 뒤질 때 그는 그림자를 마주 보고 다시 세상에 빛을 가져오리라.' 예언은 실현되어야만 해. 그러지 않으면 어둠의 존재가 풀려나 자기 상상대로 세상을 다시 만들 것이다. 최후의 전투가 다가오고 있어. 너는 인류를 규합하고 어둠의 존재에 맞서 그들을 이끌도록 태어난 거야."

"바알자몬은 죽었어요." 랜드가 쉰 목소리로 말했다. 아멀린 권좌는 마구간지기처럼 콧방귀를 뀌었다.

"정말 그렇게 믿는다면 도만 사람처럼 멍청한 거다. 도만에 사는 많은 사람들은 어둠의 존재가 죽었다고 믿거나, 그렇게 믿는다고 말하지. 하지만 잘 보면 그들은 지금도 어둠의 존재를 이름으로 부르는 위험을 감수하지 않더구나. 어둠의 존재는 살아 있고 풀려나려 하고 있어. 네가 어둠의 존재를 마주하게 될 거다. 그게 네 운명이야."

그게 네 운명이야. 랜드는 전에도 그 말을 들은 적이 있었다. 완전히 꿈은 아니었을지도 모르는 어떤 꿈속에서였다. 바알자몬이 자기 꿈에 나와 말을 건다는 것을 알면 아멀린 권좌가 뭐라고 말할지 랜드는 궁금했다. **끝난 일이야. 바알자몬은 죽었어. 놈이 죽는 걸 내가 봤어.**

문득 랜드는 자기가 두꺼비처럼 웅크리고 있다는 걸 알았다. 그는 아이즈 세다이의 시선 아래 움츠리고 있었다. 그는 다시 공백을 만들어 보려 했으나 머릿속에서 목소리가 소용돌이치며 모든 노력을 쓸어가 버렸다. **그게 네**

운명이야. 눈밭에 누워 있던 아이. 너는 드래건의 환생이야. 바알자몬은 죽었어. 랜드는 좋은 이름이야, 카리. 난 이용당하지 않을 거야! 랜드는 타고난 고집스러움을 끌어와 억지로 다시 일어섰다. 당당히 버티고 서서 맞서라. 최소한 자존심은 지킬 수 있을 테니. 세 명의 아이즈 세다이가 무표정하게 그를 지켜보았다.

"뭘……." 랜드는 애써 목소리를 가라앉혔다. "나한테 뭘 하려는 거죠?"

"아무것도 안 한다." 아멀린 권좌가 말했다. 랜드는 눈을 깜빡였다. 그가 예상한 대답, 두려워한 대답이 아니었다. "잉타와 함께 네 친구를 따라가고 싶다고 했으니 그렇게 하면 된다. 나는 어떤 식으로든 네게 표시를 남기지 않았다. 자매들 중 일부는 네가 타비렌이라는 걸 알지 모르겠지만, 그게 다야. 오직 우리 셋만이 네 진짜 정체를 안다. 네 친구 페린도 너처럼 내 앞에 데려올 예정이다. 또 다른 친구는 내가 병실로 만나러 갈 테고. 너는 우리가 적색의 아자를 풀어 너를 쫓으리라는 두려움 없이 네 마음대로 가면 된다."

네 진짜 정체. 랜드의 마음속에서 분노가 치솟았다. 뜨겁게 주변을 부식시키는 분노였다. 랜드는 그 분노를 내면에 억지로 숨겨 두었다. "왜죠?"

"예언은 실현되어야 하니까. 우리는 네가 무엇인지 알기에 네가 자유롭게 돌아다니도록 둘 것이다. 그렇게 하지 않으면 우리가 아는 세상은 죽고 어둠의 존재가 불과 죽음으로 땅을 뒤덮을 테니까. 내 말 명심해라. 모든 아이즈 세다이가 똑같이 생각하는 건 아니다. 여기, 팔 다라에도 네 정체의 10분의 1만 알면 너를 쳐 죽일 사람들이 있다. 생선 내장을 발라낼 때 이상의 죄책감은 느끼지 않고서 말이야. 히긴, 너와 함께 웃었던 사람들 중에도 이 사실을 알면 똑같이 할 자들이 있지. 주의해라, 랜드 알소르, 드래건의 환생이여."

랜드는 그들을 번갈아 한 명씩 바라보았다. 당신들의 예언은 나랑 아무 상관이 없어. 그들은 랜드의 눈을 너무도 차분하게 마주 보았다. 랜드에게 세계 역사상 가장 큰 미움과 두려움의 대상이 된 존재가 바로 그라고 설득하려는 중이라고는 믿기 어려울 정도였다. 랜드는 공포를 곧장 뚫고 지나가 반대편의 어느 추운 곳으로 나왔다. 랜드의 온기를 유지해 주는 건 분노뿐이었다. 그들은 랜드를 순치시킬 수도 있었고, 서 있는 자리에서 그대로 바삭바삭하게 태워 버릴 수도 있었다. 이제는 그래도 상관없었다.

란이 가르쳐 준 내용의 일부가 다시 떠올랐다. 랜드는 왼손을 칼자루에 댄 채 칼을 등 뒤로 돌려 오른손으로 칼집을 잡고 팔을 곧게 펴며 허리를 숙여 인사했다. "어머니, 허락해 주신다면 이곳을 떠나도 되겠습니까?"

"허락한다, 내 아들아."

랜드는 허리를 펴며 그 자리에 잠시 더 서 있었다. "난 이용당하지 않을 겁니다." 랜드가 그들에게 말했다. 랜드가 돌아서서 떠나는 동안 긴 침묵이 흘렀다.

랜드가 떠난 뒤에도 침묵은 이어지다가 아멀린 권좌의 긴 한숨으로 깨졌다. "난 방금 우리가 해 버린 일을 도저히 다시 할 수 없을 것 같구나." 그녀가 말했다. "꼭 필요한 일이었지만……. 통한 것 같으냐, 딸들아?"

모레인은 고개를 저었다. 아주 작은 움직임이었다. "잘 모르겠습니다. 하지만 꼭 필요한 일이었고, 지금도 필요한 일입니다."

"필요하지요." 베린이 동의했다. 그녀는 자기 이마를 만져 보더니 손에 묻은 땀을 바라보았다. "그 아이는 강합니다. 말씀하신 대로 고집스럽기도 하더군요. 내가 예상했던 것보다 훨씬 강합니다. 결국은 그 아이를 순치해야 할지도 모르겠어요. 아니면……." 그녀의 눈이 휘둥그레졌다. "하지만 그렇게 할 수는 없잖습니까? 예언이 있으니까요. 우리가 세상에 저런 존재를 풀어 놓아도 빛께서 우리를 용서해 주시길 바랍니다."

"예언이 있지요." 모레인이 고개를 끄덕이며 말했다. "나중에는 우리가 해야 할 일을 할 겁니다. 지금처럼요."

"우리가 해야 할 일을 하겠지." 아멀린 권좌가 말했다. "그래. 하지만 저 아이가 채널링하는 법을 배우면 빛께서 우리 모두를 도우시길 바랄 수밖에."

침묵이 돌아왔다.

폭풍이 다가오고 있었다. 나이니브는 느낄 수 있었다. 큰 폭풍이었다. 그녀가 본 어떤 폭풍보다 심했다. 나이니브는 바람에 귀를 기울여 날씨가 어떨지 소리로 알 수 있었다. 모든 현자가 그렇게 할 줄 안다고 주장했지만 실제로는 못 하는 사람이 많았다. 나이니브는 그 능력이 일원력의 발현이라는 걸 알기 전이 더 좋았다. 바람에 귀 기울일 수 있는 여자는 누구나 채널링을 할 수 있었다. 다만 대부분은 나이니브처럼 자기가 무슨 일을 하는 건지 인식 못 하고, 오직 드문드문 그렇게 할 수 있었을 뿐이다.

하지만 이번에는 뭔가 잘못된 것 같았다. 밖에는 아침 해가 맑고 푸른 하늘에 떠 있는 황금색 공처럼 보였고 정원에는 새들이 노래를 불렀다. 하지만 그게 문제가 아니었다. 징후가 눈에 띄게 나타나기 전에 날씨를 예상할 수 없다면 바람에 귀 기울이는 건 아무 소용없는 일이었을 것이다. 이번에는 느낌이 뭔가 잘못됐다. 평소와는 뭔가 상당히 달랐다. 폭풍이 멀게 느껴졌다. 나이니브가 아예 느낄 수 없을 만큼 먼 것 같았다. 그러면서도 머리 위의 하늘이 비와 눈과 폭풍을 동시에 전부 쏟아 내야만 할 것 같은 느낌이 들었다. 울부짖는 바람이 요새의 돌을 흔들어 대야 할 것 같았다. 나이니브는 좋은 날씨도 느낄 수 있었다. 안 그래도 좋은 날씨가 지금까지 며칠이나 이어지고 있었다. 하지만 지금은 그 느낌이 다른 느낌에 눌려 전해지지 않았다.

푸른되새 한 마리가 나이니브의 날씨 감각을 비웃듯 총안에 걸터앉아 복도를 들여다보았다. 새는 나이니브를 보더니 파란색과 흰색 깃털을 활짝 펼치며 사라졌다.

나이니브는 새가 있던 자리를 빤히 바라보았다. **폭풍이 존재하는 동시에 존재하지 않아. 어떤 의미가 있어. 그런데 무슨 의미지?**

나이니브는 여자들과 꼬마들로 가득한 복도 저쪽에서 성큼성큼 멀어져 가는 랜드를 보았다. 그를 안내하는 여자들이 속도를 맞추느라 반쯤 달리고 있었다. 나이니브는 단호하게 고개를 끄덕였다. 폭풍 아닌 폭풍이 있다면 랜드가 그 폭풍의 중심일 터였다. 나이니브는 치마를 추스르며 서둘러 그를 따라갔다.

팔 다라에 온 이후 나이니브와 친해진 여자들이 그녀에게 말을 걸려 했다. 그들은 랜드가 나이니브와 함께 왔으며 두 사람 모두 투 리버스 출신이라는 걸 알았고 아멀린 권좌가 왜 랜드를 소환했는지 알고 싶어 했다. **아멀린 권좌라니!** 나이니브는 배 속 깊은 곳에 얼음덩어리가 생긴 것 같은 기분으로 달리기 시작했다. 하지만 그녀는 여성 동을 떠나기 전에 너무 많은 모퉁이를 돌고 너무 많은 사람들을 지나가다 랜드를 놓치고 말았다.

"어디로 갔습니까?" 나이니브가 니수라 부인에게 물었다. 누구에 대해 묻는 것인지 말할 필요조차 없었다. 나이니브는 아치형 문 주변에 모여 있던 다른 여자들의 대화에서 랜드의 이름을 들었다.

"모르겠군요, 나이니브. 심장의 죽음이 직접 쫓아오기라도 하는 것처럼 빠르게 나가 버렸어요. 허리띠에 칼을 차고 여기 왔으니 차라리 그 편이 낫겠죠. 그런 짓을 해 버렸으니 어둠의 존재는 걱정거리도 아닐 걸요. 세상이 어떻게 되려는지……. 다른 사람도 아니고 아멀린 권좌의 방에서 그분을 알현했는데 말이죠. 말해 봐요, 나이니브. 랜드는 정말 당신 나라의 왕자인가요?" 다른 여자들이 이야기를 멈추고 허리를 숙이며 귀 기울였다.

나이니브는 자기가 뭐라고 대답했는지 알 수 없었다. 어쨌거나 그 말을 들은 여자들은 나이니브를 보내 주었다. 그녀는 서둘러 여성 동을 떠났다. 복도가 교차할 때마다 고개를 빠르게 돌리며 주먹을 꽉 쥐고 랜드를 찾았다. **빛이여, 그자들이 랜드에게 무슨 짓을 한 겁니까? 어떤 식으로든 모레인 한테서 랜드를 빼냈어야 하는데. 빛이 눈을 멀게 할 여자 같으니. 난 랜드의 현자라고.**

그래? 작은 목소리가 그녀를 놀렸다. **너는 에먼즈 필드가 알아서 저항하도록 그들을 버렸어. 지금도 네가 에먼즈 필드의 현자를 자처할 수 있을까?**

난 에먼즈 필드를 버린 게 아니야. 나이니브는 사납게 자신에게 항변했다. **난 데번 라이드에서 마브라 말렌을 불러와 내가 돌아올 때까지 모든 문제를 돌보도록 했어. 마브라 말렌이 시장과 마을 위원회와 협력하면서 잘 해낼 수 있을 거야. 여성 서클과도 잘 어울리고.**

마브라는 자기 마을로 돌아가야 해. 어느 마을도 현자 없이 오래 버틸 수

는 없으니까. 나이니브의 마음속에 소름이 끼쳤다. 그녀는 에먼즈 필드를 몇 달이나 떠나 있었다.

"난 에먼즈 필드의 현자야!" 그녀가 큰 소리로 말했다.

예복을 차려입고 천 꾸러미를 들고 가던 하인이 그녀를 보고는 눈을 깜빡이더니 깊이 허리를 숙이고 서둘러 떠났다. 표정을 보니 어디든 다른 데로 가고 싶어 하는 것 같았다.

나이니브는 얼굴을 붉히며 누가 눈치채지는 않았는지 주위를 둘러보았다. 복도에는 남자들이 몇 명 있었으나 그들은 자기들끼리 떠드느라 바빴다. 검은색과 황금색 옷을 입은 여자 몇 명도 나이니브가 지나가자 자기 일을 하다 말고 허리를 숙이거나 무릎을 굽혀 인사했다. 나이니브는 혼자서 이런 말다툼을 백 번쯤 해 보았다. 하지만 큰 소리로 혼잣말을 하는 지경까지 이른 건 지금이 처음이었다. 숨을 죽이고 중얼거리던 나이니브는 자기가 뭘 하는지 깨닫고 입술을 굳게 다물었다.

그녀는 결국 이렇게 찾아봐야 아무 의미가 없다는 걸 깨달았다. 그때 그녀는 란을 보았다. 그는 나이니브에게서 등을 돌린 채 총안으로 바깥쪽 뜰을 내려다보고 있었다. 뜰에서 나는 소리는 전부 말과 사람이 내는 울음소리와 고함이었다. 란은 거기에 집중한 나머지 나이니브의 소리를 듣지 못하는 듯했다. 나이니브는 아무리 조용히 다가가도 그에게 몰래 접근할 수는 없다는 사실이 마음에 들지 않았다. 에먼즈 필드에서 그녀는 숲에서의 기술이 좋은 것으로 알려져 있었다. 많은 여자들이 관심을 두는 기술은 아니었지만 밀이다.

나이니브는 움직이다 말고 멈춰 서서 아찔한 느낌을 진정시키려고 두 손으로 배를 눌렀다. **나 자신에게 란넬과 양의혀 뿌리를 처방해야겠어.** 나이니브는 심통을 내며 생각했다. 그건 아프다고 징징대거나 머저리처럼 구는 사람에게 주는 혼합물이었다. 란넬과 양의혀 뿌리는 기운을 조금 북돋워 줄 뿐 아무런 해도 끼치지 않았으며 대체로는 끔찍한 맛이 났다. 게다가 그 맛이 하루 종일 이어졌다. 바보짓을 하는 사람을 고쳐 주는 완벽한 약이었다.

나이니브는 란의 시선이 닿지 않는 곳에서 안전하게 그의 길쭉한 몸을 살펴보았다. 그는 돌에 기댄 채 아래에서 벌어지는 장면들을 지켜보며 손가락으로 턱을 만지작거리고 있었다. **일단은 키가 너무 크고 우리 아버지만큼 나이가 많아. 얼굴이 저렇게 생긴 남자는 잔인할 수 있지. 아니, 그건 아니야. 그건 절대 아니야.** 게다가 란은 왕이었다. 비록 란의 땅은 그가 어렸을 때 파괴되었고 그는 왕관을 차지하려 들지 않을 테지만, 그래도 그는 왕이었다. **왕이 촌 동네 여자에게 뭘 바라겠어? 게다가 란은 수호자야. 모레인에게 매여 있어. 모레인은 죽을 때까지 란의 충성을 받겠지. 둘은 어떤 연인보다도 가깝게 매여 있을 테고. 란을 가진 건 모레인이야. 모레인은 내가 원하는 모든 걸 가졌어. 빛께서 그 여자를 태워 버리시길!**

란이 총안에서 고개를 돌리자 나이니브는 홱 돌아서서 떠나려 했다.

"나이니브." 란의 목소리가 올가미처럼 나이니브를 붙들었다. "단둘이 얘기하고 싶었습니다. 당신은 늘 여성 동에 있거나 다른 사람들과 같이 있는 것 같더군요."

란을 마주 보기 위해서는 노력이 필요했다. 하지만 나이니브는 고개 들어 그를 보며 자신의 표정이 침착할 거라고 확신했다. "랜드를 찾고 있습니다." 그녀는 란을 피해 왔다는 걸 인정하지 않을 생각이었다. "우리가, 당신과 내가 해야 할 말은 오래전에 다 했을 텐데요. 나는 나 자신을 부끄럽게 했고— 다시는 그럴 일 없을 겁니다—당신은 내게 떠나라고 했지요."

"그런 말은 안 했는데……." 란이 깊이 숨을 들이쉬었다. "나는 남편 잃은 여자의 상복 말고 당신에게 줄 지참금이 전혀 없다고 했습니다. 내게는 자신을 남자라고 부를 만한 남자가 여자에게 줄 수 있는 선물이 전혀 없습니다."

"압니다." 나이니브가 차갑게 말했다. "아무튼, 왕이 촌 동네 여자에게 선물을 주지는 않지요. 이 촌 동네 여자는 그런 선물을 받을 생각이 없고요. 랜드 보셨습니까? 아멀린 권좌를 보러 간다던데. 아멀린 권좌가 랜드에게 뭘 원하는지 아십니까?"

란의 눈이 햇빛을 받는 푸른얼음처럼 이글거렸다. 나이니브는 물러나지 않으려고 다리에 힘을 주었다. 그의 노려보는 시선에는 노려보는 시선으로 맞섰다.

"랜드 알소르든 아멀린 권좌든 둘 다 어둠의 존재에게나 잡혀가라지요." 란이 불쾌한 듯 그렇게 말하며 나이니브의 손에 무언가를 건네었다. "내가 당신에게 선물을 만들어 주겠습니다. 당신 목에 사슬로 감아 주어야 할지도 모르지만, 어쨌든 당신은 그 선물을 받게 될 겁니다."

나이니브는 란의 눈에서 시선을 돌렸다. 화가 나면 란의 눈은 푸른 눈의 매처럼 보였다. 나이니브의 손에는 인장 반지가 쥐어져 있었다. 묵직한 금으로 만들어져 있고 세월에 닳은 반지였다. 거의 나이니브의 엄지 두 개가 들어갈 만큼 컸다. 반지 속에서 두루미 한 마리가 창과 왕관 위로 날아가고 있었다. 모든 것이 자세하게, 공들여 만들어져 있었다. 나이니브는 숨이 턱 막혔다. 말키어 왕의 반지였다. 나이니브는 노려보는 것도 잊고 고개를 들었다. "이걸 받을 수는 없어요, 란."

란은 퉁명스럽게 어깨를 으쓱했다. "아무것도 아닙니다. 낡은 데다 이젠 쓸모도 없지요. 하지만 그 반지를 보면 알아볼 사람들도 있습니다. 그걸 보여 주면 당신은 변방의 어느 군주에게서든 손님 대접을 받게 될 겁니다. 필요하면 도움도 받게 될 테고요. 그걸 수호자에게 보여 주면 수호자가 당신을 도울 겁니다. 아니면 내게 메시지를 전해 주든지요. 그 반지나, 그 반지로 도장을 찍은 메시지를 내게 보내면 내가 당신에게 틀림없이, 지체 없이 가겠습니다. 그 점은 맹세합니다."

나이니브의 시야 가장자리가 흐려졌다. **지금 울면 자살할 거야.** "난 받을 수가……. 난 당신의 선물을 원하지 않습니다, 알린 만드리고란. 자, 가져가세요."

란은 반지를 돌려주려는 나이니브의 시도를 차단했다. 그의 손이 나이니브의 손을 감쌌다. 부드러웠지만 족쇄처럼 단단했다. "그럼 나를 위해서, 내게 베푸는 호의로 받아 주십시오. 그것 때문에 불쾌하다면 던져 버리세요. 내게는 그 반지를 더 잘 쓸 방법이 없으니." 란은 손가락으로 나이니브의 뺨을 쓸었다. 나이니브가 움찔했다. "이제 가야 합니다, 나이니브 마시아라. 아멀린 권좌께서 정오가 되기 전에 떠나고 싶어 하시는데 아직 해야 할 일이 많습니다. 아마 타 발론으로 가는 길에 이야기할 시간이 있을 겁니다." 란은 돌아서더니 어느새 복도를 성큼성큼 걸어 사라졌다.

나이니브는 뺨을 만져 보았다. 지금도 란이 건드린 곳에 촉감이 남아 있었다. **마시아라.** 마음과 영혼으로 사랑하는 자라는 뜻이기도 했지만 잃어버린 사랑이라는 뜻이기도 했다. 되찾을 수 없을 만큼 잃어버린 사랑. **멍청한 여자 같으니! 아직 머리도 땋지 않은 어린애처럼 굴지 마. 란이 너한테 이런 감정을 느끼게 해 봐야 아무 소용도 없어…….**

나이니브는 반지를 꽉 쥐고 돌아섰다가 모레인을 마주 보고 펄쩍 뛰었다. "언제부터 거기 있었소?" 나이니브가 물었다.

"듣지 말아야 할 이야기를 들을 만큼 오래 있지는 않았습니다." 아이즈 세다이가 자연스럽게 대답했다. "우린 곧 떠날 거예요. 그 얘기는 들었습니다. 짐을 챙기셔야 할 겁니다."

떠난다. 란이 말했을 때는 그 말이 와 닿지 않았었다. "애들한테 작별 인사를 해야겠소." 나이니브는 그렇게 중얼거린 뒤 모레인을 날카롭게 쳐다보았다. "랜드한테 무슨 짓을 한 거지요? 랜드가 아멀린 권좌에게 불려 갔던데. 왜지? 당신이 아멀린 권좌에게 말한 겁니까? 그…… 그 일에 대해서?" 나이니브는 그 일이 무엇인지 말할 수 없었다. 랜드는 나이니브의 고향 사람이었다. 나이니브는 랜드가 어렸을 때 한두 번 그를 돌봐 주었을 정도의 나이였고. 하지만 랜드가 어떤 존재가 되었는지를 생각하면 배 속이 어김없이 뒤틀렸다.

"아멀린 권좌께서는 세 소년 모두를 보겠다고 하십니다, 나이니브. 타비렌이 그리 흔한 것은 아니라, 한 곳에 세 타비렌이 모여 있는 기회를 놓치고 싶지 않으신 거지요. 아마 격려하는 말을 몇 마디 해 주실 겁니다. 그 애들은 잉타와 함께 뿔나팔을 훔쳐 간 자들을 잡으러 갈 테니까요. 그 애들도 우리와 비슷한 시간에 출발합니다. 그러니 작별 인사는 서두르는 게 좋을 거예요."

나이니브는 가장 가까운 총안으로 빠르게 달려가 바깥뜰을 내려다보았다. 사방에 짐말과 안장을 얹은 말들이 있었다. 남자들이 그 주변을 서둘러 돌아다니며 서로에게 소리를 질러댔다. 비어 있는 유일한 공간은 아멀린 권좌의 가마가 서 있는 곳이었다. 가마와 짝지어진 말들은 돌봐 주는 사람이 없는데도 참을성 있게 기다리고 있었다. 수호자도 몇 명 나와서 자신의 말을 살펴보고 있었다. 한편, 뜰의 반대편에서는 잉타가 갑옷을 입은 채 한 무리의 샤이나 사람들과 함께 서 있었다. 때때로 수호자나 잉타의 부하 중 한 명이 포장된 길을 가로지르며 이야기를 나누었다.

"당신에게서 그 애들을 떼어 놓아야 했는데." 나이니브는 밖에서 시선을 돌리지 않은 채 말했다. **에그웨인도 그렇고. 그 애를 죽이지 않고서도 그렇게 할 수 있었다면 말이지만. 빛이여, 어째서 에그웨인이 이 저주받은 능력을 가지고 태어났어야 하는 겁니까?** "난 그 애들을 고향으로 다시 데려가야 했소."

"그 애들 모두 치마폭에 싸여 있을 나이는 훨씬 지났는데요." 모레인이 건조하게 말했다. "게다가 당신도 그렇게 할 수 없었던 이유는 알고 있잖아요? 최소한 한 가지 이유는 말이지요. 게다가 그러면 에그웨인은 혼자 타 발론으로 가게 됩니다. 당신은 타 발론에 가지 않기로 한 건가요? 일원력을 쓰는 방법을 교육받지 못하면 절대로 나를 상대로 그 힘을 쓰지 못 할 텐데."

나이니브가 휙 돌아서서 입을 벌린 채 아이즈 세다이를 마주 보았다. 참을 수가 없었다. "무슨 말인지 모르겠군."

"내가 모르는 줄 알았나요? 어린 아이 같으니. 뭐, 마음대로 하세요. 타 발론으로 가겠다는 뜻으로 받아들이면 될까요? 네, 그럴 줄 알았습니다." 나이니브는 모레인을 후려치고 싶었다. 아이즈 세다이의 얼굴에 잠시 스친 미소를 후려쳐서 없애 버리고 싶었다. 아이즈 세다이는 세계의 파괴 이후 일원력은커녕 다른 힘도 대놓고 휘두를 수 없었다. 대신 그들은 음모를 짜고 조종했다. 인형을 조종하듯 줄을 당겨대고 왕좌와 민족들을 돌멩이 게임의 기물처럼 이용했다. **어떻게든 나도 이용하고 싶은 거야. 왕이나 여왕도 이용하는데 현자라고 안 될 이유가 뭐겠어? 랜드를 이용하는 것과 똑같아. 하지만 난 어린애가 아니야, 아이즈 세다이.**

"이젠 또 랜드한테 무슨 짓을 하는 거요? 이만하면 충분히 이용하지 않았소? 왜 당신이 그 애를 순치시키지 않는지 모르겠군. 아멀린 권좌가 저 모든 아이즈 세다이를 데리고 와 있는 마당에 말이오. 하지만 당신 나름의 이유가 있겠지. 당신은 무슨 음모를 품고 있는 게 틀림없소. 아멀린 권좌가 당신 꿍꿍이를 안다면, 장담하는데……."

모레인이 그녀의 말을 잘랐다. "아멀린 권좌께서 도대체 양치기에게 무슨 관심을 둘 수 있단 말입니까? 물론, 랜드가 엉뚱한 방식으로 아멀린 권좌의 관심을 끈다면야 순치당하겠지요. 죽을 수도 있고요. 어쨌든 랜드는 랜드니까요. 게다가 어젯밤에는 상당히 화날 만한 일이 벌어졌습니다. 모두가 비난할 대상을 찾고 있습니다." 아이즈 세다이는 조용해지더니 침묵이 이어지게 놔두었다. 나이니브가 이를 갈며 그녀를 바라보았다.

"네." 결국 모레인이 말했다. "잠자는 사자는 그냥 자게 내버려 두는 편이 훨씬 낫습니다. 이젠 당신도 짐을 싸는 게 좋겠군요." 모레인은 란이 간 방향으로 떠났다. 바닥을 가로질러 미끄러지는 듯했다.

나이니브는 인상을 쓰며 주먹을 뒤로 젖혀 벽을 쳤다. 반지가 손바닥에 파고들었다. 손을 펼쳐 반지를 보았다. 반지가 그녀의 분노를 달구고 증오심을 집중시키는 것 같았다. **난 배울 거야. 당신은 나에 대해 알고 있으니 내가 빠져나갈 수 없을 거라고 생각하지. 하지만 나는 당신이 생각하는 것보다 잘 배울 테고 당신이 저지른 짓의 대가로 당신을 끌어내릴 거야. 당신이 맷과 페린에게 한 짓을 되갚아줄 거야. 랜드에게 한 짓에 대해서. 빛이여, 랜드를 도우소서. 창조주시여, 그를 보호하소서. 특히 랜드에게 한 짓은 갚아줄 거야.** 나이니브의 손이 묵직하고 둥근 황금을 꽉 쥐었다. **내게 한 짓에 대해서도.**

에그웨인은 예복을 입은 하녀가 자신의 드레스를 개어 가죽으로 감싸인 여행용 상자에 집어넣는 모습을 지켜보았다. 거의 한 달 동안 연습했지만 그녀가 직접 할 수 있는 일을 다른 사람이 하는 모습을 지켜보고 있자면 지금도 조금 불편했다. 옷은 모두 아말리사 아가씨가 준 선물로 너무도 아름다운 드레스였다. 에그웨인이 지금 입고 있는 회색의 비단 승마용 드레스도 마찬가지였다. 다만 이 옷은 가슴에 흰 새벽별꽃 몇 송이가 수놓여 있을 뿐 아무 무늬가 없었다. 다른 드레스 중에는 훨씬 더 화려한 것이 많았다. 그 중 어떤 옷이든 태양일이나 벨 타인에 입으면 빛이 날 터였다. 에그웨인은 다음 태양일에는 에먼즈 필드가 아닌 타 발론에 있으리라는 점을 떠올리고 한숨을 쉬었다. 모레인이 신입 훈련 때 해 주는 얼마 안 되는 이야기로 미루어—사실은 거의 아무 말도 해 주지 않았다—봄에 있을 벨 타인이나 그 이후의 태양일에도 집에 못 돌아갈지 몰랐다.

나이니브가 방 안으로 얼굴을 들이밀었다. "준비됐어?" 나이니브가 마저 방에 들어왔다. "곧 뜰로 내려가야 해." 그녀도 승마복을 입고 있었다. 가슴에 빨간색의 하트 모양 매듭이 지어진 파란색 비단옷이었다. 그것도 아말리사 아가씨의 선물이었다.

"거의 다 됐어요, 나이니브. 떠나기 아쉬울 정도네요. 타 발론에서는 아말리사가 우리에게 준 멋진 드레스를 입을 기회가 많지 않을 것 같아서." 에그웨인이 불쑥 웃었다. "그래도요, 현자님. 목욕하는 내내 어깨 너머를 돌아보지 않아도 되는 건 좋을 것 같아요."

"혼자 목욕하는 게 훨씬 낫지." 나이니브가 딱딱하게 말했다. 표정은 바뀌지 않았지만 잠시 후 그녀의 두 뺨이 붉어졌다. 에그웨인은 미소 지었다. **란을 생각하는 거야.** 지금도 현자인 나이니브가 남자를 생각하며 멍하니 있는 모습을 상상하는 건 이상한 일이었다. 나이니브에게 이런 말을 하는 건 별로 현명한 일이 아닐 테지만, 최근에 현자는 이따금 특정한 남자에게 마음을 순 여느 소녀만큼이나 이상하게 행동했다. **그것도 그 소녀와 맺어질 가치조차 없는 분별력 없는 남자한테. 나이니브는 란을 사랑해. 난 란이 나이니브를 사랑한다는 것도 알 수 있어. 그런데 란한테는 자기 마음을 말할 분별력조차 없단 말이야?**

"이제 너는 더 이상 나를 현자라고 부르면 안 될 것 같구나. 존댓말도 쓰지 말고." 문득 나이니브가 말했다.

에그웨인은 눈을 깜빡였다. 정확히 말해서 현자를 반드시 현자라고 불러야 하는 건 아니었다. 나이니브도 화가 나거나 예의를 차릴 때가 아니면 그 호칭을 쓰라고 고집을 부리지 않았다. 하지만 이건……. "그러면 안 될 이유가 있어요?"

"이젠 너도 여자가 됐어." 나이니브는 에그웨인의 땋지 않은 머리를 힐끗 보았다. 에그웨인은 서둘러 머리를 땋을 듯 꼬고 싶어졌지만 참았다. 아이즈 세다이는 자기가 원하는 방식의 머리 모양을 했다. 하지만 에그웨인에게는 머리를 땋지 않는 것이 새로운 인생을 시작한다는 상징이 되었다. "넌 여자가 됐어." 나이니브가 단호히 다시 말했다. "우린 둘 다 여자야. 에먼즈 필드에서 멀리 떠나오기도 했고. 다시 고향에 가려면 오랜 시간이 걸리겠지. 네가 날 그냥 나이니브라고 부르는 게 낫겠다."

"그럼……. 우린 고향에 다시 가게 될 거야, 나이니브. 반드시."

"현자를 위로하려 들지 마라, 얘야." 나이니브는 퉁명스럽게 말하면서도 미소 지었다.

문 두드리는 소리가 났다. 하지만 에그웨인이 문을 열 겨를도 없이 니수라 부인이 온 얼굴에 불안한 기색을 띠고 들어왔다. "에그웨인, 당신 남자가 여성 동에 들어오려 하고 있어요." 니수라 부인은 아연실색한 목소리였다. "게다가 칼도 차고 있고. 아멀린 권좌께서 그런 식으로 들어와도 된다고 하셨다는 이유만으로……. 랜드 공이 그러면 안 되지요. 그분이 소동을 일으키고 있습니다. 에그웨인, 당신이 뭐라 얘기해 보세요."

"랜드 공이라니." 나이니브가 코웃음 쳤다. "그 젊은이가 입고 있는 브리치스에 어울리지 않을 만큼 커 버렸군. 그 녀석이 내 손에 들어오면 나도 그 녀석을 랜드 공이라 해 줘야겠다."

에그웨인이 나이니브의 팔에 손을 얹었다. "내가 얘기해 볼게, 나이니브. 혼자서."

"아하, 아주 좋구나. 남자들 중 최고라고 해 봐야 대소변을 가릴 줄 아는 개보다 별로 나을 게 없지." 나이니브는 잠시 말을 멈추고 혼잣말로 덧붙였다. "하긴, 최고의 남자한테는 수고를 들여 대소변 가리는 법을 가르칠 만하다만."

에그웨인은 니수라 부인을 따라 복도로 가면서 고개를 저었다. 반년 전만 해도 나이니브는 두 번째로 한 말을 덧붙이지 않았을 것이다. **그렇다고 란에게 대소변 가리는 법을 가르칠 순 없을걸.** 에그웨인의 생각이 랜드에게로 향했다. 소동을 일으켰다고? "대소변 가리는 법을 가르친다고?" 에그웨인이 투덜거렸다. "지금까지도 예의범절을 배우지 못했다면 난 산 채로 그 녀석의 껍질을 벗겨 버릴 거야."

"때로는 그렇게 해야만 하지요." 니수라 부인이 빠르게 걸으며 말했다. "남자들은 결혼하기 전까지는 반 이상 문명화되지 않는답니다." 그녀는 곁눈으로 에그웨인을 보았다. "랜드 공과 결혼할 생각이신가요? 간섭하려는 건 아니지만, 당신은 화이트 타워로 가실 예정이고 아이즈 세다이는 녹색의 아자 일부를 제외하고는 거의 결혼하지 않는다던데요. 녹색의 아자 중에도 결혼하는 사람은 많지 않고……."

에그웨인은 나머지 말을 알아서 상상할 수 있었다. 그녀는 랜드의 신붓감에 관해 여성 동에서 떠도는 이야기를 들어 왔다. 처음에 그런 말을 들으면 쿡 찔러오는 질투와 분노가 일어났다. 랜드는 어린 시절부터 다름 아닌 에그웨인에게 약속된 사람이었다. 하지만 에그웨인은 아이즈 세다이가 될 예정이었고, 랜드는 랜드였다. 채널링을 할 수 있는 남자. 에그웨인은 랜드와 결혼할 수 있었다. 결혼해서 그가 미쳐 가는 모습을, 죽는 모습을 지켜볼 수 있었다. 그걸 막는 유일한 방법은 랜드를 순치시키는 것일 테고. **난 랜드한테 그런 짓을 할 수 없어. 못 해!** "모르겠어요." 에그웨인이 서글프게 말했다.

니수라 부인이 고개를 끄덕였다. "당신의 영투에 침입할 사람은 아무도 없을 거예요. 하지만 당신은 화이트 타워로 갈 예정이고, 랜드 공은 좋은 남편감이니까요. 훈련은 받아야겠지만. 저기 있네요."

여자들이 여성 동 입구 주변에, 입구 안팎에 모여 있었다. 그들은 모두 바깥 복도에 있는 세 남자를 지켜보는 중이었다. 랜드는 붉은 코트 위로 칼을 메고 아겔마와 카진을 마주 보고 있었다. 아겔마와 카진은 둘 다 칼을 차지 않았다. 아무리 밤에 그런 일이 있었다 해도 이곳은 여성 동이었으니까. 에그웨인이 모여 있는 사람들 뒤쪽에 멈춰 섰다.

"왜 못 들어가는지는 알 텐데." 아겔마가 말했다. "안도어에서는 상황이 다르다는 걸 알지만 이해는 하겠지?"

"들어가려는 게 아니에요." 랜드는 이 모든 이야기를 이미 한 번 이상 설명한 듯한 말투였다. "저는 니수라 부인한테 에그웨인을 보고 싶다고 말했어요. 니수라 부인은 에그웨인이 바쁘니 기다려야 한다고 했고요. 제가 한 일은 문에서 에그웨인을 부른 것밖에 없어요. 들어가려 하지 않았다고요. 사람들이 다들 나를 압박하는 걸 보면 내가 어둠의 존재라도 부른 줄 알겠네요."

"여자들에게는 여자들 나름의 방식이 있어." 카진이 말했다. 그는 샤이나 사람치고 키가 컸다. 거의 랜드만큼 크고 호리호리하며 피부가 누르께했다. 그의 상투는 칠흑처럼 검었다. "여자들이 여성 동의 규칙을 세웠고, 우리는 그런 규칙이 바보 같을지라도 따른다." 수많은 여자들이 눈썹을 치켜올렸다. 카진은 서둘러 목을 가다듬었다. "여자들 중 한 명과 이야기를 하고 싶다면 미리 연락해야 해. 하지만 그 연락은 여자들이 원할 때 전달되지. 그때까지는 기다려야 하고. 그게 우리 관습이야."

"전 에그웨인을 만나야 해요." 랜드가 고집스럽게 말했다. "우린 곧 떠난다고요. 저는 지금 당장 떠나도 늦어요. 그래도 에그웨인을 만나야 해요. 우린 발리어의 뿔나팔과 단검을 되찾아 올 거예요. 그러면 다 끝나겠죠. 끝이라고요. 하지만 떠나기 전에 에그웨인을 보고 싶어요." 에그웨인이 눈살을 찌푸렸다. 랜드의 말이 이상하게 들렸다.

"사납게 굴 필요는 없다." 카진이 말했다. "너와 잉타는 뿔나팔을 발견하거나 발견 못 하겠지. 발견 못 한다면, 다른 사람이 뿔나팔을 되찾을 거야. 물레는 그 의지대로 실을 잣는다. 우리는 그저 패턴의 실오리일 뿐이야."

"뿔나팔에 사로잡히지 마라, 랜드." 아겔마가 말했다. "그 뿔나팔은 사람을 홀릴 수 있어. 내가 잘 안다. 하지만 그래서는 안 돼. 남자라면 영광이 아니라 의무를 추구해야 한다. 뭐든 벌어질 일이 벌어지겠지. 발리어의 뿔나팔이 빛을 위해 울려야 한다면 울리게 될 거다."

"저기에 너의 에그웨인이 있구나." 카진이 에그웨인을 발견하고 말했다.

아겔마가 돌아보더니 니수라 부인과 함께 있는 에그웨인을 보고 고개를 끄덕였다. "너를 에그웨인의 손에 맡기마, 랜드 알소르. 기억해라. 여기서는 네가 아니라 에그웨인의 말이 법이다. 니수라, 랜드에게 너무 심하게 대하지 말게. 그저 자기 여자를 보고 싶어 했을 뿐이니. 우리의 방식도 잘 모르고."

니수라 부인이 지켜보는 여자들 사이를 헤치고 나가자 에그웨인이 그녀의 뒤를 따랐다. 니수라 부인은 잠시 아겔마와 카진 쪽으로 고개를 숙였다. 일부러 랜드에게는 그렇게 하지 않았다. 니수라 부인의 목소리에 힘이 잔뜩 들어가 있었다. "아겔마 공. 카진 공. 지금쯤이면 랜드 공도 우리 방식에 대해 이 정도는 알아야지요. 하지만 궁둥이를 때려 주기에는 너무 커 버렸으니 랜드 공의 처분은 에그웨인에게 맡기겠습니다."

아겔마가 아버지처럼 랜드의 어깨를 툭툭 쳤다. "봐라. 에그웨인과 얘기하게 됐지. 네가 바라는 방식대로는 아니라도 말이야. 가세, 카진. 아직도 살펴봐야 할 게 많으니. 아멀린 권좌께서는 지금도……." 카진과 함께 떠나는 그의 목소리가 점점 작아졌다. 랜드는 에그웨인을 바라보며 그 자리에 서 있었다.

에그웨인은 여자들이 그때까지도 지켜보고 있다는 것을 깨달았다. 랜드만큼이나 그녀까지도 열심히 바라보고 있었다. 에그웨인이 어떻게 할지 두고 보는 것이었다. **내가 랜드를 손봐 줘야 한다는 거지?** 하지만 에그웨인은 랜드에게로 심장이 튀어 나가는 것만 같았다. 랜드는 머리를 빗어야 할 것 같았다. 그의 얼굴에서 분노와 반항심, 경계심이 드러났다. "좀 걷자." 에그웨인이 랜드에게 말했다. 랜드가 에그웨인과 함께 여성 동을 벗어나 복도를 걸어가자 그들의 등 뒤에서 웅성거리는 소리가 들려왔다. 랜드는 할 말을 찾느라 혼자 끙끙대는 것 같았다.

"네…… 업적에 대해서는 들었어." 결국 에그웨인이 말했다. "어젯밤에 칼 한 자루를 들고 여성 동을 뛰어다녔다며. 아멀린 권좌를 알현하러 갈 때도 칼을 찼고." 랜드는 그때까지도 아무 말 하지 않았다. 그저 바닥을 보며 인상을 찌푸린 채 걷기만 했다. "아멀린 권좌께서 너를…… 해치지는 않았지?" 에그웨인은 차마 랜드에게 순치되었느냐고 물을 수 없었다. 랜드는 그야말로 순해 보였지만 에그웨인은 순치당한 이후의 남자가 어떤 모습인지 전혀 몰랐다.

랜드가 움찔했다. "응. 안 그랬어. ……에그웨인, 아멀린 권좌는……." 랜드가 고개를 저었다. "나를 해치지 않았어."

에그웨인은 랜드가 전혀 다른 말을 하려 했다는 느낌을 받았다. 보통 에그웨인은 뭐든 랜드가 그녀에게서 숨기려 하는 것을 캐낼 수 있었다. 하지만 랜드가 정말로 고집스럽게 굴 때면 차라리 손톱으로 성벽의 벽돌을 파내는 게 더 쉬울 터였다. 랜드의 꽉 다물린 입을 보니 지금 이 순간이 어느 때보다도 고집스러운 것 같았다.

"너한테 뭘 원한 거야, 랜드?"

"별로 중요한 건 아니었어. 타비렌 얘기야. 타비렌을 보고 싶었대." 에그웨인을 내려다보는 랜드의 얼굴이 부드러워졌다. "너는, 에그웨인? 넌 괜찮아? 모레인은 네가 괜찮을 거라고 했지만 네가 너무 꼼짝도 하지 않았어. 처음엔 네가 죽은 줄 알았다고."

"뭐, 안 죽었어." 에그웨인이 웃었다. 그녀는 맷에게 함께 지하 감옥으로 가자고 부탁한 뒤부터 그날 아침 자기 침대에서 눈을 뜰 때까지 일어난 일이 전혀 기억나지 않았다. 어젯밤 일에 대해 듣고 나서는 기억나지 않는다는 게 거의 다행스러웠다. "모레인은 나머지 부분은 다 고쳐 주고 두통만 고치지 않을 수만 있다면 바보같이 군 벌로 두통은 남겨 뒀을 거래. 그렇게 하진 못했지만."

"내가 그랬잖아, 페인은 위험하다고." 랜드가 툴툴댔다. "내가 분명히 말했는데 안 들었지."

"그런 식으로 얘기할 거라면," 에그웨인이 단호하게 말했다. "널 다시 니수라 부인한테 넘길 거야. 니수라 부인은 나처럼 말하지 않을걸. 지난번에 여성 동으로 밀고 들어오려 했던 남자는 여자들의 빨래를 돕느라 비눗물에 팔꿈치까지 담그고 한 달을 보냈대. 그냥 약혼자를 찾아서 말다툼한 것에 대해 사과하려던 것뿐이었는데. 최소한 그 사람은 칼을 차고 올 만큼 멍청하지는 않았지. 널 어떻게 처분할지는 빛만이 아실걸.”

“다들 날 어떻게 하고 싶어 하네.” 랜드가 끙 소리를 냈다. “다들 날 뭔가에 이용하고 싶어 해. 뭐, 난 이용당하지 않을 거야. 뿔나팔과 맷의 단검을 찾는 대로, 난 절대 다시 이용당하지 않도록 하겠어.”

에그웨인은 짜증스럽게 끙 소리를 내며 랜드의 어깨를 잡고 그녀를 마주 보게 했다. 그녀는 랜드를 노려보았다. “랜드 알소르, 계속 정신 나간 소리만 하면 맹세하는데 네 귀를 후려칠 거야.”

“이젠 나이니브처럼 말하는구나.” 랜드가 웃었다. 하지만 에그웨인을 내려다보면서 그의 웃음은 잦아들었다. “아마…… 아마 다시는 널 못 보겠지. 난 네가 타 발론에 가야 한다는 걸 알아. 알고 있어. 그리고 넌 아이즈 세다이가 되겠지. 난 아이즈 세다이라면 신물이 나, 에그웨인. 난 아이즈 세다이의 인형이 되지 않을 거야. 모레인이든, 아이즈 세다이 중 누구를 위해서든.”

랜드가 너무 길을 잃은 것처럼 보여 에그웨인은 그의 머리를 자기 어깨에 기대도록 하고 싶었다. 한편으로는 그가 너무 고집스러워서 정말로 그의 귀를 후려치고 싶기도 했다. “내 말 잘 들어, 이 황소고집아. 난 아이즈 세다이가 될 거고 너를 도울 방법을 찾아낼 거야. 반드시.”

“다음에 날 보면 나를 순치시키고 싶어 할걸.”

에그웨인은 서둘러 주위를 둘러보았다. 이쪽 복도에는 그들뿐이었다. “네가 입조심을 하지 않으면 나도 널 도울 수 없어. 모두에게 알리고 싶은 거야?”

“너무 많은 사람이 이미 알고 있이.” 랜드가 말했다. “에그웨인, 나도 상황이 달랐으면 좋겠지만 그렇지 않잖아. 내가 바라는 건…… 잘 지내. 적색의 아자만은 선택하지 않겠다고 약속하고.”

두 팔로 랜드를 끌어안은 에그웨인의 시야가 눈물로 흐려졌다. “너나 잘 지내.” 에그웨인이 그의 가슴에 대고 사납게 말했다. “그러지 않으면, 내가…… 내가…….” 에그웨인은 랜드가 “사랑해”라고 중얼거리는 소리를 들은 듯했다. 이어 랜드는 단호하게 그녀의 팔을 풀어내고 그녀를 가만히 밀어냈다. 랜드는 돌아서서 성큼성큼 멀어져 갔다. 거의 달려갔다.

니수라 부인이 팔을 건드리자 에그웨인은 놀라 펄쩍 뛰었다. "랜드 공은 당신한테서 마음에 안 드는 숙제를 받은 것 같은 모습이군요. 하지만 당신은 우는 모습을 보여서는 안 돼요. 그러면 애초의 목적이 무너집니다. 가죠. 나이니브가 찾습니다."

에그웨인은 두 뺨을 문지르며 니수라 부인을 따라갔다. **잘 지내, 이 양털 머리 멍청아. 빛이여, 랜드를 돌봐 주소서.**

9장 작별 인사

마침내 랜드가 하프와 플루트가 담긴 꾸러미와 안장주머니를 가지고 도착했을 때 바깥뜰은 질서 있으면서도 소란스러운 모습이었다. 태양이 정오를 향해 솟아올랐다. 남자들은 말들 주위를 서둘러 다니며 뱃대끈과 굴레를 잡아당기고 목소리를 높였다. 다른 사람들은 안장주머니에 마지막으로 집어넣을 물건이나 일하는 사람들에게 줄 물을 들고 빠르게 뛰어다니거나, 방금 생각난 무언가를 가지러 달려갔다. 하지만 모두 자기가 뭘 하는지, 어디로 가는지 정확히 아는 것처럼 보였다. 성벽 위 길과 궁수의 발코니는 다시 사람들로 붐볐고 흥분감이 아침 공기에 타닥타닥 튀었다. 말발굽이 판석에 닿아 날그락거렸다. 짐말 하나가 빌길질을 시작하자 마구간지기들이 달려가 녀석을 진정시켰다. 말들의 냄새가 진하게 맴돌았다. 산들바람이 탑 위에 걸려 있는, 날아 내리는 매가 그려진 깃발을 물결치게 하며 랜드의 망토마저 펄럭이려 했지만 랜드의 등에 메인 활 때문에 그러지 못했다.

열린 성문 바깥, 아멀린 권좌의 창병과 궁수 들이 광장에 대오를 갖춰 서는 소리가 들려왔다. 그들은 옆쪽 성문을 통해 행진해 들어왔다. 나팔수 한 명이 뿔나팔을 시험 삼아 불어 보았다.

수호자 일부가 뜰을 가로질러 가는 랜드를 힐끗 보았다. 몇몇은 왜가리 표시가 달린 칼을 보고 눈썹을 치켜올렸지만 누구도 말을 꺼내지는 않았다. 절반은 보고 있으면 눈이 어질어질한 망토를 입고 있었다. 란의 수말인 만다브도 그곳에 있었다. 키가 크고 검은색에 눈매가 사나운 말이었다. 하지만 란은 보이지 않았다. 아이즈 세다이도, 여자들도 아직 눈에 띄지 않았다. 모레인의 흰 암말 알딥이 우아하게 만다브 옆으로 다가왔다.

랜드의 갈색 수말은 뜰 저편의 다른 일행과 함께 있었다. 잉타, 잉타의 회색 부엉이 깃발을 든 기수, 61센티미터의 강철이 끝에 달린 창으로 무장한 스무 명의 다른 남자들이 이미 모두 말에 타고 있었다. 투구에 달린 철창이 그들의 얼굴을 가렸고, 가슴에 검은 매가 그려진 황금색 겉옷이 그들의 판금 갑옷을 감췄다. 잉타의 투구에만 깃이 달려 있었다. 위쪽 방향으로 휘어진 초승달 형태였다. 랜드는 남자들 중 몇 명을 알아보았다. 말버릇이 거친 우노는 얼굴 한쪽에 긴 흉터가 있고 눈이 하나밖에 없는 사람이었다. 라간과 마시마도 있었다. 한두 마디 대화를 나누거나 돌멩이 게임을 해본 다른 사람들도 있었다. 라간은 랜드에게 손을 흔들었고 우노는 고개를 끄덕였다. 그러나 랜드를 보고 차갑게 고개를 돌린 사람은 마시마만이 아니었다. 그들의 짐말이 꼬리를 흔들며 온순하게 서 있었다.

랜드가 안장주머니와 짐을 뒷부분이 높은 안장 뒤에 매자 커다란 갈색 말이 춤추듯 움직였다. 랜드는 등자에 발을 얹고 속삭였다. "진정해, 레드." 그러면서 랜드는 휙 다리를 얹어 안장에 올라탔다. 그러면서도 수말이 깡충거리며 마구간에 묶여 있을 때 쌓은 에너지를 일부 분출할 수 있도록 해 주었다.

랜드로서는 놀랍게도, 로이알이 마구간 방향에서 나타나더니 말을 타고 다가와 합류했다. 오기어가 타고 있는, 발굽 위에 털이 덥수룩하게 난 말은 최고급 듀런 말처럼 덩치가 크고 육중했다. 그 옆에 서면 다른 모든 말이 벨라 정도의 크기로 보였다. 하지만 로이알이 안장에 앉아 있었기에 그 말은 거의 조랑말처럼 보였다.

랜드가 보기에 로이알은 무기를 하나도 가지고 있지 않았다. 하기야 오기어가 무기를 쓴다는 말을 랜드는 한 번도 들어보지 못했다. 오기어에게는 스테딩이 충분한 보호책이 되었다. 게다가 로이알에게는 나름대로 우선순위가 있었다. 여행에 필요한 것이 무엇인지에 대해 나름대로 생각하는 바가 있었던 것이다. 로이알의 긴 코트 주머니는 안에 무엇이 들어 있는지 다 알 수 있을 만큼 불거져 있었고, 그의 안장주머니에는 책의 네모난 자국이 드러났다. 오기어는 조금 떨어진 곳에 말을 세우더니 랜드를 보았다. 털 달린 그의 귀가 머뭇머뭇 움찔거렸다.

"너도 가는 줄은 몰랐는데." 랜드가 말했다. "우리랑 여행하는 건 질린 줄 알았어. 이번에는 여행이 얼마나 길어질지, 결국 어떤 결말을 맞게 될지 짐작조차 할 수 없으니까."

로이알의 귀가 약간 치켜올라갔다. "널 처음 만났을 때도 단서는 없었어. 게다가 그때 해당됐던 것들은 지금도 해당돼. 난 타비렌을 중심으로 역사가 실제로 짜이는 모습을 볼 기회를 놓칠 수 없어. 뿔나팔을 찾도록 돕는 것도 그렇고……."

맷과 페린이 로이알 뒤로 말을 타고 오더니 멈춰 섰다. 맷은 눈이 약간 피곤해 보였으나 얼굴에는 건강한 생기가 돌았다.

"맷." 랜드가 말했다. "전에 한 말은 미안해. 페린, 진심이 아니었어. 내가 바보처럼 굴었어."

맷은 랜드를 힐끗 보더니 고개를 젓고 랜드에게는 들리지 않게 페린에게 뭐라고 속삭였다. 맷은 활과 화살통만 가지고 있었으나 페린은 허리에 도끼도 차고 있었다. 반달 모양의 커다란 도끼날이 두꺼운 창날과 균형을 이루었나.

"맷? 페린? 정말이야, 난……." 그들은 잉타에게로 계속 나아갔다.

"그건 여행에 어울리는 코트가 아니야, 랜드." 로이알이 말했다.

랜드는 진홍색 소매를 타고 올라오는 수놓인 갈색 가시덩굴을 힐끗 내려다보고 인상을 썼다. **맷과 페린이 날 보고 지금도 잘난 척한다고 생각해도 이상할 게 없네.** 랜드가 방에 돌아갔을 때는 모든 짐이 이미 꾸려져 어딘가로 보내진 뒤였다. 하인들의 말에 의하면 랜드가 받은 모든 무늬 없는 코트가 이미 짐말에 실려 있다고 했다. 옷장에 남은 모든 코트는 최소한 랜드가 지금 입은 것만큼 화려했다. 그의 안장주머니에 옷가지라고는 몇 벌의 셔츠와 모직 스타킹 몇 켤레, 여벌 브리치스 한 벌뿐이었다. 최소한 소매에서 황금색 선은 뜯어 버렸다. 주머니에는 붉은 독수리 핀이 꽂혀 있었지만 그건 란이 선물로 준 물건이었으니까.

"오늘 밤에 쉴 때 갈아입을 거야." 그가 웅얼거리며 심호흡했다. "로이알, 난 너한테 하면 안 되는 말을 했어. 용서해 줬으면 해. 너한테는 얼마든지 그 말을 한 나를 비난할 권리가 있지만, 그러지 않았으면 좋겠어."

로이알이 씩 웃었다. 그의 귀가 쫑긋 섰다. 로이알은 말을 가까이 데려왔다. "나도 늘 하면 안 되는 말을 하는걸. 원로님들은 늘 내가 생각을 하기 한 시간 전에 말을 해 버린다고 하셔."

어느새 란이 랜드의 등자 곁에 다가왔다. 숲이나 어둠 속에서 그를 완전히 보이지 않게 해 주는 회녹색 미늘 갑옷 차림이었다. "얘기 좀 해야겠다, 양치기." 그가 로이알을 보았다. "괜찮다면 단둘이 했으면 좋겠는데, 건설자." 로이알은 고개를 끄덕이더니 큰 말을 끌고 멀어져 갔다.

"당신 말을 들어야 하는지 잘 모르겠는데요." 랜드가 수호자에게 말했다. "이 화려한 옷도 그렇고, 당신이 해준 모든 얘기도 그렇고 별 도움이 되지 않았어요."

"큰 승리를 거둘 수 없다면 작은 승리로 만족하는 법을 배워라, 양치기. 아이즈 세다이가 너를 다루기 쉬운 시골 소년 이상의 존재라고 생각하게 만들었다면 작은 승리를 거둔 거다. 이제 조용히 하고 들어라. 마지막 수업이자 가장 힘든 수업을 해줄 시간밖에 없으니까. 칼집에 칼 넣기다."

"매일 아침 한 시간씩 이 빌어먹을 칼을 꺼냈다가 칼집에 집어넣는 일만 시켰잖아요. 일어서서, 앉아서, 누워서. 제 몸을 베지 않고 칼을 칼집에 넣는 정도는 할 수 있을 것 같은데요."

"잘 들으라고 했을 텐데, 양치기." 수호자가 툴툴댔다. "언젠가는 네가 어떤 대가를 치르더라도 목표를 이루어야 할 시간이 올 거다. 그 순간은 공격할 때 올 수도 있고 방어할 때 올 수도 있어. 그렇게 할 수 있는 유일한 방법이 칼을 너 자신의 몸에 들어가게 하는 것뿐인 순간 말이다."

"말도 안 돼요." 랜드가 말했다. "대체 제가 왜……?"

수호자가 랜드의 말을 잘랐다. "그 순간이 오면 알게 될 거다, 양치기. 그런 값을 치르고도 얻을 만한 소득이 있을 때, 네게 남은 다른 선택지란 없을 때 말이다. 그걸 칼집에 칼 넣기라고 한다. 기억해라."

아멀린 권좌가 나타나 북적이는 뜰을 성큼성큼 가로질렀다. 지팡이를 든 리아네와 아겔마 공이 그녀의 양옆에 함께 있었다. 팔 다라의 군주는 녹색 벨벳 코트를 입고 있는데도 갑옷 차림의 수많은 사람들과 어우러졌다. 다른 아이즈 세다이의 흔적은 아직 보이지 않았다. 그들이 지나갈 때 랜드는 그들의 대화 일부를 들었다.

"하지만 어머니." 아겔마가 항의하고 있었다. "여기까지 여행하신 뒤에 쉴 시간이 전혀 없으셨잖습니까. 최소한 며칠은 더 머무십시오. 타 발론에서도 경험하기 힘든 잔치를 오늘 밤 열어드리겠다고 약속합니다."

아멀린 권좌는 걸음을 늦추지 않고 고개를 저었다. "그럴 수는 없다, 아겔마. 할 수만 있다면 그렇게 했으리라는 걸 너도 알 텐데. 나는 한 번도 오래 머물 계획이 없었고, 이런저런 상황 때문에 당장 화이트 타워로 돌아가야 한다. 지금 이 순간 화이트 타워에 있어야 해."

"어머니, 어느 날 찾아오셔서 그다음 날 바로 떠나신다니 제겐 수치스러운 일입니다. 맹세하건대, 어젯밤 같은 일은 다시 벌어지지 않을 겁니다. 요새는 물론 도시 성문의 경비병도 세 배로 늘렸습니다. 시내의 곡예사들도 불러들였고 모스 시라레에서 음유시인도 옵니다. 아니, 이자 왕께서도 팔모란에서 오실 겁니다. 세가 현릭을 띄워시……."

그들이 뜰을 가로질러 가자 목소리는 여행을 준비하는 소음에 삼켜져 희미해졌다. 아멀린 권좌는 랜드 쪽을 거의 보지도 않았다.

랜드가 아래를 보니 수호자는 사라지고 없었다. 로이알이 랜드 옆으로 다시 말을 끌고 왔다. "붙들어 두기 어려운 사람이야. 안 그래, 랜드? 없다가, 있다가, 없다가. 오고 가는 모습이 보이지도 않고."

"칼집에 칼 넣기"라니. 랜드는 몸을 떨었다. **수호자들은 다들 미친 게 틀림없어.**

아멀린 권좌와 이야기하던 수호자가 갑자기 벌떡 일어서 안장에 올라탔다. 그는 폭넓은 성문에 이르기도 전에 전속력으로 달리고 있었다. 아멀린 권좌는 가만히 서서 그가 떠나는 모습을 지켜보았다. 자세를 보니 그에게 더 빨리 가라고 부추기는 것 같았다.

"어딜 저렇게 서둘러 가는 거지?" 랜드가 소리 내서 물었다.

"내가 듣기로는," 로이알이 말했다. "아멀린 권좌가 오늘 저 멀리 아라드 도만까지 누군가를 보낸대. 앨머스평원에서 무슨 문제가 일어났다는 소식이 있는데, 아멀린 권좌는 대체 무슨 일인지 정확히 알고 싶어 하거든. 이해가 안 가는 건 왜 하필 지금이냐는 거야. 내가 듣기로 그 문제에 관한 소문은 아이즈 세다이와 함께 타 발론에서부터 온 건데."

랜드는 한기를 느꼈다. 에그웨인의 아버지는 집에 커다란 지도를 걸어 놓았다. 꿈이 실현되면 어떤 일이 벌어지는지 알기 이전에, 랜드는 여러 차례 그 지도를 들여다보며 꿈을 꾸곤 했다. 오래된 지도였다. 외부에서 온 상인들의 말에 따르면 더 이상 존재하지 않는다는 땅과 나라들이 그 지도에 표시되어 있었다. 앨머스평원은 토먼 헤드와 맞닿은 모습으로 표시되어 있었다. **우린 토먼 헤드에서 다시 만나게 될 거야.** 토먼 헤드는 랜드가 아는 세상을 완전히 가로지른 곳에, 아리스대양에 있었다. "우리랑은 상관없어." 그가 속삭였다. "나랑은 아무 상관없어."

로이알은 랜드의 말을 못 들은 듯했다. 오기어는 소시지처럼 생긴 손가락으로 코 옆을 문지르며 여전히 수호자가 사라진 성문을 바라보고 있었다. "그렇게 알고 싶었으면 왜 타 발론을 떠나기 전에 누군가를 보내지 않은 거야? 하긴, 너희 인간들은 늘 갑작스럽고 잘 흥분하니까. 언제나 펄쩍펄쩍 뛰며 고함을 질러대지." 당황해서 로이알의 귀가 뻣뻣해졌다. "**진짜** 미안해, 랜드. 내가 생각하기 전에 말한다는 게 무슨 뜻인지 알겠지? 나도 때로는 성급하고 흥분을 잘해. 너도 알겠지만 말이야."

랜드가 웃었다. 힘없는 웃음이었지만 뭔가 웃을 거리가 있다니 기분이 좋았다. "우리도 너희 오기어만큼 오래 살았다면 좀 더 안정적이었을 거야." 로이알은 아흔 살이었다. 오기어 기준으로 혼자서 스테딩 밖으로 나오기에는 10년 어린 나이였다. 로이알은 어쨌거나 자기가 스테딩 밖으로 나온 것이 그의 성급함을 보여 주는 증거라고 주장했다. 로이알이 흥분 잘하는 오기어라면 다른 오기어들은 돌로 만들어져 있을 게 분명하다는 랜드의 생각이었다.

"아마 그렇겠지." 로이알이 생각에 잠겨 말했다. "하지만 너희 인간들은 살면서 참 많은 일을 해. 우리는 스테딩에 웅크리고 있는 것 말고는 아무것도 하지 않아. 덤불을 심는 것도, 심지어 건설도 모두 긴 추방이 끝난 이후에 이루어진 일이야." 로이알이 소중하게 여기는 것은 덤불이지 인간들의 기억 속에서 오기어가 지었다는 도시가 아니었다. 로이알이 집을 떠나온 이유는 바로 오기어 건설자들이 스테딩을 떠올릴 수 있도록 심었다는 덤불을 보기 위해서였다. "스테딩으로 돌아가는 길을 찾은 이후로 우리는……." 아멀린 권좌가 다가오자 로이알이 말을 흐렸다.

안장에 앉아 있던 잉타 일행이 내려와 무릎을 꿇으려고 움찔거렸지만 아멀린 권좌는 그들에게 가만히 있으라고 손짓했다. 리아네는 아멀린 권좌의 옆에, 아겔마는 한 걸음 뒤에 서 있었다. 침울한 표정을 보니 더 오래 머물라고 아멀린 권좌를 설득하는 걸 포기한 듯했다.

아멀린 권좌는 그들을 한 명 한 명 돌아본 뒤 말했다. 그녀는 다른 사람들을 살펴본 것 이상으로 랜드에게 눈길을 주지 않았다.

"평화가 그대의 칼에 호의를 베풀기를, 잉타 공." 마침내 그녀가 말했다. "건설자들에게 영광이 있기를, 로이알 키세란."

"당신께서 저희를 영예롭게 하십니다, 어미니. 평화기 타 발론에 호의를 베풀기를." 잉타는 안장에 앉은 채 허리를 숙여 인사했다. 다른 샤이나 사람들도 마찬가지였다.

"타 발론에 모든 영광이 있기를." 로이알이 고개를 숙이며 말했다.

오직 랜드와, 일행의 반대편에 서 있던 그의 두 친구만이 허리를 세우고 있었다. 랜드는 아멀린 권좌가 둘에게 뭐라고 말했을지 궁금했다. 리아네가 찡그린 얼굴로 그들 셋을 바라보았고 아겔마는 눈을 휘둥그레 떴지만 아멀린 권좌는 개의치 않았다.

"너희는 발리어의 뿔나팔을 찾으러 간다." 그녀가 말했다. "세계의 희망이 너희에게 달려 있다. 뿔나팔을 엉뚱한 손에 남겨둘 수는 없다. 어둠의 친구의 손이라면 더욱 그렇고. 뿔나팔의 호출에 응답할 자들은 누구든 뿔나팔을 부는 자에게 올 것이다. 그들은 빛이 아니라 뿔나팔에 매여 있다."

듣는 사람들 사이에 소란이 일었다. 모두가 무덤에서 다시 불려 나올 영웅들은 빛을 위해 싸울 거라고 믿었다. 그런데 그들이 그림자를 위해서 싸울 수 있다면…….

아멀린 권좌가 말을 이었지만 랜드는 더 이상 귀 기울이지 않았다. 파수꾼이 돌아왔다. 목뒤털이 삐죽 섰다. 랜드는 사람들이 잔뜩 모여 안뜰을 내려다보는 궁수들의 발코니를 보았다. 성벽 위의 길을 빽빽이 채우고 늘어선 사람들도. 그들 사이 어딘가에 모습을 드러내지 않은 채 랜드를 따라온 눈이 있었다. 그 시선이 더러운 기름처럼 랜드에게 달라붙었다. **희미한 자일리는 없어. 여기서는 아니야. 하지만 그럼 누구지? 사람이 아닌가?** 랜드는 안장에 앉은 채 몸을 비틀며 레드의 방향을 틀어 주위를 살펴보았다. 밤색 말이 다시 춤추듯 움직였다.

갑자기 무언가가 랜드의 얼굴 앞을 휙 지나갔다. 아멀린 권좌의 뒤를 지나가던 한 남자가 비명을 지르며 넘어졌다. 검은 깃이 달린 화살이 그의 옆구리에 삐져나와 있었다. 아멀린 권좌는 침착하게 서서 자기 소매의 찢긴 부분을 보았다. 피가 회색 비단을 천천히 물들였다.

한 여자가 비명을 질렀고 뜰에 비명과 고함이 메아리쳤다. 성벽 위의 사람들이 격노하며 밀려들었고 안뜰의 모든 남자가 칼을 뽑았다. 랜드까지도 말이다. 물론 랜드는 일단 칼을 뽑았지만 자기가 그렇게 했다는 것에 놀랐다.

아겔마가 하늘을 향해 칼을 휘둘렀다. "놈을 찾아라!" 그가 소리쳤다. "내게 데려와라!" 아멀린 권좌의 소매에 묻은 피를 본 순간 아겔마의 얼굴은 붉은색에서 흰색으로 변했다. 그는 고개를 숙이며 털썩 무릎을 꿇었다. "용서하십시오, 어머니. 제가 어머니의 안전을 지키지 못했습니다. 수치스럽습니다."

"말도 안 된다, 아겔마." 아멀린 권좌가 말했다. "리아네, 괜히 나한테 야단하지 말고 저 남자를 살펴라. 나야 생선을 손질하면서 이보다 심한 상처도 여러 번 입었다. 지금 도움이 필요한 건 저 사람이다. 아겔마, 일어서라. 일어서라, 팔 다라의 영주여. 너는 나를 실망시키지 않았으니 부끄러워할 이유도 없다. 작년에 모든 성문을 나의 경비병들이 지키고 있던 화이트 타워에서, 모든 수호자들이 나를 둘러싸고 있는 가운데에도 칼을 든 남자가 다섯 걸음만 움직이면 내게 닿을 수 있는 거리까지 접근했다. 증거는 없지만 하얀 망토였을 게 분명하다. 일어서라. 그러지 않으면 내가 수치스러울 것이다." 아겔마가 천천히 일어섰다. 아멀린 권좌는 베인 소매를 만지작거렸다. "하얀 망토 궁수치고는 활 쏘는 솜씨가 형편없구나. 어둠의 친구라 해도 그렇고." 아멀린 권좌의 눈이 깜빡이다가 랜드와 마주쳤다. "놈이 노린 게 나라면 말이지." 랜드가 그녀의 얼굴에서 뭔가를 읽기도 전에 아멀린 권좌는 시선을 돌렸다. 하지만 랜드는 갑자기 말에서 내려 숨고 싶어졌다.

아멀린 권좌를 겨눈 게 아니었어. 아멀린 권좌는 그 사실을 아는 거야.

리아네가 무릎을 꿇고 있다가 일어섰다. 누군가가 화살을 맞은 남자의 얼굴에 망토를 덮어 놓았다. "죽었습니다, 어머니." 피곤한 목소리였다. "쓰러지는 동시에 사망했습니다. 제가 이 남자의 곁에 있었다면……."

"너는 최선을 다했다, 딸아. 죽음은 치유할 수 없다."

아겔마가 다가왔다. "어머니, 근처에 하얀 망토 암살자나 어둠의 친구가 있다면 제가 어머니와 함께 갈 부하들을 파견할 수 있도록 허락해 주셔야 합니다. 최소한 강가까지는 말입니다. 어머니께서 샤이나에 있는 동안 해를 당하신다면 저는 살 수 없습니다. 부탁이니 여성 동으로 돌아가 주십시오. 어머니께서 떠날 준비가 되실 때까지 제 목숨을 걸고 그곳을 지키겠습니다."

"진정해라." 아멀린 권좌가 그에게 말했다. "이런 긁힌 상처쯤이야 나를 조금도 늦출 수 없다. 그래, 그래. 굳이 우긴다면 강가까지는 네 부하들을 기꺼이 받아 주겠다. 하지만 이 사건으로 잉타 공이 조금이라도 늦어지게 놔둘 수는 없다. 뿔나팔이 다시 발견될 때까지는 심장이 한 번 뛰는 순간조차 소중하다. 아겔마 공, 너에게 맹세한 자들에게 내가 명령을 내려도 되겠느냐?" 아겔마 공은 동의한다는 뜻으로 고개를 숙였다. 그 순간 아멀린 권좌가 청했다면 아겔마 공은 팔 다리까지 내놓았을 것이다.

아멀린 권좌는 잉타와 그의 뒤에 서 있던 부하들을 돌아보았다. 다시 랜드를 보지는 않았다. 랜드는 그녀가 갑자기 미소 짓는 걸 보고 놀랐다.

"장담하는데, 일리안 사람들도 위대한 뿔나팔 사냥대에 이렇게까지 열렬한 송별 인사를 하지는 않을 것이다." 그녀가 말했다. "하지만 너희야말로 진정한 뿔나팔 사냥대다. 너희는 수가 적으니 빨리 움직일 수 있다. 그리고 그 적은 숫자로도 너희가 해내야만 하는 일을 할 수 있다. 시노와 가문의 잉타 공, 나는 너에게, 너희 모두에게 발리어의 뿔나팔을 찾되 그 무엇도 너희의 길을 막지 못하게 할 것을 명한다."

잉타가 등에서 칼을 휙 꺼내 칼날에 입술을 맞췄다. "제 목숨과 영혼을, 가문과 명예를 걸고 그 명령에 따를 것을 맹세합니다, 어머니."

"그러면 가라."

잉타는 성문 쪽으로 휙 말머리를 돌렸다.

랜드가 레드의 옆구리를 발꿈치로 걷어차며 이미 성문 너머로 사라져 가는 행렬을 따라 달렸다. 안에서 무슨 일이 일어났는지 모르는 아멀린 권좌의 창병과 궁수 들은 본격적인 도시로 통하는 성문 앞길 양옆에 성벽처럼 서 있었다. 그들의 가슴에 타 발론의 불꽃이 새겨져 있었다. 아멀린 권좌의 고수와 나팔수 들은 그녀가 떠날 때 따라가려고 준비하며 성문 옆에서 기다렸다. 갑옷을 입고 늘어선 남자들 뒤, 요새 앞 광장에 사람들이 모여 있었다. 누군가는 잉타의 깃발을 보고 환호했다. 누군가는 이 행렬이 떠나는 아멀린 권좌의 행렬이라고 생각한 게 틀림없었다. 점점 커지는 환성이 랜드를 따라 광장을 가로질렀다.

랜드는 처마가 낮은 집들과 가게가 양옆에 늘어서 있는 어름에서 잉타를 따라잡았다. 그곳에서는 더 많은 사람들이 돌로 포장된 길 양옆에 빽빽하게 서 있었다. 그중 몇 사람도 환호성을 질렀다. 맷과 페린이 잉타와 로이알과 함께 행렬 맨 앞에서 말을 달리고 있었으나 랜드가 합류하려 하자 뒤로 처졌다. **나한테 말할 겨를도 주지 않으면 대체 어떻게 사과를 하라는 거야? 태**

워 죽일, 맷 녀석은 죽어 가는 것처럼 보이지 않는걸.

"창구와 니다오가 사라졌다." 잉타가 불쑥 말했다. 냉정하면서도 분노한 목소리였지만 동요하는 목소리이기도 했다. "요새의 인원을 점검했다. 산 자와 죽은 자를 모두 세었다. 어젯밤에도 오늘 아침에도 말이다. 그 둘만이 확인되지 않았다."

"창구는 어제 지하 감옥 간수를 맡고 있었어요." 랜드가 천천히 말했다.

"니다오도 마찬가지다. 그 둘이 두 번째 교대였어. 둘은 늘 함께했다. 그러기 위해서 다른 사람과 근무 시간을 바꾸거나 다른 일을 더 해야 하더라도 말이야. 사건이 발생했을 때는 둘이 경비를 서지 않고 있었지만……. 한 달 전에 둘은 타원의틈새에서 싸웠고, 트롤록들에 둘러싸인 아겔마 공의 말이 쓰러졌을 때는 아겔마 공을 구했다. 그런데 이젠 이런 일이 벌어지다니. 그들이 어둠의 친구라." 잉타가 깊이 숨을 들이마셨다. "모든 게 무너져 내리고 있어."

말을 탄 남자 한 명이 거리를 둘러싼 긴 행렬을 억지로 뚫고 나와 잉타 뒤에 섰다. 옷차림을 보니 마을 사람이었다. 깡말랐고 얼굴에는 주름이 잡혀 있었으며 희어 가는 머리카락을 길게 늘어뜨리고 있었다. 짐 꾸러미와 물병 여러 개가 그의 안장 뒤에서 흔들렸고 짧은 칼날이 달린 칼과 톱니가 달린 소드브레이커(상대의 칼을 막기 위한 단검―옮긴이)가 곤봉과 함께 그의 허리띠에 매달려 있었다.

잉타는 랜드의 시선을 의식했다. "이쪽은 우리의 탐지자 휴린이다. 아이즈 세다이에게는 이 사람에 대해 알릴 필요가 없었다. 이 사람이 하는 일이 잘못된 것이기 때문은 아니다, 너도 알겠지만. 왕은 팔 모란에 탐지자를 두고 있고, 앙코르 데일에도 탐지자가 또 한 명 있다. 그냥 아이즈 세다이가 자신들이 이해 못 하는 존재를 좋아하는 일이 별로 없기 때문이야. 게다가 탐지자는 남자니까……. 물론 일원력과는 아무 상관도 없다. 아아! 자네가 말해 주게, 휴린."

"예, 잉타 공." 남자가 말했다. 그는 안장에 앉은 채 랜드에게 깊이 허리를 숙였다. "봉사하게 되어 영광입니다, 나리."

"랜드라고 불러주세요." 랜드가 손을 내밀었다. 잠시 후 휴린은 씩 웃으며 그의 손을 잡았다.

"원하시는 대로 하지요, 랜드 공. 잉타 공과 카진 공은 상대방의 처신에 별 신경을 쓰지 않으시지만—당연히 아겔마 공도 그러시고요—마을에는 당신이 남쪽 나라에서 온 이방인 왕자라는 이야기가 있습니다. 이방의 군주들 중에는 모두가 각자의 분수에 맞는 처신을 하기를 엄격하게 요구하는 사람들이 있고요."

"전 왕자가 아니에요." **적어도 이제 이런 얘기에서는 벗어날 수 있겠네.** "그냥 랜드라고 해 주세요."

휴린이 눈을 깜빡였다. "그러지요, 나리…… 아니, 랜드. 보시다시피 저는 탐지자입니다. 이번 태양일이면 4년 차가 되지요. 전에는 탐지자라는 것에 대해 들어본 적이 없지만 저와 비슷한 사람들이 몇 명 더 있다고 하더군요. 천천히 시작된 능력이었습니다. 다른 누구도 맡지 못하는 악취를 맡기 시작했는데 점점 심해지더군요. 그게 뭔지 깨닫기까지 1년이 꼬박 걸렸습니다. 저는 폭력의 냄새를, 살인과 상해의 냄새를 맡을 수 있습니다. 어디서 그런 일이 일어났는지도 냄새로 알 수 있지요. 그런 짓을 저지른 자를 냄새로 추적할 수 있습니다. 모든 자취가 다르니 혼동할 가능성은 없습니다. 잉타 공께서 이런 이야기를 들으시고 저를 왕의 정의에 봉사하도록 하셨습니다."

"폭력의 냄새를 맡을 수 있다고요?" 랜드가 말했다. 남자의 코를 보지 않을 수 없었다. 크지도 작지도 않은 평범한 코였다. "그러니까, 예를 들면 다른 사람을 죽인 누군가를 실제로 추적할 수 있단 말인가요? 냄새로?"

"그렇습니다, 나리…… 아니, 랜드. 시간이 지나면 냄새도 흐려지지만 폭력이 심할수록 흔적도 오래가지요. 예, 저는 10년 전의 전쟁터 냄새도 맡을 수 있습니다. 그곳에 있었던 사람들의 자취가 사라진 뒤에도요. 거대한오염과 가까운 곳에서는 트롤록들의 흔적이 거의 흐려지지 않습니다. 하지만 선술집에서 일어난 싸움의 냄새는, 누군가의 팔이 부러졌더라도…… 몇 시간이면 사라집니다."

"아이즈 세다이가 당신의 존재를 몰랐으면 하는 이유가 이해되네요."

"아아, 아이즈 세다이에 관해서는 잉타 공의 말씀이 맞습니다. 빛께서 그들을 축복하시길 바라지만요, 나리…… 어, 랜드. 예전에 케예리엔에 아이즈 세다이가 한 명 있었습니다. 갈색의 아자였지요. 하지만 정말이지, 그 사람이 저를 놔주기 전까지 저는 그분이 적색의 아자인 줄 알았습니다. 그분은 제가 냄새를 맡는 방법을 알아내겠다며 저를 한 달이나 잡아 두었습니다. 뭔가 모르는 상태를 싫어하셨거든요. 계속해서 '옛 현상이 다시 나온 것인가, 아니면 새로운 현상인가?'라고 중얼거리면서 저를 바라보셨습니다. 누가 보면 제가 일원력을 쓰는 거라고 생각할 정도였지요. 심지어 저도 저 자신을 의심할 뻔했습니다. 하지만 저는 미치지도 않았고 아무 짓도 하지 않았습니다. 그냥 냄새를 맡았을 뿐이죠."

랜드는 어쩔 수 없이 모레인을 떠올렸다. **오래된 장벽이 약해진다. 우리 시대에는 붕괴와 변화의 조짐이 있어. 옛 것들이 다시 걷고 새로운 것들이 태어난다. 우리가 사는 동안 한 시대의 종말을 보게 될지도 몰라.** 랜드가 몸을 떨었다. "그럼 당신의 코로 뿔나팔을 가져간 자들을 추적하는 거군요."

잉타가 고개를 끄덕였다. 휴린이 자랑스러운 듯 씩 웃으며 말했다. "그렇습니다, 나…… 어, 랜드. 저는 케예리엔까지 살인자를 추적한 적이 한 번 있습니다. 또 한 번은 저 멀리 마라돈까지 갔지요. 그렇게 놈들에게 국왕의 정의를 실현했습니다." 그의 미소가 희미해졌다. 난처한 표정이었다. "하지만 이번이 최악입니다. 살인에서도 고약한 냄새가 나고 살인자의 자취에도 그 악취가 배어 있습니다만 이건……." 그의 코에 주름이 잡혔다. "어젯밤에는 사람들이 많있습니다. 틀림없이 어둠의 친구들이겠지요. 하지만 냄새로 어둠의 친구를 알아낼 수는 없습니다. 저는 트롤록들을 따라갈 겁니다. 그리고 반인도요. 그보다 고약한 것도 말입니다." 휴린은 인상을 찡그리고 혼자 중얼거리듯 말을 흐렸지만 랜드는 그 말을 들을 수 있었다. "그보다 고약한 것이라니, 빛이여 도우소서."

그들은 도시의 성문에 이르렀다. 성벽 바로 너머에서 휴린은 산들바람을 향해 고개를 들었다. 그의 콧구멍이 벌어졌다. 그는 역겹다는 듯 킁 하는 소리를 냈다. "저쪽입니다, 잉타 공." 그가 남쪽을 가리켰다.

잉타는 놀란 듯했다. "거대한 오염 방향이 아니라?"

"예, 잉타 공. 제길!" 휴린이 소매로 입을 닦았다. "거의 맛이 느껴질 정도 군요. 놈들은 남쪽으로 갔습니다."

"그럼 아멀린 권좌의 말씀이 맞았군." 잉타가 천천히 말했다. "위대하고 도 현명한 분이시다. 나보다 나은 사람이 그분을 모셔야 해. 그 길을 쫓게, 휴린."

랜드는 돌아서서 성문 너머를, 요새로 향하는 길을 바라보았다. 에그웨인 이 괜찮기를 바랐다. **나이니브가 돌봐 주겠지. 어쩌면 이게 더 나을지도 몰 라. 깨끗하게 끊어 내는 거야. 일이 다 끝나기 전까지는 아픈 줄도 모를 만큼 빠르게.**

그는 잉타와 잿빛 부엉이 깃발을 따라 남쪽으로 말을 달렸다. 바람이 거 세지고 있었다. 햇빛이 드는 데도 등에 닿는 한기가 심해졌다. 랜드는 그 바 람 소리에서 웃음소리가 들리는 것만 같았다. 희미하고도 조롱하는 듯한 소 리였다.

커져 가는 달이 축축하고도 어두운 일리안의 밤거리를 비추었다. 거리는 낮 동안 벌어진 축하 의식의 흔적으로 여전히 뜨거웠다. 며칠만 더 있으면 위대한 뿔나팔 사냥대가, 전통에 따르면 전설의 시대까지 거슬러 올라간다 는 화려한 의식과 함께 파견될 것이다. 사냥대를 위한 축제는 유명한 시합 을 통해 방랑 시인에게 상을 주는 테벤 축제와 뒤섞였다. 가장 큰 상은 늘 그 랬듯 "위대한 뿔나팔 사냥대" 이야기를 가장 잘하는 방랑 시인에게 주어질 터였다.

오늘 밤, 방랑 시인들은 궁전과 도시의 대저택에서 공연을 했다. 그곳에 서 지위가 높고 힘센 자들이 흥겨운 시간을 보냈다. 발리어의 뿔나팔은 찾 지 못하더라도 최소한 노래와 이야기를 통한 영원한 삶을 찾으러 가겠다고 모든 나라에서 사냥대원들이 찾아왔다. 그들은 음악과 춤을 즐길 테고 부채 와 얼음이 올해의 첫 진짜 더위를 식혀줄 터였다. 달빛이 밝은 후텁지근한 밤까지도 축제는 거리를 가득 채우고 있었다. 사냥대가 떠날 때까지는 매일 낮, 매일 밤이 축제였다.

사람들은 기괴하면서도 화려한 가면과 의상 차림으로 베일 도먼의 곁을 달려 지나갔다. 맨살을 지나치게 드러낸 사람이 많았다. 그들은 대여섯 명씩 무리를 지어 소리를 지르고 노래하며 달려가다가 낄낄대고 서로를 붙잡으며 둘씩 흩어졌다. 하늘에서는 폭죽이 타닥거리며 검은색을 바탕으로 황금색과 은색의 불꽃을 뿜어냈다. 도시에는 방랑 시인만큼이나 많은 조명이 있었다.

도먼은 불꽃놀이를 위해서라면, 또는 사냥대를 위해서라면 거의 아무것도 아끼지 않았다. 그는 자신을 죽이려 들지도 모르는 남자들을 만나러 가는 길이었다.

그는 꽃의 다리를 통해 도시의 수많은 운하 중 하나를 지나 일리안의 항구 지역인 향기 지구로 들어갔다. 운하에서는 너무 많은 요강을 비워낸 것 같은 냄새가 났다. 다리 근처에 꽃이 존재했다는 흔적은 전혀 없었다. 이 구역에서는 조선소와 부두에서 나는 대마와 피치(타르나 원유를 증류하고 남은 끈적끈적하고 검은 물질—옮긴이), 그리고 시큼한 항구의 흙냄새가 났다. 너무 축축해서 들이마시기 어려울 정도로 후끈한 공기 때문에 이 모든 냄새가 더욱 심해졌다. 도먼은 힘겹게 숨을 쉬었다. 그는 북부 지방에서 돌아올 때마다 날 때부터 있었던 그 모든 것에, 일리안의 초여름 열기에 놀라곤 했다.

그는 한손에 튼튼한 곤봉을 들고 있었다. 다른 손은 강을 오가는 무역선을 강도떼로부터 지킬 때 자주 사용했던 짧은 칼자루에 올려놓은 채였다. 털어갈 주머니가 많고 대부분의 사람들이 와인에 깊이 취해 있는 이 흥청망청 밤거리에는 적잖은 노상강도들이 도사리고 있었다.

그러나 베일 도먼은 어깨가 넓고 근육질인 남자였으며, 한몫 잡아 보겠다고 나온 사람들 중 수수한 코트 차림의 그를 덩치와 곤봉에도 불구하고 털어볼 만한 부자로 생각하는 사람은 아무도 없었다. 베일 도먼이 창문에서 쏟아져 나오는 빛을 가로질러 걸어갈 때 그를 똑똑히 본 사람들은 그가 한참 멀어진 뒤까지 물러나 있었다. 어깨까지 늘어진 검은 머리카락과 윗입술이 드러나는 턱수염이 둥근 얼굴을 감싸고 있었지만, 그 얼굴은 한 번도 부드러워진 적이 없었으며 지금은 벽이라도 때려 부수고 지나갈 작정인 것처럼 험악한 표정이었다. 도먼은 만날 사람들이 있었고 그게 마음에 들지 않았다.

주정꾼들이 음이 맞지 않는 노래를 부르며 달려 지나갔다. 그들의 말이 와인으로 엉망진창이 되었다. **"발리어의 뿔나팔"이라니, 늙은 우리 할머니도 아니고!** 도먼은 뚱하게 생각했다. **나라면 내 배나 지키겠어. 내 목숨이랑. 우라질 거.**

그는 여관 문을 밀치고 들어갔다. 문 위에는 뒷다리로 일어서서 은색 삽을 든 남자와 함께 춤을 추는 커다란 흰색 줄무늬 오소리 간판이 걸려 있었다. 그 여관은 "오소리 달램"이라고 불렸다. 여관 주인인 니에다 시도로조차 그 이름의 의미를 몰랐지만 말이다. 일리안에는 오래전부터 그런 이름의 여관이 있었다.

바닥에 톱밥이 깔려 있고 음악가가 12현짜리 비테른으로 바다 민족의 슬픈 노래 한 곡을 조용히 연주하고 있는 휴게실은 환하고 조용했다. 니에다는 자기 가게에서 소동을 일으키는 걸 허락하지 않았고, 그녀의 조카 빌리는 양손에 성인 남자를 한 명씩 들 수 있을 만큼 덩치가 컸다. 선원, 부두 노동자, 창고지기 등은 술을 한잔 걸치고 수다를 떨거나 돌멩이 게임 혹은 다트 던지기를 하러 오소리 달램에 왔다. 휴게실은 지금 절반쯤 차 있었다. 조용한 걸 좋아하는 사람들조차 축제에 이끌려 나갔다. 말소리는 조용했지만, 도먼은 사냥대나 머랜디 사람들이 잡은 가짜 드래건, 티어 사람들이 하돈의 어둠을 가로질러 쫓고 있다는 가짜 드래건에 대한 이야기를 엿들었다. 가짜 드래건과 티어 사람들 중 누가 죽는 꼴을 보는 게 낫겠느냐는 질문이 오가는 듯했다.

도먼이 인상을 찡그렸다. **가짜 드래건이라니! 우라질 거, 요즘엔 안전한 곳이 없다니까.** 하지만 베일 도먼은 사실 가짜 드래건에 대해 별 관심이 없었다. 사냥대에 대해서도 마찬가지였다.

땅딸막한 여관 주인은 머리 뒤쪽으로 머리카락을 말아 올리고 있었으며 자기 가게를 날카로운 눈으로 지켜보았다. 그녀는 하던 일을 멈추지도 않았고 딱히 베일 도먼을 보지도 않았지만, 왼쪽 눈꺼풀이 처지며 구석 테이블에 앉은 세 남자에게로 시선이 기울어졌다. 그들은 오소리 달램 기준으로도 조용했다. 거의 침울하게 보였다. 그들이 쓴 종 모양의 벨벳 모자와 가슴에 은색, 진홍색, 황금색 막대가 수놓여 있는 검은 코트가 다른 손님들의 수수한 옷차림 사이에서 두드러졌다.

도먼은 한숨을 쉬며 구석 테이블에 앉았다. **이번에는 케예리엔 사람들이군.** 그는 종업원에게서 브라운 에일 머그잔을 받아 들고 길게 한 모금 삼켰다. 그가 잔을 내려놓자 줄무늬 코트를 입은 세 남자가 그의 테이블 옆에 서 있었다. 도먼은 니에다에게 빌리를 부를 필요가 없다는 걸 알리려고 겸손한 손동작을 해 보였다.

"도먼 선장?" 세 사람 모두 특징적이지는 않았지만, 방금 말한 사람의 분위기 때문에 도먼은 그가 대장이라고 생각했다. 그들은 무장하지 않은 듯했다. 좋은 옷을 입고 있었지만 굳이 무장할 필요는 없는 것처럼 보였다. 너무도 평범한 얼굴에 엄격한 눈이 박혀 있었다. "스프레이호의 베일 도먼 선장 맞소?"

베일 도먼은 짧게 고개를 끄덕였다. 세 사람은 도먼의 권유를 기다리지 않고 자리에 앉았다. 처음 말한 사람이 이야기를 맡았고 나머지 둘은 거의 눈도 깜빡이지 않은 채 지켜보기만 했다. **호위병이로군.** 두 사람이 아주 좋은 옷을 입고 있었음에도 도먼은 그렇게 생각했다. **도대체 누구기에 호위병을 두 명이나 달고 다니는 거야?**

"도먼 선장, 메이엔에서 일리안까지 이동해야 하는 사람이 있소."

"스프레이호는 강에서 타는 배요." 도먼이 그의 말을 잘랐다. "흘수선이 낮고 깊은 물을 다닐 수 있는 용골이 없소." 정확한 사실은 아니었지만 육지 사람들에게도 그만한 설명이면 충분했다. **최소한 이건 티어와 다르네. 사람들이 똑똑해져 가고 있어.**

남자는 도먼이 말을 끊었는데도 침착해 보였다. "당신이 강에서의 사업을 그만둘 거라고 들었는데."

"그럴 수도 있고, 아닐 수도 있고. 결정 안 했소." 하지만 도먼은 사실 결정을 내렸다. 티어 밑바닥에서 거래되는 모든 비단을 준대도 강을 거슬러 변방으로 올라가지는 않을 것이다. 살데이아의 모피와 얼음 후추도 그럴 가치는 없었다. 거기 나타났다는 가짜 드래건과는 아무 상관없는 일이었다. 하지만 그는 다시 한 번 누군가가 그 사실을 알게 됐는지 궁금해졌다. 그는 누구에게도 이 이야기를 한 적이 없었다. 그런데도 다른 사람들이 알고 있다니.

"메이엔까지 연안으로 쉽게 이동할 수 있을 거요. 물론 선장 당신은 금화 1천 마르크를 준다면 해안을 따라 기꺼이 움직일 테고."

도먼은 그러고 싶지 않았으나 눈을 크게 떴다. 1천 마르크라면 지난번 제안 받은 금액의 네 배였다. 입이 쩍 벌어질 만했다. "그 돈을 받고 누구를 태우라는 거요? 메이엔의 일인자라도 데려다주라는 겁니까? 티어가 마침내 그 여자를 완전히 밀어낸 거요?"

"당신은 이름을 알 필요가 없소, 선장." 남자는 테이블에 커다란 가죽 주머니와 봉인된 양피지를 올려놓았다. 테이블 너머로 그것을 밀어 건네자 주머니에서 묵직하게 짤랑거리는 소리가 났다. 접힌 양피지를 봉인한 크고 붉은 원형의 밀랍에는 여러 줄기의 광선을 뿜어내는 케예리엔의 뜨는 태양이 찍혀 있었다. "200마르크를 미리 주겠소. 1천 마르크를 준다면 이름은 몰라도 될 텐데. 봉인을 뜯지 말고 이 문서를 메이엔 항만 경비대장에게 주면 그가 300마르크와 승객을 인도할 거요. 남은 돈은 승객이 여기에 도착할 때 주겠소. 당신이 승객의 신분을 알아내려 하지 않는다면 말이오."

도먼은 깊이 숨을 들이쉬었다. **우라질, 저 주머니에 들어 있는 것 외에 한 푼도 주지 않는다 해도 항해할 가치는 있겠는걸.** 게다가 1천 마르크라면 3년 이상 일하지 않아도 될 만한 돈이었다. 도먼은 조금만 더 찔러보면 이 항해가 일리안 9인 위원회와 메이엔의 일인자 사이에 벌어지는 비밀 거래와 관련되어 있다는 다른 단서가 나올지 궁금했다. 단서만이라도. 메이엔의 일인자가 다스리는 도시 국가는 그저 이름만 티어의 영토였다. 그녀는 일리안의 도움을 원할 게 틀림없었다. 일리안에는 또 한 번 전쟁이 벌어질 때가 됐다고, 티어가 폭풍의바다에서 벌어지는 무역을 지나치게 많이 독점하고 있다고 말하는 사람들이 있었다. 이번 제안은 도먼을 함정에 빠뜨리려는 그물일 가능성이 컸다. 지난달만 해도 이런 일이 세 번이나 있었기에 더더욱.

도먼이 주머니를 가져가려고 손을 뻗자 모든 이야기를 맡아서 했던 남자가 그의 손목을 잡았다. 도먼이 그를 노려보았으나 그는 냉정하게 그를 마주 보았다.

"최대한 빨리 떠나야 하오, 선장."

"날이 밝자마자 가겠소." 도먼이 으르렁거리듯 말하자 남자는 고개를 끄덕이며 손을 놓았다.

"그럼 날이 밝자마자 가는 거요, 도먼 선장. 기억하시오. 비밀을 지켜야 돈을 다 쓸 때까지 살 수 있소."

도먼은 세 사람이 떠나는 모습을 지켜본 뒤 뚱한 표정으로 테이블에 놓인 주머니와 양피지를 바라보았다. 누군가가 도먼을 동쪽으로 보내려 했다. 그가 동쪽으로 가기만 한다면 목적지는 티어든, 메이엔이든 중요하지 않았다. 도먼은 그를 보내려는 사람이 누군지 알 것 같았다. **하긴, 나한테는 놈들의 정체에 관한 단서가 없어. 누가 어둠의 친구일지 누가 알아?** 하지만 도먼은 마라본을 떠나 하류로 내려온 이래 어둠의 친구들이 자신을 쫓고 있다는 걸 알았다. 어둠의 친구들과 트롤록까지. 그것만은 분명했다. 도먼이 희미한 답조차 떠올릴 수 없는 진짜 문제는 그 이유가 무엇이냐는 점이었다.

"고민 있어, 베일?" 니에다가 물었다. "트롤록이라도 본 표정인데." 니에다가 낄낄댔다. 그녀 같은 덩치의 여자에게서 나오지 않을 것 같은 목소리였다. 번방에 가본 적이 한 번도 없는 대부분의 사람들이 그렇듯 니에다는 트롤록이 존재한다고 믿지 않았다. 도먼은 그녀에게 진실을 알려 주려고 해 보았다. 그녀는 이야기를 좋아했고 트롤록에 관한 이야기도 전부 거짓말이라고 생각했다. 그녀는 눈표이 존재한다는 말도 믿지 않았다.

"고민 없어, 니에다." 도먼은 주머니 끈을 풀고, 보지도 않은 채 금화를 한 닢 꺼내 그녀에게 던졌다. "그 돈이 다 떨어질 때까지 모든 사람에게 술을 줘. 그러면 내가 한 닢 더 줄게."

니에다는 놀라서 금화를 보았다. "타 발론 마르크잖아! 이젠 마녀들과 거래하는 거야, 베일?"

"아니." 도면이 쉰 목소리로 말했다. "그런 짓은 안 해!"

니에다는 금화를 깨물어 보더니 널찍한 허리띠 뒤에 재빨리 쑤셔 넣었다. "뭐, 진짜 금이네. 어쨌든, 그 마녀들도 사람들 말처럼 나쁘지는 않은가 봐. 원래 난 아무한테나 이렇게 말을 많이 하지 않아. 이런 금화를 다루는 환전상을 한 명 아는데. 한 닢 더 줄 필요는 없어, 오늘 밤에는 사람이 별로 없으니까. 에일 더 줄까, 베일?"

도면은 잔이 거의 차 있었는데도 멍하니 고개를 끄덕였고 니에다는 쿵쿵 멀어져 갔다. 니에다는 그의 친구였고 자기가 본 것에 대해 말하지 않을 터였다. 도면은 가죽 주머니를 바라보며 앉아 있었다. 그 주머니를 열어 안에 든 금화들을 보기도 전에 에일이 한 잔 더 나왔다. 도면은 굳은살이 박인 손가락으로 금화들을 휘저어 보았다. 마르크 금화가 등불 빛을 받아 반짝였다. 그 모든 금화에 빌어먹을 타 발론의 불꽃이 찍혀 있었다. 그는 서둘러 주머니 끈을 묶었다. 위험한 금화였다. 한두 닢은 괜찮겠지만, 이런 금화가 너무 많으면 대부분의 사람들이 니에다의 생각과 정확히 똑같은 말을 하게 될 터였다. 도시에는 빛의 아이들이 있었다. 일리안에는 아이즈 세다이와의 거래를 금지하는 법이 없었지만, 하얀 망토들이 이 이야기를 듣는다면 도면은 판사를 만날 기회조차 없을 터였다. 도면이 금화만 받고 일리안에 남을까 봐 그 남자들이 미리 조치해 둔 것이었다.

도면이 그 자리에 앉아 걱정하고 있을 때, 생각이 많고 황새를 닮은 스프레이호의 부선장 야린 메일던이 나타났다. 코까지 내려오도록 눈썹을 내리뜬 채 오소리 달램으로 들어선 그가 선장의 테이블 곁에 섰다. "칸이 죽었습니다, 선장님."

도면은 인상을 쓰며 그를 바라보았다. 칸 말고도 도면의 부하 중 세 사람이 이미 살해당했다. 그를 동쪽으로 보내려는 의뢰를 거절할 때마다 한 명씩 죽은 것이다. 판사들은 아무 조치도 취하지 않았다. 그들은 밤에 길거리를 다니는 것은 위험한 일이며 선원들이란 원래 거칠고 자주 싸우는 사람들이라고 했다. 존경할 만한 시민이 다치지 않는 한 판사들이 향기 지구에서 일어나는 일로 골머리를 썩는 일은 거의 없었다.

"하지만 이번에는 의뢰를 받아들였는데." 도먼이 투덜거렸다.

"그게 다가 아닙니다, 선장님." 야린이 말했다. "놈들이 칸에게 여러 번 칼질을 했더군요. 칸한테 무언가 말하게 하려 했던 것처럼 말입니다. 지금으로부터 한 시간이 채 안 되어, 더 많은 사람들이 스프레이호에 몰래 타려고 했습니다. 부두 경비대가 놈들을 쫓아냈지만요. 열흘 만에 세 번째로 벌어진 일입니다. 부두의 좀도둑들이 그렇게 끈질기다는 얘기는 들어본 적도 없습니다. 좀도둑들은 다시 도둑질을 시도하기 전에 경계심이 수그러들기를 기다리는 편이죠. 게다가 어젯밤에는 누군가 '은빛 돌고래'에 있는 제 방을 털었습니다. 은화를 가져갔으니 도둑놈의 짓이라고 생각하고 싶지만, 제 허리띠 쇰쇠는 남겨 놓고 갔어요. 석류석과 월석이 박혀 있는 거였고 뻔히 보이는 곳에 놓여 있었는데 말이죠. 무슨 일이 벌어지는 겁니까, 선장님? 애들이 겁을 먹었어요. 저도 좀 초조하고요."

도먼은 자리에서 일어났다. "선원들을 깨워라, 야린. 모두를 찾아서, 스프레이호를 움직일 정도의 인원이 모이는 대로 항해를 떠날 거라고 말해라." 그는 양피지를 코트 주머니에 쑤셔 넣으며 금화 자루를 집어 들고 부선장을 앞세워 문밖으로 나갔다. "선원들을 깨워라, 야린. 누구든 못 오는 놈, 항구에 와서 서 있지 않는 놈은 두고 갈 테니까."

도먼은 야린을 떠밀어 달리게 한 다음 부두로 향했다. 도먼이 가지고 있는 주머니의 짤그랑짤그랑 소리를 들은 노상강도들조차 그에게 길을 비켜 주었다. 이제 그는 살인을 할 것 같은 사람처럼 걷고 있었으니까.

도먼이 도착해 보니 허둥지둥 스프레이호에 올라타는 선원들이 있었다. 더 많은 선원들은 돌로 된 부두를 맨발로 달리고 있었다. 그들은 도먼이 두려워하는 추적자가 누군지 몰랐다. 뭔가가 그를 쫓고 있다는 사실조차도. 하지만 도먼이 돈을 잘 번다는 건 알았다. 또 도먼이 일리안 방식에 따라 자기가 벌어들인 돈을 선원들과 나눈다는 사실도.

스프레이호는 24미터 길이에 돛대가 두 개 달려 있었으며 폭이 넓었고, 창고 말고도 갑판에 화물을 둘 공간이 있었다. 케예리엔 사람들에게 한 말과는 달리—그들이 케예리엔 사람이었다면 말이지만—도먼은 스프레이호가 탁 트인 바다에서도 버틸 수 있을 거라고 생각했다. 폭풍의바다는 여름에 비교적 고요했다.

"버텨야지." 도먼은 중얼거리며 아래층 선장실을 향해 성큼성큼 걸어갔다.

그는 금화 자루를 침대에 던져 놓았다. 침대는 뱃고물에 있는 다른 모든 것이 그렇듯 용골에 바짝 붙여 깔끔하게 만들어져 있었다. 도먼은 양피지를 꺼냈다. 머리 위의 고리에 매달린 등불을 켜고 봉인된 서류를 자세히 살펴보았다. 봉인을 뜯지 않고도 안의 내용을 읽을 수 있을지 살펴보느라 이리저리 돌려 보았다. 문 두드리는 소리에 그가 인상을 찌푸렸다.

"들어와."

야린이 고개를 들이밀었다. "모두 승선했지만 세 명은 찾을 수 없습니다, 선장님. 하지만 그 구역에 있는 모든 선술집과 쓰레기장, 요람까지 말을 퍼뜨렸습니다. 상류로 갈 만큼 날이 밝기 전에 승선할 겁니다."

"스프레이호는 지금 출항한다. 바다로." 도먼은 날이 어둡고 물때도 맞지 않으며 스프레이호는 탁 트인 바다로 나가기 위해 만들어진 배가 아니라는 야린의 항의를 무시했다. "지금 당장! 스프레이호는 물이 최대한 빠졌을 때 모래톱을 지나갈 수 있다. 별을 보며 항해하는 법을 잊은 건 아니겠지? 스프레이호를 끌고 나가라, 야린. 지금 당장. 방파제를 지난 다음에 돌아와."

부선장은 잠시 망설였지만—도먼은 까다로운 항해를 하면서 갑판에 나와 직접 명령을 내리지 않은 적이 한 번도 없었고, 스프레이호를 밤에 끌고 나가는 것은 물이 빠졌든 아니든 그야말로 까다로운 일이었다—고개를 끄덕이고 사라졌다. 잠시 후 야린이 큰 소리로 명령을 내리는 소리와 맨발의 선원들이 머리 위 갑판을 밟고 다니는 소리가 도먼의 선실까지 들려왔다. 도먼은 배가 물에 올라타며 출렁일 때조차 그 소리를 무시했다.

마침내 그는 등불 갓을 들어 올리고 칼을 불꽃에 댔다. 칼날의 기름이 타면서 연기가 피어올랐지만 도먼은 칼날이 빨갛게 달아오르기 전에 책상에 놓여 있던 해도를 치우고 양피지를 평평하게 펼쳐 놓은 다음 뜨거운 쇠를 천천히 봉인 밑에 밀어 넣기 시작했다. 맨 윗장이 들려 올라갔다.

단순한 서류였다. 서문이나 인사도 없었다. 그리고 그 서류를 읽은 도먼의 이마에는 땀이 맺혔다.

이 서류를 소지한 자는 살인과 우리 요인의 물건에 대한 절도 등 중범죄로 케예리엔에서 수배 중인 어둠의 친구다. 이 사람을 체포해 그가 가지고 있는 물건을 가장 작은 것까지 전부 압수할 것을 요청한다. 그가 훔친 물건을 환수하러 우리 대표가 갈 예정이다. 우리 물건을 제외한 이 사람의 모든 소유물은 전부 보상으로 준다. 이 사악한 이단자는 즉시 목을 매달아 그림자가 낳은 그의 악행이 더 이상 빛을 더럽히지 못하게 하라.

우리의 손,
드래건 장벽의 수호자이자
케예리엔의 왕
갈드리안 수 라이아틴 리가 서명함.

서명 아래의 얇은 빨간색 밀랍에는 케예리엔의 떠오르는 태양 봉인과 리아틴 가문의 다섯 별 문장이 찍혀 있었다.

"드래건 장벽의 수호자라니, 우리 늙은 할머니나 할 소리를." 도먼이 쉰 목소리로 말했다. "지금까지도 자기가 자기를 그렇게 불러야 하는 인간이라니 퍽이나 제대로 된 놈이겠군."

그는 서류를 등불 가까이 들고서 코가 양피지에 닿을 정도로 얼굴을 가까이 대고 봉인과 서명을 꼼꼼히 살펴보았다. 하지만 일단은 아무 결점을 발견할 수 없었다. 게다가 그는 갈드리안의 손글씨가 어떻게 생겼는지 몰랐다. 이 서류에 서명한 사람이 왕 자신이 아니라면, 누군지 모르지만 갈드리안이 휘갈겨 쓴 글씨를 제대로 흉내 낸 것 같았다. 티어에서는, 이 편지가 일리안 사람의 손에 들어가는 즉시 도먼이 지옥에 떨어질 터였다. 티어의 영향력이 무척 강한 메이엔에서도 마찬가지였다. 지금은 전쟁 상황이 아니었고 양쪽 항구에서 온 사람들은 자유롭게 오갔지만, 티어 사람들은 일리안 사람을 별로 좋아하지 않았고 그 반대도 마찬가지였다. 특히 이런 평계로 온 사람이라면 더욱 그럴 것이다.

도면은 잠시 양피지를 등불의 불꽃에 던져 버릴까 생각했지만—티어든 일리안이든 그가 상상할 수 있는 어느 곳에서든 이 편지를 가지고 있는 건 위험한 일이었다—결국 책상 뒤에 있는 비밀 벽장에 넣었다. 그 벽장은 도면만이 여는 방법을 아는 널빤지로 감춰져 있었다.

"내 소유물이라고?"

도면은 뱃사람으로 살면서 골동품을 최대한 모았다. 너무 비싸거나 커서 살 수 없는 것은 보고 기억하는 방식으로 수집했다. 지나간 시절의 그 모든 유물들, 어린 시절 도면을 처음 배로 끌어당겼던, 세계 곳곳에 흩어져 있는 기적들. 도면은 마지막 여행 때 마라돈에서 네 가지 수집품을 더 모았다. 어둠의 친구들이 추적을 시작한 건 그때였다. 한동안 트롤록도 그를 따라왔다. 도면은 자신이 떠나온 직후 화이트브리지가 불타 무너져 내렸다는 이야기를 들었다. 트롤록뿐 아니라 머드랄이 나타났다는 소문까지 있었다. 누군가가 자신을 추격하고 있다는 그 모든 생각이 상상이 아니라는 확신을 처음 가지게 된 것은 바로 그 때문이었다. 그 모든 일이 한꺼번에 일어났기 때문에. 그래서 도면은 첫 의뢰가 들어왔을 때 경계심을 품었다. 티어까지 가는 단순한 항해치고는 돈을 너무 많이 준다는 의뢰였다. 합리적인 이유도 없었는데.

도면은 마라돈에서 산 물건들을 책상에 펼쳐 놓았다. 전설의 시대부터 내려오는, 혹은 그렇다고 전해지는 유물인 빛 막대. 이런 물건을 만드는 방법을 아는 사람은 더 이상 없었다. 값도 비쌌고 정직한 판사보다도 드물었다. 빛 막대는 도면의 엄지보다 굵고 아래팔 길이에 못 미치는 평범한 유리 막대처럼 생겼다. 하지만 손에 쥐면 등불처럼 밝게 빛났다. 빛 막대는 유리처럼 깨지기도 했다. 도면은 처음으로 손에 넣었던 빛 막대를 잘못 다루는 바람에 화재로 스프레이호를 잃을 뻔했다. 세월에 검게 변한, 칼을 든 남자의 작은 상아 조각상. 이 조각상을 판 자는 조각상을 충분히 오래 쥐고 있으면 온기가 느껴질 거라고 했다. 도먼은 한 번도 온기를 느낀 적이 없었다. 도먼이 시켜서 조각상을 쥐고 있던 선원들 중에도 온기를 느낀 자는 없었다. 하지만 오래된 물건이었고 도먼에게는 그걸로 충분했다. 사자만큼 커다란 고양잇과 동물의 머리뼈는 너무 오래돼 돌로 변해 있었다. 하지만 그 어떤 사자에게도 30센티미터나 되는, 거의 엄니 같은 송곳니는 없었다. 성인 남자 손 크기의 두꺼운 원반. 원반은 절반이 흰색, 절반은 검은색이었고 구불구불한 선이 두 색을 나눠 놓고 있었다. 마라돈의 가게 주인은 그게 전설의 시대 물건이라고 했다. 아마 거짓말이겠지만, 도먼은 흥정을 조금밖에 하지 않고 돈을 냈다. 가게 주인이 알아보지 못한 것을 알아보았으니까. 그건 세계의 파괴 이전의 아이즈 세다이를 나타내던 아주 오래된 상징이었다. 엄밀히 말하면 가지고 다니기에 안전한 물건은 아니었지만, 골동품에 이끌리는 사람이 그냥 지나칠 만한 물건도 아니었다.

게다가 이 물건은 하트스톤이었다. 가게 주인은 이미 자기가 거짓말을 하고 있다고 생각했기에 감히 그 말까지 덧붙이지는 못했다. 마라돈의 강변에서 장사하는 사람 중 퀘인데야르를 한 조각이라도 가질 만큼 여유가 있는 사람은 없었다.

도먼의 손에 들린 원반은 단단하고 매끄럽게 느껴졌다. 오래됐다는 것 말고는 아무 가치가 없었다. 하지만 도먼은 추격자들이 쫓는 게 바로 이 물건이라는 두려움을 느꼈다. 빛 막대와 상아 조각상, 심지어 돌로 변한 뼈도 다른 곳에서 다른 때 본 적이 있었다. 하지만 놈들이 원하는 게 무엇인지 안다 해도—도먼이 아는 게 맞는다면 말이지만—그 이유는 알 수 없었다. 자신을 쫓는 자들이 누구인지도 더 이상 확신할 수 없었다. 타 발론의 마르크와 오래된 아이즈 세다이 상징이라니. 도먼은 손으로 입술을 훔쳤다. 두려움의 맛이 혀에 씁쓸하게 남았다.

문 두드리는 소리. 도먼은 원반을 내려놓고 책상에 놓인 물건 위에 해도를 펼쳤다. "들어와."

야린이 들어왔다. "방파제를 지났습니다, 선장님."

도먼은 놀라움이, 그다음에는 자신에 대한 분노가 번뜩이는 것을 느꼈다.

스프레이호가 부푼 물에 실려 떠나는 걸 느끼지 못할 정도로 정신이 팔려 있었다니 있을 수 없는 일이었다. "서쪽으로 가라, 야린. 반드시."

"에부 다로 갑니까, 선장님?"

너무 가까워. 3660킬로미터는 더 가야 해. "내가 해도를 구하고 물통을 채울 때까지만 머물렀다가 서쪽으로 간다."

"서쪽이요, 선장님? 트레멀킹으로 갑니까? 바다 민족은 자기 민족이 아닌 상인들에게 빡빡하게 굽니다."

"아리스대양으로 간다, 야린. 타라본과 아라드 도만 사이에도 거래는 많아. 타라본 사람도, 도만 사람도 그 거래를 걱정할 이유가 없지. 내가 듣기로는 둘 다 바다를 별로 좋아하지 않는다던데. 토먼 헤드에 있는 작은 마을도 많고. 그 마을들은 모두 어떤 나라에도 속하지 않았지. 심지어 살데이아의 모피와 얼음 후추를 가져다가 반다 에반으로 운송할 수도 있어."

야린이 천천히 고개를 저었다. 그는 늘 비관적이었지만 실력이 뛰어난 선원이었다. "모피와 얼음 후추 값보다 그걸 상류로 실어다 나르는 비용이 더 비쌉니다, 선장님. 무슨 전쟁이 났다는 얘기도 들었고요. 타라본과 아라드 도만이 싸우는 중이라면 무역은 없을 겁니다. 토먼 헤드의 마을들과 거래하는 것만으로는 돈을 많이 벌지 못할 텐데요. 그 마을들이 안전하더라도 말입니다. 팔메가 가장 큰 마을인데, 그조차 별로 크지 않습니다."

"타라본 도만 사람들은 늘 앨머스평원과 토먼 헤드를 놓고 다퉈 왔다. 이번에는 실제 충돌이 일어난다 해도 주의 깊은 사람이라면 늘 거래할 만한 물건을 찾을 수 있다. 서쪽으로 간다, 야린."

야린이 갑판으로 올라가자 도먼은 흑백의 원반을 재빨리 벽장에 집어넣고 나머지 물건들은 서랍 밑바닥에 넣었다. **어둠의 친구든 아이즈 세다이든, 놈들이 원하는 쪽으로 가지는 않을 거야. 우라질, 절대 그렇게는 안 해.**

몇 달 만에 처음으로 안전하다고 느낀 도먼은 갑판으로 올라갔다. 스프레이호가 회전해 바람을 받으며 어두운 밤바다를 향해 서쪽으로 뱃머리를 돌렸다.

10장 사냥의 시작

잉타는 긴 여행의 초반치고 속도를 빠르게 잡았다. 말들이 걱정될 정도였다. 말들은 몇 시간씩 가볍게 달릴 수 있었지만, 해가 떨어질 때까지는 아직 시간이 많이 남아 있었다. 그 이후로도 며칠을 더 가야 할 가능성이 컸다. 하지만 잉타의 표정을 보니 뿔나팔을 훔쳐 간 자들을 첫날, 첫 시간에 잡을 생각인 듯했다. 아멀린 권좌에게 맹세하던 잉타의 목소리를 떠올리면 놀랍지도 않은 일이었다. 그러나 랜드는 입을 다물고 있었다. 지휘는 잉타 공의 몫이었다. 잉타가 아무리 랜드에게 친절하게 대해 주었다지만 양치기의 조언을 고마워해하지는 않을 터였다.

휴린은 잉디로부터 한 발짝 뒤처져서 말을 몰았다. 하지만 일행을 남쪽으로 이끌어 가며 잉타에게 방향을 알려 주는 건 탐지자였다. 땅이 구불구불 펼쳐져 있었다. 무화과나무와 진퍼리꽃, 참나무가 빽빽한 언덕들이 보였다. 하지만 휴린이 가리킨 길은 거의 화살처럼 곧았고, 넘어가기보다 돌아갈 때 빨리 갈 수 있을 것이 분명한 높은 언덕 몇 곳을 돌아갈 때를 제외하면 흔들리지 않았다. 잿빛 올빼미 깃발이 바람을 받아 물결쳤다.

랜드는 맷과 페린과 함께 말을 달리려고 했으나 랜드가 말의 속도를 늦춰 그들 뒤로 가면 맷이 페린을 쿡 찔렀고, 페린은 내키지 않는 듯하면서도 맷과 함께 행렬 앞으로 달려갔다. 랜드는 혼자 행렬 뒤에서 말을 달리는 게 아무 의미 없는 짓이라고 자신을 타이르며 다시 앞으로 갔다. 그러면 둘이 다시 뒤로 처졌다. 이번에도 맷이 페린을 부추겼다.

태워 죽일. 그냥 사과하고 싶은 것뿐이잖아. 랜드는 혼자가 된 기분이었다. 하지만 이게 자기 탓이라는 걸 알았기에 더욱 도움이 되지 않았다.

어느 언덕 꼭대기에서는 우노가 말에서 내려 말발굽에 어지럽혀진 땅을 살펴보았다. 그는 말똥 몇 개를 찔러보고 끙 소리를 냈다. "빌어먹을, 빨리도 움직이네요." 그는 그냥 이야기할 때도 소리를 지르는 것처럼 들리는 목소리의 소유자였다. "한 시간도 따라잡지 못했습니다. 태워 죽일, 오히려 한 시간 멀어졌을지도 모르겠습니다. 태워 죽일 한 시간을 잃었을지도 몰라요. 이런 식으로 가다가 놈들은 빌어먹을 말들을 다 죽이고 말 겁니다." 그가 말발굽이 찍힌 흙길을 만져 보았다. "이건 말이 아닙니다. 빌어먹을 트롤록이에요. 웬 태워 죽일 염소가 여길 지나갔네요."

"우리가 잡을 거다." 잉타가 험악하게 말했다.

"우리 말이 문제입니다, 잉타 공. 놈들을 따라잡기도 전에 말들을 혹사시키다가 빌어먹을 땅에 처박아 봐야 좋을 게 없습니다. 놈들이 말을 잃는다 해도 빌어먹을 트롤록은 말보다 훨씬 오래 움직일 수 있습니다."

"우리가 잡을 거다. 말에 타라, 우노."

우노는 하나밖에 없는 눈으로 랜드를 보더니 어깨를 으쓱하며 안장에 올랐다. 잉타는 일행을 데리고 달려서 비탈을 내려갔다. 언덕 아래까지 절반은 미끄러지다시피 했고 그다음 언덕은 빠르게 달려 올라갔다.

왜 그런 식으로 날 본 거지? 랜드는 궁금했다. 우노는 랜드에게 한 번도 친근감을 보인 적 없는 사람 중 한 명이었다. 마시마처럼 노골적으로 싫은 티를 낸 건 아니었다. 우노는 자신처럼 노련한 몇몇 퇴역 병사들을 제외하면 모두에게 불친절했다. **당연히 내가 귀족이라는 얘기를 믿는 건 아니겠지.**

우노는 앞의 지형을 살피며 시간을 보냈지만 랜드가 자기를 쳐다보는 걸 알아차리자 다시 그를 마주 쏘아보며 한마디도 하지 않았다. 별 의미는 없었다. 그는 잉타의 눈도 마주 쏘아볼 터였다. 그게 우노의 방식이었다.

뿔나팔을 훔친 어둠의 친구들이 선택한 길은—또 무엇이 그 길을 선택했을지는 몰랐다. 휴린은 계속 '더 고약한 것'에 대해 투덜거렸다—그 어떤 마을과도 가까워지지 않았다. 랜드는 2킬로미터쯤 떨어진 언덕 꼭대기에 있는 마을들을 보았지만 길거리의 사람들이 보일 만큼 가까운 마을은 한 곳도 없었다. 그 사람들이 남쪽으로 가는 일행을 알아볼 만한 거리도 아니었다. 언덕 위와 경사면, 언덕 맨 아래에는 처마가 낮은 집들과 높은 헛간, 연기 나는 굴뚝이 있는 농장들도 있었다. 하지만 농부에게 랜드 일행의 사냥감이 보일 만큼 가까운 농장은 하나도 없었다.

결국은 잉타도 이런 식으로는 말들이 버틸 수 없다는 걸 깨달을 수밖에 없었다. 랜드는 그가 웅얼웅얼 욕설하는 소리를 들었다. 잉타는 장갑을 낀 주먹으로 자기 허벅지를 내리쳤다. 결국 그는 모두에게 말에서 내리라고 명령했다. 그들은 말을 이끌고 2킬로미터 정도 언덕을 오르내린 뒤 다시 말에 올라 달렸다. 그런 다음 다시 내려 걸었다. 2킬로미터는 걷고, 2킬로미터는 말을 탔다. 걷고, 말을 타고.

말에서 내려 애를 쓰며 올라가던 랜드는 로이알이 씩 웃는 걸 보고 놀랐다. 오기어는 처음 만났을 때부터 말 타는 걸 불안하게 여기며 자기 발을 믿는 쪽이 더 낫다고 했지만 랜드는 그가 오래전에 그런 불안감을 극복한 줄 알았다.

"넌 뛰는 게 싫어, 랜드?" 로이알이 웃었다. "난 좋아. 스테딩 샹타이에서는 내기 제일 빨랐어. 한번은 말보다도 빨리 달렸다니까."

랜드는 고개만 저었다. 대화하는 데 호흡을 낭비하고 싶지 않았다. 그는 맷과 페린을 찾았지만 그들은 아직도 뒤에 있었다. 그들과 랜드 사이에 사람이 너무 많아서 잘 보이지도 않았다. 샤이나 사람들은 대체 어떻게 갑옷까지 입고 이런 일을 해내는 건지 의아했다. 그들 중 속도를 늦추거나 불평하는 사람은 한 명도 없었다. 우노는 땀조차 흘리지 않는 듯했고 기수는 단한 번도 잿빛 올빼미를 흔들리게 놔두지 않았다.

속도가 빨랐지만, 일행이 쫓는 자들의 흔적밖에는 보지 못했는데 땅거미가 지기 시작했다. 잉타는 마지못해 행렬을 멈춰 세우고 숲에서 야영하기로 했다. 샤이나 사람들은 오랜 경험을 통해 얻은 매끄럽고 효율적인 움직임으로 불을 피우고 말을 맬 말뚝을 설치하며 돌아다녔다. 잉타는 경비병 여섯 명을 둘씩 짝지어 첫 번째 보초로 배치했다.

랜드가 받은 첫 명령은 짐말에 실린 버들잎 바구니에서 랜드 자신의 짐 꾸러미를 찾으라는 것이었다. 어려운 일은 아니었지만—비품 중에서 개인 짐은 별로 없었다—꾸러미를 열어본 랜드는 고함을 질렀다. 그 바람에 야영지에 있던 모두가 칼을 쥐고 일어섰다.

잉타가 달려왔다. "무슨 일이냐? 평화여, 누가 침입하기라도 한 거야? 경비병들 소리는 못 들었는데."

"이 코트들 때문이에요." 랜드가 으르렁거리듯 말했다. 그는 여전히 짐에서 꺼낸 코트를 바라보고 있었다. 한 벌은 은실로 수놓은 검은 코트였고 한 벌은 금색 수가 놓인 흰 코트였다. 둘 다 목깃에 왜가리가 수놓여 있었으며 적어도 랜드가 입고 있는 진홍색 코트만큼은 화려했다. "하인들이 쓸 만한 좋은 코트 두 벌을 넣었다고 했는데, 이걸 좀 보세요!"

잉타가 어깨에 멘 칼집에 칼을 집어넣었다. 다른 남자들도 다시 자리에 앉기 시작했다. "뭐, 입을 만한데."

"이걸 입을 수는 없어요. 이런 걸 계속 입고 돌아다닐 수는 없다고요."

"입을 수 있다. 코트는 그냥 코트야. 내가 알기로는 모레인 세다이가 너의 짐을 싸는 모습을 직접 지켜봤을 거다. 아이즈 세다이는 남자가 현장에서 입는 옷을 정확히 모르는 것일지도 모르지." 잉타가 씩 웃었다. "우리가 이 트롤록들을 잡고 나면 잔치를 벌일지도 모른다. 최소한 너는 그 잔치에 입고 갈 옷이 있을 것 아니냐? 나머지 우리는 아니라도." 잉타는 요리용 모닥불이 이미 타고 있는 곳으로 어슬렁어슬렁 돌아갔다.

잉타로부터 모레인 이야기를 들은 랜드가 그 자리에서 굳고 말았다. 그는 코트를 바라보았다. **무슨 짓이지? 무슨 꿍꿍이든 난 이용당하지 않을 거야.** 랜드는 모든 것을 다시 꾸러미에 넣은 다음 그 꾸러미를 다시 큰 바구니에 넣었다. **언제든 벌거벗고 가면 되는 거니까.** 랜드는 신랄하게 투덜거렸다.

샤이나 사람들은 현장에 나와 있을 때 번갈아 가며 요리를 했다. 랜드가 불가로 돌아가 보니 마시마가 주전자를 휘젓고 있었다. 순무와 양파, 말린 고기로 만든 스튜 냄새가 야영장에 번지는 중이었다. 잉타가 가장 먼저 음식을 받았고 그다음은 우노였다. 하지만 다른 모든 사람들은 온 순서에 따라 한 줄로 늘어섰다. 마시마가 랜드의 접시에 스튜를 한 국자 크게 퍼 주었다. 랜드는 넘쳐흐르는 스튜가 코트에 묻지 않도록 재빨리 뒤로 물러나 다음 사람에게 자리를 내주며 뜨거운 국물에 덴 엄지를 빨았다. 마시마가 절대 눈가에 이르지 않는, 변함없는 미소를 씩 지으며 랜드를 보았다. 그때 우노가 다가와 그를 탁 쳤다.

"태워 죽일 땅에 흘릴 만큼 음식이 남아돌지는 않는다." 외눈의 남자가 랜드를 노려보더니 떠났다. 마시마가 귀를 문질렀지만 그의 노려보는 시선은 랜드를 따라왔다.

랜드는 잉타와 로이알에게 다가가 뻗어 있는 참나무 아래 땅에 앉았다. 잉타는 투구를 벗어 옆의 땅에 내려놓고 있었지만 그 외에는 갑옷을 완전히 갖춘 채였다. 맷과 페린이 이미 그곳에 와서 굶주린 듯 밥을 먹고 있었다. 맷은 랜드의 코트를 보고 크게 비웃었지만 페린은 거의 고개를 들지 않았다. 그의 황금색 눈이 모닥불을 받아 반쯤 빛났다. 그러더니 그는 다시 그릇 쪽으로 허리를 숙였다.

적어도 이번엔 떠나지는 않네.

랜드는 책상다리를 하고서 잉타를 사이에 두고 둘의 반대쪽에 앉았다. "우노가 왜 계속 저를 보는 건지 알고 싶네요. 이미 이 빌어먹을 코트 때문이겠죠."

잉타는 스튜를 한 입 머금고서 생각에 잠긴 채 잠시 멈추었다. "네게 왜가리 표시가 있는 칼을 차고 다닐 자격이 있는지 우노가 의심하는 건 사실이야." 맷이 큰 소리로 코웃음 쳤다. 하지만 잉타는 침착하게 말을 이었다. "우노 때문에 기분 상하지 마라. 우노는 할 수만 있다면 아겔마 공도 이제 막 뽑힌 신병처럼 대했을 거야. 뭐, 아겔마 공은 아닐지라도 다른 모든 사람을 그렇게 대할 거다. 쇠줄 같은 혀를 가진 녀석이지만 괜찮은 조언을 해 주지. 그렇게 하는 게 옳고. 내가 태어나기 전부터 작전에 참여해 온 사람이니까. 말버릇에는 신경 쓰지 말고 그 조언에만 귀 기울이면 우노와 잘 지낼 수 있을 거다."

"저는 우노도 마시마랑 비슷한 줄 알았어요." 랜드가 입에 스튜를 퍼 넣었다. 너무 뜨거웠지만 꿀꺽 삼켰다. 그들은 팔 다라를 떠나온 이후 한 번도 식사를 하지 않았고 아침에는 너무 걱정스러운 마음에 뭔가를 먹을 수가 없었다. 배가 꼬르륵대며 랜드에게 시간이 지났음을 알렸다. 랜드는 마시마에게 음식이 마음에 든다고 말하면 도움이 될지 궁금했다. "마시마는 절 싫어하는 것처럼 굴어요. 이해가 안 돼요."

"마시마는 동부 행군 때 3년간 복무했다." 잉타가 말했다. "앙코르 데일에서 아이일에게 맞섰지." 그는 수저로 스튜를 저으며 인상을 썼다. "하나 알아 둘 건, 내가 질문을 던지지 않는다는 거야. 란 다이 샨과 모레인 세다이가 너를 안도어 사람이라거나 투 리버스 사람이라고 말한다면 그냥 그런 거야. 하지만 마시마는 아이일 사람의 모습을 머릿속에서 지우지 못해. 그래서 널 보면……." 그가 어깨를 으쓱했다. "난 질문을 하지 않는다."

랜드는 한숨을 쉬며 그릇에 수저를 떨어뜨렸다. "다들 저를 다른 사람이라고 생각해요. 저는 투 리버스 사람이에요, 잉타. 저는 제……. 제 아버지와 같이 타박을 재배하고 아버지의 양들을 돌봤어요. 그게 저예요. 투 리버스 출신의 농부이자 양치기요."

"투 리버스 출신 맞아요." 맷이 비웃듯 말했다. "제가 저 녀석이랑 같이 컸어요. 지금은 몰라보게 달라졌지만. 이미 저 녀석 머릿속에 들어 있는 헛소리에 아이일 사람이라는 헛소리까지 넣어 주면 앞으로 뭐가 나올지는 빛만이 아시겠죠. 아이일의 군주쯤 되려나."

"아니야." 로이알이 말했다. "랜드는 확실히 그렇게 생겼어. 기억나지, 랜드? 내가 전에 그런 말을 한 적이 있잖아. 그 당시에는 내가 너희 인간들을 잘 몰랐기에 그렇게 생각한 것뿐이지만. 기억나지? '그늘이 사라질 때까지, 물이 사라질 때까지, 이를 드러내고 그림자 속으로, 마지막 호흡으로 저항의 비명을 지르며, 최후의 날 눈을 멀게 하는 자의 눈에 침을 뱉으러.' 너도 기억할 거야, 랜드."

랜드는 자기 그릇을 바라보았다. **머리에 슈파**(아이일 사람들이 머리에 두르는 두건—옮긴이)**를 두르면 아이일 사람 그 자체가 되겠는걸**. 그건 안도어의 여왕 후계자인 일레인의 오빠 가윈이 한 말이었다. **다들 나를 다른 사람이라고 생각해.**

"방금 건 뭐야?" 맷이 물었다. "어둠의 존재의 눈에 침을 뱉는다니."

"아이일 사람들이 언제까지 싸울 것인지 말할 때 하는 말이다." 잉타가 말했다. "아이일 사람이라면 틀림없이 그럴 거야. 아이일 사람들은 행상인과 방랑 시인을 제외한 모든 세상을 둘로 나눈다. 아이일 사람과 적으로 말이야. 오직 아이일 사람만이 이해할 수 있는 이유로 500년 전 케예리엔에는 예외를 두었지만, 다시 그렇게 하지는 않을 거야."

"아마 그렇겠죠." 로이알이 한숨을 쉬었다. "하지만 방랑자들인 투아사안은 황무지에 들어가게 해 주잖아요. 오기어도 적으로 보지 않고요. 우리 중 황무지까지 들어갈 사람이 있을지는 모르겠지만. 아이일 사람들은 때로 노래 나무를 거래하러 스테딩 샹타이에 들어와요. 그래도 거친 사람들이긴 하지만."

잉타가 고개를 끄덕였다. "나도 그렇게 강했으면 좋겠군. 그 반만큼이라도."

"그거 농담이에요?" 맷이 웃었다. "당신이 입은 것 같은 쇳덩이를 걸치고 2킬로미터를 달리면, 난 아마 쓰러져서 1주일 내내 자야 할 걸요. 당신은 하루 종일 수 킬로미터를 그렇게 움직이잖아요."

"아이일 사람들은 거칠다." 잉타가 말했다. "남자든 여자든 강해. 내가 그들과 싸워봐서 안다. 그들은 92킬로미터를 달린 끝에 전투를 벌인다. 무기가 있든 없든, 무슨 무기를 들었든 걸어 다니는 죽음 그 자체야. 칼은 예외지만. 그들은 어떤 이유에서인지 칼에 손을 대지 않으려 한다. 말을 타지도 않지. 그럴 필요도 없지만. 네가 칼을 들고 있고 아이일 사람이 맨손이라면 막상막하일 거다. 네가 칼을 잘 다룬다면 말이야. 그들은 너나 내가 하루가 채 지나기도 전에 갈증으로 죽을 만한 곳에서 소와 염소를 친다. 황무지의 거대한 바위기둥을 파고 마을을 짓지. 그들은 거의 세계의 파괴 때부터 그곳에 존재했다. 아터 호크윙이 그 마을들을 파내려다가 피투성이가 됐지. 그가 겪은 유일하게 주요한 패전이었다. 아이일황무지의 공기는 낮이면 열기로 아른거리고 밤에는 얼어붙는다. 또 아이일 사람은 그 푸른 눈으로 너를 바라보면서, 이 세상 어디에도 그보다 나은 곳은 없다고 말할 거다. 거짓말이 아니야. 아이일 사람들이 나오려 들었다면 우리는 그들을 막기 위해 엄청난 노력을 해야 했을 거다. 아이일 전쟁은 3년간 지속됐어. 열세 개 부족 중 오직 네 개 부족만이 참여했는데도."

"저 녀석이 엄마한테서 회색 눈을 물려받았다고 해서 아이일 사람이 되는 건 아니에요." 맷이 말했다.

잉타는 어깨를 으쓱했다. "말했듯이 난 질문하지 않는다."

마침내 잠자리에 들려 했을 때, 랜드의 머릿속은 원치 않는 생각들로 울려 댔다. **아이일 사람 그 자체. 모레인 세다이는 네가 투 리버스 출신이라고 말하고 싶어 하지. 아이일 사람들이 타 발론까지 그 먼 길을 파괴했다. 드래건마운트산의 비탈에서 태어났어. 드래건의 환생이야.**

"난 이용당하지 않을 거야." 랜드는 중얼거렸지만 오랫동안 잠들지 못했다.

아침이 되고 잉타는 해가 뜨기 전에 야영지를 철거했다. 동쪽 하늘의 구름이 동 트기 전의 붉은색이고 이슬이 아직 잎사귀에 매달려 있을 때 그들은 부지런히 아침을 먹고는 남쪽으로 달리고 있었다. 이번에 잉타는 정찰병을 내보냈다. 속도가 벅차긴 했지만 이제 말들이 죽을 정도는 아니었다. 랜드는 잉타가 이 모든 일을 하루에 끝낼 수는 없다는 걸 깨달았는지도 모르겠다고 생각했다. 휴린은 흔적이 계속 남쪽으로 이어진다고 말했다. 해가 뜨고 나서 두 시간 뒤 정찰병 중 하나가 빠르게 달려 돌아왔다.

"앞에 버려진 야영지가 있습니다, 대장. 바로 저 언덕 위입니다. 어젯밤에 놈들이 최소 서른 명이나 마흔 명쯤 있었던 게 틀림없습니다."

잉타는 어둠의 친구들이 지금도 그 자리에 있다는 말을 듣기라도 한 것처럼 말에 박차를 가했고, 랜드는 그와 속도를 맞추거나 잉타를 따라 언덕을 달려 올라가는 샤이나인들에게 짓밟힐 수밖에 없었다.

볼 만한 것은 별로 없었다. 모닥불이 타고 남은 차가운 재가 숲속에 잘 숨겨져 있었고 음식 찌꺼기처럼 보이는 것이 그 안에 버려져 있었다. 모닥불 근처에는 폐기물 더미도 있어서 이미 파리가 들끓고 있었다.

잉타는 다른 사람들이 다가오지 못하게 하고 말에서 내려 우노와 함께 야영지를 걸어 다니며 땅을 살폈다. 휴린은 말을 타고 코를 쿵쿵대며 야영지 주변을 돌았다. 랜드는 다른 사람들과 함께 수말에 타고 가만히 있었다. 그는 트롤록과 어둠의 친구들이 야영한 곳을 자세히 살펴보고 싶지 않았다. 희미한 자도 그렇고. **그보다 고약한 것도 있다고 했지.**

맷이 걸어서 허둥지둥 언덕을 올라오더니 야영지로 성큼성큼 들어왔다. "어둠의 친구들 야영지가 이렇게 생겼다고? 냄새가 조금 나긴 하지만 다른 야영지랑 달라 보이지는 않는데." 그는 잿더미 하나를 걸어차 타 버린 뼛조각을 쓰러뜨리더니 허리를 굽히고 집어 들었다. "어둠의 친구들은 뭘 먹지? 양의 뼈나 소뼈처럼 보이진 않는데."

"여기에서 살인이 벌어졌습니다." 휴린이 슬픈 듯 말했다. 그는 손수건으로 코를 문질렀다. "살인보다 고약한 일 말입니다."

"여기 트롤록들이 있었다." 잉타가 맷을 똑바로 보며 말했다. "아마 그놈들은 배가 고팠고, 어둠의 친구들을 쉽게 손에 넣을 수 있었겠지." 맷은 검어진 뼈를 떨어뜨렸다. 토할 것 같은 표정이었다.

"놈들은 더 이상 남쪽으로 이동하고 있지 않습니다, 잉타 공." 휴린이 말했다. 그 말에 모두가 관심을 가졌다. 휴린은 뒤쪽인 북동쪽을 가리켰다. "결국 거대한오염으로 도망치기로 한 건지도 모르겠습니다. 우리를 피해서 말이죠. 어쩌면 그냥 남쪽으로 내려와 우리 속도를 늦추려 한 건지도 모르겠습니다." 휴린은 그 말을 믿기 어렵다는 목소리였다. 어리둥절한 듯했다.

"놈들이 무슨 짓을 하든," 잉타가 으르렁거리듯 말했다. "이젠 내가 놈들을 잡을 거다. 말에 올라라!"

하지만 한 시간이 좀 더 지난 뒤에 휴린이 고삐를 당겼다. "놈들이 다시 방향을 바꿨습니다, 잉타 공. 다시 남쪽입니다. 여기서 또 다른 누군가를 죽였습니다.”

두 언덕 사이의 틈새인 그곳에는 잿더미가 없었으나 몇 분 정도 수색하자 시신이 나왔다. 한 남자가 덤불 아래에 쑤셔 넣어져 있었다. 뒤통수가 뭉개졌고 두 눈은 맞을 때의 힘으로 여전히 튀어나와 있었다. 그는 샤이나 옷을 입고 있었으나 아무도 그를 알아보지 못했다.

“어둠의 친구를 묻어 주느라 시간을 낭비하지는 않을 거다.” 잉타가 으르렁거리듯 말했다. “남쪽으로 간다.” 그는 말을 끝내기도 전에 자기 명령에 따랐다.

하지만 그날도 전날과 같았다. 발자취와 배설물을 자세히 살펴본 우노는 사냥감과의 거리가 약간 좁혀졌다고 말했다. 트롤록도, 어둠의 친구도 만나지 못한 채로 땅거미가 졌다. 다음 날 아침에는 버려진 야영지가 발견되었고—휘린 말로는 살인도 한 건 더 벌어졌다고 했다—방향이 또 한 번 바뀌었다. 이번에는 북서쪽이었다. 그 길을 따라 두 시간을 채 못 갔을 때 다른 시신이 발견되었다. 도끼로 찍혀 두개골이 벌어진 남자였다. 방향도 다시 바뀌었다. 또 남쪽이었다. 우노가 발자취를 살펴본 바에 따르면 거리는 더 가까워졌다고 했다. 이번에도 밤이 올 때까지 멀찍이 떨어진 농장 말고는 아무것도 보이지 않았다. 다음 날도 똑같았다. 방향의 변화도, 살인 등의 모든 일도. 그다음 날도 마찬가지였다.

그들은 매일 사냥감과 조금씩 가까워졌지만 잉타는 발끈했다. 그는 아침에 흔적의 방향이 바뀌자 지름길로 가자고 제안했으며—당연히 그들은 다시 남쪽으로 향하는 흔적과 마주치게 될 것이며 시간을 더 벌 수 있을 터였다—누군가 말할 겨를도 없이 그게 나쁜 생각이라고 말했다. 이번만큼은 그들이 쫓는 남자들이 남쪽으로 방향을 돌리지 않을 수 있으니 말이다. 그는 더욱 속도를 내라고, 더 일찍 일어나 완전히 어두워질 때까지 달리라고 모두를 독려했다. 그를 보면 아멀린 권좌가 맡긴 임무, 발리어의 뿔나팔을 찾아오되 그 무엇도 그들의 앞길을 막지 못하게 하라던 임무가 떠올랐다. 잉타는 그들이 누리게 될 영광에 대해서 이야기했다. 이야기와 역사에서, 방랑 시인의 이야기와 음유시인의 노래에서 그들의 이름이 뿔나팔을 찾은 남자로 기억될 것이라고 말이다. 잉타는 멈출 수 없다는 듯이 말했고, 빛에 대한 희망이 그 흔적 끝에 있다는 듯 놈들의 자취를 내려다보았다. 우노조차 삐딱한 눈으로 그를 보기 시작했다.

그렇게 그들은 에리닌강에 다다랐다.

그곳은 제대로 된 마을이라고 부르기는 어려울 것 같았다. 랜드는 나무 사이에 말을 세우고 처마가 거의 땅에 닿는 작은 널빤지 지붕 집 대여섯 채를 바라보았다. 그 집들은 언덕 위에서 아침 햇살 속 강을 내려다보고 있었다. 이쪽을 지나다니는 사람은 별로 없었다. 그들이 야영지를 철거한 건 겨우 몇 시간 전이었지만, 지금까지의 패턴대로라면 어둠의 친구들이 쉬어 간 곳의 흔적을 발견할 때가 지나 있었다. 하지만 그와 비슷한 것은 보이지 않았다.

강 자체는 이야기에 나오는 강력한 에리닌과 닮은 구석이 별로 없었다. 이곳은 세계의등뼈에 있는 그 수원지에서 너무 멀리 떨어져 있었다. 아마 급류를 가로질러 55미터쯤 가면 맞은편 강둑에 이를 수 있을 듯했다. 그곳에는 나무가 죽 늘어서 있었고, 두꺼운 밧줄에 매달린 연락선이 그 거리를 오갔다. 여객선이 맞은편 강둑에 정박해 있었다.

이번만큼은 놈들의 발자취가 인간의 주거지로 곧장 이어졌고, 언덕 위의 집들로 연결되어 있었다. 집들이 모여 있는 곳을 감싸고 도는 단 하나의 흙길에서는 아무도 움직이지 않았다.

"기습일까요, 잉타 공?" 우노기 조용히 말했다.

잉타가 필요한 명령을 내리자 샤이나 사람들이 긴 창을 준비하고 집들 주변을 빠르게 둘러쌌다. 잉타의 수신호에 그들은 네 방향에서 집들 사이로 달려 들어갔다. 천둥 같은 소리를 내며 들어가는 동시에 주위를 탐색했다. 긴 창이 준비되어 있었고 발굽 아래서는 먼지가 일었다. 그들 말고는 아무것도 움직이지 않았다. 그들이 고삐를 당기자 먼지가 가라앉기 시작했다.

랜드는 시위에 걸었던 화살을 화살통에 돌려놓고 등에 다시 활을 멨다. 맷과 페린도 마찬가지였다. 로이알과 휴린은 잉타가 남겨 놓은 자리에서 기다리며 그 모습을 불안한 듯 지켜보았다.

잉타의 손짓에 랜드 일행은 말을 달려 샤이나 사람들과 합류했다.

"여긴 냄새가 마음에 안 들어." 집들 사이로 다가가자 페린이 투덜댔다. 휴린이 그를 이상한 듯 바라보았고 페린은 그를 마주 보았다. 결국 휴린이 시선을 떨어뜨렸다. "잘못된 냄새가 나."

"빌어먹을 어둠의 친구들과 트롤록들이 여길 곧장 뚫고 지나갔습니다, 잉타 공." 우노가 샤이나 사람들 때문에 엉망진창이 되지 않은 몇몇 자국을 가리키며 말했다. "빌어먹을 여객선으로 곧장 갔습니다. 그리고 배를 망할 반대편 강둑에 남겨 둔 겁니다. 피와 빌어먹을 재를 걸고! 놈들이 밧줄을 끊어 배가 흘러가도록 놔두지 않은 게 천만다행입니다."

"사람들은 어디 있을까요?" 로이알이 물었다.

문은 열려 있었고 커튼도 열린 창문에서 펄럭였지만, 천둥 같은 말발굽 소리에도 나와 보는 사람은 없었다.

"집들을 수색해라." 잉타가 명령했다. 사람들이 말에서 내려 그 명령대로 달려갔다가 고개를 저으며 돌아왔다.

"사라졌습니다, 잉타 공." 우노가 말했다. "빌어먹을, 그냥 사라졌어요. 태워 죽일 노릇입니다. 꼭 빌어먹을 한낮에 뭔가 눈치채고 떠나기로 결정한 것처럼 말입니다." 그가 말을 멈추고 잉타 뒤쪽의 집 한 채를 가리켰다. "저 창문에 여자가 한 명 있습니다. 빌어먹을, 제가 놓쳤습니다……." 그는 다른 누군가가 움직일 사이도 없이 집을 향해 달려갔다.

"여자를 겁주지 마라!" 잉타가 소리쳤다. "우노, 우린 정보가 필요하다. 빛께 눈이 멀고 싶은 거냐, 우노? 겁주지 말라니까!" 외눈의 남자는 열린 문으로 사라졌다. 잉타가 다시 목소리를 높였다. "착한 아가씨, 우린 당신을 해치지 않을 거요. 우리는 아겔마 공에게 맹세한 사람들로 팔 다라에서 왔소. 겁내지 마시오! 우린 당신을 해치지 않을 거요."

집 꼭대기 창문이 위로 휙 젖혀지더니 우노가 고개를 내밀고 사납게 주위를 둘러보았다. 그는 욕설을 하며 물러났다. 쿵쿵대고 절그럭거리는 소리로 그가 돌아온다는 걸 알 수 있었다. 그가 답답한 마음에 물건을 걷어차는 듯했다. 결국 그가 문 앞에 나타났다.

"사라졌습니다, 잉타 공. 하지만 거기 있었어요. 흰 드레스를 입은 여자가 창가에 있었습니다. 제가 봤습니다. 심지어 잠깐은 집 안에서도 그 여자를 본 것 같습니다. 그런데 사라졌더군요. 그리고……." 그가 깊이 숨을 들이쉬었다. "집이 비어 있습니다, 잉타 공." 욕을 하지 않는다는 점만 봐도 그가 얼마나 동요하고 있는지 알 수 있었다.

"커튼이야." 맷이 웅얼거렸다. "빌어먹을 커튼을 보고 놀란 거라고." 우노가 날카롭게 그를 보더니 자기 말로 돌아갔다.

"어디로 간 걸까?" 랜드가 로이알에게 물었다. "어둠의 친구들이 왔을 때 도망친 걸까?" **트롤록과 머드랄도 함께 있었겠지만. 휴린이 말한 그보다 고약한 존재도. 최선을 다해 도망쳤다니 영리한 사람들이네.**

"유감이지만 어둠의 친구들이 데려간 것 같아, 랜드." 로이알이 천천히 말했다. 그가 인상을 썼다. 주둥이처럼 생긴 넓찍한 코로 거의 으르렁거리는 표정이었다. "트롤록들에게 주려고." 랜드는 침을 꿀꺽 삼키며 묻지 않았으면 좋았을 뻔했다고 생각했다. 트롤록들이 어떻게 음식을 먹는지 생각하는 건 절대로 기분 좋은 일이 아니었다.

"여기서 무슨 일이 벌어졌든," 잉타가 말했다. "우리 어둠의 친구들이 한 짓이다. 휴린, 여기에서 폭력이 벌어졌나? 살인이라든지? 휴린!"

탐지자는 안장에 앉은 채 움찔하더니 미친 듯 주위를 둘러보았다. 그는 강 건너를 바라보고 있었다. "폭력이라고 하셨습니까, 잉타 공? 예, 있었습니다. 하지만 살인은 없었습니다. 정확히 말하면 말이지요." 그가 곁눈으로 페린을 보았다. "저는 이것과 똑같은 냄새를 맡아본 적이 없습니다, 잉타 공. 하지만 뭔가가 해를 입긴 했습니다."

"놈들이 다시 강을 건너왔을 수도 있나? 다시 돌아온 걸까?"

"놈들은 강을 건넜습니다, 잉타 공." 휴린은 저쪽 강둑을 불안하게 바라보았다. "분명히 건넜습니다. 하지만 반대편에서 놈들이 한 짓은……." 그는 어깨를 으쓱했다.

잉타가 고개를 끄덕였다. "우노, 나는 저 연락선을 다시 이쪽으로 끌고 오고 싶네. 우리가 강을 건너기 전에 맞은편을 정찰하고 싶어. 이곳에서 기습이 벌어지지 않았다고 해서 우리가 강을 사이에 두고 나뉘어 있을 때 기습이 없으리라는 법은 없으니까. 저 연락선은 우리 모두를 단번에 태울 만큼 커 보이지 않는군. 확실히 해야지.”

우노가 허리를 숙였다. 잠시 후 라간과 마시마가 서로의 갑옷을 벗겨 주었다. 속옷만 남기고 옷을 다 벗은 채 등 뒤에 단검을 꽂은 그들은 기마자세로 강을 향해 종종걸음 쳐 가더니 물을 헤치며 들어갔다. 그들은 양손을 번갈아 놀리며 연락선에 매달려 오가는 두꺼운 밧줄을 잡고 움직이기 시작했다. 강 한가운데에 밧줄이 처지며 그들이 허리까지 강에 잠겼다. 물살이 세서 그들을 하류로 끌어갔다. 그러나 그들은 랜드가 예상한 것보다 적은 시간에 박판을 덧댄 연락선 옆면으로 몸을 끌어올리고 있었다. 그들은 단검을 뽑아 들고 숲속으로 사라졌다.

영원처럼 느껴지는 시간이 지난 뒤, 두 남자가 다시 나타났고 연락선을 강 건너편으로 천천히 이동시키기 시작했다. 바지선이 마을 아래쪽 강둑에 자리 잡자 마시마가 배를 묶었다. 한편, 라간은 잉타가 기다리는 곳으로 종종걸음 쳐 왔다. 그는 얼굴이 창백했다. 뺨에 난 화살 상처가 날카롭게 보였다. 목소리가 흔들렸다.

“저쪽 강둑은……. 저쪽 강둑에서는 기습이 없었습니다, 잉타 공. 하지만…….” 그는 깊이 허리를 숙였다. 아직 젖은 채 몸을 떨었다. “잉타 공, 직접 보셔야 합니다. 도착 지점에서 남쪽으로 46미터 떨어진 곳의 커다란 돌참나무입니다. 말로는 할 수가 없습니다. 직접 보셔야 합니다.”

잉타는 인상을 찡그리며 라간과 맞은편 강둑을 번갈아 보았다. 결국 그가 말했다. “잘했다, 라간. 너희 둘 다.” 그의 목소리가 좀 더 힘차게 변했다. “저 집들에서 이 둘이 몸을 말릴 수 있을 만한 물건을 찾아 줘라, 우노. 혹시 차를 끓일 만한 물을 누가 남겨 두지 않았는지 살펴보고. 할 수 있다면 두 사람에게 뜨거운 걸 줘라. 그런 다음 후발대와 짐말들을 데려와라.” 그가 랜드를 돌아보았다. “자, 에리닌의 남쪽 강둑을 볼 준비가 됐나?” 그는 대답을 기다리지 않고 휴린과 창기병 절반을 거느리고 연락선 쪽으로 내려갔다.

랜드는 아주 잠깐만 망설이고 그 뒤를 따랐다. 로이알도 함께 갔다. 놀랍게도 페린이 험한 표정을 지은 채 앞장서 말을 달렸다. 창기병 일부는 거친 농담을 하면서 말에서 내렸고 밧줄을 당겨 연락선을 끌어왔다.

맷은 최후의 순간까지 기다렸다. 그러다 샤이나 사람 중 한 명이 연락선의 밧줄을 다 푼 뒤에야 말을 걷어차며 비좁은 배에 올라탔다. "어쨌든 가야 하잖아, 안 그래?" 맷이 헐떡이며, 딱히 누구에게랄 것도 없이 말했다. "그걸 찾아야 하니까."

랜드가 고개를 저었다. 맷은 언제나 그랬듯 건강해 보였기에 그가 온 이유를 까먹을 뻔했다. **단검을 찾으러 온 거야. 뿔나팔이야 잉타가 가지게 하고. 난 그냥 맷을 위해서 단검을 찾고 싶을 뿐이야.** "우리가 찾아낼 거야, 맷."

맷이 랜드를 노려보더니—랜드의 세련된 빨간색 코트를 비웃듯 힐끗 보기도 했다—돌아섰다. 랜드는 한숨을 쉬었다.

"전부 괜찮아질 거야, 랜드." 로이알이 조용히 말했다. "어떻게든 좋아질 거야."

물살은 강둑에서 끌려 나온 연락선을 잡아당기며 날카롭게 삐걱거리는 소리를 냈다. 창기병들은 특이한 연락선 선원이었다. 그들은 투구를 쓰고 갑옷을 입은 채 등에는 칼을 메고 갑판을 돌아다녔지만, 그럭저럭 훌륭하게 연락선을 강으로 끌어올렸다.

"집에서 떠날 때도 이런 식이었는데." 페린이 불쑥 말했다. "타렌 페리에서 말이야. 연락선 선원들의 장화가 갑판에 딱딱 부딪혔고 물이 연락선 주변에서 꾸르륵댔어. 우린 이런 식으로 떠나왔어. 이번엔 더 나쁘겠지."

"어떻게 더 나쁠 수가 있어?" 랜드가 물었다. 페린은 대답하지 않았다. 그는 맞은편 강둑을 살펴보았다. 황금색 눈이 거의 빛나는 것처럼 보였지만 신나서 그런 것은 아니었다.

잠시 후 맷이 물었다. "어떻게 더 나쁠 수가 있어?"

"나빠질 거야. 냄새로 알 수 있어." 페린이 한 말은 그것뿐이었다. 휴린이 초조한 듯 그를 눈여겨보았다. 하긴, 휴린은 팔 다라를 떠나온 이후 모든 것을 초조하게 눈여겨보는 듯했다.

단단한 진흙에 튼튼한 널빤지가 부딪히는 텅 빈 쿵 소리를 내며 연락선이 남쪽 강둑에 부딪혔다. 늘어진 나무의 바로 아래쪽이었다. 밧줄을 당기던 샤이나 사람들은 말에 올랐다. 다른 이들이 타고 올 수 있도록 연락선을 원래 자리로 옮겨 놓으라는 잉타의 명령을 받은 이들만이 예외였다. 나머지 사람들은 잉타를 따라 강둑으로 올라갔다.

"커다란 돌참나무까지 46미터다." 그들이 숲을 향해 말을 타고 가는 동안 잉타가 말했다. 지나치게 딱딱한 말투였다. 라간이 말로 표현할 수 없는 거라면……. 몇몇 병사들이 등에 메고 있던 칼을 꺼내고 긴 창을 들었다.

처음에 랜드는 돌참나무의 두꺼운 잿빛 가지에 팔이 매달려 있는 형상들이 허수아비라고 생각했다. 진홍색 허수아비라고. 그러다가 두 얼굴을 알아보았다. 창구, 그리고 창구와 함께 경비를 서던 다른 남자였다. 니다오. 눈은 멀거니 뜨고 있었고 고통으로 벌어진 입에서 치아가 드러났다. 둘은 고통이 시작된 뒤로도 오래 살아 있었다.

페린이 목구멍 깊은 곳에서 소리를 냈다. 거의 으르렁거리는 것 같았다.

"제가 본 것들 중에서도 가장 고약합니다, 잉타 공." 휴린이 약하게 말했다. "제가 냄새 맡아본 것 중에서도 가장 고약합니다. 그날 밤 팔 다라의 지하 감옥만이 이보다 심했습니다."

랜드는 미친 듯이 공백을 찾았다. 불길이 그를 가로막는 듯했다. 어지러운 빛이 랜드가 경련하듯 침을 삼킬 때마다 요동쳤다. 하지만 랜드는 자신을 밀어붙인 끝에 공백으로 둘러쌌다. 그러나 공백 안에서 메스꺼움이 그와 함께 맥동했다. 이번에는 밖에 아니라 안이었다. **이런 꼴을 봤으니 이상한 일도 아니지.** 그 생각이 뜨거운 프라이팬에 떨어진 물방울처럼 공백을 빠르게 가로질렀다. **무슨 일을 당한 거야?**

"산 채로 가죽이 벗겨진 거야." 랜드의 등 뒤에서 누군가의 목소리가 들렸다. 다른 누군가가 구역질하는 소리도 났다. 랜드는 그 사람이 맷이라고 생각했지만, 그 모든 것은 공백 안의 랜드에게서 멀리 떨어져 있었다. 그러나 메스꺼운 깜빡임도 공백 안에 있었다. 랜드는 자신도 토할지 모른다고 생각했다.

"끌어내려라." 잉타가 가혹하게 말했다. 그는 잠시 망설이다가 덧붙였다. "묻어 줘라. 둘이 어둠의 친구였는지는 확신할 수 없다. 포로로 잡힌 것일 수도 있다. 그럴 수도 있어. 적어도 어머니의 마지막 포옹은 알게 해 주자." 사람들이 말을 탄 채 칼을 가지고 조심스럽게 앞으로 나아갔다. 전투로 다져진 샤이나 사람들에게도 가죽이 벗겨진 지인의 시체를 끌어내리는 건 쉬운 일이 아니었다.

"괜찮으냐, 랜드?" 잉타가 말했다. "나도 이런 일에는 익숙하지 않다."

"전…… 괜찮아요, 잉타." 랜드는 공백이 사라지게 두었다. 공백이 없어지니 구역질이 덜 났다. 배 속이 여전히 꼬였지만, 그래도 괜찮아졌다. 잉타는 고개를 끄덕이며 작업 중인 사람들을 볼 수 있도록 말머리를 돌렸다.

매장은 간단했다. 땅에 구덩이 두 개를 판 다음 다른 샤이나 사람들이 조용히 지켜보는 가운데 시체를 그 안에 넣었다. 무덤을 판 사람들은 다른 행동 없이 무덤에 삽으로 흙을 퍼 넣기 시작했다.

랜드는 충격을 받았지만, 로이알이 조용히 설명했다. "샤이나 사람들은 우리 모두가 땅에서 나왔고 땅으로 돌아가야 한다고 믿어. 절대 관이나 수의를 사용하지 않아. 시신에 옷을 입히지도 않고. 땅이 시신을 안아야 해. 그걸 어머니의 마지막 포옹이라고 불러. '빛이 그대에게 비추고 창조주께서 그대를 지켜 주시길. 어머니의 마지막 포옹이 그대를 집으로 맞아들이나니.'라는 말 말고는 아무 말도 하지 않지." 로이알이 한숨을 쉬며 그 커다란 머리를 저었다. "이번에는 아무도 그 말을 하지 않겠지만. 랜드, 잉타가 뭐라고 말하든 창구와 니다오가 개의 성문 경비병들을 죽이고 어둠의 친구들을 요새로 끌어들였다는 것에는 별로 의심할 여지가 없어. 그 모든 일이 바로 이 둘의 책임일 게 분명해."

"그럼…… 그럼 아멀린 권좌한테 화살을 쏜 건 누구지?" 랜드가 침을 삼켰다. **날 쏜 건 누구야?** 로이알은 아무 말도 하지 않았다.

마지막 흙을 무덤에 퍼 넣을 때 우노가 나머지 사람들과 짐말을 데리고 도착했다. 누군가가 우노에게 무엇을 발견했는지 말해 주자 외눈의 그 남자는 침을 뱉었다. "염소한테 입 맞출 그 트롤록 놈들. 가끔 거대한오염에서도 그런 짓을 하지. 그 빌어먹을 놈들이 우리 배짱을 시험하려 하거나, 따라오지 말라고 엿같이 경고할 때 말이야. 태워 죽일, 여기서도 그 방법이 통할 줄 알고?"

떠나기 전, 잉타는 아무 표시도 없는 무덤 옆에 잠시 말을 멈춰 세웠다. 사람이 묻혀 있다기에는 너무 작아 보이는 맨 흙더미 두 개. 잠시 후 그가 말했다. "빛이 그대에게 비추고 창조주께서 그대를 지켜 주시길. 어머니의 마지막 포옹이 그대를 집으로 맞아들이나니." 그는 고개를 들고 모두를 차례로 바라보았다. 그 누구의 얼굴에도 표정은 없었다. 잉타의 얼굴은 특히 그랬다. "이 둘은 타원의틈새에서 아겔마 공을 구했다." 그가 말했다. 창기병 몇 명이 고개를 끄덕였다. 잉타가 말머리를 돌렸다. "어느 쪽이지, 휴린?"

"남쪽입니다, 잉타 공."

"흔적을 따라가라! 사냥한다!"

숲은 곧 부드럽게 굴곡진 평지에 길을 내주었다. 어느 곳에서는 가파른 강둑을 깎아 놓은 얕은 시내가 땅을 가로질렀다. 언덕이라고 부르기도 아까운 나직한 둔덕과 땅딸막한 구릉만이 있었다. 말들에게는 완벽한 지형이었다. 잉타는 그 점을 활용해 꾸준하면서도 사냥감을 따라잡을 수 있는 속도를 잡았다. 랜드는 이따금 멀리서 농가일지도 모르는 건물을 보았다. 한 번은 마을 같은 것이 보이기도 했다. 몇 킬로미터 떨어진 곳의 굴뚝에서 연기가 솟아올랐고 무언가가 햇빛을 받아 희게 반짝였다. 하지만 근처의 땅에는 인간의 생활 흔적이 전혀 없었다. 덤불과 이따금 돋아난 나무가 점점이 찍혀 있는 긴 풀밭에, 때때로 폭 91미터를 넘지 않는 작은 덤불숲이 나올 뿐이었다.

잉타가 정찰병을 파견했다. 두 사람이 앞장서 말을 달렸다. 그들의 모습은 가끔 나오는 언덕 꼭대기에 오를 때에만 보였다. 잉타는 휴린이 자취의 방향이 바뀌었다고 말할 경우 그들을 불러들이기 위해 목에 은색 호루라기를 걸고 있었으나 방향은 바뀌지 않았다. 남쪽. 언제나 남쪽이었다.

"이 속도면 사나흘 안에 탈리다평원에 도착할 거다." 말을 타고 가며 잉타가 말했다. "아터 호크윙이 거둔 가장 위대한 승리는 반인들이 트롤록들을 데리고 거대한오염에서 나와 그와 맞섰을 때다. 그 전투는 엿새 밤낮으로 이어졌다. 전투가 끝난 뒤에는 트롤록들이 다시 거대한오염으로 도망쳐, 다시는 호크윙에게 도전하지 않았지. 호크윙은 그곳에 자신의 승리를 기리는 기념물을 설치했다. 183미터 높이의 첨탑이었어. 호크윙은 사람들이 그의 이름을 기념물에 새기는 대신 쓰러진 모든 사람의 이름을 새기게 했고, 꼭대기에는 그곳에서 빛이 그림자에 승리했다는 상징인 황금빛 태양을 달았다."

"보고 싶네요." 로이알이 말했다. "그 기념물 얘기는 들어본 적이 없는데."

잉타는 잠시 침묵을 지켰다. 다시 입을 연 그의 목소리는 조용했다. "기념물은 더 이상 그 자리에 없습니다, 건설자 님. 호크윙이 죽었을 때, 그의 제국을 두고 싸웠던 자들은 호크윙의 승리를 기리는 기념물을 도저히 놔둘 수 없었습니다. 그 기념물에 호크윙의 이름이 새겨진 것도 아니었는데 말이죠. 지금은 그저 첨탑이 서 있던 자리에 흙무더기가 남아 있을 뿐입니다. 적어도 사나흘 뒤면 그걸 볼 수 있을 겁니다." 잉타의 말투는 이후의 대화를 허용하지 않았다.

머리 위에 태양이 황금빛으로 걸려 있는 가운데, 그들은 정사각형에 석고 벽돌로 만들어진 구조물을 지나갔다. 구조물은 그들이 가는 길에서 2킬로미터도 떨어져 있지 않았다. 높지는 않았다. 어디를 보든 2층 높이는 넘지 않을 듯했다. 하지만 그 구조물은 상당한 넓이의 땅을 뒤덮고 있었다. 버려진 분위기가 그곳에 맴돌았다. 서까래 일부에 타일이 몇 군데 길게 붙어 있을 뿐 지붕은 사라졌다. 한때 희었을 석고는 대체로 떨어져 검은색의 낡아빠진 벽돌을 드러냈다. 벽은 허물어져 안쪽의 뜰과 쇠락해 가는 방들을 보여 주었다. 한때 뜰이었던 곳의 틈새에서 덤불이, 심지어 나무가 자랐다.

"저택이다." 잉타가 설명했다. 조금이나마 회복됐던 기분이 구조물을 보자 흐려져 가는 듯했다. "하라드 다카가 아직 건재했을 때는 저택 사람들이 인근 땅 몇 십 마지기를 경작했을 거다. 아마 과수원이었겠지. 하르단 사람들은 과수원을 좋아하니까."

"하라드 다카요?" 랜드가 말하자 잉타가 코웃음 쳤다.

"요즘엔 아무도 역사를 배우지 않는 거냐? 하르단의 수도 하라드 다카 말이다. 우리가 지금 가로지르는 이곳이 한때 그 나라였다."

"오래된 지도를 본 적이 있어요." 랜드가 굳어진 목소리로 대답했다. "더이상 존재하지 않는 나라들에 대해서는 알아요. 마레도, 고아반, 카랄레인. 하지만 그 지도에 하르단이라는 나라는 없었는데요."

"지금은 사라진 다른 나라들도 있었어." 로이알이 말했다. "지금은 하돈의어둠이 된 마 하돈이랑 앨머스. 킨타라. 100년 전쟁으로 아터 호크윙의 제국은 크고 작은 여러 나라로 쪼개졌어. 작은 나라들은 큰 나라에 먹히거나 다른 방식으로 통일됐지. 알타라와 머랜디처럼 말이야. 통일됐다기보다는 어쩔 수 없이 함께하게 됐다고 말하는 게 나을 것 같지만."

"그래서 어떻게 됐는데?" 맷이 물었다. 랜드는 페린과 맷이 다가온 줄 모르고 있었다. 최근에 봤을 때만 해도 그들은 랜드 알소르와 최대한 거리를 두고 뒤로 처져 있었다.

"붙어 있지 못했어." 오기어가 대답했다. "농사가 망하거나 장사가 망했지. 사람들이 망했어. 어느 경우에든 뭔가가 망하면 그 나라는 줄어들었어. 그런 나라들이 사라지고 나면 근처의 다른 나라들이 그 땅을 흡수하는 경우가 많았지만, 그런 식의 합병이 오래간 적은 없었어. 시간이 지나면서 땅은 정말로 버려졌지. 마을 몇 개가 여기저기 남아 있지만, 대부분은 사라져 황무지가 됐어. 하라드 다카가 마침내 버림받은 뒤로 거의 300년이 흘렀지만 그전에도 하라드 다카는 도시 성벽 안에서 벌어지는 일조차 통제 못 하는 왕을 둔 빈 껍데기였어. 내가 알기로, 지금은 하라드 다카 자체가 완전히 사라졌대. 하르단의 모든 마을과 도시가 사라졌어. 석재는 농부들과 마을 사람들이 수레로 날라다 썼고. 그 돌로 만든 농장과 마을도 대부분 사라졌지. 내가 읽은 대로라면 그래. 지금 보니까 정말 그렇네."

"하라드 다카는 거의 100년 동안 조용한 지역이었다." 잉타가 씁쓸하게 말했다. "결국 사람들이 떠나고 도시는 석재 하나하나 끌어내려졌지. 모든 것이 희미해졌고 사라진 것조차 희미해져 가고 있어. 모든 것이 사방에서 희미해져 간다. 지도에서 어떤 영토를 가지고 있다고 주장하는 나라 중 그 땅을 실제로 다스리는 나라는 거의 없고, 그나마 오늘날에는 100년 전 지도에 표시돼 있던 영토를 가지고 있다고 주장하는 일조차 거의 없다. 100년 전쟁이 끝났을 때는 거대한오염에서 폭풍의바다까지 이 나라에서 저 나라로 멈추지 않고 말을 달릴 수 있었지. 지금 우리는 육지를 거의 전부 가로지르는 내내 어떤 나라에서도 소유권을 주장하지 않는 황무지를 지날 수 있다. 변방에 사는 우리들은 우리를 강하고 온전하게 지키기 위해 거대한오염과 싸운다. 아마 그들에게는 강인함을 지켜줄 것이 없었겠지. 그들이 망했다고 했습니까, 건설자 님? 예, 그들은 망했습니다. 그런데 오늘날 온전히 서 있는 국가 중 어느 나라가 내일 망하게 될까요? 우리는, 우리 인류는 쓸려나가고 있습니다. 홍수 때 떠내려가는 짐짝처럼 말입니다. 오직 변방만이 남을 때까지 얼마나 걸릴까요? 우리까지 쓰러지고, 변방에서 폭풍의바다에 이르기까지 오직 트롤록과 머드랄만 남을 때까지는 얼마나 걸리겠습니까?"

충격에 휩싸인 침묵이 흘렀다. 맷조차 그 침묵을 깨지 않았다. 잉타는 자신만의 암울한 생각에 잠긴 채 말을 달렸다.

잠시 후 정찰병들이 빠르게 달려 돌아왔다. 안장에 꼿꼿이 앉아 하늘을 향해 긴 창을 세워 들고 있었다. "앞에 마을이 있습니다, 잉타 공. 우리 모습이 보이지는 않겠지만 우리가 가는 길에 바로 놓여 있습니다."

멍하니 생각에 잠겨 있던 잉타는 고개를 저으며 정신을 차렸다. 그러나 마을을 내려다보는 나지막한 절벽 꼭대기에 이를 때까지 아무 말도 하지 않았다. 그때 한 말도 멈추라는 명령뿐이었다. 동시에 그는 안장주머니에서 망원경을 꺼내 들고 마을을 바라보았다.

랜드는 흥미롭게 마을을 관찰했다. 투 리버스를 떠난 이후로 랜드가 본 도시들은 물론이고 몇몇 마을과 비교해도 그리 큰 규모는 아니었으나 에먼즈 필드 정도는 됐다. 집들은 모두 나지막하고 흰 점토로 회칠되어 있었으며 비스듬한 지붕에 풀이 돋아 있는 것처럼 보였다. 십여 개의 풍차가 마을 이곳저곳에 흩어진 채 햇빛을 받아 희게 빛나는, 천으로 뒤덮인 긴 날개를 한가롭게 돌려댔다. 낮은 담이 마을을 둘러싸고 있었다. 이끼가 껴 있고 가슴 높이까지 오는 담이었다. 그 바깥에는 넓은 도랑이 있고 도랑 바닥에는 날카롭게 다듬은 말뚝이 빽빽이 깔려 있었다. 랜드가 보기에 담의 트인 부분에는 문이 없었다. 하지만 수레나 마차로 그 부분을 쉽게 막을 수 있을 것 같았다. 사람은 한 명도 보이지 않았다.

"개 한 마리 보이지 않는군." 잉타가 망원경을 안장주머니에 다시 집어넣으며 말했다. "너희를 못 본 게 확실하냐?" 그가 정찰병들에게 물었다.

"마을 사람들이 어둠의 존재만큼 운이 좋은 게 아니라면 그렇습니다, 잉타 공." 그중 한 명이 대답했다. "저희는 언덕 꼭대기에 절대로 올라가지 않았습니다. 그때도 움직이는 사람은 보이지 않았고요."

잉타가 고개를 끄덕였다. "휴린, 자취는?"

휴린이 깊은 숨을 들이쉬었다. "마을 쪽으로 갔습니다, 잉타 공. 제가 여기서 알 수 있는 대로라면 곧장 마을로 향했습니다."

"경계를 늦추지 말도록." 잉타가 고삐를 당기며 명령했다. "사람들이 미소 짓는다는 이유만으로 우호적이라고 생각하지 마라. 사람이 있다면 말이지만." 잉타는 사람들을 데리고 천천히 마을 쪽으로 갔다가 손을 위로 뻗어 칼집에 있던 칼을 느슨하게 빼냈다.

랜드는 등 뒤의 사람들이 똑같이 하는 소리를 들었다. 잠시 후에는 랜드도 칼을 뽑았다. 살아 있으려고 애쓰는 게 영웅이 되려고 노력하는 건 아니라는 생각에서였다.

"저 사람들이 어둠의 친구들을 도와줄 거라고 생각하세요?" 페린이 잉타에게 물었다. 샤이나 사람의 답은 늦었다.

"저들은 샤이나 사람들을 별로 좋아하지 않아." 결국 그가 말했다. "우리가 자기들을 지켜 줘야 한다고 생각하지. 우리나 케예리엔 사람들 말이야. 케예리엔도 하르단의 마지막 왕이 죽은 이후로 이 땅에 대한 소유권을 주장했다. 에리닌강이 있는 곳까지 전부가 자기들 땅이라고 했지. 하지만 그 말을 지키지는 못했어. 거의 100년 전에 소유권을 포기했다. 지금까지 여기 사는 몇 명 안 되는 사람들은 이렇게 남쪽으로 멀리 내려온 곳에 트롤록들이 나타날 걱정을 하지 않아도 되지만, 인간 강도들도 많이 있지. 그래서 담을 세우고 도랑을 판 거다. 모든 마을이 그래. 저들의 밭은 이 근처의 공터에 숨겨져 있지만 아무도 담장 밖에서 살지는 않아. 저들은 누구든 자신들을 보호해 줄 왕에게 충성을 맹세할 테지만, 우리가 쓸 수 있는 모든 자원은 트롤록을 상대하는 데 쓰고 있다. 그런다고 저 사람들이 우리를 좋아하는 건 아니지만." 일행이 낮은 담장의 트인 부분에 이르렀을 때 잉타가 다시 덧붙였다. "경계를 늦추지 마라!"

모든 거리는 마을 광장으로 이어졌지만 거리에는 사람이 한 명도 없었다. 창문 밖으로 내다보는 이도 없었다. 개 한 마리, 닭 한 마리도 움직이지 않았다. 살아 있는 것은 전혀 없었다. 열린 문이 바람에 삐걱거리며 휙 젖혀졌다. 그 소리가 박자를 맞춰 끽끽대는 풍차 소리를 상쇄했다. 말발굽 소리가 거리의 꽉꽉 다져진 흙길에 닿아 크게 울렸다.

"연락선에서와 같습니다." 휴린이 웅얼댔다. "다르기도 하고요." 그는 안장에 웅크린 채 자기 어깨 뒤로 숨으려는 것처럼 고개를 푹 숙였다. "폭력이 있었지만…… 모르겠습니다. 여긴 끔찍했습니다. 냄새가 고약합니다."

"우노." 잉타가 말했다. "1개 종대를 데려가 집들을 수색해라. 나는 광장에 있을 테니 누군가 발견하면 내게 데려와라. 하지만 겁을 주면 안 된다. 난 사람들이 목숨 걸고 달아나는 상황이 아니라 답을 원하니까." 그는 다른 병사들을 데리고 마을 중앙으로 향했다. 동시에 우노는 그가 데려갈 병사 10명을 말에서 내리게 했다.

랜드는 주위를 둘러보며 망설였다. 삐걱기리는 문, 끽끽대는 풍차, 말들의 발굽 소리 등 모든 것이 너무 많은 소음을 일으켰다. 세상에 그것 말고 다른 소리는 없는 것 같았다. 랜드는 집들을 훑어보았다. 열린 창문의 커튼이 집 밖에 부딪혀 댔다. 모든 것이 생기 없어 보였다. 랜드는 한숨을 쉬며 말에서 내려 가장 가까운 집으로 향하다가 멈춰 서서 문을 바라보았다.

그냥 문이잖아. 뭐가 무서운 거야? 랜드는 반대편에 뭔가가 기다리고 있는 것 같은 기분이 들지 않았으면 좋겠다고 생각했다. 그는 문을 밀어 열었다.

깔끔한 방이었다. 전에는 깔끔한 방이었거나. 식사를 할 수 있도록 식탁이 차려져 있었고 사다리 모양 등받이가 달린 의자들이 그 주변에 모여 있었다. 음식 접시 몇 개가 나와 있었다. 파리 몇 마리가 순무와 완두콩 접시 위를 윙윙거렸다. 더 많은 파리들이 음식 자체에서 흘러나와 엉겨 붙은 기름 속에 놓인, 차가운 구운 고기 위를 기어다녔다. 고깃덩어리에서 반쯤 베어낸 조각도 있었다. 포크가 여전히 고기에 박혀 있었고 고기 자른 칼은 떨어뜨리기라도 한 것처럼 큰 접시에 걸쳐져 있었다. 랜드가 안으로 들어갔다.

깜빡.

거친 옷을 입고 미소 짓는 대머리 남자가 보였다. 그는 고기 한 조각을 어떤 여자가 들고 있는 접시에 올려놓았다. 여자는 지친 표정이었지만 역시 미소 짓고 있었다. 그녀는 접시에 완두콩과 순무를 덜어 식탁에 앉아 있던 아이들 중 한 명에게 건네주었다. 아이들이 대여섯 명은 되었다. 거의 성인이 된 아이부터 간신히 식탁 너머를 볼 수 있는 남자아이와 여자아이 들이었다. 여자가 무언가 말하자 접시를 받아 들던 소녀가 웃었다. 남자는 다른 조각을 자르기 시작했다.

갑자기 다른 소녀가 비명을 지르며 거리로 통하는 문을 가리켰다. 남자는 고기 자르는 칼을 내려놓고 휙 돌아서더니 마찬가지로 비명을 질렀다. 두려움으로 얼굴에 힘이 잔뜩 들어갔다. 그가 아이를 안아 들었다. 여자도 한 아이를 잡고 다른 아이들에게 절박하게 손짓했다. 그녀의 입이 미친 듯이, 조용히 움직였다. 모두가 방 뒤쪽의 문을 향해 허둥지둥 달아났다.

그 문이 벌컥 열렸고…….

깜빡.

랜드는 움직일 수 없었다. 식탁 위에서 날아다니는 파리 소리가 더 크게 들렸다. 랜드의 숨결로 그의 입 앞에 구름이 생겼다.

깜빡.

거친 옷을 입고 미소 짓는 대머리 남자가 보였다. 그는 고기 한 조각을 어떤 여자가 들고 있는 접시에 올려놓았다. 여자는 지친 표정이었지만 역시 미소 짓고 있었다. 그녀는 접시에 완두콩과 순무를 덜어 식탁에 앉아 있던 아이들 중 한 명에게 건네주었다. 아이들이 대여섯 명은 되었다. 거의 성인이 된 아이부터 간신히 식탁 너머를 볼 수 있는 남자아이와 여자아이 들이었다. 여자가 무언가 말하자 접시를 받아 들던 소녀가 웃었다. 남자는 다른 조각을 자르기 시작했다.

갑자기 다른 소녀가 비명을 지르며 거리로 통하는 문을 가리켰다. 남자는 고기 자르는 칼을 내려놓고 휙 돌아서더니 마찬가지로 비명을 질렀다. 두려움에 얼굴에 힘이 잔뜩 들어갔다. 그가 아이를 안아 들었다. 여자도 한 아이를 잡고 다른 아이들에게 절박하게 손짓했다. 그녀의 입이 미친 듯이, 조용히 움직였다. 모두가 방 뒤쪽의 문을 향해 허둥지둥 달아났다.

그 문이 벌컥 열렸고…….

깜빡.

랜드는 힘을 주었지만 근육이 얼어붙은 것만 같았다. 방이 더 추워졌다. 랜드는 몸을 떨고 싶었으나 그만큼도 움직일 수 없었다. 파리가 식탁 위에 잔뜩 기어다녔다. 랜드는 공백을 찾아 더듬거렸다. 불쾌한 빛이 있었으나 상관없었다. 반드시…….

깜빡.

거친 옷을 입고 미소 짓는 대머리 남자가 보였다. 그는 고기 한 조각을 어떤 여자가 들고 있는 접시에 올려놓았다. 여자는 지친 표정이었지만 역시 미소 짓고 있었다. 그녀는 접시에 완두콩과 순무를 덜어 식탁에 앉아 있던 아이들 중 한 명에게 건네주었다. 아이들이 대여섯 명은 되었다. 거의 성인이 된 아이부터 간신히 식탁 너머를 볼 수 있는 남자아이와 여자아이 들이었다. 여자가 무언가 말하자 접시를 받아 들던 소녀가 웃었다. 남자는 다른 조각을 자르기 시작했다.

갑자기 다른 소녀가 비명을 지르며 거리로 통하는 문을 가리켰다. 남자는 고기 자르는 칼을 내려놓고 휙 돌아서더니 마찬가지로 비명을 질렀다. 두려움에 얼굴에 힘이 잔뜩 들어갔다. 그가 아이를 안아 들었다. 여자도 한 아이를 잡고 다른 아이들에게 절박하게 손짓했다. 그녀의 입이 미친 듯이, 조용히 움직였다. 모두가 방 뒤쪽의 문을 향해 허둥지둥 달아났다.

그 문이 벌컥 열렸고…….

깜빡.

방이 얼어붙을 듯했다. **너무 추워.** 파리들이 식탁을 까맣게 물들였다. 벽이 움직이는 파리들의 덩어리였다. 바닥도, 천장도 파리들로 새까맸다. 파리들이 랜드에게 기어올라 그를 뒤덮었다. 그의 얼굴로, 눈으로, 콧속으로, 입으로 기어올랐다. **빛이여, 도와주소서. 추워.** 파리들이 천둥처럼 윙윙거렸다. **추워.** 그 추위가 공백을 뚫고 들어와 텅 빈 공간을 조롱하며 랜드를 얼음으로 뒤덮었다. 랜드는 간절하게 희미한 빛으로 손을 뻗었다. 배 속이 뒤틀렸지만 빛은 따뜻했다. 따뜻했다. 더웠다. 뜨거웠다.

갑자기 랜드가…… 뭔가를 찢어발기고 있었다. 랜드는 그게 무엇인지, 어떻게 그걸 찢게 된 건지 알 수 없었다. 강철로 만든 거미줄. 돌로 새긴 달빛. 그것들이 랜드의 손길에 부스러졌다. 하지만 랜드는 자기가 아무것도 건드리지 않았다는 걸 알고 있었다. 그것들은 랜드의 온몸으로 솟구치는 열기에 쪼그라들고 녹아내렸다. 용광로의 불과도 같은 열기, 세상이 타는 듯한 열기, 그 열기는 마치…….

사라졌다. 랜드는 헐떡이며 눈을 휘둥그렇게 뜨고 주위를 둘러보았다. 파리 몇 마리가 커다란 접시 위 반쯤 자른 고기 위에 누워 있었다. 죽은 파리였다. **여섯 마리. 겨우 여섯 마리야.** 그릇이 더 있었다. 차가운 채소 사이에 대여섯 개의 작고 검은 점이 보였다. 모두 죽어 있었다. 랜드는 비틀거리며 거리로 나왔다.

맷이 건너편 집에서 고개를 저으며 나오고 있었다. "아무도 없어." 맷이 여전히 말에 타고 있는 페린에게 말했다. "저녁을 먹다 말고 일어나서 떠나 버린 것처럼 보여."

광장에서 고함이 들려왔다.

"뭔가 찾았나 봐." 페린이 말 옆구리를 걷어차며 말했다. 맷이 서둘러 안장에 오르더니 페린을 따라 달려갔다.

랜드는 더 천천히 레드 위에 올라탔다. 수말은 랜드의 불안을 느낀 것처럼 물러서려 했다. 랜드는 광장으로 천천히 나아가며 집들을 힐끗 보았지만, 감히 오래 쳐다볼 수는 없었다. **맷도 어느 집에 들어갔지만 맷에게는 아무 일도 일어나지 않았어.** 랜드는 무슨 일이 있어도 그 마을의 다른 집에는 발을 들이지 않기로 결심했다. 랜드는 레드를 걷어차며 속도를 높였다.

모두가 넓은 이중문이 달린 커다란 건물 앞에 조각상처럼 서 있었다. 랜드는 그게 여관일 수도 있을 거라고는 생각하지 않았다. 일단, 간판이 없었다. 어쩌면 마을 회관일지도 몰랐다. 랜드는 조용히 원을 그리며 모여 있는 사람들 사이로 끼어들었다.

문 전체에 팔다리를 쫙 펼친 채 꽂혀 있는 한 남자가 있었다. 그의 허리와 어깨에는 굵은 못이 박혀 있었다. 그가 머리를 숙이지 못하도록 눈에도 창을 박아 넣었다. 검게 말라붙은 피가 그의 턱 양옆에 부채꼴로 늘어져 있었다. 그의 장화 뒤 나무의 긁힌 자국은 이런 일이 일어났을 때 그가 살아 있었다는 증거였다. 어쨌든, 이런 일이 시작됐을 때는 말이다.

랜드는 숨이 막혔다. 인간이 아니었다. 저 검은 옷은, 검은색보다 더 검은 저 옷은 그 어떤 인간도 입은 적 없는 것이었다. 몸 뒤에 붙들려 있는 망토 끝자락이 바람에 펄럭였지만—랜드는 그런 일이 늘 벌어지는 게 아니라는 걸 너무도 잘 알고 있었다. 바람이 늘 그 천을 건드리는 건 아니었다—그 창백하고 핏기 없는 얼굴에는 단 한 번도 눈이 있었던 적이 없었다.

"머드랄이라니." 랜드가 숨죽여 말했다. 꼭 랜드의 말이 다른 모두를 풀어 준 것만 같았다. 그들이 다시 움직이며 숨을 쉬기 시작했다.

"누가," 맷이 입을 열었다가 침을 삼키느라 잠시 말을 멈춰야 했다. "누가 희미한 자에게 이런 짓을 할 수 있다는 거지?" 끝에 가서 그의 목소리가 새되게 갈라졌다.

"나도 모른다." 잉타가 말했다. "알 수 없어." 그는 주위를 둘러보며 사람들의 얼굴을 살펴보았다. 아니면 모두가 그 자리에 있는지 인원을 헤아리는 것일지도 몰랐다. "여기서 알아낼 건 없을 것 같다. 출발한다. 말에 올라라! 휴린, 이곳에서 나가는 자취를 찾아라."

"네, 잉타 공. 알겠습니다. 기꺼이 그러겠습니다. 저쪽입니다. 여전히 남쪽으로 가고 있습니다.”

그들은 죽은 머드랄을 매달린 자리에 놔두고 떠났다. 바람이 놈의 검은 망토를 흔들었다. 휴린이 가장 먼저 담장을 넘었다. 그는 여느 때와 달리 잉타를 기다리지 않았다. 랜드가 그 뒤를 바짝 따랐다.

11장 패턴의 반짝임

태양이 지평선 위에 아직 황금빛으로 떠 있는데도 잉타가 그날의 행군을 멈추었다. 거칠어질 만큼 거칠어진 샤이나 사람들도 마을에서 본 광경의 영향을 받고 있었다. 잉타는 전에 이토록 일찍 멈춘 적이 없었다. 그가 선택한 야영지는 방어에 유리하게 생긴 곳이었다. 거의 둥글고 모든 사람과 말들이 들어갈 수 있을 만큼 큰, 깊숙한 구덩이였다. 작은 참나무와 진퍼리꽃나무가 듬성듬성 덤불을 이루며 바깥쪽 사면을 뒤덮고 있었다. 나무가 없어도 가장자리 자체가 야영지의 모두를 숨길 수 있을 만큼 높았다. 그 지역에서 그 정도 높이라면 언덕이라고 해도 될 법했다.

"빌어먹을, 내가 하는 말은," 우노가 말에서 내리며 라가에게 하는 말이 들렸다. "내가 그 빌어먹을 여자를 봤다는 것뿐이야, 태워 죽일. 우리가 그 염소한테나 입 맞출 반인을 발견하기 직전에 말이야. 그 우라질 연락선에서 봤던 것과 똑같은 우라질 여자였다니까. 그 여자가 거기에 있다가, 빌어먹을 사라졌어. 너야 빌어먹을, 뭐든 원하는 대로 말해. 하지만 우라질 말버릇은 조심하라고. 아니면 내가 직접 염소한테나 입 맞출 네놈 가죽을 벗겨서 태워 버릴 테니까. 양의 창자를 발라낼 젖먹이 같으니."

랜드는 한 발을 땅에 대고 다른 발은 등자에 얹은 채 잠시 멈췄다. **같은 여**

자라고? 하지만 연락선에는 여자가 없었는데. 그냥 바람에 펄럭이는 커튼이 있었을 뿐이야. 게다가 실제로 있었다면 우리를 앞질러서 올 수는 없었을 거야. 그 마을은…….

랜드는 그 생각을 외면했다. 그는 문에 못 박힌 희미한 자보다 그 방과 파리들을, 그곳에 존재하면서도 존재하지 않는 사람들을 더 잊고 싶었다. 모두가 그 모습을 봤으니까 반인은 현실이었지만, 그 방은……. **결국 내가 미쳐 가는 걸지도 몰라.** 랜드는 그 자리에 모레인이 있어서 이야기를 나눌 수 있으면 좋겠다고 생각했다. **아이즈 세다이를 원하다니. 멍청아. 넌 거기서 멀리 벗어났어. 계속 벗어나 있으라고. 그런데 내가 벗어난 건 맞을까? 거기서 무슨 일이 일어난 거지?**

"짐말과 보급품을 가운데에 둔다." 창기병들이 야영지를 설치하며 돌아다니자 잉타가 명령했다. "말들을 쓸어 준 다음 빠르게 움직여야 할 때를 대비해 다시 안장을 채워라. 모두 각자의 말 옆에서 잔다. 오늘 밤은 불을 피우지 않을 것이다. 보초는 두 시간에 한 번씩 교대한다. 우노, 정찰병들을 파견해라. 어두워지기 전에 돌아올 수 있는 한 가장 멀리까지. 저 바깥에 뭐가 있는지 알아야겠다."

잉타도 느끼고 있는 거야. 랜드는 생각했다. **이젠 그냥 어둠의 친구들과 트롤록 몇 마리의 문제가 아닌 거야. 어쩌면 희미한 자의 문제도 아닐지 몰라.** 그냥 어둠의 친구들과 트롤록 몇 마리, 희미한 자라니! 며칠 전만 해도 여기에 "그냥"이라는 말은 붙이지는 않았을 것이다. 변방에서도, 거대한오염이 말 타고 하루도 걸리지 않는 곳에 있는 그곳에서도 어둠의 친구와 트롤록과 머드랄은 악몽에 어울리는 몹쓸 존재였다. 머드랄이 문에 못 박힌 모습을 보기 전까지는 말이다. **빛 속에서 그런 짓을 할 수 있는 게 대체 뭐지? 빛 속이 아닌 데서 그럴 수 있는 건 또 뭐고?** 그전에 랜드는 한 가족이 저녁을 먹다가 웃음이 끊긴 공간에 들어갔었다. **내 상상이었을 거야. 틀림없어.** 랜드의 머릿속에서도 그 말은 별로 설득력 없게 들렸다. 그는 탑 꼭대기에서 불어온 바람도, 아멀린의 말도 상상한 게 아니었…….

"랜드?" 잉타가 어깨 너머에서 말하자 랜드가 펄쩍 뛰었다. "발 한 쪽을 등자에 올려 둔 채로 밤을 샐 작정이냐?”

랜드는 발을 땅에 디뎠다. “잉타, 아까 그 마을에서 무슨 일이 벌어진 거예요?”

“트롤록들이 그들을 데려갔다. 연락선의 사람들과 똑같지. 그렇게 된 거야. 희미한 자는…….” 잉타는 어깨를 으쓱하더니 품에 들고 있던 커다랗고 네모난, 캔버스로 싼 납작한 꾸러미를 내려다보았다. 알고 싶지 않은 숨겨진 비밀을 보는 듯한 시선이었다. “트롤록들이 먹으려고 잡아간 거다. 놈들은 거대한오염 근처의 마을과 농장에서도 때로 그런 일을 벌여. 한밤중에 국경의 탑들을 넘어서까지 급습할 때는 말이지. 우린 그 사람들을 되찾을 때도 있고 되찾지 못할 때도 있다. 때로는 되찾아 놓고서 그러지 말걸 그랬다는 생각이 들 때도 있어. 트롤록들은 반드시 죽이고 나서 고기를 손질하는 게 아니거든. 반인들도 나름대로…… 즐기고 싶어 하고. 그게 트롤록들이 하는 짓보다 고약하지.” 잉타의 목소리는 일상에 대해 이야기하듯 흔들리지 않았다. 샤이나의 군인이었으니 실제로 그게 잉타의 일상이었을 것이다.

랜드는 배 속을 가라앉히느라 심호흡을 해야 했다. “아까 그곳의 희미한 자는 전혀 즐기지 못했던데요, 잉타. 대체 뭐가 머드랄을 산 채로 문에 못 박을 수 있죠?”

잉타는 고개를 저으며 망설이다가 커다란 꾸러미를 랜드에게 떠밀었다. “받아라. 에리닌강 남쪽에서 처음 야영할 때 이걸 네게 전해 주라고 모레인 세다이가 말했다. 그 안에 뭐가 들었는지는 모르겠지만 너하테 필요할 거라더구나. 주의해서 다루라고 했어. 네 목숨이 거기에 달려 있을 수 있다고.”

랜드는 마지못해 그 꾸러미를 받아 들었다. 캔버스 천에 손이 닿자 소름이 끼쳤다. 안에 뭔가 부드러운 것이 들어 있었다. 천일지도 몰랐다. 랜드는 조심스럽게 그걸 들고 있었다. **잉타도 머드랄 생각을 하고 싶지 않은 거야. 그 방에서는 무슨 일이 일어난 걸까?** 랜드는 문득 깨달았다. 지금 모레인이 보낸 물건보다는 희미한 자를, 심지어 그 방을 생각하고 싶어 한다는 것을.

“동시에, 내게 무슨 일이든 일어나면 창기병들이 너를 따를 거라는 말도 전하라고 했다.”

“저를요?” 랜드는 꾸러미를 비롯한 모든 것을 잊고 헛숨을 들이켰다. 잉타는 침착하게 고개를 끄덕이며 못 믿겠다는 듯한 랜드의 시선을 마주 보았다. “말도 안 돼요! 저는 양 떼밖에 이끌어 본 적이 없는걸요, 잉타. 어쨌든 창기병들은 절 따르지 않을 거예요. 게다가 모레인은 당신 부관을 지명할 수 없어요. 부관은 우노라고요.”

“우노와 나는 떠나는 날 아침 아겔마 공께 불려 갔다. 모레인 세다이도 그 자리에 있었지만, 그 지시를 내게 하신 분은 아겔마 공이시다. 네가 부관이다, 랜드.”

“왜요, 잉타? 이유가 뭔데요?” 이런 결정에서는 모레인의 손길이 밝고도 선명하게 드러났다. 모레인과 아멀린 권좌의 손길이 랜드를 그들이 선택한 길로 떠밀어 가고 있었다. 하지만 랜드는 질문해야만 했다.

샤이나 사람은 자기도 모르겠다는 표정이었다. 하지만 그는 거대한오염의 경계선을 따라 끝없이 전쟁을 벌이며 이상한 명령에 익숙해진 군인이었다. “내가 들은 여성 동의 소문에 따르면, 네가 정말로…….” 그는 장갑 낀 손을 쫙 폈다. “상관없다. 난 네가 부정하리라는 걸 안다. 네가 네 얼굴 생김새를 부정하는 것과 똑같지. 모레인 세다이는 네가 양치기라고 했지만 나는 왜가리 표시가 있는 칼을 가진 양치기를 한 번도 본 적이 없다. 상관없다. 내가 직접 선택했다면 너를 뽑지는 않았겠지만 네 안에 필요한 자질이 있을 거라고 본다. 때가 오면 넌 네 임무를 맡게 될 거다.”

랜드는 그게 자신의 임무가 아니라고 말하고 싶었지만 대신 이렇게 말했다. “우노는 이 일에 대해 알고 있죠? 또 누가 알아요, 잉타?”

“창기병 모두가 안다. 말을 탈 때, 지휘관이 쓰러질 경우 다음 차례가 누구인지 우리 샤이나 사람들은 모두 안다. 그 사슬은 남아 있는 마지막 사람에게까지 끊어지지 않고 이어지지. 그 사람이 그저 말 관리자일 뿐이라도 말이야. 알겠지만, 그렇게 하면 마지막까지 살아남은 자도 그저 뛰어다니며 살아 있으려고 애쓰는 낙오자가 되지 않는다. 그가 지휘권을 갖게 되지. 의무에 따라 그는 이루어져야만 하는 일을 해야 한다. 내가 어머니의 마지막 포옹을 받으러 가면 임무는 네 것이 된다. 네가 뿔나팔을 찾아 그것이 마땅히 있어야 할 곳으로 가져갈 것이다. 반드시." 잉타는 마지막 말을 이상하리만치 강조했다.

랜드의 품에 안긴 꾸러미는 28킬로그램쯤 나가는 듯했다. **빛이여, 모레인 세다이는 732킬로미터나 떨어진 곳에 있을 텐데도 여전히 손을 뻗어 목줄을 당깁니다. 이쪽이야, 랜드. 저쪽이야. 너는 드래건의 환생이야, 랜드.** "저는 그 임무를 원하지 않아요, 잉타. 이어받지 않을 거예요. 빛을 걸고, 난 그냥 양치기라고요! 왜 아무도 그 말을 믿지 않는 거예요?"

"너는 네 임무를 하게 될 거다, 랜드. 사슬 꼭대기에 있는 사람이 쓰러지면 그 밑의 모두가 쓰러진다. 너무 많은 것이 무너져 내리고 있어. 이미 말이야. 평화가 네 칼에 호의를 베풀길 바란다, 랜드 알소르."

"잉타, 저는……." 하지만 잉타는 우노에게 아직 정찰병을 내보내지 않았느냐고 소리치며 멀어져 갔다.

랜드는 품 안의 꾸러미를 바라보며 입술을 핥았다. 그 안에 들어 있는 게 무엇인지 알 것 같아 두려웠다. 보고 싶었지만, 열지 않고 불구덩이에 던져 버리고 싶기도 했다. 안에 들어 있는 물건을 누구에게도 보이지 않은 채로 태워 버릴 수만 있다면 그렇게 할지도 모르겠다는 생각이 들었다. 안에 들어 있는 것이 조금이라도 태울 수 있는 물건이 확실하다면 말이다. 하지만 랜드가 아닌 다른 사람도 볼 수 있는 이곳에서는 안을 들여다볼 수 없었다.

그는 야영지를 둘러보았다. 샤이나 사람들이 짐말에서 짐을 내리고 있었다. 일부는 이미 육포와 납작한 빵으로 이루어진 차가운 저녁거리를 나눠 주는 중이었다. 맷과 페린은 각자의 말을 돌보았고 로이알은 바위에 앉아 책을 읽었다. 긴 파이프가 그의 잇새에 물려 있었고 연기가 그의 머리 위로 피어올랐다. 랜드는 떨어뜨릴까 봐 겁나는 사람처럼 꾸러미를 들고서 몰래 숲속으로 들어갔다.

잎사귀가 무성한 나뭇가지로 가려진 작은 공터에 무릎을 꿇고 꾸러미를 땅에 내려놓았다. 잠깐은 그냥 바라보기만 했다. **모레인이 그랬을 리 없어. 그럴 수가 없지.** 작은 목소리가 대답했다. **아아, 아닐걸. 모레인이라면 할 수**

있어. 할 수 있고, 했을 거야. 마침내 랜드는 꾸러미를 묶은 끈의 작은 매듭을 풀기 시작했다. 깔끔한 매듭이었다. 모레인이 직접 맨 것임을 티 내듯 정확하게 묶여 있었다. 어떤 하인도 모레인 대신 이 일을 해 주지 않았을 것이다. 모레인은 감히 그 어떤 하인에게도 이 물건을 보여 주지 않았을 것이다.

마지막 끈을 푼 랜드는 얼얼하게 느껴지는 손끝으로 안에 들어 있는 물건을 펼쳐 빤히 바라보았다. 입에 먼지가 가득한 느낌이었다. 그건 직조하지도 않고 염색하지도 않고 색칠하지도 않은 온전한 천이었다. 눈처럼 흰 깃발, 전쟁터 저 멀리에서도 보일 만큼 큰 깃발. 깃발 전체에 황금색과 진홍색 비늘을 가진 뱀 같은 구불구불한 형상이 자리 잡고 있었다. 그 뱀은 비늘 달린 다리가 네 개 있었고 각 다리 끝에는 황금색 발톱이 다섯 개 달려 있었다. 태양 같은 눈과 사자의 갈기를 가진 뱀이었다. 랜드는 이 깃발을 한 번 본 적이 있었다. 그때 모레인이 깃발의 정체에 대해 말해 주었다. 이 깃발은 루스 세린 텔라몬, 그러니까 그림자 전쟁 당시 동족살해자 루스 세린의 깃발이었다. 드래건의 깃발.

“저걸 봐! 저 녀석이 뭘 가지고 있는지 보라고!” 맷이 공터로 불쑥 들어왔다. 페린은 더 천천히 따라왔다. “처음에는 화려한 코트를 입더니.” 맷이 이를 드러냈다. “이젠 깃발까지 들었네! 이젠 귀족 놀이에 끝이 없겠어. 게다가……” 맷은 깃발을 똑똑히 볼 수 있을 만큼 다가왔다. 그의 입이 쩍 벌어졌다. “빛을 걸고!” 그가 비틀거리며 한 발짝 물러났다. “태워 죽일!” 모레인이 깃발의 이름을 알려 주었을 때 맷도 그 자리에 있었다. 페린도 마찬가지였다.

랜드의 마음속에서 분노가 끓어올랐다. 그를 밀치고 당기는 모레인과 아멀린 권좌에 대한 분노였다. 랜드는 두 손으로 깃발을 들어 올려 맷에게 흔들어댔다. 통제할 수 없는 말들이 끓어올랐다. “맞아! 드래건의 깃발이야!” 맷이 한 걸음 더 물러났다. “모레인은 내가 타 발론의 인형이 되기를 바라. 아이즈 세다이를 위한 가짜 드래건이 되기를 바란다고. 내가 뭘 원하든 상관없이 내 목구멍에 그걸 쑤셔 넣으려 해. 하지만―난―이용당하지―않을―거야!”

맷은 나무 둥치에 등이 닿을 때까지 물러났다. "가짜 드래건이라고?" 그가 침을 삼켰다. "네가? 그건…… 그건 말도 안 돼."

페린은 물러나지 않았다. 그는 두꺼운 팔을 무릎에 얹은 채 쪼그리고 앉아 그 선명한 황금색 눈으로 랜드를 자세히 살펴보았다. 저녁 그림자 속에서 보니 그 눈이 빛나는 듯했다. "아이즈 세다이가 너를 가짜 드래건으로 만들고 싶어 한다면……." 그는 인상을 쓰며 말을 멈추고 생각을 정리했다. 마침내 그가 조용히 말했다. "랜드, 너 채널링할 줄 알아?" 맷은 목이 졸린 듯 헛숨을 들이켰다.

랜드는 깃발이 떨어지게 놔두었다. 그는 잠시 망설인 뒤에야 지친 듯 고개를 끄덕였다. "그러고 싶어서 그런 게 아니야. 나도 싫어. 하지만…… 하지만 어떻게 멈춰야 할지 모르겠어." 파리들이 있던 방이 막을 수 없이 머릿속에 돌아왔다. "그들은 내가 멈추도록 놔두지 않을 거야."

"태워 죽일!" 맷이 나직하게 말했다. "빌어먹을 피와 재를 걸고! 놈들이 우릴 죽일 거야, 너도 알지? 우리 모두를. 페린이랑 나도 너랑 같이 죽일 거라고. 잉타 일행이 알아내면, 어둠의 친구들 대신 우리의 빌어먹을 목을 자르고 말걸. 빛을 걸고, 아마 우리가 뿔나팔 훔치기와 팔 다라 사람들 죽이기에 가담했다고 생각할 거야."

"닥쳐, 맷." 페린이 침착하게 말했다.

"닥치긴 뭘 닥쳐? 잉타가 우릴 죽이지 않으면 랜드가 미쳐서 잉타 대신 우리를 죽일걸. 태워 죽일! 태워 죽일!" 맷은 나무에서 주르륵 미끄러져 땅에 앉았다. "왜 널 순치시키지 않은 거야? 아이즈 세다이가 알고 있다면, 왜 널 순치시키지 않은 거냐고? 아이즈 세다이가 일원력을 휘두를 줄 아는 남자를 그냥 돌아다니게 뒀다는 얘기는 들어본 적이 없는데."

"모든 아이즈 세다이가 아는 건 아니야." 랜드가 한숨을 쉬었다. "아멀린 권좌랑……."

"아멀린 권좌라니! 아멀린 권좌는 알아? 빛을 걸고, 날 그렇게 이상하게 본 것도 놀랍지 않네."

"……모레인은 나더러 드래건의 환생이랬어. 그러더니 어디든 내가 원하는 곳으로 가도 된대. 모르겠어, 맷? 날 이용하려는 거야.”

“그렇다고 네가 채널링을 할 수 있다는 사실이 없어지지는 않아.” 맷이 중얼댔다. “내가 너였다면 나는 지금쯤 아리스대양을 반쯤 건넜을 거야. 아이즈 세다이가 없는 곳, 영영 없을 만한 곳을 찾을 때까지 절대 멈추지 않을 테고. 내 말은…… 그러니까…….”

“닥쳐, 맷.” 페린이 말했다. “넌 왜 여기 **있는** 거야, 랜드? 사람들 근처에 머물수록 누군가 그 사실을 알아내서 아이즈 세다이를 부를 가능성이 커져. 너한테 볼일이나 보라고 말하지 **않을** 아이즈 세다이 말이야.” 그는 잠시 말을 멈추고 머리를 긁적였다. “잉타에 관해서는 맷 말이 맞아. 잉타라면 분명히 너를 어둠의 친구로 지목하고 죽일 거야. 아마 우리 모두를 죽이겠지. 널 좋아하는 것처럼 보이지만, 그래도 그럴 거야. 가짜 드래건이라니? 다른 사람들도 마찬가지야. 널 대하는 걸 보면 마시마한테는 그 정도의 핑계도 필요하지 않은 것 같던데. 왜 떠나지 않은 거야?”

랜드가 어깨를 으쓱했다. “가려고 했는데, 처음에는 아멀린 권좌가 왔고 그다음에는 뿔나팔이랑 단검이 도난당했어. 모레인은 맷이 죽어 간다고 했고……. 빛을 걸고, 난 적어도 단검을 찾을 때까지는 너희랑 함께 지낼 수 있을 거라 생각했어. 그 정도는 할 수 있을 거라고 생각했다고. 내 생각이 틀린 것 같지만.”

“단검 때문에 왔다고?” 맷이 조용히 말했다. 그는 코를 문지르며 인상을 찡그렸다. “그 생각은 못 했네. 네가 설마 그런 걸 바랄 줄이라고는……. 아아! 너 괜찮아? 그러니까, 미쳐 가는 건 아니지?”

랜드는 땅에서 조약돌을 집어 들어 맷에게 집어 던졌다.

“아야!” 맷이 팔을 문질렀다. “그냥 물어본 거야. 아니, 그 모든 화려한 옷에 귀족이 됐다는 얘기하며. 뭐, 그게 딱히 머리가 제대로 된 건 아니잖아.”

“난 너희를 쫓아내려 한 거야, 멍청아! 내가 미쳐서 너희를 다치게 할까 봐 걱정됐다고.” 랜드의 시선이 깃발 쪽으로 떨어졌다. 그의 목소리가 낮아졌다. “결국은 그렇게 되겠지. 내가 막지 못하면 말이야. 빛을 걸고, 막을 방법을 모르겠어.”

"내가 두려워하는 것도 그거야." 맷이 일어서며 말했다. "기분 나쁘라고 하는 말은 아니지만, 랜드, 괜찮다면 난 최대한 너랑 멀리 떨어져서 자야 할 것 같아. 네가 계속 여기 있겠다면 말이야. 전에 채널링을 할 줄 아는 어떤 사람 얘기를 들은 적이 있어. 상인의 호위병이 말해 줬지. 적색의 아자가 그 녀석을 찾기 전에, 어느 날 그 녀석이 잠에서 깨더니 마을 전체를 싹 뭉개 버렸대. 집도, 사람도 전부 다. 자기가 잠들어 있던 침대만 빼고 모조리. 꼭 산이 그 위로 굴러온 것 같았대."

페린이 말했다. "맷, 그 경우에는 저 녀석이랑 뺨을 맞대고 자야지."

"내가 바보일지는 모르겠지만, 난 바보가 되어서라도 살 생각이야." 맷은 곁눈으로 랜드를 보며 망설였다. "야, 네가 날 도와주러 왔다는 건 알겠어. 고마워. 진짜야. 하지만 넌 그냥, 더 이상 예전 같지 않아. 그건 너도 알지?" 맷은 대답을 기다리는 듯했다. 랜드는 대답하지 않았다. 결국 그는 숲속으로, 야영지 쪽으로 다시 사라졌다.

"넌?" 랜드가 물었다.

페린이 고개를 저었다. 덥수룩한 곱슬머리가 흔들렸다. "모르겠어, 랜드. 넌 전과 같으면서도 달라. 채널링을 하는 남자라니. 내가 어렸을 때 우리 엄마가 그 얘기로 나한테 겁을 주곤 했다고. 그냥 모르겠어." 페린이 손을 뻗어 깃발 가장자리를 만져 보았다. "내가 너라면 이걸 태우거나 묻어 버렸을 거야. 그런 다음 아주 멀리, 아주 빠르게 도망치겠지. 어떤 아이즈 세다이도 절대 날 찾지 못하게. 그건 맷 말이 맞아." 그는 자리에서 일어나 눈을 가늘게 뜨고 서쪽 하늘을 보았다. 해가 사라앉으며 하늘이 붉게 번해 기고 있었다. "야영지로 돌아갈 시간이야. 내 말 잘 생각해 봐, 랜드. 나라면 도망칠 거야. 하지만 도망칠 수 없을지도 모르지. 그것도 생각해 봐." 그의 노란 눈이 내면을 들여다보는 듯했다. 피곤한 목소리였다. "때로는 도망칠 수가 없어." 그러더니 페린도 사라졌다.

랜드는 그 자리에 무릎을 꿇고 땅에 펼쳐 놓은 깃발을 바라보았다. "뭐, 때로는 도망칠 수가 없지." 그가 중얼거렸다. "다만 모레인은 내가 도망치게 만들려고 이걸 준 걸지도 몰라. 내가 도망칠 경우에 대비해 뭔가를 마련해 놓았을지도 몰라. 난 모레인이 원하는 건 하지 않을 거야. 안 해. 이건 바로 이 자리에 묻을 거야. 하지만 모레인은 내 목숨이 여기 달려 있다고 했는데. 아이즈 세다이는 눈에 띄는 거짓말을 절대 하지 않고……." 갑자기 랜드의 어깨가 조용한 웃음으로 떨렸다. "이젠 혼잣말을 하네. 어쩌면 **정말로** 이미 미친 걸지도 몰라."

야영지로 돌아갔을 때 랜드는 다시 캔버스 천으로 감싼 깃발을 들고 있었다. 그 꾸러미는 모레인이 만든 것보다는 깔끔하지 못한 매듭으로 묶여 있었다.

빛이 사라지기 시작하고 가장자리의 그림자가 공터 절반을 뒤덮었다. 병사들이 잠자리를 마련하고 있었다. 모두 각자의 말을 곁에 두고 손닿을 거리에 긴 창을 기대 놓았다. 맷과 페린도 자기 말 옆에 잘 곳을 준비하고 있었다. 랜드는 슬픈 눈으로 그들을 한번 쳐다보고 레드를 데려왔다. 레드는 랜드가 고삐를 늘어뜨린 채 놔둔 자리에 그대로 서 있었다. 랜드는 공터 반대편, 휴린이 로이알과 함께 있는 곳으로 갔다. 오기어는 책을 다 읽었는지 자기가 앉아 있던 반쯤 파묻힌 바위를 살펴보면서 긴 파이프로 바위의 뭔가를 쓸어 보고 있었다.

휴린이 일어나 랜드에게 활과 거의 비슷한 것을 내밀었다. "제가 여기에 잠자리를 잡아도 괜찮을지 모르겠습니다, 나리…… 어, 랜드. 그냥 여기 건설자 님의 이야기를 듣고 있었거든요."

"거기 있었구나, 랜드." 로이알이 말했다. "그게 말이지, 내 생각에 이 바위는 예전에 가공된 것 같아. 봐, 풍파에 마모됐지만 일종의 기둥처럼 생겼잖아. 표시도 있고. 알아보기는 어렵지만 왠지 익숙해 보여."

"아침이 되면 더 잘 보일지도 몰라." 랜드가 말했다. 그는 레드에게서 안장주머니를 끌어내렸다. "같이 있어서 기쁜데요, 휴린." 날 **두려워하지 않는 사람이라면 누구나 반가우니까. 그런데 앞으로 그럴 날이 얼마나 남아 있을까?**

랜드는 모든 것을—여벌 셔츠와 브리치스와 모직 스타킹, 반짇고리, 부싯깃 상자, 양철 접시와 컵, 칼과 포크와 숟가락이 들어 있는 초록나무 상자,

비상식량으로 가지고 다니는 육포와 납작한 빵 한 꾸러미를 비롯한 여행자의 모든 필수품을—안장주머니의 한쪽 옆으로 밀어 놓고 캔버스로 감싼 깃발을 빈 공간에 쑤셔 넣었다. 안장주머니가 불거졌다. 끈이 간신히 죔쇠에 닿았다. 그런 뒤에는 다른 쪽도 불거졌다. 이 정도면 될 터였다.

로이알과 휴린은 랜드의 기분을 읽었는지, 랜드가 레드에게서 안장과 굴레를 벗기고 땅에서 뜯어낸 풀 한 줌으로 커다란 밤색 몸통을 쓸어 주고 다시 안장을 얹는 동안 그를 조용히 내버려 두었다. 랜드는 그들이 권하는 음식을 거절했다. 그 순간에는 여태 먹어 본 가장 좋은 음식도 소화하지 못할 것 같았다. 셋 모두 바위 옆에 잠자리를 만들었다. 베개 대신 담요를 둘둘 말아 망토로 덮은 단순한 잠자리였다.

이제 야영지는 조용해져 있었지만 랜드는 완전히 어둠이 내린 다음에도 깨어 있었다. 생각이 이리저리 빠르게 오갔다. 깃발. **모레인이 나한테 뭘 시키려는 거지?** 마을. **대체 뭐가 희미한 자를 그런 식으로 죽일 수 있지?** 최악은 마을의 그 집이었다. **그 일이 정말 일어난 걸까? 내가 정말 미쳐 가는 걸까? 도망쳐야 하나, 남아야 하나? 남아야 해. 맷이 단검을 찾도록 도와야 해.**

피로에 젖은 잠이 마침내 밀려왔고 잠과 함께 청하지도 않은 공백이 그를 둘러싸며 그의 꿈을 어지럽히는 불안한 빛으로 깜빡거렸다.

파단 페인은 그의 야영지에 피워진 유일한 불 너머, 밤이 내린 북쪽을 바라보았다. 절대로 눈가에 이르지 않는 굳은 미소를 지은 채였다. 그는 지금도 자신을 파단 페인이라고 생각했지만—파단 페인이 그의 핵심이었다 실제로는 변한 뒤였다. 그 자신도 알고 있었다. 이제 그는 많은 것들을 알았다. 옛 주인들 중 누구도 생각 못 할 만큼 많이. 그는 어둠의 친구가 되고 나서 몇 년 뒤 바알자몬의 소환을 받았다. 바알자몬은 그에게 에먼즈 필드의 세 젊은이를 추적하게 했으며 페인이 그들에 대해 아는 것을 추출해냈다. 또한 파단 페인 자체마저 추출해내고, 그 정수를 다시 먹여 페인이 그들을 **느낄** 수 있게 했다. 그들이 있었던 곳의 **냄새를** 맡고, 그들이 어디로 도망치든 쫓도록 말이다. 특히 그 녀석을. 바알자몬이 자신에게 저지른 짓을 떠올리면 파단 페인의 일부는 지금도 움츠러들었다. 하지만 그 부분은 작고도 억눌린, 숨겨진 부분이었다. 그는 변했다. 그 셋을 따라가던 파단 페인은 샤다 로고스에까지 들어갔다. 가고 싶지 않았지만 그때는 복종해야만 했다. 그러다가 샤다 로고스에서…….

페인은 깊이 숨을 들이쉬며 허리띠에 찬, 칼자루에 루비가 박힌 단검을 만지작거렸다. 이것도 샤다 로고스의 물건이었다. 또한 파단 페인이 가지고 다니는 유일한 무기, 그에게 필요한 유일한 무기였다. 단검은 그의 일부처럼 느껴졌다. 이제 파단 페인은 자신만으로 온전해졌다. 중요한 건 그것뿐이었다.

그는 모닥불 양옆을 힐끗 보았다. 남은 어둠의 친구 12명이 한때 좋았던 옷이 구겨지고 더러워진 채로 어둠 속 한편에 웅크리고 있었다. 그들은 불이 아니라 파단 페인을 바라보았다. 반대쪽에는 그의 트롤록들이 쭈그리고 앉아 있었다. 숫자는 스물. 동물의 얼굴처럼 비틀린 인간의 얼굴에 박힌 너무도 인간적인 눈이 고양이를 지켜보는 쥐처럼 파단 페인의 모든 동작을 좇았다.

처음에는 매일 아침 일어나 자신이 완전한 존재가 아님을 알아차리는 것이 힘들게 느껴졌다. 머드랄이 다시 지휘권을 잡고 화를 내며 북쪽으로, 거대한오염으로, 샤이올 굴로 가자고 요구했다. 하지만 나약한 아침은 조금씩 짧아졌고 결국……. 파단 페인은 손에 쥔 망치의 느낌, 말뚝을 박아 넣던 느낌을 떠올리고 미소 지었다. 이번에는 미소가 그의 눈가에 이르렀다. 달콤한 기억을 떠올린 기쁨이 거기 담겨 있었다.

어둠 속에서 흐느끼는 소리가 그의 귀에 닿자 미소가 희미해졌다. **트롤록들이 그렇게 많은 사람들을 잡도록 놔둬서는 안 되는 거였는데.** 마을 하나를 통째로 털어 오면 속도가 늦어질 것이다. 연락선 근처 마을의 몇 안 되는 집이 버려져 있지 않았더라면, 아마……. 그러나 트롤록들은 본성적으로 탐욕스러웠고, 그는 머드랄이 죽어 가는 모습을 보며 황홀경에 젖어 필요한 만큼 주의를 기울이지 않았다.

그는 트롤록들을 힐끗 보았다. 모든 트롤록이 그보다 두 배는 키가 컸고 한 손으로 그를 산산조각 낼 수 있을 만큼 힘이 셌다. 하지만 그들은 여전히 웅크리며 뒤로 물러났다. "죽여라. 전부. 먹어도 되지만 남은 모든 것은 쌓아 놓아라. 우리 친구들이 발견할 수 있도록 말이야. 머리를 맨 위에 올려놔라. 깔끔하게, 당장." 그는 웃다가 뚝 멈췄다. "가라!"

트롤록들은 낫처럼 생긴 칼을 끌고 창이 달린 도끼를 들어 올리며 허둥지둥 멀어져 갔다. 잠시 후 마을 사람들이 묶여 있던 곳에서 비명과 울부짖는 소리가 쏟아졌다. 살려 달라고 비는 소리와 아이들의 비명이 멜론 깨지는 것 같은 단단한 쿵 소리와 불쾌한 쉭 소리에 끊겼다.

파단 페인은 그 불협화음을 등지고 어둠의 친구들을 바라보았다. 그들도 페인의 것이었다. 육신도, 영혼도. 남아 있는 영혼이 있다면 말이다. 그들 모두가 빠져나올 방법을 찾기 전의 파단 페인이 그랬듯 깊은 수렁에 빠져 있었다. 그들 모두가 파단 페인을 따르는 것 외에는 갈 곳이 없었다. 그들의 눈이 두려움에 매달리며 애원했다. "다른 마을이나 농장을 찾기 전에 저놈들이 다시 배고파질까? 그럴지도 모르지. 내가 너희를 저 녀석들에게 더 줄 거라고 생각하나? 글쎄, 한두 명은 더 주겠지. 남는 말이 더는 없거든."

"다른 사람들은 그냥 평민이었어요." 한 여자가 불안한 목소리로 간신히 말했다. 상인, 그것도 부유한 상인 신분임을 알리는 세련된 형태의 드레스 위 그녀의 얼굴에는 땟국이 흐르고 있었다. 여기저기 문지른 자국이 좋은 잿빛 천에 얼룩졌고 치마가 길게 찢어져 망가져 있었다. "그들은 소작농이었어요. 우리는…… 제가 섬긴 건……."

페인은 그녀의 말을 끊었다. 태평한 그의 말투 때문에 그가 하는 말이 더욱 가혹하게 들렸다. "넌 나한테 뭐냐? 소작농보다 못하지. 트롤록들에게 줄 암소? 살고 싶다면 쓸모 있게 굴어야 할 거다, 암소야."

여자의 얼굴이 일그러졌다. 그녀가 흐느꼈다. 갑자기 나머지 사람들이 떠들어대면서 그에게 자기가 얼마나 쓸모 있는지 말했다. 그들 모두가 팔 다라에서의 맹세를 실현하라는 호출을 받기 전까지만 해도 영향력과 지위를 가진 남녀였다. 그들은 변방에, 케예리엔에, 다른 지방에 있는 중요하고도 강력한 지인들의 이름을 쏟아 놓았다. 오직 그들만이 아는 이런저런 지역에 대한 정보를 떠들어 댔다. 정치적 상황이며 동맹, 음모, 페인이 봉사를 허락하기만 하면 할 수 있는 모든 것들을 말했다. 그들의 소음이 트롤록들의 살육에서 나는 소리와 뒤섞여 바로 하나가 되었다.

페인은 그 모든 소리를 무시하고—희미한 자를 다루는 모습을 보인 이후로 페인은 그들에게 등을 보이는 것이 두렵지 않았다—자신의 상품에 다가갔다. 페인은 무릎을 꿇고 손으로 화려한 황금 사자를 쓸어 보았다. 그 안에 잠겨 있는 힘을 느껴 보았다. 그는 트롤록에게 상자를 들도록 해야 했다. 그는 인간을 믿지 않았기에 그 상자를 말이나 안장에 실을 수 없었다. 권력에 대한 꿈은 때로 페인에 대한 두려움까지 이길 만큼 강할 수 있었다. 그러나 트롤록들은 살육이 아닌 다른 무언가를 꿈꾸는 일이 없었다. 지금까지 페인은 그 상자를 여는 방법을 알아내지 못했다. 하지만 곧 알게 될 것이다. 모든 일이 어떻게든 이루어지게 된다. 모든 일이.

그는 단검을 칼집에서 꺼내 상자 위에 두고 불가에 자리 잡았다. 그 칼이 트롤록이나 인간보다 나은 경비병이었다. 페인이 그 칼을 사용할 때 무슨 일이 벌어지는지 모두가 보았다. 아무도 페인의 명령 없이 칼집에서 뽑힌 그 칼날과 2미터 이상 가까워지지 않았다. 페인이 명령해도 마지못해 다가올 뿐이었다.

이불을 덮고 누운 페인은 북쪽을 보았다. 이제는 알소르가 느껴지지 않았다. 둘 사이의 거리가 너무 멀었다. 아니면 알소르가 사라지는 속임수를 쓰고 있는지도 몰랐다. 요새에서 그 아이는 때로 갑자기 페인의 감각에서 사라졌다. 방법은 모르겠지만 알소르는 언제나 떠날 때처럼 갑자기 돌아왔다. 이번에도 돌아올 것이다.

"이번엔 네가 내게 와라, 랜드 알소르. 전에는 내가 냄새를 맡으라고 풀어 놓은 개처럼 너를 따라갔지만 이번에는 네가 나를 따라오는 거야." 파단 페인의 웃음은 그 자신조차도 광기에 사로잡혀 있다는 걸 아는 듯 낄낄대는 소리였다. 하지만 그는 상관하지 않았다. 광기도 그의 일부였다. "내게로 와라, 알소르. 춤은 아직 시작되지 않았다. 우리는 토먼 헤드에서 춤을 출 것이다. 나는 너에게서 자유로워지겠지. 난 드디어 너의 죽음을 보게 될 것이다."

12장 패턴에 짜이다

에그웨인은 모여 있는 아이즈 세다이 무리에게로 나이니브를 따라서 서둘러 향했다. 그들은 말이 끄는 아멀린 권좌의 가마 주변에 둘러서 있었다. 팔 다라에서의 소동을 야기한 것이 무엇인지 알고 싶다는 욕망이 랜드에 대한 걱정조차 압도하고 있었다. 지금 이 순간 랜드는 그녀의 손이 닿지 않는 곳에 있었다. 털이 덥수룩한 그녀의 암말 벨라는 아이즈 세다이의 말들과 함께 있었다. 나이니브의 말도 마찬가지였다.

수호자들은 손을 칼자루에 올리고 눈으로는 모든 것을 살피면서 아이즈 세다이와 가마 주변을 철통같이 둘러쌌다. 그들은 샤이나의 병사들이 겁에 질린 요새의 주민들 사이로 뛰어다니는 안뜰에서 비교적 침착함을 지키는 섬과 같았다. 에그웨인이 나이니브 옆으로 밀치고 들어갔다. 그들은 수호자들의 날카로운 눈길을 단 한 번 받은 뒤에는 무시당했다. 그들이 아멀린 권좌와 함께 떠나리라는 걸 다들 알고 있었다. 에그웨인과 나이니브는 사람들의 속삭임을 통해 난데없이 날아온 것처럼 보이던 화살과 아직 잡히지 않은 궁수에 관한 정보를 얻을 수 있었다.

에그웨인은 눈을 휘둥그렇게 뜨고 멈춰 섰다. 자신이 아이즈 세다이에게 둘러싸여 있다는 걸 떠올릴 수 없을 만큼 커다란 충격이었다. 아멀린 권좌의 목숨을 노리다니. 생각조차 할 수 없는 일이었다.

아멀린 권좌는 커튼을 젖히고 가마에 앉아 있었다. 그녀의 찢긴 소매에 보이는 핏자국이 모두의 시선을 잡아끌었다. 그녀는 아겔마 공을 내려다보았다. "너는 궁수를 찾을 수도 있고 찾지 못할 수도 있다, 내 아들아. 어느 쪽이든 타 발론에서 내가 해야 할 일은 잉타가 완수하러 떠난 임무만큼이나 시급하다. 난 지금 떠나겠다."

"하지만 어머니," 아겔마가 항의했다. "어머니의 목숨을 노린 이번 시도로 모든 것이 바뀌었습니다. 우리는 지금도 누가 그자를 보냈는지, 이유가 뭔지 모릅니다. 한 시간만 더 있으면 제가 궁수와 이런 질문에 대한 답을 가져오겠습니다."

아멀린 권좌는 아무런 즐거움이 깃들지 않은 웃음을 터뜨렸다. "이 물고기를 잡으려면 좀 더 교활한 먹이나 촘촘한 그물이 필요하다, 내 아들아. 네가 궁수를 잡을 때쯤이면 시간이 너무 늦어 떠날 수 없을 것이다. 이런 일에 대해 지나치게 걱정하기에는 내가 죽는 꼴을 보고 환호할 자들이 너무 많다. 뭐든 알아내면 내게 소식을 보내면 된다." 그녀의 시선이 뜰을 내려다보는 탑들과 성벽, 궁수의 발코니를 죽 훑었다. 그곳들은 지금도 사람으로 빽빽했으나 이제는 조용해져 있었다. 화살은 그 장소들 중 어딘가에서 날아온 게 틀림없었다. "내 생각에 궁수는 이미 팔 다라에서 도망쳤을 것이다."

"하지만 어머니……." 가마에 탄 여자는 이제 그만하라는 듯 날카로운 동작으로 그의 말을 잘랐다. 팔 다라의 군주조차 아멀린 권좌를 너무 심하게 압박할 수는 없었다. 그녀의 시선이 에그웨인과 나이니브에게 닿았다. 에그웨인이 비밀로 하고 싶어 하는, 그녀에 대한 모든 정보를 꿰뚫어 보는 듯한 시선이었다. 에그웨인은 한 걸음 물러났다가 자제하며 무릎을 꿇고 인사했다. 그게 적절한 방법인지는 알 수 없었다. 아무도 아멀린 권좌를 만날 때의 절차에 대해 설명해 주지 않았으니까. 나이니브는 등을 꼿꼿이 세우고 아멀린 권좌를 마주 보았지만 에그웨인의 손을 더듬거려 잡고는 에그웨인만큼 세게 쥐었다.

"그러니까 저 둘이 네가 말한 아이들이로구나, 모레인." 아멀린 권좌가 말했다. 모레인이 노골적으로 고개를 끄덕이자 다른 아이즈 세다이들이 고개를 돌려 에먼즈 필드 출신의 두 여자를 보았다. 에그웨인은 침을 삼켰다. 그들 모두가 뭔가를, 다른 사람들은 모르는 것을 **아는** 것처럼 보였다. 그게 사실이라는 걸 알았기에 더욱 도움이 되지 않았다. "그래, 둘 모두의 안에서 괜찮은 불꽃이 느껴진다. 하지만 그 불꽃에서 과연 무엇이 타오를까? 그게 문제 아니냐?"

에그웨인의 입 안이 먼지처럼 건조하게 말라갔다. 그녀는 지금 아멀린 권좌가 자기들 둘을 바라보는 눈길에서 자기 공구를 바라보던 고향의 목수 패드윈 씨를 떠올렸다. 이건 이런 목적으로, 저건 저런 목적으로.

아멀린 권좌가 불쑥 말했다. "떠날 시간이다. 말에 올라라. 아겔마 공과 나는 너희가 휴일을 맞은 신입들처럼 다들 멍청하게 서 있지 않아도 해야 할 말을 할 수 있다. 말에 올라라!"

그녀의 명령에 수호자들이 흩어져 말에 올랐다. 여전히 경계하는 모습이었다. 리아네를 제외한 모든 아이즈 세다이도 가마에서 미끄러지듯 멀어져 각자의 말에 올랐다. 에그웨인과 나이니브도 그 지시에 따르려고 몸을 돌렸다. 그때 하인 한 명이 은잔을 들고 아겔마 공 옆에 나타났다. 아겔마는 불만족스럽다는 듯 입을 비틀며 그 잔을 받아 들었다.

"제 손에 들린 이 컵으로 오늘도, 앞으로도 언제나 잘 지내시기를 바라는 제 마음을 받아 주시고……."

뭔지는 몰라도, 그들이 나눈 다른 말은 서둘러 벨라에 올라타는 에그웨인에게 들리지 않았다. 그녀가 덥수룩한 암말을 토닥여 주고 치마를 바로잡았을 때쯤 가마는 이미 열린 성문을 향해 움직이고 있었다. 말들이 고삐도 끄는 밧줄도 없이 걸었다. 리아네는 가마 옆에서 말을 타고 이동했다. 그녀의 지팡이가 등자에 기대어 있었다. 에그웨인과 나이니브는 나머지 아이즈 세다이 뒤로 말을 데려갔다.

마을의 시가지 양쪽에 늘어선 군중의 고함과 환성이 행렬을 환영했다. 고수들의 우레 같은 북소리와 나팔수들의 나팔 소리가 그 환성에 파묻혔다. 수호자들은 흰 불꽃이 그려진 깃발을 펄럭거리게 들고 행렬 앞에 서서 아이즈 세다이 주변을 지키며 사람들이 접근 못 하도록 했다. 가슴에 흰 불꽃이 수놓인 궁수와 창병 들이 정확하게 열을 맞춰 따라왔다. 행렬이 마을을 구불구불 나아가 남쪽으로 방향을 틀자 나팔은 조용해졌다. 그러나 마을 안의 환호성은 계속해서 따라왔다. 에그웨인은 자주 뒤를 돌아보았다. 이윽고 숲과 언덕이 팔 다라의 성벽과 탑들을 가렸다.

옆에서 말을 달리던 나이니브가 고개를 저었다. "랜드는 괜찮을 거야. 랜드한테는 잉타 공과 스무 명의 창기병이 있으니까. 어쨌든 네가 할 수 있는 일도 없고. 우리 둘 다 마찬가지야." 나이니브가 모레인 쪽을 힐끗 보았다. 아이즈 세다이의 단정한 흰 암말과 란의 키 큰 검은색 수말이 나란히 걸어가는 모습이 특이한 한 쌍으로 보였다. "아직은 말이지."

행렬은 나아가며 서쪽으로 방향을 틀었다. 빠르게 나아가지는 않았다. 반갑옷을 입은 보병조차 샤이나의 언덕을 빠르게 지나갈 수는 없었다. 그런 식으로 오랫동안 속도를 유지할 수도 없었고. 그래도 그들은 최대한 밀고 나갔다.

야영은 매일 밤늦게 시작되었다. 아멀린 권좌는 텐트를 칠 만한 빛이 거의 남지 않을 때까지 행렬이 멈추지 못하게 했다. 텐트는 간신히 들어가서 서 있을 수 있는 높이의 납작한 흰 돔형이었다. 같은 아자 출신의 아이즈 세다이 둘이서 그런 천막을 하나씩 사용했고, 아멀린 권좌와 연대기 기록자에게는 개인 천막이 있었다. 모레인은 청색의 아자 출신 두 자매와 같은 천막을 썼다. 군인들은 각자의 야영지에서 땅에 누워 잤고, 수호자들은 각자가 속박되어 있는 아이즈 세다이의 텐트 근처에서 몸을 망토로 감쌌다. 수호자가 한 명도 없는 적색 자매들의 천막은 이상하게 쓸쓸해 보이는 반면 녹색의 아자들이 쓰는 천막은 거의 축제 분위기였다. 두 아이즈 세다이는 어두워지고 한참이 지나서까지 천막 밖에 앉아서 함께 온 수호자 네 명과 이야기를 나누곤 했다.

한번은 란이 에그웨인과 나이니브가 함께 쓰는 천막에 찾아와 현자를 조금 떨어진 어두운 곳으로 데려갔다. 에그웨인은 천막의 헝겊 문 너머로 그 모습을 지켜보았다. 그들이 하는 말은 들리지 않았다. 나이니브는 결국 분노를 터뜨리고 쿵쿵대며 돌아오더니 이불로 몸을 감싸고서 아예 말을 하지 않으려 들었다. 나이니브는 담요 귀퉁이로 얼굴을 가렸지만 에그웨인은 그녀의 뺨이 젖어 있다고 생각했다. 란은 어둠 속에서 오랫동안 천막을 지켜본 뒤에야 떠났다. 그 이후로 그는 다시 찾아오지 않았다.

모레인은 그들 근처에 오지 않았다. 그저 지나가면서 그들에게 고개를 까딱할 뿐이었다. 그녀는 깨어 있는 시간을 다른 아이즈 세다이와, 그러니까 적색 자매들을 제외한 모두와 이야기하며 보내는 듯했다. 모레인은 말을 타고 가며 그들을 한 명, 한 명씩 옆으로 불러냈다. 아멀린 권좌는 멈춰서 쉴 시간을 거의 허락하지 않았고 허락할 때조차 휴식 시간은 짧았다.

"우리한테 내줄 시간이 더는 없나 봐." 에그웨인이 슬프게 말했다. 모레인은 그녀가 아는 유일한 아이즈 세다이였다. 인정하기는 싫지만, 아마 그녀가 확실히 믿을 수 있는 유일한 아이즈 세다이였을 것이다. "모레인은 우리를 찾아냈고 우리는 타 발론으로 가고 있어. 이젠 다른 관심사가 생긴 거겠지."

나이니브가 조용히 코웃음 쳤다. "내가 보기에 저 여자의 용건은 저 여자나 우리가 죽은 뒤에나 끝날 거야. 아주 교활한 여자지."

다른 아이즈 세다이들이 그들의 천막으로 찾아왔다. 팔 다라에서 나온 첫날 밤, 천막 문이 옆으로 젖혀지고 통통하고 네모난 얼굴의 아이즈 세다이가 들어왔을 때 에그웨인은 너무 놀라 펄쩍 뛸 뻔했다. 그녀는 머리가 희어가고 있었으며 검은 눈은 어딘가 정신이 팔린 듯한 인상을 주었다. 그녀가 천막의 가장 높은 지점에 걸려 있는 등불을 힐끗 보자 불꽃이 좀 더 살아났다. 에그웨인은 뭔가 느껴진다고 생각했다. 불꽃이 밝아질 때 아이즈 세다이의 무언가를 거의 봤다고 믿었다. 언젠가 모레인이 한 말에 따르면, 에그웨인도 훈련을 더 받으면 다른 여자들이 채널링하는 모습을 **볼** 수 있을 터였다. 어떤 여자가 채널링을 할 줄 안다면 그 여자가 아무것도 하지 않을 때조차 그녀를 알아볼 수 있을 거라고도 했고.

"난 베린 마스윈이야." 여자가 미소 지으며 말했다. "너희는 에그웨인 알비어와 나이니브 알미라지? 한때 마네세렌이었던 투 리버스 출신이라는. 강인한 핏줄이 흐르는 곳이지, 거긴. 그 혈통의 노래가 들려."

에그웨인은 나이니브와 시선을 주고받으며 자리에서 일어났다.

"아멀린 권좌께서 저희를 부르셨나요?" 에그웨인이 물었다.

베린이 웃었다. 아이즈 세다이의 코에는 잉크 얼룩이 묻어 있었다. "아아, 세상에. 아니란다. 아멀린 권좌께서는 아직 신입조차 아닌 두 젊은 여자를 신경 쓰기에는 중요한 할 일이 많으셔. 하긴, 알 수 없는 일이다만. 너희는 둘 다 잠재력이 상당해. 특히 너, 나이니브 말이다. 언젠가는……." 그녀는 생각에 잠긴 채 잉크 얼룩을 손가락으로 문지르며 잠시 말을 멈추었다. "하지만 오늘이 그 언젠가는 아니야. 난 너를 가르치러 온 거란다, 에그웨인. 아쉽게도 네가 앞서서 진도를 나간 것 같다만."

에그웨인은 불안하게 나이니브를 보았다. "제가 뭔가 한 건가요? 저는 모르겠는데요."

"아아, 잘못한 건 아니야. 굳이 따지자면 말이지. 좀 위험할 수는 있겠다만 딱히 잘못됐다고는 할 수 없어." 베린은 캔버스 천이 깔린 바닥에 다리를 접고 앉았다. "둘 다 앉아라. 앉아. 목을 쭉 빼고 있고 싶지는 않구나." 그녀는 이리저리 움직인 끝에 편안한 자세를 찾았다. "앉아."

에그웨인은 아이즈 세다이 맞은편에 책상다리를 하고 앉아 나이니브를 보지 않으려고 최선을 다했다. **확실해지기 전까지는 죄지은 표정을 지을 필요가 없어. 확실해진 다음에도 그럴지 모르고.** "제가 했다는 위험하지만 딱히 잘못되지는 않은 행동이 뭔가요?"

"그야, 네가 일원력을 채널링해 왔다는 것 아니겠니, 얘야."

에그웨인은 입을 쩍 벌릴 수밖에 없었다. 나이니브가 소리를 질렀다. "말도 안 되는 소리로군. 채널링을 하지 않을 거라면 우리가 왜 타 발론에 가겠습니까?"

"모레인이…… 그러니까, 모레인 세다이께서 저를 가르쳐 주셨어요." 에그웨인이 간신히 말했다.

베린은 조용히 하라는 듯 두 손을 들었고 그들은 조용해졌다. 얼빠진 것처럼 보일지는 몰라도, 베린은 어쨌든 아이즈 세다이였다. "얘야, 아이즈 세다이가 우리 중 하나가 되고 싶다는 모든 소녀에게 즉시 채널링하는 법을 가르쳐줄 거라고 생각하니? 글쎄, 너를 모든 소녀 중 한 명이라고 할 수는 없겠다만 그래도 마찬가지야……." 그녀가 심각하게 고개를 저었다.

"그럼 모레인은 왜 그렇게 한 겁니까?" 나이니브가 물었다. 나이니브는 수업을 받은 적이 없었고, 에그웨인은 나이니브가 그것 때문에 마음이 상한 건지 아닌지 아직도 알 수 없었다.

"그야 에그웨인이 이미 채널링을 했기 때문이지." 베린이 인내심 있게 말했다.

"그건…… 그건 나도 마찬가지입니다." 나이니브는 그게 별로 기분 좋지 않은 듯했다.

"너는 상황이 다르단다, 얘야. 네가 아직 살아 있다는 사실은 네가 다양한 위기를 극복했다는 걸 보여 주지. 그것도 너 혼자서 말이야. 내 생각에는 너도 네가 얼마나 운이 좋은지 알 것 같은데. 네가 한 일을 어쩔 수 없이 했던 다른 여자들은 보통 네 명 중 한 명만 살아남는단다. 물론, 야생인들은……." 베린이 인상을 찡그렸다. "미안하지만, 유감스럽게도 화이트 타워의 우리는 아무 훈련도 받지 않고 그럭저럭 거칠게 통제를 해낸 사람들을 종종 야생인이라고 **부른단다**. 무작위적이고, 보통은 통제라고 부르기 어려울 정도의 통제만을 하는 사람들 말이야. 너처럼 말이다. 그래도 일종의 통제이기는 해. 야생인들이 어려움을 겪는 건 사실이다. 그들은 거의 항상 자기가 하는 일이 무엇인지 깨닫지 못하게 막는 벽을 쌓는단다. 그 벽이 의식적 통제를 방해하지. 그 벽을 짓는 기간이 길어질수록 벽을 무너뜨리기도 힘들어져. 하지만 그 벽을 부너뜨릴 수 있다면……. 글쎄, 기장 뛰어난 자매들 중 일부가 야생인이었단다."

나이니브는 짜증스럽다는 듯 몸을 움직이며 떠날까 궁리하는 것처럼 입구를 바라보았다.

"그게 다 저랑 무슨 상관인지 모르겠는데요." 에그웨인이 말했다.

베린은 에그웨인이 대체 어디서 나온 건지 모르겠다는 듯 그녀를 보며 눈을 깜빡였다. "너랑? 그야, 아무 상관이 없지. 네 문제는 상당히 다르단다. 아이즈 세다이가 되고 싶어 하는 대부분의 소녀들은 너처럼 내면에 씨앗이 있는 소녀들도 그걸 두려워해. 화이트 타워에 도착한 뒤에도, 심지어 뭘 어떻게 해야 하는지 배운 뒤에도 그들은 몇 달 동안 자매나 합격자 중 한 명에게 단계별 지도를 받아야 한단다. 하지만 넌 아니야. 모레인이 한 말에 따르면 너는 할 수 있다는 걸 알자마자 일원력에 뛰어들어 네가 디딜 다음 발걸음 아래에 끝없는 심연이 있는지 없는지는 단 한 번도 생각하지 않고 더듬더듬 어둠을 헤치고 나아갔다지. 아아, 너 같은 사람들이 또 있긴 했어. 네가 독특한 건 아니야. 모레인도 그런 식이었단다. 네가 무슨 일을 했는지 알고 나자 모레인으로서는 널 가르칠 수밖에 없었어. 모레인이 이런 설명을 한 번도 해 주지 않은 거니?"

"한 번도요." 에그웨인은 자기 목소리가 그렇게까지 헐떡이는 것처럼 들리지 않았으면 좋겠다고 생각했다. "모레인은…… 모레인한테는 달리 처리해야 할 일이 있었거든요." 나이니브가 조용히 코웃음 쳤다.

"글쎄, 모레인은 꼭 알 필요가 없는 사람에게 뭔가 말해 줘야 한다고 생각하지 않는단다. 지식이 진짜 목표 달성에는 도움이 되지 않는다는 거야. 하지만 그렇게 치면, 무식함도 마찬가지란다. 나 자신은 늘 모르는 것보다는 아는 걸 좋아해 왔고."

"그런 게 정말 있나요? 그러니까, 심연 말이에요."

"지금까지는 없었던 게 분명하구나." 베린이 고개를 갸웃하며 말했다. "하지만 다음 단계에는 어떨까?" 그녀가 어깨를 으쓱했다. "봐라, 애야. 네가 진정한 근원과의 접촉을 시도하면 할수록, 일원력 채널링을 시도하면 할수록 실제로 그 일을 해내는 건 더 쉬워진단다. 그래, 처음에는 진정한 근원으로 손을 뻗으면 허공을 움켜쥐듯 느껴지는 경우가 많을 거야. 아니면 실제로 사이다에 접촉할 수도 있지. 하지만 일원력이 몸을 타고 흐르는 걸 느낄 때조차 그걸로 아무것도 할 수 없다는 걸 알게 된단다. 아니면 무슨 일을 하더라도 의도했던 일과는 완전히 다른 일을 하게 되지. 그게 위험한 거야. 보통 지도와 훈련을 받은 아이가 두려움에 사이다와의 접촉을 늦추면 진정한 근원과 접촉하는 능력이나 일원력을 채널링하는 능력이 그 애가 하는 일을 통제하는 능력과 일치하게 되지. 하지만 너는 네가 하는 일을 통제할 방법을 가르쳐 주는 사람이 아무도 없는데 채널링을 시도하기 시작했어. 네가 아주 멀리까지 갔다고 생각하지 않는다는 건 알아. 실제로도 그렇지. 하지만 넌 반대편으로 달려 내려가는 방법이나 걷는 방법을 배우지 않고 언덕을 달려 올라가는 방법을, 최소한 가끔은 스스로 깨친 사람과 마찬가지란다. 나머지를 배우지 않으면 곧 넘어질 거야. 자, 가엾은 남자들이 채널링을 시작할 때 벌어지는 일에 대해서 얘기하는 게 아니야. 넌 미치지 않을 거다. 널 가르치고 이끌어 줄 자매들이 있으면 죽지도 않을 거야. 하지만 네가 실수로, 그럴 의도가 전혀 없이 무슨 일을 하게 될지 모르잖니?” 이번만큼은 베린의 눈에서 멍한 느낌이 사라졌다. 잠깐이지만 아이즈 세다이의 시선이 아멀린 권좌의 시선처럼 에그웨인에게서 나이니브에게로 휙 움직이는 것만 같았다. “네가 타고난 능력은 강하단다, 애야. 앞으로도 더 강해질 거야. 너는 너 자신이나 다른 사람, 혹은 수많은 사람들을 해치기 전에 그 힘을 통제하는 법을 배워야 해. 모레인이 너에게 가르치려던 게 그거야. 내가 오늘 도와주려는 것도 그 부분이고. 우리가 너를 시리암의 유능한 손에 맡기기 전까지 자매 중 한 사람이 매일 밤 너를 도울 거란다. 시리암이 신입 담당이거든.”

에그웨인은 생각했다. **이 사람이 랜드에 대해 알 수도 있을까? 그건 불가능해. 알았다면 절대 랜드가 팔 다라를 떠나도록 놔두지 않았을 거야.** 하지만 에그웨인은 자신이 본 게 상상이 아니라는 확신이 들었다. “감사해요, 베린 세다이. 노력하겠습니다.”

나이니브가 사뭇스럽게 자리에서 일어났다. “난 불가에 가서 앉아 있죠. 둘이서 이야기할 수 있도록.”

“너도 있어야 해.” 베린이 말했다. “너한테도 도움이 될 거다. 모레인이 해준 말대로라면, 너는 훈련을 조금만 받아도 합격자 반열에 들 수 있을 거야.”

나이니브는 잠깐만 망설이고 단호히 고개를 저었다. “제안은 고맙지만 타 발론에 도착할 때까지 기다려도 될 것 같습니다. 에그웨인, 혹시 내가 필요하다면 난 저쪽에…….”

“어느 모로 보든,” 베린이 끼어들었다. “넌 성인 여자야, 나이니브. 보통 신입은 나이가 어릴수록 잘 해내지. 꼭 훈련 때문만은 아니야. 신입은 시키는 대로 하기 마련인 때문이란다. 뭔가를 시키면, 신입들은 그 순간 아무 질문도 하지 않고 따라. 이런 태도가 정말로 의미가 있으려면 훈련이 어느 수준에 이르러야 한다. 그때는 엉뚱한 데서 보이는 망설임이나 지시 사항에 대한 의구심이 비극적인 결과로 이어질 수 있거든. 그래서 늘 규율을 따르는 게 나아. 반면 합격자들은 질문을 던지기 마련이지. 다들 그들이 언제, 무엇을 물어봐야 하는지 안다고 생각하거든. 넌 어느 쪽이 좋으니?"

나이니브는 치맛자락을 꽉 쥐며 인상을 쓰고 다시 텐트 문을 바라보았다. 결국 그녀는 짧게 고개를 끄덕이고 다시 바닥에 앉았다. "저도 같이 듣는 게 좋겠습니다."

"좋아." 베린이 말했다. "자, 에그웨인 넌 이미 아는 부분이지만 나이니브를 위해서 단계별로 알려 주마. 시간이 지나면 본능처럼 익숙해져서 생각보다 행동이 훨씬 더 빠르게 일어날 거야. 하지만 지금은 천천히 하는 게 최선이야. 눈을 감아 보렴. 처음에는 주의를 산만하게 하는 게 없어야 해." 에그웨인이 눈을 감았다. 잠시 침묵이 흘렀다. "나이니브." 베린이 말했다. "눈을 감아다오. 정말 더 나을 거야." 또 한 번의 침묵. "고맙구나, 얘야. 자, 너희 자신을 비워야 해. 생각을 비우렴. 네 머릿속에는 오직 한 가지뿐이야. 꽃송이. 그뿐이지. 오직 꽃송이뿐이야. 그 꽃송이가 아주 자세히 보여. 향기도 나고. 촉감도 느껴지지. 모든 잎의 모든 잎맥이, 모든 꽃잎의 모든 곡선이 말이야. 수액이 맥동하는 것도 느껴진단다. 느끼고 알아봐. 그 꽃송이가 되어라. 너희와 꽃송이는 같은 존재야. 하나지. 너희가 그 꽃송이야."

목소리는 최면을 걸 듯 웅얼웅얼 이어졌지만, 에그웨인은 이제 그 소리가 딱히 들리지 않았다. 그녀는 전에도 모레인과 함께 이 연습을 해 보았다. 느린 과정이었지만 모레인은 연습하면 더 빨라질 거라고 했다. 에그웨인은 자신의 내면에서 장미 꽃송이가 되었다. 꽃잎이 단단히 말려 있는 장미 꽃송이. 하지만 다른 것도 있었다. 빛이었다. 꽃잎을 누르는 빛. 천천히 꽃잎이 펼쳐지며 빛 쪽을 향하더니 빛을 흡수했다. 장미와 빛은 하나가 되었다. 에그웨인과 빛도 하나였다. 그녀는 가장 작은 햇살 조각이 몸 전체에 스미는 것까지 느낄 수 있었다. 그녀는 더 많은 빛을 받으려고 몸을 펴며 힘을 주었고…… 순식간에 그 모든 것이, 장미와 빛이 사라졌다. 모레인은 억지로 해서는 안 된다는 말도 했었다. 에그웨인은 한숨을 쉬며 눈을 떴다. 나이니브는 험악한 표정을 짓고 있었고 베린은 평소와 똑같이 침착했다.

"채널링을 **억지로** 할 수는 없어." 아이즈 세다이가 말했다. "그냥 되게 놔두는 거야. 일원력을 다스릴 수 있으려면 먼저 그 힘에 굴복해야 해."

"이건 정말이지 바보 같은 짓입니다." 나이니브가 투덜거렸다. "꽃 같은 기분은 전혀 들지 않습니다. 굳이 말하자면 야생 자두나무 덤불이 된 기분이네요. 어쨌든 불가에서 기다려야겠습니다."

"원한다면야." 베린이 말했다. "신입들이 잡일을 한다는 얘기는 했던가? 신입들은 설거지를 하고 바닥을 문질러 닦고 빨래를 하고 식사 시중을 드는 등 온갖 일을 한단다. 개인적으로는 하인들이 그 일을 훨씬 더 잘한다고 생각한다만, 보통 그런 노동이 성품에 도움이 된다고 하거든. 아, 계속 있을 생각이니? 좋아. 그게 말이다, 얘야. 야생 자두나무 덤불에도 때로는 꽃이 핀다는 걸 기억하거라. 가시 사이에 아름답고 흰 꽃이 피지. 한 번에 하나씩 해 보자. 이제 처음부터 해 보는 거야, 에그웨인. 눈을 감아라."

베린이 떠나기 전까지 에그웨인은 일원력이 몇 차례 그녀의 몸을 휩쓸고 흘러가는 것을 느꼈다. 하지만 그 힘이 매우 강하지는 않았다. 그녀가 해낼 수 있었던 최대한은 텐트의 천 입구가 약간 흔들릴 정도로 공기를 흔드는 것뿐이었다. 재채기로도 그 정도는 할 수 있을 게 분명했다. 모레인과 함께 있을 때는 더 질했는데. 적어도 가끔은 말이다. 에그웨인은 자신을 가르쳐 주는 사람이 모레인이었으면 좋겠다고 생각했다.

나이니브는 아른거리는 빛조차 느끼지 못했다. 어쨌든 그녀는 그렇게 말했다. 끝날 때쯤 그녀의 눈은 굳어져 있었고 입은 너무도 꽉 다물려 있었다. 그래서 에그웨인은 나이니브가 베린을 자기 사생활을 침해하는 마을 여자라도 되는 것처럼 나무랄까봐 걱정이었다. 하지만 베린은 나이니브에게 그냥 다시 눈을 감으라고만 했다. 이번에는 에그웨인 없이 말이다.

에그웨인은 앉아서 하품하며 두 여자를 지켜보고 있었다. 밤이 깊어 평소

잠드는 시간을 훨씬 지났다. 나이니브는 1주일 전에 죽은 사람 같은 얼굴로 다시는 뜨지 않을 것처럼 눈을 꽉 감고 있었으며 두 손은 무릎에 둔 채 손마디가 휘어지도록 세게 주먹을 쥐고 있었다. 에그웨인은 현자가 이렇게 오래 참아 놓고 아깝게 성질을 터뜨리지 않기를 바랐다.

"네 몸을 통과하는 흐름을 느껴라." 베린이 말했다. 그녀의 목소리는 바뀌지 않았지만 갑자기 눈이 반짝거렸다. "흐름을 느껴. 일원력의 흐름을. 산들바람 같은, 공기 중의 부드러운 흔들림 같은 흐름을." 에그웨인이 허리를 세워 앉았다. 일원력이 에그웨인의 몸을 실제로 통과해 흐를 때마다 베린은 이런 식의 안내를 해 주었다. "부드러운 산들바람, 아주 작은 공기의 움직임 말이야. 부드러워."

쌓여 있던 담요가 갑자기 불쏘시개용 나무처럼 확 타올랐다.

나이니브는 비명을 지르며 눈을 떴다. 에그웨인은 자기도 비명을 질렀는지 알 수 없었다. 기억나는 것이라고는 자리에서 일어나, 타는 담요로 천막에 불이 붙기 전에 그 담요를 밖으로 걷어차려 애썼다는 것뿐이었다. 발길질을 두 번 할 겨를도 없이 불길은 그을린 덩어리에서 솟아오르는 성긴 연기와 탄 양털 냄새만을 남겨 놓고 사라졌다.

"이런." 베린이 말했다. "글쎄. 불을 끌 필요가 있을 줄은 몰랐는데. 호들갑 떨지 마라, 애야. 이젠 괜찮아. 내가 처리했다."

"난…… 난 화가 났습니다." 나이니브가 핏기 없는 얼굴에 떨리는 입술로 말했다. "당신이 산들바람 얘기를 하면서 나한테 이래라저래라 하는 소리를 들으니까 머릿속에 그냥 불이 확 떠올랐습니다. 난…… 난 무엇도 태울 생각이 없었어요. 그냥 작은 불, 내…… 머, 머릿속에 있는 작은 불이었습니다." 나이니브가 몸을 떨었다.

"작은 불은 작은 불이었지." 베린은 웃음을 터뜨렸으나 나이니브의 얼굴에 떠오른 표정을 보자 그 웃음이 사라졌다. "괜찮으냐, 애야? 몸이 안 좋으면 내가……." 나이니브가 고개를 젓자 베린이 고개를 끄덕였다. "너한테 필요한 건 휴식이다. 너희 둘 다 말이야. 내가 너희를 너무 애쓰게 했구나. 쉬어야 해. 아멀린 권좌께서 동이 트기 전에 우리 모두를 깨워 데려가실 테니까." 그녀는 자리에서 일어나 검게 탄 담요를 발가락으로 쿡 찔렀다. "담요는 몇 장 더 가져오라고 하마. 이 일로 너희 둘 다 통제가 얼마나 중요한지 알았으면 좋겠구나. 너희는 너희가 하려 했던 일만을 하고 그 이상은 하지 않는 방법을 배워야 해. 지금은 그 힘이 얼마 안 되지만 너희도 성장할 테니까. 너희가 안전하게 다룰 수 있는 것 이상의 일원력을 끌어오면 다른 사람을 해치는 건 물론 너희 자신도 파괴할 수 있다. 너희가 죽을 수 있어. 아니면 너희 자신을 태워 버리고, 너희가 가진 능력을 파괴할 수도 있지." 그녀는 그들이 칼날 위를 걷는 것과 마찬가지라는 말을 해 놓고는 전혀 그런 말을 한 적이 없다는 듯 쾌활하게 "잘 자렴"이라고 덧붙였다. 그걸 끝으로 그녀는 떠났다.

에그웨인이 나이니브를 두 팔로 꼭 끌어안았다. "괜찮아, 나이니브. 겁먹을 필요 없어. 통제하는 법만 배우면……."

나이니브가 쉰 목소리로 웃었다. "난 겁먹은 게 아니야." 그녀는 연기가 나는 담요를 곁눈으로 힐끗 보더니 움찔하며 시선을 돌렸다. "겨우 작은 불로 겁을 먹지는 않아." 하지만 그녀는 다시 담요 쪽을 쳐다보지 않았다. 어떤 수호자가 그 담요를 가져가고 새로운 담요를 놔두러 왔을 때조차 말이다.

베린은 다시 돌아오지 않겠다고 했던 말을 지켜 돌아오지 않았다. 사실, 보병대가 움직일 수 있는 최대한의 속도로 하루하루 남쪽으로든 서쪽으로든 여행을 계속해 나가는 동안 베린은 모레인과 다른 모든 아이즈 세다이가 그랬듯 에먼즈 필드 출신의 두 여자에게 별 관심을 두지 않았다. 아이즈 세다이가 딱히 불친절한 건 아니었다. 그보다는 동떨어지고 무관심한 것처럼, 다른 데 정신이 팔려 있는 것처럼 느껴졌다. 그들의 냉담함에 에그웨인의 불안은 더욱 고조되었다. 그녀가 어린 시절에 들었던 모든 이야기들이 떠올랐다.

에그웨인의 어머니는 늘 그녀에게 아이즈 세다이에 관한 이야기는 바보 같은 남자들의 헛소리라고 말했다. 그러나 에그웨인의 어머니는 에먼즈 필드의 다른 여자들과 마찬가지로 모레인이 찾아오기 전까지는 아이즈 세다이를 만나본 적이 없었다. 에그웨인 자신은 모레인과 꽤 오랜 시간을 보냈고. 모레인은 모든 아이즈 세다이가 이야기에 나오는 것과 같지는 않다는 증거였다. 이야기 속 아이즈 세다이는 냉정하게 사람을 조종하고 인정사정 없이 파괴하는 자들이었고 세계의 파괴자였다. 이제 에그웨인은 최소한 **그들이**, 그러니까 세계의 파괴자들이 남자 아이즈 세다이였다는 사실을 알고 있었다. 전설의 시대에, 남자 아이즈 세다이가 존재하던 시대에 말이다. 그렇다고 큰 도움이 되지는 않았다. **모든** 아이즈 세다이가 이야기에 등장하는 존재 같지는 않겠지만, 그런 자들이 존재한다면 그 수는 얼마나 될까? 그들은 어떤 자들일까?

매일 밤 천막으로 찾아오는 아이즈 세다이는 너무 다양해서 생각을 정리하는 데 아무 도움이 되지 않았다. 알비아린은 양털과 타박을 사러 온 상인처럼 냉정하고 사무적이었다. 그녀는 나이니브도 수업을 듣는다는 걸 알고 놀랐지만 그 사실을 받아들였다. 비판을 할 때는 날카로웠지만 언제나 다시 시도해 볼 준비가 되어 있었다. 알란나 모스반니는 웃으며 가르치는 것만큼 세상과 남자들에 대한 이야기를 하는 데도 시간을 많이 썼다. 다만 알란나는 에그웨인이 불편하게 느낄 정도로 랜드와 페린과 맷에게 지나친 관심을 보였다. 특히 랜드에게 그랬다. 최악은 리안드린이었다. 그녀는 유일하게 숄을 걸치고 다니는 아이즈 세다이였다. 다른 사람들 모두 팔 다라를 떠나기 전에 숄을 짐에 넣은 것과는 달랐다. 리안드린은 빨간 술을 만지작거리며 가만히 앉아서 수업도 제대로 하지 않았고 그나마 수업을 할 때의 태도도 뜨뜻미지근했다. 그녀는 에그웨인과 나이니브에게 무슨 범죄 혐의라도 있는 것처럼 질문을 던졌고, 그 질문은 전부 세 소년에 관한 것이었다. 나이니브가 그녀를 쫓아낼 때까지—에그웨인은 나이니브가 왜 그런 행동을 한 건지 잘 알 수 없었다—계속 그런 질문을 던지더니 경고를 남기고 떠났다.

"행실 조심해라, 딸들아. 너희는 더 이상 너희 마을에 있는 게 아니다. 이제 너희는 너희를 물어뜯을 존재가 있는 곳에 발가락을 담근 것이다."

마침내 행렬은 모라 강둑에 있는 메도 마을에 이르렀다. 모라강은 샤이나와 아라펠의 국경선을 따라 흐르다가 에리닌강으로 이어지는 강이었다.

에그웨인은 랜드가 꿈속에 나타나기 시작한 것이, 또 자신이 랜드에 관해서 그리고 랜드와 그의 일행들이 발리어의 뿔나팔을 따라 거대한오염으로 들어갔을지에 관해서 걱정하게 된 것이 아이즈 세다이의 질문 때문이라고 확신했다. 꿈은 늘 악몽이었지만 처음에는 그냥 평범한 악몽이었다. 그러나 일행이 메도에 도착한 날에는 꿈이 바뀌었다.

"실례합니다, 아이즈 세다이." 에그웨인이 조심스럽게 물었다. "혹시 모레인 세다이를 보셨나요?" 날씬한 아이즈 세다이는 손짓으로 그녀를 쫓아버리고 사람들로 붐비는, 횃불이 밝혀진 마을의 거리를 서둘러 나아가며 누군가에게 자기 말을 조심스럽게 다루라고 소리쳤다. 그 여자는 지금 숄을 두르고 있지 않았으나 황색의 아자 소속이었다. 에그웨인은 그 여자에 관해 더 아는 것이 없었다. 이름조차 몰랐다.

메도는 작은 마을이었으며—에그웨인은 '작은 마을'이라고 생각한 마을이 에먼즈 필드 정도의 크기라는 사실을 깨닫고 놀랐다—지금은 주민들보다도 외지인들이 더 많았다. 말들과 사람들이 좁은 거리를 가득 채우고 서로 떠밀었다. 그들은 아이즈 세다이가 무심하고도 빠르게 지나갈 때마다 무릎을 꿇었다. 일행은 그 사람들을 지나쳐 부두로 갔다. 눈에 거슬리는 횃불빛이 모든 것을 밝혔다. 부두 두 곳이 돌로 만든 손가락처럼 모라강 쪽으로 뻗어 있었다. 각 부두에는 돛 두 개짜리 작은 배 한 쌍씩이 정박되어 있었다. 그곳에서는 사람들이 말의 배 밑에 달린 막대와 밧줄과 캔버스 천 꾸러미를 잡아당기며 말들을 배로 끌어올리고 있었다. 선체가 높고 튼튼하며 돛대 위에 등불이 걸려 있는 더 많은 배들이, 달빛이 줄무늬처럼 들어간 강을 가득 채우고 있었다. 어떤 배는 이미 짐을 다 실었고, 어떤 배는 짐 실을 차례를 기다렸다. 나룻배가 궁수와 창병들을 실어 날랐다. 위로 쳐든 창 때문에 나룻배들이 마치 수면 위에서 헤엄치는, 등에 가시가 난 거대 생물처럼 보였다.

왼쪽 부두에서 에그웨인은 아나이야를 발견했다. 아나이야는 짐 싣는 모습을 감독하며 빠르게 움직이지 않는 사람들을 몰아대고 있었다. 아나이야는 에그웨인에게 두 마디 이상을 한 적이 없었지만 다른 사람들과는 달라 보였다. 좀 더 고향 사람처럼 느껴졌다. 에그웨인은 그녀가 주방에서 빵 굽는 모습을 그려볼 수 있었다. 다른 사람들이 그렇게 하는 모습은 떠오르지 않았다. "아나이야 세다이, 모레인 세다이 보셨나요? 얘기를 좀 해야 해서요."

아이즈 세다이는 멍하니 인상을 쓰며 돌아보았다. "뭐? 아, 너로구나, 얘야. 모레인은 떠났다. 네 친구 나이니브는 이미 리버퀸호에 타고 있고. 내가 직접 그 애를 나룻배에 태워야 했지. 네가 없으면 그 애도 가지 않을 거라고 소리치면서 말이야. 빛이여, 얼마나 정신이 없던지! 너도 배에 타야 한다. 리버퀸호까지 너를 데려다줄 나룻배를 찾거라. 너희 둘은 아멀린 권좌와 함께 여행하게 될 테니 일단 배에 타면 조심하고. 구경거리가 되거나 성질을 터뜨리지 말아야 한다."

"모레인 세다이는 어느 배에 탔나요?"

"모레인은 배에 타지 않았단다, 얘야. 모레인은 이틀 전에 떠났고, 아멀린 권좌께서는 그 일을 좀 불쾌해 하신다." 아나이야는 인상을 쓰며 고개를 저었다. 그녀의 관심은 여전히 일꾼들에게 쏠려 있었다. "처음에는 모레인이란과 함께 사라지더니 리안드린이 모레인을 바짝 따라갔단다. 그다음에는 베린이었고. 그중 누구도 다른 사람에게 한마디조차 하지 않았다. 베린은 심지어 자기 수호자도 데려가지 않았어. 토머스가 베린을 걱정하느라 손톱을 씹어 대고 있더구나." 아이즈 세다이는 하늘을 힐끗 보았다. 차오르는 달은 구름의 방해를 받지 않고 빛났다. "우리는 다시 바람을 불러야 할 거야. 아멀린 권좌께서는 그것도 기뻐하지 않으실 거다. 아멀린 권좌께서는 한 시간 안에 타 발론으로 떠났으면 좋겠다고 하셨어. 어떤 지연도 용납하지 않으실 거다. 내가 모레인이나 리안드린이나 베린이라면 다시 아멀린 권좌를 만나고 싶지 않을 거야. 차라리 신참이 되고 싶어질 거다. 왜 그러느냐, 얘야? 뭐가 문제야?"

에그웨인이 깊은 숨을 들이쉬었다. **모레인이 떠났다고? 그럴 리가! 누군가에게 말해야겠어. 날 비웃지 않을 사람한테 말이야.** 에그웨인은 아나이야가 고향 에먼즈 필드에서 딸의 고민에 귀 기울이는 모습을 상상했다. 이 여자는 그런 그림에 잘 어울렸다. "아나이야 세다이, 랜드한테 문제가 생겼어요."

아나이야는 생각에 잠긴 듯 그녀를 바라보았다. "너희 마을 출신의 그 키큰 소년 말이냐? 그 애가 벌써 그리운 모양이지? 글쎄, 그 녀석한테 문제가 생겼대도 놀라운 일은 아니지. 그 녀석 나이의 젊은 남자들한테는 보통 문제가 생기니까. 그런데 문제가 생긴 것처럼 보이는 건, 맷인가 하는 다른 녀석이던데. 그래, 애야. 난 너를 놀리거나 가볍게 여길 생각이 없어. 무슨 문제라는 거냐? 너는 그걸 어떻게 알고? 랜드와 잉타 공은 지금쯤 발리어의 뿔나팔을 가지고 팔 다라에 도착했을 거다. 그게 아니라면 뿔나팔을 쫓아 거대한오염으로 들어갔을 테고. 그랬다면 우리가 할 수 있는 일은 없어."

"전…… 전 그들이 거대한오염에 들어갔다거나 팔 다라에 돌아갔을 거라고 생각하지 않아요. 꿈을 꿨거든요." 에그웨인이 반항하듯 말했다. 일단 뱉고 나니 바보같이 들렸지만, 꿈이 너무 현실적으로 느껴졌다. 악몽은 악몽이었지만 진짜 같았다. 처음에는 얼굴을 가면으로 가리고 눈이 있어야 할 자리에 불이 있는 남자가 나왔다. 가면을 쓰고 있는데도 에그웨인은 그자가 자신을 보고 놀랐다고 생각했다. 그의 시선에 떨다가 뼈가 부러질 거라는 생각이 들 만큼 두려워졌지만, 갑자기 그가 사라졌다. 그런 다음에는 망토로 몸을 감싸고 땅에 누워 자는 랜드가 보였다. 한 여자가 랜드 옆에 서서 그를 내려다보고 있었다. 그 여자의 얼굴은 그림자에 가려져 있었지만 눈이 달처럼 빛나는 듯했다. 에그웨인은 그녀가 사악하다는 걸 알았다. 그때 빛이 번쩍이더니 그들도 사라졌다. 둘 다. 그 모든 것 뒤에는 안전히 다른 무엇인가처럼 위험한 느낌이 깔려 있었다. 꼭 이빨이 많이 달린 덫이 아무 의심 없는 새끼 양을 물어뜯으려는 것처럼 느껴졌다. 시간이 느려지며 쇠로 된 그 이빨이 천천히 다물리는 모습이 보이는 것만 같았다. 그 꿈은 다른 꿈들과 달리 잠에서 깨도 흐려지지 않았다. 위험이 너무 강하게 느껴져서 에그웨인은 어깨 너머를 돌아보고 싶었다. 다만, 어째서인지 에그웨인은 그 꿈의 표적이 자신이 아니라 랜드라는 걸 알았다.

에그웨인은 그 여자가 모레인이었을지 궁금해하다가 그런 생각을 떠올린 자신을 나무랐다. 그 역할에는 리안드린이 더 잘 어울렸다. 아니면 알란나일지도 몰랐다. 그녀도 랜드에게 관심을 보였으니까.

차마 아나이야에게 그런 말을 할 수는 없었다. 그녀는 다만 이렇게 말했다. "아나이야 세다이, 바보 같은 말이라는 건 알지만 랜드가 위험에 빠졌어요. 엄청난 위험이요. 제가 알아요. 느껴져요. 지금도요."

아나이야가 생각에 잠긴 표정을 지었다. "자, 어디." 그녀가 조용히 말했다. "아무도 생각해 보지 않았지만 내 생각엔 내기를 걸어볼 만한 가능성이 하나 있을 것 같구나. 넌 꿈꾸는 자일지도 몰라. 가능성이 낮기는 하지만……. 꿈꾸는 자는, 뭐랄까, 400~500년 동안 한 번도 나타나지 않았거든. 또 꿈꾸기는 예언과 밀접한 연관이 있단다. 네가 정말 꿈꾸기를 할 수 있다면 예언도 할 수 있는 것일지 몰라. 그렇다면 적의 눈을 찌르는 일이 되겠지. 물론, 그냥 늦게 잠자리에 든 데다 찬 음식을 먹어서, 또 우리가 팔 다라를 떠난 이후로 너무 힘들게 여행을 해 왔기에 꾼 평범한 악몽일 수도 있다. 네가 그 젊은이를 그리워해서 꾼 꿈일 수도 있고. 그럴 가능성이 훨씬 크지. 그래, 그래, 애야. 나도 안다. 그 애가 걱정되는 거겠지. 꿈에 어떤 종류의 위험인지 나왔니?"

에그웨인은 고개를 저었다. "랜드가 그냥 사라졌어요. 저는 위험을 느꼈고요. 사악함도요. 랜드가 사라지기 전부터 느껴졌어요." 에그웨인이 몸을 떨며 손을 맞잡고 문질렀다. "지금도 느껴져요."

"글쎄, 리버퀸호에서 좀 더 이야기하자. 네가 꿈꾸는 자라면 내가 훈련을 받도록 해 주마. 그 훈련을 해 주려면 모레인이 여기 있어야……. 어이, 거기!" 아이즈 세다이가 갑자기 호통을 치는 바람에 에그웨인이 펄쩍 뛰었다. 방금 와인 통에 앉았던 키 큰 남자도 펄쩍 뛰었다. 다른 몇 사람이 발걸음을 서둘렀다. "그건 배에 실을 물건이야, 깔고 앉을 게 아니라! 배에 타서 이야기 하자꾸나, 애야. 아니, 이 멍청아! 혼자 나를 수는 없지! 다치고 싶은 거냐?" 아나이야는 불운한 마을 사람에게 거친 혀를 놀리며 부두로 성큼성큼 걸어갔다. 에그웨인은 아나이야에게 그런 말투가 있는 줄도 몰랐다.

에그웨인은 어둠 속을, 남쪽을 바라보았다. 랜드가 저기 어딘가에 있었다.

팔 다라도, 거대한오염도 아닌 곳에. 확실했다. **기다려, 머리에 양털밖에 안 든 이 멍청아. 내가 구해 주기 전에 죽기라도 하면 내가 산 채로 가죽을 벗겨 버릴 테니까.** 타 발론으로 가고 있으면서 그를 어떻게 구해 주겠다는 건지 자문해 볼 생각은 들지 않았다.

에그웨인은 망토를 여미면서 리버퀸호로 갈 나룻배를 찾으러 떠났다.

13장 돌에서 돌로

밝아 오는 햇빛에 눈을 뜬 랜드는 자기가 꿈을 꾸는 건지 생각했다. 그는 천천히 일어나 앉으며 멍하니 앞을 보았다. 모든 것이, 거의 모든 것이 바뀌었다. 태양과 하늘은 랜드가 예상한 모습 그대로였다. 창백하고 구름 한 점 없긴 했지만. 로이알과 휴린이 아직 그의 양옆에 망토로 몸을 감싸고 잠들어 있었다. 말들은 발이 묶인 채 한 걸음 떨어진 곳에 서 있었다. 하지만 다른 이들은 모두 사라졌다. 군인들도, 말들도, 친구들도, 모든 사람과 모든 것이 사라졌다.

공터 자체도 변했다. 그들은 이제 공터의 가장자리가 아니라 한가운데에 있었다. 랜드의 머리 위쪽으로 잿빛 원통이 솟아 있었다. 5미터 높이에 두께는 한 걸음 폭에 이르는 기둥 전체가 랜드는 모르는 어떤 언어로 된 도표와 표시 수백 개, 어쩌면 수천 개로 깊이 조각되어 있었다. 바닥처럼 평평한 흰 돌이 공터 맨 아랫부분을 뒤덮고 있었다. 너무도 매끄럽게 윤이 나 거의 반짝였다. 폭이 넓고 높은 계단이 다양한 색깔의 동심원을 그리며 테두리까지 솟아올랐다. 테두리 근처에는 나무들이 폭풍 같이 번지는 불에 휩쓸린 것처럼 검게 뒤틀린 모습으로 서 있었다. 태양을 포함한 모든 것이 이상할 만큼 창백하게 보였다. 안개 너머로 보이는 것처럼 가라앉은 모습이었다. 안개는 없었다. 랜드 일행 셋과 말들만이 정말로 실체가 있는 것 같았다. 하지만 몸 아래의 돌을 만져 보자 그 돌도 단단하게 **느껴졌다.**

랜드는 손을 뻗어 로이알과 휴린을 흔들었다. "일어나! 일어나서 꿈이라고 말해 줘. 제발 일어나!"

"벌써 아침이야?" 로이알이 일어나 앉으며 말했다. 그의 입이 쩍 벌어졌다. 크고 둥근 눈은 점점 더 휘둥그레졌다.

휴린은 움찔하며 깨더니 벌떡 일어섰다. 뜨거운 바위에 닿은 벼룩처럼 펄쩍펄쩍 뛰며 이쪽저쪽을 돌아보았다. "여기가 어딥니까? 무슨 일이죠? 다들 어디 있습니까? 여기가 어딥니까, 랜드 공?" 그는 털썩 무릎을 꿇고 두 손을 비틀어 댔다. 하지만 그의 눈은 계속 빠르게 움직였다. "어떻게 된 겁니까?"

"모르겠어요." 랜드가 천천히 말했다. "꿈이었으면 했는데……. 꿈이 맞을지도 모르죠." 랜드는 꿈이 아닌 꿈을 경험해 본 적이 있었다. 반복되는 것도, 기억나는 것도 싫은 경험이었다. 랜드는 조심스레 일어섰다. 모든 것이 그대로 남아 있었다.

"그건 아닌 것 같아." 로이알이 말했다. 그는 기둥을 살펴보고 있었다. 표정이 좋지 않았다. 그의 긴 눈썹이 두 뺨으로 축 처지고 술이 달린 두 귀는 시든 것처럼 보였다. "이건 어젯밤에 우리가 옆에서 잠든 그 돌 같아. 이젠 이게 뭔지 알겠어." 이번만큼은 로이알도 뭔가를 아는 게 비참하게 여겨지는 듯한 목소리였다.

"저게……." **아니야.** 저 기둥이 어제의 그 돌이라는 말은 눈에 보이는 주변 모습이나 댓과 페린과 사이나 사람들이 사라지고 모든 것이 바뀌었다는 사실만큼 미친 소리였다. **탈출한 줄 알았는데 다시 시작됐어. 이 상황은 미쳐서 보이는 게 아니야. 내가 미친 게 아니라면.** 그는 로이알과 휴린을 보았다. 그들은 랜드가 미쳤다는 듯이 굴지 않았다. 그들도 보았다. 계단의 뭔가가 랜드의 눈길을 끌었다. 맨 아래의 파란색에서 맨 위의 빨간색까지 솟아오르는 다양한 색깔의 일곱 고리. "각각의 아자를 나타내는 색깔이야." 랜드가 말했다.

"아닙니다, 랜드 공." 휴린이 신음했다. "아니에요. 아이즈 세다이는 우리에게 이런 짓을 하지 않습니다. 절대로요! 저는 빛 속을 걷습니다."

"우리 모두가 그래요, 휴린." 랜드가 말했다. "아이즈 세다이는 당신을 해치지 않을 거예요." **당신이 방해하지만 않는다면.** 이게 어떤 식으로든 모레인이 한 짓일 수 있을까? "로이알, 저 기둥이 뭔지 안댔지. 뭐야?"

"아는 것 같다고 했지, 랜드. 어느 오래된 책이 일부 남아 있어. 겨우 몇 페이지뿐인데, 거기에 이 돌 그림이 그려져 있어. 이 '돌' 말이야." 로이알의 '돌' 발음은 다른 단어들과 두드러진 차이가 있었다. 그 말의 중요성을 강조하려는 듯했다. "아니면 이 돌과 매우 비슷한 돌이거나. 책에 따르면, 이 돌 아래에는 돌과 돌 사이에, 가능한 세계들 사이에 존재하는 '만약'의 선이 그어져 있다고 해."

"그게 무슨 뜻이야, 로이알? 말이 안 되는데."

오기어는 슬픈 듯 그 거대한 머리를 저었다. "책은 겨우 몇 페이지뿐이었어. 책 일부에는 전설의 시대에 살았던 아이즈 세다이에 대해 적혀 있었는데, '여행'을 할 수 있는 아이즈 세다이들 중에서도 가장 강력한 이들이 이 '돌'을 사용할 수 있었대. 방법은 나와 있지 않지만, 내 추측에 따르면 아마 그 아이즈 세다이들은 여러 세계들을 여행하는 데 '돌'을 사용했을 거야." 로이알은 그을린 나무들을 힐끗 올려다보더니 재빨리 시선을 거두었다. 테두리 너머에 무엇이 놓여 있는지 생각하고 싶지 않은 듯했다. "하지만 아이즈 세다이가 저 '돌'을 사용할 수 있거나 예전에 사용할 수 있었다 해도, 우리한테는 일원력을 채널링할 수 있는 아이즈 세다이가 없으니 방법을 알아낼 수 없지."

랜드는 소름이 끼쳤다. **아이즈 세다이가 '돌'을 사용했어. 전설의 시대에, 남자 아이즈 세다이가 있었던 때에.** 랜드는 잠들 때 그의 주위로 몰려들던 공백을, 그 불편한 빛으로 가득 차 있던 공백을 어렴풋이 떠올렸다. 마을의 방도, 그가 탈출하려고 손을 뻗었던 빛도 생각났다. **그게 진정한 근원의 남성적 절반이었다면…….** 아니, **그럴 리 없어. 하지만 정말 그랬다면? 빛이여, 저는 도망칠지 말지 계속 고민했는데 도망칠 길은 내내 제 머릿속에 있었군요. 제가 모두를 이리로 데려온 걸지도 모릅니다.** 생각하고 싶지 않았다. "가능한 세계들이라니? 난 이해가 안 돼, 로이알."

덩치 큰 오기어가 불편한 듯 어깨를 으쓱했다. "나도 몰라, 랜드. 책의 내용은 대부분 이런 식이야. '한 여자가 왼쪽 혹은 오른쪽으로 간다면 시간의 흐름이 나뉘는가? 그렇게 되면 물레가 두 가지 패턴을 짓는가? 그 여자가 돌아설 때마다 천 가지 패턴이 나타나는가? 별처럼 많은 패턴들이? 그중 하나만이 진짜이고 다른 것들은 그림자이자 반사체에 불과한가?' 보면 알겠지만 별로 확실한 내용은 아니야. 대체로 질문이지. 대부분 서로 모순되는 것처럼 보이고. 그리고 그냥, 내용이 많지 않아." 로이알은 다시 원기둥을 바라보았다. 표정만 보면 꼭 원기둥이 사라지기를 바라는 것 같았다. "온 세계에 이런 '돌'들이 상당히 많이 퍼져 있다고 해. 어쨌든 한때는 그랬다는 거야. 하지만 누군가가 이 원기둥을 찾았다는 얘기는 들어본 적 없어. 이것과 비슷한 뭐라도 찾아냈다는 얘기는 못 들어 봤어."

"랜드 공?" 일어서 있던 휴린이 침착해진 듯했다. 그러나 그는 다급한 표정을 지으며 두 손으로 허리춤의 코트를 꽉 쥐고 있었다. "랜드 공, 저희를 원래 있던 곳으로 돌려보내 주시겠지요? 저희가 속한 곳으로 말입니다. 저는 아내가 있습니다, 랜드 공. 아이들도 있고요. 제가 죽는 것만으로도 멜리아는 힘들어할 겁니다. 어머니의 품에 안길 제 시신조차 없다면 목숨이 다할 때까지 슬퍼하겠지요. 랜드 공도 아실 겁니다. 아무것도 알리지 않은 채 멜리아를 떠날 수는 없습니다. 랜드 공께서 저희를 다시 데려가 주십시오. 제가 죽으면, 그리고 랜드 공께서 제 시신을 멜리아에게 가져다주실 수 없다면 멜리아에게 그 사실을 알려 주십시오. 멜리아가 최소한 그 소식이라도 접할 수 있게 말입니다." 그러고는 휴린은 더 이상 질문하지 않고 있었다. 그의 목소리에 신뢰가 은근슬쩍 배어들었다.

랜드는 자신이 귀족이 아니라는 말을 한 번 더 하려고 입을 열었다가 아무 말도 하지 않고 다물었다. 그 말이 지금 해야 할 정도로 중요한 것이라고 보기는 어려웠다. **네가 휴린을 이 일에 끌어들였어.** 랜드는 부정하고 싶었지만 자신의 정체를 알고 있었다. 자신이 채널링을 할 수 있다는 사실을. 채널링은 랜드가 했다기보다 저절로 일어나는 것 같았지만 말이다. 로이알은 아이즈 세다이가 '돌'을 사용했다고 말했고, 그 말은 이 일에 일원력이 관계되어 있다는 뜻이었다. 모르는 걸 절대 안다고 하지 않는 오기어인 로이알은 오직 확실한 문제에 대해서만 안다고 말했고, 근처에 일원력을 휘두를 수 있는 존재는 하나도 없었다. **네가 끌어들였으니 네가 빼줘야 해. 노력은 해야지.**

"최선을 다할게요, 휴린." 휴린이 샤이나 사람이었기에 랜드는 이렇게도 덧붙였다. "나의 가문과 명예를 걸고. 양치기의 가문, 양치기의 명예지만, 귀족의 가문이나 명예만큼 가치 있게 할게요."

휴린은 쥐고 있던 코트 자락을 놓았다. 그의 눈에도 신뢰가 차올랐다. 그가 깊이 허리를 숙였다. "영예롭게 섬기겠습니다, 랜드 공." 랜드는 죄책감을 느꼈다. **이제 휴린은 네가 자기를 집으로 데려다줄 거라고 생각하고 있어. 샤이나의 귀족들은 언제나 약속을 지키니까. 어쩌려고 그러십니까요, 랜드 공?** "그러지 마세요, 휴린. 절은 하지 마시라고요. 전 귀족이 아니……." 랜드는 자신이 귀족이 아니라는 말을 이 남자에게 다시 할 수는 없다는 사실을 문득 깨달았다. 탐지자를 버티게 해 주는 것은 귀족에 대한 믿음뿐이었으니 그 믿음을 빼앗아 갈 수는 없었다. 지금 여기서는.

"절하지 마세요." 그는 어색하게 말을 마쳤다.

"말씀대로 따르겠습니다, 랜드 공." 씩 웃는 휴린의 미소는 거의 랜드와 처음 만났을 때처럼 환했다.

랜드가 목청을 가다듬었다. "네. 뭐, 제 말씀은 그래요." 둘 다 로이알을 보고 있었다. 로이알은 호기심을 느끼는 듯했고 휴린은 신뢰에 차 있었으며 둘 다 랜드가 무슨 일을 할지 기다리고 있었다. **내가 둘을 여기에 데려왔어. 내가 그런 게 틀림없어. 그러니까 내가 되돌려 놓아야 해. 그 말은…….**

깊은 숨을 들이쉰 랜드는 흰 포장석을 가로질러 문자로 뒤덮인 원기둥으로 갔다. 랜드가 모르는 어떤 언어의 가는 선들이 각 문자를 둘러싸고 있었다. 곡선과 나선을 그리며 흘러든 기이한 문자가 들쭉날쭉한 갈고리와 각진 선으로 바뀌었다가 계속 흘러갔다. 최소한 트롤록 문자는 아니었다. 랜드는 마지못해 원기둥에 두 손을 얹었다. 원기둥은 건조하고 윤이 나는 보통 돌처럼 보였지만 그 감촉이 이상하도록 매끄러웠다. 꼭 기름을 바른 금속 같았다.

랜드는 눈을 감고 불꽃을 형성했다. 공백이 천천히, 머뭇거리듯 다가왔다. 랜드는 자신이 시도하는 일에 대한 두려움이 그 공백을 막고 있다는 걸 알았다. 랜드가 불꽃에 자신의 두려움을 먹이면 먹일수록 더 많은 두려움이 다가왔다. **못해. 일원력을 채널링한다니. 그리고 싶지 않아. 빛이여, 다른 방법이 있겠지요.** 그는 침울한 마음으로 이런 생각들을 억지로 가라앉혔다. 얼굴에 땀이 맺히는 걸 느낄 수 있었다. 그는 결연하게 행동을 이어 나갔다. 모든 걸 태워 버리는 불꽃 속으로 두려움을 밀어 넣어 불꽃이 자라고 또 자라게 했다. 공백이 생겨났다.

랜드의 핵심이 허공 속을 떠다녔다. 눈을 감고 있는데도 빛이, 사이딘이 보였다. 그 온기가 그 자신과 모든 것을 둘러싸고 모든 것에 배어드는 것을 느꼈다. 사이딘은 기름종이 너머로 보이는 촛불처럼 흔들렸다. 산패한 기름. 악취가 나는 기름.

랜드는 그리로 손을 내밀었다. 어떻게 그랬는지는 알 수 없었으나 그건 일종의 움직임이자 빛을 향한, 사이딘을 향한 내뻗음이었다. 그러나 손으로 물을 가르는 것처럼 아무것도 잡히지 않았다. 끈적거리는 연못처럼, 아래쪽의 깨끗한 물 위에 떠 있는 오물처럼 느껴졌다. 랜드는 물을 조금도 퍼 올릴 수 없었다. 사이딘은 그의 손가락 사이로 계속해서 똑똑 떨어졌다. 한 방울의 물도 남지 않았다. 오직 미끈거리는 오물만이 남아 피부에 소름이 돋았다.

랜드는 절박하게 예전의 공터 모습을 떠올리려 애썼다. 잉타와 창기병들이 말 옆에서 잠들어 있을 때를, 맷과 페린이 함께 있었을 때를, '돌'이 끄트머리만 빼고 묻혀 있었을 때를. 랜드는 공백 밖에 그 공터를 만들어 냈다. 자신을 둘러싼 허공의 껍질에 매달렸다. 그는 그 형상을 빛과 연결하고 둘을 억지로 이으려 노력했다. 옛 모습 그대로의 공터, 그리고 함께하는 랜드 자신과 로이알과 휴린. 머리가 아팠다. 맷과 페린과 샤이나 사람들과 함께 있는 거야. 머릿속에서 불타는 느낌이 느껴졌다. 함께!

공백이 산산이 조각나며 천 개의 면도칼처럼 날카로운 파편이 되어 그의 머릿속을 그었다.

랜드는 몸을 떨며 눈을 휘둥그렇게 뜨고 비틀비틀 물러났다. 원기둥을 눌러 대느라 두 손이 아팠고 팔과 어깨는 통증에 떨려 왔다. 오물이 그를 뒤덮는 느낌에 배 속이 울렁거렸고 머리는……. 랜드는 호흡을 가라앉히려 애썼다. 전에는 한 번도 일어난 적 없는 일이었다. 공백이 마치 바늘로 찌른 거품처럼 눈 깜짝할 사이에 사라지곤 했다. 깨진 유리처럼 느껴진 적은 없었다. 천 번을 베이되 너무 빠르게 베여 아직 통증이 느껴지지 않는 것처럼 머리가 멍했다. 그러나 모든 상처가 칼에 베인 상처처럼 현실적으로 느껴졌다. 관자놀이를 만져본 랜드는 손가락에 피가 묻지 않았다는 것을 발견하고 크게 놀랐다.

휴린이 여전히 그 자리에 서서, 믿음이 실린 눈으로 랜드를 지켜보고 있었다. 변화는 없었다. 탐지자는 오히려 시간이 갈수록 더욱 확신에 차는 듯했다. 랜드 공이 무언가 하고 있었다. 귀족은 그러라고 존재하는 것이었다. 귀족은 자신들의 몸과 생명을 바쳐 땅과 사람들을 보호했다. 뭔가 잘못되면 그것을 바로잡고 공정과 정의가 이루어지도록 했다. 랜드가 뭔가를, 뭐라도 하는 한 휴린은 결국 모든 게 바로잡힐 거라는 믿음을 품을 것이다. 귀족들이 하는 일이 그것이니까.

로이알의 표정은 달랐다. 약간 아리송해하며 인상을 찌푸리고 있었다. 하지만 그의 시선 역시 랜드에게 닿아 있었다. 랜드는 로이알이 무슨 생각을 하고 있을지 궁금했다.

"해볼 가치는 있었어요." 랜드가 둘에게 말했다. 산패한 기름의 느낌, 머릿속에 느껴지는 그 느낌이—**빛이여, 그게 제 안에 들어왔습니다! 저는 그게 제 안에 들어오는 걸 바라지 않는데요!**—천천히 희미해지고 있었지만, 랜드는 지금도 토할 것만 같다는 생각이 들었다. "몇 분 있다가 다시 해 볼게요."

랜드는 자기 목소리가 자신감 있게 들렸으면 좋겠다고 생각했다. 그는 '돌'이 어떻게 작동하는지, 자신이 하는 일에 조금이라도 성공 확률이 있을지 전혀 몰랐다. **어쩌면 '돌'을 작동시키는 데에는 어떤 법칙이 있는 걸지도**

몰라. 특별한 행동을 해야 하는 걸지도 몰라. 빛을 걸고, 같은 '돌'을 두 번 쓸 수는 없는 걸지도 모르지. 아니면……. 랜드는 이어지는 생각을 끊어 냈다. 이런 식으로 생각해서 좋을 건 없었다. 랜드는 해내야 했다. 로이알과 휴린을 보며, 랜드는 임무가 산처럼 어깨를 내리누른다던 란의 말뜻을 알 것만 같은 기분이었다.

"랜드 공, 제 생각에는……." 휴린이 겸연쩍은 표정으로 말꼬리를 흐렸다. "랜드 공, 어쩌면 어둠의 친구들을 찾아 그중 한 놈에게 돌아갈 방법을 말하라고 할 수 있을지도 모릅니다."

"진짜 대답을 들을 수 있을 것 같았다면 어둠의 친구든, 어둠의 존재한테든 물어봤을 거예요." 랜드가 말했다. "하지만 여기엔 우리밖에 없어요. 우리 셋밖에요." **나밖에 없지. 이 일을 해내야 하는 건 나야.**

"우린 놈들의 흔적을 따라갈 수 있습니다, 랜드 공. 놈들을 잡으면……."

랜드가 탐지자를 빤히 바라보았다. "지금도 냄새가 나요?"

"그렇습니다, 랜드 공." 휴린이 인상을 썼다. "희미합니다. 이곳의 다른 모든 것이 그렇듯 빛바랜 것 같이 느껴집니다. 하지만 흔적의 냄새는 납니다. 바로 저기입니다." 그가 공터 가장자리를 가리켰다. "이해는 안 가지만, 랜드 공……. 어젯밤에 흔적이 공터 바로 옆을 지난 다음 우리가……. 우리가 있는 곳으로 되돌아온 게 확실합니다. 뭐, 그 흔적이 지금도 같은 곳에 있습니다. 바로 여기에 말이죠. 더 희미하지만요. 아까 말씀 드렸듯이 말입니다. 오래된 냄새는 아닙니다. 그런 식으로 희미한 건 아니지만…… 모르겠습니다, 랜드 공. 그저 흔적이 있다는 것밖에는요."

랜드는 고민했다. 여기가 어딘지는 모르겠지만 페인과 어둠의 친구들이 여기에 있었다면 그들은 돌아가는 방법을 알지 몰랐다. 아니, 그들이 이곳에 와본 적이 있다면 돌아가는 방법을 알 게 틀림없었다. 게다가 그들에게는 뿔나팔과 단검이 있었다. 맷에게는 그 단검이 꼭 있어야 했다. 다른 이유가 있다 한들 그 이유만으로도 랜드는 그들을 찾아야 했다. 부끄럽긴 했지만, 결국 랜드가 결단을 내린 것은 다시 시도하기가 두렵다는 이유에서였다. 일원력을 채널링하기가 두려웠다. 휴린과 로이알밖에 없는 채로 어둠의 친구들이나 트롤록들과 마주하는 것이 일원력을 채널링하는 것보다는 덜 두려웠다.

"그럼 어둠의 친구들을 쫓죠." 그는 확신에 찬 목소리를 내려고 애썼다. 란이나 잉타처럼. "뿔나팔을 되찾아야 하니까요. 놈들에게서 뿔나팔을 빼앗을 방법을 알아내지는 못한다 해도, 최소한 잉타와 다시 만나면 잉타에게 놈들의 위치를 알려줄 수 있을 겁니다." **이 둘이 잉타를 다시 찾을 방법을 묻지만 않았으면 좋겠는데.** "휴린, 우리가 쫓는 게 진짜 흔적이 맞는지 확인하세요."

탐지자는 안장으로 뛰어올랐다. 무언가 직접 할 수 있어 신이 난 듯했다. 어쩌면 공터에서 벗어나는 것이 신나는 것일지도 몰랐다. 그는 빠르게 말을 달려 넓고 알록달록한 계단을 올랐다. 말발굽 소리가 돌에 부딪혀 시끄럽게 울렸지만 흔적은 전혀 남지 않았다.

랜드는 레드의 발을 묶었던 줄을 안장주머니에 집어넣었다. 안에 여전히 깃발이 들어 있었다. 그 깃발은 뒤에 남겨졌어도 신경 쓰이지 않았을 텐데. 그런 뒤 랜드는 활과 화살통을 챙겨 수말의 등에 올랐다. 톰 머릴린의 망토 꾸러미가 안장 뒤로 불룩 솟았다.

로이알이 큰 말을 이끌고 랜드에게 다가왔다. 땅에 서 있는 로이알의 머리가 안장에 앉아 있는 랜드의 어깨에 닿을락 말락 했다. 로이알은 여전히 어리둥절한 표정이었다.

"우리가 여기 있어야 한다고 생각해?" 랜드가 말했다. "다시 '돌'을 써 봐야 한다고? 하지만 어둠의 친구들이 여기에서 대기하고 있다면 우리가 놈들을 찾아야 해. 발리어의 뿔나팔을 어둠의 친구들의 손에 남겨둘 수는 없어. 너도 아멀린 권좌가 하는 말을 들었잖아. 단검도 되찾아야 해. 그게 없으면 맷이 죽을 거야."

로이알이 고개를 끄덕였다. "그래, 랜드. 맞는 말이야. 하지만 랜드, '돌'은……"

"우린 다른 '돌'을 발견하게 될 거야. 네가 그랬잖아, '돌'은 온 세상에 흩어져 있다고. 그 '돌'이 전부 이것과 비슷하다면, 주위에 이렇게 많은 석조 건축물이 있다면 찾기가 그리 어렵지는 않을 거야.”

“랜드, 내가 본 짧은 글에는 ‘돌’이 전설의 시대보다도 오래된 시절에 만들어졌고 그 시절의 아이즈 세다이조차 ‘돌’을 제대로 이해하지는 못했다고 적혀 있어. 정말로 강력한 일부 아이즈 세다이가 활용하기는 했지만 말이야. 그 아이즈 세다이들은 일원력을 통해 ‘돌’을 사용했어, 랜드. 넌 어떻게 이 ‘돌’을 써서 우리를 원래 있던 곳으로 데려가려 한 거야? 우리가 발견하게 될 다른 ‘돌’은 또 어떻게 쓰려고?”

랜드는 잠시 오기어를 빤히 바라보는 수밖에 없었다. 그는 평생의 그 어느 순간보다 빠르게 머리를 굴렸다. “‘돌’이 전설의 시대보다 오래된 거라면, ‘돌’을 만든 사람들은 일원력을 사용하지 않았을지도 몰라. 다른 방법이 틀림없이 있을 거야. 어둠의 친구들이 여기에 왔어. 그놈들은 확실히 일원력을 사용할 수 없고. 그 다른 방법이 뭐든 간에 내가 찾아낼게. 내가 너희를 데리고 돌아갈게, 로이알.” 랜드는 이상한 표시가 새겨진 높다란 돌기둥을 바라보며 두려움에 털이 삐죽 서는 것을 느꼈다. **빛이여, 일원력을 사용하지 않고도 제가 해야 할 일을 해낼 수만 있다면 얼마나 좋을까요.** “꼭 그렇게 할게, 로이알. 약속해. 어떤 식으로든.”

오기어가 미심쩍은 얼굴로 고개를 끄덕였다. 그는 거대한 말에 휙 올라타더니 랜드를 따라서 계단을 올라 검어진 나무들 사이에 있던 휴린과 합류했다.

땅이 낮게 펼쳐졌다. 여기저기에 드문드문 숲이 있고 그 사이에는 초원이 있었으며 하나 이상이 개울이 그 땅을 가로질렀다. 중간쯤 떨어진 거리에 타 버린 다른 공터가 보이는 것 같았다. 모든 것의 색채가 씻겨나가 희뿌옜다. 등 뒤의 돌로 된 원을 제외하면 인간이 만든 것의 흔적은 전혀 없었다. 하늘은 비어 있었다. 굴뚝에서 나는 연기도, 새도 없었다. 그저 구름 몇 조각과 연노랑 태양이 있을 뿐이었다.

최악은 땅이 시각을 뒤트는 것처럼 느껴졌다는 점이다. 손닿을 만큼 가까운 곳에 있는 것은 괜찮아 보였다. 저 멀리 똑바로 앞쪽에 있는 것도 별 문제 없었다. 하지만 랜드가 고개를 돌릴 때마다 곁눈으로 보았을 때 멀어 보이던 것들이 그에게로 쏜살같이 다가오는 것처럼 보였다. 똑바로 바라보면 거리가 더 가까워지는 것 같았다. 그 바람에 현기증이 났다. 말들조차 초조한 듯 나지막이 울며 눈알을 굴려 댔다. 랜드는 고개를 천천히 움직이려 했다. 고정되어 있어야 할 것들의 분명한 움직임이 사라지지 않았으나 조금은 도움이 되는 것 같았다.

"네가 말한 작은 책에 이런 얘기도 적혀 있었어?" 랜드가 물었다.

로이알은 고개를 젓더니 그러지 말걸 그랬다는 듯 세게 침을 삼켰다. "아니."

"이 현상에 도움이 될 만한 건 없을 것 같아. 어느 쪽이죠, 휴린?"

"남쪽입니다, 랜드 공." 탐지자는 시선을 땅에 고정하고 있었다.

"그럼 남쪽으로 가죠." **일원력을 사용하는 것 말고도 돌아가는 길이 있을 게 틀림없어.** 랜드는 레드의 옆구리를 발꿈치로 찼다. 그들이 앞으로 하려는 일이 전혀 어렵게 느껴지지 않는다는 듯 목소리를 가볍게 하려고 노력했다. "잉타가 뭐라고 했었죠? 아터 호크윙의 기념물까지 사나흘쯤 가면 된다고 했던가요? 그 기념물도 '돌'처럼 여기 존재할지 궁금하네요. 여기가 가능한 세상이라면 아터 호크윙의 기념물도 아직 존재할지 모르죠. 그럼 꽤 볼 만할 텐데, 안 그래, 로이알?"

그들은 남쪽으로 말을 달렸다.

14장 늑대 형제

"사라졌다고?" 잉타가 허공에 대고 물었다. "그런데 내 경비병들이 아무 것도 보지 못했다는 거냐? 아무것도? 그냥 사라질 수는 없어!" 페린이 어깨를 웅크리며 맷을 보았다. 맷은 조금 떨어진 곳에 서서 인상을 찡그리며 혼자 웅얼거리고 있었다. 페린이 보기에는 자신과 말다툼을 벌이는 것 같았다. 태양이 지평선 너머에서 고개를 내밀었다. 말을 타고 출발해야 할 시간이 지났다. 그림자가 공터에 길게 늘어져 있었다. 길게 늘어져 가늘어진 모습이었지만, 아직 그림자를 드리운 나무들의 형상을 하고 있었다. 짐을 싣고 줄을 맨 짐말들이 조바심을 내며 발을 굴러 댔지만 모두가 각자의 말 옆에 시시 기다렸다.

우노가 성큼성큼 다가왔다. "염소와 입 맞춘 흔적 하나 없습니다, 잉타 공." 불쾌한 목소리였다. 이번 실패가 그의 실력에 영향을 끼쳤다. "태워 죽일, 말발굽에 긁힌 자국 하나 없습니다. 염병할, 그냥 사라졌어요."

"남자 셋과 말 셋이 그냥 사라지지는 않는다." 잉타가 짓씹어 뱉었다. "다시 땅을 살펴라, 우노. 그들이 간 곳을 알아낼 사람이 있다면 너다."

"그냥 도망간 걸지도 모르죠." 맷이 말했다. 우노가 멈춰 서서 그를 노려보았다. **꼭 맷이 아이즈 세다이를 욕하기라도 한 것처럼 그러네.** 페린은 의

아해하며 생각했다.

"왜 도망치겠나?" 잉타의 목소리는 위험할 만큼 조용했다. "랜드와 건설자, 그리고 내 탐지자가……. 내 탐지자가! 그 셋은커녕 한 명이라도 도망칠 이유가 뭐지?"

맷은 어깨를 으쓱했다. "모르죠. 랜드는……." 페린은 맷을 때리거나 뭔가 집어던지고 싶었다. 그를 막기 위해서라면 뭐라도 하고 싶었다. 하지만 잉타와 우노가 지켜보고 있었다. 망설이던 맷이 두 손을 쫙 펴며 "이유야 저도 모르죠. 그냥 도망쳤을지도 모른다는 생각이 든 거예요."라고 웅얼거리자 안도감이 홍수처럼 밀려왔다.

잉타가 인상을 찌푸렸다. "도망쳤다고?" 그는 한 순간도 그 말을 믿지 않는다는 듯 나직하게 말했다. "건설자야 원하는 대로 떠날 수 있지만 휴린은 도망치지 않을 거다. 랜드 알소르도 마찬가지고. 랜드는 도망치지 않는다. 그는 이제 자신의 임무를 알고 있으니까. 계속 찾아봐라, 우노. 다시 땅을 수색해." 우노는 반쯤 절을 하고 서둘러 멀어져 갔다. 그의 어깨 위에서 칼자루가 까딱거렸다. 잉타가 툴툴댔다. "휴린이 왜 한밤중에 한마디 말도 없이 그런 식으로 떠났지? 휴린은 우리가 무슨 일을 하려는지 알고 있는데. 그림자가 싸지른 이 더러운 종자들을 휴린 없이 어떻게 추적하라고? 사냥개 한 무리를 살 수 있다면 금화 천 크라운이라도 내놓겠어. 내가 바보였다면 어둠의 친구들이 나 모르게 동쪽으로든 서쪽으로든 빠져나가려고 이런 일을 해냈다고 말했을 거다. 평화여, 내가 바보인지 아닌지도 모르겠군." 그는 우노를 따라 쿵쿵거리며 걸어갔다.

페린은 불안해서 움직거렸다. 어둠의 친구들은 시간이 흐를수록 멀어지는 게 분명했다. 그들이 멀어지면서 발리어의 뿔나팔과 샤다 로고스의 단검도 함께 멀어졌다. 페린은 랜드가 어떤 존재가 됐든, 무슨 일을 겪었든 이런 추격을 포기하지는 않을 거라고 생각했다. **근데 대체 어딜 간 거야? 왜?** 로이알이야 친구로서 랜드와 함께 갔을지도 몰랐다. 하지만 휴린은 왜?

"진짜 도망간 걸지도 모르겠어." 페린은 그렇게 웅얼거리며 주위를 둘러보았다. 아무도 듣지 못한 듯했다. 맷조차 그에게 전혀 신경 쓰지 않고 있었다. 페린은 손으로 머리를 쓸었다. 아이즈 세다이가 그를 가짜 드래건으로 알고 쫓았다면 그라도 도망쳤을 것이다. 하지만 랜드에 대한 걱정은 어둠의 친구들을 쫓는 데 아무 도움이 되지 않았다.

방법은 아마 있을 터였다. 페린이 그것을 하고자 하는 용의가 있다면. 하지만 그 방법을 쓰고 싶지 않았다. 페린은 그것으로부터 도망치고 있었지만, 아마 이제는 더 이상 도망칠 수 없을 터였다. **랜드한테 그런 말을 했으니 이런 꼴을 당해도 싸지. 나도 도망칠 수 있으면 좋겠어.** 어떤 일을 해야 도움이 될 수 있는지, 어떤 일을 해야 하는지 알면서도 페린은 망설였다.

아무도 그를 보지 않고 있었다. 봤다 한들 아무도 자기가 뭘 본 건지 모를 터였다. 결국 페린은 마지못해 눈을 감고 자신을 흘려보냈다. 그리고 자신의 바깥으로 생각을 저 멀리 흘려보냈다.

눈이 짙은 갈색에서 반짝이는 황금색으로 변하기 한참 전부터, 처음부터 페린은 이 사실을 부정해 왔다. 그 첫 번째 조우에서, 첫 번째 인지의 순간부터 그는 믿지 않으려 했고 그 이후 계속해서 그런 인식으로부터 도망쳐 왔다. 지금도 도망치고 싶었다.

페린의 생각이 흘러가며 저 바깥 어딘가에 틀림없이 있을 무언가를 감지하려 했다. 인간이 별로 없거나 드문드문 있는 지방에서 언제나 존재해 왔던 무언가를. 페린은 그의 형제들을 찾고 있었다. 그들을 형제라고 생각하고 싶지 않았으나 그게 사실이었다.

처음에 페린은 자신이 한 일에 어둠의 존재나 일원력의 얼룩이 묻어 있을까 봐 두려웠다. 그지 대장장이가 되어 빛 속에서 평화롭게 살아가는 것 말고는 아무것도 바라지 않는 남자에게는 둘 다 똑같이 나빴다. 그때 이후로 페린은 랜드의 느낌을 어느 정도 이해했다. 자기 자신이 두려운 느낌, 더러워진 느낌. 페린은 지금도 그 느낌을 완전히 극복하지 못했다. 다만 페린이 하는 이 행동은 일원력을 사용하던 인간들보다도 오래된 것이었다. 시간의 탄생 당시에 있었던 것. 모레인은 이것이 일원력이 아니라고 말해 주었다. 오래전에 사라진 것이 이제 다시 나타났다. 페린은 원하지 않았지만 에그웨인도 이 점을 알고 있었다. 페린은 아무도 모르기를 바랐다. 에그웨인이 아무에게도 말하지 않았기를 바랐다.

접촉. 페린은 그들을 감지했다. 다른 생각들을 느꼈다. 그의 형제들을, 늑대들을 느꼈다.

그들의 생각이 소용돌이치며 뒤섞이는 형상과 감정으로서 다가왔다. 처음에는 날것의 감정 말고는 아무것도 알아볼 수 없었지만, 이제는 페린의 생각이 그 감정에 언어를 부여했다. **늑대 형제. 놀라움. 말을 하는 두 다리 동물.** 사람들이 늑대들과 함께 달리고 두 무리가 함께 사냥하는 장면, 시간이 흐르며 흐릿해지고 낡은 것 이상으로 낡아 버린 희미한 형상. **이런 일이 다시 벌어졌다는 얘기는 들었다. 네가 긴 이빨인가?**

가죽으로 만든 옷을 걸친 한 남자의 희미한 모습이 떠올랐다. 남자는 손에 긴 칼을 쥐고 있었다. 하지만 그 형상에 겹치며 보다 도드라지게 나타나는 형상은 이빨 하나가 나머지 이빨보다 길고 털이 덥수룩한 늑대였다. 강철 이빨이 햇빛을 받아 빛나는 가운데 늑대는 무리를 이끌고 깊은 눈밭을 가로지르며 사슴을 향해 필사적으로 돌격했다. 그 사슴은 굶주림으로 인한 느린 죽음을 삶으로 바꿔 놓을 수 있었다. 사슴은 발버둥 치며 배에 눈가루를 묻힌 채 달려갔고, 태양은 눈이 시릴 정도로 흰 눈에 반사되었으며, 바람이 통로를 따라 울부짖으며 가는 눈을 안개처럼 소용돌이치게 했다……. 늑대들의 이름은 언제나 복잡한 형상이었다.

페린은 그 남자를 알아보았다. 일라이아스 마치라. 페린을 늑대들에게 처음 소개해 준 남자였다. 때로 페린은 일라이아스를 아예 만나지 못했으면 좋았을 거라고 생각했다.

아니야. 페린은 그렇게 생각하며 머릿속에 자기 모습을 떠올리려고 노력했다.

그래. 너에 관한 이야기를 들은 적이 있다.

어깨가 넓고 덥수룩한 갈색 고수머리를 한 젊은 남자. 허리띠에 도끼를 차고 있으며, 다른 사람들이 보기에는 동작과 행동이 모두 굼뜬 젊은 남자. 그건 페린이 떠올린 형상이 아니었다. 그 남자는 그 자리에, 늑대들에게서 온 머릿속 그림 어딘가에 있었다. 하지만 그보다 훨씬 강한 이미지는 거대하고 거친 황소였다. 번쩍이는 금속으로 이루어진, 휘어진 뿔이 달린 황소였다. 황소가 젊음의 속도와 활기를 띠고 어둠을 가로질러 달리고 있었다. 곱슬곱슬한 털이 달린 가죽이 달빛을 받아 빛났다. 황소는 말을 탄 하얀 망토들 사이로 돌진했다. 공기는 상쾌하고 차갑고 어두웠고, 뿔에 묻은 피는 너무도 붉었으며…….

젊은 황소.

페린은 놀라서 잠시 연결을 놓쳤다. 그들이 자신에게 이름을 붙였으리라고는 꿈도 꾸지 못했다. 페린은 어쩌다가 그런 이름을 얻게 됐는지 기억나지 않았으면 좋겠다고 생각했다. 그는 반달 모양의 반짝이는 날이 달린 허리띠의 도끼를 만지작거렸다. **빛이여, 도우소서. 제가 두 사람을 죽였습니다. 그들이 저보다 먼저 저와 에그웨인을 죽이려 한 건 사실이지만…….**

이미 벌어진 일이고, 끝난 일이었다. 페린은 그 일을 전혀 기억하고 싶지 않았다. 페린은 그 모든 생각을 미뤄 두고 늑대들에게 랜드와 로이알과 휴린의 냄새를 알려 주며 그 셋의 냄새를 맡은 적이 있는지 물었다. 눈에 변화가 생기면서 할 수 있게 된 일 중 하나였다. 페린은 상대방이 눈에 보이지 않을 때도 냄새로 그들을 식별할 수 있었다. 시각도 더 예리해졌다. 칠흑 같은 어둠 속에서도 볼 수 있었다. 요즘 페린은 다른 누군가가 등불이나 촛불이 필요하다고 생각하기 전에 일부러 불을 켜 두었다.

늑대들로부터 늦은 시각에 말을 타고 공터에 접근하는 남자들의 모습이 전해져 왔다. 늑대들이 랜드와 다른 두 사람의 냄새를 마지막으로 맡은 때였나.

페린은 망설였다. 잉타에게 말하지 않는 한 다음 단계는 무의미했다. **게다가 우리가 그 단검을 찾지 못하면 맷이 죽을 거야. 태워 죽일, 랜드. 탐지자를 왜 데려간 거야?**

딱 한 번 지하 감옥에 갔을 때, 그러니까 에그웨인과 함께 갔을 때 페린은 페인의 냄새를 맡고 머리카락이 삐죽 섰다. 트롤록에게서도 그렇게 고약한 냄새가 나지는 않았다. 당시에 페린은 감옥 철창을 뜯고 들어가 페인을 갈가리 찢어발기고 싶었다. 자신에게 그런 면이 있다는 사실이 페인보다도 두려웠다. 머릿속에서 페인의 냄새를 가리기 위해 그는 트롤록들의 냄새를 덧붙이고 큰 소리로 울부짖었다.

저 멀리서 늑대 무리의 울음소리가 들려왔다. 공터에서 말들이 겁에 질려 발을 구르며 나지막이 울었다. 병사들 몇 명이 긴 날이 달린 창을 만지작거리며 불안한 듯 공터 가장자리를 눈여겨보았다. 페린의 머릿속에서는 상황이 훨씬 나빴다. 그는 늑대들의 분노를, 증오를 느꼈다. 늑대들이 싫어하는 건 두 가지뿐이었다. 나머지 모든 것은 그저 견딜 뿐이지만, 늑대들은 불과 트롤록을 증오했으며 트롤록을 죽이기 위해서라면 불도 가로질러 갔다.

페인의 냄새는 트롤록보다도 심하게 늑대들을 미쳐 날뛰게 했다. 늑대들은 마치 트롤록조차 자연스럽고 올바른 존재처럼 보이게 하는 무언가의 냄새를 맡은 듯했다.

어디지?

페린의 머릿속에서 하늘이 펼쳐졌다. 땅이 빙글빙글 돌았다. 늑대들은 동쪽과 서쪽을 몰랐다. 그들은 태양과 달의 움직임, 계절의 변화, 땅의 윤곽을 알았다. 페린은 단서들을 짜 맞춰 답을 알아냈다. 남쪽이었다. 다른 무언가도 있었다. 트롤록들을 죽이고 싶은 열의. 늑대들은 그 살육에 젊은 황소도 참여하게 해줄 터였다. 원한다면 가죽이 두꺼운 두 다리 동물들을 데려가도 좋지만, 젊은 황소와 스모크와 투 디어와 윈터 던과 무리의 나머지 늑대 모두가 감히 그들의 땅에 들어온 뒤틀린 자들을 끝까지 사냥할 것이다. 먹을 수 없는 살점과 쓸쓸한 피에 혀가 불타겠지만, 그래도 그들을 죽여야 했다. 죽인다. 뒤틀린 자들을 죽인다.

그들의 분노가 페린에게도 전염되었다. 으르렁거리듯 페린의 입술이 젖혀졌다. 그는 늑대들과 함께하려고, 그들과 함께 달려가 사냥하고 살육하려고 한 발짝을 내디뎠다.

페린은 애를 쓰고 나서야 늑대들이 존재한다는 희미한 감각만을 남기고 연결을 끊을 수 있었다. 페린은 먼 거리를 가로질러 그들이 있는 곳을 짚을 수 있었다. 배 속이 차갑게 식었다. **나는 인간이지 늑대가 아니야. 빛이여 도우소서, 난 인간이라고!**

"너 괜찮아, 페린?" 맷이 다가왔다. 그의 말투는 평소처럼 가벼웠지만, 최근에는 그 이면에서 쓸쓸함도 느껴졌다. 어쨌든 그의 얼굴은 분명 걱정스러워 보였다. 걱정하는 마음이 담겨 있었다. "참 자알 됐다. 랜드가 도망치더니 이젠 네가 아프고. 어디로 가야 여기서 널 돌봐줄 현자를 찾을 수 있을지 모르겠는데. 안장주머니에 버드나무 껍질이 좀 있을 거야. 잉타가 시간만 준다면 내가 버드나무 껍질 차를 만들어줄 수 있어. 내가 너무 진하게 타면, 아주 쌤통이겠네."

"난…… 난 괜찮아, 맷." 페린은 고개를 저어 친구를 보내고 잉타를 찾으러 갔다. 샤이나의 군주는 우노, 라간, 마시마와 함께 공터 가장자리의 땅을 살펴보고 있었다. 페린이 잉타를 한쪽으로 끌고 가자 사람들이 페린을 향해 인상을 찌푸렸다. 페린은 우노를 비롯한 사람들이 충분히 멀리 있어 엿듣지 못하리라는 걸 확인한 뒤에야 입을 열었다. "잉타, 랜드 일행이 어디로 갔는지는 모르겠지만 파단 페인과 트롤록들은 지금도 남쪽으로 가고 있어요. 아마 다른 어둠의 친구들도 함께 있겠죠."

"네가 그걸 어떻게 알지?" 잉타가 말했다.

페린이 심호흡했다. "늑대들이 말해 줬어요." 페린은 기다렸다. 무엇을 기다리는 건지는 알 수 없었다. 웃음, 비웃음, 어둠의 친구라는 비난, 미쳤다는 비난. 그는 일부러 엄지를 허리띠 뒤쪽, 도끼와 먼 곳에 꽂아 넣었다. **난 죽이지 않을 거야. 다시는. 잉타가 나를 어둠의 친구라고 생각하고 죽이려 들면 도망치고 말 거야. 다른 누구도 죽이지는 않을 거야.**

"비슷한 얘기를 들어본 적이 있다." 잉타가 잠시 후 느릿느릿 말했다. "소문이었지. 일라이아스 마치라라는 이름의 수호자가 있었는데, 어떤 사람들은 그가 늑대와 이야기를 할 수 있다고 했다. 그는 몇 년 전에 사라졌지." 잉타는 페린의 눈에서 무엇인가를 포착한 듯했다. "일라이아스를 아나?"

"알아요." 페린이 딱 잘라 말했다. "일라이아스는…… 얘기하고 싶지 않네요. 제가 원해서 이렇게 된 게 아니에요." **랜드가 했던 말이잖아. 빛이여, 저는 집에 돌아가 루한 스승님의 용광로에서 일하고 싶습니다.**

"그 늑대들 말인데." 잉타가 말했다. "그들이 우리를 위해서 어둠의 친구들과 트롤록들을 추적해 줄까?" 페린이 고개를 끄덕였다. "좋다. 난 어떤 대가를 치르더라도 뿔나팔을 되찾을 생각이다." 샤이나 사람은 여전히 흔적을 찾고 있던 우노 일행을 힐끗 돌아보았다. "하지만 다른 사람들에게는 말하지 않는 게 좋겠다. 변방에서 늑대들은 행운을 가져다주는 존재로 여겨진다. 트롤록들이 늑대를 두려워하니까. 그렇더라도 이 얘기는 당분간 우리 둘만 아는 것으로 하자. 이해하지 못하는 사람들이 있을지 모르니."

"전 영원히 아무도 몰랐으면 좋겠어요." 페린이 말했다.

"다른 사람들에게는 네가 휴린의 재능을 가지고 있는 것 같다고 말하마. 그 재능에 관해서는 다들 알아서 까다롭게 굴지 않는다. 그 마을에 있을 때나 연락선에 있을 때 네가 코를 찡긋거리는 걸 본 사람이 몇 명 있다. 사람들이 네 섬세한 후각에 관해 농담하는 것도 들어 봤고. 그래. 오늘은 네가 추적을 맡아다오. 그게 **진짜로** 놈들이 지나간 길이라는 걸 확인할 만한 흔적은 우노가 보게 될 거다. 해가 지기 전에 모두들 네가 탐지자라 믿게 될 테고. 난 뿔나팔을 갖게 **될** 거야." 잉타는 하늘을 힐끗 보며 목소리를 높였다. "해가 지려 한다! 말에 타라!"

페린으로서는 놀랍게도 샤이나 사람들은 잉타의 이야기를 받아들이는 듯했다. 몇 명은 의심하는 것 같았고 마시마는 침까지 뱉었지만, 우노는 신중하게 고개를 끄덕였고 대부분의 사람들에게는 그걸로 충분했다. 설득하기 가장 힘들었던 사람은 맷이었다.

"탐지자라니! 네가? 네가 냄새로 살인자들을 추적한다고? 페린, 너도 랜드만큼 미쳤구나. 에먼즈 필드 사람 중에 제정신으로 남은 건 나밖에 없네. 에그웨인과 나이니브는 타 발론으로 가서 아이즈……." 그는 불안한 눈으로 샤이나 사람들을 힐끗거리며 말을 멈췄다.

작은 행렬이 남쪽으로 말을 타고 나아가면서, 페린은 원래 잉타가 있었던 그의 뒷자리에 섰다. 맷은 계속해서 깎아내리는 말을 뱉어 댔다. 그러던 중 우노가 트롤록들과 말 탄 사람들이 남긴 첫 흔적을 발견했다. 페린은 맷에게 별 관심을 두지 않았다. 그것이 늑대들이 트롤록을 죽이러 달려나가지 못하도록 할 수 있는 페린의 최선이었다. 늑대들은 뒤틀린 자들을 죽이는

데에만 관심이 있었다. 그들에게는 어둠의 친구들도 다른 두 다리 동물이나 다를 게 없었다. 페린의 눈에는 늑대들이 트롤록을 죽이는 동안 어둠의 친구들이 발리어의 뿔나팔과 단검을 가지고 수십 곳으로 도망쳐 흩어지는 모습이 선했다. 그리고 일단 트롤록들이 죽고 나면, 어둠의 친구들 중 누구를 쫓아야 하는지 안다고 해도 늑대들의 관심을 끌어 인간을 쫓도록 할 수는 없을 것 같았다. 페린은 늑대들과 끊임없는 말다툼을 벌였고, 배 속이 뒤틀리는 형상들을 처음으로 언뜻 보기 한참 전부터 이마가 땀에 젖었다.

페린은 고삐를 당겨 말을 우뚝 멈춰 세웠다. 다른 사람들도 페린을 보고 똑같이 멈춰 서서 기다렸다. 페린은 똑바로 앞을 보며 조용히 심한 욕설을 했다.

늑대들은 인간도 죽이지만, 인간은 그들이 좋아하는 사냥감이 아니었다. 일단 늑대들은 옛 시절에 인간과 함께한 사냥을 기억하고 있었다. 또 하나, 두 다리 동물들은 맛이 고약했다. 늑대들은 페린의 생각보다 식성이 까다로웠다. 몹시 굶주리지 않은 한 시체는 먹지 않았고, 먹을 수 있는 것 이상의 사냥감을 죽이는 늑대는 거의 없었다. 페린이 늑대들에게서 느낀 감정을 가장 잘 묘사하는 말은 역겨움이었다. 보기 싫을 정도로 선명하게 여러 형상도 보였다. 남자와 여자와 아이 들의 시신이 높이 쌓여 있거나 이리저리 굴러다녔다. 피에 젖은 흙이 말발굽 자국과 미친 듯이 탈출하려던 노력으로 어지럽혀져 있었다. 찢어진 살점. 잘린 머리. 흰 날개가 붉게 물든 채 퍼덕이는 독수리들. 놈들의 피에 젖은, 깃털 없는 독수리가 시신을 찢어 게걸스럽게 먹고 있었다. 페린은 저절로 배 속이 비워지기 전에 연결을 끊었다.

저 멀리 몇몇 나무 위, 검은 얼룩들이 낮게 휘돌며 뚝 떨어졌다가 다시 솟아오르는 모습이 보였다. 먹을 것을 놓고 싸우는 독수리들이었다.

"저 위에서 뭔가 나쁜 일이 일어났어요." 페린이 잉타와 시선을 마주치며 침을 삼켰다. 어떻게 해야 탐지자가 되었다는 거짓말에 맞추어 정보를 전달할 수 있을까? **저 모습이 보일 만큼 가까이 가고 싶지는 않은데. 하지만 독수리가 보이면 다들 가서 살펴보고 싶어 할 거야. 길을 돌아갈 수 있을 만큼의 정보를 줘야 해.** "저 마을 사람들을…… 트롤록들이 죽인 것 같아요."

우노가 조용히 욕하기 시작했고 다른 샤이나 사람 몇 명도 혼잣말로 툴툴 댔다. 하지만 누구도 페린의 말을 이상하게 여기는 것 같지는 않았다. 잉타 공이 페린은 탐지자라고 말했고 탐지자들은 살육의 냄새를 맡을 수 있었으 니까.

"또 우리를 따라오는 자가 있다." 잉타가 말했다.

맷이 신나서 말의 머리를 돌렸다. "랜드일지도 몰라요. 날 두고 도망치지 는 않을 줄 알았다고요."

희미하게 흩어진 먼지구름이 북쪽에서 솟아올랐다. 말 한 마리가 풀이 듬 성듬성 자라는 땅을 가로질러 달리고 있었다. 샤이나 사람들은 긴 창을 들 고 대형을 벌리며 사방을 살펴보았다. 이곳은 낯선 이를 태평하게 상대할 만한 곳이 아니었다.

점 하나가 나타나더니 빠르게 가까워졌다. 말과 그 말을 탄 기수였다. 페 린은 다른 사람들이 기수를 알아보기 한참 전부터 기수가 여자라는 걸 알아 보았다. 여자는 그들에게 다가오면서 가볍게 구보하는 정도로 속도를 늦추 었다. 그녀는 한 손으로 부채질을 해 댔다. 머리가 희어 가는 통통한 여자로 안장 뒤에 망토를 묶고 있었다. 그녀는 그들 모두를 멍하니 바라보며 눈을 깜빡였다.

"아이즈 세다이네." 맷이 실망한 듯 말했다. "아는 사람이야. 베린이잖아."

"베린 세다이." 잉타가 날카롭게 말하더니 안장에 앉은 채 그녀에게 허리 를 숙였다.

"모레인 세다이가 보내서 왔네, 잉타 공." 베린은 만족스러운 듯 미소 지 으며 말했다. "자네에게 내가 필요할지도 모른다고 생각해서 말이야. 정말 이지 빠르게 달려왔어. 케예리엔에 이르기 전에 자네를 따라잡지 못할지도 모른다고 생각했네. 당연히 저 마을은 봤겠지? 아, 정말 고약하지 않던가? 그 머드랄도 그렇고. 지붕 위로 까마귀 천지였지만 그중 한 마리도 마을에 다가가지는 않았네. 마을이 그만큼 죽어 있었으니. 하지만 어둠의 존재만큼 득실거리는 파리들을 쫓고 나서야 그게 뭔지 알아볼 수 있었어. 그걸 끌어 내릴 시간이 없어서 유감이었지만. 그런 걸 자세히 살펴볼 기회는 한 번도 없었……." 문득 그녀의 눈이 가늘어지며 무심하던 태도가 연기처럼 사라졌다. "랜드 알소르는 어디에 있지?"

잉타가 인상을 썼다. "사라졌습니다, 베린 세다이. 어젯밤에 흔적도 없이 사라졌습니다. 랜드 알소르와 오기어, 그리고 제 부하 중 한 사람인 휴린까지 말입니다."

"오기어까지 말인가, 잉타 공? 자네의 탐지자도 함께 떠났고? 그 둘에게 대체 무슨 공통점이……?" 잉타가 입을 쩍 벌리며 그녀를 보자 그녀가 코웃음 쳤다. "그런 일을 비밀로 할 수 있을 줄 알았나?" 그녀가 다시 코웃음 쳤다. "탐지자라. 사라졌다고?"

"예, 베린 세다이." 잉타는 불안한 목소리였다. 아이즈 세다이에게서 감추려 애쓰던 비밀을 그녀가 이미 알고 있다니 마음이 편치 않았다. 페린은 모레인이 아무에게도 그에 관한 이야기를 하지 않았기를 바랐다. "하지만 제게…… 제게 새 탐지자가 있습니다." 샤이나의 영주가 페린을 가리켰다. "이 사람에게도 그 능력이 있는 것 같습니다. 저는 맹세한 대로 발리어의 뿔나팔을 찾을 겁니다. 걱정 마십시오. 저희와 함께 가시겠다면 기꺼이 함께 하겠습니다, 아이즈 세다이." 페린으로서는 놀랍게도 잉타의 말에는 진심이 담겨 있지 않은 것 같았다.

베린은 페린을 힐끗 보았고, 페린은 불안해서 움찔거렸다. "옛 탐지자가 사라진 바로 그 순간에 새로운 탐지자가 나타났다? 그것 참……. 하늘이 도왔군. 흔적은 찾지 못했나? 그래, 당연히 못 찾았겠지. 흔적이 없다고 했으니. 이상한 일이야. 어젯밤이라." 베린은 안장에 앉은 채 몸을 틀어 등 뒤의 북쪽을 돌아보았다. 페린은 잠시 그녀가 왔던 길을 되짚어 갈 거라고 생각할 뻔했다.

잉타가 인상을 쓰며 그녀를 보았다. "그들의 실종이 뿔나팔과 어떤 관계가 있을 거라고 생각하십니까, 아이즈 세다이?"

베린이 다시 자세를 잡고 앉았다. "뿔나팔? 아니. 아닐세, 내 생각에는……. 아닐 거야. 하지만 이상한 일이긴 하지. 아주 이상해. 난 이해하기 전까지는 이상한 일들을 싫어한다네."

"제가 부하 두 명을 붙여 그들이 사라진 곳으로 안내해 드릴 수 있습니다, 베린 세다이. 제 부하들이라면 아무 어려움 없이 당신을 곧장 그 자리까지 모셔갈 수 있을 겁니다."

"아니야. 자네 생각에 그들이 아무 흔적 없이 사라졌다면……." 그녀는 읽기 어려운 표정으로 오래 잉타를 살펴보았다. "자네와 같이 가지. 우리가 그들을 다시 찾게 되거나 그들이 우리를 찾을 걸세. 말을 달리는 동안 이야기나 좀 해 보게, 잉타 공. 그 젊은이에 관해서 자네가 할 수 있는 모든 이야기를 해 봐. 그가 했던 일이나 말 전부 다."

그들은 굴레와 갑옷을 짤랑거리며 길을 나섰다. 베린은 잉타의 뒤를 바짝 따라가며 자세한 질문을 던졌지만 목소리가 너무 낮아 엿들을 수는 없었다. 페린이 원래 자리에서 버티려 하자 베린이 그를 힐끗 보았고 페린은 뒤로 쳐졌다.

"저 여자는 랜드를 쫓는 거야." 맷이 웅얼거렸다. "뿔나팔이 아니라."

페린은 고개를 끄덕였다. **랜드, 어디에 있는지는 몰라도 거기 그대로 있어. 여기보다 거기가 안전해.**

15장 동족살해자

똑바로 바라보면 이상하게도 빛이 바랜 먼 곳의 언덕들이 자신을 향해 미끄러져 오는 것처럼 느껴지는 바람에, 랜드는 공백으로 자신을 둘러싸지 않는 한 머리가 핑핑 돌 지경이었다. 때로는 허무가 랜드도 모르는 사이에 스멀스멀 다가왔지만, 랜드는 죽음이라도 되는 것처럼 그 허무를 피했다. 그 불안한 빛과 공백을 나누느니 어지러운 게 나았다. 빛바랜 땅을 바라보는 게 훨씬 나았다. 그러면서도 랜드는 눈앞에 곧장 놓여 있는 것이 아닌 한 너무 멀리 있는 것은 보지 않으려 했다.

휴린은 흔적이 가로지르는 땅은 무시하려 애쓰는 듯 흔적의 냄새를 맡는 데만 집중하며 똑같은 표정을 짓고 있었다. 주변 사물을 알아채면, 탐지자는 움찔하며 두 손을 코트에 문질러 닦은 뒤 눈을 빛내며 사냥개처럼 코를 앞으로 내밀었다. 다른 모든 것은 느끼지 못하는 듯했다. 로이알은 안장에 어깨를 축 늘어뜨리고 앉은 채 말을 탔고 주위를 힐끔거리며 인상을 썼다. 그는 귀를 불안하게 움찔거리며 혼잣말을 웅얼거렸다.

그들은 다시 검게 탄 땅을 가로질렀다. 발굽 아래의 흙조차 불에 그슬린 것처럼 으적거렸다. 타 버린 땅은 때로 2킬로미터 넓이에 이르렀고, 때로는 겨우 몇 백 미터 남짓이었다. 그런 땅은 전부 화살의 진로처럼 곧게 동서로

이어져 있었다. 랜드는 두 차례 탄 자국의 끝부분을 보았다. 한 번은 탄 자국을 가로질러 갔을 때였고, 한 번은 근처를 지났을 때였다. 탄 자국은 끝부분을 향해 점점 가늘어지다가 한 점으로 끝났다. 최소한 랜드가 본 자국들은 그랬다. 랜드는 모든 자국이 그럴 거라고 생각했다.

언젠가 고향 에먼즈 필드에서, 와틀리 엘딘이 태양일에 쓸 수레를 장식하는 모습을 랜드는 지켜본 적 있었다. 와틀리는 밝은 색깔의 장면들을 그렸다. 그 주변에는 정교한 소용돌이 장식이 들어가 있었다. 경계선을 그릴 때 와틀리는 붓 끝이 수레에 닿도록 했다. 그렇게 그어진 가느다란 선은 그가 힘을 줄수록 굵어졌다가 힘을 빼면서 다시 가늘어졌다. 이곳 땅이 바로 그런 모습이었다. 누군가가 불로 만들어진 괴물 같은 붓으로 줄무늬를 그려 넣은 것 같았다.

탄 자국이 있는 곳에서는 아무것도 자라지 않았다. 다만 몇몇 탄 자리에서는 오래전에 모든 일이 끝난 것 같은 느낌이 들었다. 그곳의 공기에는 그을음의 흔적조차 없었다. 랜드가 허리를 숙여 검은 잔가지를 부러뜨린 뒤 냄새를 맡아봤지만 훅 끼쳐 오는 냄새조차 나지 않았다. 오래됐지만 아무것도 그 땅을 다시 차지하러 오지 않았다. 칼날 같은 선을 따라 검은색은 녹색에, 녹색은 검은색에 자리를 내주었다.

특유의 방식으로, 나머지 땅도 탄 자리만큼 죽은 채 남아 있었다. 다만 풀이 땅을 덮고 나뭇잎이 나무를 덮고 있었다. 모든 것에 그 빛바랜 모습이 있었다. 너무 자주 빨아 너무 오랫동안 햇볕에 내놓은 옷 같았다. 새도, 동물도 없었다. 랜드가 보거나 듣기로는 그랬다. 하늘에서 원을 그리는 매도 없었고 사냥하는 여우가 컹컹대는 소리나 새들이 노래하는 소리도 들리지 않았다. 풀숲에서는 아무것도 부스럭거리지 않고 나뭇가지에 앉는 존재도 없었다. 벌도, 나비도 없었다. 그들은 몇 차례 개울을 건넜다. 물은 얕았지만 종종 깊은 침식이 이루어져 개울가가 가팔랐다. 말들은 기다시피 그 개울가로 내려가 반대편으로 기어올라야 했다. 말발굽이 흙탕을 일으키긴 했지만 흐르는 물은 대체로 맑았다. 그러나 휘저어진 물에서 피라미나 올챙이가 나오는 일은 없었다. 수면을 가로지르는 물거미나 그 위에 떠 있는 풀잠자리한 마리조차 없었다.

물은 마실 수 있는 것이었다. 잘된 일이었다. 일행의 물병이 언제까지나 버틸 수는 없었으니까. 랜드가 먼저 물맛을 보고, 로이알과 휴린에게는 잠깐 기다리며 자신에게 무슨 일이 일어나는지 지켜보도록 했다. 그런 뒤에야 랜드는 그들에게도 물을 마시게 해 주었다. 랜드가 그들을 이 일에 끌어들였으니 모든 건 그의 책임이었다. 물은 시원하게 목을 축여 주었지만, 그것 말고는 좋은 말을 할 수가 없었다. 물맛이 밍밍했다. 꼭 끓인 물 같았다. 로이알은 인상을 썼고 말들도 별로 마음에 들지 않는 듯 고개를 흔들며 마지못해 물을 마셨다.

생명의 흔적이 한 가지 있기는 했다. 최소한 랜드는 틀림없이 그렇다고 생각했다. 그는 구름으로 그린 선처럼 아른거리는 줄무늬가 하늘을 천천히 가로지르는 모습을 두 차례 보았다. 자연스럽게 생겨난 것이라고 보기에는 지나치게 직선으로 보였지만, 대체 어떤 존재가 그런 걸 만들어 낼 수 있을지 상상되지 않았다. 랜드는 일행에게 그 선에 관해 이야기하지 않았다. 아마 그들은 보지 못했을 것이다. 휴린은 휴린대로 흔적에 집중하고 있었고 로이알은 자기 생각에 빠져 있었으니까. 그들 역시 선에 대해 그 어떤 말도 하지 않았다.

아침나절의 절반 동안 말을 달렸을 때 로이알이 갑자기 아무 말 없이 거대한 말에서 휙 내려서더니 거인빗자루나무로 성큼성큼 다가갔다. 그 나무들의 둥치는 여러 개의 두꺼운 가지로 갈라졌다. 가지는 뻣뻣하고 곧았으며 땅 위로 1미티도 떨어져 있지 않았다. 윗부분은 전부 다시 갈라져 거인빗자루라는 이름이 붙은 이유처럼 잎이 무성한 덤불이었다.

랜드는 레드의 고삐를 당기고 로이알에게 무얼 하는 거냐고 물으려 했지만, 그 자신도 잘 모르는 듯한 오기어의 태도 때문에 왠지 침묵을 지키게 되었다. 로이알은 나무를 바라본 뒤 두 손을 둥치에 대고 깊고 부드럽고 우렁우렁한 목소리로 노래하기 시작했다.

랜드는 오기어가 부르는 나무노래를 들어 본 적이 있었다. 로이알이 죽어 가는 나무에 노래를 불러 나무를 다시 살려 냈을 때였다. 또 노래나무에 대해 들어본 적도 있었다. 노래나무란 나무노래로 인해 나무에서 생겨나는 물건이었다. 로이알은 이런 '재능'이 희미해져 가고 있다고 말했다. 지금 그 능력을 가지고 있는 몇 안 되는 오기어 중 하나가 자신이라고. 바로 그런 이유로 노래나무는 더욱 많은 사람들이 찾고 귀하게 여기는 존재가 되었다. 지난번 랜드가 로이알의 노래를 들었을 때, 노래는 꼭 땅 자체가 부르는 것처럼 들렸다. 하지만 지금 오기어는 거의 소심하게 느껴질 만큼 웅얼웅얼 노래했고 땅은 속삭이듯 그 노래를 따라 불렀다.

순수한 노래, 가사가 없는 음악인 것만 같았다. 최소한 랜드가 알아들을 수 있는 가사는 없었다. 가사가 있었다면 물이 쏟아져 개울이 되듯 흐려져 음악의 일부가 되었을 것이다. 휴린이 헉하고 숨을 들이쉬며 빤히 바라보았다.

랜드는 로이알이 무슨 일을 한 것인지, 어떻게 한 것인지 알 수 없었다. 노래는 조용하면서도 최면을 걸듯 그를 사로잡아, 거의 공백과 같은 방식으로 그의 머릿속을 채웠다. 로이알은 커다란 두 손으로 나무 둥치를 쓸며 노래했다. 손가락만이 아니라 목소리로도 나무를 어루만졌다. 이제 나무 둥치는 어쩐지 더 매끄러워진 것처럼 보였다. 꼭 로이알의 손길이 나무의 형태를 잡아 가는 것 같았다. 랜드가 눈을 깜빡였다. 그는 로이알이 작업한 나무도 다른 나무들과 똑같이 꼭대기에 나뭇가지가 달려 있었다고 확신했다. 그러나 지금 나무의 끄트머리는 둥글게 변해 오기어의 머리 바로 윗부분에 닿았다. 랜드는 입을 떡 벌렸지만 노래 때문에 침묵을 지켰다. 노래는 너무도 익숙하게 들렸다. 랜드가 당연히 알아야만 하는 노래 같았다.

갑자기 로이알의 목소리가 높아지며 절정에 이르렀다가—거의 감사의 송가처럼 들렸다—멈추더니 산들바람이 잦아들 듯 잦아들었다. "태워 죽일." 휴린이 낮은 목소리로 말했다. 그는 충격 받은 표정이었다. "태워 죽일, 그런 건 한 번도 들어본 적이……. 태워 죽일."

로이알은 손에 자신의 키만큼 높다랗고 랜드의 아래팔만큼 두꺼운 지팡이를 들고 있었다. 장대는 매끄럽고 윤이 났다. 거인빗자루나무의 덤불이었던 부분에는 새로 난 작은 줄기가 있었다.

랜드가 깊이 숨을 들이쉬었다. **늘 새로운 일이 일어나. 늘 내가 예상하지 못했던 일이 일어나. 그런데 때로는 그게 끔찍하지 않아.**

그는 로이알이 말에 올라 지팡이를 자기 앞의 안장을 가로지르도록 놓아 두는 모습을 지켜보며, 오기어가 대체 왜 지팡이를 가지고 싶어 했을지 궁금해했다. 말을 타고 있었는데 말이다. 그때 랜드는 그 두꺼운 막대를 실제처럼 큰 막대가 아니라 오기어의 덩치와 견주어서, 로이알이 다루는 방식에 따라 보았다. "곤봉이구나." 랜드가 놀라서 말했다. "오기어가 무기를 들고 다니는 줄은 몰랐어, 로이알."

"보통은 안 가지고 다니지." 오기어는 거의 퉁명스럽게 대답했다. "보통은. 언제나 대가가 너무 컸거든." 로이알은 거대한 곤봉을 들어 올리더니 역겹다는 듯 널찍한 코에 주름을 잡았다. "하만 원로께서는 분명 내가 도끼에 긴 자루를 단다고 말씀하시겠지만, 난 그냥 서두르거나 성급하게 구는 게 아니야, 랜드. 여긴⋯⋯." 그가 몸을 떨었다. 그의 귀가 움찔거렸다.

"곧 돌아갈 길을 찾을 거야." 랜드는 자신감 있는 목소리를 내려고 애쓰며 말했다.

로이알은 그 말을 듣지 못한 것처럼 말했다. "모든 것이⋯⋯ 연결되어 있어, 랜드. 살아 있는 것이든 아니든, 생각하는 것이든 아니든 존재하는 모든 것은 서로 어우러져. 나무는 생각하지 않지만 전체의 일부고, 전체에는 어떤⋯⋯ 어떤 감각이 있어. 행복이 무엇인지 설명할 수 없듯 이것도 설명할 수는 없지만⋯⋯ 랜드, 이 땅은 무기가 만들어진 것에 기뻐하고 있어. 기뻐한다고!"

"빛께서 우리를 비추시길." 휴린이 초조하게 웅얼거렸다. "또한 창조주의 손이 우리를 지켜 주시길. 우리가 어머니의 마지막 품에 들어가더라도 빛께서 우리의 길을 비추시길." 그는 이런 기도에 자신을 지켜줄 주문이 담겨 있기라도 한 것처럼 그 말을 반복했다.

랜드는 주위를 둘러보고 싶은 충동에 저항했다. 절대 고개를 들지 않았다. 그들 모두를 무너뜨리려면 지금 이 순간 하늘을 가로지르는 연기 같은 선 하나로 충분했다. "여기엔 우릴 해칠 만한 게 없어." 랜드가 단호하게 말했다. "경계도 제대로 하고, 아무것도 우릴 해치지 못하게 하자. 그러면 돼."

랜드는 그렇게 확신 어린 목소리로 말하는 자신을 비웃고 싶었다. 그는 무엇도 확신하지 못했다. 하지만 다른 이들, 그러니까 술 달린 귀가 축 처진 로이알과 아무것도 보지 않으려는 휴린을 보자니 최소한 일행 중 한 사람은 확신을 품어야 한다는 걸 알 수 있었다. 그러지 않으면 두려움과 불안이 그들 모두를 무너뜨릴 터였다. **물레는 그 뜻에 따라 실을 자아.** 랜드는 머릿속을 꽉 짜 그 생각을 밀어냈다. **물레와는 아무 상관도 없어. 타비렌이나 아이즈 세다이나 드래건과는 아무 상관도 없는 일이야. 그냥 그런 거야. 그게 다야.**

"로이알, 할 일은 다 했어?" 오기어가 고개를 끄덕이며 못마땅하다는 듯 곤봉을 어루만졌다. 랜드가 휴린을 돌아보았다. "지금도 흔적이 느껴져요?"

"그렇습니다, 랜드 공. 지금도 느껴집니다."

"그럼 계속 그걸 따라가죠. 일단 페인과 어둠의 친구들만 찾는다면야, 뭐, 영웅이 되어서 고향에 돌아가게 될 거예요. 맷에게 줄 단검과 발리어의 뿔나팔을 가지고 말이죠. 앞장서세요, 휴린." **영웅이라고? 우리 모두 여기서 살아 나가기만 해도 만족할 텐데.**

"난 여기가 마음에 들지 않아." 오기어가 딱 잘라서 말했다. 그는 금방 쓰게 될 거라고 생각하는 듯 곤봉을 들고 있었다.

"우리가 여기에 머물려는 것도 아니잖아. 안 그래?" 랜드가 말했다. 휴린은 랜드가 농담이라도 했다는 듯 웃음을 터뜨렸지만, 로이알은 침착한 눈으로 그를 보았다.

"맞아, 랜드."

그러나 계속 남쪽으로 말을 달려가는 동안 랜드는 집으로 돌아가게 될 거라는 자신의 태연한 가정이 둘 모두의 기운을 북돋웠다는 걸 알 수 있었다. 휴린은 안장에 조금 더 허리를 펴고 앉았고 로이알의 귀는 시든 것처럼 보이지 않았다. 자신도 그들처럼 두려워하고 있다는 걸 알려 주기에는 시간도, 장소도 적절하지 않았으므로 랜드는 두려움을 혼자만 간직하고 혼자서 그 두려움과 맞서 싸웠다.

휴린은 아침 내내 기분이 좋아서 "우리가 여기에 머물려는 것도 아니잖아, 안 그래?"라고 중얼거린 뒤 키득댔다. 결국 랜드는 그에게 조용히 하라고 말해야 한다는 생각이 들었다. 그러나 정오가 가까워지면서 탐지자는 조용해져서 고개를 저으며 인상을 썼다. 랜드는 자기도 모르게 그가 계속해서 자신의 말을 따라 하며 웃고 있기를 바라게 되었다.

"흔적에 뭔가 문제가 있어요, 휴린?" 그가 물었다.

탐지자는 난처한 표정으로 어깨를 으쓱했다. "예, 랜드 공. 하지만 문제가 없다고도 말할 수 있습니다."

"둘 중 하나여야죠. 흔적을 놓친 건가요? 놓쳤다 하더라도 부끄러워할 건 없어요. 처음부터 흔적이 약하다고 말했잖아요. 어둠의 친구들을 찾을 수 없다면 다른 '돌'을 찾아서 그리로 돌아가면 돼요." **빛이여, 그럴 일만은 없기를 바랍니다.** 랜드는 표정을 자연스럽게 유지했다. "어둠의 친구들이 여기에 왔다가 나갈 수 있다면 우리도 할 수 있어요."

"아, 흔적을 놓친 건 아닙니다, 랜드 공. 지금도 놈들의 악취를 맡을 수 있습니다. 그런 게 아닙니다. 그냥……. 그냥……." 휴린은 인상을 찡그리며 불쑥 말했다. "냄새가 난다기보다, 냄새가 기억나는 것만 같습니다, 랜드 공. 하지만 기억나는 건 아니에요. 세상에는 언제나 서로 가로지르는 흔적이 수십 가지쯤 있습니다. 수십, 수백 가지가 있죠. 온갖 종류의 폭력의 냄새가 납니다. 그중 일부는 거의 신선하게 느껴지죠. 다른 모든 것과 마찬가지로 씻겨 나갈 뿐입니다. 오늘 아침에 공터를 떠나온 직후에는 바로 발밑에서, 방금 수백 명이 살육당한 게 분명하다고 장담할 수 있었습니다. 하지만 시신이 없었죠. 풀밭에는 우리 말들이 남긴 발굽 자국 말고는 아무 흔적도 없었고요. 그런 일은 땅이 뒤집히고 피로 물들지 않고서는 일어날 수 없는데도 흔적 하나 없었습니다. 전부 그런 식입니다, 랜드 공. 하지만 저는 흔적을 쫓고 있습니다. 그건 확실합니다. 여기에 있으니 신경이 온통 곤두서는군요. 그래서 그렇습니다. 그래서 그런 게 틀림없어요."

랜드는 로이알을 힐끗 보았지만—오기어는 때로 대단히 이상한 정보를 떠올리곤 했으니까—로이알도 휴린처럼 어리둥절한 표정이었다. 랜드는 실제보다 자신감 있는 목소리를 냈다. "최선을 다하고 있다는 거 알아요, 휴린. 우리 모두 신경이 곤두서 있죠. 그냥 최선을 다해서 흔적을 쫓으세요. 그럼 발견하게 될 겁니다."

"말씀하신 대로 하겠습니다, 랜드 공." 휴린은 말을 차 앞으로 나아가게 했다. "말씀하신 대로 하지요."

하지만 밤이 찾아왔을 때쯤에도 어둠의 친구들이 남긴 흔적은 보이지 않았고, 휴린은 흔적이 더욱 희미해졌다고 말했다. 탐지자는 계속 혼잣말로 "기억"에 관해 웅얼거렸다.

아무 흔적도 없었다. 정말이지 아무런 흔적도 없었다. 랜드는 우노만큼 적을 추적하는 실력이 뛰어나지는 않았으나 투 리버스의 소년이라면 누구나 잃어버린 양이나 저녁거리로 먹을 토끼를 찾을 수 있을 정도의 추적 능력이 있기 마련이었다. 랜드는 아무것도 보지 못했다. 그들이 오기 전에는 살아 있는 어떤 존재도 이 땅을 어지럽힌 적이 없는 것만 같았다. 어둠의 친구들이 그들보다 앞서갔다면 뭔가 있어야만 했다. 하지만 휴린은 계속 냄새가 난다면서 흔적을 따라갔다.

태양이 지평선에 닿았을 때쯤 그들은 탄 자국이 미치지 않은 수풀에 야영지를 세우고 안장주머니에 들어 있던 음식을 먹었다. 납작한 빵과 육포를 밋밋한 맛이 나는 물과 함께 삼켰다. 맛있는 것과는 거리가 먼, 거칠고 딱히 배가 차지 않는 식사였다. 랜드는 아마 1주일분의 식량이 있을 거라고 생각했다. 그 뒤에는…… 휴린은 천천히, 뭔가 작정한 사람처럼 음식을 먹었으나 로이알은 인상을 찡그리며 음식을 꿀꺽 삼키고는 파이프를 물고 뒤로 기댔다. 근처에 커다란 곤봉이 놓여 있었다. 랜드는 불을 작게 피워 숲속에 잘 숨겨 두었다. 흔적이 이상하다며 휴린은 걱정을 늘어놓았다. 페인과 어둠의 친구들과 트롤록들은 불이 보일 만큼 가까운 곳에 있을지 몰랐다.

그놈들을 페인의 어둠의 친구들, 페인의 트롤록들이라고 생각하게 되다니 이상했다. 페인은 그냥 미친 사람이었다. **그럼 왜 그들이 페인을 구출했겠어?** 페인은 랜드를 찾으려는 어둠의 존재의 계략에 참여했다. 아마 그 사실과 무슨 관계가 있을 터였다. **그럼 페인은 왜 나를 쫓지 않고 도망치는 거**

지? 그 희미한 자를 죽인 존재는 뭐고? 파리로 가득하던 그 방에서는 무슨 일이 일어난 거야? 팔 다라에서 나를 지켜보던 그 눈도 그렇고. 송진 속에 갇힌 딱정벌레처럼 나를 붙잡아 두던 그 바람도. 아니, 아니야. 바알자몬은 틀림없이 죽었어. 아이즈 세다이는 그렇게 생각하지 않았다. 모레인도, 아멀린 권좌도. 랜드는 고집스럽게 그 생각을 하지 않으려 했다. 지금 그가 생각해야 할 것은 맷을 위해 단검을 찾는 것뿐이었다. 페인을 찾는 것. 뿔나팔을 찾는 것.

절대 끝나지 않아, 알소르.

그 목소리는 뒤통수에 속삭이는 가느다란 산들바람처럼 느껴졌다. 그의 생각 틈새로 기어드는, 가늘고 얼음장 같은 웅얼거림. 랜드는 그 목소리에서 도망치기 위해 공백을 찾으려 했다가, 공백 속에서 무엇이 그를 기다리는지 떠올리고 그 욕망을 억눌렀다.

랜드는 해 질 녘의 어둑함 속에서, 공백은 없으나 란이 가르쳐준 대로 칼을 들고 자세를 잡았다. '비단 가르기', '꿀 장미에 입 맞추는 벌새', 균형을 잡기 위한 '급류를 헤치는 왜가리'였다. 빠르고 확실한 동작에 완전히 몰입해 잠시나마 자신이 어디에 있는지 잊은 채 온몸이 땀으로 뒤덮일 때까지 검술을 연습했다. 연습을 마치고 나자 모든 것이 돌아왔다. 아무것도 변하지 않았다. 날씨는 춥지 않았으나 그는 몸을 떨며 불 옆에 몸을 웅크리고 망토를 바짝 여몄다. 일행도 그의 기분을 알아차렸다. 그들은 빠르게, 조용히 식사를 마쳤다. 잠깐씩 타올랐다 꺼지는 불에 랜드가 흙을 차 넣었을 때도 아무도 불평하지 않았다.

랜드가 처음으로 불침번을 서겠다고 자청했다. 그는 활을 들고 덤불 가장자리를 걸어 다녔다. 때로는 칼집에서 칼을 빼 들었다. 싸늘한 달은 거의 보름달이 되어 어두운 하늘 높이 떠 있었다. 밤도 낮만큼 조용하고 공허했다. 공허하다는 게 맞는 말이었다. 땅은 뿌예진 우유 그릇처럼 공허했다. 온 세상에 그들 셋을 제외한 다른 누군가가 있다고 생각하기가 힘들었다. 심지어 어둠의 친구들이 저 앞 어딘가에 있다고 생각하기도 어려웠다.

랜드는 혼자 있기 싫어서 톰 머릴린의 망토를 푼 다음 알록달록한 조각보

위 단단한 나무통의 하프와 플루트를 꺼냈다. 금과 은으로 만들어진 플루트를 만지작거리며 플루트 연주하는 법을 가르쳐 주던 방랑 시인을 떠올리고 〈버드나무를 흔드는 바람〉의 몇 음정을 연주했다. 일행이 깨지 않도록 조용하게. 조용히 연주했건만 이곳에서는 그 슬픈 소리가 너무도 시끄럽게, 너무도 현실적으로 느껴졌다. 랜드는 한숨을 쉬며 플루트를 제자리에 놓고 다시 꾸러미를 쌌다.

밤이 깊어질 때까지 불침번을 서며 일행이 자도록 놔두었다. 문득 안개가 피어났다는 걸 깨달았을 때, 랜드는 시간이 얼마나 흘렀는지 알 수 없었다. 안개는 땅과 가까운 곳에 두껍게 깔려, 휴린과 로이알을 구름에서 툭 솟아오른 불분명한 덩어리처럼 보이게 했다. 위로 올라갈수록 옅어지는 안개는 여전히 일행 주변의 땅을 감싸고 가장 가까운 곳의 나무들을 제외한 모든 것을 가렸다. 달은 물에 젖은 비단 너머에 있는 것처럼 보였다. 뭐든 눈에 띄지 않고 코앞까지 다가올 수 있었다. 랜드가 칼을 만지작거렸다.

"칼은 내게 아무 소용이 없다, 루스 세린. 너도 그건 알아야지."

랜드가 휙 돌아서자 안개가 그의 발 주위에서 소용돌이쳤다. 칼이 그의 두 손에 들어왔다. 왜가리 표시가 있는 칼날이 랜드의 몸 앞에 똑바로 세워져 있었다. 그의 마음속에 공백이 불쑥 뛰어들었다. 처음으로, 랜드는 사이딘의 얼룩진 빛을 거의 의식 못 했다.

어두운 형체가 안개를 가르며 다가왔다. 그 형체는 기다란 지팡이를 들고 걷고 있었다. 그 뒤로는 마치 그림자의 그림자가 거대해진 것처럼 안개가 점점 어두워지다가 밤보다도 검게 변했다. 랜드는 소름이 돋았다. 형체는 점점 더 가까이 다가왔다. 그러다가 한 남자의 형태로 바뀌었다. 검은색 옷에 검은색 장갑을 끼고 검은 비단 가면으로 얼굴을 가린 남자였다. 그림자도 그 남자와 함께 다가왔다. 그의 지팡이도 검은색이었다. 꼭 나무가 불에 그슬린 것 같았다. 그럼에도 지팡이는 매끄러웠고 달빛에 반짝이는 물처럼 빛났다. 가면의 눈구멍이 잠깐 빛났다. 눈구멍 너머에 눈이 아니라 불이 있는 것만 같았다. 하지만 랜드는 그 불길이 아니어도 상대의 정체를 알 수 있었다.

"바알자몬." 랜드가 나직이 말했다. "이건 꿈이야. 꿈일 수밖에 없어. 내가 잠들어서……."

바알자몬은 용광로가 열렸을 때 불길이 타오르듯 웃었다. "너는 언제나 현실을 부정하려 하는구나, 루스 세린. 나는 손을 뻗어 너를 만질 수 있다, 동족살해자여. 난 언제나 너를 만질 수 있어. 언제나, 어디서나."

"난 드래건이 아니야! 내 이름은 랜드 알……!" 랜드는 자제하려고 이를 악물었다.

"아, 네가 지금 사용하는 이름은 알고 있다, 루스 세린. 네가 여러 시대에 걸쳐 사용했던 모든 이름을 알고 있지. 네가 동족살해자가 되기 한참 전부터 말이야." 바알자몬의 목소리가 커지기 시작했다. 때로는 그의 눈에 어린 불길이 너무 높이 솟구쳐, 비단 가면의 구멍 너머로 그 불길이 보였다. 마치 끝없는 불의 바다 같았다. "나는 너를 안다. 네 혈통과 족보를, 여태 존재했던 첫 생명의 불꽃까지, 최초의 순간까지 되짚을 수 있다. 너는 절대 내게서 숨을 수 없다. 절대로! 우리는 같은 동전의 양면처럼 확실히 연결되어 있다. 평범한 인간이야 패턴의 길 속에 숨을 수 있을지 모르나 타비렌은 언덕 위의 봉화처럼 두드러진다. 그리고 너는, **너는** 만 개의 빛나는 화살이 하늘에 떠서 너를 가리키는 것처럼 두드러진다! 너는 내 것이다. 언제나 내 손이 닿는 곳에 있다!"

"거짓말의 아버지!" 랜드가 간신히 말했다. 공백에 둘러싸여 있는데도 혀가 입천장에 달라붙으려 했다. **빛이여, 제발 이게 꿈이게 해 주소서.** 그 생각이 허무의 바깥쪽을 빠르게 스쳐 지나갔다. **꿈이 아닌 꿈이라도 좋습니다. 저자가 정말로 제 앞에 서 있는 것일 리 없습니다. 어둠의 존재는 샤이올 굴에 봉인되어 있나니, 창조의 순간부터 창조주에 의해 봉인되어 있나니…….** 그러나 이런 생각이 도움이 되기에 랜드는 진실을 너무 많이 알고 있었다. "넌 이름 그대로야! 네가 정말로 나를 잡아갈 수 있다면 왜 그렇게 하지 않는 거지? 그야 그러지 못하기 때문이지. 나는 빛 속을 걸어. 넌 내게 손을 댈 수 없어!"

바알자몬은 지팡이에 기대 잠시 랜드를 보더니 그 자리를 떠나 로이알과 휴린을 내려다보고 섰다. 거대한 그림자가 그와 함께 움직였다. 그는 안개를 흩뜨리지 않았다. 랜드가 보았다. 그는 움직였고, 그와 함께 지팡이도 흔들렸지만 잿빛 안개는 랜드의 발 근처에서와 달리 그의 발 주변에서 소용돌이를 일으키거나 빙빙 돌지 않았다. 그 모습에 랜드는 용기가 생겼다. 어쩌면 바알자몬은 정말로 그곳에 있는 게 아닐지도 몰랐다. 아마 꿈일 것이다.

"특이한 추종자들을 찾아냈군." 바알자몬이 생각에 잠겨서 말했다. "넌 늘 그랬지. 이 둘을 봐라. 너를 지켜보려는 그 소녀도 그렇고. 형편없고 나약한 호위병이다, 동족살해자여. 그 소녀가 평생 성장한다 하더라도 네가 그 여자 등 뒤에 숨을 만큼 성장하지는 못할 것이다."

소녀라니? 누구를 말하는 거지? 모레인은 확실히 소녀가 아닌데. "무슨 말인지 모르겠다, 거짓말의 아버지여. 너는 거짓말을 하고 또 하지. 진실을 말할 때조차 왜곡해 거짓으로 만들고."

"그러냐, 루스 세린? 너는 네가 어떤 존재인지, 누구인지 안다. 내가 너에게 말해 주었지. 타 발론의 그 여자들도 그랬고." 랜드가 움직거리자 바알자몬이 작은 천둥처럼 웃음을 터뜨렸다. "화이트 타워에 있으면 안전할 거라고 그들은 생각하지만, 내 추종자들이 그들 가운데에도 있다. 모레인이라는 이름의 아이즈 세다이가 네게 너의 정체를 말해 주었지. 아니냐? 그 여자가 거짓말을 한 것이냐? 아니면 그 여자가 내 추종자 중 하나일까? 화이트 타워는 너를 목줄에 맨 사냥개처럼 이용하려 한다. 내가 거짓말을 하느냐고? 내가 너는 발리어의 뿔나팔을 찾고 있다고 말하면, 그것도 거짓말이냐?" 그가 다시 웃었다. 공백이 주는 평정심이 있든 없든, 랜드가 할 수 있는 일은 두 귀를 틀어막지 않는 것뿐이었다. "때로는 오랜 숙적이 너무 오래 싸운 나머지 동맹이 되고서도 그 사실을 깨닫지 못하지. 그들은 너를 공격한다고 생각하지만, 너무 가깝게 연결되어 있어 네가 그 타격을 이끌어 낸 것과 비슷해진다."

"너는 나를 이끌지 못해." 랜드가 말했다. "난 너를 부정한다."

"나에게는 네게 연결된 천 가닥의 실이 있다, 동족살해자여. 그 실 한 가닥, 한 가닥이 모두 비단실보다 가늘면서도 강철보다 강하지. 시간이 너와

나 사이에 천 가닥의 끈을 매 두었다. 우리 둘이 싸워 온 전투를 너는 조금이라도 기억하느냐? 우리가 전에 싸웠던 일을 어렴풋하게나마 기억하느냐? 시간의 시작까지 거슬러 올라가는, 셀 수조차 없는 싸움들을? 나는 네가 모르는 많은 것을 알고 있다! 그 전투는 곧 끝날 것이다. 최후의 전투가 다가온다. 최후의 전투다, 루스 세린. 네가 정말 그 전투를 피할 수 있다고 생각하느냐? 가엾게 몸을 덜덜 떠는 벌레 같으니. 너는 나를 섬기거나 죽을 것이다! 이번에는 네 죽음으로도 새로운 주기가 시작되지 않을 것이다. 무덤은 위대한 어둠의 군주에게 속해 있다. 이번에 죽으면 너는 완전히 파괴될 것이다. 이번에는 네가 무슨 짓을 하더라도 물레가 부서질 것이며 세상은 새로운 주형으로 만들어질 것이다. 나를 섬겨라! 샤이탄을 섬기거나 영원히 파멸해라!"

그 이름이 발설되는 순간 공기가 탁해지는 것 같았다. 바알자몬 뒤의 어둠이 부풀어 오르며 모든 것을 삼킬 듯 위협했다. 랜드는 그 어둠이 자신을 삼키는 것을 느꼈다. 얼음보다 차가운 동시에 석탄보다 뜨거운 어둠이, 죽음보다 검은 어둠이 그 깊은 곳으로 랜드를 빨아들이고 세상을 압도했다.

랜드는 손마디가 아플 정도로 칼자루를 꽉 쥐었다. "나는 널 부정한다. 네 힘도 부정해. 나는 빛 속을 걷는다. 빛께서 우리를 보존하시고, 우리는 창조주의 손바닥에서 피난처를 찾는다." 그가 눈을 깜빡였다. 바알자몬은 여전히 그 자리에 서 있었고 거대한 어둠은 여전히 그의 뒤에 머물러 있었다. 하지만 나머지는 모두 환각인 것만 같았다.

"내 얼굴을 보고 싶으냐?" 속사임이었다.

랜드가 침을 꿀꺽 삼켰다. "아니."

"봐야지." 장갑 낀 손이 검은 가면으로 향했다.

"싫어!"

가면이 벗겨졌다. 끔찍하게 타 버린 남자의 얼굴이었다. 그럼에도 이목구비를 가로지르는, 테두리가 검고 붉은 틈새 사이의 피부는 건강하고 매끄러워 보였다. 검은 눈이 랜드를 바라보았다. 잔인한 입술이 흰 치아를 드러내며 미소 지었다. "날 봐라, 동족살해자여. 너 자신의 운명의 백 분의 일을 보게 될 것이다." 눈과 입은 순간 끝없는 불 동굴로 들어가는 문이 되었다. "바로 이것이 통제되지 않은 일원력이 저지를 수 있는 일이다. 나한테까지 말이지. 하지만 나는 치유된다, 루스 세린. 나는 더 큰 힘으로 향하는 길을 안다. 그러나 일원력은 용광로로 날아드는 나방처럼 너를 태워 버릴 것이다."

"난 일원력을 건드리지 않을 거야!" 랜드는 주변을 감싼 공백을, 사이딘을 느꼈다. "안 건드려."

"넌 자제할 수 없다."

"날 가만히 **놔둬**!"

"힘 말이다." 바알자몬의 목소리가 부드럽고 간사해졌다. "너는 다시 힘을 가질 수 있다, 루스 세린. 지금 이 순간 너는 그 힘과 연결되어 있다. 내가 안다. 보인다. 그 힘을 느껴라, 루스 세린. 네 안의 빛을 느껴라. 네 것이 될 수 있는 힘을 느껴라. 네가 해야 할 일이라고는 그 힘을 향해 손을 뻗는 것밖에 없다. 그러나 너와 그 힘 사이에 그림자가 있지. 광기와 죽음 말이다. 넌 죽을 필요가 없다, 루스 세린. 다시는."

"아니야." 랜드는 그렇게 말했지만, 목소리는 계속 이어지며 그에게 파고들었다.

"나는 그 힘이 너를 파괴하지 않도록 네게 힘을 다스리는 방법을 가르칠 수 있다. 네게 그 방법을 가르쳐줄 수 있는, 다른 살아 있는 존재는 없다. 위대한 어둠의 군주가 너를 광기로부터 보호할 수 있다. 그 힘은 네 것이 될 수 있고, 너는 영원히 살 수 있다. 영원히! 네가 그 대가로 해야 하는 일은 나를 섬기는 것뿐이다. 섬기기만 하면 된다. '나는 당신의 것입니다, 위대한 군주 시여'라는 단순한 말이면 그 힘이 네 소유가 될 것이다. 네가 너 자신을 바치고 나를 섬기기만 하면 타 발론의 그 여자들이 꿈꾸는 모든 힘을 넘어서는 힘과 영원한 삶을 주겠다."

랜드가 입술을 핥았다. **미치지 않는다니. 죽지 않는다니.** "절대 안 해! 나는 빛 속을 걷는다." 랜드는 쉰 목소리로 말했다. "넌 절대 내게 손을 댈 수 없어!"

"손을 댄다고, 루스 세린? 손을 대? 나는 너를 태워 없앨 수 있다! 맛을 보면 너도 알겠지, 내가 알듯이 말이다!"

그 검은 눈이 다시 불이 되었다. 그 입은, 그 불길은 피어올라 여름의 태양보다 밝아 보일 때까지 커졌다. 불길이 커지자 랜드의 칼이 방금 용광로에서 꺼낸 것처럼 빛났다. 칼자루로 인해 두 손에 화상을 입은 랜드가 소리를 질렀다. 비명을 지르며 칼을 떨어뜨렸다. 그러자 안개에 불이 붙었다. 펄쩍펄쩍 뛰어오르는 불, 모든 것을 태워 버리는 불.

랜드는 고함을 지르면서 옷을 두드려 댔다. 옷은 연기가 나고 그을리다가 재가 되어 떨어져 내렸다. 까맣게 쪼그라드는 두 손으로 계속 두드려 댔고, 드러난 살이 불꽃 속에서 갈라지고 벗겨졌다. 비명을 질렀다. 고통이 그의 내면에 있는 공백을 두드려 댔다. 랜드는 허무 속으로 더 깊이 기어들어가려 애썼다. 그곳에 빛이 있었다. 시야가 미치는 곳 바로 바깥에 오염된 빛이 있었다. 반쯤 미친 채로, 더는 그 정체에 신경 쓰지 않겠다는 듯이 사이딘에 손을 내밀었다. 랜드는 자신을 사이딘으로 감싸려 했고, 타는 듯한 통증을 피해 그 안에 숨으려 했다.

불은 시작됐을 때처럼 갑자기 사라졌다. 랜드는 코트의 빨간 소매 밖으로 나온 자신의 손을 놀라서 바라보았다. 양털에 그을린 자국 하나 없었다. **전부 내가 상상한 거야.** 랜드는 미친 듯이 주위를 둘러보았다. 바알자몬은 사라졌다. 휴린이 잠든 채 뒤척였다. 낮게 깔린 안개에서 튀어나와 있는 두 덩어리는 지금도 탐지자와 로이알뿐이었다. **정말 내가 상상한 거야.**

안도감이 자랄 겨를도 없이 고통이 그의 오른손을 찔러 왔다. 랜드는 손을 들어 살펴보았다. 손바닥 전체에 왜가리 문양이 찍혀 있었다. 그의 칼자루에 새겨져 있던 왜가리가 붉게 성이 난 모습으로, 예술가의 솜씨로 그린 것처럼 깔끔하게 찍혀 있었다.

랜드는 코트 주머니를 뒤져 손수건을 찾아 꺼내어 손을 감쌌다. 이제는 손 전체가 욱신거렸다. 공백 안에 들어가 있으면 고통이 **의식되기는** 해도 **느껴지지는** 않아서 통증을 다스리려면 공백이 도움이 되겠지만, 랜드는 그 생각을 머릿속에서 밀어냈다. 지금까지 두 번째로, 랜드는 자기도 모르는 사이에 공백 안에 들어 있는 동안 일원력을 채널링하려 했다. 그리고 한 번은 일부러 그랬다. 그때를 잊어버릴 수는 없었다. 바알자몬은 바로 그 일원력으로 랜드를 유혹하려 했다. 모레인과 아멀린 권좌가 그에게 원하는 일도 바로 그것이었다. 하지만 랜드는 절대 그러지 않을 생각이었다.

16장 어둠의 거울 속

"이건 아닙니다, 랜드 공." 랜드가 동틀 녘에 다른 둘을 깨우자 휴린이 말했다. 태양은 여전히 지평선 아래에 숨어 있었지만 주위를 살필 만한 빛은 있었다. 아직은 어둠이 버티고 있는 동안, 안개가 녹아내리다가 마지못해 희미해져 갔다. "저희를 아끼시겠다고 랜드 공 자신이 소진되신다면 누가 우리를 집으로 데려다주겠습니까?"

"생각할 게 있어서요." 랜드가 말했다. 안개나 바알자몬이 나타났던 흔적은 전혀 보이지 않았다. 그는 오른손을 감싼 손수건을 만지작거렸다. 바알자몬이 왔던 증거였다. 랜드는 이곳에서 벗어나고 싶었다. "페인의 어둠의 친구들을 집으려면 이제 안장에 오를 시간이에요. 시간이 지났죠. 말을 타고 가면서 납작한 빵을 먹어요."

로이알이 기지개를 켜다 말고 멈추었다. 그의 두 팔은 휴린이 랜드의 어깨 위에 올라서서 손을 뻗어야 닿을 만한 곳에 닿았다. "랜드, 손이 왜 그래? 무슨 일이야?"

"다쳤어. 아무것도 아니야."

"내 안장주머니에 연고가 있……."

"아무것도 아니라니까!" 랜드는 자기가 쓸데없이 성질을 내듯 했다는 걸 알았지만, 이들이 낙인을 본다면 답하고 싶지 않은 질문들이 이어질 게 뻔했다. "시간 낭비야. 출발하자." 랜드는 레드에게 안장을 채우기 시작했다. 다친 손 때문에 동작이 어색했다. 휴린이 자기 말에 올라탔다.

"예민하게 굴 필요는 없잖아." 로이알이 툴툴댔다.

랜드는 길을 나서면서, 흔적만이 이 세계에서 자연스러워 보일 거라고 생각했다. 이곳에는 부자연스러운 것들이 너무 많았다. 발굽 자국 하나라도 반가울 판이었다. 페인과 어둠의 친구들과 트롤록들이 무슨 흔적이라도 남겼을 게 틀림없었다. 랜드는 땅에 집중하며 다른 생명체가 만들었을 법한 흔적이라면 무엇이든 알아보려고 애썼다.

아무것도 없었다. 뒤집힌 돌 하나, 흐트러진 흙덩이 하나 없었다. 랜드는 땅에 발굽 자국이 남는지 확인하기 위해 등 뒤의 땅을 돌아보기도 했다. 잔디에 난 긁힌 자국과 굽어진 풀이 그들이 지나온 길을 선명하게 보여줬지만 앞의 땅에는 아무 흔적이 없었다. 그러나 휴린은 흔적의 냄새가 난다고, 희미하고 옅지만 여전히 남쪽으로 흔적이 이어지고 있다고 고집스레 주장했다.

탐지자는 사슴을 쫓는 사냥개처럼 다시 한 번 자기가 쫓는 길에 모든 관심을 기울였다. 로이알은 한 번 더 생각에 잠긴 채 혼잣말을 하면서, 자기 몸 앞의 안장에 걸쳐 놓은 거대한 곤봉을 문질러 대며 말을 타고 갔다.

한 시간도 채 말을 달리지 않아, 랜드는 저편의 첨탑을 보았다. 길을 살피는 데 너무 정신이 팔려 있었기에, 점점 가늘어지는 기둥을 처음으로 눈치 챘을 때는 이미 중간쯤 떨어진 거리의 숲 위로 두껍고 높게 솟아 있었다. "저게 뭔지 모르겠네요." 기둥은 그들이 가는 길을 바로 가로막고 있었다.

"나도 도저히 모르겠어, 랜드." 로이알이 말했다.

"여기가…… 여기가 우리의 세상이었다면요, 랜드 공……." 휴린은 안장에 앉은 채 불편하게 꼼지락댔다. "뭐랄까, 잉타 공께서 말씀하신 그 기념물이…… 아터 호크윙이 트롤록들에게 승리를 거두고 세운 기념물이 거대한 첨탑이기는 했지요. 하지만 그 첨탑은 천 년 전에 무너져 내렸습니다. 그저 언덕처럼 생긴 거대한 둔덕만이 남았죠. 제가 아겔마 공의 지시로 케예리엔에 갔을 때 봤습니다.”

“잉타의 말에 따르면,” 로이알이 말했다. “그 기념물은 아직 사나흘은 더 가야 나와. 이곳에 존재한다면 말이야. 애초에 왜 있어야 하는지도 모르겠지만. 내 생각에 여기엔 사람이 아예 없는 것 같거든.”

탐지자는 다시 땅으로 시선을 돌렸다. “저게 바로 그거죠, 건설자 님? 사람은 없는데, 저게 우리 앞에 있네요. 어쩌면 저걸 피해 가야 할지도 모르겠습니다, 랜드 공. 이런 곳에서는 저게 뭔지, 저기에 누가 있는지 알 수가 없으니까요.”

랜드는 안장의 높은 안장 머리를 손가락으로 두드려 대며 잠시 생각했다. “최대한 흔적과 가까이 붙어 있어야 합니다.” 마침내 그가 말했다. “지금 이대로도 우린 페인과 조금도 가까워지지 않고 있어요. 할 수만 있다면 시간을 더 잃고 싶지 않습니다. 사람이든, 뭐든 평범하지 않은 게 보이면 다시 흔적이 나올 때까지 빙 돌아가죠. 하지만 그때까지는 계속 갑니다.”

“말씀하신 대로 하겠습니다, 랜드 공.” 탐지자의 말투가 이상했다. 그는 빠르게 랜드를 곁눈질했다. “말씀하신 대로 하지요.”

랜드는 잠시 인상을 쓴 뒤에야 이해했다. 이제는 그가 한숨을 쉴 차례였다. 영주들은 자신을 따르는 이들에게 설명하지 않았다. 그저 다른 영주들에게만 설명했다. **나를 빌어먹을 영주로 생각하라고 한 것도 아닌데.** 작은 목소리가 그에게 대답하는 것 같았다. **어쨌든 저 사람은 그렇게 받아들였잖아. 네가 그러게 놔뒀고. 네가 선택한 거야. 이젠 의무도 네 거라고.**

“흔적을 따라가세요, 휴린.” 랜드가 말했다.

탐지자가 안도의 미소를 잠깐 비치며 말의 옆구리를 차고 계속 나아갔다.

말을 타고 가는 동안 약한 해가 떠올랐다. 그 태양이 머리 위로 왔을 때쯤 그들은 첨탑에서 겨우 2킬로미터 정도 떨어져 있었다. 그들은 1미터 깊이의 도랑을 따라 흐르는 개울에 이르렀다. 일행과 첨탑 사이의 숲은 그리 빽빽하지 않았다. 랜드는 첨탑이 지어진 둔덕을 볼 수 있었다. 그 둔덕은 둥글고 꼭대기가 평평한 언덕처럼 보였다. 잿빛 첨탑 자체는 최소 183미터 높이까지 솟아 있었다. 그제야 랜드는 그 꼭대기가 날개를 쭉 뻗은 새처럼 조각되어 있다는 걸 알아볼 수 있었다.

"매로군요." 랜드가 말했다. "호크윙의 기념물이에요. 틀림없어요. 지금 있는지는 모르겠지만 전에는 여기 사람들이 있었어요. 그 사람들이 여기, 다른 장소에 기념물을 짓고 무너뜨리지 않은 거예요. 생각해 보세요, 휴린. 돌아가면, 기념물이 정말 어떻게 생겼는지 말해줄 수 있을 거예요. 저걸 본 사람은 온 세상에서 우리 셋밖에 없을 거예요."

휴린이 고개를 끄덕였다. "네, 랜드 공. 제 아이들이 그 이야기를 듣고 싶어할 겁니다. 아버지가 호크윙의 첨탑을 봤다니."

"랜드." 로이알이 걱정스럽게 입을 열었다.

"저기까지는 달려갈 수 있겠어." 랜드가 말했다. "가자. 속도를 내는 게 우리한테 유리할 거야. 이곳은 죽어 있을지 몰라도 우리는 살아 있으니까."

"랜드." 로이알이 말했다. "내 생각엔 저게……."

랜드는 기다려 듣지 않고 레드의 옆구리에 장화를 박아 넣었다. 수말이 펄쩍 뛰며 앞으로 달려나갔다. 랜드는 두 번의 큰 걸음으로 얕은 물을 첨벙거리며 건넌 뒤 반대쪽을 휘적휘적 올라갔다. 휴린이 랜드를 뒤쫓아 말을 달렸다. 로이알이 등 뒤에서 외치는 소리가 들렸지만 그는 웃으며 따라오라고 손짓하면서 계속 달렸다. 시선을 한 곳에 고정하고 있으면 땅이 그렇게까지 심하게 미끄러지는 것처럼 보이지 않았고 얼굴에 닿는 바람도 기분 좋게 느껴졌다.

둔덕은 족히 5천 평은 되어 보였다. 풀로 뒤덮인 비탈이 완만하게 솟아올랐다. 잿빛 첨탑이 하늘로 우뚝 솟았다. 각지고 넓어서 그렇게 높은데도 거대하고 거의 땅딸막하게 보였다. 랜드의 웃음이 잦아들었다. 그는 진지한 표정으로 레드의 고삐를 당겼다.

"저게 호크윙의 기념물입니까, 랜드 공?" 휴린이 불안한 듯 물었다. "왠지 잘못되어 보이는데요."

랜드는 기념물 표면을 덮고 있는 거칠고 각진 글자를 알아보았다. 기념물의 폭을 따라 정으로 새겨진 일부 상징도 알아보았다. 상징은 사람 키만 한 높이로 새겨져 있었다. 다볼 트롤록의 뿔이 난 두개골. 다이몬의 강철 주먹.

코발의 삼지창과 아프레이트의 소용돌이. 기단에 가깝게 새겨진 매도 있었다. 날개 폭 9미터의 그 매는 번개에 꿰뚫린 채 누워 있었고 갈까마귀들이 그 눈을 쪼아 댔다. 첨탑 꼭대기의 거대한 날개가 태양을 가릴 것 같았다.

그는 로이알이 등 뒤로 빠르게 달려오는 소리를 들었다.

"말하려고 했는데, 랜드." 로이알이 말했다. "저건 매가 아니라 갈까마귀야. 선명하게 보여." 휴린은 더 이상 첨탑을 쳐다보지 않으려고 말의 머리를 돌렸다.

"어떻게?" 랜드가 말했다. "아터 호크윙이 여기서 트롤록들을 상대로 승리를 거뒀잖아. 잉타가 그렇게 말했어."

"여기가 아니야." 로이알이 천천히 말했다. "여기는 확실히 아니야. 돌과 돌 사이에, 가능한 세계들 사이에 존재하는 '만약'의 선이 그어져 있다. 나는 그 구절에 대해서 생각하고 있었어. '가능한 세계들'이 무슨 뜻인지 알 것 같아. 그래, 알겠어. 상황이 다르게 진행됐다면 우리 세계가 변할 수 있었던 다른 세계들을 말하는 거지. 어쩌면 그게 모든 것이 너무…… 씻겨 나간 것처럼 보이는 이유일지도 몰라. 이 세계는 '만약', '어쩌면'의 세계니까. 진짜 세계의 그림자일 뿐인 거지. 내 생각에 이 세계에서는 트롤록들이 이긴 것 같아. 그래서 마을도, 사람도 전혀 보지 못한 것일 거야."

랜드는 소름이 끼쳤다. 트롤록들은 승리를 거둔 곳에 인간을 살려 두지 않았다. 식량으로 쓸 때만이 예외였다. 그들이 전 세계에서 승리를 거두었다면……. "트롤록들이 이겼다면 사방에 트롤록들이 있었을 거야. 지금쯤이면 트롤록을 천 마리 넘게 봤어야 해. 우린 어제 죽었어야 한다고."

"모르겠어, 랜드. 아마 트롤록들이 사람들을 죽인 다음 서로를 죽였을 거야. 트롤록들은 살육을 위해서 사니까. 놈들이 하는 건 살육뿐이야. 놈들의 존재 전체가 살육이라고. 그냥, 모르겠어."

"랜드 공." 휴린이 불쑥 말했다. "저 아래에서 뭔가 움직였습니다."

랜드는 돌격해 오는 트롤록들을 볼 각오를 하고 말 머리를 휙 돌렸지만 휴린은 그들이 이미 지나온 길을, 아무것도 없는 곳을 가리키고 있었다. "뭘 본 거예요, 휴린? 어디서?"

탐지자는 팔을 툭 떨어뜨렸다. "저기 나무 군락 가장자리에 바로 맞닿아 있는 곳, 약 2킬로미터쯤 떨어진 곳입니다. 제 생각에는…… 여자 한 명이랑…… 제가 알아볼 수 없는 어떤 존재인 것 같은데……." 그가 몸을 떨었다. "후각에 걸리지 않는 존재를 알아본다는 건 너무 어려운 일입니다. 아아, 여기 있으니 배 속이 마구 휘저어지는 것 같군요. 아마 제가 상상한 것 같습니다, 랜드 공. 이곳은 기이한 공상을 하게 되는 곳입니다." 휴린은 첨탑이 어깨를 눌러 오기라도 하는 것처럼 웅크렸다. "분명 그냥 바람이었을 겁니다, 랜드 공."

로이알이 말했다. "유감이지만, 달리 생각해 볼 문제가 있어." 그는 다시 곤란해하는 말투가 되어 있었다. 그가 남쪽을 가리켰다. "저쪽에 뭐가 보여?"

랜드는 멀리 떨어져 있는 사물이 자신을 향해 미끄러져 오는 것처럼 보이는 현상 때문에 눈을 가늘게 떴다. "우리가 지나온 것과 비슷한 땅. 나무. 그런 다음에는 언덕도 좀 보이고 산도 보여. 다른 건 없는데. 뭐가 보였으면 좋겠어?"

"산맥." 로이알이 한숨을 쉬었다. 그의 귀털이 축 처지고 눈썹 끝은 두 뺨까지 내려왔다. "저 산맥은 동족살해자의단검이 틀림없어, 랜드. 이 세상이 우리 세상과 완전히 다른 게 아니라면 다른 산일 리가 없어. 하지만 동족살해자의단검은 에리닌에서 남쪽으로 732킬로미터 떨어져 있어. 그보다 한참 더 가야지. 여기서는 거리를 판단하기가 어렵지만……. 내 생각에 우리는 어두워지기 전에 저 산맥에 도착할 것 같아." 로이알은 더 이상 말할 필요가 없었다. 그들이 사흘도 안 돼서 732킬로미터 넘는 거리를 지나왔을 리는 없었다.

랜드는 딱히 생각하지 않고 웅얼거렸다. "어쩌면 이곳이 웨이와 비슷한 걸지도 몰라." 그는 휴린의 신음 소리를 듣고 혀를 함부로 놀린 것을 즉시 후회했다.

유쾌한 생각이 아니었다. 웨이게이트에 들어가—웨이게이트는 오기어의 스테딩 바로 바깥이나 오기어 덤불에서 발견되었다—하루를 걸으면 출발한 곳에서 732킬로미터 떨어진 곳의 다른 웨이게이트로 나올 수 있었다. 지금 웨이는 어둡고 더러웠으며 웨이를 여행한다는 건 죽거나 미칠 위험을 무릅쓴다는 뜻이었다. 희미한 자들조차 웨이 여행은 두려워했다.

"정말 그렇다면, 랜드." 로이알이 천천히 말했다. "여기서도 발을 한 번 잘못 디뎌 죽을 수 있을까? 우리가 아직 못 봤지만 우리를 죽이는 것 이상으로 나쁜 짓을 저지를 수 있는 존재들이 있는 걸까?" 휴린이 다시 신음했다.

그들은 물을 마셨다. 이 세상에 아무 걱정거리가 없다는 듯 말을 달렸다. 웨이에서라면 그런 부주의로 빠르게 목숨을 잃었을 것이다. 랜드는 배 속이 가라앉기를 바라며 침을 삼켰다.

"지나간 일을 걱정하기에는 너무 늦었어." 그가 말했다. "하지만 여기서부터는 발걸음을 조심하자." 그가 휴린을 힐끗 보았다. 탐지자의 머리가 어깨 사이로 푹 꺼져 있었다. 뭐가 어디에서 덤벼들지 모르겠다는 듯 그의 눈이 빠르게 움직였다. 그는 살인자들을 추격해 왔지만, 이건 그가 기꺼이 받아들일 수 없는 일이었다. "정신 똑바로 차려요, 휴린. 우린 아직 죽지 않았고 앞으로도 죽지 않을 거예요. 그냥 지금부터 조심하면 돼요. 그게 다예요."

바로 그때, 먼 곳에서 까마득하게 들리는 비명이 들렸다.

"여자입니다!" 휴린이 말했다. 겨우 이 정도의 정상적인 사건만으로도 조금은 기운이 나는 듯했다. "이럴 줄 알았습니다. 제가 봤……."

또 다른 비명이 들려왔다. 첫 번째 비명보다 더 절박했다.

"봤을 리 없어요, 저 여자가 날 수 있는 거라면 모를까." 랜드가 말했다. "저 여자는 우리 남쪽에 있어요." 그는 레드를 걷어차며 두 걸음 만에 전력 질주하게 했다.

"조심한다면서!" 로이알이 등 뒤에서 소리쳤다. "빛이여, 랜드, 기억해! 조심해!"

랜드는 레드의 등에 낮게 엎드려 수말이 더 힘차게 달리도록 했다. 비명이 그를 끌어당겼다. 조심하라고 말하는 건 쉬운 일이었지만 여자의 목소리에는 공포가 깃들어 있었다. 랜드한테 조심할 시간이 있을 만한 목소리가 아니었다. 다른 개울의 가장자리에서, 대부분의 개울가보다 깊고 물가가 가파른 골짜기에서 그는 고삐를 당겼다. 레드가 돌과 먼지를 흩뿌리며 미끄러져 멈추었다. 비명이 가까워지고 있었고……. **저기다!**

랜드는 한눈에 모든 상황을 파악했다. 183미터쯤 떨어진 곳, 여자가 개울에 들어간 자기 말 옆에 서 있었다. 말과 여자 둘 다 반대쪽 개울가에 등을 붙이고 있었다. 그녀는 꺾어 든 긴 나뭇가지로 으르렁거리는…… 뭔가를 쫓으려 하고 있었다. 랜드가 깜짝 놀라 침을 삼켰다. 개구리가 곰처럼 크거나 곰의 가죽이 개구리처럼 회녹색이라면 저런 모습일 터였다. 큰 곰이라면 말이다.

랜드는 땅으로 뛰어내리며 활을 준비했다. 더 가까이 다가가느라 시간을 끌면 늦을지 몰랐다. 여자는 그…… 존재를 나뭇가지가 닿는 범위 바로 바깥에 간신히 잡아 두고 있었다. 꽤 먼 거리였지만 큰 표적이었다. 랜드는 제대로 판단하려고 계속 눈을 깜빡였다. 그 존재가 움직일 때마다 거리가 몇 미터씩 바뀌는 것처럼 보였다. 손에 붕대를 감고 있어 활시위를 당기기가 어색했지만, 랜드는 땅에 발을 디디기도 전에 화살을 쏘았다.

화살대가 그 질긴 가죽에 반쯤 파고들었다. 짐승이 휙 돌아서 랜드를 마주 보았다. 거리가 멀었건만 랜드는 한 걸음 물러섰다. 랜드는 그 거대한 쐐기 모양의 대가리가 달린 동물을 상상해 본 적조차 없었다. 그 넓찍하고 입술에 각질이 일어난 듯한 부리 모양의 입, 살점을 찢기 위해 구부러진 그 입도. 게다가 그 괴물은 눈이 세 개 달려 있었다. 눈은 작고 사나웠으며 단단해 보이는 테두리로 둘러싸여 있었다. 놈은 자세를 바로잡더니 물을 첨벙거리며 엄청나게 높이, 개울 아래쪽으로, 랜드를 향해 뛰어왔다. 랜드가 보기에 몇 번의 점프는 다른 때보다 두 배 이상 먼 거리를 뛰어넘는 듯했다. 분명 같은 거리일 텐데도.

"눈이요." 여자가 소리쳤다. 비명을 지르던 때에 비해 놀라울 정도로 침착한 목소리였다. "죽이려면 눈을 맞혀야 해요."

랜드는 다른 활의 화살 깃을 귀 뒤까지 당겼다. 꺼림칙했지만 공백을 찾았다. 그러고 싶지 않았으나, 탬이 공백 찾는 방법을 가르쳐준 것은 바로 이런 상황에 대비해서였다. 공백 없이는 절대 괴물을 명중시킬 수 없다는 걸 랜드는 알았다. **내 아버지.** 랜드는 상실감을 느끼며 그렇게 생각했다. 허무가 그를 가득 채웠다. 사이딘의 떨리는 빛이 나타났지만, 그는 그 빛을 차단했다. 그는 활과, 화살과, 그에게로 뛰어오는 괴물 같은 형체와 하나가 되었다. 아주 작은 눈과 하나였다. 심지어 화살이 활시위를 떠나는 것도 느껴지지 않았다.

짐승은 또 한 번 뛰며 솟아올랐다. 정점에서 화살이 놈의 가운데 눈에 박혔다. 그 존재가 땅에 처박히며 또 한 차례 엄청난 물과 진흙을 튀겼다. 그로부터 물결이 번져 나왔지만 놈은 움직이지 않았다.

"잘 쐈네요, 용감하게." 여자가 외쳤다. 여자가 말을 타고 랜드에게 오고 있었다. 괴물이 다른 데로 관심을 돌리자마자 여자가 도망치지 않았다는 사실에, 랜드는 어렴풋이 놀라움을 느꼈다. 죽을 때 일어난 물결 속에 여전히 둘러싸여 있는 그 덩어리를 여자가 지나쳤다. 그 모습은 한 번 보지도 않았다. 빠르게 달려 개울가로 올라오더니 말에서 내렸다. "그롤름의 돌격에 맞서 자리를 지킬 사람은 많지 않아요, 도련님."

여자는 온통 흰 옷을 걸치고 있었다. 치마는 말을 탈 수 있도록 앞이 갈라져 있고 은색 허리띠가 달려 있었으며 치맛자락 아래로 비어져 나온 장화에도 은장식이 달려 있었다. 안장조차도 흰색에 은빛이 얹혀 있었다. 그녀의 눈처럼 흰 암말은 목이 아치형이고 걸음걸이가 우아했는데, 거의 랜드의 구렁말만큼 키가 컸다. 하지만 랜드의 눈길을 사로잡은 건 여자 자신이었다. 아마 나이니브와 나이가 같을 거라고 랜드는 생각했다. 일단 여자는 키가 컸다. 한 뼘만 더 컸으면 랜드와 눈을 똑바로 마주 보았을 것이다. 또 하나, 여자는 아름다웠다. 상아처럼 흰 피부가 밤하늘처럼 검고 긴 머리카락이며 까만색 눈동자와 날카로운 대조를 이루었다. 랜드는 아름다운 여자들을 많이 봐 왔다. 모레인은 차갑긴 해도 아름다웠으며, 성질에 못 이길 때가 아니면 나이니브도 아름다웠다. 에그웨인과 안도어 여왕 후계자인 일레인 공주 역시 남자의 숨을 멎게 할 만했다. 하지만 이 여자는……. 랜드의 혀가 입천장에 붙어 버렸다. 심장이 다시 뛰는 게 느껴졌다.

"도련님의 가신들인가요?"

랜드는 움찔하며 주위를 둘러보았다. 휴린과 로이알이 다가와 있었다. 휴린은 랜드가 그랬듯 멍하니 여자를 바라보고 있었다. 오기어조차 매료된 듯했다. "친구들이에요." 그가 말했다. "로이알과 휴린이요. 제 이름은 랜드이고요. 랜드 알소르요."

"전에는 생각해 본 적 없지만," 로이알이 혼잣말처럼 중얼거렸다. "얼굴이든 몸매든 완벽한 인간 미녀가 있다면 당신이……."

"로이알!" 랜드가 소리쳤다. 오기어의 귀가 당황해 뻣뻣해졌다. 랜드 자신의 귀는 빨개져 있었다. 로이알의 말은 랜드 자신의 생각과 너무 가까웠다.

여자가 감미롭게 웃었다. 하지만 다음 순간, 그녀는 매우 위풍당당하고 딱딱한 태도를 선보였다. 마치 왕좌에 앉아 있는 여왕 같았다. "내 이름은 셀린입니다." 그녀가 말했다. "당신은 목숨을 걸어 내 목숨을 구했어요. 나는 당신의 것입니다, 랜드 알소르 공." 그러더니 랜드로서는 끔찍하게도 여자가 랜드 앞에 무릎을 꿇었다.

랜드는 휴린이나 로이알을 보지도 않고 서둘러 그녀를 일으켜 세웠다. "여자를 구하기 위해 죽지 않을 남자는 남자가 아니죠." 랜드는 곧바로 얼굴을 붉히는 바람에 체면을 상했다. 방금 한 말은 샤이나 사람들이 하는 말이었고, 랜드는 자기 입에서 그 말이 나오기 전부터 그 말이 잘난 체하듯 들리리라는 걸 알고 있었다. 하지만 여자의 태도가 그에게 전염되어 멈출 수가 없었다. "제 말은……. 그러니까, 그게……." **바보야, 여자한테 그 여자 목숨을 구해준 게 아무 일도 아니라고 말할 수는 없잖아.** "영광입니다." 그 말에서도 어렴풋이 샤이나의 형식적인 느낌이 났다. 랜드는 그 정도면 됐기를 바랐다. 아직도 공백에 들어와 있는 것처럼 머릿속이 텅 비어 있어서 다른 말을 할 수가 없었다.

문득 랜드는 자신에게 닿는 그녀의 시선을 의식했다. 여자의 표정은 바뀌지 않았지만 그녀의 검은 눈을 보니 벌거벗은 듯한 느낌이 들었다. 바란 것도 아닌데, 옷을 입지 않은 셀린의 모습이 떠올랐다. 랜드의 얼굴이 다시 붉어졌다. "아아! 음, 어디에서 오셨어요, 셀린? 여기에 온 이후로 다른 사람을 한 명도 못 봤는데. 당신이 사는 마을이 근처에 있나요?" 셀린은 생각에 잠겨 그를 바라보았고 랜드는 한 걸음 물러났다. 그녀의 시선으로 인해 자신이 얼마나 가까이 서 있었는지 명확히 깨닫게 되었다.

"난 이 세상 사람이 아닙니다, 랜드 공." 그녀가 말했다. "여기에는 사람이 없어요. 그롤름이나 그롤름과 비슷한 다른 짐승들을 제외하면 아무것도 살지 않지요. 나는 케예리엔에서 왔습니다. 어떻게 이곳에 오게 됐는지는 정확히 모르겠군요. 말을 타고 나왔다가 잠시 멈춰 낮잠을 잤는데, 눈을 떠 보니 내 말과 함께 여기에 와 있었습니다. 나로서는 랜드 공께서 나를 또 한 번 구해서 집으로 돌아가도록 도와주실 수 있기를 바랄 뿐입니다."

"셀린, 저는 영주가 아니……. 그러니까, 랜드라고 불러 주세요." 귀가 다시 뜨거워졌다. **빛이여, 셀린이 저를 영주라고 생각하더라도 해로울 건 없지 않을까요? 태워 죽일, 해로울 건 없을 겁니다.**

"그러기를 바라신다면야……. 랜드." 셀린의 미소에 랜드는 목구멍이 오그라드는 것 같았다. "도와주시겠어요?"

"당연하죠." **태워 죽일, 너무 예쁘잖아. 게다가 나를 이야기 속 영웅이라도 되는 것처럼 보다니.** 랜드는 바보 같은 생각을 씻어내려고 고개를 저었다. "하지만 일단은 우리가 찾고 있는 남자들을 찾아야 합니다. 위험하지 않도록 지켜드리긴 할 테지만, 저흰 그들을 찾아야 합니다. 저희와 함께 가시는 게 여기 혼자 남는 것보다는 나을 겁니다."

셀린은 잠시 침묵을 지켰다. 무표정하면서도 자연스러운 얼굴이었다. 랜드는 그녀가 무슨 생각을 하는 건지 알 수 없었다. 그저 그녀가 자신을 새롭게 톺아보는 듯 보였을 뿐이다. "할 일이 있는 남자라." 셀린이 마침내 말했다. 작은 미소가 그녀의 입술에 닿았다. "마음에 드는군요. 그러죠. 쫓으신다는 악당들이 누구인가요?"

"어둠의 친구들과 트롤록입니다, 아가씨." 휴린이 불쑥 말했다. 그는 안장에 앉은 채 그녀에게 어색하게 고개를 숙여 보였다. "그자들이 팔 다라 요새에서 살인을 저지르고 발리어의 뿔나팔을 훔쳐갔습니다, 아가씨. 하지만 랜드 공께서 되찾으실 겁니다."

랜드는 딱하게 탐지자를 바라보았다. 휴린이 약하게 미소 지었다. **비밀은**

무슨. 여기서는 문제가 되지 않겠지만, 그들의 세상으로 돌아가는 순간…….

"셀린, 뿔나팔 얘기는 누구에게도 하면 안 됩니다. 이 이야기가 새어 나가면 뿔나팔을 차지하려는 사람들이 백 명은 따라붙을 겁니다."

"네, 절대 그러면 안 되죠." 셀린이 말했다. "뿔나팔이 엉뚱한 자의 손에 들어가다니요. 발리어의 뿔나팔이 말입니다. 얼마나 자주 그 뿔나팔에 손을 대는 꿈을, 제 손으로 그 뿔나팔을 들고 다니는 꿈을 꿔왔는지 이루 말할 수조차 없답니다. 이건 약속해 주세요. 뿔나팔을 얻으면 제가 만져 보게 해 주세요."

"일단 찾아야 그렇게 할 수 있어요. 떠나는 게 좋겠네요." 랜드는 셀린에 말에 오르는 걸 도와주려고 손을 내밀었다. 휴린이 허둥지둥 말에서 내려 그녀의 등자를 잡아 주었다. "그롤름이라고 하셨나요? 제가 죽인 게 뭔지는 잘 모르지만 근처에 놈들이 더 있을 수도 있어요." 셀린의 손길은 단단했고 그녀의 손아귀는 놀랄 만큼 힘이 셌다. 그녀의 피부는……. 비단 같은 걸까? 비단보다 부드럽고 매끄러웠다. 랜드는 몸을 떨었다.

"늘 있지요." 셀린이 말했다. 키 큰 흰색 암말이 경중거리며 레드에게 한 차례 이빨을 드러냈지만 셀린이 고삐에 손을 대자 곧 조용해졌다.

랜드는 등에 활을 걸치고 레드에 올라탔다. **빛이여, 어떻게 사람의 피부가 이토록 부드러울 수 있습니까?** "휴린, 흔적은요? 휴린? 휴린!"

탐지자가 움찔하더니 셀린으로부터 시선을 돌렸다. "네, 랜드 공. 어……. 흔적 말씀이시죠. 남쪽입니다, 랜드 공. 계속 남쪽입니다."

"그럼 가죠." 랜드는 개울에 나자빠진 그롤름의 거대한 회녹색 형체를 불안하게 바라보았다. 이 세상에 살아 있는 존재는 그들뿐이라고 생각하던 때가 더 나았다. "흔적을 따라가세요, 휴린."

셀린은 랜드와 나란히 말을 달리면서 이런저런 이야기를 하고 질문을 던지며 그를 영주라고 불렀다. 랜드는 대여섯 번쯤 자신은 영주가 아니라 양치기일 뿐이라고 하려 했으나 왠지 말이 나오지 않았다. 셀린 같은 아가씨는 아무리 자신의 목숨을 구해 준 사람이라 해도 양치기에게는 지금처럼 말하지 않을 게 분명했다.

"발리어의 뿔나팔을 찾으면 위대한 사람이 되시겠군요." 셀린이 말했다. "전설에 나오는 사람이요. 뿔나팔을 울리는 사람은 자신만의 전설을 일구게 될 테니까요."

"저는 뿔나팔을 불고 싶지도 않고, 전설에 등장하고 싶지도 않아요." 향수를 뿌렸는지는 알 수 없었지만, 그녀에게서는 향기가 나는 듯했다. 그 향기가 셀린에 대한 생각이 되어 그의 머릿속을 가득 채웠다. 날카롭고도 달콤한 향이 그의 코를 간지럽게 하고 침을 삼키게 했다.

"남자는 모두 위대해지고 싶어 하죠. 당신은 모든 시대를 통틀어 가장 위대한 남자가 될 수 있어요."

그 말은 모레인이 했던 말과 지나치게 비슷하게 들렸다. 드래건의 환생이라면 당연히 모든 시대를 통틀어 가장 두드러지는 존재가 될 것이다. "전 아닌데요." 랜드가 열을 내며 말했다. "전 그냥……." 랜드는 이제 와서 자신이 그저 양치기일 뿐이라고 한다면 그녀가 비웃을 거라고 생각하고는 하려던 말을 바꾸었다. "그냥 뿔나팔을 찾으려는 것뿐입니다. 친구도 돕고요."

셀린은 잠시 침묵하더니 말했다. "손을 다치셨네요."

"아무것도 아니에요." 랜드는 다친 손을 코트 안으로 집어넣으려 했다. 고삐를 잡고 있느라 손이 욱신거렸다. 하지만 셀린이 손을 뻗어 랜드의 손을 잡았다.

랜드는 너무 놀라 가만히 있었다. 하긴 무례하게 획 손을 빼거나 셀린이 손수건을 풀도록 놔두는 것 말고는 할 수 있는 일도 없었다. 셀린의 손길은 서늘하면서도 확신에 찬 것 같았다. 랜드의 손바닥은 벌겋게 성이 나 부어 있었지만, 왜가리 표시는 여전히 선명하고 또렷하게 두드러졌다.

셀린은 낙인을 한 손가락으로 만져 보았지만 그에 관해서는 아무 말도 하지 않았다. 어쩌다 그런 낙인이 찍혔느냐고 묻지도 않았다. "치료하지 않으면 이것 때문에 손이 굳어질 수 있어요. 나한테 도움이 될 만한 연고가 있답니다." 셀린은 망토 안주머니에서 돌로 된 작은 병을 꺼내 뚜껑을 따고, 말을 달리는 동안 화상을 입은 자리에 흰 연고를 가만히 문질렀다.

연고는 차갑게 느껴지더니 살 속으로 따뜻하게 녹아내리는 듯했다. 나이니브의 연고가 가끔 그러듯 매우 잘 들었다. 랜드는 셀린의 손가락 아래에서 손바닥의 붉은 기운이 희미해지고 붓기도 가라앉는 모습을 놀라서 바라보았다.

"어떤 남자들은," 셀린은 랜드의 손에서 눈을 떼지 않고 말했다. "위대함을 좇기로 선택하는 반면 어떤 남자들은 어쩔 수 없이 그 목표를 받아들이죠. 강요당하느니 선택하는 게 언제나 더 나아요. 강요당하는 남자는 절대 온전히 자기 자신의 주인이 되지 못해요. 그에게 강요하는 사람들이 움직이는 대로 꼭두각시 춤을 춰야 하죠."

랜드가 손을 빼냈다. 낙인은 사라지지 않았으나 1주일도 더 전에 찍힌 것처럼 보였다. "무슨 말이에요?" 랜드가 물었다.

셀린이 그를 보며 미소 짓자 랜드는 왠지 부끄러워졌다. "그야 물론 뿔나팔 얘기지요." 셀린이 연고 병을 치우며 차분하게 말했다. 레드 옆에서 걸어가는 그녀의 암말은 키가 꽤 컸고, 그래서 셀린의 눈은 랜드의 시선보다 겨우 조금 아래에 있었다. "발리어의 뿔나팔을 찾으시면 위대해지는 걸 피할 길이 없어요. 하지만 억지로 위대함을 받아들이실 건가요, 아니면 위대함을 취하실 건가요? 그게 문제랍니다."

랜드가 손을 쫙 폈다. 셀린은 모레인과 말투가 너무도 비슷했다. "당신은 아이즈 세다이인가요?"

셀린이 눈썹을 치켜올렸다. 그녀의 검은 눈이 반짝이며 랜드를 보았지만 그녀의 목소리는 부드러웠다. "아이즈 세다이요? 내가요? 아닙니다."

"불쾌하게 하려던 건 아니었어요. 죄송합니다."

"불쾌하다고요? 불쾌하지 않아요. 하지만 아이즈 세다이도 아니죠." 그녀의 입술이 비웃듯 말려 올라갔다. 그 모습조차 아름다웠다. "아이즈 세다이는 너무도 많은 것을 할 수 있을 때조차 자신들이 안전하다고 생각하는 곳에 움츠리고 있더군요. 다스릴 수 있는데 섬기고, 세상에 질서를 가져올 수 있는데 남자들이 전쟁에 나가 싸우도록 놔둡니다. 아뇨, 절대 나를 아이즈 세다이라고 부르지 마세요." 그녀는 미소 지으며 화가 나지 않았다는 걸 보여주려고 랜드의 팔에 손을 얹었다. 그녀의 손길에 랜드는 침을 꿀꺽 삼켰다. 랜드는 그녀가 암말의 속도를 늦추어 로이알 옆으로 가자 마음이 놓였다. 휴린이 가문의 오래된 가신처럼 그녀를 보며 고개를 끄덕였다.

랜드는 마음이 놓였지만 그녀의 존재가 그립기도 했다. 랜드는 안장에 앉은 채 몸을 비틀어 로이알 옆에서 말을 달리는 그녀를 보았다. 오기어는 셀린과 이야기를 나누려고 안장에서 몸을 거의 반으로 굽히고 있었다. 셀린은 겨우 4미터 남짓 떨어져 있었으나 랜드 바로 곁에 있을 때와는 달랐다. 머리가 아찔해지는 그녀의 향기를 맡을 수 있을 만큼, 손이 닿을 만큼 가까이 있을 때와는. 랜드는 화가 나서 다시 앉았다. 엄밀히 말해 랜드는 그녀에게 손을 대고 싶은 게 아니었지만 그녀는 아름다웠고 랜드를 영주라고 생각했으며 그가 위대한 사람이 될 수 있다고 말했다. 랜드는 자신이 에그웨인을 사랑한다는 사실을 떠올렸다. 그 사실을 굳이 떠올려야 한다는 점에 죄책감이 들었다. 랜드는 머릿속으로 자기 자신과 시무룩하게 말싸움을 했다. **모레인도 네가 위대해질 수 있다고 했잖아. 드래건의 환생이라고. 셀린은 아이즈 세다이가 아니야. 맞아. 셀린은 케예리엔의 귀족이고, 넌 양치기야. 셀린은 그걸 모르잖아. 언제까지 셀린이 거짓말을 믿게 놔둘 생각이야? 여기에서 빠져나갈 때까지만. 빠져나간다면 말이지. 만약에 빠져나간다면 말이야.** 그 말에 랜드의 생각은 잦아들어 시무룩하게 입을 다물었다.

랜드는 그들이 말을 타고 지나가는 지역을 계속 지켜보려 했다. 랜드는 셀린이 그 존재들, 그러니까 그롤름이라는 것들이 더 있다고 말했고 랜드는 그녀의 말을 믿었다. 휴린은 흔적의 냄새를 맡는 데 너무 골몰해 있어 다른 것은 진히 눈치채지 못했고, 로이알은 셀린과의 대화에 정신이 팔려 있어 그롤름이 발꿈치를 물어뜯기 전까지는 아무것도 보지 못할 터였다. 하지만 머리를 너무 빠르게 돌리면 눈에 눈물이 고여서 그러기가 힘들었다. 언덕이나 나무들은 어느 각도에서 보면 2킬로미터 떨어진 것처럼 보이다가 다른 각도에서 보면 겨우 수백 미터 떨어진 곳에 있는 것처럼 보였다.

산맥이 점점 가까워지고 있었다. 그것만은 확실했다. 동족살해자의단검이 이제는 하늘을 배경으로 어렴풋이 거대한 모습을 드러냈다. 눈으로 뒤덮인 봉우리들이 톱니처럼 펼쳐져 있었다. 일행 주변의 땅은 이미 산맥이 가까워진다는 걸 알리듯 솟아올라 언덕이 되어 있었다. 어두워지기 한참 전에 본격적인 산맥의 가장자리에 도달할 터였다. 아마 한두 시간쯤 걸릴 듯했다. **사흘도 못 돼서 732킬로미터 이상을 이동하다니. 그보다 더 나쁘지. 진짜 세상에 있을 때 에리닌강 남쪽에서 거의 하루를 보냈잖아. 여기서는 이틀도 못 돼서 732킬로미터 넘게 이동한 거야.**

"셸린이 그러는데, 네가 이곳에 대해 한 말이 맞대, 랜드."

랜드는 움찔하며 로이알이 자기 옆으로 말을 몰아 왔다는 걸 알아차렸다. 셸린을 찾아보니 그녀는 휴린과 함께 말을 달리고 있었다. 탐지자는 씩 웃으며 고개를 숙이고, 셸린이 무슨 말을 할 때마다 손마디로 이마를 문질러 댔다. 랜드가 곁눈질로 오기어를 보았다. "둘이서 머리를 딱 붙이고 있더니만, 네가 셸린을 떠나보낼 수 있었다는 게 놀랍네. 내 말이 맞았다니 무슨 뜻이야?"

"매력적인 여성이지? 원로들 중에도 셸린만큼 역사를 잘 알지 못하는 분들이 계셔. 특히 전설의 시대에 관해서는 말이야. 그리고……. 아, 그래. 셸린은 웨이에 대해 네가 한 말이 옳대, 랜드. 아이즈 세다이 일부가 이런 세상을 연구했고 그 연구는 그들이 웨이를 만들어 내는 토대가 되었다는 거야. 셸린 말로는 변화하는 것이 거리라기보다는 시간인 세상들이 있대. 그런 세상에서 하루를 보내고 진짜 세계로 돌아가 보면 1년, 혹은 20년이 지나 있다는 거야. 그 반대일 수도 있고. 셸린이 그러는데 그런 세계는—이 세계도 그렇고 다른 모든 세계도 그렇고—진짜 세계의 그림자래. 이 세계가 우리에게 뿌옇게 보이는 이유는 약한 그림자이기 때문이야. 존재할 가능성이 낮은 세상 말이지. 다른 세상들은 거의 우리 세상과 같아. 우리 세상만큼 실제적이고 사람들도 있지. 셸린 말로는 똑같은 사람들이래, 랜드. 상상해 봐! 그런 세상 중 한 곳에 가면 너 자신을 만날 수 있어. 셸린 말로는 패턴에 무한한 변형이 있고, 존재할 수 있는 모든 변형이 존재할 거래."

랜드는 고개를 저었다가 그러지 말걸 그랬다고 후회했다. 풍경이 앞뒤로 휙휙 지나가며 속이 뒤틀렸던 것이다. 그가 숨을 깊이 들이쉬었다. "셸린이 그걸 다 어떻게 알지? 넌 내가 만나본 그 누구보다도 많은 걸 알아, 로이알.

그런데 네가 이 세계에 대해 아는 건 그저 소문일 뿐이잖아."

"셀린은 케예리엔 사람이잖아, 랜드. 케예리엔의 왕실 도서관은 세계에서 가장 큰 도서관 중 하나야. 아마 타 발론 바깥에 있는 도서관 중에서 가장 클 걸. 너도 알겠지만, 아이일 사람들은 케예리엔을 불태울 때 일부러 도서관만은 남겨 뒀어. 책 한 권도 망가뜨리지 않았어. 너도 알지 모르겠는데, 아이일 사람들은……."

"난 아이일 사람들한테 관심 없어." 랜드가 열을 내며 말했다. "셀린이 그렇게 많이 안다면, 여기서 집으로 돌아갈 방법에 대해서도 읽었다면 좋겠네. 내가 바라는 건 셀린이……."

"당신이 셀린에게 바라는 건 뭔가요?" 셀린이 그들이 있는 곳으로 오며 웃었다.

랜드는 그녀가 몇 달이나 떠나 있었던 것처럼 그녀를 바라보았다. "저는 셀린이 와서 저와 함께 좀 더 말을 달렸으면 좋겠어요." 랜드가 말했다. 로이알이 키득거렸고 랜드는 얼굴이 달아오르는 것을 느꼈다.

셀린이 미소 지으며 로이알을 보았다. "실례할게요, **알란틴.**" 오기어는 안장에 앉은 채 고개를 숙이고 커다란 말이 뒤로 처지게 두었다. 별로 그러고 싶지 않았기에 그의 귀털이 축 처졌다.

랜드는 한동안 조용히 말을 달리며 셀린의 존재를 즐겼다. 때때로 그는 곁눈으로 셀린을 보았다. 그녀에 관한 감정을 바로잡을 수 있었으면 좋겠다고 생각했다. 아니라고는 했지만, 셀린이 아이즈 세다이일 수도 있을까? 뭔지는 몰라도 아이즈 세다이들이 세워 놓은 계획 속의 랜드가 가기로 되어 있는 길로 그를 떠밀기 위해 모레인이 보낸 사람 말이다. 랜드가 이 이상한 세계에 오리라는 걸 모레인이 알았을 리는 없었다. 게다가 일원력을 사용해서 괴물을 죽이거나 도망치게 만들 수 있는데 막대기를 휘둘러 쫓아 버리려고 할 아이즈 세다이 또한 없었다. 뭐, 어쨌든. 셀린은 그를 영주라고 생각했고 케예리엔에도 진실을 아는 사람은 없었으므로, 랜드는 그녀가 계속 그렇게 생각하도록 놔둘 수 있을지 몰랐다. 그녀는 분명 랜드가 여태 보았던 사람 중 가장 아름다운 여성으로 지적이고 교양이 있었으며 랜드가 용감하다고 생각했다. 남자가 그보다 나은 아내를 원할 수 있을까? **이것도 미친 생각이야. 누구하고든 결혼할 수 있다면 난 에그웨인과 결혼할 거야. 하지만 어떤 여자한테든 미쳐 버릴 수 있는 남자, 어쩌면 그 여자를 해칠지 모르는 남자와 결혼해 달라고 할 수는 없지.** 그러나 셀린은 너무도 아름다웠다.

이제 보니 셀린은 그의 칼을 살펴보고 있었다. 랜드는 머릿속으로 할 말을 준비했다. 물론 그는 검장이 아니었다. 그의 아버지가 칼을 주었을 뿐이다. **탬. 빛을 걸고, 왜 당신이 저의 진짜 아버지일 수는 없는 거죠?** 랜드는 무자비하게 그 생각을 짓뭉개 버렸다.

"훌륭한 활 솜씨였어요." 셀린이 말했다.

"아뇨, 저는……." 랜드는 입을 열었다가 눈을 깜빡였다. "활 솜씨요?"

"네. 그롤름의 눈은 작은 표적이었죠. 91미터 거리에서 움직이고 있었고. 당신이 그 활을 멋지게 다루던걸요."

랜드는 어색하게 꼼지락댔다. "어…… 감사합니다. 아버지가 가르쳐 주신 기술이에요." 랜드는 셀린에게 공백에 관해서, 탬이 가르쳐 준 활을 쏠 때 공백을 활용하는 방법에 대해서 말했다. 어쩌다 보니 란과 그의 검술 수업에 대해서까지 이야기하고 있었다.

"단일성이라." 그녀는 만족스러운 목소리로 말했다. 셀린은 뭔가 물어보고 싶어 하는 랜드의 표정을 보더니 덧붙였다. "그렇게들 불러요. 그러니까…… 어떤 곳에서는요. 단일성이라고 하죠. 단일성을 온전히 활용할 방법을 배우는 가장 좋은 길은 계속해서 단일성으로 당신을 감싸고 언제나 그 안에 머무는 거예요. 난 그렇게 들었어요."

랜드는 공백 안에서 그를 기다리고 있는 것에 대해 생각하지 않고도 그 말에 대한 대답을 떠올릴 수 있었지만, 이렇게만 말했다. "생각해 볼게요."

"당신의 공백을 언제나 걸치고 있도록 해요, 랜드 알소르. 그러면 생각조차 못 했던 쓰임새를 알게 될 거예요."

"생각해 본다고 했잖아요." 랜드가 그녀의 말을 잘랐다. "당신은 이 모든 걸 알고 있네요. 공백에 대해서도……. 당신이 말하는 단일성에 대해서도 그렇고, 이 세계에 대해서도 그렇고요. 로이알은 언제나 책을 읽어요. 제가 본 적도 없을 만큼 많은 책을 읽었죠. 그런데도 '돌'에 관해서는 짧은 글밖에 본 적이 없대요."

셀린이 안장에 앉은 채 몸을 세웠다. 갑자기 모레인과 무어게이즈 여왕이, 둘 다 화났을 때의 모습이 생각났다.

"이런 세계들에 관해 쓰인 책이 있어요." 그녀가 날카롭게 말했다. "『물레의 거울』이라고 하죠. 알겠지만, **알란틴**이라고 존재하는 모든 책을 읽은 건 아니에요."

"로이알을 **알란틴**이라고 부르는데, 그게 뭐예요? 전 한 번도 들어본 적이……."

"내가 눈을 떴을 때 옆에 있던 관문의 돌이 저기 있네요." 그들이 가는 길에서 동쪽으로 떨어져 있는 산을 가리키며 셀린이 말했다. 랜드는 자기도 모르게 다시 그녀의 온기를, 그녀의 미소를 원하고 있었다. "나를 저기까지 데려다주면 약속대로 나를 내 고향에 돌려보낼 수 있어요. 한 시간 뒤면 도착할 수 있겠죠."

랜드는 그녀가 가리키는 곳을 거의 보지도 않았다. 셀린이 관문의 돌이라고 부르는 '돌'을 사용한다는 건 일원력을 휘두른다는 뜻이었다. 랜드가 그녀를 진짜 세계로 되돌려 놓는다면 말이다. "휴린, 흔적은 어때요?"

"그 어느 때보다 희미합니다, 랜드 공. 하지만 지금도 존재하긴 합니다." 탐지자는 셀린을 위해 아껴 놨던 미소를 언뜻 지어 보이며 고개를 끄덕였다. "흔적이 서쪽으로 휘어지려는 것 같습니다. 그쪽에 좀 더 가기 쉬운, 단 섬의 끝으로 향하는 길이 있습니다. 지난번 케예리엔에 갔을 때 기억을 떠올려 보면 말이죠."

랜드는 한숨을 쉬었다. **페인이나 놈의 어둠의 친구들 중 하나가 '돌'을 사용하는 다른 방법을 아는 게 틀림없어. 어둠의 친구는 일원력을 사용할 수 없으니까.** "저는 뿔나팔을 쫓아야 해요, 셀린."

"당신의 소중한 뿔나팔이 이 세계에 있다는 건 어떻게 알죠? 나랑 같이 가요, 랜드. 당신의 전설을 찾게 될 테니까. 내가 약속할게요. 같이 가요."

"당신이 '돌'을, 그 관문의 돌을 직접 쓰면 되잖아요." 랜드가 화를 내며 말했다. 입에서 그 말이 나가기도 전에 랜드는 그 말을 주워 담고 싶었다. 셀린은 왜 굳이 전설 이야기를 계속하는 걸까? 랜드는 고집스럽게 말을 이었다. "관문의 돌이 알아서 당신을 이리로 데려온 건 아니잖아요. 당신이 한 일이죠, 셀린. 당신이 관문의 돌을 써서 이리로 온 거예요. 그러니 관문의 돌이 당신을 원래 있던 곳으로 돌려놓게 할 수도 있겠죠. '돌'이 있는 곳까지 데려다주기는 하겠지만, 저는 뿔나팔을 계속 뒤쫓아야 해요."

"난 관문의 돌을 사용하는 방법에 대해 아무것도 몰라요, 랜드. 내가 뭔가 했다 해도 뭘 한 건지는 모르겠어요."

랜드가 그녀를 살펴보았다. 그녀는 큰 키에 허리를 펴고 안장에 앉아 있었다. 전과 똑같이 위엄 있는 모습이었지만 어쩐지 더 부드러워 보이기도 했다. 자긍심에 차 있으면서도 랜드를 필요로 하는 나약함도 느껴졌다. 랜드는 그녀가 나이니브와 비슷한 또래로 랜드 자신보다 몇 살쯤 더 많을 거라고 생각했지만, 이제 보니 그가 틀렸다. 셀린은 랜드와 더 가까운 나이였고 아름다웠으며 그를 필요로 했다. 공백에 대한 생각이, 다만 생각이 랜드의 머릿속을 스쳐 갔다. 빛에 대한 생각, 사이딘에 대한 생각도. 관문의 돌을 사용하려면 랜드는 그 얼룩에 자신을 담가야 했다.

"저랑 같이 있어요, 셀린." 랜드가 말했다. "우린 뿔나팔과 맷의 단검을 찾고 돌아가는 길을 찾아낼 거예요. 약속할게요. 그냥 나랑 같이 있어요."

"당신은 늘……." 셀린은 평정심을 찾으려는 듯 심호흡했다. "당신은 언제나 너무도 고집스럽군요. 글쎄요, 남자의 고집스러움은 칭찬할 만하죠. 너무 쉽게 넘어오는 남자는 별 볼 일 없답니다."

랜드는 얼굴을 붉혔다. 에그웨인이 가끔 했던 말과 너무도 비슷했다. 그리고 랜드와 에그웨인은 어린 시절 이후로 결혼 약속을 한 것이나 마찬가지였다. 셀린에게서 그 말을 듣고, 덩달아 직접적인 눈길까지 받으니 충격이 느껴졌다. 랜드는 고개를 돌려 휴린에게 계속 흔적을 쫓으라고 했다.

등 뒤에서 기침하듯 끙끙대는 소리가, 먼 곳에서 들려왔다. 랜드가 뒤를 보려고 레드의 말 머리를 돌릴 겨를도 없이 또 한 번 짖는 소리가 나고, 잇달아 세 번 더 같은 소리가 들렸다. 풍경이 시야 안에서 흔들리듯 보였기에 처음에는 아무것도 알아볼 수 없었지만 이윽고 랜드는 널찍이 퍼져 있는 나무 너머, 언덕 꼭대기에 막 올라온 그들을 보았다. 다섯 개의 형체가 겨우 반 마일 떨어진 곳에 있는 것처럼 보였다. 아무리 멀어도 겨우 914미터 거리였다. 그들이 9미터씩 펄쩍펄쩍 뛰어 다가오고 있었다.

"그롤름이에요." 셀린이 차분하게 말했다. "작은 무리지만 우리 냄새를 맡은 것 같네요."

17장 선택

“도망치죠.” 랜드가 말했다. “휴린, 달리면서도 흔적을 따라갈 수 있어요?”

“예, 랜드 공.”

“그럼 계속해요. 우린…….”

“아무 소용없을 거예요.” 셀린이 말했다. 일행의 말 중에서 그녀의 흰 암말만이 그롤름들의 거친 울음소리에도 날뛰지 않고 있었다. “그롤름은 포기하지 않아요, 절대로. 일단 냄새를 맡으면 밤이고 낮이고 계속 따라오죠. 상대를 무너뜨릴 때까지 말이에요. 전부 다 죽이든지, 다른 곳으로 갈 방법을 찾아야 해요. 랜드, 관문의 돌이 우리를 다른 곳으로 데려갈 수 있어요.”

“안 돼요! 우리가 죽이면 되죠. 내가 죽일 수 있어요. 이미 한 마리 죽였잖아요. 다섯 마리밖에 없고. 그냥…….” 랜드는 주위를 둘러보다가 필요한 곳을 발견했다. “따라오세요!” 랜드는 레드의 옆구리를 걷어차 달리게 했다. 발굽 소리를 듣기 전부터 일행이 따라오리라고 자신했다.

랜드가 선택한 장소는 낮고 둥글며 나무가 없는 언덕이었다. 랜드의 눈에 띄지 않고는 무엇도 다가올 수 없었다. 랜드는 안장에서 휙 내려 긴 활을 준비했다. 로이알과 휴린도 랜드 곁에 내려섰다. 오기어는 거대한 곤봉을 들어올렸고 탐지자는 짧은 칼을 쥐었다. 그롤름이 가까이 다가오면 곤봉도, 칼도 별 쓸모가 없을 터였다. **내가 다가오지 못하게 막겠어.**

"이런 위험을 감수할 필요가 없어요." 셀린이 말했다. 그녀는 그롤름 쪽은 거의 보지도 않고 안장에 앉은 채 허리를 숙여 랜드에 집중했다. "그롤름보다 먼저 쉽게 관문의 돌에 도착할 수 있어요."

"내가 막을 겁니다." 랜드는 서둘러 화살통에 남아 있는 화살 개수를 헤아렸다. 랜드의 팔만큼 긴 화살이 열여덟 개 있었다. 그중 열 개에는 트롤록의 갑옷을 뚫을 수 있도록 고안된, 정처럼 생긴 화살촉이 달려 있었다. 트롤록만큼 그롤름에게도 효과가 있을 터였다. 랜드는 화살 네 개를 자기 앞의 땅에 똑바로 꽂아놓았다. 다섯 번째 화살은 시위에 쟀다. "로이알, 휴린. 땅에 내려와 있으면 둘 다 아무 쓸모가 없어요. 말에 타고, 그롤름이 한 마리라도 다가오면 셀린을 '돌'로 데려다줄 준비를 하세요." 랜드는 그럴 만한 상황이 되면 자신의 칼로 그롤름 중 하나를 죽일 수 있을지 고민했다. **너 미쳤구나! 차라리 일원력을 쓰는 게 낫겠다.**

로이알이 뭔가 말했지만 랜드는 듣지 않았다. 그는 이미 공백을 찾고 있었다. 필요하기 때문이기도 했지만, 자신의 생각으로부터 탈출하기 위해서이기도 했다. **뭐가 기다리고 있는지 알잖아. 하지만 이렇게 하면 그걸 건드릴 필요가 없어.** 빛이 그곳에, 시야 바로 바깥에 있었다. 그 빛이 랜드를 향해 흘러오는 것 같았지만 허무뿐이었다. 생각이 공백의 표면을 빠르게 가로질렀다. 그 오염된 빛 속에 공백이 보였다. **사이딘. 일원력. 광기. 죽음.** 이질적인 생각들. 랜드는 활과, 화살과, 옆 언덕 꼭대기에 올라온 존재들과 하나가 되었다.

그롤름은 펄쩍펄쩍 뛰어 서로를 넘어서며 다가왔다. 다섯 마리의 눈 세 개짜리 거대한 가죽 덩어리가 가시 달린 입을 떡 벌리고 있었다. 그들의 꾸르륵대는 소리가 공백에서 튀어 나가 거의 들리지 않았다.

랜드는 활을 들어 올린 것도, 화살 깃을 뺨까지, 귀까지 당긴 것도 의식하지 않았다. 그는 그 짐승들과 하나가 되었다. 첫 번째 그롤름의 눈 정중앙과 하나가 되었다. 다음 순간에 화살이 사라졌다. 첫 번째 그롤름이 죽었다. 놈이 쓰러지자 놈의 일행 중 하나가 그 위로 펄쩍 뛰어올랐다. 부리처럼 생긴 입이 살점을 찢어냈다. 그놈은 다른 그롤름들을 보며 으르렁거렸고 그들은 넓게 원을 그렸다. 하지만 놈들은 다가왔고, 누가 시키기라도 한 것처럼 먹을거리를 포기하고 그들을 따라 펄쩍 뛰었다. 가시 돋친 입은 이미 피투성이가 되어 있었다.

랜드는 매끄럽게, 무의식적으로 움직였다. 활을 시위에 재고, 놓고. 시위에 재고, 놓고.

다섯 번째 화살이 활을 떠난 뒤 랜드는 활을 내렸다. 여전히 깊은 공백에 잠겨 있었다. 그때 네 번째 그롤름이 끈이 떨어진 거대한 인형처럼 쓰러졌다. 마지막 화살은 아직 날아가고 있었지만, 어째서인지 랜드는 한 발을 더 쏠 필요는 없다는 걸 알았다. 마지막 짐승은 뼈가 녹기라도 한 것처럼 쓰러졌다. 깃털이 달린 화살대가 놈의 가운데 눈에서 삐져나왔다. 언제나 가운데 눈이었다.

"훌륭하십니다, 랜드 공." 휴린이 말했다. "저는…… 저는 그런 식의 활 솜씨를 본 적이 한 번도 없습니다."

공백이 랜드를 사로잡았다. 빛이 그를 불렀고, 랜드는…… 그 빛을 향해…… 손을 뻗었다. 빛이 그를 둘러싸고 가득 채웠다.

"랜드 공?" 휴린이 팔을 건드리자 랜드는 움찔했다. 공백이 주위에 있던 것들로 채워졌다. "괜찮으십니까, 랜드 공?"

랜드는 손가락 끝으로 이마를 쓸어보았다. 이마는 보송보송했다. 땀으로 잔뜩 젖어 있어야 할 것 같은데. "난…… 난 괜찮아요, 휴린."

"할 때마다 점점 쉬워진다고 들었어요." 셀린이 말했다. "단일성 안에 더 오래 머물수록 더 쉬워진다죠."

랜드는 그녀를 힐끗 보았다. "뭐, 다시 이렇게 할 필요는 없을 거예요. 당분간은요." **어떻게 된 거지? 내가 하고 싶었던 건……**. 끔찍스럽게도, 랜드는 자신이 그것을 여전히 원하고 있다는 걸 깨달았다. 그는 공백 안으로 돌아가고 싶었다. 그를 채우는 빛을 다시 느끼고 싶었다. 그러는 동안에는 정말로 살아 있는 것 같은 느낌이 들었다. 토할 것 같은 느낌도, 다른 모든 것도. 지금은 그저 그 순간의 모방인 듯했다. 아니, 그보다 나빴다. 그는 거의 살아 있었다. "살아 있다"는 것이 어떤 느낌일지 아는 채로. 그가 해야 하는 일이라고는 사이딘을 향해 손을 뻗는 것뿐이었다…….

"다시는 안 해요." 랜드가 웅얼거렸다. 그는 죽은 그롤름들을 바라보았다. 다섯 개의 무시무시한 형체가 땅에 누워 있었다. 더는 위험하지 않았다. "이 젠 갈 길을 갈 수……."

너무도 익숙한, 기침하는 듯 컹컹대는 소리가 죽은 그롤름 뒤쪽, 다음 언 덕 너머에서 들려왔다. 다른 그롤름들이 그 소리에 응답했다. 더 많은 그롤 름들이 다가왔다. 동쪽에서, 서쪽에서.

랜드는 반쯤 활을 들어 올렸다.

"남은 화살이 몇 개나 되죠?" 셀린이 물었다. "그롤름 스무 마리를 죽일 수 있나요? 서른 마리는? 백 마리는요? 관문의 돌로 가야 해요."

"셀린 말이 맞아, 랜드." 로이알이 느릿느릿 말했다. "지금은 선택의 여지 가 없어." 휴린이 불안한 듯 랜드를 바라보았다. 그롤름이 소리를 질렀다. 떼 지어 울부짖는 소리가 서로 겹쳤다.

"'돌'로 가죠." 랜드가 마지못해 동의했다. 그는 화가 나서 안장에 몸을 내 던지다시피 하며 등에 활을 멨다. "'돌'까지 안내해 주세요, 셀린."

셀린은 고개를 끄덕이며 암말의 말 머리를 돌리더니 말의 옆구리를 차 가 볍게 달리기 시작했다. 랜드 일행이 그 뒤를 따랐다. 다른 둘은 신이 난 듯했 지만 랜드는 뒤로 처졌다. 그롤름의 우짖는 소리가 그들을 따라왔다. 수백 마리는 되는 것 같았다. 꼭 그롤름들이 그들 주변에 반원을 그리고는 앞쪽 을 제외한 사방에서 거리를 좁혀오는 것 같았다.

셀린은 빠르고도 확고하게 앞장서서 언덕들을 지났다. 산이 시작되는 곳 에서 땅이 솟아오르고 비탈이 가팔라졌다. 말들은 닳아 빠진 것처럼 보이는 바위투성이 절벽들과 그 절벽에 듬성듬성 매달려 있는, 빛바랜 모습의 덤 불을 빠르게 지나쳤다. 길은 점점 더 험해졌고 땅은 점점 더 심하게 가팔라 졌다.

못 갈 거야. 랜드는 생각했다. 레드가 다섯 번째로 발을 헛디뎌 뒤로 미끄러지며 돌을 소나기처럼 흩뿌렸을 때였다. 로이알은 곤봉을 던져 버렸다. 그롤름을 상대로는 아무 소용도 없을 텐데 속도만 느려졌다. 오기어는 말 타기를 포기한 상태였다. 그는 한 손으로 몸을 끌어당기고 다른 손으로는 뒤따르는 키 큰 말을 잡아당겼다. 털이 북슬북슬하고 발굽 바로 뒷부분에 돌기가 있는 그 말은 움직임이 무거웠지만 로이알이 등에 타고 있을 때보다 는 쉽게 움직였다. 그롤름들이 등 뒤에서 짖어댔다. 이제는 더 가까워져 있 었다.

그때 셀린이 고삐를 당기며 그들 아래쪽 화강암 사이에 숨겨진 공터를 가 리켰다. 그곳에 일곱 개의 넓고 알록달록한 계단과 그 계단이 둘러싸고 있 는 흰 바닥, 바닥 한가운데에 있는 높은 돌기둥이 전부 있었다.

셀린은 말에서 내려 암말을 끌고 공터로 갔다. 그녀는 계단을 타고 내려 기둥까지 갔다. 기둥이 그녀를 위압적으로 내려다보았다. 그녀는 돌아서서 랜드 일행을 올려다보았다. 그롤름이 꾸르륵대는 소리를 다시 냈다. 수십 마리가 시끄럽게 우짖었다. 가까웠다. "금방 우리한테 덤벼들 거예요." 그녀 가 말했다. "'돌'을 사용해야 해요, 랜드. 아니면 그롤름을 전부 죽여 버릴 방 법을 찾든지요."

랜드는 한숨을 쉬며 안장에서 내린 뒤 레드를 이끌고 공터로 들어갔다. 로이알과 휴린이 서둘러 따라왔다. 랜드는 문자로 뒤덮인 기둥, 즉 관문의 돌을 불안하게 바라보았다. **셀린은 채널링을 할 줄 아는 게 틀림없어. 자기 는 그 사실을 모르더라도 말이야. 그게 아니라면 관문의 돌이 그녀를 이곳 으로 데려왔을 리 없어. 일원력은 여자들에게는 아무 해가 되지 않아.** "이 기둥이 당신을 여기로 데려왔다면," 랜드가 입을 열었으나 셀린이 그의 말 을 잘랐다.

"난 이게 뭔지 알아요." 그녀가 단호하게 말했다. "하지만 쓰는 방법을 몰 라요. 당신이 해야 할 일을 하세요." 그녀는 문자 하나를 손가락으로 쓸어보 았다. 다른 문자보다 좀 더 큰 기호였다. 원 안에 들어 있는, 뾰족한 부분으 로 서 있는 삼각형. "이건 진짜 세상, 우리 세상을 의미해요. 이걸 머릿속에 담아두고 있으면 도움이 될 거예요. 동시에⋯⋯." 그녀는 랜드가 뭘 해야 할지 정확히 모르겠다는 듯 두 손을 쫙 폈다.

"어…… 랜드 공?" 휴린이 조심스럽게 말했다. "시간이 별로 없습니다." 휴린은 어깨 너머로 공터 가장자리를 힐끗 보았다. 우짖는 소리가 더욱 커져 있었다. "이제 몇 분 뒤면 저것들이 도착할 겁니다." 로이알이 고개를 끄덕였다.

랜드는 심호흡하며 셀린이 짚어준 기호에 손을 얹었다. 제대로 하는 게 맞는지 확인하려고 셀린을 보았지만 셀린은 그저 지켜볼 뿐이었다. 창백한 이마에는 걱정으로 인상을 찌푸리느라 생기는 주름 하나도 없었다. **셀린은 네가 자기를 구해줄 수 있다고 믿는 거야. 해내야 해.** 셀린의 향기가 그의 후각 신경을 가득 채웠다.

"어…… 랜드 공?"

랜드는 침을 꿀꺽 삼키고 공백을 찾았다. 공백은 쉽게 찾아왔다. 별 노력도 들이지 않았는데 그의 주위에 훅 솟아났다. 허무. 배 속이 울렁거리도록 흔들리는 빛이 있을 뿐 아무것도 존재하지 않는 허무. 사이딘만이 존재하는 허무. 하지만 그 메스꺼움조차 멀게 느껴졌다. 랜드는 관문의 돌과 하나가 되었다. 손에 닿는 기둥이 매끄러우면서도 약간 기름지게 느껴졌다. 그러나 삼각형과 원으로 이루어진 기호는 그의 손바닥에 찍힌 낙인에 닿아 따뜻했다. **모두를 안전한 곳으로 데려가야 해. 집으로 데려가야 해.** 빛이 그를 향해 흘러오는 듯했다. 빛이 그를 감쌌고, 그는…… 그 빛을 끌어안았다.

빛이 그를 가득 채웠다. 열기가 그를 가득 채웠다. 랜드는 '돌'을 볼 수 있었다. 그를 지켜보는 다른 사람들을 볼 수 있었다. 로이알과 휴린은 불안한 듯했고, 셀린은 랜드가 자신을 구해줄 수 있으리라는 걸 전혀 의심하지 않는 듯했다. 하지만 그들은 존재하지 않는 것이나 마찬가지였다. 빛만이 전부였다. 열기와 빛이 마른 모래에 스며드는 물처럼 그의 팔다리에 스며들어 그를 가득 채웠다. 살에 닿는 기호가 타는 듯했다. 랜드는 그 모든 것을, 모든 열기와 모든 빛을 빨아들이려 했다. 전부 다. 그 기호는…….

갑자기, 눈 깜빡할 사이에 태양이 사라지기라도 한 것처럼 세상이 흔들렸다. 한 번 더. 손에 닿은 기호가 살아 있는 석탄처럼 느껴졌다. 랜드는 빛을 들이마셨다. 세상이 깜빡였다. 또 깜빡였다. 그 빛에 토할 것만 같은 기분이 들었다. 그 빛은 갈증으로 죽어 가는 사람의 물과도 같았다. 깜빡. 랜드는 빛을 빨아들였다. 그 빛 때문에 토하고 싶어졌다. 그래도 랜드는 그 모든 것을 원했다. 깜빡. 삼각형과 원이 그를 지져댔다. 랜드는 그 기호에 손이 까맣게 타는 것이 느껴졌다. 깜빡. 랜드는 그 모든 것을 원했다! 랜드는 비명을 지르고 고통으로, 욕망으로 울부짖었다.

깜빡……. 깜빡깜빡깜빡.

누군가의 손이 그를 잡아당겼다. 랜드는 그 손을 어렴풋하게 의식했다. 그는 비틀거리며 물러났다. 공백이 빠져나가고 있었다. 빛도, 그를 쥐어짜던 역겨움도. 빛. 랜드는 아쉬운 마음으로 사라지는 빛을 바라보았다. **빛을 걸고, 저런 걸 원하다니 미친 짓이야. 하지만 난 저걸로 너무도 충만했는데! 너무……** 아찔했다. 랜드는 셀린을 바라보았다. 랜드의 어깨를 잡은 건 셀린이었다. 그녀는 경이롭다는 듯 랜드의 눈을 바라보았다. 랜드가 얼굴 앞으로 자기 손을 들어 올렸다. 왜가리 낙인이 찍혀 있었지만 그 외에는 아무것도 없었다. 그의 살을 태운 삼각형과 원의 기호는 없었다.

"놀랍군요." 셀린이 천천히 말했다. 그녀가 로이알과 휴린을 힐끗 보았다. 오기어는 충격 받은 표정이었다. 눈이 접시만큼 커져 있었다. 탐지자는 한 손으로 땅을 짚은 채 쪼그려 앉아 있었다. 다른 방법으로 몸을 지탱할 수 있을지 잘 모르겠다는 태도였다. "우리 모두가 여기에 왔어요. 우리 말들도 모두 함께 왔고요. 그런데 당신은 자기가 뭘 했는지조차 모르는군요. 놀라워요."

"여기가……?" 쉰 목소리로 입을 연 랜드는 침을 삼키느라 말을 멈추어야만 했다.

"주위를 둘러보세요." 셀린이 말했다. "당신이 우리를 집으로 데려왔어요." 그녀가 갑자기 웃음을 터뜨렸다. "우리 모두를 집에 데려왔다고요."

랜드는 다시 주변을 의식했다. 그들을 둘러싼 공터에는 계단이 없었다. 다만 여기저기에 수상할 만큼 매끄러운 빨간색이나 파란색 돌들이 놓여 있었다. 기둥은 산의 옆면에 기대어 있었다. 절벽의 헐거운 바위에 반쯤 파묻힌 채였다. 이곳의 기호는 선명하지 않았다. 바람과 물이 오랫동안 그 기호를 깎아낸 듯했다. 모든 것이 현실적으로 보였다. 색깔이 선명했다. 화강암은 강한 잿빛이었고 덤불은 초록색과 갈색이었다. 다른 곳을 경험하고 나니 이곳이 지나치게 생생해 보였다.

"집이네요." 랜드가 나직하게 말했다. 그런 뒤에는 그 역시 웃고 있었다. "집에 왔어요." 로이알의 웃음은 소가 울어대는 소리처럼 들렸다. 휴린이 춤추듯 펄쩍펄쩍 뛰었다.

"당신이 해냈어요." 셀린이 가까이 몸을 숙였다. 그녀의 얼굴이 랜드의 시야를 가득 채웠다. "당신이라면 할 수 있을 줄 알았어요."

랜드의 웃음이 잦아들었다. "그…… 제가 해내긴 했나 보네요." 랜드는 쓰러진 관문의 돌을 힐끗 보고 간신히 약한 웃음을 지었다. "근데 제가 뭘 한 건지 알았으면 좋겠어요."

셀린이 그의 눈을 그윽하게 들여다보았다. "아마 언젠가는 알게 되겠죠." 그녀가 조용히 말했다. "당신은 위대한 일을 할 운명이 틀림없으니까요."

그녀의 눈은 밤하늘처럼 어둡고 깊었으며 벨벳처럼 부드러웠다. 그녀의 입은……. **셀린에게 입을 맞추면**……. 랜드는 눈을 깜빡이고 서둘러 물러나 목청을 가다듬었다. "셀린, 부탁이니까 누구에게도 이 얘기는 하지 마세요. 관문의 돌에 대해서도, 저에 대해서도요. 저도 이해가 안 가는 일이에요. 다른 사람들도 이해 못 할 테고요. 자기가 이해 못 하는 것에 대해 사람들이 어떻게 구는지는 당신도 아시잖아요."

셀린의 얼굴에는 아무 표정이 없었다. 랜드는 문득 맷과 페린이 이곳에 있었으면 좋겠다는 생각이 강하게 들었다. 페린은 여자들과 대화하는 방법을 잘 알았고, 맷은 아무렇지 않은 얼굴로 거짓말을 할 수 있었다. 랜드는 둘 다 잘하지 못했다.

문득 셀린이 미소 지으며 반쯤 놀리듯 무릎을 살짝 굽혀 인사했다. "비밀은 지켜 드리죠, 랜드 알소르 공."

랜드는 그녀를 힐끗 보며 다시 목을 가다듬었다. **나한테 화가 난 건가? 내가 입을 맞추려 했으면 확실히 화를 냈겠지. 아마 그럴 거야.** 랜드는 그녀가 지금처럼, 그의 생각을 아는 것처럼 자신을 보지 않았으면 좋겠다고 생각했다. "휴린, 어둠의 친구들이 우리보다 앞서서 이 '돌'을 사용했을 가능성이 있나요?"

탐지자가 아쉽다는 듯 고개를 저었다. "놈들은 여기보다 서쪽으로 방향을 틀고 있었습니다, 랜드 공. 이 관문의 돌이라는 것들이 제가 본 것 이상으로 흔한 게 아니라면, 제 생각에 놈들은 아직 다른 세상에 있을 겁니다. 그리고 제가 그걸 확인하는 데는 한 시간도 걸리지 않을 겁니다. 땅은 여기나 거기나 똑같으니까요. 저쪽에서 제가 흔적을 놓친 곳을 여기서 찾을 수 있습니다. 제 말이 무슨 뜻인지 아신다면 말이지요. 그렇게 놈들이 이미 지나갔는지 알 수 있습니다."

랜드는 하늘을 힐끗 보았다. 전혀 창백하지 않은, 경이로울 만큼 강렬한 태양이 서쪽에 낮게 걸려 그들의 그림자를 공터 저쪽까지 늘여 놓고 있었다. 한 시간 더 있으면 완전히 땅거미가 질 터였다. "아침에 하죠." 그가 말했다. "하지만 놈들을 놓쳤을까 봐 걱정되네요." **그 단검을 잃을 수는 없어! 그건 안 돼!** "셸린, 그럼 아침에 당신을 집으로 데려다 드리겠습니다. 당신 집은 케예리엔시에 있는 건가요, 아니면……?"

"어쩌면 발리어의 뿔나팔을 아직 놓치지 않으신 걸 수도 있어요." 셸린이 천천히 말했다. "아시다시피, 내가 이 세계에 관해서는 아는 게 **몇 가지** 있거든요."

"『물레의 거울』이라는 책을 말씀하시는 거겠죠." 로이알이 말했다.

셸린이 그를 향해 고개를 끄덕였다. "네. 바로 그거예요. 그 세계들은 어떤 면에서 정말 거울이죠. 특히 사람이 없는 세계들은요. 그중 일부는 진짜 세상에서 벌어진 거대한 사건만을 반영하지만, 일부는 그 사건이 일어나기 전의 그림자를 비추기도 해요. 발리어의 뿔나팔이 지나갔다는 건 분명 엄청난 사건이겠죠. 앞으로 일어날 일들의 투영은 지금 벌어지고 있는 일, 혹은 이미 벌어진 일의 그림자보다 희미하답니다. 자기가 쫓아온 흔적이 희미하다고 휴린이 말했던 것처럼요."

휴린은 믿을 수 없다는 듯 눈을 깜빡였다. "그 말씀은, 아가씨, 제가 어둠의 친구들이 앞으로 **지나갈** 곳의 냄새를 맡았다는 뜻인가요? 빛이여, 도우소서. 마음에 들지 않는군요. 앞으로 폭력이 **벌어질** 곳의 냄새를 맡다니, 이미 폭력이 **있었던** 곳의 냄새를 맡는 것만으로도 끔찍한 일인데요. **언젠가 어떤 식으로든** 폭력이 벌어지지 않을 만한 장소는 많지 않아요. 그렇게 되면 저는 미쳐 버릴 겁니다. 거의 틀림없어요. 우리가 방금 지나온 곳에서도 하마터면 미쳐 버릴 뻔했는걸요. 저는 그곳에서 언제나 죽이고 해치는 냄새를 맡을 수 있었어요. 생각할 수 있는 가장 사악한 냄새도 맡을 수 있었고요. 심지어 우리한테서도 그 냄새가 났습니다. 우리 모두에게서요. 심지어 당신한테서도 말이죠, 아가씨. 이런 말을 해도 용서해 주신다면 말입니다. 그냥 그곳의 문제예요. 그곳이 당신의 눈을 비틀어 놓은 것처럼 저도 뒤틀어 놓은 거지요." 휴린이 몸을 떨었다. "거기서 벗어나서 다행입니다. 아직 제 콧구멍에서 그 냄새를 완전히 빼낼 수는 없지만요."

랜드는 손바닥의 낙인을 별생각 없이 문질렀다. "넌 어떻게 생각해, 로이알? 우리가 정말 페인의 어둠의 친구들을 앞질렀을 수 있을까?"

오기어는 인상을 찌푸리며 어깨를 으쓱했다. "모르겠어, 랜드. 난 이런 일은 전혀 모르니까. 내 생각에 우리는 우리 세상으로 돌아온 것 같아. 여긴 동족살해자의단검인 것 같고. 그것 말고는……." 로이알이 다시 어깨를 으쓱했다.

"집으로 데려다 드려야 할 것 같아요, 셀린." 랜드가 말했다. "당신 가족들이 걱정하고 있을 테니까요."

"내 생각이 맞다면 며칠이면 돼요." 그녀가 조바심을 내며 말했다. "휴린은 흔적을 놓친 곳을 찾을 수 있어요. 휴린 스스로 말했잖아요. 우린 그곳을 지켜볼 수 있고요. 발리어의 뿔나팔이 여기 도착할 때까지 오랜 시간이 걸릴 리 없어요. 발리어의 뿔나팔이에요, 랜드. 생각해 봐요. 뿔나팔을 부는 사람은 전설 속에서 영원히 살게 된다고요."

"저는 조금도 전설과 얽히고 싶지 않아요." 랜드가 날카롭게 말했다. **하지만 어둠의 친구들이 네 곁을 지나간다면……. 잉타가 놈들을 놓쳤다면? 그러면 어둠의 친구들이 발리어의 뿔나팔을 영원히 차지하게 돼. 맷은 죽고.**

"알았어요. 며칠만입니다. 최악의 경우라도 잉타 일행을 만나게 되겠죠. 단지 우리가…… 떠났다는 이유만으로 추격을 멈추거나 돌아갔을 것 같지는 않으니까요."

"현명한 결정이에요, 랜드." 셀린이 말했다. "잘 생각했어요." 그녀는 랜드의 팔을 어루만지며 미소 지었고, 랜드는 자기도 모르게 다시 그녀에게 입 맞추는 상상을 하고 있었다.

"어…… 놈들이 다가올 곳에 더 가까이 가야 해요. 놈들이 온다면 말이지만. 휴린, 어두워지기 전에 야영지를 찾아줄 수 있을까요? 당신이 흔적을 놓친 곳을 지켜볼 수 있는 곳에요." 랜드는 관문의 돌을 힐끗 보며 그 근처에서 자는 방법을 생각해 보았다. 지난번 잠을 잘 때 그에게 몰래 다가왔던 공백과 그 공백 안의 빛을 떠올렸다. "여기서 멀리 떨어진 곳이요."

"맡겨 주십시오, 랜드 공." 탐지자가 빠르게 안장에 올랐다. "맹세하는데, 저는 근처에 어떤 돌이 있는지 먼저 확인하기 전에는 절대 잠들지 않겠습니다."

랜드는 레드를 타고 공터에서 벗어나면서 자기도 모르게 휴린보다 셀린을 더 많이 바라보았다. 그녀는 너무도 냉정하고 침착해 보였다. 랜드보다 나이가 많지 않은데도 여왕다웠다. 하지만 그녀가 랜드를 보며 미소를 지을 때면, 바로 지금 같은 순간에는……. **에그웨인이라면 내가 현명하다고 말하지 않았을 거야. 에그웨인은 나를 양털 대가리라고 불렀겠지.** 랜드는 짜증스럽게 레드의 옆구리를 찼다.

18장 화이트 타워로

먹구름으로 어두워진 하늘 밑에서 리버퀸호가 드넓은 에리닌강을 따라 돛을 가득 부풀리고 빠르게 나아가는 동안, 에그웨인은 기울어진 갑판에서 균형을 잡고 있었다. 흰 불꽃 깃발이 주 돛대를 격렬하게 후려쳤다. 바람은 메도에서 일행 중 마지막 사람이 승선하자마자 솟아올랐으며 그 이후로 밤이든 낮이든 단 한 번도 잦아들거나 약해지지 않았다. 강은 지금까지도 그렇듯 홍수라도 난 듯 빠르게 흐르기 시작해, 배를 앞으로 몰아가며 뱃전을 때렸다. 바람과 강은 늦어지지 않았고, 모두 함께 모여 있는 배들도 마찬가지였다. 리버퀸호가 선두에 섰다. 그야말로 아멀린 권좌가 타고 있는 배에 어울리는 일이었다.

키잡이는 어두운 표정으로 발을 벌려 단단히 딛고 서서 키를 잡았고 선원들은 맨발로 돌아다니며 각자의 일에 골몰했다. 하늘이나 강을 힐끗 본 그들은 나직이 투덜거리며 시선을 돌렸다. 뒤쪽으로 마을 하나가 막 시야 너머로 희미하게 사라져 가고 있었다. 소년 한 명이 강둑을 따라 달리고 있었다. 녀석은 짧은 거리를 달리는 동안 배들과 속도를 맞추었지만, 이제는 그들이 소년을 따돌리고 있었다. 소년이 사라지자 에그웨인은 아래층으로 내려갔다.

에그웨인과 함께 쓰는 선실에 있던 나이니브가 좁은 침대에서 사나운 눈으로 그녀를 올려다보았다. "오늘 타 발론에 도착할 거라던데. 빛께서 도우시길, 다시 땅에 발을 디딜 수만 있다면 거기가 타 발론이라도 기쁠 지경이야." 바람과 물살에 배가 출렁거리자 나이니브가 침을 삼켰다. "다시는 배를 타지 않겠어." 그녀는 숨이 찬 듯 말했다.

에그웨인은 망토에 튄 강물을 털고 망토를 문 옆의 못에 걸었다. 큰 선실은 아니었다. 이 배에는 큰 선실이 없는 것 같았다. 아멀린 권좌가 차지한 선장실도 나머지 선실보다는 컸지만 별로 다르지 않았다. 에그웨인과 나이니브의 선실에는 침대 두 개가 벽에 고정되어 있고 그 아래에는 선반이, 그 위에는 찬장이 있었다. 모든 것에 쉽게 손이 닿았다.

균형을 잡아야 하긴 했지만, 배의 움직임은 나이니브와 달리 에그웨인에게는 별로 거슬리지 않았다. 에그웨인은 현자가 그녀에게 세 번째로 그릇을 집어던진 이후로 나이니브에게 더 이상 음식을 권하지 않았다. "랜드가 걱정돼." 그녀가 말했다.

"나는 개들 모두가 걱정돼." 나이니브가 무뚝뚝하게 대답했다. 잠시 후 그녀가 말했다. "어젯밤에 또 꿈을 꿨어? 깨어난 뒤로 멍하니 눈을 뜨고 있던데……."

에그웨인이 고개를 끄덕였다. 그녀는 한 번도 나이니브에게서 뭔가를 숨기는 데 성공한 적이 없었고, 꿈을 숨기려는 시도도 하지 않았다. 나이니브는 처음에 그녀에게 약을 주려 했으나 아이즈 세다이 중 한 명이 관심을 보인다는 말을 듣고는 그만두었다. 그런 뒤에는 믿기 시작했다. "다른 꿈이랑 비슷했어. 다르지만 같았어. 랜드가 어떤 위험에 빠져 있어. 내가 알아. 상황이 더 나빠지고 있고. 랜드가 뭔가 했거나 앞으로 하려 해. 그 일로 랜드는……." 에그웨인은 침대에 털썩 주저앉아 나이니브 쪽으로 몸을 숙였다. "그냥 조금이라도 이해할 수 있었으면 좋겠어."

"채널링 말이야?" 나이니브가 조용히 말했다.

에그웨인은 그러고 싶지 않았으나 혹시 누군가가 듣는지 보려고 주위를 둘러보았다. 그녀는 나이니브와 단둘이 있었고 문은 닫혀 있었다. 그래도 에그웨인은 조용히 말했다. "모르겠어. 아마 그런 것 같아." 그녀는 아이즈 세다이가 무슨 일을 할 수 있는지 도무지 알 수 없었다. 에그웨인은 아이즈 세다이의 힘에 관한 모든 이야기를 믿을 만큼 충분히 많은 일들을 이미 보아 왔기에 누군가가 엿듣는 위험을 감수하지는 않을 생각이었다. **랜드를 위험에 빠뜨리지는 않아. 아이즈 세다이에게 말하는 게 맞겠지만 모레인도 이 상황을 알면서 아무 말도 하지 않았잖아. 게다가 랜드 문제고! 난 말 못해.** "뭘 어떻게 해야 할지 모르겠어."

"아나이야가 그 꿈에 대해서 뭔가 더 말하지는 않았어?" 나이니브는 에그웨인과 단둘이 있을 때조차 '세다이'라는 존칭을 절대 붙이지 않기로 작정한 듯했다. 대부분의 아이즈 세다이는 신경 쓰지 않는 듯했지만, 이런 습관이 몇몇 사람에게서 이상한 시선을 끌어내기는 했다. 그중에는 사나운 시선도 있었다. 어쨌거나 나이니브는 화이트 타워에서 수련을 받을 예정이었으니까.

"'물레는 그 뜻에 따라 실을 잣는다.'" 에그웨인이 아나이야의 말을 인용했다. "'그 아이는 멀리 있단다, 애야. 더 많은 걸 알기 전까지 우리가 할 수 있는 일은 없어. 화이트 타워에 도착하면 내가 반드시 너를 직접 시험해 보마.' 아악! 아나이야는 이런 꿈에 뭔가 있다는 걸 알아. 내가 보기엔 확실해. 난 아나이야가 좋아, 나이니브. 정말이야. 하지만 아나이야는 내가 알고 싶어 하는 걸 말하지 않으려 해. 그리고 나도 아나이야한테 모든 걸 말할 수는 없어. 어쩌면 말할 수도 있겠지만……."

"또 그 가면 쓴 남자가 나왔어?"

에그웨인이 고개를 끄덕였다. 어째서인지 그녀는 아나이야에게 그 남자에 관해 말하지 않는 게 낫다는 확신이 들었다. 이유는 도저히 떠오르지 않았지만 분명했다. 랜드가 위험에 빠져 있다는 확신이 드는 꿈을 꿀 때마다 눈이 불로 된 남자가 세 차례 그녀의 꿈에 나타났다. 그는 언제나 가면을 쓰고 있었다. 때로는 그의 눈이 보였고 때로는 눈이 있어야 할 자리에 불밖에 보이지 않았다. "그 남자가 나를 비웃었어. 너무…… 경멸스럽게. 내가 꼭 발로 차서 치워 버릴 강아지라도 된다는 것처럼. 무서워. 그 남자가 무서워."

"그 꿈이 다른 꿈이랑, 랜드랑 관련되지 않은 건 확실해? 꿈이 그냥 꿈일 때도 있으니까."

에그웨인은 두 손을 번쩍 들었다. "나이니브, 어떨 때 너는 꼭 아나이야 세다이처럼 말해!" 그녀는 세다이라는 칭호를 특별히 강조해 말했다. 나이니브가 인상을 쓰자 기분이 좋아졌다.

"내가 이 침대에서 일어나기만 하면, 에그웨인……."

나이니브가 무슨 말을 하려 했는지는 몰라도 누군가가 문을 두드려 그 말이 끊겼다. 그러고는 다름 아닌 아멀린 권좌가 들어와 문을 닫았다. 놀랍게도 그녀는 혼자였다. 아멀린 권좌는 선실을 나서는 경우가 거의 없었고 나설 때면 언제나 리아네를 곁에 두거나 다른 아이즈 세다이 한 명을 더 데리고 다니기도 했는데 말이다.

에그웨인이 벌떡 일어섰다. 세 사람이 들어와 있으니 방이 좀 붐비는 것처럼 느껴졌다.

"둘 다 몸은 괜찮으냐?" 아멀린 권좌가 쾌활하게 말했다. 그녀는 고개를 갸웃하며 나이니브를 보았다. "밥도 잘 먹고 있겠지? 성질도 부리지 않고?"

나이니브는 애써 일어나 앉아 벽에 등을 기댔다. "성질이야 늘 괜찮습니다, 고맙지만."

"영광입니다, 어머니." 에그웨인이 말하려 했지만 아멀린 권좌가 손을 저어 조용히 하라고 했다.

"다시 물 위에 올라오니 좋지만, 할 일이 아무것도 없는 채로 한동안 시간이 지나니 물방아 연못이라도 바라보는 듯 지루하구나." 배가 방향을 틀자 그녀는 거의 반사적으로 균형을 잡았다. "오늘 수업을 해 주마." 그녀는 에그웨인의 침대 한쪽 끝에 올라와 두 발을 깔고 앉았다. "앉아라, 애야."

에그웨인은 앉았지만 나이니브는 일어서려 애썼다. "난 갑판에 가 봐야겠습니다."

"앉으라고 했다!" 아멀린 권좌의 목소리가 채찍처럼 후려쳤지만 나이니브는 계속 비틀거리며 일어서려 했다. 그녀는 여전히 두 손으로 침대를 짚고 있었으나 거의 똑바로 서 있었다. 에그웨인은 나이니브가 넘어지면 붙잡아 줄 준비를 했다.

나이니브는 눈을 감고 천천히 자세를 낮추어 다시 침대에 앉았다. "그대로 있는 게 나을지도 모르겠군요. 저 위에서는 분명 바람이 많이 불 테니." 아멀린 권좌가 웃음을 터뜨렸다. "사람들이 그러더구나, 나이니브의 성질머리는 목에 뼈가 걸린 고기잡이 새 같다고. 어떤 사람들은 네가 나이와는 상관없이 아주 오랫동안 신입으로 지내는 게 좋을 거라고도 한단다. 내 생각에, 내가 들었던 능력이 정말로 너한테 있다면 넌 합격자가 될 자격이 있어." 그녀가 다시 웃었다. "나는 언제든 사람들에게는 그들이 누려 마땅한 걸 주어야 한다고 생각한다. 그래. 화이트 타워에 도착하면 넌 아주 많은 걸 배우게 될 것 같구나."

"그보다는 수호자 중 하나에게 칼 쓰는 법을 배우는 게 나을 것 같습니다." 나이니브가 툴툴댔다. 그녀는 발작이라도 하듯 침을 삼키더니 눈을 떴다. "그런 목적으로 활용하고 싶은 사람이 하나 있는데요." 에그웨인이 얼른 그녀를 돌아보았다. 나이니브가 말하는 사람은 아멀린 권좌일까, 아니면 란일까? 아멀린 권좌라면 바보 같기도 하고 위험하기도 한 일이었다. 나이니브는 란의 이야기가 나올 때마다 에그웨인에게 땍땍거렸다.

"칼이라고?" 아멀린 권좌가 말했다. "난 칼에 별다른 쓸모가 있다고 생각해 본 적이 없는데. 칼 쓰는 기술이 있다 하더라도 그 정도 기술을 쓸 줄 아는 남자는 언제나 있기 마련이다, 애야. 게다가 그들은 힘도 훨씬 더 세지. 하지만 네가 칼을 원한다면……." 아멀린 권좌는 손을 들었다. 에그웨인은 헛숨을 들이켰고 나이니브조차 눈이 휘둥그레졌다. 아멀린 권좌의 손에 칼이 들려 있었다. 특이한 청백색 칼자루와 칼날이 달린 그 칼은 어째서인지…… 차갑게 보였다. "공기로 만든 거란다, 애야. 공기로 말이야. 대부분의 강철 검만큼 좋은 것이지. 아니, 그보다 낫다. 그래도 별 쓸모는 없어." 검은 과도로 변했다. 크기가 줄어든 게 아니었다. 한 순간에는 칼이다가 다음 순간에는 과도가 되었다. "이게 쓸모 있지." 과도가 안개로 변하더니 흩어졌다. 아멀린 권좌는 빈손을 다시 무릎에 얹었다. "하지만 둘 다 굳이 공을 들일 가치는 없어. 그냥 좋은 칼을 하나 가지고 다니는 게 더 낫고 쉬운 방법이다. 너는 능력을 쓰는 방법뿐 아니라 언제 능력을 써야 할지, 다른 여자들과 똑같은 방법으로 일을 처리하는 게 더 나은 때가 언제인지 배워야 해. 생선 배를 가르는 칼은 대장장이가 만들게 놔두어라. 일원력을 지나치게 자주, 자유롭게 쓰면 일원력을 너무 좋아하게 될 거야. 그 길에 위험이 있다. 일원력을 점점 더 원하게 되고, 머잖아 다루는 방법을 배운 것 이상으로 일원력을 끌어들이는 위험을 무릅쓰게 되지. 그러면 타 버린 양초처럼 소진될 수 있다. 아니면……."

"이 모든 걸 배워야 한다면," 나이니브가 딱딱한 말투로 끼어들었다. "가급적 빨리 유용한 걸 배우고 싶습니다. 이런 모든…… '공기를 움직이게 해 봐라, 나이니브. 양초를 켜 봐라, 나이니브. 이젠 꺼 봐라. 다시 켜 봐라.' 같은 건, 하!"

에그웨인은 잠시 눈을 감았다. **제발, 나이니브. 성질 좀 죽여.** 그녀는 이 말을 큰 소리로 하지 않으려고 입술을 깨물었다.

아멀린 권좌는 잠시 침묵했다. "쓸모 있는 것이라." 마침내 그녀가 말했다. "쓸모 있는 것. 너는 칼을 갖고 싶어 했지. 어떤 남자가 칼을 들고 내게 덤벼든다고 해 보자. 난 어떻게 할까? 분명 뭔가 쓸모 있는 일을 할 거야. 내 생각엔, 이런 일을 할 것 같구나."

잠시 에그웨인은 침대 반대쪽 끝에 앉아 있는 여자 주변에서 어떤 빛을 보았다고 생각했다. 그런 뒤에 공기가 탁해지는 것처럼 보였다. 에그웨인의 눈에 보이는 건 아무것도 변하지 않았지만 확실히 느껴졌다. 에그웨인은 팔을 들어보려 했다. 걸쭉한 젤리에 목까지 파묻혀 있는 듯 꼼짝도 할 수 없었다. 머리 말고는 아무것도 움직일 수 없었다.

"풀어 주시오!" 나이니브가 이를 갈았다. 그녀는 눈을 번뜩이며 고개를 이리저리 움찔거렸지만 나머지 몸은 조각상처럼 뻣뻣하게 앉아 있었다. 에그웨인은 붙들린 사람이 자기만은 아니라는 걸 알아차렸다. "놔 줘요!"

"이 정도면 쓸모 있지? 게다가 이건 그저 공기일 뿐이다." 아멀린 권좌는 아무렇지 않은 듯, 그저 그들 모두가 차 한 잔을 놓고 수다를 떨고 있을 뿐이라는 듯 말했다. "근육질에 칼까지 든 덩치 큰 남자가 온들 그 칼은 그자의 가슴에 난 털 정도의 역할밖에 하지 못해."

"놔 달라니까!"

"그리고 그 남자가 있는 곳이 마음에 들지 않는다면, 글쎄. 내가 그자를 집어 들 수도 있다." 나이니브가 천천히 떠오르며 격렬하게 깩깩댔다. 그녀는 여전히 앉은 자세였다. 결국 그녀의 머리가 천장에 닿았다. 아멀린 권좌가 미소 지었다. "난 이 방법을 써서 날 수 있으면 좋겠다는 생각을 자주 했다. 기록에 따르면 전설의 시대에는 아이즈 세다이가 날아다닐 수 있었다고 하지. 하지만 그 방법은 정확히 밝혀져 있지 않아. 어쨌든 이런 방법은 아니었을 거다. 이런 식으로 되는 건 아니야. 넌 손을 뻗어 네 체중만큼 무거운 상자를 집어 들 수 있을 거다. 너는 힘이 세 보이니까. 하지만 아무리 그러고 싶어도 참아라. 너 자신을 집어 들 수는 없어."

나이니브가 격분해서 머리를 홱홱 움직였지만 그녀 몸의 다른 근육은 아예 움찔거리지도 않았다. "태워 죽일, 놔 주시오!"

에그웨인은 꿀꺽 침을 삼키며 자신은 들어 올려지지 않았으면 좋겠다고 생각했다.

"그러니까," 아멀린 권좌가 말을 이었다. "덩치도 크고 털도 많고 어쩌고 저쩌고한 남자는 내게 아무것도 할 수 없다. 나는 그자에게 모든 것을 할 수 있는데 말이지. 글쎄, 만약에 내가 원한다면……." 그녀는 앞으로 몸을 숙이고 나이니브를 골똘히 바라보았다. 그녀의 미소가 별로 친절하지 않게 보였다. "나는 그자를 뒤집어서 엉덩이를 때려줄 수도 있다. 이런 식으로……." 갑자기 아멀린 권좌가 뒤로 날아갔다. 너무 세게 날아간 나머지 그녀의 머리가 벽에 부딪히고 말았다. 그녀는 무언가에 눌린 듯 그 자리에 가만히 있었다.

에그웨인은 입이 마른 채로 멍하니 그 모습을 보았다. **이럴 리 없어. 말도 안 돼.**

"사람들 말이 맞았구나." 아멀린 권좌가 말했다. 그녀의 목소리는 숨쉬기 힘겨운 듯 힘이 잔뜩 들어가 있었다. "네가 빨리 배운다고들 하던데. 네가 할 수 있는 일의 핵심에 다다르려면 네 성질에 불을 붙여야 한다고도 했고."

아멀린 권좌가 힘겹게 숨을 쉬었다. "우리, 서로를 놔줄까, 애야?"

이글이글한 눈으로 공중에 떠 있던 나이니브가 말했다. "당신이나 당장 내려놔. 그러지 않으면……." 갑자기 그녀의 얼굴에 놀란 표정이 찾아들었다. 패배한 표정이었다.

아멀린 권좌가 일어나 앉으며 어깨를 움직였다. "네가 아직 모든 걸 알지는 못하잖느냐, 애야? 모든 것의 100분의 1도 알지 못하지. 너는 내가 너를 일원력으로부터 잘라낼 수 있다고는 생각 못 했을 거다. 너는 지금도 일원력의 존재를 느낄 수 있지만, 물고기가 달에 닿을 수 없는 것처럼 일원력에 닿을 수 없다. 완연한 자매의 지위에 오를 만큼 많은 걸 배우면 그 어떤 여자도 네게 이런 짓을 할 수 없을 거다. 네가 강해질수록 너의 의지로부터 너를 보호하는 데는 더 많은 아이즈 세다이가 필요해지겠지. 이제는 배우고 싶다는 생각이 드느냐?" 나이니브는 입술이 가늘어지도록 꽉 다물고 험악하게 아멀린 권좌의 눈을 들여다보았다. 아멀린 권좌가 한숨을 쉬었다. "네 잠재력이 지금 가진 것보다 머리카락 한 가닥만큼이라도 모자랐다면, 애야, 나는 너를 신입 담당에게 보내 평생 붙들어두라고 했을 거다. 하지만 너는 네가 가져 마땅한 것을 갖게 될 거다."

나이니브의 눈이 휘둥그레졌다. 그녀는 고함을 지르려 하자마자 툭 떨어져 시끄러운 쿵 소리와 함께 침대에 부딪혔다. 에그웨인이 움찔했다. 매트리스는 얇았고 그 밑의 나무는 단단했다. 앉은 채로 아주 약간만 움찔거리는 나이니브의 얼굴은 얼어붙은 듯 변하지 않았다.

"자, 이제." 아멀린 권좌가 단호하게 말했다. "더 많은 시범을 보고 싶은 게 아니라면 수업을 시작하자. 시작이 아니라 계속한다고 말해야겠지."

"어머니?" 에그웨인이 작은 소리로 말했다. 그때까지도 에그웨인은 턱 밑으로는 꼼짝도 할 수 없었던 것이다.

아멀린이 의아하다는 듯 그녀를 보더니 미소 지었다. "아. 미안하구나, 애야. 유감이지만 네 친구에게 온통 관심이 쏠려 있어서." 갑자기 에그웨인은 다시 움직일 수 있게 되었다. 그녀는 할 수 있는지 확인하려고 두 팔을 들었다. "둘 다 배울 준비가 되었느냐?"

"네, 어머니." 에그웨인이 재빨리 말했다.

아멀린 권좌는 한쪽 눈썹을 치켜 올리며 나이니브를 보았다.

잠시 후 나이니브가 힘이 잔뜩 들어간 목소리로 말했다. "네."

에그웨인이 안도의 한숨을 내쉬었다.

"좋아. 자, 그럼. 꽃송이 하나만 남기고 머릿속을 비워라."

아멀린 권좌가 떠났을 때쯤 에그웨인은 땀을 흘리고 있었다. 그녀는 다른 아이즈 세다이 몇 명의 수업도 힘들다고 생각했지만, 미소를 지으며 평온한 표정을 짓고 있는 이 여자는 마지막 노력 한 방울까지 구슬려 뽑아냈다. 아무것도 남지 않자 아멀린 권좌는 몸속으로 손을 뻗어 그 노력을 끌어내는 것만 같았다. 그래도 잘 됐다. 아멀린 권좌가 나간 뒤 문이 닫히자 에그웨인은 한 손을 들었다. 작은 불꽃이 훅 살아나며 에그웨인의 두 번째 손가락 끄트머리 위에 털끝만 한 틈을 남기고 균형을 잡더니 이 손가락에서 저 손가락으로 춤추듯 움직였다. 최소한 합격자가 한 명은 있어야 했으니 교사가 지켜보지 않을 때는 이런 행동을 하지 말아야 했지만, 그녀는 자신이 이룬 진전에 너무 신이 나 그런 규칙에는 전혀 신경을 쓸 수 없었다.

나이니브가 벌떡 일어나 닫히는 문에 베개를 던졌다. "저…… 저 사악하고 경멸스러운, 형편없는 마귀 할망구 같으니! 빛께서 저 여자를 태워 버리시길! 물고기 밥으로 줘 버리고 싶네. 남은 평생 초록색 피부로 살게 되는 약을 먹이고 싶어! 저 여자가 내 어머니뻘이라는 건 상관없어. 저 여자가 에먼즈 필드에 있었다면 단 한 순간도 편안히 앉아 있지 못했을……." 그녀가 너무 시끄럽게 이를 갈아 에그웨인은 흠칫했다.

에그웨인은 불꽃이 잦아들게 놔두고 시선을 단단히 무릎에 고정했다. 나이니브와 눈을 마주치지 않고 방에서 몰래 빠져나갈 방법을 생각해 내고 싶었다.

나이니브로서는 성공적인 수업이 아니었다. 아멀린 권좌가 떠날 때까지 그녀는 성질을 간신히 다스리고 있었기 때문이다. 그녀는 화가 나지 않는 한 그리 많은 것을 하지 못했다. 그러다가 모든 게 그녀에게서 터져 나왔다. 아멀린 권좌는 실패에 실패를 거듭해 가며 나이니브를 다시 일깨우기 위해

할 수 있는 모든 것을 다 했다. 에그웨인은 자신이 그런 모습을 보고 들었다는 사실을 나이니브가 잊을 수 있으면 좋겠다고 생각했다.

나이니브는 침대로 성큼성큼 걸어가더니 침대 뒤쪽의 벽을 빤히 바라보고 섰다. 양옆에 놓인 그녀의 주먹이 꽉 쥐어져 있었다. 에그웨인은 애타게 문을 바라보았다.

"네 잘못이 아니었어." 나이니브가 말하자 에그웨인이 움찔했다.

"나이니브, 난······."

나이니브가 돌아서서 에그웨인을 내려다보았다. "네 잘못이 아니었어." 그녀는 잘 모르겠다는 말투로 반복했다. "하지만 한마디라도 내뱉으면, 내가······. 내가······."

"한마디도 안 할게." 에그웨인이 재빨리 말했다. "무슨 말을 할 만큼 기억나는 것도 없는걸."

나이니브는 그녀를 빤히 바라보더니 고개를 끄덕였다. 그녀가 갑자기 인상을 썼다. "빛을 걸고, 익히지 않은 양의혀 뿌리보다 고약한 맛이 나는 건 **없을** 줄 알았는데. 다음번에 네가 거위처럼 굴면 기억해 둘 테니 조심해."

에그웨인이 움찔했다. 아멀린 권좌가 나이니브의 화를 북돋우려고 처음 한 일이 그것이었다. 기름처럼 번들거리고 고약한 냄새가 나는 어떤 검은 방울이 갑자기 나타났던 것이다. 아멀린 권좌는 나이니브를 일원력으로 붙들어 놓고 그걸 억지로 현자의 입에 집어넣었다. 아멀린 권좌는 나이니브가 그걸 삼키게 하려고 그녀의 코를 막기까지 했다. 나이니브는 한 번이라도 무슨 일이 일어나는 걸 보면 그걸 기억했다. 에그웨인은 나이니브가 뭔가 하겠다고 마음먹으면 그 일을 막을 방법은 전혀 없을 거라고 생각했다. 아무리 불꽃을 춤추게 만드는 데 성공했다지만 에그웨인이라면 절대 아멀린 권좌를 벽에 처박지 못했을 것이다. "그래도 뱃멀미는 더 이상 나지 않나 보네."

나이니브가 끙 소리를 내더니 짧고 날카롭게 웃었다. "너무 화가 나서 구역질도 안 나." 또 한 번 아무 즐거움도 깃들지 않은 웃음을 지으며 그녀가 고개를 저었다. "기분이 너무 비참해서 구역질이 나지 않아. 빛을 걸고, 옹이

구멍 속으로 질질 끌려간 기분이야. 신입 훈련이 이런 식이라면 빨리 배울 동기가 있겠네."

에그웨인은 자기 무릎을 노려보았다. 나이니브에 비교하면, 아멀린 권좌는 그녀를 그저 구슬리고 그녀가 거둔 성공에 미소 짓고 그녀의 실패에 공감한 뒤 다시 구슬렸을 뿐이다. 그러나 모든 아이즈 세다이는 화이트 타워에 가면 상황이 달라질 거라고 말했다. 어떤 방식일지는 말하지 않았지만 더 가혹해질 거라고 했다. 나이니브가 경험한 수련을 매일매일 겪어야 한다면 버틸 수 없을 것만 같았다.

배의 움직임이 어딘지 바뀌었다. 흔들림이 멈추었고 머리 위 갑판을 쿵쿵 딛는 발소리가 났다. 어떤 남자가 에그웨인으로서는 알아듣기 힘든 말을 외쳤다.

그녀는 고개를 들어 나이니브를 보았다. "혹시…… 타 발론일까?"

"알아볼 방법은 하나뿐이지." 나이니브가 대답하더니 결심한 듯 벽에 걸려 있던 망토를 집어 들었다.

그들이 갑판에 이르렀을 때 선원들은 사방으로 뛰어다니며 줄을 당기고 돛을 줄이고 넓은 노를 준비했다. 이제는 바람이 잦아들어 산들산들 불어왔고 구름은 흩어지고 있었다.

에그웨인이 난간을 달려갔다. "맞아! 타 발론이야!" 나이니브는 무표정한 얼굴로 에그웨인 옆에 다가왔다.

섬이 너무 커서, 강에 육지가 떠 있다기보다는 둘로 갈라지는 것처럼 보였디. 레이스로 만들어진 것 같은 다리들이 강둑에서 섬까지 호선을 그리며 강뿐만 아니라 습지도 가로질렀다. 햇빛이 구름 사이를 뚫고 나오자 도시의 성벽, 그러니까 '타 발론의 빛나는 장벽'이 희게 반짝였다. 서쪽 강둑에는 균열진 꼭대기에서 가느다란 연기가 피어오르는 드래건마운트산이 하늘을 배경으로 우뚝 서 있었다. 평지와 나지막한 언덕들 사이에 서 있는 단 하나의 산이었다. 드래건마운트산. 드래건이 죽은 곳. 드래건이 죽으면서 만들어진 곳.

에그웨인은 그러고 싶지 않았지만 그 산을 보면서 랜드를 떠올렸다. **빛이**

여, 랜드를 도우소서. 리버퀸호는 강 쪽으로 뻗어 나온 높은 원형의 벽에 나 있는 커다란 구멍을 지나갔다. 성벽 안에서는 기다란 부두 하나가 둥근 항구를 둘러싸고 있었다. 선원들이 마지막 돛을 접고 넓은 노를 이용해 배를 고물 부분부터 부두로 이동시켰다. 긴 부두를 돌아가자 강을 타고 내려온 다른 배들이 이미 정박한 배들 사이의 선실로 들어서고 있었다. 하얀 불꽃 깃발이 분주한 부두 사이에서 흩날렸다.

아멀린 권좌는 강둑에 배를 매기도 전에 갑판으로 올라왔는데, 그녀가 나타나자마자 부두 일꾼들이 건널판자를 배에 실었다. 리아네는 끝에 불꽃이 달린 지팡이를 들고 아멀린 권좌의 옆에서 걸었고, 배에 탄 다른 아이즈 세다이들은 그들을 따라 강가에 내려섰다. 그들 중 에그웨인이나 나이니브를 곁눈질하는 사람은 하나도 없었다. 부두에서는 대표단이 아멀린 권좌를 맞이했다. 숄을 걸친 아이즈 세다이가 예의를 차려 절을 하고 아멀린 권좌의 반지에 입을 맞추었다. 배들이 짐을 내리고 아멀린 권좌가 도착하는 와중에 부두는 활기를 띠었다. 병사들이 하선에 맞춰 대형을 갖추었고 사람들은 화물용 기중기를 설치했다. 성벽에서는 나팔이 화려하게 울리며 구경꾼들의 환성과 경쟁했다.

나이니브가 큰 소리로 코웃음을 쳤다. "우릴 잊어버린 것 같네. 가자. 우리가 직접 해야겠어."

에그웨인은 처음 보는 타 발론의 모습을 놓치고 싶지 않았지만 어쩔 수 없이 나이니브를 따라 소지품을 챙기러 내려갔다. 두 팔에 짐 꾸러미를 안고 다시 뱃전으로 올라오니 나팔 소리는 사라졌고 아이즈 세다이들도 보이지 않았다. 사람들이 갑판의 해치를 젖히며 선창에 밧줄을 내리고 있었다.

갑판에서 나이니브는 한 부두 일꾼의 팔을 잡았다. 소매가 없는 거친 갈색 셔츠를 입은 건장한 남자였다. "우리 말은," 그녀가 입을 열었다.

"바빠요." 그가 팔을 풀어내며 툴툴댔다. "말은 전부 화이트 타워로 옮겨질 거요." 그는 그들을 위아래로 훑어보았다. "화이트 타워에 볼일이 있으면 지금 출발하는 게 좋을걸. 아이즈 세다이는 새로 온 것들이 지각하는 걸 봐주지 않으니까." 밧줄에 매인 채 선창에서 끌려 나오는 짐과 씨름하던 다른 남자가 그에게 소리치자 그는 뒤도 한번 돌아보지 않고 여자들을 떠났다.

에그웨인은 나이니브와 시선을 주고받았다. 그들은 정말로 혼자가 된 것 같았다.

나이니브가 뭔가 결심한 듯 험악한 표정을 지으며 배에서 성큼성큼 내렸지만, 에그웨인은 풀죽은 채 건널판자를 지나 부두에 떠도는 타르 냄새를 가로질렀다. **우리한테 그렇게 와 줬으면 좋겠다고 하더니 이젠 신경도 쓰지 않는 것 같네.**

넓찍한 계단이 부두에서 검붉은 돌로 만들어진 넓은 아치까지 이어졌다. 아치에 도착한 에그웨인과 나이니브는 잠시 멈추어 그 모습을 바라보았다.

모든 건물이 궁전처럼 보였다. 아치와 가까운 건물은 문 위에 걸려 있는 간판으로 볼 때 대체로 여관이나 가게 건물인 듯했지만 말이다. 사방의 돌이 화려하게 세공되어 있었고 한 건물의 선은 다음 건물의 선을 보완해 돋보이도록 설계된 것 같았다. 모든 것이 하나의 거대한 설계도를 이루고 있는 것처럼 시선이 그 선들을 따라갔다. 아예 어떤 건물은 건물이 아니라 거대한 파도가 부서지는 모습, 혹은 어마어마하게 큰 조개껍데기나 바람이 조각한 멋들어진 절벽처럼 보였다. 아치 바로 앞에 분수와 나무들을 갖춘 넓찍한 광장이 자리 잡고 있었다. 더 나아간 곳의 다른 광장도 에그웨인의 눈에 들어왔다. 모든 것의 위로 높고도 우아한 탑들이 솟아올라 있었는데, 그중 몇몇 탑 사이로는 기나긴 다리가 하늘 높은 곳에 이어져 있었다. 그리고 그 모든 탑의 위로 나머지 탑보다 높고 넓은 하나의 탑이 솟아 있었다. 빛나는 장벽만큼 흰 탑이 있다.

"처음 보면 숨이 멎기 마련이지." 등 뒤에서 어떤 여자의 목소리가 들렸다. "하긴, 열 번 봐도 마찬가지이지만. 백 번을 봐도 그렇고."

에그웨인이 돌아보았다. 그 여자는 아이즈 세다이였다. 숄을 걸치고 있지는 않았지만, 에그웨인은 확신했다. 아이즈 세다이가 아닌 사람에게는 나이를 알 수 없는 그런 모습이 없었다. 게다가 그녀의 태도에는 확신이, 아이즈 세다이라는 정체를 확인해 주는 듯한 자신감이 있었다. 그녀의 손을 힐끗 보니 큰 뱀이 자기 꼬리를 물고 있는 형태의 황금 반지가 보였다. 그 아이즈 세다이는 약간 통통했고 따뜻한 미소를 짓고 있었으며 에그웨인이 여태 본 어떤 여자보다도 특이해 보였다. 그 통통함도 여자의 높이 솟은 광대를 감추지는 못했다. 여자의 눈은 살짝 기울어져 있었으며 아주 투명하고 엷은 녹색이었다. 머리카락은 거의 불과 같은 색이었다. 에그웨인은 그 머리카락을, 약간 비스듬하게 생긴 그 눈을 뚫어져라 보지 않을 수 없었다.

"당연히 오기어가 지었고." 아이즈 세다이가 말을 이었다. "어떤 사람들은 오기어 작품 중에서도 최고라고 하지. 여긴 세계의 파괴 이후로 처음 지어진 도시 중 하나야. 그 시절에는 여기에 있는 사람을 다 합쳐도 500명이 채 되지 않았지만. 자매들은 스무 명밖에 없었지. 앞으로 필요해질 것에 대비해 저렇게 지은 거란다."

"멋진 도시입니다." 나이니브가 말했다. "우린 화이트 타워로 가야 합니다. 수련을 받으러 왔는데, 우리가 떠나든 머무르든 아무도 신경 쓰지 않는 것 같군요."

"신경 쓰지." 여자가 미소 지으며 말했다. "내가 너희를 마중하러 왔어. 다만 아멀린 권좌와 이야기를 나누느라 늦었단다. 나는 신입 담당 시리암이야."

"난 신입이 되지 않을 겁니다." 나이니브가 단호하지만 조금은 다급하게 말했다. "아멀린 권좌가 직접, 나는 합격자가 될 거라고 말했습니다."

"나도 그렇게 들었어." 시리암은 재미있어 하는 목소리였다. "전에 이런 일이 있었다는 얘기는 들어본 적이 없지만, 사람들 말로는 네가…… 특별하다더구나. 그래도 기억하렴. 합격자라도 내 연구실로 불려 올 수 있어. 그러자면 신입보다는 더 많은 규칙을 어겨야겠지만, 그런 일이 있다는 건 잘 알려져 있지." 그녀는 나이니브가 인상 쓰는 걸 보지 못했다는 듯 에그웨인을 돌아보았다. "그리고 너는 새로운 신입이구나. 신입이 들어오는 모습을 보는 건 언제나 좋은 일이지. 요즘은 신입이 너무 적거든. 너까지 합하면 40명이야. 겨우 40명. 그중에서 겨우 여덟, 아홉 명만이 합격자로 키워질 거란다. 열심히 노력하고 적응한다면 그 문제는 크게 걱정할 필요 없겠지만 말이야. 공부는 힘들단다. 네가 그토록 뛰어난 잠재력을 갖고 있다고 해도 절대 쉽지 않을 거야. 네가 아무리 힘들어도 충실하게 훈련을 받을 수 없거나 부담감에 무너져 내릴 거라면, 네가 완연한 자매 중 한 사람이 되어 다른 이들이 네게 의존할 때까지 기다리기보다는 지금 그 사실을 확인하고 네 갈 길을 가게 해 주는 편이 좋지. 아이즈 세다이의 인생이란 쉽지 않거든. 네 안에 필요한 자질이 있다면, 여기서 우리가 너에게 그 인생을 대비하게 해 주마.”

에그웨인이 침을 삼켰다. 부담감에 무너져 내린다고? “노력하겠습니다, 시리암 세다이.” 그녀가 나직이 말했다. **난 무너지지 않을 거야.**

나이니브가 걱정스러운 듯 그녀를 보았다. “시리암…….” 그녀는 잠시 말을 멈추고 깊이 숨을 들이쉬었다. “시리암 세다이.” 그녀는 억지로 존칭을 붙이는 듯했다. “에그웨인을 꼭 그렇게 심하게 다루어야 합니까? 육신에는 한계가 있습니다. 나도…… 신입들이 거쳐야 하는 것들을…… 어느 정도 압니다. 에그웨인이 얼마나 강한지 알아내겠다는 이유만으로 에그웨인을 무너뜨리려 들 필요는 없을 텐데요.”

“오늘 아멀린 권좌께서 네게 하신 일을 말하는 거냐?” 나이니브의 등이 뻣뻣해졌다. 시리암은 재미있어 하는 기색을 감추려고 애쓰는 표정이었다. “아멀린 권좌와 이야기를 나눴다고 했잖니. 친구 걱정은 잠시 접어 두렴. 신입 수련은 힘들지만 그렇게까지 힘들지는 않아. 네가 아멀린 권좌께 받은 훈련은 합격자가 된 이후 처음 몇 주 동안 하는 거란다.” 나이니브의 입이 쩍 벌어졌다. 에그웨인은 현자의 눈알이 머리통에서 쑥 빠져버릴 거라고 생각했나. “신입 수련을 통과해서는 안 됐는데 은근슬쩍 통과한 소수를 잡기 위해서지. 바깥세상이 주는 부담감에 무너져 내릴 사람을 우리 중에, 완연한 아이즈 세다이 중에 두는 위험을 감수할 수는 없거든.” 아이즈 세다이가 두 사람의 어깨에 각기 팔을 두르며 그들을 챙겼다. 나이니브는 자기가 어디로 가는지조차 모르는 듯했다. “가자.” 시리암이 말했다. “너희가 짐을 푸는 걸 봐주마. 화이트 타워가 기다린다.”

19장 단검 아래

산속에서 보내는 밤이 늘 그렇듯 동족살해자의단검 가장자리에서 보내는 밤은 추웠다. 바람이 높은 봉우리에서부터 산 정상의 얼음장 같은 기운을 실어 나르며 채찍처럼 몰아쳤다. 랜드는 단단한 땅에서 꼼지락대며 망토와 담요를 끌어당겼다. 그는 절반만 잠들어 있었다. 손이 옆에 놓여 있는 칼로 향했다. **하루만 더 있으면 돼.** 랜드는 졸음에 겨운 채로 생각했다. **딱 하루만 더 있다가 가는 거야. 잉타든 어둠의 친구들이든, 내일까지 아무도 오지 않으면 셀린을 케예리엔으로 데려가겠어.**

랜드가 이렇게 자신을 타이른 건 지금이 처음이 아니었다. 산의 경사면에서 하루하루를 보내며, 휴린이 다른 세상에서 흔적이 있었다고 말한 곳을 바라보면서, 셀린 말로는 이 세상에서 어둠의 친구들이 반드시 나타나리라는 곳을 지켜보면서 랜드는 떠날 시간이 왔다고 자신을 타일렀다. 그럴 때면 셀린이 발리어의 뿔나팔 이야기를 하며 그의 팔을 어루만지고 그의 눈을 들여다보았다. 그러면 랜드는 스스로 알아차리지도 못한 새에 하루 더 머물다가 떠나겠다고 마음을 굳혔다.

랜드는 바람의 한기에 어깨를 움츠리며 그의 팔을 어루만지고 그의 눈을 들여다보는 셀린을 생각했다. **에그웨인이 이 꼴을 봤으면 양털을 밀듯 내**

털을 다 깎아 버렸을 텐데. 셀린의 털도 그렇고. 에그웨인은 이미 지금쯤 타 발론에서 아이즈 세다이가 되는 교육을 받고 있을지 몰랐다. **다시 나를 만 날 때는 날 순치시키려 할지도 몰라.**

돌아눕자 그의 손이 칼을 지나 톰 머릴린의 하프와 플루트가 들어 있는 꾸러미에 닿았다. 무의식적으로 그의 손가락이 방랑 시인의 망토를 꽉 쥐었 다. **그때는 행복했던 것 같은데. 목숨을 걸고 도망치고 있었는데도 말이야. 플루트를 연주해서 저녁 밥값을 벌고 그랬지. 그때는 너무 무식해서 무슨 일이 벌어지는 건지도 몰랐어. 이젠 돌아갈 수 없지만.**

랜드는 몸을 떨며 눈을 떴다. 빛이라고는 이지러져 가는 달빛뿐이었다. 보름을 지난 지 얼마 안 되는 달이 하늘에 낮게 걸려 있었다. 불을 피우면 랜 드 일행의 감시 대상이 그들의 위치를 알아챌 터였다. 로이알이 잠든 채 웅 얼거렸다. 나직하게 울리는 소리였다. 말 한 마리가 발을 굴렀다. 휴린이 첫 번째 불침번을 맡아, 산을 조금 올라간 곳의 절벽에 가 있었다. 잠시 후에 그 가 랜드를 깨워 불침번 차례를 알리러 올 터였다.

랜드는 몸을 굴리다가…… 멈추었다. 달빛 속에서 셀린이 그의 안장주머 니 위로 허리를 숙이고 두 손을 쥠쇠에 대고 있는 모습이 보였다. 그녀의 흰 드레스가 희미한 빛을 받아 빛났다. "뭐 필요해요?"

셀린은 흠칫하더니 랜드 쪽을 보았다. "놀…… 놀랐잖아요."

랜드는 몸을 굴려 일어서며 담요를 벗어 버리고 망토를 두른 뒤 그녀에게 다가갔다. 자리에 누울 때는 안장주머니를 바로 옆에 두었던 게 확실했다. 랜드는 늘 안장주머니를 가까운 곳에 두었다. 랜드는 셀린에게서 안장주머 니를 받아 들었다. 쥠쇠는 전부 조여져 있었다. 빌어먹을 깃발이 들어 있는 옆면의 쥠쇠까지도. **어떻게 내 목숨이 이 깃발을 보관하는 데 달려 있을 수 있지? 누가 이 물건의 정체를 알아낸다면, 내가 이걸 가지고 있었다는 이유 만으로도 죽을 텐데.** 랜드는 의심스러운 눈으로 셀린을 보았다.

셀린은 제자리에 가만히 서서 그를 올려다보았다. 그녀의 검은 눈에 달빛 이 반짝였다. "문득 생각이 나서요." 그녀가 말했다. "이 드레스를 너무 오래 입고 있었다는 생각이요. 그동안 입고 있을 다른 옷이 있으면, 최소한 옷을 털 수라도 있겠죠. 당신 셔츠라든지.”

랜드는 갑작스러운 안도감을 느끼며 고개를 끄덕였다. 랜드가 보기에 셀린의 드레스는 처음 만났을 때처럼 깨끗해 보였다. 그러나 랜드는 에그웨인 역시 드레스에 얼룩 하나라도 묻으면 당장 세탁하지 않고는 견디지 못한다는 걸 알고 있었다. “그러죠.” 랜드는 깃발이 아닌 모든 것을 쑤셔 넣어 둔 널찍한 주머니를 열어 흰 비단 셔츠 한 벌을 꺼냈다.

“고마워요.” 셀린의 두 손은 등 뒤로 돌아가 있었다. 랜드는 그녀가 단추를 만지고 있다는 걸 알아차렸다.

랜드는 눈을 휘둥그렇게 뜨고 그녀에게서 휙 돌아섰다.

“이걸 좀 도와주시면 훨씬 쉬워질 것 같은데요.”

랜드가 목청을 가다듬었다. “부적절해요. 우리가 무슨 약속을 한 것도 아니고…….” **그런 생각은 그만 해! 넌 누구와도 결혼할 수 없어.** “그냥 부적절해요.”

셀린의 부드러운 웃음소리에 랜드는 몸이 떨려왔다. 꼭 그녀의 손가락이 등뼈를 훑은 것만 같았다. 랜드는 등 뒤에서 나는 부스럭거리는 소리를 듣지 않으려 애썼다. 그가 말했다. “어……. 내일은…… 내일은 케예리엔으로 떠나죠.”

“발리어의 뿔나팔은 어쩌고요?”

“우리가 틀렸을지도 몰라요. 어쩌면 놈들이 아예 여기로 오지 않을 수도 있어요. 휴린 말로는 동족살해자의단검을 건너는 길이 아주 많대요. 놈들이 조금만 더 서쪽으로 갔다면 아예 산으로 들어오지 않아도 됐을 테고요.”

“하지만 우리가 따라온 흔적은 여기로 이어졌잖아요. 놈들은 여기로 올 거예요. 뿔나팔이 여기로 온다고요. 이제 뒤돌아봐도 돼요.”

“당신은 그렇게 말하지만, 우린 모르는…….” 랜드는 뒤를 돌아보았다. 하려던 말이 입 속에서 멎어 버렸다. 셀린은 팔에 드레스를 걸쳐 놓고 그의 셔츠를 입고 있었다. 랜드의 키에 맞도록 꼬리가 길게 만들어진 셔츠였지만, 셀린은 키가 큰 여자였다. 셔츠 아랫부분이 그녀의 허벅지를 간신히 절반 정도 가렸다. 랜드라고 여자의 다리를 본 적이 없는 건 아니었다. 투 리버스의 소녀들은 언제나 치마를 묶고 워터우드 연못을 헤치고 다녔다. 하지만 그들은 머리를 땋을 나이가 되기 한참 전에 그런 행동을 그만두었다. 게다가 지금은 날이 어두웠다. 달빛에 그녀의 피부가 빛나는 것처럼 보였다.

"뭘 모른다는 거죠, 랜드?"

그녀의 목소리에 랜드는 굳었던 관절이 풀리는 것 같았다. 그는 크게 기침하며 휙 돌아 다른 쪽을 보았다. "어…… 제 생각에는……. 어…… 그게…… 그러니까……."

"영광을 생각해 봐요, 랜드." 그녀의 손이 랜드의 등에 닿았다. 랜드는 깍 소리를 질러 망신을 당할 뻔했다. "발리어의 뿔나팔을 찾는 사람에게 다가올 영광을 생각해요. 뿔나팔을 든 사람 옆에 설 내가 얼마나 자랑스러워할지에 대해서요. 당신은 우리가, 당신과 내가 함께 얼마나 높은 곳을 거닐게 될지 전혀 모르고 있어요. 손에 발리어의 뿔나팔을 들고 있다면 당신은 왕이 될 수 있어요. 또 한 명의 아터 호크윙이 될 수 있다고요. 당신은……."

"랜드 공!" 휴린이 헐떡이며 야영지에 들어왔다. "랜드 공, 놈들이……." 그는 미끄러지듯 멈춰 서며 갑자기 꾸르륵대는 소리를 냈다. 그는 시선을 땅으로 떨어뜨리더니 가만히 서서 손을 비틀어 댔다. "용서하십시오, 아가씨. 이러려던 건 아닌데……. 그러니까…… 용서해 주세요."

로이알이 일어나 앉았다. 그의 담요와 망토가 바닥으로 떨어졌다. "무슨 일이야? 벌써 내가 불침번을 설 시간이야?" 그는 랜드와 셀린 쪽을 보았다. 달빛만으로도 그의 눈이 휘둥그레지는 모습이 선명했다.

랜드는 셀린이 등 뒤에서 한숨 쉬는 소리를 들었다. 그는 그때까지도 셀린을 보지 않은 채 그녀에게서 한 발짝 멀어졌다. 그녀의 다리가 너무도 희고 매끄러웠다. "무슨 일이에요, 휴린?" 랜드는 목소리를 침착하게 유지했다. 과연 그는 휴린과 그 자신, 또는 셀린에게 화가 난 걸까? **셀린에게 화를 낼 이유는 없어.** "뭔가 봤어요, 휴린?"

탐지자는 고개를 들지 않은 채 말했다. "불을 봤습니다, 랜드 공. 저 아래 언덕에서요. 처음에는 보이지 않았습니다. 불을 작게 피우고 숨겨 두었더군요. 하지만 추격자들로부터 숨긴 것이지 앞서가는 사람, 위에 있는 사람에게서 숨긴 것은 아니었습니다. 4킬로미터입니다, 랜드 공. 5킬로미터는 안 되는 게 확실합니다.”

“페인이군요.” 랜드가 말했다. “잉타라면 추격자를 걱정하지 않았을 거예요. 페인이 틀림없어요.” 랜드는 당장 무얼 해야 할지 알 수 없었다. 그들은 페인을 기다려 왔지만, 그자가 겨우 2킬로미터쯤 떨어진 곳에 나타난 지금은 확신이 서지 않았다. “아침에…… 아침에 따라가죠. 잉타 일행이 우리를 따라잡으면 페인이 있는 방향을 바로 알려줄 수 있을 거예요.”

“그럼,” 셀린이 말했다. “그 잉타라는 자가 발리어의 뿔나팔을 가져가게 하겠다는 거군요. 영광도 함께.”

“내가 원하는 건 뿔나팔이 아니…….” 랜드는 별생각 없이 뒤를 돌아보았다. 그곳에 그녀가 있었다. 달빛을 받아 희게 보이는 두 다리가 무심하게 드러나 있었다. 이곳에 그녀 혼자 있다는 듯이. **나랑 단둘이 있는 것처럼 말이지,** 라는 생각이 떠올랐다. **셀린은 뿔나팔을 찾는 남자를 원하는 거야.** “우리 셋이 놈들에게서 뿔나팔을 빼앗을 수는 없어요. 잉타는 창기병 스무 명을 거느리고 있고요.”

“당신이 뿔나팔을 빼앗을 수 있을지는 모르는 거죠. 그 사람의 추종자가 몇 명이라고요? 그것도 모르는 거예요.” 셀린의 목소리는 차분했지만 강렬했다. “저 아래에 야영하고 있는 자들이 뿔나팔을 가지고 있는지조차 모르죠. 유일한 방법은 직접 내려가서 살펴보는 거예요. **알란틴**과 함께 가세요. **알란틴** 종족은 달빛 속에서도 시력이 좋으니까요. 또 당신이 알맞은 결정을 내리기만 한다면, **알란틴**에게는 가슴에 뿔나팔을 안고 올 힘도 있죠.”

셀린 말이 맞아. 저게 페인인지 확실한 건 아니잖아. 마침내 어둠의 친구들이 정말로 온 거라면, 휴린에게 존재하지도 않는 흔적을 찾아 헤매게 하고 모두 이렇게 노출된 공간에 나와 있다니 참 잘된 일이네. “혼자 갈게요.” 랜드가 말했다. “휴린과 로이알이 당신을 지켜줄 거예요.”

셀린이 웃으며 다가왔다. 너무도 우아해 거의 춤을 추는 것 같았다. 랜드를 올려다보는 그녀의 얼굴에 달그림자가 신비를 드리웠고, 그 신비가 그녀를 더욱 아름답게 했다. “나는 내가 지킬 수 있어요. 당신이 돌아와서 나를 보호할 때까지는요. **알란틴**을 데려가세요.”

“그 말이 맞아, 랜드.” 로이알이 자리에서 일어나며 말했다. “달빛 속에서는 내가 너보다 잘 볼 수 있어. 내 눈이 있으면 너 혼자서 갈 때만큼 가까이 갈 필요가 없을지도 몰라.”

“알았어.” 랜드는 칼을 허리에 찼다. 활과 화살통은 있던 자리에 놔두었다. 어둠 속에서는 활이 별 쓸모가 없을 테니까. 게다가 그는 살펴볼 생각이었지 싸울 생각이 아니었다. “휴린, 그 불이 어디 있는지 보여 주세요.”

탐지자는 랜드를 데리고 절벽까지 이어지는 비탈길을 허둥지둥 올라갔다. 절벽은 돌로 된 거대한 손가락이 산 밖으로 튀어나온 것 같은 형상이었다. 불은 그저 얼룩처럼 보였다. 휴린이 처음 가리켰을 때 랜드는 그 불을 보지 못했다. 누군지는 몰라도 불을 피운 자는 그 불이 다른 사람의 눈에 띄는 것을 바라지 않았다. 랜드는 머릿속에 그 모습을 새겨 두었다.

그들이 야영지로 돌아왔을 때쯤 로이알은 레드와 자기 말에 안장을 올려 두고 있었다. 랜드가 밤색 구렁말의 등에 올라타자 셀린이 그의 손을 잡았다. “영광을 기억해요.” 그녀가 조용히 말했다. “기억해요.” 셔츠는 랜드가 기억하는 모습보다 그녀의 몸에 잘 맞는 것처럼 보였다. 셔츠가 알아서 그녀의 체형에 맞추어진 듯했다.

랜드가 깊이 숨을 들이쉬고 손을 뺐다. “목숨을 걸고 셀린을 지키세요, 휴린. 로이알?” 랜드는 레드의 옆구리를 가볍게 찼다. 오기어의 커다란 말이 터벅터벅 뒤따라 왔다.

그들은 빨리 움직이려고 애쓰지 않았다. 어둠이 산등성이를 감싸고 있었으며 달이 드리운 그림자 때문에 발 디딜 곳이 확실치 않았다. 불은 같은 높이에서 보는 사람에게 더 잘 숨겨져 있는 게 확실했다. 랜드는 더 이상 불이 보이지 않았지만 그 위치를 머릿속에 담아 두고 있었다. 투 리버스 웨스트우드의 뒤얽힌 숲속에서 사냥하는 방법을 배운 사람에게 불이 있는 곳을 찾는 건 그리 어려운 일이 아니었다. **그다음에는?** 셀린의 얼굴이 눈앞에 떠올랐다. **뿔나팔을 든 사람 옆에 서는 일을 내가 얼마나 자랑스러워하겠어요.**

“로이알.” 그가 생각을 정리하려고 불쑥 말했다. “셀린이 너를 **알란틴**이라 부르던데, 그게 뭐야?”

“고어야, 랜드.” 오기어의 말은 머뭇거리며 갈 길을 골랐지만 로이알은 대낮일 때처럼 확고하게 말을 이끌었다. “형제라는 뜻이야. **티아 아벤데 알란틴**을 줄인 말이지. 나무의 형제라는 뜻이야. 나무 형제. 아주 격식을 차린 말이지만, 케예리엔 사람들은 격식을 차린다고 들었어. 최소한 귀족 가문들은 말이야. 내가 케예리엔에서 본 평민들은 전혀 형식을 차리지 않았지만.”

랜드는 인상을 썼다. 양치기는 형식을 중요하게 여기는 케예리엔의 귀족 가문에서 받아들일 만한 존재가 아니었다. **빛을 걸고, 맷이 너에 대해 한 말이 맞았어. 넌 미쳤어. 머리에 바람만 들어서 한 대 걷어차 줘야 해. 하지만 만약 내가 결혼할 수 있다면……**

랜드는 생각을 멈출 수 있으면 좋겠다고 생각했다. 깨닫지도 못하는 사이 내면에 공백이 생겨나며 생각을 머나먼 존재로, 다른 누군가의 일부로 만들었다. 사이딘이 그를 비추며 신호했다. 랜드는 이를 악물고 그 빛을 무시했다. 꼭 머릿속에서 타오르는 석탄을 무시하는 것과 같았지만 최소한 제어할 수는 있었다. 간신히. 그는 거의 공백을 떠나왔지만, 이제는 어둠의 친구들이 어둠 속에서 더 가까워져 있었다. 트롤록도. 그에게는 허무가 필요했다. 공백의 불안한 침착함이라도 필요했다. **건드릴 필요는 없어. 필요 없어.**

잠시 후 그는 레드의 고삐를 당겼다. 그들은 어느 언덕 아랫부분에 서 있었다. 언덕 비탈의 넓게 흩어진 나무들이 어둠 속에 까맣게 보였다. “지금쯤은 가까이 왔을 것 같아.” 랜드가 조용히 말했다. “남은 길은 걸어서 가는 게 좋겠어.” 그는 안장에서 미끄러져 내려와 구렁말의 고삐를 나뭇가지에 묶었다.

“너 괜찮아?” 로이알이 말에서 내려오며 속삭였다. “목소리가 이상한데.”

“괜찮아.” 랜드는 자기 목소리에 힘이 들어가 있다는 걸 알았다. 긴장돼 있었다. 사이딘이 그에게 소리쳤다. **안 돼!** “조심해. 정확히 얼마나 떨어져 있는지는 모르겠지만 그 불은 우리 바로 앞 어딘가에 있을 거야. 내 생각에는 언덕 꼭대기인 것 같아.” 오기어가 고개를 끄덕였다.

랜드는 이 나무에서 저 나무로 천천히 은밀히 움직였다. 한 걸음 한 걸음을 신중하게 디디며 나무에 부딪혀 덜그럭거리지 않도록 칼을 꽉 쥐고 있었다. 덤불이 적은 것은 다행이었다. 로이알이 거대한 그림자처럼 따라왔다. 랜드에게는 오직 그렇게만 보였다. 모든 것이 달그림자와 어둠이었다.

갑자기 달빛의 어떤 장난질이 랜드 앞의 그림자에 형태를 부여했고, 랜드는 진퍼리꽃나무의 거친 줄기를 만지고는 얼어붙었다. 땅 위의 어렴풋한 덩어리들이 담요로 몸을 감싼 남자들로 변했다. 그들과 조금 떨어진 곳에는 더 큰 덩어리들이 무리 지어 있었다. 잠든 트롤록이었다. 그들은 불을 꺼두고 있었다. 달빛 한 줄기가 나뭇가지 사이를 움직이다가 땅 위, 두 무리의 중간 지점에 있는 금과 은에 닿아 반짝였다. 달빛이 더 밝아지는 것처럼 보였다. 잠깐이지만 랜드는 선명히 볼 수 있었다. 잠든 남자의 형체가 그 빛과 가까운 곳에 누워 있었다. 하지만 랜드의 시선을 사로잡은 건 그 남자가 아니었다. **상자다. 뿔나팔이야.** 그리고 그 위의 무언가가, 빨간 점이 달빛을 받아 반짝이고 있었다. **단검이잖아! 페인이 왜 저걸 저기에……?**

로이알의 거대한 손이 랜드의 입과 얼굴 상당 부분을 가렸다. 랜드는 몸을 틀어 오기어를 보았다. 로이알이 자기 오른쪽을 천천히 가리켰다. 그렇게 움직이는 것만으로도 주의를 끌 수 있다는 듯했다.

처음에는 아무것도 보이지 않았다. 그다음에는 웬 그림자가 9미터도 떨어지지 않은 곳에서 움직였다. 키가 크고 우람한 그림자였다. 주둥이도 달려 있었다. 랜드는 숨이 덜컥 멈추었다. 트롤록이었다. 놈은 냄새를 맡듯 주둥이를 쳐들었다. 놈들 중 일부는 냄새로 사냥했다.

잠시 공백이 흔들렸다. 누군가가 어둠의 친구들의 야영지에서 움찔거렸고 트롤록은 고개를 돌려 그쪽을 보았다.

랜드는 얼어붙은 채 허무의 침착함이 자신을 둘러싸도록 놔두었다. 손이 칼에 닿아 있었지만 랜드는 칼을 생각하지 않았다. 공백이 전부였다. 무슨 일이든 일어나면 일어나는 것이다. 그는 눈조차 깜빡이지 않고 트롤록을 지켜보았다.

주둥이 달린 그림자는 어둠의 친구들의 야영지를 조금 더 지켜보더니 만족한 듯 나무 옆에 웅크렸다. 거의 즉시, 거친 천이 찢어지는 듯 낮은 소리가 그 형체에서부터 울려 나왔다.

로이알이 랜드의 귀에 입을 가까이 댔다. "잠들었어." 그는 믿을 수 없다는 듯 속삭였다.

랜드가 고개를 끄덕였다. 탬은 트롤록들이 게으르다고, 두려움 때문에 어쩌지 못하는 경우가 아니면 죽이는 것을 제외한 모든 임무를 쉽게 그만둔다고 말한 적이 있었다. 랜드는 야영지로 다시 고개를 돌렸다.

야영지에서는 모든 것이 다시 고요하고 조용해져 있었다. 달빛은 더 이상 상자를 비추지 않았지만, 이제 랜드는 어느 그림자가 상자인지 알고 있었다. 머릿속으로 그 상자가 보였다. 사이딘의 빛을 받아 공백 너머에서 상자가 은빛 상감이 들어간 채 황금빛으로 빛났다. 발리어의 뿔나팔과 맷에게 필요한 단검이 둘 다 거의 손닿을 곳에 있었다. 상자와 함께 셀린의 얼굴도 떠올랐다. 그들은 아침이 오기를 기다려 페인 일행을 따라가면서 잉타가 합류할 때까지 기다릴 수 있었다. 잉타가 온다면, 그가 탐지자 없이도 계속 흔적을 쫓는다면 말이다. 아니, 이보다 나은 기회는 없을 터였다. 그 모든 것이 랜드의 손이 닿을 거리에 있었다. 셀린이 산에서 기다리고 있었다.

랜드는 로이알에게 따라오라고 손짓하며 배를 깔고 엎드려 상자 쪽으로 기어갔다. 오기어가 입을 틀어막고 헛숨 들이켜는 소리가 들렸지만, 랜드의 시선은 눈앞에 있는 단 하나의 어두운 덩어리에 고정되어 있었다.

어둠의 친구들과 트롤록들이 랜드의 좌우에 누워 있었다. 그러나 랜드가 본 바로, 탬은 사슴이 놀라 뛰기도 전에 그 녀석 옆구리에 손이 닿는 거리까지 다가간 적도 있었다. 랜드는 탬에게서 그 방법을 배우려고 했었다. **미친 짓이야!** 생각이 어렴풋하게, 거의 손닿지 않는 곳에서 스쳐지나갔다. **이건 미친 짓이라고! 넌-미쳐-가고-있어!** 어렴풋한 생각, 다른 누군가의 생각이었다.

랜드는 천천히, 조용하게 그 특별한 그림자를 향해 미끄러지듯 나아가 한 손을 상자에 댔다. 황금으로 작업한 정교한 트레이서리(고딕 건축의 창문 등에 넣는 나뭇가지와 곡선으로 이루어진 무늬—옮긴이)가 손에 닿았다. 발리어의 뿔나팔이 들어 있는 상자였다. 랜드의 손이 뚜껑 위의 다른 무언가를 건드렸다.

칼날이 드러난 단검이었다. 어둠 속에서 그의 눈이 휘둥그레졌다. 단검이 맷에게 저지른 일을 떠올린 그는 움찔하며 뒤로 물러났다. 그의 불안과 함께 공백도 움직였다.

근처에서 한 남자가 잠든 채 끙끙대며 담요 속에서 몸부림쳤다. 남자는 상자에서 겨우 두 발짝밖에 떨어져 있지 않았다. 몇 미터에 걸쳐 그렇게 가까이 누워 있는 다른 사람은 없었다. 랜드는 공백이 생각과 두려움을 쓸어 버리도록 놔두었다. 잠든 채 불안하게 웅얼거리던 남자가 조용해졌다.

랜드의 손이 다시 단검으로 향했으나 단검을 건드리지는 않았다. 단검이 처음부터 맷을 해친 건 아니었다. 적어도 큰 해를 빠르게 끼치지는 않았다. 랜드는 단 한 번의 빠른 동작으로 단검을 집어 벨트 뒤쪽에 꽂아 넣은 뒤 손을 거두었다. 그렇게 하면 단검이 맨살에 닿는 시간을 최소화할 수 있을 것 같았다. 아마 실제로도 그럴 것이다. 그리고 단검이 없다면 맷은 죽을 터였다. 랜드는 그 자리에 있는 단검을, 그것을 끌어내리며 몸을 눌러오는 무게를 느낄 수 있었다. 하지만 공백 속에서는 감각도 생각처럼 멀게 느껴졌고, 단검의 촉감은 빠르게 희미해져 랜드에게 익숙한 무언가가 되었다.

랜드는 그림자에 감싸인 상자를 바라보는 데 짧은 시간만을 낭비했다. 뿔 나팔이 안에 있을 게 틀림없었지만, 랜드는 상자를 여는 방법도 몰랐고 혼자서 상자를 들 수도 없었다. 그는 로이알을 찾아 주위를 둘러보았다. 오기 어는 등 뒤의 멀지 않은 곳에 웅크린 채로 잠들어 있는 인간 어둠의 친구와 트롤록 들을 이리저리 둘러보고 있었다. 그의 거대한 머리가 휙휙 돌아갔다. 어둠 속에서도 로이알의 눈이 엄청나게 커져 있다는 것을 분명히 알 수 있었다. 달빛 속에서 그 눈은 접시처럼 크게 보였다. 랜드가 손을 뻗어 로이알의 손을 잡았다.

오기어가 깜짝 놀라며 헛숨을 들이켰다. 랜드가 입술에 손을 대고 로이알의 손을 상자에 댄 다음 들어 올리는 시늉을 했다. 얼마 동안 로이알은 상자를 빤히 바라봤다. 어둠 속에, 어둠의 친구와 트롤록 들이 사방에 있었기에 영원처럼 느껴졌다. 심장이 몇 번 뛰는 시간 이상일 리는 없었는데도. 로이알은 천천히 황금 상자를 두 팔로 안고 일어섰다. 전혀 힘들지 않은 듯했다.

랜드는 아주 조심스럽게, 야영지에 들어왔을 때보다도 더 조심스럽게, 상자를 든 로이알을 따라 야영지에서 걸어 나가기 시작했다. 그는 두 손을 모두 칼에 댄 채 잠들어 있는 어둠의 친구들을, 트롤록들의 고요한 형체를 지켜보았다. 그들이 멀어져 가자 그림자가 드리워진 그 모든 형체들이 어둠 속에 더욱 깊이 삼켜졌다. **거의 빠져나왔어. 우리가 해 냈어!**

상자 근처에서 자고 있던 남자가 갑자기 목이 졸린 듯 비명을 지르며 일어나 앉더니 벌떡 일어섰다. "없어졌어! 일어나, 이 더러운 놈들아! 없어졌다고오오!" 페인의 목소리였다. 공백 속에서도 랜드는 그 목소리를 알아들었다. 어둠의 친구들과 트롤록들이 허둥지둥 일어섰다. 그들은 무슨 일이 일어났는지 알아내려고 소리를 지르며 툴툴대고 으르렁거렸다. 페인의 목소리가 울부짖듯 높아졌다. "네 짓이라는 걸 알고 있다, 알소르! 너는 나를 피해 숨어 있지만, 나는 네가 저 바깥에 있다는 걸 안다! 놈을 찾아라! 찾아내! 알소오오오르!" 남자들과 트롤록들이 사방으로 흩어졌다.

허무로 몸을 감싼 채 랜드는 계속해서 움직였다. 야영지에 들어가면서 거의 잊었던 사이딘이 밝아졌다가 희미해지기를 반복하며 그에게 신호했다.

"페인은 우리를 볼 수 없어." 로이알이 낮게 속삭였다. "일단 말 있는 데까지만 가면……."

트롤록이 어둠 속에서 그들에게 뛰어들었다. 인간의 얼굴에서 입과 코가 있어야 할 부분에 잔혹한 독수리의 부리가 달려 있었고, 낫처럼 생긴 검은 이미 허공을 세차게 가르고 있었다.

랜드는 생각하지 않고 움직였다. 그는 칼과 하나가 되어 있었다. "성벽 위에서 춤추는 고양이". 트롤록이 쓰러지며 비명을 질렀고, 죽으면서 다시 비명을 질렀다.

"도망쳐, 로이알!" 랜드가 명령했다. 사이딘이 그에게 소리쳤다. "뛰어!"

랜드는 로이알이 느릿느릿 움직이다가 어색하게 달리는 것을 어렴풋이 의식했다. 하지만 또 다른 트롤록이 어둠 속에서 어슴푸레하게 나타났다. 멧돼지처럼 생긴 주둥이에 엄니가 나 있었고, 끝에 창이 달린 도끼를 쳐들고 있었다. 랜드는 트롤록과 오기어 사이를 매끄럽게 미끄러졌다. 로이알이 뿔나팔을 가져간 게 틀림없었다. 랜드보다 머리 하나가 더 있고 몸 넓이는 1.5배쯤 되는 트롤록이 조용히 으르렁거리며 그에게 덤벼들었다. "부채를 두드리는 귀족". 이번에는 비명이 들리지 않았다. 랜드는 로이알을 따라 어둠 속을 지켜보며 뒷걸음질 쳤다. 사이딘이 그에게 노래했다. 너무도 달콤한 노래였다. **일원력이면 저놈들을 다 태워 버릴 수 있어. 페인과 나머지 모두를 잿더미로 만들어 버릴 수 있어. 안 돼!**

빛나는 이빨의 늑대와 구부러진 뿔을 가진 숫양 형태의 트롤록 두 마리가 더 덤벼들었다. "가시덤불 속의 도마뱀". 랜드는 두 번째 트롤록이 넘어지는 순간 한쪽 무릎으로 매끄럽게 일어섰다. 두 번째 트롤록의 뿔이 거의 그의 어깨에 스쳤다. 사이딘의 노래가 유혹하듯 그를 어루만지며 천 가닥의 비단 같은 실로 그를 끌어당겼다. **일원력으로 놈들을 모조리 태워 버려. 안 돼. 안 돼! 그러느니 죽는 게 나아. 내가 죽으면 다 끝날 거야.**

트롤록 무리가 시야에 들어왔다. 그들이 머뭇머뭇 랜드를 추격하고 있었다. 세 마리, 네 마리. 그 중 한 마리가 랜드를 가리키며 울부짖자 나머지가 그에 응답하며 돌격해 왔다.

"끝장을 보자!" 랜드는 소리를 지르며 펄쩍 뛰어 그들을 맞이했다.

놈들이 놀라서 일순 느려졌다. 그러더니 이내 신이 나고 피에 굶주린, 배 속 깊이 으르렁거리는 소리를 내며 칼과 도끼를 쳐들고 덤벼들었다. 랜드는 사이딘의 노래에 맞춰 그들 사이에서 춤을 추었다. "꿀 장미에 입 맞추는 벌새". 랜드를 가득 채우는 그 노래는 너무도 교활했다. "뜨거운 모래밭의 고양이". 랜드의 두 손에 들린 칼은 전에는 한 번도 그런 적 없는 방식으로 살아 있는 듯 움직였다. 랜드는 왜가리 표시가 있는 칼이 그에게서 사이딘을 막아줄 수 있을 것처럼 싸웠다. "날개를 펴는 왜가리".

랜드는 주변 땅에 널브러진, 아무 움직임 없는 형체들을 바라보았다. "죽는 게 나아." 그가 중얼거렸다. 랜드는 고개를 들고 야영지가 있는 언덕 위쪽을 돌아보았다. 페인이 그곳에 있었다. 어둠의 친구들과 더 많은 트롤록들도. 싸우기에는 수가 너무 많았다. 놈들을 마주하고도 살아남기에는 너무 많았다. 랜드는 그쪽으로 한 걸음 걸어갔다. 한 걸음 더.

"랜드, 어서!" 로이알이 긴급하게 속삭이며 부르는 소리가 허무를 가로질러 그에게 흘러왔다. "목숨과 빛을 위해서라도, 랜드. 서둘러!"

랜드는 조심스럽게 허리를 굽혀 칼날을 트롤록의 외투에 닦았다. 그런 다음 란이 훈련 장면을 지켜보기라도 하는 것처럼 형식을 갖춰 칼을 칼집에 넣었다.

"랜드!"

랜드는 긴급함을 전혀 모르는 것처럼 말 옆에 서 있던 로이알에게 다가갔다. 오기어는 황금 상자를 안장주머니에서 꺼낸 끈으로 자기 안장 위에 묶고 있었다. 둥근 안장 위 상자의 균형을 잡는 데 도움이 되도록 그 아래에는 망토를 쑤셔 넣어 두었다.

사이딘은 더 이상 노래하지 않았다. 배 속을 뒤트는 그 빛은 여전히 존재했지만, 랜드가 정말로 싸워서 물리치기라도 한 것처럼 물러나 있었다. 랜드는 의아해하며 공백이 사라지도록 놔두었다. "나 미쳐 가는 것 같아." 랜드가 말했다. 그는 갑자기 이곳이 어디인지 깨닫고 지나온 길을 돌아보았다. 대여섯 가지 다른 방향에서 고함과 울부짖는 소리가 들렸다. 수색하는 기색은 있었지만 추격하는 기색은 없었다. 아직까지는. 랜드는 레드의 등에 훌쩍 올라탔다.

"가끔은 네가 하는 말이 반도 이해되지 않아." 로이알이 말했다. "꼭 미쳐야겠다면, 최소한 셀린 아가씨와 휴린이 있는 곳으로 돌아간 뒤에 미치면 안 될까?"

"안장에 그걸 싣고 어떻게 말을 탈 셈이야?"

"난 달려갈 거야!" 오기어가 빠르게 걷는 것으로 자기 말을 지켰다. 그는 고삐로 말을 끌고 갔다. 랜드가 그 뒤를 따랐다.

로이알의 속도는 말이 구보하는 정도의 빠르기였다. 랜드는 오기어가 오랫동안 그렇게 달릴 수는 없을 거라고 확신했지만, 로이알의 발걸음은 처지지 않았다. 랜드는 로이알이 언젠가 말보다 빨리 달릴 수 있다고 자랑했던 게 정말일지도 모른다고 생각했다. 로이알은 달려가면서 이따금 뒤를 돌아보았지만 어둠의 친구들이 지르는 고함과 트롤록들의 울부짖음은 거리가 멀어지며 희미해져 갔다.

땅이 더 가파르게 위쪽으로 경사지기 시작했을 때도 로이알의 걸음은 거의 느려지지 않았다. 그는 숨이 조금밖에 차지 않은 상태로 산비탈에 있는 야영지까지 빠르게 걸어갔다.

"가져왔군요." 로이알의 안장에 놓여 있는, 정교하게 세공된 상자에 시선이 닿자 셀린이 기뻐서 어쩔 줄 모르는 목소리로 말했다. 그녀는 다시 자신의 드레스를 입고 있었다. 랜드가 보기에는 새로 내린 눈처럼 흰 드레스였다. "당신이 올바른 선택을 할 줄 알았어요. 혹시 내가…… 한 번 봐도 될까요?"

"따라온 놈이 있습니까, 랜드 공?" 휴린이 불안한 듯 물었다. 그는 경이로운 눈초리로 상자를 보았으나 그의 시선은 어둠 속으로, 산 아래쪽으로 미끄러졌다. "놈들이 따라왔다면 빨리 움직여야 합니다."

"따라온 것 같지는 않아요. 절벽으로 가서 뭔가 보이는지 살펴보세요." 랜드가 안장에서 내리는 동시에 휴린은 서둘러 산으로 올라갔다. "셀린, 난 상자 여는 방법을 몰라요. 로이알, 넌 알아?" 오기어가 고개를 저었다.

"내가 해 보죠……." 셀린처럼 키가 큰 여자에게도 로이알의 안장은 너무 높았다. 그녀는 상자에 새겨진 정교한 무늬를 만져 보려고 손을 뻗었다. 그녀는 두 손으로 무늬를 쓸어 보고 눌러 보았다. 찰칵하는 소리가 나더니 그녀가 뚜껑을 밀어 올렸다. 뚜껑이 떨어지며 열리게 두었다.

셀린이 몸을 쭉 펴고 까치발을 짚으며 안으로 손을 집어넣으려 할 때, 랜드가 그녀의 어깨 너머로 손을 뻗어 발리어의 뿔나팔을 꺼냈다. 전에도 한 번 본 적이 있었지만 만져 본 적은 없었다. 아름답게 만들어지긴 했지만, 엄청나게 오래된 물건이라거나 힘이 담긴 물건처럼 보이지는 않았다. 벌어진 부분 주변에 은 글자가 새겨진, 희미한 빛을 받아 빛나는 구부러진 황금 뿔나팔. 랜드는 낯선 문자들을 손가락으로 쓸어 보았다. 그 문자가 달빛을 끌어당기는 것처럼 보였다.

"티아 미 아벤 모리딘 이사인데 바딘." 셀린이 말했다. "'무덤은 나의 부름을 막지 못하니.' 당신은 아터 호크윙이 절대 이르지 못했던 수준으로 위대해질 거예요."

"난 이것을 샤이나로, 아겔마 공에게로 가져갈 거예요." **이 뿔나팔은 타발론으로 가야 해.** 랜드는 그렇게 생각했다. **하지만 아이즈 세다이는 이제 질렸어. 아겔마나 잉타가 직접 아이즈 세다이에게 가져다주라지.** 그는 뿔나팔을 다시 상자에 넣었다. 뿔나팔은 달빛을 반사하며 시선을 끌어당겼다.

"그건 미친 소리예요." 셀린이 말했다.

랜드는 그 말에 움찔했다. "미친 소리든 아니든 그렇게 할 거예요. 말했잖아요, 셀린. 난 전혀 위대해지고 싶지 않아요. 예전에는 위대해지고 싶은 줄 알았죠. 잠깐은 내가 그런 걸 바라는 줄……." **빛을 걸고, 너무 아름답잖아. 에그웨인. 셀린. 난 둘 중 누구에게든 부족한 사람이야.** "뭔가가 날 사로잡은 것 같아요." **사이딘이 나를 잡으러 왔지만 내가 칼 한 자루로 사이딘을 물리쳤어. 아니면 그것도 광기일까?** 랜드가 숨을 깊이 들이쉬었다. "발리어의 뿔나팔이 속한 곳은 샤이나예요. 거기가 아니라면 아겔마 공이 뭘 어떻게 해야 할지 알 테고요."

산 위로 올라갔던 휴린이 나타났다. "다시 불이 보입니다, 랜드 공. 그 어느 때보다 큽니다. 고함 소리도 들린 것 같습니다. 전부 언덕 아래에서 벌어진 일입니다. 아직 산으로 올라온 것 같지는 않습니다."

"내 말을 오해하는군요, 랜드." 셀린이 말했다. "이제는 돌아갈 수 없어요. 당신은 돌이킬 수 없는 일을 저지른 거예요. 저 어둠의 친구들은 당신이 뿔나팔을 빼앗아 갔다는 이유로 그냥 떠나지 않을 겁니다. 터무니없는 소리죠. 당신이 저들 모두를 죽일 방법을 아는 게 아니라면, 전에 당신이 저들을 쫓았듯 이제는 저들이 당신을 쫓을 거예요."

"아뇨!" 로이알과 휴린은 랜드의 격렬한 반응에 놀란 눈치였다. 랜드는 목소리를 가라앉혔다. "전 그놈들을 죽일 방법을 몰라요. 저 때문이라면 저놈들은 영원히 살 수도 있을 거예요."

셀린이 고개를 젓자 긴 머리카락이 파도처럼 물결쳤다. "그럼 돌아갈 수는 없어요. 계속 나아갈 수밖에요. 샤이나로 돌아가는 것보다 훨씬 적은 시간에 케예리엔의 성벽이라는 안전한 곳에 도착할 수 있죠. 나와 며칠 더 함께한다는 생각이 그렇게 부담스러운가요?”

랜드는 상자를 바라보았다. 셀린과 함께 간다니 부담스러울 리 없었다. 다만 셀린 근처에 있으면 생각해서는 안 되는 것들을 어쩔 수 없이 생각하게 되었다. 그렇다고 북쪽으로 돌아가려는 시도는 페인과 그의 추종자들을 맞닥뜨리는 위험을 감수한다는 뜻이었다. 그런 면에서는 셀린의 말이 맞았다. 페인은 절대 포기하지 않을 것이다. 남쪽에서 계속 올라온다면 잉타는 머잖아 케예리엔에 도착할 터였다. 랜드로서는 잉타가 방향을 바꿀 이유를 알 수 없었고.

“케예리엔으로 가죠.” 그가 동의했다. “당신이 어디 사는지 알려 주셔야 합니다, 셀린. 저는 케예리엔에 가본 적이 한 번도 없어요.” 랜드가 손을 뻗어 상자를 닫으려 했다.

“어둠의 친구들이 지니고 있던 다른 물건을 가져왔나요?” 셀린이 말했다. “전에 단검 얘기를 했잖아요.”

어떻게 그걸 잊었지? 랜드는 상자를 그대로 내버려 두고 허리춤에서 단검을 꺼냈다. 드러난 칼날이 뿔처럼 구부러져 있었고 날밑은 황금색 뱀 모양이었다. 칼자루에 박힌, 랜드의 엄지손톱만 한 크기의 루비가 달빛을 받아 사악한 눈동자처럼 깜빡였다. 칼은 정교했고 랜드가 아는 대로라면 오염된 물건이었으나 다른 칼과 전혀 다르지 않게 느껴졌다.

“조심해요.” 셀린이 말했다. “손 베지 말고요.”

랜드는 몸속이 떨리는 걸 느꼈다. 칼을 들고 다니는 것만으로도 위험하다면 그 칼에 베였을 때 어떤 일이 일어날지는 알고 싶지도 않았다. “이건 샤다 로고스에서 가져온 칼이에요.” 랜드가 다른 사람들에게 말했다. “오랫동안 이 칼을 가지고 다니는 사람들을 일그러뜨리고, 샤다 로고스가 오염된 방식으로 그 사람을 뼛속까지 오염시켜요. 아이즈 세다이의 치유력이 없으면 결국 그 오염으로 죽게 되죠.”

“그럼 그것 때문에 맷이 아픈 거구나.” 로이알이 조용히 말했다. “전혀 몰랐는데.” 휴린은 랜드의 손에 들린 단검을 바라보며 코트 앞섶에 손을 닦았다. 탐지자는 기분이 좋지 않은 듯했다.

“우리 중 누구도 필요 이상으로 이 칼을 만져서는 안 돼요.” 랜드가 말을 이었다. “이걸 가져갈 방법을 찾아보겠……”

“위험해요.” 셀린은 날밑의 뱀이 진짜이고 독을 품고 있기라도 하다는 듯 칼을 보며 인상을 찌푸렸다. “던져 버려요. 놔두고 가거나. 다른 사람들의 손에 들어가지 못하게 하고 싶다면 묻어 버리세요. 어쨌든 없애요.”

“맷한테 이게 필요해요.” 랜드가 단호하게 말했다.

“너무 위험해요. 당신이 직접 그렇게 말했잖아요.”

“맷한테 필요해요. 아멀…… 아이즈 세다이가 그러는데, 치유에 이 칼을 사용하지 않으면 맷이 죽을 거래요.” **아이즈 세다이는 여전히 맷을 꼭두각시처럼 조종하고 있지만 이 칼날로 그 인형의 실을 끊어 버릴 수 있어. 내가 이 칼과 뿔나팔을 없애기 전까지는 아이즈 세다이가 나까지 조종하겠지만 난 그들이 아무리 실을 당겨도 거기에 맞춰서 춤을 추지 않을 거야.**

랜드는 상자의 뿔나팔이 굽어진 부분에 단검을 집어넣고 뚜껑을 당겨 닫았다. 딱 맞는 공간이 있었다. 상자는 날카로운 탁 소리와 함께 잠겼다. “이러면 우리가 단검으로부터 보호받을 수 있을 거예요.” 랜드는 그렇게 되기를 바랐다. 란이 말하길, 가장 확신에 찬 목소리를 내야 할 때는 확신이 가장 없을 때라고 했다.

“상자는 확실히 우리를 지켜 줄 거예요.” 셀린이 긴장된 목소리로 말했다. “이제 나는 밤에 못 잔 잠을 마저 잘 생각이에요.”

랜드가 고개를 저었다. “잠을 자기에 여기는 페인과 너무 가까워요. 가끔 페인이 날 찾을 수 있는 것 같다는 생각이 들 때가 있어서요.”

“무서우면 단일성을 찾아봐요.” 셀린이 말했다.

“난 아침이 왔을 때 어둠의 친구들과 최대한 멀어지고 싶어요. 내가 당신 암말에 안장을 매 줄게요.”

“고집스럽기는!” 셀린은 화가 난 목소리였으나 랜드가 보니 입술을 말아 올리며 미소 짓고 있었다. 눈가에는 미치지 않는 미소였다. “한 가지 조건만 만족하면 고집스러운 남자가 최고지만…….” 셀린의 목소리가 흐려졌다. 랜드는 그 점이 걱정됐다. 여자들은 종종 말을 다 하지 않고 남겨 두는 것 같았다. 랜드의 제한적인 경험으로 보면, 그들이 하지 않는 말의 내용은 결국 가장 골치 아픈 것으로 밝혀지게 마련이었다. 셀린은 랜드가 흰 암말의 등에 안장을 걸치고 허리를 굽혀 뱃대끈을 조이는 모습을 조용히 지켜보았다.

"모두 모아들여!" 페인이 사납게 말했다. 염소 주둥이가 달린 트롤록이 그에게서 물러났다. 이제는 장작을 높이 쌓아 피운 불빛이 깜빡이는 그림자로 언덕 위를 밝혔다. 페인의 인간 추종자들은 불꽃 옆에 모여 있었다. 남은 트롤록들과 함께 어둠 속에 남겨지는 것이 두려웠기 때문이다. "아직 살아 있는 놈들을 모조리 모아들여라. 그중 하나라도 도망치려 든다면 저놈과 똑같은 일을 당하게 될 거라고 알려 줘라." 페인은 알소르를 찾지 못했다는 소식을 처음으로 알려 온 트롤록을 가리켰다. 그 트롤록은 자기 자신의 피로 진창이 된 땅 위에서 여전히 움찔거리고 있었다. 발굽이 구덩이를 파대고 있었다. "가라." 페인이 속삭이자 염소 주둥이 트롤록이 어둠 속으로 달려갔다.

페인은 다른 인간들을 경멸스럽다는 듯 바라본 뒤—**그래도 아직 쓸모가 있지**—고개를 돌려 어둠 속을, 동족살해자의단검 쪽을 바라보았다. 알소르가 저 위 어딘가에, 산속에 있었다. 뿔나팔을 가지고. 그 생각을 하자 페인의 이가 소리가 날 정도로 갈렸다. 정확히 어디인지는 알 수 없었지만 뭔가가 그를 산 쪽으로 끌어당겼다. 알소르에게로. 어둠의 존재의…… 선물이 그만큼은 남아 있었다. 페인은 그 생각을 거의 해 보지 않았다. 생각하지 않으려 애써 왔다. 그러다가 갑자기, 뿔나팔이 사라지고 나자—사라지다니!—알소르가 나타나 굶주린 개를 끌어당기는 고기처럼 그를 끌어당겼다.

"나는 더 이상 개가 아니야. 더 이상 개가 아니야!" 그는 다른 이들이 불 주변에서 불안하게 움직거리는 소리를 들었으나 무시했다. "넌 내가 당한 일의 대가를 치르게 될 거다, 알소르! 세상이 그 대가를 치르게 될 거야!" 페인은 광기 어린 웃음으로 어둠을 바라보며 킥킥댔다. "세상이 대가를 치르게 될 거다!"

20장 사이딘

랜드는 일행이 어둠 속에서도 계속 움직이게 했다. 새벽이 왔을 때 잠깐 멈추어 말들을 쉬게 해 주었을 뿐이다. 로이알도 쉬게 해 주고. 금과 은으로 이루어진 상자 속 발리어의 뿔나팔이 로이알의 안장을 차지하고 있었기에, 오기어는 커다란 말보다 앞장서서 걷거나 종종걸음 쳤다. 하지만 그는 절대로 불평하지 않았고 절대로 일행의 속도를 떨어뜨리지도 않았다. 밤사이 어느 순간에 그들은 케예리엔 국경을 넘었다.

"다시 보고 싶군요." 그들이 멈춰 서자 셀린이 말했다. 그녀는 말에서 내려 로이알의 말로 성큼성큼 다가갔다. 그들의 길고 가는 그림자가 지평선에서 막 고개를 내민 햇빛을 받아 서쪽을 가리켰다. "내려 주세요, 알란틴." 로이알이 끈을 풀기 시작했다. "발리어의 뿔나팔이라니."

"안 됩니다." 랜드가 레드의 등에서 내려오며 말했다. "로이알, 안 돼." 오기어가 랜드와 셀린을 번갈아 보았다. 로이알은 의심스럽다는 듯 귀를 움찔거렸지만 손을 뗐다.

"뿔나팔을 보고 싶어요." 셀린이 요구했다. 랜드는 그녀의 나이가 자기보다 많지 않다고 확신했지만, 이 순간만큼은 문득 그녀가 산처럼 오래되고 차가운 존재로 보였다. 가장 오만한 순간의 무어게이즈 여왕보다도 위엄 있었다.

"단검을 계속 보호해 줘야 할 것 같아요." 랜드가 말했다. "내가 아는 대로라면 단검을 보는 것도 만지는 것만큼 나쁠 수 있어요. 맷의 손에 쥐어 줄 수 있을 때까지는 그냥 놔두죠. 맷이…… 맷이 그걸 아이즈 세다이에게 가져갈 수 있을 거예요." **아이즈 세다이는 치유의 대가로 뭘 요구할까?** 하지만 랜드에게는 선택지가 없었다. 최소한 그는 아이즈 세다이와 더 이상 볼일이 없다는 안도감에 약간의 죄책감이 느껴졌다. **난 더 이상 아이즈 세다이와 볼일이 없어. 어떤 식으로든.**

"단검이라니! 당신은 저 단검밖에는 관심이 없는 것 같네요. 없애 버리라고 했잖아요. 저 안에 들어 있는 건 발리어의 뿔나팔이라고요, 랜드."

"안 돼요."

셀린이 그에게 다가왔다. 살랑거리는 그 걸음걸이를 보자 랜드는 목에 뭔가 걸린 듯한 느낌이 들었다. "내가 바라는 건 대낮에 발리어의 뿔나팔을 보는 것뿐이에요. 건드리지도 않을게요. 당신이 들고 있어요. 당신이 두 손으로 발리어의 뿔나팔을 들고 있으면 나한테는 기억할 만한 일이 될 거예요." 셀린은 그렇게 말하며 랜드의 두 손을 잡았다. 그녀의 손길에 랜드는 살갗이 얼얼했고 입이 말랐다.

기억할 만한 일이라니. 셀린이 사라지고 나면……. 뿔나팔을 꺼내자마자 상자를 다시 닫으면 단검은 괜찮을 것이다. 밝은 데서 뿔나팔을 볼 수 있을 때 두 손으로 뿔나팔을 들고 있는 건 특별한 일이 될 터였다.

랜드는 드래건의 예언을 좀 더 알았으면 좋겠다고 생각했다. 에머즈 필드에서 딱 한 번 상인의 호위병이 예언 일부를 말하는 걸 들었을 때 나이니브가 그 남자의 어깨를 빗자루로 때리다가 빗자루가 부러졌었다. 랜드가 들은 얼마 안 되는 내용 중에는 발리어의 뿔나팔 이야기가 나오지 않았다.

나한테 자기가 원하는 일을 시키려는 아이즈 세다이. 셀린은 여전히 그의 눈을 강렬하게 바라보고 있었다. 너무 젊고 아름다워서, 랜드는 지금 드는 생각에도 불구하고 그녀에게 입을 맞추고 싶었다. 랜드는 아이즈 세다이가 셀린처럼 행동하는 걸 한 번도 본 적이 없었다. 또 셀린은 나이를 가늠할 수 없는 게 아니라 어려 보였다. **내 또래의 소녀가 아이즈 세다이일 수는 없어. 하지만……**.

"셀린." 그가 조용히 말했다. "당신 아이즈 세다이예요?"

"아이즈 세다이라니." 그녀는 랜드의 손을 쳐 내며 거의 침을 뱉듯이 말했다. "아이즈 세다이라니! 당신은 늘 나한테 그 소리를 하는군요!" 셀린은 깊이 숨을 들이마시더니 마음을 가다듬는 것처럼 드레스의 주름을 눌러 폈다. "나는 그저 나 자신일 뿐이에요. 아이즈 세다이가 아니고!" 그녀는 아침 햇살조차 차갑게 느껴지게 하는 조용한 냉기로 자신을 감쌌다.

로이알과 휴린은 할 수 있는 한 우아하게 이 모든 상황을 견뎠다. 그들은 대화를 하며 당혹감을 감추려 했다. 하지만 그때 셀린이 눈총을 주어 그들을 얼어붙게 했다. 그들은 계속 말을 달렸다.

그날 밤, 그들이 저녁으로 먹을 물고기를 낚은 산자락 시냇가에 야영장을 꾸렸을 때쯤 셀린은 성질을 어느 정도 가라앉힌 듯 오기어와 책에 관해 수다를 떨고 휴린에게도 친절하게 말을 걸었다.

하지만 랜드가 먼저 말을 걸지 않는 한 랜드에게는 거의 말을 걸지 않았다. 그날 저녁에도, 그들의 양옆으로 거대하고 들쭉날쭉한 잿빛 장벽처럼 점점 높이 솟아오르는 산을 통과한 다음 날에도 말이다. 하지만 랜드가 그녀를 볼 때마다 그녀는 랜드를 지켜보며 미소 짓고 있었다. 때때로 그 미소는 랜드가 마주 미소 짓게 했고, 때때로 그가 자기가 한 생각에 목청을 가다듬으며 얼굴을 붉히게 만들었다. 또 때로는 에그웨인이 가끔 짓는, 신비로우면서도 다 안다는 듯한 미소였다. 언제나 랜드가 등을 세우게 하는 미소였지만 최소한 미소이기는 했다.

셀린이 아이즈 세다이일 리는 없어.

길이 아래로 경사지기 시작했다. 하늘에 땅거미가 질 기미가 보이는 가운데, 마침내 동족살해자의단검이 둥글고 완만하게 이어지는 언덕들에 길을 내 주었다. 나무보다는 덤불이 많고 숲보다는 덤불숲이 많은 언덕이었다. 수레 몇 대가 때때로 지나갈 법한 흙길이 있을 뿐 도로는 없었다. 언덕 몇 군데에 층층이 밭이 자리 잡고 있었다. 작물은 가득하지만 이 시간에는 사람이 없는 밭이었다. 흩어져 있는 농장 건물 중 그들이 지나가는 길에서 가까운 것은 하나도 없었고 그래서 랜드는 그것들이 전부 돌로 만들어져 있다는 것 외에 많은 것을 알 수 없었다.

눈앞에 마을이 보였을 때는 이미 다가오는 밤을 배경으로 몇몇 창문에서 빛이 깜빡이고 있었다.

"오늘 밤에는 침대에서 자겠네요." 그가 말했다.

"그것 참 마음에 듭니다, 랜드 공." 휴린이 웃었다. 로이알도 동의한다는 듯 고개를 끄덕였다.

"마을 여관이라니." 셀린이 코웃음 쳤다. "틀림없이 더럽겠죠. 씻지도 않고 술을 마시는 남자들이 잔뜩 있을 테고요. 다시 별빛 아래서 잠을 자면 안 되나요? 난 별빛 아래서 잠을 자는 게 좋던데요."

"우리가 자는 동안 페인이 따라잡으면 별로 좋지 않을 거예요." 랜드가 말했다. "페인과 그 트롤록들 말이죠. 페인이 나를 쫓고 있어요, 셀린. 뿔나팔을 쫓는 것이기도 하지만, 페인이 찾을 수 있는 건 나거든요. 지난 며칠 밤에 내가 그렇게까지 경계한 이유가 뭐라고 생각해요?"

"페인이 우리를 따라잡으면 당신이 처리하면 되죠." 그녀의 목소리는 냉담하면서도 자신감 있었다. "마을에 어둠의 친구들이 있을 수도 있고요."

"그자들이 우리 정체를 알더라도 근처에 다른 마을 사람들이 있으니 별다른 일을 할 수 없어요. 마을 사람 모두가 어둠의 친구라고 생각하는 거라면 모를까."

"당신이 뿔나팔을 가지고 있다는 걸 그 사람들이 알아채면요? 당신이야 원하지 않을지 몰라도 농부들조차 그런 위대함을 꿈꾼다고요."

"셀린 말이 맞아, 랜드." 로이알이 말했다. "농부들마저 뿔나팔을 빼앗고 싶어 할지 모른다는 걱정이 들어."

"로이알, 네 담요를 펼쳐서 상자를 덮어. 계속 덮어 놔." 로이알은 그 말에 따랐고 랜드는 고개를 끄덕였다. 오기어의 줄무늬 담요 밑에 상자나 궤짝이 있다는 건 명백했지만 그게 평범한 여행 상자 이상이라는 걸 나타낼 만한 것은 없었다. "우리 아가씨의 옷 보관함이라고 하죠." 랜드가 씩 웃으며 절했다.

셸린은 랜드의 농담에 뜻을 알 수 없는 표정과 침묵으로 응답했다. 잠시 후 그들은 다시 길을 나섰다.

거의 동시에, 랜드의 왼쪽으로 조금 떨어진 곳에서 지는 햇빛이 땅에 있는 무언가를 반사시켰다. 뭔가 커다란 것이었다. 반사되는 빛으로 미루어 아주 커다란 것이었다. 랜드는 궁금해서 그쪽으로 말 머리를 돌렸다.

"랜드 공?" 휴린이 말했다. "마을은요?"

"그냥 저걸 먼저 보고 싶어서요." 랜드가 말했다. **물에 비치는 햇빛보다 밝은데. 대체 뭐지?**

그 반사체에 시선을 두고 있던 랜드는 레드가 갑자기 멈추자 깜짝 놀랐다. 구렁말을 재촉하려던 순간, 랜드는 그들이 거대한 발굴지 위쪽의 점토질 벼랑 가장자리에 서 있다는 걸 깨달았다. 언덕 대부분이 족히 91미터는 되는 깊이로 파헤쳐져 있었다. 하나 이상의 언덕이 사라진 게 분명했다. 아마 농부들의 밭도 일부는 사라졌을 것이다. 구멍의 크기가 깊이의 최소 열 배는 되었으니까. 반대편은 단단히 다져 경사로로 만들어 놓은 듯했다. 밑바닥에 사람들이 십여 명 모여서 불을 피우고 있었다. 그 아래에는 이미 어둠이 내리고 있었다. 그들 사이 여기저기에서 갑옷이 빛을 반사했고 칼이 그들의 옆구리에 매달려 있었다. 랜드는 그들을 힐끗 보기도 힘들었다.

구덩이 맨 아래의 흙에서 수정구를 들고 있는 손 모양의 거대한 돌이 비스듬하게 올라왔다. 마지막 순간 햇빛에 반짝인 것이 바로 그 수정구였다. 랜드는 그 크기에 입을 쩍 벌렸다. 매끄러운 구체는 지름이 최소 18미터였다. 랜드는 그 구체의 표면이 긁힌 자국 하나 없이 매끄러울 거라고 확신했다.

그 손에서 어느 정도 떨어진 곳에서는 그와 비례하는 크기의 돌로 된 얼굴이 드러나 있었다. 턱수염 난 남자의 얼굴이 엄청난 세월의 위용을 자랑하며 흙에서 비어져 나왔다. 널찍한 이목구비에 지혜와 지식이 담겨 있는 듯했다.

청하지도 않은 공백이 형성되어 순식간에 온전하게 완성되었다. 사이딘이 빛나며 신호했다. 랜드는 석상의 얼굴과 손에 너무 집중한 나머지 무슨 일이 일어났는지도 몰랐다. 언젠가 배의 선장으로부터 거대한 수정구를 들고 있는 거인의 손 이야기를 들은 적 있었다. 베일 도면은 그 손이 트레멀킹 섬의 언덕에 박혀 있다고 주장했었다.

"위험해요." 셀린이 말했다. "이리 와요, 랜드."

"내려갈 길을 찾을 수 있을 것 같은데." 랜드가 멍하니 말했다. 사이딘이 그에게 노래했다. 거대한 구체가 가라앉는 태양의 빛을 받아 희게 빛나는 듯했다. 랜드가 보기에는 수정 깊은 곳에서 빛이 소용돌이치며 사이딘의 노래에 맞춰 춤을 추는 듯했다. 어째서 아래의 남자들은 그걸 모르는 것처럼 보이는지 랜드는 궁금했다.

셀린이 가까이 말을 타고 와 그의 팔을 잡았다. "부탁이에요, 랜드. 저기서 멀어져야 해요." 랜드는 어리둥절한 표정으로 그녀의 손을 보았고, 그녀의 팔을 따라 얼굴로 시선을 옮겼다. 그녀는 정말로 걱정하는 표정이었다. 심지어 겁먹은 듯했다. "이 비탈이 우리가 탄 말의 무게에 무너져 내리고 추락하다가 우리 목이 부러지지 않는다 해도 저 남자들은 경비병이에요. 모든 행인이 와서 살펴보기를 바라는 무언가에 경비병을 붙이는 사람은 아무도 없죠. 웬 영주의 경비병이 당신을 체포한다면 페인을 피하는 데 무슨 도움이 되겠어요? 이리 와요."

갑자기 랜드는 공백이 자신을 둘러싸고 있다는 걸 깨달았다. 흘러 다니는, 멀게만 느껴지는 생각이었다. 사이딘이 노래했고 구체는 맥동했으며 보지 않고도 느낄 수 있었다. 사이딘이 부르는 노래를 부르면 저 거대한 석상의 얼굴이 입을 벌려 함께 노래하리라는 생각이 들었다. 그와 함께, 사이딘과 함께. 모두가 하나 되어서.

"부탁이에요, 랜드." 셀린이 말했다. "당신과 함께 마을로 갈게요. 뿔나팔 얘기는 다시 하지 않을게요. 이리 오기만 해요!"

랜드는 공백을 놓아 주었으나…… 공백은 사라지지 않았다. 사이딘이 노래했고 구체 안의 빛은 심장처럼 박동했다. 꼭 랜드의 심장 같았다. 로이알과 휴린, 셀린 모두가 그를 바라보았지만 그들은 수정구에서 나오는 그 영광스러운 불길을 모르는 듯했다. 랜드는 공백을 밀어내려 했다. 공백은 화강암처럼 버텼다. 랜드는 돌처럼 단단한 허무 안을 떠 다녔다. 사이딘의 노래, 수정구의 노래. 랜드는 그 노래가 자신의 뼈를 따라 진동하는 것을 느낄 수 있었다. 랜드는 포기하지 않겠다고 단호하게 마음을 먹고 자기 내면 깊은 곳으로 손을 뻗었다. ……**난 절대**…….

"랜드." 랜드는 그게 누구의 목소리인지 알 수 없었다.

……그라는 사람의 핵심으로, 그라는 존재의 핵심으로 손을 뻗어…….

……**절대**…….

"랜드." 노래가 그를, 허무를 가득 채웠다.

……돌을 만졌다. 동정심을 모르는 태양으로 뜨거워지고, 무자비한 밤으로 차가워진 돌을…….

……**아니야**…….

빛이 그를 가득 채우고 그의 눈을 멀게 했다.

"그늘이 사라질 때까지." 그가 웅얼거렸다. "물이 사라질 때까지…….."

일원력이 그를 가득 채웠다. 그는 구체와 하나였다.

"……이를 드러내고 그림자 속으로…….."

그 힘은 랜드의 것이었다. 일원력이 그의 것이었다.

"……최후의 날에…….."

세상을 파괴할 힘이.

"……눈을 멀게 하는 자의 눈에 침을 뱉으러!" 그 말이 고함으로 쏟아졌다. 공백은 사라졌다. 레드가 그의 울부짖음에 물러났다. 수말의 발굽 아래서 점토가 부스러지며 구덩이로 흘러 들어갔다. 커다란 구렁말이 무릎을 꿇었다. 랜드는 앞으로 몸을 숙여 고삐를 잡았다. 가장자리에서 물러난 랜드가 허둥지둥 안전한 곳으로 향했다.

이제 보니 모두가 그를 빤히 바라보고 있었다. 셀린도, 로이알도, 휴린도, 모두가. "무슨 일이죠?" **공백이**……. 랜드는 자기 이마를 만졌다. 랜드가 놓아 주었을 때도 공백은 사라지지 않았고 사이딘의 빛은 더욱 강해졌으며…… 그 이상은 기억나지 않았다. **사이딘**. 랜드는 추위를 느꼈다. "내가…… 뭔가 했어요?" 랜드는 기억해 보려고 애쓰며 인상을 썼다. "내가 뭐라고 말했나요?"

"그냥 조각상처럼 뻣뻣하게 거기 앉아 있었어." 로이알이 말했다. "누가 뭐라고 말하든 혼자 중얼거리면서. 네가 무슨 말을 했는지는 알아듣지 못했어. 네가 죽은 사람도 깨울 만큼 큰 소리로 '뺄으러!'라고 소리치면서 네 말을 가장자리 너머로 밀어 버릴 뻔했을 때까지는 말이야. 너 아파? 매일 점점 더 이상하게 구는 것 같아."

"안 아파." 랜드가 거칠게 말했다가 말투를 부드럽게 바꿨다. "난 괜찮아, 로이알." 셀린이 경계하는 눈초리로 그를 보았다.

구덩이에서 남자들이 외치는 소리가 들렸다. 그들이 하는 말은 알아들을 수 없었다.

"랜드 공." 휴린이 말했다. "저 경비병들이 결국 우리를 알아챈 것 같습니다. 저 사람들이 이쪽으로 올라오는 길을 알고 있다면 당장이라도 여기 올 수 있을 겁니다."

"맞아요." 셀린이 말했다. "최대한 빨리 여기서 떠나죠."

랜드는 발굴지를 힐끗 본 뒤 재빨리 다시 고개를 돌렸다. 거대한 수정구에는 저녁 햇살을 반사한 빛 말고 아무것도 없었지만, 그는 수정구를 보고 싶지 않았다. 구체에 관한 무언가가…… 거의 기억나려 했다. "저 사람들을 기다릴 이유는 없을 것 같네요. 우린 아무 잘못도 하지 않았어요. 여관을 찾아보죠." 그는 레드의 말 머리를 마을 쪽으로 돌렸다. 그들은 머잖아 구덩이와 소리치는 경비병들을 떠나갔다.

많은 마을들이 그렇듯 트레몬시엔도 언덕 꼭대기를 차지하고 있었으나 그들이 지나온 농장들처럼 이 언덕 역시 돌로 만들어진 옹벽을 갖추고 층층이 깎여 있었다. 정사각형의 돌집들이 정확하게 구획한 땅에 자리 잡고 있었다. 그 뒤에는 직각으로 서로 교차하는 직선 도로를 따라 정확히 구획된 정원들이 있었다. 언덕을 돌아가는 길에 어쩔 수 없이 생겨난 곡선은 못마땅한 취급을 받는 듯했다.

사람들은 충분히 개방적이고 친절해 보였다. 그들은 어둠이 내리기 전에 서둘러 마지막 잡일을 하면서 잠깐씩 멈추어 서로에게 고개를 까딱였다. 그들은 키가 작았다. 키가 랜드의 어깨를 넘는 사람은 한 명도 없었고, 휴린 정도로 키가 큰 사람도 거의 없었다. 그들은 검은 눈에 흰 피부, 좁다란 얼굴을 가지고 있었으며, 가슴에 줄무늬를 그어놓은 것처럼 색깔이 들어간 옷을 입은 몇 사람을 제외하면 대부분 검은 옷을 입고 있었다. 요리하는 냄새가 공기를 채웠는데 랜드에게는 이상하게 느껴지는 향신료 냄새로 느껴졌다. 그 와중에 주부 대여섯 명이 문을 열고 몸을 내밀어 수다를 떨고 있었다. 문은 아랫부분이 닫혀 있어도 위를 열어 놓을 수 있도록 나뉘어 있었다. 사람들이 신기한 듯 새로 온 사람들을 눈여겨보았다. 적대감의 흔적은 보이지 않았다. 몇몇은 듀란 수말처럼 큰 말과 나란히 걷는 오기어인 로이알을 잠깐 더 보았지만, 잠깐일 뿐이었다.

언덕 꼭대기의 여관은 마을의 다른 모든 건물이 그렇듯 돌로 되어 있었으며 넓은 문 위는 그림 간판이 눈에 띄게 걸려 있었다. "아홉 반지". 랜드는 미소 지으며 말에서 내려 레드를 여관 앞에 있는 말뚝에 매 두었다. "아홉 반지"는 랜드가 어렸을 때 가장 좋아하던 모험담 중 하나였다. 지금까지도 그럴 것이다.

셀린은 랜드가 말에서 내리도록 도와주었을 때도 불안해 보였다. "괜찮아요?" 랜드가 물었다. "아까 나 때문에 겁먹은 건 아니죠? 레드는 절대 나를 태운 채로 절벽에서 떨어지지 않았을 거예요." 랜드는 정말 무슨 일이 일어났던 건지 궁금했다.

"무시무시했어요." 셀린은 잔뜩 힘이 들어간 목소리로 말했다. "내가 쉽게 겁먹는 사람도 아닌데. 당신은 당신 자신을 죽일 수 있었어요. 당신만이 아니라……." 그녀는 옷 주름을 폈다. "나랑 같이 가요. 오늘 밤에, 지금 당장이요. 뿔나팔을 가져가요. 내가 언제까지나 당신 옆에 있을게요. 생각해 봐요. 내가 당신 옆에 있고 발리어의 뿔나팔이 당신 손에 들려 있다니. 그리고 장담하는데, 그건 시작일 뿐일 거예요. 그 이상 뭘 바랄 수 있죠?"

랜드가 고개를 저었다. "그렇게는 못 해요, 셀린. 뿔나팔은……." 그가 주위를 둘러보았다. 길 건너편에서 한 남자가 창밖을 내다보더니 홱 커튼을

닫았다. 저녁이 오면서 거리가 어두워졌고 이제 로이알과 휴린을 제외하면
아무도 보이지 않았다. "뿔나팔은 내 것이 아니에요. 말했잖아요." 셀린은
랜드를 등졌다. 그녀의 흰 망토가 벽돌처럼 효과적으로 그를 막았다.

21장 아홉 반지

저녁 먹을 시간이 된 만큼 휴게실이 비어 있을 거라고 생각했지만, 한 테이블에 여섯 명의 남자가 모여들어 맥주잔을 놓고 주사위를 던져 대고 있었다. 또 한 사람은 혼자 앉아 식사를 하는 중이었다. 주사위꾼들은 눈에 보이게 무기를 소지하거나 갑옷을 입고 있지는 않았다. 그저 민무늬 코트에 짙푸른 색의 브리치스를 걸치고 있을 뿐이었다. 그러나 그들의 태도를 보니 왠지 군인이라는 걸 알 수 있었다. 랜드의 시선이 혼자 앉아 있는 남자에게로 향했다. 장교였다. 그는 높은 장화의 윗부분을 아래로 접어 내리고 칼을 의자 옆 탁자에 기대 놓고 있었다. 장교의 푸른 외투 이쪽 어깨에서 저쪽 어깨까지를 빨간색과 노란색 줄 한 가닥이 가로질렀다. 검은 머리카락은 뒤로 길게 늘어뜨렸으나 머리 앞부분은 면도 되어 있었다. 병사들의 머리카락은 모두 같은 바가지를 대고 자른 것처럼 짧게 깎여 있었다. 랜드 일행이 들어오자 일곱 사람 모두가 돌아보았다.

여관 주인은 코가 길고 머리가 희끗희끗한, 야윈 여자였으나 그녀의 주름은 다른 무엇보다도 그녀가 이미 짓고 있는 미소의 일부처럼 보였다. 그녀가 얼룩 하나 없는 앞치마에 두 손을 문질러 닦으며 수선스럽게 다가왔다. "좋은 저녁입니다……." 그녀의 눈이 금실로 수놓인 랜드의 붉은 코트와 셀린의 멋진 흰색 드레스를 빠르게 알아보았다. "영주님, 아가씨. 저는 매글린 매드웬입니다, 영주님. '아홉 반지'에 어서 오세요. 오기어 님도 있군요. 당신 종족이 이쪽으로 오는 경우는 많지 않은데 말이죠, 오기어 님. 스테딩 초푸에서 오신 건가요?"

로이알은 묵직한 상자 때문에 어색하게 반쯤 허리를 숙였다. "아닙니다, 친절한 여관 주인님. 나는 다른 곳에서, 변방에서 왔습니다."

"변방에서 오셨다고요. 그렇군요. 그럼 도련님은요? 이렇게 여쭤보는 걸 용서해 주세요. 도련님은 변방 사람처럼 보이지 않으셔서요. 이렇게 말해도 괜찮을지 모르겠지만요."

"난 투 리버스에서 왔어요, 매드웬 부인. 안도어에 있는 곳이죠." 그는 셀린을 힐끗 보았다. 셀린은 랜드가 존재한다는 것조차 인정하지 않는 표정이었다. 그녀의 무감정한 시선은 그저 이 방과 이 안에 사람들이 있다는 것만 겨우 인정할 뿐이었다. "셀린 아가씨는 케예리엔 수도 출신이고 나는 안도어에서 왔습니다."

"그러시군요, 도련님." 매드웬 부인의 시선이 잠시 랜드의 칼로 향했다. 청동 왜가리가 칼집과 칼자루에 드러나 있었다. 그녀는 살짝 인상을 찌푸렸지만 눈 깜짝할 사이에 얼굴이 다시 맑아졌다. "도련님과 아름다운 아가씨께서, 또 두 분을 따르는 분들이 드실 식사가 필요하겠군요. 아마 방도 필요하겠고요. 말들은 돌봐 주라고 하겠습니다. 바로 이쪽에 테이블이 마련되어 있습니다. 피망을 얹은 돼지고기가 구워지고 있고요. 그럼 도련님과 아가씨는 발리어의 뿔나팔을 쫓으시는 건가요?"

그녀를 따라가던 랜드가 하마터면 발을 헛디딜 뻔했다. "아뇨! 왜 그렇게 생각하는 거죠?"

"불쾌하게 해 드릴 생각은 없었어요, 도련님. 지난달에만 발리어의 뿔나팔을 찾는 일행이 이미 둘이나 지나갔거든요. 다들 영웅처럼 보이려고 잔뜩 광을 냈죠. 도련님 일행이 그렇다는 건 전혀 아니고요. 귀리와 보리를 사러 수도에서 오는 장사꾼들을 빼면 낯선 사람이 여기에 오는 경우는 거의 없답니다. 사냥대는 아직 일리안을 떠나지 않았겠지만, 일부는 딱히 축복이 필요하지 않다는 생각에 그 행사를 건너뛰어 다른 사람들보다 앞서가려는 것 같아요."

"우린 뿔나팔을 쫓는 게 아니에요, 부인." 랜드는 로이알의 두 팔에 안긴 꾸러미를 보지 않았다. 알록달록한 줄무늬가 들어간 담요가 오기어의 두꺼운 팔과 위장해 놓은 상자를 한꺼번에 덮고 있었다. "절대 아니에요. 우린 수도로 가는 중입니다."

"그러시군요, 도련님. 이렇게 질문해서 죄송하지만, 아가씨는 괜찮으신 가요?"

셸린이 그녀를 보더니 처음으로 입을 열었다. "괜찮아요." 그녀의 목소리가 허공에 냉기를 남기며 잠시 대화를 틀어막았다.

"케예리엔 사람이 아니군요, 매드웬 부인." 휴린이 대뜸 말했다. 안장주머니와 랜드의 짐을 무겁게 들고 있던 그는 걸어 다니는 짐수레처럼 보였다. "실례지만 말투가 다른데요." 매드웬의 눈썹이 올라갔다. 그녀는 랜드를 힐끗 보더니 씩 웃었다. "도련님께서 부하가 제멋대로 말하게 놔두셨다는 걸 아셔야 하는데. 어쨌든 저는 익숙해져서……." 그녀의 시선이 장교에게로 향했다. 장교는 다시 식사에로 관심을 돌리고 있었다. "빛을 걸고, 네. 저는 케예리엔 사람이 아니에요. 하지만 무슨 죄를 지었는지 케예리엔 사람과 결혼했죠. 23년간 함께 살았는데, 그 사람이 나를 놔두고 죽은 뒤에는—빛이여, 그 사람을 비추소서—당장이라도 루가드로 돌아갈 생각이었어요. 하지만 결국 그 사람이 최후의 승리를 거두었죠. 나한테는 여관을 남겨 주고 자기 남동생에게는 돈을 남겨 준 거예요. 그 반대로 했어야 하는데. 바린은 그런 식으로 속임수에 능하고 음모를 꾸며 댔죠. 내가 아는 모든 남자가 그렇듯이, 케예리엔 남자라면 특히 그렇듯이 말이에요. 앉으시겠어요, 도련님? 아가씨?"

휴린이 그들과 함께 테이블에 앉자 여관 주인이 놀라서 눈을 깜빡거렸다. 오기어야 오기어지만, 그녀가 보기에 휴린은 틀림없는 하인이었기 때문이다. 그녀는 랜드를 한 번 더 힐끗 보고는 부산스럽게 주방으로 갔고 머잖아 서빙하는 소녀들이 음식을 가지고 왔다. 그들은 키득거리며 도련님과 아가씨, 오기어를 구경했다. 결국 매드웬 부인이 그들을 꾸짖어 일하도록 돌려보냈다.

랜드는 의심스러운 눈으로 자기 음식을 보았다. 돼지고기는 작은 조각으로 잘려 길게 썬 피망과 완두콩, 수많은 채소, 랜드가 모르는 것들과 뒤섞여 있었다. 그 모든 것이 투명하고 걸쭉한 어떤 소스에 섞여 있었다. 달콤하면서도 찌르는 듯한 냄새가 났다. 셀린은 자기 음식을 깨작거리기만 했지만 로이알은 신이 나서 먹었다.

휴린이 포크 너머로 랜드를 보며 씩 웃었다. "케예리엔 사람들은 특이한 양념을 쓰네요, 랜드 공. 하지만 그런 것치고 나쁘지는 않습니다."

"해로울 건 없어, 랜드." 로이알이 덧붙였다.

랜드는 머뭇거리며 한 입을 먹었다가 헛숨을 들이켤 뻔했다. 냄새와 똑같이 달콤하면서도 찌르는 듯한 맛이 났다. 돼지고기는 바깥이 바삭바삭하고 안은 부드러웠으며, 십여 가지의 다양한 맛과 향신료가 느껴졌다. 그 모든 것이 뒤섞이며 대조를 이루었다. 랜드가 여태껏 입에 넣어 본 그 무엇과도 다른 맛이었다. 훌륭했다. 랜드는 접시를 싹 비웠고 매드웬 부인이 접시를 치우려고 종업원들과 함께 돌아왔을 때는 로이알처럼 더 달라고 할 뻔했다. 셀린의 그릇은 여전히 반쯤 차 있었지만, 그녀는 종업원 중 한 명에게 접시를 치우라고 무뚝뚝하게 손짓했다.

"기꺼이 그러지요, 오기어 님." 여관 주인이 미소 지었다. "당신 종족의 배를 채우는 데는 많은 음식이 필요하니까요. 카트린, 한 접시 더 가져 와. 빨리." 종업원 중 한 명이 빠르게 떠났다. 매드웬 부인은 미소 짓는 얼굴을 랜드에게로 돌렸다. "도련님, 여기에 비테른을 연주하는 남자를 뒀었는데 그 사람이 어느 농장 여자와 결혼해 버렸답니다. 이제는 그 여자가 시키는 대로 쟁기 뒤에 매어 둔 고삐나 뜯고 있지요. 어쩌다 보게 된 건데 하인의 짐 꾸러미에서 플루트 통처럼 생긴 것이 튀어나와 있더군요. 제 악사가 떠나 버렸으니, 도련님의 부하에게 음악을 좀 연주해 주라고 하실 수 없을까요?"

휴린은 당황한 표정이었다.

"저 친구는 연주하지 않아요." 랜드가 설명했다. "내가 하죠."

여자가 눈을 깜빡였다. 적어도 케예리엔에서는 귀족들이 플루트를 연주하지 않는 듯했다. "부탁은 취소하겠습니다, 도련님. 빛을 걸고 사실만 말씀드리는데, 정말이지 불쾌하게 해 드릴 생각은 없었어요. 도련님 같은 분께 휴게실에서 직접 연주해 달라는 부탁은 드리지 않아요."

랜드는 잠깐밖에 망설이지 않았다. 칼보다 플루트 연습을 많이 한 것은 너무도 오래전이었고 주머니 속 동전이 언제까지나 남아돌지는 않을 터였다. 화려한 옷을 벗어 버리고 뿔나팔은 잉타에게, 단검은 맷에게 돌려주고 나면 아이즈 세다이로부터 안전한 곳을 찾아다니는 동안 밥값을 벌 플루트가 다시 필요해질 터였다. **나 자신으로부터도 안전한 곳이어야겠지? 그때 무슨 일이 일어나긴 일어났는데. 뭐였을까?**

"괜찮아요." 랜드가 말했다. "휴린, 플루트 통을 건네주세요. 그냥 빼 내면 돼요." 방랑 시인의 망토를 보일 필요는 없었다. 지금도 매드웬 부인의 검은 눈에서는 묻지 않은 질문이 충분히 반짝이고 있었다.

은세공이 들어간, 잘 다듬어진 황금 악기는 귀족이 연주할 만한 것으로 보였다. 귀족이 조금이라도 플루트를 연주한다면 말이다. 오른손 손바닥에 찍힌 왜가리 낙인도 손가락 움직임에 방해가 되지는 않았다. 셀린의 연고가 너무 잘 들어, 보지 않으면 낙인이 생각나는 일도 거의 없었다. 그러나 지금은 그 낙인이 머릿속에 들어와 있었고, 랜드는 무의식적으로 〈날아가는 왜가리〉를 연주하기 시작했다.

휴린이 곡에 맞춰 머리를 까딱거렸고 로이알은 박자에 따라 두꺼운 손가락으로 테이블을 두드려 댔다. 셀린은 대체 랜드의 정체가 뭔지 궁금하다는 듯 그를 보았지만―**난 귀족이 아니에요, 아가씨. 난 양치기고, 휴게실에서 플루트를 연주하죠**―군인들은 이야기하다 말고 고개를 돌려 연주에 귀 기울였으며 장교는 방금 읽기 시작한, 표지가 나무로 된 책을 덮었다. 셀린의 변함없는 시선이 랜드의 마음속에 꺼지지 않는 불꽃을 피워 냈다. 랜드는 궁전이나 영주의 저택에 어울릴 만한 노래는 일부러 피했다. 그는 〈물 한 바가지만〉과 〈옛 투 리버스의 나뭇잎〉, 〈잭이 나무에 올라〉, 〈프리켓 아저씨의 파이프〉를 연주했다.

마지막 연주에 맞춰 병사 여섯 명이 시끌벅적하게 노래를 부르기 시작했다. 가사는 랜드가 아는 것과 달랐다.

우리는 이랄렐강까지 말을 달렸다네
타이렌이 오는 것을 보려고.
강둑을 따라 늘어섰지
태양이 떠오를 때에.
그들의 말이 평원을 검게 물들였고
그들의 깃발이 하늘을 검게 물들였지.
하지만 우리는 이랄렐강의 강둑을 지켰다네.
아, 우리는 우리의 자리를 지켰다네.
그래, 우리의 자리를 지켰지.
아침에 강가를 따라 늘어서서 우리 자리를 지켰네.

다른 지역에서 다른 가사와 이름이 사용되는 것을 종종 본 적이 있다. 때로는 같은 나라에서도 마을에 따라 가사가 달라졌다. 랜드는 노랫소리가 잦아들고 사람들이 서로의 어깨를 치며 각자의 노래 솜씨에 대해 무례한 이야기를 할 때까지 장단을 맞춰 연주했다.

랜드가 플루트를 내리자 장교가 자리에서 일어나 갑작스럽게 손짓했다. 병사들이 웃다 말고 조용해지더니 의자를 땅에 끌리도록 뒤로 밀고 가슴에 손을 얹으며 장교에게, 또 랜드에게 인사했다. 그러고는 뒤도 돌아보지 않고 떠났다.

장교가 랜드의 테이블로 다가와 손을 가슴에 얹으며 절했다. 면도한 그의 머리 앞부분이 흰 가루를 뿌린 것 같았다. "명예가 함께하기를 바랍니다, 도련님. 제 병사들이 노래를 해서 신경에 거슬리신 건 아니었으면 좋겠습니다. 제가 장담하는데, 천한 녀석들이지만 모욕하려던 건 아닙니다. 저는 알드린 칼데빈입니다, 도련님. 폐하를 따르는 대위입니다. 빛께서 폐하를 비추시길." 그의 시선이 랜드의 칼 쪽으로 슬쩍 미끄러졌다. 랜드는 자신이 휴게실에 들어오자마자 칼데빈이 왜가리를 알아보았을 거라고 느꼈다.

"모욕하지 않은 것 알아요." 장교의 억양을 들으니 모레인이 생각났다. 모든 단어가 정확하고 완전하게 발음되었다. **모레인이 날 정말로 놔준 걸까? 날 따라다니는 건 아닌지 궁금한데. 아니면 날 기다리고 있거나.** "앉으시죠, 대위님." 칼데빈은 다른 테이블에서 의자를 끌어왔다. "괜찮다면 얘기해 주세요, 대위님. 최근에 다른 낯선 사람들을 보신 적이 있나요? 키가 작고 날씬한 아가씨와 푸른 눈의 전사입니다. 남자는 키가 크고 가끔 등에 칼을 메고 다녀요."

"낯선 사람은 한 명도 보지 못했습니다." 칼데빈은 뻣뻣한 자세로 의자에 앉으며 말했다. "도련님과 아가씨를 제외하면 말이지요. 여기에는 귀족이 거의 오지 않습니다." 그가 인상을 쓰며 잠시 로이알을 보았다. 휴린은 하인으로 생각해 무시했다.

"그냥 그런 생각이 들어서요."

"도련님, 빛 아래에서 말씀드리거니와 불손하게 굴 생각은 없습니다만, 성함을 알 수 있을까요? 여기에 낯선 사람이 오는 경우가 너무 드물어서, 저도 모르게 모든 사람을 알고 싶은 마음이 듭니다."

랜드는 이름을 알려 주며 여관 주인에게 했던 것과 똑같은 말을 했다. 작위는 대지 않았지만 장교는 그 사실을 눈치채지 못한 듯했다. "안도어의 투리버스에서 왔습니다."

"멋진 곳이라고 들었습니다, 랜드 공. 이렇게 불러도 될까요? 그리고 안도어 사람들은 훌륭한 사람들이지요. 케예리엔 사람 중에는 랜드 공처럼 젊은 나이에 검장의 칼을 찬 사람이 여태 한 명도 없었습니다. 저는 전에 한번 안도어 사람들을 만나본 적이 있습니다. 그중에는 여왕 호위대의 총사령관도 있었죠. 부끄럽게도 그 사람 이름은 기억나지 않습니다만. 혹시 제게 그 이름을 알려 주실 수 있을까요?"

랜드는 뒤에서 자리를 정리하고 빗자루질을 시작하는 종업원들을 의식하고 있었다. 칼데빈은 그저 대화를 하는 것처럼 보였지만 그의 시선에는 탐색의 빛이 어려 있었다. "가레스 브라인입니다."

"아, 그렇죠. 그렇게 큰 책임을 떠맡기에는 젊은 사람이지요."

랜드는 목소리를 평온하게 유지했다. "가레스 브라인은 당신 아버지라고 해도 될 만큼 머리가 센 사람입니다, 대위."

"용서하십시오, 랜드 공. 젊은 나이에 그 자리에 올랐다는 말을 하려던 것입니다." 칼데빈은 셀린을 돌아보았다. 처음에는 그저 잠깐 바라보기만 했다. 결국 그는 최면에서 깨어나듯 고개를 저었다. "이런 식으로 본 것을 용서해 주십시오, 아가씨. 이런 말도 용서해 주시고요. 하지만 영광이 아가씨와 함께하시는 건 분명하군요. 이렇게 아름다운 분의 성함을 알 수 있을까요?"

셀린이 입을 열자마자 종업원 한 명이 꺅 소리를 지르며 선반에서 내리던 램프를 떨어뜨렸다. 기름이 튀면서 바닥에 고여 불이 붙었다. 랜드는 테이블에 앉아 있던 다른 사람들과 함께 벌떡 일어섰지만, 그들 중 누군가가 움직일 사이도 없이 매드웬 부인이 나타났다. 그녀와 종업원이 앞치마로 함께 불을 껐다.

"조심하랬잖아, 카트린." 여관 주인이 이제는 지저분해진 앞치마를 종업원의 코앞에서 흔들어 대며 말했다. "여관도 다 태우고, 너까지 태워 버리겠다."

종업원은 눈물을 터뜨리기 일보 직전이었다. "조심**했어요**, 부인. 그런데 팔이 찌릿해서요." 매드웬이 두 손을 번쩍 들었다. "넌 언제나 핑계가 있더구나. 그러면서도 다른 애들보다 많은 접시를 깨지. 아, 됐어. 마저 치워라, 화상 입지 말고." 여관 주인은 랜드 일행을 돌아보았다. 그들은 모두 테이블 주변에 일어서 있었다. "불쾌하게 생각하지는 말아 주세요. 저 애가 정말로 여관을 태워 버리지는 않을 거예요. 젊은 남자를 보며 공상할 때 접시를 험하게 다루기는 하지만, 전에는 램프를 잘못 다룬 적이 한 번도 없답니다."

"방으로 안내해 줬으면 좋겠군요. 어쨌든 몸이 좋지 않아서." 셀린은 배 속이 불편한 것처럼 조심스럽게 말했다. 그런데도 언제나 그랬듯 냉정하고 침착한 목소리였다. "여행도 그렇고, 불도 그렇고."

여관 주인이 어미 닭처럼 혀를 찼다. "그럼요, 아가씨. 아가씨와 도련님이 쓰실 좋은 방을 준비해 두었답니다. 카레드웨인 어머니를 불러올까요? 속을 가라앉히는 약초를 잘 다룬답니다."

셀린의 목소리가 날카로워졌다. "아뇨. 그리고 방은 혼자 쓰고 싶네요."

매드웬 부인은 랜드를 힐끗 보았지만, 다음 순간에는 셀린에게 안내하듯 계단 쪽으로 허리를 숙였다. "원하는 대로 하세요, 아가씨. 리단, 아가씨 짐을 잘 옮겨 드려. 지금." 종업원 중 한 명이 달려와 휴린에게서 셀린의 안장 주머니를 받아 들었다. 여자들은 위층으로 사라졌다. 셀린은 등을 꼿꼿이 세운 채 침묵을 지켰다.

칼데빈은 여자들이 사라질 때까지 그들의 뒷모습을 지켜보더니 다시 고개를 저었다. 그는 랜드가 자리에 앉을 때까지 기다렸다가 다시 의자에 앉았다. "아가씨를 그런 식으로 쳐다본 것을 용서해 주십시오, 랜드 공. 하지만 그런 아가씨와 함께 계시다니, 랜드 공께 명예가 함께하는 것이 분명하군요. 모욕할 생각은 없었습니다."

"괜찮아요." 랜드가 말했다. 셀린을 보면 모든 남자가 자기와 같은 감정을 느끼는 건지 궁금했다. "대위님, 마을로 말을 타고 오던 중에 커다란 구체를 보았는데요. 수정구인 것 같더군요. 그게 뭐죠?"

케예리엔 사람의 눈이 날카로워졌다. "그건 조각상의 일부입니다, 랜드 공." 그가 천천히 말했다. 그의 시선이 힐끗 로이알을 향했다. 아주 잠깐, 그는 뭔가 새로운 것을 생각해 보는 듯했다.

"조각상이요? 손과 얼굴을 보긴 했습니다. 거대하겠군요."

"그렇습니다, 랜드 공. 오래된 것이기도 하지요." 칼데빈이 잠시 말을 멈췄다. "제가 듣기로는 전설의 시대에 만들어진 것이라더군요."

랜드는 한기를 느꼈다. 이야기를 믿을 수 있다면, 일원력이 어느 곳에서나 사용되던 전설의 시대. **거기서 무슨 일이 있었던 거지? 뭔가 있었던 건 분명해.**

"전설의 시대라." 로이알이 말했다. "네, 틀림없겠군요. 그 이후로는 그렇게 거대한 작품을 만든 사람이 아무도 없었으니까요. 그걸 발굴하다니 엄청난 일이겠습니다, 대위님." 휴린은 듣고 있지 않을 뿐 아니라 아예 그 자리에 없는 것처럼 조용히 앉아 있었다.

칼데빈이 마지못해 고개를 끄덕였다. "발굴지 뒤쪽의 야영지에 일꾼 500명을 두었는데도 일을 마치려면 여름이 다 지나야 할 것 같습니다. 일꾼들은 포어게이트에서 온 사람들입니다. 제가 하는 일의 절반은 그 사람들이 계속 땅을 파헤치게 하는 것이고, 나머지 절반은 그들이 마을에 들어오지 못하게 막는 겁니다. 아시겠지만 포어게이트 사람들은 술 마시고 흥청거리는 걸 좋아하거든요. 여기 사람들은 조용히 살고요." 말투를 들으니 완전히 마을 사람들 편에 서 있는 듯했다.

랜드가 고개를 끄덕였다. 누군지는 몰라도, 그는 포어게이트 사람들에게 아무 관심이 없었다. "어떻게 할 건가요?" 대위가 망설였지만 랜드는 대위가 입을 열 때까지 그를 마주 보기만 했다.

"갈드리안 폐하께서 직접 저 조각상을 수도로 운반하라고 명령하셨습니다."

로이알이 눈을 깜빡였다. "그거 엄청난 일인데요. 저렇게 큰 걸 어떻게 그 먼 곳까지 움직일 수 있을지 모르겠습니다."

"폐하의 명령입니다." 칼데빈이 날카롭게 말했다. "저 조각상은 도시 바깥에, 케예리엔과 리아틴 가문의 위대함을 기리는 기념물로 세워질 겁니다. 돌을 움직이는 방법을 아는 건 오기어만이 아닙니다." 로이알은 부끄러운 표정이 되었고 대위는 눈에 띄게 마음을 가라앉혔다. "용서해 주십시오, 오기어 님. 제가 성급하고 무례하게 말했군요." 그는 약간 퉁명스러운 목소리였다. "드레곤시엔에는 오래 머무실 생각입니까, 랜드 공?"

"아침에 갈 거예요." 랜드가 말했다. "우린 케예리엔으로 갑니다."

"우연히도 제가 부하들 일부를 내일 도시로 돌려보냅니다. 교대시켜야 하거든요. 사람들이 곡괭이와 삽을 휘둘러 대는 걸 너무 오래 지켜보면 김이 빠지니까요. 제 부하들이 랜드 공과 함께 가도 괜찮겠습니까?" 칼데빈은 랜드가 제안을 받아들이는 것이 이미 정해진 결론인 것처럼 질문했다. 매드윈 부인이 계단에 나타나자 그가 일어섰다. "랜드 공, 실례지만 제가 일찍 일어나야 해서요. 그럼 아침에 뵙겠습니다. 명예가 함께하길." 그는 랜드에게 허리를 숙이고 로이알에게는 고개를 끄덕이더니 떠났다.

케예리엔 사람이 나가고 문이 닫히자 여관 주인이 테이블로 다가왔다.

"아가씨의 짐을 풀어 드렸어요, 도련님. 도련님이 하인과 함께 쓰실 좋은 방도 준비해 두었고요. 오기어님, 당신의 방도요." 그녀는 잠시 말을 멈추고 랜드를 살펴보았다. "제가 선을 넘는 거라면 용서해 주세요, 도련님. 하지만 하인에게도 소리 높여 말하게 해 주시는 도련님께는 저도 자유롭게 말할 수 있겠지요. 제 생각이 틀렸다면……. 뭐, 불쾌하게 해 드리려는 뜻은 아닙니다. 23년 동안 바린 매드웬과 저는, 말하자면 입 맞추지 않을 때면 늘 말다툼을 해 왔어요. 제가 경험이 좀 있다는 얘기를 드리는 거예요. 지금 이 순간, 도련님은 아가씨가 다시는 도련님을 보고 싶어 하지 않는다고 생각하시겠죠. 하지만 제 생각에, 오늘 밤 도련님이 아가씨의 방문을 두드린다면 아가씨는 도련님을 받아 줄 거예요. 미소 지으면서 도련님 잘못이었다고 하세요. 실제로 그렇든 아니든 간에요."

랜드는 목청을 가다듬으며 얼굴이 붉어지지 않았으면 좋겠다고 생각했다. **빛을 걸고, 내가 그런 생각을 했다는 것만 알아도 에그웨인이 날 죽이려 들 거야. 내가 정말 그런 일을 한다면 셀린이 날 죽일 테고. 아니, 정말 죽일까?** 그 생각에 두 뺨이 확 달아올랐다. "난……. 제안은 고맙습니다, 매드웬 부인. 방은……." 그는 로이알의 의자에 놓여 있는, 담요로 덮인 상자를 보지 않으려 했다. 누군가가 잠을 안 자고 보초를 서게 하지 않는 한 감히 그 상자를 놔두고 갈 수 없었다. "우리 셋은 모두 같은 방에서 자려고요."

여관 주인은 놀란 얼굴이었지만 재빨리 평정심을 찾았다. "그러세요, 도련님. 이쪽으로 오세요."

랜드는 그녀를 따라 계단을 올라갔다. 로이알이 담요로 덮은 상자를 들고 갔다. 로이알과 상자의 무게가 합쳐지자 계단이 삐걱거리는 소리를 냈으나 여관 주인은 그게 오기어의 덩치 탓이라고 생각하는 듯했다. 휴린은 그 모든 안장주머니에 더해 하프와 플루트가 들어 있는 망토 꾸러미도 들고 있었다.

매드웬 부인은 세 번째 침대를 들여와 서둘러 조립하고 이불을 깔도록 했다. 이미 들여놓았던 침대 중 하나는 길이가 거의 이쪽 벽에서 저쪽 끝까지 닿았고, 처음부터 로이알에게 주려던 것이 분명했다. 침대 사이에는 걸어 다닐 공간이 거의 없었다. 여관 주인이 떠나자마자 랜드가 다른 사람들을 돌아보았다. 로이알은 그때까지 덮여 있던 상자를 자기 침대 밑으로 밀어 넣고 매트리스에 앉아 보는 중이었다. 휴린은 안장주머니를 늘어놓고 있었다.

"그 대위가 우릴 왜 그렇게 의심했는지 아는 사람 있어요? 내가 보기엔 분명 수상하게 생각하던데." 랜드는 고개를 저었다. "말하는 것만 들으면 우리가 그 조각상을 훔칠지도 모른다고 생각하는 것 같더라니까요."

"다에스 데이마르입니다, 랜드 공." 휴린이 말했다. "위대한 게임 말이죠. 어떤 사람들은 가문의 게임이라고도 합니다. 저 칼데빈이라는 사람은 랜드 공이 뭔가 이용할 계획이 아니라면 여기에 오지 않았을 거라고 생각하는 겁니다. 뭐든 랜드 공이 하는 일은 자기에게 불리한 것일 수 있다고 생각해서 조심할 수밖에 없는 거죠."

랜드가 고개를 저었다. "'위대한 게임'이라뇨? 무슨 게임이죠?"

"게임과는 거리가 멀어, 랜드." 로이알이 침대에서 말했다. 그는 주머니에서 책을 꺼냈지만 펼치지 않고 가슴에 내려놓았다. "나도 잘은 모르지만—오기어는 그런 일을 하지 않으니까—어디서 들은 적이 있어. 귀족과 귀족 가문이 이득을 얻으려고 작전을 펼치는 거야. 자신들에게 도움이 되거나 적에게 해가 될 거라고 생각되는 일, 혹은 둘 모두에 해당하는 일을 하지. 보통은 전부 비밀스럽게 하지만, 그게 아니라면 실제로 하는 것과는 다른 일을 하는 것처럼 보이려고 노력해." 로이알은 알쏭달쏭하다는 듯 술 달린 한쪽 귀를 긁었다. "뭔지는 알아도 이해는 안 돼. 하만 원로께서는 늘 인간이 하는 일을 이해하기 위해 그분보다도 뛰어난 정신이 필요하다고 하셨지만, 난 하만 원로님처럼 많은 걸 아는 분을 잘 모르거든. 너희 인간들은 참 이상해."

휴린은 삐딱하게 오기어를 보다가 이렇게 말했다. "다에스 데이마르의 핵심은 저게 맞습니다, 랜드 공. 남부인 전체가 그 게임에 참여하기는 하지만,

케예리엔 사람들이 가장 심하죠."

"아침에 함께 간다는 그 군인들 말이에요." 랜드가 말했다. "그 사람들을 보내는 것도 위대한 게임에 참여하는 칼데빈의 작전이에요? 우린 그런 일에 끼어들 여유가 없어요." 뿔나팔 이야기는 할 필요도 없었다. 모두가 뿔나팔의 존재를 지나칠 만큼 의식하고 있었으니까.

로이알이 고개를 저었다. "모르겠어, 랜드. 칼데빈도 인간이잖아. 그러니까 무슨 뜻으로든 말할 수 있지."

"휴린?"

"저도 모르겠습니다." 휴린은 오기어만큼이나 걱정하는 표정이었다. "자기가 말한 그대로일지도 모르고……. 그게 가문의 게임의 방식입니다. 절대 알 수 없죠. 저는 포어게이트 안쪽 케예리엔에서 대부분의 시간을 보냈습니다, 랜드 공. 케예리엔의 귀족들에 대해서는 잘 모르죠. 그렇더라도 다에스 데이마르는 어딘가에서는 위험할 수 있습니다. 특히 케예리엔에서는 더 그렇다고 들었습니다." 갑자기 그의 얼굴이 밝아졌다. "셀린 아가씨에게 물어보세요, 랜드 공. 셀린 아가씨가 저나 건설자 님보다 많이 아실 겁니다. 아침에 물어보시면 되겠네요."

하지만 아침에 보니 셀린이 사라지고 없었다. 랜드가 휴게실로 내려가자 매드웬 부인이 그에게 봉인된 양피지를 내밀었다. "이런 말을 하는 저를 용서해 주셨으면 좋겠지만, 랜드 공. 제 이야기를 들으셨어야죠. 아가씨의 방문을 두드리셨어야 해요."

랜드는 매드웬 부인이 멀어지기를 기다렸다가 봉인의 흰 밀랍을 뜯었다. 밀랍에 초승달과 별 무늬가 찍혀 있었다.

잠시 당신을 떠나 있어야 해요. 여기는 사람이 너무 많고 칼데빈이 마음에 들지 않아요. 케예리엔에서 기다리죠. 내가 당신에게서 너무 멀어졌다는 생각은 하지 말아요. 당신은 언제나 내 머릿속에 있을 거예요. 내가 언제나 당신의 머릿속에 있는 것처럼.

서명은 되어 있지 않았지만, 우아하고 흐르는 듯한 글씨가 셀린을 닮아 있었다.

랜드는 조심스럽게 편지를 접어 주머니에 넣은 뒤 휴린이 말들을 대기시켜 둔 밖으로 나갔다.

칼데빈 대위도 그곳에 있었다. 그보다 젊은 다른 장교와 말을 탄 50명의 병사들도 함께 거리를 꽉 메우고 있었다. 두 장교는 머리에 아무것도 쓰지 않았으나 손등이 강철로 된 장갑을 끼고 있었으며 푸른 외투 위로 황금이 새겨진 흉갑을 걸치고 있었다. 짧은 곤봉이 두 장교의 등에 멘 벨트에 묶여 있었고, 그 벨트에는 장교들의 머리 위로 작고 뻣뻣한 파란색 깃발이 달려 있었다. 칼데빈의 깃발에는 단 하나의 흰 별이 그려져 있었고, 젊은 장교의 깃발은 두 개의 흰색 막대가 가로지르고 있었다. 그것들이 평범한 갑옷과 얼굴을 드러내도록 금속을 잘라 낸 종 모양의 투구를 걸친 병사들과 날카로운 대조를 이루었다.

랜드가 여관에서 나오자 칼데빈이 허리 숙여 인사했다. "좋은 아침입니다, 랜드 공. 이쪽은 엘리케인 타볼린입니다. 타볼린이 랜드 공의 호위대를 지휘할 겁니다. 호위대라 불러도 좋다면 말입니다." 다른 장교가 허리를 숙였다. 그 역시 칼데빈처럼 머리를 면도하고 있었다. 그는 아무 말도 하지 않았다.

"호위대라니 감사합니다, 대위님." 랜드가 말했다. 그는 간신히 태연한 목소리를 냈다. 페인이 50명의 병사들을 상대로 뭔가 시도할 리는 없었다. 랜드는 이들이 그저 호위대일 뿐이라는 건 확신하고 싶었다.

대위가 담요로 덮인 상자를 가지고 자기 말로 다가가던 로이알을 눈여겨보았다. "무거운 짐이군요, 오기어 님."

로이알은 발을 헛디딜 뻔했다. "책을 멀리 두는 게 싫어서요, 대위님." 로이알이 대위의 시선을 의식하며 잠깐 씩 웃어 보였다. 그는 서둘러 상자를 안장에 맸다.

칼데빈이 인상을 쓰며 주위를 둘러보았다. "아가씨가 아직 내려오지 않으셨군요. 아가씨의 좋은 말은 여기 없는데요."

“이미 떠났습니다.” 랜드가 그에게 말했다. “밤에 서둘러 케예리엔에 가야 했어요.”

칼데빈이 눈썹을 치켜올렸다. “밤에요? 하지만 제 부하들이…… 용서하십시오, 랜드 공.” 그는 젊은 장교를 옆으로 데려가 화가 난 듯 속삭였다.

“저 사람이 여관을 감시하게 한 겁니다, 랜드 공.” 휴린이 속삭였다. “셀린 아가씨는 어떻게든 눈에 띄지 않고 저 자들을 지나간 게 틀림없습니다.”

랜드는 인상을 쓰며 레드의 안장에 올랐다. 칼데빈이 조금이나마 그들을 의심하지 않을 가능성이 있었다면 셀린이 그 가능성을 끝장낸 것처럼 보였다. “셀린은 사람이 너무 많다고 했어요.” 랜드가 웅얼거렸다. “케예리엔에는 사람이 훨씬 더 많을 텐데.”

“뭔가 말씀하셨습니까, 랜드 공?”

타볼린이 다가와 키가 큰 먼지 색깔의 거세한 말에 오르자 랜드가 고개를 들어 그를 보았다. 휴린 역시 안장에 타고 있었고 로이알은 커다란 말 머리 옆에 서 있었다. 병사들이 대열을 갖추어 섰다. 칼데빈은 어디에도 보이지 않았다.

“내 생각대로 되는 일이 하나도 없네요.” 랜드가 말했다.

타볼린이 짧게 미소 지어 보였다. 겨우 입술을 움찔거리는 정도였다. “출발할까요, 랜드 공?”

이상한 행렬이 케예리엔시로 이어지는, 잘 다져진 도로로 향했다.

22장 파수꾼

"내 생각대로 되는 일이 하나도 없네요." 모레인이 투덜거렸다. 란에게서 대답을 들을 생각은 아니었다. 모레인 앞의 길고 윤이 나는 테이블에는 책과 종이, 두루마리와 원고 들이 널려 있었다. 그중 다수가 오랫동안 보관해둔 것이라 먼지가 내려앉고 세월에 너덜너덜해져 있었다. 일부는 그저 파편일 뿐이었다. 거의 책과 원고로 만들어진 듯한 냄새가 방 안에 가득했다. 문과 창문, 난로가 없는 곳은 온통 책장이었다. 의자는 등받이가 높고 쿠션이 덧대어져 있었으나 그중 절반과 대부분의 작은 테이블에는 책이 놓여 있었다. 몇몇 의자 밑에도 책과 두루마리가 쑤셔 박혀 있었다. 그러나 모레인 앞에 어질러진 깃들만이 모레인의 것이었다.

그녀는 창문으로 다가가서 어둠 속, 그리 멀지 않은 마을의 빛 쪽을 바라보았다. 여기는 추격당할 위험이 없었다. 아무도 그녀가 여기 올 거라고 예상하지 않을 테니까. **머릿속을 정리하고 다시 시작하는 거야.** 그녀는 생각했다. **해야 할 일은 그것뿐이야.**

마을 사람 중 이 아늑한 집에 사는, 두 나이 든 자매가 아이즈 세다이라고 의심하는 사람은 한 명도 없었다. 아라펠의 초원 깊숙한 곳에 있는 티판의 우물 같은 작은 농장 마을에서는 아무도 그런 의심을 품지 않는다. 마을 사람들은 문제에 대한 조언과 질병 치료제를 구하러 자매들에게 찾아왔고 그들을 빛의 축복을 받은 여성으로 귀하게 여겼지만 그 이상은 아니었다. 아델레이스와 밴딘은 화이트 타워에서도 그들이 아직 살아 있다는 걸 기억하는 사람이 몇 없을 만큼 오래전에 자발적으로 물러났다.

그들은 그들과 함께 남은, 똑같이 나이가 많은 수호자 한 명과 함께 조용히 살며 지금도 언젠가는 완성하겠다면서 세계의 파괴 이후의 역사, 그리고 그 이전의 일까지 최대한 포함할 수 있는 역사를 쓰려 애쓰고 있었다. 한편으로는 그들이 모아야 할 정보와 풀어야 할 문제가 너무도 많았다. 그들의 집은 모레인이 필요한 정보를 찾기에 완벽한 곳이었다. 그러나 그 정보가 없었다.

어떤 움직임에 시선이 걸리자 모레인이 뒤를 돌아보았다. 란이 노란 벽돌 난로에 기대 쉬고 있었다. 바위처럼 흔들리지 않는 모습이었다. "우리가 처음 만났을 때를 기억하나요, 란?"

모레인은 어떤 기색을 살피고 있었다. 그게 아니었다면 란의 눈썹이 빠르게 움찔거리는 모습을 보지 못했을 것이다. 모레인이 란의 허를 찌르는 경우는 많지 않았다. 이건 둘 중 누구도 꺼내지 않는 주제였다. 거의 20년 전, 모레인은 절대 다시 이 이야기를 꺼내지 않겠으며 란에게도 같은 침묵을 기대한다고 이야기했었다. 모레인이 기억하는 대로라면, 아직 젊다고 부를 수 있을 만큼 젊은 사람의 뻣뻣한 자존심을 잔뜩 실어서 말이다.

"기억납니다." 란이 한 말은 그게 전부였다.

"그런데도 사과는 하지 않을 생각이군요? 당신이 나를 연못에 집어던졌잖아요." 이제는 그 일에 재미를 느낄 수 있었지만, 모레인은 미소 짓지 않았다. "내 옷의 바늘땀 하나하나가 모두 젖었어요. 당신네 변방 사람들이 새로운 봄이라고 부르는 계절에 말이죠. 얼어 죽을 뻔했어요."

"제가 불을 피워드리고 당신이 혼자 몸을 말릴 수 있도록 담요를 걸쳐 드렸던 것도 기억납니다만." 란은 타는 장작들을 찔러 보고 부젓가락을 다시 고리에 걸어 놓았다. 변방은 여름밤조차 서늘했다. "제가 그날 밤 잠을 자는 동안 당신이 연못 물 절반을 제게 쏟아 버리셨던 것도 기억납니다. 당신이 아이즈 세다이라는 걸 보여 주는 대신 그냥 말로 알려 주셨다면 우리 둘 다 몸을 훨씬 덜 떨어도 됐을 겁니다. 저를 제 칼과 떼어 놓으려 하지 마셨어야죠. 아무리 젊은 여자라도 변방 사람에게 자기를 소개하는 좋은 방법이 아닙니다."

"난 젊었고 혼자였어요. 당신은 지금보다 더 덩치가 컸고 사나웠죠. 난 당신에게 내가 아이즈 세다이라는 걸 알리고 싶지 않았어요. 당신이 그 사실을 모르면 내 질문에 더욱 솔직히 대답할 것 같았거든요." 그녀는 잠시 입을 다물고 그 만남 이후의 세월을 생각했다. 그녀의 여정을 함께 할 일행을 찾은 것은 좋은 일이었다. "그 이후 몇 주 동안, 내가 당신에게 나와 연대해 달라고 부탁할 거라는 생각을 해 봤나요? 난 첫날에 당신이야말로 내 수호자라고 생각했습니다."

"전혀 몰랐습니다." 란이 건조하게 말했다. "당신을 차친까지 멀쩡히 호위해 줄 수 있을지 고민하느라 정신이 팔려 있었으니까요. 당신은 매일 밤 나를 다른 방법으로 놀라게 했지요. 개미들이 특히 기억나는군요. 그 여행 내내 하루도 제대로 자지 못했던 것 같습니다."

모레인은 그 기억을 떠올리고 자신에게 작은 미소를 허락했다. "내가 어렸죠." 그녀가 다시 말했다. "오랜 세월이 지났는데, 그때 맺은 연대가 거슬리지는 않나요? 당신은 내가 건 것처럼 가벼운 목줄이라 해도 목줄을 쉽게 차는 남자가 아닌데." 톡 쏘는 말이었다. 일부러 그렇게 말한 것이다.

"안 거슬립니다." 란의 목소리는 냉정했지만, 그는 다시 부젓가락을 집어 들고 쓸데없이 불을 뒤적이고 찔러댔다. 불꽃이 훅 튀며 굴뚝으로 빨려 올라갔다. "어떤 일이 뒤따르는지 알고서 자유롭게 선택한 거니까요." 쇠막대가 달그락거리며 다시 고리에 걸렸다. 란은 예의를 차려 허리를 굽혔다. "모시게 되어 영광입니다, 모레인 아이즈 세다이. 전에도 그랬고, 앞으로도 언제나 그럴 것입니다."

모레인이 훌쩍였다. "란 가이딘, 당신의 겸손함은 언제나 군대를 잔뜩 거느린 대부분의 왕들보다 더 오만했죠. 내가 당신을 처음 만난 날부터 늘 그랬어요."

"왜 이렇게 지나간 시절을 이야기하시는 겁니까, 모레인?"

모레인은 어떤 말을 써야 할지 백 번쯤 고민했다. 그녀가 느끼기에는 그랬다. "타 발론을 떠나기 전에 내가 정해 둔 게 있어요. 나한테 무슨 일이 일어나면 당신의 연대는 다른 이에게로 전해집니다." 란이 조용히 그녀를 바라보았다. "내 죽음을 느끼면 당신은 당신도 모르는 사이에 즉시 그녀를 찾을 수밖에 없을 거예요. 그런 일이 일어나도 당신이 놀라지 않기를 바랍니다."

"찾을 수밖에 없다니." 그가 화를 내며 나직하게 말했다. "당신은 내가 어떤 일을 할 수밖에 없도록 내 연대를 이용한 적이 한 번도 없습니다. 당신이 그런 걸 싫어하는 줄 알았는데요."

"이렇게 조치해 두지 않으면 내가 죽는 순간 당신은 연대에서 풀려나게 돼요. 내가 내린 가장 강력한 명령조차 당신에게 통하지 않겠죠. 난 당신이 내 복수를 하겠다고 쓸모없이 죽게 놔두지 않을 겁니다. 당신이 거대한오염에서 벌어지는, 똑같이 쓸모없는 개인적 전쟁에 다시 뛰어들도록 놔두지도 않을 거고요. 생각해 보면 우리가 하는 전쟁은 같은 전쟁이에요. 그리고 난 당신이 어떤 목적에 맞게 그 전쟁을 하도록 할 테고요. 복수도, 거대한오염에 파묻지 못한 죽음도 그 목적은 될 수 없어요."

"당신의 죽음이 곧 다가오는 걸 예지하는 겁니까?" 란의 목소리는 조용했고 얼굴은 무표정했다. 둘 다 한겨울 눈보라 속의 돌 같았다. 모레인이 란에게서 여러 차례 본 태도였다. 특히 그가 폭력을 저지르려는 순간에. "당신이 죽게 될 어떤 일을 저 없이 계획한 겁니까?"

"이 방에 연못이 없는 게 갑자기 다행스럽군요." 모레인은 그렇게 중얼거렸다가 그녀의 가벼운 말투에 불쾌감을 느낀 란이 뻣뻣해지자 두 손을 들었다. "당신이 그렇듯 나도 매일매일 나의 죽음을 봅니다. 우리가 그간 따라온 임무가 있는데, 어떻게 안 그럴 수 있겠어요? 이제 모든 것이 정점에 이르고 있으니 내가 죽을 가능성이 점점 커지는 것처럼 보일 수밖에요."

란은 잠시 크고 각진 자신의 손을 살펴보았다. 그가 천천히 말했다. "저는 한 번도 우리 중 제가 먼저 죽지 않는 상황을 생각해 본 적이 없습니다. 어째서인지 최악의 상황에도 늘……." 그가 두 손을 마주 문질렀다. "제가 애완견처럼 다른 사람 손에 건네질 확률이 있다면, 최소한 저를 누구에게 주실지라도 알고 싶습니다."

"난 당신을 애완견으로 본 적이 없어요." 모레인이 날카롭게 말했다. "미렐도 그렇고요."

"미렐이라." 그가 인상을 썼다. "네, 미렐은 녹색의 아자가 되어야 할 겁니다. 아니면 어쩌다 자매의 자리에까지 올라간 어린애가 되겠지요."

"미렐이 세 가이딘의 의견 일치를 이루어 낼 수 있다면 당신을 관리하게 될 가능성이 있지요. 내가 알기로 미렐은 당신을 데리고 있고 싶어 하지만, 당신에게 더 잘 어울리는 사람을 발견하면 당신의 연대를 그 사람에게 전해 주기로 약속했습니다."

"그렇군요. 애완견이 아니라 소포였군요. 미렐은…… 관리자인 거고! 모레인, 녹색의 아자조차도 수호자를 이런 식으로 대하지는 않습니다. 400년 동안 어떤 아이즈 세다이도 자기 수호자의 연대를 다른 아이즈 세다이에게 전하지 않았습니다. 하지만 당신은 제게 그런 일을 한 번도 아니고 두 번이나 하시려는군요!"

"이미 이루어진 일이에요. 취소하지 않을 겁니다."

"빛이 제 눈을 멀게 하시길. 제가 이 손에서 저 손으로 전해져야 한다면, 제가 마지막에 누구 손에 들어가게 될지 조금이라도 알려 주시겠습니까?"

"내가 하는 일은 당신을 위한 거예요. 다른 사람에게도 좋은 일일 수 있겠시오. 어쩌면 미렐이 방금 자매의 지위까지 끌어올려진 여자애를 찾을지도 모릅니다—이게 당신이 한 말이지요? 전투로 단련되고 세상 이치를 잘 아는 수호자가 필요한 여자애, 자기를 연못에 던져 줄 누군가가 필요할지도 모르는 여자애 말이에요. 당신은 많은 것을 줄 수 있는 사람입니다, 란. 그것들이 필요한 여자에게 가는 대신 이름 없는 무덤에서 낭비되는 모습, 혹은 까마귀 밥이 되는 모습을 본다는 건 하얀 망토들이 지껄여대는 죄악보다도 나쁜 짓입니다. 네, 저는 그 소녀에게 당신이 필요할 거라고 생각해요."

란의 눈이 살짝 커졌다. 그에게 그것은, 다른 사람들이 크게 놀라 헛숨을 들이키는 것과 같은 반응이었다. 모레인은 란이 그렇게 평정심을 잃는 모습을 본 적이 별로 없었다. 란은 두 차례 입을 열었다 다문 뒤에야 말했다. "그래서 그 여자애로 누구를 염두에 두고……."

모레인이 그의 말을 잘랐다. "연대가 거슬리지 않는다는 게 확실한가요, 란 가이딘? 이제야 처음으로 그 연대의 힘을, 깊이를 깨달은 건가요? 당신은 오직 논리만을 알고 마음이라고는 없는, 이제 막 피어나는 흰색의 아자와 함께 할 수도 있습니다. 당신을 책과 노트를 들고 다닐 짐꾼 이상으로는 보지 않을 젊은 갈색의 아자와 함께할 수도 있죠. 난 원하는 곳에 당신을 전할 수 있습니다. 소포처럼, 아니면 애완견처럼 말이죠. 그래도 당신은 갈 수밖에 없어요. 이런 연대가 거슬리지 않는 게 확실한가요?"

"그래서 이러는 겁니까?" 란이 짜증을 냈다. 그의 눈이 푸른 불꽃처럼 타올랐고 입은 비틀렸다. 분노였다. 모레인과 만난 이후 처음으로 노골적인 분노가 그의 얼굴에 새겨졌다. "이 모든 이야기가, 내 연대를 닳게 만들 수 있는지 보려는 시험이었단 말입니까? 시험이라니! 그 오랜 세월이 흘렀는데요? 당신에게 맹세한 그날 이후로 나는 당신이 가라는 곳이면 어디든지 갔습니다. 바보 같은 짓이라고 생각했을 때도, 다른 곳으로 갈 이유가 있었을 때도 말입니다. 당신은 한 번도 연대를 통해 나에게 강요할 필요가 없었습니다. 난 당신의 말에 따라 당신이 위험 속으로 걸어 들어가는 모습을 지켜보았고, 칼을 뽑아 당신이 안전한 곳으로 갈 수 있는 길을 만들어 내는 것 말고는 아무것도 원하지 않았을 때조차 두 손을 가만히 늘어뜨리고 있었습니다. 그랬는데도 날 시험해요?"

"시험이 아니에요, 란. 난 비꼬는 게 아니라 분명하게 말한 겁니다. 내가 말한 대로 이미 했어요. 하지만 팔 다라에서 당신이 지금도 온전히 나와 함께하고 있는지 의문이 들기 시작했죠." 란의 눈에 경계심이 깃들었다. **란, 용서해요. 당신이 그렇게 열심히 붙들고 있는 벽에 금을 내고 싶지는 않지만, 알아야겠어요.** "랜드에게 왜 그런 행동을 한 건가요?" 란이 눈을 깜빡였다. 란이 예상 못 했던 말임에 분명했다. 모레인은 란이 무슨 말을 예상했는지 알고 있었고 그가 허를 찔린 지금은 포기하지 않을 생각이었다. "당신은 랜

드로 하여금 변방의 영주이자 타고난 군인처럼 말하고 행동하며 아멀린 권
좌를 만나게 했어요. 어떤 면에서는 내가 랜드를 위해 세워 놓은 계획과 일
치했지만, 당신과 나는 랜드에게 그런 방법을 가르치겠다는 얘기를 한 적이
없죠. 왜 그랬나요, 란?"

"그게…… 옳은 일로 보였습니다. 어린 늑대개는 언젠가 처음으로 늑대를
만나야 합니다. 하지만 늑대가 그를 강아지로 보고 그 역시 강아지처럼 군
다면 늑대가 그를 죽여 버릴 게 확실합니다. 살아남으려면, 늑대개는 실제
보다 더 늑대개처럼 보여야 합니다."

"당신은 아이즈 세다이를 그렇게 보나요? 아멀린 권좌를? 나를? 당신의
어린 늑대개를 끌어내릴 늑대들로요?" 란이 고개를 저었다. "당신은 랜드의
정체를 알고 있어요, 란. 랜드가 어떤 존재가 되어야 하는지도 알죠. 반드시
그렇게 되어야 합니다. 당신과 내가 만난 날 이후로, 또 그전에도 해 왔던 일
입니다. 이젠 내가 하는 일을 의심하는 건가요?"

"아뇨. 아닙니다. 하지만…….." 란은 평정심을 되찾고 다시 벽을 세우고
있었다. 하지만 아직 벽이 다 세워지지는 않았다. "타비렌이 주위의 다른 이
들을 소용돌이 속 잔가지처럼 끌어당긴다는 말을 얼마나 많이 하셨습니까?
저도 끌려간 것일지 모릅니다. 제가 아는 건 그게 올바른 행동으로 느껴졌
다는 것뿐입니다. 농장 출신의 그 녀석들에게도 누군가 편이 있어야죠. 최
소한 랜드는 말입니다. 모레인, 당신이 하는 일의 절반조차 모르는 지금도
나는 당신이 하는 일을 믿습니다. 당신을 믿듯 말이지요. 저는 연대에서 풀
려나게 해 달라고 부탁한 적도 없고, 앞으로도 그러지 않을 겁니다. 죽어서
저를 안전하게 처리하겠다는 당신의 계획이 무엇이든, 저는 당신을 살려 두
고 그 계획들이 최소한 무위로 돌아가지는 않도록 하며 큰 기쁨을 느낄 것
입니다."

"타비렌이라." 모레인이 한숨을 쉬었다. "아마 그래서인지 모르겠군요.
나는 시냇물을 따라 흘러가는 나뭇조각을 안내하려는 것이 아니라 급류를
통과하는 통나무를 안내하려는 것인지 모르겠어요. 내가 한 번 떠밀 때마다
그 통나무도 나를 떠밉니다. 가면 갈수록 통나무가 더 커지고요. 그래도 나

는 끝까지 지켜봐야 해요." 그녀가 작게 웃었다. "나의 오랜 친구여, 당신이
그 계획들을 망가뜨린다 해도 내가 불행해지지는 않을 거예요. 이젠 나가
주세요. 혼자 생각을 좀 해야겠군요." 란은 잠깐만 망설이며 문 쪽을 돌아보
았다. 그런데 마지막 순간에 그녀는 그를 내보내지 못하고 한 가지 질문을
더 했다. "다른 꿈을 꾸는 적도 있나요, 란?"

"남자는 모두 꿈을 꿉니다. 하지만 저는 꿈이 꿈이라는 걸 알고 있습니다.
이게," 그는 자기 칼자루를 건드렸다. "현실입니다." 벽이 다시 세워졌다. 여
느 때처럼 높고 단단하게.

란이 떠난 뒤 한동안 모레인은 의자 등받이에 기대 불을 들여다보았다.
그녀는 나이니브와 벽에 난 금을 생각했다. 애쓴 것도 아닌데, 자신이 무엇
을 하는지 생각하지도 않은 채 그 젊은 여인은 란의 벽에 금이 가게 하고 그
안에 덩굴 식물의 씨앗을 심었다. 란은 자신이 안전하다고, 운명이나 자신
의 뜻에 따라 자신만의 성채에 갇혀 있다고 생각했다. 하지만 천천히, 인내
심 있게 그 덩굴 식물이 벽을 무너뜨리고 그 안의 남자를 드러내고 있었다.
그는 이미 나이니브의 신의를 일부 공유하고 있었다. 처음에 그는 에먼즈
필드 사람들에게 냉담했다. 모레인이 어느 정도 관심을 두는 사람들만이 예
외였다. 나이니브는 란을 바꾸면서 그 점도 바꾸어 놓았다.

놀랍게도 모레인은 번뜩이는 질투를 느꼈다. 전에는 한 번도 느껴본 적
없는 감정이었다. 란의 발치에 심장을 내던지는 여자들이나 그와 침대를 함
께 쓰는 여자들에게는 확실히 느껴본 적 없는 감정이었고. 사실, 그녀는 한
번도 란을 질투의 대상으로 생각해 보지 않았다. 어떤 남자에 대해서도 그
런 생각을 해본 적이 없었다. 란이 자신의 전투와 결혼했듯 그녀 역시 그녀
의 전투와 결혼한 상태였다. 하지만 그들은 너무 오랜 기간 그 전투를 함께
치르는 일행이었다. 란은 마지막 순간까지 그녀를 끌어안고 처음에는 말
이 죽을 때까지, 그다음에는 그 자신이 거의 죽을 때까지 달려 그녀를 치유
해 줄 아나이야에게로 갔다. 모레인도 그의 부상을 한 번 이상 돌봐 주었다.
그녀의 목숨을 구하기 위해서라면 그가 기꺼이 내던질 생명을 그녀의 기술
로 유지했다. 란은 언제나 자신이 죽음과 결혼했다고 말해 왔다. 그런데 이

제 새로운 신부가 그의 눈길을 사로잡았다. 비록 란 자신은 그걸 알아차리지 못했더라도 말이다. 란은 자신이 여전히 성벽 뒤에 강하게 버티고 서 있다고 생각했지만, 나이니브가 그의 머리카락에 결혼식 화환을 꿰어 놓았다. 란은 지금도 죽음에 그토록 태연히 구애할 수 있을까? 모레인은 란이 언제쯤 연대에서 풀어 달라고 부탁할지 궁금해졌다. 란이 그런 부탁을 해 오면 자신은 어떻게 해야 할지에 대해서도.

모레인은 인상을 찌푸리며 일어섰다. 더 중요한 일들이 있었다. 훨씬 더 중요한 일들이. 그녀의 시선이 방 안 가득한 펼쳐진 책과 서류들로 향했다. 너무 많은 단서가 있었지만 답은 하나도 없었다.

밴딘이 쟁반에 찻주전자와 찻잔을 받쳐 들고 들어왔다. 그녀는 허리가 곧고 날씬하며 우아했다. 목덜미에 단정하게 묶어 놓은 머리카락은 거의 백발이었다. 그녀의 매끄러운 얼굴에서 드러나는, 세월을 초월한 느낌은 기나긴 세월에서 생겨난 것이었다. "제임에게 가져가라고 할 생각이었어. 내가 직접 너를 방해하지 않도록 말이야. 하지만 제임은 헛간에서 검술 연습을 하고 있더구나." 그녀는 닳아빠진 원고를 옆으로 치우고 테이블에 쟁반을 내려놓으며 혀 차는 소리를 냈다. "란이 여기 오니 정원사이자 잡일꾼 이상의 존재였던 때가 기억나는 모양이야. 가이딘들은 목이 너무 뻣뻣해. 난 란이 지금도 여기에 있을 줄 알았는데. 그래서 찻잔을 하나 더 가져온 거란다. 찾던 것은 찾았니?"

"제가 뭘 찾는지도 모르겠어요." 모레인은 인상을 쓰며 밴딘을 바라보았다. 밴딘은 그녀의 자매와는 달리 감색의 아자가 아닌 녹색의 아자였다. 하지만 둘이서 너무 오래 함께 연구해 왔기에 밴딘도 아델레이즈만큼 많은 역사를 알았다.

"뭘 찾는지는 모르겠지만, 넌 어디를 살펴봐야 할지 모르는 것 같구나." 밴딘이 테이블 위의 책과 원고 몇 가지를 만지며 고개를 저었다. "주제가 너무 많은걸. 트롤록 전쟁. 파도의 파수꾼들. 귀환의 전설. 발리어의 뿔나팔에 관한 논문 두 편. 어둠의 예언에 관한 논문 세 편에……. 빛을 걸고, 버려진 자에 대한 산드라의 책까지 있구나. 고약한 책이지, 저건. 샤다 로고스에 관한 이 책만큼이나 고약해. 그리고 드래건의 예언이 세 가지 번역본과 원본까지 있구나. 모레인, 뭘 찾는 거니? 예언을 찾는 건 이해하겠다. 우리처럼 멀리 떨어진 사람들에게도 어느 정도 소식이 들려오거든. 일리안에서 어떤 일이 일어나고 있는지에 대해서는 어느 정도 듣고 있지. 마을에는 누군가 이미 뿔나팔을 찾았다는 소문까지 돌더구나." 그녀가 뿔나팔에 관한 원고를 손짓하더니 거기에서 피어오르는 먼지에 기침을 했다. "당연히 나는 그 말을 믿지 않지만. 소문이야 있기 마련이지. 그런데 무슨……? 아니야. 혼자 있고 싶다고 했으니 혼자 있게 해 주마."

"잠깐만요." 모레인은 다른 아이즈 세다이가 문밖으로 나가기 전에 그녀를 멈춰 세웠다. "어쩌면 몇 가지 질문에 답해 주실 수 있을지도 모르겠어요."

"노력은 해 보마." 밴딘이 갑자기 미소 지었다. "아델레이즈는 내가 갈색의 아자를 선택했어야 한다고 하지. 물어 보렴." 그녀는 차 두 잔을 따라 한 잔을 모레인에게 건네더니 불가의 의자에 앉았다.

찻잔에서 김이 모락모락 피어나는 동안 모레인은 질문을 신중하게 골랐다. 답을 찾되 너무 많은 것을 드러내지는 않도록. "예언에는 발리어의 뿔나팔 이야기가 나오지 않던데, 발리어의 뿔나팔이 드래건과 연결돼 있다는 얘기가 어딘가에 있긴 한가요?"

"아니. 타몬 가이돈 이전에 뿔나팔이 발견되어야 한다는 사실과 드래건의 환생이 최후의 전투에서 싸울 거라는 이야기 말고는 둘 사이에 전혀 관련성이 없다." 백발의 여인은 차를 홀짝이며 기다렸다.

"드래건과 토먼 헤드를 연결하는 건요?"

밴딘은 망설였다. "있기도 하고 없기도 하지. 이게 아델레이즈와 나 사이의 끊이지 않는 논쟁거리야." 그녀의 목소리가 가르치는 듯한 투로 변했다. 잠깐이지만 정말이지 갈색의 아자 같았다. "원본에는 문자 그대로 '다섯이 달려가되 넷만이 돌아온다. 파수꾼들 위에서 그는 자신을 선언하리니, 깃발이 불붙은 하늘을 가로지르리라…….'로 번역되는 구절이 있어. 뭐랄까, 그런 식으로 이어지는 예언이지. 요점은 마브론이라는 단어야. 내 생각에 그 단어는 그냥 '파수꾼'으로 번역되어서는 안 돼. 파수꾼은 아브론이지. 마브론은 좀 더 강조하는 단어야. 내 생각에는 파도의 파수꾼을 말하는 것 같구나. 물론 그들은 자신을 마브론이 아니라 도 미에레 아브론이라고 부르지만 말이야. 아델레이즈는 내 말이 헛소리라고 하지만, 내 생각에 이 구절은 드래건의 환생이 토먼 헤드 위쪽 어딘가, 아라드 도만이나 살데이아에 나타나리라는 의미야. 아델레이즈는 내가 바보 같다고 생각할지 모르지만, 난 요즘 살데이아에서 들려오는 모든 소식에 귀 기울인단다. 내가 듣기로는 마즈림 타임이 채널링을 할 수 있고, 우리 자매들이 아직 그를 구석에 몰아넣지 못했다는구나. 드래건이 환생했고 발리어의 뿔나팔이 발견되었다면 최후의 전투가 곧 벌어질 거야. 우리는 역사책을 영영 끝내지 못할지도 모른다." 그녀는 몸을 떨더니 갑자기 웃었다. "그런 걸 걱정하다니 이상한 일이지. 내가 갈색의 아자에 가까워지는 모양이다. 생각해 보면 끔찍한 일이야. 다음 질문을 하렴."

"마즈림 타임을 걱정하실 필요는 없을 것 같아요." 모레인이 멍하니 말했다. 아무리 작고 미약하지만 그건 토먼 헤드와의 연관성이었다. "타임은 로게인처럼 처리될 테니까요. 샤다 로고스는요?"

"샤다 로고스라니!" 밴딘은 코웃음을 쳤다. "짧게 말하면, 그 도시는 자신의 증오심으로 파괴되었다. 어둠의 친구들을 어둠의 친구들과 맞서게 하는 전략을 사용해 그 모든 일을 시작한 고문관 무어데스를 제외하고는 살아 있는 것들이 모조리 파괴되었지. 이제는 그자가 도둑질할 영혼을 기다리며 그곳에 갇혀 있어. 거기 들어가는 건 안전하지 않은 일이야. 그 도시에서 만져도 안전한 건 하나도 없고. 하지만 합격자에 가까워진 모든 신입이 그 정도는 알고 있지. 다 알려면, 여기에 한 달은 머물면서 아델레이즈의 강의를 들어야 하겠지만—아델레이즈는 샤다 로고스를 정말로 잘 안단다—그 안에 드래건에 관한 게 하나도 없다는 건 나도 말해 줄 수 있어. 그곳은 유리안 스톤보우가 트롤록 전쟁의 잿더미에서 솟아오르기 백 년 전에 이미 죽어 버렸어. 모든 가짜 드래건의 역사에서 유리안 스톤보우만큼 그 도시에 가까운 사람은 없고."

모레인이 한 손을 들었다. "제가 분명하게 말하지 않았네요. 저는 지금 드래건의 환생이든 가짜 드래건이든, 드래건 이야기를 하는 게 아니에요. 샤다 로고스에서 나온 물건을 희미한 자가 가져갈 만한 이유를 어떻게 생각하시나요?"

"그 물건의 정체를 알았다면 가져가지 않았겠지. 샤다 로고스를 죽여 버린 증오는 어둠의 존재를 상대로 사용하려던 증오란다. 그 증오는 빛 속을 걷는 자들을 파괴하는 것만큼 확실하게 그림자의 자식들을 파괴할 거야. 그들도 당연히 우리만큼 샤다 로고스를 두려워한단다."

"버려진 자에 대해서 해 주실 말씀은요?"

"정말이지 이 주제에서 저 주제로 넘어 다니는구나. 네가 신입 때 배운 것 이상으로 말해 줄 수 있는 내용은 별로 없어. 이름 없는 자에 대해 그보다 많이 아는 사람은 아무도 없지. 우리 둘 다 소녀 시절에 배운 내용에 대해 내가 장황하게 떠벌리기를 기대하는 거니?"

모레인이 조용해졌다. 그녀는 많은 말을 하고 싶지 않았지만, 밴딘과 아델레이즈는 화이트 타워를 제외한 그 어느 곳에 존재하는 것보다도 많은 지식을 손닿는 곳에 두고 있었다. 화이트 타워에서는 지금 그녀가 처리하고 싶지 않은 복잡한 문제들이 벌어지고 있었고. 모레인은 실수로 흘린 듯 그 이름이 입술 사이로 흘러나오게 놔두었다. "랜피어요."

"이번만큼은," 여자가 한숨을 쉬었다. "나도 신입 때 알던 것 이상은 전혀 모른다. 밤의 딸은 정말로 어둠이라는 망토를 두르기라도 한 것처럼 수수께끼로 남아 있어." 그녀는 잠시 말을 멈추고 찻잔을 들여다보았다. 고개를 들었을 때 그녀의 눈은 모레인의 얼굴을 예리하게 바라보고 있었다. "랜피어는 드래건에게, 루스 세린 텔라몬에게 연결되어 있었지. 모레인, 드래건이 어디에서 환생할지에 관한 단서를 가지고 있는 거니? 아니면 드래건이 환생했는지에 관해서? 그자가 이미 나타난 거야?"

"제가 그걸 알았다면," 모레인이 차분하게 대답했다. "제가 화이트 타워 대신 여기에 있을까요? 아멀린 권좌께서도 제가 아는 건 다 알고 계세요. 그건 장담하죠. 아멀린 권좌의 소환 명령을 받으셨나요?"

"아니. 하지만 우리 둘 다 소환될 거라고 생각한다. 우리가 드래건의 환생을 마주해야 할 때가 오면 아멀린 권좌께는 모든 자매가, 모든 합격자가, 누군가의 지도 없이 촛불 하나라도 켤 수 있는 모든 신입이 필요해질 테니까." 밴딘의 목소리가 생각에 잠겨 낮아졌다. "드래건의 환생이 휘두를 힘을 생각해 보면, 그자가 우리를 상대로 그 힘을 쓸 기회를 잡기 전에 그자를 제압해야 한다. 그자가 미쳐서 세상을 파괴할 수 있게 되기 전에 말이야. 하지만 일단은 그자가 어둠의 존재와 대면하도록 해야 하지." 그녀는 모레인의 얼굴에 떠오른 표정을 보고 전혀 즐겁지 않은 듯 웃었다. "난 적색의 아자가 아니야. 우리가 감히 그를 먼저 순치시켜서는 안 된다는 걸 알 정도로는 예언을 연구했단다. 그것도 우리가 그자를 순치시킬 수 있다면 말이지만. 나도 너만큼 잘 알아. 어둠의 존재를 샤이올 굴에 붙잡아 둔 봉인이 약해지고 있다는 걸 알아낼 만큼 관심이 있는 모든 자매들만큼 알지. 일리안 사람들이 위대한 뿔나팔 사냥대를 소집하고, 가짜 드래건이 판치고. 게다가 그중 둘인 로게인과 살데이아에 나타난 그자는 채널링을 할 수 있었지. 적색의 아자들이 1년도 채 못 되어 채널링을 할 줄 아는 남자를 두 명이나 발견한 게 언제더라? 5년 안에 발견한 건 또 언제고? 내가 살아 있었던 시기에는 그런 일이 없었어. 그리고 나는 너보다 훨씬 더 나이가 많지. 징조는 사방에 있다. 타몬 가이돈이 다가오고 있어. 어둠의 존재가 풀려날 거야. 드래건은 환생할 테고." 그녀가 내려놓자 찻잔이 달그락거렸다. "혹시 네가 그자의 징후를 보았을지 모른다는 걱정이 드는 건 아마 그 때문인 것 같구나."

"드래건의 환생이 오면," 모레인이 자연스럽게 말했다. "우린 해야 할 일을 하겠죠."

"소용이 있다고 생각했으면, 나는 책에 처박고 있는 아델레이즈의 코를 잡고 끌어내 화이트 타워로 가게 했을 거다. 하지만 난 지금 있는 곳에 있는 게 만족스럽구나. 우리한테 역사를 마무리할 시간이 있을지도 모르지."

"그랬으면 좋겠네요, 자매님."

밴딘이 일어섰다. "뭐, 자러 가기 전에 해야 할 일이 몇 가지 있어서. 질문이 더 없다면 공부하게 놔두마." 하지만 그녀는 잠시 멈추어, 아무리 책과 많은 시간을 보냈더라도 자신이 여전히 녹색의 아자임을 드러냈다. "란을 어떻게든 해야 할 거다, 모레인. 그 남자의 내면은 드래건마운트산보다 심하게 우르릉대고 있어. 머잖아 폭발할 거야. 나는 남자를 알 만큼 안단다. 남자가 여자 때문에 고민하는 모습을 보면 알아챌 만큼 말이야. 너희 둘은 오랜 시간을 함께 보냈지. 아마 이제야 란이 너를 아이즈 세다이만이 아니라 여자로 보게 된 걸 거야."

"란은 저를 있는 그대로 보고 있어요, 밴딘. 아이즈 세다이로요. 제 희망대로라면, 지금도 친구로 볼 테고요."

"청색의 아자들이란. 언제나 세상을 구할 준비가 되어 있어서 자신을 잃어버리지."

백발의 아이즈 세다이가 떠난 뒤 모레인은 망토를 여미고 혼잣말을 중얼거리며 정원으로 갔다. 밴딘이 한 말이 왠지 그녀의 머릿속을 자극했지만, 어떤 말인지는 기억나지 않았다. 그녀가 묻지 않았던 질문에 대한 대답, 혹은 대답의 단서였다. 하지만 그 질문이 뭔지도 떠오르지 않았다.

정원도 집처럼 작았다. 그러나 오두막 창문에서 흘러나오는 노란 불빛과 달빛으로만 보기에도 깔끔해 보였다. 공들여 가꾼 화단 사이에 모래가 깔린 길이 있었다. 그녀는 밤의 부드러운 한기에 망토를 어깨에 느슨하게 걸쳤다. **답은 뭐였고, 질문은 뭐였지?**

등 뒤에서 모래가 으적거리는 소리가 났다. 그녀는 란일 거라고 생각하며 돌아보았다.

어떤 그림자가 겨우 몇 걸음 떨어진 곳에서 어렴풋하게 다가왔다. 망토로 몸을 감싼, 지나치게 키가 큰 남자처럼 보이는 그림자였다. 하지만 달빛에 드러난 모습은 해쓱한 두 뺨과 창백한 피부, 주름진 빨간 입술 위로 눈이 너무 크게 보이는 얼굴이었다. 망토가 펼쳐지며 박쥐처럼 거대한 날개가 되었다.

너무 늦었다는 걸 알면서도 모레인은 사이다에 자신을 개방했지만, 드락카가 울기 시작했다. 그 조용한 노랫소리가 모레인을 가득 채우며 그녀의 의지를 산산이 부수었다. 사이다가 빠져나갔다. 그녀는 드락카에게로 다가

가며 오직 어렴풋한 슬픔만을 느꼈다. 그녀를 끌어당기는 나지막한 울음소리가 감정을 억눌렀다. 희디흰 손이, 인간의 손처럼 희지만 끝에 발톱이 달린 손이 그녀에게 뻗어 왔고 핏빛의 입술이 미소를 조악하게 모방한 듯 휘어지며 날카로운 이빨을 드러냈다. 하지만 어렴풋하게, 너무도 어렴풋하게 모레인은 그것이 자신을 물거나 찢어발기지 않으리라는 걸 알았다. 드락카의 입맞춤을 두려워하라. 그 입술이 닿는 순간 그녀는 죽은 것이나 마찬가지였다. 처음에는 영혼이, 그다음에는 생명이 빨려 나갈 테니까. 누구든 그녀를 발견하는 자는, 드락카가 그녀를 떨어뜨리는 순간에 찾게 되더라도, 이틀 동안 죽어 있었던 것처럼 차가운 시신을 발견하게 될 터였다. 그리고 만약 그녀가 죽기 전에 온다면 그들이 발견하게 될 것은 더욱 끔찍할 것이다. 그때는 더 이상 진정한 그녀가 아닐 테니까. 노랫소리가 그 창백한 손이 닿는 범위 안으로 그녀를 끌어당겼고, 드락카의 머리가 천천히 그녀에게로 수그러졌다.

어깨 위로 칼날이 날아들어 드락카의 가슴을 찔렀을 때, 모레인은 아주 조금밖에 놀라지 않았다. 두 번째 칼이 그녀의 다른 어깨를 가로질러 첫 번째 칼날 옆을 쳤을 때도 조금밖에 더 놀라지 않았다.

멍하니 휘청거리며, 그녀는 아주 멀리서 바라보듯 그 짐승이 그녀에게서 밀쳐지는 모습을 보았다. 란이, 그다음에는 제임이 시야에 들어왔다. 잿빛 머리카락의 수호자가 두 팔을 뻗고 있었다. 그 팔은 뼈가 앙상했지만, 젊은 란의 팔이 그렇듯 칼을 곧고도 똑바르게 들고 있었다. 드락카의 창백한 두 손이 날카로운 강철을 옴키머 피로 물들었다. 날개가 천둥 같은 소리를 내며 두 남자를 뒤흔들었다. 갑자기 놈은 상처 입고 피를 흘리는 채로 다시 노래하기 시작했다. 수호자들을 향해서.

모레인은 어렵사리 정신을 가다듬었다. 드락카가 입맞춤에 성공하기라도 한 것처럼 기운이 빨려 나간 느낌이었다. **나약해질 시간은 없어.** 그녀는 순식간에 자신을 사이다에 개방했다. 일원력이 그녀를 가득 채우면서, 그녀는 그림자의 자식을 직접 만질 수 있을 만큼 자신을 강화했다. 두 남자가 너무 가까운 곳에 있었다. 다른 방법은 뭐든 그들까지 해치게 될 터였다. 일원력을 사용하면서도 그녀는 드락카에게 더럽혀진 느낌이 들리라는 걸 알았다.

하지만 그녀가 공격을 시작하는 순간, 란이 "죽음을 끌어안으라!"라고 외쳤다. 제임이 그의 말을 단호하게 되풀이했다. "죽음을 끌어안으라!" 그렇게 두 남자가 드락카의 손이 닿는 범위 안으로 들어가, 그들의 칼을 칼자루까지 깊게 박아 넣었다.

드락카는 고개를 뒤로 젖히며 비명을 질렀다. 모레인의 머리를 바늘로 관통하는 듯 찢어지는 비명이었다. 사이다에 감싸여 있으면서도 모레인은 그 비명을 느낄 수 있었다. 나무가 쓰러지듯 드락카가 넘어졌다. 한쪽 날개가 제임을 쳐 무릎 꿇렸다. 란은 기진맥진한 듯 축 늘어졌다.

집에서 등불이 서둘러 나왔다. 밴딘과 아델레이즈가 들고 있는 등불이었다.

"무슨 소리였어?" 아델레이즈가 물었다. 그녀는 거의 자매와 똑같은 모습이었다. "제임이 혹시……." 등불이 드락카에게 닿았다. 그녀의 목소리가 흐려졌다. 밴딘이 모레인의 손을 잡았다. "설마 저놈이……?" 그녀는 질문을 끝마치지 않았다. 모레인이 보기에 그 순간 비구름이 그녀를 감싸는 듯했다. 밴딘에게서 힘이 흘러 들어오는 것을 느끼며, 지금 처음도 아니지만 모레인은 아이즈 세다이가 다른 사람들한테 해줄 수 있는 일을 자신에게도 할 수 있었으면 좋겠다고 생각했다.

"아니에요." 그녀가 고마워하며 말했다. "가이딘을 살펴 주세요."

란이 입을 꽉 대문 채 그녀를 보았다. "당신이 나를 그렇게까지 화나게 해서 내가 제임과 자세 연습을 하러 가지 않았다면, 내가 너무 화가 나서 집으로 돌아왔으니까 망정이지……."

"하지만 난 당신을 화나게 했죠." 그녀가 말했다. "패턴은 모든 것을 가져다가 실을 잣습니다." 제임이 투덜거리면서도 밴딘에게 어깨를 살펴보도록 해 주었다. 그는 뼈와 힘줄밖에 없는 사람이었으나 오래된 뿌리처럼 단단해 보였다.

"어떻게," 아델레이즈가 물었다. "어떻게 그림자의 생물이 우리가 느끼지도 못할 만큼 이렇게 가까이 다가올 수 있지?"

"보호받고 있었어요." 모레인이 말했다.

"불가능한 일이야." 아델레이즈가 쏘아붙였다. "그런 일을 할 수 있는 건 오직 자매뿐……." 그녀는 말을 멈추었고 밴딘은 제임에게서 모레인에게로 고개를 돌렸다.

모레인은 그들 중 누구도 듣고 싶어 하지 않은 말을 했다. "흑색의 아자예요." 마을에서 고함이 들려왔다. "이건 숨기시는 게 좋겠어요." 그녀가 화단에 뻗어 있는 드락카를 가리켰다. "빨리요. 사람들이 곧 찾아와 도움이 필요한지 물을 테지만, 이걸 보면 원치 않는 말이 나올 거예요."

"그래, 그래야지." 아델레이즈가 말했다. "제임, 가서 사람들을 마중하세요. 무슨 소리가 난 건지는 모르겠지만 여기는 아무 문제가 없다고 하세요. 사람들을 진정시키세요." 잿빛 머리카락의 수호자는 서둘러 어둠 속으로, 마을 사람들이 다가오는 소리가 나는 곳으로 향했다. 아델레이즈가 돌아서더니 자기 책의 수수께끼 같은 문단이라도 되는 듯 드락카를 살펴보았다. "아이즈 세다이가 관여했든 아니든, 대체 무엇이 이놈을 여기로 데려올 수 있었을까?" 밴딘이 조용히 모레인을 바라보았다.

"유감이지만, 두 분을 떠나야 할 것 같아요." 모레인이 말했다. "란, 말을 준비해 주겠어요?" 란이 떠나자 그녀가 말했다. "두 분이 준비해 주시면 화이트 타워로 보낼 편지를 남겨 두겠습니다." 아델레이즈가 멍하니 고개를 끄덕였다. 그녀의 관심은 지금도 땅 위의 존재에 머물러 있었다.

"네가 가는 곳에서 답을 찾게 될까?" 밴딘이 물었다.

"이미 제가 찾는 줄도 몰랐던 답을 발견한 걸지 모르겠어요. 제가 너무 늦은 게 아니길 바랄 뿐이에요. 펜과 양피지가 필요해요." 그녀는 밴딘을 집으로 끌어당기며 아델레이즈에게 드락카를 맡겨 두었다.

23장 시험

나이니브는 화이트 타워 저 아래에 있는 거대한 방과 그 옆에 서 있는 시리암을 똑같이 경계하며 눈여겨보았다. 신입 담당은 기대감에 차 있는 것 같았다. 조금은 안달 난 것처럼 보일 정도였다. 타 발론에서 보낸 며칠 동안 그녀가 보인 것은 오직 평온함, 그리고 이 시대에 다가올 사건을 미소 띤 얼굴로 받아들이는 의연함밖에 없었는데도.

천장이 돔으로 되어 있는 방은 섬의 기반암을 깎아서 만든 것이었다. 높은 받침대에 올려놓은 등잔의 불빛이 희고 매끄러운 돌벽에 반사되었다. 돔 아래 중앙에는 둥그스름한 은색 아치 세 개로 만들어진 구조물이 있었는데, 하나하나가 그 아래를 걸어서 지날 수 있을 정도로 높았다. 아치들은 끝이 맞닿은 두꺼운 은색 고리 위에 자리 잡고 있었으며 아치와 고리가 모두 한 덩어리로 만들어져 있었다. 나이니브는 그 안에 무엇이 들어 있는지 볼 수 없었다. 그곳에서는 빛이 이상하게 깜빡였다. 너무 오래 바라보고 있으면 배 속이 울렁거렸다. 아치가 고리와 닿는 곳, 아이즈 세다이 한 사람이 그대로 드러난 바닥의 석재에 책상다리를 하고 앉아 은빛 구조물을 바라보고 있었다. 또 다른 아이즈 세다이는 커다란 은색 성배 세 개가 놓인 민무늬 탁자 근처에 서 있었다. 나이니브가 알기로—최소한 전해 듣기로—성배들에는 모두 맑은 물이 채워져 있었다. 아이즈 세다이 네 명이 모두 시리암과 같은 숄을 두르고 있었다. 시리암의 것은 술이 푸른색이었고 탁자 옆에 선 가무잡잡한 여자의 술은 빨간색, 아치 근처에 있는 세 아이즈 세다이의 술은 각기 초록색, 흰색, 회색이었다. 나이니브는 여전히 팔 다라에서 받은 드레스를 입고 있었다. 작은 흰색 꽃이 수놓인 연녹색 드레스였다.

"처음에는 아침부터 밤까지 내 엄지만 바라보고 서 있으라고 하더니." 나이니브가 투덜거렸다. "이제는 심하게도 서두르는군요."

"시간은 어느 여자도 기다려 주지 않는다." 시리암이 대답했다. "물레는 그 의지에 따라 실을 잣지. 물레의 의지가 원할 **때에** 말이다. 인내도 배워야만 하는 덕목이지만, 우리 모두 순식간의 변화에 대비할 준비를 갖춰야 해."

나이니브는 시리암을 노려보지 않으려고 애썼다. 불꽃같은 머리카락의 아이즈 세다이에 대해 나이니브가 알아낸 가장 짜증스러운 사실은, 그녀가 실제로는 다른 사람의 말을 인용하지 않을 때도 꼭 인용하는 것처럼 말한다는 점이었다. "그건 뭡니까?"

"이건 **티어앙그리알**이다."

"뭐, 그 말로는 아무것도 알 수 없겠는데요. 그걸로 뭘 하는 겁니까?"

"**티어앙그리알**은 여러 가지 일을 해낸다, 애야. **앙그리알**과 **사앙그리알**이 그렇듯, **티어앙그리알**도 일원력을 활용하는 물건으로서 전설의 시대가 남긴 유물이다. 다른 둘만큼 희귀한 건 아니다만. 어떤 **티어앙그리알**은 아이즈 세다이가 작동시켜야만 해. 이것도 그렇고. 그러나 다른 **티어앙그리알** 중에는 채널링을 할 수 있는 여자가 근처에 있기만 해도 기능을 발휘하는 것이 있다. 심지어 어떤 사람이든 활용할 수 있는 **티어앙그리알**도 있다고 하지. **앙그리알**이나 **사앙그리알**과는 달리 **티어앙그리알**은 구체적인 목적을 위해 만들어진 거야. 화이트 타워에 있는 다른 **티어앙그리알**은 맹세에 구속력을 부여한다. 너도 완전한 자격을 갖춘 자매로 성장하면 그 **티어앙그리알**을 들고 마지막 선서를 하게 될 거야. 진실이 아닌 어떤 말도 하지 말 것. 한 사람을 위해 다른 사람을 죽이려는 무기를 만들지 말 것. 어둠의 친구나 그림자의 자식들에게 대항하는 경우, 혹은 자신이나 자신의 수호자 또는 다른 자매의 생명을 지키기 위한 최후의 극단적인 상황을 제외하면 절대 일원력을 무기로 사용하지 말 것.”

나이니브는 고개를 저었다. 지나치게 많은 것, 또는 적은 것만을 요구하는 맹세 같았다.

“한때는 아이즈 세다이에게 어떤 맹세도 요구되지 않았다. 아이즈 세다이가 어떤 존재인지, 그들이 무엇을 지키는지 잘 알려져 있었으니 그 이상은 필요치 않았지. 우리 중에는 지금도 상황이 마찬가지이기를 바라는 자매들이 많다. 하지만 물레는 돌고 시대는 변하는 법이야. 우리가 맹세를 한다는 사실, 어딘가에 매여 있다는 사실이 알려져 있는 덕분에 여러 국가에서 우리가 자신들에 대항해서 일원력을 사용하리라는 두려움 없이 우리를 상대할 수 있는 거다. 트롤록 전쟁과 100년 전쟁 사이에 우리는 이런 선택을 했고, 그 덕분에 화이트 타워가 아직 서 있는 거야. 그 덕분에 지금도 그림자에 대항해서 우리가 할 수 있는 일을 할 수 있지.” 시리암이 깊이 숨을 들이마셨다. “빛을 걸고, 얘야. 내가 네게 가르치려는 건 너와 똑같은 입장의 여자라면 몇 년이 걸려서야 배울 수 있는 것들이다. 지금 그걸 다 가르치는 건 불가능하다. 지금 네가 관심을 두어야 하는 건 **티어앙그리알**이야. 우리는 **티어앙그리알**이 왜 만들어졌는지 모른다. 용기를 내 그중 일부를 사용할 뿐이지. 우리가 **티어앙그리알**을 사용하는 방식은 **티어앙그리알**을 만든 사람의 의도와는 아무 상관이 없을지도 몰라. 우리는 대가를 치르고서야 대부분의 **티어앙그리알**을 피해야 한다는 사실을 알게 되었다. 세월이 지나면서 적잖은 수의 아이즈 세다이가 그 사실을 알아내는 과정에 목숨을 잃거나 재능을 소진해 버렸어.”

나이니브가 몸을 떨었다. “그런데 나더러 이 **티어앙그리알**과 정면으로 맞서라는 겁니까?” 지금은 아치 안쪽의 빛이 덜 깜빡거렸지만, 그렇다고 그 안에 들어 있는 물체가 더 잘 보이는 것은 아니었다.

“이 **티어앙그리알**이 어떤 역할을 하는지는 우리가 잘 안다. 이 **티어앙그리알**은 네가 너의 가장 큰 두려움과 대면하게 해줄 거야.” 시리암이 상냥하게 미소 지었다. “아무도 네가 무엇을 마주했는지 묻지 않을 거다. 그저 네가 말하고 싶은 만큼만 말하면 돼. 모든 여자의 두려움은 그 자신의 것이니까."

나이니브는 거미, 특히 어둠 속에서 마주치는 거미에 대해 느껴지는 초조함을 어렴풋이 떠올렸으나 그게 시리암이 말한 두려움이라는 생각은 들지 않았다. "그냥 아치로 들어갔다가 다른 아치로 나오면 됩니까? 세 번 그렇게 하면 끝나는 건가요?"

아이즈 세다이는 짜증이 난다는 듯 어깨를 움츠리며 숄을 바로잡았다. "그렇게까지 간략하게 말하고 싶다면, 그래." 시리암이 건조하게 말했다. "나는 이곳으로 오는 길에 의식에 관해 네가 알아야 하는 것들을 이미 말해 주었다. 의식을 치르기 전에 알아도 되는 모든 것을 말이다. 네가 신입이었다면 이 모든 걸 외우고 있었겠지. 하지만 실수를 걱정하지는 마라. 필요하면 내가 다시 알려 주마. 대면할 준비가 된 게 확실하냐? 멈추고 싶다면 지금이라도 네 이름을 신입 명단에 올릴 수 있다."

"아뇨!"

"좋다, 그럼. 이제 나는 이 방에 들어올 때까지는 그 어떤 여자도 듣지 못할 두 가지 이야기를 해 주겠다. 첫째, 일단 시작하면 끝까지 계속해야 한다. 계속하기를 거부하면, 잠재력의 크기와 상관없이, 화이트 타워는 친절하게 1년 생활비 정도의 은화를 주고 너를 방출할 것이다. 다시는 돌아올 수 없어." 나이니브는 그럴 일은 없을 거라고 말하려 입을 열었으나 시리암이 홱 손짓하며 그녀의 말을 끊었다. "잘 듣고 무슨 말을 해야 할지 알게 되면 그때 말하거라. 둘째, 무언가를 추구하기 위해 분투하는 것은 곧 위험을 아는 것이다. 너는 여기에서 위험을 알게 될 거다. 어떤 여자들은 안으로 들어갔다가 영영 나오지 못했다. **티어앙그리알**이 조용해진 다음에도 **그들은 그곳에 없었다.** 다시 목격되지도 않았고. 살아남고자 한다면 확고해야 한다. 흔들리다가 실패하면……." 시리암의 침묵은 그 어떤 말보다도 많은 의미를 전달했다. "이게 너의 마지막 기회다, 애야. 지금이라도, 지금 당장이라도 돌아설 수 있어. 그러면 내가 네 이름을 신입 명단에 올릴 거다. 그러면 너에게 불리한 기록이 하나밖에 남지 않는 거야. 너는 이곳에 두 번 더 올 수 있고,

세 번째 거부할 때에야 화이트 타워에서 방출된다. 거부하더라도 부끄러운 일은 아니야. 많은 사람들이 거부한다. 나부터도 처음 여기에 왔을 때는 해내지 못했어. 이젠 말해도 좋다."

나이니브는 곁눈으로 은빛 아치를 보았다. 아치 안의 빛은 더 이상 깜빡거리지 않았다. 아치는 부드럽고 흰 빛으로 가득 차 있었다. 배우고 싶은 것을 배우려면 나이니브에게는 합격자의 자유가 필요했다. 원하는 만큼만 지도를 받고, 질문하고, 혼자 공부할 수 있는 자유가. **나는 모레인이 우리에게 한 짓의 대가를 치르게 해야 해. 반드시.** "준비됐습니다."

시리암이 천천히 방으로 들어갔다. 나이니브가 그 옆을 따랐다.

그게 어떤 신호라도 된 듯, 적색의 자매가 크고 형식적인 목소리로 말했다. "누구를 데려왔습니까, 자매여?" **티어앙그리알**을 둘러싼 세 아이즈 세다이는 **티어앙그리알**에서 눈을 떼지 않았다.

"합격자 후보생입니다, 자매여." 시리암도 형식적으로 대답했다.

"후보생은 준비되었습니까?"

"후보생은 예전의 자신을 버리고 두려움을 극복하여 합격자의 자격을 받아 낼 준비가 되었습니다."

"후보생은 자신의 두려움을 압니까?"

"후보생은 두려움을 직면한 적이 없으나 이제는 기꺼이 직면하려 합니다."

"그렇다면 후보생이 자신의 두려움을 직면하게 하시오."

시리암은 아치에서 4미터 떨어진 곳에 멈춰 섰고 나이니브도 그녀와 함께 멈추었다. "드레스." 시리암이 나이니브를 보지 않고 속삭였다.

시리암이 방에서 내려오는 길에 말해 준 내용을 이미 잊었다는 사실에 나이니브의 두 뺨이 붉어졌다. 나이니브는 서둘러 옷과 신발, 스타킹을 벗었다. 잠깐은 옷을 개서 한쪽으로 깔끔히 치워 놓느라 아치의 존재를 잊을 뻔했다. 나이니브는 란의 반지를 드레스 아래에 조심스럽게 두었다. 누구도 그 반지를 보지 않았으면 했다. 그렇게 나이니브는 할 일을 마쳤다. **티어앙그리알**은 여전히 그곳에서 기다리고 있었다.

맨발에 돌이 차갑게 느껴졌다. 온몸에 소름이 돋았다. 하지만 나이니브는 똑바로 서서 천천히 숨을 쉬었다. 누구에게도 겁내는 기색을 들키지 않을 생각이었다.

"첫 번째 두려움은," 시리암이 말했다. "과거에 관한 것이다. 돌아가는 길은 단 한 번밖에 나타나지 않는다. 확고하게 버텨라."

나이니브는 망설였다. 그런 다음 앞으로 나서 아치를 지나 빛 속으로 향했다. 공기 자체가 빛나는 것처럼, 질식시킬 것처럼 빛이 나이니브를 둘러쌌다. 빛이 모든 곳에 있었다. 빛이 바로 모든 것이었다.

나이니브는 자기가 벌거벗고 있다는 걸 깨닫고 움찔한 뒤 놀라움에 눈을 크게 떴다. 돌벽이 양옆에 서 있었다. 높이가 그녀의 키 두 배는 되었고 깎아 놓기라도 한 것처럼 매끄러웠다. 먼지투성이의 고르지 않은 판석에서 발가락이 움찔거렸다. 머리 위 하늘은 밋밋한 납덩이처럼 보였다. 구름이 한 점도 없었다. 머리 위에 걸린 태양은 빨갛게 부풀어 있었다. 양옆의 벽에는 트인 부분이 있었다. 짧고 네모난 기둥으로 표시된 관문이었다. 벽 때문에 시야가 좁았다. 다만 땅은 나이니브가 서 있는 곳에서 앞뒤로 아래를 향해 경사를 이루고 있었다. 관문 너머로 두꺼운 벽과 그 사이의 통로가 더 보였다. 나이니브는 거대한 미로에 들어와 있었다.

여기가 어디지? 어떻게 여기에 온 거지? 다른 목소리처럼 다른 생각이 들려왔다. **나가는 길은 단 한 번밖에 나타나지 않을 것이다.**

나이니브는 고개를 저었다. "나가는 길이 하나뿐이라면 가만히 여기에 서서 그 길을 찾지는 않을 거야." 최소한 공기는 따뜻하고 건조했다. "사람들을 만나기 전에 옷가지를 찾아야겠는데." 나이니브가 중얼거렸다.

어린 시절, 종이에 미로를 그리고 놀던 때를 나이니브는 어렴풋하게 떠올렸다. 출구를 찾는 요령이 있었는데 잘 생각이 나지 않았다. 과거의 모든 것이 다른 사람에게 일어난 일처럼 어렴풋하게 느껴졌다. 한 손으로 벽을 쓸며 밖으로 나가기 시작했다. 맨발 아래에서 먼지가 일었다.

벽에 난 첫 구멍에서, 그녀는 이미 서 있는 길과 달라 보이지 않는 다른 통로를 마주했다. 깊이 숨을 들이마신 뒤 정확히 똑같은 모습의 더 많은 통로들을 지나 곧장 나아갔다. 이내 다른 것이 나왔다. 길이 둘로 갈라져 있었다. 나이니브는 왼쪽 길을 선택했다. 결국 그 길이 다시 갈라졌다. 한 번 더 왼쪽으로 갔다. 세 번째 갈림길은 텅 빈 벽으로 이어졌다.

나이니브는 우울하게 마지막 갈림길로 돌아 오른쪽으로 향했다. 이번에는 오른쪽으로 네 번을 돌자 막다른 길이 나왔다. 잠시 그 벽을 노려보고 서 있었다. "내가 어쩌다 여기에 왔지?" 큰 소리로 물었다. "여긴 어디야?" **나가는 길은 단 한 번밖에 나타나지 않을 거다.**

나이니브는 다시 한 번 돌아섰다. 그녀는 미로를 푸는 요령이 있을 게 확실하다고 생각했다. 마지막 갈림길에서 왼쪽으로 갔다가 그다음 갈림길에서 오른쪽으로 향했다. 단단히 마음을 먹고 계속 나아갔다. 왼쪽, 그다음에는 오른쪽. 갈림길이 나올 때까지 곧장. 왼쪽, 그다음엔 오른쪽.

이 방법이 통하는 것 같았다. 최소한 이번에는 막다른 길에 이르지 않고 열두 번의 갈림길을 지났다. 그러다가 또 한 번 갈림길에 이르렀다.

나이니브는 곁눈으로 찰나의 움직임을 포착했다. 돌아서서 보려 하니 매끄러운 돌벽 사이에 먼지 낀 통로가 있을 뿐이었다. 왼쪽 길로 가려다가…… 언뜻 움직임이 보이자 휙 돌아보았다. 아무것도 없었지만, 이번에는 확실했다. 그녀를 따라오는 누군가가 있었다. 지금도 있었다. 나이니브는 긴장한 채 반대 방향으로 종종걸음 쳤다.

이제는 이쪽저쪽 통로를 바라보는 시야의 가장자리에 걸려 움직이는 무언가가 계속 보였다. 알아보기에는 너무 빠른 형체였고, 제대로 보려고 고개를 돌리기도 전에 사라졌다. 나이니브는 달리기 시작했다. 어린 시절 투리버스에서 그녀를 달리기로 이길 수 있었던 남자아이는 몇 명 없었다. **투리버스라고? 그게 뭐지?**

눈앞의 구멍에서 한 남자가 걸어 나왔다. 그의 검은 옷은 케케묵어 반쯤 썩은 모습이었다. 남자는 늙어 있었다. 늙은 것 이상이었다. 잔주름이 잔뜩 잡힌 양피지 같은 피부가 두개골을 지나칠 만큼 팽팽하게 덮고 있었다. 피부 안쪽에 살이 하나도 없는 것 같았다. 몇 가닥의 뻣뻣한 머리카락이 딱지투성이 두피를 덮었고, 눈은 너무 푹 꺼져 있어서 동굴 안에서 내다보는 것 같았다.

남자는 미끄러지듯 멈춰 섰다. 그의 발밑 고르지 않은 판석이 거칠게 느껴졌다.

"나는 아지노어다." 남자가 미소 지으며 말했다. "널 잡으러 왔다."

나이니브의 심장이 가슴에서 뛰쳐나가려 했다. 남자는 버려진 자 중 하나였다. "아냐. 아니, 그럴 리 없어!"

"예쁜 아이로구나. 내가 즐겨 주마."

나이니브는 자신이 실오라기 하나 걸치지 않고 있음을 떠올렸다. 그녀는 비명을 지르고 얼굴을 붉혔다. 얼굴이 붉어진 이유 중 분노는 일부에 불과했다. 가장 가까운 교차로로 빠르게 달려갔다. 킬킬대는 웃음소리. 그녀가 낼 수 있는 최고 속도에 가깝게 발을 움직여 달려오는 소리. 그녀를 잡았을 때 무슨 짓이라도 하겠다는 숨 가쁜 장담. 반만 들어도 나이니브의 배 속을 얼어붙게 하는 약속. 그 모든 것이 그녀를 따라왔다.

나이니브는 처절하게 출구를 찾았다. 주먹을 꽉 쥐고 달리며 미친 듯이 살펴보았다. **나가는 길은 단 한 번밖에 나타나지 않을 것이다. 확고하게 버텨라.** 아무것도 없었다. 그저 끝없는 미로가 이어질 뿐이었다. 아무리 열심히 달려도 아지노어의 더러운 말이 언제나 등 뒤를 바짝 쫓았다. 두려움이 천천히 완전한 분노로 바뀌었다.

"태워 죽일 놈 같으니!" 나이니브가 흐느꼈다. "빛이여, 저놈을 태우소서! 저자에게는 이럴 권리가 없습니다!" 나이니브는 내면에서 무언가가 꽃피는 것을 느꼈다. 무언가가 벌어졌다. 빛을 향해 펼쳐졌다.

나이니브는 치아를 드러내며 고개를 돌려 추격자를 마주했다. 그 순간 아지노어가 나타났다. 그는 웃으면서 경중경중 뛰어 다가오고 있었다.

"너에게는 이럴 권리가 없다!" 나이니브는 아지노어를 향해 주먹을 내뻗었다. 뭔가를 던지듯이 손가락을 펼쳤다. 그녀는 자신의 손에서 불로 이루어진 구체가 날아가는 걸 보았지만 그리 놀라지 않았다.

불 공은 아지노어의 가슴에 닿아 폭발하며 그를 땅으로 쓰러뜨렸다. 아지노어는 아주 잠깐 사지를 뻗고 누워 있다가 비틀거리며 일어섰다. 외투 앞자락에서 연기가 나는 걸 모르는 것 같았다. "네가 감히? 감히!" 그는 몸을 떨었다. 침방울이 그의 턱을 따라 흘러내렸다.

갑자기 하늘에 구름이 떴다. 잿빛과 검은색으로 이루어진 위협적인 너울 같았다. 번개가 구름에서 불쑥 튀어나와 나이니브의 심장을 똑바로 노렸다.

찰나지만 시간이 갑자기 느려진 것처럼, 그 한순간이 영원인 것처럼 느껴졌다. 나이니브는 내면의 흐름을 느꼈고, 그게 **사이다**라는 생각이 어렴풋이 떠올랐다. 번개에서 그에 응답하는 흐름이 느껴졌다. 나이니브는 그 흐름의 방향을 바꾸었다. 시간이 앞으로 훅 움직였다.

쾅 소리와 함께 아지노어의 머리 위 돌이 번개로 산산이 조각났다. 버려진 자의 푹 꺼진 눈이 휘둥그레졌다. 그는 비틀거리며 물러났다. "이럴 수는 없어! 이럴 리가!" 그가 서 있던 자리에 번개가 내리치자 그는 펄쩍 뛰어 비켰다. 돌이 분수처럼 파편을 일으키며 폭발했다.

나이니브는 무시무시하게 그를 향해 다가갔다. 아지노어가 도망쳤다.

사이다는 나이니브의 온몸에 흐르는 급류였다. 나이니브는 주위의 바위와 공기를 느낄 수 있었다. 그것들에 스며들며 구성 요소가 된 일원력의 아주 미세하게 흐르는 조각들을 느낄 수 있었다. 그리고 아지노어가…… 뭔가를 하는 것도 느낄 수 있었다. 어렴풋하게. 멀게. 아무리 시간이 지나도 진정으로 알 수는 없는 무엇인 것 같았다. 하지만 나이니브는 주변에서 그것이 일으키는 효과를 보았고 그 모습을 있는 그대로 받아들였다.

발밑에서 땅이 우르릉대며 솟구쳤다. 눈앞에서 벽이 쓰러졌다. 돌 더미가 나이니브의 앞을 막았다. 나이니브는 빠르게 돌 더미를 넘어섰다. 날카로운 바위가 손과 발을 베어도 신경 쓰지 않으며 아지노어가 시야에서 벗어나지 못하게 했다. 바람이 솟구치며 통로를 따라 불어와 그녀에게 부딪혔다. 뺨이 납작해지고 눈에 눈물이 고일 정도로 맹렬하게 그녀를 쓰러뜨리려 했다. 그러나 나이니브가 그 흐름을 바꾸었다. 아지노어는 뿌리 뽑힌 덤불처럼 통로를 굴렀다. 나이니브는 땅의 흐름과 접촉해 그 방향을 바꾸었고, 아지노어 주변의 돌벽이 무너지며 그를 안에 가두었다. 나이니브의 노려보는 눈길과 함께 벼락이 떨어져 아지노어 주변을 후려쳤다. 그와 점점 더 가까운 곳의 돌이 터져 나갔다. 나이니브는 아지노어가 흐름을 다시 그녀에게로 돌려놓으려고 싸우는 것을 느낄 수 있었다. 하지만 현란한 벼락은 한 걸음, 한 걸음 버려진 자를 향해 움직였다.

무언가가 나이니브의 오른쪽에서 반짝였다. 벽이 무너지면서 드러난 무언가였다.

나이니브는 아지노어가 약해지는 것을 느낄 수 있었다. 나이니브를 공격하려는 그의 노력이 점점 약해지고 절박해졌다. 그러나 어째서인지 나이니브는 그가 포기하지 않았다는 걸 알았다. 지금 놈을 놓아주면 놈은 전처럼 강력해져 그녀를 쫓을 터였다. 결국 나이니브가 너무 약해 자신을 무너뜨릴 수 없다고 생각하면서. 자기가 그녀에게 무슨 짓을 저질러도 막을 수 없다고 믿으면서.

돌이 있던 자리에 은색 아치가 나타났다. 은은한 은빛으로 가득한 아치였다. **돌아가는 길……**.

나이니브는 버려진 자가 공격을 포기한 순간을 알아차렸다. 그의 모든 노력이 나이니브를 밀어내는 데 집중된 순간이었다. 아지노어의 힘은 충분하지 않았다. 그는 더 이상 나이니브의 공격을 빗나가게 할 수 없었다. 이제 그는 나이니브가 내리친 벼락 때문에 솟아오른 돌덩이를 피해 몸을 던져야만 했다. 돌이 폭발하며 그는 다시 내팽개쳐졌다.

돌아가는 길은 단 한 번밖에 나타나지 않을 것이다. 확고한 마음을 가져라.

벼락은 더 이상 내리치지 않았다. 나이니브는 몸부림치는 아지노어에게서 시선을 돌려 아치를 보았다. 그녀는 다시 아지노어를 바라보았다. 마침 그때 아지노어가 솟아오른 돌 위로 기어올라 시야를 벗어나더니 사라졌다. 나이니브는 답답한 마음에 식식댔다. 미로는 많은 부분이 그대로 남아 있었다. 나이니브와 버려진 자가 만들어 놓은 잔해 뒤에 숨을 만한 곳이 백 군데는 새로 생겼다. 다시 아지노어를 찾으려면 시간이 걸릴 것이다. 하지만 그를 먼저 찾지 않으면 아지노어가 나이니브를 찾을 게 확실했다. 아지노어는 온 힘을 다해, 나이니브가 전혀 예상하지 못할 때 덤벼들 터였다.

돌아가는 길은 단 한 번밖에 나타나지 않을 것이다.

나이니브는 겁에 질려 다시 보았다. 아치가 아직 그 자리에 있는 걸 보고 마음이 놓였다. 아지노어를 빨리 찾을 수만 있다면…….

확고한 마음을 가져라.

나이니브는 뒤틀린 분노의 고함을 지르며 무너져 내린 돌 더미를 기어올라 아치로 향했다. "누군지 몰라도 나를 여기에 집어넣은 놈은," 나이니브가 중얼거렸다. "차라리 아지노어가 당한 일을 당하게 해 달라고 빌게 만들어 주마. 내가…….” 나이니브는 아치로 들어갔고 빛이 그녀를 압도했다.

"내가…….” 나이니브가 아치에서 나온 뒤 멈춰 서서 멍하니 앞을 보았다. 기억나는 것은 은색 **티어앙그리알**과 아이즈 세다이, 이 방뿐이었지만 기억하려는 행위 자체가 일종의 타격이었다. 텅 빈 기억들이 머릿속으로 다시 거세게 밀려들었다. 나이니브는 들어갔던 아치로 다시 나와 있었다.

적색의 자매가 은색 성배 하나를 높이 들더니 차갑고 깨끗한 물을 나이니브의 머리에 부었다. "네가 저지른 죄악과," 아이즈 세다이가 주문을 외듯 말했다. "너에게 행해진 죄악은 모두 정화되었다. 너는 저질렀을지도 모르는 범죄와 너에게 행해진 범죄로부터 정화되었다. 너는 마음과 영혼 모두 정결하고 깨끗하게 씻기어져 우리에게 왔다."

물이 몸을 타고 흘러내려 바닥에 뚝뚝 떨어지자 몸이 떨렸다.

시리암이 안도한 듯 미소 지으며 나이니브의 팔을 잡아 주었다. 그러나 신입 담당의 목소리에서는 걱정했다는 기색을 찾을 수 없었다. "지금까지는 잘해 주었다. 돌아온 것만으로 잘한 거야. 네 목표가 무엇인지 기억하면 계속 잘 해낼 거다." 빨간 머리의 아이즈 세다이가 나이니브를 데리고 **티어앙 그리알**을 돌아 다른 아치로 향했다.

"너무 생생했습니다." 나이니브가 속삭이듯 말했다. 모든 것이 기억났다. 손을 들어 올리듯 쉽게 일원력을 채널링했던 게 기억났다. 아지노어도 기억 났고, 버려진 자가 그녀에게 하려던 일도 기억났다. 나이니브는 다시 몸을 떨었다. "진짜였나요?"

"그야 아무도 모르지." 시리암이 대답했다. "기억 속에서는 진짜처럼 느껴진다. 저 안에서 입은 상처가 저기서 나온 뒤에 남아 있는 사람도 있지. 저 안에서는 뼈 있는 데까지 베였는데 아무 흉터 없이 돌아온 사람도 있고. 들어가는 모든 여자가 매번 다른 경험을 한다. 고대인들은 수많은 세상이 있다고 말했어. 어쩌면 이 **티어앙그리알**은 사람을 다른 세상으로 데려가는 걸지도 몰라. 그렇다 해도 아주 엄격한 규칙에 따라서만 이동시키지만. 내 생각에 저 안에서 벌어지는 일은 진짜가 아닐 거야. 하지만 기억해 두렴. 진짜든 아니든, **위험**은 네 심장을 찌르는 칼만큼 실재한다."

"제가 일원력을 채널링했습니다. 너무 쉬웠어요."

시리암이 발을 헛디뎠다. "그런 일은 있을 수 없는데. 넌 채널링을 할 수 있었다는 걸 기억조차 못해야 해." 시리암이 나이니브를 찬찬히 살펴보았다. "그런데도 넌 아무 해를 입지 않았구나. 지금도 네 안에서 능력이 느껴져. 늘 그랬듯 강력한 능력이야."

"위험한 일이었던 것처럼 말씀하시는군요." 나이니브가 천천히 말하자 시리암은 망설이다가 대답했다.

"말해 봐야 기억 못 할 테니 꼭 경고할 필요도 없겠다만······. 이 **티어앙그리알**은 트롤록 전쟁 당시에 발견됐다. 당시의 조사 기록이 우리 문서고에 보관돼 있어. 당시에는 아무도 이 **티어앙그리알**이 무슨 일을 할지 몰랐던 만큼 처음으로 안에 들어갔던 자매는 가능한 한 철저히 보호 받았다. 그 자매는 기억을 간직했고 위협을 당했을 때는 일원력을 채널링했지. 그런데 나왔을 때는 능력이 전혀 없는 수준으로 소진돼 있었어. 채널링을 할 수도 없었고, 심지어 진정한 근원을 감지할 수도 없었다. 두 번째로 들어간 자매도 보호 받았는데 그 자매 역시 같은 방식으로 파괴되었어. 세 번째 자매는 아무 보호도 받지 않고 들어갔다. 일단 들어간 뒤에는 아무것도 기억하지 못했지. 그런데 아무 해를 입지 않고 돌아왔어. 우리가 너를 전혀 보호하지 않고 들여보내는 이유 중 하나다. 나이니브, **티어앙그리알**에 다시 들어가면 채널링을 해서는 안 된다. 뭐든 기억하기 어렵다는 건 알지만 노력해 보거라."

나이니브는 침을 삼켰다. 그녀는 모든 것을 기억할 수 있었고, 기억이 나지 않던 것도 기억할 수 있었다. "채널링하지 않겠습니다." 나이니브가 말했다. **하지 말아야 한다는 게 기억나면 말이죠.** 신경질적인 웃음이 나올 것 같았다.

그들은 어느새 다음 아치에 도착했다. 빛이 여전히 모든 아치를 가득 채우고 있었다. 시리암이 마지막으로 나이니브를 경고하듯 바라보더니 그녀를 혼자 서 있게 놔두었다.

"두 번째는 현재다. 돌아오는 길은 한 번밖에 나타나지 않을 것이다. 확고한 마음을 가져라."

나이니브는 빛나는 은빛 아치를 바라보았다. **이번엔 안에 뭐가 있을까?** 다른 사람들이 지켜보며 기다리고 있었다. 나이니브는 단호하게 빛 속으로 들어갔다.

나이니브는 놀라서 자신이 입고 있는 민무늬 갈색 드레스를 내려다본 뒤 움찔했다. 그녀는 왜 자기 옷을 바라보고 있는 걸까? **돌아가는 길은 단 한 번밖에 나타나지 않을 것이다.**

그녀는 주위를 둘러보며 미소 지었다. 에먼즈 필드의 그린이 보였다. 주위 사방에는 이엉을 얹은 집들이 있었고 와인스프링 여관이 바로 앞에 있었다. 그린의 튀어나온 돌 아래에서 솟구친 강줄기가 여관 옆 버드나무 밑을 지나 동쪽으로 빠르게 흘렀다. 거리는 비어 있었다. 이른 아침이니 다들 집에서 소소한 일을 하고 있을 터였다.

여관을 바라보던 나이니브의 미소가 흐려졌다. 그 풍경에서, 오래도록 방치된 듯 이상한 분위기가 느껴졌다. 희게 칠한 벽은 색이 바래 있었고, 덧문은 헐겁게 덜렁거렸으며, 서까래의 썩은 끝이 지붕 타일의 틈새로 드러났다. **브랜은 대체 무슨 생각이지? 시장 노릇하는 데 시간을 너무 많이 쓰느라 자기 여관 돌보는 걸 잊었나?**

여관 문이 확 열리고 센 부이가 나오더니 나이니브를 보고는 우뚝 멈춰 섰다. 늙은 이엉꾼(초가집 이엉을 얹거나 수리하는 것을 업으로 삼는 사람—옮긴이)은 참나무 뿌리처럼 울퉁불퉁한 모습이었으며, 나이니브를 바라보는 시선도 딱 그만큼 친절했다. "그래서, 돌아온 겁니까? 뭐, 다시 떠나는 게 좋을 텐데."

센 부이가 발치에 침을 뱉고는 서둘러 지나갔고, 나이니브는 인상을 찌푸렸다. 한 번도 상냥한 적이 없었던 센이었지만 노골적으로 무례하게 구는 일도 드물었다. 최소한 나이니브에게는 그랬다. 절대 나이니브의 면전에서 저러지는 않았다. 눈으로 센 부이를 좇던 나이니브는 마을 전체에서 방치된 흔적을 보았다. 수리해야 할 이엉, 뜰을 가득 채운 잡초들. 알카르 부인의 집 문은 망가진 경첩에 비스듬하게 걸려 있었다.

나이니브는 고개를 저으며 여관 문을 밀고 들어갔다. **이 일에 대해서 브랜과 한마디, 아니, 여러 마디 나눠야겠어.**

휴게실은 여자 한 명뿐 아무도 없었다. 땋아 내린, 숱 많은 흰머리를 어깨 앞쪽으로 늘어뜨린 여자였다. 그녀는 탁자를 닦고 있었는데 탁자를 바라보는 시선을 보니 자기가 무슨 일을 하는지도 모르는 듯했다. 휴게실은 먼지가 가득해 보였다.

"마린?"

마린 알비어가 움찔하더니 한 손으로 자기 목을 잡고 빤히 바라보았다. 그녀는 나이니브의 기억보다 몇 년은 늙고 지쳐 보였다. "나이니브? 나이니브! 아, 나이니브가 맞군요. 에그웨인은? 에그웨인도 데려오셨나요? 데려왔다고 해 주세요."

"난……." 나이니브는 머리를 손으로 짚었다. **에그웨인은 어디 있지?** 기억이 **나야만** 할 것 같았다. "아닙니다. 에그웨인은 데려오지 않았습니다." **돌아가는 길은 단 한 번밖에 나타나지 않을 것이다.**

알비어 부인은 등받이가 곧은 의자에 털썩 주저앉았다. "너무 기대가 컸어요. 브랜이 죽은 뒤로……."

"브랜이 죽었습니까?" 나이니브는 상상할 수 없었다. 어깨가 넓고 미소를 잘 짓는 그 남자는 늘 영원히 살 것처럼 보였는데. "내가 여기에 있어야 했는데.”

마린 알비어가 벌떡 일어나더니 서둘러 창가로 가 창문 너머로 그린과 마을을 불안한 듯 살펴보았다. “당신이 여기 온 걸 말레나가 알면 말썽이 생길 거예요. 센이 서둘러 그 여자를 찾으러 갔을 게 확실해요. 지금은 센이 시장이에요.”

“센이? 머리에 양털만 든 남자들이로군. 대체 어떻게 센을 선택했단 말입니까?”

“말레나 때문이었어요. 그 여자가 여성 서클에 속한 여자들의 남편 모두에게 센을 지지하도록 강요했어요.” 마린은 얼굴을 거의 창문에 붙이고서 사방을 동시에 살피려는 듯 서둘러 둘러보았다. “바보 같은 남자들은 누구 이름을 투표함에 넣을지 미리 얘기하지 않아요. 센에게 투표한 남자들 모두, 아마 센만이 아내한테 구박당해 시장 자리를 맡게 된 사람이라고 생각했을 거예요. 한 표로는 달라질 게 없다고 생각했겠지요. 뭐, 이제는 깨달은 게 있겠지만. 우리 모두가 그래요.”

“여성 서클을 좌지우지했다는 그 말레나라는 여자는 누굽니까? 한 번도 들어본 적이 없는데.”

“파수꾼의언덕에서 온 사람이에요. 그 여자가 현…….” 마린은 창문에서 고개를 돌리며 손을 비틀어 댔다. “말레나 아일라가 현자예요, 나이니브. 당신이 돌아오지 않자……. 빛이여, 당신이 여기에 있다는 걸 그 여자가 몰라야 할 텐데요.”

나이니브는 놀라서 고개를 저었다. “마린, 그 여자를 두려워하는군요. 몸을 떨고 있습니다. 대체 어떤 여자기에? 여성 서클이 대체 왜 그런 여자를 선택한 겁니까?”

알비어 부인이 씁쓸하게 웃었다. “우리가 미쳤었나 봐요. 말레나는 마브라 말렌이 데번 라이드로 돌아가기 전날에 마브라를 만나러 왔어요. 그날 밤에 아이들 몇 명이 아팠는데, 말레나가 남아서 그 애들을 돌봐 줬죠. 그런 다음에는 양들이 죽기 시작해서 말레나가 그 문제도 처리했고요. 그 여자를 선택하는 게 그냥 자연스러운 일로 보였어요. 하지만……. 그 여자는 깡패예요, 나이니브. 사람들을 위협해서 자기가 원하는 일을 하게 하죠. 너무 질려서 더 이상 말할 수 없게 될 때까지 들들 볶아요. 그보다 심한 일도 하고요. 그 여자가 앨스벳 루한을 때려눕혔어요."

나이니브의 머릿속에 앨스벳 루한과 그녀의 남편인 대장장이 하랄의 모습이 스쳤다. 앨스벳은 거의 하랄만큼 키가 컸고 잘생긴 인상으로 체격이 건장했다. "앨스벳은 거의 하랄만큼 힘이 셉니다. 도저히 믿을 수가……."

"말레나는 덩치가 큰 여자는 아니지만, 그렇지만…… 사나워요, 나이니브. 그 여자가 막대기로 앨스벳을 때리면서 그린 전체를 돌아다녔어요. 그걸 본 우리 중에는 막아설 용기를 가진 사람이 아무도 없었고요. 이 사실을 알게 된 브랜과 하랄이 말레나에게 떠나야 한다고 했어요. 자기들이 여성 서클의 일에 간섭하는 꼴이 된다 해도 말이죠. 여성 서클 중에도 그 말에 귀 기울인 사람이 몇 명 있었던 것 같지만, 브랜과 하랄은 같은 날에 병에 걸려서 며칠 차이로 죽었어요." 마린은 입술을 깨물었다. 그녀는 누군가 숨어 있을지 모른다고 생각하는 것처럼 휴게실을 둘러보았다. 그녀의 목소리가 낮아졌다. "말레나가 두 사람에게 약을 타 줬어요. 둘이 자기에게 나쁜 말을 했어도 그들을 돌보는 게 자기 의무라고 했죠. 그 여자가 챙겨간 것 안에서 제가……, 제가 잿빛 회향열매를 봤어요."

나이니브가 헉 하며 숨을 들이쉬었다. "하지만…… 확실합니까, 마린? 확실해요?" 마린은 고개를 끄덕였다. 금방이라도 눈물을 터뜨릴 듯 얼굴에 주름이 잡혔다. "마린, 그 여자가 브랜에게 독을 먹였을지도 모른다고 생각했다면 어째서 여성 서클에 알리지 않았습니까?"

"말레나가 브랜과 하랄은 빛 속을 걷지 않는다고 했어요." 마린이 웅얼거렸다. "그런 식으로 현자에게 나쁜 말을 했으니까요. 말레나는 그래서 둘이 죽은 거라고 했어요. 빛이 둘을 버렸다고요. 그 여자는 언제나 죄악 얘기를 해요. 브랜과 하랄이 죽은 뒤 자기에게 불리한 말을 한 파에트 알카르도 죄를 지은 거라고 했어요. 파에트가 한 말은 말레나에게 나이니브 당신만큼의 치유력이 없다는 것뿐이었는데요. 그런데 그 여자는 파에트의 문에 드래건의 송곳니를 그렸어요. 자기 손에 목탄을 들고 있는 걸 모두가 볼 수 있도록 대놓고 말이지요. 파에트의 두 아들 모두 그 주가 끝나기 전에 죽었어요. 애들 엄마가 깨우러 가 보니 그냥 죽어 있었대요. 가엾은 넬라. 우린 넬라가 여기저기 헤매고 다니면서 동시에 울고 웃는 모습을 봤어요. 넬라는 파에트가 어둠의 존재라고, 파에트가 자기 아들들을 죽였다고 소리치더군요. 파에트는 다음 날 목을 맸어요." 마린은 몸을 떨었다. 그녀의 목소리가 거의 들리지 않을 정도로 작아졌다. "우리 집에는 아직 네 딸이 살아 있어요. 살아 있다고요, 나이니브. 내 말이 무슨 뜻인지 알지요? 그 애들은 아직 살아 있고, 난 그 애들을 살게 하고 싶어요."

나이니브는 뼛속까지 한기를 느꼈다. "마린, 이런 일이 일어나게 놔두면 안 됩니다." **돌아가는 길은 단 한 번밖에 나타나지 않을 것이다. 확고한 마음을 가져라.** 나이니브는 그 목소리를 밀어 버렸다. "여성 서클이 힘을 모으면 그 여자를 쫓아낼 수 있을 겁니다."

"말레나를 상대로 힘을 합친다고요?" 마린의 웃음소리는 흐느끼는 소리에 더 가까웠다. "우린 모두 그 여자가 두려워요. 하지만 말레나는 아이들에게 잘 대해 줘요. 요즘은 언제나 아픈 아이가 있는 것 같은데, 말레나가 최선을 다하고 있어요. 당신이 현자였을 때는 아무도 아파서 죽지 않았는데."

"마린, 내 말 잘 들으세요. 왜 언제나 아픈 아이가 있는지 모르겠습니까? 그 여자는 사람들이 자기를 두려워하게 만들 수 없으니 아이들 때문이라도 자기가 필요한 사람이라고 생각하도록 만드는 겁니다. 그 여자 짓이에요, 마린. 브랜에게 한 일과 똑같은 짓을 어린아이들에게도 하는 겁니다."

"그럴 리가요." 마린이 목소리를 낮췄다. "그럴 리 없어요. 설마 어린애들까지."

"그 여자 짓입니다, 마린." **돌아가는 길은…….** 나이니브는 그 생각을 가차 없이 억눌렀다. "여성 서클에 겁먹지 않은 사람은 한 명도 없습니까? 우리 얘기에 귀 기울일 사람이 아무도 없어요?"

마린이 말했다. "겁먹지 않은 사람은 없어요. 하지만 코린 아일린이라면 귀 기울일지도 몰라요. 만일 우리 얘기를 들어 준다면, 코린이 두세 명을 더 끌어들일 수도 있겠지요. 나이니브, 서클 사람들 중 귀 기울이는 사람이 많아지면 다시 우리 현자가 되어 주겠어요? 내 생각에, 우리 모두가 말레나에 대해 알더라도 그 여자에게 맞서 물러나지 않을 사람은 당신뿐이에요. 당신은 그 여자가 어떤지 몰라요.”

“현자가 되겠습니다.” **돌아가는 길은……. 아냐! 이 사람들은 내 사람들이야!** “망토 챙기세요. 코린에게 갑시다.”

마린은 여관을 떠날지 말지 망설였고, 나이니브가 그녀를 집 밖으로 내보낸 뒤에는 몸을 웅크리고 경계하며 이 집 문에서 저 집 문으로 살금살금 움직였다.

코린 아일린의 집에 절반도 가지 못했을 때 나이니브는 그린 반대편에서 여관을 향해 성큼성큼 다가오는, 키가 크고 깡마른 여자를 보았다. 그 여자는 굵직한 버드나무 회초리로 덤불을 후려쳐 댔다. 그 여자는 뼈대가 굵었기에 쇠꼬챙이처럼 강해 보였고, 결연하게 꽉 다문 입은 그어 놓은 선처럼 보였다. 센 부이가 그 여자의 뒤를 빠르게 따라왔다.

“말레나예요.” 마린이 나이니브를 두 집 사이 공간으로 끌고 들어가며 속삭였다. 그 여자가 그린 건너편에서부터 자기 목소리를 들을까 걱정하는 것 같았다. “난 센이 저 여자를 부르러 갈 줄 알았어요.”

어째서인지 나이니브는 어깨 너머를 돌아보게 되었다. 그곳에, 이 집에서 저 집으로 연결된 은색 아치가 서서 흰 빛을 뿜고 있었다. **돌아가는 길은 단한 번밖에 나타나지 않을 것이다. 확고한 마음을 가져라.**

마린은 작게 비명을 질렀다. “저 여자가 우리를 봤어요. 빛이여 도우소서, 저 여자가 이리 오고 있어요!”

키 큰 여자가 그린을 가로질러 왔다. 센은 머뭇거리며 뒤에 남아 있었다. 말레나의 얼굴에는 머뭇거리는 기색이 전혀 없었다. 그 여자는 상대가 탈출할 리 없다는 듯 천천히 걸었다. 잔인한 미소가 한 걸음을 뗄 때마다 깊어졌다.

마린이 나이니브의 소매를 당겼다. “도망쳐야 해요. 숨어야 해요. 나이니브, 어서요. 센이 당신의 정체를 말했을 거예요. 저 여자는 당신 얘기를 꺼내는 사람은 모두 싫어한다고요.”

은빛 아치가 나이니브의 눈길을 끌었다. **돌아가는 길은……**. 나이니브는 기억을 떠올리려 애쓰며 고개를 저었다. **이건 진짜가 아니야.** 나이니브는 마린을 보았다. 노골적인 두려움으로 마린의 얼굴이 뒤틀려 있었다. **살아남으려면 확고한 마음을 가져야 해.**

"제발요, 나이니브. 저 여자가 당신과 함께 있는 나를 봤어요. 저 여자가, 나를, 봤다고요! 제발요, 나이니브!"

말레나는 무자비한 모습으로 다가왔다. **내 사람들.** 아치가 빛났다. **돌아가는 길. 진짜가 아니야.**

나이니브는 흐느끼며 마린의 손아귀에서 팔을 빼내고 은색 빛으로 몸을 던졌다.

마린의 비명이 그녀를 쫓아왔다. "빛에 대한 사랑을 걸고, 나이니브, 도와줘요! **도와줘요!**"

빛이 그녀를 감쌌다.

나이니브는 멍한 눈으로 비틀거리며 아치를 나섰다. 그녀는 아이즈 세다이의 방을 거의 의식하지 못했다. 마린의 마지막 비명이 여전히 귓가에 울렸다. 차가운 물이 갑자기 머리 위로 쏟아졌을 때도 그녀는 움찔하지 않았다.

"너는 거짓된 자만심으로부터, 거짓된 야망으로부터 깨끗이 씻겼다. 너는 마음과 영혼 모두 깨끗이 씻겨 우리에게 왔다." 적색의 아이즈 세다이가 물러나자 시리암이 다가와 나이니브의 팔을 잡았다.

나이니브는 흠칫했다가 그녀가 누구인지 깨달았다. 나이니브는 두 손으로 시리암의 드레스 옷깃을 잡았다. "진짜가 아니라고 말해 주세요. 말해요!"

"나빴던 모양이지?" 시리암은 이런 반응에 익숙하다는 듯 나이니브의 손을 풀어냈다. "늘 더 나빠진단다. 세 번째가 최악이고."

"난 친구를 떠나왔습니다……. 내 **사람들을……**. 파멸의 구덩이에 남겨 두고 왔어요." **제발, 빛이여. 그건 진짜가 아니었어. 나는 정말로……. 모레**

인에게 대가를 치르게 해야 해. 반드시!

"돌아오지 말아야 할 이유, 너를 방해하거나 네 집중력을 흐트러뜨리는 존재는 언제나 있다. 이 **티어앙그리알**은 네 정신을 재료로 삼아 너를 가둘 덫을 만들지. 꽉 조이는 강한 덫을, 강철보다 단단하고 독보다도 치명적인 덫을 말이야. 그래서 우리가 이걸 시험으로 활용하는 거다. 너는 세상 그 무엇보다도 아이즈 세다이가 되기를 원해야 해. 그 목표를 이루기 위해서라면 모든 것과 맞설 만큼, 그 무엇에도 구애받지 않고 싸울 만큼 말이지. 화이트 타워는 그보다 못한 사람을 받아들일 수 없다. 우린 너에게 바로 그것을 요구한다."

"엄청난 걸 요구하시는군요." 붉은 머리카락의 아이즈 세다이는 나이니브를 세 번째 아치로 데려갔고, 나이니브는 그 아치를 빤히 바라보았다. **세 번째가 최악이야.** "두렵습니다." 나이니브가 속삭였다. **내가 방금 한 짓보다 끔찍한 게 대체 뭐지?**

"잘됐구나." 시리암이 말했다. "너는 아이즈 세다이가 되고자 한다. 일원력을 채널링하려 하지. 그 누구도 두려움과 경외감 없이 일원력에 접근해서는 안 돼. 두려움이 네 경계심을 유지해 줄 거다. 경계심이 너를 살려 줄 테고." 시리암은 나이니브를 돌려 세워 아치를 마주 보게 했지만 즉시 물러나지는 않았다. "아무도 네게 세 번째 아치에 들어가라고 강요하지는 않을 거다, 애야."

나이니브가 입술을 핥았다. "내가 거부하면, 당신은 나를 화이트 타워에서 내보내고 다시는 돌아오지 못하게 하겠죠." 시리암이 고개를 끄덕였다. "세 번째가 최악이고요." 시리암은 다시 고개를 끄덕였다. 나이니브가 숨을 들이쉬었다. "준비됐습니다."

"세 번째는," 시리암이 형식적으로 주문을 외듯이 말했다. "다가올 미래에 관한 것이다. 돌아오는 길은 단 한 번밖에 나타나지 않을 것이다. 확고한 마음을 가져라."

나이니브는 달려가 아치에 뛰어들었다.

무릎 높이까지 색색의 담요로 덮여 있는 언덕 위 초원. 나비들이 그곳의 야생화로부터 구름처럼 빙글빙글 날아올랐다. 나이니브는 웃으며 그 나비 구름을 달려 지났다. 그녀의 잿빛 암말이 초원의 가장자리에서 불안한 듯 펄쩍펄쩍 뛰었다. 고삐가 달랑거렸다. 나이니브는 말이 더 이상 겁먹지 않도록 달리기를 멈췄다. 나비 몇 마리가 그녀의 드레스에, 수놓인 꽃과 작은 진주알 위에 내려앉았다. 나이니브가 머리에 두르거나 어깨에 느슨하게 걸친 사파이어와 월장석 주변을 날아다니기도 했다.

언덕 아래에서는 천 개의 호수가 목걸이처럼 말키어 전체에 뻗어 있었다. 그 호수들이 구름에 닿을 듯한 일곱탑을 반사했다. 탑 꼭대기에서는 황금 두루미 깃발이 물안개 속에 휘날렸다. 도시에는 천 개의 정원이 있었지만, 나이니브는 언덕 꼭대기에 있는 이 야생의 정원이 더 좋았다. **돌아가는 길은 단 한 번밖에 나타나지 않을 것이다. 확고한 마음을 가져라.**

발굽 소리에 나이니브는 뒤를 돌아보았다.

말키어의 왕 알란 만드라고란이 전투마의 등에서 훌쩍 뛰어내리더니 웃으면서 나비들을 지나 한가로이 나이니브에게 다가왔다. 거칠고 남자다운 그였으나 나이니브에게 미소를 짓자 돌 같이 평평하던 그 얼굴이 부드러워졌다.

그가 두 팔로 그녀를 안아 들고 입을 맞추었다. 놀란 나이니브는 입을 떡 벌리고 그를 보았다. 잠시 멍해졌던 그녀는 그에게 매달리며 마주 입맞춤했다. 두 발이 30센티미터쯤 허공에 떠서 달랑거렸지만 상관없었다.

갑자기 그녀가 란을 밀어내며 얼굴을 뒤로 뺐다. "안 됩니다." 나이니브가 더 세게 그를 밀쳤다. "놓아주세요. 내려놓으세요." 란은 어리둥절한 표정으로 나이니브의 발이 땅에 닿도록 그녀를 내려놓았다. 나이니브가 그에게서 물러났다. "이건 아닙니다." 나이니브가 말했다. "난 이런 일을 마주할 수 없어요. 이것만은 안 됩니다." **제발 아지노어를 다시 만나게 해 주세요.** 기억이 소용돌이쳤다. **아지노어라니?** 나이니브는 그 생각이 어디에서 떠오른 건지 알 수 없었다. 기억이 출렁거리며 기울어지고, 범람한 강 위의 깨진 얼음처럼 조각조각 나 움직였다. 나이니브는 그 조각들을 움키려고, 매달릴 무언가를 움켜쥐어 보려고 했다.

"괜찮습니까, 내 사랑?" 란이 걱정스러운 듯 물었다.

"그렇게 부르지 마십시오! 난 당신의 사랑이 아닙니다! 난 당신과 결혼할 수 없어요!"

란은 고개를 뒤로 젖히고 웃음을 터뜨려 나이니브를 놀라게 했다. "당신이 우리 결혼을 부정하는 말을 한 걸 알면 아이들이 불쾌해할지도 모릅니다, 아내여. 게다가 어떻게 당신이 내 사랑이 아닐 수 있습니까? 내게는 다른 사랑이 없고, 앞으로도 그럴 텐데."

"돌아가야겠습니다." 나이니브는 간절하게 아치를 찾았으나 오직 초원과 하늘만이 보였다. **강철보다 단단하고 독보다 치명적이라더니. 란이라니. 란의 아기들이라니. 빛이여, 저를 도우소서!** "지금 돌아가야겠어요."

"돌아간다니? 어디로 말이오? 에먼즈 필드로? 당신이 원한다면 그렇게 하시오. 내가 무어게이즈에게 편지를 써서 호위대를 붙여 달라고 하겠소."

"혼자 갑니다." 나이니브는 여전히 주위를 탐색하며 웅얼거렸다. **여기가 어디지? 난 가야 해.** "이런 일에 휘말리진 않을 겁니다. 견딜 수 없어요. 이건 안 됩니다. 난 **지금** 가야 해요!"

"뭐에 휘말린다는 겁니까, 나이니브? 당신이 견딜 수 없다는 게 뭐요? 아니오, 나이니브. 원한다면 당신은 혼자 말을 달려도 되지만, 말키어리의 왕비가 제대로 된 호위도 받지 못한 채 안도어에 간다면 무어게이즈가 불쾌감을 느끼지는 않더라도 큰 충격을 받을 겁니다. 무어게이즈의 기분을 상하게 하고 싶지는 않지요? 나는 당신과 무어게이즈가 친구인 줄 알았는데."

나이니브는 머리를 맞은 것 같은 기분이었다. 머리가 띵하도록 맞고 또 맞은 것 같았다. "왕비라뇨?" 나이니브가 머뭇거리며 말했다. "우리한테 아이들이 있나요?"

"당신, 정말 괜찮은 거요? 당신을 샤리나 세다이에게 데려가는 게 나을 것 같소."

"아뇨." 나이니브는 다시 란에게서 물러났다. "아이즈 세다이는 안 됩니다." **이건 진짜가 아니야. 이번에는 휘말리지 않겠어. 절대로!**

"알겠습니다." 란이 천천히 말했다. "당신은 내 아내인데 어떻게 왕비가 아닐 수 있겠소? 우리는 남부인이 아니라 말키어 사람입니다. 당신은 우리가 반지를 교환했을 때 일곱탑에서 왕관을 썼소." 란은 무의식적으로 왼손을 움직였다. 아무 무늬 없는 황금색 띠가 그의 검지에 감겨 있었다. 나이니브는 자기 손의 반지를 보았다. 그녀는 이미 반지가 거기에 있다는 걸 알고 있었다. 나이니브는 다른 손으로 그 반지를 꽉 쥐었으나 반지를 숨겨 그 존재를 부정하고 싶은 건지, 아니면 반지를 잡아 보고 싶은 건지 알 수 없었다. "이젠 기억나시오?" 란이 말을 이었다. 그는 나이니브의 뺨을 쓰다듬으려는 것처럼 손을 내밀었고 나이니브는 다시 여섯 걸음 물러났다. 란이 한숨을 쉬었다. "당신이 원한다면 말하겠습니다, 내 사랑. 우리에게는 세 아이가 있습니다. 한 아이는 아기라고 해야 맞겠지만. 매릭은 키가 거의 당신 어깨까지 오고, 말과 책 중에 무엇을 더 좋아하는지 아직 정하지 못했소. 엘노어는 언제쯤 화이트 타워에 갈 나이가 되느냐고 물으며 샤리나를 귀찮게 굴지 않을 때면 남자아이들의 시선 끄는 방법을 연습하기 시작했고."

"엘노어는 내 어머니의 이름입니다." 나이니브가 조용히 말했다.

"우리 딸의 이름을 지었을 때도 당신이 그렇게 말했소. 나이니브……."

"아니. 이번에는 휘말리지 않겠습니다. 이건 아닙니다. 절대로!" 란의 어깨 너머, 초원 옆의 숲 사이에서 은색 아치가 보였다. 전에는 숲에 감춰져 있던 아치였다. **돌아가는 길은 단 한 번밖에 나타나지 않을 것이다.** 나이니브는 그 아치 쪽으로 돌아섰다. "가야 해요." 란이 나이니브의 손을 잡았다. 나이니브의 두 발은 돌에 뿌리를 내린 것만 같았다. 도저히 몸을 빼낼 수가 없었다.

"아내여, 무엇 때문에 곤란해하는지는 모르겠지만, 무슨 일이든 말만 하시오. 내가 바로잡겠소. 내가 최고의 남편이 아니라는 건 압니다. 당신을 처음 만났을 때 나는 매우 날카로운 사람이었소. 하지만 당신이 그 날을 조금은 갈아 냈습니다."

"당신은 최고의 남편이에요." 나이니브가 웅얼거렸다. 끔찍하게도 나이니브는 자기도 모르게 란을 남편으로 기억하고 있었다. 웃음과 눈물이, 씁쓸한 말다툼과 달콤한 화해가 기억났다. 어렴풋한 기억이었지만, 나이니브는 그 기억이 점점 강해지고 따뜻해지는 걸 느꼈다. "못해요." 아치가 겨우 몇 발짝 떨어진 곳에 서 있었다. **돌아가는 길은 단 한 번밖에 나타나지 않을 것이다. 확고한 마음을 가져라.**

"나이니브, 무슨 일이 벌어지는 건지는 모르겠지만 당신을 잃을 것만 같은 기분입니다. 그건 견딜 수 없어요." 란이 나이니브의 머리카락을 쓸었다. 나이니브는 눈을 감으며 그의 손가락에 뺨을 댔다. "언제까지나 나와 함께 해 주시오."

"나도 머물고 싶어요." 나이니브가 말했다. "당신과 있고 싶습니다." 나이니브가 눈을 떴을 때는 아치가 사라지고 없었다……. **한 번밖에 나타나지 않을 것이다.** "안 돼. 안 돼!"

란이 나이니브의 얼굴을 돌려 자신을 보게 했다. "뭐가 문제입니까? 내가 도와야 하는 건지 말해 주시오."

"이건 진짜가 아니에요."

"진짜가 아니라니? 당신을 만나기 전에 나는 칼이 아닌 모든 것은 진짜가 아니라고 생각했습니다. 주위를 둘러봐요, 나이니브. 이건 진짜가 **맞습니다.** 당신이 진짜이기를 바라는 것이면, 내가 당신과 함께 무엇이든 진짜로 만들 수 있어요."

나이니브는 의아해하며 주위를 둘러보았다. 초원은 여전히 그 자리에 있었다. 일곱탑이 여전히 천 개의 호수를 내려다보고 있었다. 아치는 사라졌지만 딜리 달라진 건 아무것도 없었다. **난 여기 머물 수 있어. 란과 함께. 아무것도 변하지 않았어.** 나이니브의 생각이 바뀌었다. **아무것도 바뀌지 않았어. 에그웨인은 화이트 타워에 혼자 있어. 랜드는 일원력을 채널링하다가 미칠 거야. 맷과 페린은? 그 애들이 삶의 실오리를 조금이라도 되찾을 수 있을까? 우리 모두의 삶을 찢어발긴 모레인은 자유롭게 살아가겠지.**

"난 돌아가야 합니다." 나이니브가 속삭였다. 란의 얼굴에 떠오른 고통을 견딜 수 없었기에 나이니브는 그에게서 몸을 빼냈다. 그녀는 일부러 머릿속에 꽃송이를 떠올렸다. 산사나무 가지의 흰 꽃송이였다. 나이니브는 산사나무 가시를 잔인할 만큼 날카롭게 만들며 그 가시가 자신의 살점을 꿰뚫을 수 있기를 바랐다. 이미 산사나무 가지에 걸린 것 같은 느낌이었다. 시리암 세다이의 목소리가 들릴락 말락 먼 곳에서 흔들리며, 일원력을 채널링하려는 시도는 위험하다고 말했다. 꽃송이가 열리며 **사이다**가 나이니브를 빛으로 가득 채웠다.

"나이니브, 뭐가 문제인지 말해 보시오."

란의 목소리가 나이니브의 집중한 정신에 미끄러졌다. 나이니브는 그 목소리가 들리도록 놔두지 않았다. 아직 돌아갈 방법이 있을 게 틀림없었다. 그녀는 은빛 아치가 있던 곳을 뚫어지게 바라보며 그 흔적을 조금이라도 찾아보려 했다. 아무것도 없었다.

"나이니브……."

나이니브는 머릿속으로 아치를 떠올려 보려고, 아치의 형상을 상상하고 가장 작은 세부사항까지 만들어 내 보려고 애썼다. 눈처럼 흰 불꽃으로 가득한, 빛나는 곡선의 금속. 아치가 눈앞에서 흔들리는 것만 같았다. 처음에는 아치가 나이니브와 숲 사이에 있는 듯했다. 그러더니 사라졌다.

"……사랑하오……."

나이니브는 **사이다**를 끌어들였다. 몸이 터질 것 같다는 생각이 들 때까지 일원력의 흐름을 들이마셨다. 빛이 그녀를 가득 채우고 주변에서 빛나며 눈을 시리게 했다. 열기가 몸을 태워 버리는 것 같았다. 깜빡이던 아치의 형태가 굳어지며 안정되었다. 아치가 눈앞에 온전히 서 있었다. 불과 고통이 나이니브를 가득 채우는 것 같았다. 뼈가 타오르는 것 같았다. 두개골이 활활 타는 용광로 같았다.

"……진심을 다해서."

나이니브는 은빛 곡선을 향해 달려갔다. 감히 뒤를 돌아보지 않았다. 나이니브는 살면서 듣게 될 가장 쓰디쓴 말이 마린 알비어를 버리는 순간 그녀의 도와달라는 비명일 거라고 생각했다. 하지만 그녀를 따라오는 란의 고통스러운 목소리에 비하면 그 비명은 꿀이나 마찬가지였다. "나이니브, 제발 나를 떠나지 말아요."

흰 빛이 나이니브를 삼켰다.

벌거벗은 채 비틀거리며 아치를 통과한 나이니브는 털썩 무릎을 꿇었다. 입을 벌린 채 흐느꼈다. 눈물이 두 뺨으로 흘러내렸다. 시리암이 나이니브 옆에 무릎을 꿇었다. 나이니브는 붉은 머리카락의 아이즈 세다이를 노려보았다. "난 당신이 싫습니다!" 나이니브는 간신히, 사납게 말하며 침을 삼켰다. "나는 모든 아이즈 세다이가 싫어요!"

시리암이 작게 한숨을 쉬더니 나이니브를 일으켜 세웠다. "얘야, 이 일을 하는 거의 모든 여자가 거의 비슷한 말을 한단다. 억지로 네 두려움과 대면한다는 건 작은 일이 아니지. 이건 뭐냐?" 그녀는 나이니브의 손바닥을 위로 뒤집으며 날카롭게 말했다.

나이니브의 손이 이전에 느끼지 못했던 갑작스러운 고통으로 떨렸다. 두 손의 손바닥 한가운데에 길고 검은 가시가 박혀 있었다. 시리암이 조심스럽게 가시를 빼냈다. 나이니브는 아이즈 세다이의 손길에서 서늘한 치유의 힘을 느꼈다. 가시 두 개가 다 빠지자 손의 앞뒷면에 작은 흉터만이 남았다.

시리암은 인상을 썼다. "흉터는 남지 않아야 하는데. 게다가 어떻게 가시가 딱 두 개만, 그토록 정확한 자리에 박힌 거지? 네가 산사나무 덤불에 집어넣은 거라면 긁힌 상처와 가시로 범벅이 되어 있어야 하는데."

"차라리 그래야겠습니다." 나이니브가 쓸쓸하게 그 말에 동의했다. "대가는 이미 다 치렀다고 생각했나 봅니다."

"대기야 언제나 따르지." 아이즈 세다이가 동의했다. "이제 가자꾸나. 너는 첫 번째 대가를 치렀다. 네가 대가를 치르고 얻은 것을 받아 가거라." 시리암은 나이니브를 살짝 앞으로 밀었다.

나이니브는 방에 더 많은 아이즈 세다이가 와 있다는 것을 알았다. 줄무늬 스톨을 걸친 아멀린 권좌가 와 있었고, 각 아자 소속의 숄을 걸친 자매들이 아멀린 권좌의 양옆에 늘어서 있었다. 그들 모두가 나이니브를 지켜보고 있었다. 시리암의 지시를 떠올린 나이니브는 앞으로 나아가 아멀린 권좌 앞에 무릎을 꿇었다. 다름 아닌 아멀린 권좌가 마지막 성배를 들고 있었다. 그녀는 성배를 천천히 나이니브의 머리 위로 기울였다.

"너는 에먼즈 필드의 나이니브 알미라로부터 깨끗하게 씻겼다. 너는 너를 이 세상과 연결하는 모든 끈으로부터 깨끗하게 씻겼다. 너는 마음과 영혼 모두 깨끗하게 씻겨 우리에게 왔다. 너는 화이트 타워의 합격자, 나이니브 알미라다." 아멀린 권좌는 성배를 자매 중 한 명에게 건넨 뒤 나이니브를 일 으켜 세웠다. "이제 너는 우리에게 봉인되었다."

아멀린 권좌의 눈에서 어두운 빛이 나는 것 같았다. 나이니브가 몸을 떤 것은 옷을 벗고 있어서도, 젖어 있어서도 아니었다.

24장 새로운 친구와 오래된 적

에그웨인은 합격자를 따라 화이트 타워의 복도를 지났다. 태피스트리와 그림이 탑의 외벽만큼 흰 벽을 덮고 있었다. 무늬가 들어간 타일이 바닥을 이루었다. 합격자의 흰 드레스는 에그웨인이 입은 것과 똑같았지만, 가장자리와 소매에 일곱 색깔의 가는 띠가 둘려 있다는 점만은 달랐다. 에그웨인이 그 드레스를 보며 인상을 찡그렸다. 어제 이후로 나이니브는 합격자의 옷을 입었으나 전혀 즐겁지 않은 듯했다. 그녀의 등급을 나타내는, 제 꼬리를 먹는 뱀 형태의 황금 반지를 낀 것도. 에그웨인으로서는 현자를 볼 수 있는 기회가 몇 번 없었지만, 그럴 때마다 나이니브의 눈에는 그림자가 드리워져 있있다. 진심으로 보기 싫었던 것들을 본 것만 같았다.

“여기다.” 합격자는 문을 가리키며 무뚝뚝하게 말했다. 페드라라는 이름의 그녀는 키가 작고 깡말랐으나 체구가 단단했으며, 나이니브보다 조금 나이가 많았고 목소리에는 언제나 활기가 있었다. “네게 이 시간이 주어진 이유는 오늘이 첫날이기 때문이야. 하지만 징 소리가 울려 태양이 가장 높이 떠 있는 시간인 ‘고점’을 알리면 식기실로 오기 바란다. 한 순간도 늦어서는 안 돼.”

에그웨인은 살짝 무릎을 굽혀 인사한 뒤 떠나는 합격자의 등을 보며 혀를 내밀었다. 시리암이 드디어 그녀의 이름을 신입 명단에 올려 준 게 겨우 어제 저녁이었다. 그러나 에그웨인은 벌써 페드라가 마음에 들지 않았다. 에그웨인은 문을 밀고 들어갔다.

방은 수수하고 작았으며 벽은 흰색으로 이루어져 있었다. 어깨 주변으로 붉은 금발이 흘러내리는 젊은 여자가 두 개의 단단한 벤치 중 하나에 앉아 있었다. 바닥은 맨바닥이었다. 신입들은 카펫이 깔린 방을 사용할 기회가 별로 없었다. 에그웨인은 소녀의 나이가 자신과 비슷할 거라고 생각했다. 그러나 소녀에게는 어떤 품위와 침착함이 있어서 실제보다 좀 더 나이가 들어 보였다. 수수하게 마름질한 신입의 옷도 그 소녀가 입고 있으니 왠지 그 이상으로 보였다. 우아하다고 할까. 바로 그거였다.

"내 이름은 일레인이야." 소녀가 말했다. 그녀는 고개를 갸웃하며 에그웨인을 자세히 살펴보았다. "네가 에그웨인이겠구나. 투 리버스의 에먼즈 필드에서 온." 일레인은 그 단어에 중요한 의미라도 담겨 있는 것처럼 말하더니 바로 말을 이었다. "화이트 타워에서는 여기 온 지 조금 된 사람이 새로운 신입을 배정받고는, 신입이 자기 앞가림을 할 수 있도록 며칠 동안 도와주게 돼 있어. 앉아."

에그웨인은 일레인의 맞은편 벤치에 앉았다. "난 아이즈 세다이가 나를 가르쳐 줄 줄 알았어. 이제야 신입이 됐으니까. 하지만 지금까지 일어난 일이라고는 페드라가 해 뜨기 두 시간도 전에 나를 깨워서 복도를 쓸게 한 것뿐이었어. 저녁을 먹은 다음에는 설거지도 도와야 한대."

일레인이 인상을 찡그렸다. "설거지는 나도 정말 싫어. 난 한 번도 설거지를 해본 적이……. 뭐, 상관없지. 훈련은 받게 될 거야. 실은, 지금부터 매일 이 시간에 훈련을 받게 돼. 아침 식사 시간 이후로 고점까지, 또 저녁 식사 시간 이후로 삼분점까지. 네가 유독 빠르거나 느리면 저녁 식사 시간부터 만점까지 훈련을 시킬 수도 있지만, 보통 그 시간은 심부름을 더 하는 시간이야." 일레인의 푸른 눈이 생각에 잠겼다. "넌 타고난 거지?" 에그웨인이 고개를 끄덕였다. "그래, 느껴졌어. 나도 마찬가지야. 타고났어. 못 느꼈다고 해도 실망하지는 마. 다른 여자들의 능력을 감지하는 법도 배우게 될 테니까. 난 어렸을 때 곁에 아이즈 세다이가 있었기 때문에 아는 거야.”

에그웨인은 그 말에 대해 묻고 싶었다. **대체 누가 아이즈 세다이와 함께 어린 시절을 보낸다는 거야?** 일레인이 말을 이었다.

“뭔가 이뤄낼 때까지 꽤 시간이 걸린다고 해도 실망하지 마. 내 말은, 일 원력과 관련해서 말이야. 아주 간단한 일에도 시간이 좀 걸려. 인내는 배워야 하는 덕목이야.” 일레인이 코에 주름을 잡았다. “시리암 세다이가 늘 그렇게 말하셔. 우리 모두가 그 교훈을 얻도록 최선을 다하시고. 시리암 세다이가 걸으라고 했는데 달리려 하면, 눈 깜짝할 사이에 그분 서재로 불려 가게 돼.”

“수업은 이미 몇 번 받았어.” 에그웨인은 겸손하게 말하려고 노력했다. 그녀는 **사이다**에 자신을 개방했고—이제 그 부분은 쉬웠다—온기가 온몸에 스미는 것을 느꼈다. 그녀는 할 줄 아는 것 가운데 가장 대단한 일을 하기로 했다. 손을 뻗자 빛나는 구체가 손바닥 위에 형성되었다. 순수한 빛이었다. 에그웨인은 지금도 그 구체를 가만히 유지할 수 없어서 그 빛이 흔들렸으나 존재했다.

일레인도 침착하게 손을 뻗었다. 빛의 구체가 그녀의 손바닥 위에도 나타났다. 그녀의 구체도 깜빡였다.

잠시 후, 일레인 주변 사방에서 희미한 빛이 비쳤다. 에그웨인이 헛숨을 들이켰다. 그녀의 구체는 사라졌다.

일레인이 갑자기 키득거렸다. 그러자 일레인의 불빛도 꺼졌다. 구체도, 그녀를 둘러싼 빛도. “내 주변에 생긴 빛을 봤어?” 일레인이 신이 나서 말했다. “난 네 주변에서 봤어. 시리암 세다이께서 결국 보게 될 거라고 하셨는데. 난 이번에 처음 본 거야. 너도?”

에그웨인이 고개를 끄덕이며 다른 소녀와 함께 웃었다. “난 네가 마음에 들어, 일레인. 너와 친구가 될 수 있을 것 같아.”

“나도 그래, 에그웨인. 넌 투 리버스에서, 에먼즈 필드에서 왔잖아. 랜드 알소르라는 애 알아?”

“알아.” 에그웨인은 문득 랜드가 해 준 이야기를 떠올렸다. 그때는 랜드의 이야기를 믿지 않았다. 랜드가 성벽에서 어느 정원으로 떨어져 누군가를 만났다고 했는데……. "네가 안도어의 여왕 후계자구나." 에그웨인이 헛숨을 들이켰다.

"맞아." 일레인이 간단히 말했다. "내가 이 얘기를 하는 걸 시리암 세다이께서 조금이라도 들으셨다면, 말이 끝나기도 전에 날 서재로 부르셨겠지만."

"모두가 시리암의 서재로 불려 가는 얘기를 하네. 합격자들까지 말이야. 그렇게 무섭게 혼을 내셔? 내가 볼 땐 친절하셨는데."

일레인은 망설였다. 입을 연 그녀는 천천히, 에그웨인의 시선을 피하며 말했다. "시리암 세다이의 책상에는 버드나무 회초리가 있어. 규칙을 따라야 한다는 걸 교양 있는 방법으로 배우지 못하겠다면 다른 방법으로 가르쳐 주시겠대. 신입은 지켜야 할 규칙이 너무 많아. 그걸 하나도 어기지 않는다는 건 아주 어려운 일이야." 일레인이 말을 마쳤다.

"하지만 그건…… 끔찍하잖아! 난 어린애가 아닌걸. 너도 그렇고. 난 어린애 취급을 당하진 않을 거야."

"하지만 우린 어린애가 맞아. 아이즈 세다이는, 그러니까 완전한 자매들은 완숙한 여성이야. 합격자들은 젊은 여자라고 할 수 있지. 누군가가 매 순간 어깨 너머를 들여다보지 않아도 믿을 수 있는 나이의 여성. 그리고 신입들은 보호해 주고 돌봐 주고 어느 방향으로 가야 할지 안내해 줘야 하는, 하면 안 되는 일을 했을 때는 벌을 받아야 하는 어린애야. 시리암 세다이의 설명에 따르면 그래. 하지 말라는 짓을 하지만 않으면 수업 시간에는 아무도 벌을 주지 않을 거야. 근데 가끔은 그러기가 힘들어. 숨을 쉬는 것만큼이나 채널링하고 싶은 마음이 들거든. 그리고 설거지를 해야 하는데 공상에 잠겨 있다가 접시를 너무 많이 깨뜨린다거나 합격자에게 불손하게 군다거나 허가 없이 화이트 타워를 떠나거나 아이즈 세다이가 말을 걸기 전에 먼저 아이즈 세다이에게 말을 걸거나, 또……. 우린 최선을 다하는 수밖에 없어. 달리 할 수 있는 건 아무것도 없으니까."

"우리가 화이트 타워를 떠나고 싶어 하게 만들려는 것 같네." 에그웨인이 불만스럽게 말했다.

"그런 건 아니야. 어떤 면에서 네 말도 맞긴 하지만. 에그웨인, 화이트 타워에 신입은 마흔 명뿐이야. 딱 마흔 명인데, 그중 일고여덟 명만이 합격자가 돼. 시리암 세다이는 그것만으로는 충분하지 않다고 하셔. 지금은 해야 할 일을 다 할 수 없을 만큼 아이즈 세다이가 적대. 하지만 화이트 타워는 그 기준을 낮추지 않…… 낮추지 못해. 아이즈 세다이는 능력과 강인함과 의욕을 모두 갖추지 않은 여자를 자매로 받아들이지 않아. 일원력을 제대로 채널링하지 못하는 사람에게나, 협박에 굴하거나 힘들다는 이유로 돌아설 사람에게는 반지와 숄을 내주지 않지. 채널링은 훈련과 시험으로 해결하면 되지만, 강인함과 의욕은……. 뭐, 네가 화이트 타워를 떠나고 싶다고 하면 떠나게 놔둘 거야. 아무것도 모르고 죽지는 않을 정도로만 만들어서."

"그렇겠지." 에그웨인이 천천히 말했다. "시리암도 우리한테 그 비슷한 얘기를 해 줬어. 아이즈 세다이의 숫자가 부족하다는 생각은 한 번도 안 해 봤지만."

"시리암 세다이께서 어떤 가설을 얘기하시긴 하더라. 우리가 인류를 도태시켰다는 거야. 도태에 대해서 알아? 마음에 들지 않는 특징을 가진 동물을 무리에서 잘라 내는 거야." 에그웨인은 참고 듣기 힘들어 고개를 끄덕였다. 양치기 마을에서 어린 시절을 보낸 그녀가 양 떼의 도태에 관해 모를 수는 없었다. "시리암 세다이께서는 채널링을 할 줄 아는 남자들을 적색의 아자가 3000년 동안 사냥하고 다녔으니, 우리 모두에게서 채널링할 수 있는 능력이 도태된 거라고 생각하셔. 내가 너라면 적색의 아자 근처에서 이런 얘기를 하지는 않겠지. 시리암 세다이야 큰 소리로 이런 얘기를 하고 다니시지만, 우리는 그냥 신입일 뿐이잖아."

"말 안 할게."

일레인은 잠시 입을 다물었다가 말했다. "랜드는 잘 지내?"

에그웨인은 갑자기 찔려 오는 질투심을 느꼈지만—일레인은 매우 예뻤다—그 감정보다 더욱 세게 찔려 오는 것은 두려움이었다. 에그웨인은 안도어의 후계자와 랜드와의 단 한 번의 만남에 관해 알고 있는, 얼마 안 되는 내용을 떠올리며 마음을 놓았다. 랜드가 채널링을 할 수 있다는 사실을 일레인이 알 리는 없었다.

"에그웨인?"

"그 이상 잘 지낼 수가 없어." **그랬으면 좋겠어, 머리에 양털만 든 멍청이 같으니.** "지난번에 봤을 때는 샤이나 군인들과 말을 타고 있더라."

"샤이나 사람들이라고! 나한테는 자기가 양치기라고 했는데." 일레인이 고개를 저었다. "정말 이상한 순간에 나도 모르게 랜드가 생각나. 엘라이다는 랜드가 어떤 식으로든 중요한 인물일 거라고 생각해. 노골적으로 그런 말을 한 건 아니지만, 랜드를 찾으라는 명령을 내렸어. 랜드가 케임린을 떠났다는 걸 알게 됐을 때는 길길이 날뛰었고."

"엘라이다가 누구야?"

"엘라이다 세다이야. 어머니의 자문위원. 적색의 아자지만, 어머니는 어쨌든 엘라이다를 좋아하시는 것 같아."

에그웨인은 입이 바싹 말랐다. **적색의 아자가 랜드에게 관심을 갖다니.** "난…… 지금은 랜드가 어디에 있는지 모르겠어. 샤이나를 떠나긴 했는데 돌아올지는 모르겠어."

일레인이 침착한 눈으로 에그웨인을 보았다. "난 랜드가 어디에 있는지 알아도 엘라이다한테 말하지 않을 거야, 에그웨인. 내가 아는 한 랜드는 아무 잘못도 저지르지 않았어. 그리고 엘라이다가 어떤 식으로든 랜드를 이용하고 싶어 하는 것 같아서 걱정돼. 아무튼, 하얀 망토들한테 미행당하며 여기에 도착한 날 이후로는 엘라이다를 보지도 못했어. 하얀 망토들은 지금도 드래건마운트산 비탈에서 야영하는 중이고." 일레인이 갑자기 벌떡 일어섰다. "기분 좋은 얘기를 하자. 여기엔 랜드를 아는 사람이 두 명 더 있어. 네가 그중 한 명을 만나봤으면 좋겠어." 일레인이 에그웨인의 손을 잡고 방 밖으로 끌고 나갔다.

"여자애 둘? 랜드가 여자애들을 많이 만나고 다니는 것 같네."

"으음?" 일레인은 에그웨인을 계속 복도로 끌고 가며 그녀를 자세히 살펴보았다. "응. 뭐. 그중 한 명은 엘즈 그린웰이라는 이름의 게으르고 건방진 애야. 여기 오래 있을 것 같진 않아. 심부름도 게을리 하고, 언제나 몰래 빠져나가서 검술 연습을 하는 수호자들을 구경하거든. 그 애 말로는 랜드가 자기 아버지 농장에 친구 한 명을 데리고 왔었대. 맷이라나. 그 둘이 엘즈의 머릿속에 이웃 마을 너머의 세상에 대한 개념을 불어넣은 것 같아. 그래서 엘즈는 아이즈 세다이가 되겠다고 도망쳐 왔고."

"남자들이란." 에그웨인이 투덜거렸다. "내가 근사한 남자애랑 춤 몇 번 췄다고 치통 앓는 개 같은 표정으로 돌아다니더니, 랜드 그 녀석은……." 한 남자가 저편 복도로 들어서자 에그웨인이 말을 끊었다. 에그웨인 옆에서 일레인도 멈춰 섰다. 일레인이 에그웨인의 손을 꽉 잡았다.

갑자기 나타났다는 점을 빼면 남자에게 경계심이 들 만한 부분은 없었다. 그는 키가 크고 잘생겼으며 중년에 조금 못 미치는 나이였다. 머리카락은 길고 검은 곱슬머리였으며 어깨가 처져 있었고 눈에는 슬픔이 깃들어 있었다. 그는 에그웨인과 일레인에게 다가오지 않고 그냥 서서 그들을 바라보기만 했다. 그러다가 합격자 한 명이 그의 곁에 나타났다.

"여기 있으면 안 돼요." 여자가 남자에게 말했다. 불친절한 목소리는 아니었다.

"걷고 싶었습니다." 그의 목소리는 낮았으며 눈빛만큼 서글펐다.

"나가서 정원을 걸으면 되죠. 당신은 거기에 있어야 하니까. 햇볕을 쬐면 좋을 거예요."

남자는 낮은 목소리로 씁쓸하게 웃었다. "당신들 두세 사람이 내 동작을 모두 지켜보는 곳에서 말입니까? 당신들은 그저 내가 칼을 발견할까 봐 두려운 것뿐이죠." 합격자의 눈에 떠오른 표정을 본 그가 다시 웃었다. "나한테 쓸 칼 말입니다, 여자여. 나 자신에게 쓸 칼. 당신들 정원으로, 당신들이 감시할 수 있는 곳으로 데려다주세요."

합격자가 그의 팔을 가볍게 어루만지며 그를 데려갔다.

"로게인이야." 그가 떠나자 일레인이 말했다.

"가짜 드래건!"

"저 사람은 순치됐어, 에그웨인. 이젠 다른 남자들하고 똑같이 위험하지 않아. 하지만 지난번에 저 사람의 모습을 나는 기억하고 있어. 저 사람이 일원력을 휘둘러 우리 모두를 죽이지 못하도록 하는 데 아이즈 세다이 여섯 사람이 필요했어.” 일레인이 몸을 떨었다.

에그웨인도 마찬가지였다. 바로 그게 적색의 아자가 랜드에게 할 일이었다.

“반드시 순치해야만 하는 거야?” 에그웨인이 물었다. 일레인이 입을 쩍 벌린 채 에그웨인을 보자 에그웨인은 재빨리 덧붙였다. “난 그냥, 아이즈 세다이가 저런 사람들을 처리할 다른 방법을 찾아낼까 싶어서. 아나이야와 모레인 둘 다, 전설의 시대에 이루어진 가장 위대한 업적들은 일원력을 다루는 남자와 여자의 협력이 필요했었다고 했거든. 그냥 아이즈 세다이가 다른 방법을 찾아보지 않을까 싶었어.”

“뭐, 그런 생각을 입 밖으로 내지는 마, 에그웨인. 적색의 자매가 들을 수도 있으니까. 아이즈 세다이도 시도야 해 봤지. 화이트 타워가 지어진 이후 300년 동안 시도해 봤어. 그러다가 포기한 이유는 아무 방법도 찾을 수 없었기 때문이야. 가자. 네가 민을 만나 봤으면 좋겠어. 로게인이 가려는 정원에는 갈 필요가 없으니 빛께 감사할 일이지.”

민이라는 이름이 왠지 익숙했다. 그리고 젊은 여자를 보았을 때 에그웨인은 그 이유를 알아차렸다. 정원에는 나지막한 돌다리가 놓인 가느다란 시내가 있었는데, 민은 다리의 난간 위에 다리를 꼬고 앉아 있었다. 꽉 끼는 남성용 브리치스에 헐렁한 셔츠 차림이었다. 검은 머리카락도 짧게 잘라, 유난히 예쁘기는 하지만 남자아이라고 해도 믿을 것 같았다. 민의 옆 갓돌 위에는 회색 코트가 놓여 있었다.

“나 너 알아.” 에그웨인이 말했다. “베얼론의 여관에서 일했잖아.” 가벼운 산들바람이 불어와 다리 아래의 시내에 물결을 일으켰다. 잿새들이 정원 나무에 앉아 지저귀었다.

민이 미소 지었다. “너는 어둠의 친구들을 데려와 우리 여관을 불태운 사람 중 한 명이고. 아니, 괜찮아. 나를 데리러 온 전령이 금화를 충분히 가져다줘서 피치 씨가 그보다 두 배는 큰 여관을 다시 짓고 있어. 좋은 아침이야,

일레인. 노예처럼 수업에 매달리고 있지 않네? 설거지라든지?" 그 말은 친구 사이에 주고받는 가벼운 농담으로 들렸다. 씩 웃는 일레인의 반응으로 봐서도 그랬다.

"보니까 시리암이 너한테 드레스를 입히는 데 아직 성공 못한 모양이구나."

민이 악동처럼 웃었다. "난 신입이 아니야." 그녀는 일부러 새된 목소리를 냈다. "네, 아이즈 세다이. 아뇨, 아이즈 세다이. 바닥을 한 층 더 쓸어도 될까요, 아이즈 세다이? 나는," 그녀는 다시 원래의 낮은 목소리로 말했다. "내가 입고 싶은 옷을 입어." 그녀가 에그웨인을 돌아보았다. "랜드는 잘 지내?"

에그웨인의 입에 힘이 들어갔다. **랜드 녀석, 트롤록처럼 산양의 뿔이나 쓰고 다녀야겠어**(산양은 정력을 상징하는 대표적인 동물 중 하나다─옮긴이). 에그웨인은 화가 나서 생각했다. "너희 여관에 불이 붙은 건 유감이야. 피치 씨가 여관을 다시 지을 수 있다니 다행이고. 넌 왜 타 발론에 온 거야? 아이즈 세다이가 되고 싶은 마음이 없는 건 분명해 보이는데." 민의 눈썹이 휘어졌다. 에그웨인은 재미있어서 그러는 게 분명하다고 생각했다.

"앤 랜드를 좋아해." 일레인이 설명했다.

"알아." 민이 에그웨인을 힐끗 보았다. 잠깐이지만 에그웨인은 민의 눈에서 슬픔─아니면 후회?─이 보였다고 생각했다. "내가 여기에 있는 건," 민이 신중하게 말했다. "누가 나를 데리러 와서, 말을 타고 오거나 자루를 쓰고 묶어서 오거니 둘 중 하나를 고르라고 했기 때문이야."

"늘 과장을 하는구나." 일레인이 말했다. "시리암 세다이께서 네 편지를 보셨는데, 거기에 부탁이 적혀 있었다고 하셨어. 민은 뭔가를 봐, 에그웨인. 그래서 여기에 있는 거야. 그래야 민이 어떻게 그런 일을 할 수 있는지 아이즈 세다이가 연구할 수 있으니까. 일원력 때문은 아니거든."

"부탁이라." 민이 코웃음 쳤다. "아이즈 세다이가 오라고 부탁하는 건 여왕이 병사 백 명을 보내서 명령하는 거나 마찬가지야."

"사람들은 누구나 뭔가를 봐." 에그웨인이 말했다.

일레인이 고개를 저었다. "민처럼 보는 건 아니야. 민은 사람들의…… 기운을 봐. 장면들도 보고."

"늘 보는 건 아니야." 민이 끼어들었다. "모든 사람에게서 보는 것도 아니고."

"또 그런 기운으로부터 그 사람에 관한 무언가를 읽어 낼 수도 있어. 민이 언제나 사실을 말하는 건 아닌 것 같지만. 민은 내가 다른 두 여자와 남편을 나눠야 할 거라고 했어. 난 절대 그런 일은 참지 않을 텐데 말이지. 민은 그냥 웃으면서, 자기도 생각한 건 아니라고 했어. 하지만 민은 내가 누군지 알기도 전에 나더러 여왕이 될 거라고 했어. 왕관이 보이는데, 안도어의 장미 왕관이라고 하더라."

에그웨인은 참지 못하고 물었다. "날 보면 뭐가 보여?"

민이 그녀를 힐끗 보았다. "흰 불꽃과……. 아, 온갖 것들이 보여. 무슨 의미인지는 모르겠어."

"민은 저 말을 엄청나게 많이 해." 일레인이 건조하게 말했다. "민의 말로는, 나를 볼 때 보이는 것 중 하나가 잘린 손이래. 내 손은 아니라더라. 하지만 그게 무슨 뜻인지도 모르겠대."

"진짜 모르니까 그렇게 말하지." 민이 말했다. "반도 모르겠어."

장화가 인도를 밟는 으적거리는 소리가 들려왔다. 돌아보니 젊은 남자 두 명이 팔에 셔츠와 코트를 걸치고 땀에 젖은 가슴을 드러내고 있었다. 손에는 칼집에 넣은 칼을 든 채였다. 에그웨인은 자기도 모르게, 여태 본 사람 중 가장 잘생긴 남자라고 생각했다. 그는 키가 크고 날씬했지만 단단한 체격이었으며 고양이처럼 우아하게 움직였다. 문득 그가 자신의 손을 잡고 그 위로 허리를 숙이고 있다는 걸 깨달았다. 그가 손을 잡는 것조차 느끼지 못했는데 말이다. 에그웨인은 머릿속을 더듬어 방금 들은 이름을 찾아냈다.

"갈라드." 에그웨인이 웅얼거렸다. 갈라드의 검은 눈이 에그웨인을 마주 보았다. 그는 에그웨인보다 나이가 많았다. 랜드보다도 나이가 많았다. 랜드를 떠올린 에그웨인은 움찔하며 정신을 차렸다.

"난 가윈이야." 다른 젊은이가 씩 웃었다. "처음 말했을 땐 못 들은 것 같아서." 민도 웃고 있었다. 일레인만 인상을 찡그렸다.

에그웨인은 문득, 갈라드가 아직 자신의 손을 잡고 있음을 떠올리고는 손을 빼냈다.

"네가 할 일이 많아서 시간이 있을지 모르겠지만," 갈라드가 말했다. "다시 만날 수 있으면 좋겠다, 에그웨인. 같이 산책을 할 수도 있을 테고, 화이트 타워 밖으로 나가도 좋다는 허락을 받아 낸다면 도시 밖으로 소풍을 떠날 수도 있을 거야."

"그럼……. 그럼 좋겠네." 에그웨인은 불편한 마음으로 다른 사람들을 의식했다. 민과 가윈은 여전히 재미있다는 듯 미소 짓고 있었고 일레인은 여전히 노려보고 있었다. 에그웨인은 마음을 가라앉히고자 랜드를 생각하려고 노력했다. **얜 너무…… 아름다워.** 에그웨인은 이 생각을 소리 내서 말하지 않았나 싶어 반쯤 겁을 먹고 움찔했다.

"그럼 그때 보자." 갈라드는 그제야 에그웨인에게서 눈을 떼며 일레인에게 허리를 숙여 인사했다. "안녕, 동생." 그는 나뭇잎처럼 우아하고 한가로운 걸음으로 다리를 건넜다.

"저 애는," 민은 그의 뒷모습을 바라보며 웅얼거렸다. "언제나 적절한 행동을 한다니까. 그런 행동으로 누가 상처를 입든지 말이야."

"동생이라고?" 에그웨인이 말했다. 노려보는 그 눈은 조금밖에 무뎌지지 않았다. "난 갈라드가 네……. 그러니까, 네가 인상 쓰는 걸 보고……." 에그웨인은 일레인이 질투를 하는 거라고 생각했었고, 지금도 확실히 알 수 없었다.

"난 쟤 동생이 아니야." 일레인이 단호하게 말했다. "내가 거부해."

"우리 아버지가 저 녀석 아버지였어." 가윈이 무미건조하게 말했다. "그건 부정할 수 없지, 어머니를 거짓말쟁이 취급하고 싶은 게 아니라면. 어머니를 거짓말쟁이라고 하려면 우리한테 지금 이상의 용기가 필요할 거야."

가윈이 일레인과 똑같이 불그스름한 금발의 소유자라는 걸 에그웨인은 그제야 알아차렸다. 비록 땀을 흘려 색깔이 짙어지고 곱슬곱슬해지긴 했지만 말이다.

"민 말이 맞아." 일레인이 말했다. "갈라드는 아주 조금의 인간성도 없어. 저 녀석은 올바른 것을 자비든, 동정심이든, 그 무엇보다 중요하게 생각하고…… 트롤록만큼의 인간성밖에 갖고 있지 않아."

가윈의 미소가 돌아왔다. "그건 몰랐네. 저 녀석이 여기 에그웨인을 보던 시선을 생각하면 아닌 것 같던데." 가윈은 에그웨인과 자기 동생의 눈초리를 알아보고는 칼집에 넣은 칼로 그 시선을 쳐내려는 듯 두 손을 들었다. "거기다 저 녀석의 칼 다루는 솜씨는 내가 본 누구보다 나아. 수호자들이 뭘 한 번 보여 주기만 하면 바로 배운다니까. 갈라드가 노력도 하지 않고 해낸 동작의 절반만 배우려면 나는 반쯤 죽을 때까지 땀을 흘려야 할 거야."

"칼을 잘 다루면 다야?" 일레인이 코웃음을 쳤다. "남자들이란! 에그웨인, 너도 짐작했겠지만 품위 없이 옷을 벗고 다니는 이 멍청이가 우리 오빠야. 가윈, 에그웨인은 랜드 알소르를 알아. 같은 마을 출신이야."

"그래? 랜드가 진짜 투 리버스에서 태어났어, 에그웨인?"

에그웨인은 애써 침착하게 고개를 끄덕였다. **이 사람은 뭘 아는 거지?** "당연하지. 나와 어린 시절을 함께 보냈는걸."

"그렇구나." 가윈이 천천히 말했다. "정말 이상한 녀석이었어. 자기 말로는 양치기라는데, 내가 본 양치기와는 모습도 다르고 행동도 달랐거든. 이상해. 난 온갖 사람을 만나 봤는데, 그 사람들이 다 랜드 알소르를 만나 봤대. 어떤 사람들은 랜드의 이름조차 몰랐지만, 그 사람들이 하는 설명을 들으면 랜드가 아닌 다른 사람일 리 없었어. 그 녀석이 모두의 삶을 바꿔 놨단 말이지. 어떤 늙은 농부가 있었는데, 그 농부는 그냥 여기로 오던 로게인을 한 번 보겠다고 케임린에 온 거였어. 그런데 폭동이 시작됐을 때는 케임린에 남아서 어머니를 위해 싸웠지. 세상을 보겠다고 떠나온 어떤 젊은이를 접하니 인생에 자기 농장 이상의 뭔가가 있다는 생각이 들었대. 그 젊은이가 랜드 알소르였어. 그 녀석이 **타비렌**이라는 생각이 들 정도야. 엘라이다는 확실히 랜드한테 관심을 가지고 있어. 그 녀석을 만나면 패턴에 짜인 우리 삶이 바뀔까?"

에그웨인은 일레인과 민을 보았다. 랜드가 정말 **타비렌**이라는 걸 그들이 조금이라도 알고 있을 리는 없었다. 에그웨인은 이런 생각을 제대로 해 본 적이 한 번도 없었다. 랜드는 채널링 능력이라는 저주를 받았지만 그냥 랜드였다. 하지만 **타비렌**은 사람들이 움직이기를 바라건 바라지 않건 그들을 움직이는 존재였다. "난 정말로 너희가 좋아." 에그웨인은 손짓으로 두 소녀를 모두 가리키며 불쑥 말했다. "너희 친구가 되고 싶어."

"나도 네 친구가 되고 싶어." 일레인이 말했다.

에그웨인은 충동적으로 일레인을 끌어안았다. 그다음에는 민이 풀쩍 뛰어내렸다. 세 사람은 함께 서로를 안고 다리에 서 있었다.

"우리 셋은 **정말로** 연결돼 있어." 민이 말했다. "우리 사이에 어떤 남자도 끼어들게 놔둘 수 없어. 저 녀석이라도."

"혹시 이게 다 무슨 일인지 말해 줄 사람?" 가윈이 조용히 물었다.

"넌 모를 거야." 일레인이 말했다. 세 소녀 모두 키득키득 웃음을 터뜨렸다.

가윈은 머리를 긁더니 고개를 저었다. "뭐, 랜드 알소르와 관계된 일이라면 엘라이다 귀에는 들어가지 않도록 해. 우리가 여기에 도착한 이후로 엘라이다는 나한테 세 번이나 하얀 망토들의 질문자처럼 굴었다고. 내가 볼 때 엘라이다는 절대 랜드에게⋯⋯." 가윈이 움찔했다. 한 여자가 정원을 가로지르고 있었다. 붉은 술이 달린 숄을 걸친 여자였다. "'어둠의 존재를 이름으로 불러 보라.'" 가윈이 속담을 인용했다. "'그러면 그가 나타날지니.' 훈련장 밖에서는 셔츠를 입어야 한다는 훈계를 또 한 번 듣고 싶지는 않아. 나들 안녕."

엘라이다는 떠나는 가윈을 힐끗 보며 다리에 올라섰다. 에그웨인은 엘라이다가 아름답다기보다는 잘생긴 여자라고 생각했다. 나이를 가늠할 수 없는 생김새도 그녀의 숄만큼이나 확실히 눈에 띄었다. 그런 생김새는 최근에 자매가 된 사람을 제외한 모든 아이즈 세다이에게서 볼 수 있었다. 엘라이다의 시선이 에그웨인을 훑고 지나가며 아주 잠깐 멈추었다. 그때 에그웨인은 아이즈 세다이에게서 어떤 냉기를 보았다. 그녀는 늘 모레인을 강한 사람이라고, 비단 아래에 감춰진 강철 같은 사람이라고 생각했다. 그러나 엘라이다에게는 아예 비단이 없었다.

"엘라이다." 일레인이 말했다. "이쪽은 에그웨인이에요. 에그웨인도 씨앗을 품고 태어났어요. 이미 수업도 몇 번 받았으니, 저랑 진도가 비슷한 셈이에요. 엘라이다?"

아이즈 세다이의 얼굴은 멍했으며 읽기 어려웠다. "애야, 케임린에서 나는 너희 어머니인 여왕의 자문이었으나 여기는 화이트 타워고 너는 신입이다." 민이 떠나려고 했으나 엘라이다가 날카롭게 "가만히 있어라. 너하고도 할 말이 있다"라고 말해 그녀를 멈춰 세웠다.

"저는 평생 당신을 알아 왔어요, 엘라이다." 일레인이 믿을 수 없다는 듯 말했다. "당신은 제가 자라는 걸 지켜봤고, 제가 놀 수 있도록 정원에 꽃을 피워 주셨어요."

"애야, 그곳에서는 네가 여왕 후계자였다. 여기에서 너는 신입이야. 그걸 배워야 한다. 넌 언젠가 위대해지겠지만, 그래도 배워야 해!"

"네, 아이즈 세다이."

에그웨인은 깜짝 놀랐다. 누군가가 다른 사람들 앞에서 에그웨인을 그런 식으로 무시했다면 에그웨인은 분노를 터뜨렸을 것이다.

"자, 이제 너희 둘 다 가거라." 징이 낮고도 낭랑한 소리로 울려 퍼지기 시작했다. 엘라이다가 고개를 갸웃했다. 태양이 정점으로 절반쯤 올라가 있었다. "고점이구나." 엘라이다가 말했다. "더 꾸지람을 듣고 싶은 게 아니라면 서둘러야 할 거다. 그리고 일레인? 잡일을 끝낸 뒤 신입 담당의 서재로 가거라. 신입은 아이즈 세다이가 시키지 않는 한 아이즈 세다이에게 말을 걸어서는 안 된다. 달려라, 너희 둘 다. 지각하겠구나. 뛰어!"

그들은 치맛자락을 들고 달렸다. 에그웨인은 일레인을 보았다. 일레인의 두 뺨에 붉은 기가 돌았다. 그녀는 결연한 표정을 짓고 있었다.

"난 아이즈 세다이가 될 거야." 일레인은 조용히 말했으나 그 말은 장담하는 것처럼 들렸다.

등 뒤에서 에그웨인은 아이즈 세다이가 시작한 말을 들었다. "내가 알기로는 모레인 세다이가 너를 이곳에 데려왔다더구나."

에그웨인은 남아서 듣고 싶었다. 엘라이다가 랜드에 관해 묻는지 알고 싶었다. 하지만 고점을 알리는 종이 화이트 타워 전체에 울렸고, 에그웨인은 호출에 따라 잡일을 해야 했다. 에그웨인은 달리라는 명령을 받은 그대로 달려갔다.

"난 아이즈 세다이가 될 거야." 에그웨인이 씹어뱉었다. 일레인이 이해한다는 듯 잠시 미소를 지어 보였다. 그들은 더 빨리 달렸다.

마침내 다리를 떠났을 때쯤 민의 몸에는 셔츠가 달라붙어 있었다. 햇빛 때문이 아니라 엘라이다가 던진 질문의 열기 때문에 땀이 흘렀다. 그녀는 아이즈 세다이가 따라오지 않는다는 걸 확인하려고 어깨 너머를 돌아보았다. 엘라이다는 어디에서도 보이지 않았다.

모레인이 민을 불러왔다는 걸 엘라이다가 어떻게 알았을까? 민은 그 사실이 오직 자신과 모레인, 시리암만 아는 비밀이라고 확신했었다. 게다가 랜드에 대한 수많은 질문은 또 어떤가. 태연한 표정과 흔들리지 않는 눈빛으로 아이즈 세다이의 면전에 대고 랜드라는 사람에 대해 한 번도 들어 본 적이 없으며 그에 대해 아무것도 모른다고 말한다는 건 쉬운 일이 아니었다. **랜드한테 뭘 바라는 거지? 빛이여, 모레인은 랜드에게 뭘 바라는 건가요? 랜드가 대체 무엇이기에? 빛이여, 저는 단 한 번밖에 만나 보지 못한 남자, 그것도 농부와 사랑에 빠지고 싶진 않습니다.**

"모레인, 빛에 눈이 멀 여자 같으니." 민이 웅얼거렸다. "무슨 이유로 나를 여기에 데려왔는지 모르지만 숨어 있는 곳에서 나와 그 이유를 말해. 내가 떠날 수 있게!"

유일한 답은 잿새들의 달콤한 노래뿐이었다. 민은 인상을 쓰며 열을 식힐 장소를 찾아 나섰다.

25장 케예리엔

　케예리엔 시는 알구에냐강을 낀 언덕 전체에 걸쳐 있었다. 랜드가 처음으로 접한 도시의 모습은 정오의 햇빛에 비친 북쪽 언덕이었다. 엘리카인 타볼린과 50명의 케예리엔 병사들은 지금도 랜드의 눈에 감시자들처럼 보였으나—게일린에서 다리를 건넌 이후로는 더욱 그렇게 보였다. 그들은 남쪽으로 이동할수록 점점 더 뻣뻣해졌다—로이알과 휴린은 별 신경을 쓰지 않는 듯했으므로 랜드도 그러려고 노력했다. 랜드는 도시를 살펴보았다. 그가 여태 봐 온 여느 도시에 뒤지지 않을 만큼 큰 도시였다. 묵직한 배와 널따란 바지선이 강을 가득 채웠고, 높이 솟은 곡창이 맞은편 강둑을 따라 뻗어 있었다. 그러나 케예리엔은 드높은 잿빛 성벽 너머로 정확한 격자에 따라 펼쳐져 있는 듯했다. 성벽 자체도 완벽한 정사각형을 이루고 있었다. 정사각형의 한 면이 강변을 따라 단단하게 자리 잡고 있었다. 똑같이 정확한 패턴에 따라 성벽 안에서는 탑이 솟아올랐다. 성벽의 20배는 되는 높이였다. 그리고 랜드는 언덕에서부터 모든 탑의 꼭대기가 톱니 형태를 이루고 있다는 걸 알 수 있었다.

　도시의 성벽 바깥에서는 이쪽 강둑에서 저쪽 강둑까지 그 성벽을 둘러싸는 빽빽한 거리가 자리 잡고 있었다. 여러 갈래의 길이 온갖 각도로 교차하며 사람들로 끓어넘쳤다. 랜드는 그곳이 포어게이트라고 불린다는 것을 휴린에게 들어서 알고 있었다. 한때는 모든 도시의 성문에 시장이 있었으나 세월이 지나면서 그 모든 시장이 자라나서 사방으로 뻗어 가는, 뒤죽박죽으로 얽힌 단 하나의 거리와 골목 덩어리가 되었다.

랜드 일행이 그 흙길로 접어들자 타볼린은 병사들에게 명령을 내려, 빨리 길을 비키지 않는 사람은 누구나 짓밟아 버릴 것처럼 말을 재촉하고 고함을 지르며 길을 뚫도록 했다. 사람들은 매일 일어나는 일이라는 듯 눈길만 한 번 힐끗 주고 비켰다. 랜드의 얼굴에 자기도 모르는 미소가 번졌다.

포어게이트 사람들의 옷은 대체로 초라했으나 상당수는 알록달록했다. 장소 자체에도 시끌벅적한 삶의 활기가 깃들어 있었다. 장돌뱅이들이 목청껏 물건을 팔았고, 가게 주인들은 가게 앞 탁자에 진열한 물건들을 보고 가라며 사람들에게 소리쳤다. 이발사, 과일 행상인, 칼갈이, 십여 가지의 서비스와 수백 가지의 물건을 파는 남자들과 여자들이 수많은 사람들 사이를 헤치고 지나다녔다. 하나 이상의 건물에서 수다 떠는 소리 사이로 음악이 흘러나왔다. 랜드는 그런 건물이 여관일 것이라고 생각했지만, 정면에 걸린 간판에는 하나같이 플루트나 하프를 연주하고 구르기나 저글링을 하는 남자들이 그려져 있었다. 게다가 그 건물들은 크기는 커도 창문이 없었다. 포어게이트의 건물 대부분은 아무리 커도 나무로 만들어져 있었으며 그중 다수가 조잡하게 만들어졌을지언정 새것 같이 보였다. 랜드는 입을 쩍 벌린 채 7층 이상으로 지어진 건물 몇 채를 보았다. 서둘러 드나드는 사람들은 눈치 못 채는 것 같았지만 그 건물들은 조금씩 흔들렸다.

"소작농들입니다." 타볼린은 역겹다는 표정으로 앞을 보며 툴툴댔다. "외지인들의 방식으로 오염된 저놈들을 좀 보십시오. 저놈들은 여기 있어서는 안 됩니다."

"그럼 어디 있어야 하는데요?" 랜드가 물었다. 케예리엔의 장교는 그를 노려보더니 박차를 가하며 말을 앞으로 몰고 갔다. 그는 채찍으로 군중을 후려치려 했다.

휴린이 랜드의 팔을 건드렸다. "아이일 전쟁 때문입니다, 랜드 공." 휴린은 엿들을 수 있는 거리에 병사들이 없는지 확인했다. "수많은 농부들이 두려운 나머지 세계의등뼈 근처에 있는 자신들의 땅으로 돌아가지 못하고, 최대한 가까운 곳인 이곳으로 모여들었습니다. 그래서 갈드리안이 안도어와 티어에서부터 올라온 곡물 운반선으로 강을 가득 채운 겁니다. 동쪽의 농장에서는 작물이 나지 않습니다. 더 이상 농장이 없으니까요. 하지만 케예리엔 사람들에게는 이런 말을 하지 않는 게 좋습니다. 그 사람들은 전쟁이 아예 일어나지 않은 것처럼 굴거나, 최소한 자기들이 그 전쟁에서 이긴 척하고 싶어 하니까요."

타볼린이 채찍을 휘둘렀지만 그들은 이상한 행렬이 앞을 지나가는 동안 멈춰 설 수밖에 없었다. 남자 여섯 명이 북을 치고 춤을 추며 앞장섰고, 그 뒤를 거대한 인형들이 줄지어 따랐다. 인형들은 기다란 장대로 인형을 움직이는 사람들보다 1.5배 정도 컸다. 왕관을 쓴 거대한 남녀 인형이 길고 장식이 많이 들어간 망토를 걸친 채 군중에게 허리 숙여 인사했다. 그 주변을 화려한 동물 형상이 둘러싸고 있었다. 날개 달린 사자. 뒷다리로 일어서서 걷는, 머리가 둘 달린 염소. 염소는 두 입 모두에 진홍색 테이프가 달려 있는 걸로 보아 불을 뿜는 모습을 표현한 듯했다. 절반은 고양이, 절반은 독수리처럼 보이는 어떤 짐승과 사람 몸에 곰의 머리가 달린 것처럼 생긴 또 다른 짐승도 있었다. 랜드는 그 짐승이 트롤록일 것이라고 생각했다. 군중은 행렬이 의기양양 지나가자 환호하며 웃어댔다.

"저걸 만든 사람은 트롤록을 한 번도 못 봤을 겁니다." 휴린이 툴툴댔다. "머리가 너무 크고 너무 깡말랐어요. 저 사람들은 트롤록이 존재하지도 않는다고 생각할 가능성이 큽니다, 랜드 공. 다른 것들에 대해서도 비슷하게 생각할 테고요. 여기 포어게이트 사람들이 믿는 유일한 괴물은 아이일에 있습니다."

"축제를 하는 건가요?" 랜드가 물었다. 행렬 말고는 어디에서도 축제의 흔적이 보이지 않았지만 그렇게 된 데는 이유가 있을 게 틀림없다는 생각이 들었다. 타볼린은 병사들에게 다시 전진하라고 명령했다.

"매일이 축제야, 랜드." 로이알이 말했다. 담요로 덮은 상자를 여전히 안장에 매어 둔 채 자기 말 옆에서 나란히 걷는 오기어는 인형만큼 많은 시선을 끌었다. 어떤 사람들은 심지어 인형을 보면서 그러하듯 오기어를 향해 웃으며 손뼉을 쳤다. "갈드리안이 사람들을 오락으로 진정시키는 것 아닐까 걱정되는걸. 갈드리안은 방랑 시인과 음악가 들에게 '왕의 선물'이라는 상금을 주고 여기 포어게이트에서 공연하도록 해. 저 아래 강가에서는 매일 말 달리기 경주를 열도록 후원하고. 밤에 불꽃놀이를 하는 날도 많아." 로이알이 역겹다는 목소리였다. "하만 원로님께서는 갈드리안을 두고 치욕스러운 자라고 하셨어." 자기가 무슨 말을 했는지 깨달은 로이알은 눈을 깜빡이더니 병사들 중 그 말을 들은 사람이 있는지 확인하려고 서둘러 주위를 둘러보았다. 아무도 듣지 못한 듯했다.

"불꽃놀이라." 휴린이 고개를 끄덕이며 말했다. "제가 듣기로는 광술사들이 여기에 회관을 지었다더군요. 탄치코에 있는 것과 똑같은 회관 말입니다. 전에 이곳에 왔을 때는 불꽃놀이를 보는 게 전혀 싫지 않았는데 말이죠."

랜드는 고개를 저었다. 그는 광술사가 한 명이라도 필요한, 정교한 불꽃놀이는 한 번도 본 적이 없었다. 그는 광술사들이 통치자를 위해 공연을 할 때만 탄치코를 떠난다고 들었다. 랜드가 방문한 이곳은 이상한 곳이었다.

타볼린은 도시 성문의 높은 정사각형 아치에서 정지 명령을 내리더니 성벽 바로 안쪽에 있는 땅딸막한 돌 건물 옆으로 가 말에서 내렸다. 그 건물에는 창문 대신 총안이 달려 있었고, 묵직한 문에 무쇠 띠가 둘려 있었다.

"잠시만 기다리십시오, 랜드 공." 장교가 말했다. 그는 병사 중 한 명에게 고삐를 던지고 건물로 들어갔다.

랜드는 경계하는 눈빛으로 병사들을 바라보며―병사들은 말을 두 줄로 길고 뻣뻣하게 세워 놓았다. 랜드는 자신이 로이알, 휴린과 함께 떠나려고 하면 그들이 무슨 짓을 할지 궁금했다―기회를 틈타 눈앞에 펼쳐진 도시를 살펴보았다.

본격적으로 드러난 케예리엔은 혼란스럽고 분주한 포어게이트와 선명한 대조를 이루었다. 판석이 깔린 넓은 거리는 그곳을 오가는 사람들의 수가 실제보다 적어 보일 만큼 널찍했으며 직각으로 서로 교차했다. 트레몬시엔에서와 똑같이 언덕은 직선으로 깎여 층층이 나뉘어 있었다. 덮개가 덮인 가마들이 조심스럽게 움직였다. 그중에는 가문의 문장이 그려진 작은 삼각기가 달린 가마도 있었다. 마차는 거리를 따라 천천히 굴러갔다. 사람들은 검은 옷을 입고 조용히 돌아다녔는데, 그 코트나 드레스에는 가슴팍에 줄무늬가 있을 뿐 밝은 색깔은 전혀 보이지 않았다. 줄무늬가 많은 옷을 입은 사람일수록 잘난 체하며 움직였지만 아무도 웃지 않았다. 미소조차 짓지 않았다. 층층이 나뉜 언덕 위의 건물들은 모두 돌로 만들어져 있었으며, 장식물은 직선적이고 각도가 가팔랐다. 거리에는 행상인도 장돌뱅이도 없었으며 가게들조차 분위기가 가라앉은 것처럼 보였다. 크기가 작은 간판만이 걸려 있었고 밖에 진열된 상품은 전혀 없었다.

이제는 거대한 탑들이 좀 더 선명하게 보였다. 장대 여러 개를 끈으로 묶어 만든 비계가 그런 탑을 둘러싸고 있었으며 일꾼들이 그 위로 몰려 올라가 탑을 더 높은 곳으로 밀어 올릴 새로운 돌을 쌓고 있었다.

"케예리엔의 꼭대기 없는 탑이야." 로이알이 슬프게 웅얼거렸다. "뭐, 한때는 그 이름에 어울릴 만큼 높았지. 네가 태어날 즈음 아이일 사람들이 케예리엔을 정복했는데, 그때 당시의 탑들이 불타고 금이 가더니 무너져 내렸어. 석공들 중 오기어는 하나도 보이지 않네. 어떤 오기어도 이런 데서 일하는 걸 좋아할 리 없을 거야. 케예리엔 사람들은 아무 장식 없이 자신들이 원하는 것만을 갖고 싶어 하니까. 그래도 내가 전에 여기 왔을 때는 오기어가 있었어."

타볼린이 건물에서 나왔다. 다른 장교 한 명과 직원 두 명이 그보다 앞서서 나왔는데, 직원 중 한 명은 나무로 장정된 커다란 장부를 들고 있었으며 또 한 명은 필기구가 담긴 쟁반을 들고 있었다. 장교의 머리 앞부분은 타볼린처럼 면도되어 있었다. 면도칼로 민 부분보다는 머리가 벗어진 부분이 더 많은 것 같았다. 두 장교 모두 랜드와 로이알의 줄무늬 담요에 가려진 상자를 번갈아 보았다. 둘 다 담요 아래에 뭐가 있는지 묻지 않았다. 타볼린은 트레몬시엔에서 오는 길에 그 상자를 자주 바라보았으나 한 번도 질문을 던진 적이 없었다. 머리가 벗어진 남자는 랜드의 칼도 힐끗 보고 입을 꾹 다물었다.

타볼린은 다른 장교의 이름이 아산 샌데어라고 소개하더니 큰 소리로 알렸다. "안도어의 알소르 가문 소속 랜드 공과 그 부하인 휴린, 그리고 스테딩 샹타이의 오기어 로이알이네." 장부를 든 직원이 두 팔에 장부를 펼쳐 들자 샌데어가 또렷한 글씨로 그 이름을 받아 적었다.

"내일 같은 시간에 이 초소로 돌아오셔야 합니다, 랜드 공." 샌데어는 장부에 모래를 뿌려 글자가 닿지 않도록 하는 작업을 직원에게 맡기고 말했다. "또 이곳에 있는 동안 지내실 여관의 이름을 알려 주십시오."

랜드는 케예리엔의 변함없는 거리를 둘러본 다음 다시 생기로 가득한 포어게이트를 돌아보았다. "저 바깥에 있는 좋은 여관을 하나 알려 주겠습니까?" 랜드가 포어게이트 쪽을 고갯짓했다.

휴린이 정신 나간 사람처럼 **쓱** 소리를 내며 랜드에게 몸을 기울였다. "그건 부적절한 일입니다, 랜드 공." 그가 속삭였다. "귀족 신분임에도 포어게이트에 묵을 경우 분명 저 사람들은 랜드 공이 뭔가 꾸미고 있다고 생각할 겁니다."

랜드는 탐지자의 말이 맞다는 걸 알 수 있었다. 샌데어의 입이 쩍 벌어졌고 타볼린의 이마는 의문에 높이 솟았다. 둘 다 골똘히 랜드를 바라보고 있었다. 랜드는 그들에게 케예리엔 사람들의 위대한 게임 같은 건 하지 않을 거라고 말해 주고 싶었으나 대신 이렇게 말했다. "도시 안에 방을 잡죠. 지금 가도 됩니까?"

"물론입니다, 랜드 공." 샌데어가 허리를 숙여 인사했다. "그런데…… 어느 여관으로 가십니까?"

"여관을 찾으면 알려드릴게요." 랜드는 레드의 말머리를 돌렸다가 잠시 멈춰 섰다. 셀린의 쪽지가 주머니 안에서 부스럭거렸다. "케예리엔에서 온 젊은 여자를 찾아야 하는데, 셀린 아가씨라는 사람입니다. 나와 비슷한 나이에 아름답습니다. 어느 가문인지는 모르겠군요."

샌데어와 타볼린이 시선을 주고받았다. 샌데어가 말했다. "제가 알아보겠습니다, 랜드 공. 내일 오시면 뭔가 말씀드릴 수 있을 겁니다.”

랜드는 고개를 끄덕인 뒤 로이알과 휴린을 데리고 도시로 들어갔다. 말을 탄 사람이 별로 없었는데도 그들은 별로 시선을 끌지 않았다. 로이알조차 거의 아무런 관심의 대상이 되지 않았다. 사람들은 남의 일에 관심이 없다는 것을 과시하는 듯 보일 지경이었다.

“혹시 셀린에 대해 물어본 것을 저 장교들이 오해할까요?” 랜드가 휴린에게 물었다.

“케예리엔 사람의 속을 누가 알겠습니까, 랜드 공? 저들은 모든 게 **다에스 데이마르**와 관계있다고 생각합니다.”

랜드는 어깨를 으쓱했다. 사람들이 자신을 쳐다보는 느낌이었다. 아무 무늬 없는 괜찮은 코트를 다시 구하는 순간이, 더 이상 정체를 꾸미지 않아도 되는 순간이 못 견디게 기다려졌다.

휴린은 케예리엔에서 지낸 대부분의 시간을 포어게이트에서 보냈지만 도시의 여관도 몇 군데 알았다. 탐지자는 일행을 데리고 ‘드래건 장벽의 수호자’라는 여관으로 데려갔는데, 그곳 간판에는 다른 남자의 가슴을 밟고 서서 칼로 그 남자의 목을 겨누는 왕관 쓴 남자가 그려져 있었다. 드러누운 남자는 머리카락이 붉은색이었다.

마부가 다가와 말을 데려갔다. 그는 남들이 보지 않는다고 생각할 때 랜드와 로이알을 빠르게 힐끔거렸다. 랜드는 괜한 상상을 하지 말라고 자신을 타일렀다. 이 도시의 모든 사람이 나름의 게임을 하고 있을 리는 없었다. 설령 게임을 하고 있다 한들 랜드가 그 게임에 참여할 리도 없었고.

휴게실은 깔끔했다. 탁자가 도시 자체처럼 엄격하게 배치되어 있었다. 사람은 몇 명밖에 없었다. 그들은 새로 온 사람들을 힐끗 보더니 다시 술잔으로 고개를 돌렸다. 하지만 랜드는 그들이 여전히 이편을 지켜보며 귀 기울이고 있다는 느낌을 받았다. 날씨가 따뜻했지만 커다란 난로에서는 작은 모닥불이 타고 있었다.

여관 주인은 통통하고 지나치게 상냥한 남자로, 짙은 회색 코트에 녹색 줄무늬가 딱 하나 들어가 있었다. 그는 처음에 랜드 일행을 보고 움찔했는데, 랜드로서는 놀랍지 않은 일이었다. 줄무늬 이불을 덮은 상자를 두 팔로 끌어안고 있던 로이알은 고개를 숙이고서야 문을 지날 수 있었고, 휴린은 일행의 수많은 안장주머니와 짐 꾸러미를 지고 있었으며, 랜드의 붉은 코트도 탁자에 앉아 있는 사람들이 입은 어두운 색의 옷과 선명하게 대조되었다.

여관 주인은 랜드의 코트와 칼을 받아들었다. 그의 느끼한 미소가 돌아왔다. 그는 허리를 숙이며 아첨하듯 손을 비볐다. "용서하십시오, 나리. 잠깐이지만, 그냥 제가 나리를……. 용서하십시오. 제 머리가 예전 같지 않아서요. 방을 드릴까요, 나리?" 그는 로이알에게도 다시 한 번 허리를 숙여 인사했다. 랜드에게 인사할 때만큼 깊이 숙이지는 않았다. "제 이름은 쿠알레입니다, 나리."

내가 아이일 사람이라고 생각한 거야. 랜드는 기분이 좋지 않았다. 케예리엔을 떠나고 싶었다. 하지만 잉타가 그를 찾을 만한 곳은 케예리엔뿐이었다. 게다가 셀린도 케예리엔에서 랜드를 기다리겠다고 했다.

방을 준비하는 데는 시간이 좀 걸렸다. 쿠알레는 지나치게 자주 미소를 짓고 굽실거리며 로이알이 쓸 침대를 옮겨야만 한다고 설명했다. 랜드는 이번에도 모두가 방을 같이 쓰고 싶다고 했으나 여관 주인의 충격 받은 표정과 휴린의 고집 때문에—"우리는 케예리엔 사람들에게 우리도 이 사람들처럼 무엇이 올바른 일인지 잘 안다는 걸 보여 주어야 합니다, 랜드 공."—두 방을 나눠 쓰게 되었다. 랜드가 한 방을 혼자 쓰기로 했다. 로이알과 휴린이 쓰는 방과 랜드의 방 사이에는 직접 연결되는 문이 있었다.

두 방은 거의 비슷하게 생겼으나 휴린과 로이알이 쓰는 방에는 침대가 두 개 놓여 있고 그중 하나는 오기어가 누울 만한 크기인 반면에 랜드의 방에는 침대가 하나밖에 없었다. 다만 그 침대가 다른 두 침대를 합친 것만큼 컸다. 거의 천장에 이르는 거대한 정사각형 기둥도 달려 있었다. 등받이가 높고 쿠션이 들어간 의자와 세면대도 정사각형에 크기가 무척 컸다. 벽에 기대 놓은 옷장에는 묵직하고 딱딱한 양식의 조각이 새겨져 있어서 금방이라도 랜드를 깔아뭉갤 것처럼 보였다. 침대 양옆의 창문으로 2층 아래의 거리가 내다보였다.

여관 주인이 떠나자마자 랜드는 문을 열고 로이알과 휴린을 자기 방에 들였다. "여긴 참 거슬리네요." 랜드가 그들에게 말했다. "다들 내가 뭔가 꾸미고 있는 것처럼 날 봐요. 포어게이트로 돌아가야겠어요. 어쨌든 한 시간 정도는요. 거기 사람들은 최소한 웃기라도 하죠. 둘 중 누가 먼저 뿔나팔을 지킬래요?"

"내가 남을게." 로이알이 재빨리 말했다. "책을 좀 읽을 기회가 있으면 좋겠어. 내 눈에 오기어가 한 명도 보이지 않는다는 게 스테딩 초푸에서 온 석공이 한 명도 없다는 뜻은 아니니까. 스테딩 초푸는 이 도시에서 그리 멀지 않거든."

"난 네가 그 오기어들을 만나고 싶어 할 줄 알았는데."

"어……. 아니야, 랜드. 지난번에는 오기어들이 왜 이렇게 혼자 스테딩 밖에 나와 있는 거냐고 질문을 퍼부어 댔어. 그 오기어들이 스테딩 샹타이에서 뭔가 소식을 들었다면……. 글쎄, 난 그냥 여기서 쉬면서 책을 읽는 게 좋을 것 같아."

랜드가 고개를 저었다. 그는 로이알이 세상 구경을 하기 위해 사실상 집에서 도망쳐 나왔다는 걸 종종 잊어버렸다. "당신은요, 휴린? 포어게이트에서는 음악이 들리던데요. 사람들도 웃고 있었고. 장담하는데, 거기서는 아무도 **다에스 데이마르**를 하지 않을 거예요."

"꼭 그렇지는 않을 겁니다, 랜드 공. 어쨌거나 초대해 주신 건 고맙지만, 저는 가지 않겠습니다. 포어게이트에서는 너무 많은 싸움이 벌어집니다. 살인도 그렇고요. 악취가 너무 심해요. 랜드 공께서 이해해 주신다면 말이죠. 물론, 그 사람들이 귀족을 귀찮게 할 가능성은 크지 않습니다. 그랬다가는 병사들이 덤벼들 테니까요. 괜찮으시다면, 저는 휴게실에서 술이나 한잔 마시겠습니다."

"휴린, 무슨 일을 하건 나한테 허락을 구할 필요는 없어요. 알잖아요."

"말씀대로 하겠습니다, 랜드 공." 탐지자는 허리를 숙이는 시늉을 했다.

랜드가 깊이 숨을 들이쉬었다. 당장이라도 케에리엔을 떠나지 않으면 휴린이 이리저리 절을 하느라 바닥을 다 쓸고 다닐 것 같았다. 맷과 페린이 그 꼴을 본다면 영원히 이야깃거리로 삼을 테고. "잉타를 방해하는 게 없었으면 좋겠네요. 잉타가 빨리 오지 않으면 우리가 뿔나팔을 가지고 직접 팔 다라로 돌아가야 할 거예요." 랜드는 셸린의 쪽지가 들어 있는 코트를 만져 보았다. "그래야만 해요. 로이알, 갔다 올게. 그런 다음에 네가 도시를 좀 구경할 수 있을 거야."

"난 그런 모험을 하고 싶지 않아." 로이알이 말했다.

휴린은 랜드와 함께 아래층으로 내려갔다. 그들이 휴게실에 도착하자마자 쿠알레가 랜드 앞에서 절하며 쟁반을 내밀었다. 쟁반에는 접어서 봉인한 양피지 세 장이 놓여 있었다. 여관 주인이 바라는 것 같았으므로 랜드는 그것들을 집어 들었다. 전부 고급 양피지로, 촉감이 부드럽고 매끄러웠다. 비싼 물건이었다.

"이게 뭐예요?" 랜드가 물었다.

쿠알레가 다시 절했다. "물론 초대장입니다, 나리. 귀족 가문 세 곳에서 보낸 것입니다." 그는 절을 하고 멀어져 갔다.

"누가 나한테 초대장을 보냈을까요?" 랜드는 양피지를 손에 들고 뒤집어 보았다. 탁자에 앉아 있던 남자들 중 고개를 든 사람은 없었지만, 그러거나 말거나 랜드는 그들이 자신을 지켜보고 있다는 느낌을 받았다. 봉인에 찍힌 문장은 랜드가 모르는 것이었다. 셸린이 사용했던 초승달과 별은 아니었다. "내가 여기 있다는 걸 누가 알죠?"

"지금은 모두가 알 겁니다, 랜드 공." 휴린이 조용히 말했다. 그 역시 모두의 감시하는 시선을 의식하는 듯했다. "성문의 경비병들이 케예리엔에 찾아온 외지인 귀족에 대해 떠들지 않았을 리 없습니다. 마부에, 여관 주인에……. 모두가 자기 생각에 가장 유리할 만한 장소에서 자기들이 아는 것을 이야기했을 겁니다, 랜드 공."

랜드는 눈살을 찌푸리며 앞으로 두 걸음 걸어가 초대장을 불 속에 던져 버렸다. 불이 즉시 옮겨 붙었다. "난 **다에스 데이마르**를 하지 않아요." 랜드는 모두가 듣도록 큰 소리로 말했다. 쿠알레조차 그를 보지 않았다. "당신들의 위대한 게임과는 아무 상관도 없다고요. 그냥 친구들을 기다리러 여기 온 거예요."

휴린이 랜드의 팔을 잡았다. "제발 이러지 마십시오, 랜드 공." 그는 긴급하게 속삭였다. "다시는 그러지 마세요."

"다시라뇨? 정말 초대장이 더 올 거라고 생각하는 거예요?"

"확실합니다. 빛을 걸고, 랜드 공을 보니 테바가 귓가에 윙윙거리는 말벌이 짜증난다며 벌집을 차 버렸던 때가 생각나는군요. 랜드 공은 방금 이 방에 있는 모든 사람에게 랜드 공이 게임에 참여하고 싶어 한다는 확신을 심어 줬을 가능성이 큽니다. 아예 게임에 끼지 않았다고 주장하면, 저 사람들로서는 깊이 관련된 것처럼 보일 겁니다. 케예리엔의 **모든** 귀족이 그 게임에 참여하니까요." 탐지자는 불 속에서 까맣게 말려 가는 초대장을 보고 움찔했다. "게다가 랜드 공은 세 가문을 적으로 돌린 게 확실합니다. 대단한 가문은 아니지요. 대단한 가문이었다면 이렇게 빨리 움직이지는 않았을 테니까요. 그래도 귀족 가문이긴 합니다. 앞으로 받게 될 모든 초대장에는 답장을 하셔야 합니다, 랜드 공. 원한다면 초대는 거절하셔도 됩니다. 사람들이야 랜드 공이 누구의 초대를 거절했는지 보고 의미를 읽어 내겠지만요. 누구의 초대를 받아들였는지에 대해서도요. 물론, 랜드 공께서 모든 초대를 거절하시거나 모든 초대를 받아들이신다면야……."

"난 거기 끼지 않을 거예요." 랜드가 조용히 말했다. "우린 최대한 빨리 케예리엔을 떠날 겁니다." 랜드는 코트 주머니에 주먹을 집어넣었다. 셀린의 쪽지가 구겨지는 게 느껴졌다. 랜드는 쪽지를 꺼낸 뒤 코트 앞섶에 대고 펼쳤다. "최대한 빨리요." 랜드는 쪽지를 다시 주머니에 넣으며 중얼거렸다. "술 드세요, 휴린."

화가 난 랜드가 성큼성큼 밖으로 나섰다. 자신에게 화가 나는 건지, 케예리엔 사람들의 위대한 게임에 화가 나는 건지, 사라진 셀린에게 화가 나는 건지, 아니면 모레인에게 화가 나는 건지 알 수 없었다. 모레인이 랜드의 코트를 훔쳐 가고 대신 귀족의 옷을 주는 바람에 이 모든 일이 시작됐다. 랜드가 아이즈 세다이로부터 자유로워졌다고 자처하는 이 순간에도 아이즈 세다이는 모습조차 드러내지 않으며 그의 인생에 어떻게든 간섭했다.

랜드는 도시에 들어올 때 지나온 성문으로 다시 나갔다. 그 길이 아는 길이었기 때문이다. 초소 앞에 서 있던 남자가 그를 유심히 살펴보았다. 랜드의 밝은 색 코트는, 케예리엔 사람들 사이에서 두드러져 보이는 그의 큰 키가 그렇듯 눈에 띄었다. 남자는 서둘러 안에 들어갔지만 랜드는 눈치채지 못했다. 포어게이트의 웃음소리와 음악이 그를 끌어당겼다.

금실로 수놓인 그의 붉은 코트는 성벽 안에서는 눈에 띄었을지 몰라도 포어게이트에서는 곧장 어우러졌다. 붐비는 거리에 몰려다니는 수많은 남자들은 도시 안의 사람들만큼 어두운 색깔의 옷을 입고 있었으나 그와 똑같이 많은 숫자의 사람들이 빨간색, 파란색, 초록색, 혹은 황금색 코트를 입고 있었다. 그중 일부는 팅커스의 옷이라고 해도 좋을 만큼 선명한 색깔이었다. 여자 중에는 수놓인 드레스와 알록달록한 스카프나 숄을 걸친 사람의 숫자가 더 많았다. 대부분의 좋은 옷은 처음에 다른 사람을 위해 만들어진 것처럼 낡아 있었고 몸에도 잘 맞지 않았으나, 그런 옷을 입은 사람들은 랜드의 좋은 코트를 눈여겨보더라도 뭔가 잘못됐다고 생각하지 않는 듯했다.

랜드는 거대한 인형의 행렬이 또 한 번 지나가는 바람에 한 차례 멈추어야 했다. 고수들이 북을 치며 깡충깡충 뛰는 동안 엄니가 난 돼지 얼굴의 트롤록이 왕관 쓴 사람과 싸웠다. 몇 차례 종잡을 수 없는 공격을 당한 끝에 트롤록은 구경꾼들의 웃음과 환호 속에 쓰러졌다.

랜드는 끙 소리를 냈다. **저렇게 쉽게 죽지는 않는데.**

랜드는 커다랗고 창문 없는 건물 하나를 들여다보려고 잠시 멈추어 문 너머를 보았다. 놀랍게도 그 건물은 가운데가 하늘을 향해 트였고 안쪽 벽을 따라 발코니가, 한쪽 끝에는 커다란 단상이 있는 거대한 하나의 공간으로 이루어져 있었다. 랜드는 이런 건물을 본 적도 들은 적도 없었다. 사람들이 발코니와 바닥을 가득 채우고서 단상에 올라 공연하는 사람들을 구경했다. 랜드는 다른 건물을 지날 때도 안을 들여다보고 저글링하는 사람과 음악가, 수많은 곡예사, 심지어 조각보 망토를 걸친 방랑 시인까지 보았다. 방랑 시인은 낭랑한 목소리의 고급어로 '위대한 뿔나팔 사냥대'를 이야기하고 있었다.

그 모습을 보니 톰 머릴린이 떠올랐다. 랜드는 서둘러 발걸음을 옮겼다. 톰의 기억은 언제나 슬펐다. 톰은 친구였다. 랜드를 위해 죽은 친구. **그런데 나는 톰이 죽도록 내버려 두고 도망쳤어.**

다른 큰 건물 안에서는 풍성한 흰 로브를 걸친 여자가, 한 바구니에 담긴 물건들이 사라지고 다른 바구니에서 나타났다가 엄청난 연기를 일으키며 자기 손에서 사라지게 만들었다. 여자를 지켜보는 군중이 큰 소리로 **우와아** 소리를 냈다.

"동전 두 닢입니다, 나리." 문 앞에 있던, 쥐처럼 생긴 왜소한 남자가 말했다. "동전 두 닢이면 아이즈 세다이를 보실 수 있습니다."

"아닐 것 같은데요." 랜드는 다시 여자를 힐끗 보았다. 여자의 두 손에 흰 비둘기가 나타나 있었다. **아이즈 세다이라고?** "아니에요." 랜드는 쥐처럼 생긴 남자에게 살짝 허리를 숙여 보이고 떠났다.

다음에는 무얼 볼지 고민하며 사람들을 헤치고 나아갈 때, 어느 문에서 하프를 뜯는 소리와 함께 나지막한 목소리가 흘러나왔다. 문 위에는 저글링 하는 사람 그림이 그려진 간판이 있었다.

"……차가운 한기가 바람을 샤라의 통로로 불어 내린다네. 차가운 거짓말은 무덤에 흔적을 남기지 않는다네. 그럼에도 매년 태양일이면, 그 돌더미 위에 단 한 송이 장미가 피어난다네. 던시닌의 아름다운 손이 놓아둔, 꽃잎 위의 이슬을 닮은 눈물방울 수정이여. 던시닌은 독수리눈 로고시와의 거래를 철저히 지키나니."

그 목소리가 밧줄처럼 랜드를 끌어당겼다. 랜드는 안에서 갈채 소리가 커질 때 문을 밀고 들어갔다.

"두 닢입니다, 나리." 아까 본 남자의 쌍둥이라고 해도 될 법한, 쥐처럼 생긴 얼굴의 남자가 말했다. "두 닢만 내시면……."

랜드가 동전 몇 개를 꺼내 남자에게 쥐여 주었다. 멍하니 안으로 들어간 그는 단상 위에 서서 청중의 박수에 맞춰 허리를 숙이는 남자를 바라보았다. 남자는 한 팔에 하프를 안고 있었으며 다른 팔로는 하프가 내는 모든 소리를 잡아 내려는 듯 조각보로 뒤덮인 망토를 펼치고 있었다. 그는 키가 컸다. 호리호리했으며 나이가 어리지 않았고 긴 콧수염은 머리카락처럼 희었다. 허리를 펴고 랜드를 본 남자의 휘둥그레진 눈은 선명한 푸른색이었다.

"톰." 랜드의 속삭임은 군중이 내는 소음에 파묻혔다.

톰 머릴린은 랜드에게서 눈을 떼지 못한 채 단상 옆에 있는 작은 문을 살짝 고갯짓했다. 그러더니 다시 절을 하고 미소 지으며 갈채를 즐겼다.

랜드는 문으로 가서 그리로 들어갔다. 그곳은 단상으로 올라가는 세 단짜리 계단이 있는 작은 복도였다. 단상의 다른 쪽에는 색깔 있는 공으로 연습하는 저글링 광대와 몸을 푸는 여섯 명의 곡예사가 보였다.

톰은 오른쪽 다리가 예전만큼 잘 굽혀지지 않는 듯 절뚝거리며 계단 위로 나타났다. 그는 저글링 광대와 곡예사 들을 눈여겨보더니 경멸스럽다는 듯 콧수염을 훅 불고 랜드를 돌아보았다. "저 사람들이 듣고 싶어 하는 건 '위대한 뿔나팔 사냥대'밖에 없어. 하돈의어둠과 살데이아에서 들려온 소식이 있으니 '카리아손 사이클'을 청할 법도 한데. 뭐, 꼭 '카리아손 사이클'이 아니라도 좋아. 다른 이야기를 할 수 있다면 내가 나한테 돈이라도 내고 싶은 심정이야." 그는 랜드를 위아래로 훑어보았다. "잘 지내는 것 같구나, 꼬마야." 그는 랜드의 옷깃을 만지작거리며 입을 꾹 다물었다. "아주 잘 지내는 모양이야."

랜드는 웃음을 참을 수 없었다. "저는 아저씨가 죽었다고 생각하면서 화이트브리지를 떠났어요. 모레인은 아저씨가 아직 살아 있다고 했지만, 저는……. 빛을 걸고, 톰. 다시 만나서 반가워요! 아저씨를 도우러 돌아갔어야 하는데."

"만일 그렇게 했다면 지금보다 더 바보인 거지. 그때의 희미한 자는……." 톰은 주위를 둘러보았다. 엿들을 만큼 가까운 거리에 있는 사람은 없었지만, 톰은 어쨌든 목소리를 낮추었다. "나한테 아무 관심이 없었어. 나한테 뻣뻣한 다리라는 선물을 남겨 주더니 너와 맷을 따라 달려갔다. 네가 할 수 있는 일은 죽는 것밖에 없었어." 톰은 생각에 잠긴 표정으로 잠시 말을 멈추었다. "내가 아직 살아 있을 거라고 모레인이 말했다고? 그럼 모레인이 너와 함께 있는 거냐?"

랜드는 고개를 저었다. 놀랍게도 톰은 실망한 표정이었다.

"어떤 면에서는 아주 안 된 일이구나. 훌륭한 여자인데 말이지, 아무리……." 톰은 '아이즈 세다이'라는 단어를 말하지 않고 남겨 두었다. "그러면 모레인이 쫓고 있는 건 맷이나 페린이겠구나. 어느 쪽인지는 묻지 않으마. 그 녀석들은 착했어. 알고 싶지 않다." 랜드는 불안하게 움찔거리다가 톰이 깡마른 손가락으로 그를 붙들자 깜짝 놀랐다. "내가 정말로 알고 싶은 건, 네가 내 하프와 플루트를 지금도 갖고 있느냐는 거다. 돌려받고 싶은데, 꼬마야. 지금 내가 가지고 있는 건 돼지가 연주하기에도 어울리지 않는 물건이야."

"가지고 있어요, 톰. 가져올게요, 꼭이요. 아저씨가 살아 있다니 믿을 수 없어요. 아저씨가 일리안이 아닌 곳에 있다는 것도요. 위대한 사냥대가 출발한대요. 그러면 '위대한 뿔나팔 사냥대' 이야기를 가장 잘하는 사람에게 상품을 주잖아요. 아저씨는 거기 가고 싶어 죽겠다고 했고요."

톰이 코웃음을 쳤다. "화이트브리지에서 그런 일을 겪었는데? 내가 정말 일리안에 갔다면 아마 죽었을 거다. 배가 뜨기 전에 배 있는 곳에 갈 수 있었다 해도 도면과 그의 선원들 전부 내가 트롤록에 쫓기고 있었다는 이야기를 일리안 전체에 퍼뜨렸을 거야. 도면이 밧줄을 끊기 전에 그 사람들이 희미한 자를 보거나 희미한 자에 대한 이야기를 들었다면……. 대부분의 일리안 사람들은 트롤록과 희미한 자가 이야기 속 존재라고 생각하지만, 누가 왜 그런 존재들에게 쫓겼는지 알고 싶어 하는 사람들도 많았을 거다. 그렇게 되면 일리안에서 겪을 일이 불편함만은 아니었겠지."

"톰, 해 드릴 얘기가 너무 많아요."

방랑 시인이 랜드의 말을 끊었다. "나중에 하자, 꼬마야." 그는 기나긴 복도 저 끝, 문 앞에 서 있는 얼굴이 좁다란 남자와 사나운 시선을 주고받았다. "내가 다시 무대로 나가서 다른 이야기를 하지 않으면 저 사람이 틀림없이 저글링 광대를 올려 보낼 거고, 그러면 관중이 화가 나서 난리를 칠 거야. '포도 한 송이'로 찾아와라. 장가이 성문 바로 너머에 있는 곳이다. 거기에 방을 잡아 뒀어. 그 여관은 아무한테나 물어보면 찾을 수 있다. 한 시간쯤 있다가 그리로 가마. 이야기를 하나 더 해 주면 저 사람들도 만족할 거다." 톰은 다시 계단을 올라가며 어깨 너머로 소리쳤다. "내 하프와 플루트도 가져와라!"

26장 불화

랜드는 놀란 표정을 짓는 여관 주인에게 씩 웃어 보이며 '드래건 장벽의 수호자' 여관 휴게실을 빠르게 가로지른 뒤 서둘러 위층으로 올라갔다. 랜드는 무엇을 상대로든 웃어 보이고 싶었다. **톰이 살아 있다니!**

랜드는 자기 방으로 들어가는 문을 홱 밀어젖히고 곧장 옷장으로 향했다.

로이알과 휴린이 다른 방에서 고개를 들이밀었다. 둘 다 셔츠 바람에, 가느다란 연기가 피어오르는 파이프를 입에 물고 있었다.

"무슨 일이 있었습니까, 랜드 공?" 휴린이 불안한 듯 물었다.

랜드는 톰의 망토로 만든 꾸러미를 어깨에 걸쳤다. "잉타가 오는 것 다음으로 좋은 일이 일어났어요. 톰 머릴린이 살아 있어요. 거기다 여기, 케예리엔에 있고요."

"네가 말했던 방랑 시인 말이야?" 로이알이 말했다. "그거 훌륭한데, 랜드. 나도 그 사람을 만나 보고 싶어."

"그럼 같이 가. 그동안 휴린이 상자를 지켜 준다면 말이야."

"기꺼이 그러겠습니다, 랜드 공." 휴린은 입에서 파이프를 뺐다. "휴게실 사람들은 계속해서 랜드 공의 정체가 무엇인지, 우리가 케예리엔에서 뭘 하는 건지 캐내려 합니다. 물론, 자기들이 무슨 짓을 하는 건지는 티 내지 않고서요. 저는 친구들을 만나려고 여기서 기다리고 있다고 말했습니다만, 그 사람들은 케예리엔 사람답게 제가 더 깊은 뭔가를 숨기고 있다고 생각합니다.”

“그 사람들 마음대로 생각하라고 하세요. 가자, 로이알.”

“안 가는 게 좋겠어.” 오기어가 한숨을 쉬었다. “진심으로 여기 남을래.” 로이알은 자기가 읽던 자리를 두꺼운 손가락으로 표시하며 책을 들어 올렸다. “톰 머릴린은 다음에 만나면 돼.”

“로이알, 영원히 여기에 틀어박혀 있을 수는 없어. 우린 케예리엔에 얼마나 머물게 될지조차 모른다고. 아무튼, 우린 오기어를 한 명도 보지 못했어. 본다 해도 그 오기어들이 너를 사냥하려 들지는 않을 거야. 안 그래?”

“엄밀히 말해 사냥을 하지는 않겠지만……. 랜드, 내가 그런 식으로 스테딩 샹타이를 떠난 건 너무 성급한 일이었는지도 몰라. 집에 돌아가면 난 엄청나게 곤란해질 수도 있어.” 로이알의 귀가 축 처졌다. “내가 하만 원로님처럼 나이들 때까지 기다린다고 해도 말이야. 그때까지 들어가 있을, 버려진 스테딩을 찾아봐야 할지도 모르겠다.”

“하만 원로님이 네가 못 돌아오도록 막으면 에먼즈 필드에서 살면 돼. 예쁜 곳이야.” **아름다운 곳이지.**

“당연히 그렇겠지, 랜드. 하지만 그 방법으로는 안 돼. 이미 너도 알겠지만…….”

“그 문제는 그때 가서 이야기하자, 로이알. 지금은 톰을 만나러 가자고.”

오기어는 반쯤 일어섰다. 그것만으로도 랜드와 키가 비슷했다. 랜드는 로이알에게 긴 튜닉과 망토를 억지로 입히고 계단으로 밀고 내려갔다. 쿵쾅거리며 휴게실로 들어간 랜드는 여관 주인에게 윙크를 한 다음 그의 놀란 표정에 웃음을 터뜨렸다. **저 사람이야 내가 그 빌어먹을 위대한 게임을 하러 간다고 생각하게 두자고. 뭐든 원하는 대로 생각하라고 해. 톰이 살아 있어.**

도시의 동쪽 성벽에 있는 장가이 성문을 지나니 모두가 ‘포도 한 송이’를 아는 듯했다. 랜드와 로이알은 금세 그곳에 도착했다. 포어게이트치고는 조용한 거리에 있는 곳이었다. 태양이 오후의 하늘에 반쯤 내려와 있었다.

여관은 오래된 3층짜리 건물이었다. 나무로 만들어져 삐걱거렸으나 휴게실만은 깨끗하고 사람으로 가득했다. 몇몇 남자들이 한쪽 구석에서 주사위 놀이를, 여자 몇 명은 다른 구석에서 다트를 했다. 절반은 케예리엔 사람처럼 날씬한 체구에 창백한 피부를 갖고 있었으나 랜드의 귀에는 그가 잘 모르는 다른 사투리 외에도 안도어 억양이 들려왔다. 다만 모두가 포어게이트 스타일대로 대여섯 나라의 옷을 섞어 입고 있었다. 랜드와 로이알이 들어오자 몇 사람이 돌아보았으나 그들 모두 하던 일로 다시 고개를 돌렸다.

여관 주인은 톰처럼 머리가 희고 눈매가 날카로운 여자였다. 그녀는 그 눈으로 랜드와 로이알을 똑같이 살펴보았다. 검은 피부와 말투로 보아 케예리엔 사람은 아니었다. "톰 머릴린? 네, 여기 묵고 있어요. 맨 위층, 오른쪽 첫 번째 방이에요. 데나가 거기서 그 사람을 기다리게 해줄 거예요." 그녀는 높은 목깃에 왜가리가, 소매를 따라 황금색 딸기 덩굴이 수놓여 있는 랜드의 붉은 코트와 칼을 보았다. "나리."

로이알은 둘째치고 랜드의 장화만으로도 계단이 삐걱거렸다. 랜드는 이 건물이 얼마나 오래 버텨줄지 확신할 수 없었다. 그는 문을 찾아 두드렸다. 데나가 누구일지 궁금했다.

"들어오세요." 어떤 여자의 목소리가 들려왔다. "대신 열어 드릴 수는 없어요."

랜드가 머뭇거리며 문을 열고 고개를 들이밀었다. 어지럽혀진 큰 침대가 한쪽 벽으로 밀려나 있었고 방의 나머지 공간은 한 쌍의 옷장과 청동 띠를 두른 여행 가방이며 상자 몇 개, 탁자 하나와 나무 의자 두 개가 모조리 차지하고 있었다. 다리를 꼰 채 치마를 엉덩이 밑에 집어넣고 침대에 앉은 날씬한 여자는 두 손 사이에 회전하는 바퀴가 있어서 그 안에 넣고 돌리기라도 하는 것처럼 알록달록한 공 여섯 개를 던져 대고 있었다.

"뭔지는 모르지만," 여자는 저글링하던 공에서 눈을 떼지 않고 말했다. "탁자에 두세요. 톰이 돌아오면 돈을 줄 거예요."

"당신이 데나인가요?" 랜드가 물었다.

여자가 허공에서 공을 잡아채더니 고개를 돌려 랜드를 보았다. 그녀는 랜드보다 겨우 몇 살이 많은 듯했으며 케예리엔 사람 특유의 흰 피부와 어깨까지 늘어지는 검은 머리카락을 가진 예쁜 모습이었다. "모르는 사람인데. 여긴 내 방이에요. 나랑 톰 머릴린이 같이 쓰는."

"여관 주인 말로는 당신이 여기에서 톰을 기다리게 해 줄 거라던데요." 랜드가 말했다. "당신이 데나라면 말이지만요."

"우리 둘 다 기다리게 해 줄 건가요?" 랜드는 로이알이 고개를 숙이고 들어올 수 있도록 방 안으로 들어갔다. 젊은 여자의 눈썹이 올라갔다. "그러니까 오기어가 돌아온 거네요. 내가 데나예요. 원하는 게 뭐죠?" 여자가 랜드를 너무도 유심히 바라보는 것을 보면, '나리'라는 말을 덧붙이지 않은 것도 일부러였던 게 분명했다. 랜드의 칼집과 칼자루에 있는 왜가리를 보고 눈썹이 더욱 올라가긴 했지만 말이다.

랜드는 가져온 꾸러미를 들어올렸다. "톰한테 하프와 플루트를 돌려주러 왔어요. 톰을 만나고 싶기도 하고요." 랜드는 빠르게 덧붙였다. 여자가 금방이라도 악기를 놔두고 가라고 할 것 같았다. "오랫동안 톰을 못 봤거든요."

데나는 꾸러미를 눈여겨보았다. "톰은 평생 가져 본 것 중 최고의 플루트와 하프를 잃어버렸다고 언제나 불평해요. 떠들어 대는 걸 보고 있으면 톰이 궁정의 음유시인이라도 되는 줄 알겠어요. 좋아요. 기다려도 돼요. 하지만 난 연습을 해야 해요. 톰이 다음 주에는 홀에서 공연하게 해 주겠다고 했거든요." 여자가 우아하게 일어나더니 로이알에게 침대에 앉으라고 손짓하며 의자 두 개 중 하나에 앉았다. "당신이 이 의자 중 하나를 망가뜨리면 제라가 톰힌데 의자 여섯 개 값을 내라고 할 거예요, 오기어 님."

랜드는 다른 의자에 앉으며 자신과 로이알의 이름을 알려 주고—랜드의 몸무게에도 의자는 경계심이 들 만큼 삐걱거렸다—의심스럽게 물었다. "당신은 톰의 수련생인가요?"

데나가 작게 미소 지었다. "그렇다고 할 수 있죠." 데나는 다시 저글링을 시작했다. 그녀의 시선이 돌아가는 공에 머물렀다.

"여자 방랑 시인 얘기는 들어본 적이 없는데." 로이알이 말했다.

"내가 처음이 될 거예요." 하나의 커다란 원이 비교적 작은 두 개의 서로 겹친 원으로 변했다. "난 온 세상을 돌아본 뒤에야 그만둘 거예요. 톰은 돈만 충분히 생기면 티어로 가자고 했어요." 데나는 움직임을 바꾸어 한 손으로 세 개의 공을 저글링했다. "그런 다음에는 바다 민족의 섬으로 떠날지도 모르죠. 아사안 미에레는 방랑 시인에게 돈을 잘 준다니까."

랜드는 상자와 여행 가방이 가득한 방을 눈여겨보았다. 금방 떠날 사람의 방 같지는 않았다. 심지어 창틀의 화분에는 꽃도 한 송이 자라고 있었다. 랜드의 시선이 로이알이 앉아 있는 단 하나의 큰 침대에 닿았다. **여긴 내 방이에요. 나랑 톰 머릴린이 같이 쓰는.** 데나는 다시 만들어 낸 커다란 바퀴 너머로 랜드를 도전적인 눈으로 보았다. 랜드의 얼굴이 붉어졌다.

랜드는 목청을 가다듬었다. "아래층에서 기다려야 할 것 같네요." 그러려고 했을 때 문이 열리며 톰이 들어왔다. 그의 망토가 발목 근처에서 펄럭거렸다. 조각보가 팔랑팔랑 움직였다. 플루트는 통에 집어넣고 하프는 등에 맨 채였다. 악기 통은 둘 다 불그레한 나무로 만들어져 있었으며 손때로 반들반들했다.

데나는 공을 드레스 안쪽으로 사라지게 하고 달려가더니 까치발을 들고 톰의 목을 끌어안았다. "보고 싶었어요." 데나는 그렇게 말하며 톰에게 입을 맞추었다.

키스는 꽤 오랜 시간 이어졌다. 너무 오래 이어져서, 랜드는 로이알과 함께 그곳을 떠나야 하는 건지 궁금해졌다. 하지만 데나가 한숨을 쉬며 발꿈치를 바닥에 댔다.

"재치라고는 없는 시건 녀석이 무슨 짓을 했는지 아냐?" 톰이 데나를 내려다보며 말했다. "자칭 '연주자'라는 시골뜨기를 왕창 받아들였어. 그놈들이 독수리눈 로고시니, 블레이스니, 게이달 카인 같은 사람들이 **된** 척하면서 돌아다니는데……. 아악! 놈들은 색칠한 캔버스 천 한 조각을 등에 매달고 다닌다. 그러면 관중이 그 바보들을 마투친 홀이나 파멸의산맥 높은 통로에 있다고 생각할 줄 아는 거지. **나는** 청중이 모든 깃발을 보고 모든 전투의 냄새를 맡고 모든 감정을 느끼게 해. 나는 **관중이** 게이달 카인이 되었다고 믿게 한다고. 내 무대 다음에 그놈들을 공연하게 했다간, 시건은 홀이 무너지는 꼴을 보게 될 거다.”

“톰, 손님이 있어요. 할란의 아들 아렌트의 아들 로이알이에요. 아, 그리고 자칭 랜드 알소르라는 소년도 있어요.”

톰은 데나의 머리 너머로 랜드를 보며 인상을 찡그렸다. “잠깐 나가 있어라, 데나. 여기.” 그는 은화 몇 닢을 데나의 손에 밀어넣었다. “네 칼이 준비됐더구나. 이본한테 가서 값을 치르지 그러냐?” 톰은 울퉁불퉁한 손마디로 데나의 매끄러운 뺨을 쓸었다. “가 봐라. 나중에 보상해 주마.”

데나는 어두운 표정으로 톰을 보았으나 어깨에 망토를 걸치며 중얼거렸다. “이본이 균형을 제대로 맞췄어야 할 텐데요.”

“저 애는 언젠가 음유시인이 될 거다.” 데나가 떠난 뒤 톰은 자랑스러운 기색으로 말했다. “어떤 이야기를 한 번 들으면—강조하는데, 딱 한 번이다!—제대로 그 이야기를 전해. 단어만 전하는 게 아니라 모든 뉘앙스와 박자를 그대로 전한다. 하프도 잘 다루고. 데나는 처음 입에 댄 순간부터 네 녀석이 연주했던 그 어떤 때보다 플루트를 잘 연주했어.” 톰은 나무로 된 악기통을 큰 여행 가방 중 하나에 올려놓고 데나가 앉았던 의자에 털썩 주저앉았다. “여기로 오는 길에 케임린을 지났는데, 네가 오기어와 함께 떠났다고 바젤 길이 말하더구나. 다른 사람들도 함께.” 톰은 로이알에게 허리를 숙였다. 심지어 망토를 깔고 앉아 있으면서도 망토를 휘날리는 인사까지 해 보였다. “만나서 반갑습니다, 할란의 아들 아렌트의 아들 로이알.”

“저도 만나서 반갑습니다, 톰 머릴린.” 로이알이 마주 인사하려고 일어섰다. 허리를 펴자 그의 머리가 거의 천장에 닿았다. 로이알은 재빨리 다시 앉았다. “젊은 여자 분은 방랑 시인이 되고 싶다고 하더군요.”

톰은 못마땅하다는 듯 고개를 저었다. “여자가 살 만한 인생은 아니죠. 하긴, 남자가 살 만한 인생도 아니지만. 이 마을에서 저 마을로, 이 동네에서 저 동네로 헤매고 다니며 이번에는 사람들이 어떤 식으로 사기를 치려 들지 고민하고, 절반 정도는 다음 식사를 언제 할 수 있을지 고민해야 하니까요. 안 되지, 내가 그 애를 설득할 겁니다. 그 애는 왕이나 여왕의 궁정 음유시인이 되고 말 거예요. 아아아! 데나 얘기를 하려고 여기 온 건 아닐 텐데. 내 악기를 다오, 꼬마야. 가져왔나?”

랜드는 꾸러미를 탁자 너머로 밀었다. 톰이 서둘러 꾸러미를 풀었다. 그는 꾸러미가 자신의 옛 망토이며 지금 입고 있는 것과 똑같이 알록달록한 조각보로 온통 뒤덮여 있는 걸 보고 눈을 깜빡였다. 그러더니 단단한 가죽으로 만든 플루트 통을 열고 그 안에 들어 있는, 금과 은으로 만들어진 플루트를 보며 고개를 끄덕였다.

“아저씨랑 헤어진 이후로 저는 그 플루트로 방 값이랑 밥값을 벌었어요.” 랜드가 말했다.

“안다.” 방랑 시인이 무미건조하게 대답했다. “나도 네가 들른 여관 몇 곳에 묵었는데, 악기가 너한테 있어서 저글링이랑 간단한 이야기 몇 편을 들려주는 걸로 만족해야 했어. ……하프에 손을 댄 건 아니지?” 톰은 다른 검은 가죽 통을 끌어당겨 열더니 역시 금과 은으로 만들어진, 플루트만큼 많은 장식이 들어간 하프를 꺼내 아기처럼 품에 안아 들었다. “네 녀석의 서툰 양치기 손가락은 절대 하프에 어울리지 않아.”

“안 만졌어요.” 랜드가 톰을 안심시켰다.

톰은 움찔하며 하프 줄 두 가닥을 튕겼다. “최소한 하프를 조율하려 드는 명청한 짓은 하지 않았구나.” 톰이 툴툴댔다. “네가 건드렸으면 망가졌을 거다.”

랜드는 탁자 너머로 톰에게 몸을 기울였다. “톰, 아저씨는 일리안으로 가서 위대한 사냥대가 출발하는 걸 보고 그에 관해 처음으로 새로운 이야기를 지어내고 싶어 하셨잖아요. 근데 그러지 못했죠. 혹시 제가 아저씨한테 지금도 그 일에 참여할 수 있다고 말하면 어떨까요? 그것도 큰 역할로요.”

로이알이 불편한 듯 몸을 움찔거렸다. “랜드, 정말 이래도 돼……?” 랜드는 로이알에게 조용히 하라고 손을 내저었다. 시선은 톰에게 둔 채였다.

톰은 오기어를 힐끗 보더니 인상을 썼다. “그야 어떤 역할인지, 어떻게 참여하는지에 따라 달라지겠지. 사냥대원 중 한 명이 이쪽으로 올 거라고 생각하는 이유가 있다면야……. 난 그 사람들이 이미 일리안을 떠났을 수 있다고 생각한다만, 곧장 말을 달려도 여기 도착할 때까지는 몇 주가 걸릴 거다. 게다가 왜 그렇게 하겠느냐? 혹시 일리안에 한 번도 가본 적 없는 사람이냐? 무슨 일을 하든, 그 사람은 축복을 받지 않으면 절대 이야기에 나올 수 없을 거다."

"사냥대가 일리안을 떠났는지 아닌지는 중요하지 않아요." 랜드는 로이알이 숨을 헉 들이쉬는 소리를 들었다. "톰, 우리한테 발리어의 뿔나팔이 있어요."

잠시 죽은 듯한 침묵이 흘렀다. 톰은 엄청난 웃음을 터뜨리며 그 침묵을 깼다. "너희 둘이 뿔나팔을 가지고 있다고? 양치기 한 명과 턱수염조차 없는 오기어가 발리어의……." 톰은 허리가 꼬부라져 무릎을 쳐댔다. "발리어의 뿔나팔을 가지고 있다고!"

"하지만 사실입니다." 로이알이 진지하게 말했다.

톰이 깊이 숨을 들이쉬었다. 웃음을 터뜨리고 난 뒤의 작은 여파가 지금도 톰이 눈치채지 못하는 사이에 그를 사로잡는 듯했다. "뭘 찾았는지는 모르겠지만, 난 당장이라도 뿔나팔을 찾은 사람을 안다고 말할 녀석이 있는 술집 10군데 이상에 당신을 데려다줄 수 있소. 그러면 그 녀석이 뿔나팔이 어떻게 발견됐는지까지 말해 주겠지. 술만 사준다면 말입니다. 뿔나팔을 **팔겠다는** 사람 3명에게도 데려다줄 수 있소. 그 사람들은 자기 뿔나팔이야말로 진짜, 진정한 뿔나팔이라고 빛에게 영혼을 걸고 맹세할 거요. 심지어 도시에는 뿔나팔이라고 주장하는 물건을 자기 저택에 보관하고 있는 귀족도 한 사람 있소. 그 사람은 뿔나팔이 세계의 파괴 이후 가문에 대대로 전해져 내려오는 보물이라고 합니다. 사냥대가 뿔나팔을 발견하게 될지는 모르지만, 뿔나팔을 찾으러 가는 길에 만 가지는 되는 거짓말을 따라가지는 않을 거요."

"모레인이 뿔나팔이라고 했어요." 랜드가 말했다.

톰의 웃음기가 싹 가셨다. "모레인이 그랬다고? 모레인이랑 같이 있는 게 아니라면서?"

"맞아요, 톰. 저는 샤이나의 팔 다라를 떠난 이후로 모레인을 보지 못했어요. 그전의 한 달 동안은 모레인이 저한테 두 마디 이상을 하지 않았고요."

랜드는 목소리에서 씁쓸한 기색을 뺄낼 수가 없었다. **그리고 모레인이 마침내 말을 했을 때, 차라리 계속 나를 모르는 척하지 그랬느냐는 생각이 들었죠. 다시는 모레인의 노래에 맞춰 춤을 추지 않을 거예요. 빛께서 모레인과 모든 아이즈 세다이를 태워 버리시길. 아니. 에그웨인은 안 되지만. 나이니브도 안 되고.** 랜드는 자신을 유심히 바라보는 톰을 의식했다. "모레인은 여기 없어요, 톰. 전 모레인이 어디 있는지도 모르고, 관심도 없어요."

"뭐, 최소한 그걸 비밀로 할 만한 분별력은 있구나. 그러지 않았다면 지금쯤 포어게이트 전체에 소문이 퍼졌을 테고, 케예리엔 사람의 절반은 그걸 빼앗을 때만 노리고 있었을 거다. 이 세상의 절반이 그러겠지."

"아, 비밀로 했어요, 톰. 전 어둠의 친구들한테든 누구한테든 빼앗기지 않고 그걸 팔 다라로 다시 가져가야 해요. 이것만으로도 아저씨한테 필요한 이야기는 충분하지 않나요? 세상을 잘 아는 친구가 있으면 저한테 도움이 될 거예요. 아저씨는 안 가 본 데가 없잖아요. 저로서는 상상도 못 하는 것들을 알고요. 로이알이랑 휴린도 저보다는 많은 걸 알지만, 우리 셋 다 깊은 물에서 허우적거리고 있어요."

"휴린……? 아니, 얘기하지 마라. 알고 싶지 않다." 방랑 시인은 의자를 뒤로 밀더니 창가로 다가가 밖을 보았다. "발리어의 뿔나팔이라니. 그 말은 최후의 전투가 다가오고 있다는 뜻이다. 누가 알아차릴까? 사람들이 저 밖 거리에서 웃고 있는 걸 봤느냐? 곡물 운반선을 한 달만 못 오도록 해도 저 사람들은 웃지 않을 거다. 갈드리안은 저 사람들이 모두 아이일 사람이 된 줄 알아. 귀족들은 모조리 가문의 게임을 벌이며 왕에게 가까이 가려고, 왕보다 더 큰 권력을 쥐려고, 갈드리안을 끌어내리고 다음 번 왕이 **되려고** 음모를 꾸미고 있지. 여왕이 되든지. 그자들은 타몬 가이돈이 그저 게임의 책략일 뿐이라고 생각할 거다." 톰은 창가에서 돌아섰다. "내 생각에, 네 얘기는 그저 샤이나로 돌아가 뿔나팔을 돌려주는 문제가 아닐 것 같구나. 누구에게 돌려준다는 거냐? 왕에게? 왜 샤이나로 가는 거지? 전설은 모두 뿔나팔을 일리안과 연결 짓는데 말이다."

랜드가 로이알을 보았다. 오기어의 귀가 축 쳐졌다. "샤이나로 가는 이유는, 제가 뿔나팔을 가지고 있어야 하는 샤이나 사람을 알기 때문이에요. 트롤록과 어둠의 친구들도 우리를 따라오고 있고요.”

“놀랍지도 않구나. 놀랄 만한 일인데. 아냐. 난 늙은 바보가 되더라도 내 방식대로 늙은 바보가 되겠다. 네가 그 영광을 차지하거라, 꼬마야.”

“톰…….”

“안 돼!”

침묵이 흘렀다. 로이알이 앉은 침대가 삐걱거리는 소리만이 그 침묵을 깼다. 결국 랜드가 말했다. “로이알, 잠깐만 톰이랑 둘이 이야기해도 될까? 부탁이야.”

로이알은 놀란 표정이었다. 그의 귀에 난 털이 거의 뾰족하게 곤두섰지만, 고개를 끄덕이며 일어섰다. “휴게실에서 하는 주사위 게임이 재미있어 보이던데. 나도 껴 줄지 몰라.” 톰은 오기어가 문을 닫고 나가자 의심스럽다는 눈으로 랜드를 보았다.

랜드는 망설였다. 그가 알아야 할 것들이 있었고, 톰이라면 알고 있을 게 분명했지만—예전에 방랑 시인은 놀라울 정도로 엄청나게 많은 것들을 아는 것처럼 보였다—어떻게 물어야 할지 알 수 없었다. “톰.” 마침내 랜드가 말했다. “‘카리아손 사이클’이 기록된 책이 있나요?” ‘드래건의 예언’보다는 그렇게 부르는 게 마음 편했다.

“큰 도서관에는 있지.” 톰이 천천히 말했다. “번역본도 아주 많고, 여기저기에 고어로 번역된 것까지 있다.” 랜드는 그런 책을 찾을 방법이 있을지 물으러 했으니 방랑 시인이 말을 이었다. “고어에는 음악이 깃들어 있지만, 요즘은 귀족들 중에서도 참을성이 없어서 고어를 듣지 못하는 자들이 많다. 귀족들은 모두 고어를 안다고들 생각하지만, 그중에는 고어를 모르는 사람들에게 깊은 인상을 남길 수 있을 만큼만 배우는 사람들이 많아. 번역본은 고급어로 되어 있지 않은 한 소리가 다르다. 때로는 고급어가 대부분의 번역본보다 의미를 더 많이 바꿔 놓지. ‘카리아손 사이클’에는 한 구절이 있다. 단어를 하나하나 옮겨서 운율이 잘 맞지는 않지만, 의미가 바뀐 부분은 없다. 이런 식으로 진행되는 소절이다.

그는 두 번에 두 번 표시되리니
두 번 살고 두 번 죽으리라
한 번은 왜가리로 그의 길을 놓고
두 번은 왜가리로 그가 진짜임을 알리니
한 번은 드래건으로, 잃어버린 기억을 위하여
두 번은 드래건으로, 그가 치러야 할 대가를 위하여."

톰은 손을 뻗어 랜드의 높은 목깃에 수놓인 왜가리를 만지작거렸다.

랜드는 입을 떡 벌리고 톰을 볼 수밖에 없었다. 입을 열 수 있게 됐을 때도 목소리가 불안정했다. "칼에 있는 왜가리까지 합치면 다섯이에요. 칼자루, 칼집, 칼날까지요." 랜드는 손을 뒤집어 탁자를 짚으며 손바닥에 새겨진 낙인을 숨겼다. 셀린의 연고를 바른 이후 처음으로 그 낙인이 느껴졌다. 아프지는 않았지만 낙인이 있음을 느낄 수 있었다.

"그렇구나." 톰이 껄껄 웃었다. "떠오르는 게 하나 더 있다.

그의 피가 흐를 때 새벽이 두 번 오리니
한 번은 애도를 위해, 한 번은 탄생을 위해서라.
검은 바탕의 붉은색, 드래건의 피가 샤이올 굴의 바위를 물들이리라.
파멸의 구렁에서 그의 피가 인간을 그림자로부터 해방하리라."

랜드는 그 말을 부정하려고 고개를 저었으나 톰은 눈치채지 못한 듯했다. "어떻게 새벽이 두 번 온다는 건지는 모르겠다. 하긴, 이 이야기의 많은 부분은 사실 별로 말이 되지 않지. 티어의 바위는 드래건의 환생이 **칼란도어**를 휘두를 때까지 절대 무너지지 않는다고 한다. 하지만 만질 수 없는 칼이 그 칼의 심장에 있으니, 애초에 어떻게 드래건이 그걸 휘두를 수 있겠느냐? 뭐, 될 대로 되라지. 아마 아이즈 세다이는 최선을 다해 사건을 예언에 가깝게 맞추고 싶어 할 거다. 말라버린땅 어딘가에서 죽는다니, 아이즈 세다이와 함께하기 위해 치르는 대가치고는 너무 비싸지."

랜드는 목소리를 가라앉히기가 힘들었으나 어쨌든 해냈다. "어떤 아이즈 세다이도 저를 무슨 이유로든 이용하고 있지 않아요. 말했잖아요, 모레인을 마지막으로 본 건 샤이나에서였다고. 모레인은 제가 어디든 원하는 곳에 가도 된다고 했어요. 그래서 떠났고요."

"지금은 너와 함께 있는 아이즈 세다이가 없다는 거냐? 한 명도?"

"한 명도 없어요."

톰은 늘어진 흰 콧수염을 손마디로 문질렀다. 만족한 동시에 어리둥절한 표정이었다. "그러면 예언에 대해서는 왜 묻는 거냐? 오기어는 왜 방에서 내보내고?"

"저는…… 로이알의 기분을 망치고 싶지 않았어요. 로이알은 뿔나팔만으로도 초조해하거든요. 제가 물어보고 싶었던 게 그거예요. 혹시 뿔나팔이…… 예언에도 나오나요?" 랜드는 지금도 '드래건의 예언'이라는 말 전체를 할 수 없었다. "그 모든 가짜 드래건이 나타나더니, 이제는 뿔나팔까지 발견됐어요. 다들 발리어의 뿔나팔이 죽은 영웅들을 소환해 최후의 전투에서 어둠의 존재와 싸우게 할 거라고 생각하지만…… 드래건의 환생이…… 최후의 전투에서 어둠의 존재와 싸운다잖아요. 물어보는 게 자연스럽죠."

"그렇겠구나. 드래건의 환생이 최후의 전투에서 싸우게 되리라는 사실을 아는 사람은 많지 않고, 안다 해도 그자가 어둠의 존재 편에서 싸울 거라고 생각한다. 그에 관해 알아보려고 예언을 읽은 사람은 많지 않지. 뿔나팔이 뭐 어떻다고? 다들 그게 죽은 영웅들을 싸우게 할 거라고 '생각하지만'?"

"아서씨랑 헤어진 이후로 전 많은 걸 알게 됐어요. 죽은 영웅들은 누구든 뿔나팔을 부는 사람의 편에 설 거예요. 그게 어둠의 친구라도요."

덥수룩한 눈썹이 거의 톰의 머리털 언저리까지 솟았다. "그건 나도 몰랐다. 넌 꽤 많은 걸 배웠구나."

"그렇다고 화이트 타워가 저를 가짜 드래건으로 이용하게 놔둘 거라는 뜻은 아니에요. 저는 아이즈 세다이든, 가짜 드래건이든, 일원력이든, 뭐든 상관하고 싶지 않아요. 그랬다간……" 랜드는 혀를 깨물었다. **미친 사람도 아닌데 왜 이렇게 주절거려, 이 멍청아!**

"한동안은 나도 네가 모레인이 원하는 사람이라고 생각했다. 그 이유까지도 안다고 생각했지. 너도 알겠지만, 남자는 그 누구도 선택에 따라 일원력을 채널링하지 않는다. 그런 일은 그냥 질병처럼 일어나는 거야. 그 질병 때문에 너 역시 죽는다 해도 아픈 사람을 비난할 수는 없다."

"아저씨의 조카가 채널링을 할 수 있었죠? 그래서 우리를 돕는 거라고 했잖아요. 아저씨 조카가 화이트 타워와 문제를 겪었는데 조카를 도와줄 사람이 아무도 없었다고요. 남자가 아이즈 세다이를 상대로 일으킬 만한 문제는 한 가지밖에 없어요."

톰은 입을 꾹 다문 채 탁자 위를 보았다. "아니라고 해 봐야 소용없겠구나. 너도 알겠지만, 채널링을 할 줄 아는 남자 친척이 있다는 것은 쉽게 입에 올릴 만한 이야기가 아니야. 빌어먹을! 적색의 아자는 오윈에게 단 한 번의 기회도 주지 않았다. 그들이 오윈을 순치시키자 오윈은 죽었어. 그냥 살려는 의지를 포기했다……." 톰은 슬픈 듯 숨을 내쉬었다.

랜드는 몸을 떨었다. **왜 모레인은 나한테 그러지 않았지?** "기회를 주지 않았다고요, 톰? 오윈이 그 상황에 대처할 어떤 방법이 있었다는 뜻이에요? 미치지 않을 방법이? 죽지 않을 방법이?"

"오윈은 거의 3년 동안 일원력을 멀리했다. 아무도 해치지 않았어. 꼭 필요한 경우가 아니면 일원력을 사용하지 않았고, 사용할 때도 그저 자기 마을 사람들을 돕기 위해서였다. 오윈은……." 톰은 두 손을 들었다. "아마 선택지가 없었던 것 같구나. 오윈이 살던 마을 사람들이 마지막 한 해 내내 그 애가 이상하게 굴었다고 말해 줬다. 그 얘기를 별로 하고 싶어 하지 않았어. 내가 오윈의 삼촌이라는 걸 알고는 내게 돌을 던질 뻔했고. 내 생각이지만, 오윈은 **실제로** 미쳐 가고 있었을 거다. 하지만 그 애는 내 핏줄이었다, 꼬마야. 아무리 어쩔 수 없어서 한 일이라지만 아이즈 세다이가 오윈에게 그런 짓을 했으니 난 아이즈 세다이를 좋아할 수 없어. 모레인이 널 놔주었다면 넌 상관없겠다만."

랜드는 잠시 침묵을 지켰다. **바보 같으니! 당연히 일원력을 처리할 방법은 없어. 넌 무슨 짓을 하든 미쳐서 죽을 거야. 하지만 바알자몬의 말로**

는……. "아니에요!" 랜드는 톰이 유심히 바라보자 얼굴을 붉혔다. "그러니까……. 상관없는 건 맞아요, 톰. 근데 저는 지금도 발리어의 뿔나팔을 가지고 있잖아요. 생각해 보세요, 톰. 발리어의 뿔나팔이라고요. 다른 방랑 시인도 뿔나팔에 관한 이야기를 할 수는 있겠지만 아저씨는 아저씨의 손으로 직접 그 뿔나팔을 들어 봤다고 말할 수 있어요." 랜드는 자기가 셀린처럼 말한다는 걸 깨달았지만 그래 봐야 셀린이 어디에 있는지 궁금해질 뿐이었다. "우리랑 함께 이 뿔나팔을 가져갈 사람으로 저는 아저씨만한 적임자가 없다고 생각해요, 톰."

톰은 고민하는 듯 인상을 찡그렸지만 결국 단호히 고개를 저었다. "꼬마야, 난 널 많이 좋아한다. 하지만 내가 전에 도움을 준 건 그 일에 아이즈 세다이가 얽혀 있었기 때문일 뿐이라는 것을 너도 나만큼 잘 알 거다. 시건은 내 예상보다 나를 많이 속이려 들지 않아. 왕의 선물을 받는다고 해도, 여러 마을을 돌아다니며 시건이 주는 것 이상의 돈을 벌 수는 없을 거다. 아주 놀라운 일이지만 데나는 나를 사랑하는 것 같고, 똑같이 놀라운 일이다만 나도 같은 감정이다. 자, 내가 이런 것들을 놔두고 트롤록과 어둠의 친구들에게 쫓겨야 할 이유가 뭐냐? 발리어의 뿔나팔이라고? 아, 그래. 유혹이 생기기는 한다. 인정하마. 하지만 안 돼. 아니, 난 다시 그 일에 얽히진 않을 거다."

톰은 허리를 숙여 나무 악기 통 하나를 집어 들었다. 길고 좁다란 통이었다. 통을 열자 평범하게 만들어졌으나 은이 씌워진 플루트가 보였다. 톰은 다시 통을 닫고 탁자 건너편으로 밀어 놓았다. "언젠가는 다시 저녁 값을 벌어야 할지 모르니까."

"그럴지도 모르죠." 랜드가 말했다. "그래도 얘기는 해볼 수 있잖아요. 제가……."

방랑 시인은 고개를 저었다. "깨끗한 이별이 최선이다, 이 녀석아. 네가 그 얘기를 꺼내지 않는다 해도 늘 곁에 머문다면 나는 머릿속에서 뿔나팔을 지울 수 없을 거다. 하지만 난 그 일에 얽히지 않을 거야. 절대로."

랜드가 떠난 뒤 톰은 망토를 침대에 던져 놓고 탁자에 팔꿈치를 괴고 앉았다. **발리어의 뿔나팔이라니. 어떻게 저 촌뜨기 녀석이……**. 톰은 계속 이어지는 생각을 끊었다. 뿔나팔 생각을 너무 오래 하다 보면 자기도 모르게 랜드와 함께 뿔나팔을 들고 샤이나로 달려가게 될지 몰랐다. **그거야말로 이야기가 될 텐데. 발리어의 뿔나팔을 가지고, 트롤록과 어둠의 친구들이 따라오는 가운데 변방으로 가다니.** 톰은 눈을 매섭게 뜨며 데나를 떠올렸다. 데나가 톰을 사랑하지 않더라도 그녀와 같은 재능은 매일 발견되는 것이 아니었다. 게다가 데나는 실제로 톰을 사랑했다. 톰으로서는 그 이유가 상상조차 되지 않았지만.

"늙은 머저리 같으니." 톰이 툴툴댔다.

"그래요, 늙은 머저리 양반." 제라가 문 앞에서 말했다. 톰이 움찔했다. 생각에 잠겨서 문 열리는 소리도 듣지 못했다. 톰은 방랑 중에 이 여관을 드나들며 몇 년 동안 제라를 알고 지냈는데, 제라는 언제나 우정의 한계를 시험해 가며 자기 생각을 말하곤 했다. "또 다시 가문의 게임을 하다니 늙은 머저리가 맞지요. 내 귀가 잘못된 게 아니라면, 아까 그 젊은 귀족의 말씨에는 안도어의 억양이 배어 있던데. 그 사람은 케예리엔 사람이 아니에요. 그것만은 확실하지. **다에스 데이마르**는 당신을 얽어 들이려는 이방인 귀족을 끌어들이지 않아도 위험하다고요."

톰은 눈을 깜빡이다가 랜드의 모습을 떠올렸다. 그 코트는 확실히 귀족의 것이라고 해도 될 만큼 좋아 보였다. 그런 걸 놓치다니 톰도 늙어 가는 모양이었다. 애석하게도 톰은 자기도 모르는 사이 제라에게 진실을 말해야 할지, 아니면 그녀가 멋대로 생각하도록 놔둬야 할지 고민하고 있었다. **위대한 게임에 대해 생각하기만 해도 그 게임에 참여하게 돼.** "그 애는 양치기요, 제라. 투 리버스 출신이고."

제라가 비웃었다. "그럼 난 기알단의 여왕이겠네요. 분명히 말하는데, 지난 몇 년 동안 케예리엔의 게임은 위험해졌어요. 당신이 케임린에서 경험한 것과는 완전히 다르다고요. 이젠 살인까지 일어나요. 조심하지 않으면 목이 잘릴걸요."

"분명히 말하는데, 나는 더 이상 위대한 게임을 하지 않소. 그건 20년은 된 과거의 일이야. 거의 20년은 됐지."

"그래요." 제라는 톰의 말을 믿지 않는 것 같았다. "그건 그렇다 치고 외지에서 온 젊은 귀족 역시 상관없다고 해도, 당신은 귀족들의 저택에서 공연하기 시작했잖아요."

"돈을 잘 주니까."

"하지만 귀족들은 방법을 알아내는 순간 바로 당신을 자기들 음모에 끌어들일 거예요. 그놈들은 사람을 보면 어떻게 이용할지 바로 생각한다고요. 숨 쉬는 것처럼 자연스럽게. 당신의 그 젊은 귀족도 도움이 되진 못할걸요. 그놈들이 통째로 씹어 먹을 테니까."

톰은 더 이상 위대한 게임을 하지 않는다고 제라를 설득하는 걸 포기했다. "그 말을 하려고 올라온 거요, 제라?"

"네. 위대한 게임을 할 생각 따윈 잊어버려요, 톰. 데나랑 결혼해요. 당신보다 더 바보 같은 여자니까 당신을 받아 주겠죠. 당신처럼 깡마르고 백발이 성성한 사람을. 데나랑 결혼하고, 젊은 귀족과 **다에스 데이마르**는 잊어버려요."

"충고 고맙소." 톰이 무미건조하게 말했다. **데나랑 결혼하라고? 그 애한테 늙은이 남편이라는 짐을 지워주라는 건가? 내 과거가 목을 감고 있으면 데나는 절대 음유시인이 되지 못해.** "제라, 괜찮으면 한동안 혼자 있고 싶소. 오늘 밤 아릴린 아가씨와 그분 손님을 위해서 공연하는데, 준비를 해야 해서."

제라는 코웃음을 치고 고개를 젓더니 문을 쾅 닫고 나갔다.

톰은 탁자를 손가락으로 타닥타닥 두드려댔다. 코트야 어떻든 랜드는 지금도 그저 양치기일 뿐이었다. 랜드가 그 이상의 존재였다면, 톰이 한때 생각했던 것처럼 채널링을 할 수 있는 남자라면, 모레인이든 다른 아이즈 세다이든 그를 순치시키지 않고 놓아줄 리 없었다. 뿔나팔이 있건 없건 그 녀석은 양치기일 뿐이었다.

"그 녀석은 아무 상관이 없어." 톰이 소리 내서 말했다. "나도 마찬가지고."

27장 밤의 그림자

“이해가 안 가.” 로이알이 말했다. “대부분 내가 이기고 있었는데, 데나가 와서 게임에 끼더니 전부 다시 따갔어. 주사위를 던질 때마다. 대단찮은 교훈이라고 하던데, 그게 무슨 말이야?”

랜드와 오기어는 ‘포도 한 송이’에서 나와 포어게이트를 지나고 있었다. 태양이 서쪽으로 낮게 지며 지평선에 반쯤 잠긴 붉은 공이 되어 등 뒤로 긴 그림자를 드리웠다. 거리는 커다란 인형 하나만 빼고 비어 있었다. 그 인형은 염소 머리를 하고 허리띠에 칼을 찬 트롤록으로, 장대를 잡은 다섯 남자가 움직이는 대로 그들을 향해 다가오고 있었다. 공연장과 선술집이 있는 포어게이트의 다른 지역에서 즐기는 소리는 지금도 흘러들고 있었지만 이곳은 문에 이미 빗장을 걸고 창문의 덧문까지 닫힌 뒤였다.

랜드는 나무로 된 플루트 통을 만지작거리다 말고 어깨에 멨다. **톰이 모든 걸 버리고 나랑 같이 갈 거라고 기대할 수는 없겠지. 그래도 최소한 나랑 이야기해볼 수는 있는 거잖아. 빛이여, 잉타가 왔으면 좋겠습니다.** 랜드는 주머니에 손을 넣고 셀린의 쪽지를 만져 보았다.

“혹시 걔가…….” 로이알이 불편한 듯 잠시 말을 멈추었다. “설마 속임수를 쓴 건 아니겠지? 걔가 뭔가 영리한 행동이라도 하는 것처럼 다들 미소 짓고 있었어.”

랜드는 망토를 걸친 채 어깨를 으쓱했다. **뿔나팔을 가지고 가야 해. 여기에서 잉타를 기다리다간 무슨 일이든 일어날 수 있어. 페인이 곧 찾아올 거야. 난 페인보다 앞서가야 해.** 인형을 움직이던 남자들이 가까이 다가와 있었다.

“랜드.” 로이알이 갑자기 말했다. “내가 보기에 저건…….”

남자들이 갑자기 장대를 거리의 다져진 흙바닥에 덜커덕 떨어뜨렸다. 트롤록은 쓰러지는 대신 두 손을 뻗으며 랜드에게 덤벼들었다.

생각할 시간이 없었다. 본능이 번쩍이는 호선을 그리며 칼집에서 칼을 빼냈다. ‘호수 위로 뜨는 달’. 트롤록은 그르렁대는 비명을 지르며 비틀비틀 물러났다. 놈은 쓰러지면서도 으르렁거렸다.

잠시 모두가 얼어붙은 채 서 있었다. 그러더니 남자들이—어둠의 친구들이 틀림없었다—거리에 쓰러진 트롤록으로부터 시선을 돌려 손에 칼을 들고 있는 랜드와 그 옆의 로이알을 바라보았다. 그들은 돌아서서 달려갔다.

랜드도 트롤록을 보고 있었다. 손이 칼자루에 닿기도 전에 공백이 그를 둘러쌌다. 머릿속에서 **사이딘**이 빛나며 신호했다. 역겨웠다. 랜드는 애써 공백을 사라지게 하고 입술을 핥았다. 공백이 없어지자 두려움에 소름이 돋았다.

“로이알, 여관으로 돌아가야 해. 휴린이 혼자 있는데, 놈들이…….” 랜드는 헉 소리를 냈다. 두꺼운 팔 하나가 그를 허공으로 들어올렸던 것이다. 그 팔은 랜드의 두 팔을 그의 가슴에 꽉 조일 수 있을 만큼 길었다. 털북숭이 손이 랜드의 목을 움켜쥐었다. 랜드의 머리 바로 위로 엄니가 난 주둥이가 언뜻 보였다. 퀴퀴한 냄새가 코를 채웠다. 시큼한 땀 냄새와 돼지우리 냄새가 같은 비율로 섞인 냄새였다.

그 손은 랜드를 움켜쥐자마자 뜯겨 나갔다. 랜드는 깜짝 놀라서 그 손을, 트롤록의 손목을 잡은 오기어의 두꺼운 손가락을 보았다.

“버텨, 랜드.” 로이알의 목소리를 들으니 힘을 주고 있는 것 같았다. 오기어의 다른 쪽 손이 돌아와 그때까지도 랜드를 땅 위에 들고 있던 팔을 잡았다. "버텨."

오기어와 트롤록이 몸싸움을 하면서 랜드는 좌우로 흔들렸다. 그러다가 갑자기 풀려나 떨어졌다. 랜드는 비틀거리며 그곳에서 두 발짝 물러난 뒤 칼을 들고 돌아보았다.

로이알이 멧돼지 주둥이의 트롤록 뒤에 서서 놈의 두 팔 손목과 아래팔을 잡고 양옆으로 활짝 벌린 채 힘겹게 헐떡이고 있었다. 트롤록 언어로 배 속 깊은 곳에서 으르렁대는 소리를 내던 트롤록은 로이알을 엄니로 찌르려고 고개를 뒤로 홱 젖혔다. 둘의 장화가 거리의 흙바닥에 끌렸다.

랜드는 로이알을 해치지 않고 트롤록에게 칼날을 쑤셔넣을 수 있는 자리를 찾으려 했다. 그러나 오기어와 트롤록이 거친 춤을 추며 너무도 심하게 빙빙 돌아 틈이 보이지 않았다.

트롤록은 꿍 소리를 내며 왼팔을 풀어냈지만, 놈이 완전히 벗어나기 전에 로이알이 자기 팔로 놈의 목을 감으며 그 짐승을 바짝 끌어안았다. 트롤록이 칼을 뽑으려 했다. 낫처럼 생긴 날이 왼손으로 쓰기에는 어려운 방향에 걸려 있었으나 검은 강철이 조금씩, 조금씩 칼날에서 미끄러져 나왔다. 그들이 여전히 몸부림치고 있어 랜드는 로이알을 해칠 위험을 감수하지 않고는 공격할 수 없었다.

일원력. 그거면 됐다. 어떻게 그랬는지는 알 수 없지만, 랜드는 다른 방법을 몰랐다. 트롤록은 칼을 반쯤 뽑은 뒤였다. 휘어진 칼날이 드러나면 로이알이 죽을 터였다.

랜드는 마지못해 공백을 형성했다. **사이딘**이 그를 비추며 끌어당겼다. 랜드는 사이딘이 자신에게 노래하던 때를 어렴풋이 생각했다. 그러나 지금은 사이딘이 그저 랜드를 끌어당길 뿐이었다. 꽃향기가 벌을 끌어당기듯, 두엄 더미의 악취가 파리를 끌어당기듯. 랜드는 마음을 열고 **사이딘**으로 손을 뻗었다. 아무것도 없었다. 실제로는 빛을 향해 손을 뻗는 것인지도 몰랐다. 오염이 미끄러지듯 다가와 그를 더럽혔지만 랜드의 내면에서는 빛의 흐름이 느껴지지 않았다. 멀게만 느껴지는 간절함에 몰린 랜드는 시도하고 또 시도했다. 아무리 시도해도 오염밖에는 느껴지지 않았다.

로이알이 갑자기 힘을 쓰며 트롤록을 옆으로 내팽개쳤다. 너무도 세게 내팽개치는 바람에 트롤록이 건물 옆면을 따라 공중제비를 돌다시피 했다. 놈은 시끄러운 와지끈 소리를 내며 머리부터 처박히더니 벽에서 미끄러져 불가능한 각도로 목이 비틀린 채 쓰러졌다. 로이알은 가만히 서서 가슴을 들썩이며 놈을 보았다.

랜드는 잠시 공백에서 밖을 내다보다가 무슨 일이 일어났는지 깨달았다. 랜드는 공백과 오염된 빛이 사라지게 놔두고 서둘러 로이알의 곁으로 갔다.

"난 한 번도…… 살육을 해본 적이 없어, 랜드." 로이알은 떨면서 숨을 들이쉬었다.

"네가 죽이지 않았으면 놈이 널 죽였을 거야." 랜드가 로이알에게 말했다. 그는 불안하게 골목과 덧문이 닫힌 창문, 빗장을 지른 문을 둘러보았다. 트롤록 두 마리가 나타났으니 더 많은 놈들이 있을 게 틀림없었다. "네가 살육을 할 수밖에 없었던 건 유감이야, 로이알. 하지만 놈은 우리 둘을 다 죽이거나 그보다 심한 짓을 했을 거야."

"알아. 하지만 살육이 좋다는 생각은 안 들어. 아무리 트롤록이라도." 오기어는 랜드의 팔을 꽉 잡으며 해가 지는 쪽을 가리켰다. "또 하나 있어."

태양을 등지고 있었기에 자세한 모습은 보이지 않았으나, 거대한 인형을 지닌 또 한 무리의 남자들이 로이알과 랜드에게 다가오는 것처럼 보였다. 다만 지금은 무엇을 보게 될지 알고 있었기에 "인형"이 다리를 아주 자연스럽게 움직이는 모습과 아무도 장대를 들어 올리지 않았는데 주둥이 달린 머리가 하늘을 보며 킁킁대는 모습이 눈에 들어왔다. 트롤록과 어둠의 친구들이 저녁 그림자 속에 있는 랜드나 주변 거리에 쓰러져 있는 존재를 본 것 같지는 않았다. 그렇다고 하기엔 놈들이 너무 천천히 움직였다. 하지만 놈들이 뭔가를 사냥하고 있으며 점점 더 다가오고 있다는 것만은 분명했다.

"페인은 내가 여기 어딘가에 있다는 걸 알아." 랜드는 죽은 트롤록의 코트에 서둘러 칼날을 닦으며 말했다. "페인이 이놈들을 보내서 날 찾게 한 거야. 하지만 트롤록이 남의 눈에 띄는 건 걱정되나 봐. 그게 아니라면 트롤록을 변장시키지는 않았을 테니까. 사람들이 있는 거리에 가면 안전할 거야.

휴린한테 돌아가야 해. 페인이 휴린을, 뿔나팔을 혼자 지키고 있는 휴린을
발견하면…….”

랜드는 로이알을 끌고 다음 모퉁이를 돈 다음 웃음소리와 음악소리가 들
려오는 가장 가까운 곳으로 방향을 틀었다. 하지만 그곳에 이르기 한참 전
에 또 한 무리의 사람들이 눈앞에, 그들밖에 없는 거리에 나타났다. 인형 아
닌 인형과 함께. 랜드와 로이알은 다음 모퉁이를 돌았다. 그 길은 동쪽으로
이어졌다.

음악소리와 웃음소리가 들려오는 곳으로 가려 할 때마다 트롤록은 길을
막아섰다. 놈들은 계속해서 킁킁대며 냄새를 맡았다. 몇몇 트롤록들은 냄새
를 맡고 사냥감을 쫓았다. 볼 사람이 아무도 없는 이곳에서는 트롤록 한 마
리가 혼자서 돌아다니기도 했다. 랜드는 여러 차례, 놈이 전에도 보았던 놈
이라는 확신이 들었다. 놈들이 가까워지고 있었다. 창문에 덧문이 내려진
인적 드문 거리로부터 랜드와 로이알이 떠나지 못하도록 했다. 로이알과 랜
드는 천천히 동쪽으로, 도시와 휴린이 있는 곳으로부터 먼 곳으로, 다른 사
람들로부터 먼 곳으로 언덕을 오르내리며 사방으로 이어지는 좁고 천천히
어두워지는 거리를 따라 몰려갔다. 랜드는 지나가며 집들을 눈여겨보았다.
밤이 되어 높은 건물들이 문을 꽉 닫고 있었다. 매우 유감스러운 일이었다.
누군가가 열어줄 때까지 문을 두드린다 해도, 그 사람들이 랜드와 로이알을
받아 준다 해도, 랜드가 오면서 본 그 어떤 문도 트롤록을 막을 수는 없었다.
그렇게 해 봐야 로이알과 랜드 외에 더 많은 희생양이 생길 뿐이었다.

“랜드.” 로이알이 결국 말했다. “달리 갈 곳이 없어.”

그들은 포어게이트의 동쪽 가장자리에 이르렀다. 양옆의 높은 건물들이
마지막 건물이었다. 위층 창문에 밝혀진 불빛이 랜드를 조롱하는 듯했다.
아래층은 전부 꽉 닫혀 있었다. 앞에는 이제 막 내린 땅거미를 걸쳤을 뿐 농
가 하나 없이 헐벗은 언덕들이 가로놓여 있었다. 그렇다고 언덕이 완전히
비어 있는 것은 아니었다. 비교적 큰 언덕 하나를 둘러싸고 있는 허연 성벽
이 보일락 말락 했다. 아마 2킬로미터쯤 떨어져 있는 것 같았다. 그 안에는
건물들이 있었다.

"우리를 저기로 밀어내는 순간," 로이알이 말했다. "놈들은 누군가 볼까 봐 걱정할 필요가 없어."

랜드는 언덕을 둘러싼 벽을 가리켰다. "저 벽이면 트롤록을 막을 수 있을 거야. 어떤 귀족의 저택이 틀림없어. 그 사람들이 우리를 들어가게 해 줄지도 몰라. 오기어와 외지에서 온 귀족이잖아? 이 코트도 뭐건 도움이 돼야지." 랜드는 거리를 돌아보았다. 아직 트롤록은 보이지 않았으나 그는 로이알을 건물 옆으로 데려갔다.

"내가 볼 때 저기는 광술사의 회관이야, 랜드. 광술사들은 비밀을 단단히 지키는 사람들이고. 갈드리안이 직접 오더라도 저기는 못 들어가게 할걸."

"이번엔 또 무슨 난처한 상황에 빠진 건가요?" 익숙한 여자의 목소리가 들렸다. 갑자기 공기에 알싸한 향기가 감돌았다.

랜드는 눈을 휘둥그렇게 떴다. 그들이 방금 돌아온 모퉁이에서 셀린이 나왔다. 그녀의 흰 드레스가 어스름 속에 환하게 보였다. "여길 어떻게 왔어요? 여기서 뭘 하는 거예요? 당장 떠나야 해요. 도망쳐요! 트롤록들이 우릴 쫓고 있어요."

"나도 봤어요." 셀린의 목소리는 무미건조하면서도 냉정하고 침착했다. "당신을 찾으러 왔는데, 와 보니 당신은 트롤록들이 당신을 양 떼처럼 몰아가도록 놔두고 있더군요. 발리어의 뿔나팔을 가진 사람이 이런 취급을 받아도 괜찮은 거예요?"

"안 가지고 있어요." 랜드가 쏘아붙였다. "가지고 있대도 그게 무슨 도움이 될지 모르겠고요. 죽은 말들이 돌아와서 날 트롤록들로부터 구해 줄 것도 아니고. 셀린, 도망쳐야 해요. 당장!" 랜드가 모퉁이를 돌아보았다.

91미터도 떨어지지 않은 곳에서 트롤록 한 마리가 뿔이 돋은 머리를 조심스럽게 거리로 들이밀고 밤공기를 냄새 맡고 있었다. 그 옆의 커다란 그림자는 다른 트롤록이 틀림없었다. 더 작은 그림자들도 보였다. 어둠의 친구들이었다.

"너무 늦었네요." 랜드가 투덜거렸다. 그는 플루트 통을 바꿔 메고 망토를 벗어 셀린에게 덮어 주었다. 망토가 길어서 셀린의 흰 드레스와 그 옆의 땅에 난 자국을 완전히 감출 수 있었다. "그걸 쓰고 도망쳐야 할 거예요." 랜드가 셀린에게 말했다. "로이알, 저 사람들이 우리를 들여보내지 않으면 몰래 들어갈 방법이라도 찾아야 해."

"하지만 랜드……."

"차라리 트롤록을 기다리겠다는 거야?" 랜드는 로이알의 등을 떠밀고, 셀린의 손을 잡고서 종종걸음 치며 따라갔다. "목이 부러지지 않을 길을 찾아 봐, 로이알."

"쓸데없이 허둥대는군요." 셀린이 말했다. 주위가 어두워져 가는 와중이라 랜드는 로이알을 따라가기 힘들었다. 그러나 셀린은 별로 그렇지 않은 듯했다. "단일성을 찾고 침착해지세요. 위대해질 사람은 언제나 침착해야 한답니다."

"그러다 트롤록들이 듣겠어요." 랜드가 셀린에게 말했다. "난 위대해지고 싶지 않고요." 셀린이 짜증스럽다는 듯 끙 소리를 낸 것 같았다.

이따금 돌이 발밑에서 뒤집혔지만, 언덕을 가로지르는 길은 땅거미에 그늘이 져 있어도 그리 거칠지 않았다. 나무는 물론 덤불조차도 장작으로 쓰느라 오래전에 제거되었다. 다리 주변에서 부드럽게 부스럭대는 무릎 높이의 풀을 제외하면 아무것도 자라지 않았다. 밤의 산들바람이 가만히 불어왔다. 랜드는 그 바람이 일행의 냄새를 트롤록들에게 실어나르지 않을까 걱정스러웠다.

벽에 도착하자 로이알이 멈춰 섰다. 벽의 높이는 오기어의 키의 두 배쯤 됐고, 돌은 허연 회반죽으로 덮여 있었다. 랜드는 포어게이트 쪽을 돌아보았다. 창문에서 나오는 빛 무리가 도시의 성벽으로부터 바큇살처럼 뻗어 나왔다.

"로이알." 랜드가 조용히 말했다. "그놈들 보여? 우릴 따라오고 있어?"

오기어는 포어게이트 쪽을 보더니 불행히도 고개를 끄덕였다. "트롤록은 몇 마리밖에 안 보이지만, 이쪽으로 달려오고 있어. 랜드, 내 생각엔 정말로……."

셀린이 로이알의 말을 잘랐다. "**알란틴**, 랜드가 들어가고 싶어 한다면 문이 필요하겠죠. 저런 문이요." 셀린은 벽을 따라 조금 나아간 곳에 있는 어두운 부분을 가리켰다. 셀린이 말했지만 랜드는 그게 **진짜** 문인지 확신할 수 없었다. 하지만 셀린이 그리로 성큼성큼 다가가 당기자 문이 열렸다.

"랜드." 로이알이 입을 열었다.

랜드가 로이알을 문 쪽으로 떠밀었다. "나중에, 로이알. 그리고 좀 조용히 말해. 우린 숨어 있는 거야. 기억하지?" 랜드는 안으로 들어가 문을 닫았다. 빗장을 걸 받침대는 있었으나 빗장은 보이지 않았다. 저런 문으로는 아무도 막을 수 없을 터였다. 다만 트롤록들이 벽 안으로 들어오는 걸 망설일지는 몰랐다.

일행은 두 채의 길고 나지막하고 창문 없는 건물 사이로 언덕을 올라가는 골목에 들어와 있었다. 처음에 랜드는 그 건물도 돌로 이루어져 있다고 생각했는데, 이윽고 흰 회반죽이 나무에 발라져 있다는 걸 알아차렸다. 이제는 벽에 비친 달빛이 환해 보일 만큼 주위가 어두워져 있었다.

"트롤록한테 잡히느니 광술사들한테 잡히는 게 낫지." 랜드는 언덕을 올라가며 중얼거렸다.

"내가 너한테 하려던 말이 그거야." 로이알이 반박했다. "내가 듣기로는 광술사들이 침입자를 죽인대. 그 사람들은 비밀을 아주 단단히 지킨대, 랜드."

랜드는 우뚝 멈춰 서서 문을 돌아보았다. 트롤록들이 여전히 밖에 있었다. 아무리 나쁜 사람이라도 트롤록보다는 상대하기 쉬울 게 틀림없었다. 상대가 광술사라면 놔 달라고 설득이라도 해볼 수 있었으니까. 트롤록들은 죽이기 전에 변명을 듣지 않았다. "이런 일에 끌어들여서 미안해요, 셀린."

"위험은 무언가를 더해 주죠." 셀린이 조용히 말했다. "지금까지는 당신이 그 위험에 잘 대처해 왔고요. 뭘 보게 될지 한번 알아볼까요?" 셀린은 랜드를 스치고 지나 골목을 올라갔다. 랜드가 그 뒤를 따랐다. 알싸한 셀린의 향기가 콧구멍을 채웠다.

골목은 언덕 꼭대기에서 탁 트이며 매끈하게 다져 놓은 점토 마당으로 이어졌다. 점토는 회반죽처럼 희었으며 마당은 사이사이에 어둡고 좁은 골목이 있는, 더 많은 수의 희고 창문 없는 건물들로 둘러싸여 있었다. 다만 랜드의 오른쪽에 창문이 있는 건물 한 채가 있어서 빛이 흰 점토로 떨어졌다. 남자 한 명과 여자 한 명이 나타나 탁 트인 곳을 천천히 가로지르기 시작하자 랜드는 골목 어두운 곳으로 물러났다.

남자와 여자의 복장은 확실히 케예리엔의 것이 아니었다. 남자는 펑퍼짐한 브리치스를 입고 있었다. 펑퍼짐하기는 그의 셔츠 소매도 마찬가지였다. 두 가지 옷 모두 연한 노란색이었다. 브리치스의 다리와 셔츠의 가슴에는 수가 놓여 있었다. 가슴팍에 정교한 수가 놓인 여자의 드레스는 연녹색으로 보였다. 머리를 여러 갈래로 짧게 땋고 있었다.

"다 준비됐다고?" 여자가 물었다. "확실해, 타무즈? 전부 다?"

남자가 두 손을 쫙 폈다. "넌 항상 내 뒤치다꺼리를 하려고 하는구나, 알루드라. 다 준비됐어. 지금 당장이라도 공연할 수 있다니까."

"대문이랑 문에는 전부 빗장을 걸었고? 전부……?" 불 켜진 건물 저쪽으로 움직이면서 여자의 목소리가 희미해져 갔다.

랜드는 탁 트인 공간을 자세히 살펴보았으나 거의 아무것도 알아볼 수 없었다. 마당 한가운데에는 하나하나의 높이가 랜드의 키 정도 되고 넓이는 30센티미터쯤 되는, 똑바로 선 원통 여러 개가 커다란 나무 기단 위에 놓여 있었다. 각 원통에서 검게 꼬인 밧줄이 땅을 가로지르며 낮은 벽 뒤로 이어졌다. 먼 쪽의 길이가 3미터쯤 되는 듯했다. 탁 트인 공간의 사방에는 여물통과 원통과 갈라진 막대 등 수많은 물건이 놓인 나무 선반이 엄청나게 많이 있었다.

랜드가 여태 본 폭죽은 모두 한 손에 들 수 있는 것들이었다. 랜드가 아는 건 그게 전부였다. 그 외에 폭죽에 대해서 아는 건 폭죽이 우렁찬 소리를 내며 터지거나 쌕쌕거리는 소리를 내며 땅 위에서 나선형으로 돌다가 불꽃을 뿜고 때로는 하늘로 쏘아져 올라간다는 것뿐이었다. 폭죽에는 늘 뜯으면 폭발할 수 있다는 광술사의 경고가 적혀 있었다. 어쨌든 폭죽은 너무 비싸서, 마을 위원회에서는 숙련되지 않은 사람 누구도 폭죽을 뜯지 못하게 했다. 맷이 바로 그런 일을 하려고 했던 때가 선명히 기억났다. 사건이 있고 나서 1주일이 지난 뒤에도 맷의 엄마만이 맷과 말상대를 했었다. 랜드가 조금이라도 익숙하다고 여긴 것은 밧줄, 그러니까 도화선뿐이었다. 랜드는 바로 그게 불을 붙이는 곳이라는 걸 알고 있었다.

빗장을 걸쳐 놓지 않은 문을 힐끗 돌아본 랜드는 두 사람에게 따라오라고 손짓하고 원통 주변을 돌기 시작했다. 숨을 곳을 찾는다면 문에서 최대한 멀리 가고 싶었다.

그 말은 선반 사이를 지나야 한다는 뜻이었다. 랜드는 선반에 몸이 스칠 때마다 숨을 참았다. 선반에 놓인 물건들은 아주 조금만 건드려도 덜컥덜컥 움직였다. 모두 금속은 한 조각도 사용하지 않고 나무로 만든 것처럼 보였다. 그중 하나라도 쓰러뜨리면 시끄러운 소리가 날 터였다. 랜드는 경계하는 눈으로 높다란 원통들을 눈여겨보며 손가락 크기의 폭죽이 냈던 굉음을 떠올렸다. 저게 폭죽이라면 근처에 있고 싶지 않았다.

로이알은 계속해서 혼잣말을 웅얼거렸다. 특히 선반 중 하나에 부딪혔다가 놀라서 얼른 물러나며 다른 선반에 부딪혔을 때 그랬다. 오기어는 덜컥거리는 소리와 투덜대는 소리를 구름처럼 일으키며 살금살금 움직였다.

셀린도 만만찮게 불안했다. 그녀는 도시의 거리를 걷기라도 하는 듯 태평하게 성큼성큼 움직였다. 어디에도 부딪히지 않았고 어떤 소리도 내지 않았지만, 망토를 여미려는 노력은 전혀 기울이지 않았다. 흰 드레스가 모든 벽을 합친 것보다도 환해 보였다. 랜드는 누군가 나타날 때에 대비하며 불이 켜진 창문을 들여다보았다. 한 사람만 나타나면 끝이었다. 셀린이 눈에 띄시 않을 리 없었디. 경보가 울릴 것이다.

하지만 창문은 내내 비어 있었다. 랜드가 나지막한 벽으로, 또 그 너머의 골목과 건물로, 다가가면서 막 안도의 한숨을 쉬려는 순간이었다. 로이알이 벽 바로 옆에 똑바로 서 있던 다른 선반을 스쳤다. 선반에는 부드러워 보이는, 랜드의 팔 길이만큼 되는 막대가 10개 놓여 있었고, 그 끝에서는 가느다란 연기가 솟아나고 있었다. 선반은 넘어지면서 거의 아무 소리도 내지 않았다. 연기가 나는 막대들이 도화선 위로 축 늘어졌다. 타닥거리고 식식대는 소리와 함께 도화선이 확 타올랐다. 그 불꽃은 높은 원통 하나를 향해 빠르게 타 들어갔다.

랜드는 잠시 눈을 휘둥그렇게 떴다가 속삭이듯 외치려 애썼다. "벽 뒤로!"

셀린은 랜드가 그녀를 벽 뒤의 땅에 처박자 화난 소리를 냈다. 그러나 랜드는 신경 쓰지 않았다. 그는 셀린 위에 자기 몸을 쭉 펼쳐 그녀를 보호하려 했다. 로이알도 그들 곁으로 비집고 들어왔다. 원통이 터지기를 기다리면서, 랜드는 벽이 남아 있긴 할지 궁금해졌다. 소리가 들린 것만큼 땅속을 관통하며 지나가는 진동도 심하게 느껴졌다. 랜드는 벽 모서리를 내다보려고 셀린에게서 조심스럽게 몸을 뗐다. 셀린이 랜드의 갈비뼈를 세게 치더니 랜드는 모르는 언어로 욕을 하며 그의 몸 아래에서 꿈틀거리며 빠져나왔다. 하지만 랜드는 그 소리를 알아들을 겨를이 없었다.

원통 하나의 맨 윗부분에서 연기가 울컥울컥 새어 나오고 있었다. 그게 전부였다. 랜드는 놀라서 고개를 저었다. **저게 다라면······.**

천둥 같은 굉음과 함께, 붉은색과 흰색의 거대한 꽃이 이제는 어두워진 하늘 높은 곳에 피어오르더니 불똥이 되어 천천히 흩어지기 시작했다.

불이 켜진 건물에서 소음이 터져 나왔다. 남녀가 고함을 지르며 창문을 채우고 밖을 보면서 손가락질을 해 댔다.

랜드는 애타는 마음으로 어두운 골목을 보았다. 골목은 겨우 십여 발짝밖에 떨어져 있지 않았다. 그러나 첫걸음을 떼는 순간 창가에 있는 사람들에게 노출될 것이다. 쿵쿵대는 발소리가 건물에서 쏟아져 나왔다.

랜드는 로이알과 셀린을 다시 밀어 벽에 기대게 했다. 그들이 그저 또 하나의 그림자처럼 보이기를 바랐다. "가만히, 조용히 있어요." 랜드가 속삭였다. "그게 유일한 희망이에요."

"가끔은," 셀린이 조용히 말했다. "아주 가만히 있으면 아무도 그 존재를 보지 못하죠." 셀린은 조금도 걱정하지 않는 목소리였다.

장화 발이 쿵쾅거리며 벽의 반대편을 오갔고 분노에 찬 사람들의 목소리가 높아졌다. 특히 랜드가 알루드라의 것이라 알고 있는 목소리가 그랬다.

"이 멍청한 놈아, 타무즈! 이 돼지 새끼야! 네 엄마는 염소였을 거다! 언젠간 너 때문에 모두가 죽고 말 거야!"

"이건 내 잘못이 아니야, 알루드라." 남자가 항의했다. "난 모든 걸 있어야 하는 자리에 뒀어. 그리고 불량배들이……."

"말대꾸하지 마, 타무즈! 거대한 돼지 새끼에게 인간처럼 말할 자격은 없으니까!" 다른 남자의 질문에 답하느라 알루드라의 목소리가 바뀌었다. "다른 걸 준비할 시간은 없어요. 오늘 밤엔 갈드리안도 나머지로 만족할 거예요. 밤이 일찍 시작된 걸로 하죠. 그리고 너, 타무즈! 모든 걸 바로잡도록 해. 내일은 거름 살 수레를 내보낼 때 같이 나가. 오늘 밤에 뭐라도 잘못되면 거름조차 너한테 믿고 맡기지 않을 테지만!"

알루드라가 툴툴대는 소리와 함께 발소리가 건물 쪽으로 희미해져 갔다. 타무즈는 이 모든 일이 불공평하다고 낮은 목소리로 투덜거리며 뒤에 남았다.

타무즈가 무너진 받침대를 세우려고 다가오자 랜드는 숨을 멈추었다. 그림자 속에서 벽에 등을 바짝 대고 있으니 타무즈의 등과 어깨가 보였다. 고개만 돌리면 타무즈는 랜드 일행을 볼 수밖에 없었다. 계속해서 혼자 불평하며 받침대에 있던 연기 나는 막대들을 정리한 타무즈는 쿵쿵대며 모두가 떠난 건물 쪽으로 가 버렸다.

랜드는 숨을 내쉬며 타무즈의 뒷모습을 재빨리 살핀 뒤 다시 그림자 속으로 물러났다. 몇 사람이 아직 창가에 서 있었다. "오늘 밤에 이 이상 운이 따라 주기를 기대할 수는 없겠는데요." 그가 속삭였다.

"위대한 사람은 운을 스스로 만든다고 하죠." 셀린이 조용히 말했다.

"그만 좀 하죠?" 랜드가 지친 듯 셀린에게 말했다. 셀린의 향기가 이런 식으로 머리를 채우지 않으면 좋겠다는 생각이 들었다. 그 향기 때문에 또렷하게 생각하기가 어려웠다. 셀린을 밀었을 때 느껴지던 몸의 감촉이 생각났다. 부드러움과 단단함이 혼란스럽게 뒤섞여 있던 셀린의 몸. 그 느낌도 도움이 되지 않았다.

"랜드?" 로이알이 불 켜진 건물과 멀리 떨어진 벽 끝에서 내다보았다. "운이 좀 더 따라야 할 것 같아, 랜드."

랜드는 그리로 가 오기어의 어깨 너머를 보았다. 탁 트인 공간 너머, 빗장

없는 문으로 이어지는 골목에 트롤록 세 마리가 있었다. 그림자 속에 선 채불 켜진 창문 쪽을 조심스레 바라보는 중이었다. 여자 한 명이 창가에 서 있었다. 그녀는 트롤록을 보지 못한 듯했다.

"좋아요." 셀린이 조용히 말했다. "덫에 걸린 셈이 됐네요. 저 사람들이 당신을 잡으면 당신을 죽일 수도 있어요. 트롤록들은 확실히 죽이겠죠. 하지만 트롤록들이 격렬한 반응을 보이지 못할 만큼 빠르게 놈들을 죽여 버릴수도 있을 거예요. 사소한 비밀을 지키겠다고 당신을 죽이려는 저 사람들을 막을 수도 있을 테고. 당신이 위대함을 원하지 않을지는 모르지만, 이런 일을 해내려면 위대한 사람이 필요해요."

"그런 애길 신나서 할 필요는 없잖아요." 랜드가 말했다. 그는 셀린의 향기에 대해서, 그녀의 감촉에 대해서 생각하지 않으려고 애썼다. 공백이 거의 그를 감쌌다. 랜드는 공백을 떨쳐 냈다. 트롤록들은 아직 그들을 찾지 못한 것 같았다. 랜드는 다시 자리를 잡고 가장 가까운 곳의 어두운 골목을 바라보았다. 그리로 움직이는 순간 트롤록들에게 발각될 게 확실했다. 창가의여자도 마찬가지였다. 트롤록과 광술사 중 누가 먼저 그들을 잡느냐 하는경쟁이 벌어질 것이다.

"당신의 위대함이 나를 기쁘게 해줄 거예요." 말의 내용과는 달리 셀린의목소리는 화가 나 있었다. "당신이 당신만의 방법을 찾도록 잠시 당신을 떠나야 할 것 같네요. 위대함이 손 안에 들어왔는데도 그걸 잡지 않겠다면 죽어도 싼 걸지 모르죠."

랜드는 그녀를 보지 않으려 했다. "로이알, 저 골목 끝에 다른 문이 있는지 보여?"

오기어는 고개를 저었다. "여긴 너무 밝고 저쪽은 너무 어두워. 내가 골목에 있었다면 보였겠지만."

랜드는 칼자루를 만지작거렸다. "셀린을 데려가. 문이 보이는 대로—문이 **보인다면** 말이야—소리쳐. 그럼 내가 따라갈게. 저 끝에 문이 없으면 셀린이 벽 위에 손을 짚고 넘어갈 수 있도록 셀린을 들어 줘야 할 거야."

"알았어, 랜드." 로이알은 걱정스러운 목소리였다. "하지만 우리가 움직이면 저 트롤록들은 누가 보든지 말든지 우릴 쫓아올 거야. 문이 있어도 놈들이 우리를 바짝 따라올 거라고."

"트롤록 걱정은 내가 할게." **셋이야. 공백이 있으면 내가 해낼 수도 있어. 사이딘**에 대한 생각이 랜드를 결단으로 이끌었다. 그간 진정한 근원의 남성적 절반이 가까워지도록 하면 너무도 많은 이상한 일이 일어났었다. "갈 수 있게 되면 바로 갈게. 가." 랜드는 돌아서서 벽 너머로 트롤록들을 보았다.

곁눈으로 로이알의 커다란 몸이 움직이는 모습과 그의 코트에 반쯤 가려진 셀린의 흰색 드레스가 보이는 듯했다. 원통 뒤에 있던 트롤록 한 마리가 흥분해서 그들을 가리켰지만, 그때까지도 셋은 여자가 아직 지켜보고 있는 창문을 힐끔거리며 망설였다. **셋이야. 방법이 있을 게 틀림없어. 공백 말고. 사이딘 말고.**

"문이 있어!" 로이알이 조용히 외치는 소리가 들렸다. 트롤록 한 마리가 그림자에서 한 걸음 나서자 다른 놈들도 정신을 차리고 뒤따랐다. 멀리서 들려오는 듯 창가에서 여자가 외치는 소리가 들렸다. 로이알이 뭐라고 소리쳤다.

랜드는 아무 생각도 하지 않고 일어섰다. 어떻게든 트롤록을 막아야 했다. 그렇지 않으면 놈들이 그를, 로이알과 셀린을 쓰러뜨릴 터였다. 랜드는 연기 나는 막대 하나를 움켜쥐고 가장 가까운 원통을 몸으로 들이받았다. 원통이 기울어지며 쓰러지려 했다. 랜드는 네모난 나무 기단을 잡았다. 원통이 트롤록들을 곧장 겨누었다. 그들은 머뭇거리며 속도를 늦추었고, 창가의 여자가 비명을 질렀다. 랜드는 연기 나는 막대 끝을 도화선이 원통과 연결된 바로 그 부분에 댔다.

속이 빈 쿵 소리가 들리더니 두꺼운 나무 기단이 랜드에게 쾅 부딪혔다. 랜드는 쓰러졌다. 우레와 같은 쩌렁쩌렁한 소리가 밤공기를 갈랐고 눈이 멀 듯 터져 나온 빛이 어둠을 찢어발겼다.

랜드는 눈을 깜빡이며 비틀비틀 일어섰다. 매캐하고 짙은 연기에 기침이 나왔다. 귀가 울렸다. 랜드는 놀라서 빤히 앞을 보았다. 원통의 절반과 모든 선반이 옆으로 쓰러져 있었고 트롤록들이 옆에 서 있던 건물의 한쪽 모퉁이가 그야말로 날아가 버렸다. 불꽃이 널빤지와 서까래 끝을 핥아 댔다. 트롤록의 흔적은 보이지 않았다.

랜드는 귀가 먹먹한 가운데 건물의 광술사들이 외치는 소리를 들었다. 그는 종종걸음 치며 달리기 시작했다. 골목으로 천천히 움직였다. 절반쯤 가다가 뭔가에 발이 걸려 비틀거렸다. 확인해 보니 그의 망토였다. 랜드는 멈추지 않고 그 망토를 집어 들었다. 등 뒤에서 광술사들의 고함이 어둠을 가득 채웠다.

로이알은 열린 문 옆에서 조바심 나는 듯 발을 구르고 있었다. 로이알 혼자였다.

"셀린은 어디 있어?" 랜드가 물었다.

"돌아갔어, 랜드. 내가 잡으려고 했는데 내 손에서 바로 빠져나갔어."

랜드는 소음이 들려오는 곳을 돌아보았다. 귓속에서 쉴 새 없이 들리는 소리 너머로 몇몇 사람들이 고함치는 소리를 간신히 알아들을 수 있었다. 이제 그곳에는 빛이, 불꽃에서 나온 빛이 있었다.

"모래 양동이! 빨리 모래 양동이를 가져와!"

"이건 재앙이야! 재앙!"

"몇 놈이 저쪽으로 갔어!"

로이알이 랜드의 어깨를 꽉 잡았다. "넌 셀린을 도울 수 없어, 랜드. 너까지 잡혀서는 안 돼. 가야 해." 누군가가 골목 끝에서 나타났다. 등 뒤의 불빛에 실루엣이 생긴 어떤 그림자였다. 그 누군가가 랜드와 로이알 쪽을 가리켰다. "어서, 랜드!"

랜드는 로이알이 자기를 문밖의 어둠 속으로 끌어내도록 놔두었다. 등 뒤에서 불이 희미해지다가 어둠 속의 작은 불꽃으로만 남았다. 포어게이트의 불빛이 가까워졌다. 랜드는 차라리 더 많은 트롤록이 나타나면 좋겠다고, 싸울 수 있는 대상이 나타나면 좋겠다고 생각했다. 하지만 풀밭을 흐트러뜨리는 밤바람 말고는 아무것도 없었다.

"내가 셀린을 막아 보려 했어." 로이알이 말했다. 긴 침묵이 흘렀다. "우린 정말 아무것도 할 수 없었어. 그 사람들은 그냥 우리까지 잡았을 거야."

랜드가 한숨을 쉬었다. "알아, 로이알. 넌 네가 할 수 있는 일을 한 거야."
랜드는 불빛을 바라보며 뒤로 몇 걸음 물러났다. 불이 잦아든 것처럼 보였
다. 광술사들이 불을 끄고 있는 게 틀림없었다. "어떻게든 셀린을 도와야
해." **어떻게? 사이딘으로? 일원력으로?** 랜드는 몸을 떨었다. "도와야만 해."

그들은 불 켜진 거리를 따라 포어게이트를 지났다. 주변의 즐거운 분위기
를 차단하는 침묵에 감싸인 채였다.

'드래건 장벽의 수호자'에 들어가자 여관 주인은 봉인된 양피지가 놓여
있는 쟁반을 들이밀었다.

랜드는 그것을 받아들고 흰 봉인을 빤히 바라보았다. 초승달과 여러 개의
별. "누가 이걸 두고 갔어요? 언제?"

"나이 든 여자였습니다, 나리. 15분도 안 됐습니다. 하인이 주고 간 겁니
다. 어느 가문인지는 말하지 않았지만요." 쿠알레는 비밀을 즐기는 듯 미소
지었다.

"고맙습니다." 랜드는 계속 봉인을 바라보며 말했다. 여관 주인은 위층으
로 올라가는 그들을 생각에 잠긴 표정으로 바라보았다.

휴린은 랜드와 로이알이 방에 들어오자 입에서 파이프를 뺐다. 휴린은 짧
은 칼과 단검을 탁자에 올려놓고 기름 묻은 걸레로 닦고 있었다. "방랑 시인
과 오랜 시간을 보내셨군요, 랜드 공. 그분은 잘 계시던가요?"

랜드가 깜짝 놀랐다. "네? 톰이요? 네, 톰이야 물론……." 랜드는 엄지로
봉인을 뜯고 편지를 읽었다.

**당신이 뭘 하려는지 알 것 같다는 생각이 들 때마다 당신은 다른 일을 하는
군요. 당신은 위험한 사람이에요. 우린 오래지 않아 다시 만나게 되겠죠. 뿔나
팔을 생각해요. 영광을 생각해요. 그리고 나를 생각해요. 당신은 언제나 내 것
이니까.**

이번에도 편지에는 서명이 없었으나 유려한 손글씨 자체가 서명이나 마
찬가지였다.

"여자들은 다 미친 걸까요?" 랜드는 천장에 대고 물었다. 휴린이 어깨를 으쓱했다. 랜드는 다른 의자에 털썩 주저앉았다. 오기어가 앉을 만한 크기의 의자였다. 두 발이 바닥 위에서 대롱거렸지만 랜드는 신경 쓰지 않았다. 그는 로이알의 침대 가장자리 아래, 담요를 덮어 놓은 상자를 바라보았다. **영광을 생각해요.** "잉타가 왔으면 좋겠어요."

28장 패턴의 새로운 실오라기

페린은 말을 달리며 동족살해자의단검 산맥을 불편한 마음으로 바라보았다. 길은 계속해서 위로 향했다. 영원히 오르막일 것 같았지만, 이 길의 정점이 그렇게까지 멀지는 않을 거라고 페린은 생각했다. 길 한쪽에서는 땅이 가파르게 아래로 내려가 얕은 계곡이 되었다. 물이 날카로운 바위를 들이받고 부글부글 끓어올랐다. 다른 한쪽에서는 산맥이 삐죽빼죽 연달아 늘어선 절벽을 이루고 있었다. 꼭 얼어붙은 돌 폭포 같았다. 길 자체는 큰 바위로 이루어진 땅을 가르며 이어졌는데, 그런 바위 중 일부는 사람의 머리만 했고 일부는 수레만 했다. 별다른 기술이 없어도 그 뒤에 숨을 수 있을 터였다.

늑대들은 산에 사람이 있다고 말했다. 그 사람들은 페인이 거느린 어둠의 친구 중 일부일지 모른다고 페린은 생각했다. 늑대들은 그에 관해 알지도 못했고 관심도 없었다. 늑대들은 뒤틀린 자들이 저 앞 어딘가에 있다는 걸 알 뿐이었다. 잉타가 일행을 강렬하게 압박하긴 했지만 지금도 거리가 멀었다. 페린은 우노가 거의 페린 자신과 같은 방식으로 주변의 산을 둘러보고 있다는 걸 알아차렸다.

등에 활을 걸친 맷은 걱정이 없다는 듯 말을 타고 가며 알록달록한 공 세 개로 저글링을 했다. 그러나 그의 얼굴은 전보다 창백해 보였다. 요즘은 베

린이 하루에 두세 차례씩 인상을 쓰며 그를 진찰했다. 페린은 그녀가 최소
한 번은 치유를 시도해 보았을 거라고 확신했다. 그러나 눈에 띄는 차도는
없었다. 어쨌든, 베린은 그녀가 입에 담지 않으려는 어떤 문제에 더 마음을
빼앗긴 것처럼 보였고.

랜드를 생각하는 거겠지. 페린은 아이즈 세다이의 등을 바라보며 생각했
다. 베린은 언제나 잉타와 함께 행렬 앞에서 말을 달렸고, 그들이 샤이나의
군주가 허락하는 것보다 더 빨리 움직이기를 바랐다. **왠지 모르겠지만, 저
여자는 랜드에 대해서 알아.** 늑대들이 보내온 장면이 페린의 머릿속에서 깜
빡였다. 돌로 만든 농가와 언덕에 층지어 늘어선 마을 모두가 산봉우리 너
머에 있었다. 늑대들은 언덕이나 초원을 보는 것과 전혀 다르지 않은 방식
으로 마을을 보았다. 다만 그 땅이 오염됐다고 느낄 뿐이었다. 잠시 페린은
자기도 모르게 그 유감스러운 기분을 공유하며 두 다리로 걷는 자들이 오
래전에 버린 장소들을, 나무를 휩쓸고 가는 빠른 바람과 사슴이 도망치려
할 때 다리오금에 힘을 주며 입을 딱 다무는 느낌을 떠올렸고……. 애써서
머릿속에서 늑대들을 몰아냈다. **아이즈 세다이들이 우리 모두를 파멸시킬
거야.**

잉타는 말의 걸음을 늦추어 페린과 나란히 움직였다. 때로 페린은 샤이나
사람의 투구에 달린 초승달 장식이 트롤록의 뿔처럼 보인다고 생각했다. 잉
타가 조용히 말했다. "늑대들이 뭐라고 말했는지 다시 말해라."

"열 번은 말씀드렸는데요." 페린이 투덜거렸다.

"다시 말해라! 뭐든 내가 놓친 것이, 내가 뿔나팔을 찾는 데 도움이 될 만
한 것이 있다면……." 잉타는 숨을 들이쉬었다가 천천히 내뱉었다. "나는 발
리어의 뿔나팔을 찾아야 한다, 페린. 다시 말해 다오."

페린은 애쓰지 않아도 늑대들이 한 말을 떠올릴 수 있었다. 너무 여러 번
되풀이해서 말했으니까. 페린은 단조로운 목소리로 내뱉었다. "누군가가,
혹은 무언가가 밤에 어둠의 친구들을 공격하고 우리가 발견한 그 트롤록들
을 죽였어요." 이 말에도 페린의 배는 더 이상 울렁거리지 않았다. 갈까마
귀와 독수리 들은 식사 예절이 딱히 좋지 않았다. "늑대들은 그 사람을 혹

은 그 무언가를 그림자 살해자라고 불러요. 제 생각에는 남자였던 것 같지만, 늑대들과 그자와의 거리가 멀어서 제대로 보이지는 않았어요. 늑대들은 그림자 살해자를 두려워하지 않아요. 그보다는 경외심을 느끼는 것 같아요. 늑대들은 트롤록들이 지금 그림자 살해자를 쫓고 있대요. 페인이 그 트롤록들과 같이 있고요.” 이렇게 오랜 시간이 지났건만 페인에게서 풍기던 냄새, 그에게서 느껴지던 기분을 떠올리면 입이 비틀렸다. “그러니까 다른 어둠의 친구들도 같이 있을 게 틀림없어요.”

“그림자 살해자라.” 잉타가 웅얼거렸다. “머드랄처럼 어둠의 존재에게 속한 것이겠지? 나는 거대한오염에서 그림자 살해자라 불릴 만한 것들을 본 적이 있지만……. 달리 본 건 없다더냐?”

“늑대들이 그자에게 가까이 가지 않으려 해요. 희미한 자는 아니었어요. 말씀드렸잖아요, 늑대들은 트롤록을 죽이는 것만큼이나 빠르게 희미한 자를 죽일 거예요. 그러느라 무리의 절반을 잃는다 해도요. 잉타, 이 광경을 본 늑대들은 다른 늑대들에게 소식을 전했고, 그 늑대들이 또 다른 늑대들에게 소식을 전했어요. 그런 다음에야 저한테도 이야기가 전해진 거예요. 저는 늑대들이 전해 준 이야기밖에 해 드릴 수 없어요. 그리고 그렇게 여러 번 이야기가 전달됐으니…….” 우노가 다가왔기에 페린은 말끝을 흐렸다.

“바위 사이에 아이일 사람이 있습니다.” 외눈박이 남자가 조용히 말했다.

“황무지와 이렇게 먼 곳에 말인가?” 잉타가 못 믿겠다는 듯 말했다. 그러자 우노는, 어떻게 그럴 수 있는 것인지, 표정을 바꾸지 않고도 그 말에 대한 불쾌감을 니디냈다. 이내 잉타가 덧붙였다. “아니, 자네를 의심하는 건 아니네. 그냥 놀란 거지.”

“그 태워 죽일 놈이 제 눈에 띄고 싶어 했던 겁니다. 그게 아니라면 제가 놈을 못 봤을 가능성이 크지요.” 우노는 그 사실을 인정하며 역겨움을 느끼는 듯했다. “게다가 그 빌어먹을 얼굴에는 베일을 쓰지 않고 있었습니다. 그러니 누굴 죽이러 나온 건 아니죠. 하지만 빌어먹을 아이일 사람이 한 명 보인다면 보이지 않는 아이일 사람이 더 있게 마련입니다.” 그가 눈을 크게 떴다. “그 빌어먹을 놈이 눈에 띄고 싶어 하는 게 아니라면 저를 태워 죽이십시오." 그러더니 우노는 손가락질을 했다. 한 남자가 일행 앞으로 나섰던 것이다.

마시마는 창을 즉시 돌격 자세로 낮추고 말을 발꿈치로 꽉 조이며 뛰어올라 세 발짝 만에 전력 질주를 시작했다. 마시마만이 아니었다. 네 개의 뾰족한 강철이 땅에 서 있는 남자에게로 돌진했다.

"멈춰!" 잉타가 소리쳤다. "멈추라고 했다! 지금 있는 자리에 멈춰 서지 않는 놈은 내가 귀를 자르겠다!"

마시마는 톱질하듯 고삐를 확 당기며 격렬하게 말을 세웠다. 다른 사람들도 그 남자로부터 9미터도 떨어지지 않은 곳에 먼지구름을 일으키며 멈춰섰다. 그들의 창은 흔들리지 않고 여전히 남자의 가슴을 겨누고 있었다. 남자는 손을 내저어 자기 쪽으로 날아오는 먼지를 날리려 했다. 그게 그가 보인 첫 행동이었다.

그는 키가 컸다. 햇볕에 그을린 검은 피부에, 뒤로 묶어 어깨까지 늘어뜨린 부분을 제외하고는 붉은 머리를 짧게 깎고 있었다. 무릎까지 올라오는, 신발 끈이 달린 부드러운 장화부터 그의 목을 느슨하게 감고 있는 천에 이르기까지 그의 의복은 모두 바위와 땅에 쉽게 섞여 들어갈 수 있는 갈색과 회색으로 이루어져 있었다. 뿔로 만든 짧은 활의 끄트머리가 어깨 위로 튀어 나와 있었고, 화살이 깃을 세우고 있는 화살통은 몸 옆쪽으로 허리띠에 매달려 있었다. 반대편에는 긴 칼이 걸려 있었다. 남자의 왼손에는 둥근 가죽 방패와 세 개의 짧은 창이 들려 있었는데, 그 창은 남자의 키 절반 정도였으며 날이 샤이나의 창만큼 길었다.

"피리를 불어 줄 사람이 없는데." 남자가 미소 지으며 말했다. "그래도 춤을 추고 싶다면야……." 그는 자세를 바꾸지 않았지만, 페린은 갑자기 그가 준비 태세에 접어드는 기색을 느꼈다. "내 이름은 유리엔, 레인 아이일의 두 개의 첨탑 부족이다. 붉은 방패 전사회에 소속되어 있다. 날 기억해라."

잉타는 말에서 내려 앞으로 걸어가며 투구를 벗었다. 페린은 아주 잠깐 망설이다가 말에서 내려 그를 따라갔다. 아이일 사람을 가까이에서 볼 기회를 놓칠 수는 없었다. 그것도 검은 베일을 쓴 아이일처럼 구는 사람을. 모든 이야기에서 아이일 민족은 트롤록만큼이나 치명적이고 위험하게 그려졌다. 어떤 이야기에서는 심지어 아이일 민족 전체가 어둠의 친구라고 했다. 그러나 금방이라도 덤벼들 자세를 취하고 있는 유리엔의 미소는 어쩐지 위험해 보이지 않았다. 그의 눈은 파란색이었다.

"랜드랑 닮았는데." 페린이 돌아보니 맷도 다가와 있었다. "잉타 말이 맞을지도 몰라." 맷이 조용히 덧붙였다. "랜드가 진짜 아이일 사람일지도 몰라."

페린은 고개를 끄덕였다. "그렇다고 바뀌는 건 없지만."

"그래, 그렇지." 맷은 페린이 한 말 이상의 뭔가를 이야기하듯 말했다.

"우리는 둘 다 고향에서 멀리 떠나와 있다." 잉타가 아이일 사람에게 말했다. "그리고 최소한 우리는 싸움이 아닌 다른 것을 위해 왔다." 페린은 유리엔의 미소에 대한 의견을 바꾸었다. 남자는 실제로 실망한 것처럼 보였다.

"원한다면야, 샤이나인이여." 유리엔이 베린을 돌아보았다. 베린은 그때 막 말에서 내리고 있었다. 유리엔은 그녀에게 어색하게 허리를 숙여 인사하며 창날을 땅에 박아 넣고 손바닥을 위로 해 오른손을 내밀었다. 그의 목소리에 존경심이 어렸다. "현명한 이여, 저의 물은 당신의 것입니다."

베린은 고삐를 다른 병사에게 넘겨주었다. 그녀는 가까이 다가오며 아이일 사람을 자세히 살펴보았다. "왜 나를 그렇게 부르는 거지? 나를 아이일 사람이라고 생각하는 건가?"

"아닙니다, 현명한 이여. 하지만 당신께서는 루이딘까지 여행해 와 살아남은 자들과 비슷한 모습이십니다. 세월은 다른 남녀에게 영향을 미치는 것과 같은 방식으로 현명한 이들에게 영향을 미치지 못하지요."

아이즈 세다이의 얼굴에 흥미로운 기색이 나타났으나 잉타가 조바심을 내며 말했다. "우리는 어둠의 친구들과 트롤록을 쫓고 있다, 유리엔. 놈들의 흔적을 봤나?"

"트롤록이라니? 여기에?" 유리엔의 눈이 형형하게 빛났다. "예언에 나오는 징후 중 하나로군. 트롤록이 다시 거대한오염에서 나오면, 우리가 삼중의 땅을 떠나 과거의 우리 영토를 되찾게 된다지." 말을 탄 샤이나 사람들이 웅성거렸다. 유리엔은 그들을 눈여겨보았다. 자긍심이 담겨 있는, 그래서 마치 높은 데서 내려다보는 듯한 시선이었다.

"삼중의 땅이라니?" 맷이 말했다.

페린은 맷의 얼굴이 더 창백해졌다고 생각했다. 딱히 아파 보이는 것은 아니었지만 너무 오래 햇빛을 못 본 것 같았다.

"너희는 그곳을 황무지라고 부르지." 유리엔이 말했다. "우리에겐 그곳이 삼중의 땅이고. 그곳은 우리를 만들어 내는 돌로 된 주형이자, 우리의 가치를 증명할 시험의 땅이고, 죄악에 대한 벌이다."

"무슨 죄악?" 맷이 물었다. 페린은 유리엔의 손에 들린 창이 날아들 거라는 생각에 숨이 멎을 것 같았다.

아이일 사람은 어깨를 으쓱했다. "너무 오래전 일이라 아무도 기억 못해. 현명한 이들과 부족장들은 예외지만, 그들은 말하지 않으려 하고. 그 사람들이 감히 우리에게 말조차 꺼내지 못하는 걸 보면 엄청난 죄악인 게 틀림없지만, 창조주께서 우리에게 제대로 벌을 내리셨으니."

"트롤록은?" 잉타가 고집스럽게 말했다. "트롤록을 봤나?"

유리엔은 고개를 저었다. "봤으면 내가 죽였겠지. 하지만 바위와 하늘 말고는 아무도 못 봤다."

잉타는 관심을 잃고 고개를 저었으나 베린이 입을 열었다. 목소리에 날카로운 집중력이 배어 있었다. "루이딘이라는 곳 말인데, 그게 뭔가? 어디에 있는 거지? 거기 갈 여자들은 어떻게 선발되고?"

유리엔이 무표정해졌다. 그의 눈에 그림자가 드리웠다. "그 점에 대해서는 말할 수 없습니다, 현명한 이여."

페린은 그러고 싶지 않았으나 도끼를 꽉 잡았다. 유리엔의 목소리를 들으니 왠지 그래야 할 것 같았다. 잉타도 자세를 잡으며 칼에 손을 뻗으려 했다. 말을 탄 사람들도 동요했다. 하지만 베린이 아이일 사람에게 다가갔다. 거의 유리엔의 가슴에 손을 대려 했다. 그러더니 그녀는 유리엔의 얼굴을 올려다보았다.

"나는 네가 아는 현명한 이가 아니다, 유리엔." 베린이 고집스럽게 말했다. "나는 아이즈 세다이다. 네가 루이딘에 대해 할 수 있는 말을 해 다오."

스무 명의 남자들과 맞서 싸울 준비가 되어 있던 남자가, 머리가 희어 가는 이 통통한 여자 한 명으로부터 도망치고 싶어 하는 표정을 지었다. "저는…… 모두에게 알려진 내용만을 말씀 드릴 수 있습니다. 루이딘은 열세 번째 부족인 젠 아이일의 땅에 있습니다. 그들에 관해서는 이름 말고 아무 것도 말할 수 없습니다. 현명한 이가 되고 싶어 하는 여자들이나 부족장이 되고 싶어 하는 남자들을 제외하면 아무도 그곳에 갈 수 없습니다. 아마 젠 아이일이 그중에서 선택하겠지요. 저는 모르겠습니다. 많은 사람들이 가지만 돌아오는 이는 드물고, 그렇게 돌아온 자들은 있는 그대로 점 찍힌 자들이 됩니다. 현명한 이, 혹은 부족장으로 말입니다. 그 이상은 말할 수 없습니다, 아이즈 세다이. 그 이상은 안 됩니다."

베린은 입을 꾹 다문 채 계속 그를 올려다보았다.

유리엔은 하늘을 기억에 새기려는 듯 쳐다보았다. "이제 저를 죽이실 겁니까, 아이즈 세다이?"

베린이 눈을 깜빡였다. "뭐라고?"

"이제 저를 죽이실 겁니까? 옛 예언 중 하나에 따르면, 저희가 다시 아이즈 세다이를 실망시킬 경우 아이즈 세다이가 저희를 죽일 거라고 합니다. 저는 당신의 힘이 현명한 자들의 힘보다 크다는 걸 압니다." 아이일 사람은 갑자기, 기쁨이 전혀 담기지 않은 웃음을 터뜨렸다. 그의 눈에 거친 빛이 어려 있었다. "번개를 불러 오십시오, 아이즈 세다이. 제가 그 번개와 함께 춤을 주지요."

아이일 사람은 자기가 죽을 것이라고 생각했지만 두려워하지 않았다. 페린은 자기가 입을 벌리고 있다는 걸 깨닫고 딱 소리가 나게 다물었다.

베린은 유리엔을 올려다보며 웅얼거렸다. "너를 화이트 타워에 둘 수만 있다면 뭐든지 내줄 텐데. 아니면, 네가 기꺼이 말하게 만들 수만 있어도 말이다. 아, 진정해라. 난 너를 해치지 않을 거다. 네가 춤을 추겠다느니 어쩌느니 하며 나를 해치려 들지만 않는다면 말이야."

유리엔은 깜짝 놀란 듯했다. 그는 말에 오른 채 주위를 둘러싸고 있는 샤이나 사람들을 보았다. 무슨 속임수가 있는 건 아닌지 의심하는 듯했다. "당신은 창의 아가씨가 아닙니다." 유리엔이 천천히 말했다. "창과 결혼하지 않은 여자를 제가 어떻게 공격한단 말입니까? 그건 목숨을 구하기 위해서가 아니라면 금지된 행동입니다. 목숨이 걸린 때라도 여자를 죽이는 일을 피할 수만 있다면 차라리 부상을 입을 테고요."

"네 땅에서 이토록 멀리 떨어진 이곳에는 왜 와 있는 것이냐?" 베린이 물었다. "왜 우리에게 왔느냐? 너는 바위 사이에 남아 있을 수도 있었다. 그러면 우리는 네가 그 자리에 있다는 것도 몰랐을 것이다." 아이일 사람이 머뭇거리자 베린이 덧붙였다. "말하고 싶은 것만 말하거라. 너희 현명한 이들이 뭘 하는지는 모르겠지만, 나는 너를 해치지도 않고 네게 강요하지도 않을 것이다."

"현명한 이들도 그렇게 말합니다." 유리엔이 무미건조하게 말했다. "그러나 부족장조차도 그들이 원하는 일을 하지 않으려거든 담력이 세야만 합니다." 그는 조심스럽게 말을 고르는 듯했다. "저는…… 어떤 사람을 찾고 있습니다. 남자입니다." 그의 눈이 페린과 맷, 샤이나 사람들을 스치고 지나가며 자신이 찾는 사람이 없다는 걸 확인했다. "그는 새벽과 함께 오는 자입니다. 그 사람이 오는 위대한 징후와 전조가 있을 것이라고 합니다. 저는 당신 호위대의 갑옷을 보고 당신이 샤이나에서 오셨다는 걸 알았습니다. 또 당신께서는 현명한 이처럼 보이셨지요. 그래서 저는 당신께서 엄청난 사건에 관한 소식을, 새벽과 함께 오는 자의 출현을 알리는 사건들에 관한 소식을 아실지도 모른다고 생각했습니다."

"남자라고?" 베린의 목소리는 조용했으나 그녀의 시선은 단검처럼 날카로웠다. "그 징후라는 게 뭐냐?"

유리엔이 고개를 저었다. "들으면 알게 될 거라고 합니다. 그자를 보면 알게 될 것처럼 말이지요. 그자에게는 표식이 있을 테니까요. 그자는 서쪽에서, 세계의등뼈 너머에서 오겠으나 우리와 같은 혈통입니다. 그자는 루이딘으로 가서 우리를 삼중의 땅에서 데리고 나올 것입니다." 유리엔이 오른손으로 창 하나를 잡았다. 병사들이 각자의 칼에 손을 뻗으면서 가죽과 금속이 삐걱거리는 소리가 났다. 페린은 자기도 모르게 다시 도끼를 잡고 있었다. 하지만 베린은 짜증스러운 눈으로 손을 저어 그들 모두를 진정시켰다. 유리엔은 흙바닥에 창날로 원을 그리더니 그 원을 가로지르는 구불구불한 선을 그었다. "그자는 이 표시를 내걸고 정복할 것이라고 합니다."

잉타는 그 상징을 보고 인상을 썼다. 알아보는 기색은 아니었다. 그러나 맷은 숨죽인 채 뭔가를 상스럽게 중얼거렸고, 페린은 입이 바짝 마르는 것을 느꼈다. **아이즈 세다이를 나타내는 고대의 기호야.**

베린이 발로 그 그림을 지워 버렸다. "나는 그자가 어디 있는지 말해 줄 수 없다, 유리엔." 베린이 말했다. "너를 그자에게로 안내해 줄 징후나 전조에 대해서도 들은 바 없다."

"그러면 저는 탐색을 이어 나가겠습니다." 그 말은 질문이 아니었다. 그러나 유리엔은 베린이 고개를 끄덕일 때까지 기다린 뒤에야 오만한 얼굴로, 도전장이라도 내밀듯 샤이나 사람들을 바라보더니 돌아섰다. 그는 자연스럽게 멀어져 가, 뒤도 돌아보지 않고 바위들 사이로 사라졌다.

몇몇 병사들이 웅성거리기 시작했다. 우노가 "빌어먹을 아이일 미치광이 같으니" 같은 말을 했고, 마시마는 아이일을 까마귀밥으로 만들어 놨어야 한다고 씹어뱉었다.

"소중한 시간을 낭비했다." 잉타가 큰 소리로 말했다. "벌충하기 위해 더 열심히 달려야 한다."

잉타가 베린을 힐끗 보았다. 아이즈 세다이는 발로 기호를 지우느라 문질러 놓은 땅을 비라보고 있었다. "말에서 내려라." 잉타가 명령했다. "갑옷은 짐말에 실어라. 이제 우리는 케예리엔에 들어왔다. 케예리엔 사람들로 하여금 우리가 싸우러 왔다는 생각을 하도록 만들어서는 안 된다. 빨리!"

맷은 페린에게 몸을 숙였다. "너 혹시…… 혹시 아이일 사람이 말한 게 랜드라고 생각해? 나도 말도 안 된다는 거 알지만, 잉타조차도 랜드를 아이일 사람이라고 생각하잖아."

"모르겠어." 페린이 말했다. "우리가 아이즈 세다이와 얽힌 뒤로는 모든 게 말이 안 돼."

베린은 여전히 땅에서 시선을 떼지 않은 채 혼잣말처럼 말했다. "이것도 한 부분이겠지만, 어떻게 그럴 수 있지? 시간의 물레가 우리로서는 전혀 모르는 패턴에 실오리를 짜 넣는 걸까? 아니면 어둠의 존재가 다시 패턴에 손을 대는 것이려나?"

페린은 한기를 느꼈다.

베린이 고개를 들어 갑옷을 벗는 병사들을 노려보았다. "서둘러!" 잉타와 우노를 합친 것보다 더욱 매섭게 베린은 명령했다. "서둘러야 한다!"

29장 숀찬

제프람 본할드는 집이 타는 냄새와 거리의 흙바닥에 뻗어 있는 시체들을 무시했다. 바이알이 지휘하는, 하얀 망토를 맨 100인 부대가 그 뒤를 바짝 따랐다. 그 백 명은 본할드가 거느린 부하의 절반이었다. 부대의 행렬은 마음에 들지 않을 정도로 흩어져 있었다. 질문자들이 너무 많은 자들을 지휘했다. 하지만 본할드가 받은 명령은 명확했다. 질문자들에게 복종하라는 것.

이곳은 저항이 거의 없었다. 대여섯 채의 집에서만 연기 기둥이 솟아올랐다. 이제 보니 여관은 아직 멀쩡했다. 앨머스평원의 거의 모든 건물이 그렇듯 석재에 회칠을 한 건물이었다.

여관 앞에서 고삐를 낭긴 본할드의 시신은 병사들이 마을 우물 근처에 잡아 놓은 죄수들을 지나 마을의 풀밭을 망쳐 놓고 있는 기다란 교수대로 향했다. 교수대는 서둘러 만든 것이었다. 그저 긴 막대를 똑바로 세워 놓은 형태에 불과했다. 하지만 그 교수대에는 시체 30구가 매달려 있었다. 산들바람 탓에 그들의 옷에 주름이 생겼다. 노인들의 시체 사이로 작은 시체도 매달려 있었다. 바이알조차 못 믿겠다는 듯 그 모습을 바라보았다.

"무아드!" 본할드가 외쳤다. 머리가 희끗희끗한 남자가 죄수들을 잡아 놓고 있던 사람들 사이에서 종종걸음 쳐 왔다. 무아드는 한때 어둠의 친구들의 손아귀에 들어간 적이 있었다. 흉터가 남은 그의 얼굴을 보면 가장 강한 자들도 깜짝 놀랐다. "네가 한 짓이냐, 무아드? 아니면 숀찬의 짓이냐?"

"둘 다 아닙니다, 대장님." 무아드의 목소리는 잔뜩 쉬어서 속삭이는 듯 거칠었다. 그것도 어둠의 친구들이 남긴 흔적이었다. 그는 더 이상 말하지 않았다.

본할드가 인상을 썼다. "당연히 그자들은 이런 짓을 하지 않았을 거다." 그는 죄수들을 가리키며 말했다. 빛의 아이들은 본할드의 지휘에 따라 타라본을 건너왔을 때처럼 깔끔한 모습은 아니었지만, 감시하는 눈초리 아래 웅크리고 있는 저 어중이떠중이에 비하면 행진할 준비라도 된 것처럼 보였다. 누더기와 조각난 갑옷을 걸치고 시무룩한 표정을 짓고 있는 남자들. 타라본이 토먼 헤드의 침략자들을 상대하라고 보낸 군대의 자투리.

무아드는 망설이다가 조심스럽게 말했다. "마을 사람들은 놈들이 타라본 망토를 걸치고 있었다고 합니다, 지휘관님. 놈들 사이에 덩치가 크고 눈이 회색이며 긴 콧수염을 기른 남자가 있었다는데, 그 내용대로라면 빛의 아이 이어윈과 쌍둥이인 것 같습니다. 또 젊은이가 하나 있었는데 그자는 노란 턱수염으로 예쁜 얼굴을 가리려 했다는군요. 그자는 왼손으로 싸웠다고 합니다. 거의 빛의 아이 우안 얘기처럼 들립니다, 지휘관님."

"질문자들이로군!" 본할드가 내뱉었다. 이어윈과 우안도 본할드가 질문자들에게 지휘권을 넘겨야 했던 부하들이었다. 본할드는 전에도 질문자들이 쓰는 전술을 본 적이 있었지만, 어린아이의 시체를 마주한 건 지금이 처음이었다.

"지휘관님께서 그렇게 말씀하신다면요." 무아드는 열렬히 맞장구치듯 말했다.

"밧줄을 잘라 줘라." 본할드가 지친 듯 말했다. "밧줄을 잘라 내려 주고, 마을 사람들에게 더 이상 살육은 없으리라는 걸 분명히 알려 줘라." **웬 멍청이가 자기 여자가 보고 있다는 이유로 용감하게 굴지 않는다면 말이지. 그 경우에는 일벌백계할 수밖에 없어.** 본할드는 포로들을 다시 눈여겨보며 말에서 내렸다. 무아드는 사다리와 칼을 가져오라고 외치며 서둘러 떠났다.

본할드는 질문자들의 지나친 열성 말고도 생각할 게 많았다. 질문자들에 대한 생각을 아예 멈출 수 있으면 좋겠다는 생각이 들었다.

"놈들은 싸움을 별로 버티지 못합니다, 지휘관님." 바이알이 말했다. "이 타라본 사람들도 그렇고, 남은 도만 사람들도 그렇습니다. 궁지에 몰린 쥐처럼 물긴 하지만 상대가 똑같이 이빨을 드러내는 순간 도망칩니다."

"그자들을 깔보기 전에 우리가 침략자들을 마주하면 어떻게 될지부터 생각해 봐라, 바이알. 알겠나?" 포로들의 얼굴에는 본할드의 부하들이 오기 전부터 자리 잡은 패배감이 어려 있었다. "무아드에게 저 중 한 명을 골라 오라고 해라." 무아드의 얼굴은 그 자체로 거의 모든 남자들의 결심을 무뎌지게 할 법했다. "장교면 더 좋고. 자기가 본 것을 꾸밈없이 말할 만큼 지능이 있되 아직 좆대가 완전히 서지는 않았을 법한 어린놈으로. 무아드에게 너무 부드럽게 할 필요는 없다고 해라. 알았나? 그 녀석한테 나는 그놈이 꿈도 꾸지 못했던 나쁜 일을 일으킬 생각이라고 믿게 해. 그놈이 내 마음을 돌리지 않는 한 말이야." 본할드는 빛의 아이들 중 하나에게 고삐를 넘기고 성큼성큼 여관으로 들어갔다.

놀랍게도 여관 주인이 있었다. 땀을 삐질삐질 흘리며 아부하는 남자였다. 더러운 셔츠의 수놓인 붉은색 소용돌이무늬가 금방이라도 터져 나올 것처럼 배 위로 팽팽하게 당겨져 있었다. 본할드가 남자에게 가 보라고 손을 내저었다. 문 앞에 여자와 아이 몇 명이 옹송그리고 있었는데, 여관 주인이 그들을 데리고 나갔다.

본할드는 장갑을 벗고 이느 탁자에 앉았다. 그는 침략자들에 대해, 낯선 자들에 대해 거의 알지 못했다. 거의 모든 사람들이 놈들을 침략자라고, 낯선 자들이라고 불렀다. 아터 호크윙에 대해 지껄이는 자들이 아니라면. 본할드는 침략자들이 자신을 숀찬이라고, **헤예리네**라고 부르는 걸 알고 있었다. 본할드는 어느 정도 고어를 알았기에 후자가 전에 왔던 자, 혹은 선구자를 의미한다는 걸 알고 있었다. 그자들은 자신들을 **레예아겔**, 즉 집에 돌아온 자라고 부르기도 했다. 또한 그들은 **코린네**, 다시 말해 귀환에 대해서 이야기했다. 아터 호크윙의 군대가 실제로 돌아왔다는 생각이 들 정도였다.

배를 타고 상륙했다는 것만 빼면 아무도 숀찬이 어디에서 왔는지 몰랐다. 바다 민족에게 정보를 달라고 했던 본할드의 요청에는 아무 응답이 없었다. 아마도어는 아사안 미에레를 호의적으로 보지 않았고 바다 민족은 이자까지 쳐서 그런 태도를 돌려주었다. 본할드가 숀찬에 대해 아는 것은 밖에 있는 사람들과 비슷한 사람들에게서 들은 것뿐이었다. 눈을 휘둥그렇게 뜨고 땀을 흘려 대며 말은 물론 괴물을 타고 전투에 뛰어든 남자들에 대해, 곁에 괴물을 거느리고 싸운 남자들에 대해, 적들의 발밑 땅을 찢어발길 아이즈세다이들을 데려왔다는 남자들에 대해 떠들어 대는 어중이떠중이 패잔병들에게 들은 것뿐.

문간에서 들려오는 군홧발 소리에 본할드는 잔인한 미소를 지어 보였으나 바이알이 데려온 건 무아드가 아니었다. 바이알 옆에 서 있던 빛의 아이는 등을 꼿꼿이 세우고 팔오금에 투구를 끼고 있는 자로 이름은 제랄이었다. 본할드는 그가 수백 킬로미터는 떨어진 곳에 있는 줄 알았다. 그 젊은이는 갑옷 위에 도만식으로 마름질한 망토를 입고 있었다. 빛의 아이들이 입는 흰 망토가 아니라 파란색으로 꾸민 망토였다.

"무아드는 지금 어느 젊은 녀석과 이야기하고 있습니다, 지휘관님." 바이알이 말했다. "빛의 아이 제랄이 방금 메시지를 가지고 찾아왔습니다."

본할드는 제랄에게 말해 보라고 손짓했다.

젊은이는 자세를 풀지 않았다. "빛의 손을 이끄시는 야이킴 카리딘의 찬사를 전하며……." 그는 똑바로 앞을 보며 입을 열었다.

"질문자의 찬사 따위 필요하지 않다." 본할드가 씹어뱉었다. 제랄은 놀란 표정이 되었다. 아직 젊었으니까. 하긴, 바이알도 불편한 표정이기는 했지만. "그자의 메시지를 전하려는 것 아니냐? 내가 요청하지 않는 한 그자의 말을 한 마디 한 마디 문자 그대로 전할 필요는 없다. 그저 그자가 원하는 것만 말해라."

외워 온 말을 읊으려던 빛의 아이는 침을 삼킨 뒤에야 입을 열었다. "지휘관님, 그분…… 그분께서는 지휘관님께서 너무 많은 병사를 토면 헤드와 너무 가까운 곳으로 옮기고 있다고 하십니다. 앨머스평원의 어둠의 친구들을 박멸해야 하는데, 지휘관님께서……. 이런 말을 하는 걸 용서해 주십시오, 지휘관님. 그분께서는 지휘관님께서 즉시 방향을 돌려 평원 중심부로 와야 한다고 하셨습니다." 제랄은 뻣뻣하게 서서 기다렸다.

본할드는 그를 자세히 살펴보았다. 평원의 먼지가 제랄의 망토와 장화만이 아니라 얼굴에도 얼룩져 있었다. "가서 뭘 좀 먹어라." 본할드가 말했다. "원한다면 이곳 어느 집에 씻을 물도 있을 거다. 한 시간 뒤에 돌아와라. 네가 전해야 할 메시지가 있다." 본할드는 손을 내저어 젊은이를 내보냈다.

"질문자들이 맞을지도 모릅니다, 지휘관님." 제랄이 떠나자 바이알이 말했다. "평원에는 많은 마을이 흩어져 있고, 어둠의 친구들은……."

본할드가 탁자를 손으로 내리치는 바람에 바이알은 말을 멈추었다. "무슨 어둠의 친구들 말이냐? 나는 그자가 점령하라고 명령한 마을에서 우리가 자기들의 살림살이를 불태울까 봐 걱정하는 농부와 장인, 병자를 돌보는 늙은 여자 몇 명밖에 보지 못했다." 무표정한 바이알의 얼굴은 관찰할 만한 대상이었다. 본할드에 비해 바이알은 늘 어둠의 친구들을 찾느라 혈안이 되어 있었다. "게다가 아이들은 어떠냐, 바이알? 이곳 아이들도 어둠의 친구가 되었다는 거냐?"

"어미의 죄악은 5대째 후손에게까지 이어집니다." 바이알이 들은 말을 인용했다. "아버지의 죄악은 10대째까지 이어지고요." 하지만 그는 불안해 보였다. 아무리 바이알이지만 어린아이를 죽여 본 적은 없었다.

"카리딘이 우리 깃발을 가져간 이유에 대해서나, 질문자들이 지휘하는 사람들의 망토에 대해서 궁금하게 생각해 본 적은 한 번도 없더냐? 질문자들 자신조차도 흰옷을 벗었다. 거기엔 어떤 의미가 있을 텐데. 아니냐?"

"나름의 이유가 있었을 겁니다, 지휘관님." 바이알이 천천히 말했다. "질문자들에게는 늘 이유가 있습니다. 질문자가 아닌 우리에게는 말해 주지 않더라도 말입니다."

본할드는 바이알이 좋은 군인이라는 걸 떠올렸다. "북쪽으로 간 빛의 아이들은 타라본의 망토를, 남쪽으로 간 자들은 도만의 망토를 입었다, 바이알. 나는 이런 행동이 내게 의미하는 바가 마음에 들지 않는다. 이곳에는 어둠의 친구들이 있지만, 그들은 평원이 아니라 팔메에 있다. 메시지를 가지고 가는 건 제랄만이 아니다. 나는 찾을 수 있는 모든 빛의 아이들 단체에 메시지를 보낼 생각이다. 나는 부대를 이끌고 토먼 헤드로 갈 생각이다, 바이알. 거기서 진짜 어둠의 친구들, 이 숀찬이라는 자들이 무슨 일을 꾸미는지 봐야겠다.”

바이알이 혼란스러운 표정으로 입을 열기도 전에 무아드가 포로 중 한 명을 데리고 나타났다. 정교하지만 잔뜩 망가진 흉갑을 입은 젊은 남자가 땀을 흘리며 두려운 눈으로 무아드의 끔찍한 얼굴을 바라보았다.

본할드가 단검을 꺼내 손톱을 다듬기 시작했다. 이런 행동이 왜 사람들을 그렇게까지 긴장시키는지는 알 수 없었지만, 본할드는 어쨌든 그 방법을 사용했다. 인자한 할아버지 같은 그의 미소조차 포로의 더러운 얼굴을 창백하게 만들었다. “자, 젊은이. 네가 낯선 자들에 대해 아는 모든 것을 말해라. 알았느냐? 무슨 말을 해야 할지 생각해 봐야겠다면, 빛의 아이 무아드와 함께 그 말을 생각해 볼 수 있도록 다시 내보내마.”

포로는 눈을 휘둥그렇게 뜨며 무아드를 힐끗 보았다. 그의 입에서 말이 쏟아지기 시작했다.

길게 펼쳐진 아리스대양에 파도가 너울거리며 스프레이호가 요동쳤다. 그러나 도먼은 두 발을 쫙 벌리고 있었기에 균형을 잡으며 기다란 원통형 유리를 눈에 대고 그들을 따라오는 커다란 배를 자세히 관찰할 수 있었다. 그 배는 일행을 쫓고 있었을 뿐 아니라 천천히 따라잡고 있었다. 스프레이호가 달려가는 곳의 바람은 딱히 좋지도, 강하지도 않았다. 그러나 상대 배가 뭉툭한 뱃머리로 파도를 들이박아 물거품의 산을 일으키는 곳에서는 바람이 그 이상 잘 불 수 없었다. 토먼 헤드의 해변이 동쪽으로 어렴풋하게 보였다. 어두운 절벽과 좁게 뻗은 모래밭. 도먼은 스프레이호를 이렇게 먼바다까지 끌고 나와도 상관없다고 생각했었지만, 지금은 그 대가를 치르게 된 것 아닌지 두려웠다.

“낯선 자들입니까, 선장님?” 야린의 목소리에 진땀이 배어 있었다. “낯선 자들의 배입니까?”

도먼은 망원경을 내렸다. 눈이 여전히 높고 정사각형이며 특이하게도 돛이 갈비뼈 모양으로 생긴 배로 가득 채워져 있는 느낌이었다. “숀찬이다.” 도먼의 말에 야린이 신음을 흘렸다. 도먼은 두꺼운 손가락으로 난간을 톡톡 두드리다가 조타수에게 말했다. “배를 연안으로 몰아라. 저 배는 감히 스프레이호가 항해할 수 있는 얕은 물에 들어가지 않을 거다.”

야린이 큰 소리로 명령을 내리자 선원들이 달려가 활대를 당겼다. 조타수는 키를 돌리며 해변과 더 가까운 쪽으로 뱃머리를 회전시켰다. 스프레이호가 바람이 불어오는 방향으로 더 깊숙이 들어가면서 더욱 느려졌다. 그러나 도먼은 상대 배가 다가오기 전에 모래톱 부근에 이를 수 있을 거라고 확신했다. **스프레이호는 선창이 가득 차 있더라도 저 거대한 배의 용골이 절대 다닐 수 없는 얕은 물을 지날 수 있어.**

도먼의 배는 탄치코에서 나올 때보다 약간 더 깊은 물에 떠 있었다. 도먼이 거기에서 가져온, 폭죽이 담긴 세 번째 화물은 사라졌다. 토먼 헤드의 고기잡이 마을에서 팔았다. 하지만 폭죽을 팔고 벌어들인 은화에는 불안한 소식이 함께 딸려 왔다. 사람들은 높이가 높고 네모난 배를 탄 침략자들이 찾아왔다고 말했다. 숀찬의 배들이 해변에서 떨어진 곳에 닻을 내렸을 때, 가정을 지키기 위해 대열을 갖춰 선 마을 사람들은 하늘에서 떨어진 벼락에 찢겨 나갔다. 그러는 동안에도 작은 배들은 침략자들을 해안으로 실어 날랐고, 마을 사람들의 발밑에서는 땅이 불꽃을 일으키며 폭발했다. 도먼은 누군기 겁게 그을린 땅을 보여 주기 전까지 그 말이 헛소리라고 생각했다. 그 이후로는 그런 땅을 너무도 많은 마을에서 보았기에 더는 의심할 수 없었다. 마을 사람들 말로는 숀찬의 군인들이 괴물과 함께 싸웠다. 더 이상 저항군이 많이 남아 있지도 않았는데 말이다. 심지어 어떤 마을 사람들은 숀찬 사람 자체가 거대한 곤충의 머리가 달린 괴물이라고 주장했다.

탄치코에서는 아무도 숀찬 사람이 자신들을 뭐라고 부르는지조차 몰랐다. 타라본 사람들은 타라본 군대가 침략자들을 바다로 몰아낼 거라고 자신 있게 말했다. 하지만 모든 해변 마을에서는 사정이 달랐다. 숀찬 사람들은 경악한 사람들에게 그들이 저버린 맹세를 다시 해야 한다고 말했다. 그들이 언제 맹세를 저버렸는지, 또 그 맹세의 의미는 무엇인지는 굳이 설명해 주지 않았다. 그들은 젊은 여자들을 한 명 한 명 끌고 가 조사했고, 그 여자 중 일부는 배 위로 끌려가 다시는 목격되지 않았다. 나이 많은 여자 몇 명도 사라졌다. 안내자와 치유자 들이었다. 숀찬은 새로운 시장과 마을 위원회를 선발했고, 여자들의 실종에 대해서 그리고 선출 과정에서 목소리를 낼 수 없게 된 점에 대해서 항의하는 사람은 목이 매달리거나 갑자기 불타오르거나 짖어 대는 개처럼 그냥 무시당했다. 이중 어떤 일을 당하게 될지는 너무 늦은 뒤에야 알 수 있었다.

사람들이 철저히 위협당하고, 당황한 채 무릎을 꿇고 선구자들에게 복종하게 되었을 때, 귀환을 기다리며 '집에 돌아오는 자'들을 목숨을 다해 섬기겠다고 억지로 맹세하게 되었을 때 숀찬 사람들은 배를 타고 떠났으며 보통은 돌아오지 않았다. 전해지는 소식에 따르면, 숀찬 사람들이 굳게 지킨 마을은 팔메뿐이었다.

그들이 두고 떠난 몇몇 마을에서는 사람들이 슬금슬금 예전의 삶으로 돌아갔다. 마을 위원회를 다시 선출하자는 이야기를 할 정도였다. 하지만 대부분의 사람들은 긴장한 채 바다를 눈여겨보며, 이해하지 못하고 억지로 한 맹세일지라도 지켜야만 한다며 하얗게 질린 얼굴로 항의했다.

도먼은 그럴 수만 있다면 숀찬 사람을 만나고 싶지 않았다.

그는 가까워지는 숀찬 배의 갑판을 보려고 망원경을 들어올렸다. 그때 우렁찬 소리와 함께 바다의 표면이 갈라지며 분수와 불꽃이 뿜어져 나왔다. 도먼의 좌현과 91미터도 떨어지지 않은 곳이었다. 도먼이 입을 쩍 벌리기도 전에 또 하나의 불기둥이 반대쪽에서 바다를 갈랐다. 도먼이 획 돌아 그 불기둥을 보려는데, 앞에서도 불꽃이 터졌다. 폭발은 시작됐을 때처럼 빠르게 잦아들었다. 불기둥 때문에 뿜어져 나온 물안개가 갑판 전체에 불어 닥쳤다. 폭발이 일어났던 곳에서는 바다가 끓어오르기라도 하듯 부글부글 증기가 뿜어져 나왔다.

"우린…… 놈들이 우리를 따라잡기 전에 얕은 물에 도착할 겁니다." 야린이 천천히 말했다. 그는 물안개 아래에서 휘도는 물을 보지 않으려고 애쓰는 것처럼 보였다.

　도먼이 고개를 저었다. "놈들은 내가 스프레이호를 얕은 물로 끌고 들어가기 전에 무슨 수로든 우리를 박살 낼 수 있어." 그는 분수 안의 불꽃과 폭죽으로 가득 찬 선창을 떠올리며 몸을 떨었다. "우라질 거, 물에 빠져 죽을 사람조차 없을지 모른다." 그는 턱수염을 잡아당기며 맨송맨송한 윗입술을 문질렀다. 이 배와 배에 실린 것은 도먼이 이 세상에서 가진 전부였기에 명령을 내리고 싶지 않았으나 결국은 마음을 정했다. "야린, 바람 불어오는 쪽으로 간다. 돛을 내려. 빨리, 빨리! 우리가 계속 도망치려 한다고 저 자들이 생각하기 전에."

　선원들이 삼각돛을 내리러 달려가고 도먼은 고개를 돌려 다가오는 숀찬의 배를 바라보았다. 스프레이호는 선두 자리를 빼앗기고 파도에 실린 채 흔들거렸다. 상대의 배는 도먼의 배에 비해 물 위로 드러난 부분이 높았으며, 뱃머리와 고물에 나무로 만든 탑이 설치돼 있었다. 숀찬의 남자들이 삭구를 움직여 그 이상하게 생긴 돛을 올렸다. 갑옷을 입은 사람들이 탑 위에 서 있었다. 대형 보트가 배 옆으로 내려지더니 노 10개의 도움을 받아 스프레이호로 빠르게 다가왔다. 도먼은 놀라서 인상을 찡그렸다. 그 배에는 갑옷을 입은 사람들이 실려 있었고 뱃고물에는 여자 두 명이 웅크리고 있었다. 보트가 스프레이호의 용골에 쿵 부딪혔다.

　처음으로 기어오른 사람은 갑옷을 입은 남자 중 한 명이었다. 도먼은 왜 마을 사람들 일부가 숀찬 사람은 그 자체로 괴물이라고 했는지를 즉시 깨달았다. 그가 쓴 투구는 괴물 같은 곤충의 머리와 무척 닮아 있었고, 투구 위에 꽂은 가느다란 빨간색 깃털은 더듬이처럼 보였다. 투구를 쓴 남자는 곤충의 이빨 사이로 밖을 내다보는 것 같았다. 색을 칠하고 도금까지 해서 그런 분위기가 더해졌다. 갑옷의 나머지 부분에도 색칠과 도금이 되어 있었다. 테두리를 금으로 덮은 검은색과 빨간색의 판금이 겹쳐지며 이것이 가슴을 덮고 팔 바깥 부분과 허벅지 앞부분을 따라 이어졌다. 그가 낀 장갑의 강철로 된 손등 부분 역시도 빨간색과 금색으로 이루어져 있었다. 금속이 아닌 부분은 짙은 색의 가죽이었다. 그가 등에 찬 양손검은 날이 휘어진 형태로, 칼집과 칼자루도 검은색과 빨간색의 가죽으로 만들어져 있었다.

갑옷 입은 사람이 투구를 벗었다. 도먼은 그를 빤히 바라보았다. 여자였다. 검은 머리는 짧게 잘려 있었고 얼굴은 거칠어 보였으나 오해의 여지가 없었다. 도먼은 여자들이 전사로 활동한다는 얘기를 들어본 적이 없었다. 아이일 사람들은 예외였지만 아이일 사람들이야 미친 것으로 잘 알려져 있었다. 더불어 당황스러운 점은, 여자의 얼굴이 도먼의 예상 속 숀찬 사람의 얼굴과 달리 크게 낯설지 않았다는 것이었다. 여자의 눈이 파란색이고 피부가 극도로 흰 것은 사실이었다. 하지만 도먼은 전에도 이런 모습을 본 적이 있었다. 이 여자가 드레스를 입는다면 누구도 이 여자를 눈여겨보지 않을 것이다. 도먼은 그녀를 유심히 살피며 의견을 바꾸었다. 저 차가운 눈빛과 거친 두 뺨 때문에 여자는 어디에서든 눈에 띄었을 것이다.

다른 병사들이 여자를 따라 갑판에 올라왔다. 그들 중 몇몇이 이상한 투구를 벗자, 도먼은 최소한 그들이 남자라는 걸 깨닫고 마음을 놓았다. 눈이 검거나 갈색이며 탄치코나 일리안에 있었다 해도 전혀 눈에 띄지 않았을 남자들이었다. 칼을 든 푸른 눈의 여자들로 이루어진 군대의 환영이 보이려는 참이었는데. **칼을 든 아이즈 세다이라니.** 도먼은 바다가 폭발하던 장면을 떠올렸다.

숀찬 여자가 오만한 눈으로 배를 살펴보더니 도먼을 선장으로 찍었다. 옷을 보면 선장은 도먼이거나 야린일 수밖에 없었는데, 눈을 감고 숨죽인 채 웅얼웅얼 기도하는 야린의 모습으로 인해 때문에 도먼이 선장임을 알 수 있었던 것이다. 여자는 창처럼 날카로운 시선으로 도먼을 꼼짝 못 하게 했다.

"선원이나 승객 중 여자가 있느냐?" 말투가 약간 어눌해서 알아듣기는 힘들었지만 여자의 목소리에 딱딱하게 깃든 기색을 통해, 그녀가 상대방에게서 대답을 받아 내는 데 익숙하다는 걸 알 수 있었다. "네가 선장이라면 말해라, 남자여. 선장이 아니라면, 저 바보를 깨워서 말하라고 해라."

"제가 선장입니다, 여공." 도먼이 조심스럽게 말했다. 그는 여자를 어떻게 불러야 할지 알 수 없었지만 실수를 하고 싶지도 않았다. "승객은 없습니다.

선원 중에도 여자는 없고요." 도먼은 잡혀간 여자들을 떠올렸다. 처음도 아니지만, 이 사람들이 대체 여자들에게 뭘 원하는 건지 궁금해졌다.

여자 옷을 입은 두 여자가 보트에서 올라왔다. 도먼은 눈을 깜빡였다. 뱃전으로 올라온 한 여자가 은색 금속으로 이루어진 다른 여자의 목줄을 잡고 있었다. 목줄은 첫 번째 여자가 찬 팔찌에서 두 번째 여자의 목에 걸린 개목걸이로 이어졌다. 얽어서 만든 건지 용접을 해서 붙인 것인지는 알 수 없었지만—어째서인지 둘 다인 것처럼 보였다—목줄이 팔찌와 목걸이 둘 모두와 통째로 연결되어 있다는 건 분명했다. 두 번째 여자가 갑판에 올라오자 첫 번째 여자가 목줄을 둘둘 감았다. 목걸이를 찬 여자는 아무 무늬 없는 짙은 회색 옷을 입고 손을 포갠 채 서 있었다. 시선은 발치의 널빤지에 붙박여 있었다. 다른 여자는 가슴팍과 치마 양옆에 둘로 갈라진 은색 번개가 수놓인, 붉은 천을 덧댄 푸른색 드레스를 입고 있었다. 치마는 여자의 장화 발목에 못 미치는 짧은 것이었다. 도먼은 불안한 눈으로 그 여자들을 바라보았다.

"천천히 말해라, 남자여." 푸른 눈의 여자가 어눌한 말투로 명령했다. 여자는 갑판을 가로질러 와 도먼을 똑바로 보았다. 그녀는 도먼을 올려다보았는데 어째서인지 그보다 키도, 덩치도 큰 인상을 주었다. "빛께서 저버리신 이 땅의 다른 사람들보다도 더 알아듣기 힘들게 말을 하는구나. 게다가 나는 혈족이 아니다. 아직은 말이다. **코린네** 이후로는. 나는 에기아닌 선장이다."

도먼은 천천히 말하려고 애쓰며 아까 했던 이야기를 반복하고 덧붙였다. "저는 평화로운 상인입니다, 선장님. 선장님께 어떤 해도 끼칠 생각이 없고, 여러분의 전쟁과도 아무런 관련이 없습니다." 도먼은 참지 못하고 목줄로 연결된 두 여자를 다시 쳐다보았다.

"평화로운 상인이라?" 에기아닌이 생각에 잠겼다. "그렇다면 충성의 맹세를 하는 순간 자유로이 떠날 수 있다." 그녀는 힐끔거리던 도먼의 시선을 알아보고, 주인으로서의 자긍심이 담긴 얼굴로 여자들을 보며 미소 지었다. "내 **다마니**가 마음에 드나? 값이 아주 비싸지만 그럴 만한 가치가 있지. 귀족이 아닌데 **다마니**를 소유한 자는 드물다. **다마니** 대부분이 왕의 소유이고. 저 여자는 강하다, 상인이여. 내가 원했다면 **다마니**가 네 배를 산산이 조각낼 수도 있었다."

도면은 여자들과 은색 목줄을 바라보았다. 번개가 그려진 옷을 입은 여자를 바다에 불 분수를 일으킨 사람과 연결 지은 그는 그녀가 아이즈 세다이일 거라고 생각했다. 그런데 에기아닌이 방금 한 말로 인해 머릿속에 소용돌이가 쳤다. **설마 저런 일을 당하고 있는 게……** "저 여자가 아이즈 세다이입니까?" 도면은 믿을 수 없어서 그렇게 말했다.

순간, 아무렇지 않게 날아드는 손길을 전혀 예상 못했다. 에기아닌이 강철로 된 장갑 손등 부분으로 후려치는 바람에 도면의 입술이 터졌고, 그는 휘청거렸다.

"그 이름은 절대 말해서는 안 된다." 에기아닌이 위험하고도 부드러운 어조로 말했다. "세상에는 **다마니**, 즉 목줄에 매인 자가 존재할 뿐이다. 이제 저들은 명목만이 아니라 실제로도 우리를 위해 일한다." 에기아닌의 눈을 보니 얼음조차 따뜻하게 느껴질 정도였다.

도면은 피를 삼켰다. 두 손은 꽉 쥔 채 몸 양옆에 가만히 놔두었다. 손에 쥘 만한 칼이 있었다 해도 갑옷을 갖춰 입은 대여섯 명의 군인들을 상대로 살육전을 벌이라는 명령을 선원들에게 내리지는 않았을 것이다. 그는 애써 겸손한 목소리를 냈다. "불손하게 굴려는 건 아니었습니다, 선장님. 선장님의 방식에 대해서는 전혀 몰라서요. 제가 무례를 범했다면 몰라서 그런 것이지 일부러 그런 게 아닙니다."

에기아닌은 그를 보더니 말했다. "정말이지 무식하구나, 선장. 하지만 너는 네 선조들의 빚을 갚게 될 것이다. 이 땅은 우리 것이었고, 다시 우리 것이 될 거다. 귀환과 함께 우리 것이 될 거야." 도면은 무슨 말을 해야 할지 몰랐으므로—**아터 호크윙 이야기가 사실이라는 소리를 지껄이는 건 당연히 아니겠지?**—입을 다물었다. "네 배를 끌고 팔메로 가라." 도면은 항의하려 했지만, 에기아닌의 시선에 입을 다물었다. "거기서 너와 네 배를 검사할 거다. 네가 말하는 것처럼 평화로운 상인일 뿐이라면, 맹세를 하는 대로 떠나도 좋다."

"맹세라니 무슨 맹세를 말씀하시는 겁니까, 선장님?"

"복종하고 기다리고 섬기겠다는 맹세다. 네 조상들이 기억했어야 하는데."

에기아닌은 자기 부하들을 모아들였고—아무 무늬 없는 갑옷을 입은 남자 한 명만이 예외였다. 남자는 갑옷으로 보나, 에기아닌 선장에게 허리를 숙이는 각도로 보나 낮은 계급이 틀림없었다—그들의 배는 모선을 향해 멀어져 갔다. 남은 숀찬 사람은 명령을 내리지 않았다. 그저 책상다리를 한 채 갑판에 앉아 칼을 갈기 시작했을 뿐이다. 그러는 동안 선원들은 돛을 올리고 일을 시작했다. 숀찬 사람은 혼자 남은 것이 전혀 두렵지 않은 듯했다. 도면 역시 그자에게 손찌검하는 선원이 있다면 누구든 갑판 너머로 직접 던져 버릴 생각이었다. 스프레이호가 해변을 따라 나아가는 동안 숀찬의 배가 깊은 물에서 따라왔으니 말이다. 두 배 사이의 거리는 2킬로미터 정도였으나 도면은 탈출할 희망이 전혀 없다는 걸 잘 알았고, 이 남자를 엄마처럼 품고 에기아닌 선장에게 안전하게 되돌려 줄 생각이었다.

팔메까지 가는 길은 멀었다. 도면은 마침내 숀찬 사람을 설득해 조금쯤 말을 하도록 했다. 검은 눈의 중년 남자는 눈 위에 오래된 흉터가 있었고 턱에도 또 다른 흉터가 새겨져 있었다. 그의 이름은 카반이었다. 그는 아리스 대양 이쪽 편에 있는 사람들에게 그저 경멸감만을 품고 있었다. 그 말에 도면은 잠시 할 말을 잊었다. **어쩌면 이 사람들이 정말……. 아니, 그건 미친 소리야.** 카반의 말투도 에기아닌처럼 어눌했다. 다만 에기아닌의 말투가 칼날을 가로지르는 비단 같다면 카반의 말투는 바위에 부스럭거리는 가죽 같았다. 또 카반은 대체로 전투와 술, 자기가 알았던 여자들에 관해서만 이야기하고 싶어 했다. 두 번에 한 번 정도, 그가 지금 이곳에 대해서 이야기하는 건지 자기가 원래 있던 곳에 대해서 말하는 건지 확실치 않았다. 도면이 알고 싶어 하는 것에 대해 적극적으로 말할 생각이 없는 게 확실했다.

한번은 도면이 **다마니**에 대해 물었다. 조타수 앞에 앉아 있던 카반은 손을 위로 뻗어 도면의 목에 칼을 겨누었다. "네 혀가 어디에 닿는지 조심하지 않으면 그 혀를 잃게 될 거다. 그건 혈족의 일이지 너희 같은 사람들이 상관할 일이 아니다. 내 일도 아니고." 카반은 이 말을 하면서 씩 웃었다. 그리고 말을 마치자마자 다시 묵직하게 휘어진 칼날을 숫돌로 문지르기 시작했다.

도먼은 목깃 바로 위에서 샘솟는 핏방울을 만져 보고, 최소한 그 질문은 다시 하지 않기로 결심했다.

팔메와 가까워질수록 높이가 두 배는 높고 정사각형처럼 생긴 숀찬의 배들 사이를 더 많이 지나쳤다. 일부는 항해 중이었지만 대부분 정박한 상태였다. 모든 배는 뱃머리가 뭉툭했고 탑이 설치돼 있었다. 도먼이 여태 본 어떤 배보다도 컸다. 바다 민족의 배와 비교해도 그랬다. 이 지역에서 만든, 뱃머리가 뾰족하고 돛이 비스듬한 배 몇 척이 푸른 파도를 가로지르며 빠르게 나아가는 모습이 보였다. 그 모습을 보자 도먼을 풀어 주겠다던 에기아닌의 말이 사실이라는 믿음이 생겼다.

스프레이호가 팔메가 자리한 곳에 이르렀다. 도먼은 항구로부터 조금 떨어진 곳에 정박해 있는 숀찬 배들을 보고 입을 쩍 벌렸다. 그 숫자를 헤아려 보다가, 반도 세지 못한 채 100척에서 포기했다. 한 장소에 이렇게 많은 배가 모여 있는 모습은 전에도 본 적이 있었지만—일리안에서도, 티어에서도, 심지어 탄치코에서도 보았다—그때는 크기가 작은 배가 많았다. 도먼은 침울하게 투덜거리며 스프레이호를 끌고 항구로 들어갔다. 거대한 숀찬 감시견이 스프레이호를 몰아넣었다.

팔메는 토먼 헤드의 맨 끝, 작은 땅 위에 서 있었다. 팔메 서쪽으로는 아리스대양밖에 없었다. 항구 입구 양옆으로는 높은 절벽이 이어져 있었고, 그중 한 절벽의 맨 위에는 파도의 파수꾼들이 있는 탑이 서 있었다. 항구로 들어오는 모든 배는 그 아래를 지나가야 했다. 어느 탑의 한쪽 면에 철창이 걸려 있었는데, 그 안에서 한 남자가 철창 밖으로 두 다리를 대롱거리며 낙심한 채 앉아 있었다.

"저건 누구요?" 도먼이 물었다.

카반은 그제야 칼 갈기를 멈추었다. 도먼은 카반이 그 칼로 면도라도 하려는 건가 궁금해지려던 참이었다. 숀찬은 도먼이 가리킨 곳을 힐끗 쳐다보았다. "아. 저건 첫 번째 파수꾼이다. 물론, 우리가 처음 왔을 때 그 자리에 앉아 있던 놈은 아니고. 첫째 파수꾼이 죽을 때마다 놈들이 다른 놈을 뽑지. 그러면 우리가 그놈을 철창에 가두는 거야."

"왜요?" 도먼이 물었다.

카반이 씩 웃자 치아가 지나치게 많이 드러났다. "놈들이 엉뚱한 걸 감시했으니까. 기억해야 하는 걸 잊고."

도먼은 숀찬 사람에게서 억지로 시선을 돌렸다. 스프레이호는 진짜 바다의 너울이라고 할 만한 것을 마지막으로 미끄러지듯 지나 항구의 잔잔한 물에 접어들었다. **난 진짜 상인이야. 이건 나랑 아무 상관도 없는 일이고.**

팔메는 항구를 이룬 우묵한 비탈을 따라 올라가면 나오는, 돌로 만들어진 부두 위로 솟아 있었다. 검은 돌로 만든 집들이 상당한 크기의 마을이라고 해야 할지 작은 도시라고 해야 할지 알 수 없었다. 일리안에 있는 가장 작은 궁전과 견줄 만한 건물 하나 보이지 않는다는 것만은 분명했다.

도먼은 스프레이호를 이끌고 부두의 한 자리로 향했다. 선원들이 배를 꽉 묶는 동안 그는 숀찬 사람들이 선창에 있는 폭죽 일부를 살지도 모르겠다고 생각했다. **내가 상관할 바는 아니지.**

놀랍게도 에기아닌은 선원들에게 노를 젓도록 하여 **다마니**와 함께 부두에 왔다. 이번에는 다른 여자가 팔찌를 차고 있었다. 끝이 둘로 갈라진 번개가 수놓인 붉은 천이 이 여자의 드레스에도 붙어 있었다. 그러나 **다마니**는 전에 봤던 슬픈 표정의 그 여자였다. 그녀는 다른 사람이 말을 걸지 않는 한 절대로 고개를 들지 않았다. 에기아닌은 도먼과 그의 부하들을 양 떼처럼 몰아 배에서 내리게 하더니 병사 두 명이 감시하는 가운데 부두에 앉도록 했다. 그 이상의 병사들은 필요 없다고 생각하는 모양이었다. 도먼도 그 점에는 불만이 없었다. 한편 다른 병사들은 에기아닌의 지시에 따라 스프레이호를 수색했다. **다마니**도 수색에 참여했다.

부두 저쪽에서 뭔가가 나타났다. 도먼은 그것을 묘사할 다른 방법이 떠오르지 않았다. 가죽 같은 회녹색 피부에, 쐐기처럼 생긴 머리에는 입 대신 부리가 달린 거대한 생명체였다. 게다가 눈이 세 개였다. 그 생명체는 생명체처럼 똑같이 세 개의 눈이 갑옷에 그려진 남자 옆을 어슬렁거리며 돌아다녔다. 그들이 지나가자 거칠게 수놓은 셔츠와 무릎까지 내려오는 긴 조끼를 걸친 부두 노동자, 선원 등 그 지역 사람들이 길을 비켰다. 숀찬 사람들은 그들에게 전혀 신경 쓰지 않았다. 짐승과 함께 있는 남자는 수신호로 그 녀석을 다스리는 것처럼 보였다.

남자와 짐승이 방향을 틀어 건물들 사이로 들어가자 도먼은 그 뒷모습을 빤히 바라보았고 선원들은 자기들끼리 웅성거렸다. 숀찬 경비병 둘이 조용히 그들을 비웃었다. **내가 상관할 바는 아니야.** 도먼은 다시 한 번 생각했다. 도먼이 상관해야 할 것은 그의 배였다.

공기에서 소금물과 역청의 익숙한 냄새가 났다. 도먼은 햇볕에 달궈진 돌 위에서 불안하게 움찔거리며 숀찬 사람들이 뭘 찾고 있는 것일지 고민했다. **다마니**가 무엇을 찾고 있을지. 대체 아까 그 존재는 무엇이었을지. 갈매기들이 항구 위에서 원을 그리며 울었다. 철창에 갇힌 사람이 낼 법한 소리라는 생각이 들었다. **내가 상관할 바는 아니야.**

결국 에기아닌이 부하들을 데리고 다시 부두에 내려섰다. 숀찬 선장이 노란색 비단에 무언가를 감싸 들고 있었다. 도먼은 그 모습을 보고 경계했다. 한 손에 들 만큼 작은 물건이었지만, 에기아닌은 그 물건을 두 손으로 조심스레 들고 있었다.

도먼이 자리에서 일어났다. 병사들을 생각해 천천히 일어났지만, 병사들의 눈에는 카반의 눈에 담겨 있던 것과 똑같은 경멸감이 배어 있었다. "보셨지요, 선장님? 저는 그저 평화로운 상인일뿐입니다. 혹시 필요하시다면 제 폭죽을 좀 사시겠습니까?"

"어쩌면 살 수도 있겠다, 상인이여." 에기아닌은 흥분을 억누르는 것 같았다. 그게 도먼을 불안하게 했다. 에기아닌이 연이어 한 말로 인해 그 느낌은 더욱 강해졌다. "같이 가지."

에기아닌은 두 병사에게 따라오라고 했다. 그중 한 명이 도먼을 떠밀어 움직이게 했다. 거칠게 밀친 건 아니었다. 도먼은 농부들이 소를 움직이게 하려고 똑같은 방식으로 밀치는 걸 본 적이 있었다. 도먼은 이를 꽉 물며 에기아닌을 따라갔다.

자갈로 포장된 길이 비탈 위로 이어졌다. 항구의 냄새는 뒤에 남았다. 거리를 따라 올라갈수록 석판으로 지붕을 얹은 집들은 점점 커지고 높아졌다. 침입자들이 점령한 마을치고는 놀랍게도, 거리에는 숀찬 병사들보다 지역민들이 많았다. 이따금 가슴을 드러낸 남자들이 커튼을 친 가마를 들고 지나갔다. 팔메 사람들은 숀찬 병사들이 존재하지 않는다는 듯이 자기 일을 보고 있었다. 아니면 거의 존재하지 않는 것처럼이라고 해야 할까. 가마나 병사가 나타나면, 더러운 옷에 구불구불한 선이 한두 개 그어져 있을 뿐인 가난한 사람들은 물론 어깨부터 허리까지 복잡한 자수 무늬로 장식된 셔츠와 조끼, 드레스를 입은 부유한 사람들까지 모두가 허리를 숙이고 숀찬 사람이 지나갈 때까지 가만히 있었다. 도먼을 데려가는 경비병에게도 그렇게 했다. 에기아닌도 그녀의 병사들도, 그들에게 눈길 한 번 주지 않았다.

도먼은 그들이 지나쳐 가는 지역 사람 중 일부가 허리띠에 단검을 차고 있으며 몇몇은 장검을 차고 있는 걸 보고 깜짝 놀랐다. 너무 놀라서 엉겁결에 이렇게 말했다. "저 중에 당신들 편도 있습니까?"

에기아닌은 눈살을 찌푸리며 어깨 너머로 도먼을 보았다. 무슨 말인지 모르겠다는 표정이었다. 그녀는 속도를 늦추지 않은 채 사람들을 바라보더니 고개를 끄덕였다. "칼 말이군. 이제 저들은 우리 사람들이다, 상인이여. 맹세를 했으니까." 에기아닌은 우뚝 멈춰 서더니 자수가 빽빽이 들어간 조끼를 입고 민무늬 가죽 어깨띠에 칼을 메고 있는, 키가 크고 어깨가 넓은 남자를 가리켰다. "너."

남자는 걷다 말고 한 발을 허공에 든 채 멈췄다. 그의 얼굴에 별안간 겁먹은 빛이 어렸다. 거친 얼굴이었으나 도망치고 싶어 하는 표정이었다. 그는 돌아서서 두 손으로 무릎을 짚고 에기아닌의 장화에 시선을 둔 채 허리 숙여 절했다. "제가 선장님을 어찌 모시면 되겠습니까?" 그가 긴장한 목소리로 물었다.

"넌 상인이냐?" 에기아닌이 말했다. "맹세를 했느냐?"

"예, 선장님. 그렇습니다." 남자는 에기아닌의 발치에서 시선을 돌리지 않았다.

"수레를 내륙으로 몰아갈 때 사람들에게 뭐라고 말하지?"

"선구자들에게 복종해야 한다고 말합니다, 선장님. 귀환을 기다리며 집에 돌아오는 자를 섬겨야 한다고 말합니다."

"우리를 상대로 절대 그 칼을 쓰지 말아야겠다고 생각하느냐?"

남자의 두 손은 무릎을 꽉 쥐느라 손마디가 하얗게 질렸다. 그의 목소리에서 진땀을 흘리는 기색이 느껴졌다. "저는 맹세했습니다, 선장님. 저는 복종하고 기다리며 섬깁니다."

"봤지?" 에기아닌이 도먼을 돌아보며 말했다. "저자들에게 무기를 금지할 이유는 없다. 무역은 이루어져야 하고, 상인들은 강도들로부터 자기 몸을 지켜야 한다. 우린 사람들이 복종하고 기다리고 섬기기만 하면 그들이 원하는 대로 오가게 해 준다. 저들의 선조들은 맹세를 어겼으나 저들은 그래서는 안 된다는 걸 알게 되었으니까." 에기아닌은 다시 언덕을 쳐다보았다. 병사들이 도먼을 떠밀어 그녀를 따라가게 했다.

도먼은 상인을 돌아보았다. 그 사람은 에기아닌이 거리를 따라 열 걸음을 더 갈 때까지 허리를 숙이고 있다가 일어서더니 반대 방향으로 껑충껑충 뛰어 비탈진 거리를 내려갔다.

에기아닌과 그녀의 병사들은 손찬 부대가 거리를 올라와 곁을 지나쳐 갈 때도 돌아보지 않았다. 병사들은 크기는 말이지만 모습은 고양이와 거의 비슷한 짐승들을 타고 있었는데, 안장 아래에서 그 짐승들의 도마뱀 같은 비늘이 물결쳤다. 발톱 달린 발이 길에 깔린 자갈을 움켜쥐었다. 군대가 길을 따라 올라갈 때 눈 세 개짜리 머리가 휙 돌더니 도먼을 보았다. 다른 건 차치하더라도, 그 눈은…… 도먼이 마음의 평화를 유지하기에는 뭔가를 아는 것 같은 느낌이었다. 도먼은 발을 헛디뎌 넘어질 뻔했다. 거리 전체에서 팔메 사람들이 건물 정면에 등을 바짝 대고 있었다. 일부는 눈을 감은 채였다. 손찬 사람들은 그들에게 아무 관심을 기울이지 않았다.

도먼은 손찬 사람들이 팔메 사람들에게 지금처럼 큰 자유를 줄 수 있는 이유를 알았다. 도먼 자신도 이런 상황에 저항할 만한 배짱이 있을지 의문이었다. **다마니**에. 괴물에. 도면은 저 멀리 세계의등뼈까지 행진해 가는 숀찬 사람들을 막을 존재가 있을지 의문이었다. **내가 상관할 바 아니야.** 도면은 거칠게 자신을 타이르며 미래에 장사할 때 숀찬 사람들을 피할 방법이 있을지 고민했다.

그들은 오르막 꼭대기에 도착했다. 이곳에서 마을이 끝나고 언덕들이 이어졌다. 마을의 성벽은 없었다. 앞에는 내륙에서 거래하는 상인들을 상대로 장사하는 여관들과 수레 부리는 곳, 마구간이 있었다. 이곳의 집들은 일리안의 소규모 영주들에게 훌륭한 저택으로 쓰일 만했다. 그중에서 가장 큰 집 앞에 숀찬 군인들로 이루어진 의장병들이 서 있었다. 집 위에서는 날개를 활짝 편 황금색 매가 그려진, 파란색 테두리의 깃발이 휘날렸다. 에기아닌이 의장병에게 칼과 단검을 넘겨준 뒤 도면을 데리고 들어갔다. 그녀의 두 병사는 거리에 남았다. 도면은 땀을 흘리기 시작했다. 집 안에서는 귀족 냄새가 났다. 귀족의 앞마당에서 귀족과 거래하는 게 좋은 일일 리 없었다.

에기아닌은 전실에 도착하더니 도면을 문 앞에 남겨 두고 하인과 이야기했다. 셔츠의 넓은 소매와 가슴 전체에 수놓인 소용돌이무늬로 보아 하인은 이 지역 사람인 듯했다. 도면은 "대공"이라는 말을 얼핏 들은 것 같았다. 하인이 서둘러 떠났다가 한참 만에 돌아와서는 그들을 데리고 저택에서 가장 큰 방일 게 틀림없는 곳으로 갔다. 방의 가구는 나무 한 조각 없이 모두 치워져 있었다. 깔개조차 없었다. 돌바닥은 밝게 빛날 정도로 윤을 내 두었다. 낯선 새들이 그려진 접이식 병풍이 벽과 창문을 가렸다.

에기아닌은 방에 들어서자마자 멈춰 섰다. 여기가 어디인지, 여기에 온 이유가 무엇인지 도면이 물으려 하자 에기아닌은 사납게 노려보고 알아들을 수 없이 으르렁대는 소리를 내어 그를 조용히 시켰다. 에기아닌은 움직이지 않았으나 금방이라도 까치발을 짚고 폴짝폴짝 뛰기 시작할 것 같았다. 뭔지는 모르지만, 그녀는 배에서 가져온 물건을 소중하게 꽉 잡고 있었다. 도면은 도대체 그게 무엇일지 상상해 보려 했다.

갑자기 은은하게 징 소리가 나더니 숀찬 여자가 무릎을 털썩 꿇었다. 그녀는 비단에 감싸인 무언가를 옆에 조심스럽게 내려놓았다. 도면도 그녀를 똑같이 따라 했다. 귀족들에게는 특이한 행동 양식이 있었고, 숀찬의 귀족들 사이에는 그가 아는 것보다 더 이상한 행동 양식이 있을지 몰랐다.

방 저쪽 끝의 문 앞에 두 남자가 나타났다. 한 명은 두피 왼쪽을 박박 밀고 있었다. 남아 있는 연한 금발은 땋아서 귀 뒤로 어깨까지 늘어뜨렸다. 짙은 노란색 망토는 그가 걸을 때마다 노란 슬리퍼의 발가락이 잠깐씩만 드러날 정도로 길었다. 다른 남자는 파란색 비단 망토를 입고 있었는데, 비단에는 날아다니는 새 문양이 들어가 있었다. 망토의 길이가 남자의 등 뒤로 2미터는 끌릴 만큼 길었다. 그는 머리를 빡빡 깎고 있었으며 손톱은 최소 3센티미터 길이였는데, 양손의 첫 손가락 두 개는 파란색으로 칠해져 있었다. 도먼의 입이 쩍 벌어졌다.

"그대는 먼저 온 자들의 지도자이자 귀환을 지키는 자이신 투락 대공을 알현하고 있다." 노란 머리의 남자가 주문을 외듯 말했다.

에기아닌은 두 손을 양옆으로 늘어뜨리며 엎드렸다. 도먼도 재빨리 그녀를 따라 했다. **티어의 대공들도 이런 일을 요구하지는 않을 텐데.** 그는 생각했다. 곁눈으로 에기아닌이 바닥에 입 맞추는 모습이 보였다. 그는 인상을 찡그리며 따라 하는 데도 한계가 있다고 생각했다. **어쨌든 내가 입을 맞추든 안 맞추든 보지도 못할 테고.**

에기아닌이 갑자기 일어섰다. 도먼도 일어나려 했다. 한쪽 무릎만 꿇고 일어서려는데 에기아닌이 목 깊은 곳에서 으르렁거리는 소리를 냈다. 머리를 땋은 남자의 얼굴에 충격을 받은 표정이 어렸다. 그래서 도먼은 다시 엎드려 바닥에 얼굴을 대고 숨죽여 투덜거렸다. **일리안의 왕과 9인 위원회가 같이 있어도 이런 짓은 안 할 텐데.**

"네 이름이 에기아닌이냐?" 파란 망토를 입은 남자의 목소리가 틀림없었다. 그의 어눌한 말투에는 거의 노래하는 것과 비슷한 리듬이 배어 있었다.

"제가 칼을 든 날 그 이름을 받았나이다, 대공이시여." 에기아닌이 겸손하게 대답했다.

"이건 좋은 표본이구나, 에기아닌. 꽤 드문 것이다. 대가를 바라느냐?"

"대공께서 기뻐하시는 것만으로 충분한 대가가 되었나이다. 저는 섬기기 위해 살아가나이다, 대공이시여."

"네 이름을 여제께 전하겠다, 에기아닌. 귀환 이후에 새로운 이들이 혈족으로 호명될 것이다. 네가 자격을 증명하면 에기아닌이라는 이름을 벗고 더 높은 이름을 얻을 수 있을 것이다."

"대공께서 저를 영광스럽게 하시나이다."

"그래. 가도 좋다."

도먼은 에기아닌의 장화 신은 발이 뒤돌아 나가는 것 말고는 아무것도 볼 수 없었다. 그녀는 조금씩 간격을 두고 멈춰 서서 절했다. 그녀가 문을 닫고 나갔다. 긴 침묵이 흘렀다. 도먼은 이마에 맺힌 땀방울이 바닥으로 뚝뚝 떨어지는 것을 보았다. 투락이 다시 입을 열었다.

"일어나도 좋다, 상인이여."

도먼은 자리에서 일어났다. 그러고는 손톱이 긴 투락의 손가락에 무엇이 들려 있는지 보였다. 아이즈 세다이의 고대 봉인 형태로 만들어진 **퀘인데야르** 원반이었다. 아이즈 세다이라는 단어를 입에 올렸을 때 에기아닌이 보인 반응을 떠올린 도먼은 본격적으로 땀을 흘리기 시작했다. 대공의 검은 눈에는 적대감이 전혀 없었다. 그저 약간의 호기심이 어려 있을 뿐이었다. 하지만 도먼은 귀족들을 믿지 않았다.

"이게 무엇인지 아느냐?"

"아뇨, 모릅니다, 대공 각하." 도먼의 대답은 돌처럼 흔들림 없었다. 정색하고 태연한 목소리로 거짓말을 할 수 없는 사람은 절대 상인으로서 오래 살아남지 못한다.

"그런데도 이걸 비밀 장소에 보관했구나."

"저는 오래된 물건들을 모읍니다, 대공 각하. 옛 시절의 물건들 말이지요. 하지만 손에 넣기 쉬운 곳에 놓아두면 그런 걸 훔치려는 자들이 있습니다."

투락은 검은색과 흰색으로 이루어진 원반을 잠시 살펴보았다. "이건 **퀘인데야르**다, 상인이여. 그 이름을 아느냐? 이 물건은 아마 네가 아는 것보다 오래됐을 것이다. 같이 가자."

도먼은 조심스럽게 남자를 따라갔다. 아주 약간 더 자신감이 생겼다. 도먼이 아는 한, 귀족이 경비병을 부를 거라면 이미 불렀을 것이다. 하긴, 도먼이 본, 몇 안 되는 숀찬 사람들은 자신들이 남들과는 다르게 일을 처리한다고 말했다. 도먼은 얼굴을 차분하게 가라앉혔다.

그는 다른 방으로 안내되었다. 이곳의 가구는 투락이 가져온 것이라는 생각이 들었다. 직선이 하나도 없이 전부 곡선으로만 이루어져 있었고, 나무는 특이한 결이 잘 드러나도록 윤을 내 두었다. 새와 꽃의 무늬를 짜 넣은 비단 카펫에 의자가 하나 놓여 있었고, 둥글게 만든 커다란 서랍장도 하나 있었다. 병풍이 새로운 벽을 이루었다.

머리를 땋은 남자가 서랍장 문을 열자 특이한 작은 인형들과 컵, 대접, 화병 등 50가지의 다른 물건이 정리된 선반이 드러났다. 크기나 모양이 같은 건 하나도 없었다. 투락이 원반을 정확히 똑같이 생긴 다른 원반 옆에 조심스럽게 놓아두자 도먼은 헛숨을 들이쉬었다.

"내가 모으는 건 **퀘인데야르**다." 투락이 말했다. "나보다 나은 수집품을 가지고 계신 건 여제뿐이시지."

도먼은 머리통에서 눈이 튀어나올 뻔했다. 저 선반에 놓인 모든 것이 진짜 **퀘인데야르**라면, 왕국 하나를 살 만한 가치가 있었다. 최소한 위대한 가문 하나를 세울 수 있었다. **퀘인데야르**를 저렇게 많이 사려고 들다간 왕이라도 거지가 될 것이다. 그것도 어디에서 저렇게 많은 **퀘인데야르**를 찾을 수 있을지 알아야 말이지만. 도먼이 미소 지었다.

"대공 각하, 이 물건을 선물로 받아 주십시오." 도먼은 원반을 포기하고 싶지 않았으나 숀찬 사람을 화나게 하는 것보다는 그편이 나았다. **이젠 어둠의 친구들이 이 사람을 따라다닐지도 모르겠어.** "저는 그저 상인일 뿐입니다. 거래만을 원하지요. 제가 배를 타고 떠나게 해 주시면, 약속드리는데……."

투락의 표정은 전혀 변하지 않았으나 머리를 땋은 남자가 도먼의 말을 자르며 쏘아붙였다. "털도 깎지 않은 개 같으니! 에기아닌 선장이 이미 바친 것을 대공 각하께 바치겠다는 말이냐? 대공 각하께서 마치…… 마치 상인이라도 된다는 것처럼 홍정하는구나! 너는 아흐레 동안 산 채로 살가죽이 벗겨지게 될 거다, 이런 개 같으니. 그리고……." 투락이 거의 손가락을 움직이지도 않았는데 그가 입을 다물었다.

"난 네가 나를 떠나게 할 수 없다, 상인이여." 대공이 말했다. "맹세를 어기는 자들이 차지한 이 어두운 땅에서 나는 분별력이 있는 사람의 대화 상대를 한 명도 찾지 못했다. 하지만 너는 수집가지. 어쩌면 너와의 대화는 흥미로울지 모르겠다." 그는 의자에 앉더니 그 곡선에 기대며 도면을 자세히 살펴보았다.

도면은 미소를 지어 보이며, 그 미소로 대공의 환심을 살 수 있으면 좋겠다고 생각했다. "대공 각하, 저는 단순한 상인이자 소박한 사람입니다. 위대한 군주들과 이야기를 나누는 방법을 모릅니다."

머리를 땋은 남자가 도면을 노려보았으나 투락은 듣지 못한 듯했다. 병풍 뒤에서 날씬하고 예쁘고 젊은 여자가 나타나더니 재빠른 걸음으로 다가와 대공 옆에 무릎을 꿇고 옻칠한 쟁반을 내밀었다. 쟁반에는 김이 나는 검은색 액체가 담긴, 얇고 손잡이가 없는 컵 한 개가 놓여 있었다. 여자의 검고 둥근 얼굴을 보니 바다 민족이 어렴풋이 떠올랐다. 투락은 손톱이 긴 손가락으로 컵을 조심스럽게 들었으나 젊은 여자 쪽은 쳐다보지도 않았다. 그는 향을 들이마셨다. 도면은 여자를 힐끗 보고 목이 졸린 것처럼 헛숨을 쉬며 억지로 시선을 돌렸다. 여자의 흰색 비단 망토에는 꽃이 수놓여 있었으나 천이 너무 얇아 속이 훤히 보였다. 그 속에는 여자의 날씬한 몸 외에 아무것도 없었다.

"**기프**의 향은," 투락이 말했다. "그 맛만큼이나 즐길 만하지. 자, 상인이여. 나는 **퀘인데야르**가 솬찬에서보다 이곳에서 더 드물다는 걸 알게 되었다. 그저 상인일 뿐인 자가 어떻게 이 물건을 손에 넣게 되었는지 말해 보거라." 그는 **카프**를 홀짝이며 기다렸다.

도면은 심호흡을 하고 거짓말로 팔메에서 빠져나가는 시도를 시작했다.

30장 다에스 데이마르

랜드는 휴린과 로이알이 함께 쓰는 방의 창밖으로 케예리엔의 질서정연하게 늘어선 계단식 건물들을, 돌로 된 건물과 석판 지붕들을 바라보았다. 광술사의 회관은 보이지 않았다. 거대한 탑과 위대한 귀족들의 저택이 사이에 없었더라도 도시의 성벽이 그 모습을 가로막았을 것이다. 광술사들에 관한 이야기들은 어둠 속에 단 한 송이의 꽃만이, 그것도 때 이르게 쏘아 올려진 그날 이후 며칠이 지난 지금까지도 모든 도시 사람의 입에 오르내렸다. 사소하게 다른 줄거리를 제외하더라도 그 소동에 관한 십여 가지의 서로 다른 이야기가 전해졌지만 그중 사실과 가까운 것은 하나도 없었다.

랜드가 돌아섰다. 그는 화재로 아무도 다치지 않았기를 바랐으나 광술사들은 지금까지 화재가 일어났다는 사실을 인정하지 않고 있었다. 그들은 회관 안에서 일어난 일에 관해 침묵을 지키는 중이었다.

"다음번에는 내가 망을 볼게요." 그가 휴린에게 말했다. "돌아오는 대로 즉시."

"그러실 필요 없습니다, 나리." 휴린은 여느 케예리엔 사람만큼 깊이 허리를 숙였다. "제가 계속 망을 볼 수 있습니다. 정말이지, 나리께서 수고하실 필요가 없습니다."

랜드는 깊이 숨을 들이쉬고 로이알과 시선을 주고받았다. 오기어는 어깨만 으쓱했다. 탐지자는 케예리엔에 오래 머물수록 점점 더 예의를 차렸다. 오기어는 인간들이야 종종 이상한 행동을 한다는 의견만을 냈다.

"휴린." 랜드가 말했다. "전에는 나를 랜드 공이라고 불렀잖아요. 내가 볼 때마다 절을 하지도 않았고요." **휴린이 허리를 숙이지도 말고 다시 나를 랜드 공이라고 불렀으면 좋겠어.** 랜드는 그렇게 생각하다가 놀랐다. **랜드 공이라니! 빛이여, 휴린이 절하기를 바라게 되기 전에 여기에서 나가야겠습니다.** "부탁이니까 앉아 줄래요? 당신을 보는 것만으로도 지쳐요."

휴린은 등을 뻣뻣하게 세운 채 서 있었다. 랜드가 뭔가 시키면 벌떡 일어나서 할 준비가 된 것처럼 보였다. 요즘 그는 자리에 앉지도, 긴장을 풀지도 않았다. "그건 부적절한 일입니다, 나리. 우리는 저 케예리엔 사람들에게 우리도 그들만큼이나 예의범절을 잘 알고 있다는 걸 보여야만……."

"제발 그 말 좀 그만해요!" 랜드가 소리쳤다.

"뜻대로 하십시오, 나리."

랜드는 다시 한숨이 나오려는 걸 애써 참았다. "휴린, 미안해요. 소리치면 안 되는 거였는데."

"그야 나리의 권리인 걸요, 나리." 휴린은 간단히 말했다. "제가 나리께서 원하는 대로 행동하지 않는다면 소리치는 것은 나리의 권리입니다."

랜드는 탐지자의 멱살을 쥐고 흔들 생각으로 그에게 다가갔다.

랜드의 방과 연결된 문을 두드리는 소리가 나는 바람에 모두가 얼어붙었다. 하지만 랜드는 휴린이 칼을 드는 데까지도 허락을 구하지는 않는 것에 기뻤다. 왜가리 표시의 칼은 랜드의 허리에 채워져 있었다. 랜드는 밖으로 나가며 칼자루에 손을 댔다. 그는 로이알이 긴 침대에 앉은 채로 다리와 코트 자락을 움직여 침대 밑에 담요로 덮어둔 상자를 더 잘 가릴 수 있도록 기다린 뒤에야 문을 휙 잡아당겼다.

여관 주인이 그곳에 서 있었다. 그는 신이 나서 몸을 흔들어 대며 랜드에게 쟁반을 내밀었다. 봉인된 양피지 두 통이 쟁반에 놓여 있었다. "용서해 주십시오, 나리." 쿠알레가 숨 가쁘게 말했다. "나리께서 내려오실 때까지 기다릴 수가 없었습니다. 나리께서 나리의 방에 계시지도 않았고요. 그래서…… 그게…… 용서해 주십시오, 다만…….” 그는 쟁반을 흔들었다.

랜드는 보지도 않고 초대장을 홱 낚아챈 다음—초대장이 너무 많이 왔다—여관 주인의 팔을 잡고 그를 복도로 통하는 문 쪽으로 돌려세웠다. “신경 써 주셔서 고맙습니다, 쿠알레 씨. 자, 이제 좀 혼자 있고 싶은데…….”

“하지만 나리.” 쿠알레가 항의했다. “이 초대장은…….”

“고맙습니다.” 랜드는 남자를 복도로 떠밀고 문을 당겨 단단히 닫았다. 그는 양피지를 탁자 위에 던졌다. “전에는 저런 적이 없는데. 로이알, 저 사람이 문 앞에서 엿듣고 있다가 노크를 한 걸까?”

“너도 케예리엔 사람처럼 생각하기 시작했구나.” 오기어가 웃었다. 하지만 그의 귀는 생각에 잠긴 듯이 움찔거렸다. 그가 덧붙였다. “하긴, 쿠알레는 케예리엔 사람이니 그렇게 했을지도 모르지. 저 사람이 들으면 안 되는 말을 하지는 않은 것 같은데.”

랜드는 기억을 더듬어 보았다. 그들 중 누구도 발리어의 뿔나팔이나 트롤록, 어둠의 친구 이야기를 한 적은 없었다. 랜드는 그들이 실제로 한 말 덕분에 쿠알레가 무엇을 알아낼 수 있었을지 자기도 모르게 고민하다가 고개를 저었다. “이 동네가 나한테까지 영향을 미치고 있어.” 랜드가 혼잣말로 툴툴 댔다.

“나리?” 휴린이 봉인된 양피지를 집어 든 채 눈을 휘둥그렇게 떴다. “나리, 이것들은 다모드레드 가문의 가주인 바르사네스 공이 보낸 것입니다. 그리고 또…….” 휴린의 목소리가 경이로움에 낮아졌다. “왕이 보낸 것도 있습니다.”

랜드는 손을 내저었다. “그래도 다른 초대장처럼 불에 던져 버릴 겁니다. 안 열어 보고요.”

“하지만 나리!”

“휴린.” 랜드가 조바심을 내며 말했다. “당신도, 로이알도 이 위대한 게임에 대해 나한테 설명해 줬죠. 내가 어디든 초대받아 간다면 케예리엔 사람들은 거기에서 무슨 의미를 읽어 내고 내가 누군가의 음모에 참여하고 있다고 생각할 거예요. 내가 가지 않아도 무슨 의미를 읽어 낼 테고요. 내가 답장을 보내면 그 답장에서 의미를 파내겠죠. 답장을 보내지 않아도 마찬가지고요. 케예리엔 사람 절반은 다른 절반을 염탐하는 것 같아요. 모두가 내가 무슨 일을 하는지 알고 있어요. 난 처음에 받은 초대장 둘을 태워 버렸습니다. 다른 모든 초대장을 태웠듯 이것들도 태울 거예요.” 한번은 휴게실 난로에 봉인도 뜯지 않은 초대장 열두 장을 송두리째 던져 버린 적도 있었다. “케예리엔 사람들이 뭐라고 생각하든 난 최소한 모두를 똑같이 대한 셈이죠. 난 케예리엔에서 누구 편도 들지 않아요. 그 누구의 반대편에 서지도 않고요.”

“안 그래도 얘기하려 했는데,” 로이알이 말했다. “그런 식으로 될 것 같진 않아. 네가 무슨 짓을 하든 케예리엔 사람들은 그 행동에서 어떤 음모를 읽어낼 거야. 최소한 하만 원로님은 언제나 그렇게 말씀하셨어.”

휴린은 금화라도 내밀듯 봉인된 초대장을 랜드에게 내밀었다. “나리, 이 초대장에는 갈드리안 개인의 봉인이 찍혀 있습니다. 왕의 개인 봉인입니다, 나리. 그리고 이건 바르사네스 공의 개인 봉인입니다. 바르사네스는 권력 서열로 국왕 다음이죠. 나리, 이것들을 태워 버리면, 만들 수 있는 가장 강력한 적을 만드는 겁니다. 지금까지 초대장을 태워 버리는 방법이 통한 것은 다른 모든 가문이 나리께서 무슨 일을 꾸미고 있는지 지켜보면서, 나리께 자신들을 모욕하는 모험을 해도 괜찮을 만한 동맹이 있을 게 틀림없다고 생각했기 때문입니다. 하지만 바르사네스 공에…… 왕이라니요! 그들을 모욕하면 둘이 행동에 나설 건 확실합니다.”

랜드는 두 손으로 머리를 마구 비볐다. “내가 둘 다 거절하면요?”

“그런 방법은 통하지 않을 겁니다, 나리. 이제 케예리엔의 모든 가문이 나리께 초대장을 보냈습니다. 나리께서 이것들을 거절하신다면……. 글쎄요, 다른 가문 중 최소 한 곳은, 나리가 왕이나 바르사네스 공과 동맹이 아닌 만큼 초대장을 태워 버린 나리의 모욕에 응답할 수 있겠다고 생각할 겁니다. 나리, 제가 듣기로 케예리엔의 귀족 가문들은 이제 암살자를 쓴다고 합니다. 거리에서 칼을 휘두른다지요. 지붕 위에서 화살을 쏘기도 하고요. 나리의 와인에 몰래 독을 넣을 수도 있습니다.”

"둘 다 받아들이면 돼." 로이알이 제안했다. "네가 원하지 않는다는 건 알지만, 랜드, 심지어 재미있을지도 몰라. 귀족의 저택이나 심지어 왕궁에서의 저녁이라니. 랜드, 샤이나 사람들은 널 귀족이라고 생각했으니 이곳 사람들도 그럴지 몰라."

랜드는 인상을 찡그렸다. 그는 샤이나 사람들이 그를 귀족이라고 생각한 게 우연 때문임을 알고 있었다. 이름이 우연히도 귀족과 비슷했고, 하인들 사이에 소문이 돌았고, 모레인과 아멀린 권좌가 그 모든 일을 더욱 부추겼으니 말이다. 하지만 셀린도 그 말을 믿었다. **어쩌면 셀린이 이 둘 중 한 가문에 올지도 몰라.**

하지만 휴린은 거세게 고개를 저었다. "건설자님, 당신은 **다에스 데이마르**를 생각만큼 모르고 계십니다. 지금 케예리엔에서 그 게임을 하는 방식에 대해서는요. 대부분의 가문의 초대에 응할 때는 그래도 상관없겠죠. 서로에게 칼을 겨눌 음모를 꾸미고 있을 때도 그런 가문의 사람들은 실제로는 그러지 않는 척합니다. 모두가 볼 수 있는 열린 공간에서는 말이지요. 하지만 이 두 가문은 다릅니다. 다모드레드 가문은 라만이 왕좌를 잃을 때까지 왕좌를 차지하고 있었고, 그 왕좌를 되찾고 싶어 합니다. 그자들이 거의 왕만큼이나 막강하지 않았다면 왕이 그들을 박살 냈을 테고요. 레예아틴 가문과 다모드레드 가문 같은 호적수는 찾을 수 없습니다. 나리께서 두 초대장을 모두 받아들이시면, 두 가문 모두 나리께서 답장을 보내는 순간 그 사실을 알게 될 것입니다. 그러고는 나리께서 자기들에게 불리한 상대편의 어떠한 음모에 가담하셨다고 생각하겠지요. 나리를 보자마자 칼과 독을 사용할 겁니다."

"그리고 아마," 랜드가 꿍 소리를 냈다. "내가 둘 중 하나만 받아들이면 다른 한 가문에서 내가 그 가문과 동맹을 맺었다고 생각하겠죠." 휴린이 고개를 끄덕였다. "그리고 뭐든 내가 참여한 일을 끝장내기 위해서 날 죽이려 할 테고요." 휴린이 다시 고개를 끄덕였다. "그럼 **둘 중 하나라도** 내가 죽는 꼴을 보고 싶어 하지 않을 방법은 없어요?" 휴린이 고개를 저었다. "처음 두 초대장을 태워 버리지 말 걸 그랬네요."

"그러게 말입니다, 나리. 하지만 그렇다고 해도 별로 달라지는 것은 없었을 겁니다. 나리께서 그 누구의 초대장을 받아들이거나 거절해도 케예리엔 사람들은 그 안에서 의미를 읽어 내니까요."

랜드는 손을 내밀었고 휴린은 두 통의 접힌 양피지를 그의 손에 내려놓았다. 한 통에는 다모드레드 가문의 나무와 왕관 문장이 아니라 바르사네스의 돌격하는 멧돼지 봉인이 찍혀 있었다. 다른 양피지에는 갈드리안의 수사슴이 찍혀 있었다. 개인 봉인이라니. 랜드는 아무 일도 하지 않음으로써 가장 높은 사람들의 관심을 끄는 데 성공한 모양이었다.

"이 사람들, 제정신이 아니에요." 랜드는 여기에서 빠져나갈 방법을 생각해 내려고 애쓰며 말했다.

"그렇습니다, 나리."

"내가 이걸 가지고 휴게실에 있는 모습을 보여줘야겠네요." 랜드가 천천히 말했다. 뭐든 오전에 휴게실에서 보이는 모습은 밤이 오기 전에 열 개의 가문에 알려졌고, 다음날 해가 뜰 때쯤에는 모든 가문에 알려졌다. "봉인을 뜯지 않겠습니다. 그러면 사람들은 내가 둘 중 어느 편지에도 아직 답하지 않았다는 걸 알게 되겠죠. 내가 어느 쪽으로 뛸지 사람들이 지켜보는 동안에 며칠을 더 벌 수 있을지도 몰라요. 잉타가 금방 도착할 테고요. 틀림없어요."

"그게 바로 케예리엔 사람의 사고방식입니다, 나리." 휴린이 씩 웃으며 말했다.

랜드는 못마땅한 눈으로 그를 본 뒤 양피지를 셸린의 편지들이 들어 있는 주머니에 넣었다. "가자, 로이알. 잉타가 도착했을지도 몰라."

랜드와 로이알이 휴게실에 도착했을 때, 그 어떤 남녀도 랜드를 쳐다보지 않았다. 쿠알레는 광을 내는 데 목숨이라도 달린 것처럼 은쟁반을 닦고 있었다. 서빙하는 여자들은 랜드와 오기어가 존재하지 않는 것처럼 탁자들 사이로 서둘러 움직였다. 탁자에 있는 모든 사람은 권력의 비결이 와인이나 맥주에 들어 있기라도 한 것처럼 각자의 잔에 집중하는 중이었다. 그중 누구도 한마디도 하지 않았다.

잠시 후 랜드는 두 통의 초대장을 주머니에서 꺼내 봉인을 자세히 살펴본 다음 다시 집어넣었다. 랜드가 문으로 향하자 쿠알레가 놀라서 움찔했다. 랜드는 등 뒤에서 문이 닫히기 전에 다시금 대화가 확 살아나는 소리를 들었다.

랜드는 로이알이 보폭을 줄이지 않아도 자신과 나란히 걸을 수 있을 만큼 빠른 속도로 거리를 성큼성큼 나아갔다. "이 도시에서 나갈 방법을 찾아야 해, 로이알. 초대장을 처리하는 이런 꼼수는 길어야 이틀, 사흘밖에 통하지 않을 거야. 그때까지 잉타가 오지 않으면 어쨌든 여기서 나가야 해."

"같은 의견이야." 로이알이 말했다.

"그런데 어떻게 나가지?"

로이알이 두꺼운 손가락을 접으며 요점을 하나씩 정리했다. "페인이 저 바깥 어딘가에 있어. 그게 아니었으면 포어게이트에 트롤록들이 없었을 거야. 말을 타고 나가면, 우리가 도시에서 보이지 않는 곳까지 나가는 순간 놈들이 덤벼들겠지. 우리가 상단과 함께 여행한다면 놈들이 그 상단을 공격할 게 확실하고." 상인 중에는 경비병을 대여섯 명 이상 거느리는 사람이 없었다. 그 경비병들마저 트롤록을 보면 곧바로 도망칠 테고. "페인한테 트롤록이, 또 어둠의 친구들이 얼마나 있는지만 알면 좋겠다. 네가 페인의 부하 수를 줄이긴 했지만." 로이알은 자기가 죽인 트롤록에 대해 말하지 않았지만 긴 눈썹을 두 뺨으로 늘어뜨린 채 인상을 쓰는 걸 보니 그 생각을 하고 있는 듯했다.

"페인에게 부하가 몇이나 있는지는 중요하지 않아." 랜드가 말했다. "부하가 열이든 백이든 우리한테 심각한 건 마찬가지야. 트롤록 열 마리가 우리를 공격한다면 다시 빠져나갈 수 없을걸." 랜드는 만에 하나라도 자신이 트롤록 열 마리를 처리한다면 그 방법은 무엇일지 생각하지 않으려 했다. 어쨌든 랜드가 로이알을 도우려 했을 때는 그 방법이 통하지 않았다.

"나도 그렇게 생각해. 내 생각에, 우리가 가진 돈으로는 먼 데까지 갈 수도 없을 것 같아. 그런 돈이 있었더라도 우리가 포어게이트의 부두에 가려고 하면……. 글쎄, 페인이 어둠의 친구들한테 부두를 감시하도록 해 놨을 거야. 우리가 배를 탈 거라고 생각했다면 누가 트롤록을 보든 말든 상관하지 않을걸. 우리가 어떤 식으로든 놈들과 싸워서 벗어난다고 해도 도시 경비대에 우리 입장을 설명해야 할 테고, 경비대는 우리가 상자를 열 수 없다는 말을 믿지 않을 게 확실하니까……."

"어떤 케예리엔 사람에게도 그 상자를 보여줄 수는 없어, 로이알."

오기어가 고개를 끄덕였다. "그러니까 도시의 부두도 소용없기는 마찬가지야." 도시 부두는 곡물 운반선과 귀족들이 즐기는 물건을 나르는 배 전용으로 쓰였다. 허가받지 않은 사람은 아무도 그 부두에 갈 수 없었다. 성벽에서 내려다보면 부두가 보였으나 그곳은 로이알의 목조차 부러질 만큼 가파른 절벽이었다. 로이알은 그 점까지 헤아려 보려는 듯 엄지를 꼼지락거렸다. "우리가 스테딩 초푸에 갈 수 없다니 정말 나쁜 일이야. 트롤록들은 절대 **스테딩**에 들어갈 수 없는데 말이지. 우리가 그렇게 먼 곳까지 공격당하지 않고 가도록 놔둘 리도 없지만."

랜드는 대답하지 않았다. 그들은 처음 케예리엔에 들어온 성문 바로 안쪽에 있는 커다란 경비 초소에 이르러 있었다. 밖에서는 포어게이트에 사람들이 거리를 가득 메우고 밀려다녔다. 경비병 두 명이 그들을 감시하고 있었다. 랜드는 한때 괜찮은 샤이나 의복이었을 옷을 입은 한 남자가 자신을 보고 군중 속으로 다시 몸을 숨기는 걸 본 것 같았다. 확실하지는 않았다. 너무 많은 지역의 옷을 걸친 사람이 너무 많았고, 그 모두가 서두르고 있었다. 경비 초소로 들어가는 계단으로 올라간 랜드는 문 양옆에 서 있던 판금 갑옷 차림의 경비병들을 시났다.

큼직한 전실에는 이곳에 볼일이 있는 사람들이 앉을 수 있는 딱딱한 나무 벤치가 있었다. 그 사람들은 겸손하게 인내심을 가지고 기다리는 사람들로, 비교적 가난한 평민의 특징인 민무늬의 짙은 색 옷을 입고 있었다. 그중에는 포어게이트 사람도 몇 명 있었다. 그들은 허름하면서도 색깔이 환한 옷을 입고 있었기에 눈에 잘 띄었다. 성 안에서 일자리를 구할 수 있기를 바라고 온 게 틀림없었다.

랜드는 곧장 전실 뒤쪽의 긴 탁자에로 다가갔다. 탁자 뒤에는 오직 한 사람만이 앉아 있었는데, 군인이 아니라 외투에 초록색 막대가 하나 그려져 있는 사람이었다. 피부가 지나치게 팽팽해 보이는 통통한 남자. 그는 탁자 위의 서류를 정리하고 잉크병의 자리를 두 번 바꾼 뒤에야 가식적인 미소를 지으며 랜드와 로이알을 올려다보았다.

"어떻게 도와드릴까요, 나리?"

"어제 바랐던 것과 똑같은 방법으로 도와줬으면 좋겠는데요." 랜드는 실제 느껴지는 것보다 더 큰 인내심을 담아 말했다. "그 전날에도, 그 전날에도 바랐던 방법대로요. 잉타 공이 오셨나요?"

"잉타 공이라고 하셨나요, 나리?"

랜드는 깊이 숨을 들이쉬었다가 천천히 내쉬었다. "샤이나의 시노와 가문 출신 잉타 공입니다. 내가 매일 여기 올 때마다 찾은 사람이요."

"그런 이름을 가진 분 중 도시에 들어오신 분은 없습니다, 나리."

"확실해요? 최소한 명단은 살펴봐야 하는 것 아닙니까?"

"나리, 케예리엔에 오는 외국인들 명단은 해 뜰 때와 해 질 때 경비 초소끼리 주고받습니다. 저는 그 명단을 받자마자 살펴보고요. 샤이나 출신의 귀족이 케예리엔에 들어오지 않은 지 꽤 오랜 시간이 흘렀습니다."

"셸린 아가씨는요? 당신이 다시 묻기 전에 말하는데, 난 그 아가씨가 어느 가문인지 몰라요. 하지만 당신에게 셸린의 이름을 가르쳐 줬고, 어떻게 생겼는지도 세 번이나 설명했죠. 그걸로는 충분하지 않습니까?"

남자가 두 손을 쫙 펼쳤다. "죄송합니다, 나리. 그분의 가문을 모르시니 일이 매우 어렵습니다." 그는 따분한 표정을 짓고 있었다. 설령 셸린을 안다 해도 말해 주지 않을 것 같다는 생각이 들었다.

책상 뒤의 문 여러 개 가운데 하나에서 뭔가 움직이는 게 언뜻 보였다. 한 남자가 전실로 들어오려다가 서둘러 돌아섰다. "칼데빈 대위라면 도와줄 수 있을지도 모르겠네요." 랜드가 직원에게 말했다.

"칼데빈 대위요, 나리?"

"방금 당신 뒤에서 봤는데요."

"죄송합니다, 나리. 경비 초소에 칼데빈 대위라는 분이 계셨다면 제가 알았을 겁니다."

랜드는 직원을 빤히 바라보았다. 그때 로이알이 랜드의 어깨를 건드렸다. "랜드, 가야 할 것 같아."

"도와줘서 고맙습니다." 랜드가 힘이 잔뜩 들어간 목소리로 말했다. "내일 다시 오죠."

"제가 할 수 있는 일은 기꺼이 하겠습니다." 남자가 가식적인 미소를 지으며 말했다.

랜드가 너무 빠르게 쿵쾅거리며 경비 초소에서 나오는 바람에 로이알은 그를 따라잡으려고 서둘러야 했다. "저 사람은 거짓말을 했어. 너도 알잖아, 로이알." 랜드는 속도를 늦추는 대신 몸을 움직여 답답한 마음을 조금이나마 털어버릴 수 있을 것처럼 서둘러 나아갔다. "칼데빈이 있었어. 저 사람이 하는 말은 다 거짓말일지도 몰라. 잉타가 이미 도착해서 우리를 찾고 있을 수도 있어. 장담하는데, 저 사람은 셀린이 누구인지도 알고 있을 거야."

"그럴지도 모르지, 랜드. **다에스 데이마르**는…….."

"빛이여, 그놈의 위대한 게임 얘기에 신물이 나. 난 그 게임을 하고 싶지 않아. 전혀 끼고 싶지 않다고." 로이알은 아무 말 없이 랜드 곁을 걸었다. "알아." 랜드가 마침내 말했다. "저 사람들은 내가 귀족이라고 생각하지. 그리고 케예리엔에서는 외지의 귀족조차 게임에 참여하는 게 당연하다고 생각하고. 이 코트를 입지 않았다면 좋았을걸." **모레인.** 랜드는 씁쓸하게 생각했다. **그 여자가 지금도 날 곤란하게 만들고 있어.** 하지만, 꺼림칙하긴 해도, 이 상황을 모레인 탓으로 돌릴 수는 없다는 걸 랜드는 인정하지 않을 수 없었다. 랜드에게는 실제의 자신과 다른 모습을 꾸며낼 이유가 언제나 있었다. 처음에는 휴린의 기운을 북돋기 위해, 그다음에는 셀린에게 잘 보이기 위해. 셀린 이후로는 이런 짓을 그만둘 방법이 전혀 없는 것 같았다. 랜드의 발걸음이 느려지다가 멈추었다. "모레인이 나를 보내 줬을 때 나는 상황이 다시 단순해질 줄 알았어. 뿔나팔을 쫓아가더라도, 심지어 그…… 그 모든 일이 일어나더라도 상황이 단순해질 줄 알았다고." **머릿속에 사이딘이 있어도?** "빛을 걸고, 상황이 다시 단순해질 수만 있으면 모든 걸 내놓겠어."

"넌 **타비렌**인걸." 로이알이 입을 열었다.

"그 소리도 듣고 싶지 않아." 랜드는 전처럼 빠르게 말하기 시작했다. "내가 원하는 건 맷에게 단검을, 잉타에게 뿔나팔을 넘기는 것뿐이야." **그런 다음에는? 미쳐? 죽어? 미치기 전에 죽으면 적어도 다른 사람을 해치진 않겠지. 하지만 죽기도 싫어. 란이야 '칼집에 칼 넣기'에 대해서 말할 수 있겠지만, 난 수호자가 아니라 양치기라고.** "접촉하지 않을 수만 있어도." 랜드가 중얼거렸다. "어쩌면…… 오윈은 거의 성공했다고 하니까."

"뭐라고, 랜드? 못 들었어."

"아무것도 아니야." 랜드가 지친 듯 말했다. "잉타가 왔으면 좋겠다. 맷이랑 페린도."

랜드는 생각에 잠긴 채 한동안 조용히 걸었다. 톰의 조카는 꼭 필요하다고 생각될 때만 채널링하는 방식으로 거의 3년을 버텼다. 오윈이 채널링하는 빈도를 제한하는 데 성공했다면, 아예 채널링하지 않는 것도 가능할 게 틀림없었다. **사이딘**의 유혹이 아무리 강하더라도.

"랜드." 로이알이 말했다. "저 앞에 불이 났어."

랜드는 반갑지 않은 생각들을 떨쳐 내고 인상을 찌푸리며 조금 떨어진 도시 안을 바라보았다. 검은 연기가 두꺼운 기둥을 이루고 지붕 위에 너울거렸다. 그 밑에 무엇이 있는지는 보이지 않았으나 여관과 매우 가까운 곳이었다.

"어둠의 친구들이야." 랜드는 연기를 바라보며 말했다. "트롤록들은 눈에 띄지 않고 성벽 안으로 들어올 수 없지만, 어둠의 친구들은……. 휴린!" 랜드가 달리기 시작했다. 로이알이 쉽게 속도를 맞춰 랜드 옆에서 달렸다.

가까이 갈수록 상황은 확실해졌다. 결국 그들은 돌로 층이 져 있는 마지막 모퉁이를 돌았고, '드래건 장벽의 수호자' 여관이 나왔다. 연기가 위층 창문에서 쏟아지고 불꽃이 지붕을 뚫고 비어져 나왔다. 사람들이 여관 앞에 모여 있었다. 쿠알레가 비명을 지르고 펄쩍펄쩍 뛰며 거리로 가구를 들고 나오는 사람들에게 이것저것 지시했다. 남자들이 2열로 늘어선 채, 거리 저쪽의 우물에서 길어온 물이 가득 든 양동이들을 전달하고 또 비워 냈다. 대부분의 사람들은 그냥 서서 구경했다. 새로운 불길이 솟구치며 석판으로 만든 지붕을 뚫고 나오자 그들이 큰 소리로 **아아아** 탄성을 질렀다.

랜드는 사람들을 밀치고 여관 주인에게 다가갔다. "휴린은 어디 있습니까?"

"그 탁자 조심해!" 쿠알레가 소리쳤다. "긁지 마!" 그는 랜드를 보더니 눈을 깜빡였다. 얼굴에 그을음이 묻어 있었다. "나리? 누구요? 나리의 하인 말입니까? 그 사람을 본 기억은 없습니다, 나리. 분명 나갔을 겁니다. 촛대 떨어뜨리지 말라고, 멍청아! 은으로 만든 거야!" 쿠알레는 정신없이 멀어져 가며 자기 재산을 여관에서 끌고 나오는 남자들에게 고래고래 소리를 질렀다.

"휴린이 나갔을 리는 없어." 로이알이 말했다. "그걸 놔두고 나오지는 않았을 거야." 로이알은 '그것'이 무엇인지 말하지 않고 주위를 둘러보았다. 구경꾼 일부가 불구경만큼 오기어 구경도 재미있다고 생각하는 듯했다.

"나도 알아." 랜드는 그렇게 말하며 여관으로 뛰어들었다.

휴게실만 보면 건물에 불이 나지 않은 것만 같았다. 두 줄로 늘어선 남자들이 위층까지 줄을 이어 양동이를 날랐고, 다른 남자들은 허둥대며 남은 가구를 밖으로 옮기고 있었으나 아래층에서는 부엌에서 뭔가 탈 때 이상으로는 연기가 나지 않았다. 랜드가 위층으로 밀고 올라가자 연기가 짙어지기 시작했다. 랜드는 기침을 하며 계단을 달려 올라갔다.

남자들의 줄은 두 번째 층계참에 못 미쳐 끊겼다. 계단을 반쯤 올라간 남자들이 연기로 가득 찬 복도에 물을 끼얹고 있었다. 벽을 핥아 대는 불꽃이 검은 연기 사이로 붉게 깜빡였다.

남자 중 한 명이 랜드의 팔을 움켜쥐었다. "저긴 올라가시면 안 됩니다, 나리. 이 위로는 전부 타 버렸습니다. 오기어, 당신이 말 좀 해 주십시오."

랜드는 그때 처음으로 로이알이 따라왔다는 걸 알았다. "돌아가, 로이알. 내가 데리고 나올게."

"너 혼자서 휴린과 상자를 둘 다 옮길 수는 없어, 랜드." 오기어가 어깨를 으쓱했다. "나도 책이 타게 내버려 두지는 않을 거야."

"그럼 몸을 숙이고 있어. 연기를 들이마시지 않게." 랜드는 계단 위에 손과 무릎을 짚으며 엎드린 채 남은 길을 서둘러 올라갔다. 바닥 근처의 낮은 곳은 공기가 비교적 깨끗했지만, 그래 봐야 기침이 나올 정도로 연기가 자욱했다. 그래도 숨을 쉴 수는 있었다. 다만 공기가 물집을 일으킬 정도로 뜨겁게 느껴졌다. 코만으로는 충분히 숨을 쉴 수 없었다. 랜드는 입을 벌리고 숨을 쉬며 혀가 마르는 것을 느꼈다.

남자들이 끼얹은 물 일부가 랜드의 몸에 닿으며 피부를 적셨다. 그 차가움은 잠깐의 안도감밖에 주지 못했다. 열기가 바로 돌아왔다. 랜드는 결연하게 계속 기어갔다. 로이알이 뒤에 있다는 건 오직 오기어의 기침 소리로만 알 수 있었다.

복도의 한쪽 벽은 거의 완전히 불길이 되어 있었고, 그 근처의 바닥은 이미 랜드의 머리 위에 걸려 있는 구름에 가느다란 덩굴을 더하기 시작했다. 연기 위에 무엇이 있는지 보이지 않는 게 다행이었다. 그러나 불길한 우지끈 소리만 들어도 충분히 알 수 있었다.

휴린의 방으로 들어가는 문은 아직 불이 붙지 않았으나 너무 뜨거웠다. 랜드는 두 차례 시도한 뒤에야 간신히 그 문을 열 수 있었다. 랜드의 시선이 처음 닿은 것은 바닥에 뻗어 있는 휴린이었다. 랜드는 탐지자에게로 기어가 그를 일으켰다. 그의 머리 옆쪽에 자두만 한 혹이 나 있었다.

휴린이 초점 없는 눈을 떴다. "랜드 공?" 그가 희미하게 중얼거렸다. "……문 두드리는 소리에…… 초대장이 더 왔다고 생각……." 휴린의 눈이 눈구멍 안에서 하얗게 돌아갔다. 랜드는 그의 심장 박동을 확인하고, 맥박이 살아 있자 안도감에 몸이 축 처졌다.

"랜드……." 로이알이 기침했다. 로이알은 자기 침대 옆에 있었다. 이불이 위로 들춰져 있어 아래쪽의 침대 틀이 드러났다. 상자가 사라지고 없었다.

연기 위쪽에서 천장이 삐걱거리고 불붙은 나무 조각이 바닥으로 떨어졌다.

랜드가 말했다. "책 챙겨. 내가 휴린을 데려갈게. 서둘러." 랜드는 축 늘어진 탐지자를 어깨에 메려 했으나 로이알이 그를 데려갔다.

"책은 타게 놔둬야겠어, 랜드. 넌 휴린을 데리고 기어갈 수 없어. 일어섰다가는 절대 계단 있는 데까지 못 갈 테고." 오기어가 휴린을 널찍한 등으로 들어 올렸다. 그의 팔다리가 로이알의 양옆으로 늘어졌다. 천장에서 시끄러운 우지끈 소리가 났다. "서둘러야 해, 랜드."

"먼저 가, 로이알. 나도 따라갈게."

오기어는 짐을 진 채 복도로 기어 들어갔고 랜드가 그를 따라가기 시작했다. 그때 랜드는 자기 방으로 통하는 문을 돌아보며 멈춰 섰다. 깃발이 아직 그곳에 있었다. 드래건의 깃발이. **타게 놔둬.** 랜드는 생각했다. 그에 대한 대답이 모레인과 대화하듯 머릿속에 들려왔다. **네 목숨이 그 깃발에 달려 있을지도 몰라. 모레인은 지금도 나를 이용하려 하고 있어. 네 목숨이 그 깃발에 달려 있을지도 몰라. 아이즈 세다이는 절대 거짓말하지 않아.**

랜드는 꿍 소리를 내며 바닥을 굴러 자기 방으로 통하는 문을 걷어차 열었다.

다른 방은 불길로 엉망진창이었다. 침대는 장작불이 되었고 붉은 줄기가 이미 바닥을 가로지르고 있었다. 그 불길을 기어서 지날 수는 없었다. 랜드는 일어서서 웅크린 채 방으로 달려 들어갔다. 열기 때문에 몸이 움찔했고 기침이 나왔으며 숨이 막혔다. 젖은 코트에서 증기가 피어 올랐다. 옷장의 한쪽 면은 이미 타고 있었다. 랜드는 문을 홱 잡아당겨 열었다. 안에 안장주머니가 놓여 있었다. 아직은 불길로부터 보호된 상태였다. 안장주머니의 한쪽은 루스 세린 텔라몬의 깃발로 불거져 있었으며 그 옆에는 나무 플루트 통이 있었다. 랜드는 잠시 망설였다. **지금도 그냥 타게 놔둘 수 있어.**

머리 위의 천장이 신음했다. 랜드는 안장주머니와 플루트 통을 낚아채고 다시 문 너머로 몸을 날렸다. 방금 서 있던 곳에 불타는 목재가 쾅 떨어지는 순간 랜드는 무릎으로 바닥을 디뎠다. 랜드는 짐을 끌고 복도로 기어 들어갔다. 더 많은 서까래가 떨어지면서 바닥이 흔들렸다.

랜드가 계단에 이르러보니 양동이를 든 남자들은 떠나고 없었다. 랜드는 그야말로 미끄러지다시피 다음 층계참까지 내려간 다음 허둥지둥 일어서서 이제는 비어 있는 건물을 지나 거리로 달려갔다. 구경꾼들이 랜드를 빤히 바라보았다. 랜드의 얼굴과 그의 코트가 검댕으로 뒤덮여 있었다. 랜드는 비틀거리며 로이알이 휴린을 길 건너편 집 벽에 기대 놓은 곳으로 갔다. 구경꾼 중 한 명이었던 여자가 휴린의 얼굴을 천으로 닦아 주고 있었으나 휴린의 눈은 여전히 감겨 있었다. 호흡도 힘겨워 보였다.

"근처에 현자가 있습니까?" 랜드가 물었다. "도움이 필요해요." 여자는 멍하니 랜드를 보았고, 랜드는 사람들이 투 리버스의 현자 역할을 하는 여자들을 부르던 다른 이름을 기억하려 애썼다. "현명한 여자 말입니다. 당신들이 어머니라고 부르는 여자요. 약초와 치유에 대해서 아는."

"당신이 말하는 사람이 읽는 자라면, 저예요." 여자가 말했다. "하지만 내가 할 줄 아는 일 중 이 사람에게 해줄 만 한 것은 이 사람을 편안하게 해 주는 것밖에 없어요. 안 됐지만, 이 사람은 머릿속 무언가가 망가졌어요."

"랜드! **진짜** 너구나!"

랜드는 앞을 보았다. 맷이었다. 맷이 등에 활을 멘 채 말을 끌고 사람들 사이로 나오고 있었다. 얼굴이 창백하고 굳어 있긴 했지만, 그래도 맷이었다. 게다가 그는 약하게나마 미소 짓고 있었다. 맷 뒤로는 페린이 다가왔다. 그의 노란 눈이 불빛을 받아 빛나며 화재만큼이나 많은 시선을 끌고 있었다. 잉타가 갑옷 대신 목깃이 높은 외투를 입고 말에서 내렸다. 다만 그의 칼자루는 여전히 어깨 위로 튀어나와 있었다.

랜드는 몸에 전율이 번지는 것을 느꼈다. "너무 늦었어요." 그가 그들에게 말했다. "너무 늦게 왔어요." 랜드는 거리에 주저앉아 웃기 시작했다.

31장 향기를 따라

랜드는 베린이 두 손으로 자기 얼굴을 잡을 때까지 아이즈 세다이가 그곳에 있다는 걸 몰랐다. 베린의 얼굴에서 잠깐은 걱정이, 심지어 두려움이 보였다. 문득 랜드는 누군가 그를 차가운 물에 처박는 것 같은 느낌을 받았다. 축축해서가 아니라 얼얼해서였다. 그는 갑작스럽게 몸을 떨며 웃음을 멈추었다. 베린은 랜드가 웅크리고 휴린을 내려다보게 놔두었다. 읽는 자가 베린을 유심히 보았다. 랜드도 그랬다. **저 여자가 여기서 뭘 하는 거지? 하긴, 나야 그 답을 알지만.**

"너희 어디 갔었어?" 맷이 쉰 목소리로 물었다. "다들 갑자기 사라지더니, 이젠 우리보다 먼저 케예리엔에 와 있네? 로이알?" 오기어는 잘 모르겠다는 듯 어깨를 으쓱하며 군중을 바라보았다. 그의 귀가 움찔거렸다. 사람들 절반은 새로 온 이들을 구경하느라 불에서 시선을 돌리고 있었다. 몇몇은 그들이 하는 이야기를 엿듣기 위해 조금씩 가까이 다가왔다.

랜드는 페린이 내민 손을 잡고 일어섰다. "여관은 어떻게 찾았어?" 랜드는 무릎을 꿇고 탐지자의 머리에 두 손을 얹은 베린을 힐끗 보았다. "저 사람이 찾은 거야?"

"어떤 면에서는." 페린이 말했다. "성문 경비병들이 이름을 대라고 했는데, 경비 초소에서 나온 사람이 잉타의 이름을 듣더니 놀라서 펄쩍 뛰었어. 자기 말로는 모르는 이름이라면서 2킬로미터 떨어진 곳에서도 거짓말이라는 걸 알아볼 수 있을 법한 미소를 짓더라고.”

“누구 얘긴지 알 것 같다.” 랜드가 말했다. “그 사람은 언제나 그런 식으로 미소 지어.”

“베린이 그 사람한테 반지를 보여 줬어.” 맷이 끼어들었다. “그리고 귓속말을 했지.” 맷은 생김새도, 목소리도 아픈 것 같았다. 홍조가 도는 두 뺨이 굳어 있었다. 하지만 그는 가까스로 씩 웃어 보였다. 랜드는 맷의 광대뼈를 그때 처음 보았다. “베린이 무슨 말을 했는지는 들리지 않았지만, 그 녀석 눈이 머리통에서 튀어나오는 게 먼저일지, 그 녀석이 자기 혀를 삼켜 버리는 게 먼저일지 모르겠더라. 갑자기 우리한테 뭐라도 해 주지 못해서 안달이었어. 네가 우리를 기다리고 있다면서, 네가 어디에 묵고 있는지 바로 말해 주더라고. 우리를 직접 안내해 주겠다고 했지만, 베린이 그러지 말라고 하니까 정말 안심하는 표정이었어.” 맷이 코웃음 쳤다. “알소르 가문의 랜드 공이라니.”

“지금 설명하기엔 이야기가 너무 길어.” 랜드가 말했다. “우노랑 다른 사람들은? 그 사람들이 필요할 텐데.”

“포어게이트에 있어.” 맷이 랜드에게 눈을 찌푸리더니 천천히 말을 이었다. “우노가 자기들은 성벽 안에서 묵느니 거기서 묵겠다고 했어. 보아하니 나도 그 사람들이랑 같이 있을 걸 그랬다. 랜드, 우리한테 우노가 왜 필요한데? 네가…… **그들을** 찾은 거야?”

랜드는 문득 이 순간이야말로 자신이 피해 오던 순간임을 깨달았다. 그는 깊이 숨을 들이쉬고 친구의 눈을 바라보았다. “맷, 나한테 단검이 있었는데 잃어버렸어. 어둠의 친구들이 그걸 다시 가져갔어.” 엿듣던 케예리엔 사람들이 헛숨을 들이켜는 소리를 들었으나 랜드는 상관하지 않았다. **원한다면 얼마든지 위대한 게임을 하라지.** 이제는 잉타가 왔으니, 마침내 그 짓도 끝이었다. “하지만 멀리 가지는 못했을 거야.”

침묵을 지키던 잉타는 앞으로 나서 랜드의 팔을 움켜쥐었다. “네가 가지고 있었다고? 그럼……." 잉타는 구경꾼들을 둘러보았다. "다른 건?"

"놈들이 그것도 다시 가져갔어요." 랜드가 조용히 말했다. 잉타는 주먹으로 손바닥을 내리치더니 돌아섰다. 케예리엔 사람 몇 명이 그의 표정을 보고 물러났다.

맷은 입술을 깨물더니 고개를 저었다. "난 발견된 줄도 모르고 있었으니까 다시 잃어버린 건 아니야. 그냥 지금도 잃어버린 상태인 거지." 맷이 발리어의 뿔나팔이 아니라 단검 이야기를 하고 있다는 건 분명했다. "우리가 다시 찾으면 돼. 이젠 탐지자가 둘이나 있잖아. 페린도 탐지자야. 네가 휴린이랑 로이알이랑 같이 사라진 다음에 페린이 흔적을 쫓아서 이 먼 포어게이트까지 왔어. 난 네가 그냥 도망쳤을지도 모른다고 생각했는데……. 뭐, 내 말 무슨 뜻인지 알지? 근데 **진짜** 어디 갔었던 거야? 지금도 네가 어떻게 우리를 이렇게까지 앞서갈 수 있었는지 모르겠어. 그 녀석 말로는 네가 여기 온지 며칠이나 됐다던데."

랜드는 페린을 힐끗 보고 나서 페린도 그를 보고 있다는 걸 알았다. **페린이 탐지자라고?** 랜드는 페린이 뭐라고 중얼거렸다고 생각했다. **그림자 살해자? 내가 잘못 들은 게 틀림없어.** 페린의 노란 눈이 잠시 그에게 붙박여 있었다. 그 눈에 랜드에 관한 비밀이 담겨 있는 듯했다. 랜드는 공상이라고 자신을 타이르며 눈을 돌렸다. **난 안 미쳤어. 아직은.**

베린은 아직도 비틀거리는 휴린이 일어서도록 도와주고 있었다. "거위 깃털처럼 가벼워진 느낌이네요." 휴린이 말했다. "지금도 좀 피곤하긴 하지만……." 휴린은 처음으로 베린을 본 것처럼, 처음으로 무슨 일이 일어난 거지 깨달은 것처럼 말을 흐렸다.

"피로는 몇 시간 정도 이어질 거다." 베린이 휴린에게 말했다. "빨리 나으려면 몸이 힘을 써야 하거든."

케예리엔의 읽는 자가 일어섰다. "아이즈 세다이?" 그녀가 조용히 말했다. 베린은 고개를 갸웃했고, 읽는 자는 무릎을 제대로 굽히며 인사했다.

아무리 조용히 말했다지만 '아이즈 세다이'라는 단어는 경외감에서 공포, 분노에 이르기까지 다양한 말투로 군중에게 번져갔다. 이제는 모두가 그들을 구경하고 있었고, 쿠알레조차 불타는 자기 여관에 아무 관심을 두지 않았다. 랜드는 어쨌거나 약간 주의를 기울여서 나쁠 건 없겠다고 생각했다.

"아직 방이 있긴 한 거지?" 랜드가 물었다. "이야기를 해야 하는데, 여기서 할 수는 없어."

"좋은 생각이다." 베린이 말했다. "나는 전에 이곳의 '위대한 나무'에서 묵은 적이 있다. 거기로 가자."

로이알이 말들을 데려오러 갔고—이제는 여관 지붕이 완전히 주저앉았으나 마구간은 영향을 받지 않았다—그들은 머잖아 거리로 나아가기 시작했다. 로이알을 제외하면 모두가 말을 탔는데, 로이알은 자신이 다시 걸어다니는 데 익숙해졌다고 말했다. 페린이 남쪽으로 데려온 짐말 중 한 마리의 고삐를 잡고 있었다.

"휴린." 랜드가 말했다. "얼마나 지나면 다시 놈들의 흔적을 쫓을 준비가 될까요? 쫓을 수는 있어요? 당신을 때리고 불을 지른 사람들이 흔적을 남겼을 거 아니에요?"

"지금도 쫓을 수 있습니다, 나리. 거리에서도 놈들의 냄새를 맡을 수 있고요. 하지만 냄새가 오래가지는 않을 겁니다. 트롤록이 한 마리도 없었고, 놈들이 누군가를 죽이지도 않았으니까요. 인간뿐이었습니다, 나리. 아마 어둠의 친구들이겠지만, 그건 냄새만으로 확신할 수 없는 문제입니다. 아마 냄새가 희미해질 때까지 하루 정도 걸릴 겁니다."

"난 그놈들이 상자를 열 수도 없을 거라고 생각해, 랜드." 로이알이 말했다. "그게 아니라면 그냥 뿔나팔을 꺼내 갔겠지. 할 수만 있다면 상자 전체를 가져가기보다 뿔나팔만 가져가는 게 훨씬 더 쉬웠을 거야."

랜드가 고개를 끄덕였다. "놈들은 상자를 수레나 말에 실었을 거야. 상자를 포어게이트 너머로 운반하는 대로 트롤록들과 합류할 게 분명해. 당신은 그 흔적을 쫓을 수 있을 거예요, 휴린."

"그러겠습니다, 나리."

"그럼 몸이 나아질 때까지 쉬세요." 랜드가 그에게 말했다. 탐지자는 상태가 안정된 것 같았으나 몸을 축 늘어뜨린 채 말을 탔고 얼굴도 지쳐 있었다.

"아무리 빨라도 놈들은 우리보다 겨우 몇 시간 앞서 있을 거예요. 우리가 열심히 말을 타면……." 문득 랜드는 다른 사람들이, 그러니까 베린과 잉타, 맷과 페린이 그를 보고 있다는 걸 알아차렸다. 랜드는 자기가 뭘 하고 있는지 깨닫고는 얼굴을 붉혔다. "죄송해요, 잉타. 관리자 역할에 익숙해졌나 봐요. 당신 자리를 차지하려는 건 아니었어요."

잉타가 천천히 고개를 끄덕였다. "모레인이 아겔마 공께 너를 내 다음으로 임명하게 한 건 잘한 일이었구나. 아멀린 권좌께서 그냥 너에게 지휘를 맡기셨다면 더 나았을지 모르겠다." 샤이나 사람은 껄껄 웃음을 터뜨렸다. "최소한 너는 실제로 뿔나팔을 만져 보는 데 성공했으니까."

그 이후로 일행은 조용히 말을 달렸다.

'위대한 나무'는 '드래건 장벽의 수호자'와 쌍둥이라고 해도 좋을 만한 건물이었다. 짙은 색 나무 널빤지가 붙어 있으며 난로 위 선반의 은제품과 윤이 나는 커다란 시계로 장식된 휴게실을 갖춘 높은 정육면체 형태의 석조 건물이었다. 여관 주인은 쿠알레의 누이라고 해도 믿을 것 같았다. 티에드라 부인은 쿠알레처럼 약간 통통한 생김새였으며 똑같이 알랑거리는 태도였다. 똑같이 날카로운 눈, 실제로 한 말 이면의 의미를 읽어 내려는 것 같은 똑같은 분위기였다. 하지만 티에드라는 베린을 알고 있었고, 아이즈 세다이를 반기는 그녀의 미소는 따뜻했다. 그녀는 한 번도 아이즈 세다이를 큰 소리로 언급하지 않았으나 랜드는 그녀가 아는 게 틀림없다고 생각했다.

티에드라와 함께 몰려온 하인들은 일행의 말을 돌보고 방을 내주었다. 랜드의 방은 불타 버린 방만큼 좋은 곳이있다. 그리니 랜드는 하인 두 명이 용을 써 가며 문으로 끌고 들어온 커다란 구리 욕조와 주방에서 일하는 여자들이 부엌에서부터 가지고 올라온, 김이 나는 물 양동이에 더 관심이 갔다. 세면대 위의 거울을 보니 석탄으로 문지른 것 같은 자기 얼굴이 보였다. 코트도 붉은 모직 천 전체에 검댕이 묻어 있었다.

랜드는 옷을 벗고 욕조에 들어갔으나 이미 씻은 것 같다는 생각이 들었다. 베린이 와 있었다. 랜드를 직접 순치시키지도, 랜드를 순치시킬 만한 사람에게 넘겨 버리지도 않을 거라고 믿을 수 있는 세 명의 아이즈 세다이 중

한 사람이. 최소한 겉보기에는 그랬다. 베린은 랜드가 자신을 드래건의 환생이라고 믿게 하고 싶은 사람, 그를 가짜 드래건으로 이용하고 싶어 하는 세 사람 중 한 명이었다. **베린은 나를 지켜보는 모레인의 눈이야. 나를 조종하려는 모레인의 손이야. 하지만 모레인과 연결된 끈은 내가 잘라 버렸어.**

랜드의 안장주머니가 위층으로 운반되었다. 새 옷이 들어 있는, 짐말에 실려 있던 꾸러미도 함께였다. 랜드는 수건으로 몸을 닦고 꾸러미를 열어 본 뒤 한숨을 쉬었다. 하녀가 세탁할 수 있도록 의자 등받이에 대충 걸어 놓은 코트가 그렇듯 다른 두 벌의 코트도 화려하다는 걸 잊고 있었다. 랜드는 잠시 후 기분에 맞게 검은 코트를 골랐다. 은색 왜가리가 높은 목깃에 수놓여 있었고, 삐죽빼죽한 바위에 닿아 물거품을 일으키며 부서지는 은색 급류가 소매를 따라 장식되어 있었다.

옛 코트에서 새 코트로 물건을 옮기던 중 그는 양피지들을 발견했다. 랜드는 셀린의 편지 두 통을 자세히 살펴보며 멍하니 초대장을 주머니에 넣었다. 어쩌면 그렇게 바보 같았을까. 셀린은 귀족 가문의 아름다운 영애였다. 랜드는 아이즈 세다이가 이용하려 드는 양치기, 죽지 않으면 미칠 운명을 짊어진 남자였다. 그런데도 랜드는 셀린의 글씨를 보는 것만으로도 그녀의 끌어당김이 느껴지는 듯했다. 거의 그녀의 향수 냄새가 나는 것 같았다.

"나는 양치기예요." 랜드가 편지를 보며 말했다. "위대한 남자도 아니고, 누군가와 결혼할 수 있다면 그 사람은 에그웨인일 거예요. 하지만 에그웨인은 아이즈 세다이가 되고 싶어 하죠. 그리고 난 미쳐서 사람을 죽여 버릴 수도 있어요. 그런데 어떻게 어떤 여자와 결혼하고, 그 여자를 사랑할 수 있겠어요?"

그렇게 말해 봤지만 셀린의 아름다움이나 랜드를 바라보는 것만으로도 그의 피를 뜨겁게 하던 셀린의 기억은 줄어들지 않았다. 꼭 셀린이 그 방에 함께 있는 것처럼 느껴졌다. 그녀의 향기가 나는 것 같았다. 너무도 강한 향기에 주위를 둘러보던 랜드는 자기 혼자뿐이라는 걸 알고서는 웃었다.

"벌써 미친 사람처럼 공상하다니." 랜드가 투덜거렸다.

침대 옆 탁자에 놓여 있던 등불의 갓을 뒤로 젖히고 불을 밝힌 랜드는 편지를 불길에 냅다 밀어넣었다. 여관 밖에서 바람이 솟구쳐 큰 소리를 내며 덧문 사이로 흘러 들어와 불꽃을 부채질했고, 불꽃은 양피지를 삼켜 버렸다. 랜드는 불이 손가락에 닿기 직전에 불붙은 편지들을 차가운 난로에 던졌다. 검게 말려 가는 편지의 마지막 잔해에서 불이 꺼지기를 기다렸다가 칼을 차고 방을 나섰다.

베린이 따로 구분된 식사 공간을 잡아 두었다. 짙은 색깔의 벽을 따라 선반들이 늘어서 있었고, 선반에는 휴게실에 있는 것보다 더 많은 은 식기가 놓여 있었다. 맷은 삶은 달걀 세 개로 저글링을 하며 태연한 척하려 했다. 잉타는 인상을 쓰며 불 꺼진 벽난로를 들여다보고 있었다. 팔 다라에서 가져온 책 몇 권을 그때까지도 주머니에 넣고 있었던 로이알은 등불 옆에서 그중 한 권을 읽는 중이었다.

페린이 탁자 옆에 웅크리고 있었다. 그는 탁자 위로 깍지를 끼고 자기 손을 살펴보는 중이었다. 방에서 널빤지에 윤을 낼 때 사용한 밀랍 냄새가 페린의 코에 풍겨 왔다. **저 녀석이었어.** 페린은 생각했다. **랜드가 그림자 살해자야. 빛이여, 우리 모두에게 대체 무슨 일이 일어나는 겁니까?** 페린의 두 손에 힘이 들어가며 주먹이 쥐어졌다. 크고 네모난 주먹이었다. **이 두 손은 도끼가 아니라 대장장이의 망치를 쥐어야 했는데.**

그는 랜드가 들어오자 고개를 들었다. 페린은 랜드가 단호해 보인다고, 무슨 행동을 할 결심을 한 것 같다고 생각했다. 아이즈 세다이가 랜드에게 손짓해 자기 맞은편의 높은 등받이 안락의자에 앉으라고 했다.

"휴린은요?" 랜드는 앉을 수 있도록 칼을 돌려서 차며 물었다. "쉬고 있나요?"

"나가겠다고 고집을 부리더군." 잉타가 대답했다. "난 트롤록 냄새가 날 때까지만 흔적을 쫓아가라고 말했다. 거기서부터는 내일 따라가면 될 테니까. 아니, 오늘 밤에 따라가고 싶으냐?"

"잉타." 랜드가 불편한 듯 말했다. "저는 정말로 지휘를 맡으려던 게 아니었어요. 그냥 아무 생각이 없었던 거예요." **하지만 예전이라면 그렇게 긴장**

하지 않고 명령을 내릴 리 없었겠지. 페린은 생각했다. **그림자 살해자. 우리 모두가 변하고 있어.**

잉타는 대답하지 않고 계속 난로를 들여다보았다.

"나한테 대단히 관심이 가는 일이 몇 가지 있는데 말이다, 랜드." 베린이 조용히 말했다. "그중 하나는 네가 흔적 하나 남기지 않고 잉타의 야영지에서 사라진 방법이야. 또 하나는 네가 우리보다 1주일이나 앞서서 케예리엔에 도착한 방법이고. 경비 초소의 직원이 그 점에 대해서 아주 분명히 말하더구나. 그렇게 빨리 오려면 날아왔어야 할 텐데."

맷의 달걀 하나가 바닥에 부딪혀 깨졌다. 하지만 맷은 달걀은 쳐다보지도 않았다. 그는 랜드를 보고 있었고, 잉타도 그를 돌아보고 있었다. 로이알은 계속 책을 읽는 척했으나 걱정스러운 표정을 짓고 있었으며 두 귀에는 털이 곤두서 있었다.

페린은 자기도 랜드를 빤히 보고 있다는 걸 알아챘다. "뭐, 날아온 건 아니죠." 페린이 말했다. "제가 보기에 날개는 없는데요. 아마 그것보다 더 중요한 얘기가 있을 것 같아요." 베린은 아주 잠깐이지만 페린에게로 관심을 돌렸다. 페린은 가까스로 그녀의 시선을 받아 냈으나 먼저 눈을 돌렸다. **아이즈 세다이이라니. 빛이여, 대체 우리는 왜 바보 같이 아이즈 세다이를 따라왔단 말입니까?** 랜드도 페린에게 눈길을 주었다. 고마워하는 눈빛이었다. 페린이 그를 향해 씩 웃었다. 랜드는 예전의 랜드가 아니었지만—그는 화려한 코트에 어울리는 사람으로 성장한 듯했다. 이제는 코트가 어울려 보였다—여전히 페린과 어린 시절을 함께 보낸 소년이었다. **그림자 살해자. 늑대들이 경외감을 가지고 지켜보는 사람. 채널링을 할 수 있는 남자.**

"말해도 상관없어요." 랜드는 그렇게 말하고 자기 이야기를 간략히 전했다.

페린은 자기도 모르게 입을 쩍 벌렸다. 관문의 돌. 땅이 움직이는 것처럼 보이는 다른 세상. 어둠의 친구들이 **앞으로 갈** 곳의 흔적을 따라왔다는 휴린. 방랑 시인의 이야기에 나오는 것과 똑같은, 역경에 처한 아름다운 여자.

맷이 조용히, 궁금하다는 듯 휘파람을 불었다. "그런데 그 여자가 너를 다시 이 세상으로 데려왔다고? 그…… 돌 중 하나를 써서?"

랜드는 잠시 망설였다. "셀린이 그렇게 한 게 틀림없어." 랜드가 말했다. "알겠지? 우린 그런 식으로 너희를 훨씬 앞질러 온 거야. 페인이 가까이 왔을 때, 로이알이랑 나는 밤중에 발리어의 뿔나팔을 다시 훔치는 데 간신히 성공했어. 그리고 우리는 계속 말을 달려 케예리엔으로 왔어. 놈들이 잠에서 깨면 우리가 놈들을 지나쳐 갈 수 없을 거라고 생각했거든. 잉타가 페인 일행의 뒤를 따라서 계속 남쪽으로 오다가 결국 케예리엔에 다다르리라는 것도 알았고."

그림자 살해자. 랜드가 눈을 가늘게 뜨고 페린을 보자 페린은 자신이 그 이름을 큰 소리로 말했다는 걸 알았다. 하지만 다른 사람 모두 들을 정도로 시끄럽게 말한 건 아닌 듯했다. 다른 누구도 그를 힐끔거리지 않았다. 페린은 랜드에게 늑대 이야기를 하고 싶은 마음이 들었다. **난 너에 대해서 알아. 너도 내 비밀을 아는 게 공평하지.** 하지만 베린이 그 자리에 있었다. 베린 앞에서 그 말을 할 수는 없었다.

"흥미롭구나." 아이즈 세다이가 생각에 잠긴 표정을 지으며 말했다. "정말이지 꼭 그 여자를 만나고 싶어. 관문석을 이용할 수 있다면……. 관문석이라는 이름조차 널리 알려진 건 아닌데 말이지." 아이즈 세다이는 고개를 저었다. "뭐, 그건 나중에 하고. 케예리엔 가문에 속한, 키가 크고 젊은 여자라면 찾기 어렵지는 않을 거다. 아아, 식사가 나왔구나."

페린은 티에드라 부인이 음식 쟁반을 든 사람들을 줄줄이 이끌고 들어서기 전부터 새끼 양의 고기 냄새를 맡았다. 함께 나온 콩과 호박, 당근, 양배추나 뜨겁고 바삭바삭한 빵보다는 그 고기 때문에 침이 고였다. 지금도 채소가 맛있게 느껴지긴 했지만, 최근에는 벌건 고기가 이따금 꿈에 나왔다. 보통은 조리되지도 않은 상태였다. 여관 주인이 잘라 놓은 먹음직스러운 연분홍빛 양고기 조각들이 지나치게 익었다고 은연중에 생각했다는 걸 알고는 마음이 불편했다. 페린은 마음을 단단히 먹고 모든 음식을 덜었다. 양고기 두 조각도.

조용한 식사 시간이었다. 모두가 각자의 생각에 집중했다. 페린은 맷이 먹는 모습을 지켜보기가 고통스러웠다. 맷은 열이 나는 듯 얼굴이 붉어져 있었지만 여느 때처럼 식욕이 좋았다. 맷이 음식을 퍼먹는 모습을 보면 죽기 전의 마지막 식사를 하는 것 같다는 생각이 들었다. 페린은 최대한 자기 접시에 시선을 고정한 채 에먼즈 필드를 떠나지 않았으면 좋았을 뻔했다고 생각했다.

종업원들이 탁자를 정리하고 다시 떠나자 베린은 휴린이 돌아올 때까지 이곳에 남아 있자고 고집을 부렸다. "휴린이 가져올 소식이 우리가 즉시 떠나야 한다는 것일지도 모르니까."

맷은 다시 저글링을 시작했고 로이알은 다시 책을 읽었다. 랜드는 여관 주인에게 책이 더 있느냐고 물었고, 여관 주인은 『제인 파스트라이더의 여행』을 가져다주었다. 페린도 그 책을 좋아했다. 바다 민족 사이에서 벌어지는 모험, 비단이 나는 아이일황무지 너머의 땅으로 떠났던 여행 이야기가 담긴 책이었다. 하지만 페린은 책을 읽고 싶은 기분이 아니었으므로 탁자 위에 돌멩이 게임판을 올려놓고 잉타와 게임을 했다. 샤이나 사람은 공격적이고 대담한 방식으로 게임을 했다. 페린은 늘 집요하게 게임을 하는 편이었다. 땅을 내주더라도 쉽게 내주지 않았다. 하지만 자기도 모르게 잉타만큼 무모하게 돌멩이를 내려놓고 있었다. 대부분의 게임이 무승부로 끝났지만, 잉타와 비슷한 횟수로 이기는 데도 성공했다. 초저녁 즈음에는 샤이나 사람이 새로운 존경심이 어린 눈으로 페린을 보았다. 그때 탐지자가 돌아왔다.

휴린의 미소는 의기양양한 동시에 어찌할 바를 모르는 것 같기도 했다. "찾았습니다, 잉타 공. 랜드 공. 제가 놈들의 소굴까지 놈들을 추적했습니다."

"소굴이라니?" 잉타가 날카롭게 물었다. "놈들이 근처 어딘가에 숨어 있다는 말이냐?"

"예, 잉타 공. 뿔나팔을 가져간 놈들을 제가 그곳까지 곧장 추적해 갔습니다. 사방에서 트롤록 냄새가 나더군요. 그곳에서조차 감히 눈에 띌 수 없다는 듯 숨어 있긴 했습니다만. 이상한 일도 아니죠." 탐지자가 심호흡했다.

"그 소굴은 바르사네스 공이 방금 완공한 대저택이었습니다."

"바르사네스 공이라고!" 잉타가 소리쳤다. "하지만 그 사람은…… 바르사네스는…… 그 사람이……."

"비천한 자들만큼 높은 자들 중에도 어둠의 친구들은 있지." 베린이 자연스럽게 말했다. "힘 있는 자들도 약한 자들만큼 자주 그림자에 영혼을 넘긴다네." 잉타는 그 생각을 하고 싶지 않다는 듯 눈을 사납게 떴다.

"경비병들이 있습니다." 휴린이 말을 이었다. "스무 명으로는 거기 들어갈 수 없습니다. 들어갔다가 다시 나올 수는 없겠죠. 백 명이라면 가능하겠지만, 두 명이 들어가는 게 더 나을 겁니다. 제 생각은 그렇습니다, 나리."

"왕이라면요?" 맷이 물었다. "그 바르사네스라는 자가 어둠의 친구라면 왕이 우리를 도와줄 거예요."

"확신하는데," 베린이 무미건조하게 말했다. "갈드리안 레예아틴은 바르사네스 다모드레드가 어둠의 친구라는 **소문만** 있어도 바르사네스에 대항할 거다. 핑계가 생긴 걸 반가워하겠지. 동시에, 갈드리안이 발리어의 뿔나팔을 손에 넣으면 절대 놓지 않으리라고도 확신한다. 그자는 축제 때마다 뿔나팔을 가지고 나와 사람들에게 보여주면서 케예리엔이 얼마나 위대하고 강력한지 이야기할 거야. 그 외의 방법으로는 누구도 뿔나팔을 보지 못하게 될 거다."

페린은 충격을 받아 눈을 깜빡였다. "하지만 발리어의 뿔나팔은 최후의 전쟁이 벌어질 때 그 현장에 있어야 해요. 갈드리안이 그냥 가질 수는 없죠."

"난 케예리엔에 대해 잘 모른다만," 잉타가 페린에게 말했다. "갈드리안에 대해서는 많은 이야기를 들었다. 그자는 우리가 케예리엔에 가져다준 영광에 대해 감사하며 우리에게 잔치를 베풀어 줄 거다. 우리 주머니에 금화를 가득 넣어 주고 우리 머리에는 영예를 쌓아 주겠지. 그리고 우리가 뿔나팔을 가지고 떠나려 하면, 숨 쉴 틈조차 두지 않고 우리의 그 영예로운 머리를 베어 버릴 거다."

페린은 손으로 머리를 쓸었다. 왕들에 대해 알면 알수록 그들이 마음에 들지 않았다.

"단검은요?" 맷이 자신 없는 목소리로 물었다. "단검까지 가지고 싶어 하진 않겠죠?" 잉타가 맷을 노려보자 맷은 불편한 듯 움찔거렸다. "뿔나팔이 중요한 건 알지만, 제가 최후의 전투에서 싸울 것도 아니잖아요. 그 단검은……."

베린이 의자 팔걸이에 팔을 내려놓았다. "갈드리안은 그 단검도 가지면 안 돼. 우리한테 필요한 건 바르사네스의 저택에 들어갈 방법이야. 뿔나팔을 찾을 방법만 알아내면 그걸 되찾아 올 방법도 알아낼 수 있을 거야. 그리고 맷, 물론 단검도 되찾을 수 있다. 아이즈 세다이가 도시에 와 있다는 사실이 알려지는 순간……. 글쎄, 나는 보통 이런 일을 피한다만 내가 티에드라에게 바르사네스의 새 저택을 보고 싶다는 말을 흘리면 하루 이틀 사이에 초청장이 올 게 틀림없다. 너희 중 최소 몇 명을 데려가는 것도 어렵지 않을 거다. 왜 그러느냐, 휴린?"

탐지자는 베린이 초대장 이야기를 꺼낸 순간부터 불안한 듯 몸을 앞뒤로 끄떡이고 있었다. "랜드 공이 이미 초대장을 받으셨습니다. 바르사네스 공에게서요."

페린이 랜드를 빤히 보았다. 페린만이 아니었다.

랜드는 코트 주머니에서 봉인된 양피지 두 통을 꺼내 아무 말 없이 아이즈 세다이에게 전했다.

놀란 잉타가 다가와 베린의 어깨 너머로 그 봉인을 바라보았다. "바르사네스와…… 갈드리안이라니! 랜드, 어떻게 이걸 손에 넣은 거냐? 무슨 일을 하고 있었던 거야?"

"아무것도 안 했어요." 랜드가 말했다. "아무 일도 안 했어요. 그냥 저 사람들이 저한테 보낸 거예요." 잉타가 길게 숨을 내쉬었다. 맷의 입이 쩍 벌어져 있었다. "뭐, 그냥 보냈어요." 랜드가 조용히 말했다. 랜드에게는 페린의 기억에 없는 위엄이 있었다. 랜드는 아이즈 세다이와 샤이나의 귀족을 동등한 사람처럼 보고 있었다.

페린이 고개를 저었다. **너, 정말로 그 코트가 어울리는구나. 우리 모두 변**

하고 있어.

"랜드 공이 나머지 초대장은 전부 태워 버리셨습니다." 휴린이 말했다. "초대장이 매일 왔는데 매일 태우셨어요. 물론, 이 초대장이 오기 전까지는 말입니다. 매일 점점 더 강한 가문에서 초대장이 왔지요." 휴린은 자랑스러워하는 듯했다.

"시간의 물레는 우리 모두를 자신의 뜻에 따라 패턴에 짜 넣는다." 베린은 양피지를 바라보며 말했다. "때로는 우리가 필요를 깨닫기도 전에 우리에게 필요한 것을 내어 주지."

베린은 아무렇지 않게 왕의 초대장을 구겨 난로에 던졌다. 왕의 초대장은 차가운 통나무 위에 하얗게 남아 있었다. 베린은 다른 초대장의 봉인을 엄지로 뜯고 내용을 읽었다. "그래, 이거면 아주 잘 되겠구나."

"어떻게 가죠?" 랜드가 베린에게 물었다. "그 사람들은 제가 귀족이 아니라는 걸 알 텐데요. 저는 양치기에 농부예요." 잉타는 미심쩍다는 표정이었다. "진짜예요, 잉타. 말했잖아요." 잉타는 어깨를 으쓱했다. 지금도 못 믿겠다는 표정이었다. 휴린은 노골적인 불신감을 담아 랜드를 보았다.

태워 죽일. 페린이 생각했다. **랜드를 몰랐다면 나도 저 말을 믿지 않았을 거야.** 맷은 고개를 갸웃하고 전에는 한 번도 본 적 없는 무언가를 보는 듯 인상을 찌푸리며 랜드를 바라보았다. **이제는 맷도 느끼는 거야.** "넌 할 수 있어, 랜드." 페린이 말했다. "할 수 있어."

"네가 어떠어떠한 존재가 아니라는 말을 모든 사람에게 떠들고 다니지 않는다면 도움이 되겠지." 베린이 말했다. "사람들은 자기가 생각한 걸 보게 마련이다. 그 외에는, 사람들의 눈을 똑바로 보고 단호하게 말하거라. 나한테 말하던 것처럼." 베린이 무미건조하게 덧붙이자 랜드의 두 뺨이 붉어졌다. 하지만 그는 시선을 내리깔지 않았다. "네가 무슨 말을 하느냐는 중요하지 않아. 사람들은 네가 하는 부적절한 모든 행동에 대해 네가 이방인인 때문이라고 생각할 거다. 아멀린 권좌 앞에서 처신했던 걸 떠올리는 것도 도움이 되겠지. 네가 그렇게까지 거만하게 굴면, 사람들은 네가 누더기를 입고 있어도 널 귀족이라고 생각할 거다." 맷이 히죽거렸다.

랜드가 두 손을 번쩍 들었다. "말했어요. 할게요. 하지만 전 지금도 제가 입을 열면 5분 안에 사람들이 알게 될 거라고 생각해요. 언제 가죠?"

"바르사네스가 너를 초청하면서 서로 다른 날짜 다섯을 제안했는데, 그중 하루가 내일 밤이다."

"내일이라니!" 잉타가 소리쳤다. "내일 밤이면 뿔나팔이 강을 따라 92킬로미터는 내려갈 수 있는 시간입니다. 아니면……."

베린이 그의 말을 잘랐다. "우노와 네 병사들이 저택을 지켜보면 된다. 놈들이 어디로든 뿔나팔을 가져가려 들면 우리가 쉽게 따라갈 수 있어. 바르사네스의 저택 안에서보다 쉽게 그걸 되찾을 수도 있을 테고."

"아마 그렇겠지요." 잉타가 마지못해 동의했다. "저는 그냥 기다리기 싫을 뿐입니다. 이젠 뿔나팔이 거의 제 손에 들어왔으니까요. 저는 뿔나팔을 가질 겁니다. 반드시! 반드시!"

휴린이 잉타를 빤히 보았다. "하지만 잉타 공, 세상일이 그렇게 돌아가는 게 아닙니다. 일어나는 일이 일어나는 것이고, 일어나야 하는 일이란……." 잉타가 노려보자 휴린이 말을 끊었다. 그러면서도 휴린은 숨죽여 중얼거렸다. "'반드시'라는 말을 하는 건 적절하지 않습니다."

잉타는 뻣뻣하게 베린을 돌아보았다. "베린 세다이, 케예리엔 사람들은 절차를 매우 엄격하게 따릅니다. 랜드가 답장을 보내지 않으면 바르사네스는 너무 큰 모욕감을 느낀 나머지 우리를 들이지 않을지도 모릅니다. 양피지를 두 손에 들고 있더라도요. 하지만 랜드가 답장을 보낸다면……. 글쎄요, 최소한 페인은 랜드를 알고 있지요. 우린 놈들에게 함정을 놓으라는 경고를 하는 셈입니다."

"놀라게 해 줘야지." 잠시 떠오른 베린의 미소는 유쾌하지 않았다. "내 생각엔 바르사네스가 어쨌든 랜드를 보고 싶어 할 것 같구나. 어둠의 친구든 아니든, 그자가 왕좌를 상대로 꾸민 음모를 포기했을 것 같지는 않아. 랜드, 바르사네스 말로는 네가 왕의 계획 중 하나에 관심을 가졌다는데 그 계획이 뭔지는 적어 두지 않았구나. 이게 무슨 뜻이냐?"

"모르겠어요." 랜드가 천천히 말했다. "저는 여기 도착한 이후로 아무것도 하지 않았는데요. 잠깐만요. 어쩌면 동상 얘기를 하는 걸지도 몰라요. 저희는 사람들이 거대한 조각상을 발굴하고 있던 마을을 지나서 왔거든요. 그 사람들 말로는 전설의 시대의 조각상이래요. 왕이 그걸 케예리엔으로 옮기려고 해요. 그렇게 큰 걸 어떻게 옮길 수 있는지는 모르겠지만요. 하지만 제가 물어본 건 그 조각상이 뭐냐는 것뿐이었는데요.”

“우린 낮에 그 조각상을 지났지만 멈춰 서서 질문을 던지지는 않았다.” 베린은 초대장이 무릎에 떨어지도록 놔두었다. “갈드리안이 그 조각상을 발굴하는 건 아마 현명한 행동이 아닐 거야. 진짜 위험이 따르는 건 아니지만, 전설의 시대에 만들어진 물건에 관여한다는 게 무슨 의미인지 모르는 자들에게는 결코 현명한 일이 아니지.”

“그게 뭔데요?” 랜드가 물었다.

“**사앙그리알**이다.” 베린은 그게 별로 중요하지 않은 정보라는 듯 말했지만, 페린은 두 사람이 다른 사람은 알아들을 수 없는 이야기를 하며 자기들만의 대화를 시작했다는 느낌을 받았다. “우리가 아는 한, 여태 만들어진 **사앙그리알** 중 가장 큰 한 쌍의 **사앙그리알** 중 하나지. 특이한 쌍이기도 해. 지금도 트레멀킹에 묻혀 있는 하나는 여자만이 사용할 수 있다. 이건 남자만이 쓸 수 있고. 힘의 전쟁 당시에 무기로 쓰기 위해 만들어졌는데, 그 시절이나 세계의 파괴가 일어나던 시절에 대해 고마워할 게 하나라도 있다면 **사앙그리알**을 사용할 새도 없이 종말이 찾아왔다는 거야. 둘을 함께 사용하면 또 한 번 세계의 파괴를 일으킬 만큼 강력한 힘을 낼지 모른다. 아마 첫 번째 파괴보다도 심각하겠지.”

페린의 두 손이 울퉁불퉁해질 만큼 꽉 쥐어졌다. 그는 랜드를 똑바로 보지 않으려 했으나 랜드의 입 주변이 하얗게 질리는 모습이 곁눈으로도 훤히 보였다. 페린은 랜드가 겁을 먹었을지도 모른다고 생각했다. 겁먹는 게 당연했다.

잉타도 놀란 표정이었다. 그럴 만했다. “그럼 그걸 다시 묻어야겠습니다. 흙과 돌을 쌓아서, 묻을 수 있는 한 최대한 깊이 묻어야지요. 로게인이 그걸 찾아냈다면 무슨 일이 일어났겠습니까? 자기가 드래건의 환생이라고 주장하는 자들은 둘째치고, 채널링을 할 줄 아는 웬 망할 놈이 그걸 발견했다면요? 베린 세다이, 갈드리안에게 그가 하는 짓이 무엇인지 경고하셔야 합니다."

"뭐라고? 아, 그럴 필요는 없을 것 같구나. 세계의 파괴를 일으킬 정도로 강력한 일원력을 다루어 내려면 그 둘을 함께 사용해야 한다. 전설의 시대에는 그렇게 했었지. 여자와 남자가 협력하면 언제나 따로 힘을 쓰는 것보다 열 배는 강력했어. 하지만 오늘날에 그 어떤 아이즈 세다이가 남자의 채널링을 돕겠느냐? 하나만으로도 강력하긴 하지만, 트레멀킹에 있는 **사앙그리알**을 통해 오는 흐름에서 살아남을 수 있을 만큼 강력한 여자는 많지 않다. 물론, 아멀린 권좌라면 가능하시겠지. 모레인과 엘라이다도 가능할 테고. 아마 다른 아이즈 세다이도 한두 명은 가능할 것이다. 아직 수련을 받고 있는 여자들 중에도 세 명이 있고. 로게인이라면, 아무것도 할 수 없는 잿더미가 되어 버리지 않으려고 애쓰는 데만도 모든 힘을 기울였어야 할 거다. 아니, 잉타. 네가 걱정할 필요는 없을 것 같구나. 최소한 진짜 드래건의 환생이 정체를 밝힐 때까지는 말이야. 그때가 되면 우리 모두가 이 문제를 걱정해야겠지. 지금은 바르사네스의 저택에 들어갔을 때 무엇을 해야 할지나 걱정하자꾸나."

베린은 랜드에게 말하고 있었다. 페린은 그 사실을 알고 있었고, 맷의 눈에 떠오른 불쾌한 빛을 보면 맷도 아는 듯했다. 로이알조차 의자에 앉은 채 초조하게 움직거렸다. **아, 빛이여. 랜드.** 페린은 생각했다. **빛을 걸고, 저 여자가 널 이용하게 놔두지 마.**

랜드는 손마디가 희게 질릴 정도로 탁자 상판을 세게 누르고 있었지만 목소리는 안정되어 있었다. 그의 시선은 한 번도 아이즈 세다이를 떠나지 않았다. "일단은 뿔나팔과 단검을 되찾아야 해요. 그럼 끝이에요, 베린. 그럼 끝이에요."

페린은 베린의 작고도 신비로운 미소를 지켜보며 한기를 느꼈다. 페린이 볼 때 랜드는 자기가 안다고 생각하는 것의 절반도 모르는 듯했다. 채 절반도.

32장 위험한 말

바르사네스 공의 저택은 어둠 속에 커다란 두꺼비처럼 웅크린 채 넓은 땅을 담장과 부속 건물로 요새처럼 뒤덮고 있었다. 하지만 사방에 높은 창문이 있고 불이 밝혀져 있으며 음악과 웃음이 흘러나오는 그곳은 요새가 아니었다. 다만 랜드는 탑 위와 지붕 위 통로를 걸어 다니는 경비병들을 볼 수 있었다. 지상과 가까운 곳에는 창문이 하나도 없었다. 랜드는 레드의 등에서 내려 코트 주름을 펴고 칼이 매달린 허리띠를 바로잡았다. 주위의 다른 사람들도 내려섰다. 그들은 넓고 묵직한 조각이 새겨진 저택의 문으로 향하는 널찍하고 흰 돌계단 맨 아래에 서 있었다.

우노가 지휘하는 샤이나 사람 열 명이 호위대를 이루었다. 외눈박이 우노는 잉타와 살짝 고갯짓을 주고받은 뒤 부하들을 데리고 다른 호위병들과 합류했다. 그곳에서는 맥주가 제공되었고 커다란 불 위에 꼬챙이로 꿰어진 소 한 마리가 구워지고 있었다.

다른 열 명의 샤이나 사람들은 페린과 함께 남겨졌다. 베린은 그들 모두가 그곳에 있는 데는 이유가 있다고 했다. 페린은 오늘 밤에 참여하고 싶지 않다고 했고. 케예리엔 사람들이 보기에 위엄을 갖추려면 호위대가 꼭 필요하겠지만, 그 수가 열 명을 넘으면 의심스러워 보일 터였다. 랜드가 이곳에 온 이유는 그가 초대장을 받은 때문이었다. 잉타는 귀족 작위로 명망을 보태주기 위해 왔으며, 로이알이 온 이유는 케예리엔의 귀족 중에서도 상류층 사이에서는 오기어의 인기가 많기 때문이었다. 휴린은 잉타의 몸종인 척했다. 그의 진짜 목적은 할 수 있다면 빨리 어둠의 친구들과 트롤록들의 냄새를 맡는 것이었다. 발리어의 뿔나팔이 그들과 멀지 않은 곳에 있을 터였다. 맷은 여전히 툴툴대면서도 랜드의 하인인 척했다. 단검이 가까운 곳에 있으면 맷은 그것을 느낄 수 있을 테니, 휴린이 실패한다면 맷이 어둠의 친구들을 찾을 수 있을 것이었다.

랜드가 베린에게 당신은 왜 왔느냐고 묻자 베린은 미소를 지으며 말했다. "너희 모두가 난처해지지 않도록 하려는 거지."

일행이 계단을 올라갈 때 맷이 투덜거렸다. "지금도 내가 왜 하인이어야 하는지 모르겠어." 맷과 휴린은 다른 사람들의 뒤를 따랐다. "태워 죽일, 랜드가 귀족이 될 수 있다면 나도 화려한 코트를 걸칠 수 있다고."

"하인은," 베린은 맷을 돌아보지 않은 채 말했다. "다른 사람이 가지 못하는 많은 곳에 갈 수 있단다. 많은 귀족들이 하인을 아예 보지도 않으니까. 너와 휴린에게는 할 일이 있고."

"이제 조용히 해라, 맷." 잉타가 끼어들었다. "우리 정체를 드러내고 싶은 게 아니라면." 그들은 문에 가까워지고 있었다. 거기에는 가슴에 다모드레드 가문의 나무와 왕관 문장이 새겨진 여섯 명의 경비병과, 소매에 나무와 왕관 문장이 들어간 진녹색 복장을 갖춰 입은 같은 수의 남자들이 있었다.

랜드는 깊이 숨을 들이마시고 초대장을 내밀었다. "알소르 가문의 랜드 공이오." 그는 빨리 끝내 버리려고 서둘러 말했다. "이쪽은 내 손님들이고. 갈색의 아자에 소속된 베린 아이즈 세다이와 샤이나의 시노와 가문에서 오신 잉타 공, 스테딩 샹타이에서 온 할란의 아들 아렌트의 아들 로이알이오." 로이알은 자기가 소속된 **스테딩**을 소개에서 빼줄 수 없겠느냐고 물어봤지만, 베린이 최대한 예의를 갖춰야 한다고 고집을 부렸다.

형식적으로 절하며 손을 내밀어 초대장을 받으려던 하인은 한 명 한 명 이름이 더해질 때마다 조금씩 움찔거렸다. 베린의 이름을 들었을 때는 눈이 튀어나올 것 같았다. 그는 꽉 막힌 목소리로 말했다. "다모드레드 가문에 어서 오십시오, 나리. 어서 오십시오, 아이즈 세다이. 어서 오십시오, 오기어 님." 그는 다른 하인들에게 손을 내저어 문을 활짝 열도록 했고, 허리를 숙여 인사하며 랜드 일행을 안으로 들였다. 안에서 그 하인은 복장을 갖춰 입은 다른 사람에게 서둘러 초대장을 건네주고 그의 귀에 속삭였다.

이 남자의 녹색 코트 가슴팍에는 나무와 왕관 문장이 큼직하게 들어가 있었다. "아이즈 세다이." 그는 긴 지팡이를 써서, 일행 모두에게 돌아가며 머리가 무릎에 닿을 만큼 깊숙이 허리를 숙여 절했다. "두 분 나리. 오기어 님. 저는 아신이라고 합니다. 따라오십시오."

바깥쪽 홀에는 하인들밖에 없었으나 아신은 그들을 귀족들이 가득한 커다란 방으로 안내했다. 방 한쪽에서 저글링 광대가, 다른 한쪽에서는 곡예사들이 공연하고 있었다. 다른 곳에서도 목소리와 음악이 들려왔기에 이들만이 유일한 손님이나 공연자가 아님을 알 수 있었다. 귀족들은 둘이나 셋, 넷씩 짝지어 서 있었다. 때로는 남녀가 섞여 있었고 때로는 남자만, 또는 여자만 있었다. 그들은 언제나 다른 사람들이 자기들 이야기를 엿듣지 못하도록 조심스럽게 거리를 두고 있었다. 손님들은 어두운 케에리엔 색 옷을 입고 있었는데, 모두가 최소한 가슴까지 절반은 내려오는 밝은 줄무늬가 들어간 옷이었다. 어떤 사람들은 저 아래 허리까지 줄무늬가 들어가 있었다. 여자들은 곱슬머리를 정교하게 탑처럼 높이 쌓고 있었는데 그 모습이 저마다 달랐으며, 그들이 입는 짙은 색 치마는 폭이 너무 넓어 저택의 문보다 좁은 곳을 지나려 할 때면 반드시 옆으로 돌아가야 할 듯했다. 남자 중 군인처럼 머리를 민 사람은 한 명도 없었고—남자들은 모두 긴 머리에 짙은 색의 벨벳 모자를 쓰고 있었다. 어떤 모자는 종처럼 생겼고, 어떤 모자는 납작했다—여자들과 마찬가지로 짙은 아이보리 색의 레이스 주름에 손이 거의 가려져 있었다.

아신이 지팡이를 딱딱 두드리더니 큰 목소리로 베린부터 소개했다.

일행은 모두의 시선을 끌었다. 베린은 갈색 술이 달려 있으며 포도 덩굴이 수놓인 숄을 걸치고 있었다. 아이즈 세다이가 왔다는 소식에 남녀 귀족들이 웅성거렸고, 저글링 광대는 고리 하나를 떨어뜨렸다. 더 이상 아무도 그를 보지 않고 있었지만 말이다. 로이알 또한 아신이 소개하기 전부터 거의 그와 비슷한 정도로 시선을 끌었다. 목깃과 소매에 은색 수가 놓여 있을 뿐 별다른 장식이 없는 랜드의 검은색 코트는 케예리엔 사람들 옆에서는 거의 황량하게 보였다. 랜드와 잉타의 칼이 많은 사람들의 시선을 끌었다. 남자 귀족 중 무장한 것으로 보이는 사람은 아무도 없었다. 랜드는 '왜가리 표시가 있는 칼'이라는 말을 한 번 이상 들었다. 랜드가 받은 시선 중에는 인상을 찡그리는 것 같은 시선도 있었다. 랜드가 초대장을 태워 모욕한 사람일지 모른다는 생각이 들었다.

날씬하고 잘생긴 남자가 다가왔다. 그는 머리카락이 길고 희었으며, 짙은 회색 코트 앞섶에는 목에서부터 무릎 바로 위의 옷자락에 이르기까지 여러 가지 색깔의 줄무늬가 들어가 있었다. 그는 케예리엔 사람치고 대단히 키가 커서 랜드보다 머리 반 개 정도밖에 작지 않았는데, 다른 모든 사람을 내려다보는 듯 턱을 쳐들고 서 있는 자세 때문에 더욱 키가 커 보였다. 눈동자는 검은 조약돌 같았다. 하지만 그는 경계하듯 베린을 보았다.

"이렇게 와 주시니 영광입니다, 아이즈 세다이." 바르사네스 다모드레드의 목소리는 낮고도 확신에 차 있었다. 그의 시선이 다른 사람들을 훑고 지나갔다. "이렇게 특별한 분들이 오실 줄은 몰랐습니다. 잉타 공. 오기어 님." 그가 한 명 한 명에게 절이랍시고 하는 행동은 그저 고개를 까닥이는 수준이었다. 바르사네스는 자신이 얼마나 막강한지 정확히 알고 있었다. "그리고 여기 젊은 분은 랜드 공이군요. 시내에 당신에 관한 이야기가 많이 돌고 있습니다. 귀족 가문들 사이에서도. 오늘 밤에는 이야기를 나눌 기회가 있겠군요." 말투를 들으니 바르사네스는 이야기할 기회가 오지 않는다고 해도 아쉬울 게 없었고, 마을에 도는 어떤 이야기에도 별 흥미를 느끼지 않는 듯했다. 그러나 아주 짧은 순간, 그의 시선이 잉타와 로이알, 베린에게 돌아갔다. 바르사네스는 얼른 그 시선을 바로잡았다. "어서 오십시오." 그는 그의 팔에 달린 레이스에 반지 낀 손을 파묻는 잘생긴 여자에게 이끌려서 갔다. 그러나 그의 시선은 멀어지면서 다시 랜드에게로 돌아왔다.

웅성거리는 말소리가 다시 높아지고, 저글링 광대는 그림을 그려놓고 회칠한 천장에 거의 닿도록 고리들을 빙글빙글 던져 올렸다. 7미터 높이는 족히 되는 듯했다. 곡예사들은 한 번도 멈춘 적이 없었다. 여자 한 명이 오므리고 있던 동료 한 명의 두 손을 딛고 허공으로 뛰어올랐다. 그녀가 빙빙 돌자 기름을 바른 그 여자의 피부가 백 개의 등불 빛을 받아 빛났다. 그러던 그녀는 이미 다른 사람의 어깨를 밟고 올라서 있던 남자의 두 손에 착지했다. 남자는 두 팔을 쭉 뻗으며 여자를 위로 들어 올렸다. 그 아래의 남자도 똑같이 했다. 여자는 박수를 보내 달라는 듯 두 팔을 쫙 펼쳤다. 그러나 케예리엔 사람 중에 그 모습을 알아보는 사람은 한 명도 없는 듯했다.

베린과 잉타가 군중 쪽으로 슬며시 이동했다. 몇몇 사람은 샤이나 사람에게 경계하는 시선을 던졌다. 일부는 눈을 휘둥그렇게 뜬 채 아이즈 세다이를 보았고, 다른 사람들은 팔이 닿는 곳에 광견병에 걸린 늑대가 있다는 걸 알게 된 듯 걱정스럽게 인상을 쓰고 있었다. 못마땅한 시선은 여자보다는 남자들 쪽이 많았고, 여자들 중에는 베린에게 말을 거는 사람도 있었다.

랜드는 맷과 휴린이 이미 주방으로 사라졌다는 걸 알아차렸다. 그곳에 손님들과 함께 온 하인들이 모두 모여 호출되기를 기다리고 있었다. 랜드는 둘이 몰래 빠져나가는 데 어려움이 없기를 바랐다.

로이알은 허리를 숙이고 랜드의 귀에만 들리게 말했다. "랜드, 근처에 웨이게이트가 있어. 느껴져."

"여기가 오기어 덤불이었다는 말이야?" 랜드가 조용히 말하자 로이알이 고개를 끄덕였디.

"이곳에 덤불을 심었을 때 스테딩 초푸는 다시 발견되지 않았어. 그러지 않았다면 알케어레예날렌을 짓는 데 도움을 준 오기어한테도 **스테딩**을 다시 떠올리게 할 덤불이 필요 없었을 거야. 내가 전에 케예리엔을 지나던 때는 이곳 전체가 숲이었고 왕의 소유지였어."

"바르사네스가 어떤 음모로 빼앗았을 거야." 랜드는 초조하게 방을 둘러보았다. 모두가 여전히 대화 중이었으나 꽤 많은 사람들이 그와 오기어를 지켜보고 있었다. 잉타는 보이지 않았다. 베린은 모여 있는 여자들 가운데에 서 있었다. "같이 있을 수 있으면 좋겠다."

"베린은 그러지 말라고 했어, 랜드. 그렇게 하면 모두가 의심하면서 화를 낼 거래. 우리가 일부러 거리를 둔다고 생각하면서 말이지. 우리는 맷과 휴린이 뭐든 발견할 때까지 의심을 누그러뜨려야 해."

"베린이 한 말은 나도 너만큼 잘 들었어, 로이알. 그래도 바르사네스가 어둠의 친구라면 우리가 여기에 온 이유를 분명히 알 거라는 게 내 생각이야. 우리끼리만 다니는 건 머리를 한 대 때려달라고 부탁하고 다니는 거나 마찬가지라고."

"베린은 바르사네스가 우리를 이용할 방법을 찾아낼 때까지는 아무 짓도 하지 않을 거라고 했어. 그냥 베린이 시킨 대로 해, 랜드. 아이즈 세다이는 저 사람들이 무슨 일을 꾸미는지 아니까." 로이알은 사람들 사이로 들어갔다. 열 발짝도 걷기 전에 남녀 귀족들이 그의 주변에 모여들었다.

랜드가 혼자 있다 보니 다른 사람들이 랜드에게 다가오기 시작했다. 하지만 랜드는 다른 방향으로 돌아서서 서둘러 떠났다. **아이즈 세다이는 저 사람들이 무슨 생각을 하는 건지 알지도 몰라. 나도 좀 알았으면 좋겠네. 마음에 안 들어. 빛을 걸고, 베린이 한 말이 사실인지 알고 싶어. 아이즈 세다이는 거짓말을 하지 않지만, 내가 들은 진실은 내가 생각하는 진실이 아닐 수 있다고.**

랜드는 귀족들과의 대화를 피하려고 계속 움직였다. 다른 방이 많았는데, 그 모두가 남녀 귀족들로 꽉 차 있었고 방마다 공연자가 있었다. 망토를 입은 세 명의 방랑 시인. 더 많은 저글링 광대와 곡예사 들. 플루트와 비테른, 덜시머, 류트에 더해 다섯 가지 다른 크기의 현악기와 곧은 것, 휘어진 것, 말린 것 등 여섯 종류의 뿔나팔, 작은 북 크기에서 솥 크기에 이르는 열 가지 종류의 북을 연주하는 악사들도 있었다. 랜드는 뿔나팔 연주자 중 말려 있는 뿔나팔을 든 몇 명을 다시 보았으나 악기는 전부 평범한 황동으로 만들어져 있었다.

이렇게 드러난 곳에 발리어의 뿔나팔을 가지고 나오지는 않겠지, 바보야. 랜드는 생각했다. **바르사네스가 공연에 참여시키려고 죽은 영웅들을 불러**

올 작정이 아니라면 말이야.

심지어 은으로 장식한 티어의 장화와 노란 코트를 입고 여러 방을 어슬 렁거리며 하프를 뜯고 때로는 멈추어 고급어로 열변을 토하는 음유시인까지 있었다. 방랑 시인들을 경멸하듯 노려보았으며 방랑 시인이 있는 방에는 머물지 않았지만, 랜드는 옷을 제외하면 둘 사이에 별 차이가 없다고 생각했다.

어느 순간 바르사네스가 랜드 옆에서 걷고 있었다. 복장을 갖춰 입은 하인이 즉시 절하며 그에게 은 쟁반을 내밀었다. 바르사네스는 분유리 와인 잔을 받아 들었다. 하인은 랜드가 고개를 저을 때까지 두 사람 앞에서 뒷걸음질하며 랜드 쪽으로 쟁반을 내밀다가 사람들 사이로 사라졌다.

"초조해 보이는군요." 바르사네스가 와인을 홀짝이며 말했다.

"걷는 게 좋아서요." 어떻게 해야 베린의 조언을 따를 수 있을지 고민하던 랜드는 아멀린 권좌를 만나러 갔을 때에 대해 베린이 한 말을 떠올리고는 '뜰을 가로지르는 고양이' 자세를 취했다. 랜드는 그 이상 오만하게 걷는 방법을 몰랐다. 바르사네스의 입에 힘이 들어갔다. 랜드는 이 귀족이 그 걸음걸이를 지나치게 오만하게 여길지 모른다고 생각했지만, 그가 따를 만한 방침은 베린의 조언밖에 없었으므로 자세를 풀지 않았다. 랜드는 날을 조금 무디게 하려고 친근하게 말했다. "파티가 훌륭하네요. 친구가 많으십니다. 이렇게 많은 공연자들을 본 적도 없고요."

"친구가 많지요." 바르사네스가 동의했다. "갈드리안에게 내 친구가 몇 명이나 되는지, 또 누구인지 말해도 됩니다. 갈드리안이 놀랄 만한 이름도 있을지 모르니."

"저는 왕을 만난 적이 한 번도 없습니다, 바르사네스 공. 앞으로도 만나지 않을 생각이고요."

"그렇겠지요. 그 콩알만 한 마을은 우연히 지났을 뿐이라는 겁니까? 그 조각상을 되찾는 일이 얼마나 진행됐는지 보려던 것도 아니었고? 그건 참 대단한 사업이지요."

"네." 랜드는 다시 베린을 생각하기 시작했다. 거짓말을 한다고 생각하는 사람과 대화하는 방법에 대해서도 베린이 몇 가지 조언을 해 줬더라면. 랜드는 별생각 없이 덧붙였다. "무슨 일을 하는 건지 제대로 알지 못한다면, 전설의 시대에 만들어진 물건에 관여하는 일은 위험하지요."

바르사네스는 와인 잔을 들여다보며 랜드가 방금 심오한 말을 한 것인지 고민했다. "그 일에 관해서는 갈드리안을 지지하지 않는다는 뜻이오?" 그가 마침내 물었다.

"말씀드렸듯이, 저는 왕을 만난 적이 없습니다."

"그래, 그렇겠지요. 나는 안도어 사람들이 위대한 게임을 이렇게 잘하는 줄 몰랐소. 여기 케예리엔에서는 안도어 사람이 별로 보이지 않으니."

랜드는 당신들의 게임을 하는 게 아니라고 화를 내고 싶은 마음을 참느라 심호흡했다. "강에는 안도어에서 온 곡물 운반선이 많던데요."

"상인들과 무역업자들이지. 그런 자들을 누가 알아보긴 합니까? 그러느니 잎사귀의 딱정벌레를 알아보지." 바르사네스의 목소리는 딱정벌레와 상인 둘 모두에 대해 똑같은 경멸감을 전달했지만, 이번에도 랜드가 뭔가 숨겨진 뜻을 전한 건가 싶어 인상을 찌푸렸다. "아이즈 세다이와 함께 여행하는 사람이 많지는 않은데. 당신은 수호자가 되기에는 너무 어려 보이오. 내 생각에는 잉타 공이 베린 세다이의 수호자인 듯한데?"

"우린 우리 정체를 있는 그대로 밝혔습니다." 랜드는 그렇게 말하고 인상을 찡그렸다. **나만 빼고요.**

바르사네스는 거의 대놓고 랜드의 표정을 관찰했다. "젊어. 왜가리 표시가 있는 칼을 들기에는 너무 젊지."

"한 살도 안 됐죠." 랜드는 자기도 모르게 중얼거리고는 즉시 그 말을 주워 담고 싶어졌다. 랜드가 듣기에는 바보 같은 말이었으나 베린은 랜드에게 아멀린 권좌를 대했듯 행동하라고 했다. 그리고 란이 랜드에게 알려준 답이 바로 방금 랜드가 한 말이었다. 변방에서는 칼을 받은 날이 명명일이었다.

"그렇군요. 안도어 사람이면서도 변방에서 훈련을 받았다? 아니면 수호자가 되는 훈련을 받은 거요?" 바르사네스의 눈이 가늘어지며 랜드를 살폈다. "무어게이즈에게는 아들이 하나밖에 없는 걸로 아는데. 이름이 가윈이라고 들었소. 당신과 나이가 아주 비슷할 거요.”

“가윈은 만난 적이 있죠.” 랜드가 조심스럽게 말했다.

“그 눈도. 그 머리카락도. 내가 듣기로 안도어의 왕족은 머리카락과 눈의 색깔이 거의 아이일 사람과 비슷하다던데.”

바닥이 매끄러운 대리석으로 되어 있었으나 랜드는 발을 헛디뎠다. “저는 아이일 사람이 아닙니다, 바르사네스 공. 왕족 혈통도 아니고요.”

“당신이야 그렇게 말하겠지요. 당신을 보니 생각할 게 많아지오. 다시 이야기할 때는 우리가 공통된 기반을 찾을 수 있을 거라 믿소.” 바르사네스는 고개를 끄덕이더니 작게 건배하듯 유리잔을 들어올렸다. 그러더니 그는 돌아서서 외투에 알록달록한 줄무늬가 수없이 들어간 잿빛 머리카락의 남자와 이야기했다.

랜드는 고개를 젓고 더 많이 이어질 대화를 피해 멀어져 갔다. 케예리엔의 귀족 한 명을 상대하는 것만도 힘든데 두 명과 이야기하는 모험은 하고 싶지 않았다. 바르사네스는 대단히 사소한 말에서도 깊은 의미를 읽어 내는 것 같았다. 랜드는 자신이 방금 **다에스 데이마르**를 어떻게 하는 건지 전혀 모르고 있었다는 걸 알 만큼 이 게임에 대해 배웠다는 걸 깨달았다. **맷, 휴린, 뭐라도 빨리 찾아. 그래야 여기서 나갈 수 있어. 이 사람들은 제정신이 아니야.**

랜드는 다른 방에 들어갔다. 방 저쪽에서 하프를 뜯으며 〈위대한 뿔나팔 사냥대〉에 나오는 이야기 하나를 읊는 방랑 시인은 톰 머릴린이었다. 랜드는 우뚝 멈춰 섰다. 톰의 시선이 두 차례 랜드를 스쳐 지나갔으나 랜드를 알아보지 못한 것 같았다. 톰이 한 말은 진심이었던 모양이다. 깨끗하게 손을 털겠다더니.

랜드는 돌아서서 떠나려 했지만, 한 여자가 자연스럽게 랜드 앞으로 다가와 그의 가슴에 손을 댔다. 레이스가 뒤로 젖혀지며 부드러운 손목이 드러났다. 그녀의 머리는 랜드의 어깨에도 미치지 못했으나 높이 쌓아 올린 곱슬머리는 랜드의 눈가에 쉽게 닿았다. 그녀가 입은 옷의 높은 목깃 때문에 레이스 주름장식은 랜드의 턱 밑에 닿았다. 가슴 아래로는 줄무늬가 짙은 파란색 드레스의 앞섶을 뒤덮고 있었다. "저는 알레인 출리안드레드예요. 당신이 그 유명한 랜드 알소르군요. 여기는 바르사네스 공의 저택이니 당신과 가장 먼저 이야기할 권리가 그분께 있었겠죠. 하지만 우리는 모두 당신 이야기에 매료돼 있답니다. 심지어 당신은 플루트도 연주할 줄 안다던데요. 혹시 사실일까요?"

"플루트를 불긴 하죠." **그걸 어떻게……? 칼데빈이구나. 빛이여, 케예리엔에서는 정말 모두가 모든 말을 듣나 봅니다.** "죄송하지만 제가 좀……."

"이방인 귀족 중에는 음악을 연주하는 사람도 있다고 들었지만, 믿지 않았어요. 당신이 연주하는 걸 정말 들어 보고 싶네요. 저랑 이것저것 이야기도 하고요. 바르사네스는 당신과의 대화를 무척 매력적으로 생각하는 것 같더군요. 내 남편은 자기 포도밭에서 시식을 하느라 여러 날을 보낸답니다. 나를 혼자 남겨 두고요. 절대 나랑 이야기할 시간이 없대요."

"그리우시겠네요." 랜드는 여자와 그녀의 넓은 치마를 돌아서 가려고 애쓰며 말했다. 여자는 랜드가 세상에서 가장 우스운 말을 했다는 듯 깔깔댔다.

다른 여자가 첫 번째 여자 옆으로 가만히 다가왔다. 또 한 사람의 손이 랜드의 가슴에 닿았다. 이 여자는 알레인만큼 많은 줄무늬를 걸치고 있었고 나이도 비슷했다. 랜드보다 열 살은 많은 것 같았다. "이분을 혼자 차지할 셈인가요, 알레인?" 두 여자가 서로에게 미소 지었다. 그러는 동안 둘의 시선은 단검을 던져 댔다. 두 번째 여자가 미소 짓는 얼굴을 랜드에게로 돌렸다. "저는 벨레비어 오시엘린이에요. 안도어 사람들은 모두 이렇게 키가 큰가요? 이렇게 잘생기고?"

랜드는 목청을 가다듬었다. "어……. 키가 큰 사람도 있죠. 죄송한데, 제가 지금……."

"당신이 바르사네스와 이야기하는 걸 봤어요. 사람들 말로는 당신이 갈드리안도 안다고 하더군요. 꼭 나를 보러 와요. 이야기해요. 내 남편은 남쪽에 있는 우리 영지를 돌아보러 갔어요."

"술집 여자도 그렇게 대놓고 수작을 부리지는 않겠네." 그녀를 보며 식식대던 알레인이 랜드를 올려다보며 미소 지었다. "벨레비어는 세련되지 않아요. 저렇게 예의범절이 엉망인 여자를 좋아할 남자는 없죠. 플루트를 가지고 내 저택으로 와요. 이야기해요. 혹시 연주하는 법을 가르쳐 줄 수 있나요?"

"알레인이 세련되었다고 말하는 건," 벨레비어가 상냥하게 말했다. "그저 용기 부족이랍니다. 왜가리 표시가 있는 칼을 찬 사람이라면 용감할 게 틀림없죠. 그거 진짜로 왜가리 표시가 있는 칼 맞죠?"

랜드는 그들에게서 물러나려 했다. "그냥 실례 좀 하고 싶은데요, 저는……." 여자들은 랜드의 등이 벽에 부딪힐 때까지 그를 한 걸음 한 걸음 따라왔다. 둘의 치마폭이 합쳐지니 눈앞에 또 하나의 벽이 세워진 것 같았다.

세 번째 여자가 다른 두 여자 옆을 비집고 들어오자 랜드는 놀라서 펄쩍 뛰었다. 세 번째 여자의 치마가 두 여자의 치마와 합쳐지면서 그쪽에도 벽을 만들었다. 세 번째 여자는 두 여자보다 나이가 많았으나 똑같이 예뻤다. 즐거운 듯 미소 짓고 있었으나 그 미소로도 사나운 눈초리가 무뎌지지는 않았다. 그녀의 옷에는 알레인과 벨레비어에 비해 줄무늬가 두 배나 많았다. 두 여자는 아주 조금 무릎을 굽혀 인사하더니 부루퉁한 표정으로 그녀를 노려보았다.

"이 두 거미가 당신을 그물에 엮어 넣으려 하던가요?" 나이 든 여자가 웃었다. "이 둘은 다른 사람보다 자기 자신이 그물에 얽히는 경우가 절반은 된답니다. 나랑 같이 가요, 안도어의 잘생긴 청년. 그러면 이 둘이 당신한테 어떤 골칫거리를 안겨 줄지 말해 주죠. 일단, 나한테는 걱정할 만한 남편이 없답니다. 남편들이 언제나 말썽을 일으키는 거예요."

랜드는 알레인의 머리 너머로 톰을 보았다. 그는 그 어떤 갈채나 누군가 알아봤다는 기색도 없이 절을 하고 허리를 펴는 중이었다. 방랑 시인은 인상을 찡그리며 쟁반에서 술잔을 낚아챘다. 그 바람에 하인이 놀랐다.

"꼭 이야기해 봐야 할 사람이 저기 있네요." 랜드는 그렇게 말하며 여자들이 만든 감옥을 비집고 나오려 했다. 바로 그 순간 마지막 여자가 랜드의 팔로 손을 뻗었다. 세 여자 모두가 방랑 시인을 향해 서둘러 가는 랜드의 뒷모습을 바라보았다.

톰은 술잔 윗부분 너머로 랜드를 눈여겨보더니 또 한 번 길게 술을 마셨다.

"톰, 깨끗이 손 털었다고 말한 건 알아요. 근데 제가 저 여자들한테서 벗어나야 하거든요. 저 여자들이 하고 싶어 하는 말은 자기들 남편이 집을 비웠다는 것밖에 없어요. 그러면서 은근슬쩍 다른 얘기를 하고." 톰은 와인을 먹다가 사레들렸고, 랜드는 그의 등을 두드려 주었다. "너무 빨리 마시면 꼭 엉뚱한 데로 들어가더라고요. 톰, 저 여자들은 제가 바르사네스와 음모를 꾸미고 있다고 생각해요. 아니면 갈드리안과 음모를 꾸민다고 생각하는 걸지도 모르고요. 제가 아니라고 해도 믿을 것 같지 않아요. 그냥 저 사람들한테서 떠날 핑계가 필요해요."

톰이 한쪽 손마디로 긴 콧수염을 톡톡 두드리더니 방 건너편의 세 여자를 보았다. 그 여자들은 여전히 모여 서서 랜드와 톰을 보고 있었다. "저 셋은 내가 아는 여자들이다, 꼬마야. 브리앤 타보원만이 남자가 살면서 한 번은 받아야 하는 교육을 해줄 수 있지. 그 교육을 받고도 살아남는다면 말이지만. 자기들 남편 걱정을 한다니. 그거 마음에 드는구나, 꼬마야." 톰의 눈매가 갑자기 날카로워졌다. "넌 아이즈 세다이와 관계를 끊었다고 했는데. 오늘 밤 여기에 들려오는 이야기의 절반은 안도어 출신의 **귀족**이 아무 경고도 없이 아이즈 세다이를 거느리고 나타났다는 내용이다. 바르사네스와 갈드리안이라니. 이번엔 화이트 타워에서 너를 솥에 집어넣고 쪄먹게 놔둔 모양이구나."

"아이즈 세다이는 어제에야 온 거예요, 톰. 뿔나팔이 안전해지는 대로 저는 다시 아이즈 세다이에게서 벗어날 테고요. 제가 꼭 그렇게 만들 거예요."

"지금은 뿔나팔이 안전하지 않다는 것처럼 들리는데." 톰이 천천히 말했다. "전에는 그렇게 말하지 않았잖느냐?"

"어둠의 친구들이 훔쳐 갔어요, 톰. 놈들이 그걸 이리로 가져왔고요. 바르사네스가 어둠의 친구예요."

톰은 와인 잔을 들여다보는 것 같았으나 그의 눈은 엿들을 만큼 가까운 거리에 사람이 없는지 확인하느라 빠르게 움직였다. 자기들끼리 이야기하는 척 곁눈질로 그들을 힐끔거리는 사람은 세 여자만이 아니었으나, 모든 무리가 서로 거리를 두고 있었다. 그런데도 톰은 작은 소리로 말했다. "사실이 아니라면 위험한 말이고, 사실이라면 더 위험한 말이다. 이 왕국에서 가장 강력한 사람을 상대로 그런 식의 혐의를 제기하다니……. 그자가 뿔나팔을 가지고 있다고? 한 번 더 화이트 타워와 엮인 지금 넌 또다시 내 도움을 찾는 모양이구나."

"아니에요." 랜드는 전에 톰이 한 말이 옳았다고 생각했다. 방랑 시인에게 정확한 이유를 알려줄 수는 없었지만 말이다. 랜드는 다른 사람을 자기 문제에 끌어들일 수 없었다. "저는 그냥 저 여자들한테서 벗어나고 싶었어요."

방랑 시인은 놀라서 콧수염을 훅 불었다. "뭐. 그래. 그쯤은 괜찮지. 지난 번에 너를 도왔을 때는 절름발이가 되어서 간신히 목숨을 구했다. 그런데 너는 다시 타 발론이 당기는 실에 너 자신이 매이도록 놔둔 모양이구나. 이번에는 너 스스로 빠져나와야 할 거다." 톰은 자기 자신을 설득하려는 듯한 목소리였다.

"그럴 거예요, 톰. 그럴 거예요." **뿔나팔이 안전해지고 맷이 그 빌어먹을 단검을 되찾는 대로요. 맷, 휴린, 어디 있어?**

그 생각이 소환장이라도 된 것처럼 휴린이 방에 나타났다. 그는 묵묵히 남녀 귀족들을 탐색하고 있었다. 귀족들의 눈에는 휴린이 보이지 않는 듯 했다. 하인들은 필요할 때가 아니라면 존재하지 않는 존재나 마찬가지였다. 휴린은 랜드와 톰을 발견하더니 몇 명씩 모여 있는 귀족들 사이를 지나 랜드에게 허리를 숙였다. "나리, 나리께 알려드리라는 명령을 받았습니다. 나리의 하인이 넘어져서 무릎이 돌아갔습니다. 얼마나 심한지 모르겠습니다, 나리."

랜드는 잠시 멍해졌다가 이내 눈치를 챘다. 그는 자신에게 닿아 있는 모든 시선을 의식하며 가장 가까운 곳에 있는 귀족들이 엿들을 수 있을 만큼 큰 소리로 말했다. "서툰 바보 같으니. 걷지도 못하면 나한테 무슨 쓸모란 말이냐? 가서 그 녀석이 얼마나 심하게 다쳤는지 봐야겠다.”

적절한 말로 보였다. 다시 절을 하는 휴린의 목소리에 안도감이 어려 있었다. “나리께서 뜻하시는 대로 하십시오. 저를 따라오시겠습니까?”

“귀족 놀이를 아주 잘하는구나.” 톰이 조용히 말했다. “하지만 이걸 기억해라. 케예리엔 사람들도 **다에스 데이마르**를 할지 모르지만, 애초에 위대한 게임을 만든 건 화이트 타워였다. 조심해라, 꼬마야.” 톰은 귀족들을 노려보며 빈 술잔을 지나가는 하인의 쟁반에 올려놓았다. 그러고는 하프를 뜯으며 성큼성큼 멀어져 갔다. 동시에 ‘가정주부 밀리와 비단 상인’을 읊기 시작했다.

“안내해라.” 랜드는 바보가 된 기분을 느끼며 휴린에게 말했다. 탐지자를 따라 그 방에서 나가면서, 랜드는 사람들의 시선이 따라오는 것을 느꼈다.

33장 어둠에서 온 메시지

"찾았어요?" 랜드는 휴린을 따라 비좁은 계단을 내려가며 물었다. 주방은 아래쪽 몇 층에 걸쳐 있었고, 손님들의 시중을 들러 온 하인들은 모두 그곳에 있었다. "아니면 맷이 정말 다친 거예요?"

"아, 맷은 괜찮습니다, 랜드 공." 탐지자가 인상을 찌푸렸다. "최소한 말하는 것만 들으면 멀쩡합니다. 기운이 넘치는 사람처럼 불평해 대고 있거든요. 나리에게 걱정을 끼치고 싶지는 않지만, 나리가 내려와 보셔야 할 이유가 필요했습니다. 저는 쉽게 흔적을 찾았습니다. 여관에 불을 지른 남자들이 모두 저택 뒤쪽, 담장이 있는 정원으로 들어갔습니다. 트롤록들도 그들과 함께 정원에 들어갔고요. 아마 어제 언제쯤이었을 겁니다. 심지어 그제 밤이었을지도 모릅니다." 휴린이 망설였다. "랜드 공, 놈들은 다시 나오지 않았습니다. 지금도 거기 있을 게 틀림없습니다."

계단 맨 아래에서 자기들끼리 즐기는 하인들의 웃음소리와 노랫소리가 복도를 따라 흘러왔다. 누군가 비테른으로, 손뼉 치는 소리와 춤추며 발 구르는 소리에 맞춰 시끌벅적한 노래를 뜯고 있었다. 이곳에는 칠해 놓은 회반죽이나 멋진 태피스트리가 없었다. 드러난 석재와 평범한 나무뿐이었다. 맹렬한 횃불에서 시작된 복도의 빛이 흘러 들어왔다. 연기가 천장을 그을렸으나 횃불 간의 간격이 멀어 그 사이 공간은 어두웠다.

"당신이 다시 나한테 자연스럽게 말해서 다행이에요." 랜드가 말했다. "절을 하고 굽실거리는 걸 보니, 당신이 케예리엔 사람보다 더 케예리엔 사람 같다는 생각이 들려고 했거든요."

휴린의 얼굴이 붉어졌다. "뭐, 그건……." 그는 소리가 나는 저쪽 복도를 힐끗 보았다. 침을 뱉고 싶어 하는 표정이었다. "저 사람들 모두가 엄청나게 예의 바른 척합니다만……. 랜드 공, 저들 모두가 자기 주인이나 안주인에게 충성한다고 말하면서도 자기가 아는 것, 혹은 들은 것을 기꺼이 팔겠다고 넌지시 티를 냅니다. 술을 몇 잔 마시면, 자기가 모시는 주인에 관해 머리털이 삐죽 서고도 남을 일들을 귓속말로 속삭여 댈 걸요. 저들이 케예리엔 사람이라는 건 알고 있었지만, 이런 일이 벌어진다는 얘기는 들어 보지 못했습니다."

"우린 곧 여기서 나가게 될 거예요, 휴린." 랜드는 그 말이 사실이기를 바랐다. "정원은 어디에 있어요?" 휴린은 저택 뒤쪽으로 이어지는 작은 복도 쪽으로 방향을 틀었다. "잉타랑 다른 사람들한테는 이미 내려오라고 한 건가요?"

탐지자가 고개를 저었다. "잉타 공께서는 자칭 귀부인이라는 여자들 예닐곱 명 때문에 구석에 몰려 계십니다. 그분께 말을 걸 만큼 가까이 다가갈 수가 없었습니다. 베린 세다이는 바르사네스와 함께 계셨고요. 제가 가까이 다가가니 어떤 표정을 지어 보이시기에 말씀드릴 시도조차 못 했습니다."

바로 그때 그들은 다른 모퉁이를 돌았다. 거기에 로이알과 맷이 있었다. 오기어는 천장이 낮아서 약간 구부정하게 서 있었다.

로이알은 얼굴이 둘로 쪼개질 만큼 환하게 미소 지었다. "왔구나. 랜드, 저 위층 사람들처럼 누구랑 멀어지게 되어서 다행이라는 생각이 드는 사람은 처음 봤어. 나한테 계속 오기어들이 돌아오는 건지, 갈드리안은 빚을 갚기로 합의했는지 물어보더라. 오기어 석공들이 모두 떠난 이유가 갈드리안이 돈을 주겠다는 약속만 했을 뿐 더 이상 돈을 주지 않아서인 줄 아나 봐. 나는 그 문제에 대해서는 아무것도 모른다고 계속 말했지만, 저 사람들 중 절반은 내가 거짓말을 한다고 생각하는 것 같았고 나머지 절반은 내 말에 다른 뜻이 있다고 생각하는 것 같았어."

"우린 곧 여기서 나갈 거야." 랜드가 로이알을 안심시켰다. "맷, 넌 괜찮아?" 친구의 뺨은 랜드의 기억보다 더 쑥 꺼진 것처럼 보였다. 여관에서보다도 심했다. 광대뼈가 눈에 띄게 두드러져 있었다.

"난 괜찮아." 맷이 퉁명스럽게 말했다. "하지만 **다른** 하인들한테서 벗어나면 확실히 좋을 것 같다. 다들 네가 나를 굶긴 게 아니냐고 묻거나 내가 아프다고 생각해서 가까이 오지 않으려 했어."

"단검은 느껴졌어?" 랜드가 물었다.

맷이 우울하게 고개를 저었다. "내가 느낀 건 거의 항상 누군가가 나를 지켜보고 있다는 것뿐이야. 이 사람들은 살금살금 돌아다니는 꼴이 꼭 희미한 자 같아. 태워 죽일, 휴린이 어둠의 친구들의 흔적을 발견했다고 말해 줬을 때는 놀라서 자빠질 뻔했어. 랜드, 나는 아무것도 느껴지지 않아. 이 빌어먹을 건물을 서까래부터 지하실까지 뒤졌는데."

"그렇다고 단검이 여기 없다는 뜻은 아니야, 맷. 내가 그 단검을 뿔나팔이랑 같이 상자에 넣어 뒀어. 기억하지? 어쩌면 상자 때문에 단검의 존재가 느껴지지 않는 걸지도 몰라. 내 생각에 페인은 상자를 여는 방법을 모를 거야. 알았다면 팔 다라에서 도망칠 때 그 무거운 걸 들고 가는 수고를 하지 않았겠지. 발리어의 뿔나팔에 비하면 그 많은 황금도 그렇게 중요하지는 않으니까. 뿔나팔을 찾으면 단검도 찾는 거야. 두고 봐."

"더 이상 네 하인인 척하지 않아도 된다면야." 맷이 투덜거렸다. "네가 미쳐서……." 맷은 입을 비틀며 말을 흐렸다.

"랜드는 미치지 않았어, 맷." 로이알이 말했다. "랜드가 귀족이 아니었다면 케예리엔 사람들은 절대 랜드를 여기 들이지 않았을 거야. 미친 건 그 사람들이지."

"난 안 미쳤어." 랜드가 강하게 말했다. "아직은 아니야. 휴린, 그 정원을 보여 주세요."

"이쪽입니다, 랜드 공."

그들은 작은 문을 통해 어둠 속으로 나갔다. 랜드는 그 문을 지나기 위해 고개를 숙여야 했다. 로이알은 어쩔 수 없이 허리를 숙이고 어깨를 웅크렸다. 위층의 창문에서는 네모난 꽃밭 사이의 벽돌 길을 알아볼 수 있을 만큼의 노란 불빛이 흘러나왔다. 마구간과 다른 부속 건물들의 그림자가 양옆의 어둠 속에 큼직하게 자리 잡고 있었다. 이따금 아래층의 하인들이나 위층의 주인들을 즐겁게 해 주는 음악 소리가 조각조각 흘러나왔다.

휴린은 그들을 이끌고 벽돌 길을 따라 걸었다. 결국 어슴푸레한 빛마저 사라지고, 그들은 오직 달빛에만 의지해 나아갔다. 그들의 장화가 벽돌에 닿아 조용히 으적거리는 소리를 냈다. 낮에 보면 꽃으로 환하게 보였을 덤불들이 지금은 어둠 속에 이상한 혹처럼 보였다. 랜드는 칼을 만지작거리며 시선을 한 곳에만 너무 오래 두지 않으려고 노력했다. 트롤록 백 마리가 주변 어딘가에 모습을 감춘 채 숨어 있을지 몰랐다. 만일 그러하다면 휴린이 냄새 맡았으리라는 걸 랜드도 알고 있었으나 별다른 도움은 되지 않았다. 바르사네스가 어둠의 친구라면 최소한 그의 하인과 경비병 중 몇 명도 어둠의 친구일 테고, 휴린이 언제나 어둠의 친구의 냄새를 맡을 수 있는 건 아니었으니 말이다. 어둠의 친구들이 어둠 속에서 덤벼드는 상황이 트롤록보다 딱히 낫다고 할 수는 없었다.

"저기입니다, 랜드 공." 휴린이 손가락질하며 속삭였다.

앞에 로이알의 머리 높이보다 그리 높지 않은 돌벽이 있었는데, 그 돌벽은 한쪽 면이 약 46미터쯤 되는 사각형의 땅을 감싸고 있었다. 그림자 속에서 보았기에 확실하지는 않았지만 정원은 담장 너머로도 이어지는 것 같았다. 랜드는 바르사네스가 왜 정원 한가운데에 담장을 둘러 놓았는지 궁금했다. 벽 너머로 지붕은 보이지 않았다. **놈들이 왜 저기 들어가 있는 거지?**

로이알이 허리를 숙여 랜드의 귓가에 속삭였다. "전에도 말했지만, 이곳 전체가 한때 오기어 덤불이었어. 랜드, 저 성벽 안에 웨이게이트가 있어. 느껴져."

랜드는 맷이 절망적이라는 듯 한숨 쉬는 소리를 들었다. "포기할 수는 없어, 맷." 랜드가 말했다.

"포기하려는 게 아니야. 그냥, 웨이를 다시 여행하고 싶지 않다는 생각을 할 정도의 머리가 있는 거지."

"다시 여행해야 할지도 몰라." 랜드가 맷에게 말했다. "가서 잉타와 베린을 찾아. 어떻게든 둘을 데리고 나와서—방법은 아무래도 상관없어—페인이 뿔나팔을 가지고 웨이게이트를 지난 것 같다고 말해. 다른 사람은 아무도 듣지 못하게 해. 다리 저는 것도 잊지 말고. 너는 넘어져서 무릎을 다친 하인이니까." 아무리 페인이라지만 웨이를 지나는 위험을 무릅쓰다니 놀라운 일이었다. 하지만 그것 말고는 답이 없을 듯했다. **놈들이 하루 밤낮을 저 안에 가만히 있지는 않았을 거야. 머리 위를 덮어 줄 지붕도 없는데.**

맷은 허리를 낮게 숙였다. 목소리에 비웃는 기색이 잔뜩 어려 있었다. "즉시 그리하겠나이다, 나리. 나리께서 원하시는 대로 하소서. 제가 나리의 깃발을 들어야 할까요, 나리?" 맷이 저택으로 돌아가면서 그의 툴툴대는 소리도 희미해졌다. "이젠 다리까지 절어야 하다니. 다음에는 목이 부러지든지……."

"맷은 그냥 단검이 걱정되는 거야, 랜드." 로이알이 말했다.

"알아." 랜드가 말했다. **하지만 맷이 다른 사람에게 내 정체를 밝히기까지 얼마나 걸릴까? 그럴 의도도 없이 말이야.** 맷이 일부러 그를 배신하리라고는 생각할 수 없었다. 최소한 그 정도의 우정은 남아 있었다. "로이알, 벽 너머를 볼 수 있게 나를 받쳐 줘."

"랜드, 만일 어둠의 친구들이 아직……."

"놈들은 여기 없어. 받쳐 줘, 로이알."

세 사람은 벽 쪽으로 움직였다. 로이알은 랜드가 발을 디딜 수 있도록 손으로 받침대를 만들어 주었다. 오기어는 랜드의 무게를 싣고도 쉽게 허리를 펴면서 랜드가 벽 너머를 볼 수 있는 높이까지 들어 올렸다.

이지러지는 초승달은 밝지 않았고 구역 대부분은 그림자에 덮여 있었다. 담장으로 둘러싸인 네모난 땅 안에는 꽃이나 덤불이 전혀 없는 것 같았다. 그저 연한 색깔의 대리석으로 만들어진 벤치 하나만이 놓여 있었다. 딱 한 사람이 그곳에 앉아, 그 공간의 한가운데에 있는 커다랗고 똑바로 세워진 석판을 바라볼지 모른다는 듯이 말이다.

랜드는 벽 윗부분을 잡고 몸을 끌어올렸다. 로이알이 낮게 **쉽** 소리를 내며 랜드의 발을 잡았지만, 랜드는 발을 홱 당겨 빼고 벽 너머로 굴러떨어졌다. 짧게 깎은 풀이 발에 밟혔다. 랜드는 어렴풋이, 바르사네스가 최소한 양들을 이곳에 들였으리라고 생각했다. 그림자가 드리워진 석판을, 웨이게이트를 바라보던 랜드는 옆의 땅에 쿵 내려서는 장화 소리를 듣고 놀랐다.

휴린이 일어서며 몸의 먼지를 털었다. "조심하셔야죠, 랜드 공. 이 안에는 누구든 숨어 있을 수 있습니다. 사람이 아닌 것도요." 휴린은 여관에 두고 와야만 했던 짧은 칼과 소드브레이커를 찾는 듯 허리띠를 만지작거리며 벽 안의 어두운 공간을 바라보았다. 케예리엔에서는 하인들이 무장하고 돌아다니지 않았다. "보지 않고 구멍에 뛰어들었다가는 뱀을 마주하게 되는 법이죠."

"당신이 냄새를 맡았을 텐데요." 랜드가 말했다.

"그럴 수도 있죠." 탐지자가 깊이 숨을 들이쉬었다. "하지만 저는 놈들이 하려는 일이 아니라 이미 저지른 일의 냄새만을 맡을 수 있습니다."

랜드의 머리 위에서 뭔가 긁히는 소리가 나더니, 로이알이 벽에서 내려왔다. 오기어가 두 팔을 완전히 펴기도 전에 그의 장화가 땅에 닿았다. "성급해." 그가 투덜거렸다. "너희 인간들은 언제나 너무 성급하고 서두르는 경향이 있어. 이젠 나까지 그렇게 만들다니. 하만 원로께서 날 심하게 나무라실 거야. 또 우리 어머니는……." 어둠에 로이알의 얼굴이 가려져 있긴 했지만, 랜드는 그의 귀가 세차게 움찔거리고 있으리라 확신했다. "랜드, 이제부터라도 조심하지 않으면 너 때문에 내가 곤란해질 거야."

랜드는 웨이게이트로 걸어가 그 주변을 빙 돌았다. 가까이에서 확인해도 그건 그저 랜드보다 키가 큰, 두껍고 네모난 돌로밖에 보이지 않았다. 뒷면을 만져 보니 매끄럽고 차가웠지만—랜드는 손으로 빠르게 스쳐만 보았다—앞면에는 예술가의 솜씨로 무언가가 새겨져 있었다. 덩굴과 잎사귀, 꽃이 돌을 뒤덮고 있었다. 조각 하나하나가 대단히 정교해서, 어슴푸레한 달빛에 비춰 보니 거의 진짜 같았다. 랜드는 그 앞의 땅을 만져 보았다. 풀밭이 두 줄의 호선 형태로 일부 긁혀 있었다. 이 문이 열릴 때 생길 법한 자국이 었다.

"저게 웨이게이트입니까?" 휴린이 잘 모르겠다는 듯 물었다. "물론 웨이게이트에 대한 이야기는 저도 들어봤지만……." 그가 공기를 킁킁거렸다. "흔적은 그리로 곧장 향하다가 끊깁니다, 랜드 공. 이젠 놈들을 어떻게 따라가지요? 웨이게이트에 들어갔다가는 아예 나오지 못하거나 나온다 해도 미쳐서 나온다던데요."

"웨이게이트를 지나는 건 가능해요, 휴린. 내가 해 봤어요. 로이알과 맷이랑 페린도요." 랜드는 석판에 새겨진 얽힌 나뭇잎에서 절대 눈을 떼지 않았다. 거기에는 석판에 새겨진 다른 무엇과도 닮지 않은 무언가가 있었다. 랜드는 그럴 줄 알고 있었다. 이야기 속 **아벤데소라**, 즉 생명의 나무의 세 잎짜리 나뭇잎. 랜드는 그 잎에 손을 댔다. "웨이에 들어가면 분명 냄새로 놈들의 흔적을 알 수 있을 거예요. 놈들이 어디로 가든 우리가 따라갈 수 있어요." 랜드가 웨이게이트를 넘어갈 마음을 낼 수 있다는 걸 증명한다고 해서 해로울 건 없을 터였다. "내가 증명할게요." 랜드는 휴린이 내는 꿍 소리를 들었다. 그 나뭇잎은 석판의 다른 조각과 똑같이 새겨져 있었지만, 랜드가 손으로 누르자 밀려났다. 로이알도 신음했다.

순식간에 살아 있는 식물들의 환각이 갑자기 진짜처럼 보였다. 돌로 된 잎사귀들이 산들바람에 흔들리는 것 같았고, 꽃들은 어둠 속에서도 색깔을 띠는 것처럼 보였다. 돌덩어리 한가운데에 금이 나타나더니, 절반으로 나뉜 돌판이 전천히 랜드 쪽으로 회전했다. 랜드는 그 문이 열리도록 뒤로 물러났다. 이제 랜드의 눈에 보이는 것은 담장이 쳐진 네모난 땅의 반대편이 아니었다. 그렇다고 그가 기억하는, 둔탁한 은빛 반사체가 보인 것도 아니었다. 열린 문 사이의 공간은 주변의 어둠이 밝게 보일 만큼 새카만 어둠이었다. 그 칠흑 같은 어둠이 여전히 움직이고 있는 대문 사이로 배어 나왔다.

랜드는 고함을 지르며 뒤로 펄쩍 뛰었다. 서두르는 바람에 **아벤데소라** 잎사귀를 떨어뜨리고 말았다. 로이알이 소리쳤다. "**마친 신.** 검은 바람이야."

바람 소리가 그들의 귀를 가득 채웠다. 풀밭이 벽을 향해 물결치며 흔들렸고 흙이 소용돌이치며 솟아올라 공기 속으로 빨려 들어갔다. 그 바람 안에서 천 개의 광기 어린 목소리가, 만 개의 목소리가 서로 겹쳐지고 압도하며 울부짖는 것 같았다. 랜드는 그중 일부를 알아들을 수 있었다. 듣지 않으려 애썼는데도.

……너무도 달콤한 피, 피를 마시는 건 너무도 달콤해, 똑, 똑, 너무도 빨갛게 떨어지는 피. 예쁜 얼굴, 아름다운 눈. 내게는 눈이 없어. 네 머리에서 눈을 뽑아내. 네 뼈를 갈아. 네 살 속의 뼈를 갈라. 네가 비명을 지르는 동안 골수를 빨아내. 비명, 비명, 노래하는 비명. 비명을 지르렴……. 무엇보다 끔찍했던 건 다른 모든 소리를 관통하는 속삭임이었다. **알소르. 알소르. 알소르.**

랜드는 주변의 공백을 찾아 끌어안았다. 시야 바로 바깥에 있는 **사이딘**의 감질나면서도 역겨운 빛은 신경도 쓰이지 않았다. 웨이의 모든 위험 중에서도 가장 큰 위험은 살해한 자의 영혼을 가져가고 살려 둔 자들은 광기로 몰아가는 검은 바람이었다. 하지만 **마친 신**은 웨이의 일부였다. 절대 웨이를 떠나지 못했다. 검은 바람은 그저 어둠 속으로 흘러나오고 있었을 뿐인데 랜드의 이름을 불렀다.

웨이게이트는 아직 완전히 열리지 않았다. **아벤데소라** 잎사귀를 다시 끼울 수만 있으면……. 랜드는 로이알이 허둥지둥 두 손과 무릎을 짚고 어둠 속에서 풀밭을 더듬거리는 모습을 보았다.

사이딘이 랜드를 가득 채웠다. 뼈가 진동하는 것처럼 느껴졌다. 새빨갛게 달아오른 동시에 얼음처럼 차가운 일원력의 흐름이 느껴졌다. 일원력 없이는 한 번도 느껴본 적이 없는, 진정으로 살아 있는 느낌이 들었다. 기름처럼 번들거리는 오염이 느껴졌다……. **안 돼!** 랜드는 공백 너머에서 자신에게 조용히 비명을 질렀다. **저게 널 잡으러 오고 있어! 저게 우리 모두를 죽일 거야!** 랜드는 그 모든 것을 검은 덩어리로, 이제는 웨이게이트에서 2미터 떨어져 나와 있는 그 덩어리로 던져 버렸다. 자신이 던진 게 무엇인지, 어떻게 던진 것인지 알 수 없었으나 어둠의 심장부에서 반짝이는 빛의 분수가 꽃피었다.

검은 바람이 비명을 질렀다. 알아들을 수 없는 만 가지 고통의 울부짖음이었다. 천천히, 마지못해 조금씩 그 덩어리가 작아졌다. 배어 나오던 어둠의 방향이 천천히 바뀌어 아직 열려 있는 웨이게이트 안으로 돌아갔다.

일원력이 소용돌이치며 랜드의 몸 전체를 돌았다. 랜드는 범람한 강 같은 **사이딘**과 자신 사이의 연결을 느낄 수 있었다. 그 자신과 검은 바람의 심장부에서 타오르는 순수한 불길, 그 성난 폭풍의 연결을 말이다. 랜드 내면의 열기가 하얗게 달구어지더니 그 수준을 넘어서서 돌을 녹이고 강철을 증발시키고 공기를 불길로 타오르게 만드는 아지랑이가 되었다. 한기는 폐부의 숨결이 금속처럼 딱딱하고 단단하게 얼어붙을 정도로 심해졌다. 랜드는 그 한기가 자신을 압도하는 것을 느꼈다. 무른 점토로 이루어진 강둑처럼 생명이 침식당하는 것을 느꼈다. 그 자신이 닳아 없어지는 것을 느꼈다.

멈출 수가 없어! 저게 나오면⋯⋯. 저걸 죽여야 해! 난⋯⋯ 멈출 수⋯⋯ 없어! 랜드는 절박하게 자신의 파편에 매달렸다. 일원력이 몸 전체에서 포효했다. 랜드는 급류에 휩쓸린 나뭇조각이라도 되는 것처럼 일원력을 타고 흘러갔다. 공백이 녹아 흐르기 시작했다. 허무가 얼어붙을 듯한 한기로 증기를 뿜었다.

웨이게이트의 움직임이 멈추더니 방향을 바꾸었다.

랜드는 공백 바깥에서 흘러 다니는 어렴풋한 생각에 잠겨 앞을 보았다. 눈에 보이는 것은 그저 보고 싶은 것일 뿐이라는 확신이 들었다.

대문이 점점 서로 가까워지며 **마친 신**이, 검은 바람이 단단한 물질로 이루어져 있는 것처럼 그것을 뒤로 밀어냈다. 검은 바람의 심장부에서는 여전히 지옥이 울부짖었다.

랜드는 어렴풋하게, 실감이 나지 않는 의아함을 느끼며 로이알을 보았다. 로이알은 여전히 두 손과 무릎으로 땅을 짚은 채 닫히는 대문에서 뒷걸음질 치고 있었다.

틈새가 좁아지다가 사라졌다. 잎사귀와 덩굴이 합쳐지며 단단한 벽이 되더니 이어 돌이 되었다.

랜드는 자신과 불길 사이의 연결이 끊어지는 것을 느꼈다. 그를 통해 흐르던 일원력이 멈추었다. 잠깐만 더 있었어도 일원력은 랜드를 완전히 쓸어 냈을 것이다. 랜드는 몸을 떨며 털썩 무릎을 꿇었다. 그것이, **사이딘**이 여전히 안에 있었다. 더 이상 흐르지는 않았지만 고여 있었다. 랜드는 일원력이 고인 웅덩이였다. 일원력으로 몸이 떨렸다. 랜드는 풀의 냄새, 그 밑의 흙냄새, 벽에서 풍기는 돌의 냄새를 맡을 수 있었다. 어둠 속에서도 풀잎이 하나하나 보였다. 풀잎 모두가 따로따로, 또 동시에 통째로 다 보였다. 랜드는 얼굴에 닿는 공기의 아주 작은 움직임조차 전부 느낄 수 있었다. 오염의 맛이 혀에 엉겨붙었다. 배 속이 뒤틀리며 경련했다.

랜드는 정신 나간 사람처럼 주변을 움키며 공백에서 빠져나왔다. 아직 무릎을 꿇은 채 움직이지 않고 있었으나 그는 싸워서 풀려났다. 그런 뒤에 남은 것이라고는 혀에 남은 채 희미해져 가는 더러운 맛과 경련을 일으키는 배 속, 기억뿐이었다. **너무도 생생히 살아 있었던 기억.**

"당신이 우리를 구해 주셨습니다, 건설자님." 휴린은 벽에 등을 바짝 기대고 있었다. 목소리가 쉬어 있었다. "저게…… 저게 검은 바람이었습니까? 너무 심하더군요……. 저게 우리한테 그 불길을 던지려던 걸까요? 랜드 공! 검은 바람 때문에 다치신 겁니까? 검은 바람이 랜드 공에게 닿은 건가요?" 랜드가 자리에서 일어나자 휴린이 달려와 마지막 순간에 부축했다. 로이알도 손과 무릎의 먼지를 털며 자리에서 일어서고 있었다.

"절대 저기를 통해서 페인을 따라갈 수는 없겠어." 랜드가 로이알의 팔을 건드렸다. "고마워. 네가 **정말로 우리를 구했어.** **최소한 나를 구했지. 저게 날 죽이려 했어. 나를 죽이려 했는데, 느낌이…… 멋졌어.** 랜드는 침을 삼켰다. 맛의 희미한 흔적이 여전히 입을 감싸고 있었다. "뭘 좀 마시고 싶은데."

"난 그냥 잎사귀를 찾아서 다시 끼운 것뿐이야." 로이알이 어깨를 으쓱하며 말했다. "웨이게이트를 닫지 못하면 그게 우리를 죽일 것 같았어. 내가 아주 훌륭한 영웅이 아니라서 유감이야, 랜드. 난 너무 겁을 먹어서 거의 아무 생각도 하지 못했어."

"우리 둘 다 겁먹었는걸." 랜드가 말했다. "우린 한 쌍의 형편없는 영웅일지 몰라. 그래도 그게 우리인걸. 잉타가 우리와 함께 있어서 다행이지."

“랜드 공.” 휴린이 자신 없는 목소리로 말했다. “이젠…… 떠나도 될 까요?”

탐지자는 벽 너머에서 누가 기다리고 있는지 알 수 없으므로 랜드가 먼저 벽을 넘으면 안 된다고 야단이었다. 그러나 랜드는 일행 중 무기를 가진 사람은 자기뿐이라고 지적했다. 그때조차도 휴린은 로이알이 랜드를 들어 올려 담장을 넘어가게 해준 것이 못마땅한 듯했다.

랜드는 귀를 쫑긋 세우고 어둠 속을 바라보며 쿵 하고 땅에 두 발로 내려섰다. 잠깐은 뭔가가 움직이는 모습이 보이고 장화가 벽돌 길에 스치는 소리가 들린 것 같았지만, 둘 다 반복되지는 않았기에 긴장한 탓이라고 무시해 버렸다. 랜드는 자신에게 긴장할 권리가 있다고 생각했다. 그는 돌아서서 휴린이 내려오도록 도와주었다.

“랜드 공.” 탐지자는 두 발을 땅에 단단히 딛자마자 말했다. “이젠 놈들을 어떻게 따라가지요? 제가 웨이게이트에 대해 들은 대로라면, 그놈들 전체가 지금쯤 어느 방향으로든 이 세상을 반쯤 가로지른 곳에 있을지도 모릅니다.”

“베린이 방법을 알 거예요.” 랜드는 문득 웃고 싶었다. 뿔나팔과 단검을 찾으려면—이제 와서 찾을 수 있다면 말이지만—아이즈 세다이에게 돌아가야 했다. 아이즈 세다이가 랜드를 풀어 주었는데, 이제는 랜드가 그들에게 돌아가야 했다. “아무것도 안 해 보고 맷이 죽게 놔두지는 않을 겁니다.”

로이알이 그들에게 합류했다. 그들은 함께 저택으로 돌아갔다. 맷이 작은 문 옆에 있나가 그들을 미중했다. 랜드가 손잡이로 손을 뻗는 순간 그가 문을 열어 주었다. “베린이 그러는데, 넌 아무것도 하면 안 된대. 뿔나팔이 보관된 장소를 휴린이 찾았다면 지금 우리가 할 수 있는 일은 그것으로 전부라는 거야. 네가 돌아오는 대로 여길 떠나서 계획을 세우자던데. 그리고 내 의견은, 내가 메시지를 전하러 이리저리 뛰어다니는 건 지금이 마지막이라는 거야. 누구한테 할 말이 있으면 지금부터는 직접 해.” 맷이 일행의 등 뒤 어둠 속을 바라보았다. “뿔나팔이 저기 어딘가에 있는 거야? 부속 건물에? 단검은 봤어?”

랜드는 맷을 돌려세워 다시 안으로 들여보냈다. "부속 건물이 아니야, 맷. 베린한테 이제부터 뭘 해야 할지에 관한 괜찮은 아이디어가 있었으면 좋겠다. 나한텐 없거든."

맷은 뭔가 묻고 싶은 표정이었으나 랜드가 떠미는 대로 어슴푸레하게 밝혀진 복도를 따라 걸었다. 심지어 계단을 올라가기 시작했을 때는 다리를 절어야 한다는 것까지 떠올렸다.

랜드 일행은 귀족들로 가득 찬 방에 다시 들어가 수많은 사람의 눈길을 받았다. 랜드는 밖에서 일어난 일들을 그들이 알아낸 건 아닌지 아니면 휴린과 맷을 전실로 보내 기다리게 했어야 하는 건지 고민했는데, 그들의 시선이 전과 조금도 달라지지 않았다는 것을 깨달았다. 그들의 눈빛은 호기심에 차 있었고 계산적이었다. 귀족과 오기어가 무슨 일을 꾸미는 건지 궁금해 하고 있었다. 이 사람들 눈에 하인들은 보이지 않았다. 일행이 함께 있으니 아무도 그들에게 접근하려 하지 않았다. 위대한 게임의 음모에도 의례라는 게 있는 모양이었다. 누구든 비밀스러운 대화를 엿들으려고 노력하는 건 괜찮지만, 그 대화에 끼어들어서는 안 되는 모양이었다.

베린과 잉타도 함께 서 있었다. 덕분에 그들도 귀족들에게 둘러싸여 있지 않았다. 잉타는 약간 멍한 표정이었다. 베린은 랜드 일행을 세 차례씩 힐끔거리며 그들의 표정을 보고 인상을 썼다. 그러더니 솔을 바로잡고 현관홀로 향했다.

그들이 현관홀에 이르렀을 때 바르사네스가 나타났다. 누군가가 그들이 떠난다고 알려준 것 같았다. "이렇게 빨리 가십니까? 베린 세다이, 좀 더 머물러 주십사 부탁드릴 수는 없겠습니까?"

베린이 고개를 저었다. "가야 하오, 바르사네스 공. 케예리엔에 온 게 벌써 몇 년 만이로군. 랜드를 초대해 준 건 고마웠소. 꽤…… 흥미로웠소."

"그러면 자비의 손길이 당신을 여관까지 안전하게 이끌어 주시기 바랍니다. '위대한 나무' 여관 맞지요? 혹시 저를 다시 찾아 주시는 호의를 베풀어 주실 수 있겠습니까? 그래 주신다면 영광이겠습니다, 베린 세다이. 랜드 공, 잉타 공도 마찬가지고요. 할란의 아들 아렌트의 아들 로이알, 당신은 말할 것도 없습니다." 그는 다른 사람들보다 아이즈 세다이에게 절할 때 조금 더 깊이 허리를 숙였으나 그것도 약간 몸을 기울인 정도에 불과했다.

베린은 알았다는 뜻으로 고개를 끄덕였다. "다시 올 수도 있겠지요. 빛이 그대를 비추시기를, 바르사네스 공." 베린은 문 쪽으로 돌아섰다.

랜드가 다른 사람들을 따라가려 하자 바르사네스가 두 손가락으로 그의 소매를 잡고 뒤로 당겼다. 맷은 자기도 남아 있으려는 표정이었으나 휴린이 끌고 가는 바람에 베린 일행과 합류했다.

"당신은 내 생각보다 게임에 더 깊이 참여하는군요." 바르사네스가 조용히 말했다. "당신 이름을 들었을 때는 믿을 수가 없었소. 그런데도 당신은 여기에 왔지. 사람들이 묘사한 당신 모습과도 일치했고……. 당신에게 전할 메시지가 있소이다. 어쨌든 그 메시지를 **전달해야** 할 것 같소."

바르사네스의 말을 들은 랜드의 잔등에 오싹 소름이 끼쳤다. 랜드가 그를 빤히 바라보았다. "메시지요? 누가 보낸 건가요? 셀린 아가씨입니까?"

"어떤 남자요. 보통은 내가 메시지를 전해 주지 않는 부류이지만, 그가 내게…… 어떤…… 내가 무시할 수 없는 권리를 행사하고 있어서. 그는 이름을 말하지 않았으나 루가드 사람이오. 아아! 당신이 아는 사람이오."

"제가 아는 사람이라고요?" **페인이 메시지를 남겼단 말이야?** 랜드는 널찍한 홀을 둘러보았다. 맷과 베린을 비롯한 일행이 문 옆에서 그를 기다리고 있었다. 의복을 갖춰 입은 하인들이 벽을 따라 뻣뻣한 자세로 서 있었다. 누가 명령을 내리는 즉시 뛰어나올 준비를 하고 있으면서도, 무엇 하나 듣거나 보시 못하는 깃 같은 모습이었다. 모인의 소리가 저택 더 깊은 곳에서 흘러나왔다. 이곳은 어둠의 친구들이 공격할 만한 곳처럼 보이지는 않았다. "무슨 메시지인데요?"

"그 사람은 토먼 헤드에서 당신을 기다리겠다고 했소. 당신이 찾는 것을 자기가 가지고 있으며 당신이 그 물건을 원한다면 따라와야만 할 거라고 했소. 당신이 따라가려 하지 않는다면 당신이 그자를 마주할 때까지 당신의 혈족과 당신이 사랑하는 사람들을 사냥하겠다고 했소. 물론 미친 소리처럼 들릴 거요. 그런 자가 귀족을 사냥하겠다고 말하다니. 하지만 그자에게는 뭔가가 있소. 나는 그자가 **실제로** 미쳤다고 생각하지만—심지어 그자는 당신이 귀족이라는 말조차 부인했소. 당신이 귀족이라는 건 누구의 눈에나 뻔히 보이는 사실인데도—그래도 뭔가가 있소. 그자가 트롤록들을 시켜 지키고 운반하는 게 뭐요? 당신이 찾는 게 뭡니까?” 바르사네스는 자기가 던진 질문이 너무 직설적이어서 스스로 놀란 것 같았다.

“빛이 당신을 비추시길, 바르사네스 공.” 랜드는 간신히 허리를 숙여 인사했으나 베린 일행에게 합류할 때쯤에는 다리가 후들거렸다. **내가 따라오기를 바란다고? 게다가 내가 따라가지 않으면 에먼즈 필드를, 탬을 해치겠다니.** 랜드는 페인이 그런 짓을 할 수 있다고, 틀림없이 할 수 있다고 생각했다. **최소한 에그웨인은 화이트 타워에 있으니 안전해.** 트롤록들이 떼 지어 에먼즈 필드에 들이닥치는 역겨운 장면이, 눈 없는 희미한 자들이 에그웨인을 쫓는 모습이 떠올랐다. **그런데 내가 페인을 어떻게 따라갈 수 있지? 어떻게?**

이윽고 그는 어둠 속으로 나와 레드에 올라탔다. 베린과 잉타 등은 이미 모두 말에 올라 있었고, 샤이나 호위대가 주위로 몰려들었다.

“뭘 알아냈니?” 베린이 물었다. “어디에 보관하든?” 휴린은 큰 소리로 목청을 가다듬었고 로이알은 높은 안장에 앉은 채 몸을 움직거렸다. 아이즈 세다이가 그들을 바라보았다.

“페인이 웨이게이트를 통해 뿔나팔을 토먼 헤드로 가져갔어요.” 랜드가 멍하니 말했다. “아마 지금쯤은 거기서 저를 기다리고 있을 거예요.”

“그 얘기는 나중에 하자.” 베린이 말했다. 너무 단호한 목소리라 도시로, ‘위대한 나무’ 여관으로 돌아가는 길에 그 누구도 입을 열지 않았다.

우노는 잉타와 조용히 이야기를 나누더니 그들을 남겨 둔 채 병사들을 데리고 포어게이트에 있는 자기들의 여관으로 돌아갔다. 휴린은 휴게실 불빛에 비친 베린의 굳은 얼굴을 일갈하더니 맥주에 대해 뭐라 중얼거리며 구석의 탁자로 혼자 재빨리 움직였다. 아이즈 세다이는 즐거운 시간을 보내고 온 것이었으면 좋겠다는 여관 주인의 말을 무시하고, 랜드 일행을 데리고 조용히 개별 식사 공간으로 들어갔다.

그들이 들어가자 페린이 『제인 파스트라이더의 여행』을 읽다 말고 고개를 들었고, 그들의 얼굴을 보고는 인상을 찡그렸다. "잘 안됐구나?" 페린은 가죽으로 장정된 책을 덮으며 말했다. 방 이곳저곳에 놓인 등불과 양초가 꽤 밝은 빛을 냈다. 티에드라 부인은 비싼 요금을 받았지만 물건을 아끼지는 않았다.

베린은 조심스레 숄을 접어 의자 등받이에 걸었다. "다시 말해 보거라. 어둠의 친구들이 **웨이게이트**를 통해 뿔나팔을 가져갔다고? 바르사네스의 저택에서?"

"저택이 서 있는 땅이 예전에 오기어 덤불이었습니다." 로이알이 설명했다. "우리가 건설에 참여했을 때는……." 베린의 시선에 로이알의 목소리가 흐려지고 귀가 축 처졌다.

"휴린이 웨이게이트까지 놈들을 곧장 추적했어요." 랜드는 지쳐서 의자에 털썩 주저앉았다. **지금 나는 그 어느 때보다도 더 맹렬히 페인을 따라가야 해. 하지만 어떻게?** "휴린한테 어디로든 놈들이 간 곳으로 흔적을 따라갈 수 있다는 걸 보여 주려고 웨이게이트를 열었는데, 거기에 검은 바람이 있었어요. 검은 바람이 우리한테 손을 뻗으려 했지만, 그게 완전히 밖으로 나오기 전에 로이알이 웨이게이트를 닫는 데 성공했어요." 그 말에 랜드는 약간 얼굴을 붉혔지만, 로이알은 **실제로** 웨이게이트를 닫았었다. 랜드가 아는 한, 로이알이 그렇게 하지 않았다면 **마친 신**이 밖으로 나올 수도 있었다. "**마친 신**이 경계를 서고 있었던 거예요."

"검은 바람이라니." 맷은 의지에 반쯤 앉으려다가 얼어붙은 채 나직이 말했다. 페린도 랜드를 빤히 보고 있었다. 베린과 잉타도 마찬가지였다. 맷이 쿵 하며 의자에 주저앉았다.

"네가 잘못 본 게 틀림없다." 한참 만에 베린이 말했다. "**마친 신**을 경비병으로 이용할 수는 없어. 그 누구도 검은 바람에 제약을 걸어 뭔가를 시킬 수는 없다."

"검은 바람은 어둠의 존재의 피조물이에요." 맷이 멍하니 말했다. "놈들은 어둠의 친구들이고. 어쩌면 그놈들은 검은 바람에게 도와 달라고 부탁하는 방법을 알거나, 검은 바람이 자기들을 돕도록 만들 수 있을지도 몰라요.”

“**마친 신**이 무엇인지 정확히 아는 사람은 아무도 없다.” 베린이 말했다. “아마 광기와 잔인함의 정수일 거라 추측할 뿐이지. 검은 바람을 설득할 수는 없다, 맷. 검은 바람과 흥정을 하거나 이야기를 할 수도 없고. 심지어 검은 바람에게 억지로 뭔가를 시킬 수도 없지. 오늘날 살아 있는 그 어떤 아이즈 세다이도 그런 일을 할 수 없어. 아마 이전에 살았던 모든 아이즈 세다이도 마찬가지일 거다. 넌 열 명의 아이즈 세다이가 힘을 합쳐도 할 수 없는 일을 파단 페인이 할 수 있었을 거라고 정말로 생각하는 거냐?” 맷이 고개를 저었다.

방 안에 절망적인 분위기가 감돌았다. 희망도 목적의식도 사라진 분위기였다. 그들이 쫓던 목표가 사라져 버렸고, 베린조차 허둥대는 표정이었다.

“웨이에 들어갈 용기가 페인에게 있을 거라고는 한 번도 생각 못했습니다.” 잉타의 목소리는 거의 부드럽게 들렸다. 하지만 갑자기 그가 주먹으로 벽을 쾅 쳤다. “**마친 신**이 어떻게 페인 편에서 작동하든 상관없습니다. 작동하지 않아도 상관없고요. 놈들은 발리어의 뿔나팔을 웨이로 가지고 들어갔습니다, 아이즈 세다이. 지금쯤 놈들은 거대한오염에 있을 수도 있고, 티어나 탄치코로 가는 중일 수도 있으며, 아이일황무지 건너편에 있을 수도 있습니다. 뿔나팔이 사라졌습니다. 저는 길을 잃었습니다.” 그의 두 손이 양옆으로 축 늘어졌다. 그의 어깨도 처졌다. “길을 잃었어요.”

“페인은 토먼 헤드로 뿔나팔을 가져갈 거예요.” 랜드가 말했다. 즉시 그는 또 한 번 모든 사람의 주목을 받았다.

베린이 눈을 가늘게 뜨고 그를 살펴보았다. “아까도 그런 말을 했지. 네가 어떻게 아느냐?”

“페인이 바르사네스에게 메시지를 남겼어요.” 랜드가 말했다.

“속임수야.” 잉타가 비웃었다. “놈은 우리에게 어디로 따라가야 할지 말해 주지 않을 거다.”

“나머지 여러분이 뭘 하실지는 모르겠지만,” 랜드가 말했다. “저는 토먼 헤드로 갈 거예요. 가야만 해요. 해 뜨자마자 출발할 겁니다.”

"하지만 랜드." 로이알이 말했다. "토먼 헤드에 가려면 몇 달은 걸릴 거야. 대체 왜 페인이 거기서 우리를 기다릴 거라고 생각하는 거야?"

"페인은 기다릴 거야." **하지만 얼마나 지나야 내가 오지 않는다고 생각할까? 내가 따라오기를 바란다면, 왜 그런 파수꾼을 세워 뒀을까?** "로이알, 나는 최대한 열심히 말을 달릴 생각이야. 달리다가 레드가 죽으면 다른 말을 사거나 훔칠 거야. 그렇게 해야만 한다면. 너 정말 같이 가고 싶어?"

"난 이렇게나 오래 네 곁에 머물렀어, 랜드. 왜 이제 와서 그만두겠어?" 로이알은 파이프와 주머니를 꺼내 타박을 파이프의 크고 우묵한 부분에 담기 시작했다. "너도 알겠지만, 난 네가 좋아. 네가 **타비렌**이 아니었어도 널 좋아했을 거야. 어쩌면 네가 타비렌임에도 널 좋아하는 걸지도 모르지. 너는 나를 뜨거운 물에 목까지 잠기게 하는 것만 같아. 아무튼, 난 너랑 같이 갈 거야." 파이프를 빨아 맛을 음미한 로이알은 난로 위 선반에 놓인 돌 통에서 나뭇조각을 꺼내 촛불에 집어넣고 불을 붙였다. "네가 정말 나를 막을 수 있을 것 같지는 않은데."

"뭐, 나도 갈 거야." 맷이 말했다. "페인이 지금도 단검을 가지고 있으니까. 하지만 망할 하인 노릇은 오늘 밤으로 완전히 끝이야."

페린은 한숨을 쉬었다. 노란 눈에 성찰하는 빛이 어렸다. "나도 가야 할 것 같아." 잠시 후 그가 씩 웃었다. "누군가는 맷이 말썽부리지 못하게 막아야지."

"심지어 영리한 속임수도 아니야." 잉타가 중얼거렸다. "내가 어떤 식으로든 바르사네스를 따로 불러내 진실을 알아봐야겠다. 나는 도깨비불을 쫓아다니는 게 아니라 발리어의 뿔나팔을 손에 넣으려는 거니까."

"속임수가 아닐 수도 있어." 베린이 조심스럽게 말했다. 그녀는 발밑 바닥을 살펴보는 듯한 표정이었다. "팔 다라의 지하 감옥에 몇 가지 흔적이 남아 있었다. 그날 밤에 일어난 일과……." 베린은 내리뜬 눈썹 아래로 랜드를 빠르게 힐끗 보았다. "토먼 헤드 사이에 관계가 있다는 의미의 글이었어. 지금도 완전히 이해되는 건 아니지만, 우린 토먼 헤드로 가야 할 것 같다. 거기서 뿔나팔을 찾게 될 거야."

"놈들이 토먼 헤드로 간다 해도," 잉타가 말했다. "우리가 거기 도착할 때쯤이면 페인이나 다른 어둠의 친구 중 하나가 뿔나팔을 백 번쯤 불었을 수 있습니다. 그러면 무덤에서 돌아온 영웅들이 그림자를 위해 말을 달리겠지요."

"페인은 팔 다라를 떠난 이후로 뿔나팔을 백 번쯤 불었을 수 있어." 베린이 그에게 말했다. "상자를 열 수만 있었으면 그렇게 했을 거다. 우리가 걱정해야 하는 건 그자가 상자 여는 방법을 아는 누군가를 찾을지도 모른다는 점이야. 우리는 웨이를 지나 놈을 따라가야 한다."

페린이 홱 고개를 쳐들었고 맷은 의자에 앉은 채 움찔거렸다. 로이알이 낮게 신음했다.

"우리가 어떤 식으로든 바르사네스의 경비병들을 몰래 지나갈 수 있다 해도," 랜드가 말했다. "가보면 아직 **마친 신**이 있을 거예요. 웨이를 이용할 수는 없어요."

"우리 중 바르사네스의 저택에 몰래 들어갈 수 있는 사람이 몇 명이나 되겠니?" 베린이 무시하듯 말했다. "다른 웨이게이트도 있어. 스테딩 초푸가 이 도시에서 멀지 않은 곳에, 남동쪽에 있다. 얼마 되지 않은 **스테딩**으로 겨우 600년 전쯤에 재발견됐을 거야. 하지만 그 당시만 해도 오기어의 원로들이 웨이를 길러 내고 있었다. 스테딩 초푸에 웨이게이트가 있을 거야. 분명히 있어. 날이 밝자마자 그리로 가자."

로이알이 조금 더 큰 소리를 냈고, 랜드는 베린이 분명히 있다고 말한 것이 웨이게이트인지, **스테딩**인지 확실하지 않다고 생각했다.

잉타는 지금도 확신이 없는 표정이었으나 베린은 산비탈에서 굴러 내려오는 눈덩이처럼 거침없고 무자비했다. "병사들에게 말을 달릴 준비를 시켜라, 잉타. 휴린을 보내 우노가 잠자리에 들기 전 이 소식을 전하도록 해. 우리 모두 최대한 빨리 잠자리에 들어야 할 것 같다. 어둠의 친구들은 우리보다 최소 하루를 앞서가고 있어. 나는 내일 최대한 놈들을 따라잡을 생각이다." 통통한 아이즈 세다이의 태도는 무척 단호했다. 그녀는 말을 마치기도 전에 잉타를 문으로 몰아가고 있었다.

다른 사람들을 따라 나가던 랜드는 문 앞의 아이즈 세다이 옆에 멈춰 섰다. 그리고 촛불 밝혀진 복도를 따라 걸어가는 맷을 바라보았다. "맷이 왜 저런 모습인 거예요?" 랜드가 베린에게 물었다. "당신이 맷을 치유해 주신 줄 알았어요. 어쨌든 맷에게 어느 정도 시간을 벌어줄 정도로는요."

베린은 맷 일행이 방향을 틀어 계단을 올라가기를 기다렸다가 입을 열었다. "우리 생각만큼은 그 방법이 잘 통하지 않은 것 같구나. 맷에게서 질병은 흥미로운 길을 따라 진행되고 있어. 맷은 힘이 남아 있다. 마지막 순간까지도 힘은 유지할 거야. 하지만 몸은 수척해지고 있지. 내 생각에 아무리 길어도 몇 주가 최선일 거다. 너도 알겠지만, 서두르는 데는 이유가 있어."

"저를 더 재촉하실 필요는 없습니다, 아이즈 세다이." 랜드는 아이즈 세다이라는 호칭을 힘주어 발음했다. **맷. 뿔나팔. 페인의 위협. 빛을 걸고, 에그웨인! 태워 죽일, 나를 더 재촉할 필요는 없다고.**

"너는 어떠냐, 랜드 알소르? 상태가 괜찮으냐? 지금도 그것과 맞서 싸우고 있는 거냐, 아니면 물레에 굴복했느냐?"

"제가 당신과 함께 가는 건 뿔나팔을 찾기 위해서예요." 랜드가 베린에게 말했다. "저와 모든 아이즈 세다이 사이에 그 이상의 관계는 없습니다. 아시겠어요? 아무 상관도 없다고요!"

베린은 아무 말 하지 않았고 랜드는 그녀에게서 멀어졌다. 하지만 랜드가 계단을 오르려고 돌아섰을 때, 베린은 그때까지도 랜드를 지켜보는 중이었다. 검은 눈이 예리하게 빛나며 생각에 잠겨 있었다.

34장 물레는 실을 잣는다

톰 머릴린이 '포도 한 송이' 여관으로 터덜터덜 걸어가다가 정신을 차렸을 즈음, 아침 첫 햇살은 이미 하늘을 부옇게 물들이고 있었다. 공연장과 술집이 가장 많이 모여 있는 곳에서도 포어게이트가 조용히 숨을 돌리는 시간이 잠깐은 있었다. 지금 같은 기분이라면 텅 빈 거리에 불이 난다 해도 톰은 알아채지 못했을 것이다.

바르사네스의 손님 중 몇 명은 대부분의 사람들이 떠나고 한참이 지나서까지, 바르사네스 본인이 잠자리에 든 이후까지 톰을 붙들어 두려 했다. '위대한 뿔나팔 사냥대'를 놔두고 '마라와 세 명의 바보 왕'이나 '수사가 제인 파스트라이더를 길들인 방법', 또는 '현명한 자문관 안라 이야기' 등 마을에서 하는 이야기나 노래로 방향을 튼 그의 잘못이었다. 톰은 이런 선택이 그들의 멍청함에 대한 비밀스러운 의견 표명이 되기를 바랐다. 그들 중 누군가가 자극을 받기는커녕 들을 거라는 기대도 품지 않았다. 어떤 의미에서 그들은 자극을 받았다. 그들은 같은 작품을 더 공연해 달라고 했지만, 엉뚱한 대목에서 엉뚱한 내용을 두고 웃었다. 그들은 톰을 비웃기도 했다. 톰이 알아차리지 못할 거라고 생각한 듯했다. 아니면 그의 주머니에 쑤셔넣어진 빵빵한 지갑이 모든 상처를 치유해 줄 거라고 생각했든지. 톰은 그놈의 지갑을 벌써 두 번은 던져 버리고 싶었다.

톰이 우울한 이유는 그의 주머니와 자존심을 불태우는 지갑, 심지어는 귀족들의 경멸 때문만도 아니었다. 그들은 랜드에 대한 질문을 던졌다. 상대가 고작 방랑 시인이었기에 미묘하게 말을 꼬지도 않았다. 랜드가 왜 케예리엔에 온 거지? 안도어의 귀족이 방랑 시인일 뿐인 톰 자신과 따로 이야기를 나눈 이유는 뭐고? 질문이 너무 많았다. 톰은 자기가 한 대답이 충분히 영리한 것인지 알 수 없었다. 위대한 게임에 대한 반사 신경이 예전 같지 않았다.

'포도 한 송이' 쪽으로 방향을 틀기 전, 톰은 '위대한 나무'에 갔었다. 한두 사람의 손바닥에 은화를 쥐여 주면 누군가가 케예리엔의 어디에 머물고 있는지 찾는 게 어렵지 않았다. 그는 지금도 자기가 무슨 말을 하려 했던 건지 잘 모르고 있었다. 랜드는 친구들, 그리고 아이즈 세다이와 함께 떠나 버렸다. 그 바람에 뭔가가 마무리되지 않은 듯한 느낌이 남았다. **이제 그 꼬마는 자기가 알아서 살아갈 거야. 태워 죽일, 나는 손 뗐어!**

자주 있는 일은 아니지만, 휴게실은 텅 비어 있었다. 톰은 한 번에 두 걸음씩 성큼성큼 휴게실을 가로질렀다. 최소한 그렇게 하려 했다. 오른쪽 다리가 잘 굽혀지지 않아 하마터면 넘어질 뻔했다. 그는 혼자 툴툴대며 속도를 늦춰 남은 계단을 올라간 다음, 데나를 깨우지 않으려고 조용히 방문을 열었다.

그러고 싶지는 않았지만, 톰은 얼굴을 벽 쪽으로 향하고 드레스를 벗지 않은 채 침대에 누워 있는 그녀를 보자 미소가 지어졌다. **나를 기다리다가 잠들었구나. 바보 같은 아이.** 바보라고는 했지만, 기분 좋게 한 생각이었다. 톰은 데나가 할 일 중 자신이 용서하거나 봐주지 않을 일이 하나라도 있을지 확신할 수 없었다. 순간의 분위기에 휩쓸려 오늘 밤이야말로 데나의 첫 공연을 허락해 주는 밤이라고 결정한 톰은 하프 통을 바닥에 내려놓고 데나의 어깨에 손을 얹었다. 데나를 깨워 말해 줄 생각이었다.

데나는 힘없이 돌아누워 톰을 올려다보았다. 베인 목 위로 흐릿한 눈이 휘둥그렇게 뜨여 있었다. 데나의 몸에 감춰져 있던 침대 옆면이 검붉게 젖어 있었다.

배 속이 철렁했다. 숨을 쉴 수 없을 만큼 목이 조이지 않았다면 구토하거나 비명을 지르거나 둘 다 했을 것이다.

들려온 경고는 옷장 문이 삐걱거리며 열리는 소리뿐이었다. 톰이 휙 돌아섰다. 그의 소매에서 칼 여러 자루가 나와 곧장 그의 손을 떠났다. 첫 번째 칼날이 손에 단검을 쥐고 있던 뚱뚱한 대머리 남자의 목에 박혔다. 남자는 휘청거리며 물러났다. 목을 움켜쥔 채 비명을 지르려는 그자의 손가락 사이로 피가 끓어올랐다.

아픈 다리를 짚고 휙 돌아선 톰의 손에서 다른 칼날이 날아갔다. 그 칼은 얼굴에 흉터가 있으며 근육이 우락부락한 다른 남자의 오른쪽 어깨에 박혔다. 놈은 다른 옷장에서 나오는 중이었다. 덩치 큰 남자의 칼이 갑자기 그의 말을 듣지 않게 된 손에서 툭 떨어졌고, 그는 무거운 몸을 끌고 문을 향해 도망쳐 갔다.

톰은 놈이 두 발짝도 떼기 전에 다른 칼을 꺼내 놈의 다리 뒤쪽을 그었다. 덩치 큰 남자는 비명을 지르며 비틀거렸고, 톰은 기름진 놈의 머리카락을 한 움큼 잡고 놈의 얼굴을 문 옆 벽에 처박았다. 어깨에 박힌 칼자루가 문에 부딪히자 남자가 다시 비명을 질렀다.

톰은 손에 쥔 칼날을 남자의 검은 눈과 3센티미터밖에 떨어지지 않은 곳에 들이밀었다. 덩치 큰 남자의 얼굴은 흉터 때문에 거칠어 보였으나, 그는 눈 한번 깜빡이지 않고 몸의 어느 부분도 움직이지 않은 채 칼끝만을 바라보았다. 반쯤 옷장 안에 들어가 누웠던 뚱뚱한 남자가 마지막으로 한번 발버둥 치더니 고요해졌다.

"네놈을 죽이기 전에," 톰이 말했다. "말해라. 왜냐?" 톰의 목소리는 마비된 듯 조용했다. 내면이 마비된 기분이었다.

"위대한 게임." 남자가 빠르게 말했다. 거리에서 쓰는 말투였다. 그가 입은 옷도 마찬가지였다. 하지만 조금은 지나치게 좋았고, 지나치게 새것이었다. 놈에게는 그 어떤 포어게이트 사람도 쓸 수 없을 만큼 많은 돈이 있었다. "당신 개인을 노린 게 아니야. 알았어? 그냥 게임이야."

"게임? 나는 **다에스 데이마르**에 끼지 않았다! 누가 위대한 게임을 이유로 날 죽이고 싶어 한다는 거냐?" 남자는 망설였다. 톰이 칼날을 더 가까이 가져갔다. 놈이 눈이라도 깜빡이면 눈썹이 칼끝에 닿을 터였다. "누구냐고."

"바르사네스." 남자가 쉰 목소리로 대답했다. "바르사네스 공. 우린 널 죽일 생각이 없었어. 바르사네스는 정보를 원해. 우린 그저 네가 알고 있는 걸 알아내고 싶었을 뿐이야. 그 정보로 넌 황금을 얻을 수도 있어. 네가 아는 걸 대면, 제대로 된 굵은 금화 한 닢을 얻을 수 있을 거야. 두 닢일지도 모르고."

"거짓말! 난 어젯밤에 바르사네스의 저택에 있었어. 지금 너와 가까이 있는 것만큼 바르사네스와 가까이 있었다. 그자가 나한테서 뭔가를 원했다면, 나는 살아서 나오지 못했을 거야."

"말했잖아, 우린 너를 찾고 있었어. 너든, 그 안도어의 귀족에 대해 아는 사람이면 누구든. 며칠이나 찾았어. 난 어젯밤에 아래층에 가서야 네 이름을 겨우 들었어. 바르사네스 공은 후한 분이야. 다섯 닢을 주실 수도 있어."

남자는 톰의 손에 들린 칼을 피해 고개를 뒤로 젖히려 했으나 톰이 그를 벽에 더 세게 떠밀었다. "무슨 안도어 귀족?" 하지만 톰은 답을 알고 있었다. 빛이 도우실 일이지만, 그는 답을 알고 있었다.

"랜드. 알소르 가문의. 키가 크고. 젊고. 칼의 달인이거나, 최소한 칼의 달인이 차는 칼을 차고 다녀. 난 그자가 너를 찾아왔었다는 걸 알아. 그자와 오기어가 왔었지. 넌 이야기를 나눴고. 네가 아는 걸 말해. 심지어 내가 직접 금화를 한두 닢 줄 수도 있어."

"이 멍청한 놈." 톰이 나직하게 말했다. **이 일로 데나가 죽은 거야? 아, 빛이여. 데나가 죽었습니다.** 톰은 울고 싶은 기분이었다. "그 녀석은 양치기야." **화려한 코트를 걸치고, 벌들을 꼬이는 꿀 장미처럼 아이즈 세다이를 끌어들이는 양치기지.** "그냥 양치기라고." 톰은 남자의 머리카락을 쥔 손에 힘을 주었다.

"잠깐! 잠깐만! 다섯 닢 이상도 벌 수 있어, 심지어 열 닢 이상 벌 수 있다고. 그보다는 백 닢에 가까우려나. 모든 가문이 랜드 알소르에 대해 알고 싶어 해. 두세 가문이 내게 접근해 왔어. 네가 아는 정보와 누가 그 정보를 알고 싶어 하는지에 대한 내 정보가 합쳐지면, 우리 둘 다 주머니를 두둑하게 채울 수 있다고. 그리고 어떤 여자가, 어떤 귀족 여자가 있었어. 랜드 알소르에 대해서 캐묻고 다니는 동안에 여러 번 본 여자야. 그 여자가 누군지만 알아낼 수 있으면……. 뭐, 그 정보도 팔 수 있지.”

“넌 이 모든 일을 벌이면서 딱 한 가지 진짜 실수를 했어.” 톰이 말했다.

“실수라고?” 남자의 멀리 떨어진 손이 허리띠를 향해 미끄러지기 시작했다. 거기에 단검이 하나 더 있는 게 틀림없었다. 톰은 모르는 척했다.

“저 여자애는 건드리지 말았어야지.”

남자의 손이 허리띠로 빠르게 움직였다. 그리고 톰의 칼이 제 집을 찾아가자 단 한 번 경련하듯 움찔했다.

톰은 놈이 문에서 먼 쪽으로 쓰러지게 놔두고 잠시 서 있다가 지친 듯 허리를 숙여 칼을 빼냈다. 문이 쾅 열렸다. 톰은 이를 드러낸 채 휙 돌아보았다.

제라가 움찔하며 물러났다. 그녀는 목에 손을 대고 톰을 뚫어져라 바라보았다. “엘라 그 머저리가 말해 줬어요.” 제라가 불안한 듯 말했다. “바르사네스의 부하 두 명이 어젯밤에 당신에 관해 캐묻고 다녔다고요. 그리고 오늘 아침에 내가 들은 내용으로는……. 난 당신이 더 이상 게임을 하지 않는 줄 알았는데.”

“놈들이 날 찾아냈소.” 톰이 지친 듯 말했다.

제라의 눈이 톰의 얼굴에서 아래로 내려갔다가 두 남자의 시신을 보고 휘둥그레졌다. 그녀는 서둘러 방 안으로 들어오더니 문을 닫았다. “이건 심각한 일이에요, 톰. 케예리엔을 떠나야 할 거예요.” 그녀의 시선이 침대로 향했다. 그녀가 숨을 헉 들이쉬었다. “아아, 안 돼. 아, 이런. 아, 톰. 어떻게 하면 좋아요.”

“아직은 떠날 수 없소, 제라.” 톰은 망설이다가 이불을 가만히 끌어올려 데나의 얼굴을 덮어 주었다. “먼저 죽여야 할 사람이 있어서.”

여관 주인이 몸을 부르르 떨더니 침대에서 시선을 돌렸다. 그녀는 어지간히 숨 차는 목소리로 말했다. “바르사네스 얘기를 하는 거라면 너무 늦었어요. 이미 모두가 그 얘기를 하고 있는걸요. 바르사네스는 죽었어요. 바르사네스의 하인들이 오늘 아침에 바르사네스를 발견했대요. 자기 침실에 갈가리 찢겨 있었다는군요. 그게 바르사네스라는 걸 알 수 있었던 증거는 난로 위 창에 꽂혀 있는 바르사네스의 머리였대요.” 제라가 톰의 팔에 손을 얹었다. “톰, 당신이 어젯밤에 그 저택에 있었다는 건 숨길 수 없어요. 알고 싶어 하는 사람이라면 누구나 알게 될 거예요. 거기에 이 둘을 더하면, 당신이 이 일과 아무 상관이 없다고 믿을 만한 사람은 케에리엔에 아무도 없을 거예요.” 그녀의 마지막 말에는 약간 의문스러워 하는 기색이 어려 있었다. 그녀 자신도 궁금해하는 듯했다.

“상관없소.” 톰이 멍하니 말했다. 그는 침대 위에 이불을 덮고 있는 형체를 내려다보지 않을 수 없었다. “안도어로 돌아가야 할지도 모르겠소. 케임린으로.”

제라가 톰의 어깨를 잡고 그를 침대에서 돌려놓았다. “당신네 남자들은,” 제라가 한숨을 쉬었다. “늘 근육이나 심장으로 생각하지 절대 머리를 쓰지 않는군요. 당신한테는 케임린도 케에리엔처럼 나빠요. 어느 곳에 가든 당신은 죽게 되거나 감옥에 갇힐 거예요. 데나가 그런 걸 원할 것 같아요? 데나의 기억을 기리고 싶다면 살아 있어야죠.”

“혹시 도와주겠소? 데나의······.” 톰은 그 말을 입에 올릴 수 없었다. **늙어 가는 거야.** 톰은 생각했다. **물러지는 거지.** 톰은 주머니에서 묵직한 지갑을 꺼내 제라의 손에 쥐어 주었다. “이거면······ 모든 값을 치를 수 있을 거요. 그리고 사람들이 나에 대한 질문을 시작할 때도 도와주시오.”

“내가 다 처리할게요.” 제라가 조용히 말했다. “당신은 떠나야 해요, 톰. 지금.”

톰은 마지못해 고개를 끄덕이고, 몇 가지 물건을 안장주머니 여러 개에 천천히 나눠 집어넣기 시작했다. 그가 짐을 챙기는 동안 제라는 옷장에서 조금 떨어진 곳에 뻗어 있던 뚱뚱한 남자를 처음으로 자세히 보고는 헛숨을 들이켰다. 톰이 의아한 눈으로 제라를 보았다. 톰이 아는 바에 따르면 제라는 피를 보고 기절할 만한 사람이 아니었다.

“이 사람들은 바르사네스의 부하가 아니에요, 톰. 최소한 이 사람은요.” 제라가 뚱뚱한 남자를 고갯짓했다. “이자가 레예아틴 가문을 위해 일한다는 건 케예리엔에서 가장 널리 알려진 비밀이에요. 이자는 갈드리안의 사람이라고요.”

“갈드리안이라.” 톰이 기운 없이 말했다. **그 빌어먹을 양치기 녀석이 날 어디에 끌어들인 거지? 아이즈 세다이가 우리 둘을 어디에 끌어들인 거야? 데나를 살해한 건 갈드리안의 부하들이지만.**

톰의 생각이 그의 얼굴에 일부 드러난 모양이었다. 제라가 날카롭게 말했다. “데나는 당신이 살아 있기를 바란다고요, 이 바보 같으니! 왕을 죽이려 들었다간 왕과 183미터 떨어진 곳에 들어가기도 전에 죽을 거예요. 그만큼이나 갈 수 있을지 모르겠지만!”

도시 성벽에서 우렁찬 소리가 들려왔다. 케예리엔 사람 절반이 고함을 지르는 것 같았다. 톰은 인상을 쓰며 창밖을 내다보았다. 포어게이트의 지붕 위로 솟은 잿빛 성벽 꼭대기에서 짙은 연기 기둥이 솟아오르고 있었다. 성벽 너머 먼 곳이었다. 처음 피어난 검은 기둥 외에도 몇 가닥의 잿빛 덩굴이 빠르게 굵어져 또 하나의 기둥이 되었고, 더 많은 가느다란 연기가 또 나타났다. 톰은 거리를 가늠해 보고 심호흡했다.

“당신도 떠날 생각을 하는 게 좋겠소. 누군가가 곡창지대에 불을 지르는 모양이니.”

“난 전에도 폭동 때 살아남았어요. 이제 가요, 톰.” 톰은 천으로 덮어놓은 데나의 형체를 마지막으로 한번 본 뒤 소지품을 챙겼다. 그가 떠나려 할 때 제라가 다시 말했다. “눈에 위험한 빛이 어려 있네요, 톰 메릴린. 데나가 여기에 멀쩡하게 살아서 앉아 있다고 생각해 봐요. 데나가 뭐라고 말할지 생각해요. 당신이 이곳을 떠나 아무 이유 없이 죽도록 데나가 놔뒀을 것 같아요?”

“난 늙은 방랑 시인일 뿐이오.” 톰이 문 앞에서 말했다. **그리고 랜드 알소르는 양치기일 뿐이지. 하지만 우리 둘 다 해야만 하는 일을 한다오.** “내가 대체 누구에게 위험할 수 있겠소?”

톰이 문을 당겨 제라와 데나를 가리는 순간 그의 얼굴에는 아무 기쁨도 깃들지 않은 늑대 같은 미소가 떠올랐다. 다리가 아팠지만, 서둘러 단호하게 계단을 내려가 여관을 나서는 그는 아픔을 거의 느끼지 못했다.

파단 페인은 팔메를 내려다보는 언덕 위에서 말고삐를 당겼다. 마을 바깥의 언덕에 듬성듬성 남아 있는 덤불 사이였다. 소중한 짐을 싣고 가는 짐말이 그의 다리에 부딪히자 페인은 보지도 않고 녀석의 갈빗대를 걷어찼다. 말은 코를 불며 페인이 안장에 매 놓은 줄이 다 당겨지도록 고개를 홱 젖혔다. 여자는 말을 포기하고 싶어 하지 않았다. 페인을 따라온 어둠의 친구들이 페인의 보호 없이는 트롤록들과 언덕에 남겨지고 싶어 하지 않았던 것만큼. 페인은 두 가지 문제를 쉽게 풀었다. 트롤록의 솥에 들어간 고기에는 말이 필요하지 않았다. 여자의 동료들은 웨이를 지나 토먼 헤드에 있는, 오래전에 버려진 **스테딩**의 웨이게이트로 나오는 여행으로 크게 동요한 상태였다. 그러나 트롤록들이 저녁 식사를 준비하는 모습을 구경하자 살아남은 어둠의 친구들은 지극히 고분고분해졌다.

페인은 숲 가장자리에서 성벽 없는 마을을 살펴보며 비웃음을 흘렸다. 소규모 상인 행렬이 마을의 경계를 이루는 마구간과 방목장과 수레를 세워 두는 뜰 사이로 덜컹거리며 나오고 있었다. 또 다른 행렬은 이런 식의 통행으로 여러 해 동안 다져진 흙길을 따라 먼지도 일으키지 않고 나오고 있었다. 수레를 모는 남자들과 그 옆에서 말을 달리는 사람들은 옷차림으로 보아 모두 이 지역 사람들이었으나 최소한 말을 탄 사람들은 어깨띠에 칼을 차고 있었으며 몇몇은 창과 활도 가지고 있었다. 페인의 눈에 들어온 병사들은 숫자도 몇 되지 않았으며 자신들이 정복했다는 무장한 남자들을 주의 깊게 감시하는 것 같지도 않았다.

페인은 토먼 헤드로 이동하는 하루의 낮과 밤 동안 저 숀찬이라는 사람들에 대해 몇 가지를 알게 되었다. 최소한 그들에게 패배당한 사람이 아는 정도는 말이다. 혼자 떨어져 있는 사람을 찾는 건 전혀 어렵지 않은 일이었고, 그런 사람들은 질문만 잘 던지면 언제나 대답했다. 남자들은 자신이 아는 것으로 끝내 뭔가 할 수 있다고 정말로 믿는 듯 침입자들에 대한 정보를 모았지만, 때로는 그 정보를 비밀로 하려 했다. 여자들은 대체로 통치자가 누구건 삶을 계속 살아가는 데 관심이 있는 것처럼 보였으나 남자들이 알아채지 못하는 세세한 정보를 눈치챘으며, 비명 지르는 걸 멈춘 뒤에는 더 빠르게 입을 열었다. 아이들은 누구보다도 빠르게 입을 열었으나 가치 있는 이야기를 하는 경우가 적었다.

페인은 자신이 들은 이야기 중 4분의 3을 전설로 부풀려진 헛소리나 소문으로 치부해 버렸다. 하지만 이제는 그런 결론 몇 가지를 다시 받아들였다. 팔메에는 누구나 드나들 수 있는 것처럼 보였다. 병사 20명이 마을에서 말을 타고 나오자 페인은 깜짝 놀라며 좀 더 많은 '헛소리'의 진실을 보게 되었다. 똑똑히 보이지는 않았으나 그들이 타고 있는 짐승이 말이 아닌 것만은 분명했다. 그 짐승들은 흐르는 듯 우아하게 달렸으며 놈들의 검은 피부는 아침 햇살을 받아 비늘처럼 반짝이는 듯했다. 페인은 고개를 쭉 빼고 그 짐승들이 내륙으로 사라지는 모습을 지켜본 다음 말 옆구리를 차며 마을로 향했다.

마구간과 세워진 수레와 울타리가 세워진 방목장 사이의 지역민들은 페인을 한두 번 힐끔거릴 뿐이었다. 페인도 그들에게 아무 관심이 없었다. 그는 계속 말을 달려 마을로 들어간 뒤 항구로 비스듬하게 내려가는 자갈길을 따라갔다. 항구와 그곳에 정박해 있는, 크기가 크고 모양이 특이한 숀찬의 배들이 똑똑히 보였다. 붐비는 것도, 텅 빈 것도 아닌 거리들을 페인이 뒤지고 다니는 동안 아무도 그에게 신경 쓰지 않았다. 이곳에는 숀찬의 병사들이 더 많았다. 사람들은 시선을 내리깐 채 서둘러 자기 일을 하고 있었고, 병사들이 지나갈 때마다 절을 해 댔다. 하지만 숀찬 사람들은 그들에게 아무 관심을 기울이지 않았다. 거리에 무장한 숀찬 사람들이 있고 항구에는 그들의 배가 있었지만 이곳은 표면적으로 평화로워 보였다. 그러나 페인은 그 이면의 긴장감을 느낄 수 있었다. 그리고 사람들이 긴장하고 겁먹은 곳이야말로 페인의 앞마당이었다.

그는 십여 명의 병사들이 정면을 지키고 서 있는 커다란 집에 이르렀다.

페인은 멈춰 선 뒤 말에서 내렸다. 장교인 게 분명한 한 사람을 제외하고는 대부분의 사람들이 아무 무늬 없는 검은색 갑옷을 걸치고 있었다. 그들의 투구를 보자 메뚜기 대가리가 생각났다. 눈이 세 개 있고 입 대신 뿔 같은 부리가 달렸으며 가죽 같은 피부를 가진 짐승 두 마리가 정문 양옆에 웅크린 개구리처럼 쪼그리고 있었다. 각각의 짐승 옆에는 병사들이 한 명씩 서 있었는데, 그들의 갑옷 가슴팍에는 세 개의 눈이 그려져 있었다. 페인은 지붕 위에서 펄럭거리는, 가장자리가 파란색인 깃발을 눈여겨보았다. 날개를 쫙 편 매가 번개를 쥐고 있었다. 그 모습을 본 페인은 속으로 킬킬거렸다.

은색 줄로 연결된 여자들이 길 건너편 집을 드나들었다. 하지만 페인은 그들을 무시했다. 그는 마을 사람들에게 들어 **다마니**에 대해 알고 있었다. 나중에는 저들이 쓸모 있을지 모르나 지금은 아니었다.

병사들이 그를 지켜보고 있었다. 갑옷 전체가 황금색과 붉은색, 초록색으로 이루어져 있는 장교가 특히 그랬다.

페인은 장교의 비위를 맞출 만한 미소를 억지로 지어 보이며 깊이 허리를 숙였다. "나리, 위대한 군주께서 흥미로워하실 만한 것을 가져왔습니다. 분명히 말씀드리지만, 그분께서는 직접 이 물건과 저를 보고 싶어 하실 겁니다." 페인은 짐말에 실려 있는 네모난 물체를 가리켰다. 그 물체는 지금도 페인의 부하들이 발견했던 모습 그대로 커다란 줄무늬 담요에 덮여 있었다.

장교는 그를 위아래로 훑어보았다. "이 지역 사람이 아닌 것 같은데. 너도 맹세를 했나?"

"저는 복종하고 기다리며 섬길 것입니다." 페인이 자연스럽게 대답했다. 페인이 이야기를 나눠 본 모든 사람이 이 맹세에 대해 이야기했다. 그 맹세가 무슨 뜻인지는 모르면서도 말이다. 이자들이 맹세를 원한다면, 페인은 무슨 맹세든 할 준비가 되어 있었다. 그는 지금까지 해 온 맹세의 숫자를 잊어버린 지 오래였다.

장교는 부하 중 두 명에게 담요 밑에 뭐가 있는지 보라고 손짓했다. 안장에서 상자를 내릴 때 그 무게에 놀라서 툴툴대던 소리는 담요를 벗기는 순간 헛숨 들이켜는 소리로 바뀌었다. 장교는 아무런 표정도 짓지 않은 채 자갈길에 놓여 있는, 은으로 세공된 황금 상자를 보더니 페인을 보았다. "이건 여제 폐하께 어울릴 만한 선물이군. 나와 함께 가지."

병사 중 한 명이 페인의 몸을 거칠게 수색했다. 하지만 페인은 얌전히 있었다. 장교와 상자를 들어 올렸던 병사 두 명도 안으로 들어가기 전에 칼과 단검을 내려놓는 모습을 보았으니까. 이 사람들에 대해 알아낼 수 있는 정보는 아무리 사소한 것이라도 도움이 될 터였다. 페인이야 이미 자신의 계획을 자신하고 있었지만. 그는 언제나 자신감이 있었지만, 귀족들에게 자신의 추종자가 암살자처럼 칼을 휘둘러 댈지 모른다는 두려움이 있는 곳에서는 특히 그랬다.

문을 지날 때 장교가 페인을 보고 인상을 썼다. 페인은 잠시 그 이유를 알 수 없었다. **그럼 그렇지. 짐승들 때문이군.** 정체는 알 수 없었지만, 그 짐승들은 확실히 트롤록만큼 끔찍한 존재는 아니었다. 머드랄과 비교하면 아무것도 아니었다. 그랬기에 페인은 그 짐승들을 돌아보지 않았다. 이제 와서 그 짐승들을 두려워하는 척하기에는 너무 늦었다. 하지만 손찬 사람은 아무 말도 하지 않고 페인을 저택 깊숙한 곳으로 데려갈 뿐이었다.

그렇게 페인은 벽을 감추는 병풍을 제외하면 가구가 하나도 없는 방에서 얼굴을 바닥에 대고 엎드리게 되었다. 그동안 장교는 투락 대공에게 페인과 페인이 가져온 공물에 대해 말했다. 하인들은 대공이 허리를 숙일 필요가 없도록 상자를 올려놓을 탁자를 가져왔다. 페인이 본 그들의 모습은 빠르게 움직이는 슬리퍼뿐이었다. 페인은 조바심을 내며 그 시간을 견뎌 냈다. 결국은 허리를 숙이는 사람이 그가 아니게 되는 시간이 올 테니까.

이어 병사들이 명령에 따라 방에서 나갔고 페인은 일어서라는 명령을 받았다. 머리를 빡빡 밀었고 손톱이 길며 파란색 비단 망토에는 꽃송이 무늬가 짜여 있는 대공과, 깎지 않은 절반의 밝은 금발 머리카락을 길게 땋고 대공 옆에 서 있는 남자. 페인은 둘을 모두 살피며 천천히 일어났다. 초록색 옷을 입은 사람은 아무리 높아도 하인에 불과할 게 확실했다. 하지만 하인들은 유용할 수 있었다. 특히 주인이 그들을 높게 평가한다면 말이다.

"훌륭한 선물이다." 투락은 상자를 내려다보던 눈을 들어 페인을 보았다.

장미향이 대공에게서 풍겨 나왔다. "그러나 저절로 의문이 드는군. 지위가 낮은 수많은 귀족들조차 가질 수 없는 이 상자를 어떻게 너 같은 자가 손에 넣었느냐? 넌 도둑이냐?"

페인은 닳아빠지고 그리 깨끗하지 않은 코트를 잡아당겼다. "때로 사람은 실제보다 못한 모습을 보여야 합니다, 대공 나리. 지금의 초라한 모습 덕에 저는 괴롭힘을 당하지 않고 이 물건을 대공께 가져올 수 있었습니다. 이 상자는 오래된 물건입니다, 대공 나리. 전설의 시대만큼이나 오래된 물건이지요. 그리고 이 안에는 본 사람이 거의 없는 보물이 들어 있습니다. 머잖아, 아주 가까운 미래에 제가 이 상자를 열 수 있게 될 겁니다, 대공 나리. 그리고 나면 대공 나리께서 원하시는 만큼, 세계의등뼈와 아이일황무지, 그 너머의 땅까지 이곳을 차지할 수 있게 해줄 물건을 드리지요. 아무것도 나리를 막지 못할 것입니다, 대공 나리. 제가……." 투락이 긴 손톱이 달린 손가락으로 상자를 쓸어 보기 시작하자 페인은 말을 끊었다.

"나는 이런 상자들을 본 적이 있다. 전설의 시대에 만들어진 상자들이었지." 대공이 말했다. "하지만 이렇게 정교한 건 처음이다. 이 상자들은 패턴을 아는 사람만이 열 수 있도록 만들어져 있지만, 나는…… 아!" 그는 화려한 소용돌이무늬와 돌기들 사이를 눌렀다. 선명한 찰칵 소리가 났다. 이윽고 대공이 뚜껑을 들어 올렸다. 실망감일지도 모르는 빛이 아주 잠깐 그의 얼굴에 스쳤다.

페인은 이를 드러내고 싶은 마음을 참느라 피가 날 때까지 입 안쪽을 씹었다. 상자를 연 사람이 페인이 아니었기에 거래에서 우위를 잃고 말았다. 그러나 억지로라도 인내심을 발휘할 수만 있다면 나머지는 전부 그가 계획한 대로 흘러갈 수 있었다. 지금까지 너무도 오래 인내심을 발휘해 왔지만.

"이게 전설의 시대부터 이어져 내려온 보물이라고?" 투락은 한 손에 구부러진 뿔나팔을, 다른 손에는 황금으로 만들어진 칼자루에 루비가 박혀 있는 휘어진 단검을 들고 말했다. 페인은 단검을 낚아채지 않으려고 두 손을 몸 옆에 늘어뜨린 채 주먹을 꽉 쥐었다. "전설의 시대라." 투락은 단검의 칼날 끝으로 뿔나팔의 황금색 둥근 부분에 새겨진, 은으로 된 글자를 따라 그리며 조용히 되풀이했다. 그가 깜짝 놀라 눈썹을 치켜올렸다. 페인이 본 그의 첫 번째 솔직한 표정이었다. 하지만 다음 순간, 투락의 얼굴은 그 여느 때처럼 평온해져 있었다. "이게 무엇인지 조금이라도 알고 있느냐?"

"발리어의 뿔나팔입니다, 대공 나리." 페인은 자연스럽게 말했다. 머리를 땋은 남자의 입이 쩍 벌어지는 걸 보니 기분이 좋았다. 투락은 혼잣말이라도 하듯 고개를 끄덕일 뿐이었다.

대공이 돌아섰다. 페인은 눈을 깜빡이며 입을 열었다가, 노란 머리 남자의 갑작스러운 손짓에 아무 말 없이 대공의 뒤를 따랐다.

원래 있던 가구가 전부 사라지고 병풍과 높고 둥근 서랍장을 마주 보는 의자 하나가 놓인 방이 나왔다. 투락은 그때까지도 뿔나팔과 단검을 든 채 서랍장을 보더니 시선을 돌렸다. 그는 아무 말도 하지 않았지만, 다른 손찬 사람이 빠르게 땍땍거리며 명령을 내렸다. 순식간에 민무늬 모직 망토를 걸친 남자들이 다른 작은 탁자를 가지고 병풍 뒤의 문에서 나왔다. 머리가 너무 밝은 금발이라 거의 하얗게 보이는 젊은 여자가 그 뒤를 따라 나왔다. 그녀의 품에는 다양한 크기와 형태의, 윤이 나는 목재로 만든 조그만 받침대가 들려 있었다. 그녀의 옷은 흰 비단이었으며 옷 안이 뚜렷하게 보일 정도로 얇았다. 하지만 페인의 시선은 오직 단검으로만 향했다. 뿔나팔은 목적을 이루기 위한 수단이었으나 단검은 페인의 일부였다.

투락이 여자가 들고 있던 나무 받침대 중 하나를 잠깐 건드리자 여자가 그 받침대를 탁자 한가운데에 올려놓았다. 머리를 땋은 사람의 지시에 따라 남자들이 그 받침대를 마주 보도록 의자를 돌려놓았다. 직급이 낮은 하인들의 머리카락은 어깨까지 늘어져 있었다. 그들은 머리가 거의 무릎에 닿을 정도로 허리를 숙여 인사하고 빠르게 나갔다.

투락은 뿔나팔을 똑바로 서도록 받침대에 놔두고, 단검은 그 앞의 탁자에 두었다. 그런 뒤 그는 의자로 가서 앉았다.

페인은 더 이상 견딜 수 없었다. 그가 단검으로 손을 뻗었다.

노란 머리 남자가 뭐든 으깨 버릴 것 같은 손아귀로 페인의 손목을 잡았다. "털도 깎지 않은 개 같으니! 대공께서 시키지 않으셨는데 그분의 재산을 건드리는 손은 잘리고 만다는 걸 알아라.”

“저건 제 겁니다.” 페인이 으르렁거리듯 말했다. **참아! 너무 오래 참았지만.**

투락은 의자 등받이에 편히 기대며 파란색으로 칠한 손톱 하나를 들어 올렸다. 페인은 대공이 방해받지 않고 뿔나팔을 볼 수 있도록 끌려 나왔다.

“네 것이라고?” 투락이 말했다. “네가 열지도 못하는 상자에 들어 있던 물건이? 네가 충분히 내 관심을 끈다면 단검은 내어 줄 수도 있다. 전설의 시대에 만들어진 것이라 해도 나는 저런 물건에는 관심이 없다. 그 전에, 한 가지 질문에 대답해라. 너는 왜 발리어의 뿔나팔을 내게 가져온 것이냐?”

페인은 잠깐만 더 열망에 담긴 눈길로 단검을 바라본 다음, 잡힌 손목을 홱 잡아당겨 빼내고 문지르며 절했다. “그래야 대공께서 저 뿔나팔을 부실 수 있기 때문입니다. 그러면 대공께서 뜻하시는 대로 이 땅 전부를 차지하실 수 있습니다. 온 세상을 말입니다. 대공께서는 화이트 타워를 무너뜨리고 아이즈 세다이들을 갈아 먼지로 만드실 수 있습니다. 그들의 힘조차 죽음에서 돌아온 영웅들을 막을 수는 없으니까요.”

“**내가** 뿔나팔을 분다고.” 투락의 말투는 무감정했다. “화이트 타워를 무너뜨리고. 다시 묻는데, 왜냐? 너는 복종하고 기다리며 섬기겠다고 주장하지만, 이곳은 맹세를 어기는 자들의 땅이다. 왜 너의 땅을 내게 넘기는 것이냐? 그…… 여자들과 개인적으로 다툼이라도 있는 것이냐?”

페인은 설득력 있는 목소리를 내려고 애썼다. **인내심을 가져, 안에서부터 구멍을 뚫는 벌레처럼.** “대공 나리, 저희 가족은 여러 세대에 걸쳐 어떤 전통을 이어 왔습니다. 저희는 높은왕 아터 페인드래그 탄리알을 섬겼고, 그분께서 타 발론의 마녀들에게 시해당하셨을 때도 맹세를 저버리지 않았습니다. 다른 자들이 전쟁을 벌이며 아터 호크윙이 만드신 것을 찢어발겼을 때도 저희는 맹세를 지켰고, 그로 인해 괴로움을 겪으면서도 맹세를 꺾지 않았습니다. 이것이 저희의 전통입니다, 대공 나리. 아버지에게 아들로, 어머니에게서 딸로 높으신 왕께서 시해당하신 이후 그 오랜 세월 동안 전해져 온 전통 말입니다. 저희는 아터 호크윙이 아리스대양 너머로 보낸 군대의 귀환을 기다리며, 아터 호크윙의 혈육이 돌아와 화이트 타워를 파괴하고 높은왕의 것을 되찾기만을 기다립니다. 그리고 호크윙의 혈육이 돌아오면, 저희는 높은왕을 위해 했던 것처럼 그들을 섬기고 조언을 아끼지 않을 것입니다. 대공 나리, 테두리가 있다는 점을 제외하면 이 지붕 위에 날리는 깃발은 아터 페인드래그 탄리알이 대양 너머로 보낸 군대의 지휘관인 류세어의 깃발입니다." 페인은 털썩 무릎을 꿇으며 감동에 겨운 모습을 제법 잘 따라 했다. "대공 나리, 저는 그저 높은왕의 혈족을 섬기며 조언을 해 드리고 싶을 뿐입니다."

투락이 너무 오래 침묵을 지켰기에 페인은 그 이상 설득이 필요한 건지 궁금해지기 시작했다. 페인은 더 설득할 준비가 되어 있었다. 필요한 만큼 얼마든지. 하지만 결국 대공이 입을 열었다. "너는 이 땅을 본 이후로 높은 자와 비천한 자를 가리지 않고 아무도 한 적이 없는 이야기를 아는 것 같구나. 이곳 사람들은 그 이야기를 열 가지 소문 중 하나라고 생각하지만, 너는 알고 있다. 나는 네 눈을 통해서 그 사실을 보고, 네 목소리에서 그 사실을 듣는다. 누군가 나를 함정에 빠뜨리려고 너를 보냈다는 생각이 들 정도다. 하지만 발리어의 뿔나팔을 가진 자 가운데 대체 누가 그 나팔을 그런 식으로 쓰겠느냐? **헤예리네**와 함께 이곳으로 돌아온 혈족이 뿔나팔을 가지고 있었을 리 없다. 전설에 따르면 뿔나팔은 이 땅에 숨겨져 있었으니까. 그리고 물론, 이 땅의 군주라면 누구든 뿔나팔을 내 손에 넘겨주기보다 내게 거역하는 데 쓰려 할 것이다. 너는 어떻게 발리어의 뿔나팔을 갖게 되었느냐? 너는 전설에 나오는 영웅을 자처하는 것이냐? 너는 용감한 업적을 이루었느냐?"

"저는 영웅이 아닙니다, 대공 나리." 페인은 모험 삼아 자조적인 미소를 지어 보았으나 투락의 얼굴은 변하지 않았다. 그래서 페인은 그 표정을 포기했다. "뿔나팔은 높은왕이 돌아가신 이후 소란한 와중에 제 조상이 발견한 것입니다. 그분은 상자를 여는 방법을 아셨지만, 아터 호크윙의 제국을 갈가리 찢어 놓은 100년 전쟁 당시 그분이 돌아가시면서 비밀도 함께 묻혔습니다. 그리하여 그분을 따르던 저희 모두는 뿔나팔이 상자 안에 들어 있으며 높은왕의 혈족이 돌아올 때까지 상자를 지켜야 한다는 걸 알았습니다."

"거의 네 말이 믿어지려 하는구나."

"믿으십시오, 대공 나리. 대공 나리께서 뿔나팔을 부는 순간……."

"네가 애써 일궈 낸 신뢰를 망치지 마라. 나는 발리어의 뿔나팔을 불어서는 안 된다. 숀찬으로 돌아가면, 나는 이 뿔나팔을 내가 가진 트로피 중 가장 중요한 것으로 여제께 바칠 것이다. 아마 여제께서 직접 뿔나팔을 부시겠지."

"하지만 대공 나리." 페인이 항의했다. "나리께서 꼭……." 다음 순간 페인은 자기도 모르는 사이 옆으로 자빠져 있었다. 머리가 울렸다. 눈앞이 맑아진 뒤, 페인은 연한 금발을 땋은 남자가 손마디를 문지르는 모습을 보고야 무슨 일이 일어났는지 알았다.

"세상에는," 그 남자가 조용히 말했다. "대공께 절대 해서는 안 되는 말도 있다."

페인은 이 남자를 어떻게 죽일지 결정했다.

투락은 아무것도 보지 못한 것처럼 페인과 뿔나팔을 차분하게 번갈아 보았다. "너도 여제께 발리어의 뿔나팔과 함께 바쳐야 할지 모르겠다. 다른 모든 사람이 맹세를 깨거나 잊어버린 곳에서 자신의 가문만이 그 맹세를 지켰다고 주장하는 사람이라니, 여제께서 재미있어 하실지도 모르겠구나."

페인은 다시 일어서며 문득 우쭐한 기분을 느꼈지만 그 감정을 감추었다. 그는 투락이 언급하기 진까지만 헤도 여제의 존재를 무르고 있었다. 하지만 다시 통치자에게 접근할 수 있다면……. 새로운 길이 열렸다. 새로운 계획이 가능해졌다. 숀찬의 힘을 발밑에 깔고 발리어의 뿔나팔까지 손에 든 통치자에게 접근할 수 있다니. 이 투락이라는 자를 위대한 왕으로 만드는 것보다 훨씬 나은 방법이었다. 페인이 세운 계획의 일부는 기다렸다가 실천하면 됐다. **조용히. 네가 그 일을 얼마나 바라는지 저자가 알게 해서는 안 돼. 이렇게 오래 기다려 왔는데, 조금 더 인내심을 발휘한다고 해서 나쁠 건 없어.** "대공 나리의 뜻대로 하십시오." 페인은 그저 섬기기만을 원하는 사람처럼 말하려고 애썼다.

"신이 난 것처럼 보이는구나." 투락이 말했다. 페인은 찔리는 마음을 간신히 감추었다. "내가 발리어의 뿔나팔을 직접 불지 않는 이유를, 심지어 이 뿔나팔을 간직하지 않으려는 이유를 말해 주겠다. 그러면 네 신나는 마음이 달라질 것이다. 나는 여제께 바칠 내 선물이 어떤 이유로든 여제를 불편하게 해 드리는 걸 바라지 않는다. 네 신나는 마음이 고쳐질 수 없다면, 여제를 만나겠다는 네 기대는 영원히 충족될 수 없을 것이다. 너는 영영 이곳의 해안을 떠날 수 없을 테니까. 너는 누구든 발리어의 뿔나팔을 부는 자가 그 이후로 줄곧 그 뿔나팔과 연결된다는 것을 아느냐? 그자가 살아 있는 한, 뿔나팔이 다른 모든 사람에게는 그저 뿔나팔에 불과하다는 것을?" 투락은 대답을 기대하는 것 같지 않았다. 어쨌든 대답을 하라고 말을 멈추지도 않았다. "나는 수정 왕좌 계승 서열 12위다. 내가 발리어의 뿔나팔을 간직한다면, 나와 왕좌 사이에 있는 모든 사람들은 오늘 이후로 내가 서열 1위가 되고자 한다고 생각할 것이다. 물론 여제께서는 우리가 서로 경쟁해서 가장 강력하고 노련한 자가 그분의 뒤를 잇기를 바라시지만, 지금은 그분의 둘째 딸을 총애하시며 투온에게 가해지는 어떤 위협도 좋게 보지 않으실 거다. 내가 뿔나팔을 분다면, 그런 뒤에 내가 이 땅을 폐하의 발아래에 바치고 화이트 타워의 모든 여자에게 목줄을 채운다 하더라도 여제께서는 분명 내가 그분의 단순한 후계자 이상이 되고자 한다고 생각하실 것이다. 폐하께서 영원히 사시기를."

페인은 뿔나팔의 도움을 받으면 후계자 이상이 될 수 있다고 말하기 직전에 입을 다물었다. 대공의 목소리를 들으니 어째서인지—페인으로서는 믿기 어려웠지만—여제가 영원히 살기를 바란다는 그의 소원이 진심인 것 같았다. **인내심을 가져야 해. 뿌리를 갉는 벌레처럼.**

"여제 폐하의 듣는 자들은 어디에나 있을 수 있다." 투락이 말을 이었다. "모두가 듣는 자일 수 있지. 후안은 알라돈 가문에서 태어나고 자랐다. 그의 11대 조상까지 말이다. 그러나 그 역시 듣는 자일 수 있다." 머리를 땋은 남자가 반쯤 항의하려는 몸짓을 하다가 자제하는 듯 움찔하며 조용해졌다.

"고위급 귀족도 가장 깊은 비밀을 듣는 자들에게 들킬 수 있다. 어느 날 눈을 떠 보니 진실을 찾는 자들에게 이미 넘겨진 다음일 수 있지. 진실은 언제나 찾기 어려우나 찾는 자들은 탐색에 수고를 아끼지 않으며, 필요하다고 생각하는 한 계속해서 탐색한다. 물론 그들은 자신들이 돌보는 고위급 귀족이 죽지 않도록 크나큰 노력을 기울인다. 그 누구도 핏줄에 아터 호크윙의 피가 흐르는 사람을 베어서는 안 되기 때문이다. 여제 폐하께서 그런 자의 죽음을 명령하실 수밖에 없을 때는 그 불행한 자가 산 채로 비단 주머니에 들어가게 되고, 그 자루는 갈까마귀 탑 옆면에 매달려 썩을 때까지 그대로 방치된다. 너 같은 자는 아무도 그렇게 돌봐 주지 않을 것이다. 숀다르에 있는 아홉 달의 법정에서 너 같은 자는 눈동자를 한 번 움직인 것만으로, 잘못된 한마디 말만으로, 변덕만으로 인해 찾는 자들에게 넘겨질 수 있다. 지금도 신이 나느냐?"

페인은 무릎이 후들거리는 시늉을 하는 데 성공했다. "저는 그저 섬기고 조언하기를 바랄 뿐입니다, 대공 나리. 저는 쓸 만한 것들을 많이 알고 있습니다." 숀다르의 법정이라는 곳은 페인의 계획과 기술이 뿌리내릴 만한 비옥한 토양일 것 같았다.

"내가 숀찬으로 다시 항해해 갈 때까지 너는 너희 가문과 그 전통에 관한 이야기로 나를 즐겁게 해줄 것이다. 빛께서 버리신 이 땅에서 나를 즐겁게 해줄 두 번째 인간을 발견하다니 마음이 놓이는구나. 내 생각대로 너희 둘 다 내게 거짓말을 하고 있대도 말이다. 나가도 좋다." 다른 말은 나오지 않았지만 거의 흰 머리에 거의 투명한 망토를 걸친 여자가 재빠른 걸음으로 나타나 대공 옆에 고개를 숙인 채 무릎을 꿇고, 옻칠한 쟁반에 김이 나는 잔을 한 잔 받쳐 올렸다.

"대공 나리." 페인이 말했다. 머리를 땋은 남자, 후안이 그의 팔을 잡았으나 페인은 팔을 빼냈다. 페인이 지금까지 그 어느 때보다도 깊이 허리를 숙이며 절을 하자 후안의 입이 분노로 굳어졌다. **난 저놈을 천천히 죽일 거야. 그래.** "대공 나리, 저를 따라오는 자들이 있습니다. 그들은 발리어의 뿔나팔을 가져가려 합니다. 어둠의 친구들과 그보다 못한 자들입니다, 대공 나리.

저보다 하루 이틀 이상 뒤처져 있지는 않을 겁니다.”

투락은 손톱이 긴 손가락 끝으로 균형을 잡아 들고 있던 얇은 잔에서 검은 액체를 한 모금 마셨다. “숀찬에는 어둠의 친구들이 거의 남아 있지 않다. 진실을 찾는 자들에게서도 살아남은 자들은 참수인의 도끼를 만나게 된다. 어둠의 친구를 만난다면 즐거울지도 모르겠구나.”

“대공 나리, 그자들은 위험합니다. 트롤록들을 데리고 있습니다. 자칭 랜드 알소르라는 자가 그 무리를 이끌고 있습니다. 젊은 사람이지만, 믿을 수 없을 만큼 그림자 속에서 사악해진 자로 거짓말을 잘하는 그릇된 혀를 가지고 있습니다. 그자는 여러 곳에서 자신의 정체를 다르게 밝혀 왔습니다만, 그자가 있을 때면 언제나 트롤록이 나타납니다, 대공 나리. 언제나 트롤록들이 나타나…… 죽입니다.”

“트롤록이라.” 투락이 생각에 잠겼다. “숀찬에는 트롤록이 없었다. 하지만 밤의 군대에는 다른 동맹이 있었지. 다른 것들 말이다. 나는 **그롤름**이 트롤록을 죽일 수 있을지 종종 궁금했다. 네가 말한 트롤록과 어둠의 친구들을 지켜보라고 하겠다. 그것도 또 하나의 거짓말이 아니라면 말이지만. 이 땅은 나를 지루함으로 지치게 하는구나.” 그는 한숨을 쉬더니 잔에서 나온 증기를 들이마셨다.

페인은 후안이 인상을 쓰며 그를 방에서 끌어내도록 놔두었다. 투락 공이 떠나도 좋다고 했는데도 떠나지 않는 일이 다시 벌어지면 어떻게 될 것인지에 관해 그가 으르렁거리며 쏟아 낸 강의에도 거의 귀를 기울이지 않았다. 페인은 동전 한 닢과 내일 돌아오라는 지시를 받고 거리로 떠밀려 나갔을 때도 그 사실을 거의 알아차리지 못했다. 이제 랜드 알소르는 그의 것이었다. **이제야 그놈이 죽는 걸 보겠어. 그런 다음 세상은 내가 당한 일의 대가를 치를 거다.**

숨죽여 킬킬거린 페인은 말들을 데리고 여관을 찾아 마을로 들어갔다.

35장 스테딩 초푸

랜드 일행이 한나절 정도 말을 달리자 케예리엔시가 있는 강가의 언덕들은 더 평평한 땅과 숲에 자리를 내주었다. 샤이나 사람들은 그때까지도 갑옷을 짐말에 실어 놓고 있었다. 그들이 가는 곳에는 길이 없었다. 그저 수레바퀴 자국이 흩어져 있고 몇 안 되는 농장과 마을이 있을 뿐이었다. 베린은 속도를 내라고 압박했고, 잉타는 그녀의 말에 따랐다. 잉타는 속임수에 넘어가는 거라고, 페인이라면 자신의 진짜 목적지를 절대 밝히지 않았을 거라고 끊임없이 투덜거리는 한편 토먼 헤드 반대 방향으로 말을 달려가는 것에 대해서도 툴툴댔다. 꼭 그가 부분적으로는 페인의 말을 믿으며 토먼 헤드가 보기와는 달리 몇 개월쯤 가야 닿을 수 있는 곳은 아니라고 생각하는 것처럼 말이다. 잿빛 올빼미 깃발이 맞바람에 휘날렸다.

랜드는 굳은 결심을 품은 채 베린과의 대화를 피하며 말을 달렸다. 그에게는 해야 할 일이 있었고—잉타라면 그걸 의무라고 불렀을 것이다—그 일을 처리한 다음에는 아이즈 세다이에게서 완전히 벗어날 수 있을 터였다. 페린도 어느 정도 랜드와 같은 기분인지 말을 달리는 동안 아무것도 없는 앞만을 똑바로 바라보았다. 그들이 마침내 숲 가장자리에서 밤을 보내려고 멈춰 섰을 때는 거의 완연한 어둠이 내려앉아 있었다. 이때 페린은 로이알에게 **스테딩**에 관한 질문을 던졌다. 트롤록은 **스테딩**에 들어가지 않으려 한다던데, 늑대라면 들어갈까? 로이알은 **스테딩**에 들어가기를 꺼리는 건 어둠의 존재의 피조물뿐이라고 짧게 대답했다. 물론 아이즈 세다이도 **스테딩**에 들어가지 않으려 하지만, 그건 아이즈 세다이들이 **스테딩** 안에서 진정한 근원과 접촉하거나 일원력을 채널링할 수 없기 때문이었다. 오기어 자신은 그 누구보다도 스테딩 초푸에 가기를 거리끼는 듯했다. 신이 난 것처럼 보이는 사람은 맷뿐이었다. 그는 거의 간절해 보였다. 맷의 피부는 1년 동안 햇빛을 보지 못한 것 같았으며 그의 두 뺨은 푹 꺼져 있었다. 다만 맷은 달리기 경주에라도 참가할 수 있을 것 같은 기분이라고 했다. 베린은 맷이 담요를 덮기 전에 그에게 두 손을 대고 치유해 주었으나 아침이 와서 말을 타기 전에 보면 맷의 생김새에는 별다른 차이가 없었다. 휴린조차 맷을 보면 인상을 찌푸렸다.

베린이 안장에서 허리를 세워 앉으며 주위를 둘러본 건 둘째 날, 태양이 높이 떠 있을 때였다. 베린 옆에서 잉타가 움찔했다.

랜드는 지금 그들을 둘러싼 숲에서 아무 차이점을 느끼지 못했다. 덤불은 무성하지는 않았다. 그들은 참나무와 히코리나무, 말채나무와 너도밤나무로 이루어진 캐노피 아래를 통과하는 편한 길을 찾았다. 그 캐노피는 키 큰 소나무나 진퍼리꽃나무, 카유푸트의 흰 가지로 여기저기 꿰뚫려 있었다. 일행을 따라가던 랜드는 문득 한기가 몸을 스치고 지나가는 걸 느꼈다. 겨울에 워터우드 연못에 뛰어든 것만 같았다. 그 느낌은 잠시 온몸에 번뜩이다가 사라지며 개운한 감각을 남겼다. 둔탁하고도 멀게 느껴지는 상실감도 느껴졌다. 랜드로서는 무엇에 대한 상실감인지 상상할 수 없었지만 말이다.

모든 기수가 그 지점에 이르러서 움찔하거나 뭐라고 소리쳤다. 휴린은 입을 쩍 벌렸고 우노는 "빌어먹을 태워 죽일……."이라고 속삭였다. 그런 다음 우노는 달리 할 말이 떠오르지 않는다는 듯 고개를 저었다. 페린의 노란 눈에서는 뭔가를 알아차린 기색이 보였다.

로이알이 깊게, 천천히 숨을 들이쉬었다가 내쉬었다. "기분이…… 좋네……. **스테딩**에 돌아오다니."

랜드는 인상을 찡그리며 주위를 둘러보았다. **스테딩**이 어떤 식으로든 다를 거라고 랜드는 생각했지만, 한차례 느낀 한기를 제외하면 그 숲은 일행이 하루 종일 지나온 숲과 똑같았다. 물론, 갑자기 잘 쉰 느낌이 들긴 했다. 그때 오기어 한 명이 참나무 뒤에서 나왔다.

그녀는 로이알보다 키가 작았지만—그 말은 랜드보다 어깨와 머리 하나는 더 있다는 뜻이다—로이알과 똑같이 코가 널찍하고 눈이 컸으며, 마찬가지로 입이 컸고 귀에는 술이 달려 있었다. 하지만 그 오기어의 눈썹은 로이알만큼 길지 않았다. 또한 로이알 옆에 서 있으니 그녀의 이목구비는 더 섬세하게 보였다. 귀에 난 털이 비교적 가늘었다. 그녀는 긴 녹색 드레스와 꽃이 수놓인 초록색 망토를 걸치고 있었으며 방금까지 모으고 있었던 것처럼 흰방울꽃 한 무더기를 들고 있었다. 그녀는 일행을 침착하게 바라보며 기다렸다.

로이알이 키 큰 말에서 재빨리 내려와 서둘러 허리를 숙였다. 로이알처럼 빠르지는 않았지만 랜드와 다른 사람들도 똑같이 했다. 베린조차 고개를 까닥였다. 로이알은 격식을 차려 일행의 이름을 말했지만, 자기가 속한 **스테딩**의 이름은 말하지 않았다.

잠시 오기어 소녀는 그들을 살펴보더니 미소 지었다. 랜드는 그녀가 로이알보다 나이가 많지 않을 거라고 확신했다. "스테딩 초푸에 오신 걸 환영합니다." 그녀의 목소리 역시 로이알 목소리와 비슷했으나 조금 더 가벼웠다. 비교적 작은 띠호박벌이 비교적 조용하게 윙윙대는 소리 같았다. "저는 에일라의 딸 이바의 딸 에리스예요. 어서 오세요. 석공들이 케예리엔을 떠난 이후 인간 방문객들이 너무도 드물었는데, 이제는 이토록 많은 분이 한 번에 오시는군요. 하긴, 방랑자들은 몇 명 찾아왔습니다만 그들은 그때 일로 떠났…… 아, 제가 말이 너무 많았네요. 원로님들께 안내해 드리겠습니다. 다만……." 에리스는 일행 중 책임자를 찾다가 결국 베린을 책임자로 선택했다. "아이즈 세다이, 정말 많은 사람을 데려오셨군요. 그것도 무장한 채로요. 부탁드립니다만, 그중 일부를 바깥에 남겨 두실 수 있을까요? 실례지만, 무장한 인간을 너무 여러 명 **스테딩** 안에 머물게 하는 건 언제나 불안한 일이랍니다.”

“당연하지요, 에리스.” 베린이 말했다. “잉타, 그렇게 해 주려나?”

잉타는 우노에게 명령을 내렸다. 그래서 샤이나 사람 중에서는 잉타와 휴린만이 에리스를 따라 **스테딩** 더 깊은 곳으로 가게 되었다.

랜드는 다른 사람들처럼 말을 이끌고 가다가 로이알이 다가오자 고개를 들었다. 그러고는 앞쪽에서 베린, 잉타와 함께 이동하는 에리스를 여러 차례 힐끔거렸다. 휴린이 그 사이를 걸으며 놀란 얼굴로 주위를 두리번거렸다. 랜드로서는 정확히 뭐가 놀라운 건지 알 수 없었지만 말이다. 로이알이 허리를 숙이며 조용히 말했다. “저 여자 아름답지? 목소리도 노래하는 것 같아.”

맷은 히죽거리다가 로이알이 의문스럽다는 듯 그를 보자 이렇게 말했다. “아주 예뻐, 로이알. 내 취향이라기에는 키가 좀 크지만. 그건 너도 이해하겠지. 그래도 분명 아주 예뻐.”

로이알은 잘 모르겠다는 듯 인상을 썼으나 고개를 끄덕였다. “그래, 맞아.” 로이알의 표정이 밝아졌다. “**스테딩**에 돌아오니 정말 기분이 좋다. 갈망이 나를 사로잡아 가는 건 아니지만. 그건 너도 알지?”

“갈망?” 페린이 말했다. “난 모르겠는데, 로이알.”

“우리 오기어들은 **스테딩**에 매여 있어, 페린. 세계의 파괴 이전에는 우리가 원하는 만큼 오랫동안 어디든 갈 수 있었대. 너희 인간들처럼 말이야. 하지만 세계의 파괴 이후로 사정이 달라졌지. 오기어들은 다른 모든 민족처럼 흩어졌고, **스테딩**을 다시는 찾지 못했어. 모든 게 옮겨졌고 모든 게 바뀌었지. 산도, 강도, 바다까지도.”

“세계의 파괴에 대해서는 모두가 알아.” 맷이 조바심을 내며 말했다. “그게 그…… 그 갈망이랑 무슨 상관인데?”

“망명 도중에, 우리가 고향을 잃은 채로 떠돌던 당시에 갈망이 처음으로 우리를 찾아왔어. **스테딩**을 한 번 더 알고 싶다는 욕망, 우리의 고향을 다시 알고 싶다는 욕망이었지. 수많은 오기어가 갈망으로 죽었어.” 로이알은 슬픈 듯 고개를 저었다. “살아남은 오기어보다 죽은 오기어가 더 많아. 우리는

10개국 동맹 시절 당시에야 결국 한 번에 하나씩 **스테딩**을 다시 찾기 시작했고, 비로소 갈망을 이길 수 있었어. 하지만 갈망은 우리를 바꿔 놨어. 우리 안에 씨앗을 심어 뒀지. 지금은 오기어가 바깥에 너무 오래 머무르면 갈망이 다시 찾아와. 그러면 그 오기어가 약해지기 시작하고, **스테딩**으로 돌아가지 않으면 죽어.”

“넌 잠시 여기 머물러야 하지 않을까?” 랜드가 불안해서 물었다. “우리랑 같이 가겠다고 죽을 필요는 없어.”

“갈망이 찾아오면 내가 알게 될 거야.” 로이알이 웃었다. “갈망이 나한테 해로울 만큼 강해지기까지는 오랜 시간이 걸릴 거야. 뭐, 데일라는 **스테딩**을 한 번도 보지 못하고 바다 민족들 사이에서 10년을 보냈지만 안전하게 집에 돌아왔는걸.”

오기어 여인이 숲에서 나오더니 잠시 멈추어 에리스, 베린과 이야기를 나누었다. 그녀는 잉타를 위아래로 훑어보더니 그를 무시하는 듯했다. 그 모습에 잉타가 눈을 깜빡였다. 그녀의 눈이 로이알을 스치고 지나갔다. 휴린과 에먼즈 필드 사람들에게도 그저 눈을 한 번 깜빡였을 뿐이다. 그런 뒤 그녀는 다시 숲속으로 들어갔다. 로이알은 자기 말 뒤에 숨으려는 것처럼 보였다. “거기다가,” 로이알이 안장 너머로 그녀의 뒷모습을 조심스럽게 지켜보았다. “**타비렌** 셋과 여행하는 것에 비하면 **스테딩**에서의 삶은 지루해.”

“다시 **타비렌** 타령을 시작한다 이거지?” 맷이 툴툴대자 로이알이 재빨리 목소리를 높였다. “그럼 세 친구라고 할게. 너희는 내 친구야. 내 바람인지는 몰라도.”

“난 네 친구야.” 랜드가 간단히 말하자 페린도 고개를 끄덕였다.

맷이 웃었다. “이렇게 주사위를 못 던지는 녀석하고 어떻게 친구가 안 될 수 있겠냐?” 랜드와 페린이 바라보자 맷이 두 손을 번쩍 들었다. “하아, 알았어. 나도 널 좋아해, 로이알. 넌 내 친구야. 그냥 그 얘기만 좀 그만…… 아아! 가끔은 네 옆에 있는 게 랜드 옆에 있는 것만큼이나 나쁘다고.” 그의 목소리가 툴툴거리는 정도로 잦아들었다. “최소한 여기 **스테딩**에서는 안전하겠지.”

랜드가 인상을 썼다. 그는 맷의 말뜻을 알고 있었다. **여기 스테딩에서는, 내가 채널링을 할 수 없는 곳에서는 안전하다는 거야.**

페린이 맷의 어깨를 주먹으로 쳤지만, 맷이 그 여윈 얼굴로 인상을 쓰며 돌아보자 페린도 미안한 표정을 지었다.

랜드가 처음으로 의식한 것은 음악이었다. 보이지 않는 플루트와 현악기가 나무 사이로 흘러나오는 즐거운 음악을 연주했다. 낮은 목소리로 노래하고 웃는 소리도 들려왔다.

들판을 치우자, 낮고 평평하게
잡초도, 깎인 풀 자국도 남지 않도록
우리는 여기에서 일한다네, 힘을 쓴다네
여기에서 높디높은 나무들이 자라나리라

거의 동시에, 랜드는 나무 사이로 보이는 거대한 형체도 또 한 그루의 나무라는 걸 깨달았다. 나무 둥치는 골이 파여 있고 버팀목으로 받쳐져 있었는데, 두께가 18미터는 될 것 같았다. 랜드는 입을 쩍 벌린 채 눈으로 나무를 좇았다. 그의 시선이 숲의 캐노피 위쪽으로, 땅 위로 91미터는 족히 솟아오른 거대한 버섯의 갓처럼 뻗어 있는 나뭇가지들로 향했다. 그 너머로도 나무는 더 높이 솟아 있었다.

"태워 죽일." 맷이 나직하게 말했다. "저런 나무 한 그루만 있어도 집을 열 채는 짓겠다. 50채는 짓겠는데."

"위대한 나무를 자른다고?" 로이알은 충격을 받은 목소리였다. 보통 화가 난 게 아니었다. 그의 귀는 뻣뻣하게 굳었고 긴 눈썹은 두 뺨에 내려와 있었다. "우린 절대로 위대한 나무를 자르지 않아. 나무가 죽지 않는다면 말이야. 그리고 저 나무들은 거의 절대로 죽지 않아. 세계의 파괴 이후로도 살아남은 나무는 몇 그루 안 되지만, 가장 위대한 나무들 중에는 전설의 시대에 묘목이었던 것들도 있어."

"미안." 맷이 말했다. "난 그냥 나무가 얼마나 큰지 말했던 거야. 너희 나무를 해치지는 않아." 로이알이 진정한 듯 고개를 끄덕였다.

이제는 더 많은 오기어가 나타났다. 그들은 나무 사이를 걸어 다녔다. 대부분은 자기가 하는 일에 골몰하는 듯했다. 다만 모두가 새로 온 사람들을 보았고, 심지어 친절하게 고개를 끄덕이거나 살짝 허리를 숙여 인사하기도 했다. 그러나 누구도 멈춰 서거나 말을 걸지는 않았다. 오기어들은 움직이는 방식이 신기했다. 신중하고 공들인 듯한 모습과 거의 어린아이처럼 태평한 기쁨이 섞여 있었다. 그들은 자신들이 누구인지, 무엇인지, 또 어디에 있는지 잘 알았으며 그 모든 것에 만족했다. 또한 자기 자신이나 주변 모든 것과 평화를 이룬 것 같았다. 랜드는 자기도 모르게 그들이 부러워졌다.

로이알보다 키가 큰 오기어 남자는 그리 많지 않았으나 그중 나이가 많은 오기어들을 골라내는 건 쉬웠다. 모두가 축 늘어진 눈썹만큼 긴 콧수염과 턱 밑의 가느다란 턱수염을 늘어뜨리고 있었다. 나이가 어린 오기어들은 모두 로이알처럼 깔끔하게 면도한 모습이었다. 남자 오기어 중 많은 수가 셔츠 바람이었으며, 삽과 곡괭이 혹은 톱과 역청이 든 양동이를 들고 다녔다. 다른 오기어들은 목까지 단추를 채우도록 되어 있으며 퀼트 천처럼 무릎 주변에서 나풀거리는 민무늬 코트를 입고 있었다. 여자들은 꽃 자수를 좋아하는 것 같았으며, 그중 다수가 머리카락에도 꽃을 꽂고 있었다. 젊은 여자들은 외투에만 수를 놓았다. 나이 든 여자들은 드레스에도 수가 놓여 있었는데, 머리카락이 흰 몇몇 여자들은 목에서 옷 가장자리에 이르기까지 꽃과 덩굴이 수놓여 있었다. 오기어 중 대여섯 명은 로이알을 특별히 알아보는 눈치였다. 그중 대부분이 여자와 소녀였다. 로이알은 똑바로 앞만 보며 걸었다. 걸으면 걸을수록 그의 귀가 더 심하게 움찔거렸다.

랜드는 오기어 한 명이 땅에서 솟아 나오는 듯한 모습에 놀랐다. 그 오기어는 이곳의 숲 여기저기에 흩어져 있는, 풀과 들꽃으로 뒤덮인 흙더미 중 한 곳에서 나왔다. 그때 랜드는 흙더미에 창문이 있는 것을 보았다. 오기어 여자 한 명이 그중 한 흙더미에 서서 파이를 반죽하는 것 같았다. 그제야 랜드는 자신이 본 흙더미가 오기어의 집이라는 걸 알았다. 창틀은 돌로 만들어져 있었으나 자연히 형성된 것처럼 보였을 뿐 아니라 여러 세대에 걸쳐 바람과 물로 조각된 것처럼 보였다.

둥치가 어마어마하게 큰 데다 멀리 뻗은 뿌리도 말의 몸통처럼 굵은 거대한 나무들은 사이사이에 엄청난 공간이 필요했다. 그러나 몇몇 나무들은 마을 바로 안에서 자랐다. 흙으로 만든 비탈이 뿌리 위로 길을 만들고 있었다. 사실, 그런 오솔길을 제외하면 언뜻 보고 이 마을과 숲을 구분하는 유일한 방법은 마을 한가운데에 있는 널찍하고 탁 트인 공간을 보는 것뿐이었다. 그 공간 가운데에는 거대한 나무의 밑동이라고밖에 할 수 없는 무언가가 있었다. 지름이 거의 91미터는 되는 그 표면은 여느 바닥만큼 매끄럽게 윤을 내 두고 있었으며, 그리로 올라가는 계단도 몇 군데에 설치되어 있었다. 이 나무는 얼마나 컸을까. 랜드가 상상하고 있는데 에리스가 모두 들을 만큼 큰 목소리로 말했다.

"손님들이 오셨습니다."

인간 여자 세 명이 거대한 그루터기 옆으로 돌아왔다. 가장 젊은 여자는 나무로 된 우묵한 그릇을 가지고 있었다.

"아이일이로군." 잉타가 말했다. "창의 아가씨야. 마시마를 다른 녀석들과 함께 남겨 놓고 오길 **잘했어**." 그러면서도 잉타는 베린과 에리스에게서 물러서더니 어깨 너머로 손을 뻗어 칼집에 들어 있던 칼을 조금 꺼냈다.

랜드는 불편한 호기심을 느끼며 아이일 사람을 자세히 살펴보았다. 그들은 너무도 많은 사람들이 랜드의 동족이라고 한 바로 그 사람들이었다. 두 여자는 완숙한 성인이었고, 다른 사람은 조금 더 어렸다. 셋 모두 여자치고 키가 컸다. 짧게 자른 그들의 머리카락은 불그레한 갈색에서 거의 금발에 가까운 색까지 다양한 빛을 띠고 있었으며, 그중 일부를 길게 남겨 어깨까지 내려오는 좁다란 꼬리를 만들어 놓고 있었다. 그들은 헐렁한 브리치스를 부드러운 장화에 집어넣고 있었으며, 옷 전체가 갈색이나 회색이나 초록색 색조로 이루어져 있었다. 랜드는 그 옷이 거의 수호자의 망토처럼 바위나 숲에 쉽게 녹아들리라고 생각했다. 짧은 활이 그들의 어깨 위로 비죽 튀어나와 있었고 화살통과 긴 칼이 허리띠에 매달려 있었다. 그들 모두가 가죽으로 만들어진 작고 둥근 방패와 대가 짧고 날이 긴 창 묶음을 들고 있었다. 가장 어린 여자의 우아한 움직임에서도 그 무기를 쓰는 방법을 잘 아는 티가 났다.

문득 여자들이 다른 인간들을 알아보았다. 그들은 랜드 일행을 보고 놀란 것만큼이나 자신들이 놀랐다는 사실에 놀란 것 같았지만, 번개처럼 움직였다. 가장 어린 여자가 소리쳤다. "샤이나 사람이다!" 그러더니 그녀는 돌아서서 그릇을 등 뒤에 조용히 내려놓았다. 다른 둘은 어깨에 두르고 있던 갈색 천을 재빨리 올려 머리를 감쌌다. 나이 든 여자들은 얼굴로 검은 베일을 올려 눈을 제외한 모든 부분을 가렸고, 가장 어린 여자는 그들을 따라 하려고 허리를 폈다. 그들은 낮게 웅크리고 신중한 걸음으로 전진했다. 창 여러 개와 방패를 앞으로 내밀고 있었다. 창 하나는 이미 손에 쥐고 있었고.

잉타의 칼이 칼집에서 나왔다. "물러서십시오, 아이즈 세다이. 에리스, 물러서십시오." 휴린이 단검을 홱 꺼내 들었다. 다른 손은 곤봉과 칼 사이에서 머뭇거렸다. 아이일의 창을 한 번 더 본 그는 칼을 선택했다.

"안 됩니다." 오기어 여자가 항의했다. 그녀는 두 손을 비틀어 대며 잉타와 아이일 사람들을 번갈아 보았다. "이러면 안 됩니다."

랜드는 자기도 모르게 왜가리 표시가 들어간 칼을 두 손에 쥐고 있음을 깨달았다. 페린은 허리띠의 고리에서 도끼를 반쯤 꺼내 들고 고개를 저으며 망설이고 있었다.

"너희 둘 미쳤어?" 맷이 물었다. 그의 활은 여전히 등에 비스듬히 메여 있었다. "난 저 사람들이 아이일이든 아니든 상관하지 않아. 여자잖아."

"그만두거라!" 배린이 명령했다. "당장 그만둬!" 아이일 사람들은 멈추지 않고 다가왔고, 아이즈 세다이는 답답한 듯 주먹을 쥐었다.

맷이 뒷걸음질 치더니 등자에 발을 걸었다. "난 갈 거야." 그가 말했다. "내 말 들려? 난 저 사람들이 저걸 내 몸에 꽂아 넣게 여기 남아 있지 않을 거야. 여자를 쏘지도 않을 거고!"

"서약!" 로이알이 외쳤다. "서약을 기억하시오!" 그 말에도 베린과 에리스의 계속되는 간청 이상의 효과는 없었다.

랜드는 아이즈 세다이와 오기어 여자가 둘 다 아이일 사람들의 앞길을 전혀 막지 않는다는 걸 알아차렸다. 맷의 생각이 맞은 건지 궁금했다. 여자가 자기를 **정말로** 죽이려 한다 해도 여자를 해칠 수 있을지 확신이 서지 않았다. 랜드가 결정을 내린 건, 그가 어찌어찌 레드의 안장에 올라타는 데 성공한다 하더라도 아이일 사람들은 지금 겨우 27미터 떨어진 곳까지 다가와 있다는 생각 때문이었다. 저 짧은 창이라면 그 정도 거리까지는 던질 수 있을 것 같았다. 여자들이 여전히 웅크리고 창을 던질 준비를 한 채 더 다가오자 랜드는 그들을 해치지 말아야 한다는 걱정이 아니라 어떻게 해야 그들이 자신을 해치지 못하게 할 수 있을지를 걱정하기 시작했다.

랜드는 긴장한 채 공백을 찾았다. 공백이 다가왔다. 공백 바깥에서는 그게 그저 공백일 뿐이라는 생각이 먹먹하게 떠올랐다. **사이딘**의 빛이 없었다. 허무는 랜드가 기억했던 그 어떤 허무보다도 비어 있었고 거대했다. 랜드를 집어삼킬 수 있을 만큼 커다란 허기 같았다. 더 많은 것을 원하는 허기. 더 많은 것이 **있어야만** 했다.

오기어 한 명이 두 집단 사이에 불쑥 끼어들었다. 그의 좁다란 턱수염이 떨렸다. "이게 무슨 짓이오? 무기를 거두시오." 그는 충격 받은 목소리였다. "당신들은," 그는 잉타와 휴린, 랜드, 페린을 노려보았다. 손이 비어 있는 맷도 예외는 아니었다. "어느 정도 핑계라도 있지만, 당신들은……." 그는 아이일 여자들을 돌아보았다. 그 여자들은 오기어가 앞으로 나서자 멈춰 선 상태였다. "서약을 잊은 거요?"

여자들이 서둘러 머리와 얼굴을 드러냈다. 아예 얼굴을 가린 적이 없는 척하는 것처럼 보일 정도였다. 어린 여자의 얼굴은 붉게 달아올라 있었고 다른 여자들은 부끄러워하는 듯했다. 나이 든 여자 중 머리카락이 불그레한 여자가 말했다. "용서하십시오, 나무의 형제여. 우리는 서약을 기억하고 있습니다. 강철을 드러내서는 안 됐습니다. 하지만 우리는 나무살해자들의 땅에 와 있습니다. 모두의 손이 우리를 적대하는 곳이지요. 게다가 우리는 무장한 남자들을 보았습니다." 랜드가 보니 그녀의 눈동자는 자신의 눈동자와 같은 잿빛이었다.

"당신은 **스테딩**에 있소, 리안." 오기어가 온화하게 말했다. "**스테딩**에서는 모두가 안전하오, 누이여. 여기에서는 싸움이 벌어지지 않고, 서로를 향해 손을 치켜드는 일도 없소." 여자는 부끄러워하며 고개를 끄덕였다. 오기어는 잉타 일행을 보았다.

잉타는 칼을 칼집에 넣었고 랜드도 똑같이 했다. 하지만 휴린만큼 빠르지는 않았다. 휴린은 거의 아이일 사람만큼이나 당황한 표정이었다. 페린은 도끼를 완전히 꺼내지 않고 있었다. 그가 도낏자루에서 손을 떼는 순간 랜드도 공백이 사라지게 두고 몸을 떨었다. 공백은 사라졌지만, 천천히 희미해지는 허무함의 메아리와 그 허무를 채울 무언가에 대한 욕망을 온몸에 남겼다.

오기어가 베린을 돌아보며 허리를 숙였다. "아이즈 세다이, 저는 러드의 아들 라셀의 아들 주인입니다. 당신들을 원로님들께 안내하고자 왔습니다. 원로님들은 아이즈 세다이가 무장한 남자들과 우리 부족의 젊은이를 데리고 온 이유를 알고자 하십니다." 로이알은 사라지고 싶은 것처럼 어깨를 움츠렸다.

베린은 아쉽다는 눈으로 아이일 사람들을 보았다. 그들과 대화를 나눠 보고 싶은 듯했다. 이윽고 그녀는 주인에게 앞장서라고 손짓했고, 주인은 더 이상 한마디도 하지 않고 로이알에게 눈길조차 주지 않으며 그녀를 데려갔다.

잠시 랜드 일행은 불편한 마음으로 아이일 여자 셋을 마주 보고 서 있었다. 최소한 랜드는 불편했다. 잉타는 돌처럼 흔들림 없었다. 표정도 한 가지뿐이었디. 아이일 사람들은 얼굴을 드러냈을지는 몰라도 여전히 손에 창을 들고 있었으며, 꼭 내면을 꿰뚫어 보려는 것처럼 네 남자를 자세히 살펴보았다. 특히 랜드를 바라보는 시선에는 점점 더 분노가 어렸다. 랜드는 가장 젊은 여자가 중얼거리는 소리를 들었다. "저자는 칼을 차고 있습니다." 두려움과 경멸감이 뒤섞인 말투였다. 그런 뒤 세 사람은 떠났다. 그들은 나무 그릇을 가져가려고 잠시 멈추어 어깨 너머로 랜드 일행을 보더니 나무 사이로 다시 사라졌다.

"창의 아가씨들이라니." 잉타가 중얼거렸다. "일단 얼굴에 베일을 쓴 뒤 멈추리라고는 생각 못했는데. 몇 마디 말로 멈출 줄은 확실히 몰랐고.” 그는 랜드와 두 친구를 보았다. “너희도 붉은 방패나 돌의 개 전사회가 돌격하는 걸 봤어야 한다. 그것보다는 눈사태를 막는 게 쉬울 거다.”

“저 사람들은 서약을 떠올린 이상 어기지 않을 거예요.” 에리스가 미소 지으며 말했다. “저 사람들은 노래나무를 가지러 온 것입니다.” 그녀의 목소리에 자랑스러워하는 기색이 어렸다. “스테딩 초푸에는 나무노래꾼이 두 명 있어요. 요즘은 나무노래꾼이 드물지요. 스테딩 샹타이에는 재능이 무척 뛰어난 젊은 나무노래꾼이 한 명 있다고 들었지만, 여기에는 두 명이 있어요.” 로이알은 얼굴을 붉혔으나 에리스는 알아차리지 못한 듯했다. “함께 가시죠. 원로님들이 이야기를 나누실 때까지 기다릴 만한 곳을 보여 드리겠습니다.”

에리스를 따라가며 페린이 중얼거렸다. “내 왼발을 걸고, 노래나무는 무슨 노래나무? 저 아이일 사람들은 새벽과 함께 오는 자를 찾고 있는 거야.”

맷이 무미건조하게 덧붙였다. “널 찾는 거라고, 랜드.”

“나를? 말도 안 돼. 대체 왜 그런 생각을…….”

에리스가 인간 손님들을 위해 마련한 것으로 보이는, 들꽃으로 뒤덮인 집으로 내려가는 계단을 보여 주자 랜드는 말을 멈추었다. 방은 이쪽 벽에서 저쪽 벽까지 18미터 크기였으며, 땅에서 4미터는 족히 떨어져 있는 천장에는 그림이 그려져 있었다. 오기어들은 인간에게 편안한 무언가를 만들기 위해 최선을 다했지만, 가구가 편안함을 느끼기에는 지나치게 컸고, 의자는 바닥에 뒤꿈치가 닿지 않을 정도로 높았으며, 탁자는 랜드의 허리보다 높았다. 최소한 휴린은 똑바로 서서 돌난로에 걸어 들어갈 수 있었다. 그 난로는 손으로 만들었다기보다 물에 깎여 나간 것처럼 보였다. 에리스는 의심스럽다는 눈으로 로이알을 눈여겨보았으나 로이알은 손을 내저어 그녀의 염려를 뿌리치고는 의자 하나를 문에서 제일 먼 구석으로 끌고 갔다.

오기어 여자가 떠나자마자 랜드는 맷과 페린을 한쪽으로 끌고 갔다. “나를 찾는다니 무슨 말이야? 왜? 무슨 이유로? 그 사람들은 나를 똑바로 보고도 그냥 떠났어.”

"그 사람들이 너를 보긴 했지." 맷이 씩 웃으며 말했다. "네가 한 달은 목욕하지 않은 몰골인 것처럼 말이야. 아니면 양 씻기는 물에 몸을 담그기라도 한 것처럼." 맷의 미소가 흐려졌다. "하지만 저 사람들은 널 찾고 있는 걸지도 몰라. 우리가 다른 아이일 사람을 만났거든."

랜드는 동족살해자의단검에서 만난 아이일 사람 이야기를 들으며 점점 더 큰 놀라움을 느꼈다. 맷이 대부분의 이야기를 전했고, 그가 지나치게 이야기를 꾸며댈 때면 이따금 페린이 끼어들어 단어를 고쳐 주었다. 맷은 그 아이일 사람이 얼마나 위험한 인물이었는지, 그 만남이 얼마나 아슬아슬하게 싸움으로 번질 뻔했는지를 과장해서 말했다.

"그리고 우리가 아는 아이일 사람은 너밖에 없으니까." 맷이 말을 맺었다. "그러니까, 너일 수도 있다는 거야. 잉타 말로는 아이일 사람들은 절대 황무지 밖에서 살지 않는대. 그러니까 네가 유일한 아이일 사람일 수밖에 없지."

"안 웃겨, 맷." 랜드가 짓씹어 뱉었다. "난 내가 아이일 사람이 아니라는 걸 알아." **아멀린 권좌는 네가 아이일 사람이라고 했는걸. 잉타도 네가 아이일 사람이라고 생각하고. 탬의 말로도……. 탬은 아팠어, 열이 나는 상태였어.** 많은 사람들이 랜드가 가지고 있다고 생각했던 뿌리를 잘라 버렸다. 그 사람 중에는 아이즈 세다이와 탬도 있었다. 다만 탬은 너무 아파서 자기가 무슨 말을 하는 건지 몰랐다. 그들은 랜드를 잘라 내 바람 앞에 휘청거리게 하더니, 붙들 만한 새로운 것을 내밀었다. 가짜 드래건. 아이일 사람. 랜드는 그런 것을 자기 뿌리라고 주장할 수 없었다. 그러고 싶지 않았다. "어쩌면 난 누구에게도 속하지 않았는지 몰라. 내가 아는 고향은 투 리버스뿐이야."

"무슨 의미를 두고 한 말이 아니야." 맷이 항의했다. "그냥……. 태워 죽일, 잉타는 네가 아이일 사람이래. 마시마도 네가 아이일 사람이라고 하고. 유리엔은 네 사촌이라고 할 만한 모습이었어. 리안이 드레스를 입고 자기가 네 고모라고 한다면, 너도 믿을걸. 아아, 알겠다고. 그런 식으로 보지 마, 페린. 랜드가 자기는 아이일 사람이 아니라고 말하고 싶어 한다면, 괜찮아. 근데 그런다고 뭐가 달라져?" 페린이 고개를 저었다.

오기어 여자들이 얼굴과 손을 닦을 물과 수건, 치즈와 과일과 와인, 편안히 집어 들기에는 지나치게 큰 백랍 잔 몇 개를 가져왔다. 드레스 전체에 수를 놓은 다른 오기어 여자들도 왔다. 그들은 한 명씩 한 명씩 나타났는데, 열두 명 모두가 인간들에게 편안한지, 필요한 건 없는지 물었다. 모두가 떠나기 전에 로이알에게 관심을 돌렸다. 로이알은 존중하는 태도를 보이면서도 랜드가 기억하는 한에서는 가장 과묵하게 대답했다. 로이알은 오기어 크기의 나무로 장정된 책을 방패처럼 가슴팍에 들고 있었으며 여자들이 떠나면 책을 들어 얼굴을 가리고 의자에 웅크렸다. 그 집에 있는 것 중 책만은 인간에게 맞는 크기로 만들어져 있지 않았다.

"이 공기 냄새를 좀 맡아 보십시오, 랜드 공." 휴린이 미소 짓는 얼굴로 숨을 가득 들이마시며 말했다. 그의 두 발이 탁자의 의자 위에서 대롱거렸다. 그는 어린애처럼 다리를 흔들어 댔다. "대부분의 장소에서 나쁜 냄새가 난다는 생각은 해본 적 없지만, 여기는……. 랜드 공, 여기서는 **단 한 번도** 살육이 일어난 적이 없는 것 같습니다. 사고 때문이 아니면 누가 다친 적도 없어요."

"**스테딩**은 모두에게 안전한 공간이라고 하죠." 랜드가 말했다. 그는 로이알을 보고 있었다. "아무튼, 이야기에는 그렇게 나와요." 랜드는 남은 흰 치즈를 삼키고 오기어에게 다가갔다. 맷이 손에 술잔을 들고 따라왔다. "왜 그래, 로이알?" 랜드가 말했다. "여기 온 이후로 꼭 개들이 있는 앞마당에 풀려난 고양이처럼 긴장하고 있는데."

"아무것도 아니야." 로이알은 곁눈으로 문 쪽을 불안한 듯 힐끔거리며 말했다.

"네가 원로들의 허락을 받지 않고 스테딩 샹타이를 떠났다는 게 밝혀질까 봐 걱정돼?"

로이알은 거칠게 주위를 둘러보았다. 그의 귀털이 떨렸다. "그런 말 하지 마." 로이알이 귓속말했다. "누가 들을 수도 있는 곳이잖아. 누군가 알아내면……." 로이알은 무겁게 한숨을 쉬며 다시 축 늘어져 랜드와 맷을 번갈아 보았다. "인간들은 어떨지 모르지만, 오기어 사이에서는……. 여자가 마음에 드는 남자를 보면 자기 어머니한테 가. 아니면 어머니가 자기 딸한테 어울린다고 생각되는 남자를 보는 경우도 있어. 어쨌든 딸과 어머니의 의견이 맞으면, 딸의 어머니가 남자의 어머니한테 가. 남자가 정신을 차려 보면 결혼이 다 약속돼 있어.”

“남자는 아무 발언권이 없단 말이야?” 맷이 믿을 수 없다는 듯 물었다.

“없어. 여자들은 늘 결혼을 우리한테 맡겨 두었다간 우리가 나무와 결혼한 채로 평생을 보낼 거라고 해.” 로이알이 인상을 찡그리며 움직거렸다. “결혼할 때 절반은 서로 다른 **스테딩**끼리 해. 젊은 오기어 무리가 이 **스테딩**에서 저 **스테딩**으로 옮겨 가며 상대를 살펴보기도 하고 상대에게 자기 모습을 보이기도 하지. 내가 허락받지 않고 밖에 나왔다는 걸 알게 되면, 원로님들은 나를 정착시킬 아내가 필요하다고 판단할 게 거의 확실해. 내가 알지도 못하는 사이에 스테딩 샹타이의 우리 어머니에게 메시지를 보내실걸. 그러면 어머니가 이리로 와서, 여행으로 묻은 흙먼지를 털기도 전에 나를 결혼시키실 거야. 어머니는 늘 내가 너무 성급해서 아내가 필요하다고 하셨거든. 내가 떠났을 때도 아내감을 찾고 계셨던 것 같아. 어머니가 나한테 어떤 아내를 골라 주시건…… 뭐, 나한테 아내가 있다면 내 턱수염에 흰 털이 날 때까지는 절대 다시 밖에 나가지 못하게 할 거야. 아내들은 늘 성질을 다스릴 수 있을 만큼 안정될 때까지 그 어떤 남자도 바깥에 나가면 안 된다고 하니까.”

맷은 모두가 고개를 돌려 바라볼 만큼 시끄럽게 웃음을 터뜨렸지만, 로이알이 미친 사람처럼 손짓을 해 대자 목소리를 낮추었다. “우리 인간들은 남자가 선택해. 어떤 아내도 남자가 하고 싶어 하는 일을 막을 수 없어.”

랜드는 어린 시절에 에그웨인이 그를 졸졸 따라다녔던 걸 떠올리고 인상을 썼다. 알비어 부인이 랜드에게 특별한 관심을 두기 시작한 게 그때였다. 그녀는 다른 어떤 아이보다도 랜드에게 관심을 보였다. 축제날에 랜드와 춤을 추고 싶어 하는 여자아이들도 있었고 춤을 추기 싫어하는 아이들도 있었으나 춤을 추고 싶어 하는 아이들은 언제나 에그웨인의 친구였고 춤을 추기 싫어하는 아이들은 에그웨인이 좋아하지 않는 아이들이었다. 랜드는 또한 알비어 부인이 탬을 따로 불러냈던 일과―**게다가 탬한테 아내가 없어서 그**

아내와 이야기할 수 없다고 투덜거렸지!—탬과 다른 모든 사람들이 랜드와 에그웨인이 약혼이라도 한 것처럼 굴었던 것도 기억났다. 둘이 여성 서클 앞에 무릎을 꿇고 맹세를 한 것도 아닌데. 랜드는 이런 식으로 생각해 본 적이 한 번도 없었다. 에그웨인과 랜드의 관계는 언제나 그냥 이루어진 것처럼, 그게 전부인 것처럼 보였다.

"내 생각엔 우리도 똑같이 하는 것 같은데." 랜드가 그렇게 중얼거렸다가 맷이 웃자 덧붙였다. "너희 아버지는 어머니가 정말로 싫어하는 일을 한 적이 있어?" 맷은 씩 웃으며 입을 벌렸다가, 생각에 잠겨 인상을 쓰며 다시 입을 다물었다.

주인이 바깥 계단에서 내려왔다. "괜찮으시다면 모두 저와 함께 가시겠습니까? 원로님들이 보자고 하십니다." 그는 로이알을 보지 않았으나 로이알은 거의 책을 떨어뜨릴 뻔했다.

"원로들이 너를 머물게 하려 하면," 랜드가 말했다. "네가 우리랑 같이 가야 한다고 우리가 말할게."

"장담하는데 네 문제는 아닐 거야." 맷이 말했다. "그냥 우리가 웨이게이트를 써도 된다는 말만 할 게 틀림없어." 맷이 몸을 부르르 떨었다. 그의 목소리가 더욱 낮아졌다. "진짜 웨이게이트를 지나야 하나 봐. 그렇지?" 그건 질문이 아니었다.

"여기 남아서 결혼을 하거나 웨이를 여행해야 하다니." 로이알이 애석하다는 듯 인상을 썼다. "**타비렌**을 친구로 두니 인생이 엄청 불안하네."

36장 원로들 사이에서

주인이 그들을 데리고 오기어 마을을 가로지르는 동안 랜드는 로이알이
점점 더 불안해하는 모습을 보았다. 로이알의 귀는 그의 등만큼이나 뻣뻣해
져 있었고, 눈은 그를 보는 다른 오기어를 만날 때마다 휘둥그레졌다. 특히
여자와 소녀 들이 볼 때 그랬다. 실제로 엄청나게 많은 여자들이 로이알을
눈여겨보는 듯했다. 로이알은 사형당할 순간이라도 기다리는 듯한 모습이
었다.

턱수염 난 오기어가 다른 어떤 풀 덮인 흙더미보다도 훨씬 큰 흙더미로
이어지는 널찍한 계단을 앞장서 내려갔다. 위대한 나무의 아랫부분에 자리
삽은 그 흙더미는 사실상 언덕이나 마찬가지였다.

"넌 여기서 기다리지 그래, 로이알?" 랜드가 말했다.

"원로님들께서는……." 주인이 입을 열었다.

"……아마 그냥 나머지 우리만 보고 싶어 하실 거예요." 랜드가 그 대신
말을 맺었다.

"로이알은 그냥 좀 놔두지 그래요?" 맷이 끼어들었다.

로이알이 힘차게 고개를 끄덕였다. "네. 그렇습니다, 제 생각에도……."
머리가 흰 할머니부터 에리스 또래의 딸들에 이르기까지 수많은 오기어 여

성들이 로이알을 지켜보고 있었다. 한 무리는 자기들끼리 이야기하는 와중에도 시선이 온통 로이알에게 향했다. 로이알의 귀가 획 움직였다. 하지만 그는 돌계단 아래의 넓은 문을 보더니 다시 고개를 끄덕였다. "네, 저는 여기 있겠습니다. 책을 읽죠. 그래야겠어요. 책을 읽겠습니다." 로이알은 코트 주머니를 뒤져 책을 꺼냈다. 그는 계단 옆 흙더미에 자리 잡았다. 그의 손에 들린 책이 작아 보였다. 그는 시선을 책 속에 고정했다. "저는 그냥 여기 앉아서, 여러분이 나오실 때까지 책을 읽겠습니다." 로이알은 여자들의 시선이 느껴지는 듯 귀를 움찔거렸다.

주인이 고개를 젓더니 어깨를 으쓱하고 다시 계단 쪽을 가리켰다. "들어가시지요. 원로님들께서 기다리십니다."

흙더미 안에 자리 잡은 거대하고 창문 없는 공간은 오기어의 덩치에 맞게 만들어져 있었다. 굵은 서까래로 받쳐 놓은 천장이 7미터 이상 높은 곳에 있었다. 크기만 보면 궁전이나 다름없었다. 문 바로 맞은편의 단상 위에 오기어 일곱 명이 앉아 있어서 방이 약간 작아 보이긴 했지만, 그래도 랜드는 동굴에 들어와 있는 듯한 기분이었다. 어두운 빛깔의 바닥 석재는 크기가 크고 형태가 불규칙하긴 해도 매끄러웠다. 벽은 절벽의 거친 면이라고 해도 될 법했다. 천장의 서까래 역시 거칠게 잘라 만든 것으로, 거대한 뿌리처럼 보였다.

베린이 단상을 마주 보고 앉아 있는, 등받이가 높은 의자를 제외하면 그곳에 있는 가구는 원로들이 앉아 있는 묵직하고 덩굴이 조각된 의자들뿐이었다. 단상 한가운데의 오기어 여자가 다른 의자보다 조금 더 높게 돋우어진 의자에 앉아 있었고, 턱수염이 난 남자 세 명은 그녀의 왼쪽에 길고 나풀거리는 코트를 입고 앉아 있었으며, 그녀의 오른쪽에는 그녀와 비슷하게 목부터 옷 가장자리까지 덩굴과 꽃이 수놓인 드레스를 입은 여자 세 명이 앉아 있었다. 모두가 세월의 영향을 받은 얼굴과 순백색의 머리카락을 갖고 있었다. 심지어 귀의 술까지 하   다. 또한 그들에게서는 어마어마한 위엄이 풍겨 나왔다.

휴린이 그들을 보고는 대놓고 입을 쩍 벌렸다. 랜드는 그들을 보는 자기 표정도 멍해 보일 거라고 생각했다. 베린에게도 원로들의 커다란 눈에 깃든 지혜는 없었으며, 무어게이즈의 왕관에도 그들의 권위는 없었고, 모레인에게도 그들의 침착한 평온함은 없었다. 잉타가 가장 먼저 절했다. 랜드가 한 번도 본 적 없는 격식을 갖춘 인사였다. 그러는 동안 다른 사람들은 붙박인 듯 서 있었다.

"나는 에일라라고 하네." 마침내 그들이 베린 옆에 자리 잡자 가장 높은 의자에 앉은 오기어 여자가 말했다. "스테딩 초푸 원로들 중 가장 나이가 많지. 베린 말로는 자네들이 이곳의 웨이게이트를 사용해야 한다던데. 어둠의 친구들에게서 발리어의 뿔나팔을 되찾는다는 건 정말로 대단히 필요한 일이지. 하지만 우리는 100년 이상 그 누구에게도 웨이를 통한 여행을 허락하지 않았네. 우리도 그렇고, 다른 **스테딩**의 원로들도 그렇고."

"제가 뿔나팔을 찾겠습니다." 잉타가 화를 내며 말했다. "그래야만 합니다. 저희가 웨이게이트를 사용하도록 허락해 주시지 않는다면……." 베린의 눈길에 그는 조용해졌지만 노려보는 듯한 눈초리는 사라지지 않았다.

에일라가 미소 지었다. "너무 성급하게 굴지 말게나, 샤이나인이여. 자네 인간들은 절대 시간을 들여 생각하는 법이 없지. 침착하게 내린 판단만이 확실한 판단이 될 수 있다네." 에일라의 미소가 희미해지며 진지한 표정이 되었다. 하지만 그녀의 목소리에서는 특유의 절제된 침착함이 사라지지 않았다. "웨이의 위험은 손에 칼을 쥐고 맞설 만한 것이 아닐세. 아이일의 돌격이나 탐욕스러운 트롤록과는 다르지. 웨이에 들어간다는 건 죽음과 광기만이 아니라 자네들의 영혼 자체를 걸어야 하는 일임을 말해 줘야겠군."

"저희는 **마친 신**을 본 적이 있습니다." 랜드가 말했다. 맷과 페린도 맞장구쳤다. 그러나 아무리 애써도 다시 검은 바람을 마주하고 싶어 안달이 났다는 듯한 목소리는 낼 수 없었다.

"필요하다면 뿔나팔을 찾아 샤이올 굴에라도 가겠습니다." 잉타가 단호하게 말했다. 휴린은 잉타가 한 말에 자기도 포함된다는 듯 고개를 끄덕였다.

"트라얄을 데려오너라." 에일라가 명령하자 문 옆에 남아 있던 주인이 절을 하고 나갔다. "무슨 일이 일어날 수 있는지 듣는 것만으로는 충분하지 않네." 그녀가 베린에게 말했다. "봐야지. 마음으로 알아야지."

주인이 돌아올 때까지 불편한 침묵이 흘렀다. 오기어 여성 두 명이 짙은 색 턱수염이 난 중년의 오기어를 데리고 들어오자 침묵은 더더욱 불편해졌다. 그 오기어는 자기 다리가 어떻게 움직이는지 잘 모르겠다는 듯 오기어 여자들 사이에서 휘청거렸다. 얼굴은 아무 표정 없이 처져 있었고 커다란 눈은 텅 빈 채 깜빡이지도 않았다. 멍한 것도 아니고 뭘 보는 것도 아니었다. 뭔가 보이는 것 같지도 않았다. 여자 중 한 명이 그의 입가에서 가만히 침을 닦아 냈다. 여자들은 그를 멈춰 세우려고 그의 팔을 잡았다. 그의 발이 앞으로 움직이다가 머뭇거리더니 쿵 소리와 함께 다시 떨어졌다. 그는 서 있는 것과 걷는 것의 차이를 모르는 듯했다. 최소한 어느 쪽이든 관심이 없는 것 같았다.

"트라얄은 우리 중 마지막으로 웨이에 들어갔던 사람이네." 에일라가 조용히 말했다. "지금 자네들이 보는 모습이 되어 나왔지. 한번 만져 보겠나, 베린?"

베린은 에일라를 오랫동안 바라보더니 일어서서 트라얄에게로 갔다. 베린이 그의 넓은 가슴에 두 손을 댔는데도 트라얄은 움직이지 않았다. 그녀의 손길을 인지했다는 듯 눈을 깜빡거리는 일조차 없었다. 베린은 날카롭게 쓴 소리를 내며 그를 올려다보더니 휙 돌아서서 원로들을 마주했다. "이자는…… 비어 있군요. 몸은 살아 있으나 그 안에 아무것도 없습니다. 아무것도." 모든 원로가 견딜 수 없이 슬픈 표정을 짓고 있었다.

"아무것도 없지요." 에일라의 오른쪽에 앉아 있는 한 원로가 조용히 말했다. 그녀의 눈은 트라얄의 눈이 더 이상 담을 수 없는 고통을 담고 있는 듯했다. "정신도 없고. 영혼도 없고. 트라얄에게 남은 것은 몸뚱이뿐이오."

"트라얄은 훌륭한 나무노래꾼이었소." 남자 중 한 명이 한숨을 쉬었다.

에일라가 손짓하자 두 여자는 트라얄을 돌려세워 데리고 나갔다. 그가 걷기 시작하기에 앞서, 여자들이 그를 움직이게 만들어야 했다.

"어떤 위험이 따르는지는 압니다." 베린이 말했다. "하지만 어떤 위험이 따르든 우리는 발리어의 뿔나팔을 따라가야 합니다.”

최고 원로가 고개를 끄덕였다. “발리어의 뿔나팔이라. 그게 어둠의 친구들의 손에 들어갔다는 것과 애초에 발견됐다는 것 중 어떤 게 더 나쁜 소식인지 모르겠군.” 그녀는 줄지어 앉아 있는 원로들을 내려다보았다. 각자가 차례차례 고개를 끄덕였다. 처음에는 남자 중 한 명이 미심쩍다는 듯 턱수염을 잡아당겼지만 말이다. “알겠네. 베린 말로는 시간이 긴박하다던데. 내가 직접 자네들을 웨이게이트로 안내하지.” 그녀가 한마디를 덧붙이자 랜드는 반쯤은 마음이 놓이고 반쯤은 겁이 났다. “젊은 오기어가 함께 있던데. 스테딩 샹타이에서 온 할란의 아들 아렌트의 아들 로이알 말이네. 그가 집에서 멀리 떠나와 있더군.”

“저희는 로이알이 필요합니다.” 랜드가 빠르게 말했다. 원로들과 베린의 놀란 눈길에 말이 느려졌지만, 랜드는 고집스럽게 말을 이어 나갔다. “로이알도 저희와 함께 가야 해요. 로이알도 그러고 싶어 하고요.”

“로이알은 친구입니다.” 페린이 말했다. 동시에 맷도 말했다. “그 녀석은 방해가 되지 않아요. 제 몫을 하고요.” 둘 다 원로들의 관심이 자신에게 옮겨 오는 것이 불편한 듯했으나 물러나지 않았다.

“로이알이 저희와 함께 가면 안 되는 이유가 있습니까?” 잉타가 물었다. “맷의 말대로 로이알은 자기 몫을 해 왔습니다. 저희에게 로이알이 필요한지는 잘 모르겠지만, 로이알이 가고 싶어 한다면 왜……?”

“우리에게는 실제로 로이알이 필요합니다.” 베린이 자연스럽게 끼어들었다. “웨이를 잘 아는 사람은 더 이상 많지 않지요. 하지만 로이알은 웨이를 연구해 왔습니다. 로이알이 안내문을 해독할 수 있습니다.”

에일라는 일행을 번갈아 보더니 랜드에게 시선을 멈춰 그를 찬찬히 살펴보았다. 무언가를 아는 듯한 표정이었다. 모든 원로들이 그랬지만, 그녀가 가장 그랬다. “베린의 말로는 네가 **타비렌**이라던데.” 마침내 그녀가 말했다. “나도 느껴지는구나. 내가 느낄 수 있다는 건 네가 정말로 강력한 **타비렌**이라는 뜻이지. 우리에게 **타비렌**을 알아보는 이능이 있다고 해 봐야 약하게만 존재할 뿐이니까. 네가 할란의 아들 아렌트의 아들 로이알을 **타마랄아일렌**

에, 패턴이 네 주변에 짜는 그물에 끌어들인 것이냐?"

"저는……. 저는 그냥 뿔나팔을 찾고 싶었고……." 랜드는 나머지 말을 흐렸다. 에일라는 맷의 단검 이야기를 하지 않았다. 베린이 원로들에게 단검 이야기를 했는지, 어떤 이유에서든 그 말을 꺼내지 않았는지 알 수 없었다. "로이알은 제 친구입니다, 최고 원로님."

"네 친구라." 에일라가 말했다. "우리 식으로 생각하기에 로이알은 젊은이지. 너도 젊지만 너는 **타비렌**이다. 너는 로이알을 돌봐 주고, 그물이 다 짜이고 나면 그 아이가 스테딩 샹타이의 집으로 안전히 돌아가게 해 다오."

"그러겠습니다." 랜드가 그녀에게 말했다. 다짐하고 맹세하는 기분이 들었다.

"그럼 우리 모두 웨이게이트로 가자꾸나."

에일라와 베린을 앞세워 일행이 나타나자 로이알이 서둘러 일어섰다. 잉타는 우노를 비롯한 병사들을 불러오라고 휴린을 급히 보냈다. 로이알은 최고 원로를 경계하듯 바라보더니 행렬 맨 뒤의 랜드 옆으로 끼어들었다. 로이알을 지켜보던 오기어 여성들은 모두 떠나고 없었다. "원로님들이 나에 대해서 뭔가 말씀하셨어? 혹시……?" 로이알은 주인에게 말들을 데려오라고 명령하는 에일라의 넓은 등을 바라보았다. 주인이 계속 허리를 숙이고 배웅하는 동안 에일라는 베린과 함께 출발하며 고개를 숙여 조용히 대화를 나누었다.

"최고 원로가 랜드한테 너를 잘 돌봐 주라고 했어." 맷은 에일라 뒤를 따라가며 로이알에게 엄숙하게 말했다. "네가 아기처럼 집에 안전히 돌아올 수 있게 해 주라고도 했고. 난 네가 왜 여기 남아서 결혼을 하면 안 되는지 모르겠는데."

"최고 원로님은 네가 우리랑 같이 가도 된다고 하셨어." 랜드가 맷을 노려보았다. 그 말에 맷은 숨죽여 킬킬댔다. 그렇게 야윈 얼굴에서 나오는 웃음소리가 이상하게 들렸다. 로이알은 손가락 사이로 진심꽃 줄기를 꼬아 댔다. "너, 꽃을 따러 갔다 온 거야?" 랜드가 물었다.

"에리스가 줬어." 로이알은 노란 꽃잎이 빙빙 도는 모습을 지켜보았다.

"맷은 모르는 것 같지만, 에리스는 정말 아주 예뻐."

"그 말은, 결국 우리랑 같이 가고 싶지 않다는 거야?"

로이알이 깜짝 놀랐다. "뭐? 아아, 아니야. 내 말은, 가야지. 가고 싶어. 에리스는 나한테 꽃 한 송이를 줬을 뿐이야. 그냥 꽃 한 송이." 그러더니 로이알은 주머니에서 책을 꺼내 꽃을 앞표지 안쪽에 끼워 놓았다. 그 책을 다시 주머니에 집어넣으며 혼자 뭐라고 중얼거렸다. 랜드에게 간신히 들리는 소리였다. "나한테 잘생겼다고도 했어." 맷이 킬킬대며 배를 잡았다. 그는 옆구리를 부여잡은 채 비틀비틀 걸어갔다. 로이알의 두 뺨이 붉어졌다. "뭐……. 에리스가 한 말이야. 내가 한 말이 아니고."

페린이 손마디로 맷의 정수리를 세게 때렸다. "맷한테 잘생겼다고 한 사람은 아무도 없어. 질투가 나서 이러는 거야."

"아니야." 맷이 갑자기 허리를 펴며 말했다. "마리사 이일린은 내가 잘생겼다고 생각해. 걔가 나한테 여러 번 말했다고."

"마리사는 예뻐?" 로이알이 물었다.

"얼굴이 염소 같이 생겼어." 페린이 무뚝뚝하게 말했다. 맷은 뭐라 항의하려다가 말을 삼키는 바람에 사레들리고 말았다.

랜드는 참지 못하고 미소 지었다. 마리사는 거의 에그웨인만큼 예뻤다. 지금 이 순간이 거의 옛 시절처럼 느껴졌다. 집에 돌아온 것 같았다. 상대방을 놀리며 웃는 것보다 중요한 건 아무것도 없다는 듯 농담을 주고받는 이 시간이.

마을을 사로질러 가는 동안 오기어들은 최고 원로에게 허리를 숙이거나 무릎을 굽히며 인사를 건넸고, 인간 손님들을 흥미로운 듯 눈여겨보았다. 하지만 에일라의 굳은 얼굴 때문에 그 누구도 멈춰 서서 말을 걸어 오지는 않았다. 마을을 벗어났음을 알리는 유일한 지표는 흙더미가 없다는 것뿐이었다. 주위에는 여전히 나무를 살피면서 때로 나뭇가지가 죽은 곳이며 나무에 햇빛이 더 필요한 곳에서 역청과 톱, 혹은 도끼를 가지고 일하는 오기어들이 있었다. 그들은 부드러운 손길로 일을 처리했다.

주인이 말들을 이끌고 그들과 합류했고, 휴린은 말에 탄 채 우노를 비롯한 다른 병사들과 짐말들을 이끌고 왔다. 그 직후에 에일라가 손가락질하며 말했다. "저기일세." 농담이 잦아들었다.

랜드는 순간적으로 놀랐다. 웨이게이트는 **스테딩** 바깥에 있어야 했지만—웨이는 일원력으로 만들어진 것이므로 스테딩 안에서 만들어질 수는 없었다—그들이 경계선을 넘어섰음을 알려 주는 것은 어디에도 없었다. 이 때문에 랜드는 다른 종류의 한기를 느꼈다. **사이딘**이 다시 존재하고 있었다. 기다리고 있었다.

에일라가 그들을 데리고 키 큰 참나무를 지났다. 그곳의 작은 공터에 웨이게이트의 커다란 석판이 서 있었다. 그 정면에는 촘촘하게 말린 덩굴과 백여 가지 다양한 식물의 잎사귀가 섬세하게 새겨져 있었다. 공터 가장자리에는 오기어들이 그 자리에서 자라난 것처럼 보이는 낮은 갓돌을 만들어 놓았다. 나무뿌리가 둥글게 모여 있는 듯한 모습이었다. 그 모습을 보자 랜드는 불편해졌다. 잠시 후에야 그는 그 뿌리들이 검은딸기와 들장미, 타는잎과 가려움참나무의 뿌리를 나타낸 것임을 알아보았다. 누구도 우연히 마주하고 싶어 하지 않는 식물들이었다.

최고 원로가 갓돌 바로 앞에서 멈춰 섰다. "여기 오는 자들에게 가까이 오지 말라고 경고하기 위한 벽이네. 우리 중 여기에 오려는 자가 많지는 않지만. 나부터도 이곳을 넘어가진 않을 거야. 하지만 자네들은 건너가도 좋네." 주인은 최고 원로만큼 가까이 다가가지 않았다. 계속 코트 앞섶에 손을 문지르며 웨이게이트 쪽을 보지 않으려 했다.

"감사합니다." 베린이 에일라에게 말했다. "대단히 필요한 일입니다. 그렇지 않았다면 청하지 않았을 것입니다."

아이즈 세다이가 갓돌을 넘어 웨이게이트로 다가가자 랜드는 긴장했다. 로이알이 깊이 숨을 들이마시며 혼자 중얼거렸다. 우노와 나머지 병사들은 안장에 앉은 채 움직거리며 칼집의 칼을 느슨하게 잡아당겼다. 웨이에는 칼로 상대할 만한 존재가 하나도 없었지만, 병사들 자신에게 준비돼 있다는 자신감을 심어 주기 위한 동작이었다. 잉타와 아이즈 세다이만이 침착해 보였다. 에일라조차 두 손으로 치마를 꽉 쥐었다.

베린이 **아벤데소라** 잎사귀를 뽑아냈고, 랜드는 집중하며 몸을 앞으로 숙였다. 그는 공백을 찾고 싶다는 충동, 필요하다면 **사이딘**에 가 닿을 수 있는 곳에 있고 싶다는 충동을 확실하게 느꼈다.

웨이게이트 전체에 새겨진 식물이 느껴지지 않는 산들바람에 흔들렸다. 돌덩어리 한가운데에 틈새가 생겨나면서 잎사귀가 팔락였고 둘로 갈라진 석판이 휙 돌아가며 열리기 시작했다.

랜드는 처음으로 나타난 틈새를 바라보았다. 그 너머에 있어야 할 어렴풋한 은색의 반사체는 보이지 않았다. 그저 역청보다 검은 암흑이 있을 뿐이었다. "닫아요!" 랜드가 소리쳤다. "검은 바람이에요! 닫아요!"

베린이 놀라서 한 번 바라보더니, 세 개로 갈라진 잎을 이미 존재하는 온갖 종류의 잎사귀 사이에 다시 끼워 넣었다. 베린이 손을 떼고 갓돌 쪽으로 물러난 뒤에도 잎사귀는 그대로 남아 있었다. **아벤데소라** 잎사귀가 원위치로 돌아가자마자 웨이게이트는 즉시 닫히기 시작했다. 틈새는 사라졌고 덩굴과 잎사귀는 합쳐지며 **마친 신**의 암흑을 감추었다. 웨이게이트는 그저 돌로 돌아갔다. 불가능할 만큼 실물과 닮은 조각이 새겨진 돌이긴 했지만 말이다.

에일라가 떨면서 숨을 내쉬었다. "**마친 신**이라니. 정말 아슬아슬했군."

"나오려고 하지는 않았어요." 랜드가 말했다. 주인이 목 졸린 듯한 소리를 냈다.

"말했잖아." 베린이 말했다. "검은 바람은 웨이의 피조물이다. 웨이를 벗어날 수는 없이." 베린은 침착한 목소리였지만, 지금도 치마에 두 손을 문지르고 있었다. 랜드는 뭔가 말하려다가 그만두었다. "그렇긴 해도," 베린이 말을 이었다. "검은 바람이 여기 있는 건 이상하구나. 처음에는 케예리엔에 있다가 이제는 여기에 있다니. 이상한 일이야." 그녀는 곁눈으로 랜드를 보았고 그 바람에 랜드는 흠칫했다. 베린의 눈짓은 다른 사람들이 알아채기에는 너무 빨랐다. 그러나 랜드는 그 시선이 자신을 검은 바람과 연결하는 것 같다고 느꼈다.

"이런 얘기는 들어본 적이 없네." 에일라가 천천히 말했다. "웨이게이트가 열릴 때 **마친 신**이 기다리고 있다니. **마친 신**은 언제나 웨이를 떠돌아다니거늘. 하지만 시간이 오래되었으니 검은 바람도 허기를 느끼고, 게이트에 들어오려는 조심성 없는 자를 잡고 싶어 하는 것이겠지. 베린, 자네들이 이 웨이게이트를 사용할 수 없는 건 확실하네. 자네가 아무리 필요하다고 말하더라도, 웨이가 폐쇄되어 유감이라는 말은 할 수 없군. 이제 웨이는 그림자의 것이 되었네."

랜드는 웨이게이트를 보며 인상을 찌푸렸다. **저게 날 따라오는 것일 수도 있을까?** 너무 많은 질문이 떠올랐다. 페인이 어떤 식으로든 검은 바람을 부리는 걸까? 베린은 그런 일이 불가능하다고 했다. 게다가 랜드에게 따라오라고 요구한 페인이 왜 그를 막으려 들겠는가? 확실한 건, 바르사네스가 전한 메시지를 랜드가 믿는다는 것뿐이었다. 그는 토먼 헤드로 가야 했다. 내일 어느 덤불 아래에서 발리어의 뿔나팔과 맷의 단검을 발견하게 된다 해도 토먼 헤드에 가야 했다.

베린은 생각에 잠겨 초점이 없는 눈으로 서 있었다. 맷은 두 손에 얼굴을 파묻고 갓돌에 앉아 있었으며 페린은 걱정스럽게 그를 지켜보았다. 로이알은 웨이게이트를 사용할 수 없어서 마음이 놓이는 한편 안도감을 느끼는 게 부끄러운 듯했다.

"여기서 볼일은 끝났습니다." 잉타가 말했다. "베린 세다이, 저는 달리 판단했지만 이곳까지 당신을 따라왔습니다. 그러나 더 이상은 따르지 않겠습니다. 저는 케예리엔으로 돌아가고자 합니다. 어둠의 친구들이 어디로 갔는지 바르사네스가 말해 줄 수 있을 겁니다. 제가 어떻게든 그자의 입을 열겠습니다."

"페인은 토먼 헤드로 갔어요." 랜드가 지친 듯 말했다. "어디든 페인이 간 곳에 뿔나팔이 있어요. 단검도 있고요."

"내 생각엔……." 페린이 마지못해 어깨를 으쓱했다. "내 생각에는 다른 웨이게이트를 써볼 수 있을 것 같아. 다른 **스테딩**이라든지."

로이알이 턱을 문지르며, 실패에 안도한 것을 보상하기라도 하듯 빠르게 말했다. "스테딩 칸투안이 이랄렐강 바로 위에 있어. 스테딩 타이징은 그 동쪽, 세계의등뼈에 있고. 하지만 덤불이 있던 케임린의 웨이게이트가 더 가까워. 타 발론의 덤불에 있는 게이트가 가장 가깝고."

"우리가 어떤 웨이게이트를 쓰려고 하건," 베린이 멍하니 말했다. "유감이지만 **마친 신**이 기다리고 있는 걸 보게 될 거다." 에일라는 의문스럽다는 듯 베린을 보았으나 아이즈 세다이는 다른 사람이 들을 수 있는 말을 더 이상 하지 않았다. 대신 혼잣말을 중얼거리며 자신과 논쟁하듯 고개를 저었다.

"우리에게 필요한 건," 휴린이 수줍은 듯 말했다. "그 관문석 중 하나입니다." 그는 에일라를, 그다음에는 베린을 보았고 둘 중 누구도 막지 않자 점점 더 자신감을 얻어 말을 이었다. "셀린 아가씨께서는 옛 시대의 아이즈 세다이들이 그 세계들을 연구했고, 그 연구를 통해 웨이를 만드는 방법을 알아냈다고 하셨습니다. 그리고 저희가 있었던 그곳은……. 글쎄요, 거기서는 732킬로미터를 여행하는 데 겨우 이틀이 걸렸습니다. 아니, 그만큼도 걸리지 않았죠. 우리가 관문석을 사용해 그 세계로, 혹은 그와 비슷한 세계로 갈 수 있다면야, 글쎄요. 아리스대양까지 가는 데도 1~2주밖에 걸리지 않을 겁니다. 거기서 방향을 돌려 바로 토먼 헤드로 갈 수 있을 겁니다. 웨이만큼 빠르지는 않을지 몰라도 서쪽으로 말을 달리는 것보다는 훨씬 빠르지요. 어떻게 생각하십니까, 잉타 공? 랜드 공?"

베린이 그에게 대답했다. "네 제안도 가능할 수는 있겠다, 탐지자여. 하지만 이 웨이게이트가 다시 열렸는데 **마친 신**이 사라지고 없기를 바라는 것이나 관분석이 발견되기를 바라는 것이나 마찬가지야. 나는 아이일황무지보다 가까운 곳에 있는 관문석을 알지 못한다. 다만 너나 랜드나 로이알이 그 관문석을 다시 찾을 수 있다고 생각한다면 동족살해자의단검까지 돌아갈 수는 있겠지."

랜드는 맷을 보았다. 친구는 돌에 대한 이 모든 이야기에 기대감이 생긴 듯 고개를 들고 있었다. 베린은 몇 주밖에 남지 않았다고 말했다. 무작정 서쪽으로 말을 달린다면 맷은 절대 살아서 토먼 헤드를 보지 못할 터였다.

"제가 찾을 수 있어요." 랜드가 마지못해 말했다. 수치스러웠다. **맷은 죽**

게 생겼고, 어둠의 친구들이 발리어의 뿔나팔을 가지고 있고, 페인은 자기를 좇아오지 않으면 에먼즈 필드를 해치겠다고 하는데 넌 일원력을 채널링하는 걸 두려워하는구나. 갈 때 한 번, 올 때 한 번. 두 번 더 일원력을 쓴다고 네가 미치는 건 아니야. 하지만 랜드가 정말 두려웠던 것은 다시 채널링을 한다고 생각하자 내면에서 흥분감이 날뛰기 시작한 상황이었다. 일원력이 그를 가득 채우는 느낌, 진짜로 살아 있는 느낌을 생각하기만 했건만 말이다.

"이해가 가지 않는구나." 에일라가 천천히 말했다. "관문석은 전설의 시대 이후로 쓰인 적이 없다. 지금까지 관문석을 쓰는 방법을 아는 사람이 있을 거라고는 생각 못했는데."

"갈색의 아자는 많은 것들을 압니다." 베린이 무미건조하게 말했다. "저도 관문석을 어떻게 쓸 수 있는지 알고 있습니다."

최고 원로가 고개를 끄덕였다. "사실 화이트 타워에는 우리가 꿈꾸지 못하는 기적들이 있지. 하지만 관문석을 사용할 수 있다면 자네들이 동족살해자의단검까지 이동할 필요는 없네. 우리가 서 있는 이곳에서 그리 멀지 않은 곳에 관문석이 있으니."

"물레는 그 의지에 따라 실을 잣고 패턴은 필요한 것을 제공하지요." 베린의 얼굴에서 명한 표정이 완전히 사라졌다. "저희를 데려가 주십시오." 그녀가 활기차게 말했다. "이미 시간을 많이 잃었습니다."

37장 존재할지도 모르는 것

에일라는 위엄 있는 걸음걸이로 그들을 웨이게이트에서 안내해 갔다. 주인은 웨이게이트를 떠나가는 것이 여간 불안하지 않은 모양이었다. 최소한 맷은 기대감에 차서 앞을 보았고, 휴린은 자신 있는 모습이었다. 로이알은 다른 무엇보다도 에일라가 자신을 보내 주기로 한 결정을 뒤집을까 봐 걱정하는 듯했다. 랜드는 서두르지 않고 고삐를 잡은 채 레드를 끌고 갔다. 베린이 직접 관문석을 쓸 생각은 아닌 듯했다.

잿빛의 돌기둥은 키가 거의 30미터고 굵기는 4미터나 되는 너도밤나무 근처에 똑바로 서 있었다. 위대한 나무들을 보기 전이었다면 랜드는 그 나무가 크다고 생각했을 것이다. 이곳에는 경고하기 위해 만들어 놓은 갓돌이 없었다. 그저 숲 바닥의 잎사귀 가득한 뿌리 덮개를 몇 송이 들꽃이 밀고 올라왔을 뿐이었다. 관문석 자체는 닳아 있었으나 관문석을 뒤덮은 글자들은 지금도 충분히 알아볼 수 있을 만큼 선명했다.

말을 탄 샤이나 병사들이 느슨한 원을 그리며 대형을 벌려 관문석과 말을 타지 않은 사람들을 감쌌다.

"우리가 이것을 똑바로 세웠네." 에일라가 말했다. "여러 해 전, 이 돌을 발견했을 때 말이야. 하지만 위치를 옮기지는 않았지. 이 돌이…… 뭐랄까…… 이동을 거부하는 것 같았네." 에일라는 관문석으로 곧장 다가가 커다란 손을 돌에 댔다. "나는 늘 이 돌이 잃어버린 것, 잊힌 것의 상징이라고 생각해 왔네. 전설의 시대에는 이 돌이 연구되고 어느 정도 이해될 수도 있었겠지. 우리에게는 그저 돌일 뿐이네."

"그 이상이기를 바랍니다." 베린의 목소리가 더욱 힘차게 변했다. "최고 원로님, 도와주셔서 감사합니다. 여러분을 떠나며 아무 예식도 하지 못하는 저희를 용서해 주십시오. 하지만 물레는 그 어떤 여자도 기다려 주지 않습니다. 최소한 우리는 더 이상 **스테딩**의 평화를 어지럽히지 않을 것입니다."

"우리는 케예리엔에서 석공들을 다시 불러왔네." 에일라가 말했다. "하지만 지금도 바깥세상에서 일어나는 일에 관해 듣고 있지. 가짜 드래건. 위대한 뿔나팔 사냥대. 우리는 그 소식들을 듣고, 그 소식은 우리를 스쳐 지나간다네. 그러나 나는 타몬 가이돈이 우리를 스쳐 지나가거나 우리를 평화롭게 남겨 두리라고 생각하지 않네. 잘 가게나, 베린 세다이. 자네들 모두 잘 가게. 창조주의 손 안에서 안식을 찾기를. 주인." 에일라는 로이알을 아주 잠깐 곁눈질한 뒤 마지막으로 랜드를 당부하듯 보았다. 그런 뒤 오기어들은 나무 사이로 사라졌다.

병사들이 움직거리면서 안장에서 삐걱거리는 소리가 났다. 잉타는 그들이 그리고 선 원을 둘러보았다. "이게 꼭 필요한 일입니까, 베린 세다이? 가능한 일이라 하더라도……. 우리는 어둠의 친구들이 정말 뿔나팔을 토먼 헤드로 가져갔는지조차 모르고 있습니다. 지금도 제가 생각하기에는 바르사네스에게……."

"확신할 수 없다고 해도," 베린은 그의 말을 자르며 부드럽게 말했다. "토먼 헤드는 다른 곳과 마찬가지로 찾아볼 만한 장소야. 나는 네가 뿔나팔을 되찾기 위해 필요하다면 샤이올 굴까지라도 말을 달리겠다고 말한 걸 여러 번 들었다. 이제 와서 이런 일에 물러나려는 거냐?" 베린은 껍질이 매끄러운 나무 밑의 돌을 가리켰다.

잉타의 등이 뻣뻣해졌다. "저는 그 무엇으로부터도 물러나지 않습니다. 저희를 토먼 헤드로든, 샤이올 굴로든 데려다주십시오. 발리어의 뿔나팔이 그 끝에 있다면 저는 따르겠습니다."

"좋다, 잉타. 자, 랜드. 너는 나보다 최근에 관문석을 써서 이동해 봤지? 이리 와라." 그녀가 랜드에게 손짓했고, 랜드는 레드를 끌고 관문석 옆의 베린에게 갔다.

"관문석을 써 보셨어요?" 랜드는 엿들을 수 있는 거리에 아무도 없다는 걸 확인하느라 어깨 너머를 힐끗 보았다. "써 보셨다면야 저한테 시키지는 않으시겠죠." 랜드는 안도감에 어깨를 으쓱했다.

베린이 무뚝뚝하게 그를 보았다. "나는 관문석을 써 본 적이 한 번도 없다. 그래서 나보다 네가 최근에 써 봤다고 한 거야. 나는 내 한계를 잘 안다. 나는 관문석을 작동시킬 수 있는 일원력보다 훨씬 작은 일원력을 채널링하는 것만으로도 파괴될 거다. 하지만 나는 관문석에 대해 어느 정도 알고 있어. 너를 약간 도와줄 정도는 된다."

"하지만 전 **아무것도** 몰라요." 랜드는 말을 끌고 관문석을 돌아가며 관문석을 위아래로 훑어보았다. "제가 기억하는 한 가지는 우리 세계의 상징이에요. 셀린이 보여 줬어요. 하지만 여기에는 안 보이는데요."

"당연히 안 보이지. 우리 세계에 **있는** 관문석에는 그 기호가 없다. 기호는 어느 세계로 **향하는** 데 도움을 주는 거야." 베린이 고개를 저었다. "네가 말하는 그 여자와 이야기할 수만 있다면 못 내놓을 게 없을 것 같구나. 아니, 그 여자의 책에 손이라도 대볼 수 있다면 더 좋겠지. 일반적으로 알려진 대로라면 세계의 파괴 이후 『물레의 거울』은 한 권도 온전히 전해지지 않는다. 사라펠은 이미 사라졌다고 보아야 할 책이 언젠가 발견되리라 믿고 기다릴 수 있는 책보다 많다고 했지. 글쎄, 내가 모르는 문제를 걱정해 봐야 아무 소용없다. 내가 아는 것들도 몇 가지 있으니. 관문석의 위쪽 절반에 새겨진 기호들은 여러 세계를 의미한다. 물론, 존재할 수 있었던 모든 세계를 뜻하는 건 아니야. 모든 관문석이 모든 세계로 연결되는 건 아닌 듯하다. 전설의 시대의 아이즈 세다이들은 그 어떤 관문석으로도 접촉할 수 없는 세계까지 가능하다고 믿었어. 뭔가 생각나는 기호는 아무것도 보이지 않느냐?"

"안 보여요." 적절한 기호를 찾았다면, 랜드는 그 기호를 사용해 페인과 뿔나팔을 찾고 맷을 구하고 페인이 에먼즈 필드를 해치지 못하게 막을 수 있을 것이다. 하지만 그 기호를 찾는다면 **사이딘**과 접촉해야만 할 것이다. 랜드는 맷을 구하고 페인을 막고 싶었으나 **사이딘**과 접촉하고 싶지는 않았다. 채널링하기가 두려웠고, 굶주린 사람이 음식에 허기를 느끼듯 **사이딘**에 허기를 느꼈다. "아무것도 기억나지 않아요."

베린이 한숨을 쉬었다. "맨 아래의 기호들은 다른 지역에 있는 관문석을 가리킨다. 네가 요령을 안다면 다른 세상에 있는 이 관문석이 아니라 그곳에 있는 다른 관문석, 심지어 이곳에 있는 다른 관문석으로 우리를 데려갈 수 있을 거야. 내 생각에 그건 이동과 비슷한 일이겠지. 하지만 이동하는 방법을 아무도 기억 못하니 아무도 그 요령을 기억 못한다. 그 지식이 없다면, 그런 방법을 시도하는 것으로 우리 모두가 쉽사리 죽을 수 있어." 베린은 기둥 낮은 곳에 새겨져 있는, 특이하고 삐뚤빼뚤하게 그어진 물결무늬 두 줄을 가리켰다. "저게 토먼 헤드의 관문석을 의미한다. 내가 기호를 아는 관문석 셋 중 하나이자 그 셋 중 내가 유일하게 가 본 관문석이다. 물안개산맥에서 눈에 발목이 잡히고 앨머스평원을 가로지르느라 얼어 죽을 뻔했지. 하지만 내가 알아낼 수 있었던 건 그야말로 아무것도 없었다. 주사위 놀이나 카드 게임을 하느냐, 랜드 알소르?"

"도박은 맷이 하죠. 왜요?"

"그래. 글쎄, 이번 일에서 맷은 빼놔야 할 것 같구나. 여기 다른 기호들도 내가 아는 것이다."

베린은 한 손가락으로 여덟 개의 거의 비슷한 조각을 품고 있는 직사각형의 윤곽선을 따라 그렸다. 조각은 원과 화살로 이루어져 있었는데, 그중 절반의 문양에서는 화살이 원 안에 들어가 있었고 나머지 절반에서는 화살 끝이 원을 뚫고 나왔다. 화살표는 왼쪽, 오른쪽, 위아래를 가리켰으며 다양한 선이 각 원을 둘러싸고 있었다. 랜드가 보기에 그 선들, 삐죽빼죽한 갈고리로 갑자기 변했다가 다시 흘러가는 그 모든 휘어진 선들은 글자인 것이 확실했다. 그가 아는 언어는 아니었지만 말이다.

"최소한," 베린이 말을 이었다. "이 정도는 알고 있다. 이 기호는 각기 하나의 세계를 의미한다. 이에 대한 연구가 결국 웨이를 만드는 결과로 이어졌지. 이 세계만이 연구된 것은 아니지만, 나는 오직 이 세계의 기호만을 안다. 그래서 도박이라는 거야. 나는 다른 세계들이 어떤지 전혀 모른다. 알려지기로는 1년이 이곳에서의 하루인 세계들도 있고, 하루가 이곳에서의 1년인 세계들도 있다고 하지. 공기를 한 번 들이마시는 것만으로도 죽게 되는 세계와 뭉쳐질 만한 현실이 거의 없는 세계들도 있다고 하고. 우리가 그런 세계 중 한 곳에 가게 된다면 어떤 일이 일어날지 생각하고 싶지 않구나. 네가 선택해야 한다. 내 아버지가 말씀하셨듯, 이젠 주사위를 던질 시간이야."

랜드는 고개를 저으며 멍하니 앞을 보았다. "뭘 고르든 저 때문에 모두가 죽을 수 있어요."

"너는 그런 위험을 무릅쓰지 않을 생각이냐? 발리어의 뿔나팔을 위해서인데? 맷을 위해서인데?"

"당신은 왜 그렇게 모험을 하고 싶어 하는 건데요? 저는 제가 할 수 있는지조차 모르겠어요. 저게……. 저게 제가 시도할 때마다 작동하는 것도 아니라고요." 랜드는 아무도 다가오지 않았다는 걸 알고 있었으나 어쨌든 주위를 살폈다. 모두가 관문석 주변에 느슨한 원을 그리고 서서 지켜보며 기다리고 있었지만 엿들을 수 있을 만큼 가까운 거리는 아니었다. "때로는 **사이딘**이 그냥 존재해요. 느껴져요. 하지만 달에 있는 것만큼 멀어서 닿을 수가 없어요. 그리고 이 방법이 통한다 해도 제가 우리를 숨조차 쉴 수 없는 어딘가로 데려가면 어쩌죠? 그러면 맷한테 무슨 도움이 되는데요? 뿔나팔에는요?"

"너는 드래건의 환생이야." 베린이 조용히 말했다. "아, 물론 너도 죽을 수는 있지. 하지만 나는 패턴이 너와의 볼일을 다 끝낼 때까지는 너를 죽게 놔두지 않을 거라 생각한다. 하긴, 지금은 그림자가 패턴에 깃들어 있으니 그게 패턴의 직조에 어떤 영향을 줄지 누가 알겠니? 네가 할 수 있는 일은 운명을 따르는 것뿐이다."

"나는 랜드 알소르예요." 랜드가 씹어뱉었다. "드래건의 환생이 아니라고요. 나는 가짜 드래건이 되지 않을 겁니다."

"너는 있는 그대로의 너야. 선택을 하겠니, 아니면 네 친구가 죽을 때까지 여기 서 있겠니?"

랜드는 자기 이가 갈리는 소리를 듣고 억지로 입에서 힘을 풀었다. 기호 들은 하나같이 랜드에게 아무 의미가 없었다. 글자는 닭이 긁어놓은 자국이 라고 해도 될 정도였다. 결국 랜드는 그중 한 기호를 선택했다. 왼쪽을 가리 키는 화살표였다. 그 화살표가 토먼 헤드 쪽을 가리키고 있었기 때문이다. 또한 그 화살표는 원을 뚫고 나와 있었는데, 랜드가 그 화살표를 고른 것은 원에서 벗어나는 화살처럼 자신도 풀려나기를 바라기 때문이었다. 랜드는 웃고 싶었다. 그들 모두의 목숨을 이처럼 사소한 것에 걸고 도박을 하다니.

"가까이 와라." 베린이 다른 사람들에게 명령했다. "다들 가까이 있는 게 최선이다." 모두가 조금 망설였을 뿐 그 말에 따랐다. 그들이 주위에 모여들 자 베린이 말했다. "시작할 시간이야."

그녀는 망토를 뒤로 젖히고 두 손을 기둥에 댔지만, 랜드는 그녀가 곁눈 으로 자신을 보는 걸 알아차렸다. 그는 관문석 주변 남자들이 긴장해서 기 침을 하고 목을 가다듬는 소리를, 누군가가 뒤로 빠져 있다며 우노가 욕하 는 소리를, 맷이 내뱉는 힘없는 농담을, 로이알이 크게 침 삼키는 소리를 들 었다. 랜드는 공백을 받아들였다.

이제는 너무도 쉬웠다. 불꽃이 공포와 정념을 소진시키다가, 랜드가 공백 을 형성해야겠다는 생각을 하기도 전에 사라졌다. 오직 허무만을, 빛나는 **사이딘**만을 남기고 사라졌다. 역겹고도 감질나는, 배 속을 뒤집으면서도 유 혹적인 **사이딘**. 랜드는…… 손을 뻗었고…… **사이딘**이 그를 채웠다. 그를 살아 있게 했다. 랜드는 근육 하나도 움직이지 않았으나 자신에게 휘몰아 쳐 들어오는 일원력으로 몸이 떨린다고 느꼈다. 기호가, 원을 뚫는 화살이 알아서 형성되어 공백 바로 너머에서 떠다녔다. 그 기호가 새겨진 기둥만큼 이나 단단했다. 랜드는 일원력이 자신의 몸을 타고 기호로 흘러가도록 놔두 었다.

기호가 아른거리며 깜빡였다.

"무슨 일이 일어나는구나." 베린이 말했다. "뭔가가……."

세상이 깜빡였다.

쇠로 된 자물쇠가 농가 바닥에서 빙글빙글 돌았다. 랜드는 머리에 숫양의 뿔이 달린 거대한 형체가 겨울의 밤 특유의 어둠을 거느린 채 문 앞에 어슴푸레 서 있는 모습을 보고 뜨거운 찻주전자를 떨어뜨렸다.

"도망쳐!" 탬이 소리쳤다. 탬의 칼이 번뜩이자 트롤록이 앞으로 고꾸라졌다. 하지만 놈은 넘어지면서 탬과 몸싸움을 벌이다가 그를 끌어내렸다.

더 많은 트롤록이 문으로 밀려들었다. 검은 갑옷을 입고 주둥이와 부리와 뿔로 왜곡된 인간의 얼굴을 한 형체들이었다. 기이하게 휘어진 칼들이 애써 일어나려는 탬을 찔렀다. 창날이 달린 도끼가 허공을 가르며 강철에 붉은 피가 묻었다.

"아버지!" 랜드가 소리 질렀다. 허리띠에 찬 칼집에서 작은 칼을 꺼내려고 더듬거리며 아버지를 도우려고 탁자 위로 몸을 던졌다. 그러고는 첫 번째 칼이 그의 가슴을 통과하자 다시 비명을 질렀다.

피거품이 입으로 끓어올랐고, 어떤 목소리가 그의 머릿속에 속삭였다. **내가 다시 이겼다, 루스 세린.**

깜빡.

랜드는 기호를 붙들고 있으려고 애를 썼다. 베린의 목소리가 어렴풋하게 들려왔다. "······잘못······."

일원력이 흘러넘쳤다.

깜빡.

랜드는 에그웨인과 결혼한 이후 행복하게 지내고 있었다. 무언가가 더 있어야 한다는 생각, 무언가가 달라져야 한다는 생각이 들 때마다 그 기분에 휘말리지 않으려고 애썼다. 바깥세상 소식이 행상인들과 양털이나 타박을 사러 오는 상인들 편에 실려 투 리버스까지 전해졌다. 언제나 새로운 문제가 생겼다는 소식, 전쟁과 가짜 드래건이 모든 곳에 있다는 소식이었다. 한 번은 상인들도, 행상인들도 오지 않은 해가 있었다. 다음 해에 돌아왔을 때 그들은 아터 호크윙의 군대가, 아니 최소한 그들의 후손이 돌아왔다는 소식을 전했다. 옛 나라들이 무너져 내렸다고 했으며, 사슬에 매인 아이즈 세다이를 전쟁에 활용하는 세상의 새로운 주인들이 화이트 타워를 무너뜨리고 타 발론이 있던 땅에 소금을 뿌렸다고 했다. 더 이상 아이즈 세다이는 없었다.

이 모든 일로도 투 리버스에는 별다른 변화가 생기지 않았다. 계속해서 작물을 심어야 했고 양털을 깎아야 했으며 어린 양을 돌보아야 했다. 탬에게는 무릎에서 어를 손자 손녀들이 있었다. 그러다가 그는 아내 옆에 누워 쉬게 되었고, 오래된 농가에는 새로운 방들이 생겨났다. 에그웨인은 현자가 되었고, 대부분의 사람들은 그녀가 옛 현자인 나이니브 알미라보다도 낫다고 생각했다. 실제로 그랬을 것이다. 다른 사람들에게 기적적으로 잘 듣는 에그웨인의 치료제도 계속해서 랜드를 위협하는 질병을 막는 데는 역부족인 것 같았다. 랜드는 기분이 점점 나빠지고 음침해졌으며, 이것은 자신의 운명이 아니라고 분노를 터뜨렸다. 그럴 때마다 에그웨인은 점점 더 두려워했다. 랜드가 가장 황량한 기분에 사로잡혀 있을 때면 이상한 일들이 일어났기 때문이다. 에그웨인이 바람 소리에 귀 기울일 때는 듣지 못했던 폭풍우가 불어닥치고 숲에 들불이 나는 식이었다. 하지만 에그웨인은 랜드를 사랑했고 그를 돌보았으며 그가 제정신을 유지하게 했다. 몇몇 사람들은 랜드 알소르가 미친 사람, 위험한 사람이라고 웅성거렸지만.

에그웨인이 죽자 랜드는 그녀의 무덤 곁에 오랫동안 혼자 앉아 있었다. 흰 털이 섞인 그의 턱수염을 눈물이 적셨다. 랜드의 질병이 돌아왔고, 그는 시들어 갔다. 오른손에 남아 있던 손가락 두 개와 왼손 손가락 하나를 잃었고 귀는 흉터처럼 보였다. 사람들은 그에게서 썩어 가는 냄새가 난다고 중얼거렸다. 그의 암흑이 깊어졌다.

그러나 그 끔찍한 소식이 전해졌을 때는 아무도 랜드를 곁에 받아들이는 걸 거부하지 않았다. 트롤록과 희미한 자들과 꿈조차 꾸지 못했던 존재들이 거대한오염에서 폭발하듯 쏟아져 나왔고 세상의 새로운 주인들은 아무리 힘을 써도 밀려났다. 그래서 랜드는 간신히 활을 쏠 수 있을 정도로만 남은 손가락들로 활을 집어 들고 타렌강이 있는 북쪽까지 사람들과 함께 절뚝거리며 나아갔다. 그들은 모든 마을과 농장, 투 리버스의 구석에서 나선 사람들로 활과 도끼, 멧돼지 사냥용 창, 다락에서 녹슬어 가던 칼을 들고 있었다. 랜드도 칼을 찼다. 칼날에 왜가리가 새겨져 있는 칼로, 탬이 죽은 이후에 발견한 것이었다. 그러나 랜드는 그 칼을 사용하는 방법을 몰랐다. 여자들도 있는 대로 무기를 짊어지고 와 남자들과 함께 행군했다. 몇몇 사람들은 전에도 이런 일을 해본 것 같은 이상한 기분이 든다며 웃었다.

그리고 투 리버스 사람들은 타렌강에서 침입자들을 만났다. 끝없이 늘어선 트롤록들이 빛을 삼키는 것처럼 보이는 새카만 깃발 아래에 서서 악몽에서나 나올 것 같은 희미한 자들의 지휘를 받고 있었다. 랜드는 그 깃발을 보고 광기가 다시 자기를 사로잡았다고 생각했다. 이것이야말로, 저 깃발과 싸우는 것이야말로 자신이 태어난 이유라고 느껴졌다. 랜드는 그 깃발을 향해 모든 화살을 날려 보냈다. 그의 활솜씨와 공백이 뒷받침하는 만큼 곧게. 그는 트롤록들이 억지로 강을 건너오는 것도, 양옆에서 남자와 여자 들이 죽어 가는 것도 전혀 걱정하지 않았다. 랜드를 들이받고 지나간 건 그런 트롤록 중 한 마리였다. 이어 그 트롤록은 더 많은 피를 원한다고 울부짖으며 투 리버스 깊은 곳으로 뛰어갔다. 타렌강의 강둑에 누워 정오의 하늘이 어두워져 가는 모습을 지켜보며, 호흡이 점점 느려지는 가운데, 랜드는 어떤 목소리를 들었다. **내가 다시 이겼다, 루스 세린.**

깜빡.

화살과 원 기호가 구불구불한 평행선으로 왜곡되었다. 랜드는 다시 그것을 밀어냈다.

베린의 목소리. "……잘못됐어. 뭔가가……."

일원력이 사납게 날뛰었다.

깜빡.

에그웨인이 결혼식을 한 주 앞두고 병들어 죽자 탬은 랜드를 위로하려 했다. 나이니브도 위로하려 했다. 하지만 그녀 자신도 충격을 받은 상태였다. 그렇게 많은 기술을 가지고 있건만 에그웨인이 왜 죽었는지 나이니브는 전혀 알 수 없었다. 랜드는 에그웨인이 죽어 가는 동안 그녀의 집 바깥에 앉아 있었다. 에먼즈 필드 어디로 가도 그녀의 비명이 계속 들리지 않는 곳은 없는 것만 같았다. 랜드는 에먼즈 필드에 머물 수 없다는 걸 알았다. 탬은 왜가리 표시가 있는 칼을 그에게 주었고, 투 리버스의 양치기가 어떻게 그런 물건을 손에 넣었는지 많은 설명을 해 주지는 않았으나 칼 쓰는 법을 알려 주었다. 랜드가 떠나던 날, 탬은 일리안의 군대에 들어가는 데 도움이 될지도 모른다며 편지를 한 통 쥐어 주고 랜드를 끌어안으며 말했다. "내게 다른 아들은 없다. 다른 아들을 원한 적도 없다. 내가 그랬듯이 아내를 맞아 돌아와라. 할 수 있다면 말이야, 이 녀석아. 어쨌든 돌아와라."

하지만 랜드는 베얼론에서 돈과 소개장을 도둑맞았고, 하마터면 칼까지 도둑맞을 뻔했으며, 랜드 자신에 대해 너무도 말이 안 되는 이야기를 늘어놓는 민이라는 여자를 만났다. 결국 랜드는 민에게서 벗어나려고 베얼론을 떠났다. 여기저기 헤매고 다니던 그는 마침내 케임린에 도착했으며, 그곳에서 칼 다루는 솜씨로 여왕 호위대에 들어갔다. 그는 때로 자기도 모르게 여왕 후계자 일레인을 바라보게 되었으며, 가끔은 상황이 이렇게 될 것은 아니었다는 이상한 생각, 그의 인생에는 이 이상의 무언가가 있어야 한다는 생각으로 가슴이 부풀었다. 물론 일레인은 그를 바라보지 않았다. 그녀는 별로 만족하는 것 같지는 않았으나 티어의 왕자와 결혼했다. 랜드는 한때 서쪽 국경선 쪽으로 너무 멀리 떨어져 있어서 그 지역을 정말로 안도어와 연결해 주는 것이라고는 지도 위의 선뿐인 저 멀리 작은 마을에서 양치기 노릇을 하던 병사일 뿐이었다. 게다가 랜드는 폭력적으로 변덕을 부리는 사람이라는 어두운 평판을 가지고 있었다.

어떤 사람들은 랜드가 미쳤다고 했다. 평시였다면, 랜드는 칼을 다루는 실력에도 불구하고 호위대에서 자리를 지킬 수 없었을 것이다. 하지만 당시는 평시가 아니었다. 가짜 드래건들이 잡초처럼 돋아났다. 하나를 쓰러뜨리면 다른 두셋이 자기가 드래건이라고 선언했다. 결국 모든 나라가 전쟁으로 찢겨 나갔다. 그리고 랜드의 별이 떴다. 그가 자신이 가진 광기의 비밀을 알게 되었기 때문이다. 랜드는 그 비밀을 지켜야 한다는 걸 알고 있었으며 실제로도 지켰다. 그는 채널링을 할 수 있었다. 혼란 속에서 눈에 띌 만큼 대단하지는 않은 작은 채널링이 행운을 가져다주는 때와 장소는 언제나 있었다. 때로는 채널링이 통했고 때로는 통하지 않았지만, 그 정도면 충분했다. 랜드는 자신이 미쳤다는 걸 알고 있었으며 상관하지 않았다. 그를 황폐화시키는 질병이 닥쳤지만 랜드는 그 질병에도 관심이 없었다. 다른 사람들도 마찬가지였다. 아터 호크윙의 군대가 땅의 소유권을 되찾겠다고 돌아왔다는 소문이 돌았기 때문이다.

랜드는 여왕 호위대가 안개의산맥을 넘을 때 천 명의 부하들을 이끌었고—잠시 방향을 바꾸어 투 리버스에 가 볼 생각은 한 번도 하지 않았다. 그는 투 리버스 생각을 더 이상 거의 하지 않았다—박살 난 패잔병들이 산맥을 다시 건너 퇴각했을 때는 호위대를 지휘했다. 랜드는 안도어 전체에서 싸웠고 달아나는 피난민들과 함께 후퇴했다. 결국 그는 케임린까지 밀려났다. 수많은 케임린 사람들은 이미 도망친 뒤였고 많은 사람들은 군대가 더 멀리까지 퇴각해야 한다고 조언했다. 그러나 이제는 일레인이 여왕이었고, 그녀는 케임린을 떠나지 않겠다고 맹세했다. 그녀는 질병의 흉터가 남은 랜드의 망가진 얼굴을 보지 않으려 했으나 랜드는 그녀를 떠날 수 없었다. 그래서 남아 있던 여왕 호위대는 그녀의 백성들이 도망치는 동안 여왕을 지킬 준비를 했다.

케임린을 위해 싸우던 중 일원력이 랜드를 찾아왔다. 그는 침략자들에게 번개와 불을 집어던지며 그들의 발밑 땅을 쪼개 놓았다. 그리고 그 느낌, 자신이 다른 무언가를 위해 태어났다는 느낌이 다시 찾아왔다. 랜드가 무슨 짓을 하더라도 적이 너무 많아 막을 수가 없었다. 그들 중에도 채널링할 수 있는 자들이 있었다. 마침내 벼락이 랜드를 궁전 성벽에서 내동댕이쳤다. 랜드는 망가져 피를 흘리며 화상을 입은 채로, 마지막 호흡이 목구멍에서 덜그럭거리는 채로 어떤 목소리의 속삭임을 들었다. **내가 다시 이겼다, 루**

스 세린.

깜빡.

깜빡이는 세상들이 망치처럼 랜드를 두드려 댔다. 그 세상들로 공백이 진동했다. 랜드는 그런 공백을 붙들고 있으려고, 천 개의 세상이 공백의 표면을 가로지르는 가운데 하나의 기호를 붙들고 있으려고 애를 썼다. 그는 어떤 기호든 붙들고 있으려고 애썼다.

"……잘못됐어!" 베린이 비명을 질렀다.

일원력만이 존재했다.

깜빡. 깜빡. 깜빡. 깜빡. 깜빡. 깜빡.

그는 군인이었다. 양치기였다. 거지였고 왕이었다. 농부, 방랑 시인, 선원, 목수였다. 그는 아이일로 태어나고 살다가 죽었다. 미쳐서 죽었고, 썩어서 죽었고, 질병과 사고와 노령으로 죽었다. 처형당했다. 수많은 사람들이 그의 죽음에 환호했다. 그는 자신을 드래건의 환생이라고 선언했으며 하늘에 깃발을 휘날렸다. 일원력으로부터 도망쳐 숨었다. 아무것도 모르는 채 살고 죽었다. 광기와 질병을 몇 년이나 지연시켰다. 두 겨울 사이에 항복하기도 했다. 때로는 모레인이 와서 그를 투 리버스에서 데려갔다. 혼자서 데려가기도 했고, 겨울의 밤에 살아남은 친구들과 함께 데려가기도 했다. 때로는 모레인이 나타나지 않았다. 때로는 다른 아이즈 세다이가 그를 데리러 왔다. 때로는 적색의 아자가 찾아왔다. 에그웨인이 그와 결혼했다. 아멀린 권좌의 스톨을 걸치고 엄격한 얼굴을 한 에그웨인이 그를 순치시킨 아이즈 세다이들을 이끌기도 했다. 눈에 눈물이 고인 에그웨인이 그의 심장에 단검을 꽂아 넣었고 랜드는 죽어 가며 그녀에게 고마워했다. 랜드는 다른 여자들을 사랑했고 다른 여자들과 결혼했다. 일레인과 민, 케임린으로 가는 길에 만났던 농부의 딸인 금발 소녀, 그런 삶을 살기 전에는 본 적도 없는 여자들. 백 번의 삶. 그 이상의 삶. 너무 많아 셀 수도 없는 삶. 그리고 모든 삶의 끝에, 쓰러져 죽어 가는 가운데, 마지막 숨을 들이쉬는 순간에 한 목소리가 그의 귀에 속삭였다. **내가 다시 이겼다, 루스 세린. 깜빡 깜빡 깜빡 깜빡 깜빡**

깜빡 깜빡 깜빡 깜빡 깜빡 깜빡 깜빡 깜빡 깜빡 깜빡 깜빡 깜빡 깜빡 깜빡 깜빡 깜
빡 깜빡 깜빡 깜빡 깜빡 깜빡 깜빡.

공백이 사라지고 **사이딘**과의 연결이 손가락 사이로 빠져나갔다. 랜드는
이미 반쯤 마비된 상태가 아니었다면 숨을 쉬기 어려웠을 만큼 정신이 나간
채 쿵 소리를 내며 쓰러졌다. 그는 뺨과 두 손에 닿는 거친 돌을 느꼈다. 차
가웠다.

그는 베린을 의식했다. 그녀는 엎드려 누운 채 두 손과 무릎을 짚고 일어
나려 애쓰고 있었다. 누군가가 거칠게 토하는 소리가 들렸다. 랜드는 고개
를 들었다. 우노가 땅에 무릎을 꿇고서 손등으로 입을 문지르고 있었다. 모
두가 쓰러져 있었고, 말들이 다리가 뻣뻣해진 채 떨고 있었다. 말들은 미친
듯 눈알을 굴려댔다. 잉타는 칼을 뽑아 들고, 칼날이 흔들릴 정도로 거세게
칼자루를 쥔 채 멍하니 눈을 뜨고 있었다. 로이알은 사지를 쭉 뻗은 채 눈을
휘둥그렇게 뜨고 충격에 빠진 듯 앉아 있었다. 맷은 두 팔로 머리를 감싼 채
몸을 둥글게 말고 있었으며 페린은 자기가 본 것을 전부 뜯어내고 싶다는
듯, 혹은 그런 것을 본 자신의 눈을 파내고 싶다는 듯 손가락으로 얼굴을 쥐
어뜯으려 했다. 병사들 중에도 사정이 나은 사람은 없었다. 마시마는 대놓
고 흐느꼈다. 그의 얼굴을 타고 눈물이 줄줄 흘러내렸다. 휴린은 도망칠 곳
을 찾는 듯 주위를 두리번거렸다.

"무슨⋯⋯?" 랜드는 잠시 말을 멈추고 침을 삼켰다. 그는 흙에 반쯤 묻힌,
거칠고 닳아빠진 돌 위에 누워 있었다. "무슨 일이에요?"

"일원력의 파노나." 아이즈 세다이가 비틀거리며 일어서더니 몸을 떨며
망토를 꼭 조였다. "우리가 강제로⋯⋯ 떠밀린 것 같구나⋯⋯. 일원력이 난
데없이 나타난 것 같았어. 넌 일원력을 통제하는 법을 배워야만 한다. 반드
시! 그렇게 많은 일원력이라면 너를 잿더미로 만들 수도 있어."

"베린, 저는⋯⋯ 제가 거친 인생들이⋯⋯ 내가⋯⋯." 랜드는 자기 몸 아래
의 돌이 둥글다는 걸 깨달았다. 관문석이었다. 랜드는 덜덜 떨면서 서둘러
그 돌을 짚고 일어났다. "베린, 나는 살고 또 죽었어요. 몇 번이나 그랬는지
모르겠어요. 매번 다른 삶이었지만 전부 나였어요. 나였다고요."

"우린 존재할 수 있는 세계들을 연결하는 '선'을 지나온 거야. '혼란의 숫자'를 알았던 자들이 깔아 둔 선을." 베린은 몸을 떨었다. 그녀는 혼잣말을 하는 것 같았다. "한 번도 들어본 적은 없지만, 우리가 그런 세상에 태어나지 않을 이유는 하나도 없다. 그런데도 우리는 그와 다른 삶을 살았던 거야. 당연하지. 상황이 달라졌을지도 모르는 수많은 방식에 따라 다양한 삶이 있으니까."

"제가 겪은 게 그건가요? 제가……. 우리가……. 우리 인생이 어떻게 될 수 있었는지를 본 거예요?" **내가 다시 이겼다, 루스 세린. 아니야! 나는 랜드 알소르야!**

베린은 몸을 떨더니 랜드를 보았다. "네가 다른 선택을 했거나, 네게 다른 일들이 일어났다면 네 인생이 달라질 수 있었다는 게 놀라우냐? 하긴 나도 내가 그럴 줄은……. 아무튼. 중요한 건 우리가 여기에 있다는 거다. 우리가 바라는 대로는 아니지만."

"여기가 어딘가요?" 랜드가 물었다. 스테딩 초푸의 숲은 사라지고 굽이치는 땅으로 바뀌어 있었다. 서쪽으로 그리 멀지 않은 곳에 숲과 언덕 몇 개가 있는 듯했다. **스테딩**의 관문석 주위에 모였을 때는 한낮이었으나 이곳에서는 태양이 잿빛 오후의 하늘에 낮게 떠 있었다. 한 줌밖에 되지 않는 나무들이 헐벗거나 색깔이 선명한 잎사귀 몇 개만을 단 채 근처에 서 있었다. 차가운 바람이 동쪽에서부터 불어오고 낙엽들이 땅 위를 빠르게 가로질렀다.

"토먼 헤드야." 베린이 말했다. "내가 와서 봤던 관문석이 이 관문석이다. 넌 우리를 곧장 이리로 데려오려고 하지 말아야 했어. 뭐가 잘못된 건지는 모르지만—아마 앞으로도 알 수 없겠지—숲을 보니 늦가을이 된 지 한참인 것 같구나. 랜드, 우리는 시간을 벌지 못했다. 시간을 잃었어. 여기에 오느라 네 달은 족히 걸린 것 같다."

"하지만 저는……."

"이런 문제에서는 나를 안내자로 삼아야 한다. 내가 너를 가르칠 수 없는 건 사실이지만 최소한 난 네가 한계를 넘어서 너 자신을, 또 나머지 우리들을 죽이지 않도록 막을 수 있어. 네가 너 자신을 죽이지 않는다 해도, 만일 드래건의 환생이 나부끼는 촛불처럼 자신을 태워 버린다면 어둠의 존재와는 누가 맞서겠니?" 베린은 랜드가 다시 반박하기를 기다리지 않고 대신 잉타에게 갔다.

샤이나 사람은 베린이 자기 팔을 건드리자 움찔하더니 정신 나간 눈으로 그녀를 보았다. "나는 빛 속을 걷는다." 그가 쉰 목소리로 말했다. "나는 발리어의 뿔나팔을 찾아 샤이올 굴의 권세를 무너뜨릴 것이다. 반드시!"

"당연히 그럴 거다." 베린이 위로하듯 말했다. 그녀는 두 손으로 잉타의 얼굴을 잡았고 잉타는 갑자기 숨을 들이쉬었다. 그가 자신을 사로잡고 있던 무언가로부터 별안간 풀려났다. 다만 그에 대한 기억만은 아직 잉타의 눈에 남아 있었다. "자." 베린이 말했다. "너는 이걸로 됐다. 나머지 사람들은 어떻게 도울 수 있을지 봐야겠다. 지금도 우리는 뿔나팔을 되찾을 수 있어. 우리가 갈 길이 더 쉬워진 것은 아니지만."

베린은 한 사람 한 사람 앞에 잠깐씩 멈춰 가며 돌보기 시작했고 랜드는 친구들에게로 갔다. 맷을 일으켜 세우려 하자 맷은 움찔하며 랜드를 빤히 보더니 두 손으로 랜드의 코트를 잡았다. "랜드, 난…… 난 너에 대해서 절대 아무한테도 말하지 않을게. 너를 배신하지 않을 거야. 날 믿어야 해!" 맷은 어느 때보다 상태가 나빠 보였으나 랜드는 그 이유가 대체로 두려움 때문이라고 생각했다.

"믿어." 랜드가 말했다. 랜드는 맷이 어떤 인생들을 살았는지, 또 무슨 짓을 했는지 궁금해졌다. **누군가에게 말한 게 틀림없어. 아니면 저렇게 불안해하지는 않을걸.** 그렇다고 해도 랜드는 맷을 비난할 수 없었다. 그건 다른 맷이었지 지금의 맷이 아니었다. 게다가 랜드 역시 직접 다른 인생을 일부 본 뒤였으니……. "난 널 믿어. 페린?"

곱슬머리 청년은 한숨을 쉬며 얼굴을 가렸던 두 손을 내렸다. 손톱이 파고들었던 이마와 뺨에 붉은 자국들이 남아 있었다. 노란색 눈이 그의 생각을 감췄다. "우리한텐 사실 별다른 선택지가 없어. 그렇지, 랜드? 무슨 일이 일어나든, 우리가 무슨 짓을 하든 어떤 것들은 거의 항상 똑같을 거야." 그가 다시 한 번 길게 숨을 내쉬었다. "여긴 어디야? 여기가 너랑 휴린이 이야기했던 세계 중 하나야?”

“여긴 토먼 헤드야.” 랜드가 말했다. “우리 세계의 토먼 헤드. 베린 말로는 그렇대. 지금은 가을이고.”

맷은 걱정하는 표정이었다. “대체 어떻게……? 아니, 어떻게 된 건지 알고 싶지 않아. 그런데 이제 페인과 단검을 어떻게 찾지? 지금 페인은 어디에든 있을 수 있어.”

“놈은 여기 있어.” 랜드가 맷을 안심시켰다. 랜드는 자기 말이 맞기를 바랐다. 페인에게는 어디로든 가고 싶은 곳으로 데려다줄 배를 탈 시간이 있었다. 에먼즈 필드까지 갈 시간도 있었다. 아니면 타 발론이나. **제발, 빛이여. 페인이 기다리다 지치지 않았기를 바랍니다. 놈이 에그웨인이나 에먼즈 필드의 누군가를 다치게 했다면 저는……. 빛이여 저를 태우소서. 저는 늦지 않게 오려고 노력했습니다.**

“토먼 헤드에서 비교적 큰 마을들은 모두 여기보다 서쪽에 있다.” 베린은 모두가 들을 수 있도록 큰 소리로 말했다. 랜드와 두 친구를 제외하면 모두가 다시 일어서 있었다. 베린이 다가와 맷에게 두 손을 대고 말했다. “마을이라고 부를 만큼 큰 동네가 많은 건 아니다만. 어디에서든 어둠의 친구들이 남긴 흔적을 찾고 싶다면 서쪽에서부터 시작하는 게 좋을 거야. 그리고 여기 앉아서 해 지기 전 시간을 낭비하면 안 될 것 같구나.”

맷이 눈을 깜빡이며 일어섰다. 그는 여전히 아파 보였으나 날쌔게 움직였다. 베린이 페린에게 손을 댔다. 베린이 자신에게도 손을 뻗자 랜드는 뒤로 물러났다.

“바보 같이 굴지 마라.” 베린이 말했다.

“나는 당신의 도움을 바라지 않습니다.” 랜드가 조용히 말했다. “그 어떤 아이즈 세다이의 도움도요.”

베린의 입술이 움찔거렸다. “좋을 대로.”

그들은 즉시 말에 올라, 관문석을 뒤에 놔두고 서쪽으로 달렸다. 아무도 반대하지 않았다. 랜드는 물론이었고. 빛이여, **제가 너무 늦지 않게 해 주소서.**

38장 연습

　에그웨인은 흰 드레스를 입고 다리를 꼰 채 자기 침대에 앉아 있었다. 그녀는 두 손 위에 아주 작은 빛의 공 세 개를 띄워 놓고 그것들이 무늬를 그리게 했다. 최소 한 명의 합격자가 감독하지 않는 상태에서는 이런 일을 하면 안 됐지만, 눈을 부라리며 작은 난로 앞을 쿵쿵거리고 오가는 나이니브가 어쨌든 합격자에게 주어지는 뱀 반지를 끼우고 있었으니 괜찮았다. 비록 아직 누군가를 가르칠 자격은 없지만, 나이니브의 흰 드레스에도 가장자리를 둘러싼 색 띠가 여러 개 둘러져 있었으니까. 게다가 에그웨인은 지난 13주를 거치며 이 유혹에 도저히 저항할 수 없다는 걸 알게 되었다. 그녀는 이제 **사이다**에 접촉하는 것이 얼마나 쉬운 일인지 알고 있었다. 그녀는 **사이다**가 언제나 그 자리에서 존재하며 그녀를 기다리고 있다는 걸 느낄 수 있었다. **사이다**는 향수의 향기나 비단의 감촉처럼 그녀를 끌어당기고 또 끌어당겼다. 한번 **사이다**를 건드리고 나면 채널링을 거의 멈출 수 없었다. 최소한 채널링하려는 시도를 멈출 수 없었다. 성공하는 만큼 실패하는 경우도 많았으나 그건 계속 나아가라는 또 한 번의 채찍질일 뿐이었다.

　에그웨인은 이 점이 종종 두려웠다. 자신이 채널링을 너무나 심하게 원한다는 것도, 또 채널링할 때와 비교해 채널링하지 않을 때 너무나 따분하고 지루한 기분이 든다는 것도 두려웠다. 그녀는 **사이다** 전체를 마셔 버리고 싶었다. 그렇게 하다가는 자신을 태워 버리게 된다는 경고를 받았건만. 바로 이런 욕구가 무엇보다도 두려웠다. 때로 에그웨인은 타 발론에 오지 말 걸 그랬다는 생각을 했다. 하지만 그 두려움조차 에그웨인을 오랫동안 막지는 못했다. 아이즈 세다이나 나이니브를 제외한 다른 합격자에게 들킨다는 두려움도 마찬가지였다.

여기, 에그웨인 자신의 방에서라면 채널링을 해도 안전했다. 민이 다리 세 개짜리 의자에 앉아 그녀를 지켜보고 있었지만, 그녀는 이제 민을 잘 알았고 그녀가 절대 고자질하지 않으리라는 걸 알고 있었다. 에그웨인은 타 발론에 온 이후 좋은 친구 둘을 사귄 것이 운 좋은 일이라고 생각했다.

에그웨인의 방은 모든 신입의 방이 그렇듯 작고 창문도 없었다. 회칠한 이쪽 벽부터 저쪽 벽까지 나이니브의 짧은 보폭으로 세 걸음이었다. 나이니브의 방은 훨씬 컸지만, 그녀는 다른 합격자들과 사귀지 않았으므로 이야기할 사람이 필요하면 에그웨인의 방에 왔다. 지금처럼 아예 말을 하지 않더라도 말이다. 좁은 난로에 피워 놓은 작은 불꽃이 다가오는 가을의 첫 한기를 편안하게 누그러뜨렸다. 다만 에그웨인은 겨울이 오면 그 난로가 그다지 도움이 되지는 않을 거라고 확신했다. 공부를 할 때 쓰는 작은 탁자로 가구는 끝이었다. 에그웨인의 소지품은 벽에 일렬로 박힌 못에 깔끔하게 걸려 있거나 탁자 위의 짧은 선반에 놓여 있었다. 신입들은 보통 너무 바빠서 자기 방에서 보낼 시간이 없었다. 그러나 오늘은 에그웨인과 나이니브가 화이트 타워에 온 이후로 겨우 세 번째 맞는 자유일이었다.

"엘즈는 오늘 갈라드가 수호자들이랑 연습하는 걸 구경하면서 송아지 같은 표정을 짓고 있더라." 민은 두 다리로 의자를 흔들어 대며 말했다.

에그웨인의 손 위에 떠 있던 작은 공들이 잠시 흔들렸다. "누굴 구경하든 엘즈 자유지." 에그웨인이 아무렇지 않게 말했다. "내가 왜 관심을 가져야 하는지 모르겠네."

"관심을 가질 이유는 없지. 근데 갈라드는 되게 잘생겼잖아. 태도가 지나치게 뻣뻣하긴 하지만 말이야. 보기가 아주 좋아. 특히 셔츠를 벗으면."

공이 격렬하게 돌아갔다. "난 확실히 갈라드를 보고 싶은 마음이 없어. 셔츠를 입었든 안 입었든."

"널 놀리면 안 되는 건데." 민이 반성하며 말했다. "그건 미안해. 하지만 넌 갈라드 보는 걸 정말 좋아하잖아. 째려보지 마. 적색의 아자가 아닌 화이트 타워의 거의 모든 여자가 마찬가지인걸. 난 갈라드가 자세 연습을 할 때 아이즈 세다이들이 훈련장으로 내려가는 것도 봤어. 특히 녹색의 아자가 그러던걸. 말로는 자기들 수호자를 확인하러 갔다지만, 갈라드가 없을 때는 구경하는 사람이 그렇게 많지 않아. 심지어 요리사와 하녀 들까지 나와서 갈라드를 구경한다니까."

공이 우뚝 멈추었다. 잠시 에그웨인은 그 공들을 바라보았다. 공이 사라졌다. 에그웨인이 불쑥 키득거렸다. "갈라드가 잘생기긴 **잘생겼어.** 그치? 걸어 다닐 때도 춤추는 것 같다니까." 에그웨인의 두 뺨이 더욱 붉어졌다. "빤히 쳐다보면 안 되는 걸 아는데도 참을 수가 없어."

"나도." 민이 말했다. "그리고 그 녀석이 어떤 녀석인지도 알겠어."

"갈라드가 착하기만 하면……."

"에그웨인, 갈라드는 지나치게 착해. 그 녀석을 보고 있으면 내 머리털을 쥐어뜯고 싶어질 정도야. 대의를 위해 봉사하겠다며 사람을 해칠 녀석이라니까. 심지어 자기가 누구를 해쳤는지 알아채지도 못할걸. 다른 데 너무 신경을 쓰고 있어서. 알아챈다 해도 그 사람이 이해해 줄 거라고 생각하면서 모든 게 잘됐다고 여기겠지만."

"네 말이니 맞겠지." 에그웨인이 말했다. 그녀는 사람들을 보고 그들에 관해 온갖 것들을 읽어 내는 민의 능력을 보았다. 민이 본 모든 것을 말하는 건 아니었다. 언제나 모든 걸 보는 것도 아니었고. 하지만 에그웨인이 그녀의 능력을 믿을 만한 계기는 충분히 있었다. 그녀는 나이니브를 힐끗 보았다가—나이니브는 그때까지도 혼자 중얼거리며 어슬렁거리고 있었다—다시 **사이다**에 손을 뻗어 산만하게 저글링을 시작했다.

민이 어깨를 으쓱했다. "너한테 말해 주는 게 낫다고 생각했어. 갈라드는 엘즈 마음을 전혀 모르더라. 엘즈한테, 오늘이 자유일인데 네가 저녁식사를 한 다음에 남쪽 정원을 산책할 것 같으냐고 묻더라니까. 엘즈가 불쌍했어.”

“가엾은 엘즈.” 에그웨인은 그렇게 중얼거렸다. 빛의 공이 그녀의 두 손 위에서 더욱 생생해졌다. 민이 웃었다.

문이 바람을 받아 쾅 열렸다. 에그웨인은 깍 소리를 내며 공이 사라지게 했다. 그런 뒤에야 문 뒤에 서 있는 사람이 다름 아닌 일레인이라는 걸 알았다.

안도어 여왕 후계자, 금발의 일레인은 문을 밀어 닫고 못에 망토를 걸었다. “방금 들었는데.” 그녀가 말했다. “소문이 사실이래. 갈드리안 왕이 죽었어. 그러면 왕위 계승 전쟁이 일어나는 거야.”

민이 코웃음을 쳤다. “내전. 왕위 계승 전쟁. 같은 걸 부르는 바보 같은 이름이 참 많기도 하다. 혹시 그 얘기 좀 안 하면 안 될까? 우리가 듣는 얘기는 그게 전부잖아. 케예리엔에서 일어난 전쟁. 토먼 헤드에서 일어난 전쟁. 티어도 아직 전쟁 중이야, 살데이아에 나타난 가짜 드래건을 잡았는지는 모르지만. 어쨌든 이런 이야기 대부분은 소문이고. 어제는 어떤 요리사 한 명이 그러는 거야, 아터 호크윙이 탄치코로 행군해 오고 있다는 얘기를 들었고. 아터 호크윙이라니!”

“얘기하기 싫다더니.” 에그웨인이 말했다.

“난 로게인을 봤어.” 일레인이 말했다. “안뜰의 벤치에 앉아서 울더라. 날 보더니 도망쳤어. 어쩔 수 없이 불쌍하다는 마음이 들어.”

“나머지 우리가 우느니 로게인이 우는 게 낫지, 일레인.” 민이 말했다.

“나도 로게인의 정체는 알아.” 일레인이 차분하게 말했다. “아니, 과거의 정체를 안다고 해야겠지. 로게인은 더 이상 그런 존재가 아니고, 난 로게인을 불쌍하게 여길 수 있어.”

에그웨인이 벽에 털썩 기댔다. **랜드.** 로게인은 언제나 랜드를 생각나게 했다. 지금까지 에그웨인은 몇 달째 랜드 꿈을 꾸지 않고 있었다. 적어도 리버퀸호에서 꿨던 것 같은 꿈은 꾸지 않았다. 아나이야는 지금도 에그웨인에게 모든 꿈을 글로 적으라고 했다. 그러면 아이즈 세다이들이 그 기록을 살펴 어떤 징표나 실제 사건과의 연관성이 나타나는지 확인했다. 그러나 아나이야의 말로는 에그웨인이 랜드를 그리워한다는 내용의 꿈을 빼면 랜드에 관한 꿈은 아무것도 없었다. 이상하게도 에그웨인은 화이트 타워에 도착하고 몇 주 뒤부터 랜드가 꿈에서나 마찬가지로 현실에도 더 이상 없는 것만 같은, 더 이상 존재하지 않는 것만 같은 기분이 들었다. **그런데 난 여기 앉아서 갈라드의 걸음걸이가 얼마나 멋진지나 생각하고 있다니.** 에그웨인은 씁쓸했다. **랜드는 괜찮을 거야. 랜드가 잡혀서 순치당했다면 내가 무슨 얘기를 들었겠지.**

그 생각에 몸에 한기가 흘렀다. 랜드가 순치당한다는 생각을 하면 한 번도 한기가 느껴지지 않은 적이 없었다. 랜드가 로게인처럼 흐느끼며 죽고 싶어 한다는 생각을 하면.

일레인이 침대 위 에그웨인 옆에 자기 발을 깔고 앉았다. "에그웨인, 갈라드 생각에 젖어 있는 거라면 난 공감 못 하겠어. 나이니브한테 나이니브가 늘 이야기하는 그 끔찍한 혼합 음료를 처방해 주라고 해야겠다." 일레인은 나이니브를 보며 인상을 찌푸렸다. 나이니브는 일레인이 들어온 걸 전혀 눈치 못 채고 있었다. "쟨 왜 저래? 나이니브까지 갈라드 때문에 한숨을 쉬기 시작했다는 말은 하지 말아 줘!"

"나라면 나이니브를 건드리지 않을 거야." 민이 둘에게로 허리를 숙이며 목소리를 낮추었다. "그 깡마른 합격자 이렐라가 나이니브더러 젖소처럼 서툴고 이능은 젖소의 절반밖에 안 된다고 했어. 그래서 나이니브가 귀싸대기를 날려 버렸어." 일레인이 움찔했다. "그렇다니까." 민은 웅얼거렸다. "눈 깜싹할 사이에 사람들이 나이니브를 시리암의 서재로 올려 보냈고, 나이니브는 그때 이후로 누구와도 같이 살 수 없는 사람처럼 굴고 있어."

민이 목소리를 충분히 낮추지 못했는지 나이니브가 끙 소리를 냈다. 갑자기 문이 다시 한 번 홱 열리더니 방 안으로 돌풍이 들이쳤다. 에그웨인의 침대 담요에는 주름이 잡히지 않았으나 민과 민의 의자는 넘어져 벽까지 데굴데굴 굴러갔다. 바람이 즉시 잦아들었고, 나이니브는 놀란 표정을 하며 멈춰 섰다.

에그웨인이 서둘러 문으로 다가가 밖을 내다보았다. 오후의 태양이 어젯밤 폭풍우의 마지막 잔해를 태워 버리고 있었다. 아직 젖어 있는 신입의 뜰 주변 발코니는 비어 있었고 신입들의 방으로 들어가는, 일렬로 늘어선 문은 전부 닫혀 있었다. 자유일을 이용해 정원을 즐겼던 신입들은 모자란 잠을 자고 있는 게 틀림없었다. 누군가 봤을 리는 없었다. 에그웨인은 문을 닫고 다시 일레인 옆에 자리 잡았다. 나이니브가 민을 부축해 일으켰다.

"미안, 민." 나이니브가 힘이 잔뜩 들어간 목소리로 말했다. "가끔 내 성질이……. 미안하다고도 못 하겠다, 이런 일에는." 그녀가 심호흡을 했다. "나를 시리암한테 이르고 싶대도 이해해. 그래도 싸."

에그웨인은 나이니브가 인정하는 말을 듣고 싶지 않았다. 나이니브는 이런 문제를 놓고 까다롭게 굴곤 했다. 집중할 만한 무언가를, 나이니브가 보기에 에그웨인이 관심을 기울이고 있다고 생각할 만한 무언가를 찾다가 에그웨인은 자기도 모르게 다시 한 번 **사이다**에 접촉해 빛의 공으로 저글링을 했다. 일레인도 재빨리 에그웨인과 함께했다. 에그웨인은 세 개의 아주 작은 공이 여왕 후계자의 손 위에 떠오르기도 전에 그녀의 주변에 빛이 형성되는 것을 보았다. 둘은 작고 빛나는 구체를 점점 더 정교한 패턴에 따라 주고받기 시작했다. 때로는 둘 중 한 소녀가 자기에게 다가오는 빛을 유지 못하면서 구체가 깜빡거렸다. 그러다가 구체는 색깔이나 크기가 약간 바뀌며 다시 켜졌다.

일원력은 에그웨인을 생명으로 가득 채웠다. 그녀는 일레인이 쓴 아침 목욕 비누의 희미한 장미향을 맡았다. 그녀가 앉아 있는 침대의 감촉만이 아니라 벽의 거친 회반죽 감촉과 바닥의 매끄러운 돌 감촉까지 느껴졌다. 민과 나이니브의 조용한 말소리는 물론이고 그들의 숨소리가 들렸다.

"용서 얘기가 나와서 말인데," 민이 말했다. "네가 날 용서해 줘야 할지도 몰라. 네가 성질이 나쁘다면 나는 수다쟁이거든. 네가 날 용서하면 나도 널 용서할게." 양측 모두 진심 어린 목소리로 "용서할게"라고 웅얼거린 뒤 서로를 끌어안았다. "하지만 다시 그러면," 민이 웃으며 말했다. "내가 **네** 따귀를 때릴지도 몰라."

"다음에는," 나이니브가 대답했다. "너한테 뭔가를 던질 거야." 나이니브도 웃고 있었지만, 그녀의 시선이 에그웨인과 일레인에게 닿자 그 웃음은 갑자기 멈추었다. "너희 둘, 당장 그만둬. 아니면 신입 담당한테 **가게 될** 거야. 둘 다."

"나이니브, 그러지 마!" 에그웨인이 항의했다. 하지만 나이니브의 눈에 떠오른 표정을 본 그녀는 서둘러 **사이다**와의 모든 접촉을 끊었다. "알았어. 진심인 거 알겠으니까 증명할 필요는 없어."

"우린 연습을 해야 해." 일레인이 말했다. "우리한테 점점 더 많은 걸 요구한다고. 우리끼리 연습하지 않으면 절대 따라잡을 수 없을 거야." 일레인의 얼굴에서는 침착한 평정심이 드러났지만, 그녀도 에그웨인만큼 서둘러 **사이다**를 놓아주어야 했다.

"너무 많은 **사이다**를 끌어들이면 어떻게 되더라?" 나이니브가 물었다. "너희를 막을 사람도 없으면? 난 너희가 좀 더 두려워했으면 좋겠어. 난 두려워. 너희들한테 **사이다**가 어떻게 느껴질지 내가 모를 것 같아? **사이다**는 언제나 존재하고, 너희는 **사이다**로 너희 자신을 채우고 싶어 하지. 때로는 자제하는 것만으로도 힘들어. 난 사이다 **전체**를 원해. 그랬다가는 **사이다**로 인해 내가 바삭바삭하게 타 버리고 말리라는 걸 알면서도 원한다고." 나이니브가 몸을 떨었다. "난 그냥 너희가 좀 더 두려워했으면 좋겠어."

"두려워." 에그웨인이 한숨을 쉬며 말했다. "무시무시해. 하지만 그래도 도움이 되지 않는걸. 넌 어때, 일레인?"

"나한테 무시무시하게 느껴지는 건," 일레인이 공상에 잠긴 듯 말했다. "설거지뿐이야. 꼭 매일 실거지를 헤아 하는 것 같다니까." 에그웨인이 베개를 던졌다. 일레인이 머리맡에 떨어진 베개를 집어 들고 다시 던졌지만, 곧 어깨를 축 늘어뜨렸다. "알았어, 알았어. 난 너무 무서워서 왜 이가 덜덜 떨리지 않나 싶을 정도야. 엘라이다는 내가 방랑자들과 함께 도망치고 싶어질 정도로 겁을 먹을 거라고 했는데, 그땐 무슨 말인지 몰랐어. 누가 우리를 몰아대는 것처럼 심하게 황소를 몰아대면 다들 그 사람을 피할걸. 나는 언제나 피곤해. 피곤한 채 잠을 깨서 기진맥진한 채 잠자리에 들고, 때로는 내가 감당할 수 있는 것보다 많은 일원력을 실수로 채널링하게 될까 너무 무서워서……." 일레인은 무릎을 내려다보며 말을 흐렸다.

에그웨인은 일레인이 하지 않은 말이 무엇인지 알고 있었다. 둘의 방은 서로 붙어 있었고, 수많은 신입의 방이 그렇듯 두 방 사이의 벽에는 오래전부터 작은 구멍이 뚫려 있었다. 애초에 어디에 있는지 아는 게 아니라면 보이지 않을 만큼 작지만, 불이 꺼지고 소녀들이 방에서 나갈 수 없게 되었을 때 이야기를 나누기에는 유용한 구멍이었다. 에그웨인은 일레인이 울다가 잠드는 소리를 여러 번 들었고, 일레인도 그녀가 우는 소리를 들었을 게 틀림없다고 생각했다.

"방랑자들은 매력적이지." 나이니브가 맞장구쳤다. "하지만 어디에 가든 네가 할 수 있는 일은 달라지지 않아. **사이다**로부터 도망칠 수는 없어." 나이니브는 자기가 한 말이 마음에 들지 않는 듯했다.

"넌 뭐가 보여, 민?" 일레인이 말했다. "우리 모두가 강력한 아이즈 세다이가 될까, 아니면 남은 평생을 신입으로서 설거지나 하며 보내거나……." 일레인은 머릿속에 떠오른 세 번째 길을 소리 내서 말하고 싶지 않다는 듯 불편하게 어깨를 으쓱했다. 세 번째 길이란 집으로 돌려보내지는 것이었다. 화이트 타워에서 쫓겨나는 것. 에그웨인이 온 이후 신입 두 명이 쫓겨났는데, 그 둘에 대해 말할 때는 모두 그 둘이 죽기라도 한 것처럼 속삭였다.

민은 앉은 채로 움직거렸다. "난 친구들을 읽는 걸 좋아하지 않아." 그녀가 투덜댔다. "우정이 읽는 데 방해가 돼. 눈에 보이는 것에 가장 좋은 포장을 씌워 주게 되거든. 내가 너희 셋을 더 이상 읽어 주지 않는 이유가 그래서야. 아무튼, 내가 읽을 수 있는 것 중 너희들에 관해서는 바뀐 게 아무것도……." 민이 눈을 가늘게 뜨고 그들을 보더니 갑자기 인상을 찌푸렸다. "이건 새로운데." 그녀가 숨죽여 말했다.

"뭐가?" 나이니브가 날카롭게 물었다.

민은 망설이다가 대답했다. "위험이 보여. 너희 모두가 어떤 위험에 빠져 있어. 아니면 아주 빠른 시일 내에 그렇게 될 거야. 자세히 알아볼 수는 없지만 위험이야."

"봐." 나이니브가 침대에 앉아 있는 두 소녀에게 말했다. "조심해야 해. 우리 모두가. 너희 둘 다 지도해 줄 사람이 없을 때는 절대 채널링하지 않겠다고 약속해."

"이 얘기는 더 이상 하기 싫어." 에그웨인이 말했다.

일레인도 힘차게 고개를 끄덕였다. "맞아. 다른 얘기나 하자. 민, 네가 드레스를 입으면, 장담하는데 가원이 너한테 같이 산책을 가자고 할 거야. 너도 알겠지만 가원은 널 보고 있어. 근데 브리치스랑 남자 외투 때문에 다가오지 못하는 거야."

"난 내 마음에 드는 옷을 입어. 아무리 네 오빠라지만 귀족 때문에 그걸 바꾸지는 않을 거야." 민은 여전히 눈을 가늘게 뜬 채 그들을 보고 인상을 찌푸리며 멍하니 말했다. 이건 전에도 나눈 대화였다. "때로는 남자아이로 보이는 게 쓸모 있다고."

"유심히 본 사람은 절대 널 남자아이라고 생각하지 않아." 일레인이 미소 지었다.

에그웨인은 불편했다. 일레인은 억지로 즐거운 척하고 있었고, 민은 거의 관심을 기울이지 않고 있었으며, 나이니브는 다시 경고하고 싶어 하는 표정이었다.

문이 다시 한 번 홱 열리자 에그웨인은 벌떡 일어나 문을 닫으려 했다. 이런저런 시늉을 하는 다른 사람들을 지켜보는 것 말고 다른 할 일이 생겨서 다행스러웠다. 하지만 에그웨인이 문에 이르기도 전에 금발을 여러 가닥으로 땋은 검은 눈의 아이즈 세다이가 방으로 들어왔다. 에그웨인은 놀라서 눈을 깜빡였다. 그 사람이 리안드린이기 때문이기도 했지만, 굳이 리안드린이 아니라도 아이즈 세다이가 찾아왔다는 게 놀라웠다. 에그웨인은 리안드린이 화이트 타워에 돌아왔다는 소식을 듣지 못했다. 하지만 그걸 떠나서, 아이즈 세다이가 신입을 만나고 싶다면 불려 가기 마련이었다. 자매가 직접 신입의 방에 왔다는 게 좋은 뜻일 리 없었다.

다섯 여자로 인해 방 안이 붐볐다. 리안드린은 잠시 멈춰 서서 붉은 술이 달린 숄을 바로잡으며 그들을 눈여겨보았다. 민은 움직이지 않았으나 일레인은 일어섰고, 서 있던 세 사람은 무릎을 굽혀 인사했다. 다만 나이니브는 무릎을 굽히는 둥 마는 둥 했다. 에그웨인이 생각하기에, 나이니브가 자기 위에 있는 다른 사람들의 권위를 받아들이는 데 익숙해지는 날은 영영 오지 않을 것 같았다.

리안드린의 시선이 나이니브에게 머물렀다. "너는 왜 여기, 신입들의 숙소에 있느냐, 아이야?" 그녀의 목소리는 얼음장 같았다.

"친구들을 만나러 왔습니다." 나이니브는 힘이 들어간 목소리로 말했다. 그라고는 잠시 후 덧붙였다. "리안드린 세다이."

"합격자들은 신입과 친구가 될 수 없다. 지금쯤은 그 사실을 배웠어야지, 아이야. 하지만 널 여기서 찾은 건 잘된 일이다. 너, 그리고 너." 리안드린의 손가락이 일레인과 민을 쿡쿡 찌르듯 했다. "둘은 가라."

"나중에 다시 올게." 민은 그 명령에 서둘러 따르지 않는다는 걸 드러내며 태평하게 일어나더니, 씩 웃으면서 리안드린 옆을 성큼성큼 걸어갔다. 리안드린은 전혀 신경 쓰지 않았다. 일레인은 에그웨인과 나이니브를 걱정스러운 눈으로 보더니 무릎을 굽혀 인사하고 떠났다.

일레인이 문을 닫고 나간 뒤 리안드린은 가만히 서서 에그웨인과 나이니브를 살폈다. 에그웨인은 그 뚫어질 듯한 시선에 안절부절못하기 시작했으나 나이니브는 똑바로 서 있었다. 얼굴이 약간 상기되었을 뿐이다.

"너희 둘은 모레인과 같이 여행한 소년들과 같은 마을 출신이지. 아니냐?" 리안드린이 갑자기 말했다.

"랜드 소식이 있으신 건가요?" 에그웨인이 기대감에 차서 물었다. 리안드린은 눈썹을 치뜨며 그녀를 보았다. "죄송합니다, 아이즈 세다이. 제가 주제넘었습니다."

"그 애들 소식이 있으신 겁니까?" 나이니브는 거의 명령하는 투로 물었다. 합격자에게는 아이즈 세다이가 말을 걸기 전까지 말을 해서는 안 된다는 규칙이 없었다.

"그 아이들을 걱정하는구나. 좋은 일이다. 그 아이들은 위험에 빠져 있고, 너희가 도울 수 있을지 모른다."

"그 애들이 곤란한 처지라는 걸 어떻게 압니까?" 이번에는 나이니브의 목소리에서 고압적인 말투가 선명히 드러났다.

리안드린의 장미 꽃송이 같은 입이 꽉 다물렸다. 하지만 그녀의 말투는 변하지 않았다. "너희는 모르겠지만, 모레인이 너희에 관한 편지를 화이트 타워에 보내왔다. 모레인 세다이는 너희를 걱정하고, 너희의 어린…… 친구들에 대해서도 걱정한다. 그 소년들은 위험에 빠져 있다. 그 애들을 돕고 싶으냐, 아니면 그 애들을 운명에 맡겨 두고 싶으냐?"

"돕고 싶습니다." 에그웨인이 말했다. 동시에 나이니브는 "무슨 문제입니까? 왜 그 애들을 돕는 데 **당신이** 관심을 기울이는 겁니까?"라고 말했다. 나이니브는 리안드린의 숄에 달린 붉은 술을 힐끗 보았다. "당신은 모레인을 싫어하는 줄 알았는데요."

"너무 많은 걸 추측하지 마라, 아이야." 리안드린이 날카롭게 말했다. "합격자가 됐다고 자매가 된 건 아니다. 합격자와 신입은 둘 다 자매가 말할 때 귀 기울여 듣고 시키는 대로 한다." 리안드린은 숨을 들이쉬더니 말을 이었다. 목소리는 다시 차갑고도 평온해졌지만, 두 뺨에 분노로 인한 흰 얼룩이 생겨났다. "확신하는데, 언젠가는 너도 대의를 위해 봉사하게 될 것이다. 그때가 되면 대의에 봉사하기 위해 마음에 들지 않는 자와도 협력해야만 한다는 걸 알게 되겠지. 분명히 말하지만, 나는 나 혼자 결정할 수 있었다면 같은 방에서 지내지도 않았을 수많은 사람과 협력해 왔다. 너라면 친구들을 구할 수 있는데도 네가 가장 싫어하는 자와는 힘을 합치지 않을 것이냐?"

나이니브는 마지못해 고개를 저었다. "하지만 아직도 그 애들이 어떤 위험에 빠져 있는지 말해 주지 않으셨습니다. 리안드린 세다이."

"샤이올 굴에서부터 온 위험이다. 그 아이들은 사냥당하고 있다. 내가 알기로는 전에도 그런 적이 있었지. 너희가 나와 함께 간다면 최소한 그 위험 중 일부는 제거될 수 있다. 방법은 묻지 마라. 말해 줄 수 없으니. 하지만 그게 사실이라는 점은 단호히 말하마."

"가겠습니다, 리안드린 세다이." 에그웨인이 말했다.

"어디로 갑니까?" 나이니브가 말했다. 에그웨인은 짜증스러운 눈으로 나이니브를 째려보았다.

"토먼 헤드."

에그웨인의 입이 쩍 벌어졌다. 나이니브가 투덜거렸다. "토먼 헤드에서는 전쟁이 벌어지고 있습니다. 이번 위험이 아터 호크윙의 군대와 관련된 겁니까?"

"너는 소문을 믿느냐, 아이야? 설령 그 소문이 사실이라 해도 소문 때문에 포기하겠느냐? 난 네가 그 애들을 친구로 생각하는 줄 알았는데." 리안드린의 비꼬는 듯한 말투는, 자기라면 절대 소문에 굴하지 않겠다고 말하는 듯했다.

"가겠습니다." 에그웨인이 말했다. 나이니브가 다시 입을 열었으나 에그웨인이 바로 말을 이었다. "가야 해, 나이니브. 랜드한테 우리 도움이 필요하다면—맷이랑 페린도—우리가 도움을 줘야지."

"그건 나도 알아." 나이니브가 말했다. "내가 알고 싶은 건, 왜 우리냐는 거야. 모레인이나 리안드린 당신이 할 수 없는 일 중 우리가 할 수 있는 게 뭡니까?"

리안드린의 뺨에 떠오른 흰 자국이 커졌지만—에그웨인은 나이니브가 그녀를 부를 때 존칭을 잊었다는 걸 알았다—그녀가 한 말은 이것이었다. "너희 둘은 그 애들과 같은 마을 출신이다. 내가 완전히 이해하지 못하는 방식에 따라 너희가 그 아이들과 연결되어 있다. 그 이상은 말할 수 없다. 너의 바보 같은 질문에도 더는 대답하지 않겠다. 그 아이들을 위해 나와 함께 가겠느냐?" 리안드린은 잠시 말을 멈추고 둘이 동의하기를 기다렸다. 그들이 고개를 끄덕이자 리안드린이 눈에 띄게 긴장을 풀었다. "좋다. 해 지기 한 시간 전에 말과 여행에 필요한 모든 물건을 가지고 오기어 덤불 북쪽 끝에서 만나자. 이 일은 아무에게도 말하지 마라."

"우린 허락 없이 화이트 타워 그라운드를 떠나선 안 됩니다." 나이니브가 천천히 말했다.

"내가 허락한다. 아무에게도 말하지 마라. 그 누구에게도. 흑색의 아자가 화이트 타워의 복도를 걸어 다닌다."

에그웨인이 헛숨을 들이켰다. 나이니브에서도 메아리치듯 똑같은 소리가 들려왔다. 하지만 나이니브는 빠르게 평정심을 되찾았다. "저는 모든 아이즈 세다이가 그…… 그것의 존재를 부정하는 줄 알았습니다."

리안드린의 입에 힘이 들어가며 비웃음이 되었다. "많은 사람들이 부정하지. 하지만 타몬 가이돈이 다가오고 있고, 부정할 수 있는 시간은 사라져 간다. 흑색의 아자는 화이트 타워가 의미하는 모든 것의 반대지만 존재한다, 아이야. 흑색의 아자는 모든 곳에 있다. 모든 여성이 흑색의 아자에 속할 수 있으며 어둠의 존재를 섬길 수 있다. 네 친구들이 그림자에 쫓기고 있다면 흑색의 아자가 그들을 도우려는 너희를 자유롭게 살려 둘 것 같으냐? 아무에게도─그 누구에게도!─말하지 말거라. 그러지 않으면 살아서 토먼 헤드에 도착할 수 없을지도 모른다. 해 지기 한 시간 전이다. 나를 실망시키지 마라." 그 말과 함께 리안드린은 떠났다. 그녀의 등 뒤에서 문이 굳게 닫혔다.

에그웨인이 두 손으로 무릎을 짚은 채 털썩 침대에 주저앉았다. "나이니브, 리안드린은 적색의 아자야. 랜드에 대해 알아서는 안 돼. 만일 알면……."

"알면 안 되지." 나이니브가 동의했다. "적색의 아자가 돕고 싶어 하는 이유를 알고 싶네. 저 여자가 모레인과 기꺼이 협력하려 하는 이유라든지. 난 둘 중 하나가 갈증으로 죽어 간다 해도 둘이 서로에게 물 한 모금 주지 않을 거라고 확신했는데."

"거짓말인 것 같아?"

"저 여자는 아이즈 세다이야." 나이니브가 무미건조하게 말했다. "저 여자가 한 모든 말이 사실이었다는 데 내가 가진 가장 좋은 은제 핀을 걸겠어. 상대가 건 게 블루베리 한 알이라도. 하지만 우리가 들은 게 정말 우리가 생각한 진실인지는 모르겠네."

"흑색의 아자라니." 에그웨인이 몸을 떨었다. "리안드린이 흑색의 아자에 대해 한 말을 오해할 수는 없어. 빛이여, 저희를 도우소서."

"오해할 수 없지." 나이니브가 말했다. "그 말로 저 여자는 우리한테 그 누구에게도 조언을 구하지 못하도록 엄포를 놨어. 그런 말을 들었는데 우리가 누구를 믿을 수 있겠어? 정말이지, 빛께서 우리를 도우셔야 할 일이야."

민과 일레인이 부산스럽게 들어와 문을 쾅 닫았다. "너희 정말 가는 거야?" 민이 물었다. 일레인은 에그웨인의 침대 위 벽에 난 아주 작은 구멍을 가리키며 말했다. "내 방에서 들었어. 전부 다."

에그웨인은 나이니브와 시선을 주고받으며 그들이 얼마나 많은 내용을 엿들었을지 궁금해졌다. 나이니브의 얼굴에서도 똑같은 근심이 드러났다. **저 애들이 랜드에 관한 이야기를 해석해 냈다면…….**

"이 얘기는 너희만 알고 있어야 해." 나이니브가 경고했다. "리안드린은 우리가 떠나도 좋다는 시리암의 허락을 미리 받아 놨을 거야. 하지만 그게 아니라고 해도, 내일 사람들이 화이트 타워 꼭대기 층부터 맨 아래 층까지 우리를 찾아다닌다 해도, 한마디도 하면 안 돼."

"나 혼자 알고 있으라고?" 민이 말했다. "그건 걱정할 필요 없어. 난 너희랑 같이 갈 테니까. 내가 하루 종일 하는 일은 이 갈색의 자매나 저 갈색의 자매에게 나조차 모르는 걸 설명하려고 애쓰는 것뿐이야. 심지어 산책을 다닐 때도 아멀린 권좌가 불쑥 튀어나와 누구든 눈에 보이는 사람을 읽어 보라고 해. 아멀린이 뭘 하라고 요구하면 거기서 빠져나갈 방법은 아예 없는 것 같아. 내가 아멀린 권좌에게 화이트 타워 사람들의 절반을 읽어 준 게 틀림없는데도 그 여자는 언제나 또 한 번의 증명을 원해. 나한테 필요했던 건 떠날 핑계뿐이었어. 이게 바로 그 핑계야." 민의 얼굴에는 어떤 반박도 허용하지 않는 단호함이 어려 있었다.

에그웨인은 민이 그냥 혼자 떠나지 않고 그들과 같이 가겠다고 이렇게까지 결심을 굳힌 이유가 궁금했지만, 궁금해하는 것 이상의 어떤 행동을 할 겨를도 없이 일레인이 말했다. "나도 갈래."

"일레인." 나이니브가 부드럽게 말했다. "에그웨인과 나는 에먼즈 필드에서부터 그 녀석들의 가족이나 마찬가지였어. 너는 안도어의 여왕 후계자야. 네가 화이트 타워에서 사라지면, 글쎄. 그건…… 그건 전쟁의 계기가 될 거야."

"타 발론에서 나를 육포로 만들거나 장으로 담가도 어머니는 타 발론과 전쟁을 벌이지 않으실 거야. 어쩌면 지금 타 발론에서 나한테 하는 짓이 그런 걸지도 모르지. 너희 셋이 떠나서 모험을 할 수 있다면, 나라고 여기 남아서 설거지를 하고 바닥을 문질러 닦고 자기가 원하는 정확한 파란색의 불꽃을 만들어 내지 못했다는 이유로 웬 합격자한테 야단을 맞을 이유는 없잖아? 전후사정을 알면 가윈이 부러워서 죽을걸." 일레인은 씩 웃더니 손을 뻗어 에그웨인의 머리카락을 장난스럽게 당겼다. "게다가 네가 랜드를 방치하면, 나한테 랜드를 가질 기회가 있을지도 모르지."

"내 생각엔 우리 둘 다 랜드를 가질 수 없을 거야." 에그웨인이 슬프게 말했다.

"그럼 누구든 랜드가 선택하는 사람을 찾아서 그 여자의 인생을 비참하게 만들어 주자. 하지만 랜드가 우리 중 하나를 가질 수 있는데 다른 사람을 선택할 만큼 바보일 리는 없잖아. 아, 제발 웃어, 에그웨인. 난 랜드가 네 것이라는 걸 알고 있어. 난 그냥," 일레인은 단어를 찾느라 망설였다. "자유로운 기분이 들어. 난 한 번도 모험을 해 본 적이 없거든. 장담하는데, 너나 나나 모험하다 말고 울다 지쳐 잠드는 일은 없을 거야. 만일 그런다고 해도 방랑 시인이 그 부분은 빼놓고 노래하게 하자."

"이건 바보 같은 짓이야." 나이니브가 말했다. "우린 토먼 헤드로 가. 너도 소식은 들었잖아. 소문도 들었고. 위험할 거야. 넌 여기 남아야 해."

"나도 리안드린 세다이가 그…… 흑색의 아자에 대해서 하는 얘기를 들었어." 일레인의 목소리는 그 이름을 말할 때 거의 귓속말처럼 잦아들었다. "**그런 사람들이** 여기 있으면 여기라고 얼마나 안전하겠어? 어머니께서도 흑색의 아자가 정말로 존재한다고 생각하셨다면, 그자들에게서 나를 떼어 놓기 위해서라도 나를 전쟁터에 집어던지셨을 거야."

"하지만 일레인……."

"내가 가는 걸 막을 방법은 한 가지뿐이야. 신입 담당한테 말하는 거. 우리 셋 모두가 시리암의 서재에 줄을 서 있으면 예쁜 그림이 되겠네. 우리 넷이구나. 이런 일에서 민이라고 발을 뺄 것 같지는 않으니까. 그럼, 너희가 시리암 세다이에게 말할 게 아니라면 나도 가는 거야."

나이니브가 두 손을 들었다. "너라면 일레인을 설득할 수 있을지도 모르지." 그녀가 민에게 말했다.

민은 문에 기댄 채 눈을 가늘게 뜨고 일레인을 바라보다가 고개를 저었다. "내 생각엔 일레인도 너희만큼이나 가야 할 것 같아. 우리만큼이나. 이젠 너희 모두를 둘러싼 위험이 좀 더 선명하게 보여. 알아볼 만큼 선명한 건 아니지만, 그 위험이 너희가 가겠다고 결정한 것과 관계된 것 같아. 그래서 더 선명해진 거야. 더 확실해졌으니까."

"그게 가야 할 이유는 아닐 텐데." 나이니브가 말했다. 하지만 민이 다시 고개를 저었다.

"일레인은…… 일레인은 그 남자애들에게 너만큼, 아니면 에그웨인이나 나만큼 연결돼 있어. 일레인도 이 일의 일부야, 나이니브. 이 일이 뭔지는 모르겠지만. 아이즈 세다이라면 패턴의 일부라고 말하겠지."

일레인은 놀라면서도 흥미로워 하는 눈치였다. "내가? 무슨 일부인데, 민?"

"선명하게 보이지는 않아." 민이 바닥을 보았다. "때로는 사람들을 아예 읽지 못했으면 좋겠어. 대부분의 사람들은 어쨌든 내가 보는 것만으로는 만족하지 않으니까."

"우리 모두가 갈 거라면," 나이니브가 말했다. "계획을 짜는 게 최선이야." 행동의 방향이 결정되기 전까지 아무리 이러쿵저러쿵해도, 일단 결심이 서고 나면 나이니브는 언제나 실용적인 문제에 바로 파고들었다. 그들을 데려가려면 무엇을 해야 하는지, 토먼 헤드에 도착할 때쯤 날씨는 얼마나 추울지, 누군가에게 제지당하지 않고 마구간에서 말을 끌고 오려면 어떻게 해야 할지.

나이니브의 말을 들으면서 에그웨인은 민이 보았다는 위험이 무엇인지, 어떤 위험이 랜드를 위협하는지 궁금해질 수밖에 없었다. 그녀는 랜드를 위협할 수 있는 유일한 위험에 대해 알고 있었고, 그 생각을 하자 추위가 느껴졌다. **버텨, 랜드. 버텨, 이 머리에 양털만 든 바보야. 내가 어떻게든 널 도울게.**

39장 화이트 타워 탈출

에그웨인과 일레인은 화이트 타워를 통과하며 지나친 모든 여자들의 무리를 향해 잠깐씩 고개를 숙였다. 에그웨인은 오늘따라 외부에서 온 여자들이 화이트 타워에 많아 다행이라고 생각했다. 그런 여자들이 너무 많아서, 모든 무리에 아이즈 세다이나 합격자가 붙을 수 없었다. 혼자 있든 작은 무리를 이루고 있든, 부티 나는 옷을 입었든 빈티 나는 옷을 입었든, 대여섯 개의 다른 지방 옷을 걸친 일부는 타 발론으로 올 때 뒤집어쓴 먼지를 아직 털지 못한 채로 자기들끼리 모여서 아이즈 세다이에게 질문하거나 탄원서를 제출할 차례를 기다리고 있었다. 어떤 여자들은—귀족이나 상인, 혹은 상인의 아내 들이었다—여자 허인들을 데리고 있었다 남자도 몇 명 탄원서를 가져와 혼자 서 있었다. 그들은 화이트 타워에 들어와도 되는지 잘 모르겠다는 듯 모두를 불안하게 살펴보았다.

선두에 선 나이니브는 일부러 시선을 앞에만 두었다. 그녀의 망토가 등 뒤에서 휘날렸다. 그녀는 어디로 가야 하는지 알고 있으며 실제로도 확실한 행선지가 있었다. 아무도 그들을 막지만 않는다면 말이다. 나이니브는 그곳에 갈 완벽한 권리가 있다는 것처럼—물론, 이건 완전히 다른 문제였다—걸었다. 타 발론에 처음 올 때 가져온 옷을 입은 그들은 확실히 화이트 타워의 거주자처럼 보이지 않았다. 모두가 말을 탈 수 있도록 갈라져 있는 치마와 자수가 들어간 호화로운 고급 모직 망토를 갖춘 최고의 옷을 골랐다. 그들을 알아볼 수 있는 사람들과 거리를 두기만 한다면—일행은 이미 그들의 얼굴을 아는 사람 몇 명을 피해 왔다—성공할지도 모른다는 생각이 들었다.

"이 옷은 토먼 헤드로 말을 타고 갈 때보다는 웬 귀족의 공원에 들를 때 더 잘 어울리겠다." 금실이 수놓인, 가슴과 소매에는 진주가 들어간 꽃이 장식된 회색 비단옷의 단추를 잠그도록 에그웨인이 도와주자 나이니브가 무미건조하게 말했다. "하지만 덕분에 눈에 띄지 않고 떠날 수는 있겠지."

이제는 에그웨인이 망토를 움직이며 금실이 수놓인 자신의 녹색 비단 드레스 주름을 펴고 일레인을 힐끗 보았다. 일레인은 크림색 줄무늬가 들어간 파란색 옷을 입고 있었다. 에그웨인은 나이니브의 말이 맞았기를 바랐다. 지금까지는 모두가 그들을 탄원서를 들고 온 사람이나 귀족, 최소한 돈 많은 여자 들로 보았다. 하지만 왠지 눈에 띄는 기분이었다. 에그웨인은 그 이유를 깨닫고 놀랐다. 지난 몇 달 동안 신입의 민무늬 흰 옷을 입은 터라 좋은 드레스가 불편하게 느껴졌던 것이다.

그들이 지나가자 소규모로 모여 있던, 굵직한 짙은 색 모직 옷을 입은 마을 여자들이 무릎을 굽혀 인사했다. 에그웨인은 그들을 지나치자마자 민을 힐끗 돌아보았다. 민은 소년의 갈색 망토와 코트 아래의 브리치스와 펑퍼짐한 남자용 셔츠를 입고 있었다. 오래되고 챙이 넓은 모자를 짧은 머리 위로 당겨 쓴 모습이었다. "우리 중 한 명은 하인 역할을 해야지." 민은 웃으며 그렇게 말했다. "너희처럼 옷을 입은 여자들은 항상 최소 한 명의 하인을 데리고 다닌다고. 달려야 할 때가 오면 너희도 내 브리치스를 갖고 싶어질걸." 그녀는 겨울옷으로 툭 불거진 안장주머니 네 개를 지고 있었다. 그들이 돌아오기 전에 겨울이 올 것이 분명했기 때문이다. 부엌에서 슬쩍한 음식 꾸러미도 있었다. 더 많은 음식을 사기 전까지 먹기에는 충분한 양이었다.

"정말 내가 좀 들어 주면 안 돼, 민?" 에그웨인이 조용히 물었다.

"그냥 거추장스러울 뿐이야." 민이 씩 웃으며 말했다. "무겁지는 않아." 민은 이 모든 게 그냥 게임이라고 생각하는 것 같았다. 아니면 그렇게 생각하는 척하는 것이든지. "사람들은 너희처럼 훌륭한 귀족이 왜 자기 안장주머니를 직접 들고 다니는지 궁금해할 게 분명해. 나중에는 너희 짐도, 원한다면 내 짐까지 들고 가도 돼. 하지만 일단은……." 그녀의 미소가 사라졌다. 그녀는 격하게 속삭였다. "아이즈 세다이야!"

에그웨인이 앞으로 휙 눈을 돌렸다. 머리가 길고 매끄러우며 세월의 흔적이 느껴지는 상아색 피부의 아이즈 세다이가 복도를 따라 다가오고 있었다. 그녀는 거친 농부의 옷과 여기저기 기운 망토를 걸친 한 여자의 말에 귀 기울이고 있었다. 아이즈 세다이는 아직 그들을 보지 못했지만 에그웨인은 그녀를 알아보았다. 갈색의 아자에 소속된 타키마. 화이트 타워와 아이즈 세다이의 역사를 가르치는 사람이었다. 그녀는 백 걸음 떨어진 곳에서도 제자들을 알아볼 수 있었다.

나이니브는 걸음을 멈추지 않고 옆 복도로 방향을 틀었지만 그곳에는 합격자 한 명이 있었다. 언제나 인상을 찡그리고 다니는 빼빼 마른 그 여자는 얼굴이 벌게진 신입의 귀를 잡고 서둘러 그들 옆을 지나갔다.

에그웨인은 침을 삼킨 뒤에야 말을 할 수 있었다. "방금 이렐라랑 엘즈였어. 우리를 봤을까?" 감히 뒤돌아 확인해 볼 수는 없었다.

"아니." 민이 잠시 후에 말했다. "저 둘이 본 건 우리 옷뿐이야." 에그웨인은 길게 안도의 한숨을 쉬었고 나이니브도 똑같이 한숨을 쉬는 소리를 들었다.

"마구간에 도착하기 전에 심장이 터져 버릴지도 모르겠다." 일레인이 투덜댔다. "모험은 항상 이런 식이야, 에그웨인. 심장이 목구멍까지 올라온 것 같고 간은 발 있는 데까지 떨어진 것 같지?"

"아마 그럴걸." 에그웨인이 천천히 말했다. 한때 모험을 떠나고 싶어 안달이었던 시절, 이야기 속에 나오는 사람들처럼 위험하고 신나는 일을 하고 싶었던 시절이 있었다니 생각하기 어려웠다. 지금 그녀는 신나는 부분이란 돌이켜 생각했을 때 떠오르는 것이며, 이야기는 불쾌한 부분을 아주 많이 빼놓는다고 생각했다. 에그웨인은 일레인에게도 그렇게 말했다.

"그래도," 여왕 후계자는 단호하게 말했다. "나는 진짜로 신나는 일을 해

본 적이 한 번도 없어. 어머니가 결정권을 가지고 있는 한은 앞으로도 신나는 일을 못할 가능성이 크고. 그리고 어머니는 내가 직접 왕좌에 오르기 전까지 결정권을 잡고 계실 거야."

"너희 둘, 조용히 해." 나이니브가 말했다. 이번에는 전과 달리 복도에 그들밖에 없었다. 어느 방향으로든 아무도 보이지 않았다. 나이니브가 아래로 내려가는 좁은 계단을 가리켰다. "저기가 우리가 원하는 곳일 거야. 우리가 지금까지 방향을 틀고 꺾어 온 만큼 내가 완전히 길을 잘못 안 게 아니라면 말이지."

나이니브는 어쨌든 확신이 있다는 듯 계단을 내려갔고 다른 소녀들도 그 뒤를 따랐다. 아니나 다를까, 맨 아래의 작은 문은 남쪽 마구간의 먼지투성이 뜰로 이어졌다. 말을 가진 신입들이 다시 필요해질 때까지 그들의 말을 보관하는 곳이었다. 말이 다시 필요해지는 것은 합격자가 되거나 집으로 돌려보내질 때뿐이었고. 화이트 타워라는 거대하고도 빛나는 형체가 등 뒤로 솟아 있었다. 화이트 타워의 그라운드는 수천 평방미터 넓게 이어졌으며 그 성벽은 몇몇 도시의 성벽보다도 높았다.

나이니브는 마구간 주인이라도 된 것처럼 그곳에 들어갔다. 짚과 말의 깨끗한 냄새가 났다. 말을 넣는 칸이 길게 두 줄로 이어져 있었다. 위쪽 환기구에서 들어온 빛이 줄무늬처럼 들어간 그림자 속으로 그 칸이 길게 이어졌다. 놀랍게도 털북숭이 벨라와 나이니브의 잿빛 앞말은 문 근처 칸에 있었다. 벨라가 칸의 문 위로 코를 내밀고 에그웨인을 향해 조용히 울었다. 눈에 보이는 마부는 한 명뿐이었다. 턱수염이 희끗희끗하고 친절해 보이는 그는 지푸라기를 씹고 있었다.

"우리 말에 안장을 채워야겠네." 나이니브가 최대한 위압적인 말투로 말했다. "저 둘에게 안장을 채우게나. 민, 네 말과 일레인의 말을 찾아라." 민은 안장바구니를 내려놓고 일레인을 마구간 깊은 곳으로 끌고 갔다.

마부는 인상을 찡그리며 그들의 뒷모습을 바라보더니 입에 물고 있던 지푸라기를 천천히 꺼냈다. "오해가 있는 모양입니다, 아가씨. 이 동물들은……."

"……우리 것이네." 나이니브는 뱀 반지가 뚜렷이 보이도록 팔짱을 끼며 단호히 말했다. "지금 안장을 채우게."

에그웨인이 숨을 참았다. 이 방법, 그러니까 나이니브를 진짜 아이즈 세다이로 여길 만한 사람과 충돌했을 때 나이니브가 아이즈 세다이인 척하는 방법은 최후의 수단이었다. 물론, 아이즈 세다이나 합격자에게는 이 방법이 통하지 않을 터였다. 심지어 신입에게도 통하지 않을 것이다. 하지만 마부라면…….

남자는 나이니브의 반지를 보고 눈을 깜빡이더니 그녀를 보았다. "말은 두 마리라고 들었습니다." 마침내 그는 별 감흥 없는 목소리로 말했다. "합격자 한 분과 신입 한 분이라고요. 네 분이라는 얘기는 못 들었는데요."

에그웨인은 웃음을 터뜨리고 싶었다. 당연히 리안드린은 그들이 알아서 말을 데리고 나올 수 있을 거라고 생각하지 않았을 것이다.

나이니브는 실망한 표정이었다. 그녀의 목소리가 날카로워졌다. "당장 그 말들을 데리고 나와 안장을 채우게. 그러지 않으면 리안드린의 치유력이 필요하게 될 테니까. 리안드린이 치유해 준다면 말이지만."

마부는 리안드린의 이름을 말하려는 듯했으나 나이니브의 얼굴을 한 번 보고는 한두 마디 투덜거렸을 뿐 말을 데리러 갔다. 오직 마부 자신만이 들을 수 있는 작은 소리였다. 민과 일레인은 마부가 두 번째 말의 뱃대끈을 막 조였을 때 자기들 말을 데리고 돌아왔다. 민의 말은 키가 큰 먼지색의 거세된 말이었고, 일레인의 말은 목이 아치형으로 생긴 적갈색 암말이었다.

그들이 말에 오르자 나이니브는 다시 마부에게 말했다. "이 일에 관해 침묵을 지켜야 한다는 얘기를 분명히 들었겠지. 우리가 둘이든 200명이든 그 점은 바뀌지 않네. 뭔가 바뀌었다고 생각한다면, 침묵을 지키라고 명령한 이야기를 자네가 떠벌였을 경우 리안드린이 무슨 일을 할지 생각해 보게."

말을 타고 달려 나가던 일레인은 마부에게 동전 하나를 던져 주며 나직하게 말했다. "수고했어요, 아저씨. 잘하셨어요." 밖으로 나온 뒤 그녀는 에그웨인과 눈을 마주치고 미소 지었다. "어머니는 회초리와 꿀을 쓰는 방법이 회초리만 쓰는 방법보다 항상 잘 통한다고 하셨어."

"경비병들한테 그 두 가지 다 쓸 필요가 없었으면 좋겠다." 에그웨인이 말했다. "리안드린이 경비병들한테 얘기를 해 뒀다면 좋겠는데."

하지만 화이트 타워 그라운드의 높다란 남쪽 벽에 나 있는 탈로만의 성문에서는 누군가 경비병들에게 미리 이야기를 해 두었는지 하지 않았는지 알 방법이 없었다. 그런데 경비병들은 힐끗 보고 대강 허리 숙여 절을 하더니 손을 내저으며 네 여자를 내보냈다. 경비병들은 위험한 자들이 들어오지 못하게 막을 뿐 나가지 못하게 막으라는 명령을 받지는 않은 것 같았다.

시원한 강바람이 불어왔다. 덕분에 도시의 거리를 따라 천천히 말을 달리는 그들에게 망토 후드를 당길 핑계가 생겼다. 도로 포장석을 밟을 때마다 울리는 발굽 소리는 거리를 가득 채운 군중의 웅성거림과 그들이 지나친 건물 몇 곳에서 나오는 음악 소리에 파묻혔다. 케예리엔의 짙고 음울한 색에서 방랑자들의 밝고 환한 색 옷, 그 사이의 모든 스타일에 이르기까지 모든 고장의 옷을 입은 사람들이 바위를 돌아가는 강물처럼 말 탄 여자들 주변으로 갈라졌지만 일행은 천천히 걷는 속도로밖에 나아갈 수 없었다.

에그웨인은 하늘에 떠 있는 다리, 돌로 만든 무언가라기보다는 부서지는 파도나 바람이 조각한 절벽 혹은 화려한 조개껍데기처럼 보이는 건물들, 멋진 탑들에 관심을 기울이지 않았다. 아이즈 세다이는 자주 도시에 갔고, 일행은 눈치채기도 전에 사람들 사이에 섞여 있는 그중 한 명과 마주칠 수 있었다. 어느 정도 시간이 흐른 뒤 에그웨인은 다른 여자들도 자기처럼 주의 깊게 경계하고 있다는 걸 알았다. 오기어 덤불이 시야에 들어오자 반짝이는 안도감 그 이상이 느껴졌다.

지붕 너머로 위대한 나무들이 보였다. 위대한 나무의 뻗어 가는 우듬지가 183미터 이상 허공으로 뻗어 있었다. 어마어마하게 높은 참나무와 느릅나무, 진퍼리꽃나무, 전나무도 위대한 나무들 아래에 있으니 난쟁이처럼 보였다. 일종의 벽이 덤불을 둘러싸고 있었는데 덤불은 폭이 거의 4킬로미터는 되었다. 다만 벽은 끝없이 이어지는 나선형의 돌 아치일 뿐이었다. 각 아치는 높이가 9미터였고 폭은 그 두 배였다. 벽의 반대편에서는 마차와 수레, 사람들이 부산스럽게 거리를 따라 돌아다녔다. 반면 벽 안쪽에는 일종의 자연이 있었다. 덤불은 공원처럼 잘 길들여진 모습도 아니었고, 깊은 숲처럼 되는 대로 자라난 것처럼 보이지도 않았다. 오히려 덤불은 자연의 이상향인 것처럼 보였다. 이곳이야말로 완벽한 숲, 존재할 수 있는 가장 아름다운 숲인 듯했다. 잎사귀 일부는 이미 색깔이 바뀌기 시작했다. 녹색 사이의 조그마한 주황색, 노란색, 빨간색 부분마저 에그웨인에게는 가을의 나뭇잎이 띠어야만 하는 바로 그 모습으로 보였다.

몇 사람이 트인 아치 바로 안쪽으로 한가로이 들어갔다. 네 여자가 나무 아래로 말을 달려 왔을 때 눈여겨보는 사람은 아무도 없었다. 도시는 시야에서 금방 사라지고 말았다. 도시의 소리조차 조용해져 가다가 덤불에 가로막혔다. 열 걸음 만에 그들은 가장 가까운 마을에서 몇 킬로미터나 떨어져 온 것만 같았다.

"덤불의 북쪽 가장자리라고 했어." 나이니브가 주위를 둘러보며 중얼거렸다. "이 덤불에서 가장 북쪽이라면……." 말 두 마리가 검은 딱총나무 잡목림에서 불쑥 튀어나오자 그녀는 말을 멈추었다. 기수가 있는 검은색의 윤기 나는 암말과 가벼운 짐을 실은 짐말 한 마리였다.

리안드린이 세게 고삐를 당기자 검은 암말이 뒷발을 짚고 일어서 허공을 긁어 댔다. 아이즈 세다이의 얼굴은 가면 같은 분노를 띠고 있었다. "아무에게도 말하지 말라고 했는데! 아무에게도!" 에그웨인은 막대 끝에 달아 놓은 등불이 짐말에 실려 있는 것을 이상하게 바라보았다.

"이 애들은 우리 친구입니다." 나이니브가 입을 열었다. 그녀의 등이 뻣뻣해졌다. 하지만 일레인이 그 말을 끊었다.

"용서해 주세요, 리안드린 세다이. 이 둘이 저희에게 말한 것이 아닙니다. 저희가 엿들었습니다. 듣지 말아야 할 것을 들을 생각은 없었지만, 엿듣고 말았습니다. 그리고 저희도 랜드 알소르를 돕고 싶습니다. 물론 다른 소년들도요." 일레인이 재빨리 덧붙였다.

리안드린이 일레인과 민을 보았다. 나뭇가지 사이로 비스듬하게 들어온, 늦은 오후의 햇빛이 망토 후드로 가려진 그들의 얼굴에 그림자를 드리웠다. "그렇단 말이지." 마침내 리안드린이 말했다. 그녀는 여전히 두 사람을 지켜보고 있었다. "난 너희를 돌볼 계획을 세워 두었다. 하지만 너희가 왔으니 어쩔 수 없지. 여행이야 네 사람이나 두 사람이나 할 수 있다."

"돌본다고요, 리안드린 세다이?" 일레인이 말했다. "무슨 말씀이신지 모르겠습니다."

"아이야, 너와 저 다른 아이는 이 둘의 친구로 알려져 있다. 저 애들이 떠난 것이 알려지면 너에게 질문을 던질 사람들이 없을 거라고 생각했느냐? 네가 왕좌의 계승자라는 이유만으로 흑색의 아자가 너를 부드럽게 대할 거라고 생각했느냐? 화이트 타워에 남았다면, 너는 그날 밤조차 살아남지 못했을 것이다." 그 말에 모두가 잠시 입을 다물었으나 리안드린은 말머리를 홱 돌리며 소리쳤다. "따라와라!"

아이즈 세다이는 그들을 데리고 덤불 더 깊은 곳으로 들어갔다. 마침내 그들은 면도칼처럼 날카로운 창날로 이루어진 산울타리가 맨 위에 얹혀 있는, 튼튼한 철로 된 높은 울타리에 이르렀다. 넓은 구역을 둘러싸고 있는 것처럼 살짝 휘어진 그 울타리는 왼쪽으로도, 오른쪽으로도 숲 사이로 사라졌다. 울타리에는 대문이 달려 있었으며 그 대문은 커다란 자물쇠로 잠겨 있었다. 리안드린은 망토에서 꺼낸 커다란 열쇠로 그 자물쇠를 열었다. 그러고는 일행에게 대문을 지나가라고 신호하고, 일행이 들어간 뒤에는 다시 자물쇠를 잠그고 즉시 앞장서서 말을 달렸다. 머리 위 나뭇가지에서 다람쥐 한 마리가 일행을 보고 재잘거렸고, 어딘가에서 딱따구리가 나무를 쪼아 대는 소리가 날카롭게 들려왔다.

"어디로 가는 겁니까?" 나이니브가 물었다. 리안드린은 대답하지 않았고 나이니브는 화난 얼굴로 다른 사람들을 보았다. "어째서 더 깊은 숲으로 들어가는 겁니까? 타 발론에서 나가려면 다리를 건너거나 배를 타야 합니다. 하지만 숲속에는 다리도 없고 배도 없고……."

"이게 있지." 리안드린이 말했다. "저 울타리가 스스로 해를 입을 수 있는 사람들을 이것으로부터 떼어 놓았지만, 오늘 우리에게는 이것이 필요하다." 리안드린이 손짓한 것은 돌처럼 보이는 높고 두꺼운 판으로, 그 판은 모서리를 딛고 서 있었다. 한쪽 면에는 덩굴과 잎사귀가 정교하게 새겨져 있었다.

에그웨인은 목구멍이 조여 왔다. 리안드린이 왜 등불을 가져왔는지 알 것 같았다. 에그웨인은 자신이 아는 사실이 마음에 들지 않았다. 그녀는 나이니브의 속삭임을 들었다. "웨이게이트." 둘 다 웨이를 너무도 잘 기억하고 있었다.

"해 본 적이 있어." 에그웨인은 나이니브한테 말하는 만큼 자기 자신에게도 말했다. "다시 할 수 있어." **랜드와 다른 애들한테 우리가 필요하다면 우리가 그 애들을 도와야 해. 그게 다야.**

"저게 정말……?" 민이 목메는 소리로 입을 열었으나 문장을 맺지는 못했다.

"웨이게이트야." 일레인이 숨죽여 말했다. "나는 더 이상 웨이를 사용할 수 없을 줄 알았어. 최소한 웨이의 사용이 허가되지 않은 줄 알았는데."

리안드린은 이미 말에서 내려 조각으로부터 **아벤데소라**의 세 잎 잎사귀를 꺼내고 있었다. 살아 있는 덩굴로 짠 두 개의 거대한 문이라도 되는 듯, 게이트가 휙 열리며 탁한 은빛 거울처럼 보이는 무엇을 드러냈다. 그 거울이 일행의 모습을 어슴푸레 비추었다.

"꼭 가야 하는 건 아니다." 리안드린이 말했다. "내가 너희를 데리러 올 때까지 울타리에 안전하게 둘러싸여 여기서 나를 기다려도 좋다. 흑색의 아자가 먼저 너희를 찾을 수도 있겠지만." 리안드린의 미소는 유쾌하지 않았다. 그녀의 등 뒤에서 웨이게이트가 완전히 열려 멈추었다.

"안 가겠다는 말은 안 했어요." 일레인이 말했다. 하지만 그녀는 약간 거리끼는 듯 그림자가 드리워진 숲을 바라보았다.

"어차피 할 거라면," 민이 쉰 목소리로 말했다. "얼른 하자." 민은 웨이게이트를 빤히 보고 있었고, 에그웨인은 그녀가 중얼거리는 소리를 들은 것 같았다. "빛이 널 태우시길, 랜드 알소르."

"내가 마지막으로 가야 한다." 리안드린이 말했다. "모두 들어가라. 내가 따라가겠다." 이제는 그녀도 숲을 눈여겨보고 있었다. 누군가가 일행을 따라올지 모른다고 생각하는 듯했다. "빨리! 빨리!"

에그웨인은 리안드린이 뭘 보게 될 거라고 생각하는지 알 수 없었다. 하지만 누구라도 나타난다면, 그 사람은 아마 일행이 웨이게이트를 이용하지 못하게 막을 것이다. **랜드, 이 머리에 양털만 든 바보야.** 에그웨인은 생각했다. **한 번이라도 좋으니까, 내가 이야기 속 여자 주인공처럼 굴지 않아도 되는 말썽을 좀 일으켜 볼래?**

에그웨인은 벨라의 옆구리에 발꿈치를 박아 넣었고 털북숭이 암말은 마구간에서 너무 오랜 시간을 보내 심심했던지 앞으로 솟구쳤다.

"천천히!" 나이니브가 소리쳤지만 너무 늦었다.

에그웨인과 벨라는 자신의 흐릿한 반사체를 향해 뛰어들었다. 두 필의 털북숭이 말이 코를 맞대더니 서로의 안으로 흘러 들어가는 것처럼 보였다. 이어 에그웨인이 얼음장 같은 충격을 느끼며 자신의 모습과 합쳐졌다. 한 번에 머리카락 한 올만큼의 한기가 그녀의 몸에 기어오르는 듯했다. 시간이 늘어지는 것만 같았다. 머리카락 한 올의 거리를 지나는 데 몇 분이 걸렸다.

갑자기 벨라가 칠흑 같은 어둠 속에서 발을 헛디뎠다. 녀석이 너무 빠르게 움직이고 있었기에 하마터면 머리를 들이박고 구를 뻔했다. 서둘러 내려선 에그웨인이 어둠 속에서 암말의 다리를 쓰다듬고 다친 곳이 없는지 살폈다. 벨라는 진정하고 몸을 떨며 멈춰 섰다. 에그웨인은 붉게 달아오른 얼굴을 가려주는 어둠이 오히려 다행스럽게 느껴졌다. 그녀는 웨이게이트 너머에서는 시간도, 거리도 달라진다는 걸 알고 있었다. 알면서도 행동이 앞선 것이다.

사방에서 어둠이 그녀를 감싸고 있었다. 연기에 그을린 창문처럼 보이는, 열린 웨이게이트의 직사각형 형태만이 예외였다. 그 직사각형으로는 빛이 전혀 들어오지 않았으나—암흑이 직사각형 바로 앞까지 밀고 나가는 것만 같았다—그 너머로 악몽 속의 형상들처럼 아주 느리게 조금씩 커지며 움직이는 다른 사람들이 보였다. 나이니브는 막대기에 연결된 등불을 나눠 주고 불을 밝혀야 한다고 고집을 부리고 있었다. 리안드린은 빨리 가야 한다고 주장하는 듯 마지못해 그 말에 동의했다.

나이니브가 웨이게이트를 넘어왔을 때—그녀는 잿빛 암말을 느리게, 너무도 느리게 이끌고 왔다—에그웨인은 하마터면 달려가 그녀를 끌어안을 뻔했다. 그 감정의 적어도 절반은 나이니브가 들고 있는 등불 때문이었다. 등불 주위에는 원래 생겨야 하는 것보다 작은 빛의 원만이 생겼다. 어둠이 빛을 밀어 대며 억지로 다시 등잔에 들어가도록 하려는 것 같았다. 하지만 에그웨인은 그전까지 어둠이 무게라도 지닌 것처럼 자신을 눌러 온다고 느끼던 참이었다. 그녀는 이런 말로 자신을 달랬다. "벨라는 괜찮아. 난 목이 부러졌어야 마땅한데 그러지 않았고."

한때는, 그러니까 웨이를 만든 일원력이 오염되기 전에는, 어둠의 존재가 **사이딘**을 오염시켜 웨이의 부패가 시작되기 전에는, 웨이에도 빛이 있었다.

나이니브는 막대에 연결된 등불을 에그웨인의 손에 쥐어 주고 돌아서서 안장 뱃대끈 밑에 끼워 두었던 다른 막대 등불을 꺼냈다. "목이 부러져야 마땅했다는 걸 안다면," 나이니브가 툴툴댔다. "마땅했던 게 아니야." 그러다가 갑자기 키득거렸다. "가끔 현자라는 호칭을 만들어 낸 건 다른 무엇보다 이런 말들 때문이라는 생각이 든다니까. 자, 하나 더 말해 줄게. 네가 네 목을 부러뜨리면, 내가 꼭 고쳐 놓을 거야. 그래야 다시 부러뜨리지."

가볍게 한 말이었다. 에그웨인도 웃고 있었다. 그러다가 에그웨인은 이곳이 어딘지 떠올렸다. 나이니브의 즐거운 기분도 그리 오래 이어지지 않았다.

민과 일레인이 머뭇거리며 웨이게이트를 넘어왔다. 그들은 말들을 끌고 등불을 들고 있었으며, 숨어서 기다리는 괴물이라도 보게 될 거라 예상하는 기색이었다. 처음에는 오직 어둠뿐인 것을 보고 안도한 듯했으나 그 어둠의 억압적인 느낌에 초조하게 발을 바꿔 짚어댔다. 리안드린은 **아벤데소라** 잎사귀를 다시 원위치에 넣은 뒤 짐말을 끌고 닫혀 가는 웨이게이트를 넘어왔다.

게이트가 다 닫힐 때까지 기다리는 대신 짐말의 고삐를 묵묵히 민에게 던진 리안드린은 웨이 안쪽으로 이어지는 흰 선을 따라 출발했다. 그 선은 리안드린의 등불 빛으로 어슴푸레하게 밝혀졌다. 바닥은 산성 물질에 여기저기 녹아내리고 구멍이 난 돌처럼 보였다. 에그웨인이 허둥대며 벨라의 등에 올라탔지만, 다른 모두가 그녀보다 빠르게 아이즈 세다이를 따라갔다. 말발굽 아래의 거친 바닥 말고는 세상에 아무것도 존재하지 않는 것만 같았다.

흰 선은 화살처럼 곧바르게 어둠을 꿰뚫고 커다란 석판으로 이어졌다. 석판은 은으로 새긴 오기어 글자로 뒤덮여 있었다. 바닥에 파인 것과 똑같은 자국이 글자를 여기저기 깨뜨려 놓았다.

"안내문이야." 일레인이 중얼거리며 안장에서 몸을 틀어 불편한 듯 주위를 둘러보았다. "엘라이다가 웨이에 대해 조금 가르쳐 줬어. 많이 가르쳐 준 건 아냐. 이제 보니 모자라게 가르쳐 줬네." 그녀가 침울하게 덧붙였다. "아니면 너무 많이 말했거나."

리안드린은 침착하게 안내문을 양피지와 비교하더니 에그웨인이 한 번 볼 겨를도 없이 그것을 다시 망토 주머니에 집어넣었다.

그들의 등불 빛은 가장자리 부분에서 희미해지는 게 아니라 뚝 끊겨 버렸다. 그러나 아이즈 세다이가 그들을 안내판에서 먼 곳으로 데려가자 에그웨인은 그 불빛만으로도 군데군데 좀먹은 돌난간을 볼 수 있었다. 일레인은 그곳을 섬이라고 불렀다. 어둠 때문에 섬의 크기를 판단하기가 어려웠지만, 에그웨인은 그 폭이 대략 91미터 정도일 거라고 생각했다.

돌다리와 경사로가 난간을 뚫고 지나갔다. 그런 다리나 경사로 옆에는 모두 오기어 문자 단 한 줄만이 표시된 돌기둥이 있었다. 다리는 호선으로 뻗어 아무것도 없는 곳으로 사라지는 듯 보였다. 경사로는 위와 아래로 이어졌다. 일행이 말을 타고 지나쳐 갈 때는 그런 길의 시작점밖에 보이지 않았다.

돌기둥을 살펴볼 때만 멈춰 섰던 리안드린은 아래로 이어지는 경사로를 선택했다. 머잖아 경사로와 어둠만이 존재했다. 축축하게 감겨 오는 침묵이 모든 것에 드리워져 있었다. 에그웨인은 말발굽이 거친 돌에 닿는 달그락달그락 소리마저 빛이 미치는 곳 너머로는 전달되지 않을 거라고 생각했다.

경사로는 아래로, 아래로 이어지며 휘어지다가 다른 섬에 이르렀다. 마찬가지로 깨진 돌난간이 있는 그 섬은 다리와 경사로 사이에 자리 잡고 있었다. 리안드린은 그 섬의 안내판을 자신의 양피지와 비교해 보았다. 섬은 첫 번째 섬이 그랬듯 단단한 돌처럼 보였다. 에그웨인은 첫 번째 섬이 머리 바로 위에 있다는 확신이 들었다. 이어, 그 확신이 틀렸으면 좋겠다는 생각이 들었다.

나이니브가 갑자기 목소리를 높여 에그웨인의 생각을 입 밖으로 내뱉었다. 그녀의 목소리는 안정적으로 들렸으나 나이니브는 말을 하다 말고 삼켰다.

"그럴…… 수도 있겠네." 일레인이 약하게 말했다. 그녀의 눈이 위로 향했다가 재빨리 다시 아래로 내려왔다. "엘라이다는 자연의 법칙이 웨이에는 적용되지 않는다고 했어. 최소한 밖에서 적용되는 것처럼은 말이야."

"빛이여!" 민이 투덜거리더니 목소리를 높였다. "여기에 얼마나 오래 있으라는 거예요?"

아이즈 세다이가 휙 돌아서 그들을 보자 그녀의 꿀빛 띤은 머리가 흔들렸다. "내가 너희를 데리고 나갈 때까지." 그녀가 딱 잘라 말했다. "너희가 내 신경을 거스를수록 오래 걸릴 거다." 그녀는 다시 허리를 숙이고 양피지와 안내판을 살폈다.

에그웨인과 다른 소녀들이 조용해졌다.

리안드린은 끝없는 어둠 속으로 아무 지지대 없이 이어지는 것처럼 보이는 경사로와 다리를 따라 이 안내판에서 저 안내판으로 계속 나아갔다. 아이즈 세다이는 나머지 일행에게 거의 주의를 기울이지 않았고, 에그웨인은 문득 그들 중 누군가가 낙오한다 한들 리안드린이 방향을 돌려 그 사람을 찾으러 갈 것 같지는 않다는 생각이 들었다. 다른 사람들도 같은 생각을 했는지 모두 검은 암말 뒤에 바짝 따라붙었다.

에그웨인은 **사이다**의 이끌림이 여전히 느껴진다는 걸 알고 놀랐다. 진정한 근원의 여성적 절반이 존재한다는 것과 그 존재와 접촉하고 싶다는 마음, 그 흐름을 채널링하고 싶다는 마음이 모두 느껴졌다. 웨이가 그림자로 오염된 만큼 **사이다**도 감춰져 있을 거라고 그녀는 생각했다. 실제로 어떤 의미에서는 그 오염이 느껴졌다. 오염은 희미했고 **사이다**와는 아무 관련이 없었지만, 이곳에서 진정한 근원으로 손을 뻗는 것은 깨끗한 컵을 잡기 위해 더럽고 기름진 연기 속에 맨 팔을 집어넣는 것과 마찬가지일 거라고 확신했다. 몇 주 만에 처음으로 에그웨인은 **사이다**의 유혹에 아무 어려움 없이 저항했다.

웨이 바깥에서는 밤이 한참 깊었을 법한 시간, 리안드린이 어느 섬에 이르러 갑자기 말에서 내렸다. 그녀는 이곳에서 저녁을 먹고 잠을 잘 것이라고, 짐말에 음식이 실려 있다고 말했다.

"꺼내라." 그녀는 굳이 일행 한 명 한 명에게 일거리를 할당해 주지 않고 말했다. "토먼 헤드에 도착할 때까지는 거의 이틀이 걸릴 거다. 너희가 바보같이 직접 음식을 가져오지 않았다 해도 너희가 배고픈 채로 그곳에 도착하게 하지는 않을 거다." 리안드린은 기운이 넘치는 듯 안장을 풀고 암말의 발을 묶었으나 그런 뒤에는 자기 안장에 앉아 일행 중 한 명이 먹을 것을 가져다줄 때까지 기다렸다.

일레인은 리안드린에게 납작빵과 치즈를 가져다주었다. 아이즈 세다이가 일행과 함께하고 싶지 않다는 티를 냈으므로 나머지 소녀들은 리안드린과 조금 떨어진 곳에서 서로 안장을 가까이 당겨 놓고 빵과 치즈를 먹었다. 등불 너머의 어둠이 형편없는 소스가 되었다.

잠시 후 에그웨인이 말했다. "리안드린 세다이, 우연히 검은 바람을 만나면 어떻게 되나요?" 민은 의문스럽다는 듯 그 단어를 입모양으로 말했으나 일레인은 새되게 꺅 소리를 냈다. "모레인 세다이는 검은 바람을 죽일 수 없고, 심지어 크게 해칠 수도 없다고 하셨어요. 저는 이곳의 오염이 우리가 일원력으로 하는 모든 일을 비틀어 버릴 준비를 하고 있다는 걸 느낄 수 있고요."

"내가 지시하지 않는 한 진정한 근원에 대해 많은 생각을 하지 마라." 리안드린이 날카롭게 말했다. "글쎄, 너 같은 자가 이곳에서, 웨이에서 채널링을 하려 들었다간 남자처럼 미쳐 버릴지 모른다. 너는 이걸 만든 남자들의 오염을 다루는 훈련을 받지 못했다. 검은 바람이 나타나면 내가 처리할 거다." 리안드린은 입을 꽉 다물고 흰 치즈 덩어리를 살펴보았다. "모레인은 자기 생각만큼 많은 걸 알지 못해." 그녀는 미소 지으며 치즈를 입에 던져 넣었다.

"저 사람 마음에 안 들어." 에그웨인이 중얼거렸다. 아이즈 세다이가 절대 듣지 못할 만큼 낮은 목소리였다.

"모레인이 저 여자랑 협력할 수 있다면," 나이니브가 조용히 말했다. "우리도 할 수 있어. 리안드린보다 모레인이 좋다는 건 아니지만, 저 사람들이 랜드와 다른 애들에게 또다시 간섭하려는 거라면……." 나이니브는 망토를 끌어올리며 입을 다물었다. 어둠 속은 춥지 않았으나 추워야 할 것처럼 느껴졌다.

"검은 바람이라는 게 뭔데?" 민이 물었다. 일레인이 엘라이다가 한 말과 자신의 어머니가 한 말을 엄청나게 곁들여 가며 설명하고 나자 민은 한숨을 쉬었다. "패턴이 엄청나게 많은 문제를 일으켰네. 세상에 이런 일을 당해도 싼 인간이 있는지 모르겠다."

"넌 올 필요 없었어." 에그웨인이 민에게 일깨워 주었다. "넌 언제든 떠날 수 있었어. 아무도 네가 화이트 타워를 떠나는 걸 막으려 하지 않았을 거야."

"아, 어디든 가 버릴 수 있었지." 민이 빈정거렸다. "너나 일레인만큼 쉽게 말이야. 패턴은 우리가 원하는 것에 별 신경을 쓰지 않아. 에그웨인, 네가 랜드를 위해 이 모든 일을 거쳤는데 랜드가 결국 너와 결혼하지 않으면 어쩔래? 네가 한 번도 본 적 없는 어떤 여자나 일레인이나 나랑 결혼하면? 그땐 어쩔 거야?"

일레인이 키득거렸다. "어머니가 절대 허락 안 하실걸."

에그웨인은 잠시 침묵했다. 랜드는 살아서 누구와도 결혼 못할 수 있었다. 하지만 만일 결혼한다면……. 에그웨인은 랜드가 누군가를 해치는 모습을 상상할 수 없었다. **미친다고 해도?** 그 일을 막을 어떤 방법이, 상황을 변화시킬 어떤 방법이 있을 게 틀림없었다. 아이즈 세다이들은 아주 많은 것을 알았고, 아주 많은 것을 할 수 있었다. **아이즈 세다이가 막을 수 있다면 왜 막지 않는 거지?** 유일한 답은, 막을 수 없기 때문이라는 것이었다. 에그웨인이 원하는 답은 아니었다.

에그웨인은 목소리를 밝게 하려고 노력했다. "내가 개랑 **결혼할** 거라고 생각하지 않아. 너도 알겠지만, 아이즈 세다이는 결혼하는 일이 거의 없어. 하지만 내가 너라면 랜드에게 마음을 두지도 않을 거야. 너였더라도 마찬가지고, 일레인. 내 생각에는……." 에그웨인의 목소리가 턱 막혔다. 그녀는 그 사실을 감추려고 기침했다. "내 생각에는 랜드가 결혼을 아예 하지 않을 것 같아. 하지만 결혼한다면, 누구든 랜드와 함께하게 된 사람에게 행운을 빌어 줄게. 그게 너희 중 하나라도." 에그웨인은 자기 목소리가 진심 어리게 들렸다고 생각했다. "그 녀석은 노새처럼 고집스럽고, 구제불능으로 제멋대로야. 하지만 **착하긴** 해." 목소리가 흔들렸지만 에그웨인은 그 떨림을 가까스로 웃음으로 바꾸어 놓았다.

"네가 아무리 신경 쓰지 않는다고 말해도," 일레인이 말했다. "난 네가 우리 어머니보다도 못마땅해할 거라고 생각해. 랜드가 흥미로운 건 **사실이야,** 에그웨인. 내가 여태 만나 본 그 어떤 남자보다도 흥미로웠어. 양치기라고 해도 말이야. 네가 랜드를 버릴 정도로 바보 같다면, 내가 너와 어머니 둘 모두와 대결하기로 한대도 네 잘못이야. 안도어의 대공이 결혼 전까지 아무 작위가 없었던 게 처음도 아니고. 하지만 넌 그렇게 바보 같지 않을 테니, 바보 같이 굴 것처럼 꾸며 내지 마. 넌 틀림없이 녹색의 아자를 선택하고 랜드를 네 수호자 중 한 명으로 삼을 거야. 내가 아는 녹색의 아자 중 수호자가 한 명밖에 없는 사람들은 다 그 수호자랑 결혼했고."

에그웨인은 억지로 이 말에 장단을 맞추어, 자신이 녹색의 아자가 된다면 수호자 열 명을 두겠다고 말했다.

민은 인상을 찡그리며 에그웨인을 보았고 나이니브는 생각에 잠긴 듯 민을 보았다. 안장주머니에서 꺼낸, 여행에 좀 더 적합한 옷으로 갈아입었을 때쯤 그들은 모두 조용해졌다. 이곳에서 사기가 꺾이지 않도록 한다는 건 쉽지 않은 일이었다.

에그웨인은 천천히 선잠에 들었다. 잠은 나쁜 꿈으로 가득했다. 랜드 꿈은 꾸지 않았으나 눈이 불로 이루어진 남자의 꿈을 꾸었다. 이번에는 그가 가면을 쓰지 않고 있었다. 거의 다 나은 화상으로 뒤덮인 얼굴이 끔찍했다. 그는 에그웨인을 보며 웃기만 했으나 그게 웨이에서 영원히 길을 잃는 꿈, 검은 바람이 쫓아오는 꿈 등 이어지는 꿈보다도 나빴다. 리안드린이 승마용 장화 앞부분으로 갈비뼈를 걷어차 깨웠을 때 에그웨인은 다행이라고 느꼈다. 전혀 잠들지 않은 기분이었다.

리안드린은 다음날, 아니, 다음날이라고 생각되는 시간 내내 일행을 몰아붙였다. 그들이 태양으로 삼을 것은 등불밖에 없었다. 리안드린은 일행이 안장에서 비틀거릴 때까지 그들을 재우지 않았다. 돌바닥은 딱딱한 침대였다. 그나마 리안드린은 몇 시간이 지나자 무자비하게 그들을 깨웠다. 그러고는 그들을 거의 기다려 주지 않고 계속 말을 달렸다. 경사로와 다리, 섬과 안내판. 에그웨인은 칠흑 같은 암흑 속에서 그것들을 너무 많이 보았기에 더 이상 숫자를 셀 수 없었다. 시간과 날짜도 헤아리지 못하게 된 지 오래였다. 리안드린은 음식을 먹고 말을 쉬기 위해 잠깐씩만 멈추도록 허락했고 어둠은 그들의 어깨를 내리눌렀다. 리안드린을 제외한 일행은 곡물 자루처럼 안장에 축 늘어져 있었다. 아이즈 세다이는 피로에도, 어둠에도 영향을 받지 않는 것 같았다. 그녀는 화이트 타워에서와 똑같이 생생했으며 그때처럼 차가웠다. 그녀는 아무도 자신이 안내판과 비교하는 양피지를 엿보지 못하게 했고, 나이니브가 물어봤을 때는 "네가 이해할 수 있는 게 아니다"라는 퉁명스러운 말과 함께 양피지를 주머니에 쑤셔 넣었다.

에그웨인이 지쳐서 눈을 깜빡이고 있을 때, 리안드린은 어느 안내판에서 먼 쪽으로 말을 달려가고 있었다. 다른 다리나 경사로가 아니라 어둠 속으로 이어지는, 푹푹 파인 흰 선을 따라서. 에그웨인은 친구들을 보았고 그들은 모두 서둘러 리안드린을 따라갔다. 저편에서 리안드린은 등불 빛을 비춰가며 웨이게이트의 조각에서 **아벤데소라** 나뭇잎을 빼내고 있었다.

"다 왔다." 리안드린이 미소 지으며 말했다. "이제야 너희를 너희가 가야 할 곳에 데려왔구나."

40장 다마니

웨이게이트가 열리자 에그웨인은 말에서 내렸다. 리안드린이 그들에게 지나가라고 손짓하자 에그웨인은 털북숭이 암말을 조심스레 밖으로 이끌었다. 그런데 에그웨인과 벨라 둘 다 움직임이 갑자기 느려지면서, 웨이게이트가 열릴 때 납작해진 덤불에 걸려 휘청거렸다. 빽빽한 덤불이 웨이게이트를 장막처럼 둘러싸 숨기고 있었다. 가까운 곳에는 나무 몇 그루뿐이었다. 아침 산들바람이 불며 타 발론에서보다 약간 더 색깔이 짙어진 나뭇잎이 물결쳤다.

에그웨인은 친구들이 뒤따라 나오는 모습을 지켜보려고 1분은 족히 서 있다가 그곳에 다른 사람들이 와 있다는 걸 알아차렸다. 그들은 게이트의 반대편, 시야에서 살짝 벗어난 곳에 있었다. 에그웨인은 그들을 알아보고서도 머뭇거리며 빤히 쳐다보기만 했다. 그들은 에그웨인이 여태 본 어떤 무리보다도 특이했다. 게다가 에그웨인은 토먼 헤드에서 일어난 전쟁에 관해 너무 많은 소문을 들은 터였다.

그곳에는 갑옷 입은 병사들이 적어도 50명은 있었다. 미늘이 서로 겹쳐진 갑옷이 가슴까지 내려왔다. 투박한 검은색 투구는 곤충의 머리를 연상시켰다. 그들은 안장에 앉아 있거나 각자의 말 옆에 서서 에그웨인과 게이트에서 나오는 여자들을, 웨이게이트를 빤히 바라보며 자기들끼리 웅성거렸다. 그중 유일하게 투구를 쓰지 않은 남자는 키가 크고 낯빛이 어두웠으며 매부리코였는데, 도금하고 색칠한 투구를 엉덩이께에 들고 선 채 눈앞의 광경을 놀란 얼굴로 바라보고 있었다. 군인들 중에는 여자도 있었다. 아무 무늬 없이 짙은 갈색 드레스에 널찍한 은색 목걸이를 찬 두 사람은 웨이게이트에서 나오는 사람들을 골똘히 바라보고 있었는데 각 여자의 뒤쪽에는 다른 여자들이 한 명씩, 언제라도 귀엣말을 할 수 있을 만큼 가까이 붙어 서 있었다. 약간의 거리를 두고 선 다른 두 여자는 발목에 한참 못 미치는, 폭이 넓고 옆이 트인 치마를 입고 있었으며 가슴팍과 치마에는 둘로 갈라진 번개가 수놓인 판이 붙어 있었다. 가장 특이한 건 마지막 여자였는데, 그 여자는 펑퍼짐한 검은색 바지를 입고 가슴을 드러낸 여덟 명의 근육질 남자들이 쳐든 가마에 기대 있었다. 그 여자의 두피 양옆은 널찍한 초승달 모양의 검은 머리만을 남기고 박박 깎여 있었다. 남은 머리는 등으로 흘러내렸다. 파란색 타원에 꽃과 새가 수놓인 긴 크림색 망토가 조심스레 정돈되어 주름이 들어간 흰 치마를 드러냈다. 여자의 손톱은 족히 3센티미터는 되었고, 양손의 처음 두 손톱은 파랗게 칠해져 있었다.

"리안드린 세다이." 에그웨인이 불안해져 물었다. "이 사람들이 누군지 아세요?" 에그웨인의 친구들은 말에 올라 도망쳐야 하는지 고민하는 듯 고삐를 만지작거렸는데, **아벤데소라 잎사귀**를 제자리에 돌려놓은 리안드린은 웨이게이트가 닫히기 시작하자 자신 있게 앞으로 나섰다.

"수로스 디여공?" 리안드린은 질문과 평서문 사이의 어떤 말투로 말했다.

가마에 타고 있던 여자가 아주 작게 고개를 끄덕였다. "그대가 리안드린 이군." 여자의 발음이 어눌해서 에그웨인은 잠시 후에야 그 말을 이해할 수 있었다. "아이즈 세다이." 수로스는 입술을 비틀며 그렇게 말했다. 병사들 사이에서 웅성거리는 소리가 더욱 커졌다. "여기 일은 빨리 끝내야 한다, 리안드린. 순찰대가 있으니 발견되면 좋지 않을 거다. 내가 그렇듯 너도 진리의 탐색자들의 관심이 달갑지 않을 테니. 나는 팔메로 돌아갈 생각이다, 내가 떠났다는 걸 투락이 알기 전에."

"무슨 소리입니까?" 나이니브가 물었다. "저 여자가 무슨 말을 하는 겁니까, 리안드린?"

리안드린은 나이니브와 에그웨인의 어깨에 각기 한 손을 얹었다. "이 둘이 내가 말한 아이들이다. 여기도 한 명 더 있고." 리안드린이 일레인을 고갯짓했다. "저 애는 안도어의 여왕 후계자다."

드레스에 번개무늬가 있는 두 여자가 웨이게이트 앞의 일행에게 다가왔고―에그웨인이 보니 그들은 두 손에 둘둘 말린 은색 금속을 들고 있었다―투구를 쓰지 않은 병사들도 그들과 함께 다가왔다. 그는 어깨 위로 삐져나온 칼자루 근처에도 손을 대지 않았다. 태평한 미소까지 짓고 있었다. 그래도 에그웨인은 눈을 가늘게 뜨고 그를 지켜보았다. 리안드린은 흥분하는 기색을 전혀 보이지 않았다. 그랬다면 에그웨인은 즉시 벨라에 올라탔을 것이다.

"리안드린 세다이." 에그웨인이 다급하게 말했다. "이 사람들 누구죠? 저 사람들도 랜드와 다른 애들을 도와주러 온 건가요?"

매부리코 남자가 느닷없이 민과 일레인의 목덜미를 잡았다. 다음 순간 모든 일이 동시에 일어나는 것처럼 느껴졌다. 남자가 욕설을 내뱉었고 여자는 비명을 질렀다. 아마 여자들 여럿이 그랬을 것이다. 에그웨인으로서는 확신할 수 없었다. 갑자기 산들바람이 돌풍이 되어 리안드린이 내지른 분노의 고함을 먼지와 낙엽으로 이루어진 구름 속에 흩날려 보냈다. 나무가 구부러지고 신음했다. 말들이 뒷발을 딛고 일어서며 날카롭게 울어댔다. 여자들 중 한 명이 손을 뻗어 에그웨인의 목에 무언가를 채웠다.

에그웨인의 망토가 돛처럼 휘날렸다. 에그웨인은 그렇게 바람과 맞서며, 매끄러운 금속으로 만들어진 개 목걸이 같은 것을 당겼다. 목걸이는 꼼짝도 하지 않았다. 에그웨인은 그 목걸이가 일종의 쥠쇠라는 걸 알았는데, 미친 듯이 손가락을 움직여 만져 보니 목걸이 전체가 단 하나의 조각으로 이루어진 것 같았다. 여자가 들고 있던 은색의 둘둘 말린 금속이 이제는 에그웨인의 어깨 위로 늘어졌다. 반대쪽 끝은 그 여자가 왼쪽 손목에 찬, 밝은 팔찌에 연결되어 있었다. 에그웨인은 주먹을 꽉 말아 쥐고 최대한 세게 여자를, 여자의 눈을 후려쳤다. 그러자 오히려 자신이 머리가 띵해져 비틀거리며 무릎을 털썩 꿇었다. 덩치 큰 남자가 그녀의 얼굴을 후려친 것만 같았다.

다시 한 번 앞을 볼 수 있게 되었을 때는 바람이 잦아든 다음이었다. 말들이 멋대로 돌아다니고 있었다. 벨라와 일레인의 암말도 그중에 있었다. 병사 몇 명이 욕설을 하며 땅에서 일어서는 중이었다. 리안드린은 침착하게 드레스에서 먼지와 낙엽을 털어냈다. 민은 무릎을 꿇고 두 손으로 땅을 짚은 채 휘청거리며 일어나려고 애썼다. 매부리코 남자가 그녀를 내려다보고 서 있었다. 그의 손에서 피가 뚝뚝 떨어졌다. 민의 칼이 그녀의 손이 닿는 범위 바로 바깥에 놓여 있었다. 칼날의 한쪽이 붉게 물들어 있었다. 나이니브와 일레인은 어디에도 보이지 않았으며 나이니브의 암말도 사라지고 없었다. 병사들 중 일부도 마찬가지였다. 짝지어 있던 여자 두 명도 없었다. 그러나 다른 둘은 아직 그 자리에 있었다. 이제 에그웨인은 그들이 지금도 에그웨인과 그녀를 내려다보고 선 여자를 연결해 주는 은색 끈과 똑같은 끈으로 연결되어 있다는 것을 알 수 있었다.

에그웨인과 연결된 여자는 에그웨인 옆에 쪼그려 앉으며 뺨을 문질렀다. 여자의 왼쪽 눈에는 이미 멍이 올라오고 있었다. 그녀는 길고 검은 머리에 큰 갈색 눈을 가진 예쁜 여자였으며 나이니브보다 열 살쯤 많은 듯했다. "첫 번째 교훈이다." 여자가 힘주어 말했다. 목소리에 어떤 적대감도 없었다. 오히려 친근함 비슷한 감정만이 깃들어 있었다. "이번에는 더 심한 벌을 주지 않으마. 새로 잡은 **다마니**는 내가 경계했어야 하니. 잘 알아 둬라. 너는 **다마니**, 목줄에 매인 자다. 그리고 나는 **술담**, 목줄을 잡은 자다. **다마니**와 **술담**이 연결되면, **술담**이 느끼는 모든 상처를 **다마니**는 두 배로 느끼게 된다. 그러다 죽을 수도 있지. 그러니 어떤 식으로든 **술담**을 절대 공격해서는 안 된다는 걸 기억해야 한다. 또한, 너의 **술담**을 너 자신보다 더 보호해야 한다. 나는 린나다. 네 이름은 뭐냐?"

"난…… 당신이 말한 존재가 아니야." 에그웨인이 목걸이를 다시 당겼다. 목걸이는 전처럼 꼼짝하지 않았다. 에그웨인은 여자를 쓰러뜨리고 그녀의 손목에서 팔찌를 빼앗아야겠다고 생각했으나 그 생각을 물리쳤다. 병사들이 에그웨인을 막으려 들지 않는다 해도—지금까지 그들은 린나와 에그웨인을 완전히 무시하는 것처럼 보였다—여자가 한 말이 사실이라는 철렁한 느낌이 들었다. 왼쪽 눈을 만져 보니 몸이 움찔했다. 부은 것 같지는 않았다. 실제로 린나의 것과 비슷한 멍이 들지는 않은 듯했다. 그래도 아팠다. 에그웨인의 왼쪽 눈과 린나의 왼쪽 눈. 에그웨인이 목소리를 높였다. "리안드린 세다이? 왜 이 사람들이 이런 짓을 하게 두시는 거죠?" 리안드린은 두 손을 탁탁 털 뿐 에그웨인 쪽을 보지 않았다.

"네가 가장 먼저 배워야 하는 것은," 린나가 말했다. "명령에 정확히 따르는 것이다. 지체하지 말고."

에그웨인은 헛숨을 들이켰다. 갑자기 발바닥부터 두피까지 피부가 후끈후끈 따가웠다. 꼭 쐐기풀 위를 구른 것만 같았다. 타는 듯한 감각이 점점 심해지자 에그웨인은 고개를 젖혔다.

"많은 **술담**은," 린나는 거의 친근하게 느껴지는 특유의 목소리로 말을 이었다. "**다마니**에게 이름을 허락해서는 안 된다고 생각한다. 최소한 **술담**이 지어준 이름만을 허락해야 한다고 생각하지. 하지만 너를 잡은 사람은 나니까 네 훈련은 내가 책임지겠다. 네가 네 이름을 간직할 수 있게 해 주마. 네가 나를 지나치게 불쾌하게 하지만 않는다면 말이야. 지금은 조금 불쾌하다. 정말로 내가 화를 낼 때까지 계속하고 싶으냐?"

에그웨인은 몸을 떨며 이를 악물었다. 미친 듯이 긁지 않으려고 애쓰느라 손톱이 손바닥에 파고들었다. **바보야! 네 이름일 뿐이잖아.** "에그웨인." 에그웨인은 간신히 말했다. "에그웨인 알비어다." 타는 듯한 가려움증이 즉시 사라졌다. 에그웨인은 길게 불안정한 호흡을 내쉬었다.

"에그웨인이라." 린나가 말했다. "좋은 이름이군." 끔찍하게도 린나는 에그웨인이 개라도 되는 것처럼 그녀의 머리를 쓰다듬었다.

에그웨인은 여자의 목소리에서 느껴지던 친근함의 정체를 알아차렸다. 훈련받는 개를 대하는 어느 정도의 선의. 그건 다른 인간에게 품을 만한 친근함과는 무척 달랐다.

린나가 킬킬댔다. "이제 더 화가 났구나. 다시 날 공격할 생각이라면 살살 때려야 한다는 걸 기억해라. 너는 내가 느끼는 것의 두 배를 느끼게 될 테니까. 채널링할 시도는 하지 마라. 내가 명시적으로 명령을 내리지 않는 한 채널링은 절대 하면 안 된다.”

에그웨인의 눈이 욱신거렸다. 그녀는 땅을 짚고 일어나 린나의 말을 무시하려 했다. 목에 채워진 개 목걸이와 연결된 목줄을 쥐고 있는 사람을 무시할 수 있다면 말이지만. 상대 여자가 다시 킬킬대자 두 뺨이 달아올랐다. 에그웨인은 민에게 가고 싶었으나 린나가 풀어 준 목줄의 길이는 그렇게까지 길지 않았다. 에그웨인이 가만히 불렀다. “민, 너 괜찮아?”

민은 천천히 무릎을 꿇고 앉으며 고개를 끄덕이더니 움직이지 말걸 그랬다는 듯 손으로 머리를 짚었다.

삐죽빼죽한 번개가 맑은 하늘에 지글거리더니, 조금 떨어진 곳의 나무 여러 그루를 후려쳤다. 에그웨인은 펄쩍 뛰며 문득 미소 지었다. 나이니브는 지금도 자유로웠다. 일레인도. 누군가 에그웨인과 민을 풀어 줄 수 있다면 그 사람은 나이니브일 것이다. 에그웨인의 미소가 흐려지며 리안드린을 노려보는 눈빛으로 바뀌었다. 무슨 이유로 아이즈 세다이가 그들을 배신했는지는 모르지만, 응분의 대가가 있을 것이다. **언젠가. 어떻게든.** 노려보는 것은 소용없었다. 리안드린은 가마에서 눈을 떼지 않았다.

맨가슴의 남자들이 무릎을 꿇고 가마를 땅에 내려놓자 수로스가 조심스레 망토를 매만지며 내려오더니, 부드러운 슬리퍼를 신은 발로 길을 골라가며 리안드린에게 다가갔다. 두 여자는 체격이 비슷했다. 갈색 눈이 검은 눈을 동등하게 비리보았다.

“내게 둘을 데려다주겠다고 했는데.” 수로스가 말했다. “대신 내 손에 들어온 건 하나뿐이구나. 둘은 도망쳤고, 그중 하나는 네가 말한 것보다 훨씬 강력했다. 그 애는 15킬로미터 안에 있는 우리의 순찰대 모두의 관심을 끌 거다.”

“나는 셋을 데려왔다.” 리안드린이 침착하게 말했다. “그대가 그들을 잡아 둘 수 없다면, 우리 주인께서 그대들 중 다른 이를 뽑아 그분을 섬기게 하셔야겠지. 그대는 사소한 일을 두려워하는군. 순찰대가 오면 죽여라.”

가까운 곳에서 다시 번개가 번쩍였다. 잠시 후에는 벼락이 떨어진 곳과 그리 멀지 않은 곳에서 천둥 비슷한 소리가 우렁차게 울렸다. 먼지구름이 허공으로 솟아올랐다. 리안드린도, 수로스도 전혀 알은체하지 않았다.

"난 지금도 새 **다마니** 둘을 데리고 팔메로 돌아갈 수 있다." 수로스가 말했다. "내게는 안타까운 일이거든. ……아이즈 세다이가," 그녀는 욕설이라도 되는 것처럼 그 말을 꼬아서 했다. "자유롭게 돌아다닌다는 것이."

리안드린의 표정은 변하지 않았지만, 에그웨인은 그녀의 주변에서 갑자기 후광이 번쩍이는 것을 보았다.

"조심하십시오, 대여공!" 린나가 소리쳤다. "저 여자가 준비하고 있습니다!"

병사들이 칼과 창으로 손을 뻗으며 소란이 일었지만 수로스는 두 손을 뾰족하게 모으고 긴 손톱 너머로 리안드린에게 미소를 지을 뿐이었다. "내게 대적하려는 움직임은 보이지 마라, 리안드린. 우리 주인께서 좋아하지 않으실 거다. 여기에서는 너보다 내가 더 필요한 게 확실하니까. 그리고 너는 **다마니**가 되는 것보다 그분을 더 두려워하지."

리안드린이 미소 지었다. 다만 그녀의 뺨에는 분노로 흰 얼룩이 생겨났다. "그리고 너는 내가 널 이 자리에서 태워 잿더미로 만드는 것보다 그분을 더 두려워하지."

"맞아. 우리 둘 다 그분을 두려워한다. 하지만 주인님의 필요조차 시간에 따라 바뀔 것이다. 결국은 모든 **마라스다마니**에게 목걸이가 채워진다. 아마 너의 그 사랑스러운 목에 목걸이를 채우는 사람은 내가 되겠지."

"네 말 그대로다, 수로스. 주인님의 필요는 변할 것이다. 네가 내 앞에 무릎을 꿇는 날에 그 점을 다시 일깨워 주지."

2킬로미터쯤 떨어진 곳의 높은 진퍼리꽃나무가 갑자기 타오르는 횃불이 되었다.

"지겨워지는군." 수로스가 말했다. "엘바, 저들을 소환해라." 매부리코 남자가 자기 주먹만 한 뿔나팔을 꺼냈다. 뿔나팔에서는 쉰 목소리와 비슷한, 귀청을 찢는 소리가 났다.

"나이니브라는 여자를 찾아야 한다." 리안드린이 날카롭게 말했다. "일레인은 중요하지 않다. 하지만 네가 돛을 올릴 때는 두 여자와 여기 이 소녀가 모두 너와 함께 배에 올라야 한다."

"나는 명령을 아주 잘 알고 있다, **마라스다마니.** 그런 명령이 내려진 이유를 알기 위해서라면 큰 대가라도 치르겠지만."

"네가 아무리 많은 이야기를 들었다 한들, 아이야." 리안드린이 비웃었다. "그것만이 네가 알도록 허락된 것이다. 너는 섬기고 복종한다는 걸 기억해라. 이 둘은 아리스대양 반대편으로 옮겨 그곳에 두어야 한다."

수로스가 코웃음 쳤다. "내가 여기 남아 나이니브라는 여자를 찾는 일은 없을 거다. 투락이 나를 진실의 탐색자들에게 넘긴다면, 주인님에게 내가 쓸모 있는 존재가 되는 것도 그걸로 끝일 테니까." 리안드린은 화가 나서 입을 열었지만 수로스는 그녀가 한마디도 못하게 했다. "나이니브는 오랫동안 자유롭지 못할 것이다. 둘 다 말이야. 다시 돛을 올릴 때, 우리는 이 형편없는 땅에서 조금이라도 채널링을 할 줄 아는 모든 여자를 데려갈 테니까. 목줄에 목걸이를 채워서 말이지. 남아서 그 여자를 찾고 싶다면 그렇게 해라. 머잖아 순찰대가 이리로 올 것이다. 아직도 시골에 숨어 있는 오합지졸과 교전할 생각으로 말이야. 어떤 순찰대는 **다마니**를 잡아간다. 네가 어떤 주인을 섬기는지는 신경 쓰지 않지. 그런 만남에서 살아남는다면 목줄과 목걸이가 네게 새로운 삶을 가르쳐 줄 거다. 나는 우리의 주인님께서 사로잡힐 만큼 바보 같은 자를 굳이 구하는 수고를 하시진 않으실 거라 생각한다."

"그 애들 중 하나라도 여기에 남게 된다면," 리안드린이 힘주어 말했다. "우리 주인님께서는 너를 손보는 수고를 하실 거다, 수로스. 둘 다 데려가지 않으면 대가를 치르게 될 거야." 리안드린은 암말의 고삐를 꽉 쥔 채 웨이게이트로 성큼성큼 다가갔다. 머잖아 리안드린의 등 뒤로 웨이게이트가 닫혔다.

나이니브와 일레인을 쫓아갔던 병사들은 목줄과 목걸이, 팔찌로 연결된 두 여자와 함께 돌아왔다. 두 여자는 나란히 말을 달리는 **다마니**와 **술담**이었다. 세 남자가 안장에 시신을 얹은 말들을 데리고 왔다. 에그웨인은 그 모든 시신이 갑옷을 입고 있는 것을 보고 솟구치는 희망을 느꼈다. 그들은 나이니브도 일레인도 잡지 못했다.

민이 자리에서 일어나려 했으나 매부리코 남자가 그녀의 어깻죽지를 장화로 꽉 밟아 땅에 처박았다. 민은 숨을 헐떡이며 힘없이 움찔거렸다. "말할 수 있도록 허락해 주십시오, 대여공님." 그가 말했다. 수로스가 살짝 손짓하자 남자가 말을 이었다. "이 소작농이 저를 베었습니다, 대여공님. 대여공님께 이 아이가 딱히 필요하지 않으시다면……." 수로스는 다시 작게 손짓했다. 그녀는 이미 돌아서고 있었다. 남자가 어깨 너머 칼자루로 손을 뻗었다.

"안 돼!" 에그웨인이 소리쳤다. 린나가 조용히 욕하는 소리가 들렸다. 갑작스럽게 타는 듯한 가려움이 다시 에그웨인의 피부를 뒤덮었다. 전보다 심했다. 하지만 에그웨인은 멈추지 않았다. "제발요! 대여공님, 제발! 저 애는 제 친구예요!" 한 번도 경험하지 못했던 통증이 타는 듯한 가려움을 뚫고 에그웨인을 괴롭혔다. 온몸의 근육이 꼬이고 쥐가 났다. 그녀는 흙바닥에 얼굴을 처박고 신음했지만, 그때까지도 엘바의 묵직하고 휘어진 칼날이 칼집에서 나오는 모습이 보였다. 그가 두 손으로 칼을 들어 올리는 모습이 보였다. "제발! 아, 민!"

갑자기 통증이 존재하지 않았던 것처럼 사라졌다. 오직 그 고통에 대한 기억만이 남았다. 이제는 흙으로 물든 수로스의 푸른 벨벳 슬리퍼가 에그웨인의 얼굴 앞에 나타났다. 하지만 에그웨인이 바라본 사람은 엘바였다. 엘바는 머리 위로 칼을 들어 올리고 온몸의 체중을 발에 실어 민의 등을 밟고 서 있었으나…… 움직이지 않았다.

"이 소작농이 네 친구냐?" 수로스가 말했다.

에그웨인은 일어서려 했지만, 수로스가 놀라 눈썹을 치켜올리는 걸 보고서는 제자리에 그대로 엎드려 고개만 들었다. 민을 구해야만 했다. **그러기 위해서 굽실대야 한다면……**. 에그웨인은 입술을 벌리며 악다문 치아가 미소로 보이기를 바랐다. "네, 대여공님."

"내가 이 애를 살려 주면, 내가 이 애를 종종 너에게 찾아가도록 해 주면, 너는 열심히 일하고 가르쳐 주는 대로 배우겠느냐?"

"그러겠습니다, 대여공님." 에그웨인은 저 칼이 민의 두개골을 가르지 못하도록 할 수만 있다면 그보다 훨씬 더한 약속도 할 수 있었다. **심지어 그 약속을 지키기까지 할 거야.** 에그웨인은 불쾌해하면서도 생각했다. **지켜야 할 때까지는.**

"그 애를 말에 태워라, 엘바." 수로스가 말했다. "그 애가 안장에 앉을 수 없다면 묶어라. 이 **다마니**가 결국 실망스러운 존재로 밝혀지면 그때 네게 그 여자아이의 머리를 갖게 해 주겠다." 그녀는 이미 가마 쪽으로 움직이고 있었다.

린나가 에그웨인을 거칠게 당겨 세우고 벨라 쪽으로 떠밀었지만, 에그웨인은 오직 민에게만 시선을 두고 있었다. 엘바가 민을 다루는 태도도 린나가 에그웨인을 다루는 태도보다 부드럽다고 할 수는 없었다. 하지만 에그웨인은 민이 괜찮다고 생각했다. 최소한 민은 어깨를 홱 움직이며 안장에 그녀를 묶으려는 엘바의 시도를 물리치고 약간의 도움만을 받아 자신의 거세된 말에 올라탔으니까.

특이한 일행이 서쪽으로 출발했다. 수로스가 선두에 섰고 엘바는 수로스의 가마보다 약간 뒤쪽이지만 수로스가 부르면 즉시 답할 수 있을 만큼 가까운 곳에 섰다. 린나와 에그웨인은 민과 함께 뒤쪽에서 말을 달렸고, 다른 **술담**과 **다마니**는 병사들의 뒤를 따랐다. 나이니브에게 목걸이를 채우려 했던 것으로 보이는 여자는 지금까지도 둘둘 말린 은색 목줄을 만지작거리며 화난 표정을 짓고 있었다. 듬성듬성한 숲이 굽이치는 땅을 덮고 있었으며 불타는 진퍼리꽃나무의 연기는 머잖아 뒤쪽 하늘에 남은 유일한 얼룩이 되었다.

"네게는 영광스러운 일이다." 린나가 잠시 후 말했다. "대여공께서 네게 말을 거시다니. 다른 때였다면 내가 그 영광스러운 순간을 표시하도록 네게 리본을 달아 주었을 거다. 하지만 네가 직접 그 관심을 불러일으켰으니……."

에그웨인은 회초리가 등을 후려치는 느낌에 비명을 질렀다. 이어 그녀의 다리와 팔도 회초리에 맞은 것만 같았다. 회초리가 사방에서 날아드는 듯했다. 에그웨인은 막을 회초리가 애초에 존재하지 않는다는 걸 알았다. 하지만 공격을 막을 수 있을 것처럼 팔을 마구 휘둘러댈 수밖에 없었다. 그녀는 신음을 참느라 입술을 깨물었으나 눈물이 계속 두 뺨으로 흘러내렸다. 벨라가 히힝거리며 정신없이 움직였으나 린나가 쥐고 있는 은색 목줄 때문에 에그웨인을 멀리 데려가지 못했다. 병사들 중에는 뒤를 돌아보는 사람조차 없었다.

"뭘 하는 거야?" 민이 소리쳤다. "에그웨인? 그만해!"

"네가 살아 있는 건 단지 내가 참아 주고 있기 때문이다. ……민이라고 했지?" 린나가 부드럽게 말했다. "이게 너에게도 교훈이 되길 바란다. 네가 간섭하려고 드는 한 매질은 멈추지 않을 거다."

민은 주먹을 들었다가 툭 떨어뜨렸다. "간섭하지 않겠습니다. 그냥, 부탁이니까, 그만해 주세요. 에그웨인, 미안해."

보이지 않는 매질은 한동안 더 이어졌다. 민에게 그녀의 간섭은 아무 소용이 없다는 걸 보여 주려는 것 같았다. 그런 뒤에는 매질이 멈췄으나 에그웨인은 몸이 떨리는 걸 막을 수 없었다. 이번에는 고통이 사라지지 않았다. 그녀는 드레스의 소매를 젖혔다. 맞은 자국이 보일 거라고 생각했다. 피부에는 아무 흔적이 없었으나 감각은 여전히 남아 있었다. 에그웨인이 침을 삼켰다. "네 잘못이 아니었어, 민." 벨라가 눈알을 굴려 대며 고개를 젖혔다. 에그웨인은 암말의 텁수룩한 목을 쓰다듬었다. "네 잘못도 아니고."

"네 잘못이었다, 에그웨인." 린나가 말했다. 너무도 침착한 목소리였다. 무엇이 올바른지 모를 만큼 너무도 멍청한 사람에게 아주 친절하게 대해 주는 목소리. 에그웨인은 소리를 지르고 싶었다. **다마니가 벌을 받는 건 늘 다마니의 잘못 때문이다. 다마니야 그 이유를 모른다고 해도. 다마니는 술담이 원하는 것을 예측해야 한다. 하지만 이번에는 너도 이유를 알지. 다마니는 가구나 도구 같은 존재다. 언제나 쓰일 준비가 되어 있어야 하지만, 절대 나서서 관심을 요구해서는 안 된다. 특히 혈족의 관심은."**

에그웨인은 피 맛이 나도록 입술을 깨물었다. **이건 악몽이야. 진짜일 리가 없어. 리안드린이 왜 이런 짓을 한 거지? 왜 이런 일이 일어나는 거야?**

"혹시…… 혹시 질문을 해도 될까요?"

"나니까 해도 된다." 린나가 미소 지었다. "세월이 지나면서 수많은 **술담**이 너의 팔찌를 차게 될 테니까. **다마니**에 비해 **술담**의 수가 언제나 훨씬 많거든. 일부는 네가 바닥에서 시선을 떼거나 허락 없이 입을 열면 네 가죽을 찢어 놓을 거다. 하지만 나는 말조심을 하는 한 네게 말을 못 하게 할 이유는 없다고 생각한다." 다른 **술담** 중 한 명이 큰 소리로 코웃음을 쳤다. 그녀는 손만 내려다보고 있는 중년의 예쁘장한 검은 머리 여자와 연결되어 있었다.

"리안드린이랑," 에그웨인은 다시는 리안드린에게 경칭을 붙이지 않을 생각이었다. "대여공님이 함께 섬기는 주인에 대해서 말했는데요." 거의 나은 화상으로 얼굴이 망가졌으며 때로 눈과 입이 불로 변하는 남자의 모습이 머릿속에 떠올랐다. 아무리 꿈에 나오는 형상이라도 오래 생각하기에는 너무 끔찍한 모습이었다. "그게 누군가요? 그 사람이 저랑…… 민에게 뭘 원하는 거죠?" 에그웨인은 나이니브의 이름을 빠뜨리는 것이 바보 같은 일이라는 걸 알았지만—이름을 부르지 않았다는 이유만으로 여기 있는 사람들이 나이니브를 잊을 거라는 생각은 들지 않았다. 특히 빈 목줄을 쓰다듬는 파란 눈의 **술담**이라면—이 순간에 에그웨인이 생각해 낼 수 있었던 반격 방법은 그것뿐이었다.

"혈족의 일은," 린나가 말했다. "내가 눈여겨볼 만한 것이 아니다. 너야 당연히 그렇고. 대여공께서는 내게 내가 알기를 바라는 것을 말씀해 주실 것이고, 나는 네게 네가 알기를 바라는 것을 말해 줄 것이다. 네가 보거나 듣는 다른 모든 것은 말해진 적 없는 것, 일어난 적 없는 일이나 마찬가지여야 한다. 이 길에 안전이 있다. 특히 **다마니**에게는 그렇지. **다마니**는 포기하고 죽여 버리기에는 지나치게 귀한 존재야. 하지만 너는 상당한 벌을 받게 될 뿐 아니라 말할 혀나 글을 쓸 손이 없어진 너 자신을 보게 될지 모른다. **다마니**는 그런 것이 없어도 해야 할 일을 할 수 있으니."

에그웨인은 공기가 그리 차지 않았는데도 몸을 떨었다. 어깨까지 망토를 끌어당기던 그녀의 손이 목줄에 스쳤다. 그녀는 발작하듯 목줄을 확 당겼다. "이건 끔찍해요. 어떻게 사람한테 이런 짓을 하죠? 대체 어떤 병든 정신이 이런 걸 생각해 내나요?"

빈 목줄을 들고 있던 푸른 눈의 **술담**이 짓씹어 뱉었다. "저 **다마니**는 진작부터 혀가 없어도 됐겠는데, 린나."

린나는 인내심 있게 미소 지을 뿐이었다. "그게 어째서 끔찍하지? **다마니**가 할 수 있는 일을 할 수 있는 사람을 과연 그냥 풀어놓을 수 있겠느냐? 세상에는 여자였다면 **마라스다마니**가 되었을 남자들이 태어나고—내가 듣기로는 여기서도 마찬가지라는데—그들은 당연히 죽임을 당해야 한다. 하지만 여자들은 미치지 않지. 그러나 그 여자들도 힘을 놓고 다투느라 문제를 일으키게 두느니 **다마니**로 만드는 게 낫다. **에이담**을 처음 떠올린 사상가는 자신을 아이즈 세다이라 불렀던 한 여성이었다."

에그웨인은 자신의 얼굴에 믿을 수 없다는 기색이 번져 간다는 걸 알았다. 린나가 대놓고 웃었으니까. "호크윙의 아들 류세어 페인드래그 몬드윈이 처음 밤의 군대를 마주했을 때, 그는 어둠의 군대 중 자칭 아이즈 세다이라는 자들이 많이 있다는 걸 알게 되었다. 그들은 자기들끼리 권력을 놓고 다투며 전장에서 일원력을 사용했지. 그런 자들 중 디언이라는 여자는 황제 편에 가담하는 게 나을 거라고 생각했다. 물론, 그때는 몬드윈이 황제가 아니었다만. 몬드윈의 군대에는 아이즈 세다이가 없었거든. 그래서 디언은 자기가 만든 장치를, 최초의 **에이담**을 자기 자매 중 하나의 목에 채워 몬드윈에게 찾아갔다. 그 여자는 류세어를 섬기고 싶어 하지 않았으나 **에이담**이 그 여자에게 섬길 것을 요구했지. 디언은 더 많은 **에이담**을 만들었고 최초의 **술담**이 만들어졌으며 자칭 아이즈 세다이라는 포획된 여자들은 자신들이 실제로는 **마라스다마니**, 즉 목줄이 채워져야 하는 자일뿐이라는 걸 알게 되었다. 전하는 말로는 디언 자신에게 목줄이 채워졌을 때 그 여자의 비명이 심야의 탑을 뒤흔들었다고 하지. 하지만 물론 디언 역시 **마라스다마니**였고, **마라스다마니**를 자유롭게 돌아다니도록 놔둘 수는 없었다. 아마 너는 **에이담**을 만들 능력을 가진 자들 중 하나가 될 것이다. 그렇다면 너는 소중한 취급을 받게 될 테니, 안심해도 된다."

에그웨인은 그들이 통과하는 시골 지방을 간절히 바라보았다. 땅이 솟아

올라 나지막한 언덕이 되기 시작했고, 듬성듬성하던 숲은 더욱 줄어들어 여기저기 흩어진 잡목림이 되었다. 하지만 에그웨인은 그 안에도 몸을 숨길 수는 있으리라고 확신했다. "내가 애완견처럼 소중히 다뤄지기를 기대해야 하나요?" 그녀는 원한에 차서 말했다. "나를 일종의 동물이라 생각하는 남자와 여자 들에게 평생 매여 있어야 하는데?"

"남자들은 아니지." 린나가 킬킬댔다. "**술담**은 모두 여자다. 남자가 이 팔찌를 차 봐야 대체로 벽에 박힌 못에 이 팔찌를 걸어 놓은 것과 그리 다르지 않을 거다."

"그리고 때로는," 푸른 눈의 **술담**이 거칠게 말했다. "너와 그 남자가 둘 다 비명을 지르다 죽겠지." 그 여자는 이목구비가 날카로웠고 입술이 가는 입을 꽉 다물고 있었다. 에그웨인은 그렇게 화난 표정이 여자의 평소 표정이리라는 걸 깨달았다. "때때로 여제께서는 남자 귀족들을 **다마니**에게 연결해 데리고 노신다. 그러면 귀족들은 땀을 흘리며 아홉 달의 궁정을 즐겁게 하지. 귀족은 그 일이 끝날 때까지 자기가 살지 죽을지 모른다. **다마니**도 마찬가지고." 그녀의 웃음은 악랄했다.

"**다마니**를 그런 식으로 써 버릴 여유가 있는 분은 여제뿐이시다, 알윈." 린나가 쏘아붙였다. "난 이 **다마니**를 그냥 내다 버릴 생각으로 훈련시키는 게 아니야."

"지금까지 내가 본 바로 훈련은 전혀 하지 않던데, 린나. 그저 수다를 엄청나게 많이 떨었을 뿐이지. 너와 이 **다마니**가 어린 시절 친구라도 되는 것처럼."

"이젠 이 다마니가 뭘 할 수 있는지 봐야 할 시간이겠지." 린나가 에그웨인을 살펴보며 말했다. "저 정도 거리에서 채널링할 능력은 아직 없느냐?" 린나는 언덕 위에 홀로 서 있는 높은 참나무를 가리켰다.

에그웨인은 인상을 찡그리며 나무를 보았다. 아마 병사들과 수로스의 가마가 따라가는 길에서 1킬로미터쯤 떨어져 있는 듯했다. 그녀는 한 번도 팔 닿는 거리보다 먼 곳에 무슨 일을 일으키려고 해 본 적이 없었지만, 가능할지도 모르겠다는 생각이 들었다. "모르겠어요." 에그웨인이 말했다.

"해 봐라." 린나가 에그웨인에게 말했다. "나무를 느껴라. 나무 안의 수액을 느껴라. 나는 네가 나무를 뜨거울 뿐 아니라, 너무 뜨거워서 모든 가지의 모든 수액 한 방울 한 방울이 순식간에 증기로 끓어오르도록 만들기를 바란다. 해라."

에그웨인은 린나가 시키는 대로 하고 싶다는 충동을 느끼고 충격을 받았다. 그녀는 이틀 동안 채널링을 하지도 않았고, 심지어 **사이다**와 접촉하지도 않았다. 그런데 지금은 자신을 일원력으로 채우고 싶다는 욕망에 몸이 떨려 왔다. "저는," 심장이 한 번 뛸 만한 시간에 에그웨인은 "하지 않겠습니다"라는 말을 포기했다. 그렇게 바보 같은 짓을 하기에는 존재하지 않는 채찍 자국이 여전히 지나치게 날카롭도록 후끈거렸다. 대신 그녀는 이렇게 말을 맺었다. "할 수 없습니다. 거리도 너무 멀고, 저는 그런 일을 해 본 적이 한 번도 없습니다."

술담 중 한 명이 시끄럽게 웃었다. 알윈이 말했다. "시도조차 안 하는군."

린나가 거의 슬픈 듯 고개를 저었다. "**술담** 노릇을 오래 하다 보면," 린나가 에그웨인에게 말했다. "팔찌를 차지 않고도 **다마니**에 대해 많은 걸 알 수 있게 되지. 더욱이 팔찌를 차고 있으면 **다마니**가 채널링을 하려 했는지, 하려고도 하지 않았는지 언제나 알 수 있다. 너는 내게도, 그 어떤 **술담**에게도 거짓말을 해서는 안 된다. 머리카락 한 올만큼이라도."

갑자기 보이지 않는 회초리가 돌아와 에그웨인의 온몸을 후려쳤다. 그녀는 비명을 지르며 린나를 때리려 했으나 **술담**은 아무렇지 않게 에그웨인의 주먹을 쳐냈다. 에그웨인은 린나가 막대기로 그녀의 팔을 후려친 것만 같은 기분이었다. 에그웨인은 벨라의 옆구리에 박차를 가했으나 **술담**이 목줄을 하도 세게 쥐고 있어서 하마터면 안장에서 굴러떨어질 뻔했다. 에그웨인은 미친 듯이 **사이다**로 손을 뻗었다. 린나가 멈출 만큼 그녀에게 상처를 줄 생각이었다. 그녀가 받은 것과 똑같은 종류의 상처를 주고 싶었다. **술담**은 빈정거리듯 고개를 저었다. 에그웨인은 자신의 피부가 갑자기 끓어오르자 울부짖었다. 에그웨인이 **사이다**로부터 완전히 도망칠 때까지 타는 느낌은 잦아들지 않았고, 보이지 않는 매질은 한 번도 멈추거나 느려지지 않았다. 에그웨인은 린나가 멈추기만 하면 채널링을 해 보겠다고 소리치려 했지만, 할 수 있는 일이라고는 비명을 지르며 몸부림치는 것밖에 없었다.

에그웨인은 어렴풋하게 민이 분노의 고함을 지르며 그녀 곁으로 달려오려 하는 것과, 알윈이 민의 손에서 고삐를 낚아챈 것, 다른 **술담**이 자기 **다마니**에게 날카롭게 말하는 것을 인식했다. 그 **다마니**가 민을 보았다. 그런 뒤에는 민도 비명을 지르고 있었다. 그녀는 몽둥이를 쳐 내거나 쏘아 대는 곤충을 쫓아내려 것처럼 두 팔을 흔들어 댔다. 자신의 고통에 사로잡혀 있는 에그웨인에게 민의 고통은 멀게만 느껴졌다.

둘이 함께 비명을 지르자 몇몇 병사들이 안장에 앉은 채 뒤를 돌아보았다. 그들은 한 번 시선을 주더니 웃으며 다시 돌아앉았다. **술담**이 **다마니**를 어떻게 다루든 그건 그들이 상관할 일이 아니었다.

에그웨인이 느끼기에는 그 고통이 영원히 이어질 것만 같았다. 하지만 마침내 끝이 찾아왔다. 그녀는 안장의 안장머리에 힘없이 축 늘어졌다. 두 뺨이 눈물로 젖어 있었다. 그녀는 벨라의 갈기에 얼굴을 묻은 채 흐느꼈다. 암말이 불안한 듯 울었다.

"용기가 있는 건 좋은 일이다." 린나가 차분하게 말했다. "최고의 **다마니**는 형태를 잡고 만들어 줄 용기를 가진 **다마니**이니까."

에그웨인은 눈을 꽉 감았다. 귀도 닫을 수 있으면 좋겠다고, 린나의 목소리를 차단할 수 있으면 좋겠다고 생각했다. **도망쳐야 해. 도망쳐야 해. 하지만 어떻게? 나이니브, 도와줘. 빛이여, 누구라도 저를 도와주세요.**

"너는 최고의 **다마니**가 될 기다." 린나는 만족스러운 말투로 말했다. 그녀의 손이 에그웨인의 머리카락을 쓰다듬었다. 개를 달래는 주인 같았다.

나이니브는 안장에 앉은 채 몸을 내밀어 뾰족한 잎사귀가 달린 덤불들의 장막 너머를 보았다. 여기저기 흩어진 나무들이 시선에 닿았다. 일부는 잎의 색이 변해 가고 있었다. 풀과 덤불로 이루어진 숲 사이의 광활한 공간은 비어 보였다. 산들바람에 흔들리며 점점 가늘어져 가는 진퍼리꽃나무의 연기 기둥을 제외하면 나이니브의 눈에 보이는 것 중 움직이는 것은 전혀 없었다.

저 진퍼리꽃나무는 그녀의 작품이었다. 한 번은 맑은 하늘에서 번개가 소환되었다. 두 여자가 나이니브에게 쓰기 전까지는 시도해 볼 생각도 하지 않았던 몇 가지 공격도 해냈다. 나이니브는 그 여자들이 어떤 식으로든 협력하는 게 틀림없다고 생각했으나 둘의 관계를 이해할 수는 없었다. 둘은 목줄로 연결된 것 같았다. 한 명은 목걸이를 차고 있었으나 다른 한 명도 확실히 사슬에 매여 있었다. 나이니브가 확신한 것은 그 여자들 모두가, 혹은 둘 중 하나가 아이즈 세다이라는 점이었다. 채널링할 때의 빛이 보일 만큼 그들을 똑똑히 본 적은 한 번도 없었지만 분명했다.

시리암한테 이 얘기를 해 주면 확실히 재미있을 거야. 나이니브는 무미건조하게 생각했다. **아이즈 세다이는 일원력을 무기로 사용하지 않는다더니?**

나이니브는 확실히 일원력을 무기로 사용했다. 최소한 그녀는 벼락으로 두 여자를 넘어뜨렸고 병사 한 명, 아니 그 병사의 몸뚱이가 그녀가 만들어 던진 불꽃의 공으로 타오르는 것을 보았다. 하지만 지금은 꽤 오랜 시간 동안 그 낯선 자들을 보지 못하고 있었다.

이마에 땀방울이 맺혔다. 힘을 썼기 때문만은 아니었다. **사이다**와의 접촉이 끊어졌다. 게다가 나이니브는 그 연결을 다시 만들어 낼 수 없었다. 리안드린이 그들을 배신했다는 걸 알고 처음 분노했을 때는 **사이다**가 거의 알아차리기도 전에 나타났다. 일원력이 온몸에 흘러넘쳤다. 무엇이든 할 수 있을 것만 같았다. 그리고 놈들이 나이니브를 추격하는 동안에는 동물처럼 사냥당하고 있다는 것에 대한 격노가 그녀에게 기름을 부었다. 이제는 추격이 사라졌다. 공격할 만한 적이 보이지 않는 채로 오랜 시간이 지나며 나이니브는 놈들이 어떤 식으로든 몰래 다가오고 있을지 모른다고 걱정하기 시작했다. 에그웨인과 일레인, 민에게 무슨 일이 일어났을지 걱정할 시간도 늘어만 갔다. 이제 나이니브는 자신이 느끼는 가장 강한 감정이 두려움이라는 걸 인정할 수밖에 없었다. 친구들 때문에 두려웠고 그녀 자신 때문에 두려웠다. 그녀에게 필요한 건 분노였는데.

무언가가 나무 뒤에서 흔들렸다.

나이니브는 숨을 참고 **사이다**를 찾아 더듬거렸으나 시리암을 비롯한 아이즈 세다이들이 가르쳐 준 모든 훈련과 머릿속에 피어나는 그 모든 꽃송이, 나이니브가 강둑이 된 것처럼 지켜보고 있던 상상 속의 강물도 아무 소용이 없었다. 나이니브는 진정한 근원을 느낄 수 있었지만 그 근원과 접촉할 수 없었다.

일레인이 조심스레 몸을 웅크린 채 나무 뒤에서 나왔다. 나이니브는 안도감에 힘이 탁 풀렸다. 여왕 후계자의 드레스는 더럽혀지고 찢겨 있었으며 그녀의 금발은 나뭇가지와 낙엽에 뒤엉켜 있었다. 두리번거리는 두 눈도 겁먹은 새끼 사슴처럼 휘둥그레졌다. 하지만 일레인의 단단한 손길은 칼날이 짧은 단검을 쥐고 있었다. 나이니브가 고삐를 잡고 탁 트인 곳으로 나갔다.

일레인은 경련하듯 움찔하더니 자기 목으로 손을 뻗으며 깊이 숨을 들이쉬었다. 나이니브가 말에서 내렸다. 두 여자는 서로를 찾았다는 안도감을 느끼며 상대방을 끌어안았다.

"잠깐이지만," 마침내 둘이 떨어지자 일레인이 말했다. "난 네가……. 다들 어디 갔는지 알아? 남자 두 명이 나를 쫓아왔어. 몇 분만 더 있었으면 놈들이 나를 잡았을 거야. 그런데 뿔나팔 소리가 들렸고, 그놈들은 말머리를 돌려서 달려갔어. 그놈들은 날 볼 수 있었어, 나이니브. 그런데 그냥 떠났어."

"나도 그 소리 들었어. 그 이후로는 놈들을 전혀 못 봤고. 에그웨인이나 민 봤어?"

일레인은 벌씩 땅에 주저앉으며 고개를 저었다. "마지막으로 본 건…… 그 남자가 민을 때려눕히는 모습이었어. 그런 다음에 그 여자들 중 한 명이 에그웨인의 목에 뭔가를 채우려 했어. 거기까지 보고 도망친 거야. 걔들이 도망쳤을 것 같지는 않아, 나이니브. 내가 뭔가 했어야 하는데. 민이 나를 잡고 있던 놈의 손을 뱄고, 에그웨인은……. 난 그냥 도망쳤어, 나이니브. 내가 잡히지 않았다는 걸 알고 도망쳤어. 어머니는 최대한 빨리 가레스 브라인과 결혼해서 다른 딸을 낳으시는 게 좋을 거야. 난 왕좌에 어울리지 않아."

"멍청한 소리 하지 마." 나이니브가 날카롭게 말했다. "내 약초 중에 양의

혀 뿌리가 있다는 걸 기억하라고." 일레인은 두 손에 얼굴을 파묻었다. 놀리는 말에도 투덜거리지 않았다. "내 말 잘 들어. 내가 아이즈 세다이는커녕 무장한 남자 스무 명이나 서른 명을 상대로 싸우려고 버티는 거 봤어? 네가 가만히 있었다면, 발생할 가능성이 가장 큰 일은 너도 포로로 잡히는 거였어. 그것도 놈들이 널 그냥 죽여 버리지 않았다면 말이지만. 놈들은 무슨 이유에서인지 에그웨인과 내게 관심이 있는 것 같았어. 네가 살든 말든 별로 상관하지 않았을지도 몰라." **놈들이 왜 에그웨인과 내게 관심을 두지? 왜 하필 우리야? 리안드린은 왜 이런 짓을 한 거지? 왜?** 처음 이런 질문을 떠올렸을 때나 지금이나 나이니브는 아무런 답도 떠올리지 못했다.

"내가 걔들을 도우려다가 죽었다면……." 일레인이 입을 열었다.

"……죽었겠지. 그랬으면 너한테나 걔들한테나 별 도움이 되지 않았을 거야. 이제 일어나서 드레스나 털어." 나이니브는 안장주머니를 뒤져 빗을 꺼냈다. "머리도 빗고."

일레인은 천천히 일어나 작게 웃으며 빗을 받아 들었다. "옛날 내 유모 리니 같이 말하네." 일레인은 빗으로 머리를 빗다가 꼬인 부분이 당겨지자 움찔거렸다. "그런데 어떻게 걔들을 돕지, 나이니브? 넌 화가 나면 완전한 자매처럼 강하지만, 그놈들한테도 채널링을 할 수 있는 여자들이 있잖아. 그 사람들이 아이즈 세다이라고는 생각할 수 없지만, 아이즈 세다이나 마찬가지일 거야. 우리는 놈들이 애들을 어느 쪽으로 데려갔는지조차 몰라."

"서쪽이야." 나이니브가 말했다. "수로스라는 그 짐승이 팔메 얘기를 했어. 팔메는 토먼 헤드에서 가장 서쪽에 있고. 우린 팔메로 갈 거야. 리안드린이 거기에 있기를 바라. 그년의 어머니가 그년의 아버지한테 처음 눈길을 준 날을 저주하게 만들 테니까. 하지만 일단은 이 지역 옷을 찾는 게 좋겠어. 화이트 타워에서 타라본과 도만 여자들을 본 적이 있는데, 그 사람들 옷은 우리가 입은 것과는 완전히 달라. 팔메에 가면 이방인의 행색이 눈에 띌 거야."

"나야 도만 드레스를 입어도 상관없지만—어머니는 내가 도만 옷을 입었다는 걸 알고 경기를 일으키실 테고, 리니는 귀가 닳도록 잔소리를 하겠지만 말이야—마을을 찾는다 해도 새 드레스를 살 돈이 있을까? 네가 돈을 얼마나 가지고 있는지는 모르겠지만, 내가 가진 돈은 금화 열 닢과 그 두 배쯤 되는 은화가 전부야. 그거면 2~3주는 버틸 수 있겠지만, 그 이후로 어떻게 해야 할지 모르겠어."

"타 발론에서 신입으로 몇 달을 지냈으면서도," 나이니브가 웃으며 말했다. "왕좌의 계승자처럼 생각하는 건 멈추지 못했구나. 난 네 돈의 10분의 1도 없지만, 그걸 다 합치면 우리 둘이서 편안하게 두세 달은 지낼 수 있어. 주의하면 그보다 오래 버틸 수도 있고. 난 드레스를 살 생각이 없고, 어쨌든 새 옷도 안 살 거야. 내 회색 비단 드레스도 어느 정도 쓸모가 있겠지. 진주가 아주 많이 달렸고 금실도 있으니까. 그 드레스를 받는 대가로 우리 둘 모두가 바꿔 입을 만한 튼튼한 옷을 두세 벌 줄 만한 여자를 한 명도 찾지 못하면 내가 너한테 이 반지를 주고 신입이 될게." 나이니브는 안장으로 휙 올라가 일레인에게 손을 뻗은 뒤 그녀를 끌어올려 뒤에 앉혔다.

"팔메에 도착하면 뭘 할 거야?" 일레인은 암말의 궁둥이에 자리 잡으며 물었다.

"그거야 가 봐야 알지." 나이니브는 말이 서 있도록 놔두고 잠시 말을 멈추었다. "정말 이렇게 하고 싶어? 위험할 거야."

"에그웨인이랑 민보다 위험해? 상황이 반대였다면, 걔들도 우리를 찾아왔을 거야. 난 알아. 여기 하루 종일 있을 거야?" 일레인이 발꿈치로 걷어차자 암말이 출발했다.

나이니브는 아직 오후의 정점에 오르지 못한 태양이 그들의 등을 비출 때까지 말머리를 돌렸다. "조심해야 해. 우리가 아는 아이즈 세다이들은 팔 닿는 거리에 있는 것만으로도 채널링할 수 있는 여자를 알아볼 수 있었어. 아까 그 아이즈 세다이들이 우리를 찾고 있다면, 모여 있는 사람들 사이에서도 우리를 골라낼 수 있을지 몰라. 그럴 수 있다고 생각하는 게 나아." **놈들은 확실히 에그웨인과 나를 찾고 있었어. 하지만 왜?**

"그래. 신중해야지. 전에도 네 생각이 맞았어. 우리까지 잡혀 봐야 애들한테는 아무 도움이 되지 않을 거야." 일레인이 잠시 침묵했다. "전부 거짓말이었을까, 나이니브? 랜드도, 다른 애들도 위험에 빠져 있다는 리안드린의 이야기 말이야. 아이즈 세다이는 거짓말을 하지 않는데."

이번에는 나이니브가 침묵할 차례였다. 그녀는 완전한 자매의 위치로 승격될 때 하는 맹세에 대해 시리암이 했던 말을 떠올렸다. 맹세를 지킬 수밖에 없도록 속박하는 **티어앙그리알**을 들고 한다는 맹세. **사실이 아닌 말을 하지 마라.** 그것도 맹세 중 하나였지만, 아이즈 세다이가 말한 진실이 상대가 들었다고 생각하는 진실은 아닐지 모른다는 건 모두가 아는 사실이었다. "내 생각에, 지금 이 순간 랜드는 팔 다라에 있는 아겔마 공의 불가에 앉아 언 발을 녹이고 있을 거야." 나이니브가 말했다. **지금 랜드를 걱정할 수는 없어. 에그웨인과 민을 생각해야 해.**

"그럴 것 같아." 일레인이 한숨을 쉬며 말했다. 그녀가 안장 뒤에서 움직거렸다. "나이니브, 팔메까지 너무 멀면 절반은 내가 안장에 앉아서 갈게. 여긴 별로 편하지가 않다. 가는 내내 이 말이 알아서 속도를 조절하게 놔둔다면 우린 영영 팔메에 가지 못할 거야."

나이니브는 암말을 걷어차 빨리 종종걸음 치도록 했고, 일레인은 꺅 소리를 지르며 나이니브의 망토를 잡았다. 나이니브는 자기가 뒤에 탈 차례가 되면 일레인이 말을 질주하게 한대도 불평하지 않겠다고 자신을 타일렀다. 그러나 대체로 나이니브는 등 뒤에서 통통 튀는 여자가 헛숨 들이켜는 소리를 무시했다. 둘이 팔메에 도착할 때쯤에는 겁을 먹지 않고 화를 낼 수 있기를 바랄 뿐이었다.

바람이 상쾌해졌다. 아직 다가오지 않은 한기가 살짝 얹힌, 서늘하고 세찬 바람이었다.

41장 의견 차이

석판처럼 검은 오후의 하늘 전체에서 천둥이 우르릉댔다. 랜드는 찬비를 조금이라도 막을 수 있으면 좋겠다고 생각하며 망토 후드를 더 위로 끌어올렸다. 레드는 굴하지 않고 진창을 나아갔다. 후드는 푹 젖어 랜드의 머리에 걸려 있었고, 망토의 나머지 부분은 어깨에 달라붙었으며, 검은색 고급 코트 역시 차갑게 젖어 있었다. 기온이 조금만 더 떨어졌더라면 비 대신 눈이나 진눈깨비가 내렸을 것이다. 얼마 후면 다시 눈이 내릴 터였다. 일행이 지나친 마을 사람들은 올해에 이미 눈이 두 번 내렸다고 말했다. 랜드는 몸을 떨었다. 차라리 눈이 왔으면 좋겠다는 생각이 들었다. 그러면 최소한 살까지 다 젖지는 않을 테니까.

행렬은 굽이치는 시골길에서 주의 깊은 시선을 떼지 않으며 착실하게 나아갔다. 잉타의 잿빛 올빼미 깃발은 돌풍이 불어올 때조차 묵직하게 늘어져 있었다. 휴린이 이따금씩 두건을 젖히고 공기 냄새를 맡았다. 그는 비도 추위도 흔적에 영향을 주지 않는다고 했다. 그가 찾는 종류의 흔적에는 확실히. 하지만 지금까지 탐지자는 아무것도 발견 못했다. 휴린 뒤에서, 랜드는 우노가 중얼중얼 욕설하는 소리를 들었다. 로이알은 계속해서 안장주머니를 확인했다. 그 자신이 젖는 것은 상관없지만 책이 젖지 않을까 걱정하는 듯했다. 베린을 제외한 모두가 비참했다. 베린은 생각에 너무 깊이 빠진 나머지 후드가 벗겨지며 얼굴이 빗속에 드러난 것조차 모르는 듯했다.

"이것 좀 어떻게 할 수 없어요?" 랜드가 베린에게 물었다. 머릿속 한구석의 작은 목소리가 랜드에게 직접 하면 된다고 말했다. 필요한 건 **사이딘**을 끌어안는 것뿐이었다. **사이딘**의 부름은 너무도 달콤했다. 일원력으로 가득 차는 것. 폭풍과 하나가 되는 것. 하늘을 화창하게 바꿔 놓거나 몰아치는 폭풍을 타고 가거나 폭풍을 격렬히 휘몰아치게 하여 바다부터 평원까지 토먼 헤드를 깨끗이 청소해 버리는 것. **사이딘**을 끌어안는다니. 랜드는 그 갈망을 가차 없이 억눌렀다.

아이즈 세다이가 움찔했다. "뭐? 아. 가능할 거다. 약간은. 비구름이 너무 넓은 지역을 덮고 있으니까 나 혼자서는 이렇게 큰 폭풍을 멈출 수 없지만 조금 줄일 수는 있지. 최소한 우리가 있는 곳은 말이다." 베린은 얼굴에서 빗물을 문질러 닦았다. 처음으로 후드가 벗겨진 것을 깨달은 듯했다. 그녀는 별생각 없이 다시 후드를 당겨 썼다.

"그럼 왜 안 하세요?" 맷이 말했다. 후드 아래에서 내다보는 그의 떨리는 얼굴은 죽음의 문턱에 다다라 있는 것처럼 보였으나 목소리만은 활기찼다.

"그렇게 많은 일원력을 썼다간 근방 18킬로미터 안에 있는 아이즈 세다이 모두 누군가 채널링을 했다는 걸 알게 될 테니까. 숀찬 사람들이 **다마니**를 데리고 우리를 공격하는 건 바람직하지 않아." 베린의 입이 분노로 꽉 다물렸다.

그들은 아투안의 방앗간이라 불리는 작은 마을에서 침입자들에 대해 약간 알게 되었다. 그들이 들은 내용 대부분이 궁금증을 해소해 주기보다는 더 많은 의문을 낳았지만 말이다. 사람들은 한 순간 나불거리다가도 다음 순간에는 몸을 떨고 어깨 너머를 돌아보며 입을 다물었다. 그들 모두 숀찬 사람들이 괴물과 **다마니**를 데리고 돌아올지 몰라 두려워하며 떨었다. 사람들은 숀찬 사람들이 부리는 이상한 짐승보다도 아이즈 세다이가 되었어야 할 여자들이 오히려 동물처럼 목줄을 차고 있다는 사실에 더욱 겁을 먹었다. 그 짐승들에 대해서도 악몽에서 들려오는 귓속말처럼 조그만 목소리로

밖에 묘사 못했건만 말이다. 가장 나쁜 건, 숀찬 사람들이 떠나기 전에 보여 주었던 본보기가 지금까지도 사람들을 골수까지 서늘하게 하고 있다는 것 이다. 마을 사람들은 죽은 자들을 묻었으나 마을 광장에 남은, 크게 그을린 자국을 치우는 건 두려워했다. 아무도 그곳에서 일어난 일에 관해 말하지 않으려 했지만, 휴린은 마을에 들어가자마자 구토를 했고 검어진 땅에는 다 가가지 않으려 했다.

아투안의 방앗간은 반쯤 버려져 있었다. 어떤 사람들은 숀찬 사람들이 굳 게 지키는 마을에서는 그리 가혹하게 굴지 않으리라는 생각에 팔메로 도망 쳤고, 어떤 사람들은 동쪽으로 갔다. 떠날 생각을 하고 있다고 말한 사람은 더 많았다. 앨머스평원에서는 싸움이 벌어지고 있었다. 타라본 사람들이 도 만 사람들과 싸우고 있다고 했다. 하지만 그곳에서는 집과 헛간이 타 버렸 다 해도 인간의 손에 들린 횃불에 탄 것이었다. 숀찬 사람들이 한 짓, 숀찬 사람들이 할 수 있는 짓에 비하면 전쟁을 마주하는 게 나았다.

"페인이 왜 뿔나팔을 여기로 가져왔을까?" 페린이 중얼거렸다. 일행 모 두가 어느 순간에는 그 질문을 했으나 누구에게도 답은 없었다. "전쟁도 일 어났고, 숀찬 사람들에다가 그들이 데려온 괴물까지 있는데. 왜 여기로 온 거죠?"

잉타는 안장에 앉은 채 몸을 돌려 그들을 돌아보았다. 그의 얼굴은 거의 맷처럼 초췌해 보였다. "전쟁이라는 혼란 통에서 이익을 얻을 기회를 보는 자들은 언제나 있다. 페인이 그런 작자지. 놈은 다시 뿔나팔을 훔칠 생각인 게 틀림없어. 이번에는 어둠의 존재에게서 훔치려는 거다. 그렇게 자기 이 득을 위해 뿔나팔을 쓰려는 거야."

"거짓말의 아버지는 절대 단순한 계획을 세우지 않아." 베린이 말했다. "어쩌면 어둠의 존재가 오직 샤이올 굴에만 알려진 이유로 페인이 이곳에 뿔나팔을 가져오기를 바라는 것일지 모른다."

"괴물들이라니." 맷이 코웃음을 쳤다. 이제 그의 두 뺨은 푹 꺼져 있었고 눈은 텅 비어 보였다. 그의 **목소리가** 건강하게 들린다는 점은 상황을 악화 시킬 뿐이었다. "마을 사람들이 본 건 트롤록이나 희미한 자였을 걸요. 아닐 이유가 없잖아요? 숀찬 사람들이 아이즈 세다이를 부려서 자기들을 위해 싸우게 했다면, 희미한 자와 트롤록을 부리지 못할 이유는 뭐겠어요?" 그는 베린이 자기를 빤히 보는 걸 알아채고 움찔했다. "뭐, 목줄을 차고 있든 아니든 아이즈 세다이는 맞잖아요. 채널링을 할 수 있으니 아이즈 세다이죠." 그는 랜드를 힐끗 보더니 거슬리는 웃음을 터뜨렸다. "그러면 너도 아이즈 세다이네. 빛께서 우리 모두를 도우시길."

앞서가던 마시마가 진창과 꾸준히 내리는 비를 뚫고 빠르게 달려왔다. "앞에 다른 마을이 있습니다, 대장." 그는 잉타 옆에서 속도를 늦추며 말했다. 그의 시선은 랜드를 빠르게 스쳐 지나갔을 뿐이지만, 그 순간에 가늘어졌다. 이후 마시마는 다시 랜드를 보지 않았다. "비어 있습니다, 대장. 마을 사람도 없고, 숀찬 사람도 없고, 아무도 없습니다. 하지만 집들은 모두 멀쩡해 보입니다. 단지 두세 채가…… 뭐랄까, 더는 존재하지 않습니다, 대장."

잉타는 손을 들어 올리고 가볍게 달리라고 신호했다.

마시마가 발견한 마을은 어느 언덕의 비탈을 덮고 있었다. 언덕 꼭대기에는 판석을 덮은 광장이, 그 주위에는 둥글게 쌓은 돌 성벽이 있었다. 집들은 돌로 만들어져 있었는데, 지붕들이 납작했으며 1층 이상의 집은 별로 없었다. 광장의 한쪽 면을 따라 자리 잡은 비교적 큰 집들은 시커먼 잔해로만 남아 있었다. 박살 난 돌덩이와 서까래가 광장에 흩어져 있었다. 바람이 불자 덧문 몇 개가 쾅쾅 닫혔다.

잉타는 아직 멀쩡한, 유일하게 큰 건물 앞에 이르러 말에서 내렸다. 건물의 문 위에서 삐걱거리는 간판에는 별을 가지고 저글링하는 여자가 그려져 있었으나 가게 이름은 적혀 있지 않았다. 빗물이 구석에서 두 줄기의 끊임없는 부슬비가 되어 들어왔다. 베린이 서둘러 안으로 들어간 반면 잉타는 이렇게 말했다. "우노, 모든 집을 수색해라. 남은 사람이 한 명이라도 있다면 여기에서 무슨 일이 일어났는지 말해 줄 수 있을 거다. 숀찬 사람이라는 자들에 대해서도 좀 더 말해 줄 수 있을지 모르고. 또 음식이 조금이라도 있으면 가져와라. 담요도." 우노는 고개를 끄덕이고 부하들에게 지시를 내리기 시작했다. 잉타가 휴린을 돌아보았다. "무슨 냄새가 나나? 페인이 여기를 지나갔나?"

휴린은 코를 문지르며 고개를 저었다. "페인은 아닙니다, 나리. 트롤록도 아니고요. 하지만 누군지는 몰라도 저 짓을 한 자는 악취를 남겼습니다." 휴린은 집이었던 폐허를 가리켰다. "살인이었습니다, 나리. 저 안에 사람들이 있었습니다."

"손찬 놈들이다." 잉타가 씹어뱉었다. "안으로 들어가지. 라간, 말들을 넣어 둘 마구간 비슷한 곳을 찾아라."

베린은 이미 휴게실 양쪽 끝에 있는 두 군데의 커다란 난로에 불을 피워 두고 그중 한 곳에서 손을 덥히고 있었다. 젖은 망토는 타일이 깔린 바닥 여기저기에 놓여 있는 탁자 한 곳에 펼쳐 두었다. 그녀는 양초도 몇 개 찾아 놓았는데, 그 양초들은 지금 자기 촛농 속에 처박힌 채 탁자 위에서 타고 있었다. 가끔 우르릉거리는 천둥소리가 들릴 뿐 주위는 적막했다. 그런 침묵에 일렁거리는 그림자까지 더해지자 이곳이 동굴처럼 느껴졌다. 랜드 역시 젖은 망토와 코트를 테이블 위에 벗어던지고 베린 곁으로 갔다. 로이알만이 몸을 녹이는 것보다 책을 확인하는 데에 더 관심이 있는 것 같았다.

"이런 식으로는 영영 발리어의 뿔나팔을 찾지 못할 겁니다." 잉타가 말했다. "우리가…… 우리가 이곳에 도착한 이후로 사흘이 흘렀습니다." 그는 몸을 떨며 손으로 자기 머리카락을 헝클어뜨렸다. 랜드는 샤이나 사람이 다른 삶에서 무엇을 보았는지 궁금해졌다. "팔메까지 가는 데는 최소 이틀이 더 걸립니다. 그러나 우리는 페인이나 어둠의 친구들의 머리카락 한 올 찾지 못했습니다. 해변에는 마을이 수십 곳이나 있습니다. 지금쯤 놈은 그중 어느 마을에든 들어가 배를 타고 어디로든 갔을지 모릅니다. 그것도 여기에 왔다면 말이지만요."

"놈은 여기에 있다." 베린이 차분하게 말했다. "팔메로 갔고."

"지금도 여기 있어요." 랜드가 말했다. **나를 기다리면서. 빛이여, 제발. 페인이 아직 기다리고 있게 해 주세요.**

"휴린은 아직도 놈의 냄새를 맡지 못했습니다." 잉타가 말했다. 탐지자는 냄새를 맡지 못한 것이 자기 잘못이라도 되는 듯 어깨를 으쓱했다. "페인이 왜 팔메를 선택하겠습니까? 마을 사람들이 한 말을 믿는다면 팔메는 숀찬 사람들의 손에 들어갔는데요. 놈들이 누군지, 어디에서 왔는지 알 수 있다면 저는 제가 가진 가장 좋은 사냥개라도 내놓겠습니다."

"그자들이 누군지는 우리에게 중요하지 않아." 베린이 무릎을 꿇고 안장 주머니를 풀어 마른 옷가지를 꺼냈다. "최소한 옷을 갈아입을 방은 있군. 날씨가 변하지 않는다면 별 도움은 되지 않겠지만. 잉타, 마을 사람들이 우리에게 한 말은 아마 맞을 거다. 그자들이 아터 호크윙이 파견한 군대의 후손들로 이곳에 돌아왔다는 말 말이지. 중요한 건 파단 페인이 팔메로 갔다는 거야. 팔 다라의 지하 감옥에 적혀 있던 글에는……."

"……페인 이야기가 한마디도 없었지요. 용서해 주십시오, 아이즈 세다이. 그건 어둠의 예언일 수도 있지만 속임수일 수도 있습니다. 아무리 트롤록들이라지만 실제로 무슨 짓을 저지르기 전에 자기들이 할 모든 일을 우리에게 말해 줄 만큼 멍청하다고는 도저히 생각할 수 없습니다."

베린이 고개를 들어 잉타를 올려다보았다. "그래서, 내 조언을 받아들이지 않겠다면 무얼 할 생각인가?"

"저는 발리어의 뿔나팔을 가질 생각입니다." 잉타가 단호하게 말했다. "용서하십시오. 저는 트롤록이 휘갈겨 놓은 글보다는 저 자신의 분별력을 믿을 수밖에 없고……."

"그 글은 머드랄이 남긴 게 확실하다." 베린이 중얼거렸지만 잉타는 말을 멈추지도 않았다.

"……자기가 자기 입으로 정체를 까발렸다는 어둠의 친구도 믿을 수 없습니다. 저는 휴린이 흔적의 냄새를 맡거나 페인의 실물을 발견하기 전까지 이 지역을 샅샅이 수색하려 합니다. 저는 뿔나팔을 손에 넣어야만 합니다, 베린 세다이. 반드시!"

"세상일이 그렇지 않습니다." 휴린이 조용히 말했다. "'반드시'라는 건 없습니다. 일어날 일이 일어나는 거죠." 아무도 그에게 관심을 기울이지 않았다.

"모두가 반드시 해야 하는 일이지." 베린은 안장주머니를 들여다보며 웅얼거렸다. "하지만 심지어 그보다 더 중요한 것들도 있네."

베린은 그 이상 말하지 않았으나 랜드는 미간을 찡그렸다. 그녀는 베린과 베린의 자극, 그녀가 주는 암시로부터 벗어나기를 갈망했다. **난 드래건의 환생이 아니야. 빛이여, 저는 아이즈 세다이에게서 완전히 벗어나고 싶습니다.** "잉타, 저는 계속 팔메로 가야 할 것 같아요. 페인이 팔메에 있어요. 확실해요. 그리고 제가 곧 가지 않으면, 그놈이…… 에먼즈 필드에 해를 끼칠 거예요." 전에는 이 말을 한 적이 없었다.

모두가 랜드를 빤히 보았다. 맷과 페린은 걱정을 하면서도 생각에 잠긴 듯 인상을 찌푸렸다. 베린은 방금 퍼즐에 추가된 새로운 조각을 본 것만 같았다. 로이알은 깜짝 놀란 표정이었고 휴린은 혼란스러운 듯했다. 잉타는 대놓고 못 믿겠다는 얼굴이었다.

"페인이 왜 그런 짓을 하지?" 샤이나 사람이 말했다.

"모르겠어요." 랜드가 거짓말을 했다. "하지만 페인이 바르사네스에게 남긴 메시지에 그런 내용도 있었어요."

"페인이 팔메로 갈 거라고 바르사네스가 말했나?" 잉타가 물었다. "아니지. 설령 바르사네스가 그런 말을 했다고 해도 상관없어." 잉타가 씁쓸하게 웃었다. "어둠의 친구들은 숨 쉬듯 자연스럽게 거짓말을 하니까."

"랜드." 맷이 말했다. "페인이 에먼즈 필드를 해치지 못하게 막을 방법을 알았다면 난 그렇게 했을 거야. 페인이 에먼즈 필드를 해칠 게 확실했다면. 하지만 난 그 단검이 필요해, 랜드. 휴린이 그 단검을 찾을 가능성이 가장 크고."

"난 어디든 네가 가는 곳에 갈 거야, 랜드." 로이알이 말했다. 그는 책이 젖지 않았다는 걸 확인한 뒤 젖은 코트를 벗고 있었다. "하지만 이제 와서 며칠이 더 걸린다고 해서 뭔가 달라질 것 같지는 않아. 이번만큼은 덜 서둘러 보자."

"나로서는 지금 팔메에 가든, 나중에 가든, 아예 가지 않든 아무 상관도 없어." 페린이 어깨를 으쓱하며 말했다. "하지만 페인이 정말로 에먼즈 필드를 위협하고 있다면……. 글쎄, 맷의 말이 맞아. 휴린이 페인을 찾을 가능성이 가장 높아.”

“제가 찾을 수 있습니다, 랜드 공.” 휴린이 끼어들었다. “제가 한 번만 놈의 냄새를 맡게 해 주시면, 바로 랜드 공을 놈에게로 데려다 드리겠습니다. 놈의 것 같은 흔적이 남은 적은 없으니까요.”

“네가 직접 선택해야 한다, 랜드.” 베린이 신중하게 말했다. “다만 팔메는 지금 우리가 거의 아무것도 모르는 침략자들에게 점령 당한 상태라는 걸 기억해라. 너 혼자 팔메에 간다면 포로가 되거나 그보다 못한 처지에 빠질 수 있어. 그러면 아무 도움도 되지 않을 거다. 난 뭐든 네가 내리는 선택이 맞으리라고 믿는다.”

“**타비렌**이니까.” 로이알이 낮은 목소리로 말했다.

랜드가 두 손을 번쩍 들었다.

우노가 망토에서 빗물을 털며 광장에서 돌아왔다.

“태워 죽일 사람 한 명 못 찾았습니다, 대장. 제가 보기에는 줄무늬 돼지들처럼 도망친 것 같습니다. 가축도 전부 사라졌고, 빌어먹을 손수레나 수레 하나 남아 있지 않습니다. 집들의 절반은 태워 죽일 바닥까지 다 약탈당했습니다. 엿같은 수레가 무게만 늘릴 뿐이라는 걸 알고 길가에 버린 거죠. 그렇게 버려진 빌어먹을 물건만 따라가도 그놈들을 추적할 수 있으리라는데 제 다음 달 월급을 걸겠습니다.”

“옷은?” 잉타가 물었다.

우노는 놀라서 한쪽 눈을 깜빡였다. “그냥 이것저것 조금밖에 없었습니다, 대장. 대체로 그 빌어먹을 놈들이 가져갈 가치조차 없다고 생각한 것들입니다.”

“그럴 수밖에 없었을 거다. 휴린, 너와 병사들에게, 최대한 많은 사람에게 이 지역 사람의 옷을 입히고자 한다. 그래야 눈에 띄지 않을 테니까. 북쪽으로든, 남쪽으로든 흔적을 마주칠 때까지 넓게 훑어라.” 더 많은 병사들이 들어왔다. 그들 모두가 잉타와 휴린 주변에 모여 귀 기울였다.

랜드는 난로 위 선반을 두 손으로 짚고 불꽃을 들여다보았다. 그걸 보니 바알자몬의 눈이 떠올랐다. “시간이 별로 없어요.” 랜드가 말했다. “뭐가가…… 느껴져요. 뭔가가 저를 팔메로 끌어당기고 있어요. 시간이 별로 없다고요." 랜드는 자신을 지켜보는 베린을 향해 거칠게 덧붙였다. "그런 게 아니에요. 제가 찾아야 하는 건 페인이에요. 아무 상관없어요, ……그거랑은."

베린이 고개를 끄덕였다. "물레는 그 뜻대로 실을 잣고, 우리는 모두 패턴에 짜여 들어가지. 페인은 우리보다 몇 주 앞서 이곳에 왔다. 어쩌면 몇 달일지도 몰라. 며칠 더 있는다고 해서 뭐든 일어날 일에 큰 차이가 생기지는 않을 거다."

"저는 가서 좀 잘게요." 랜드는 투덜거리며 안장주머니를 집어 들었다. "침대까지 다 가져갔을 리는 없으니까."

위층에 가 보니 침대가 있었지만, 매트리스가 남아 있는 침대는 몇 개밖에 없었다. 그나마 남은 매트리스도 너무 울퉁불퉁해 바닥에서 자는 게 더 편하겠다는 생각이 들었다. 결국 랜드는 매트리스가 가운데만 푹 꺼진 침대를 골랐다. 나무 의자 하나와 다리가 흔들거리는 탁자를 빼면 방에 다른 물건은 없었다.

랜드는 젖은 옷들을 벗고, 이불이나 담요가 없었으므로 마른 셔츠와 브리치스를 입은 뒤 누웠다. 칼은 침대 머리 옆에 세워 두었다. 그는 삐딱한 마음으로, 담요로 쓸 만한 유일하게 젖지 않은 물건이 드래건의 깃발이라고 생각했다. 그 깃발은 버클을 채운 안장주머니 안에 안전하게 남겨 두었다.

빗물이 지붕을 두드리고 천둥이 머리 위에서 으르렁거렸다. 때로 번개가 창문에 번쩍였다. 랜드는 떨리는 몸으로 매트리스에서 이리저리 구르며 편안하게 누울 방법을 찾았다. 어쨌든 깃발을 이불로 써야 할지, 팔메로 말을 달려야 할지 고민이었다.

랜드가 반대쪽으로 돌아눕자 바알자몬이 기다란 순백색 드래건의 깃발을 두 손에 들고 의자 옆에 서 있었다. 그곳은 공간이 더 어두워 보였다. 바알자몬은 마치 검고 기름진 연기구름 가장자리에 서 있는 것만 같았다. 거의 다 나은 화상 자국이 그의 얼굴을 이리저리 가로질렀고, 랜드가 보는 앞에서 칠흑처럼 검은 그의 눈이 잠시 사라졌다가 불로 이루어진 끝없는 동굴로 바뀌었다. 랜드의 안장주머니가 바알자몬의 발 옆에 놓여 있었다. 버클은 풀려 있었고 깃발을 숨겨 두었던 부분의 덮개는 뒤로 젖혀져 있었다.

"때가 가까워진다, 루스 세린. 천 가닥의 실이 팽팽하게 당겨지니, 너는 곧 묶여 갇히게 될 것이다. 네가 바꿀 수 없는 경로에 놓이게 될 것이다. 광기. 죽음. 죽기 전에 다시 한 번, 네가 사랑하는 모든 것을 죽일 테냐?"

문 쪽을 힐끗 본 랜드는 침대 옆쪽에 일어나 앉았다. 더 이상 움직이지 않았다. 어둠의 존재에게서 도망치려 해 봤자 무슨 소용이겠는가? 목구멍이 모래처럼 느껴졌다. "난 드래건이 아니다, 거짓말의 아버지!" 그가 쉰 목소리로 말했다.

바알자몬 뒤의 어둠이 흐려졌다. 그가 웃음을 터뜨리자 용광로에 불이 솟구쳤다. "너는 내게 영광을 돌리고 너 자신을 과소평가하는구나. 나는 너를 너무도 잘 안다. 너를 천 번이나 마주했다. 천 번의 천 번을 말이다. 나는 그 비참한 영혼까지 너를 속속들이 알고 있다, 동족살해자 루스 세린." 그가 다시 웃었다. 랜드는 불로 가득 찬 입에서 나오는 열기를 막으려고 손으로 얼굴을 가렸다.

"뭘 원하는 거지? 난 너를 섬기지 않을 거야. 네가 원하는 건 아무것도 하지 않아. 그러느니 죽고 말겠어!"

"넌 **죽을** 것이다, 벌레 같으니! 여러 시대가 흘러가는 내내 얼마나 많이 죽었더냐, 어리석은 자여? 그 죽음이 네게 얼마나 도움이 되었더냐? 무덤은 춥고 외롭다. 오직 벌레만이 있을 뿐이다. 무덤은 내 것이다. 이번에 네게 환생이란 없을 것이다. 이번에는 시간의 물레가 망가질 것이고 세상은 그림자의 형상에 따라 다시 만들어질 것이다. 이번에는 네 죽음이 영원할 것이다! 어느 쪽을 선택하겠느냐? 영원히 이어지는 죽음이냐, 아니면 영원한 삶과…… 권세냐!"

랜드는 자기가 일어서 있다는 걸 거의 의식 못했다. 공백이 그를 감쌌다. **사이딘**이 그곳에 있었다. 일원력이 그에게로 흘러 들어왔다. 그 사실이 하마터면 허무에 균열을 낼 뻔했다. 이게 진짜인가? 꿈인가? 꿈에서도 채널링을 할 수 있나? 하지만 랜드에게로 쏟아져 들어온 급류가 그의 의구심을 쓸어 냈다. 랜드는 바알자몬에게 그것을, 순수한 일원력을, 시간의 물레를 돌리는 힘이자 바다를 태우고 산을 삼킬 수 있는 힘을 집어던졌다.

바알자몬이 깃발을 꽉 쥔 채 몸 앞에 늘어뜨리고 반 발짝 물러났다. 그의 휘둥그레진 눈과 큼직한 입 속에서 불길이 치솟았고, 어둠이 그를 그림자로 가리는 듯했다. '그림자'로. 일원력이 그 검은 안개 속으로 가라앉아 사라졌다. 바싹 마른 모래에 물을 부었을 때처럼 흡수되었다.

랜드는 **사이딘**을 빨아들였다. 더욱, 더더욱 끌어당겼다. 건드리기만 해도 부서질 것처럼 살갗이 차갑게 느껴졌다. 금방이라도 끓어올라 사라질 듯 후끈거렸다. 뼈는 튀겨져 차갑고 투명한 재가 될 것만 같았다. 상관없었다. 꼭 생명 자체를 들이마시는 것 같았다.

"어리석은 자!" 바알자몬이 소리쳤다. "그러다 너 자신을 파괴하고 말 것이다!"

맷. 그 생각이 모든 것을 태워 버리는 홍수 너머 어딘가에 맴돌았다. **단검. 뿔나팔. 페인. 에먼즈 필드. 난 아직 죽을 수 없어.**

어떻게 한 건지는 알 수 없었지만, 갑자기 일원력이 사라졌다. **사이딘**도, 공백도. 랜드는 주체할 수 없이 떨며 침대 옆에 털썩 무릎을 꿇고 두 팔로 자기 몸을 끌어안았다. 몸이 움찔거리는 걸 막아 보려는 행동이었지만 아무 소용도 없었다.

"그게 낫다, 루스 세린." 바알자몬이 바닥에 깃발을 던지고 의자 등받이에 두 손을 얹었다. 연기 가닥이 그의 손가락 사이에서 피어올랐다. 그림자는 더 이상 그를 감싸지 않았다. "저기 네 깃발이 있다, 동족살해자여. 저 깃발이 네게 큰 도움이 될 것이다. 여러 시대에 걸쳐 만 번은 짜인 저 깃발이 너를 도살당할 양처럼 얽어매고 있다. 한 시대에도, 그다음 시대에도 물레 자체가 너를 네 운명의 포로로 잡아 둔다. 하지만 나는 너를 해방할 수 있다. 이 겁쟁이 똥개 같으니, 온 세상에서 오직 나만이 네게 일원력을 휘두를 방법을 가르쳐 줄 수 있다. 오직 나만이 네가 일원력으로 미치기도 전에 죽어 버리는 걸 막을 수 있다. 오직 나만이 그 광기를 멈출 수 있다. 너는 전에도 나를 섬겼다. 다시 나를 섬겨라, 루스 세린. 아니면 영원히 파멸하든지!"

"내 이름은," 랜드는 덜덜 떨리는 잇새로 억지로 말했다. "랜드 알소르야." 떨림에 랜드는 어쩔 수 없이 눈을 꽉 감아야 했다. 다시 눈을 떴을 때 그는 혼자였다.

바알자몬은 사라졌다. 그림자도 사라졌다. 안장주머니는 버클이 채워지고 한쪽 면이 드래건의 깃발로 불룩해진 채 의자에 기대어져 있었다. 랜드가 놔둔 그대로였다. 하지만 의자 등받이에는 바알자몬의 손가락에 그을린 자국이 남았고 그 자국에서는 아직도 연기가 솟아오르고 있었다.

42장 팔메

　은색 목줄로 연결된 한 쌍의 여자들이 팔메 항구로 이어지는 포장된 거리를 지나가자 나이니브는 일레인을 옷 가게와 도기 장수의 물건들 사이 골목으로 다시 밀어 넣었다. 감히 그 여자들이 가까이 다가오게 놔둘 수 없었다. 거리의 사람들은 손찬의 군인들이나 가끔 지나가는, 추워진 날씨에 두꺼운 커튼을 내린 귀족의 가마에 길을 비켜줄 때보다도 더 빠르게 그 두 여자를 위해 길을 비켜 주었다. 거리의 예술가들도 다른 모든 사람은 귀찮게 하면서도 그 여자들에게는 분필로나 연필로나 초상화를 그려 주겠다고 제안하지 않았다. 사람들 사이로 지나가는 **술담**과 **다마니**를 눈으로 쫓는 나이니브의 입에 산뜩 힘이 들어갔다. 마을에서 몇 주나 지낸 지금도 그 모습을 보면 구역질이 났다. 갈수록 더 구역질이 났다. 나이니브는 어떤 여자에게든, 상대가 모레인이나 리안드린이라 해도 그런 짓을 할 수 있을 것 같지 않았다.

　뭐, 리안드린한테는 할 수 있을지도 모르지. 나이니브는 불쾌한 마음으로 인정했다. 가끔, 밤에, 둘이서 빌린 생선 가게 윗방의 작고 냄새 나는 방에 있을 때, 나이니브는 리안드린에게 손을 댈 수 있게 된다면 무엇을 하고 싶은지 생각하곤 했다. 수로스보다도 리안드린을 생각했다. 나이니브는 여러 번, 자신의 잔인함에 놀랐다. 그런 자신의 창의력이 기쁘게 느껴지는 순간에도.

한 쌍의 여자들에게 계속 시선을 두던 나이니브의 눈이 거리 저쪽에 있는 깡마른 남자에게 닿았다. 사람들의 행렬이 움직이면서 남자의 모습이 가려졌다. 나이니브는 좁다란 얼굴에 달린 큰 코를 아주 잠깐밖에 보지 못했다. 그자는 자기 옷 위에 손찬식으로 마름질한 풍성한 청동색 벨벳 망토를 걸치고 있었지만, 나이니브는 그자가 손찬 사람이 아닐 거라고 생각했다. 그를 따라다니는 하인은 손찬 사람일지라도. 게다가 하인이 한쪽 관자놀이를 완전히 면도한 걸 보니 계급도 높았다. 지역 사람들은 손찬의 패션을 따르지 않았다. 특히 저 머리 모양은. **파단 페인처럼 생겼는데.** 나이니브는 믿을 수 없는 마음으로 생각했다. **그럴 리 없어. 여기에 있을 리가.**

"나이니브." 일레인이 조용히 말했다. "이제 가도 될까? 사과 파는 저 사람이 방금 전만 해도 사과가 더 있었다고 생각하는 것처럼 탁자를 보고 있어. 내 주머니에 뭐가 들어 있는지 저 사람이 궁금해하지 않았으면 좋겠는데."

나이니브와 일레인은 둘 다 양가죽으로 만든 긴 코트를 입고 있었다. 털이 안으로 향하도록 가죽을 뒤집어 만든, 밝은 빨간색 소용돌이무늬가 가슴팍에 수놓인 코트였다. 시골 옷이었지만, 농장과 작은 마을에서 많은 사람들이 찾아오는 팔메에서는 얼마든지 통했다. 외지인들이 워낙 많았기에 두 사람도 눈에 띄지 않고 섞여들 수 있었다. 나이니브는 땋은 머리를 빗질해 풀었다. 자기 꼬리를 먹는 뱀 모양의 황금 반지는 이제 목에 건 가죽 끈에, 랜의 무거운 반지와 함께 걸린 채 옷 속에 자리 잡고 있었다.

일레인이 입은 코트의 커다란 주머니가 수상하게 튀어나와 있었다.

"사과를 훔친 거야?" 나이니브가 조용히 식식대며 일레인을 거리의 사람들 사이로 끌고 나왔다. "일레인, 도둑질을 할 필요는 없어. 어쨌든, 아직은 그래."

"정말? 돈이 얼마나 남았는데? 지난 며칠 동안 넌 너무 자주 '배가 안 고파'라고 했어."

"뭐, 배가 안 고프니까." 나이니브는 배 속에서 느껴지는 텅 빈 느낌을 무시하려 애쓰며 쏘아붙였다. 나이니브가 생각했던 것보다 모든 것에 상당히 많은 비용이 들었다. 그녀는 숀찬 사람들이 온 이후로 물가가 치솟았다며 지역민들이 불평하는 소리를 들었다. "그거 하나 줘 봐." 일레인이 주머니에서 꺼낸 사과는 작고 단단했다. 나이니브가 한 입 깨물자 와삭 소리를 내며 달콤한 향기를 퍼뜨렸다. 나이니브가 입술에 묻은 과즙을 핥았다. "대체 어떻게 한 거야……?" 나이니브는 일레인을 홱 잡아당겨 멈춰 세우고 그녀의 얼굴을 들여다보았다. "너 설마…… 혹시……?" 너무 많은 사람들이 곁을 지나가고 있었기에 그 말을 할 방법이 떠오르지 않았지만, 일레인은 알아들었다.

"아주 조금만 썼어. 무른 멜론 더미를 무너뜨리고, 그 사람이 다시 멜론을 쌓을 때……." 일레인은 얼굴을 붉히거나 민망해하는 정도의 품위조차 없었다. 그녀는 아무렇지 않게 사과 하나를 먹으며 어깨를 으쓱했다. "그런 식으로 나한테 눈살 찌푸리지 마. 근처에 **다마니**가 없는지 주의 깊게 확인했다고." 일레인이 코웃음을 쳤다. "나라면 포로로 잡혀도 날 잡은 자들이 다른 여자들을 노예로 만드는 걸 돕지 않을 거야. 이곳 팔메 사람들을 보면 평생 적으로 삼아야 할 자들을 평생 섬기기로 한 것처럼 보인다니까." 일레인은 노골적인 경멸감을 드러내며 지나가는 사람들을 둘러보았다. 꾸벅꾸벅 절하는 사람들의 물결을 따라가면 아무리 먼 곳에서도 숀찬 사람이 지나간 길을 추적할 수 있었다. "저항해야지. 맞서 싸워야지."

"어떻게? 상대가…… 저건데."

숀찬 순찰대가 가까이 다가오자 그들도 다른 모든 사람들과 함께 길 한쪽으로 물러나야 했다. 숀찬 순찰대는 항구 방향에서 올라오고 있었다. 나이니브는 완벽하게 자연스러운 표정을 짓도록 훈련된 얼굴로, 두 손으로 무릎을 짚은 채 허리 숙여 절하는 데 성공했다. 일레인은 그보다 느렸다. 그녀는 역겹다는 듯 입을 비틀며 절했다.

순찰대에는 갑옷을 입고 말을 탄 남녀 스무 명이 속해 있었는데, 나이니브는 그 점이 다행스러웠다. 비늘이 청동으로 되어 있고 꼬리가 없는 고양이처럼 생긴 것들을 타고 다니는 사람들은 아무리 봐도 익숙해지지 않았다.

날아다니는 짐승을 탄 기수는 한 명만 있어도 현기증이 났다. 그런 자들이 거의 없다는 게 다행이었다. 하지만 목줄이 채워진 짐승 두 마리가 순찰대와 함께 빠르게 나아갔다. 그것들은 거친 가죽 피부에 날개가 없는 새처럼 생겼으며, 자갈이 깔린 길에서부터 재면 날카로운 부리가 병사들의 투구 쓴 머리보다도 높이 솟아 있었다. 그 짐승들의 길고 힘줄이 탄탄한 다리는 말보다도 빨리 달릴 수 있을 것처럼 보였다.

숀찬 사람들이 떠난 뒤 나이니브가 천천히 허리를 폈다. 순찰대를 보며 허리를 숙였던 사람들 중 일부는 거의 뛰고 있었다. 숀찬 사람들을 제외하면 누구도 그들의 짐승을 보고 편안해하지 않았다. "일레인." 나이니브는 다시 길을 걸으며 조용히 말했다. "우리가 잡히면, 맹세하는데 놈들이 우리를 죽이거나 뭐든 놈들이 하려는 일을 하기 전에 내가 먼저 무릎을 꿇고 내가 찾을 수 있는 가장 단단한 회초리로 머리끝부터 발끝까지 너를 패 달라고 놈들에게 빌 거야! 아직도 조심성 있게 구는 법을 모르겠다면 이제는 널 타발론이나 너희 집인 케임린으로, 아니면 어디든 여기가 아닌 곳으로 보내야 할 것 같아."

"난 조심하고 있어. 최소한 근처에 **다마니**가 없는지 확인했다니까. 그러는 넌? 난 네가 뻔히 보이는 데서 채널링하는 걸 봤어."

"사람들이 안 볼 때 그랬어." 나이니브가 툴툴댔다. 나이니브는 그러기 위해 여자들을 동물처럼 사슬에 매어 놓는 행위에 대한 모든 분노를 뭉쳐야만 했다. "그것도 단 한 번이었고. 거기다가 일원력 한 방울일 뿐이었어."

"한 방울이라고? 놈들이 누구 짓인지 찾겠다고 마을을 뒤지는 사흘 동안 우리는 우리 방에 숨어서 생선 냄새를 맡아야 했어. 네가 말하는 조심성이 그런 거야?"

"난 그 목줄을 풀어낼 방법이 있는지 알아야만 했다고." 나이니브는 그런 방법이 있다고 생각했다. 하지만 그걸 확인하려면 최소 한 개 이상의 목줄에 더 시험해 봐야 할 것이다. 별로 기대되는 일은 아니었다. 나이니브도 일레인처럼 **다마니**들이 모두 탈출하고 싶어 안달 난 포로들일 거라고 생각했으나, 소리를 지른 건 바로 그 목줄을 찬 여자였다.

자갈길에서 덜컹거리는 외바퀴 손수레를 밀고 가던 남자가 가위와 칼을 갈아 준다고 소리치며 옆을 지나갔다. "어떤 식으로든 저항해야지." 일레인이 짓씹어 뱉었다. "저 사람들은 손찬 사람이 있기만 하면 주변에서 무슨 일이 일어나도 보지 못하는 것처럼 굴어."

나이니브는 한숨을 쉬었다. 일레인의 말이 최소한 일부는 옳다는 생각도 도움이 되지 않았다. 처음에 나이니브는 팔메 사람들의 굴종이 최소한 일부는 꾸며낸 것일 게 틀림없다고 생각했다. 하지만 그녀는 어떤 저항의 증거도 발견하지 못했다. 처음에 나이니브는 에그웨인과 민을 풀어 주는 데 도움을 받기를 바라며 그런 증거를 살폈지만, 그들이 손찬 사람에게 저항할지 모른다는 아주 작은 암시만으로도 모두가 겁을 먹었다. 나이니브는 엉뚱한 관심을 끌게 될까 봐 더 이상 묻지 않았다. 사실, 나이니브는 이 사람들이 어떻게 **싸울 수 있을지** 상상이 되지 않았다. **괴물과 아이즈 세다이라니. 어떻게 괴물과 아이즈 세다이에게 맞서 싸울 수 있겠어?**

저편에 돌로 만든 다섯 채의 높은 집이 한 단지를 이루고 서 있었다. 그중에는 마을에서 가장 큰 건물도 있었다. 앞선 거리에서 나이니브는 양장점 옆으로 난 골목을 발견했다. 거기서라면 최소한 높은 집들의 입구 중 일부를 감시할 수 있었다. 모든 문을 동시에 살필 수는 없었지만—나이니브는 일레인이 더 많은 곳을 감시하겠다고 혼자 떠나도록 놔두는 모험을 하고 싶지 않았다—그 이상 가까이 다가가는 건 현명치 않은 행동이었다. 다음 거리의 지붕 위쪽, 투락 대공의 황금 매 깃발이 바람을 받아 펄럭였다.

다섯 채의 집에는 오직 여자들만이 드나들었는데, 그들 대부분이 **술담**이었다. 그들은 혼자 드나들거나 **다마니**를 데리고 다녔다. 그 건물들은 손찬이 **다마니**를 잡아 두기 위해 징발한 곳이었다. 에그웨인이 그곳에 있을 게 틀림없었다. 민이 있을 가능성도 컸다. 지금까지 그들은 민의 흔적을 찾지 못했다. 그녀가 나이니브나 일레인처럼 인파에 숨겨져 있을 가능성도 있었지만 말이다. 나이니브는 여자와 소녀 들이 거리에서 잡혀갔다거나 마을에서 끌려왔다는 이야기를 여러 차례 들었다. 그들 모두가 저 집들로 들어갔으며, 다시 모습을 드러냈을 때는 목걸이를 차고 있었다.

나이니브는 일레인이 앉아 있는 나무 상자 옆자리에 앉으며 그녀의 코트에 손을 집어넣어 작은 사과들을 한 줌 꺼냈다. 이곳 거리에는 지역 사람들이 더 적었다. 모두 저 집들이 뭘 하는 곳인지 알고 있었고, 모두 저 집들을 피했다. 숀찬 사람들이 짐승들을 가둬 놓은 마구간을 피하는 것과 마찬가지였다. 행인들 사이의 공간으로 문을 지켜보는 건 어렵지 않았다. 뭘 간단히 먹으려고 들른 두 여자. 여관에서 식사할 여유가 없는 사람 두 명 더. 특별한 관심을 끄는 건 아무것도 없었다.

나이니브는 부지런히 사과를 씹으며 한 번 더 계획을 세워 보았다. 목줄을 풀 수 있더라도—정말 그럴 수 있다면 말이지만—에그웨인에게 다가갈 수 없다면 아무 소용이 없었다. 사과가 더 이상 달게 느껴지지 않았다.

예전에 있던 공간을 트고 거칠게 벽을 세워 만든 수많은 방 중 한 곳, 처마 밑의 아주 작은 방 좁은 창문에서 에그웨인은 **술담**이 **다마니**를 산책시키는 정원을 볼 수 있었다. 숀찬 사람들이 벽을 무너뜨리고 **다마니**를 잡아 둘 곳으로 커다란 집들을 징발하기 전까지 그 정원은 여러 개의 정원으로 나뉘어 있었다. 나무에는 잎이 하나도 없었지만, **다마니**는 원하든 원하지 않든 바람을 쐬러 끌려 나갔다. 에그웨인이 정원을 지켜보고 있었던 건 린나가 그곳에서 다른 **술담**과 이야기를 나누고 있는 때문이었다. 에그웨인이 린나를 보고 있는 한, 린나가 갑자기 들어와 에그웨인을 놀라게 할 일은 없을 테니까.

다른 **술담**이 올 수도 있었지만—**다마니**보다 **술담**의 수가 많았고 모든 **술담**은 팔찌를 찰 차례가 오기를 바랐다. 그들은 팔찌를 차는 것을 두고 완전해진다고 했다—린나가 지금도 에그웨인의 훈련을 담당하고 있었고, 다섯 번에 네 번은 그녀가 에그웨인의 팔찌를 찼다. 누구라도 오면 들어오는 데 아무 방해를 받지 않을 것이다. **다마니**의 방에는 자물쇠가 없었다. 에그웨인의 방에는 딱딱하고 좁은 침대, 이가 빠진 주전자와 대야가 딸린 세면대, 의자 하나와 작은 탁자 하나밖에 없었으나 다른 것을 놓을 공간도 없었다. **다마니**에게는 안락함이나 사생활, 소유물이 필요치 않았다. **다마니**가 소유물이었다. 민에게도 다른 집에 이것과 똑같은 방이 있었다. 다만 그녀는 원하는 대로, 아니, 거의 원하는 대로 오갈 수 있었다. 숀찬은 규칙을 다루는 데 도가 튼 사람들이었다. 그들은 화이트 타워에서 신입에게 부과하는 규칙보다 많은 규칙을 모든 사람에게 두었다.

에그웨인은 창가에서 멀리 떨어져 섰다. 아래쪽에 있는 여자들이 무심코 위를 보았을 때, 에그웨인도 알다시피 그녀가 일원력을 채널링할 즈음이면 그녀를 감싸며 나타나는 빛을 발견해서는 안 되었다. 그녀는 조심스레 목걸이를 더듬어 보며 무력하게 탐색해 보았다. 띠가 얽혀 있거나 고리로 이어진 부분이 어디인지조차 알 수 없었다. 때에 따라 다른 곳처럼 느껴졌고 심지어 단 하나로 이루어진 것 같기도 했다. 에그웨인이 상상할 수 있었던 것은 아주 작은 일원력 한 방울, 그저 한 방울일 뿐이었으나 그것만으로도 얼굴에 땀이 맺히고 배 속이 뭉쳤다. 그게 **에이담**의 특징 중 하나였다. **다마니**가 팔찌를 찬 **술담**이 없는 상태에서 채널링을 하려 들면 구역질이 느껴졌다. 더 많은 일원력을 채널링할수록 구토감도 심해졌다. 팔이 닿지 않는 곳의 양초를 켜면 에그웨인은 토하게 될 것이다. 한 번은 린나가 팔찌를 탁자에 올려 둔 채 에그웨인에게 빛의 공으로 저글링을 하라고 명령했다. 그때를 떠올리면 지금도 몸이 떨렸다.

이제는 은색 목줄이 맨바닥을 뱀처럼 구불구불 가로질러, 페인트를 칠하지 않은 나무 벽을 기어올라 못에 걸려 있는 팔찌로 향했다. 팔찌가 그곳에 걸려 있는 모습을 보면 에그웨인은 분노에 이가 꽉 다물렸다. 이렇게까지 부주의하게 목줄을 채워 놓으면 개라도 도망칠 수 있을 것이다. 하지만 **술담**이 마지막으로 건드렸던 곳에서 **다마니**가 팔찌를 30센티미터만 움직여도……. 린나는 에그웨인에게 그 일도 시켰다. 에그웨인에게 자기 팔찌를 가지고 방을 가로지르게 한 것이다. 아니, 한번 시도해 보라고 한 것이다. **술담**이 자기 팔목에 팔찌를 단단히 채우기까지는 1분도 안 걸렸을 게 분명하지만, 에그웨인이 느끼기에 스스로의 비명과 자기를 바닥에서 몸부림치게 했던 경련은 몇 시간이나 이어진 것만 같았다.

누군가가 문을 두드리자 에그웨인은 움찔했다가 그 사람이 **술담**일 리는 없다는 걸 깨달았다. 어떤 **술담**도 노크를 먼저 하지는 않을 테니까. 어쨌든 에그웨이는 **사이다**를 떠나보냈다. 결정적으로 아픈 느낌이 들기 시작했다. "민?"

"이번 주 면회를 하러 왔어." 민이 슬쩍 들어와 문을 닫으며 말했다. 밝은 목소리는 조금쯤 억지로 낸 것 같았다. 하지만 민은 에그웨인의 기운을 북돋아 주기 위해 언제나 할 수 있는 일을 했다. "어때 보여?" 그녀는 작은 원을 그리며 빙글 돌아 손찬식으로 마름질한 진녹색 모직 드레스를 선보였다. 같은 색의 묵직한 망토가 민의 팔에 걸려 있었다. 심지어 그녀의 검은 머리카락에는 녹색 리본까지 묶여 있었다. 리본을 달기 어려운 길이의 머리카락이었는데도 말이다. 하지만 민의 칼은 여전히 허리에 찬 칼집에 들어 있었다. 에그웨인은 처음에 민이 그 칼을 차고 나타났을 때 놀랐지만, 손찬 사람들은 모두를 믿는 것처럼 보였다. 그들이 규칙을 어기기 전까지는.

"예쁘네." 에그웨인이 조심스럽게 말했다. "근데 왜?"

"난 적에게 넘어가지 않았어. 혹시 네가 그런 생각을 하고 있는 거라면 말이야. 이걸 입든지, 나가서 마을에 머물 곳을 찾아야 했어. 그랬으면 아마 다신 널 못 만났을지도 몰라." 민은 브리치스를 입었을 때처럼 다리를 벌리고 의자에 앉으려다가 고개를 젓더니 돌아앉았다. "'패턴에는 모두의 자리가 있다.'" 그녀는 흉내 내서 말했다. "'그리고 모두의 자리는 쉽게 드러나야 한다.' 그 늙은 멀레인 할망구가 날 보자마자 내 자리를 알 수 없다는 데 싫증이 나서 나를 시중드는 여자애들과 같은 등급으로 정해 버렸어. 나한테 선택하라고 하더라. 너도 손찬의 시중드는 여자애들이 입는 옷을 봐야 해. 귀족의 시중을 드는 애들 말이야. 재미있긴 하겠지, 그 귀족이랑 약혼을 한다면 말이야. 결혼을 한다면 더 좋고. 뭐, 돌이킬 수는 없어. 어쨌든 아직은 말이야. 멀레인이 내 코트와 브리치스를 태워 버렸거든." 민은 그에 대한 감정을 보여 주려고 인상을 찌푸리더니 탁자에 놓인 작은 돌 더미에서 돌 하나를 집어 들고 이 손에서 저 손으로 던져 댔다. "그렇게 나쁘지는 않아." 그녀가 웃으며 말했다. "치마를 입은 지 너무 오래돼서 계속 밟고 넘어진다는 것만 빼면 말이야."

에그웨인도 그 아름다운 녹색 비단옷을 포함한 자신의 옷이 불태워지는 모습을 보아야만 했다. 그 모습을 보며, 아말리사 아가씨가 준 옷을 더 가져오지 않은 게 다행이라는 생각이 들었다. 다시는 그 옷도, 화이트 타워도 보지 못할지 모르지만. 지금 에그웨인이 입고 있는 옷은 모든 **다마니**가 입고 다니는 것과 똑같은 짙은 회색 옷이었다. **다마니에게는 소유물이 없다**는 설명을 에그웨인은 들었다. **다마니가 입는 옷, 먹는 음식, 자는 침대는 모두 술담의 선물이었다. 술담이 다마니가 잘 곳으로 침대 아닌 바닥이나 마구간 한 칸을 선택한다 해도 그건 순전히 술담이 선택할 몫이었다.** 다마니 숙소를 담당하는 멀레인은 질질 끌리는 비음으로 말하는 사람이었으나 자신의 지루한 훈계 한 마디 한 마디를 죄다 기억 못 하는 **다마니**에게는 날카롭게 굴었다.

"난 영원히 다시 돌아가지 못할 거야." 에그웨인은 침대에 털썩 주저앉으며 한숨을 쉬었다. 그녀는 탁자 위의 돌들을 가리켰다. "린나가 어제 날 시험했어. 난 눈을 가린 채, 린나가 저 돌들을 섞을 때마다 철광석과 구리 광석을 골라냈어. 린나는 내가 거둔 성공을 기억하게 해 주겠다면서 저것들을 다 두고 갔어. 저게 기억을 떠올리게 해 줄 만한 일종의 보상이라고 생각하는 것 같더라."

"특별히 더 나쁜 일 같지는 않지만—물건을 폭죽처럼 터뜨리는 것만큼 나쁘지는 않지—거짓말을 할 수는 없었어? 뭐가 뭔지 모르겠다고 말한다든가?"

"넌 지금도 이게 이떤 건지 모르고 있어." 에그웨인이 목걸이를 당겼다. 잡아당기는 것도 채널링만큼 효과가 없었다. "팔찌를 차고 있을 때 린나는 내가 일원력으로 뭘 하는지, 뭘 하지 않는지 알아. 때로는 팔찌를 차지 않았을 때도 아는 것 같아. 린나가 말하기를 어느 정도 시간이 지나면 **술담**에게, 자기 말로는 친연성이라는 게 생긴대." 에그웨인이 한숨을 쉬었다. "예전에는 나한테 이런 시험을 치르도록 하겠다는 생각을 누구도 한 적이 없었어. 땅의 권능은 다섯 권능 중 남자들 사이에서 가장 강하게 나타났던 힘이야. 내가 저 돌들을 골라냈더니 린나는 나를 마을 밖으로 데려갔고, 나는 버려진 철광산 중 한 곳을 똑바로 가리킬 수 있었어. 잡초로 뒤덮여 눈에 보이는 틈은 전혀 없었지만, 일단 방법을 알고 나니 땅속에 아직 묻혀 있는 철광석이 느껴지더라. 100년 동안 파헤쳐 봐야 별 도움이 안 될 만큼 적은 양이었지만, 철광석이 있다는 건 알았어. 난 린나에게 거짓말할 수 없었어, 민. 내가 광산의 존재를 느끼자마자 린나는 그 사실을 알아챘어. 너무 흥분하면서, 저녁 식사 때 푸딩을 주겠다고 하더라." 에그웨인은 화가 나고 부끄러운 마음에 뺨이 뜨거워지는 것을 느꼈다. "확실히," 에그웨인이 씁쓸하게 말했다. "난 이제 이것저것 터뜨리는 일로 소모해 버리기에는 너무 귀해진 것 같아. 터뜨리는 거야 아무 **다마니**나 할 수 있는 일이니까. 땅속에서 광석을 찾아낼 수 있는 **다마니**는 한 손에 꼽아. 빚을 걸고, 난 이것저것 터뜨리는 것도 싫지만 내가 할 수 있는 일이 그것밖에 없었으면 좋겠다는 생각이 들어."

에그웨인의 두 뺨이 더욱 붉어졌다. 에그웨인은 분명 나무가 알아서 조각조각 갈라지고 땅이 폭발하게 만드는 걸 싫어했다. 그건 전투를, 살육을 위한 일이었고 에그웨인은 그런 일에 전혀 끼고 싶지 않았다. 그러나 손찬 사람들이 그녀에게 시키는 모든 일은 **사이다**와 접촉할 또 한 번의 기회, 그녀의 몸을 타고 흐르는 일원력을 느낄 또 한 번의 기회였다. 에그웨인은 린나와 다른 **술담**들이 시키는 일이 싫었지만, 타 발론을 떠나기 전에 비해 지금 훨씬 더 많은 일원력을 다룰 수 있게 되었다는 건 분명했다. 에그웨인은 자신이 화이트 타워의 어떤 자매도 생각해 보지 못했던 방식으로 일원력을 써서 이런저런 일들을 할 수 있다는 걸 분명히 알았다. 화이트 타워의 아이즈 세다이는 땅을 찢어발겨 사람을 죽이겠다는 생각을 하지 않았으니까.

"그런 걱정을 오래 하지는 않아도 될 거야." 민이 씩 웃으며 말했다. "내가 배를 찾았거든, 에그웨인. 그 배 선장이 손찬 사람들 때문에 여기 붙들려 있었는데, 허락을 받든 받지 못하든 떠날 준비를 마쳤어."

"그 사람이 너를 데려가겠다면 그 사람과 함께 가, 민." 에그웨인이 지친 듯 말했다. "말했지만, 난 이제 귀중한 존재가 됐어. 린나 말로는 며칠 뒤에 손찬으로 돌아가는 배를 띄울 거래. 나를 데려가려고."

민의 미소가 사라졌다. 둘은 서로를 빤히 보았다. 갑자기 민이 들고 있던 돌을 탁자 위의 더미에 던져 더미를 흩어 놓았다. "여기서 나갈 방법이 틀림없이 있을 거야. 그 빌어먹을 걸 네 목에서 떼어 낼 방법이 틀림없이 있을 거라고!"

에그웨인은 고개를 젖혀 벽에 기댔다. "너도 알겠지만, 숀찬 사람들은 눈곱만큼이라도 채널링을 할 수 있는 사람들을 찾을 수 있는 대로 찾아서 전부 모아들였어. 그 여자들은 여기 팔메만이 아니라 어촌이나 내륙의 농촌 등 온갖 지역에서 왔어. 타라본과 도만 여자들도 있어. 숀찬 사람들이 멈춰 세운 배의 승객들이야. 그중에는 아이즈 세다이도 두 명 있어."

"아이즈 세다이라고!" 민이 소리쳤다. 그녀는 습관적으로 그 말을 엿들은 숀찬 사람이 없는지 확인하느라 주위를 둘러보았다. "에그웨인, 여기에 아이즈 세다이가 있다면 그 사람들이 우리를 도와줄 수 있어. 내가 한번 얘기해 보면……."

"그 사람들은 자기 앞가림도 못해, 민. 내가 그중 한 명하고 얘기를 해봤어. 그 사람 이름은 라이마야. **술담**은 그런 이름으로 부르지 않지만, 그게 그 사람 이름이야. 라이마가 나한테 꼭 알려 주고 싶다면서 다른 아이즈 세다이가 한 명 더 있다고 했어. 눈물을 터뜨리면서 말하더라. 아이즈 세다이인데 울고 있었다니까, 민! 라이마는 목에 목걸이를 차고 있고, 푸라라고 불릴 때 대답을 하게 됐어. 나만큼이나 어쩌지 못해. 놈들은 팔메가 함락됐을 때 라이마를 잡았대. 라이마가 울었던 건 저항을 멈추기 시작했기 때문이었어. 더 이상 벌 받는 걸 견딜 수가 없어서. 라이마가 울었던 건 자살하고 싶은데 허락을 빌지 못하는 한 그것조차 불가능했기 때문이야. 빛을 걸고, 나도 어떤 기분인지 알아!"

민은 불편한 듯 움직거리며 갑자기 초조해진 손으로 드레스 주름을 폈다. "에그웨인, 너 설마……. 에그웨인, 자해할 생각은 하면 안 돼. 내가 어떻게든 널 빼 줄게. 반드시!"

"난 자살 안 해." 에그웨인이 무미건조하게 말했다. "할 수 있다고 해도. 네 칼 좀 줘봐. 어서. 자해 안 한다니까. 그냥 넘겨주기만 해."

민은 잠시 망설이다가 허리춤의 칼집에서 천천히 칼을 뺐다. 그러고는 눈치를 살피며 칼을 내밀었다. 에그웨인이 무슨 짓을 하려들었다가는 덤벼들 준비가 된 게 분명했다.

에그웨인은 심호흡을 하고 칼자루로 손을 뻗었다. 그녀의 팔 근육을 따라 약한 진동이 번졌다. 그녀의 손이 칼 쪽으로 30센티미터 정도 가까워지자 갑자기 경련이 일어나며 그녀의 손가락이 오그라들었다. 에그웨인은 시선을 고정한 채 억지로 손을 더 내밀려 했다. 경련이 온 팔을 사로잡았다. 어깨까지 근육이 뭉쳤다. 에그웨인은 신음하며 다시 주저앉았다. 그녀는 팔을 문지르며 칼을 만지지 **않는** 데에 생각을 집중했다. 천천히 고통이 줄어들기 시작했다.

민은 믿을 수 없다는 듯 에그웨인을 보았다. "무슨……? 이해가 안 가는데."

"**다마니**는 어떤 종류의 무기도 만질 수 없어." 에그웨인은 땅기는 통증이 사라지는 것을 느끼며 팔을 움직였다. "고기도 잘라서 가져다주는걸. 자해를 하고 싶지도 않지만, 하고 싶다고 해도 할 수 없어. 어떤 **다마니**도 뛰어내릴 만큼 높은 곳이나 몸을 던질 만한 강에 혼자 남겨지지 않아. 저 창문도 못으로 고정돼 있어."

"뭐, 그건 좋은 일이네. 내 말은……. 아, 내 말이 무슨 뜻인지 모르겠다. 강으로 뛰어내릴 수 있으면 탈출할 수 있을지도 모르는데."

에그웨인은 민이 아무 말도 하지 않은 것처럼 단조롭게 말을 이었다. "놈들은 나를 훈련시키고 있어, 민. **술담**과 **에이담**이 나를 훈련시키고 있다고. 나는 내가 무기라고 생각하는 물건은 절대 건드릴 수 없어. 몇 주 전에, 나는 저 주전자로 린나 머리를 때릴 생각을 했는데 사흘이나 씻을 물을 부을 수 없었어. 주전자를 그런 식으로 생각하고 나니까 저 주전자로 린나를 때릴 생각을 멈춰야 했을 뿐만 아니라, 그 어떤 상황에서도 절대 저 주전자로 린나를 때리지 않겠다고 나 자신을 설득한 다음에야 다시 주전자에 손을 댈 수 있었어. 린나는 무슨 일이 일어났는지 알아차리고 나한테 뭘 해야 하는지 알려 줬어. 저 주전자랑 대야가 아니면 무엇으로도 씻지 못하게 했고. 네가 오지 않는 날에 그런 일이 벌어진 게 너한텐 행운이야. 린나는 그 며칠 동안 내가 잠에서 깨서 지쳐 잠들 때까지 반드시 땀을 흘리게 했어. 나는 놈들과 맞서 싸우려고 노력하고 있지만, 놈들이 푸라를 훈련시키듯 확실하게 나를 훈련시키고 있어." 에그웨인은 손으로 입을 틀어막고 잇새로 신음을 흘렸다. "그 사람 이름은 라이마야. 난 **그 사람** 이름을 기억해야 해. 놈들이 라이마한테 지어준 이름이 아니라. 그 사람은 라이마이고, 황색의 아자야. 라이마는 할 수 있는 한 오랫동안, 열심히 놈들과 싸워 왔어. 더 이상 싸울 힘이 남아 있지 않은 건 라이마의 잘못이 아니야. 라이마가 이야기한 다른 자매가 누구인지 알고 싶어. 그 사람 이름을 알았으면 좋겠어. 우리 둘을 모두 기억해 줘, 민. 황색의 아자인 라이마와 에그웨인 알비어를. **다마니** 에그웨인이 아니라, 에먼즈 필드의 에그웨인 알비어를 말이야. 그렇게 해 줄래?"

"그만해!" 민이 쏘아붙였다. "지금 당장 그만둬! 네가 숀찬으로 실려 간다면, 나도 바로 그곳에 너와 함께 있을 거야. 하지만 내 생각에 그럴 일은 없을걸. 너도 알겠지만 난 널 읽었어, 에그웨인. 대부분은 이해할 수 없지만—내가 뭔가를 이해하는 일은 거의 없어—내가 생각하기엔 확실히 너를 랜드와 페린, 맷, 그리고…… 심지어 갈라드하고도 연결하는 것들이 보여. 빛께서 바보 같은 너를 도우시길. 숀찬 사람들이 너를 바다 건너로 데려간다면 어떻게 그런 일이 하나라도 일어나겠어?"

"어쩌면 숀찬 사람들이 온 세상을 정복할지도 몰라, 민. 그 사람들이 세상을 정복한다면 랜드와 갈라드와 다른 애들도 결국 숀찬에 오지 못할 이유가 없지."

"멍청한 거위 같은 소리야!"

"난 현실적인 얘기를 하는 거야." 에그웨인이 날카롭게 말했다. "숨을 쉴 수 있는 한 싸움을 멈출 생각은 없지만, 내가 언젠가 **에이담**을 벗게 될 거라는 희망도 전혀 보이지 않아. 누군가가 숀찬 사람들을 멈출 수 있을 거라는 희망이 전혀 보이지 않는 것과 마찬가지야. 민, 네가 말한 선장이 널 데려가겠다면 그 사람과 함께 가. 최소한 우리 중 한 명은 자유로워질 테니까."

문이 확 열리고 린나가 들어왔다.

에그웨인은 벌떡 일어나 획 허리를 숙였다. 민도 마찬가지였다. 그렇게

절을 하느라 작은 방이 꽉 찼지만, 숀찬 사람은 안락함보다는 절차를 중요
시했다.

"면회 날이로군?" 린나가 말했다. "잊고 있었다. 글쎄, 면회 날에도 해야
할 훈련은 있지."

에그웨인은 **숄담**이 팔찌를 내려 열고 자기 팔목에 차는 모습을 날카롭게
지켜보았다. 어떻게 한 건지 보이지 않았다. 일원력으로 더듬어 볼 수 있었
다면 그렇게 하겠지만, 린나가 그 순간 알게 될 것이다. 팔찌가 린나의 팔목
에 채워지는 순간 **숄담**의 얼굴에는 에그웨인의 가슴을 철렁하게 하는 어떤
표정이 떠올랐다.

"채널링을 했군." 린나의 목소리는 간교하게도 부드러웠다. 그녀의 눈에
는 분노의 불꽃이 담겨 있었다. "우리가 완전해졌을 때가 아니면 채널링은
금지돼 있다는 걸 알 텐데." 에그웨인이 입술을 축였다. "내가 너를 너무 관
대하게 대한 모양이야. 이젠 네가 귀중한 존재가 된 만큼 방자해져도 된다
고 생각하는 모양이지. 네가 옛 이름을 간직하게 놔둔 건 내 실수였던 것 같
구나. 난 어렸을 때 툴리라는 새끼 고양이를 키웠어. 지금부터 네 이름은 툴
리다. 넌 이제 가라, 민. 툴리 면회 시간은 끝났다."

민은 괴로운 눈으로 에그웨인을 돌아보는 잠깐 동안만 망설이고 떠났다.
민이 할 수 있는 그 어떤 말이나 행동도 사태를 악화시킬 뿐이었다. 하지만
에그웨인은 친구가 닫고 나간 문을 갈망하며 바라볼 수밖에 없었다.

린나가 의자에 앉아 인상을 찌푸리며 에그웨인을 보았다. "이 일에는 가
혹한 처벌을 해야만 한다. 우리 둘 다 아홉 달의 궁정으로 불려 갈 테고―너
는 네 소행 때문에, 나는 너의 **숄담**이자 훈련사로서 말이다―난 여제 폐하
의 눈앞에서 네가 나를 망신시키도록 놔둘 수 없다. 네가 **다마니**로 사는 것
을 얼마나 좋아하는지, 앞으로 얼마나 순종할 것인지 말하면 멈추겠다. 그
리고 툴리, 내가 너의 모든 말을 믿을 수 있게 해라."

43장 계획

천장이 낮은 바깥 복도로 나온 뒤, 방에서 들려오는 비명소리에 민의 손톱이 손바닥을 파고들었다. 그녀는 문으로 한 발짝 다가간 뒤에야 자제할 수 있었다. 멈춰 서자 눈물이 왈칵 솟았다. **빛이여, 도우소서. 제가 할 수 있는 일은 상황을 악화시키는 것뿐입니다. 에그웨인, 미안해. 미안해.**

그녀는 쓸모없는 존재가 된 것보다도 못한 기분을 느끼며 치맛자락을 들고 뛰었다. 에그웨인의 비명이 그녀를 따라왔다. 민은 차마 그곳에 머물 수 없었으나 그 자리를 떠나자니 겁쟁이가 된 기분이었다. 민은 흐느끼느라 반쯤은 눈이 먼 채로 알아차리지 못하는 사이에 거리에 나왔다. 방으로 돌아갈 생각이었으나 이제는 그럴 수 없었다. 자신이 옆집 지붕 밑에 따뜻하고 안전하게 앉아 있는 동안 에그웨인이 고통을 당한다는 생각에 견딜 수 없었다. 민은 눈물을 쓱쓱 닦아 내고 어깨에 망토를 걸친 뒤 거리를 따라 걷기 시작했다. 눈가를 훔칠 때마다 새로운 눈물이 두 뺨에 뚝뚝 떨어졌다. 그녀는 남들이 보는 곳에서 흐느끼는 데 익숙하지 않았다. 하긴, 이렇게까지 무력하고 쓸모없는 존재가 된 기분에도 익숙하지 않았지만. 민은 자신이 어디로 가고 있는지 몰랐다. 그저 에그웨인의 비명이 닿는 곳에서 최대한 멀어져야 한다고 생각했다.

"민!"

낮은 외침에 민이 우뚝 멈춰 섰다. 처음에는 누가 부른 건지 알 수 없었다. **다마니**들을 보관한 곳과 이렇게까지 가까운 거리에는 상대적으로 오가는 사람이 적었다. 색깔 있는 분필로 초상화를 그려 팔겠다며 손찬 병사들의 관심을 끌려는 남자 한 명을 제외하면, 지역민들은 보이지 않게 최대한 빨리 걸음을 옮기고 있었다. **술담** 두 사람이 한가로이 곁을 지나갔다. **다마니**들은 시선을 아래로 내리깐 채 뒤따르고 있었다. 손찬 여자들은 출항하기 전까지 **마라스다마니**를 몇 명이나 더 잡게 될지 이야기하고 있었다. 민의 시선이 긴 양털 코트를 입은 두 여자를 지나쳤다가 놀라서 다시 그들에게로 돌아왔다. 그들이 민에게 다가오고 있었다. "나이니브? 일레인?"

"그럼 누구겠어." 나이니브의 미소에는 긴장감이 맴돌았다. 두 여자 모두 눈에 힘이 들어가 있었다. 걱정스럽게 인상을 쓰지 않으려고 애쓰는 듯했다. 민은 두 사람의 모습처럼 근사한 건 한 번도 본 적이 없다는 생각이 들었다. "색이 잘 어울리네." 나이니브가 말을 이었다. "그러게 예전부터 드레스를 입었어야지. 네가 입은 걸 본 이후로는 나도 브리치스를 입을까 생각했지만." 민의 얼굴이 보일 만큼 가까이 다가오자 나이니브의 목소리가 날카로워졌다. "왜 그래?"

"너 울고 있었구나." 일레인이 말했다. "에그웨인한테 무슨 일이 일어난 거야?"

민은 흠칫하며 어깨 너머를 돌아보았다. **술담**과 **다마니** 한 쌍이 민이 지나왔던 계단을 내려와 반대쪽으로, 마구간과 말을 풀어놓은 뜰이 있는 곳으로 향했다. 드레스에 번개 판이 달린 다른 여자가 계단 맨 위에 서 있는 누군가와 이야기하고 있었다. 민이 친구들의 팔을 잡고 항구 쪽으로 서둘러 갔다. "너희 둘 여기 있으면 위험해. 빛을 걸고, 너희는 팔메에 있으면 위험해. 사방에 **다마니**가 있는데, 그 사람들이 너희를 찾으면……. **다마니**가 뭔지 알지? 아, 너희 둘을 봐서 얼마나 좋은지 모르겠어."

"널 본 건 아마 그 절반 정도 좋은 것 같네." 나이니브가 말했다. "에그웨인이 어디 있는지 알아? 저 건물들 중 한 곳에 있어? 에그웨인은 괜찮아?"

민은 아주 잠깐 망설이다가 말했다. "예상할 수 있는 그대로야." 민은 지금 이 순간 에그웨인에게 일어나고 있는 일을 솔직히 말하면 무슨 일이 일어날지 너무도 잘 알고 있었다. 나이니브가 그 행위를 막으려고 쿵쿵거리며 그리로 갈 확률이 반반이었다. **빛이여, 이제 끝나게 해 주세요. 빛이여, 나이니브가 딱 한 번만, 놈들이 저 고집스러운 목을 부러뜨리기 전에 숙이게 해 주세요.** "그런데 어떻게 에그웨인을 빼내야 할지 모르겠어. 에그웨인을 데리고 갈 수만 있다면 우리를 데리고 가 줄 것 같은 선장을 한 명 찾았는데 그렇게 할 방법을 모르겠어. 그 사람은 배에 도착하지도 못한다면 우릴 도와주지 않을 거야. 나도 비난할 수는 없고."

"배라." 나이니브가 생각에 잠겨 말했다. "나는 그냥 동쪽으로 말을 달릴 생각이었는데, 그 걱정을 하기는 했다고 말할 수밖에 없어. 내가 최대한 가깝게 추측해 보면, 우리는 토먼 헤드에서 거의 벗어난 다음에야 손찬 순찰대를 완전히 따돌릴 수 있을 거야. 그런 다음에는 앨머스평원에서 웬 싸움이 벌어지고 있다고 하지. 배 생각은 안 해 봤어. 우리한테는 말이 있고, 배표를 살 돈은 없으니까. 그 사람이 얼마를 달라는데?"

민은 어깨를 으쓱했다. "거기까지는 생각 안 해봤어. 우리도 돈은 전혀 없어. 돈 내는 건 돛을 올린 다음으로 미룰 수 있다고 생각했지. 그다음에는……. 글쎄, 내 생각에 그 사람은 손찬 사람들이 있는 항구에는 배를 대지 않을 거야. 어디든 그 사람이 내려 주는 곳이 여기보다는 나을 수밖에 없어. 문제는 애초에 출항해야 한다고 그 사람을 설득하는 거야. 그 사람은 출항하고 싶어 하지만, 손찬 사람들이 항구도 순찰하는 데다 너무 늦기 전까지는 놈들의 배에 **다마니**가 타고 있는지 알아낼 방법이 없어. '내 갑판에도 나만의 **다마니**를 실어 달라고.' 그 사람은 그렇게 말했어. '그럼 당장이라도 돛을 올릴 테니까.' 그런 다음에는 흘수선이니, 모래톱이니, 바람이 불어 가는 쪽의 해안에 대해 이야기하기 시작했어. 난 그 말을 하나도 알아듣지 못했지만, 이따금 미소 지으며 고개를 끄덕이기만 하면 그 사람은 계속 말을 해. 그 사람이 오랫동안 이야기하게 잡아 둘 수만 있다면, 자기가 자기 말에 넘어가서 돛을 올리게 될 거야." 민은 몸을 떨며 숨을 들이쉬었다. 눈이 다시 따끔거리기 시작했다. "그런데 더는 그 사람이 알아서 설득되도록 계속 말하게 할 시간이 없을 것 같아. 나이니브, 놈들이 에그웨인을 숀찬으로 돌려보낸대. 그것도 곧."

일레인이 헛숨을 들이켰다. "하지만 왜?"

"에그웨인은 광석을 찾을 수 있어." 민이 비참한 마음으로 말했다. "에그웨인 말로는 며칠 뒤라는데, 그 사람이 자기 말에 설득되어서 돛을 올리는 데 며칠이면 충분할지 모르겠어. 충분하더라도, 그림자의 자식 같은 그 목걸이를 어떻게 에그웨인한테서 풀어 주겠어? 에그웨인을 어떻게 저 집에서 꺼내?"

"랜드가 여기 있었으면 좋겠다." 일레인이 한숨을 쉬었다. 두 사람이 그녀를 보자 그녀는 얼굴을 붉히며 재빨리 덧붙였다. "뭐, 랜드한테는 칼이 있잖아. 난 우리한테 칼 있는 사람이 있었으면 좋겠어. 열 명. 백 명."

"지금 우리한테 필요한 건 칼이나 완력이 아니야." 나이니브가 말했다. "두뇌지. 남자들은 보통 가슴에 난 털로 생각한다고." 나이니브는 별생각 없이 코트 너머의 무언가를 만지작거리기라도 하듯 자기 가슴을 건드렸다. "대부분의 남자들은 그래."

"군대가 필요할 거야." 민이 말했다. "대규모 군대. 숀찬 사람들은 타라본과 도만 사람들에 맞섰을 때 수적으로 열세였는데도 모든 전투에서 쉽게 이겼대." 그녀는 서둘러 나이니브와 일레인을 거리 반대쪽으로 당겼다. **다마니**와 **술담**이 반대편에서 그들을 지나쳐 오르막길로 올라갔다. 민은 재촉할 필요가 없어 다행이라고 생각했다. 다른 둘은 민만큼이나 경계하는 눈빛으로 연결된 두 여자가 가는 모습을 지켜보았다. "우리한테는 군대가 없으니까 우리 셋이서 해야만 해. 너희 중 한 명이 내가 하지 못한 생각을 할 수 있으면 좋겠다. 나는 머릿속을 샅샅이 뒤져 봤지만 **에이담** 문제, 목줄과 개목걸이 문제가 나오면 언제나 발을 헛디디고 말아. **술담**은 목걸이를 열 때 누군가가 너무 가까이에서 지켜보는 걸 좋아하지 않아. 도움이 된다면 내가 너희를 안으로 데려갈 수는 있을 거야. 어쨌든, 너희 둘 중 한 명은. 저 사람들은 나를 하인으로 생각하지만, 하인들도 하인 구역에만 머문다면 손님을 맞이할 수는 있거든."

나이니브가 생각에 잠겨 얼굴을 찡그렸지만, 거의 즉시 얼굴이 밝아지며 결연한 표정이 되었다. "걱정하지 마, 민. 몇 가지 떠오르는 게 있어. 나도 여기서 게으르게 시간만 보낸 건 아니야. 네가 나를 그 선장이라는 사람에게 데려가 줘. 그 사람이 등을 꼿꼿이 세운 마을 위원회 사람들보다 다루기 힘들다면 내가 이 코트를 먹어 버릴게."

일레인이 씩 웃으며 고개를 끄덕였고, 민은 팔메에 도착한 이후 처음으로 진짜 희망을 느꼈다. 한순간 민은 자기도 모르게 다른 두 여자의 후광을 읽고 있었다. 위험이 있었지만 그건 예상할 만한 일이었다. 그리고 민이 본 장면들 사이에 새로운 것들도 보였다. 가끔 이런 일이 일어났다. 묵직한, 금으로 된 남자의 반지가 나이니브의 머리 위에서 떠다녔고 일레인의 머리 위에서는 붉게 달궈진 강철과 도끼가 보였다. 그건 난처함을 뜻한다는 게 분명했지만, 미래의 어딘가에서 벌어질 먼일로 보였다. 이런 읽기는 잠깐만 지속되었다. 이어서 민에게 보인 것은 기대감에 차서 그녀를 바라보는 일레인과 나이니브뿐이었다.

"저 아래 항구 근처야." 민이 말했다.

아래로 내려갈수록 경사진 거리는 점점 더 붐볐다. 행상인들이 내륙 마을에서 수레를 타고 와 겨울이 왔다 갈 때까지 떠나지 않을 작정인 상인들과 팔꿈치를 맞대고 있었으며, 쟁반을 들고 다니는 잡상인들은 행인들에게 소리쳐 댔다. 수놓인 망토를 입은 팔메 사람들이 두꺼운 양털 코트를 입은 농부 가족들을 스치고 지나갔다. 많은 사람들이 바닷가와 더 먼 마을에서 이곳으로 도망쳐 왔다. 민은 그 의미를 알 수 없었지만—그들은 숀찬이 올지도 모른다는 가능성으로부터 주변 사방을 숀찬 사람들이 확실히 둘러싸고 있는 상황으로 도망쳤다—숀찬 사람들이 어느 마을에 처음 도착했을 때 무슨 짓을 하는지에 대해 들었기에 그들이 또 한 번 나타난 것을 두려워하는 마을 사람들을 심하게 탓할 수는 없었다. 숀찬 사람이 지나가거나 커튼을 친 가마가 가파른 거리 위로 운반되어 갈 때마다 모두가 허리를 숙였다.

민은 나이니브와 일레인이 절을 해야 한다는 걸 알고 있어서 다행이라고 생각했다. 맨가슴의 가마꾼들도 갑옷을 입은 오만한 병사들만큼 알아서 허리를 숙이는 사람들에게 신경을 쓰지 않았지만, 절을 하지 않는다면 그들의 시선을 끌 게 틀림없었다.

그들은 거리를 따라 내려가며 조금씩 대화를 나누었고, 민은 그들이 에그웨인과 민 자신보다 겨우 며칠 뒤에 마을에 들어왔다는 걸 알고 놀랐다. 하지만 잠시 후 그녀는 거리에 이 많은 사람들이 있으니 좀 더 일찍 만나지 못한 것도 이상한 일은 아니라는 결론을 내렸다. 그녀는 필요 이상으로 에그웨인과 멀리 떨어진 곳에서 시간을 보내기 싫었다. 늘 허락받은 면회 시간에 가서 보면 에그웨인이 사라져 있을지 모른다는 걱정이 들었다. **이젠 정말 그렇게 될 거야. 나이니브가 무슨 방법을 생각해내지 못한다면.**

공기 중에 감도는 소금과 역청의 냄새가 점점 짙어졌고 갈매기들이 머리 위에서 원을 그리며 울었다. 사람들 사이에서 선원들이 나타났다. 그중 다수는 추운데도 아직 맨발이었다.

여관에는 '세 송이 자두꽃'이라는 새로운 간판이 붙었지만, '파수꾼'이라는 단어의 일부가 간판의 대충 그린 그림 사이로 지금도 남아 있었다. 밖에 사람이 많았지만 휴게실은 겨우 반이 차 있었다. 많은 사람들에게는 맥주 한 잔을 놓고 앉아 있기에 너무 비싼 곳이었다. 휴게실 양옆에서 타오르는 난롯불이 방을 덥혔고, 뚱뚱한 여관 주인은 셔츠 바람이었다. 그는 인상을 쓰며 세 여자를 쳐다봤지만 썩 나가라고 말하지는 않았다. 그건 자신의 손찬 드레스 때문이라고 민은 생각했다. 농촌 여자의 코트를 입고 있는 나이니브와 일레인은 분명 돈이 없어 보였다.

민이 찾는 남자는 평소 앉던 구석 탁자에 앉아 와인을 들여다보며 중얼거리고 있었다. "얘기할 시간 있나요, 도먼 선장님?" 민이 말했다.

도먼이 고개를 들었다. 그는 민이 혼자가 아니라는 걸 보고는 손으로 턱수염을 쓸었다. 민은 지금도 턱수염이 있는 그의 맨송맨송한 입술이 이상해 보인다고 생각했다. "술로 내 돈을 다 탕진하려고 친구들까지 데려왔구나. 응? 그래, 그 손찬 귀족이 내 화물을 사 주었으니 돈이야 있다. 앉아라." 남자가 갑자기 소리치자 일레인이 움찔했다. "주인장! 여기 멀드와인!"

"괜찮아." 민이 탁자에 놓인 벤치 중 끄트머리 쪽에 앉으며 일레인에게 말했다. "그냥 생김새랑 목소리만 곰 같은 거야." 일레인은 미심쩍다는 표정으로 그 반대쪽 끝에 앉았다.

"내가 곰이라고?" 도먼이 웃었다. "그럴지도 모르지. 그럼 넌 어떠냐, 꼬마야? 떠나는 것에 대해서는 생각해 봤냐? 내가 보기에 그 드레스는 확실히 숀찬 옷인데."

"절대 아니에요!" 민은 사납게 말했지만, 김이 나는 멀드와인을 가져온 종업원 여자아이 때문에 입을 다물었다.

도먼도 똑같이 경계했다. 그는 소녀가 돈을 받고 떠날 때까지 기다린 뒤에야 말했다. "우라질, 꼬마야. 널 불쾌하게 하려던 건 아니었다. 대부분의 사람들은 주인이 숀찬이든 다른 자들이든, 그저 자기 인생을 계속 살아 나가고 싶어 할 뿐이다."

나이니브는 탁자에 팔을 괴었다. "우리도 우리 인생을 살고 싶소, 선장. 숀찬 없이 말이오. 당신이 곧 돛을 올릴 거라고 알고 있는데."

"할 수만 있으면 오늘에라도 떠나지." 도먼이 침울하게 말했다. "투락이 2~3일에 한 번씩 나를 불러 내가 본 오래된 물건 이야기를 해 달라고 해. 네가 보기엔 내가 방랑 시인 같나? 이야기 한두 가지를 지어내고 나서 떠나면 될 줄 알았는데, 이제는 그자를 만족시키지 못하면 나를 떠나보내 줄지, 내 목을 치진 않을지 모르겠어. 겉보기엔 부드러운 사람 같지만 쇠처럼 단단하고 그만큼 냉혈한이거든."

"당신 배가 숀찬 사람들을 피할 수 있소?" 나이니브가 물었다.

"우라질, **다마니**가 스프레이호를 산산이 조각내기 전에 항구에서 벗어날 수만 있다면 가능하지. 일단 바다로 나간 뒤에도 **다마니**가 타고 있는 숀찬 배가 너무 가까이 다가오게 놔두지만 않는다면. 이쪽 해변 전체에 모래톱이 있고, 스프레이호는 흘수선이 낮아. 나는 덩치만 크고 굼뜬 숀찬 배들이 감히 가까이 들어가지 못하는 수역으로 스프레이호를 끌고 갈 수 있어. 놈들은 이 계절에 해안 가까운 곳에서 불어오는 바람을 조심할 게 틀림없으니, 일단 내가 스프레이호를……."

나이니브가 그의 말을 잘랐다. "그럼 우리가 당신 배에 타겠소, 선장. 우리는 넷이오. 우리가 배에 오르자마자 출항할 준비를 해 두면 좋겠군."

도먼은 윗입술을 손가락으로 문지르더니 와인 잔을 들여다보았다. "글쎄, 그 점에 관해서라면 아직 항구에서 빠져나가는 문제가 남아 있는데 말이지. 저 **다마니**들이……."

"당신이 **다마니**보다 나은 존재와 항해하게 된다면 어떻겠소?" 나이니브가 조용히 말했다. 민은 나이니브의 의도를 알아차리고 눈을 휘둥그렇게 떴다.

일레인은 거의 들리지 않는 소리로 웅얼거렸다. "누가 누구더러 조심하래?"

도먼은 나이니브만을 보고 있었다. 경계심 가득한 눈이었다. "그게 무슨 말이지?" 도먼이 속삭였다.

나이니브는 코트를 열고 목 뒷덜미를 만지작거리더니 마침내 드레스 안에 집어넣었던 가죽 끈을 꺼냈다. 끈에는 금반지 두 개가 매달려 있었다. 민은 그중 하나를 보고 헛숨을 들이켰지만—거리에서 나이니브를 읽었을 때 본, 무거운 남자 반지였다—도먼의 눈을 튀어나오게 한 것은 다른 반지, 비교적 작고 여자의 가느다란 손가락에 맞도록 만들어진 반지라는 걸 알고 있었다. 제 꼬리를 먹는 뱀.

"이게 무슨 뜻인지 알겠지." 나이니브는 끈에서 뱀 반지를 빼내려 하며 말했다. 하지만 도먼이 손으로 반지를 덮었다.

"치워." 그의 눈이 불안한 듯 빠르게 움직였다. 민이 보는 한에서는 그들을 지켜보는 사람이 없었으나 도먼은 모두가 바라보고 있다는 듯한 표정이었다. "그 반지는 정말로 위험해. 누가 보면……."

"이 반지의 의미를 안다면야." 나이니브는 민조차 부러워질 만큼 침착한 목소리로 말했다. 그녀는 도먼의 손에서 끈을 가져가 다시 목에 걸었다.

"알아." 그가 쉰 목소리로 말했다. "무슨 의미인지 알고 있어. 가능할 수도 있겠군, 당신들이…… 넷이라고 했나? 내가 입 터는 소리를 듣고 싶어 하는 이 여자애도 넷 중 하나라는 건 알겠어. 그리고 당신이랑……." 도먼은 일레인을 보며 인상을 찡그렸다. "분명 여기 어린애는…… 당신 같은 사람은 아니겠지."

일레인이 화를 내며 허리를 폈지만 나이니브가 그녀의 팔에 손을 얹으며 달래기라도 하듯 도먼에게 미소 지었다. "이 아이는 내 일행이오, 선장. 우리가 반지를 낄 권리를 얻어 내기 전에 무슨 일을 할 수 있는지 알면 당신은 아마 놀랄 거요. 우리가 배에 오르면, 당신은 필요할 때 **다마니**와 맞서 싸울 수 있는 사람 셋을 배에 태우게 되는 거요."

"셋이라." 그가 숨죽여 말했다. "가능할지도 모르겠어. 어쩌면……." 그의 얼굴이 잠시 밝아졌다. 하지만 일행을 본 그의 얼굴은 다시 심각해졌다. "지금 당장이라도 당신들을 스프레이호로 데려가 떠나야겠지만, 우라질, 난 당신들이 여기 남았다가 어떤 일을 마주하게 될지 알 수 없소. 심지어 나랑 같이 간다고 해도 말이오. 내 말 잘 듣고 명심하시오." 그는 다시 한 번 조심스레 주위를 둘러보더니 목소리를 더 낮추고 단어를 신중히 골랐다. "나는 그런…… 그런 반지를 낀 여자가 손찬 사람에게 잡히는 걸 봤소. 예쁘고 호리호리한 여자였소. 수호…… 검을 잘 쓰는 것처럼 보이는, 덩치 큰 남자와 함께 있었지. 둘 중 하나가 부주의했던지, 손찬 사람이 그들을 기습했소. 덩치 큰 남자는 예닐곱 명의 병사들을 쓰러뜨린 뒤 죽었소. 그…… 그 여자는……. 놈들은 갑자기 골목에서 나와 **다마니** 여섯 명으로 여자를 둘러쌌소. 난 그 여자가…… 뭔가 할 줄 알았지만……. 내 말이 무슨 뜻인지는 알겠지. 난 이런 일에 관해서는 전혀 모르오. 한 순간에는 그 여자가 놈들을 모두 무너뜨릴 것처럼 보였는데, 그다음에는 그 여자의 얼굴에 두려움이 떠올랐소. 그러더니 여자가 비명을 질렀지."

"놈들이 그분을 진정한 근원으로부터 잘라 낸 거예요." 일레인의 얼굴이 하얗게 질려 있었다.

"상관없소." 나이니브가 침착하게 말했다. "우린 놈들이 똑같은 짓을 저지르도록 놔두지 않을 테니까."

"그래, 당신 말대로 될 수도 있겠지. 하지만 나는 죽는 순간까지 기억할 거요. 라이마, 도와줘. 여자는 그렇게 비명을 질렀소. 그러자 **다마니** 중 하나

가 울면서 쓰러졌고, 놈들이 그…… 여자의 목에 그놈의 개 목걸이를 채웠
소. 그리고 나는…… 나는 도망쳤소.” 도먼은 어깨를 으쓱하며 코를 문지르
더니 와인 잔을 들여다보았다. “나는 세 여자가 잡혀가는 걸 본 적이 있소.
비위가 약해서 못 보겠더군. 난 우리 할머니를 부두에 버려두고서라도 여기
서 도망치고 싶지만, 이 얘기는 할 수밖에 없소.”

“에그웨인 말로는 놈들이 포로 두 명을 잡았대.” 민이 천천히 말했다. “한
명은 황색, 라이마야. 다른 한 명이 누군지는 에그웨인도 몰라.” 나이니브가
민을 홱 돌아보자 민은 얼굴을 붉히며 입을 다물었다. 도먼의 얼굴에 떠오
른 표정을 보니 숀찬 사람들이 아이즈 세다이 한 명이 아니라 두 명을 붙잡
고 있다는 말은 도움이 되지 않은 듯했다.

도먼은 나이니브를 보고 와인을 꿀꺽꿀꺽 마셨다. “혹시 그래서 여기 온
거요? 그…… 둘을 풀어 주려고? 사람이 셋이라더니.”

“당신은 꼭 알아야 할 것만 아시오.” 나이니브가 도먼에게 분명히 말했다.
“앞으로 2~3일 안에, 어느 순간에든 당장 출항할 준비를 갖춰 놓아야 하오.
그렇게 하겠소? 아니면 여기 남아서 놈들이 결국 당신 머리를 자르게 될지
지켜보겠소? 배야 많소, 선장. 나는 오늘 그중 하나를 확보할 생각이고.”

민은 숨을 참았다. 그녀는 탁자 아래에서 손가락을 얽어 놓고 있었다.

마침내 도먼이 고개를 끄덕였다. “준비하겠습니다.”

거리로 나선 후 민은 문이 닫히자마자 나이니브가 여관 앞에 축 늘어지는
것을 보고 놀랐다. “어디 아파, 나이니브?” 그녀가 불안하게 물었다.

나이니브는 길게 숨을 들이쉬고 똑바로 일어서며 코트를 여몄다. “어떤
사람들에게는,” 그녀가 말했다. “확신을 보여 줘야 해. 의구심을 조금이라도
내비치면 가고 싶지 않은 방향으로 나를 쓸어버리고 말아. 하지만 빛을 걸
고, 난 저 사람이 거절할까 봐 걱정했어. 가자. 아직 계획을 더 세워야 해. 해
결해야 할 작은 문제가 한두 가지 더 있어.”

“생선 냄새가 좀 나도 괜찮았으면 좋겠다, 민.” 일레인이 말했다.

한두 가지 작은 문제라고? 민은 그들을 따라가며 간절히 바랐다. 나이니
브가 그냥 다시 확신을 보여 주려는 것이 아니기를.

44장 다섯이 앞으로 달려가리라

페린은 경계하며 마을 사람들을 보았다. 가슴에는 자수가 놓여 있고 땜질 조차 하지 않은 구멍이 몇 군데 나 있으며 지나치게 짧은 코트가 신경이 쓰여서 잡아당겼으나 사람들은 페린을 눈여겨보지 않았다. 이상하게 섞어 입은 옷차림이나 허리춤의 도끼도 말이다. 휴린은 망토 아래로 파란색 소용돌이무늬가 가슴 전체에 들어간 코트를 입고 있었으며, 맷은 장화에 구겨 넣은 부분이 불룩 튀어나온 펑퍼짐한 바지를 입었다. 버려진 마을을 지나오며 그들이 찾을 수 있었던 옷은 그게 전부였다. 페린은 이 마을도 곧 버려질지 궁금했다. 돌로 만든 집은 절반이 비어 있었다. 여관 앞의 그들이 서 있는 흙 길 위쪽에는 엄청난 크기의 꾸러미가 지나치게 무겁게 실린, 그 모든 것이 밧줄로 묶은 캔버스 천에 덮인 소달구지 세 대가 그 주변에 모인 가족들과 함께 서 있었다.

한데 모여 남기로 한 사람들에게 짧은 작별 인사를 고하는 그들을 지켜보던 페린은 마을 사람들이 낯선 자신들에게 무관심한 게 아니라고 생각했다. 그들은 일부러 페린 일행을 보지 않고 있었다. 이들은 손찬 사람이 아닌 게 분명한 이방인이라도 이방인에 대한 호기심을 표현하지 않는 방법을 배워 알고 있었다. 요즘 토먼 헤드에서 이방인은 위험할 수 있었다. 일행은 다른 마을에서도 똑같이 가장된 무관심을 만나곤 했다. 해안 몇 십 킬로미터 안의 이 지역에는 비교적 마을이 많았는데, 하나하나 독립을 지키고 있었다. 어쨌거나 이곳에는 아직 숀찬 사람들이 오지 않았다.

"내 생각엔 말을 데리러 가야 할 시간인 것 같은데." 맷이 말했다. "저 사람들이 이것저것 물어보기 전에 말이야. 언젠가는 벌어질 일이잖아."

휴린은 마을 풀밭의 갈색 풀을 망가뜨린, 땅에 난 크고 검고 둥근 자국을 바라보았다. 시간이 지나면서 흔적이 조금 흐릿해지긴 했지만, 아무도 그 자국을 지우기 위해 노력한 것 같지 않았다. "아마 6개월이나 8개월쯤 전일 겁니다." 휴린이 중얼거렸다. "그런데 아직도 악취가 나는군요. 마을 위원회와 위원들의 가족 전원이었습니다. 왜 저런 짓을 하는 걸까요?"

"놈들이 무슨 짓을 하든 그 이유를 어떻게 알겠어요?" 맷이 투덜거렸다. "숀찬 사람들은 사람을 죽이는 데 이유가 필요하지 않은 것 같던데요. 어쨌든 내가 알 수 있는 이유는 없었어요."

페린은 그을린 땅을 보지 않으려 했다. "휴린, 페인 얘기는 확실한 거예요? 휴린?" 마을에 들어온 이후로는 탐지자가 뭐라도 보게 하기가 무척 힘들었다. "휴린!"

"뭐? 아, 페인. 그래." 휴린의 콧구멍이 벌름거렸다. 그는 즉시 코에 주름을 잡았다. "아무리 오래됐다지만 그걸 오해할 수는 없어. 저 냄새를 맡고 나면 머드랄 냄새도 장미 향기 같다니까. 놈이 여길 지나간 건 맞아. 하지만 혼자였던 것 같아. 어쨌든 트롤록은 없었어. 페인이 어둠의 친구들을 데리고 있었더라도 최근에는 별다른 일을 하지 않은 것 같고."

저 위 여관 근처에서 일종의 소동이 일었다. 사람들이 소리를 지르며 손가락질을 했다. 페린과 다른 두 사람이 아니라 마을 동쪽의 낮은 언덕에 있는, 페린에게는 보이지 않는 무언가를 가리키는 것이었다.

"이제 말들을 데려와도 될까?" 맷이 말했다. "저게 숀찬 사람들일지도 몰라."

페린은 고개를 끄덕였다. 그들은 버려진 집 뒤, 말을 묶어 놓은 곳으로 달리기 시작했다. 맷과 휴린이 집 모퉁이를 돌아 사라졌을 때, 여관 쪽을 돌아본 페린은 깜짝 놀라 멈춰 섰다. 빛의 아이들이 길게 늘어서서 마을로 들어오고 있었다.

그는 다른 사람들을 따라 뛰었다. "하얀 망토들이야!"

그들은 못 믿겠다는 듯 페린을 쳐다보며 아주 짧은 시간을 낭비한 뒤 서둘러 안장에 올랐다. 세 사람은 마을의 중심 거리와 자신들 사이에 집들을 두고 빠르게 마을을 빠져나왔다. 그러고는 서쪽으로 달리며 어깨 너머로 추격자가 있는지 살폈다. 잉타는 그들에게 속도를 늦출 만한 모든 것을 피하라고 말했는데, 질문을 던져 대는 하얀 망토들이라면 확실히 그들의 속도를 늦출 터였다. 설령 세 사람이 그들의 질문에 만족스러운 대답을 내놓을 수 있더라도 말이다. 페린은 다른 둘보다도 유심히 그들을 살폈다. 그에게는 하얀 망토들을 만나고 싶지 않은 그만의 이유가 있었다. **내 손에 들린 도끼. 빛이여, 그 일을 바꿀 수만 있다면 무엇이든 드릴 수 있습니다.**

듬성듬성 숲이 있는 언덕에 이내 마을이 가려졌고, 페린은 결국 그들을 쫓는 건 아무것도 없을지 모른다는 생각을 시작했다. 그는 고삐를 당기며 다른 둘에게 멈추라고 손짓했다. 그들이 멈추어 서며 의문스럽다는 듯 페린을 눈여겨보자 페린은 귀를 기울였다. 페린의 귀는 예전보다 더 날카로워져 있었으나 말발굽 소리는 들리지 않았다.

페린은 마지못해 정신력을 뻗어 늑대들을 찾았다. 그는 거의 즉시 늑대들을 발견했다. 일행이 방금 떠나온 마을 위쪽 언덕에 소규모의 늑대 무리가 낮 동안 죽치고 있었다. 늑대들이 느낀 놀라움이 너무도 강력하게 전달되어 페린은 잠시 그 감정을 자기 것으로 착각했다. 늑대들은, 소문은 들어 왔지만, 자신들 무리에게 말을 걸 수 있는 두 발 동물이 있다고는 믿지 않았다. 페린은 자기소개를 하는 데 걸리는 몇 분을 땀을 뻘뻘 흘리며 견뎠으나—그러고 싶지는 않았지만, 페린은 젊은 황소의 모습을 떠올리고 늑대들의 관습에 따라 자신의 냄새를 덧붙였다. 늑대들은 첫 만남에서 격식을 매우 중요하게 여겼다—결국 질문을 전달하는 데 성공했다. 늑대들은 자신들에게 말을 걸지 못하는 두 다리 동물들에게 정말이지 아무 관심이 없었으나 최소한 두 다리 동물의 무딘 눈에는 보이지 않는 채로 언덕을 내려가 살펴봐 주었다.

잠시 후, 페린에게 다시 이미지가, 늑대들이 본 모습이 전해졌다. 하얀 망토를 걸치고 말을 탄 남자들이 마을 주변으로 몰려들어 집들 사이로, 집을 돌아가며 말을 달렸으나 그중 누구도 떠나지는 않았다. 특히 서쪽으로는. 늑대들은 그들이 맡은 냄새로 보아 서쪽으로 움직이는 것은 페린 자신과 다른 두 다리 동물, 그리고 단단한 발을 가진 키 큰 짐승 세 마리뿐이라고 말했다.

페린은 다행스러운 마음으로 늑대들과의 연결을 종료했다. 그는 휴린과 맷이 자신을 보고 있다는 걸 의식했다.

"안 따라와." 페린이 말했다.

"그걸 어떻게 알아?" 맷이 물었다.

"난 알아!" 페린은 그렇게 쏘아붙인 뒤 더 조용히 말했다. "그냥 알아."

맷은 입을 열었다가 다시 다물더니 한참 만에 말했다. "뭐, 놈들이 우리를 쫓아오지 않는다면 잉타한테 돌아가서 페인의 뒤를 쫓자. 그냥 여기 서 있는다고 단검에 가까워지는 건 아니니까."

"마을과 이렇게 가까운 곳에서 다시 흔적을 찾을 수는 없어." 휴린이 말했다. "하얀 망토들과 우연히 다시 마주치는 모험을 할 게 아니라면 말이야. 잉타 공께서 그걸 좋아하시지는 않을 것 같은데. 베린 세다이께서도 그렇고."

페린이 고개를 끄덕였다. "어쨌든 몇 킬로미터 지나서 흔적을 따라가게 될 거야. 하지만 빈틈없이 경계해. 지금 우린 팔메에서 아주 멀리 떨어져 있을 리 없어. 하얀 망토들을 피하려다가 손찬 순찰대와 정면으로 마주쳐 봤자 좋을 게 없다고."

다시 출발하면서, 페린은 하얀 망토들이 여기에서 뭘 하는 건지 몹시 궁금했다.

제프람 본할드는 부대원들이 작은 마을 전체로 퍼져 나가 그곳을 포위하는 동안 안장에 앉아 마을 거리를 내려다보았다. 보이지 않는 곳으로 빠르게 달려 나간, 묵직한 어깨의 남자에게는 뭔가가 있었다. 그의 기억을 간지럽히는 뭔가가. **그래, 그럼 그렇지. 자기가 대장장이라고 주장했던 녀석이군. 이름이 뭐였더라?**

바이알이 가슴에 손을 댄 채 본할드 앞에 와 말을 세웠다. "마을을 확보했습니다, 지휘관님."

무거운 양가죽 코트를 입은 마을 사람들은 흰 망토를 입은 병사들이 여관 앞, 짐을 산처럼 실은 수레 근처로 그들을 몰아넣자 불안한 듯 떠밀려 왔다. 우는 아이들이 어머니의 치마에 매달렸으나 아무도 저항하지는 않았다. 어른들의 얼굴은 뭐든 일어날 일이 일어나기를 수동적으로 기다리는 멍한 표정이었다. 그 점만은 본할드도 다행스러웠다. 그에게는 이 사람들 중 하나를 본보기로 삼고 싶은 열망이 사실 없었다. 시간을 낭비하고 싶은 마음 또한 전혀 없었고.

그는 말에서 내리며 빛의 아이들 중 한 명에게 고삐를 던졌다. "사람들을 잘 먹여라, 바이알. 가져갈 수 있을 만큼의 음식과 물을 주어 포로들을 여관에 들여보낸 뒤 모든 문에 못을 치고 덧문을 달아라. 내가 부하들을 남겨 지키게 하고 떠났다고 믿게 해라. 알았느냐?"

바이알은 다시 가슴에 손을 대고 말머리를 돌려 명령을 외쳤다. 몰이가 다시 시작되고 사람들은 납작한 지붕의 여관 안으로 들어갔다. 한편 다른 빛의 아이들은 망치와 못을 찾느라 집들을 뒤졌다.

줄지어 곁을 지나가는 시무룩한 얼굴들을 지켜보던 본할드는 그중 누군가가 여관에서 벗어나 경비병이 없다는 걸 알게 되기까지 2~3일은 걸릴 거라고 생각했다. 그에게 필요한 시간은 2~3일뿐이었지만, 지금 손찬 사람들에게 그의 존재를 알리는 위험을 무릅쓰고 싶지는 않았다.

질문자들로 하여금 그의 부대원 전부가 앨머스평원 여기저기에 흩어져 있다고 믿게 하려고 충분한 부하들을 남겨 두고 온 본할드는, 그가 아는 대로라면 지금까지 어떤 경보도 울리지 않고 토먼 헤드 거의 전체에 빛의 아이들을 천 명 이상 들였다. 손찬 순찰대와 벌인 세 번의 접전은 빠르게 끝났다. 손찬 사람들은 이미 패망한 오합지졸들을 마주하는 데 익숙해져 있었다. 빛의 아이들은 그들에게 치명적인 놀라움을 안겼다. 그러나 숀찬 사람들은 어둠의 존재의 무리처럼 싸우는 방법을 알았고, 본할드는 50명 이상의 부하를 잃었던 한 번의 접전을 떠올릴 수밖에 없었다. 그는 지금도 그가 보았던, 화살꽂이가 된 두 명의 여자 중 누가 아이즈 세다이였는지 확신할 수 없었다.

"바이알!" 본할드의 부하 중 한 사람이 수레에서 가져온 도자기 컵에 물을 담아 건넸다. 벌컥벌컥 마시니 목구멍이 얼어붙을 것만 같았다.

여윈 얼굴의 남자가 안장에서 휙 내려섰다. "예, 지휘관님."

"내가 적과 교전할 때면, 바이알." 본할드가 천천히 말했다. "너는 참여하지 않는다. 너는 멀리서 지켜보다가 내 아들에게 무슨 일이 일어났는지 전한다."

"하지만 지휘관님……!"

"명령이다, 빛의 아이 바이알!" 그가 쏘아붙였다. "따라라. 알겠느냐?"

바이알의 등이 뻣뻣해졌다. 그는 똑바로 앞을 바라보았다. "명령에 따르겠습니다, 지휘관님."

본할드는 잠시 그를 살펴보았다. 그는 명령받은 대로 하겠지만, 아버지가 어떻게 죽었는지 데인이 알도록 놔두는 것보다는 다른 이유를 주는 게 좋을 것 같았다. 아마도어에서 긴급히 필요한 정보를 그가 모르는 것도 아니었다. 아이즈 세다이와의 그 접전 이후로—**둘 중 하나만이었을까? 뛰어난 전사인 숀찬의 병사 서른 명과 두 여자가 나로 하여금 놈들의 두 배는 되는 사상자를 내게 했다**—본할드는 더 이상 살아서 토먼 헤드를 떠나지 못할 거라고 예상했다. 숀찬 사람들이 굳이 그를 죽이지 않을 가능성이 조금은 있다지만, 그 경우 질문자들이 그를 떠나지 못하게 할 가능성이 매우 컸다.

"내 아들은 타 발론 근처의 에아몬 발다 지휘관과 함께 있을 것이다. 내 아들을 찾아서 이야기를 전한 뒤에는 아마도어로 말을 달려 총사령관님께 보고해라. 페이드론 네예올에게 직접 보고해야 한다, 빛의 아이 바이알. 그분께 우리가 숀찬에 대해 알게 된 것을 전해라. 내가 너를 위해 글을 써 주겠다. 타 발론의 마녀들이 그림자 속에서 상황을 조종하는 데 만족하지 않으리라는 것을 그분께서 반드시 이해하시도록 해라. 그들이 숀찬 사람들을 위해 대놓고 싸운다면, 우린 확실히 다른 곳에서 그자들과 맞서야 한다." 본할드가 망설였다. 방금 한 마지막 말이 가장 중요했다. 그들은 진실의 돔 아래에서, 아이즈 세다이가 그토록 자랑해 온 맹세에도 불구하고 전쟁터로 진군할 것인지 알아야 했다. 아이즈 세다이가 전쟁터에서 일원력을 휘두르는 세상을 생각하자 가슴이 철렁했다. 그런 세상이라면 차라리 떠나는 게 낫지 않을까 싶었다. 하지만 본할드가 아마도어로 전달하고 싶은 메시지는 하나가 더 있었다. "그리고 바이알……. 페이드론 네예올에게, 우리가 질문자들에게 어떻게 이용당했는지도 전해라."

"명령에 따르겠습니다, 지휘관님." 바이알은 그렇게 말했으나 본할드는 그의 얼굴 표정을 보고 한숨을 쉬었다. 바이알은 이해하지 못했다. 바이알에게 명령이란 지휘관이 내리든 질문자가 내리든, 그 내용이 무엇이건 따라야 하는 것이었다.

"그 내용도 네가 페이드론 네예올에게 전달할 수 있도록 글로 적어 주겠다." 본할드가 말했다. 그러나 어느 경우에건 그게 얼마나 도움이 될지 확실치 않았다. 한 가지 생각이 떠오르자 그는 여관을 바라보며 인상을 찡그렸다. 그곳에서는 본할드의 부하 몇 명이 덧문과 문에 시끄럽게 못을 쳐 대고 있었다. "페린." 그가 중얼거렸다. "그게 그 녀석의 이름이었지. 투 리버스 출신의 페린."

"어둠의 친구 말입니까, 지휘관님?"

"그럴지도 모르지, 바이알." 본할드 자신도 완벽하게 확신 못했지만, 늑대들이 자신을 위해 싸우도록 만드는 사람이라면 어둠의 친구 이외의 다른 존재일 리 없었다. 물론, 그 페린이라는 자는 빛의 아이들을 두 명 죽이기도 했다. "마을에 들어올 때 그자를 본 것 같다만, 포로들 중 대장장이처럼 생긴 사람을 본 기억은 나지 않는다."

"마을의 대장장이는 한 달 전에 떠났습니다, 지휘관님. 마을 사람 중 일부가 자기들이 직접 수레바퀴를 고치지 않아도 됐다면 우리가 오기 전에 떠날 수 있었을 거라고 불평했습니다. 그 사람이 페린이었다고 생각하십니까, 지휘관님?"

"그자가 누구든 정체가 아직 밝혀지지 않았지. 안 그러냐? 게다가 그자는 우리에 관한 소식을 숀찬 사람들에게 전달할 수 있다."

"어둠의 친구라면 분명 그렇게 할 겁니다, 지휘관님."

본할드는 남은 물을 꿀꺽 삼키고 컵을 옆으로 던졌다. "여기서는 식사를 하지 않을 거다, 바이알. 나는 숀찬 놈들이 낮잠을 자는 나를 잡도록 놔두지 않을 거다. 놈들에게 경고하는 자가 투 리버스의 페린이든 다른 누구든 간에 말이야. 부대를 말에 태워라, 빛의 아이 바이알!"

머리 위 높은 곳에서 거대하고 날개 달린 형체가 눈에 띄지 않게 원을 그렸다.

그들이 야영지를 꾸린 언덕 위 덤불 사이 공터에서, 랜드는 칼을 들고 자세를 연습했다. 랜드는 생각을 멈추고 싶었다. 휴린과 함께 페인의 자취를 찾을 기회가 랜드에게는 있었다. 일행 모두가 그랬다. 그들 모두 관심을 끌지 않도록 둘이나 셋씩 짝을 지어 페인을 찾아다녔다. 그러나 지금까지는 아무것도 찾지 못했다. 이제 그들은 맷과 페린이 탐지자를 데리고 돌아오기를 기다리고 있었다. 그들은 몇 시간 전에 돌아왔어야 했다.

물론 로이알은 책을 읽고 있었고, 그가 귀를 움찔거리는 것이 책 때문인지 정찰하러 간 사람들이 늦기 때문인지는 알 수 없었다. 그러나 우노를 비롯한 대부분의 샤이나 병사들은 긴장한 채로 앉아서 칼에 기름칠을 하거나, 숀찬 사람들이 어느 순간에든 나타날지 모른다고 생각하는 것처럼 나무 사이를 지켜보고 있었다. 베린만이 무심해 보였다. 아이즈 세다이는 작은 모닥불 옆 통나무에 앉아 혼자 중얼거리면서 기다란 막대로 흙에 글씨를 쓰고 있었다. 그녀는 때때로 고개를 저으며 발로 그 모든 것을 문질러서 지워 버리고 다시 시작했다. 말들은 모두 안장을 채워서 언제든 떠날 수 있게 했으며, 샤이나 사람들의 동물들은 땅에 꽂아 놓은 창에 한 마리씩 매여 있었다.

"'급류를 헤치는 왜가리'로군." 잉타가 말했다. 그는 나무에 등을 기대고 앉아 숫돌로 칼날을 문지르며 랜드를 보고 있었다. "그건 굳이 할 필요 없다. 그 자세를 취하면 몸이 완전히 드러나게 돼.”

랜드는 잠시 발뒤축을 딛고 균형을 잡으며 머리 위로 들어 올린 양손에 칼을 역방향으로 쥐고 있다가 매끄럽게 다른 발을 바꿔 디뎠다. “란 말로는 이게 균형 감각을 키우는 데 도움이 된대요.” 균형을 유지하기는 쉽지 않았다. 공백 속에서는 구르는 바위 위에서도 평형을 유지할 수 있을 것 같았지만, 감히 공백을 불러오지는 않았다. 랜드는 너무 많은 것을 원했기에 자신을 믿을 수 없었다.

“뭔가를 지나치게 자주 연습하다 보면 아무 생각 없이 그 기술을 쓰게 된다. 빠르게 움직이면 그 자세로 상대방에게 칼을 꽂아 넣을 수 있겠지만, 그 전에 상대가 네 갈비뼈에 자기 칼을 쑤셔 넣을 거다. 사실상 상대방을 불러들이는 셈이야. 나로서는 그렇게까지 개방된 자세로 나를 마주하는 사람을 보면서도 내 칼을 그자에게 꽂지 않을 수는 없을 것 같구나. 내가 그자를 찌를 경우 그자가 내 급소를 찌르리라는 걸 알더라도 말이지.”

“그냥 균형감각 연습이에요, 잉타.” 랜드는 한 발을 딛고 흔들거렸다. 넘어지지 않으려고 다른 발을 내릴 수밖에 없었다. 그는 칼날을 칼집에 철컥 집어넣고 위장용으로 쓰던 잿빛 망토를 집어 들었다. 망토는 좀이 슬어서 아랫부분이 너덜너덜했지만 안감으로 두꺼운 양모가 들어가 있었다. 바람이 서쪽으로부터 차갑게 불어왔다. “애들이 돌아왔으면 좋겠는데요.”

랜드의 소망이 신호라도 됐는지 우노가 조용하면서도 다급한 목소리로 말했다. “빌어먹을 기수들이 오고 있습니다, 대장.” 칼을 꺼내 놓지 않은 사람들이 서둘러 칼을 뽑으면서 칼집이 덜그러거렸다. 일부는 안장에 펄쩍 뛰어올라 창을 집어 들었다.

휴린이 다른 둘을 이끌고 종종걸음 치며 공터에 들어서자 긴장감이 흐려졌다. 그러다가 휴린이 입을 열자 다시 긴장감이 일었다. “흔적을 찾았습니다, 잉타 공.”

“거의 팔메까지 흔적을 따라갔어요.” 맷이 말에서 내리며 말했다. 그의 창백한 두 뺨에 어린 홍조가 건강함을 흉내 내려는 것 같았다. 피부가 그의 두 개골을 팽팽하게 감싸고 있었다. 샤이나 사람들은 맷만큼 흥분해 그의 주위로 모여들었다. "페인뿐이지만, 달리 페인이 갈 수 있는 곳은 없어요. 그자가 단검을 갖고 있을 게 틀림없어요."

"하얀 망토들도 발견했습니다." 페린이 안장에서 휙 내려오며 말했다. "수백 명입니다."

"하얀 망토들이라고?" 잉타가 눈살을 찌푸리며 소리쳤다. "여기에? 글쎄, 놈들이 우리를 귀찮게 하지 않는다면 우리도 놈들을 곤란하게 하지 않을 거다. 숀찬 사람들이 놈들에게 정신이 팔려 있다면 우리가 뿔나팔이 있는 곳까지 가는 데 도움이 될 수도 있지." 그의 시선이 베린에게 향했다. 베린은 여전히 불가에 앉아 있었다. "제가 당신의 말에 귀 기울였어야 한다고 말씀하시겠군요, 아이즈 세다이. 페인이 정말 팔메로 갔습니다."

"물레는 그 뜻대로 실을 잣지." 베린이 차분하게 말했다. "**타비렌**에게 일어나는 일은 일어나기로 예정되어 있던 일이야. 패턴이 지난 며칠을 더 요구한 걸지도 몰라. 패턴은 모든 것을 있어야 할 자리에 정확히 두고, 우리가 그 자리를 바꾸려고 하면, 특히 **타비렌**이 관련되어 있을 때는 천을 짜는 방법이 달라지며 우리가 원래 있어야 했던 패턴의 자리로 되돌아가게 해." 불안한 침묵이 흘렀지만 베린은 알아차리지 못하는 듯했다. 그녀는 막대기를 가지고 한가롭게 그림을 그려 나갔다. "아무튼, 이제는 계획을 짜야 할 것 같다. 패턴이 마침내 우리를 팔메로 데려왔어. 발리어의 뿔나팔이 팔메로 옮겨진 거야."

잉타가 모닥불을 사이에 두고 베린의 맞은편에 쪼그려 앉았다. "같은 말을 하는 사람의 수가 많으면 저는 그 말을 믿곤 합니다. 이 지역 사람들 말로, 숀찬 놈들은 누가 팔메에 들어오든 나가든 신경 쓰지 않는 것 같다더군요. 제가 휴린과 몇몇 부하들을 데리고 마을에 들어가겠습니다. 휴린이 페인의 자취를 따라 뿔나팔 있는 곳으로 가면……. 뭐, 우리가 보게 될 것을 보게 되겠지요."

베린은 발로 흙에 그려 놓은 물레를 문질러 지웠다. 그 자리에 베린은 한쪽 끝이 맞닿은 두 개의 짧은 선을 그렸다. "잉타와 휴린이라. 그리고 맷도 가야겠지, 충분히 가까워지면 단검의 존재를 느낄 수 있으니. 너도 가고 싶지, 맷?"

맷은 갈팡질팡하는 얼굴이었으나 움찔하듯 고개를 끄덕였다. "가야 하잖아요? 그 단검을 찾아야 하니까."

세 번째 선이 그어지자 새의 발자국 같은 모습이 되었다. 베린은 곁눈질로 랜드를 보았다.

"저도 갑니다." 랜드가 말했다. "그러려고 온 거니까요." 아이즈 세다이의 눈에 묘한 빛이 어렸다. 다 안다는 듯한 그 눈빛이 랜드를 불안하게 했다. "맷이 단검을 찾도록 도와줘야죠." 그가 날카롭게 말했다. "잉타가 뿔나팔을 찾는 것도요." **그리고 페인도.** 랜드는 속으로 덧붙였다. **이미 너무 늦은 게 아니라면, 난 페인을 찾아야 해.**

베린은 네 번째 선을 그었다. 새 발자국이 뒤집힌 별 모양으로 바뀌었다. "또 누가 가지?" 그녀가 조용히 말했다. 그녀는 막대기를 가만히 들고 있었다.

"저요." 페린이 말했다. 간발의 차이로 로이알도 끼어들었다. "저도 가고 싶은 것 같습니다." 우노와 다른 샤이나 사람들도 모두 소리치며 끼어들었다.

"페린이 먼저 말했다." 베린은 그걸로 끝이라는 듯 말했다. 그녀는 다섯 번째 선을 그리고 그 다섯 개의 선 모두를 둘러싸는 원을 그렸다. 랜드의 목 뒤 털이 쭈뼛 섰다. 베린이 처음에 그렸다가 문질러 지운 바로 그 물레였다. "다섯이 앞으로 달려간다." 그녀가 중얼거렸다.

"저도 정말 팔메를 보고 싶어요." 로이알이 말했다. "저는 아리스대양을 본 적이 한 번도 없어요. 게다가 뿔나팔이 아직 상자 안에 들어 있다면, 제가 그 상자를 옮길 수 있어요."

"최소한 저는 끼워 주시는 게 좋을 겁니다, 대장." 우노가 말했다. "그 빌어먹을 손찬 놈들이 막으려 들면, 대장과 랜드 공의 뒤를 받쳐 줄 검사가 한 명 더 필요하실 겁니다." 나머지 병사들도 같은 감정을 담아 웅성거렸다.

"어리석게 굴지 마라." 베린이 날카롭게 말했다. 그녀의 시선에 모두가 조용해졌다. "너희 모두가 갈 수는 없어. 손찬 사람들이 아무리 낯선 이들에게 신경 쓰지 않는다고 해도, 병사 스무 명은 확실히 알아볼 거다. 너희는 갑옷을 입지 않고 있어도 병사 아닌 다른 존재로는 보이지 않아. 게다가 너희 한두 명이 더 있다고 해서 달라질 건 없다. 다섯이면 관심을 끌지 않고 들어가기에 적당한 숫자야. 그중 셋이 우리 가운데에 있는 세 **타비렌**이어야 한다는 것도 적절하고. 아니, 로이알. 너도 남아야 한다. 토먼 헤드에는 오기어가 없어. 너는 나머지 사람들을 다 합친 것만큼 많은 시선을 끌 거다.”

“당신은요?” 랜드가 물었다.

베린이 고개를 저었다. “**다마니**를 잊었나 보구나.” 그 단어를 말하는 베린의 입이 역겹다는 듯 뒤틀렸다. “내가 너희를 도울 수 있는 유일한 방법은 일원력을 쓰는 것인데, 나 때문에 **다마니**가 너희에게 덤벼든다면 그것도 아무 도움이 되지 않을 거다. 눈에 보일 만큼 가까운 거리가 아니라도 **다마니**는 여자가 아니, 남자도 마찬가지다만, 채널링하는 것을 얼마든지 느낄 수 있다. 일원력을 작게 채널링하지 않으면 누군가는 반드시 느끼게 될 거야.” 그녀는 랜드를 보지 않았다. 랜드에게는 그런 그녀의 모습이 허세처럼 보였다. 맷과 페린은 갑자기 자기들 발에 집중했다.

“남자라뇨.” 잉타가 코웃음을 쳤다. “베린 세다이, 어째서 문제를 더하시는 겁니까? 남자들이 채널링을 한다고 가정하지 않더라도 우리에게는 이미 많은 문제가 있습니다. 하지만 당신께서 함께 가 주신다면 좋을 겁니다. 저희에게 당신이 필요해진다면…….”

“아니, 너희 다섯만이 가야 해.” 베린의 발이 흙에 그려 놓은 물레를 문질러 일부를 지워 버렸다. 그녀는 다섯 사람을 차례로 한 명 한 명, 인상을 쓰며 골똘히 바라보았다. “다섯이 앞으로 달려갈 것이다.”

잉타는 다시 질문을 던질 듯했으나 그녀의 평온한 시선을 마주 보고는 어깨를 으쓱하더니 휴린을 돌아보았다. “팔메까지 얼마나 남았지?”

탐지자가 머리를 긁었다. “지금 떠나서 밤새 달리면 내일 아침 해 뜰 때쯤에는 도착할 수 있습니다.”

“그러면 그렇게 하지. 더 이상 시간을 낭비하지 않겠다. 모두 말에 안장을 채워라. 우노, 네가 다른 병사들을 데리고 우리를 따라오면 좋겠다. 다만 눈에 띄지는 말고, 그 누구에게도……."

잉타가 계속 지시를 내리는 동안 랜드는 바닥에 그려진 물레를 바라보았다. 지금 그 바퀴는 바큇살이 네 개밖에 없는 망가진 물레가 되어 있었다. 어째서인지 그 모습에 몸이 떨려 왔다. 랜드는 베린이 자기를 지켜보고 있음을 깨달았다. 검은 눈이 새의 눈처럼 반짝이며 집중하고 있었다. 시선을 돌리고 짐을 챙기기 시작하는 데는 노력이 필요했다.

괜한 공상에 사로잡히는 거야. 랜드가 짜증스럽게 자신을 타일렀다. **현장에 없다면 베린 역시 아무것도 할 수 없어.**

45장 검의 달인

　떠오르는 해가 진홍색 가장자리를 지평선 위로 밀어내며 항구 쪽으로 이어지는 팔메의 자갈길에 긴 그림자를 드리웠다. 바닷바람이 내륙에서 아침 식사를 준비하며 나오는 굴뚝 연기를 구부렸다. 일찍 일어나는 사람들만이 이미 문밖에 나와 있었다. 그들이 내쉬는 숨으로 차가운 아침 공기에 김이 서렸다. 한 시간 뒤 거리를 가득 채울 인파를 생각하면 마을은 거의 빈 것 같았다.

　아직 닫혀 있는 철물점 앞, 뒤집힌 나무통에 앉은 채 나이니브는 팔 밑에 손을 끼워 데우며 자신의 군대를 훑어보았다. 민은 길 건너 문 앞 계단에 앉아 있었다. 손찬 망토로 몸을 감싸고 쪼글쪼글해진 자두를 먹는 중이었다. 양털 코트를 입은 일레인은 나이니브로부터 딱 한 거리 떨어진 곳의 골목 가장자리에 웅크리고 있었다. 부두에서 훔쳐 온 커다란 자루가 깔끔하게 개어져 민 옆에 놓여 있었다. **내 군대야.** 나이니브는 우울하게 생각했다. **다른 사람은 아무도 없어.**

　그녀는 거리를 올라오는 **숨담**과 **다마니**를 보았다. 노란 머리 여자가 팔찌를 차고 있었고 검은 여자는 목걸이를 차고 있었으며, 둘 다 졸린 듯 하품하고 있었다. 그들과 같은 거리에 있던 몇 안 되는 팔메 사람들은 시선을 피하며 그들에게 널찍하게 길을 틔워 주었다. 항구 쪽으로 나이니브의 시선이 닿는 곳까지는 그 밖의 손찬 사람이 한 명도 없었다. 나이니브는 반대쪽으로 고개를 돌리지 않았다. 대신 방금처럼 다시 앉기 전에 추운 어깨를 움직여 기지개를 켜고 어깨를 으쓱했다.

민이 반쯤 먹은 자두를 옆으로 던지고 아무렇지 않게 거리를 힐끗 보더니 문기둥에 기댔다. 그쪽 길도 비어 있었다. 그렇지 않았다면 민이 두 손을 무릎에 얹었을 것이다. 민은 초조하게 손을 문지르기 시작했고, 나이니브는 일레인이 이제 신난 것처럼 두 발을 굴러 대고 있다는 걸 알았다.

저 녀석들 때문에 들키면 내가 둘 다 머리를 후려칠 거야. 하지만 들킬 경우 그들 셋 모두에게 일어날 일을 결정하는 건 손찬 사람이 되리라는 걸 나이니브는 알고 있었다. 나이니브는 자신의 계획이 통할지 통하지 않을지 전혀 모른다는 점을 지나칠 만큼 잘 알고 있었다. 나이니브 자신의 실수로 들킬 가능성도 얼마든지 있었다. 이번에도 뭔가 잘못된다면 민과 일레인이 도망치도록 자신이 어떻게든 관심을 끌겠다고 나이니브는 결심했다. 나이니브는 그들에게 뭐라도 잘못되면 도망치라고 말해 두었고, 그들이 나이니브도 도망칠 거라고 생각하게 해 두었다. 그때는 무얼 해야 할지 나이니브는 모르고 있었다. **놈들이 나를 산 채로 잡지 못하게 할 거라는 점만 빼면. 빛이여, 제발 그런 일은 없게 하소서.**

술담과 **다마니**는 기다리고 있던 세 여자에게 둘러싸이는 지점까지 거리를 올라왔다. 팔메 사람 십여 명이 연결된 두 사람으로부터 멀찍이 떨어져 있었다.

나이니브는 모든 분노를 끌어모았다. 목줄에 매인 자와 목줄을 잡은 자. 놈들은 에그웨인의 목에 저 더러운 목걸이를 채웠고, 할 수만 있다면 나이니브와 일레인의 목에도 채울 터였다. 나이니브는 **술담**이 자신의 의지를 강요하는 방법이 무엇인지 민에게 물었다. 나이니브는 민이 최악의 방법은 말하지 않았다고 확신했으나, 민이 말한 것만으로도 분노가 하얗게 달아올랐다. 가시 돋친 검은 나뭇가지의 흰 꽃이 빛을 향해, **사이다**를 향해 순식간에 피었고 일원력이 그녀를 가득 채웠다. 나이니브는 볼 수 있는 사람들의 눈에는 그녀 주변에 어린 빛이 보이리라는 걸 알고 있었다. 흰 피부의 **숩담**이 움찔했고, 검은 피부의 **다마니**는 입을 쩍 벌렸다. 하지만 나이니브는 그들에게 기회를 주지 않았다. 나이니브가 채널링한 건 단 한 방울의 일원력일 뿐이었으나 성공이었다. 채찍이 허공에서 흙먼지를 후려쳤다.

은빛 목걸이가 홱 열리더니 딸그랑거리며 자갈길에 떨어졌다. 나이니브는 벌떡 일어서는 순간에도 안도의 한숨을 내쉬었다.

숩담은 독사라도 보듯 떨어진 목걸이를 바라보았다. **다마니**는 떨리는 손으로 목을 만져 보았지만, 번개 표시가 들어간 드레스를 입은 여자가 움직일 겨를도 없이 돌아서서 그 얼굴에 주먹을 날렸다. **숩담**의 무릎이 꺾였다. 그녀는 넘어질 뻔했다.

"쌤통이다!" 일레인이 소리쳤다. 그녀가 달려 나갔다. 민도 마찬가지였다.

그중 한 명이 두 여자에게 다다르기 전에 **다마니**는 놀란 듯 주위를 둘러보더니 최대한 빠르게 도망쳤다.

"우린 당신을 해치지 않아요!" 일레인이 그녀의 등 뒤에 소리쳤다. "우린 친구라고요!"

"조용히 해!" 나이니브가 쉿 소리를 냈다. 그녀는 주머니에서 걸레를 꺼내, 그때까지도 비틀거리던 **숩담**의 벌어진 입에 무자비하게 쑤셔 넣었다. 민이 먼지구름을 일으키며 서둘러 자루를 펼친 뒤 **숩담**의 머리에 뒤집어씌웠다. 여자는 허리까지 감싸였다. "이미 너무 많은 관심을 끌고 있어."

그 말은 사실이었다. 하지만 완전히 사실은 아니었다. 네 사람은 빠르게 비어 가는 거리에 서 있었는데, 다른 곳으로 걸어가는 사람들은 그들을 보지 않으려 했다. 나이니브는 그 덕분에 시간을 조금이나 벌 수 있을 거라고 믿었다. 사람들은 숀찬과 조금이라도 관계가 있는 일은 모두 못 본 척 하려고 최선을 다할 테니까. 언젠가는 그들이 입을 열겠지만, 그때도 귓속말을 할 것이다. 무슨 일이 일어났다는 걸 숀찬 사람들이 알게 될 때까지는 몇 시간이 걸릴 수도 있었다.

자루를 뒤집어쓴 여자는 그 안에서 재갈에 막힌 고함을 지르며 몸부림치기 시작했지만, 나이니브와 민이 그 여자를 두 팔로 꽉 잡고 근처 골목으로 끌고 갔다. 목줄과 목걸이가 그들의 등 뒤로 자갈길을 따라 딸그랑거리며 따라왔다.

"저거 주워." 나이니브가 일레인에게 쏘아붙였다. "널 물지는 않을 테니까!"

일레인은 깊이 숨을 들이쉬고 머뭇거리며 은색 금속을 모아들였다. 정말 그게 자신을 물 수 있을 거라고 걱정하는 얼굴이었다. 나이니브는 어느 정도 동정심이 느껴졌지만, 어느 정도일 뿐이었다. 모든 것이 그들이 계획대로 하느냐에 달려 있었다.

술담은 발버둥 치며 도망치려 했지만, 나이니브와 민은 그녀를 사이에 붙잡은 채 억지로 골목으로 끌고 간 뒤 집들 뒤에 있는 약간 더 넓은 통로로 향했다. 그다음에는 또 다른 골목으로, 마지막으로는 나무로 대충 만든 헛간으로 들어갔다. 한때 말 두 필을 넣어 두던 공간인 듯했다. 손찬 사람들이 온 이후로 말을 키울 여력이 있는 사람들은 드물어졌고, 나이니브가 지켜본 하루 동안 이 헛간에 찾아오는 사람은 한 명도 없었다. 헛간 안에는 버려진 냄새가 나는 먼지가 퀴퀴하게 끼어 있었다. 헛간에 들어오자마자 일레인은 은색 목줄을 내던지고 지푸라기에 두 손을 닦았다.

나이니브는 아주 조금의 일원력을 또 한 번 채널링했다. 그러자 팔찌가 흙바닥에 떨어졌다. **술담**이 악을 쓰며 이리저리 몸을 던져댔다.

"준비됐어?" 나이니브가 물었다. 다른 둘은 고개를 끄덕이더니 포로의 얼굴을 덮고 있던 자루를 홱 벗겼다.

술담이 쌕쌕 숨을 내쉬었다. 먼지 때문에 파란 눈에 눈물이 고여 있었다. 하지만 그녀의 붉은 얼굴은 자루 때문에 붉어진 만큼 분노로도 붉어져 있었다. 그녀는 문 쪽으로 빠르게 달려가려 했으나 일행이 첫발을 떼는 그녀를 붙들었다. 여자는 힘이 약하지 않았으나 그들은 세 명이었다. 그들이 일을 다 마쳤을 때 **술담**은 슈미즈만 빼고 옷을 홀딱 벗은 채 말을 넣어 두는 칸에 누워 있었다. 그녀의 손과 발은 단단한 끈으로 묶여 있었으며, 또 한 조각의 밧줄은 그녀가 억지로 재갈을 뱉어 내지 못하도록 묶여 있었다.

민은 부어오른 입술을 문지르며 그들이 펼쳐 놓은, 번개 판이 달린 드레스와 부드러운 장화를 눈여겨보았다. "너한테 어울릴지도 모르겠어, 나이니브. 일레인이나 나한테는 맞지 않을 거야." 일레인은 머리카락에서 지푸라기를 떼어 내고 있었다.

"그러네. 어쨌든 널 선택할 생각은 없었어, 사실. 놈들이 너를 너무 잘 아니까." 나이니브는 서둘러 옷을 벗었다. 그녀는 옷을 옆으로 던져 버리고 **숨담**의 드레스를 걸쳤다. 민이 단추를 잠그도록 도와주었다.

나이니브는 장화를 신은 채 발가락을 꼼지락거렸다. 장화가 좀 작았다. 드레스도 가슴 부분은 꽉 끼고 다른 부분은 헐렁했다. 옷자락이 **숨담**이 입었을 때보다 아래로, 거의 땅에 닿을 만큼 늘어져 있었다. 하지만 일행 중 다른 사람이 입었다면 더욱 안 맞았을 것이다. 나이니브는 팔찌를 집어 들고 심호흡을 한 뒤 자신의 왼팔에 찼다. 양 끝이 이어졌다. 단단해 보였다. 그저 팔찌처럼 느껴졌다. 그러지 않을까 봐 걱정했는데.

"드레스 챙겨, 일레인." 그들은 드레스 두 벌을—한 벌은 나이니브의 것이고 한 벌은 일레인의 것이었다—**다마니**들이 입는 회색으로, 어쨌든 최대한 비슷하게 염색해 이곳에 숨겨 두었다. 일레인은 열린 목걸이를 바라보며 입술을 핥을 뿐 움직이지 않았다. "일레인, 차야 해. 민이 하기에는 민의 얼굴을 본 사람이 너무 많아. 이 드레스가 너한테 맞았다면 내가 그 목걸이를 찼을 거야." 나이니브는 자신이 목걸이를 차야 했다면 아마 미쳤을 거라고 생각했다. 일레인에게 재촉하며 목소리에 날을 세울 수 없는 이유는 그래서였다.

"알아." 일레인이 한숨을 쉬었다. "그냥 이 목걸이가 나한테 어떤 영향을 끼칠지 좀 더 알았으면 좋겠다는 생각뿐이야." 일레인은 붉은 금발을 젖혔다. "민, 도와줘." 민이 일레인의 드레스 뒤 단추를 풀기 시작했다.

나이니브는 조심조심 머뭇거리며 은색 개목걸이를 집어 들었다. "알아볼 방법이 하나 있지." 그녀는 아주 잠깐만 망설였을 뿐 허리를 숙여 그 목걸이를 **숨담**의 목에 채웠다. **이 목걸이를 차도 싼 사람이 있다면 바로 이 여자야.** 나이니브는 자신을 단호하게 타일렀다. "어쨌든, 이 여자가 우리한테 쓸모 있는 말을 해줄 수 있을지도 몰라." 푸른 눈의 여자는 자신의 목에서 나이니브의 손목으로 이어지는 목줄을 힐끗 보더니, 경멸스럽다는 듯 고개를 쳐들며 나이니브를 노려보았다.

"그렇게 하는 게 아니야." 민이 말했지만, 나이니브는 거의 듣지 못했다.

나이니브는…… 상대 여자를…… 의식하고 있었다. 그녀의 감정을, 그녀의 발목과 등 뒤로 돌려진 팔목에 파고드는 끈을, 그녀의 입에 물린 걸레에서 느껴지는 역한 생선 맛을, 슈미즈의 얇은 천 사이로 그녀를 찔러 대는 지푸라기를 의식했다. 나이니브 자신이 직접 느낀 건 아니지만, 그녀의 머릿속에는 **술담**에게 속한 것임을 분명히 알 수 있는 감각의 덩어리가 들어 있었다.

감각은 좀처럼 사라지지 않았다. 나이니브는 침을 삼키고 그 감각을 무시하려 애쓰며 묶인 여자에게 말했다. "내 질문에 사실대로 답하면 해치지 않겠다. 우리는 손찬 사람이 아니다. 하지만 네가 나에게 거짓말을 하면……." 나이니브는 목줄을 위협적으로 들어 올렸다.

여자의 어깨가 떨렸다. 재갈을 물고 있는 그녀의 입이 말려 올라가며 비웃음을 띠었다. 나이니브는 잠시 후에야 **술담**이 웃고 있다는 걸 알았다.

나이니브의 입에 힘이 들어갔지만, 문득 한 가지 생각이 떠올랐다. 그녀의 머릿속 감각 꾸러미는 상대 여자가 느끼는 신체적인 감각 전부인 것 같았다. 나이니브는 실험 삼아 그 감각에 한 가지를 더해 보았다.

술담의 머리통에서 갑자기 눈알이 불거졌다. 그녀는 재갈로도 부분적으로만 막을 수 있는 비명을 질렀다. 무언가를 쫓으려고 등 뒤의 두 손을 쫙 편 그녀는 아무 소용없이 탈출하려 애쓰며 지푸라기 위에 웅크렸다.

나이니브는 입을 쩍 벌리며, 서둘러 자신이 덧붙였던 감각을 지웠다. **술담**은 흐느끼며 축 늘어졌다.

"무슨……. 너…… 저 여자한테 뭘 한 거야?" 일레인이 숨죽여 물었다. 민은 입을 다물지 못한 채 바라볼 뿐이었다.

나이니브가 퉁명스럽게 대답했다. "마리스한테 컵을 던지면 시리암이 하는 짓." **빛이여, 하지만 이건 더러운 짓입니다.**

일레인이 꿀꺽 침을 삼켰다. "아."

"하지만 **에이담**은 그런 식으로 작동하는 게 아니랬는데." 민이 말했다. "놈들은 늘 **에이담**이 채널링을 할 수 없는 여자에게는 통하지 않을 거라고 했어."

"작동하기만 하면 어떻게 작동하든 상관없어." 나이니브는 개 목걸이와 이어진 부분의 은색 금속 목줄을 꽉 잡고, 여자의 눈을 들여다볼 수 있도록 그녀를 당겨 일으켰다. 겁에 질린 눈이 보였다. "내 말 들어. 잘 들어야 해. 난 답을 원한다. 그래도 답을 얻지 못하면, 내가 네 가죽을 벗겨 냈다고 생각하게 만들 거야." 여자의 얼굴 전체에 극명한 공포감이 번졌다. 나이니브는 **술담**이 자신의 말을 문자 그대로 받아들였다는 걸 문득 깨닫고 배 속이 철렁했다. **내가 그렇게 할 수 있다고 생각하는 이유를 이 여자도 알기 때문이야. 이 목줄의 존재 이유가 그거니까.** 나이니브는 손목에서 팔찌를 뜯어내고 싶었으나 단단히 마음을 다잡았다. 대신 그녀는 표정을 굳혔다. "대답할 준비가 됐나? 아니면 설득이 더 필요한가?"

미친 듯이 고개를 젓는 것만으로 충분한 대답이 되었다. 나이니브가 재갈을 빼 주자 여자는 침을 삼키느라 잠깐 말을 멈추었을 뿐 마구 지껄여 댔다. "신고하지 않겠습니다. 맹세합니다. 그냥 이것만 목에서 풀어 주세요. 저는 돈을 가지고 있습니다. 가져가세요. 맹세코 누구에게도 말하지 않겠습니다."

"조용히 해." 나이니브가 쏘아붙이자 여자는 즉시 입을 다물었다. "이름이 뭐지?"

"시타입니다. 제발요. 답을 할 테니, 제발 이걸 풀어 주세요! 누군가 이걸 차고 있는 저를 본다면……." 시타의 눈이 휙 내려가 목줄을 보더니 꽉 감겼다. "제발요." 그녀가 속삭였다.

나이니브는 무언가를 깨달았다. 그녀는 절대 일레인에게 이 목걸이를 채울 수 없었다.

"빨리 해 버리는 게 나아." 일레인이 단호하게 말했다. 그녀도 이제 슈미즈만 입고 있었다. "다른 드레스를 입을 시간만 좀 주면……."

"옷 다시 입어." 나이니브가 말했다.

"누군가는 **다마니**인 척해야 해." 일레인이 말했다. "아니면 절대 에그웨인에게 갈 수 없어. 그 드레스는 너한테 맞고, 민이 목걸이를 찰 수는 없어. 그러면 내가 남지."

"옷 입으라고 했어. 우리한테는 목줄에 매인 자가 있어." 나이니브는 시타에게 매여 있는 목줄을 잡아당겼다. 그러자 **술담**이 헛숨을 들이켰다.

"안 돼요! 안 돼요, 제발! 누가 저를 보면……." 나이니브의 차가운 시선에 그녀가 입을 다물었다.

"내 의견을 묻는다면, 너는 살인자보다도 못하고 어둠의 친구보다도 못해. 너보다 못한 인간은 생각할 수도 없어. 내가 이딴 걸 손목에 차야 한다는 사실, 한 시간이라도 너랑 같은 존재가 된다는 사실에 구역질이 나. 그러니까 내가 너한테 저지르지 못할 일이 있다고 생각한다면, 다시 생각해. 다른 사람들에게 보이기 싫다고? 좋아. 우리도 마찬가지야. 하지만 그 누구도 **다마니**를 제대로 보진 않지. 네가 목줄에 매인 자들이 하듯이 고개만 숙이고 있으면 아무도 널 알아보지 못할 거야. 하지만 나머지 우리가 눈에 띄지 않도록 최선을 다하는 게 좋을 거다. 우리가 눈에 띈다면 너도 확실히 눈에 띌 테니까. 그것으로는 너를 막는 데 충분하지 않다면, 약속하는데 너희 어머니가 아버지에게 한 첫 키스를 저주하게 만들 거야. 이해했어?"

"네." 시타가 약하게 말했다. "맹세합니다."

나이니브는 회색으로 염색한 일레인의 드레스를, 목줄을 지나 시타의 머리에 뒤집어씌우기 위해 팔찌를 빼야만 했다. 드레스는 그 여자에게 잘 맞지 않았다. 가슴이 헐렁하고 엉덩이는 꽉 끼었다. 하지만 나이니브도 마찬가지로 어울리지 않았다. 게다가 키도 너무 작았다. 나이니브는 사람들이 정말로 **다마니**를 보지 않기를 바랐다. 그녀는 마지못해 다시 팔찌를 찼다.

일레인이 나이니브의 옷을 챙기고 염색된 다른 옷을 그 옷으로 감싸 꾸러미로 만들었다. **술담**과 **다마니**를 따라가는, 농부의 옷을 입은 여자가 들고 갈 만한 꾸러미였다. "가윈이 이 얘기를 들으면 아주 슬퍼할 거야." 일레인이 그렇게 말하더니 웃었다. 억지로 내는 소리 같았다.

나이니브는 일레인을, 그다음에는 민을 자세히 살펴보았다. 이제는 위험한 부분이었다. "준비됐어?"

일레인의 미소가 흐려졌다. "준비됐어."

"준비됐어." 민이 짧게 말했다.

"어딜……. 우리는 어디로 가는 겁니까?" 시타가 그렇게 말하더니 재빨리 덧붙였다. "혹시 여쭤 봐도 될까요?"

"사자 굴로." 일레인이 그녀에게 말했다.

"어둠의 존재와 춤을 추러." 민이 말했다.

나이니브가 한숨을 쉬며 고개를 저었다. "쟤들이 하려는 말은, 우리가 **다마니**들이 붙잡혀 있는 곳으로 갈 거라는 뜻이야. 우리는 그중 한 명을 풀어 줄 생각이다."

그들이 시타를 헛간 밖으로 몰아갈 때도 그녀는 여전히 놀라 입을 쩍 벌리고 있었다.

베일 도먼은 자기 배의 갑판에 서서 떠오르는 태양을 지켜보고 있었다. 부두는 벌써부터 북적이기 시작했으나 항구에서 위로 이어지는 길은 대체로 비어 있었다. 말뚝에 앉아 있던 갈매기 한 마리가 그를 빤히 보았다. 갈매기들은 매정한 눈을 갖고 있었다.

"확실한 겁니까, 선장님?" 야린이 물었다. "숀찬 사람들이 우리 모두 배에 타고 뭘 하는 건지 궁금해한다면……."

"넌 그냥 모든 계선삭(선박 따위를 일정한 곳에 붙들어 매는 데 쓰는 밧줄—옮긴이) 근처에 도끼가 있는지나 확인해라." 도먼이 퉁명스럽게 말했다. "그리고 야린, 그 여자들이 타기 전에 계선삭을 자르려 드는 놈이 있으면 내가 그놈의 대가리를 깨 버리겠다."

"그 여자들이 오지 않으면요, 선장님? 대신에 숀찬의 병사들이 오면요?"

"진정 좀 하지 그러나! 병사들이 오면 내가 항구 입구로 달려갈 테고, 빛께서 우리 모두에게 자비를 베풀어 주시기를 바라야지. 하지만 병사들이 오기 전까지는 그 여자들을 기다릴 생각이다. 이제 가서 아무것도 안 하는 척해라."

도먼은 돌아서서 마을 안쪽을, **다마니**가 잡혀 있는 쪽을 보았다. 그의 손가락이 난간을 긴장된 박자로 툭툭 두드렸다.

바닷바람이 아침식사를 준비하는 불 냄새를 랜드의 코까지 실어 나르며 좀이 슨 그의 망토를 펄럭이려 했다. 하지만 레드가 마을에 다가가는 동안 랜드는 한 손으로 망토 자락을 꽉 쥐고 있었다. 그들이 찾아낸 옷가지 중에는 랜드에게 맞는 코트가 없었고, 랜드는 소매에 수놓인 정교한 은색 무늬와 목깃의 왜가리 표시를 가리는 게 최선이라고 생각했다. 무기를 가지고 다니는 피정복민들에 대한 숀찬 사람들의 너그러운 태도는 왜가리 표시가 있는 칼을 가진 자들에게까지는 적용되지 않을지 몰랐다.

아침의 첫 그림자가 랜드의 앞으로 길게 늘어졌다. 랜드는 수레를 세워 두거나 말을 매어 둔 뜰 사이로 말을 몰아가는 휴린을 볼 수 있었다. 줄지어 서 있는 상인들의 수레 사이로 남자 한두 명만이 지나다녔고, 그들은 바퀴 제조인이나 대장장이의 긴 앞치마를 입고 있었다. 가장 먼저 들어간 잉타는 이미 보이지 않았다. 페린과 맷은 간격을 두고 랜드를 따라왔다. 랜드는 고개 돌려 그들을 확인해 보지 않았다. 그들을 연결하는 건 아무것도 없어야 했다. 이른 시각에 팔메에 들어왔을 뿐 함께 들어온 것은 아닌 다섯 남자.

방목장이 랜드를 둘러쌌다. 말들은 이미 울타리 안에 몰려들어 먹이 주는 시간을 기다리고 있었다. 휴린이 마구간 두 곳 사이로 고개를 내밀었다. 마구간 문은 아직 닫힌 채 빗장이 채워져 있었다. 그는 랜드를 보더니 손짓하고 다시 물러섰다. 랜드는 갈색 수말의 말머리를 그쪽으로 돌렸다.

휴린은 말고삐를 잡은 채 서 있었다. 그는 코트 대신 긴 조끼 한 벌을 입고 있었으며, 짧은 칼과 소드브레이커를 감춘 묵직한 망토를 입고 있었건만 추워서 떨고 있었다. "잉타 공은 저 뒤에 계십니다." 그가 좁은 통로 저쪽을 고갯짓하며 말했다. "말은 여기에 두고 남은 길은 걸어서 가자고 하십니다." 랜드가 말에서 내리자 탐지자가 덧붙였다. "페인은 바로 저 거리를 따라갔습니다, 랜드 공. 거의 여기서부터 냄새가 납니다."

랜드는 레드를 데리고 잉타가 이미 말을 매 둔 마구간 뒤로 갔다. 가죽 여기저기에 구멍이 난 더러운 양털 코트를 입고 있으니 샤이나 사람은 별로 귀족처럼 보이지 않았고, 그 옷 위에 메고 있으니 칼도 이상해 보였다. 잉타의 눈은 열이 나는 듯 강렬했다.

레드를 잉타의 수말 옆에 묶어 놓은 랜드는 안장주머니를 내려다보며 망설였다. 깃발을 두고 오지 못했다. 병사들이 가방을 뒤질 것 같지는 않았지만, 베린은 어떨지 몰랐다. 베린이 깃발을 발견하면 어떻게 할지도 예상할 수 없었다. 그러나 깃발을 들고 다니는 것도 불안했다. 랜드는 안장주머니를 안장 뒤쪽에 묶어 두기로 했다.

맷이 다가왔다. 잠시 뒤에는 휴린에 페린과 함께 왔다. 맷은 장화 위쪽으로 쑤셔 넣은 펑퍼짐한 바지를 입고 있었고, 페린은 지나치게 짧은 망토를 걸치고 있었다. 랜드는 그들 모두가 지독한 거지처럼 보인다고 생각했다. 하지만 마을에서는 그들 모두가 대체로 눈에 띄지 않았다.

"자." 잉타가 말했다. "어떻게 될지 보지."

그들은 생각해 둔 특별한 목적지가 없는 것처럼 자기들끼리 이야기하며 흙길로 어슬렁어슬렁 나가 수레가 놓인 뜰을 어슬렁어슬렁 지난 다음 자갈이 깔린, 비탈진 거리에 들어섰다. 랜드는 자기가 무슨 말을 하는지 잘 알 수 없었다. 다른 사람이 하는 말은 더욱 그랬다. 잉타의 계획은 함께 걸어가는 다른 남자들과 비슷한 모습을 보이자는 것이었지만, 사람이 너무 적었다. 그 차가운 아침 거리에서 남자 다섯 명은 군중이나 마찬가지였다.

그들은 한데 모여 걸었으나 앞장선 사람은 휴린이었다. 그는 공기의 냄새를 맡으며 이 거리로 방향을 틀고 저 거리로 나아갔다. 나머지 사람들은 처음부터 그럴 작정이었던 것처럼 그가 방향을 돌릴 때 함께 돌았다. "이 마을을 온통 쏘다녔네요." 휴린이 인상을 찡그리며 투덜거렸다. "사방에 놈의 냄새가 있습니다. 악취가 너무 심해서 오래된 냄새와 새로운 냄새를 구분할 수 없습니다. 최소한 놈이 아직 여기 있다는 건 알겠어요. 확신하는데, 기껏해야 하루 이틀밖에 되지 않은 냄새도 있습니다. 확실합니다." 그는 의심을 조금 덜어 낸 목소리로 덧붙였다.

사람들이 좀 더 나타나기 시작했다. 여기에서 과일 행상인이 탁자에 상품을 늘어놓고, 저기에서 한 사람이 팔 밑에 기다란 양피지 두루마리 여러 개를 끼고 등에는 스케치보드를 멘 채 서둘러 갔으며, 칼 가는 사람은 바퀴처럼 고정된 숫돌 축에 기름을 발랐다. 두 여자가 지나갔다. 그들은 일행과 반대 방향으로 향하고 있었는데, 한 여자는 눈을 내리깔고 목에 은색 목걸이를 차고 있었으며 번개무늬가 들어간 드레스를 입은 다른 여자는 둘둘 만 은색 목줄을 쥐고 있었다.

랜드는 숨이 턱 막혔다. 그는 애써 그들을 돌아보지 않았다.

"저거 혹시……?" 맷의 푹 꺼진 눈구멍에서 밖을 내다보던 눈이 휘둥그레졌다. "저거 **다마니**였어?"

"저런 식이라고 설명하더군." 잉타가 짧게 말했다. "휴린, 그림자의 저주를 받은 이 마을 모든 거리를 돌아다닐 생각인가?"

"놈이 사방을 돌아다녔습니다, 잉타 공." 휴린이 말했다. "놈의 악취가 사방에 있습니다." 그들은 돌로 만든 집이 3~4층 높이로 여관만큼 크게 지어진 구역에 다다랐다.

그들은 모퉁이를 돌았고, 랜드는 20명의 손찬 병사들이 거리 한쪽의 커다란 집 앞에서 경계를 서는 모습을 보고 흠칫했다. 번개 표시가 들어간 드레스를 입은 두 여자가 그 집 맞은편의 다른 집 문 앞 계단 위에서 이야기를 나누는 모습에도. 군인들이 지키고 있는 집 위에서 깃발이 바람에 휘날렸다. 번개를 쥐고 있는 황금 매의 깃발이었다. 여자들이 이야기를 나누는 집은 그 여자들 말고는 눈에 띄는 점이 없었다. 장교의 갑옷은 빨간색과 검은색과 황금색으로 반짝거렸고, 투구는 거미의 머리처럼 보이도록 도금과 색칠이 되어 있었다. 순간 랜드는 병사들 사이에 웅크리고 있는 두 마리의 거대하고 피부가 가죽처럼 생긴 형체를 보고 발을 헛디뎠다.

그롤름이잖아. 눈 세 개에 쐐기처럼 생긴 머리를 가진 그 짐승들을 몰라볼 수는 없었다. **그럴 리가.** 어쩌면 랜드는 지금 잠들어 있고, 이 모든 건 악몽인 걸지도 몰랐다. **어쩌면 우리는 아직 팔메로 출발하지 않은 걸지도 몰라.**

병사들이 지키고 선 집을 지나가며, 다른 사람들이 그 짐승들을 빤히 보았다.

"빛의 이름을 걸고, 저것들은 뭐야?" 맷이 물었다.

휴린은 온 얼굴이 꽉 찰 만큼 눈을 크게 떴다. "랜드 공, 저것들은……. 저건……."

"뭐든 상관없어요." 랜드가 말했다. 잠시 후 휴린이 고개를 끄덕였다.

"우리는 뿔나팔을 찾으러 이곳에 왔다." 잉타가 말했다. "숀찬의 괴물들을 보러 온 게 아니라. 페인을 찾는 데 집중해라, 휴린."

군인들은 그들을 거들떠보지도 않았다. 거리는 아래쪽의 둥근 항구로 곧장 이어졌다. 랜드는 그곳에 정박한 배들을 볼 수 있었다. 높다랗고 네모나게 생겼으며 돛대가 높은 배들도 이 거리에서는 작아 보였다.

"여기에 여러 번 왔네요." 휴린이 손등으로 코를 문질렀다. "거리마다 겹겹이 놈의 악취가 납니다. 제 생각에는 어제까지도 여기 있었을 겁니다, 잉타 공. 어쩌면 어젯밤이었을지도 모릅니다."

맷이 갑자기 두 손으로 코트를 꽉 쥐었다. "저 안에 있어." 그가 속삭였다. 그는 돌아서 뒤로 걸어가며 깃발이 걸린 높은 집을 바라보았다. "단검이 저 안에 있어. 전에는 눈치조차 못 챘어, 저…… 저것들 때문에. 하지만 느껴져."

페린은 그의 갈비뼈를 손가락으로 쿡 찔렀다. "저 사람들이 왜 네가 멍청이처럼 눈을 휘둥그렇게 뜨고 자기들을 쳐다보는지 궁금해하기 전에 그만둬."

랜드는 어깨 너머를 힐끗 보았다. 장교가 그들의 뒷모습을 보고 있었다.

맷이 시무룩하게 돌아섰다. "그냥 계속 걸어갈 거야? 저 안에 있다니까, 확실해."

"우리가 찾는 것은 뿔나팔이다." 잉타가 으르렁거리듯 말했다. "나는 페인을 찾아서 뿔나팔이 어디에 있는지 말하게 할 생각이다." 그는 속도를 늦추지 않았다.

맷은 아무 말도 하지 않았지만 온 얼굴로 간청하고 있었다.

나도 페인을 찾아야 해. 랜드가 생각했다. **반드시.** 하지만 맷의 얼굴을 본 그는 말했다. "잉타, 만일 단검이 저 집 안에 있다면 페인도 그럴 가능성이

커요. 페인이 단검이든 뿔나팔이든 둘 중 하나라도 자기 눈을 벗어난 곳에 놔뒀을 거라는 생각은 안 들어요.”

잉타가 멈춰 섰다. 잠시 후 그가 말했다. “그럴 수도 있지만, 여기서는 절대 알 수 없을 거다.”

“놈이 나오기를 지켜볼 수도 있죠.” 랜드가 말했다. “놈이 아침 이 시간에 나온다면, 어젯밤을 저기서 보낸 거예요. 그리고 장담하는데 놈이 어젯밤을 보낸 곳에 뿔나팔이 있을 거예요. 놈이 나오면, 우리는 정오쯤 베린에게 돌아가서 밤이 오기 전에 계획을 세울 수 있어요.”

“난 베린을 기다릴 생각이 없다.” 잉타가 말했다. “밤이 올 때까지 기다리지도 않을 테고. 나는 이미 너무 오래 기다렸어. 나는 해가 다시 지기 전에 뿔나팔을 손에 넣을 생각이다.”

“하지만 우린 모르잖아요, 잉타.”

“난 단검이 저 안에 있다는 걸 알아.” 맷이 말했다.

“휴린은 어젯밤에 페인이 여기에 있었다고 말했고.” 잉타는 그 말에 부연 설명을 붙이려는 휴린의 시도를 묵살했다. “네가 기꺼이 하루 이틀보다 짧은 시간을 말한 건 지금이 처음이다. 우린 지금 뿔나팔을 되찾을 거다. 당장!”

“어떻게요?” 랜드가 말했다. 장교는 더 이상 그들을 보지 않고 있었으나 건물 앞에는 여전히 최소 20명의 병사들이 있었다. **그롤름**도 두 마리 있었고. **말도 안 돼. 그롤름이 여기 있을 리는 없어.** 하지만 그렇게 생각한다고 해서 그 짐승들이 사라지지는 않았다.

“이 모든 집들 뒤에는 정원이 있는 것으로 보인다.” 잉타가 생각에 잠겨 주위를 둘러보았다. “저 골목 중 한 곳이 정원의 담장과 접해 있다면……. 사람들은 때로 정면을 지키는 데 너무 정신이 팔려 후면을 잊어버리지. 이리 와라.” 그는 높은 집 두 채 사이에 있는 가장 가깝고 좁은 통로로 곧장 나아갔다. 휴린과 맷이 종종걸음 치며 그를 따라갔다.

랜드는 페린과 시선을 주고받은 뒤—곱슬머리 친구는 체념했다는 듯 어깨를 으쓱했다—그들을 따라갔다.

골목은 그들의 어깨보다 조금 넓었으나 높은 담장 사이로 이어지다가 외바퀴 손수레나 작은 손수레가 지나갈 수 있을 만큼 큰 다른 골목과 교차했다. 그 골목도 바닥에 자갈이 깔려 있었으나 덧문이 내려진 창문과 넓은 석재 등 건물 뒷면만이 그 길을 내려다보았으며 정원 뒤쪽의 높은 벽은 무성한 나뭇가지로 덮여 있었다.

잉타가 그들을 데리고 골목을 나아간 끝에, 그들은 휘날리는 깃발 반대편에 도착했다. 잉타는 손등 부분이 강철로 되어 있는 장갑을 코트 아래서 꺼내 끼고 펄쩍 뛰어올라 벽 맨 윗부분을 잡더니, 그 너머를 볼 수 있을 만큼 몸을 끌어올렸다. 그가 낮고 단조로운 말투로 알려 왔다. "나무. 화단. 산책길. 사람은 단 한 명도…… 잠깐! 경비병이 한 명 있다. 한 사람이야. 심지어 투구도 쓰지 않고 있다. 50까지 세고 날 따라와라." 그는 벽 위쪽으로 장화를 휙 넘기며 안으로 굴러 들어가, 랜드가 무슨 말을 하기도 전에 자취를 감추었다.

맷이 천천히 숫자를 세기 시작했다. 랜드는 숨을 참았다. 페린은 도끼를 만지작거렸고 휴린은 무기 자루를 꽉 쥐었다.

"……오십." 그 말이 맷의 입에서 나오기 무섭게 휴린이 서둘러 벽을 넘었다. 페린이 그의 바로 옆에서 들어갔다.

맷은 너무도 창백하고 야위어 보였다. 랜드는 맷에게 도움이 필요할지 모른다고 생각했으나 맷은 서둘러 올라가면서 도움이 필요하다는 기색을 전혀 보이지 않았다. 돌벽에는 손으로 잡을 부분이 많았고, 잠시 후에는 랜드도 맷과 페린과 휴린과 함께 안에 웅크리고 있었다.

정원은 깊은 가을의 손아귀에 들어가 있었다. 화단은 늘푸른나무 몇 그루를 제외하면 비어 있었고 나뭇가지는 거의 헐벗은 상태였다. 깃발을 물결치게 하는 바람이 판석 산책로 전체에 먼지를 흩어 놓았다. 랜드는 잠시 잉타를 찾을 수 없었다. 그런 뒤에 샤이나 사람이 집 뒤쪽 벽에 납작하게 붙어, 손에 든 칼로 그들에게 신호하는 모습을 보았다.

랜드는 웅크린 채로 달렸다. 옆에서 달리는 친구들보다는 멍하니 내려다보는 집의 창문들이 더 신경 쓰였다. 잉타 옆의 집 벽에 몸을 바짝 대자 안심이 됐다.

맷은 계속 혼잣말을 중얼거렸다. "저 안에 있어. 느껴져."

"경비병 어디 있어요?" 랜드가 속삭였다.

"죽었다." 잉타가 말했다. "자신감이 지나치더군. 심지어 사람들을 부르려 하지도 않았다. 저 덤불 중 한 곳에 놈의 시신을 숨겨 두었다."

랜드는 잉타를 빤히 보았다. **숀찬 사람이 자신감이 지나쳤다고?** 순간적으로 돌아서지 않은 유일한 이유는 맷의 괴로워하는 중얼거림 때문이었다.

"거의 다 왔다." 잉타도 혼잣말을 하는 것만 같았다. "거의 다 왔어. 이리와라."

랜드는 일행과 함께 뒤쪽 계단을 밟아 올라가며 칼을 뽑았다. 그는 휴린이 칼날이 짧은 칼과 눈금이 새겨진 소드브레이커를 뽑아 드는 것과 페린이 마지못해 허리띠에서 도끼를 꺼내는 걸 의식했다.

안쪽의 복도는 좁았다. 오른쪽에 있는 반쯤 열린 문에서 주방 냄새가 났다. 그 안에서 몇 사람이 돌아다니고 있었다. 알아듣기 어려운 목소리와 가끔씩 도자기 뚜껑에서 나는 조용한 달그락 소리가 들려왔다.

잉타가 맷에게 앞장서라고 신호했다. 그들은 조심스레 문을 지났다. 랜드는 다음 모퉁이를 돌 때까지 점점 좁아져 가는 문틈을 지켜보았다.

일행의 앞쪽 문에서 검은 머리의 날씬하고 젊은 여자가 나왔다. 그녀는 컵 하나가 놓인 쟁반을 들고 있었다. 모두가 얼어붙었다. 여자는 그들 쪽을 보지 않고 반대 방향으로 돌아섰다. 랜드의 눈이 휘둥그레졌다. 그녀의 긴 흰색 로브는 그야말로 투명했다. 그녀는 다음 모퉁이를 돌아 사라졌다.

"저거 봤어?" 맷이 쉰 목소리로 말했다. "전부 다 보이……."

잉타가 맷의 입을 틀어막고 속삭였다. "우리가 여기에 온 이유에만 집중해라. 이제 찾아라. 나를 위해서 뿔나팔을 찾아라."

맷은 좁다란 나선형 계단을 가리켰다. 그들은 한 층을 올라갔고, 맷은 일행을 데리고 집 앞쪽으로 향했다. 복도에 드문드문 놓인 가구들은 전부 곡선으로 이루어진 것처럼 보였다. 때때로 벽에 태피스트리가 걸리거나 병풍이 쳐져 있었는데, 모두 나뭇가지에 앉은 새 몇 마리나 꽃 한두 송이가 그려져 있었다. 어느 병풍에는 그 병풍을 가로지르는 강이 흐르고 있었으나 물결치는 수면과 가느다란 강둑 외의 나머지 부분은 비어 있었다.

랜드는 주변 사방에서 사람들이 돌아다니는 소리를 들을 수 있었다. 바닥에 스치는 슬리퍼 소리, 조용히 웅얼거리는 이야기 소리. 아무도 보이지 않았으나 그 모든 것을 너무도 잘 상상할 수 있었다. 누군가가 복도로 들어와 손에 무기를 든 남자 다섯 명이 몰래 움직이는 모습을 보고 소리쳐 경보를 울리는 모습이…….

"저 안이야." 맷이 눈앞의 커다란 미닫이문 한 쌍을 가리키며 속삭였다. 조각된 문손잡이가 그 문의 유일한 장식이었다. "최소한 단검은 저기 있어."

잉타가 휴린을 보았다. 탐지자가 문을 열었고, 잉타는 칼을 준비한 채 안으로 뛰어들었다. 아무도 없었다. 랜드 일행은 서둘러 안으로 들어갔고, 휴린은 재빨리 문을 닫았다.

그림이 그려진 병풍이 모든 벽과 문을 가리고 있었으며 거리를 내다보아야 할 창문으로는 베일을 씌운 빛이 들어왔다. 커다란 방 한쪽 끝에 높고 둥근 서랍장이 있었다. 다른 쪽 끝에는 작은 탁자와 그 탁자를 마주 보도록 카펫 위에 돌려서 세워 놓은 의자 하나가 있었다. 랜드는 잉타가 헛숨을 들이켜는 소리를 들었는데, 잉타는 그저 안도의 한숨을 쉬고 싶을 뿐이었다. 구부러진 뿔 형태의, 황금으로 이루어진 발리어의 뿔나팔이 탁자 위에 놓여 있었다. 그 아래에는 화려한 단검 자루에 끼워진 루비가 빛을 받아 반짝였다.

맷이 빠르게 탁자로 가 뿔나팔과 단검을 낚아챘다. "우리가 손에 넣었어." 그는 주먹으로 단검을 쥐고 흔들어 대며 소리쳤다. "우리가 둘 다 손에 넣었어."

"그렇게 시끄럽게 굴지 마." 페린이 움찔하며 말했다. "아직 여기서 가지고 나간 건 아니니까." 그의 두 손은 도끼자루를 부산스럽게 만지작거렸다. 다른 무언가를 쥐고 싶어 하는 듯했다.

"발리어의 뿔나팔이라니." 잉타의 목소리에는 순수한 경외감이 어려 있었다. 그는 머뭇거리며 뿔나팔을 만져 보았다. 벌어진 부분 둘레에 새겨진

은색 글자를 손가락으로 따라 그리며 번역한 내용을 입모양으로 중얼거리더니, 흥분해 떨며 손을 뒤로 당겼다. "정말이로군. 빛을 걸고, 정말이야! 난 이제 살았다."

휴린은 창문을 가린 병풍을 움직이고 있었다. 그가 앞을 가로막는 마지막 병풍을 밀치고 아래쪽 거리를 바라보았다. "군인들은 아직도 모두 저기 있습니다. 뿌리라도 내린 것 같네요." 그가 몸을 떨었다. "저…… 저것들도요."

랜드가 휴린에게 다가갔다. 두 짐승은 **그롤름**이었다. 그걸 부정할 수는 없었다. "대체 어떻게……." 거리로부터 눈을 돌리는 순간 랜드는 말을 멈추었다. 담장 너머로 길 건너편 큰 집의 정원이 보였다. 더 멀리까지 뻗어 있던 벽들이 허물어지며 정원들이 이어져 있는 모습이 보였다. 그곳에는 여자들이 벤치에 앉아 있거나 산책로를 걷고 있었다. 모두가 둘씩 짝을 이루고 있었다. 목에서 손목까지 은색 목줄로 연결된 여자들. 목에 목걸이를 찬 여자 한 명이 위를 보았다. 너무 멀리 떨어져 있어서 여자의 얼굴을 똑똑히 볼 수 없었지만, 한 순간 둘의 눈이 마주쳤고 랜드는 알았다. 얼굴에서 핏기가 가셨다. "에그웨인." 그가 숨죽여 말했다.

"무슨 소리야?" 맷이 말했다. "에그웨인은 타 발론에 안전하게 있어. 나도 그러고 싶어."

"에그웨인이 여기 있어." 랜드가 말했다. 두 여자는 돌아서서 연결된 정원 저쪽의 건물들 중 한 곳으로 걸어가고 있었다. "저기, 바로 길 건너에 있다고. 아, 빛이여. 에그웨인이 그 목걸이를 차고 있어!"

"확실헤?" 페린이 말했다. 그가 다가와 창밖을 보았다. "난 안 보이는데, 랜드. 그리고…… 이 정도 떨어져 있더라도 난 에그웨인을 알아볼 수 있어."

"확실해." 랜드가 말했다. 두 여자가 다음 거리를 마주 보는 저택 중 한 곳으로 사라졌다. 배 속이 뒤틀려 꽉 뭉쳤다. **에그웨인은 안전하게 있어야 해. 화이트 타워에 있어야 해.** "에그웨인을 빼내야 해. 너희들은……."

"그렇군!" 어눌한 목소리는 미끄러지는 문의 소리처럼 조용했다. "너희는 내가 예상했던 자들이 아니다."

랜드는 잠시 멍하니 그를 바라보았다. 방으로 들어온, 머리를 박박 깎은 키 큰 남자는 길게 끌리는 파란색 로브를 걸치고 있었으며 손톱이 너무 길어 뭐라도 잡을 수 있을지 의문이었다. 아첨하듯 그 남자의 양옆에 서 있는 두 남자는 검은 머리를 절반만 밀었고, 나머지 머리카락은 짙은 색 그대로 땋아 각 남자의 오른쪽 뺨 아래에 늘어져 있었다. 그중 한 명이 칼집에 넣은 칼을 품에 안아 들고 있었다.

랜드가 빤히 바라볼 시간은 잠깐뿐이었다. 다음 순간에는 병풍들이 넘어지며 방 양쪽 끝에 있는 문을 드러냈다. 두 문에는 각기 너덧 명의 숀찬 군인들이 버글거리고 있었다. 투구는 쓰지 않았으나 갑옷은 입었으며 손에는 칼을 들고 있었다.

"너희는 투락 대공을 알현하고 있다." 칼을 든 남자가 입을 열었다. 그는 화난 얼굴로 랜드 일행을 바라보았으나, 파란색을 칠한 손톱이 잠깐 움직이자 바로 입을 다물었다. 다른 하인이 허리를 숙여 절하며 앞으로 나와 투락의 로브를 벗기기 시작했다.

"내 경비병 중 하나가 죽은 채로 발견됐을 때," 머리를 박박 깎은 남자가 차분하게 말했다. "나는 자신을 페인이라 부르는 남자를 의심했다. 후안이 그토록 불가사의하게 죽은 이후로 나는 그자를 의심해 왔다. 그는 언제나 저 단검을 원했지." 그는 하인이 로브를 벗기도록 두 팔을 활짝 벌렸다. 부드럽고 거의 노래하는 듯한 목소리에도 불구하고 그의 팔과 매끄러운 가슴에는 단단한 근육이 자리 잡혀 있었다. 그는 폭이 넓고 색깔이 희며 수백 개의 주름으로 이루어져 있는 것만 같은 바지를 붙들어 맨 파란색 장식띠까지 맨몸이었다. 그는 별 흥미를 느끼지 못하는 듯한 목소리였으며 일행이 손에 들고 있는 칼에도 무관심했다. "그런데 이제는 단검만이 아니라 뿔나팔까지 들고 있는 낯선 이들을 보게 되었군. 내 아침 시간을 방해한 대가로 너희 한두 명을 죽이면 즐거울 것이다. 살아남은 자들은 너희가 누구인지, 왜 왔는지 말하게 될 테고." 그는 보지도 않고 손을 뻗었고 칼집에 넣은 칼을 들고 있던 남자가 그의 손에 칼자루를 올려놓았다. 그가 묵직하게 휘어진 칼을 뽑아들었다. "뿔나팔이 상하게 두지는 않을 거다."

투락은 다른 신호를 보내지 않았으나 군인 중 한 명이 방 안으로 성큼성큼 들어와 뿔나팔에 손을 뻗었다. 랜드는 웃어야 할지 말아야 할지 알 수 없었다. 그 남자는 갑옷을 입고 있었으나 그 오만한 얼굴은 투락이 그렇듯 일행이 들고 있는 무기를 전혀 염두에 두지 않은 듯했다.

맷이 이 상황에 종지부를 찍었다. 숀찬 사람이 손을 뻗자 칼자루에 루비가 박힌 단검으로 그 손을 그은 것이다. 병사는 욕설을 하며 뒤로 펄쩍 뛰었다. 놀란 표정이었다. 이어 그가 비명을 질렀다. 그 비명이 방에 한기를 일으키는 한편 모든 사람이 놀라서 얼어붙게 만들었다. 병사가 얼굴 앞으로 들어 올린, 떨리는 손이 검게 변하고 있었다. 어둠이 그의 손바닥을 가로질렀다. 피가 흐르는 상처로부터 슬금슬금 기어 나왔다. 병사는 입을 크게 벌리고 울부짖으며 자기 팔을, 그다음에는 어깨를 긁어 댔다. 그는 발버둥 치고 몸을 세차게 움직이며 바닥으로 쓰러지더니 비단 카펫 위에서 몸부림쳤다. 그의 얼굴이 점점 검어지고 검은 얼굴이 지나치게 익은 자두처럼 불거져 나왔다. 그가 비명을 질렀다. 시커멓게 부어오른 혀에 그의 숨이 막혔다. 그는 움찔거리며 목이 졸려 헐떡거렸다. 발꿈치로 땅을 쳐 댔다. 그러더니 다시는 움직이지 않았다. 그의 드러난 살갗은 모두 썩은 복숭아처럼 검은색이었으며 건드리기만 해도 터질 것 같았다.

맷이 입술을 핥으며 침을 삼켰다. 꽉 쥔 손이 단검을 따라 불안하게 움직였다. 투락조차 입을 쩍 벌린 채 그 장면을 바라보았다.

"보면 알겠지만," 잉타가 조용히 말했다. "우린 쉬운 사냥감이 아니다." 시체를 훌쩍 뛰어넘은 그가 눈을 휘둥그렇게 뜬 채 방금까지 그들과 어깨를 나란히 하고 있던 남자의 잔해를 바라보던 병사들에게로 향했다. "시노와!" 그가 소리쳤다. "나를 따르라!" 휴린이 그를 따라 펄쩍 뛰자 병사들이 뒤로 물러났다. 강철이 강철에 닿는 소리가 요란하게 퍼져 나갔다.

잉타가 움직이자 방의 다른 쪽 끝에 있던 숀찬 사람들이 앞으로 나오려 했는데, 페린이 으르렁거리며 휘둘러 대는 도끼보다는 맷이 들이미는 단검에 물러나기 시작했다.

랜드는 심장이 몇 번 뛸 사이에 혼자 서서 투락을 마주 보게 되었다. 투락은 몸 앞으로 칼을 똑바로 세워 들고 있었다. 충격의 순간은 지나갔다. 그의 시선이 날카롭게 랜드의 얼굴에 닿았다. 병사 중 한 명의 검게 부푼 시신은 존재하지 않는 것처럼. 두 하인에게도 그 시신은 존재하지 않는 듯했다. 랜드와 랜드의 칼, 이제는 방에서 양쪽 끝으로 빠져나가 저택 안쪽을 향해 희미해져 가는 싸우는 소리도. 하인들은 대공이 칼을 뽑자마자 투락의 망토를 침착하게 개기 시작했으며, 죽은 병사가 비명을 지르는 소리에도 고개를 들지 않았다. 이제 그들은 문 옆에 무릎을 꿇고 앉아 무감정한 눈으로 그 장면을 지켜보았다.

"결국은 너와 나일 거라고 생각했다." 투락은 칼날을 휙 돌려 한 방향으로 완전한 원을 그리고, 그다음에는 다른 방향으로 원을 그렸다. 손톱이 긴 그의 손가락이 칼자루에서 섬세하게 움직였다. 손톱은 그에게 전혀 방해가 되지 않는 것 같았다. "너는 젊다. 대양의 이쪽에서 왜가리 표시를 얻으려면 무엇이 필요한지 보자꾸나."

랜드의 눈에도 뭔가가 보였다. 투락의 칼날에 길게 자리 잡고 있는 것은 왜가리였다. 별다른 훈련도 받지 못한 랜드가 진짜 검의 달인과 대적하게 된 것이다. 랜드는 서둘러 양털 안감이 달린 망토를 옆으로 벗어던지며 무게와 거추장스러움을 덜었다. 투락은 기다렸다.

랜드는 간절히 공백을 찾고 싶었다. 랜드가 끌어올릴 수 있는 모든 능력을 끌어올려야 한다는 것은 분명했다. 그렇더라도 살아서 이 방을 나갈 가능성은 크지 않을 것이다. 랜드는 살아서 이곳을 떠나야만 했다. 에그웨인이 소리치면 들릴 거리에 있었다. 랜드는 어떻게든 에그웨인을 풀어 주어야 했다. 하지만 **사이딘**이 공백 안에서 기다리고 있었다. 랜드는 배 속이 뒤틀리는 동시에 신이 나서 심장이 뛰었다. 하지만 에그웨인은 다른 여자들과 그만큼 가까이 있었다. **다마니**들과. 랜드가 **사이딘**에 접촉하면, 채널링을 자제하지 못하면 그들이 알게 될 것이라고 베린이 말해 주었다. 알고 의아해할 것이라고. 너무 많은 **다마니**가 너무 가까운 곳에 있었다. 투락에게서 살아남아 봐야 **다마니**와 맞서다가 죽을 뿐일지도 몰랐다. 랜드는 에그웨인이 풀려나기 전에는 죽을 수 없었다. 랜드는 칼을 들었다.

투락이 조용한 발걸음으로 미끄러지듯 랜드에게 다가왔다. 망치로 모루를 내리치듯 칼이 칼에 닿아 울렸다.

처음부터 랜드는 이 남자가 자신을 시험하고 있다는 걸 분명히 알았다. 그는 랜드가 무엇을 할 수 있는지 확인할 정도로만 힘을 주었고, 약간 더 힘을 주었고, 그보다 조금 더 힘을 주었다. 랜드가 살아남은 것은 기술 때문이기도 했지만, 그만큼 손목과 발이 빨랐기 때문이었다. 공백이 없으면 그는 언제나 반 박자쯤 늦었다. 투락의 묵직한 칼끝이 랜드의 왼쪽 눈 바로 아래에 따끔거리는 도랑을 남겼다. 코트 소매가 어깨에서 떨어져 달랑거렸다. 젖어서 색깔이 어두워진 채였다. 오른팔 아래를 노린 깔끔한 베기에, 재단사의 마름질만큼이나 정확한 동작에 랜드는 갈비뼈를 따라 번져 가는 뜨뜻하고 축축한 느낌을 받았다.

대공의 얼굴에 실망감이 떠올라 있었다. 그는 역겹다는 동작으로 뒤로 물러났다. "그 칼은 어디서 찾았느냐, 꼬마야? 아니면 이곳에서는 정말 너보다 실력이 뛰어나지 않은 자에게도 왜가리 표시를 수여한단 말이냐? 상관없다. 마음 편히 가져라. 죽을 시간이다." 그가 다시 다가왔다.

공백이 랜드를 감쌌다. **사이딘**이 그를 향해 흘러오며 일원력을 약속하듯 빛났으나 랜드는 그 빛을 무시했다. 살 속으로 파고드는 가시를 무시하는 것만큼 어려운 일이었다. 그는 일원력으로 채워지기를 거부했다. 진정한 근원의 남성적 절반과 하나가 되기를 거부했다. 그는 두 손에 쥐어진 칼과 하나였고, 발밑의 바닥과 하나였으며 벽과 하나였다. 투락과 하나였다.

랜드는 대공이 쓰는 자세를 알아보았다. 랜드가 배운 것과 약간의 차이가 있었지만 완전히 다르지는 않았다. '날아가는 제비'가 '비단 가르기'와 만났다. '물 위에 뜬 달'이 '들꿩의 춤'과 만났다. '허공의 끈'은 '절벽에서 떨어지는 돌'과 만났다. 그들은 춤을 추듯 방을 돌아다녔다. 그들의 음악은 강철에 강철이 부딪히는 소리였다.

투락의 검은 눈에서 실망감과 역겨움이 흐릿해지며 놀라움으로, 그다음에는 몰입으로 바뀌었다. 랜드를 더욱 거세게 몰아붙이면서 대공의 얼굴에 땀이 맺혔다. '세 갈래의 번개'가 '산들바람에 실린 낙엽'과 만났다.

랜드의 생각이 공백 바깥에서 랜드와 구분된 채, 거의 눈에 띄지 않고 떠다녔다. 그것으로는 충분하지 않았다. 랜드는 검의 달인을 마주하고 있었으며, 공백과 모든 기술을 사용해서 간신히 자리를 지킬 수 있을 뿐이었다. 간신히. 랜드는 투락이 마침내 대결을 끝장내 버리기 전에 이 싸움을 끝내야 했다. **사이딘? 안 돼! 가끔은 네 몸을 칼집으로 삼아 '칼집에 칼 넣기'를 해야 해.** 하지만 그것도 에그웨인에게 도움이 되지 않을 터였다. 랜드는 지금 끝내야만 했다. 지금.

랜드가 앞으로 미끄러지자 투락의 눈이 휘둥그레졌다. 지금까지 랜드는 방어만을 해 왔다. 이제는 그가 전면적으로 공격했다. '산을 달려 내려가는 멧돼지'. 랜드가 휘두르는 칼의 모든 움직임이 대공에게 닿으려는 시도였다. 이제 투락이 할 수 있는 일은 방 저 끝까지, 거의 문이 있는 곳까지 물러나며 방어하는 것뿐이었다.

투락이 계속해서 멧돼지와 맞서려던 한순간, 랜드가 돌격했다. '강둑을 가르는 강'. 랜드는 한쪽 무릎을 꿇고 칼날을 가로로 그었다. 투락이 들이키는 헛숨이나 그의 칼에 느껴지는 저항이 없이도 랜드는 알 수 있었다. 그는 두 차례 쿵 소리를 듣고 고개를 돌렸다. 그는 무엇을 보게 될지 알고 있었다. 그는 자신의 칼날 저 끝을, 벌겋게 젖어 있는 그곳을, 대공이 쓰러진 곳을 내려다보았다. 칼이 그의 축 늘어진 손에서 떨어져 있었다. 대공의 몸 아래 카펫에 짜여 있는 새들을 검은 자국이 축축하게 물들였다. 투락의 눈은 여전히 뜨여 있었으나 이미 죽음이라는 얇은 막이 덧씌워져 있었다.

공백이 흔들렸다. 랜드는 전에 트롤록과, 그림자의 자식들과 맞서 보았다. 연습할 때나 허풍을 떨 때를 제외하면 칼을 든 인간과 대결한 적은 없었다. **내가 방금 사람을 죽였어.** 공백이 흔들리며 **사이딘**이 그를 가득 채우려 했다.

랜드는 간절하게 자유로운 곳으로 기어 나왔다. 세차게 숨을 몰아쉬며 주위를 둘러보았다. 두 하인이 그때까지도 문 옆에 무릎을 꿇고 있는 걸 보고는 깜짝 놀랐다. 랜드는 그들을 잊고 있었는데, 지금은 그들을 어떻게 해야 할지 알 수 없었다. 남자들은 둘 다 무장하지 않은 것처럼 보였으나 그들이 고함을 지르기만 하면……

그들은 랜드를 보지도, 서로를 보지도 않았다. 대신 그들은 대공의 시신을 조용히 바라보았다. 그들은 로브 밑에서 단검을 꺼냈고, 랜드는 칼을 꽉 쥐었다. 그러나 두 남자는 칼끝을 자신의 가슴에 겨누었다. "태어날 때부터 죽을 때까지." 그들이 주문을 외듯 동시에 말했다. "나는 혈족을 섬긴다." 그렇게 그들은 자신의 심장에 단검을 꽂아 넣었다. 그들은 거의 평화롭게 앞으로 고꾸라졌다. 주군에게 깊이 허리를 숙이듯 그들의 머리가 바닥으로 향했다.

랜드는 믿을 수 없어 그들을 바라보았다. **미쳤어.** 랜드는 생각했다. **나도 미칠지 모르겠지만, 저 사람들은 이미 미쳤어.**

랜드가 떨면서 일어서려 했을 때 잉타 일행이 달려왔다. 그들 모두 자잘한 상처를 입고 있었다. 잉타가 입은 코트의 가죽은 한 군데 이상이 물들어 있었다. 맷은 여전히 뿔나팔과 단검을 가지고 있었다. 단검의 칼날은 자루에 박힌 루비보다 더 짙은 붉은색이었다. 페린의 도끼도 붉었다. 그는 당장이라도 토할 것 같은 표정이었다.

"네가 저들을 처리한 건가?" 잉타가 시체들을 보며 말했다. "그럼 우리 일은 끝났다. 경보가 울리지 않았다면. 저 바보들은 단 한 번도 도와 달라고 비명을 지르지 않았다."

"경비병들이 무슨 소리를 들었는지 제가 확인해 보겠습니다." 휴린은 그렇게 말하고 쏜살같이 창문으로 달려갔다.

맷이 고개를 저었다. "랜드, 이 사람들은 미쳤어. 내가 전에도 이런 말을 했다는 건 알지만, 이 사람들은 정말로 미쳤어. 저 하인들은……." 랜드는 하인들이 모두 자살한 건지 궁금해하며 숨을 참았다. 맷이 말했다. "우리가 싸우는 걸 볼 때마다 저 사람들은 무릎을 꿇고 얼굴을 바닥에 댄 채 두 팔로 머리를 감싸고 있었어. 한 번도 움직이거나 소리 지르지 않았어. 병사들을 돕거나 경보를 울리려 하지 않았어. 내가 아는 대로라면, 놈들은 아직도 저기 있어."

"나라면 놈들이 계속 무릎을 꿇고 있을 거라고 믿지는 않을 거다." 잉타가 무미건조하게 말했다. "우린 지금 나간다. 최대한 빨리 달려서."

"당신은 가세요." 랜드가 말했다. "에그웨인이……."

"이 멍청한 놈!" 잉타가 쏘아붙였다. "우리는 우리가 이곳에 온 이유를 손에 넣었다. 발리어의 뿔나팔을. 구원의 희망을. 네가 사랑한다 한들 뿔나팔과, 또 뿔나팔의 의미와 견줄 때 여자애 하나가 뭐가 중요하냐?"

"난 어둠의 존재가 뿔나팔을 가져도 상관없어요! 이런 일로 에그웨인을 버린다면, 뿔나팔을 찾는 게 뭐가 중요해요? 내가 그런 짓을 한다면 뿔나팔은 나를 구할 수 없을 텐데. 창조주라도 나를 구할 수 없어요. 내가 나 자신을 지옥에 던지는 거예요."

잉타는 읽을 수 없는 표정으로 빤히 랜드를 보았다. "정확히 말한 거냐?"

"무슨 일이 벌어지고 있습니다." 휴린이 다급하게 말했다. "한 남자가 방금 달려왔습니다. 모두가 양동이에 넣어 둔 물고기처럼 밀려들고 있어요. 잠깐. 장교가 들어오고 있습니다!"

"가라!" 잉타가 말했다. 그가 뿔나팔을 가져가려 했지만 맷이 이미 달리고 있었다. 랜드는 망설였으나 잉타가 그의 팔을 잡아끌고 복도로 나갔다. 다른 사람들은 맷을 따라 달리고 있었다. 떠나기 전, 페린은 괴로운 눈으로 랜드를 바라보았다. "여기 있다가 죽으면 걜 구할 수 없어!"

랜드는 그들과 함께 달렸다. 마음속 일부는 이렇게 도망치는 자기 자신을 증오했지만, 다른 부분은 속삭였다. **돌아올 거야. 내가 어떻게든 에그웨인을 풀어 줄 거야.**

그들이 좁은 나선형 계단 맨 밑에 도달했을 때쯤, 랜드는 저택 앞에서 나지막한 남자의 목소리가 울리는 소리를 들었다. 누군가가 일어서서 말을 해 보라고 화를 내며 묻고 있었다. 거의 투명한 로브를 입은 어린 하녀가 계단 맨 아래에 무릎을 꿇고 있었고, 흰 모직으로 된 옷을 입고 밀가루투성이인 앞치마를 걸친 잿빛 머리카락의 여자는 주방 문 옆에 무릎을 꿇었다. 그들은 맷이 말한 그대로였다. 얼굴을 바닥에 대고 두 팔로 머리를 감싸고 있었으며, 랜드 일행이 서둘러 지나가는 동안 머리카락 하나도 움찔거리지 않았다. 랜드는 그들에게서 숨 쉬는 동작이 보여 안도했다.

그들은 죽기 살기로 달려 정원을 건넌 뒤 뒤쪽 벽을 빠르게 타 넘었다. 맷이 발리어의 뿔나팔을 먼저 던지자 잉타가 욕설을 했다. 그가 밖에 내려서서 다시 뿔나팔을 가져가려 하자 맷이 "닭히지도 않았어요."라고 외치며 뿔나팔을 낚아채서 골목을 빠르게 달려갔다.

그들이 방금 떠나온 집에서 더 많은 고함이 들렸다. 여자 한 명이 비명을 질렀고 누군가가 징을 치기 시작했다.

난 에그웨인을 위해 돌아올 거야. 어떻게든. 랜드는 일행을 따라 정신없이 달렸다.

46장 그림자에서 나온다는 것

다마니들이 잡혀 있는 건물로 다가가던 나이니브 일행은 멀리서 고함 소리를 들었다. 거리에 인파가 몰려들기 시작했고 사람들에게서 초조함이 보였다. 발걸음이 더욱 빨라졌고, 번개 판이 달린 드레스를 입은 나이니브와 그녀가 은 목걸이로 잡고 있는 여자를 힐끗 보는 눈길에는 경계심이 어려 있었다.

일레인은 짐 꾸러미를 초조한 듯 움직거리며 한 거리 떨어진 곳, 고함이 시끄럽게 들려오는 곳을 건너다보았다. 번개를 쥔 황금 매가 바람에 나부끼는 곳이었다. "무슨 일이지?"

"우리랑은 상관없어." 나이니브가 단호하게 말했다.

"그러길 바라야지." 민이 덧붙였다. "나도 그랬으면 좋겠어." 민은 속도를 올려 다른 사람들 앞으로 나서더니 높은 석재 건물 안으로 사라졌다.

나이니브가 목줄을 짧게 잡았다. "기억해라, 시타. 너도 우리만큼 우리가 이 일을 안전하게 해내는 게 좋을 거다."

"알고 있습니다." 숀찬 여자가 열성적으로 말했다. 그녀는 얼굴을 숨기느라 턱을 가슴에 붙이고 있었다. "어떤 말썽도 일으키지 않겠습니다. 맹세합니다."

　　그들이 회색 돌계단에 접어들자 **슐담**과 **다마니** 한 사람이 계단 위에 나타났다. 일행이 올라가는 동안 그들은 내려오고 있었다. 목걸이를 찬 여자가 에그웨인이 아니라는 걸 확인하기 위해 힐끗 쳐다본 다음, 나이니브는 두 번 다시 그들을 보지 않았다. 그녀는 시타를 옆에 바짝 잡아 두려고 **에이담**을 사용했다. **다마니**가 둘 중 한 사람으로부터 채널링하는 능력을 감지한다 해도 그 능력이 시타의 것이라고 생각하도록 말이다. 하지만 나이니브는 등에 땀이 맺히는 것을 느꼈다. 그러던 그녀는 자신이 두 사람에게 관심을 기울이지 않은 것처럼 두 사람도 자신에게 관심을 기울이지 않았다는 걸 깨달았다. 그들이 본 것은 번개 판이 달린 드레스와 잿빛 드레스, 그리고 그 옷을 입은 여자들이 **에이담**의 은빛 줄로 연결된 모습뿐이었다. 목줄에 매인 자를 데리고 다니는 또 하나의 목줄을 쥔 자, 그리고 **슐담**의 짐을 들고 서둘러 뒤를 쫓는 동네 소녀일 뿐이었다.

　　나이니브는 문을 밀어 열었다. 그들은 안으로 들어갔다.

　　투락의 깃발 아래 무슨 신나는 일이 벌어졌는지는 몰라도, 아직 그 여파가 이곳까지 미치지는 않았다. 현관홀에는 돌아다니는 여자들뿐이었다. 드레스로 그들 모두의 지위를 쉽게 알 수 있었다. 잿빛 드레스를 입은 **다마니** 셋과 팔찌를 찬 **슐담**들. 갈라진 번개무늬 판이 달린 드레스를 입은 여자 둘이 서서 이야기하고 있었고, 세 사람은 따로따로 복도를 가로지르고 있었다. 민처럼 아무 무늬 없는 어두운 색 모직 옷을 입은 여자들이 네 명 있었다. 그들은 쟁반을 들고 서둘러 어딘가로 가는 중이었다.

　　그들이 들어갔을 때 민은 현관홀 저쪽에 서서 기다리고 있었다. 민은 그들을 한 번 힐끗 보더니 저택 깊은 곳으로 걸어가기 시작했다. 나이니브는 시타를 데리고 민을 따라 복도를 걸어갔다. 일레인이 그들 뒤로 급히 따라왔다. 나이니브가 보기에는 아무도 그들을 눈여겨보지 않는 듯했으나 등줄기를 따라 맺히는 땀방울이 머잖아 강이 될지도 모른다는 생각이 들었다. 나이니브는 누구도 자세히 볼 기회를 갖지 못하도록 시타를 계속 빨리 움직이게 했다. 더 나쁜 것은 누군가가 질문을 던지는 경우였다. 시타는 시선을 발가락에 고정시키고 있었으며 전혀 재촉할 필요가 없었다. 목줄이라는 물리적 제약만 없었으면 시타가 달려갔으리라는 생각이 들 정도였다.

집 뒤쪽이 가까워지자 민은 나선을 그리며 위로 올라가는 좁은 계단에 올라섰다. 나이니브는 시타를 앞세워, 저 위 4층까지 올라가도록 떠밀었다. 그곳은 천장이 낮았고 복도는 텅 비어 조용했다. 조용히 흐느끼는 소리가 들릴 뿐이었다. 흐느끼는 소리가 복도의 서늘한 공기와 어울리는 것 같았다.

"여긴……." 일레인이 입을 열었다가 고개를 저었다. "느낌이 꼭……."

"그러게." 나이니브가 우울하게 말했다. 그녀는 시타를 노려보았다. 시타는 고개를 숙이고 있었다. 두려움에 창백하게 질렸기에 숀찬 여자의 피부는 평소보다 더 하얗게 보였다.

민은 아무 말 없이 문을 열고 들어갔다. 그들이 뒤를 따랐다. 문 너머의 공간은 조잡하게 만든 나무 벽을 세워 더 작은 방들로 나뉘어 있었다. 좁은 복도가 창문까지 이어졌다. 나이니브는 오른쪽 마지막 문으로 서둘러 움직였고 안으로 향하는 민을 따라 비좁은 곳에 들어섰다.

잿빛 옷을 입은 날씬한 검은 머리 소녀가 포갠 두 팔에 머리를 기대고 작은 탁자에 앉아 있었다. 그녀가 고개를 들기 전부터 나이니브는 그녀가 에그웨인이라는 걸 알았다. 번쩍이는 금속으로 이루어진 끈이 에그웨인의 목에 걸린 은색 목걸이로부터 벽의 못에 걸려 있는 팔찌까지 이어졌다. 그들을 보자 에그웨인의 눈이 휘둥그레졌다. 그녀의 입이 조용히 움직였다. 일레인이 문을 닫았을 때 에그웨인은 갑자기 키득거리며 웃음을 터뜨리더니, 그 웃음을 참느라 두 손으로 입을 틀어막았다. 그들 모두가 들어선 작은 방은 무척 붐볐다.

"꿈이 아니라는 거 알아." 에그웨인이 떨리는 목소리로 말했다. "이게 꿈이라면 너희는 키 큰 수말을 탄 랜드와 갈라드였을 테니까. 난 꿈을 꾸고 있었어. 랜드가 여기에 왔다고 생각했어. 랜드가 보이지는 않았지만, 내 생각에는……." 에그웨인의 목소리가 흐려졌다.

"걔네들 오는 걸 기다리고 싶다면야……." 민이 무미건조하게 말했다.

"아아, 아니야. 아냐, 너희 모두 아름다워. 내가 여태 본 것 중 가장 아름다워. 어디서 온 거야? 어떻게 했어? 그 드레스는, 나이니브. 거기다가 **에이담**

까지. 이쪽은 누구⋯⋯." 에그웨인이 갑자기 꺅 소리를 냈다. "시타잖아. 어
떻게⋯⋯?" 에그웨인의 목소리는 나이니브가 알아듣지 못할 정도로 딱딱해
졌다. "**저 여자를** 뜨거운 물에 처넣고 싶어." 시타는 눈을 꽉 감았다. 그녀의
두 손이 치맛자락을 움켜쥐었다. 그녀는 떨고 있었다.

"너한테 무슨 짓을 한 거야?" 일레인이 소리쳤다. "대체 무슨 짓을 했기에
그런 걸 하고 싶어?"

에그웨인은 숀찬 여자에게서 한 번도 눈을 떼지 않았다. "저 여자한테 느
끼게 하고 싶어. 저 여자가 나한테 한 짓이야. 내가 목 있는 데까지 잠겨 있
는 기분을⋯⋯." 에그웨인은 몸을 떨었다. "넌 이런 걸 찬다는 게 어떤 일인
지 몰라, 일레인. 이 목걸이가 너한테 무슨 짓을 할 수 있는지 모른다고. 시
타랑 린나 중 누가 더 나쁜지는 영영 알 수 없겠지만, 이 여자들은 모두 증오
스러워."

"알 것 같다." 나이니브가 조용히 말했다. 그녀는 시타의 피부를 적시는
땀방울을, 그녀의 팔다리를 뒤흔드는 차가운 경련을 느낄 수 있었다. 노란
머리의 숀찬 여자는 겁에 질려 있었다. 나이니브가 할 수 있는 일은 그 순간,
그곳에서 시타의 두려움을 실현시키지 않는 것뿐이었다.

"이것 좀 빼 줄 수 있어?" 에그웨인이 목걸이를 만지며 물었다. "저 여자
한테 채울 수 있었다면 분명 풀 수도⋯⋯."

나이니브가 바늘 끝처럼 작은 한 방울의 일원력을 채널링했다. 에그웨인
의 목걸이를 보는 것만으로도 충분히 화가 났다. 그게 아니라면 시타의 두
려움으로 해냈을 것이다. 그런 두려움이 정말로 마땅하다는 걸 알고 있기
에, 나이니브 자신이 이 여자에게 무슨 짓을 하고 싶은지 알고 있기에. 복설
이가 확 열려 에그웨인의 목에서 떨어졌다. 에그웨인은 경이로운 표정으로
목을 만져 보았다.

"내 드레스랑 코트를 입어." 나이니브가 에그웨인에게 말했다. 일레인은
이미 짐을 풀어 옷가지를 침대에 펼쳐 놓고 있었다. "우린 여기서 나갈 거
야. 아무도 널 알아보지 못할 테고." 나이니브는 **사이다**와의 접촉을 유지할
까 생각했지만―나이니브는 분명 충분히 화가 나 있었고, **사이다**는 너무도

멋지게 느껴졌다—마지못해 접촉을 끊었다. 누군가가 채널링하는 것을 느꼈다 해도 **슐담**과 **다마니**가 조사하러 오지 않을 곳은 팔메에서 이곳뿐이었지만, **슐담**인 줄 알았던 여자가 채널링의 빛을 휘감고 있는 걸 어느 **다마니**가 본다면 분명 조사하러 올 터였다. "왜 여태 도망치지 않은 건지 모르겠네. 여기 혼자 있었으니, 저걸 벗어버릴 방법을 모른다 해도 그냥 저걸 집어 들고 튀면 됐을 거잖아."

나이니브가 그녀의 예전 드레스를 갈아입을 수 있도록 민과 일레인이 도와주는 동안 에그웨인은 **슐담**이 놔두었던 곳에서 팔찌를 움직이는 일에 관해, 또 **슐담**이 팔찌를 착용하지 않는 한 채널링을 하면 구역질이 느껴진다는 점에 관해 설명했다. 바로 그날 아침에 에그웨인은 일원력을 쓰지 않고 목걸이를 여는 방법을 알아냈는데, 목걸이를 열겠다는 마음으로 잠그는 부분을 만지는 것만으로도 손이 말려 들어가니 쓸모없는 노릇이었다. 목걸이를 풀려는 생각을 하지 않는 한 얼마든지 잠그는 부분을 만질 수 있었다. 하지만 그런 생각을 조금이라도 한다면…….

나이니브는 토할 것만 같았다. 그녀의 손목에 채워진 팔찌가 실로 역겹고 끔찍했다. 나이니브는 **에이담**에 대해 더 알게 되기 전에, 그 팔찌를 찼다는 이유로 영원히 더럽혀진 기분이 들 뭔가를 더 알기 전에 자신의 팔목에서 그 팔찌를 풀어내고 싶었다.

나이니브는 은색 팔찌를 풀어 빼낸 뒤 탁 닫아 못에 걸었다. "이제 도와달라고 소리쳐도 된다고 생각하지는 마." 나이니브는 시타의 코 밑에 주먹을 흔들어 댔다. "네가 입을 열면, 난 지금도 네가 태어나지 않았기를 바라도록 만들 수 있어. 저 빌어먹을…… 물건은 필요하지 않아."

"설마……. 설마 저를 저 팔찌와 함께 여기 놔두시려는 건 아니겠지요." 시타가 속삭이듯 말했다. "그러시면 안 돼요. 저를 묶어 주세요. 제가 경보를 울리지 못하도록 재갈을 물려 주세요. 제발!"

에그웨인은 아무 즐거움도 실리지 않은 웃음을 지었다. "놔둬. 재갈이 없어도 도와달라고 소리치지는 않을 거야. 누구든 당신을 발견하는 사람이 **에이담**을 빼 주고 당신의 작은 비밀을 지켜 주기를 바라야 할 거야, 시타. 이

더러운 비밀을 말이야. 안 그래?"

"무슨 소리야?" 일레인이 물었다.

"내가 많이 생각해 봤거든." 에그웨인이 말했다. "놈들이 나를 여기 혼자 놔뒀을 때 내가 할 수 있는 일은 생각밖에 없었으니까. **술담**은 몇 년이 지나면 친연성이 생긴다고 말해. 대부분의 술담은 자기한테 목줄이 연결되어 있든 아니든 어떤 여자가 채널링을 하면 알 수 있고. 확실하지는 않았는데, 시타가 증명해 주네."

"뭘 증명해?" 일레인이 물었다. 그런 뒤, 갑작스러운 깨달음에 그녀의 눈이 휘둥그레졌다. 에그웨인이 말을 이었다.

"나이니브, **에이담**은 채널링을 할 수 있는 여자들에게만 통해. 모르겠어? **술담**도 **다마니**만큼 채널링을 할 수 있는 거야." 시타는 이를 앙다문 채 신음했다. 그녀는 격렬하게 부정하며 도리질을 했다. "**술담**은 자기가 채널링할 수 있다는 걸 안다고 해도 그 사실을 인정하느니 차라리 죽겠지. 게다가 채널링하는 능력을 절대 훈련하지 않으니까 그 능력으로 아무것도 할 수 없어. 그래도 채널링을 할 수는 있는 거야."

"말했잖아." 민이 말했다. "저 목걸이는 저 여자한테 통하면 안 된다니까." 민은 에그웨인의 옷 등에 달린 마지막 단추를 채우고 있었다. "채널링을 할 수 없는 여자라면, 네가 저걸로 자기를 통제하려 하는 내내 너를 말도 안 되게 두드려 팰 수 있어."

"어떻게 그럴 수가 있지?" 나이니브가 말했다. "나는 숀찬 사람들이 채널링을 할 수 있는 모든 여자에게 목줄을 채우는 줄 알았는데."

"자기들이 찾아낸 모든 여자들이지." 에그웨인이 나이니브에게 말했다. "하지만 숀찬 사람들이 찾아낼 수 있는 사람들은 너나 나, 일레인 같은 사람들이야. 우리는 채널링하는 능력을 타고 태어났어. 누가 우리한테 가르쳐 주건 가르쳐 주지 않건 쉽게 채널링할 수 있지. 하지만 능력을 타고 태어나지 않았지만 배워서 채널링을 할 수 있는 숀찬의 소녀들은 어떨까? 그냥 아무 여자나 그…… 목줄을 쥔 자가 되는 건 아니야. 린나는 나한테 이런 이야기를 해 주는 게 호의라고 생각했지. **술담**이 소녀들을 시험하러 오는 날이 숀찬의 작은 마을에서는 축제인 것 같아. **술담**들은 너나 나 같은 사람들을 찾아서 목줄을 채우고 싶어 하지만, 목걸이를 찬 가엾은 여자가 느끼는 것을 느낄 수 있는지 보려고 다른 모든 사람에게도 팔찌를 채워. 느낄 수 있는 사람은 데려가서 **술담**으로 훈련시키는 거야. 그 사람들은 배워서 채널링할 수 있는 여자들이거든."

시타가 숨죽여 신음하고 있었다. "아니야. 아니야. 아니야." 계속해서, 반복적으로.

"난 이 여자가 끔찍하다는 걸 알아." 일레인이 말했다. "하지만 어떤 식으로든 이 여자를 도와야 한다고 느껴. 이 여자는 우리 자매 중 한 명이 될 수도 있었는데, 숀찬 사람들이 모든 걸 꼬아 버렸을 뿐이야."

나이니브가 그보다는 일행의 앞가림이나 생각하는 게 좋겠다고 말하려 입을 열었는데, 문이 열렸다.

"여긴 무슨 일이냐?" 린나가 방으로 들어오며 물었다. "웬 구경꾼들이지?" 그녀는 허리춤에 손을 얹은 채 나이니브를 빤히 보았다. "내 애완동물 툴리와 연결해도 좋다는 허락은 누구에게도 해 준 적이 없는데. 난 심지어 네가 누군지조차······." 린나의 시선이 **다마니**의 잿빛 옷 대신 나이니브의 드레스를 입은 에그웨인에게, 목에 목걸이를 걸지 않은 에그웨인에게 닿았고 그녀의 눈은 커다란 접시처럼 휘둥그레졌다. 그녀에게는 소리를 지를 기회조차 없었다.

다른 누군가가 움직일 사이도 없이 에그웨인이 세면대에서 주전자를 집어 들어 린나의 명치를 후려갈겼다. 주전자가 산산이 조각나고 **술담**은 몸을 반으로 접다시피 하며 꾸르륵꾸르륵 숨을 헐떡였다. 린나가 자빠지자 에그웨인은 이를 드러내며 그녀의 위로 뛰어올라 그녀를 납작하게 누르고, 아직 바닥에 놓여 있던 목걸이를 집어 그녀의 목에 철컥 채웠다. 이어 은색 목줄을 홱 잡아당겨 못에 걸려 있던 팔찌를 자기 팔목에 찼다. 에그웨인의 입술이 젖혀져 치아가 드러났다. 에그웨인의 시선이 끔찍한 집중력을 보이며 린나의 얼굴에 고정되었다. **술담**의 어깨에 무릎을 대고 꿇어앉은 에그웨인이 두 손으로 여자의 입을 꽉 틀어막았다. 린나는 엄청나게 경련했다. 얼굴에서 그녀의 두 눈이 불거졌다. 쉰 목소리가 그녀의 목구멍에서 나왔다. 에그웨인의 손에 비명은 틀어막혔다. 린나의 발꿈치가 바닥을 두드려 댔다.

"그만해, 에그웨인!" 나이니브가 에그웨인의 어깨를 잡고 린나에게서 떼어냈다. "에그웨인, 그만! 네가 원하는 건 이런 게 아니야!" 얼굴이 허옇게 질린 린나가 헐떡이며 미친 사람처럼 천장을 멀거니 보았다.

에그웨인이 갑자기 나이니브의 품에 뛰어들었다. 그녀는 가슴을 오르락내리락하며 불규칙하게 흐느꼈다. "저 여자가 나를 아프게 했어, 나이니브. 날 아프게 했다고. 저 여자들 모두가 그랬어. 저 여자들이 나를 아프게 하고, 또 아프게 했어. 내가 자기들이 원하는 걸 할 때까지. 난 저 여자들을 증오해. 나를 해쳐서 증오하고, 저 여자들이 원하는 걸 나한테 시킨 걸 내가 막을 수 없었기 때문에 증오해."

"알아." 나이니브가 부드럽게 말했다. 그녀가 에그웨인의 머리카락을 매만져 주었다. "증오해도 괜찮아, 에그웨인. 진짜야. 저 여자들은 그래도 싸. 하지만 저 여자들이 너를 저 여자들과 비슷한 사람으로 만들게 놔두는 건 올바르지 않아."

시타는 두 손으로 얼굴을 꽉 누르고 있었다. 린나가 믿을 수 없다는 듯 시타의 목에 채워진 목걸이를 만져 보았다. 그녀의 손이 덜덜 떨렸다.

에그웨인이 허리를 펴고 재빨리 눈물을 닦았다. "난 아니야. 난 저 여자들과 같지 않아." 그녀는 거의 할퀴다시피 팔찌를 손목에서 빼내 집어던졌다. "난 달라. 하지만 저 여자들을 죽일 수 있으면 좋겠어."

"그래도 싸." 민은 험악한 표정으로 두 **술담**을 노려보고 있었다.

"랜드라면 저런 짓을 한 사람을 죽일 거야." 일레인이 말했다. 그녀는 마음을 다잡는 것처럼 보였다. "난 확신해."

"그래도 싸겠지." 나이니브가 말했다. "그리고 랜드는 아마 저 여자들을 죽일 거야. 하지만 남자들은 복수와 살인을 정의라고 착각하는 경우가 많아. 정의를 소화할 만한 능력이 있는 경우가 별로 없거든." 나이니브는 여성 서클과 함께 재판을 주재한 적이 많았다. 때로는 남자들이 마을 위원회의 남자들보다는 여자들이 자신의 의견에 더 귀 기울여줄 거라고 생각하고 그들을 찾아왔다. 그러나 남자들은 언제나 자신들이 뛰어난 말솜씨나 자비의 탄원으로 판결을 좌지우지할 수 있다고 생각했다. 여성 서클은 자비를 베풀어 마땅한 곳에 자비를 내렸지만, 언제나 정의를 내렸다. 그리고 그 정의를 선포하는 사람이 바로 현자였다. 나이니브는 에그웨인이 던진 팔찌를 집어 탁 닫았다. "할 수만 있다면 난 이곳의 모든 여자를 풀어 주고, 이것들을 마지막 하나까지 망가뜨릴 거야. 하지만 그럴 수 없으니까……." 그녀는 다른 팔찌가 걸려 있는 못에 그 팔찌를 건 다음 **술담**에게 말했다. **더는 목줄을 쥔 자가 아니야.** 그녀는 자신을 타일렀다. "너희가 아주 조용히 있는다면, 목걸이를 뺄 수 있을 만큼 오랫동안 여기 너희 둘만 있을 수 있겠지. 물레는 그 의지에 따라 실을 잣고, 너희는 너희가 저지른 악행을 상쇄할 만큼 좋은 일을 많이 했을 수 있어. 목걸이를 풀어도 될 만큼 많은 선행 말이야. 그게 아니라면 너희는 결국 발견되겠지. 그리고 내 생각에, 너희를 발견하는 사람은 누구든 아주 많은 질문을 던진 뒤에야 그 목걸이를 풀어 줄 거다. 내 생각에 아마 너희는 너희가 다른 여자들에게 주었던 삶을 직접 알게 될 거다. 그게 정의야." 나이니브는 다른 사람들을 보며 덧붙였다.

린나는 공포로 표정이 굳어져 있었다. 두 손에 얼굴을 묻고 흐느끼는 시타의 어깨가 떨렸다. 나이니브는 마음을 단단히 먹고—**이게 정의야.** 나이니브는 자신을 타일렀다. **정말로**—다른 사람들을 데리고 방을 나섰다.

들어올 때 그랬듯 아무도 밖으로 나가는 그들에게 관심을 기울이지 않았다. 나이니브는 그게 **술담** 드레스 덕분이라고 생각했지만, 다른 옷으로 갈아입을 순간이 너무도 기다려졌다. 뭐라도 좋으니까. 세상에서 가장 더러운 걸레 조각이라도 피부에 닿는 느낌이 이보다는 깨끗할 터였다.

다시 자갈이 깔린 거리로 나올 때까지 소녀들은 조용히 나이니브를 따라갔다. 나이니브는 그게 자신 때문인지, 아니면 누군가가 그들을 멈춰 세울까 봐 두려웠기 때문인지 알 수 없었다. 나이니브가 눈을 사납게 떴다. 모두가 흥분해 여자들의 목을 직접 자르게 놔두었다면 다들 기분이 나아졌을까?

"말." 에그웨인이 말했다. "타고 갈 말이 필요해. 놈들이 벨라를 데려간 마구간이 어딘지 알지만, 벨라한테 갈 수는 없을 것 같아."

"벨라는 여기 놔둬야 해." 나이니브가 에그웨인에게 말했다. "우리는 배를 타고 떠날 거야."

"다들 어디 간 거지?" 민이 말했다. 거리가 텅 비어 있다는 걸 나이니브는 문득 깨달았다.

인파가 사라지고 없었다. 그들의 흔적조차 보이지 않았다. 거리의 모든 가게와 그 창문은 꽉 닫혀 있었다. 다만 항구에서 올라오는 길에 숀찬 병사들이 대형을 이루어 다가왔다. 질서 있게 도열한 병사가 백 명도 넘었다. 선두에 선 장교는 색칠한 갑옷을 입고 있었다. 그들은 지금도 여자들이 있는 거리에서 반쯤 떨어져, 험악하고 무자비한 걸음으로 행진하고 있었다. 나이니브는 모든 시선이 자신에게 향하고 있다고 느꼈다. **말도 안 돼. 난 투구를 쓴 저 사람들의 눈이 보이지 않아. 누가 경보를 울렸다면, 병사들은 우리 뒤를 따라오겠지.** 어쨌든 나이니브는 멈춰 섰다.

"우리 뒤에도 더 있어." 민이 웅얼거렸다. 나이니브의 귀에도 그 발소리가 들렸다. "어느 쪽이 먼저 우리가 있는 곳에 도착할지 모르겠는데."

나이니브가 깊이 숨을 들이쉬었다. "저놈들은 우리랑 아무 상관도 없어." 그녀는 다가오는 병사들 너머 항구를 보았다. 항구는 높이가 높고 상자처럼 생긴 숀찬의 배들로 가득 차 있었다. 그녀는 스프레이호를 찾아볼 수 없었다. 그녀는 스프레이호가 아직 그곳에 있기를, 출항 준비를 마쳤기를 기도했다. "곧장 저 사람들을 지나쳐서 걸어간다." **빛이여, 그럴 수 있으면 좋겠습니다.**

"저 사람들이 같이 가자고 하면, 나이니브?" 일레인이 물었다. "네가 그 드레스를 입고 있잖아. 저 사람들이 질문하기 시작하면……."

"난 돌아가지 않을 거야." 에그웨인이 험악하게 말했다. "그러느니 죽겠어. 놈들이 나한테 가르쳐 준 걸 놈들에게 보여 줘야지." 나이니브의 눈에는 황금색 후광이 갑자기 에그웨인을 감싸는 것처럼 보였다.

"안 돼!" 나이니브가 말했지만 너무 늦었다.

천둥처럼 우르릉대는 소리와 함께, 숀찬 부대의 맨 앞 열이 밟고 선 거리가 폭발했다. 흙과 자갈과 갑옷을 입은 사람들이 분수에서 뿜어져 나온 물처럼 내팽개쳐졌다. 에그웨인은 계속해서 빛을 발하며 빙글 돌아 거리 위쪽을 보았다. 천둥 같은 소리가 다시 울렸다. 흙이 비처럼 여자들에게 쏟아져 내렸다. 손찬 병사들이 고함을 지르며 질서정연하게 흩어져 건물 뒤쪽의 골목으로 피신했다. 순식간에 그들은 모두 시야에서 벗어났다. 거리를 망가뜨린 두 개의 커다란 구멍 주위에 쓰러진 병사들만이 예외였다. 그중 몇 사람은 미세하게 움찔거렸고, 거리에 신음이 흘러 다녔다.

나이니브는 두 손을 번쩍 들며 양쪽을 동시에 살피려 했다. "이 바보야! 우린 관심을 끌지 **않으려고** 노력하고 있다고!" 이젠 그럴 가망이 없었다. 나이니브는 골목을 지나고 병사들을 피해 항구까지 어떻게든 갈 수 있기를 바랄 뿐이었다. **이젠 다마니도 알 게 틀림없어. 저걸 놓쳤을 리는 없지.**

"난 다시 그 목걸이를 차지 않을 거야." 에그웨인이 사납게 말했다. "절대로!"

"조심해!" 민이 소리쳤다.

날카로운 쌕 소리와 함께 말만 한 크기의 불 공이 호선을 그리며 지붕 위 허공으로 날아가더니 떨어지기 시작했다. 그들을 향해 곧장.

"도망쳐!" 나이니브가 소리치며 덧문이 내려진 두 가게 사이의 가장 가까운 골목으로 몸을 던졌다.

그녀는 꿍 소리를 내며 어색하게 배부터 땅에 떨어졌다. 숨이 반쯤 멎었다. 그 순간 불의 공이 명중했다. 뜨거운 바람이 좁은 통로를 따라 나이니브의 위쪽을 쓸고 지나갔다. 나이니브는 공기를 꿀꺽 삼키며 뒤로 굴러 거리를 돌아보았다.

그들이 서 있던 자갈길에, 반경 5미터가량이 원 모양으로 쪼개지고 갈라지고 검어져 있었다. 일레인은 길 반대편의 다른 골목 바로 안쪽에 웅크리고 있었다. 민과 에그웨인의 흔적은 보이지 않았다. 나이니브는 두려움에 입을 틀어막았다.

일레인은 나이니브가 무슨 생각을 하는지 알아본 것 같았다. 여왕 후계자가 격렬하게 고개를 저으며 거리 저쪽을 가리켰다. 민과 에그웨인은 그쪽으로 갔다.

나이니브는 안도의 한숨을 쉬었으나 그 한숨은 즉시 화난 목소리로 바뀌었다. **바보 같은 계집애! 저놈들한테 죽을 뻔했잖아!** 하지만 비난할 시간은 없었다. 나이니브는 빠르게 모퉁이로 다가가 조심스럽게 건물 가장자리 너머를 보았다.

사람 머리 크기의 불 공이 거리를 따라 그녀에게 빠르게 다가왔다. 나이니브는 그 공이 나이니브 자신의 머리가 있던 모퉁이에 부딪혀 폭발하기 직전에 뒤로 펄쩍 뛰었다. 파편이 나이니브에게 쏟아졌다.

나이니브가 의식하지도 못하는 사이, 분노가 그녀를 일원력을 푹 적셨다. 번개가 하늘에서 번쩍이더니 거리 위쪽, 불 공의 진원지 근처에 쾅 소리를 내며 떨어졌다. 삐죽빼죽한 벼락이 또 한 번 하늘을 쪼갰다. 나이니브는 골목을 따라 달렸다. 등 뒤에서 번개가 골목 입구를 꿰뚫었다.

도먼이 배를 대기시키지 않았다면 난……. 빛이여, 저희 모두가 그 배에 안전하게 도착하도록 해 주소서.

석판 같은 잿빛 하늘 전체에 번개가 주욱 그어지자 베일 도먼은 퍼뜩 허리를 세웠다. 마을 어딘가에 벼락이 떨어지고 또 떨어졌다. **저런 일이 일어날 만큼 구름이 많지는 않은데!**

마을 위쪽에서 뭔가가 시끄럽게 우르릉댔고, 불의 공이 부두 바로 위쪽의 지붕을 들이박았다. 석판이 널찍하게 호선을 그리며 터져 나갔다. 부두는 손찬 사람 몇 명을 제외하고는 텅 비어 있었다. 이제는 그 사람들이 미친 듯이 뛰어다니며 칼을 뽑아 들고 소리를 질러 댔다. 한 남자가 창고 중 한 곳에서 **그롤름**을 데리고 나타났다. 그는 짐승의 긴 보폭을 따라잡으려고 달리며 바다에서 이어지는 거리 중 한 곳으로 사라졌다.

도먼의 선원 중 한 명이 펄쩍 뛰어 도끼를 잡고 계류삭 위쪽 높은 곳을 향해 휘둘렀다.

도먼이 단 두 걸음 만에 다가가, 한 손으로는 들어 올린 도끼를 잡고 다른 손으로는 남자의 목을 움켜쥐었다. "스프레이호는 **내가** 출항하라고 할 때까지 여기 머문다, 에드윈 콜!"

"다들 미쳐가고 있습니다, 선장님!" 야린이 소리쳤다. 폭발음이 항구 전체에 우르릉대는 메아리를 남겼다. 갈매기들이 비명을 지르며 원을 그렸다. 다시 번개가 번쩍이며 팔메 안쪽의 땅을 들이박았다. **다마니가 우리 모두를 죽일 겁니다! 놈들이 서로를 죽이느라 바쁠 때 가시죠. 우리가 떠날 때까지는 절대 눈치채지 못할 겁니다!"

"난 약속을 했다." 도먼이 말했다. 그는 콜의 손에서 도끼를 비틀어 빼내고 갑판에 내던졌다. "나는 약속을 했어." **서둘러, 이 여자야.** 도먼은 생각했다. **네가 아이즈 세다이든 뭐든, 서두르라고!**

제프람 본할드는 팔메 위쪽에서 번쩍이는 번개를 눈여겨보고 머릿속에서 지워 버렸다. 웬 거대한 생명체가—숀찬의 괴물 중 하나인 게 틀림없었다—번개를 피하려고 미친 듯이 날아다녔다. 폭풍이 불어닥친 거라면, 숀찬 사람들도 본할드만큼 늦어질 것이다. 나무가 거의 없고 듬성듬성한 덤불 숲만 꼭대기에 몇 군데 자리 잡고 있는 언덕들이 지금도 마을을 본할드에게서, 본할드를 마을로부터 가리고 있었다.

천 명의 부하들이 양옆에 쭉 뻗어 누워 있었다. 길게 늘어선 기병대가 언덕 사이 공터를 따라 물결쳤다. 차가운 바람이 그들의 흰 망토를 펄럭이며 본할드의 옆에 있는 깃발을 휘날렸다. 빛의 아이들을 나타내는, 구불구불한 광선의 황금빛 태양 깃발이었다.

"이제 가라, 바이알." 본할드가 명령했다. 여윈 얼굴의 남자가 망설이자 본할드가 목소리에 날을 세웠다. "가라고 했다, 빛의 아이 바이알!"

바이알은 가슴에 손을 대며 허리를 숙였다. "명령대로 따르겠습니다, 지휘관님." 그는 말머리를 돌려서 떠났다. 그러나 그의 온몸은 그러고 싶지 않다고 소리치는 듯했다.

본할드는 바이알을 머릿속에서 밀어냈다. 바이알에 관해서는 할 수 있는 일을 한 것이다. 그가 목소리를 높였다. "부대, 걷는 속도로 전진한다!"

안장 삐걱거리는 소리와 함께, 하얀 망토를 입은 남자들의 긴 대열이 천천히 팔메로 향했다.

모퉁이로 고개를 내밀고 다가오는 숀찬 사람들을 본 랜드는 인상을 찡그리며 마구간 두 곳 사이의 좁은 골목에 다시 몸을 숨겼다. 머잖아 놈들이 도착할 것이다. 랜드의 뺨에는 피가 말라 붙어 있었다. 투락에게 베인 상처가 타는 듯했지만 지금은 손 쓸 방법이 없었다. 하늘에서 다시 번개가 번쩍였다. 랜드는 그 우르릉대는 소리가 장화를 타고 밀어닥치는 것을 느꼈다. **빛의 이름을 걸고, 대체 무슨 일이 벌어지는 거야?**

"가까우냐?" 잉타가 말했다. "발리어의 뿔나팔은 지켜야만 한다, 랜드." 숀찬 사람들이 나타났음에도, 마을 중심지에서 벼락과 이상한 폭발이 일어나고 있음에도, 잉타는 자신만의 생각에 사로잡혀 있는 것 같았다. 맷과 페린과 휴린은 골목 반대편 끝에서 다른 숀찬 순찰대를 지켜보고 있었다. 이제는 그들이 말들을 두고 온 곳이 가까워져 있었다. 그곳에 갈 수만 있다면 말이다.

"에그웨인이 곤란에 빠진 거야." 랜드가 중얼거렸다. 에그웨인. 머릿속에 이상한 감각이 전해졌다. 자기 생명의 일부가 위험에 빠진 것만 같았다. 에그웨인은 랜드의 삶을 이루는 하나의 조각, 끈을 이루는 한 가닥이었다. 랜드는 그 부분이 위협당하는 것을 느낄 수 있었다. 그것도 바로 저기, 팔메에서. 실오리 중 하나라도 망가지면, 랜드의 삶은 절대 원래의 의도대로 완전해질 수 없었다. 이해가 되지는 않았지만, 그 감각은 확실하고도 분명했다.

"여기서는 한 명이 50명을 막을 수 있다." 잉타가 말했다. 마구간 두 곳이 가깝게 붙어 서 있어서 두 사람이 나란히 서 있을 공간이 간신히 나왔다. "50명을 상대로 한 명이 좁은 길목을 지킨다는 것. 죽기에 나쁜 방법은 아니다. 그보다 못한 일로도 노래는 만들어졌지."

"그럴 필요 없어요." 랜드가 말했다. "제 희망이지만." 마을의 지붕이 터져나갔다. **어떻게 저기로 돌아가지? 난 에그웨인에게 가야만 해. 에그웨인을 비롯한 다른 누군가들에게.** 랜드는 고개를 저으며 모퉁이를 다시 돌아보았다. 숀찬 사람들이 더 가까워져 있었다. 그들이 계속 다가왔다.

"난 놈이 뭘 하려는 건지 전혀 몰랐다." 잉타가 혼잣말하듯 조용히 말했다. 그는 칼을 빼들고 엄지로 칼날을 점검해 보았다. "똑바로 보고 있어도 눈에 잘 띄지 않는 창백하고 왜소한 남자였어. 나는 그자를 팔 다라로, 요새 안으로 데리고 들어가라는 명령을 받았다. 그러고 싶지는 않았으나 그렇게 할 수밖에 없었어. 알겠느냐? 그럴 수밖에 없었다. 그 녀석이 화살을 쏘았을 때까지는 그 의도를 전혀 몰랐어. 지금도 그 화살이 아멀린 권좌를 노린 것인지, 너를 노린 것인지 모르겠다."

랜드는 한기를 느꼈다. 그가 잉타를 빤히 보았다. "무슨 말이에요?" 랜드가 속삭였다.

잉타는 칼날을 찬찬히 살필 뿐 듣지 못하는 것 같았다. "사방에서 인류가 쓸려 나가고 있다. 나라들이 무너지고 사라진다. 사방에 어둠의 친구들이 있는데, 남부인들은 그 누구도 알아차리지 못하며 신경조차 쓰지 않는 것 같다. 우리는 변방을 지키려고 싸운다. 그자들이 자기 집에 안전하게 있을 수 있도록. 그렇게 매년 우리가 할 수 있는 일을 다 하건만 거대한오염은 전진한다. 하지만 남부인들은 트롤록이 신화 속 존재이고, 머드랄은 방랑 시인의 이야기에나 나온다고 여기지." 그는 인상을 쓰며 고개를 저었다. "그게 유일한 방법인 것 같았다. 우리는 알지도 못하고 관심도 없는 사람들을 지키다가 파멸할 것이었다. 그럴듯해 보였어. 우리가 우리의 평화를 만들어 낼 수 있는데, 왜 그들을 위해 파멸해야 하는가? 나는 카랄레인처럼, 하르단처럼 쓸모없이 잊어지는 것보다는 그림자가 낫다고 생각했다……. 그때는 그럴듯해 보였다."

랜드가 잉타의 옷깃을 잡았다. "말도 안 되는 소리예요." **저게 진심으로 하는 말일 리 없어. 절대로.** "똑바로 말해요, 무슨 뜻이든 간에. 지금 하는 얘기는 미친 소리니까!"

잉타는 처음으로 랜드를 보았다. 그의 눈이 흘리지 못한 눈물로 반짝였다. "너는 나보다 나은 사람이다. 양치기든 귀족이든, 나보다 나아. 예언에는 '나를 울리는 자는 영광이 아니라 구원만을 생각하게 하라'고 되어 있다. 내가 생각한 건 나의 구원이었다. 나는 뿔나팔을 울려 옛 시대의 영웅들을 이끌고 샤이올 굴을 물리칠 생각이었다. 그거면 분명 나를 구원하는 데 충분했을 것이다. 그 어떤 사람도 다시는 빛으로 걸어올 수 없을 만큼 오랫동안 그림자 속을 걸을 수는 없다. 사람들은 그렇게 말하지. 그렇게만 하면 나의 옛 존재와 행위를 씻어낼 수 있을 게 틀림없었다.”

“아, 빛이여. 잉타.” 랜드는 잉타의 옷깃을 놓고 축 늘어져 마구간 벽에 기댔다. “내 생각엔…… 내 생각에는 그러고 싶어 하는 것만으로 충분한 것 같아요. 내 생각에 당신이 해야 하는 일은…… 더 이상 놈들 중 하나로 살지 않는 것뿐이에요.” 잉타는 랜드가 그 단어를, 어둠의 친구라는 말을 큰 소리로 외치기라고 한 듯 움찔했다.

“랜드, 베린이 관문석을 통해 우리를 이곳으로 데려왔을 때 나는…… 나는 다른 삶들을 살았다. 때로는 뿔나팔을 들고 있었으나 절대 불지 않았다. 나는 이미 되어 버린 나라는 존재로부터 도망치려 했으나 한 번도 그러지 못했다. 늘 내게 요구되는 다른 무언가가, 직전에 요구되던 것보다 더 나쁜 무언가가 있었다. 그렇게 나는 결국……. 너는 친구를 구하기 위해 기꺼이 뿔나팔을 포기하려 했다. 영광을 생각하지 않았지. 아, 빛이여. 저를 도우소서.”

랜드는 무슨 말을 해야 할지 몰랐다. 에그웨인이 아이들을 살해했다고 말한 것만 같았다. 믿기에는 너무 끔찍한 일이었다. 사실이 아니라면 누구도 인정할 수 없을 만큼 끔찍한 이야기. 너무도 끔찍한 이야기.

잠시 후 잉타가 다시 단호하게 말했다. “대가가 있어야 한다, 랜드. 대가는 언제나 따른다. 어쩌면 내가 여기서 그 대가를 치를 수 있을 거다.”

“잉타, 난…….”

“칼집에 칼을 언제 넣을지 선택하는 건 모든 남자에게 주어진 권리다, 랜드. 나 같은 자에게도.”

랜드가 무슨 말을 하기도 전에 휴린이 골목을 따라 달려왔다. “순찰대가 방향을 바꿨습니다.” 그가 서둘러 말했다. “마을 쪽으로요. 저 밑에서 모이는 것 같습니다. 맷과 페린은 계속 갔습니다.” 그는 거리 쪽을 빠르게 살피더니 물러섰다. “우리도 그렇게 하는 게 좋겠습니다, 잉타 공, 랜드 공. 벌레

머리를 한 저 숀찬 사람들이 거의 여기에 도착했습니다.”

“가라, 랜드.” 잉타가 말했다. 그는 돌아서서 거리를 마주 보며 랜드와 휴린을 다시 돌아보지 않았다. “뿔나팔을 있어야 할 곳으로 가져가라. 나는 예전부터 아멀린 권좌가 네게 지휘권을 주었어야 한다는 걸 알고 있었다. 하지만 내가 원한 것은 샤이나를 온전히 지키는 것, 우리가 쓸려 나가 잊어지지 않도록 보호하는 것뿐이었다.”

“알아요, 잉타.” 랜드가 깊이 숨을 들이쉬었다. “빛이 당신을 비추시길, 시노와 가문의 잉타 공. 또 당신이 창조주의 손에서 안식하시길 바랍니다.” 그가 잉타의 어깨를 어루만졌다. “어머니의 마지막 포옹이 당신을 집으로 맞아들이나니.” 휴린이 헛숨을 들이켰다.

“고맙다.” 잉타가 조용히 말했다. 그에게서 긴장감이 빠져나가는 것 같았다. 팔 다라에 트롤록이 습격해 온 그날 밤 이후 처음으로, 잉타는 랜드가 처음 그를 보았을 때처럼 자신감 있고 편안한 모습으로 서 있었다. 만족한 모습으로.

랜드는 뒤로 돌았다가 자신을, 그와 잉타를 둘 다 빤히 보고 있던 휴린을 보았다. “갈 시간이에요.”

“하지만 잉타 공께서…….”

“……해야만 하는 일을 하시는 겁니다.” 랜드가 날카롭게 말했다. “우린 가죠.” 휴린은 고개를 끄덕였다. 랜드가 종종걸음 치며 그를 따라갔다. 이제는 숀찬 병사들의 군홧발 소리가 멈추지 않고 들려왔다. 랜드는 뒤를 돌아보지 않았다.

47장 무덤은 나의 부름을 막지 못하니

랜드와 휴린이 합류했을 즈음 맷과 페린은 말에 타고 있었다. 뒤쪽 먼 곳에서 잉타가 지르는 고함이 들려왔다. "빛을 위해, 시노와를 위해!" 강철 부딪히는 소리가 다른 목소리의 함성과 뒤섞였다.

"잉타는 어디 있어?" 맷이 소리쳤다. "어떻게 된 거야?" 그는 발리어의 뿔나팔을 평범한 뿔나팔이라도 되는 것처럼 안장의 높은 안장머리에 묶어 둔 채였다. 하지만 단검은 그의 허리띠에 채워져 있었다. 루비가 박힌 칼자루 끝이 오직 뼈와 힘줄만으로 만들어진 듯한 창백한 손에 보호 받듯 감싸여 있었다.

"잉타는 죽을 거야" 랜드는 레드의 등에 휙 올라타며 거칠게 말했다.

"그럼 우리가 도와야지." 페린이 말했다. "뿔나팔과 단검은 맷이 가지고 가면……."

"잉타는 우리 모두가 도망칠 수 있도록 저렇게 하는 거야." 랜드가 말했다. **다른 이유도 있지만.** "우리 모두가 뿔나팔을 베린에게 가져다줄 거야. 그런 다음에는 너희가 베린을 도와서 어디든 베린이 말하는, 뿔나팔이 속한 곳으로 뿔나팔을 가져갈 수 있을 거야."

"무슨 뜻이야?" 페린이 물었다. 랜드는 갈색 말의 옆구리에 발꿈치를 박아 넣었다. 레드가 마을 너머의 언덕을 향해 펄쩍 뛰었다.

"빛을 위해, 시노와를 위해!" 잉타의 고함이 의기양양하게 들렸다. 번개가 응답하듯 하늘 전체에 번쩍였다.

랜드는 고삐로 레드를 내리친 뒤 수말의 목에 엎드렸다. 갈색 말은 목숨을 걸고 뛰기 시작했다. 갈기와 꼬리가 물결쳤다. 랜드는 잉타의 고함으로부터 도망치는 것 같은 기분, 그가 해야만 하는 일로부터 도망치는 기분이 들지 않기를 바랐다. **잉타가 어둠의 친구라니. 그래도 상관없어. 그래도 잉타는 내 친구야.** 갈색 말이 아무리 질주해도 랜드는 자신의 생각에서 벗어날 수 없었다. **죽음은 깃털보다 가볍고 의무는 산보다 무겁다. 의무가 너무 많아. 에그웨인. 뿔나팔. 페인. 맷과 단검. 의무가 한 번에 하나만 있으면 안 되는 걸까? 그 모든 걸 신경 써야 하잖아. 아, 빛이여. 에그웨인!**

랜드가 고삐를 갑작스럽게 당기자 레드가 앞다리를 들고 미끄러지며 멈추었다. 그들은 팔메를 내려다보는 언덕 위, 헐벗은 나무들로 이루어진 듬성듬성한 잡목림 속에 있었다. 일행이 빠르게 랜드를 따라왔다.

"무슨 뜻이야?" 페린이 물었다. "**너희가** 베린을 도와서 뿔나팔을 있어야 할 곳으로 가져갈 수 있다니? **너는** 어디로 가게?"

"벌써 미쳐 가는 걸지도 몰라." 맷이 말했다. "미쳐 간다면 우리랑 같이 있고 싶지 않겠지. 그치, 랜드?"

"너희 셋이 뿔나팔을 베린에게 가져가." 랜드가 말했다. **에그웨인. 너무 많은 실오리가 너무 큰 위험에 처해 있어. 의무가 너무 많아.** "너희한테는 내가 필요하지 않아."

맷이 단검의 칼자루를 어루만졌다. "그거야 좋은데, 넌 어쩌게? 태워 죽일, 네가 벌써 미쳐 가는 것일 리 없잖아. 절대!" 휴린이 입을 쩍 벌리고 그들을 보았다. 그는 대화의 절반도 이해 못했다.

"난 돌아갈 거야." 랜드가 말했다. "애초에 떠나면 안 되는 거였어." 어째서인지 랜드 자신이 듣기에도 그 말은 정답은 아닌 것 같았다. 머릿속에서도 그 말이 올바르지 않게 들렸다. "난 돌아가야 해. 지금." 이게 좀 더 나았다. "에그웨인이 아직 저기 있어. 기억하지? 그놈의 목걸이를 목에 차고서."

“확실해?” 맷이 말했다. “난 에그웨인을 못 봤어. 아아아! 에그웨인이 저기 있다고 네가 말하면 저기 있는 거구나. 우리 모두가 뿔나팔을 가지고 베린에게 갔다가, 모두 함께 에그웨인을 구하러 돌아가자. 너 설마 내가 에그웨인을 저기에 놔둘 거라고 생각하는 건 아니지?”

랜드가 고개를 저었다. **실오리. 의무.** 폭죽처럼 터져 버릴 것 같은 기분이었다. **빛이여, 제게 무슨 일이 일어나는 겁니까?** “맷, 베린이 너를 데리고 그 단검을 타 발론으로 옮겨야 해. 그래야 네가 마침내 그 단검으로부터 자유로워질 수 있어. 너한테는 낭비할 시간이 없어.”

“에그웨인을 구하는 건 시간 낭비가 아니야!” 하지만 맷의 손은 단검이 덜덜 떨릴 정도로 그 자루를 꽉 쥐고 있었다.

“우린 아무도 돌아가지 못해.” 페린이 말했다. “아직은. 봐.” 그가 팔메를 가리켰다.

수레를 세워 놓은 뜰과 방목장이 숀찬 병사들로 검게 물들어 있었다. 수천 명의 숀찬 병사들이 줄줄이 밀려들었다. 갑옷을 입고 말을 탄 사람만큼 비늘이 있는 짐승을 타고 있는 기병대도 있었다. 알록달록한 깃발이 장교들을 나타냈다. **그롤름**이 대열 여기저기에 점점이 자리 잡고 있었다. 다른 이상한 짐승들도 있었다. 무시무시한 새나 도마뱀과 거의 비슷하지만 똑같지는 않은 짐승들이었다. 랜드가 도저히 묘사할 수 없는, 잿빛의 주름진 피부에 엄니가 달린 거대한 짐승들도 있었다. 병사들의 대열에는 간격을 두고 **술담**과 **다마니**가 스무 명가량 서 있었다. 랜드는 에그웨인이 그중에 있을지 궁금했다. 여전히 병사들 뒤의 마을에서는 이따금 지붕이 폭발했고 번개가 계속해서 하늘에 줄무늬를 그렸다. 이쪽 끝에서 저쪽 끝까지, 가죽 같은 날개 길이가 37미터는 되는 짐승 두 마리가 머리 위로 높이 날아올랐다. 그들은 밝은 번개가 춤추는 곳에서 멀찍이 떨어져 있었다.

“우리를 잡겠다고 저걸 전부 보낸 거야?” 맷이 믿을 수 없다는 듯 말했다. “대체 우리가 누구라고 생각하는 거야?”

답이 떠올랐지만, 랜드는 약간의 겨를도 주지 않고 그 답을 떠밀었다.

“반대쪽으로도 갈 수 없습니다, 랜드 공.” 휴린이 말했다. “하얀 망토들입니다. 수백 명이 있습니다.”

랜드는 휙 말머리를 돌려 탐지자가 가리키는 곳을 보았다. 하얀 망토를 입은 사람들의 긴 대열이 언덕을 가로질러 물결치듯 천천히 다가오고 있었다.

“랜드 공.” 휴린이 웅얼거렸다. “저 무리가 발리어의 뿔나팔을 스쳐가듯 보기라도 한다면 우리는 절대 아이즈 세다이 가까운 곳으로 뿔나팔을 가져갈 수 없을 겁니다. 우리 자신도 절대 뿔나팔과 다시 가까워질 수 없을 겁니다.”

“아마 저래서 숀찬 사람들이 보이는 거겠지.” 맷이 기대감을 담아 말했다. “하얀 망토들 때문에. 결국 우리랑은 아무 상관도 없을지 몰라.”

“상관이 있든 없든,” 페린이 무미건조하게 말했다. “몇 분 안에 여기서 전투가 벌어질 거야.”

“양쪽 모두 우리를 죽일 수 있습니다.” 휴린이 말했다. “뿔나팔을 보지 못하더라도요. 만약에 저 사람들이…….”

랜드는 하얀 망토들에 대해서든 숀찬 사람들에 대해서든 생각할 여력이 없었다. **돌아가야 해. 반드시.** 그는 자기도 모르게 발리어의 뿔나팔을 보고 있었다. 그들 모두가 그랬다. 말려 있는 뿔 모양의 황금색 뿔나팔이 맷의 안장머리에 매달린 채 모두의 시선을 사로잡았다.

“뿔나팔은 최후의 전투가 벌어질 때 그 현장에 있어야 해.” 맷이 입술을 핥으며 말했다. “그전에 쓰면 안 된다는 얘기는 없어.” 맷이 묶여 있던 뿔나팔을 풀어 불안한 눈으로 일행을 보았다. “안 된다는 얘기는 없어.”

다른 누구도 입을 열지 않았다. 랜드는 말을 할 수 없을 것만 같았다. 말할 여유를 내기에는 그 자신의 생각이 너무도 긴박했다. **돌아가야 해. 돌아가야 해.** 뿔나팔을 보면 볼수록 마음이 점점 급해졌다. **반드시. 반드시.**

입술로 발리어의 뿔나팔을 가져가는 맷의 손이 떨렸다.

뿔나팔이 황금이듯 황금색의 선명한 음이었다. 주변의 나무들이 그 소리와 공명하는 것 같았다. 발밑의 땅도, 머리 위의 하늘도. 단 한 번의 긴 소리가 모든 것을 에워쌌다.

난데없이 안개가 솟아오르기 시작했다. 처음에는 가느다란 연기 같은 것이 허공에 떠 있다가 더 짙은 파도가, 더더욱 짙은 파도가 되더니 구름처럼 온 땅을 뒤덮었다.

어떤 소리가 하늘을 가득 채우자 제프람 본할드는 안장에 앉은 채로 굳고 말았다. 웃고 싶을 만큼 달콤하고, 울고 싶을 만큼 애절한 소리였다. 그 소리가 사방에서 동시에 들려오는 것만 같았다. 안개가 솟아오르기 시작했다. 본할드가 지켜보는 동안에도 점점 짙어졌다.

숀찬 놈들이야. 놈들이 뭔가 시도하고 있어. 우리가 여기에 있다는 걸 아는 거야.

너무 일렀다. 마을이 너무 멀었다. 하지만 본할드는 칼을 뽑아 들었다. 칼집이 덜컥거리는 소리가 그의 부대 절반에 번져 갔다. 본할드가 소리쳤다. "부대, 경보로 진군한다."

이제는 안개가 모든 것을 뒤덮었지만, 본할드는 팔메가 여전히 저 앞에 있다는 걸 알고 있었다. 말들의 발걸음이 빨라졌다. 본할드의 눈에는 말이 보이지 않았지만, 그들의 소리는 들렸다.

갑자기 앞쪽 땅이 우르릉 소리를 내며 날아올라 갔다. 흙과 자갈이 그에게 쏟아졌다. 아무것도 보이지 않는 오른쪽의 흰 부분에서 또 한 번 우르릉거리는 소리가 나더니 사람과 말이 비명을 질렀다. 그다음에는 그의 왼쪽에서. 그리고 또 한 번. 또 한 번. 안개에 감춰진 천둥과 비명.

"부대 돌격!" 본할드가 박차를 가하자 그의 말이 앞으로 내달렸다. 부대가, 아직 살아 있는 부대가 뒤따르는 가운데 본할드는 함성을 들었다.

흰색으로 감싸인 천둥과 비명.

본할드가 마지막으로 한 생각은 후회였다. 바이알은 그의 아들 다인에게 그가 어떻게 죽었는지 전해 줄 수 없을 것이다.

주변의 나무가 더 이상 보이지 않았다. 맷은 뿔나팔을 내린 채 경이감에 눈을 크게 뜨고 있었지만, 그 소리는 여전히 랜드의 귀에 메아리쳤다. 안개가 최상급 미백 양모처럼 하얗게 밀려드는 파도로 모든 것을 감추었으나 랜드는 볼 수 있었다. 볼 수 있었으나 말도 되지 않았다. 팔메가 발아래 어딘가에 둥둥 떠 있었다. 내륙 쪽 경계선은 숀찬의 군인들로 새카맸고, 그 거리는 벼락에 뜯겨 나갔다. 팔메가 그의 머리 위에 떠 있었다. 그곳에서는 하얀 망토들이 돌격하다가, 그들의 말발굽 아래에서 땅이 벌어지고 불이 치솟으며 죽어 나갔다. 사람들이 항구의 높은 정사각형 배 위에서 뛰어다녔고, 눈에 익은 어느 배에서는 겁에 질린 사람들이 기다리고 있었다. 심지어 랜드는 선장의 얼굴까지 알아보았다. 베일 도먼. 그는 두 손으로 머리를 꽉 쥐고 있었다. 나무들은 감춰져 있었으나 랜드는 여전히 일행을 한 명 한 명 선명히 볼 수 있었다. 휴린은 불안했다. 맷은 겁에 질려 중얼거렸다. 페린은 이렇게 될 줄 알고 있었다는 표정이었다. 안개가 사방에서 솟아올랐다.

휴린이 헛숨을 들이켰다. "랜드 공!" 그가 손가락질할 필요도 없었다.

너울거리는 안개 저 아래에서, 마치 그 안개가 산비탈이라도 되는 것처럼 말들의 형상이 달려왔다. 처음에는 짙은 안개가 그 이상의 모습을 가리고 있었다. 그들은 천천히 다가왔다. 이제는 랜드가 헛숨을 들이켤 차례였다. 랜드는 그들을 알았다. 남자들. 모두가 갑옷을 입은 건 아니었다. 여자들도 있었다. 그들의 옷과 무기는 온갖 시대에 속한 것이었으나 랜드는 그들 모두를 알았다.

독수리눈 로고시는 이름이 암시하는 것처럼 날카로운 눈과 흰 머리카락을 갖춘, 아버지처럼 생긴 남자였다. 가이달 카인은 두 개의 칼자루가 넓은 어깨 위로 솟아 있는 가무잡잡한 남자였다. 금발의 버지테는 빛나는 은빛 활을 들고 있었으며 그녀의 화살통에는 은색 화살이 잔뜩 들어 있었다. 그리고 그보다 많은 사람들이 있었다. 랜드는 그들의 얼굴과 이름을 알았다. 그런데 그들의 얼굴을 하나하나 보았을 때 백 가지의 이름이 들려왔다. 일부는 너무 낯설어 이름인 줄 알면서도 이름이라고 알아듣기가 어려웠다. 미켈 대신 마이클. 페이드리그 대신 패트릭. 오타린 대신 오스카.

랜드는 그들의 선두에서 말을 달리는 남자도 알아보았다. 키가 크고 매부리코이며 검은 눈이 깊이 박혀 있는 남자. 그의 칼 저스티스가 옆으로 걸려 있었다. 아터 호크윙이었다.

맷은 그들이 자신과 일행 앞에서 고삐를 당겨 멈추자 입을 쩍 벌리고 그들을 보았다. "이게……? 이게 다예요?" 랜드가 보니 그들의 숫자는 100명을 조금 넘었다. 어째서인지 랜드는 그럴 줄 알고 있었다는 생각이 들었다. 휴린의 입이 쩍 벌어졌다. 그의 눈이 머리통에서 튀어나올 것만 같았다.

"남자가 뿔나팔을 메는 데는 용기 이상의 것이 필요하다." 아터 호크윙의 목소리는 낮으면서도 잘 들렸다. 명령을 내리는 게 익숙한 목소리였다.

"여자도 마찬가지고." 버지테가 날카롭게 말했다.

"여자도 마찬가지지." 호크윙이 동의했다. "오직 소수만이 물레에 매여, 시대의 패턴 속에서 돌고 또 돌며 물레의 의지를 실현한다. 네가 말해 주어라, 루스 세린. 네게 육신이 있었을 때가 기억난다면." 호크윙은 랜드를 보고 있었다.

랜드는 고개를 저었으나 그 말을 부정하느라 시간을 낭비하지는 않을 터였다. "침략자들이 왔습니다. 자신을 숀찬 사람이라고 부르며 사슬에 매인 아이즈 세다이를 전쟁터에서 이용하는 사람들입니다. 그자들을 바다로 다시 몰아내야 합니다. 그리고…… 그리고 여자애가 하나 있습니다. 에그웨인 알비어. 화이트 타워의 신입입니다. 숀찬 사람들이 그 애를 포로로 잡아 두었습니다. 제가 그 애를 풀어 주도록 도와주셔야 합니다."

놀랍게도 아터 호크윙 뒤에 모여 있던 소수의 사람들이 빙그레 웃었다. 버지테는 활시위를 당겨 보며 웃었다. "너는 언제나 너를 곤란에 빠뜨리는 여자들을 선택하는구나, 루스 세린." 오랜 친구들 사이에 주고받는 애정 어린 말투였다.

"제 이름은 랜드 알소르입니다." 랜드가 쏘아붙였다. "서두르셔야 해요. 시간이 별로 없습니다."

"시간?" 버지테가 미소 지으며 말했다. "우리에게 시간은 얼마든지 있어." 가이달 카인이 고삐를 놓고 무릎으로 말을 몰아가며 양손에 칼을 뽑아 들었다. 영웅들의 작은 무리를 따라 모든 이가 칼집에서 칼을 뽑아 들고 메고 있던 활을 내리고 창과 도끼를 들어 올렸다.

아터 호크윙의 장갑 낀 주먹에서 저스티스가 거울처럼 빛났다. "나는 헤아릴 수 없이 여러 번을 네 곁에서 싸웠다, 루스 세린. 그만큼 여러 번 너와 맞서기도 했지. 물레는 우리의 목적이 아니라 그 자신의 목적을 위해, 패턴에 따르고자 우리를 자아낸다. 너는 너 자신을 모를지라도 나는 너를 안다. 우리가 너를 위해 저 침략자들을 몰아내겠다." 그의 전투마가 껑충거리자 그는 인상을 쓰며 주위를 둘러보았다. "뭔가 잘못됐군. 뭔가가 나를 잡고 있다." 그가 갑자기 날카로운 시선을 랜드에게 돌렸다. "너는 여기 있는데. 깃발을 가지고 있나?" 호크윙 뒤에서 웅성거리는 소리가 번졌다.

"네." 랜드는 안장주머니의 끈을 홱 열고 드래건의 깃발을 꺼냈다. 깃발은 그의 손을 가득 채우고 수말의 무릎에 닿을 정도로 늘어졌다. 영웅들의 웅성거림이 더 커졌다.

"패턴은 우리 목 주변으로 고삐를 감듯 스스로 짜인다." 아터 호크윙이 말했다. "너는 여기에 있다. 깃발도 여기에 있다. 이 순간의 직조는 준비되었다. 우리는 뿔나팔에 불려서 왔으나 깃발을 따라야 한다. 그리고 드래건을." 휴린은 누가 목을 움켜쥐기라도 한 것처럼 약한 소리를 냈다.

"태워 죽일." 맷이 소리 죽여 속삭였다. "진짜였어. 태워 죽일!"

페린은 거의 망설이지 않고 말에서 휙 내려 안개 속으로 성큼성큼 나아갔다. 뭔가를 패는 소리가 나더니 페린이 돌아왔다. 그는 가지를 쳐낸 곧고 긴 묘목을 들고 있었다. "나한테 줘, 랜드." 그가 진지하게 말했다. "저들에게 필요하다면…… 나한테 줘."

랜드는 페린이 깃발을 깃대에 묶도록 도와주었다. 페린이 깃대를 손에 쥐고 다시 말에 오르자 길고 흰 깃발 전체에 기류가 물결을 일으키는 듯했다. 이어 뱀처럼 생긴 드래건이 살아서 움직이는 것처럼 보였다. 바람은 묵직한 안개에는 손을 대지 않고 오직 깃발만을 건드렸다.

"여기 계세요." 랜드가 휴린에게 말했다. "다 끝나면……. 여기 안전하게 계세요."

휴린은 짧은 칼을 뽑아, 말 등에 앉아서도 그 칼을 실제로 쓸 수 있을 것처럼 쥐었다. "용서해 주십시오, 랜드 공. 그러기 싫습니다. 저는 방금 들은 이야기의 10분의 1도 이해 못 하고…… 제가 본 것도 이해 못 하지만," 그의 목소리는 웅얼거리듯 줄어들었다가 다시 커졌다. "여기까지 왔으니 남은 길도 가겠습니다."

아터 호크윙이 탐지자의 어깨를 탁 쳤다. "때로는 물레가 우리 숫자를 불려 주기도 한다네, 친구. 언젠가는 자네도 우리 사이에 있게 될지 모르지." 휴린은 누가 왕관이라도 씌워 준 것처럼 허리를 세워 앉았다. 안장에 앉은 호크윙이 격식을 차려 랜드에게 허리를 숙였다. "허락해 주시오…… 랜드 공. 나팔수, 뿔나팔로 음악을 연주해 주겠나? 발리어의 뿔나팔이 노래를 불러 우리를 전쟁터로 안내하는 것이 적절하겠군. 기수, 전진하겠나?"

맷이 다시 뿔나팔을 길게, 높게 불었고―그와 함께 안개가 메아리쳤다― 페린은 말에 박차를 가하며 앞으로 달려갔다. 랜드는 왜가리 표시가 있는 칼을 뽑아 들고 그들 사이에서 달렸다.

짙은 흰색 파도 말고는 아무것도 보이지 않았지만, 어째서인지 전에 했던 일들이 자꾸 눈앞에 나타났다. 일원력으로 초토화된 팔메와 그곳의 항구, 숀찬의 주인, 죽어 가는 하얀 망토들이 그의 발아래에 깔려 있고 그의 머리 위에 떠 있었다. 그 모든 것이 실제와 같았다. 뿔나팔을 처음 분 뒤로 시간이 전혀 지나지 않은 것만 같았다. 영웅들이 부름에 응답하는 동안 시간이 잠시 멈추었다가 이제 다시 흐르는 것 같았다.

맷이 뿔나팔에서 짜낸 거친 함성이, 말들이 속도를 올리면서 말발굽 소리가 안개에 메아리쳤다. 랜드는 과연 자신이 행선지를 알고 있는지 궁금해하며 안개 속으로 돌격했다. 구름이 짙어지며 양옆에서 질주하는 영웅들의 대열 저 끝을 감추었다. 점점 더 많은 부분이 가려졌다. 결국 랜드는 오직 맷과 페린, 휴린만을 선명히 볼 수 있었다. 휴린은 눈을 휘둥그렇게 뜨고 안장에 낮게 웅크려 말을 재촉했다. 맷은 뿔나팔을 불면서 사이사이에 웃었다. 페린은 노란 눈을 빛냈다. 드래건의 깃발이 그의 뒤로 물결쳤다. 잠시 후에는 그들 역시 사라졌고, 랜드는 혼자서 말을 달리는 것만 같았다.

어떤 면에서는 여전히 그들이 보였다. 하지만 이제는 팔메와 숀찬 사람들이 보이는 것과 같은 방식으로만 보였다. 랜드는 그들이 어디에 있는지, 또 자신은 어디에 있는지 알 수 없었다. 그는 칼을 꽉 쥐고 눈앞의 안개 속을 바라보았다. 그는 혼자서 안개를 뚫고 돌격했다. 어째서인지 랜드는 원래 이렇게 되어야 하는 것이었음을 알았다.

안개 속에서 바알자몬이 나타나 두 팔을 활짝 벌렸다.

레드가 미친 듯이 앞발을 들며 랜드를 안장에서 내동댕이쳤다. 랜드가 날아가면서 간절히 칼을 붙잡았다. 세게 떨어지지는 않았다. 사실 랜드는 의아하다고 느꼈다. 방금의 낙마가 마치…… 허공에 내려서는 것 같았다. 한순간 안개를 뚫고 나아가고 있었는데, 다음 순간에는 아니었다.

랜드가 일어서 보니 그의 말은 사라지고 없었으나 바알자몬은 여전히 그곳에 있었다. 그가 두 손에 길고 검게 그을린 지팡이를 들고서 랜드를 향해 성큼성큼 다가왔다. 랜드와 바알자몬 둘뿐이었다. 오직 그들과 굽이치는 안개뿐이었다. 바알자몬 뒤에는 그림자가 있었다. 그의 뒤쪽 안개는 어둡지 않았다. 어둠이 흰 안개를 밀어냈다.

랜드는 다른 것도 의식했다. 아터 호크윙을 비롯한 영웅들이 짙은 안개 속에서 숀찬과 마주했다. 깃발을 든 페린은 자신에게 다가오려는 사람들을 해치려 하기보다는 막으려고 도끼를 휘둘렀다. 맷은 지금도 발리어의 뿔나팔로 거친 음을 불고 있었다. 휴린은 안장에서 내려 짧은 칼과 소드브레이커를 쥐고 자기가 아는 방법대로 싸웠다. 숀찬의 숫자가 많아 한 번의 돌격으로 그들이 압도될 것 같았으나, 물러나는 건 검은 갑옷을 입은 숀찬 사람들이었다.

랜드가 앞으로 나서 바알자몬과 마주했다. 그는 마지못해 공백을 불러오며 진정한 근원으로 손을 뻗었고, 그를 일원력으로 채워 갔다. 다른 방법이 없었다. 랜드에게는 어둠의 존재와 맞서 이길 가능성이 거의 없었다. 약간의 가능성도 일원력에 들어 있었다. 일원력이 랜드의 팔다리를 적셨다. 랜드의 모든 것에 스며드는 것 같았다. 그의 옷에, 그의 칼에. 랜드는 자신이 태양처럼 빛나고 있으리라 느꼈다. 짜릿했다. 토하고 싶었다.

"비켜라." 랜드가 짓씹어 뱉었다. "너 때문에 여기에 있는 게 아니다!"

"그 여자애 때문이냐?" 바알자몬이 웃었다. 그의 입이 불길로 변했다. 그의 화상은 거의 다 나아 있었다. 이미 엷어져 가는 분홍색 흉터만이 몇 군데 남아 있을 뿐이었다. 그는 중년의 잘생긴 남자처럼 보였다. 입과 눈만 빼면.

"어느 쪽이냐, 루스 세린? 이번에는 너를 도울 자가 아무도 없다. 너는 내 것이 되거나 죽는다. 죽는 경우에도 어쨌든 내 것이지만."

"거짓말!" 랜드가 짓씹어 뱉었다. 그는 바알자몬을 쳤지만, 그을린 나무로 만들어진 지팡이가 불꽃을 소나기처럼 쏟아 내며 랜드의 칼날을 쳐냈다. "너는 거짓말의 아버지다!"

"멍청하긴! 네가 소환한 다른 바보들이 네 정체를 말해 주지 않았더냐?" 바알자몬의 얼굴에서 불길이 웃음과 함께 솟구쳤다.

랜드는 텅 빈 곳에 떠 있으면서도 한기를 느꼈다. **그들이 과연 거짓말을 했을까? 나는 드래건의 환생이 되고 싶지 않아.** 랜드는 칼을 다시 세게 쥐었다. '비단 가르기'. 하지만 바알자몬은 모든 공격을 옆으로 쳐냈다. 대장장이의 용광로와 망치에서처럼 불꽃이 튀었다. "난 네가 아니라 팔메에 볼일이 있어. 너랑은 전혀 상관없어." 랜드가 말했다. **모두가 에그웨인을 풀어 줄 수 있을 때까지 내가 이놈의 관심을 붙잡아 두어야 해.** 랜드는 그 특이한 방식으로 안개에 감싸인 수레 뜰과 방목장에서 격렬히 벌어지는 전투 장면을 볼 수 있었다.

"이 딱한 놈. 너는 발리어의 뿔나팔을 불었다. 이젠 네가 그 뿔나팔에 연결되어 있다. 이제 와서 화이트 타워의 벌레들이 너를 놓아줄 거라고 생각하느냐? 그들은 네가 절대 자를 수 없을 만큼 무거운 사슬을 네 목에 감을 것이다."

랜드는 너무 놀라 공백 안에서도 그 놀라움을 느낄 수 있었다. **이자가 모든 걸 아는 게 아니구나. 이자는 모르고 있어!** 그 놀라움을 숨기기 위해 그는 바알자몬에게 덤벼들었다. '꿀장미에 입 맞추는 벌새'. '물 위에 뜬 달'. '바람을 타는 제비'. 칼과 지팡이 사이에 번개가 호선을 그렸다. 반짝이는 빛이 안개에 흩뿌려졌다. 그러면서도 바알자몬은 물러났다. 그의 눈이 격노로 가득한 용광로처럼 타올랐다.

의식의 가장자리에서, 랜드는 숀찬 사람이 팔메의 거리에서 물러나며 절망적으로 싸우는 모습을 보았다. **다마니**가 일원력으로 땅을 찢어발겼으나 그것으로는 아터 호크윙과 뿔나팔의 다른 영웅들을 해칠 수 없었다.

"계속 바위 밑 민달팽이로 남아 있으려느냐?" 바알자몬이 으르렁거렸다. 그의 등 뒤 어둠이 끓어오르며 동요했다. "우리가 여기 서 있는 동안 너는 자살하는 것이다. 일원력이 네 안에서 끓어오른다. 너를 태워 버린다. 너를 죽이고 있다! 세상에서 오직 나만이 너에게 일원력을 통제하는 방법을 가르칠 수 있다. 나를 섬기고 살아라. 나를 섬기거나, 죽어라!"

"절대 안 돼!" **오랫동안 이놈을 붙잡아 둬야 해. 서둘러요, 호크윙. 서둘러요!** 그는 바알자몬에게 다시 몸을 날렸다. '날아오르는 비둘기'. '떨어지는 잎사귀'.

이번에는 뒤로 밀려난 사람이 랜드였다. 그는 어렴풋이 마구간 사이로 퇴로를 뚫는 모습을 보았다. 랜드는 두 배는 더 힘을 썼다. '고릴라를 공격하는 물총새'. 숀찬 사람들이 돌격에 밀려났다. 아터 호크윙과 페린이 나란히 앞장서고 있었다. '짚단 모으기'. 바알자몬이 진홍색의 반딧불이 같은 분수를 일으키며 랜드의 공격을 받았다. 랜드는 지팡이에 머리가 쪼개지기 전에 펄쩍 뛰어 물러나야 했다. 공격으로 인한 바람에 머리카락이 휘날렸다. 숀찬 사람들이 앞으로 몰려나갔다. '불꽃 내리치기'. 불꽃이 싸락눈처럼 날렸고, 바알자몬은 랜드의 공격에 뛰면서 비켜섰다. 숀찬 사람들은 자갈길이 깔린 거리까지 밀려났다.

랜드는 큰 소리로 울부짖고 싶었다. 그는 두 전투가 이어져 있다는 것을 은연중에 깨달았다. 랜드가 전진하면 뿔나팔에 불려 나온 영웅들이 숀찬 사람들을 몰아붙였다. 랜드가 물러나면 숀찬 사람들의 기세가 강해졌다.

"놈들은 너를 구하지 못한다." 바알자몬이 말했다. "너를 구할 수도 있는 자들은 아리스대양 너머로 옮겨질 것이다. 네가 그들을 한 번이라도 다시 보게 된다면, 그들은 목걸이를 찬 노예가 될 것이며 새로운 주인을 위해 너를 파멸시킬 것이다."

에그웨인. 나는 놈들이 에그웨인에게 그런 짓을 하게 둘 수 없어.

바알자몬의 목소리가 랜드의 생각을 짓눌렀다. "네게는 한 가지 구원밖에 없다, 랜드 알소르. 동족살해자 루스 세린. 나만이 너의 구원이다. 나를 섬기면 내가 네게 온 세상을 주겠다. 저항하면 전에도 여러 번 그랬듯 너를 파멸시키겠다. 이번에는 다름 아닌 너의 영혼까지 파괴하겠다. 너를 절대적으로, 영원히 파멸시키겠다.”

내가 다시 이겼다, 루스 세린. 그 생각은 공백 너머에 있었지만 무시하자니, 그 소리가 들려왔던 모든 인생을 생각하지 않으려니 힘들었다. 랜드는 칼을 움직였고 바알자몬이 지팡이로 자세를 취했다.

랜드는 바알자몬이 왜가리 표시가 있는 칼에 해를 입을 수 있는 것처럼 군다는 걸 처음으로 알아차렸다. **강철은 어둠의 존재를 해칠 수 없어.** 하지만 바알자몬은 경계하며 칼을 주시했다. 랜드는 칼과 하나였다. 그는 칼의 모든 분자를, 눈으로 보기에는 천 배쯤 작은 조각들을 느낄 수 있었다. 또한 그에게 스며든 일원력이 칼로도 흘러 들어가, 힘의 전쟁 당시 아이즈 세다이가 만든 정교한 구조 전체에 얽히는 것도 느낄 수 있었다.

그때 랜드에게 다른 목소리가 들려왔다. 란의 목소리였다. **언젠가는 네 목숨보다도 다른 것을 더 원하는 때가 올 것이다.** 잉타의 목소리였다. **칼집에 칼을 언제 넣을지 선택하는 건 모든 남자에게 주어진 권리다.** 목걸이를 찬 채 **다마니**로 살아가는 에그웨인의 모습이 떠올랐다. **위험에 처한 내 삶의 가닥들. 에그웨인. 호크윙이 팔메에 가면 에그웨인을 구할 수 있어.** 랜드는 자기도 모르는 사이 ‘급류를 헤치는 왜가리’의 첫 자세를 취했다. 한 발로 균형을 잡고, 몸을 활짝 열고 방어하지 않은 채로 칼을 높이 들었다. **죽음은 깃털보다 가볍고, 의무는 산보다 무겁다.**

바알자몬이 그를 빤히 보았다. “왜 바보처럼 웃고 있는 거냐, 어리석은 자여? 내가 너를 완전히 파괴할 수 있다는 걸 모르느냐?”

랜드는 공백 이상의 침착함을 느꼈다. “난 절대로 너를 섬기지 않을 것이다, 거짓말의 아버지여. 천 번을 사는 동안 나는 한 번도 너를 섬기지 않았다. 나는 그 사실을 알고 있다. 확신한다. 와라. 이제 죽을 시간이다.”

바알자몬의 눈이 휘둥그레졌다. 한순간, 그 눈은 용광로가 되어 랜드의 얼굴에 땀이 어리게 했다. 바알자몬 뒤의 암흑이 그의 주변에서 끓어올랐고 그의 얼굴이 단단해졌다. "그렇다면 죽어라, 벌레여!" 바알자몬이 창을 휘두르듯 지팡이로 찔러 왔다.

랜드는 그 지팡이가 옆구리를 꿰뚫고 하얗게 달군 부젓가락처럼 타오르는 걸 느끼며 비명을 질렀다. 공백이 흔들렸지만, 랜드는 마지막 남은 힘으로 버티며 왜가리 표시가 있는 칼날을 바알자몬의 심장에 찔러 넣었다. 바알자몬이 비명을 질렀고 그의 뒤쪽 어둠도 비명을 질렀다. 세상이 불타오르며 폭발했다.

48장 첫 번째 주인

민은 얼굴이 하얗게 질려 빤히 쳐다보는 사람들을, 신경질적으로 비명을 질러 대지 않는 사람들을 밀치며 자갈로 된 거리를 애써 올라갔다. 몇 명은 도망쳤다. 자기가 어디로 가는지 전혀 모르는 듯했다. 하지만 대부분은 어설프게 다뤄지는 인형처럼, 남기보다는 떠나기를 더 두려워하는 것처럼 움직였다. 민은 에그웨인을 찾아 그 얼굴들을 살폈다. 아니면 일레인을. 아니면 나이니브를. 보이는 건 팔메 사람들뿐이었다. 그러나 실이 매어져 있는 것처럼 확실하게 그녀를 끌어당기는 무언가가 있었다.

그녀는 한 차례 돌아서서 뒤를 보았다. 숀찬의 배들이 항구에서 타올랐다. 그녀는 항구의 입구에서 좀 떨어진 곳에서 더 많은 불길을 보았다. 수많은 네모난 배들이 이미 지는 해를 배경으로 조그맣게 보였다. 그 배들은 **다마니**가 일으킨 바람이 몰아갈 수 있는 한 최대한 빠르게 서쪽으로 움직이고 있었다. 조그만 배 한 척이 해변을 따라 움직이게 해 줄 바람을 받느라 돛을 기울이고, 바람을 거스르며 갈지자로 항구에서 멀어지고 있었다. 스프레이 호였다. 민은 더 이상 기다리지 않은 베일 도먼을 탓할 수 없었다. 그런 광경을 보고 난 다음이었으니. 민은 그가 이렇게 오래 남아 있었던 것이 오히려 기적이라고 생각했다.

항구에는 불타지 않은 손찬 배가 한 척 있었다. 그 배의 함교는 이미 꺼진 불로 까매져 있었다. 높다란 배가 항구의 입구 쪽으로 슬금슬금 다가가자 말에 올라탄 사람이 항구 가장자리의 절벽을 돌아 나타났다. 물을 가르며 말을 달리다니. 민의 입이 쩍 벌어졌다. 그 형체가 활을 들어 올리자 은빛이 반짝였다. 은빛의 선이 네모난 배를 꿰뚫었다. 활과 배를 빛나는 선이 연결한 것만 같았다. 이렇게 먼 곳까지 활활 타는 소리가 들리다가 불이 다시 한번 앞쪽 함교를 삼켰고, 선원들이 갑판을 급히 돌아다녔다.

민은 눈을 깜빡였다. 다시 보니 말 탄 형체는 사라지고 없었다. 배는 여전히 바다를 향해 천천히 나아갔다. 선원들이 불을 끄려고 애쓰고 있었다.

민은 몸을 떨며 다시 거리를 오르기 시작했다. 그녀는 오늘 너무 많은 것을 보았기에 말을 타고 물 위를 달리는 사람에게도 잠시밖에 시선을 빼앗기지 않았다. **저게 정말로 활을 든 버지테라도. 아터 호크윙이라도. 난 아터 호크윙을 봤어. 진짜로.**

어느 높은 석조 건물 앞에서 민은 머뭇거리며 멈춰 섰다. 충격이라도 받은 사람처럼, 그녀를 스치고 지나가는 사람들은 무시했다. 저 안에, 어딘가에 그것이 있었다. 민이 가야 했다. 민은 서둘러 계단을 올라가 문을 밀어젖혔다.

아무도 그녀를 막으려 들지 않았다. 민이 아는 한 이 집 안에는 아무도 없었다. 팔메 사람 대부분이 거리에 나와, 모두가 일제히 미쳐 버린 건지 알아보고 있었다. 그녀는 계속해서 집을 가로질러 뒤쪽 정원으로 들어갔다. 그곳에 그가 있었다.

랜드가 참나무 아래에 드러누워 있었다. 얼굴은 창백하고 눈은 감겨 있었으며 왼손은 끝이 녹은 것처럼 보이는, 30센티미터 남짓한 칼날로 끝나는 칼자루를 잡고 있었다. 가슴이 너무 천천히 오르내렸다. 정상적으로 숨을 쉬는 사람의 규칙적인 박자가 아니었다.

민은 마음을 가라앉히려고 깊이 심호흡을 하며 랜드에게 무엇을 해줄 수 있을지 보러 갔다. 첫 번째는 남은 칼을 치우는 것이었다. 몸부림치기 시작하면 랜드는 자신이나 민에게 상처를 입힐 수 있었다. 민은 그의 손을 억지로 펼치고, 칼자루가 손바닥에 달라붙어 있는 걸 보고 움찔했다. 민은 얼굴을 찡그리며 칼을 옆으로 던져 버렸다. 칼자루의 왜가리가 랜드의 손에 낙인처럼 찍혀 있었다. 하지만 민이 보기에, 랜드가 의식을 잃고 그곳에 쓰러진 이유는 그것이 아니었다. **어쩌다 저렇게 된 거지? 나이니브가 나중에 연고를 발라줄 수 있겠지.**

서둘러 살펴보니 랜드의 베인 상처와 멍 대부분은 새로운 것이 아니었으나―최소한 피는 말라붙을 시간이 있었고 멍은 가장자리가 노랗게 변하기 시작했다―그의 왼쪽 옆구리 코트에는 타 들어간 구멍이 있었다. 민은 랜드의 코트를 젖히고 셔츠를 끌어올렸다. 민의 잇새로 색색거리는 숨소리가 났다. 랜드의 옆구리에 불에 그을린 상처가 있었지만, 그 상처는 저절로 지혈된 것 같았다. 민이 놀란 것은 랜드의 살갗에서 느껴지는 감촉 때문이었다. 랜드의 피부는 얼음 같았다. 랜드와 비교하면 공기가 따뜻하게 느껴질 정도였다.

민은 랜드의 어깨를 움켜쥐고 그를 집 쪽으로 끌고 가기 시작했다. 랜드는 축 늘어져 있었다. 너무도 무거웠다. "이 굼벵이 같은 놈." 민이 끙 소리를 냈다. "키가 작고 가벼워질 수는 없는 거야? 다리랑 어깨가 이렇게 커야겠어? 그냥 여기 누워 있게 놔둬야겠다."

하지만 민은 끙끙대며 계단을 올라갔다. 피할 수 없을 때가 아니면 랜드가 더 이상 부딪히지 않도록 조심하며 그를 안으로 끌어당겼다. 랜드를 문바로 안쪽에 놔둔 민은 허리 움푹한 부분을 손마디로 문지르며 패턴에 대해 혼자 투덜거리고 서둘러 탐색을 시작했다. 집 뒤쪽에 작은 침대가 있었다. 아마 하인의 방일 터였다. 거기에 담요가 높이 쌓여 있는 침대, 통나무가 들어가 있는 난로가 있었다. 민은 담요를 젖혀 놓고 불을 피웠다. 침대 옆 탁자 위의 등불도 켰다. 그런 다음 그녀는 랜드에게 돌아갔다.

랜드를 방으로 데려가는 것도, 침대 위로 끌어올리는 것도 쉬운 일은 아니었지만 민은 조금 숨이 가빠지는 것만으로 그 일을 해내고 랜드에게 이불을 덮어 주었다. 잠시 후 이불 밑에 손을 집어넣었다. 그녀는 움찔하며 고개를 저었다. 이불이 얼음처럼 차가웠다. 랜드에게는 담요로 잡아 둘 몸의 온기가 전혀 없었다. 민은 일부러 한숨을 쉬며 이불 아래, 랜드 옆으로 꼼지락 거리며 들어갔다. 그리고 랜드의 머리를 자신의 팔에 기대도록 했다. 랜드의 눈은 여전히 감겨 있었고 그의 호흡은 거칠었지만, 나이니브를 찾으러 나갔다가는 돌아올 때쯤 랜드가 죽어 있을 것이라고 민은 생각했다. **랜드에게는 아이즈 세다이가 필요해.** 민은 생각했다. **내가 할 수 있는 건 약간의 온기를 주는 것뿐이야.**

민은 잠시 랜드의 얼굴을 살폈다. 민에게 보이는 것은 그의 얼굴뿐이었다. 그녀는 한 번도 의식이 없는 사람을 읽은 적이 없었다. "난 나이가 더 든 남자들이 좋아." 민이 그에게 말했다. "교육 받고 재치도 있는 남자가 좋아. 난 농장이나 양, 양치기들한테 아무 관심이 없어. 특히 어린 남자 양치기한테는." 민은 한숨을 쉬며 랜드의 얼굴로 흘러내린 머리카락을 쓸어 넘겼다. 랜드의 머리카락은 비단처럼 부드러웠다. "하긴, 넌 양치기가 아니지? 더는 말이야. 빛을 걸고, 대체 패턴이 왜 나를 너와 같은 곳에 두어야만 했던 걸까? 왜 나는 안전하고 단순한 걸 가질 수 없는 거야? 예를 들어, 식량 한 점 없이 굶주린 아이일 사람 십여 명과 함께 난파당한다든지?"

복도에서 어떤 소리가 들려왔다. 민이 고개를 드는 순간 문이 열렸다. 에그웨인이 그곳에 서서 난롯불과 등불 빛으로 그들을 보고 있었다. "아." 에그웨인이 한 말은 그게 전부였다.

민의 뺨이 붉어졌다. **왜 나는 무슨 잘못이라도 한 것처럼 구는 거야? 바보같이!** "난…… 난 랜드를 따뜻하게 해 주고 있었어. 랜드가 정신을 잃었는데 얼음처럼 차가워."

에그웨인은 더 이상 방으로 들어오지 않았다. "난…… 난 랜드가 나를 끌어당긴다고 느꼈어. 랜드한테 내가 필요하다고. 일레인도 그렇게 느꼈대. 난 그게 랜드의…… 정체와 관계있는 게 틀림없다고 생각했지만, 나이니브는 아무것도 느끼지 않았어." 에그웨인이 깊이, 고르지 않게 숨을 들이쉬었다. "일레인과 나이니브가 말을 데려오고 있어. 벨라를 찾았어. 손찬 사람들은 말을 대부분 남겨 두고 떠났어. 나이니브는 최대한 빨리 떠나야 한다는데……. 그런데 민, 너도 이제 랜드의 정체를 아는 거지?"

“알아.” 민은 랜드의 머리 아래서 팔을 빼내고 싶었지만 도저히 움직일 수가 없었다. “아무튼 내 생각에는 그래. 정체가 뭐든 랜드는 다쳤어. 난 따뜻하게 해 주는 것 말고 아무것도 해줄 수 없고. 나이니브라면 가능할지 모르지.”

“민, 너도 알겠지만……. 너도 랜드가 결혼할 수 없다는 건 알 거야. 랜드는…… 안전하지 않아. 우리 중 누구에게도, 민.”

“너야 그렇겠지.” 민이 말했다. 그녀는 랜드의 얼굴을 끌어당겨 자기 가슴에 밀착시켰다. “일레인이 말한 그대로야. 네가 화이트 타워에서 랜드를 버렸어. 내가 랜드를 주워 가진다고 해도 네가 무슨 상관이야?”

에그웨인은 길게만 느껴지는 시간 동안 민을 바라보았다. 랜드도 아니고, 다른 무엇도 아니고, 민만을. 민은 얼굴이 뜨거워지는 걸 느끼고 시선을 돌리고 싶었으나 그럴 수 없었다.

“나이니브를 데려올게.” 마침내 에그웨인이 말하더니, 등을 꼿꼿이 세우고 고개를 높이 든 채 방을 나섰다.

민은 에그웨인을 부르고 싶었다. 그녀를 따라가고 싶었다. 하지만 얼어붙은 것처럼 그 자리에 누워 있었다. 답답한 마음에 눈물이 나왔다. **이렇게 해야만 해. 난 알아. 모두에게서 읽었는걸. 빛이여, 저는 이 일에 끼고 싶지 않습니다.** “전부 네 잘못이야.” 민은 랜드의 고요한 몸을 향해 말했다. “아니, 그건 아니지. 하지만 내 생각엔 네가 대가를 치르게 될 거야. 우리 모두 거미줄에 걸린 파리 신세가 됐어. 내가 에그웨인한테 아직 나타나지 않은 여자가 한 명 더 있다고, 에그웨인은 알지도 못하는 여자가 있다고 말하면 어떻게 될까? 그렇게 치면, 너는 그 여자에 대해서 어떻게 생각할까? 훌륭하신 양치기 나리. 넌 전혀 못생기지 않았지만……. 빛을 걸고, 난 네가 선택할 사람이 나인지조차 몰라. 네가 나를 선택하기를 원하는지조차 모르겠어. 아니면 네가 우리 셋 모두를 네 무릎 위에 앉혀 놓고 얼러 대려나? 네 잘못은 아닐지 몰라도, 랜드 알소르. 공정하지 않아.”

“랜드 알소르가 아니야.” 문 앞에서 노랫소리 같은 목소리가 들려왔다. “루스 세린 텔라몬이지. 드래건의 환생.”

민은 빤히 보았다. 그 여자는 민이 여태 본 여자 중 가장 아름다운 여자로, 창백하고 매끄러운 피부에 길고 검은 머리카락, 밤하늘처럼 어두운 눈을 가지고 있었다. 그녀의 드레스는 눈조차 거무스름해 보이게 만들 만한 흰 빛으로, 은색 허리띠로 매여 있었다. 그녀의 모든 보석은 은색이었다. 민은 신경이 곤두서는 것을 느꼈다. "무슨 뜻이죠? 당신은 누구예요?"

여자가 다가와 침대를 내려다보고 섰다. 여자의 움직임이 너무도 우아해, 민은 찌르는 듯한 질투를 느꼈다. 전에는 무엇으로도 다른 여자를 부러워해 본 적이 없는데 말이다. 여자는 민이 그곳에 없다는 것처럼 랜드의 머리카락을 매만져 주었다. "그는 아직 믿지 않는 것 같지만. 알긴 해도 믿지는 않아. 내가 랜드의 발걸음을 안내해 줬어. 밀고 당기고 유혹했지. 그는 언제나 고집스러웠지만, 이번에는 내가 그를 만들 거야. 이샤마엘은 상황을 좌지우지하는 게 자기라고 생각하지만, 실재로는 내가 하는 거니까." 그녀의 손가락이 어떤 표시를 그리는 것처럼 랜드의 이마를 스쳤다. 민은 불안한 마음으로 그 표시가 드래건의 송곳니처럼 보인다고 생각했다. 랜드가 움찔하며 뭔가 중얼거렸다. 민이 랜드를 발견한 이후 처음으로 낸 소리이자 움직임이었다.

"당신은 누구죠?" 민이 물었다. 여자는 민을 보았다. 보기만 했다. 하지만 민은 자기도 모르게 베개 속으로 몸이 쪼그라드는 것만 같았다. 그녀는 랜드를 격하게 꽉 잡았다.

"나는 랜피어라고 불린단다, 꼬마야."

민은 입이 갑자기 바싹 말라서 목숨이 걸려 있다 해도 말을 할 수 없을 것만 같았다. **버려진 자 중 하나잖아! 안 돼! 빛이여, 안 됩니다!** 민이 할 수 있는 일은 고개를 젓는 것뿐이었다. 부정의 몸짓에 랜피어가 미소 지었다.

"루스 세린은 과거에도, 지금도 내 것이란다, 꼬마야. 내가 올 때까지 나 대신 그를 잘 돌봐 주렴." 그러더니 그녀는 사라졌다.

민은 입을 쩍 벌렸다. 한순간은 그 여자가 이곳에 있었는데 다음 순간에는 사라져 버렸다. 민은 자기도 모르게 랜드의 의식 잃은 몸을 꽉 끌어안고 있었다. 민은 랜드가 자신을 지켜 주었으면 좋겠다는 생각이 들지 않기를 바랐다.

험악한 목적의식으로 굳어진 여윈 얼굴의 바이알은 지는 해를 등 뒤에 두고 질주하며 절대 뒤를 돌아보지 않았다. 그는 봐야 할 모든 것을 보았다. 그 저주받은 안개가 껴 있는 상태에서 볼 수 있는 모든 것을. 부대는 전멸했고 제프람 본할드 지휘관은 죽었으며 그에 대한 설명은 한 가지뿐이었다. 어둠의 친구들이 그들을 배신했다. 투 리버스의 페린 같은 어둠의 친구들이. 바이알은 바로 그 말을 지휘관의 아들 다인 본할드에게, 타 발론을 감시하는 빛의 아이들과 함께 있는 그에게 전해야 했다. 하지만 그에게는 더 나쁜 소식이 있었다. 그것도 페이드론 네예올 본인에게 전해야 할 소식이었다. 바이알은 팔메의 하늘에서 본 것을 전해야 했다. 그는 고삐로 말을 채찍질하며 한 번도 뒤를 돌아보지 않았다.

49장 이루어졌어야 할 것

랜드는 눈을 떴다. 그는 진퍼리꽃나무 가지 사이로 비스듬하게 들어오는 햇빛을 올려다보고 있었다. 나무의 널찍하고 거친 잎사귀는 계절에도 불구하고 여전히 파랬다. 밤이 오면 나뭇잎을 흔드는 바람이 눈의 기운을 실어 날랐다. 랜드는 누워 있었고, 두 손 아래로 자신의 몸을 덮고 있는 담요를 느낄 수 있었다. 코트와 셔츠는 없어진 것 같았으나 뭔가가 그의 가슴을 묶고 있었으며 왼쪽 옆구리가 아팠다. 고개를 돌리자 바닥에 민이 앉아서 그를 지켜보고 있었다. 랜드는 치마를 입고 있는 그녀를 거의 알아보지 못했다. 민이 머뭇거리며 미소 지었다.

"민. 너구나. 어디서 왔어? 여기가 어디야?" 기억이 드문드문, 조각조각 떠올랐다. 오래된 일은 기억났지만 지난 며칠은 깨진 거울 조각처럼 그의 머릿속을 빙빙 돌며, 또렷이 보기 전에 사라지는 잠깐의 형상만을 보여 주었다.

"팔메에서." 민이 말했다. "우리는 지금 팔메에서 동쪽으로 닷새 떨어진 거리에 있어. 너는 그동안 내내 잠들어 있었고."

"팔메." 더 많은 기억. 맷이 발리어의 뿔나팔을 불었었다. "에그웨인! 에그웨인은……? 그 사람들이 풀어 줬어?" 랜드는 숨을 참았다.

“‘그 사람들’이 누구를 말하는 건지는 모르겠지만, 에그웨인은 풀려났어. 우리가 직접 풀어 줬어.”

“우리라니? 무슨 말인지 모르겠는데.” **에그웨인은 자유야. 최소한은…….**

“나이니브랑 일레인이랑 나 말이야.”

“나이니브가? 일레인이? 어떻게? 너희 **모두** 팔메에 있었어?” 랜드는 애써 일어났으나 민이 쉽게 그를 주저앉히고, 그의 어깨에 두 손을 얹은 채 시선을 그의 얼굴에 집중하며 서 있었다. “에그웨인은 어디 있어?”

“떠났어.” 민의 얼굴이 붉어졌다. “다 떠났어. 에그웨인도, 나이니브도, 맷도, 휴린도, 베린도. 휴린은 사실 널 떠나고 싶어 하지 않았어. 다들 타 발론으로 가는 중이야. 에그웨인이랑 나이니브는 화이트 타워에 훈련을 받으러 돌아갔고, 맷은 뭔지는 몰라도 아이즈 세다이가 그 단검에 해야 하는 일 때문에 갔어. 발리어의 뿔나팔도 가져갔고. 내가 정말 그 뿔나팔을 봤다니 믿어지지 않아.”

“떠났다니.” 랜드가 중얼거렸다. “에그웨인은 내가 깨어날 때까지 기다리지도 않았구나.” 민의 두 뺨에 떠오른 홍조가 더욱 짙어졌다. 그녀는 물러나 앉으며 자기 무릎을 바라보았다.

랜드가 두 손을 들어 얼굴을 쓸어 보다가 멈췄다. 그는 놀라서 자기 손바닥을 바라보았다. 이제는 왼손 손바닥에도 왜가리 낙인이 찍혀 있었다. 오른손에 있던 것과 똑같았다. 모든 선이 선명하고 사실적이었다. **한 번은 왜가리로 그의 길을 놓고, 두 번은 왜가리로 그가 진짜임을 알리니.** “아니야!”

“나들 떠났어.” 민이 말했다. “‘아니야’라고 말해 봐야 달라지는 건 없어.”

랜드가 고개를 저었다. 무언가가 옆구리의 통증이 중요하다고 말해 주었다. 다친 것은 기억나지 않았지만, 중요했다. 랜드는 담요를 들추고 상처를 보려 했으나 민이 그의 손을 탁 쳐냈다.

“그래 봐야 좋을 것 없어. 아직 다 낫지 않았다고. 베린이 치유를 시도해 봤지만, 치유력이 들어야 하는 방식대로 듣지 않았대.” 민은 입술을 씹으며 망설였다. “모레인 말로는 나이니브가 뭔가 한 게 틀림없대. 그게 아니라면 우리가 너를 베린에게 데려갈 때까지 네가 살아 있지도 못했을 거래. 하지만 나이니브는 너무 겁을 먹어서 촛불도 켜지 못해. 뭔가……, 네 상처에 뭔가 잘못된 점이 있어. 넌 그 상처가 자연스럽게 나을 때까지 기다려야 해.” 민은 곤란해하는 눈치였다.

“모레인이 여기 있어?” 랜드가 쓸쓸하게 웃음을 터뜨렸다. “베린이 떠났다고 네가 말했을 때, 난 내가 아이즈 세다이로부터 다시 자유로워진 줄 알았어.”

“난 여기 있다.” 모레인이 말했다. 온통 파란색 옷을 입고 화이트 타워에서 있을 때처럼 평온한 모습으로 나타난 그녀는 한가로이 랜드에게 다가와 그를 내려다보고 섰다. 민은 아이즈 세다이를 보고 인상을 찡그렸다. 랜드는 민이 모레인으로부터 자신을 보호하려 한다는 이상한 느낌을 받았다.

“여기 없었으면 좋았을 텐데요.” 랜드가 아이즈 세다이에게 말했다. “나 때문이라면, 어디든 당신이 숨어 있던 곳으로 돌아가서 가만히 있어도 돼요.”

“난 숨어 있지 않았어.” 모레인이 차분하게 말했다. “난 여기 토먼 헤드에서, 또 팔메에서 내가 할 수 있는 일을 하고 있었다. 많은 걸 해낼 수는 없었지만 많은 걸 알게 됐지. 나는 손찬 사람들이 나의 자매 두 명을 목줄이 채워진 자들과 함께 배에 싣기 전에 구하는 데 실패했지만, 내가 할 수 있는 일을 했다.”

“할 수 있는 일이라니. 당신은 베린을 보내 나를 양 떼처럼 몰고 다니게 했어요. 하지만 난 양이 아니에요, 모레인. 당신은 내가 어디든 원하는 곳에 가도 된다고 했죠. 난 당신이 없는 곳으로 갈 생각이에요.”

“내가 베린을 보낸 게 아니야.” 모레인이 인상을 썼다. “베린이 알아서 한 거지. 너는 아주 많은 사람들의 관심을 끌고 있어, 랜드. 페인이 널 찾은 거냐, 네가 페인을 찾은 거냐?”

갑작스러운 화제 전환에 랜드는 허를 찔렸다. “페인이요? 아뇨. 나도 참 대단한 영웅이죠. 난 에그웨인을 구하려 했는데, 민이 나보다 먼저 그 일을 해냈어요. 페인은 내가 자기를 마주하지 않으면 에먼즈 필드를 해치겠다고 했는데, 난 페인을 보지도 못했어요. 페인도 손찬 사람들과 함께 간 건가요?"

모레인이 고개를 저었다. "모른다. 나도 알았으면 좋겠어. 하지만 네가 페인을 찾지 못한 건 잘된 일이야. 최소한 네가 그자의 정체를 알기 전까지는 특히."

"놈은 어둠의 친구예요."

"그 이상이다. 그보다 나쁘지. 파단 페인은 영혼 깊은 곳까지 어둠의 존재의 피조물이었지만, 내 생각에는 샤다 로고스에서 무어데스와 어떤 문제를 겪은 것 같다. 그자는 그림자와 싸우면서 그림자 자체만큼 지독하게 굴었던 자고. 무어데스가 페인의 영혼을 소비해 다시 인간의 몸을 가지려 했어. 하지만 그자는 어둠의 존재의 손길이 직접 닿은 영혼을 발견하게 됐지. 그 결과로 나온 건…… 파단 페인도 무어데스도 아니지만 그보다 훨씬 더 사악한 존재, 그 둘의 혼합물이야. 페인은―페인이라고 부르기로 하자―네가 생각하는 것 이상으로 위험하다. 넌 그자와 조우하고 살아남을 수 없었을 거야. 살아남았다면, 그림자의 편으로 돌아선 것보다 나빠졌을지 몰라."

"놈이 살아 있다면, 놈이 손찬 사람들과 함께 떠난 게 아니라면, 내가 반드시……." 모레인이 망토 아래에서 왜가리 표시가 있는 칼을 꺼내자 랜드는 말을 끊었다. 칼날이 녹아 버리기라도 한 듯 칼자루에서 30센티미터쯤 떨어진 곳에서 갑자기 끊겼다. 기억이 마구 돌아왔다. "내가 죽였어요." 랜드가 조용히 말했다. "이번엔 내가 놈을 죽였어요."

모레인은 망가진 칼을 이제는 쓸모없어진 물건답게 옆에 내려놓고 두 손을 문질렀다. "어둠의 존재는 그렇게 쉽게 살해되지 않아. 그자가 팔메의 하늘에 나타났다는 사실은 단순히 골치 아픈 게 아니란다. 우리 생각처럼 매여 있다면, 그자는 그런 짓을 할 수 없어야 해. 만일 그자가 매여 있지 않다면, 왜 아직 우리 모두를 파괴하지 않은 걸까?" 민이 불편한 듯 움찔했다.

"하늘에요?" 랜드가 놀라서 말했다.

"너희 둘 다." 모레인이 말했다. "너의 전투는 하늘에서 일어났고, 팔메의 모든 사람들이 다 그 광경을 볼 수 있었어. 아마 토먼 헤드의 다른 마을들에서도 보였을 거다. 내가 들은 얘기의 절반이라도 믿을 수 있다면 말이야."

"우리가…… 우리가 다 봤어." 민이 약한 목소리로 말했다. 그녀는 위로하 듯 랜드의 한 손에 손을 얹었다.

모레인이 다시 망토 아래로 손을 넣어 둘둘 말린 양피지를 꺼냈다. 팔메의 거리 예술가들이 쓰는 것 같은 커다란 양피지였다. 모레인이 양피지를 펼쳤다. 분필이 약간 뭉개져 있었으나 그림은 아직 선명했다. 번개가 춤추는 구름 사이에서 얼굴이 불길 자체인 남자가 지팡이를 들고 칼을 든 다른 남자와 맞서 싸우고 있었다. 그들의 뒤에서는 드래건의 깃발이 물결쳤다. 그림 속 랜드의 얼굴을 쉽게 알아볼 수 있었다.

"저걸 얼마나 많은 사람이 본 거죠?" 랜드가 물었다. "찢어 버리세요. 태워 버려요."

아이즈 세다이는 양피지가 다시 말려 올라가게 놔두었다. "그래 봐야 소용없다, 랜드. 나는 이틀 전에, 우리가 지나온 어느 마을에서 이 그림을 샀어. 이런 그림이 수백 장은 있다. 어쩌면 수천 장 있을지도 몰라. 드래건이 팔메의 하늘에서 어둠의 존재와 싸웠다는 이야기가 사방에 전해지고 있고."

랜드는 민을 보았다. 민이 마지못해 고개를 끄덕이며 랜드의 손을 꼭 잡았다. 그녀는 겁에 질린 표정이었으나 움찔하며 물러나지는 않았다. **그게 에그웨인이 떠난 이유인 걸까. 떠나는 게 맞지.**

"패턴은 너를 중심으로 더욱 촘촘히 짜이고 있어." 모레인이 말했다. "네게는 지금 그 어느 때보다 내가 필요하다."

"난 당신이 필요하지 않아요." 랜드가 거칠게 말했다. "당신을 원하지도 않고요. 난 이 일에 절대 얽히지 않을 거예요." 랜드는 누군가 자신을 루스 세린이라고 불렀던 기억을 떠올렸다. 바알자몬만이 아니라 아터 호크윙도 그랬다. "절대로. 빛을 걸고, 드래건은 세상을 다시 파괴한다고 했어요. 모든 걸 부숴 버린다고요. 난 드래건이 되지 않을 거예요."

"너는 너 자체야." 모레인이 말했다. "너는 이미 세상을 흔들고 있어. 흑색의 아자가 2천 년 만에 처음으로 모습을 드러냈다. 아라드 도만과 타라본이 전쟁을 일으키기 직전이고, 팔메 소식이 그곳에 이르면 상황은 더 나빠질 거야. 케예리엔은 내전 중이다."

"난 케예리엔에서 아무 짓도 안 했어요." 랜드가 항의했다. "그걸 내 탓이라고 하면 안 되죠."

"아무것도 하지 않는 건 예전부터 위대한 게임의 책략이었어." 모레인이 한숨을 쉬며 말했다. "지금 그 사람들이 게임을 하는 방식에 따르면 특히 그렇고. 네가 불꽃이었고, 케예리엔은 광술사의 폭죽처럼 폭발했다. 팔메 소식이 아라드 도만과 타라본에 이르면 무슨 일이 일어날 것 같으냐? 자칭 드래건이라는 사람이라면 누구에게나 기꺼이 지지를 표명하는 남자들은 언제나 있어 왔지만, 그 사람들은 이런 표징을 본 적이 한 번도 없다. 그것만이 아니야. 이걸 봐라." 모레인이 랜드의 가슴에 주머니를 던졌다.

랜드는 잠시 망설이다가 주머니를 열었다. 그 안에는 흰색과 검은색으로 광택을 낸 도자기 같은 것의 파편이 있었다. 랜드는 그와 비슷한 물건을 전에도 본 적이 있었다. "이것도 어둠의 존재의 감옥에 있던 봉인이군요." 랜드가 웅얼거렸다. 민이 헛숨을 들이켰다. 이제 랜드의 손을 쥔 그녀의 손은 위로를 해 주기보다 위로를 구하고 있었다.

"둘이야." 모레인이 말했다. "이제는 일곱 봉인 중 셋이 깨졌어. 내가 가지고 있던 것과 팔메에 있던 대공의 집에서 발견한 것 두 개. 창조주께서 만드신 감옥에 사람들이 구멍을 뚫고 그 위에 조각보를 덮어놓은 셈인데, 봉인 일곱 개가 다 깨지면, 아마 그러기도 전에 그 조각보가 찢어질 것이다. 그리고 어둠의 존재가 다시 한 번 그 구멍으로 손을 뻗어 세상에 손을 댈 수 있겠지. 그리고 세상의 유일한 희망은 드래건의 환생이 나타나 그와 마주하는 것이다."

민은 랜드가 담요를 젖히지 못하게 하려 했으나 랜드가 부드럽게 그녀를 밀쳤다. "좀 걸어야겠어요." 민은 랜드가 일어나도록 도와주었지만, 엄청나게 많은 한숨과 상처가 악화된다는 불평을 더했다. 랜드는 자기 가슴이 붕대로 친친 감겨 있음을 깨달았다. 민은 담요 하나를 그의 어깨에 망토처럼 늘어뜨렸다.

랜드는 잠시 서서 바닥에 놓인 왜가리 표시가 있는 칼을, 그 잔해를 내려다보았다. **탬의 칼. 내 아버지의 칼.** 그는 마지못해, 살면서 그 어떤 일을 했을 때보다 내키지 않는 마음으로, 탬이 정말 자신의 아버지라는 걸 알게 되리라는 희망을 내려놓았다. 꼭 심장을 뽑아내는 것만 같았다. 하지만 그렇다고 탬에 대한 감정이 변하지는 않았다. 에먼즈 필드는 그가 아는 유일한 고향이었다. **페인은 중요한 존재야. 나한테는 의무가 하나 남아 있어. 페인을 막는 것.**

두 여자가 그의 팔을 한 쪽씩 부축해, 이미 모닥불이 지펴진 곳으로 부축했다. 땅이 단단하게 다져진 길에서 그리 멀지 않은 곳이었다. 로이알이 그곳에서 『노을 너머로 항해하기』라는 책을 읽고 있었으며 페린은 모닥불 중 하나를 들여다보고 있었다. 샤이나 사람들이 저녁 식사를 준비하는 중이었다. 란이 나무 아래에 앉아 허리에 차는 칼을 벼리고 있었다. 수호자는 신중한 눈으로 랜드를 보더니 고개를 끄덕였다.

다른 것도 있었다. 드래건의 깃발이 야영장 한가운데에서 바람에 나부꼈다. 사람들이 어딘가에서 페린의 묘목을 대체할, 제대로 된 막대기를 찾아온 모양이었다.

랜드가 물었다. "지나가는 사람이 다 볼 수 있는 곳에 저게 왜 나와 있어요?"

"숨기기엔 너무 늦었어, 랜드." 모레인이 말했다. "네가 숨기에도 너무 늦었지."

"그렇다고 '나 여기 있어'라는 식으로 표시를 내걸 필요도 없죠. 저 깃발 때문에 누가 저를 죽이면 저는 절대로 페인을 찾지 못할 거에요." 랜드가 로이알과 페린을 돌아보았다. "남아 줘서 고마워. 떠났더라도 이해했을 거야."

"떠날 이유가 뭐겠어?" 로이알이 말했다. "넌 내가 생각했던 것보다 더 **타비렌**이야. 그건 맞아. 하지만 그래도 넌 내 친구야. 네가 여전히 내 친구였으면 좋겠어." 로이알의 귀가 망설이듯 움찔거렸다.

"친구 맞아." 랜드가 말했다. "네가 내 주위에 있어도 안전하다면, 그리고 그 이후로도 말이야." 오기어는 얼굴이 두 쪽이 되도록 함박웃음을 지었다.

"나도 있을 거야." 페린이 말했다. 그의 목소리에는 체념 혹은 수용의 기색이 깃들어 있었다. "물레는 패턴에 우리를 촘촘히 짜 넣어, 랜드. 에먼즈 필드에서 누가 이런 생각을 했겠어?"

샤이나 사람들이 모여들고 있었다. 랜드로서는 놀랍게도, 그들 모두가 무릎을 꿇었다. 그들 모두가 랜드를 바라보았다.

"너에게 충성을 맹세하려 한다." 우노가 말했다. 그와 함께 무릎을 꿇은 사람들도 고개를 끄덕였다.

"충성 맹세는 잉타와 아겔마 공에게 해 주세요." 랜드가 항의했다. "잉타는 좋은 죽음을 맞았어요, 우노. 우리가 뿔나팔을 가지고 도망칠 수 있도록 죽은 거예요." 그들에게도, 다른 누구에게도 나머지 이야기를 해 줄 필요는 없었다. 랜드는 잉타가 빛을 다시 찾았기를 바랐다. "팔 다라에 돌아가면 아겔마 공께 그 점을 전해 주세요."

"사람들 말로," 외눈의 남자가 조심스레 말했다. "드래건이 환생하면 그가 모든 맹세를 깨뜨리고 모든 연대를 부순다고 하지. 지금 우리를 붙잡는 것은 아무것도 없다. 우리는 네게 맹세하려 한다." 그는 칼을 뽑아 자루를 랜드 쪽으로 해서 자기 앞에 내려놓았다. 나머지 샤이나 사람들도 똑같이 했다.

"당신은 어둠의 존재와 싸웠습니다." 마시마가 말했다. 랜드를 싫어하는 마시마가, 이제는 빛의 환시라도 보듯 랜드를 보고 있었다. "난 당신을 봤습니다, 드래건 공. 내가 봤습니다. 난 죽을 때까지 당신의 사람입니다." 그의 검은 눈이 열기로 반짝였다.

"선택해야 한다, 랜드." 모레인이 말했다. "네가 파괴하든 말든 세상은 파괴될 거야. 타몬 가이돈이 다가올 테고, 그것만으로도 세상은 부서질 것이다. 계속 네 정체로부터 숨어 세상이 아무 방비도 없이 최후의 전투를 맞이하게 할 셈이냐? 선택해라."

그들 모두가 기다리며 랜드를 지켜보고 있었다. **죽음은 깃털보다 가볍고, 의무는 산보다 무겁다.** 랜드는 결정했다.

50장 그 이후

이야기는 배를 타고, 말을 타고, 상인들의 수레와 걸어 다니는 사람들의 입을 타고 전해지고 또 전해지며, 변화하되 그 핵심은 늘 같은 채로 아라드 도만과 타라본과 그 너머까지 퍼진다. 팔메의 하늘에 나타난 표징과 전조에 관한 이야기다. 그렇게 사람들은 드래건을 지지한다고 선포했고 다른 사람들이 그들을 쳐 죽였으며 그 대가로 쳐 죽임을 당했다.

다른 이야기도 번졌다. 태양이 지는 곳에서부터 앨머스평원을 가로지르며 말을 달리던 행렬에 관한 이야기. 사람들 말에 따르면 백 명의 변방 사람들이라고 했다. 아니, 천 명이라고 했다. 아니, 천 명의 영웅들이 발리어의 뿔나팔의 호출에 응답해 무덤에서 돌아왔다고 했다. 만 명이라고 했다. 그들이 빛의 아이들 부대 전체를 파멸시켰다고 했다. 그들이 아터 호크윙의 돌아온 군대를 바다로 다시 내던졌다고 했다. 그들이 아터 호크윙의 돌아온 군대라고 했다. 그들은 산을 향해, 새벽을 향해 말을 달렸다.

하지만 모든 이야기에서 하나만은 같았다. 그들의 선두에는 팔메의 하늘에 얼굴이 보였던 남자가 있으며, 그들이 드래건의 환생의 깃발을 걸고 말을 달린다는 것이었다.

그리고 인간들은 창조주를 향해 부르짖으며, 아, 하늘의 빛이여, 세상의 빛이여, 약속된 자가 지나간 시간에 그랬고 다가올 시대에 그럴 것이듯 예언에 따라 산에서 태어나게 하소서. 아침의 대공이 푸르른 것들이 자라는 땅에 노래하게 하시고 계곡이 새끼 양들을 내도록 하소서. 새벽의 군주의 팔이 저희를 어둠으로부터 지키게 하시고 정의의 위대한 칼이 저희를 조호하게 하소서. 드래건이 시간의 바람을 타고 다시 달리게 하소서.

— 차랄 드리아난 테 칼라몬, 『드래건 사이클』에서 발췌
작자 미상, 제4시대

〈3권에서 계속〉

용어 해설

이 용어집의 날짜에 관한 주석 세계의 파괴 이후로 날짜를 기록하는 세 가지 체계가 일반적으로 쓰여 왔다. 첫 번째 체계는 파괴 이후After the Breaking, AB의 연대를 기록했다. 세계의 파괴와 그 직후의 몇 년 이후로 연대는 완전히 혼란에 빠졌으며 이러한 달력이 세계의 파괴가 종료된 후 백 년이 족히 지난 뒤에야 채택되었기에 그 시작점은 자의적으로 설정된다. 트롤록 전쟁 이후로 너무도 많은 기록이 유실되어 구체제하의 정확한 연도에 대한 논쟁이 벌어졌다. 그래서 새로운 달력이 만들어졌는데, 이 달력은 트롤록 전쟁 종료 시점부터 트롤록의 위협으로부터 세상이 해방되었다고 여기며 축하하던 시점까지를 기록한다. 이 두 번째 달력은 각 연도를 자유년Free Year, FY이라고 기록한다. 100년 전쟁으로 야기된 혼란과 죽음, 파괴 이후로는 세 번째 달력을 쓰게 되었다. 새로운 시대New Era, NE의 이 달력이 현재 사용되고 있다.

10개국 동맹 Covenant of the Ten Nations 세계의 파괴 이후 수백 년이 지난 시점에 국가들이 처음으로 재건되면서(300AB경) 형성된 연합. 어둠의 존재를 무찌르는 데 전념했다. 트롤록 전쟁으로 해체되었다. → **트롤록 전쟁**

100년 전쟁 War of the Hundred Years 아터 호크윙의 사망 이후 그의 제국을 두고 벌어진 싸움으로 인해 계속해서 바뀌어 가는 동맹 관계 속에 중첩적으로 벌어진 일련의 전쟁. 이 전쟁은 FY 994년부터 FY 1117년까지 벌어졌다. 이 전쟁으로 인해 아리스대양과 아이일황무지 사이, 폭풍의바다에서 거대한오염까지의 지역에서 상당 부분의 인구가 사라졌다. 파괴가 너무 심각해서 이 시절에 관한 기록은 파편적으로밖에 남아 있지 않다. 아터 호크윙의 제국은 전쟁으로

해체되었고 현재의 국가들이 생겨났다. → **아터 호크윙**

100인의 동행the Hundred Companions 전설의 시대에 활동했던 가장 강력한 남성 아이즈 세다이 100명으로, 루스 세린 텔라몬의 지도에 따라 어둠의 존재를 다시 감옥에 봉인하며 그림자 전쟁을 종식시킨 마지막 공격을 시작했다. 어둠의 존재의 반격으로 **사이딘**이 오염되었다. 100인의 동행은 미쳐 버렸고 세계의 파괴가 시작되었다. → **광기의 시대, 세계의 파괴, 진정한 근원, 일원력**

가문의 게임 Game of Houses → **다에스 데이마르**

가윈Gawyn 무어게이즈 여왕의 아들이자 일레인의 오빠. 문장은 흰 멧돼지.

가이딘Gaidin 문자 그대로 옮기면 '전투를 위한 형제들'. 아이즈 세다이가 수호자를 부르는 이름. → **수호자**

가짜 드래건 False Dragon 때로 남자들이 자신을 드래건의 환생이라고 주장하는 경우가 있는데, 가끔은 그중 한 명이 한 나라의 군대 전체를 동원해야 진압할 수 있을 만한 추종자들을 얻기도 한다. 몇몇 가짜 드래건은 수많은 국가가 관여하는 전쟁을 일으키기도 했다. 수백 년 동안 이들 대부분은 일원력을 채널링하지 못하는 남자들이었으나 그중에는 채널링을 할 수 있는 자들도 일부 존재했다. 그러나 그들 모두가 드래건의 환생에 관한 예언을 전혀 실현하지 못하고 사라지거나 사로잡히거나 살해당했다. 이 남자들이 가짜 드래건이라 불린다. 채널링을 할 수 있었던 자들 중 가장 강력한 자는 라올린 다크스베인(335~360AB), 유리안 스톤보우(1300~1308AB경), 다비안(FY351), 궤어 아말라신(FY939~943), 로게인(997NE)이 있다. → **드래건의 환생**

갈드리안 수 레예아틴 리 Galldrian su Riatin Rie 문자 그대로 옮기면 레예아틴 가문의 국왕 갈드리안. 케예리엔의 왕이다. → **케예리엔**

갈라데드리드 다모드레드 공 Lord Galadedrid Damodred 일레인과 가윈의 이복형제. 문장은 아래쪽을 향하는 날개 달린 은색 칼이다.

갈라드Galad → **갈라데드리드 다모드레드 공**

거대한 뱀 Great Serpent 시간과 영원성에 대한 상징으로 전설의 시대가 시작되기 이전부터 아주 오랫동안 존재해 왔다. 자기 꼬리를 먹는 뱀으로 이루어져 있

다. 거대한 뱀 형상의 반지는 아이즈 세다이 중 합격자의 반열에 든 여성에게
상으로 주어진다.

거대한오염 the Great Blight 머나먼 북쪽의 한 지역으로 어둠의 존재에 의해 완전히
오염되었다. 트롤록과 머드랄을 비롯한 그림자의 피조물이 들끓는 곳.

고아반 Goaban 백 년 전쟁 당시 아터 호크윙의 제국에서 뜯겨 나온 국가 중 하나.
약해지다가 500NE경에 서서히 사라졌다. → **아터 호크윙, 100년 전쟁**

공포의 군주들 Dreadlords 일원력을 채널링할 수 있으며 트롤록 전쟁 당시 그림자
의 편으로 넘어가 트롤록 군대의 지휘관으로 활동한 남녀.

광기의 시대 Time of Madness 어둠의 존재의 반격으로 진정한 근원의 남성적 절반
이 오염된 후의 세월. 이때 남자 아이즈 세다이들이 미쳐서 세계를 파괴했다.
이 시기의 정확한 기간은 알려지지 않았으나 약 100년간 계속된 것으로 알
려져 있다. 마지막 남자 아이즈 세다이의 사망으로 비로소 완전히 끝났다. →
100인의 동행, 진정한 근원, 일원력, 세계의 파괴

그림자 전쟁 War of the Shadow 힘의 전쟁이라고도 알려진 이 전쟁으로 전설의 시대
가 끝을 맞았다. 어둠의 존재를 풀어 주려는 시도가 있고 거의 바로 시작된 이
전장은 곧 전 세계로 번졌다. 전쟁의 기억조차 잊힌 세상에서 전쟁의 모든 측
면에 재발견되었고, 세상에 닿은 어둠의 존재의 손길로 왜곡되는 경우도 많았
다. 또한 일원력이 무기로 사용되었다. 이 전쟁은 어둠의 존재를 다시 감옥에
봉인하면서 끝났다. → **100인의 동행, 드래건**

나무 the Tree → **아벤데소라**

나무노래 treesong → **나무노래꾼**

나무노래꾼 Treesinger 노래를 불러(이런 노래는 '나무노래'라 불린다) 나무를 치유하거
나 나무가 자라고 꽃을 피우게 돕거나 나무에 손상을 입히지 않고 목재로 무
언가를 만들어 내는 능력을 가진 오기어. 이런 방식으로 만들어진 물건을 "노
래나무"라고 하는데, 매우 귀하게 여겨진다. 나무노래꾼인 오기어는 별로 남
지 않았다. 이 재능이 사라져 가는 것으로 보인다.

나무살해자 Treekillers 케예리엔 사람들을 부르는 아이일 민족의 말. 늘 두려움과

역겨움을 담아서 말한다.

나이니브 알미라 Nynaeve al'Meara 안도어 투 리버스 지역 에먼즈 필드 출신의 여성.

노래나무sung wood → **나무노래꾼**

니수라 부인 Lady Nisura 샤이나의 귀족 여성이자 아말리사 아가씨의 수행원 중 하나.

*다마니*damane 고어로 '목줄에 매인 자'. 채널링을 할 수 있으나 **에이담**에 의해 포로로 잡혀 여러 가지 목적으로 숀찬에 의해 이용되는 여성을 말한다. 그중 가장 중요한 목적은 전투에서 무기로 활용하는 것이다. → **숀찬, 에이담, 술담**

다섯 권능 Five Powers 일원력에는 여러 갈래가 있으며 채널링을 할 수 있는 사람은 보통 저마다 그중 일부를 더 잘 이해한다. 이러한 갈래에는 그 힘을 활용하여 할 수 있는 일의 종류에 따라 땅, 공기, 불, 물, 영혼 등의 이름이 붙으며 다섯 권능이라 일컬어진다. 일원력을 휘두르는 자는 누구든 이중 한 가지, 어쩌면 두 가지에 대해 더 큰 정도의 힘을 행사할 수 있으며 다른 갈래에 대해서는 그만큼 힘을 쓰지 못한다. 소수의 사람은 세 가지 갈래의 권능에 큰 힘을 발휘하지만, 전설의 시대 이후로는 다섯 권능 모두에 큰 힘을 쓸 수 있는 사람이 아무도 없었다. 전설의 시대에도 그런 일은 극히 드물었다. 힘의 정도는 사람에 따라 매우 다양하므로 채널링을 할 수 있는 사람 중에도 훨씬 더 강한 사람이 있다. 일원력으로 특정한 행동을 하는 데에는 다섯 권능 중 하나 이상을 활용하는 능력이 필요하다. 예컨대 불을 피우거나 통제하는 데에는 불의 권능이 필요하고, 날씨에 영향을 주려면 공기와 물의 권능이 필요하며, 치유에는 물과 영혼의 권능이 필요하다. 영혼의 권능은 남성과 여성 모두에게서 동등하게 발견되었으나 땅이나 불, 혹은 그 두 권능을 모두 뛰어나게 쓸 수 있는 능력은 남자들 사이에서 발견되는 경우가 훨씬 많았으며 물이나 공기, 혹은 그 두 권능을 모두 뛰어나게 쓸 수 있는 능력은 여자들 사이에서 많이 발견되었다. 예외가 없는 것은 아니나 이러한 경우가 너무 많아 땅과 불은 남성의 권능, 공기와 물은 여성의 권능으로 여겨지게 되었다. 일반적으로는 어떤 능력도 다른 능력보다 강하다고 여겨지지 않는다. 다만 아이즈 세다이 사이에는 '물과 바

람으로 닳게 할 수 없을 만큼 강한 바위도 없고, 물로 끄거나 바람으로 날려
버릴 수 없을 만큼 맹렬한 불도 없다'라는 말이 있다. 마지막 남자 아이즈 세
다이가 죽은 지 한참이 지나서야 이 말이 사용되었다는 점은 주목할 만하다.
남자 아이즈 세다이들 사이에서 쓰이던 이와 비슷한 말은 오래전에 사라졌다.

다에스 데이마르 Daes Dae'mar 가문의 게임이라고도 알려진 위대한 게임을 말한다.
이득을 노리고 벌이는 귀족 가문의 음모와 모략, 조종 등을 부르는 이름이다.
교묘함, 한 가지를 노리는 것처럼 보이되 다른 것을 노리는 것, 최소한의 가시
적인 노력만으로 목적을 이루는 것에 큰 가치를 부여한다.

다이 산 Dai Shan 변방에서 보관을 쓴 전장의 영주를 의미하는 호칭. → **변방**

도 미에레 아브론 Do Miere A'vron → **파도의 파수꾼**

돌의 개 Stone Dogs → **아이일 전사회**

드락카Draghkar 어둠의 존재의 피조물. 최초에는 인간의 혈통을 비틀어 만들었
다. 드락카는 박쥐 날개 같은 날개가 달린 거대한 인간의 모습으로, 피부가 지
나치게 창백하고 눈은 지나치게 크다. 드락카의 노래는 사냥감을 꾀어내고 희
생자의 의지를 무력화할 수 있다. '드락카의 입맞춤은 죽음'이라는 말이 있다.
물지는 않으나 드락카의 입맞춤은 먼저 희생자의 영혼을 빨아 없앤 뒤 그 생
명까지도 소진시킨다.

드래건the Dragon 그림자 전쟁 당시에 루스 세린 텔라몬이 드래건이라 불렸다. 모
든 남성 아이즈 세다이에게 닥친 광기로 인해 루스 세린도 자신의 피가 흐르
는 모든 사람과 그가 사랑하는 모든 사람을 죽여 동족살해자라는 이름을 얻
었다. → **드래건의 환생, 드래건, 드래건의 예언**

드래건의 송곳니the Dragon's Fang 뾰족한 부분으로 서 있는, 양식화된 눈물방울 모
양. 어느 집에 사는 사람이 악하다는 혐의를 제기하기 위해서, 혹은 그 사람에
게 어둠의 존재의 관심이 쏠리도록 하여 그 사람을 해치기 위해서 그 집 문에
휘갈겨 그린다.

드래건의 예언 Prophecies of the Dragon 잘 알려지지 않았고 입에 오르는 일도 거의
없으나 『카리아손 연대기』에 나오는 이 예언은 어둠의 존재가 다시 해방되어
세상에 손을 댈 것이며, 세계의 파괴자인 드래건 루스 세린 텔라몬이 환생해

그림자에 대적하는 최후의 전투인 타몬 가이돈에 참여할 것이라고 예언한다.
→ 드래건

드래건의 환생 Dragon Reborn 예언과 전설에 따르면, 드래건은 인간에게 가장 필요한 시점에 다시 태어나 세상을 구한다. 사람들이 기대하는 일은 아니다. 예언에 따르면 드래건의 환생이 세상의 새로운 파괴를 가져다줄 것이기 때문이기도 하고, 드래건인 동족살해자 루스 세린의 이름이 그가 죽은 지 3천 년이 더 지난 시점에도 사람들을 떨게 하기 때문이다. → **드래건, 가짜 드래건, 드래건, 드래건의 예언**

라간Ragan 샤이나의 전사.

라만Laman 케예리엔의 왕으로 다모드레드 가문 소속이다. 아이일 전쟁 당시 왕좌와 목숨을 잃었다.

란, 알란 만드라고란 Lan, al'Lan Mandragoran 모레인에게 매여 있는 수호자. 말키어의 왕관 없는 왕, 다이 샨, 말키어 최후의 살아남은 군주. → **수호자, 모레인, 말키어, 다이 샨**

랜드 알소르 Rand al'Thor 한때 양치기였던 에먼즈 필드의 젊은이.

랜피어Lanfear 고어로 '밤의 딸'. 버려진 자 중 하나로, 아마도 이샤마엘 다음으로 가장 강력한 존재다. 다른 버려진 자들과는 달리 직접 이름을 선택했다. 루스 세린 텔라몬을 사랑했다고 전해진다. → **버려진 자, 드래건**

레예아겔Rhyagelle 고어로 '집에 돌아오는 자', '귀환자'.

로게인Logain 아이즈 세다이가 순치한 가짜 드래건.

로이알Loial 스테딩 샹타이 출신의 오기어.

루스 세린 텔라몬 Lews Therin Telamon → **드래건**

루스 세린 텔라몬, 동족살해자 루스 세린 Lews Therin Telamon, Lews Therin Kinslayer → **드래건**

루크, 맨티아 가문의 루크 공 Luc, Lord Luc of house Mantear 티그레인의 형제. 거대한 오염에서 루크가 실종(971NE)된 것이 이후 티그레인이 실종된 사건과 연관된 것으로 추정된다. 상징은 도토리.

류세어 Luthair → 몬드윈, 류세어 페인드래그

류세어 페인드래그 몬드윈 Luthair Paendrag Mondwin 아터 호크윙의 아들로 호크윙이 아리스대양 너머로 보낸 군대를 지휘했다. 깃발은 날개를 편 채 벼락을 쥐고 있는 황금색 매. → **아터 호크윙**

리아네 Leane 청색의 아자에 속한 아이즈 세다이이자 연대기 기록자. → **아자, 연대기 기록자**

리안드린 Liandrin 타라본 출신으로 적색의 아자에 속한 아이즈 세다이.

린나 Renna 숀찬 여성. **술담.** → **숀찬, 술담**

마네세렌 Manetheren 두 번째 서약을 맺은 10개국 중 하나로, 해당 국가의 수도 이름이기도 하다. 도시와 국가 모두 트롤록 전쟁 때 완전히 파괴되었다.

마라스다마니 marath'damane 고어로 '목줄을 채워야 하는 자'. 숀찬이 채널링을 할 수 있으나 아직 붙잡혀 목줄이 채워지지 않은 여자들을 부르는 말. → **다마니, 에이담, 숀찬**

마시마 Masema 아이일 사람을 싫어하는 샤이나 군인.

마시아라 mashiara 고어로 '사랑받는'이라는 뜻이나 손 쓸 수 없이 잃어버린 사랑을 의미함.

말라버린땅 Blasted Lands 샤이올 굴을 둘러싼, 거대한오염 너머의 황폐한 땅.

말키어 Malkier 한때는 변방 중 하나였으나 지금은 거대한오염에 잠식된 나라. 말키어의 상징은 날아가는 황금 두루미다.

맷 코손 Mat Cauthon 투 리버스 출신의 젊은이. 전체 이름은 매트림 코손이다.

머드랄 Myrddraal 어둠의 존재의 피조물이자 트롤록의 지휘관. 트롤록을 만드는 데 사용된 인간의 혈통이 다시 표면화되었으나 트롤록을 만든 악으로 오염된, 트롤록의 뒤틀린 자손이다. 신체적으로는 눈이 없다는 점을 빼면 사람과 같다. 눈이 없어도 밝을 때나 어두울 때나 독수리처럼 시력이 뛰어나다. 시선으로 몸을 마비시키는 두려움을 불러일으키는 능력과 그림자가 있는 곳이면 어디로든 사라질 수 있는 능력 등 어둠의 존재에게서 유래한 몇 가지 힘을 가지고 있다. 머드랄의 약점은 몇 가지 알려져 있지 않으나 그중 하나는 흐르는 물

을 건너기를 꺼린다는 점이다. 다양한 지역에서 반인, 눈 없는 자, 그림자 인간, 도사린 자, 희미한 자 등의 여러 이름으로 알려져 있다.

모레인Moiraine 청색의 아자에 소속된 아이즈 세다이.

목줄에 매인 자 Leashed Ones → **다마니**

무어게이즈Morgase 안도어의 여왕이자 트라칸드 가문의 가주.

무어데스Mordeth 아리드홀이라는 도시가 어둠의 친구들의 방법으로 어둠의 친구들에게 맞서도록 하여 아리드홀에 파멸을 가져오고 그 도시가 샤다 로고스("그림자가 기다리는 곳")라는 새 이름을 얻게 한 자문관. 샤다 로고스를 죽인 증오 외에 그곳에 사는 존재는 단 하나뿐인데, 그 존재가 바로 2천 년 동안 폐허에 매여 있는 무어데스 자신이다. 무어데스는 그곳에서 자신이 영혼을 잠식하여 새로운 육신을 얻을 수 있게 해줄 누군가를 기다리고 있다.

민Min 사람들을 감싸고 있는 기운을 종종 읽을 수 있는 능력을 가진 젊은 여자.

바다 민족 Sea Folk 보다 적절한 이름은 아사안 미에레다. 아리스대양과 폭풍의바다에 있는 섬에 사는 사람들로, 그 섬에서 보내는 시간은 거의 없고 인생 대부분을 배에서 보낸다. 대부분의 해양 무역이 바다 민족의 배를 통해 이루어진다.

바르사네스 공, 다모드레드 가문의 귀족 Lord Barthanes, of House Damodred 국왕에 이어 권력 서열 2위인 케예리엔의 귀족. 개인적인 문장은 돌격하는 멧돼지다. 다모드레드 가문의 문장은 왕관과 나무다.

비알자몬Ba'alzamon 트롤록어로 '어둠의 심장'. 트롤록이 어둠의 존재를 지칭하는 이름이라고 한다. → **어둠의 존재, 트롤록**

반인Halfman → **머드랄**

발리어의 뿔나팔 Horn of Valere 『위대한 뿔나팔 사냥대』에 나오는 전설적인 물건. 이 뿔나팔은 죽은 영웅들을 무덤에서 일으켜 그림자에 맞서 싸우게 한다고 알려져 있다.

밤의 딸 Daughter of the Night → **랜피어**

방랑 시인gleeman 떠돌아다니는 이야기꾼 겸 음악가 겸 저글링 광대 겸 곡예사 겸

만능 엔터테이너. 알록달록한 조각보를 기워 넣은 특징적인 망토로 알아볼 수 있다. 보통 작은 마을이나 소규모 읍내에서 공연한다.

방랑자들Traveling Peopel → **투아사안**

버려진 자the Foresaken 지금까지 알려진 아이즈 세다이 중 가장 강력한 열세 명을 이르는 말로, 이들은 불멸을 약속 받은 대가로 그림자 전쟁 당시 어둠의 존재에게 넘어갔다. 전설과 파편적인 기록에 따르면, 이들은 어둠의 존재의 감옥이 다시 봉인될 때 그와 함께 갇혔다. 이들의 이름은 지금도 아이들을 겁주는 데 쓰인다.

버지테Birgitte 전설과 수많은 방랑시인의 이야기에 나오는 금발의 여주인공으로, 은으로 만들어진 활과 화살을 가지고 있었으며 그것으로 한 번도 표적을 놓친 적이 없다고 한다.

베린Verin 갈색의 아자에 속한 아이즈 세다이.

베일 도먼 Bayle Domon 골동품을 수집하는 스프레이호의 선장.

벨 타인 Bel TIne 겨울이 끝나고 작물의 첫 싹이 피어나며 첫 번째 새끼 양들이 태어나는 것을 축하하는 봄 축제.

변방the Borderlands 거대한오염과 경계를 맞대고 있는 국가들. 살데이아, 아라펠, 칸도르, 샤이나를 말한다.

붉은 방패 Red Shields → **아이일 전사회**

비턴bittern 6현, 9현, 혹은 12현으로 이루어진 악기로, 무릎에 평평하게 놓아두고 현을 뜯거나 튕기며 연주한다.

빛의 아이들 Children of the Light 엄격한 금욕주의적 믿음을 견지하는 단체로, 어둠의 존재를 무찌르고 모든 어둠의 친구들을 파멸시키는 데 전념한다. 100년 전쟁 당시 로타이어 만틸라에 의해 점점 늘어나는 어둠의 친구들에 맞서 사람들을 개종시키고자 창립되었으며 전쟁 시기에 완전한 군사 조직으로 진화했다. 극도로 경직된 신념을 품고 있으며 오직 자신들만이 진실과 올바름을 안다고 완전히 확신하고 있다. 아이즈 세다이나 아이즈 세다이를 지원하는 자, 혹은 아이즈 세다이와 친구가 되는 자를 모두 어둠의 친구라고 간주하고 싫어한다. 하얀 망토들이라는 멸칭으로도 불린다. 이들의 상징은 흰 바탕의 황금색 태양이다.

사앙그리알sa'angreal 다른 방식으로는 불가능하거나 위험했을 만큼 많은 일원력을 채널링하게 해 주는 수많은 물건 중 하나. **사앙그리알**은 **앙그리알**과 비슷하지만 훨씬 강력하다. **사앙그리알**을 사용해 휘두를 수 있는 일원력의 양과 **앙그리알**을 써서 다룰 수 있는 일원력의 양을 비교하는 것은, **앙그리알**의 도움을 받아 휘두를 수 있는 일원력의 양과 아무런 도움을 받지 않고 다룰 수 있는 일원력의 양을 비교하는 것과 마찬가지다. 전설의 시대의 유물인 **사앙그리알**을 만드는 방법은 더 이상 알려져 있지 않다. 다섯 손가락 안에 꼽을 정도로밖에 남지 않아 **앙그리알**보다 수가 훨씬 적다.

사이다saidar → **진정한 근원**

살데이아Saldaea 변방국 중 하나.

샤다 로고스 Shadar Logoth 트롤록 전쟁 이후 버려져 기피되는 도시. 더러워진 땅이라 자갈 하나도 안전하지 않다. → **무어데스**

샤이나Shienar 변방국 중 하나. 상징은 구부정한 검은 매다.

샤이올 굴 Shayol Ghul 말라버린땅의 산. 어둠의 존재의 감옥이 있는 곳.

샤이탄Shai'tan → **어둠의 존재**

세계의등뼈the Spine of the World 통로가 몇 군데밖에 없는 아주 높은 산맥. 아이일 황무지와 서쪽 땅을 가른다.

세계의 파괴the Breaking of the World 광기의 시대 동안 미쳐 버렸으며 지금은 알려지지 않은 수준으로 일원력을 휘두를 수 있었던 남성 아이즈 세다이들은 지표면을 바꾸어 놓았다. 그들은 엄청난 지진을 일으켰고 오래된 산맥을 평평하게 했다. 새로운 산을 세우고 바다가 있었던 자리에 마른 땅을 끌어올렸으며 마른 땅이 있던 곳에는 바다가 밀려들게 했다. 세계의 여러 지역에서 인구가 완전히 사라졌고 생존자들은 바람에 날리는 먼지처럼 흩어졌다. 이러한 파괴는 이야기와 전설, 역사에서 세계의 파괴로 기억된다. → **광기의 시대**

셀린Selene 케예리엔으로 가는 길에 만난 여자.

숀다르Seandar 숀찬의 수도. 여제가 아홉 달의 궁정에 있는 수정 왕좌에 앉아 있다.

숀찬 Seanchan (1) 아터 호크윙이 아리스대양 너머로 보낸 군대의 후손으로, 돌아와 조상들의 땅을 되찾겠다고 주장한다. (2) 숀찬의 출신지. → **헤예리네, 코린네, 레예아겔**

수로스 대여공 Suroth, High Lady 숀찬의 고위급 귀족 여성.

수호자 Warder 아이즈 세다이에게 매인 전사. 이런 구속력은 일원력에 의한 것으로, 수호자는 그 구속에 따라 빠른 치유력, 먹지도 마시지도 쉬지도 않고 오랜 기간을 버틸 수 있는 능력, 멀리서도 어둠의 존재의 오염을 감지할 수 있는 능력 등의 재능을 얻는다. 수호자가 살아 있는 한 그와 매인 아이즈 세다이는 아무리 멀리 있어도 수호자가 살아 있음을 알 수 있다. 또한 수호자가 죽으면 언제 어떻게 죽었는지 그 순간 알 수 있다. 대부분의 아자는 아이즈 세다이가 한 번에 한 명씩 그녀와 연결된 수호자를 둘 수 있다고 보지만, 적색의 아자는 어떤 수호자와도 매이기를 거부한다. 반면 녹색의 아자는 아이즈 세다이가 원하는 만큼 많은 수호자와 연결될 수 있다고 믿는다. 윤리적으로 볼 때 수호자는 이러한 구속에 동의해야 한다. 그러나 구속은 비자발적으로 이루어진다고 알려져 있다. 아이즈 세다이가 이런 연결로 무엇을 얻는지는 기밀이다. → **아이즈 세다이**

순치 gentling 아이즈 세다이가 하는 행위로 채널링을 할 줄 아는 남성을 일원력으로부터 차단하는 것이다. 이런 일이 필요한 이유는 채널링하는 법을 배운 모든 남자가 **사이딘**의 오염으로 인해 미쳐서, 정신이 나간 채 일원력으로 끔찍한 일을 저지를 것이 거의 확실하기 때문이다. 순치된 남자는 진정한 근원을 계속 느낄 수 있으나 그 근원에 닿을 수는 없다. 순치 이전의 모든 광기가 순치로 정지되지만 치유되는 것은 아니다. 초기에 순치하면 죽음은 피할 수 있다. → **일원력, 순화**

순화 stilling 아이즈 세다이가 하는 행동으로 여자가 일원력을 채널링하지 못하도록 차단하는 것. 순화된 여성은 진정한 근원을 느낄 수 있으나 그와 접촉할 수는 없다. → **일원력, 순치**

술담 sul'dam **에이담**의 팔찌를 찰 수 있음을 증명하는 시험을 통과해 **다마니**를 통

제하는 여자. → 에이담, 다마니

슈파*shoufa* 아이일 민족의 의복으로 보통 모래나 바위 색깔을 띤 천조각이다. 얼굴만 남겨 두고 머리와 목에 감는다.

스테딩*stedding* 오기어의 고향. 세계의 파괴 이후로 많은 **스테딩**이 버려졌다. 지금은 방법을 모르지만, 그 어떤 아이즈 세다이도 일원력을 채널링할 수 없도록 막혀 있다. 심지어 진정한 근원의 존재조차 느낄 수 없다. **스테딩** 바깥에서 일원력을 행사하려는 시도는 **스테딩**의 경계 안에서 아무런 효과를 내지 못한다. 억지로 몰아가지 않으면 그 어떤 트롤록도 **스테딩**에 들어가지 않는다. 머드랄조차 대단히 필요한 경우가 아니면 **스테딩**에 들어가지 않으며, 들어갈 필요가 있을 때도 매우 꺼림칙하고 불쾌하게 여긴다. **스테딩** 안에서는 어둠의 친구들조차 진정으로 어둠의 존재에게 헌신하는 자라면 불편함을 느낀다.

시간의 물레the Wheel of Time 시간은 일곱 개의 바큇살이 달린 물레다. 각 바큇살이 한 시대다. 물레가 돌면 시대가 왔다 가며 기억을 남기고, 그 기억은 희미해져 전설이 되었다가 신화가 되어 그 시대가 다시 올 때쯤에는 시간에 의해 잊힌다. 시대의 패턴은 시대가 올 때마다 약간씩 달라지며 매번 더 큰 변화에 따르게 된다. 그러나 매번 같은 시대는 같은 시대다.

시대의 패턴 Pattern of an Age 시간의 물레는 인간의 삶을 실오리로 삼아 시대의 패턴을 짠다. 시대의 패턴은 단순히 패턴이라고도 종종 불리는데, 이 패턴이 그 시대 현실의 중요한 부분을 형성한다. → **타비렌**

시리암Sheriam 청색의 아자에 속한 아이즈 세다이. 화이트 타워의 신입 담당.

시우인 산체 Siuan Sanche 과거 청색의 아자였던 아이즈 세다이. 988NE에 아멀린 권좌에 올랐다. 아멀린 권좌는 모든 아자에 속해 있는 동시에 그 어느 아자에도 속하지 않는다.

시타Seta 손찬 여자. **술담.** → **손찬, 술담**

아겔마, 자가드 가문의 아겔마 공 Agelmar, Lord Agelmar of House Jagad 팔 다라의 성주. 문장은 달리는 붉은 여우 세 마리다.

아나이야Anaiya 청색의 아자에 속한 아이즈 세다이 중 한 명.

아라드 도만 Arad Doman 아리스대양의 한 나라.

아라펠Arafel 변방국가 중 한 곳.

아말리사 아가씨 Lady Amalisa 샤이나의 자가드 가문 소속. 아겔마 공의 여동생.

아멀린 권좌 Amyrlin Seat (1) 아이즈 세다이의 지도자에게 주어지는 칭호. 아이즈 세다이의 최고 위원회인 탑의 전당에서 종신직으로 선출된다. 탑의 전당은 일곱 개의 아자에서 각기 세 사람씩 보낸 대표자(자매라 불림)로 이루어진다. 최소한 이론적으로 아멀린 권좌는 아이즈 세다이 사이에서 초월적인 권위를 가지고 있으며 사회적으로 왕 혹은 여왕과 등급이 같다. 약간 덜 형식적으로 부를 때는 아멀린이라 부른다. (2) 아이즈 세다이의 지도자가 앉는 왕좌.

_아벤데소라__Avendesora_ 고어로 '생명의 나무'. 여러 이야기와 전설에 언급된다.

아이일Aiel 아이일황무지에 사는 민족. 사납고 거칠다. 아이일 사람이라고도 불린다. 이들은 누군가를 죽이기 전에 얼굴을 가리는데 그래서 폭력적인 사람을 가리키는 '검은 베일을 쓴 아이일처럼 행동한다'는 말이 생겨났다. 무기가 있든 맨손으로만 싸우든 무시무시한 전사다. 단, 칼에는 손을 대지 않는다. 아이일의 피리 부는 사람은 춤곡을 연주하며 아이일 사람들을 전쟁터로 이끄는데, 그래서 아이일 사람들은 전투를 '춤'이라고 부른다. → **아이일 전사회, 아이일황무지**

아이일 전사회 Aiel warrior societies 아이일 전사들은 모두 돌의 개, 붉은 방패, 창의 여인들 같은 전사회의 일원이다. 모든 전사회에는 고유한 풍습이 있으며 일부에는 독특한 의무도 있다. 예컨대 붉은 방패는 경찰 역할을 한다. 돌의 개는 일단 전투에 참여하면 후퇴하지 않기로 맹세하며 이 맹세를 지키는 데 필요하다면 마지막 사람까지 죽는 경우가 많다. 아이일 부족은 자기들끼리 자주 싸움을 벌이지만 같은 전사회의 일원은 부족이 싸우는 중이라도 서로 싸우지 않는다. 이런 식으로 부족들은 공개적인 전쟁을 벌이는 중에도 연락선을 유지한다. → **아이일, 아이일황무지, 파 다라이즈 마이**

아이일황무지Aiel Waste 세계의등뼈 동쪽에 위치한 거칠고 험악하며 물이 전혀 나지 않는 땅. 외부인 중 아이일황무지에 가본 사람은 거의 없다. 이 지역에서 태어난 사람이 아니면 물을 구하는 것이 거의 불가능하기 때문이며, 아이일 사람들은 다른 모든 민족과 전쟁 중이라 여기며 외지인들을 반기지 않기 때문이다.

아이즈 세다이 Aes Sedai 일원력을 행사하는 자. 광기의 시대 이후로 살아 있는 모든 아이즈 세다이는 여자다. 광범위한 사람들에게 불신과 공포, 심지어 증오의 대상이다. 많은 사람들은 세계의 파괴가 아이즈 세다이 탓이라고 생각하며 이들이 여러 나라의 정사에도 참견한다고 여긴다. 그런 한편 아이즈 세다이와의 관련성을 비밀로 해야 하는 지역에서조차 아이즈 세다이의 자문을 두지 않는 통치자는 거의 없다. → **아자, 아멀린 권좌, 광기의 시대**

아자Ajah 아멀린 권좌를 제외한 모든 아이즈 세다이가 속하는 아이즈 세다이의 분파. 청색, 적색, 백색, 녹색, 갈색, 황색, 회색 등의 색깔로 구분된다. 각 아자는 일원력의 사용과 아이즈 세다이의 목적에 관한 구체적인 철학을 따른다. 예컨대 적색의 아자는 일원력을 휘두르려고 시도하는 남자들을 찾아 순치시키는 데 모든 에너지를 쏟는다. 반면 갈색의 아자는 속세와의 관련을 끊고 지식의 추구에 헌신한다. 어둠의 존재를 섬기는 데 전념하는 흑색의 아자도 존재한다는 소문이 있다(이 소문을 아이즈 세다이는 열렬히 부정한다. 어느 아이즈 세다이 앞에서도 이 이야기를 꺼내는 것은 안전하지 않다).

아터 패인드래그 탄리알 Artur Paendrag Tanreall → **아터 호크윙**

아터 호크윙 Artur Hawkwing 세계의등뼈 서쪽에 있는 모든 땅을 규합한 전설적인 왕(재위 FY943~994). 심지어 아리스대양 너머로도 군대를 보냈으나(FY992) 아터 호크윙이 사망하고 이에 따라 100년 전쟁이 벌어지면서 그들과의 모든 연락이 끊겼다. 문장은 날아가는 황금 매였다. → **100년 전쟁**

*알딥*Aldieb 고어로 봄비를 싣고 오는 '서풍'을 의미한다.

알란나 모스반니 Alanna Mosvani 녹색의 아자에 속한 아이즈 세다이.

*알란틴*alantin 고어로 '형제'를 의미한다. '나무의 형제', '나무 형제'라는 뜻의 **티아 아벤데 알란틴**의 줄임말이다.

*앙그리알*angreal 일원력을 채널링할 수 있는 사람이면 누구나 도움을 받지 않고서는 안전하게 다룰 수 없을 만큼의 일원력을 다루게 해 주는 매우 드문 물건. 전설의 시대의 유물로, 앙그리알을 만드는 방법은 더 이상 전해지지 않는다.

지금까지 남아 있는 앙그리알도 드물다. → **사앙그리알, 티어앙그리알**

어둠의 위대한 군주 Great Lord of the Dark 어둠의 친구들이 어둠의 존재를 부르는 이름. 이들은 어둠의 존재의 진짜 이름을 부르는 것이 신성모독이라고 주장한다.

어둠의 존재 Dark One 모든 땅에서 샤이탄을 부르는 가장 흔한 이름. 악의 근원이자 창조주의 대적자다. 창조의 순간에 창조주에 의해 샤이올 굴의 감옥에 갇혔다. 어둠의 존재를 그 감옥에서 풀어 주려는 노력으로 그림자 전쟁과 **사이딘**의 오염, 세계의 파괴, 전설의 시대의 종말이 야기되었다.

어둠의 존재에 대한 호칭들 어둠의 존재의 진짜 이름(샤이탄)을 말하면 그의 관심을 끌어 최선의 경우에는 불운을, 최악의 경우에는 재앙을 피할 수 없이 초래하게 된다. 이런 이유로 어둠의 존재, 거짓말의 아버지, 눈을 멀게 하는 자, 무덤의 군주, 밤의 양치기, 심장의 죽음, 심장의 송곳니, 풀밭을 태우는 자, 잎을 더럽히는 자 등의 수많은 완곡 어구가 쓰인다. 불운을 자초하는 것처럼 보이는 사람을 두고 종종 '어둠의 존재를 부른다'고 한다.

어둠의 친구 Darkfriends 어둠의 존재를 따르며 그가 감옥에서 풀려나면 권력과 보상, 심지어 불멸까지도 얻게 되리라 믿는 자들.

에그웨인 알비어 Egwene al'Vere 에먼즈 필드 출신의 젊은 여성.

*에이담*a'dam 목줄과 팔찌, 그리고 둘을 연결하는 은빛의 금속 줄로 이루어진 장치로서 채널링을 할 수 있는 모든 여자를 당사자의 의지에 반해 통제할 수 있다. 목줄은 **다마니**가, 팔찌는 **술담**이 착용한다. → **다마니, 술담**

에일라Alar 스테딩 초푸의 가장 나이 많은 원로.

엘라이다Elaida 안도어의 여왕 무어게이즈의 자문을 맡은 적색의 아자 소속 아이즈 세다이. 때로 예언을 한다. → **예언**

여왕 후계자 Daughter-Heir 안도어 왕좌의 후계자를 부르는 이름. 여왕의 맏딸이 어머니의 왕좌를 계승한다. 생존한 딸이 없으면 왕좌는 여왕과 가장 가까운 혈연관계의 여성에게 돌아간다.

연대기 기록자 Keeper of the Chronicles 아이즈 세다이들 가운데 아멀린 권좌 다음으로 큰 권위를 지닌 연대기 기록자는 아멀린 권좌의 비서 역할도 한다. 탑의 전

당에서 종신직으로 선발하며 보통 아멀린 권좌와 같은 아자에 속해 있다. → **아멀린 권좌, 아자**

오염the Blight → **거대한 오염**

운명의 그물 Web of Destiny → **타마랄아일렌**

위대한 게임the Great Game → **다에스 데이마르**

위대한 뿔나팔 사냥대the Great Hunt of the Horn 트롤록 전쟁의 종식과 100년 전쟁의 시작 사이 기간에 있었던, 발리어의 뿔나팔에 대한 전설적 탐색을 다룬 연작 이야기. 전체를 다 말하려면 며칠이 걸린다.

이샤마엘Ishamael 고어로 '희망의 배신자'. 버려진 자 중 하나. 그림자 전쟁 당시 어둠의 존재에게 넘어간 아이즈 세다이 지도자에게 붙은 이름. 그 자신도 진짜 이름을 잊었다고 전해진다. → **버려진 자**

일레인Elayne 무어게이즈의 여왕의 딸이자 안도어 여왕 후계자. 문장은 황금 백합이다.

일리안Illian 폭풍의바다에 있는 큰 항구로, 같은 이름으로 불리는 국가의 수도다.

일원력the One Power 진정한 근원에서 끌어낸 힘. 대다수의 사람들은 일원력을 채널링하는 방법을 전혀 배우지 못한다. 극소수의 사람들만이 배워서 채널링을 할 수 있고, 그보다도 적은 수의 사람만이 능력을 타고난다. 이 소수의 사람들은 배울 필요가 없다. 이들은 원하건 원하지 않건 진정한 근원에 접촉하고 일원력을 채널링한다. 아마 자신들이 무엇을 하는지도 모를 것이다. 이 타고난 능력은 보통 청소년기 후기 혹은 성인기 초기에 발현된다. 통제하는 방법을 교육 받지 못하거나 독학으로 깨우치면(이 경우는 극히 드물다. 성공률이 넷 중 하나밖에 되지 않는다) 죽을 것이 분명하다. 광기의 시대 이후로 남자들은 결과적으로 완전히, 끔찍하게 미쳐 버리지 않고서는 일원력을 채널링할 수 없었다. 이들은 통제하는 방법을 일부 배웠다 하더라도 몸이 산 채로 썩어 가는 파괴적인 질병으로 죽었는데, 이 질병은 광기와 마찬가지로 **사이딘**을 어둠의 존재가 오염시켰기에 발생하는 것이다. 여자에게는 일원력을 통제하지 못해서 발생하는 사망이 비교적 덜 끔찍하다. 그러나 죽는 것만큼은 매한가지다. 아이즈 세다이는 아이즈 세다이의 숫자를 늘리는 것만큼이나 부지런히 당사자의 목숨을 구하기 위해서 능력을 타고난 소녀들을 찾아다닌다. 또한 미쳐서 불가피하게 일원력으로 끔찍한 일을 저지르는 걸 막고자, 일원력을 지닌 남자들도 찾아다닌다. → **채널링, 광기의 시대, 진정한 근원**

잉타 공, 시노와 가문의 귀족 Ingtar, Lord, of House Shinowa 샤이나의 전사. 문장은 잿빛 올빼미.

자렛 바이알 Jaret Byar 빛의 아이들의 장교.

전설의 시대 Age of Legends 이 시대는 그림자 전쟁과 세계의 파괴로 종말을 맞았다. 아이즈 세다이가 현재는 오직 꿈꿀 수밖에 없는 기적들을 행했던 시대이기도 하다. → **시간의 물레, 세계의 파괴, 그림자 전쟁**

제프람 본홀드 Geofram Bornhald 빛의 아이들의 총사령관.

진실의 돔 Dome of Truth 아마디시아의 수도 아마도어에 있는, 빛의 아이들의 거대한 전당. 아마디시아에는 왕이 있으나 명목일 뿐이고 사실은 빛의 아이들이 그 나라를 통치한다. → **빛의 아이들**

진정한 근원 True Source 우주를 움직이는 힘. 이 힘이 시간의 물레를 돌린다. 남성적 절반(**사이딘**)과 여성적 절반(**사이다**)으로 나뉘는데, 이 두 힘은 동시에 서로 반대로 작용한다. 남자만이 **사이딘**을, 여자만이 **사이다**를 끌어낼 수 있다. 광기의 시대가 시작된 이래로 **사이딘**은 어둠의 존재의 손길로 더럽혀졌다. → **일원력**

질문자the Questioners 빛의 아이들 내부의 조직. 이들은 분쟁에서 진실을 발견하고 어둠의 친구들의 정체를 드러내기로 서원했다. 이들이 진실과 빛을 찾을 때 보통 사용하는 취조의 방법은 고문이다. 또한 이들이 일반적으로 취하는 태도는 자신들은 진실을 이미 알고 있으며 그저 희생자가 진실을 고백하게 만들기만 하면 된다는 식이다. 질문자들은 자신들을 빛의 손, 진실을 파내는 손 등으로 부르며 때로는 빛의 아이들이나 빛의 아이들을 지휘하는 성별자 위원회와 아무런 관련이 없는 것처럼 행동한다. 질문자들의 수장은 고등심문관인데, 그는 성별자 위원회에 소속되어 있다. 이들의 상징은 피처럼 붉은 양치기의 지팡이다.

채널링channel 일원력의 흐름을 통제하는 것. → **일원력**

카랄레인Caralain 100년 전쟁 당시 아터 호크윙의 제국으로부터 떨어져 나온 국가 중 하나. 그 이후로 약화되어 마지막 흔적이 500NE경에 사라졌다.

카리아손 사이클 The Karaethon Cycle → **드래건의 예언**

케예리엔Cairhien 세계의등뼈를 따라 자리한 국가이자 그 국가의 수도. 수도는 아이일 전쟁(976~978NE) 당시에 불태워지고 약탈당했다. 케예리엔의 상징은 하늘색 바탕의 맨 아랫부분에서 솟아오르는, 여러 개의 광선을 뿜는 황금색 태양이다.

케임린Caemlyn 안도어의 수도.

*코린네*Corenne 고어로 ‘귀환’.

*퀘인데야르*cuendillar 하트스톤으로도 알려짐. → **하트스톤**

키스kith 가까운 친구와 지인.

*타마랄아일렌*ta’maral’ailen 고어로 ‘운명의 그물’. **타비렌**인 사람 한 명 이상을 중심으로 시대의 패턴에 나타나는 엄청난 변화. → **시대의 패턴, 타비렌**

타몬 가이돈 Tarmon Gai’don 최후의 전투. → **드래건의 예언, 발리어의 뿔나팔**

타 발론 Tar Valon 에리닌강의 섬에 세워진 도시. 아이즈 세다이 권력의 중심지이자 화이트 타워가 있는 곳.

타 발론의 불꽃 Flame of Tar Valon 타 발론, 아멀린 권좌, 아이즈 세다이의 상징. 양식화된 불꽃 형태로, 뾰족한 부분이 위로 향한 흰 눈물방울 모양이다.

*타비렌*ta’veren 시간의 물레가 근처에 있는 모든 생명의 실오리, 혹은 **모든** 생명의 실오리를 직조하여 운명의 그물을 형성할 때 중심으로 삼는 사람. → **시대의 패턴**

*타이샤*Tai’shar 고어로 ‘~의 진정한 혈통’.

태양일Sunday 한여름의 잔치 겸 축제. 세계 여러 지역에서 즐긴다.

톰 머릴린 Thom Merrilin 방랑시인.

투락, 알라돈의 대공 Turak, High Lord of House Aladon 손찬의 고위급 귀족으로 **헤예리네**의 지휘관이다. → **손찬, 헤예리네**

투아사안Tuatha'an 팅커스 혹은 방랑자들로도 알려진 유랑 민족으로, 밝은 색깔로 칠한 수레에 살며 나뭇잎의 길이라 불리는 완전한 평화주의적 철학을 따른다. 팅커스가 수리한 물건은 새것보다 나은 경우가 많다. 아이일 민족은 이들과의 모든 접촉을 엄격히 피하기에 아무 해를 입지 않고 아이일 황무지를 건널 수 있는 몇 안 되는 존재 중 하나다.

트롤록Trollocs 어둠의 존재의 피조물로 그림자 전쟁 당시에 창조되었다. 덩치가 큰 이들은 동물과 인간 혈통의 비틀린 혼합물이다. 본성상 악한 이들은 순수하게 살육의 기쁨을 누리기 위해 살생을 저지른다. 극도로 기만적인 성격이므로 두려움으로 강압하지 않는 한 믿어서는 안 된다. 부족과 비슷한 무리로 나뉘는데 그 예로는 다볼, 코발, 다이몬이 있다.

트롤록 전쟁 Trolloc Wars 약 1000AB경에 시작되어 300년 이상 지속된 일련의 전쟁으로, 이 전쟁 당시에 트롤록 군대가 세계를 약탈했다. 결과적으로 트롤록들이 죽거나 거대한오염으로 쫓겨 갔으나 일부 국가들은 더 이상 존재하지 않게 되었고, 다른 국가들은 거의 모든 인구를 잃었다. 이 시절에 관한 모든 기록은 파편적이다. → **10개국 동맹**

티그레인Tigrain 안도어의 여왕 후계자로서 타린게일 다모드레드와 결혼해 그의 아들 갈라데드리드를 낳았다. 형제인 루크가 거대한오염에서 실종된 지 얼마 안 되어 972NE에 실종됨으로써 계승 전쟁이라 불리는 안도어에서의 갈등과 결국 아이일 전쟁으로까지 이어진 케예리엔에서의 일련의 사건을 초래했다. 문장은 흰 꽃이 핀, 가시 돋친 장미 줄기를 쥐고 있는 여자의 손.

*티아 미 아벤 모리딘 이사인데 바딘*Tia mi aven Moridin isainde vadin 고어로 '무덤은 나의 호출을 막지 못한다'. 발리어의 뿔나팔에 새겨져 있는 말. → **발리어의 뿔나팔**

*티아 아벤데 알란틴*tia avende alantin '나무의 형제'.

티어Tear 폭풍의바다에 있는 거대한 항구.

*티어앙그리알*ter'angreal 일원력을 활용하는 전설의 시대의 유물 모두를 일컫는 말. **앙그리알**이나 **사앙그리알**과는 달리 **티어앙그리알**은 모두 특정한 일을 하도록 만들어졌다. 예컨대 어느 **티어앙그리알**은 들고서 맹세하면 그 맹세에 구속력을 부여한다. 일부는 아이즈 세다이가 활용하고 있으나 원래의 목적은 대체

로 알려지지 않았다. 일부는 사용하는 여성의 채널링 능력을 없애거나 파괴한다. → **앙그리알, 사앙그리알**

팅커스 Tinkers → **투아사안**

파 다라이즈 마이 Far Dareis Mai 문자 그대로 옮기면 '창의 아가씨들'. 아이일의 전사회 중 하나로 다른 모든 전사회와는 달리 여성을, 오직 여성만을 받아들인다. 창의 아가씨는 결혼하면 전사회에 남을 수 없고, 임신하고 있는 동안에 싸울 수도 없다. 창의 아가씨가 잉태한 모든 아이는 다른 여자가 주워서 기르도록 하는데, 이때 아무도 아이의 어머니가 누구인지 알 수 없도록 한다. ("그대는 어느 남자에게도 속할 수 없으며 어떤 남자도, 어떤 아이도 그대에게 속할 수 없다. 창이 그대의 연인이자 자녀이며 삶이다.") 창의 아가씨에게서 태어난 아이가 부족들을 규합하고 아이일 민족에게 전설의 시대 때 알았던 위대함을 돌려줄 것이라는 예언이 있어 이 아이들이 소중하게 여겨진다. → **아이일, 아이일 전사회**

파단 페인 Padan Fain 어둠의 존재라는 이유로 팔 다라 요새에 갇힌 남자.

파도의 파수꾼 Watchers Over the Waves 아터 호크윙이 아리스대양 너머로 파견한 군대가 언젠가 돌아오리라고 믿기에 토먼 헤드의 팔메 마을에서 계속 망을 보는 집단.

페린 아이바라 Perrin Aybara 에먼즈 필드 출신의 젊은이로, 과거 대장장이의 도제였다.

페이드론 네예올 Pedron Niall 빛의 아이들의 총사령관. → **빛의 아이들**

하단 Hardan 아터 호크윙의 제국에서 뜯겨 나온 국가 중 하나로 지금은 잊힌 지 오래다. 케예리엔과 샤이나 사이에 있었다.

하얀 망토들 Whitecloaks → **빛의 아이들**

하이드 hide 토지를 측량하는 단위. 8,100제곱미터.

하트스톤 heartstone 전설의 시대에 만들어진 파괴할 수 없는 물질. 하트스톤을 망가뜨리려고 하는 모든 힘은 흡수되어 하트스톤을 더욱 강하게 만든다. → **퀘인 데야르**

헤예리네*Hailene* 고어로 '먼저 온 자' 혹은 '선구자'.

현자 Wisdom 작은 마을에서는 여성 서클에 의해 일반적인 상식은 물론 치유, 날씨 예측 등에 관한 지식에 근거하여 한 여성이 현자로 선발된다. 이 자리에는 실제적으로나 함축적으로나 엄청난 책임과 권위가 따른다. 여성 서클이 마을 위원회와 같은 위치이듯 현자도 일반적으로 시장과 같은 존재로 간주된다. 시장과 달리 현자는 종신직이며 현자가 죽기 전에 자리에서 물러나는 일은 극히 드물다. 지역에 따라 안내자, 치유자, 현명한 여인, 읽는 자 등의 다른 칭호로 불린다.

화이트 타워 White Tower 타 발론에 있는 아멀린 권좌의 궁전이자 아이즈 세다이가 훈련받는 곳.

휴린 Hurin 폭력이 발생했던 곳의 냄새를 맡고 그 냄새를 추적해 폭력을 저지른 자를 찾아내는 능력이 있는 샤이나 사람. '탐지자'라 불리는 휴린은 샤이나의 팔 다라에서 왕의 법을 실현하는 데 도움을 준다.

희망의 배신자 Betrayer of Hope → 이샤마엘

힘의 전쟁 War of Power → 그림자 전쟁

옮긴이의 말

에픽 판타지의 진가는 세계관의 규모나 마법의 독창성 못지않게, 그 안을 살아가는 인물들이 스스로의 운명과 어떻게 마주하느냐에 달려있다. 그런 점에서 '휠 오브 타임' 시리즈 2권 『위대한 뿔 사냥대』는 단순한 모험의 연장이 아니라, 이 시리즈가 왜 '현대 에픽 판타지의 정전'으로 불리는지를 보여주는 중요한 이정표다.

1권 『세상의 눈』이 세계의 윤곽을 소개하는 데 주력했다면, 2권은 그 세계 안에서 각 인물이 어떤 자리를 차지하게 될지를 묻는다. 특히 이 작품의 중심에 선 랜드 알소르는 '선택된 자'라는 무거운 정체성과 계속해서 충돌한다. 영웅이라는 자리에 올라 세상을 지배하고 싶어 하는 악당과는 대조적으로, 랜드 알소르는 평범한 삶을 소중하게 여기며 지나친 야심을 품지 않는다. 오히려 거창한 운명을 괴로워하고 거부한다. 그를 행동하게 하는 것은 개인의 야망이라기보다 소중한 사람들을 지키기 위한 책임감이다. 그래서 그는 결국 어느 야심 찬 악당보다도 큰 힘을 갖게 된다. '특별해질 운명을 거부하는 영웅'은 대규모 영웅서사에서 나타나는 일종의 트로프(trope)라고도 할 수 있는데, 이 작품에서 그려지는 랜드 알소르의 모습 역시 영화 〈스타워즈〉 시리즈와 '해리 포터' 시리즈 등 대규모 서사의 영웅을 떠올리게 한다.

2권의 이야기 구조는 RPG 게임 등에서 자주 활용되는 퀘스트의 형식을 따른다. 주인공과 그의 팀원들에게 어떤 목표가 주어지고, 그 목표를 이루기 위해 세계를 여행하는 과정에서 세상과 인물 자신의 비밀이 드러나며, 성장이 이루어진다. 그러나 이런 퀘스트의 매력은 정해진 구조보다는, 그 구조를 채우는 내용의 독창성과 그 독창적인 요소를 독자들에게 하나의 현실로 받아들이게 하는 구체적인 묘사에 있다. 예컨대 '입맞춤'을 통해 영혼을 흡수하는 괴수 드락카의 모습은 이 책이 처음 나왔을 때 수많은 독자들의 상상력을 자극하고 악몽을 꾸게 만들었다. 이는 '해리 포터' 시리즈의 디멘터와도 유사한 점인데, 팬들 사이에서는 조던의 작품이 10년 정도 먼저 출간되었기에 조앤 K. 롤링이 그의 영향을 받았다는 말이 나오기도 했다. 참전 경험이 있는 조던의 작품과, 어린이 독자를 대상으로 썼던 롤링의 작품에서 비슷한 괴수가 다르게 묘사되는 방식을 살펴보는 것도 이 장르에 대한 이해를 높이는, 한 가지 즐거운 독해 방식이 될 것이다.

나아가 작가의 구체적인 상상은 단지 생생한 독서 경험을 만들어내는 데서 그치지 않고 그의 철학과 세계관을 드러내며, 독자에게도 진지한 성찰을 요구하곤 한다. 예컨대 2권에서 등장하는 평행 세계는 인간의 행위가 세계를 바꿀 수 있느냐는 질문으로 이어지고, 오기어라는 종족의 느긋하고 신중한 성품은 인간을 비추는 거울이 되어 우리의 한계와 가능성을 동시에 생각하게 한다. 좀 더 '현실적'으로 느껴지는 부분도 있다. 예컨대 숀찬이라는 낯선 세력의 등장이나 다양한 도시의 다양한 정치 제도는 소설 속 세계관을 확장하는 역할을 할 뿐 아니라, 단순한 선악의 대결을 넘어서서 완전히 다른 가치 체계를 가진 다른 문화·문명의 충돌을 그려낸다.

소설에서 각 세력이 캐리커처처럼 인간 사회의 단면을 아주 간략하게만 추려 제시하는 방식이나, 이런 방식이 현실의 인종적·문화적 스테레오타입을 반영하는 것처럼 느껴진다는 점이 다소 불편하게 느껴질 수도 있다. 이는 장르적 상상력이 때로는 현실의 편견을 은연중에 반영한다는 점에서 오늘날의 독자가 의식적으로 조망해야 할 지점이기도 하다. 그러나 조던이 그가 속해 있던 북미 사회나 그 사회의 뿌리로 종종 여겨지는 유럽만이 아니라 더 넓은 세계를 염두에 두고 소설을 썼다는 점은 주목할 만하다. 이는 군인이라는 제한된 신분으로나마 완전히 다른 세계를 여행했던 그의 세계관이 반영된 결과이며, 특히 에픽 판타지라는 장르에서는 특별한 시도로서 이 장르의 발전에 그가 세운 중요한 공로라고 인정할 만하다. 현대의 독자는 이러한 배경을 염두에 두고, 작품과의 거리감을 조절해 가며 더욱 다층적인 읽기를 시도할 수 있다. 이러한 접근은 이 작품의 흥미로운 서사에 완전히 몰입하는 것 외에, 또 하나의 재미있는 독해법이 될 것이다.

『위대한 뿔 사냥대』는 전설 속 뿔을 찾는 여정을 그리고 있지만, 이 여정에서 등장인물들이 찾게 되는 것은 단지 물건이 아니다. 이들은 자신을 알고, 세계를 알고, 저항과 타협을 통해 세계 속 자신의 위치를 치열하게 받아들인다. 때로는 이들의 여정에 몰입하고, 때로는 '소설을 읽는 독자'로서 우리 자신의 위치를 좀 더 의식하다 보면, 조던의 작품은 순식간에 우리의 시간을 삭제하고 그 자리를 재미와 의미로 채워준다.

2025년 여름

강 동 혁

옮긴이 **강동혁**

서울대학교에서 영문학과 사회학을 전공하고, 동 대학원에서 영문학 석사학위를 받았다. 대중
적으로 널리 읽히면서도 새로운 생각거리를 제공해주는 책을 쓰거나 소개하겠다는 목표로 활동
중이다. 옮긴 책으로는 『내 이름은 데몬 코퍼헤드』 『트러스트』 『고요의 바다에서』 『헤일 메리
프로젝트』와 '언와인드' 시리즈, '해리포터' 시리즈 등이 있다.

휠 오브 타임 | 위대한 뿔나팔 사냥대

1판 1쇄 인쇄 2025년 7월 23일
1판 1쇄 발행 2025년 8월 20일

지은이 | 로버트 조던
옮긴이 | 강동혁
펴낸이 | 김영곤
펴낸곳 | (주)북이십일 아르테

책임편집 | 원보람 문학팀장 | 김지연
교정교열 | 한차현 권구훈
표지디자인 | 박지영 본문디자인 | 임민지
해외기획팀 | 최연순 소은선 홍희정
영업팀 | 정지은 한충희 장철용 강경남 황성진 김도연 이민재
제작팀 | 이영민 권경민

출판등록 | 2000년 5월 6일 제406-2003-061호
주소 | (우10881) 경기도 파주시 회동길 201(문발동)
대표전화 | 031-955-2100 팩스 | 031-955-2151
이메일 | book21@book21.co.kr

아르테는 (주)북이십일의 문학 브랜드입니다.

ISBN 979-11-7357-367-5 04840
      979-11-7357-364-4 (세트)